GEORGES SIMENON

ŒUVRE ROMANESQUE

6

La mort de Belle
Le revolver de Maigret
Les frères Rico
Maigret et l'homme du banc
Antoine et Julie
Maigret a peur
L'escalier de fer
Feux rouges

presses de la cité

Note de l'éditeur

En 1945, Georges Simenon rencontre Sven Nielsen qui va devenir son éditeur et son ami. Entre 1945 et 1972 — année où le romancier prend la décision de cesser d'écrire — paraissent aux Presses de la Cité près de 120 titres — « Maigret » et « romans » confondus — qui constituent la majeure partie de l'œuvre romanesque de Georges Simenon.

Présentés ici dans l'ordre de leur publication, ces romans forment les quatorze premiers volumes de notre intégrale de l'œuvre de Georges Simenon. Celui en qui Gide voyait « le plus grand de tous, le plus vraiment romancier que nous ayons eu en littérature ».

© Georges Simenon, 1989
ISBN 2-258-02709-8
N° Editeur : 5704
Dépôt légal : 1er trimestre 1989

SOMMAIRE

La mort de Belle 7

Le revolver de Maigret 111

Les frères Rico 215

Maigret et l'homme du banc 317

Antoine et Julie 425

Maigret a peur 539

L'escalier de fer 643

Feux rouges............................... 747

Index des romans de Georges Simenon 851

LA MORT DE BELLE

*A mon ami Sven Nielsen,
en toute affection.*

PREMIÈRE PARTIE

1

Il arrive qu'un homme, chez lui, aille et vienne, fasse les gestes familiers, les gestes de tous les jours, les traits détendus pour lui seul, et que, levant soudain les yeux, il s'aperçoive que les rideaux n'ont pas été tirés et que des gens l'observent du dehors.

Il en fut un peu ainsi pour Spencer Ashby. Pas tout à fait, car, en réalité, ce soir-là, personne ne lui prêta attention. Il eut sa solitude comme il l'aimait, bien épaisse, sans un bruit extérieur, avec même la neige qui s'était mise à tomber à gros flocons et qui matérialisait en quelque sorte le silence.

Pouvait-il prévoir, quelqu'un au monde pouvait-il prévoir, que cette soirée-là serait ensuite étudiée à la loupe, qu'on la lui ferait presque littéralement revivre sous la loupe comme un insecte ?

Qu'avait-on servi à dîner ? Pas de soupe, pas d'œufs, pas de *hamburgers* non plus, mais un de ces plats que Christine préparait avec des restes et dont ses amies, pour lui faire plaisir, lui demandaient la recette. Cette fois, on reconnaissait des bouts de différentes sortes de viande, y compris du jambon, ainsi que quelques petits pois sous une couche de macaroni gratiné.

— Tu es sûr que tu ne m'accompagnes pas chez les Mitchell ?

Il faisait très chaud dans la salle à manger. On chauffait fort la maison, par goût. Il se souvenait que sa femme, en mangeant, avait le sang aux pommettes. Cela lui arrivait souvent. Ce n'était d'ailleurs pas vilain. Bien qu'elle eût à peine dépassé la quarantaine, il l'avait entendue parler de retour d'âge à une de ses amies.

Pourquoi ce détail du sang aux joues lui remontait-il à la mémoire, alors que le reste du repas était noyé dans une lumière sirupeuse d'où rien n'émergeait ? Belle était là, sûrement. Il savait qu'elle y était. Mais il ne se rappelait pas la couleur de sa robe, ni le sujet de la conversation, pour autant qu'elle ait parlé. Puisque lui-même s'était tu, les deux femmes avaient sûrement causé entre elles et, d'ailleurs, quand on avait servi les pommes, le mot cinéma avait été prononcé, sur quoi Belle avait disparu.

S'était-elle rendue au cinéma à pied ? C'était possible. Il y avait à peine un demi-mille de marche.

Il avait toujours aimé marché dans la neige, surtout la première neige de l'année, et c'était un plaisir de penser que, dès maintenant et pour des mois, les bottes de caoutchouc allaient être alignées à droite de la porte d'entrée, sous la véranda, près de la large pelle à neige.

Il avait entendu Christine placer les assiettes et les couverts dans la machine à laver la vaisselle. C'était le moment où il bourrait une pipe, debout devant la cheminée. A cause de la neige, malgré le chauffage central, Christine avait allumé deux bûches, non pas pour lui, qui ne restait guère dans le living-room, mais parce qu'elle avait eu des amies pour le thé.

— Si je ne suis pas rentrée quand tu te coucheras, ferme la porte. J'ai la clef.

— Et Belle ?

— Elle assiste à la première séance et sera de retour à neuf heures et demie au plus tard.

Tout cela était si familier que cela en perdait pour ainsi dire toute consistance. La voix de Christine venait de la chambre à coucher, et lui, en arrivant devant la porte, la voyait assise au bord du lit, occupée à passer son pantalon en jersey de laine rouge qu'elle venait de retrouver, et qui sentait encore un peu la naphtaline, car elle ne le portait que l'hiver quand elle sortait. Pourquoi détournait-il la tête comme si cela le gênait d'apercevoir la robe troussée ? Pourquoi, de son côté, avait-elle un mouvement comme pour la rabattre ?

Elle était partie. Il avait entendu l'auto s'éloigner. Ils habitaient à deux pas du village, presque en plein village, mais on n'en avait pas moins besoin de la voiture pour aller n'importe où.

Avant tout, il avait retiré son veston, sa cravate, ouvert le col de sa chemise. Puis il s'était assis au bord du lit, juste à la place où sa femme s'était assise avant lui, et qui était encore tiède, pour mettre ses pantoufles.

N'est-ce pas curieux qu'il soit difficile de se rappeler ces gestes-là ? Au point d'être obligé de se dire :

« Voyons. J'étais à tel endroit. Qu'est-ce que j'ai fait ensuite ? Qu'est-ce que je fais chaque jour au même moment ? »

Il aurait pu oublier qu'il s'était rendu dans la cuisine, où il avait ouvert le frigidaire pour prendre sa bouteille de soda. Et aussi qu'en traversant le living-room, la bouteille à la main, il s'était penché pour saisir d'abord le *New York Times* qui se trouvait sur un guéridon, ensuite sa serviette sur la tablette du portemanteau. C'était toujours ainsi, les bras encombrés, qu'il gagnait son cagibi, et le problème se posait chaque fois d'en ouvrir et d'en fermer la porte sans rien laisser tomber.

Dieu sait ce que cette pièce avait été jadis, avant qu'on modernisât la maison. Peut-être la buanderie ? Une souillarde ? Une remise à outils ? Ce qu'il aimait, justement, c'est qu'elle ne ressemblait pas à une pièce ordinaire : d'abord parce que, sous l'escalier, le plafond était en pente ; ensuite, parce qu'on y accédait en descendant trois marches et que le sol était en larges pierres irrégulières ; enfin parce que l'unique fenêtre était si haut placée qu'on l'ouvrait à l'aide d'une ficelle et d'une poulie.

Il avait tout fait de ses mains : la peinture, les rayonnages le long des murs, le système compliqué d'éclairage et, dans une vente, il avait trouvé la carpette qui recouvrait les dalles au pied des marches.

Christine jouait au bridge chez les Mitchell. Pourquoi, en pensant à elle, lui arrivait-il de penser : « maman », alors qu'elle était juste de deux ans plus âgée que lui ? A cause de certains de leurs amis qui avaient des enfants et qui, devant ceux-ci, appelaient parfois leur femme maman ? Il n'en était pas moins gêné quand, en lui parlant, le mot lui venait aux lèvres, et il en éprouvait un certain sentiment de culpabilité.

Si elle ne jouait pas au bridge, elle discutait politique, ou plutôt des besoins et de l'amélioration de la communauté.

C'était de la communauté aussi qu'il s'occupait, au fond, puisque, seul dans son cagibi, il corrigeait les devoirs d'histoire de ses élèves. Il est vrai que *Crestview School* n'était pas une école locale. C'était même tout le contraire, puisque l'institution recevait surtout des élèves de New York, de Chicago, du Sud et d'aussi loin que San Francisco. Une bonne école préparatoire à l'Université. Pas une des trois ou quatre que les snobs citent à tout propos, mais une école sérieuse.

Christine avait-elle tellement tort, dans son sens de la communauté ? Tort, certes, d'en trop parler, d'une façon catégorique, faisant à chacun un devoir de s'en occuper. Dans son esprit, c'était net, les deux mille et quelques habitants de la localité constituaient un tout ; les uns étaient unis aux autres non par un vague sentiment de solidarité ou de devoir, mais par des liens aussi étroits et compliqués que ceux qui sont à la base des grandes familles.

N'en faisait-il pas partie, lui aussi ? Il n'était pas du Connecticut, mais de plus haut, en Nouvelle-Angleterre, du Vermont, et il n'était arrivé ici qu'à l'âge de vingt-quatre ans pour occuper son poste de professeur.

Depuis, il avait creusé son trou. S'il avait accompagné sa femme, ce soir, chacun lui aurait tendu la main en s'exclamant :

— Hello ! Spencer !

On l'aimait bien. Il les aimait bien aussi. Il avait plaisir à corriger les devoirs d'histoire ; plus de plaisir qu'avec ceux de sciences naturelles. Avant de se mettre au travail, il avait pris dans le placard la bouteille de scotch et un verre, l'ouvre-bouteilles dans le tiroir. Tous ces menus gestes, il les accomplit sans s'en rendre compte, sans savoir ce qu'il pouvait bien penser en les accomplissant. Quelle tête aurait-il eue sur une photographie qu'on aurait prise à l'improviste ce soir-là ?

Or on allait faire bien pis que ça !

Il ne buvait jamais son whisky plus fort ni moins fort, et un verre durait environ une demi-heure.

Un des devoirs était de Bob Mitchell, chez les parents de qui Christine jouait au bridge. Son père, Dan, était architecte et avait l'intention de solliciter un poste de l'État, ce qui l'obligeait à recevoir des personnages officiels.

Pour le moment, Bob Mitchell ne méritait pas plus d'un six en histoire, et Spencer traça le chiffre au crayon rouge.

De temps en temps, il entendait un camion qui peinait dans la côte, à trois cents mètres de là. C'était à peu près le seul bruit. Il n'y avait pas d'horloge dans le cagibi. Spencer n'avait aucune raison de regarder l'heure à sa montre. Il ne dut pas mettre beaucoup plus de quarante minutes pour corriger les devoirs, et il rangea les cahiers dans sa serviette, reporta celle-ci dans le living-room, par une vieille habitude de préparer le soir les choses pour le lendemain. C'était au point que, quand il devait partir de très bonne heure, il se rasait avant de se coucher.

Il n'y avait pas de volets aux fenêtres, seulement des stores vénitiens, et ceux-ci étaient levés. Il arrivait qu'on ne les fermât qu'au moment d'aller se coucher, même qu'on les laissât ainsi pour la nuit.

Il regarda un moment dehors la neige qui tombait, vit de la lumière chez les Katz, aperçut Mrs Katz au piano. Elle était vêtue d'une robe d'intérieur vaporeuse et jouait avec animation, mais il n'entendait rien.

Il tira sur la corde pour descendre le store. Le geste ne lui était pas familier. D'habitude, c'était dans les attributions de Christine. Quand elle entrait dans la chambre à coucher, en particulier, son premier soin était de se diriger vers la fenêtre et de saisir la corde ; après quoi, on entendait le bruit des lattes qui tombaient.

Il alla dans la chambre à coucher, justement, pour changer de pantalon et de chemise ; le pantalon de flanelle grise qu'il prit dans son placard était criblé d'une fine sciure de bois.

Retourna-t-il dans la cuisine ? Pas pour y prendre de l'eau gazeuse, car la bouteille lui durait toute la soirée. Il se souvenait vaguement d'avoir touché aux bûches du living-room, d'être allé dans le cabinet de toilette.

Pour lui, ce qui comptait, c'est l'heure qu'il avait passée ensuite à son tour, où il travaillait à un pied de lampe compliqué. Son cagibi était davantage un atelier qu'un bureau. Spencer avait surmonté d'autres difficultés déjà et tourné d'autres objets en bois que des pieds de lampe : Christine en avait donné à la plupart de ses amies. Elle en utilisait aussi chaque fois qu'il y avait une tombola ou un bazar de charité. Récemment, il s'était passionné pour les pieds de lampe, et celui-ci, s'il le réussissait, servirait de cadeau de Noël pour sa femme. C'était Christine qui lui avait offert le tour, à Noël, justement, quatre ans plus tôt. Ils s'entendaient bien tous les deux.

Il avait mélangé son second whisky. Pris par son travail, il fumait à si petites bouffées qu'on aurait pu croire sa pipe éteinte et qu'il était parfois obligé de la ranimer en tirant quelques coups précipités.

Il aimait l'odeur du bois que le tour pulvérisait, et aussi le vrombissement de la machine.

Il avait dû fermer la porte du cagibi. Il fermait toujours ses portes derrière lui avec l'air de se blottir dans les pièces comme d'autres se blottissent sous les couvertures.

Une fois qu'il levait la tête pendant que le tour fonctionnait, il avait vu Belle, debout au-dessus des trois marches, et, de même que Mrs Katz jouait du piano sans qu'il l'entendît, Belle remuait les lèvres sans que lui parvînt le son, absorbé par le bruit du tour.

De la tête, il lui fit signe d'attendre un instant. Il ne pouvait pas lâcher prise. Belle portait un béret sombre sur ses cheveux acajou. Elle n'avait pas retiré son manteau. Elle avait encore ses bottes de caoutchouc aux pieds.

Il lui sembla qu'elle n'était pas gaie, que sa mine était terne. Cela dura trop peu de temps. Elle ne se rendait pas compte qu'il n'entendait rien et faisait déjà volte-face. Ce n'est qu'au mouvement des lèvres qu'il devina les derniers mots prononcés :

— *Bonne nuit*.

Elle referma d'abord la porte incomplètement — le pêne était assez dur — puis revint sur ses pas pour tourner le bouton. Il faillit la rappeler. Il se demandait ce qu'elle avait pu lui dire en dehors de « bonne nuit ». Il fit la réflexion qu'à l'encontre des règles de la maison elle n'avait pas retiré ses caoutchoucs pour traverser le living-room, et se demanda si par hasard elle allait ressortir. C'était fort possible. Elle avait dix-huit ans. Elle était libre. Des garçons l'invitaient parfois, le soir, à Torrington ou à Hartford, et c'était probablement l'un d'eux qui l'avait ramenée du cinéma en voiture.

S'il n'avait été pris à cette minute-là par la partie la plus délicate de son travail, les choses se seraient peut-être passées autrement. Il ne croyait pas spécialement aux intuitions, mais, par exemple, il lui arriva quelques minutes plus tard de lever la tête, le tour arrêté, et d'écouter le silence, en se demandant si une voiture avait attendu Belle et s'il n'allait pas l'entendre repartir. C'était déjà beaucoup trop tard : si une auto était venue, elle était loin.

Pourquoi se serait-il inquiété d'elle ? Parce que, dans la lumière du cagibi, surpris de la voir au-dessus des marches alors qu'il ne s'y attendait pas, il l'avait trouvée pâle et peut-être triste ?

Il aurait pu monter, s'assurer qu'elle était dans sa chambre ou, s'il avait peur de paraître curieux, voir s'il y avait de la lumière sous sa porte.

Au lieu de cela, il vida méticuleusement sa pipe dans un cendrier qu'il avait tourné deux ans auparavant, la rebourra — il avait tourné le pot à tabac aussi, cela avait même été son premier travail difficile — et, après une gorgée de scotch, se remit au travail.

Il ne pensait plus à Belle, ni à personne, quand la sonnerie du téléphone retentit. Quelques mois auparavant, à cause d'occasions comme celle-ci, on avait fait placer une extension dans son cagibi.

— Spencer ?
— C'est moi.

Christine était à l'appareil, avec un arrière-fond de voix étrangères. Il aurait été incapable de dire, même à beaucoup près, l'heure qu'il était.

— Tu travailles toujours ?
— J'en ai encore pour une dizaine de minutes.
— Tout va bien à la maison ? Belle est rentrée ?
— Oui.
— Tu es sûr que tu ne veux pas faire un bridge ? Une des voitures pourrait aller te prendre.
— Je préfère pas.
— Dans ce cas, je te demande de te coucher sans m'attendre. Je rentrerai assez tard, même très tard, car Marion et Olivia viennent d'arriver avec leurs maris, et on est en train d'organiser un tournoi.

Un court silence. Des verres s'entrechoquaient, là-bas. Il connaissait la maison, le living-room aux immenses canapés rouges en demi-cercle, les tables de bridge pliantes et la cuisine où chacun allait à son tour chercher de la glace.

— C'est bien décidé que tu ne nous rejoins pas ? Tout le monde serait enchanté.

Une voix, celle de Dan Mitchell, cria dans l'appareil :

— Arrive, fainéant !

Dan était en train de manger quelque chose.

— Qu'est-ce que je réponds ? Tu as entendu Dan ?
— Merci. Je reste ici.
— Alors, bonne nuit. J'essayerai de ne pas te réveiller en rentrant.

Il remit son établi en ordre. Personne ne touchait à rien dans le cagibi, dont il faisait lui-même le nettoyage une fois par semaine. Dans un coin, il y avait un fauteuil en cuir, très vieux, très bas, d'un modèle qu'on ne voyait plus nulle part ; il s'y installa, les jambes allongées, pour jeter un coup d'œil au *New York Times*.

Une horloge électrique se trouvait dans la cuisine, où il alla éteindre avant de se coucher, en même temps qu'il y portait la bouteille de soda et le verre vide. Il ne regarda pas l'heure. Il n'y pensa pas. Dans le corridor, il n'eut pas non plus un coup d'œil vers la porte de Belle. Il s'en préoccupait peu, sinon pas du tout. Il n'y avait pas longtemps qu'elle vivait chez eux, et c'était provisoire ; elle ne faisait pas partie de la maison.

Comme les stores vénitiens de la chambre étaient légèrement écartés, il les ferma, ferma aussi la porte, se déshabilla, remit au fur et à mesure ses vêtements en place et, à une heure indéterminée, se coucha, tendit le bras pour éteindre la dernière lampe.

Est-ce que, pendant tout ce temps-là, il avait eu l'air affairé d'un insecte qui mène sa petite existence sous la loupe d'un naturaliste ?

C'était possible. Il avait vécu sa vie quotidienne d'homme — d'un des membres de la communauté, comme aurait dit Christine — et cela ne l'avait pas empêché de penser. Il pensa même encore un peu avant de s'endormir, conscient de l'endroit où il se trouvait, de ce qui l'entourait, de la maison, du feu mourant dans le foyer du living-room, de la neige dont il dégagerait le lendemain l'allée jusqu'au garage, conscient aussi de l'existence des Katz, par exemple, et d'autres gens qui vivaient dans d'autres maisons dont il aurait pu apercevoir les lumières, des cent quatre-vingts élèves de *Crestview School,* qui dormaient dans le grand bâtiment de brique au sommet de la colline.

S'il s'était donné la peine de tourner le bouton de la radio, comme sa femme le faisait d'habitude en se déshabillant, c'est le monde entier qui aurait fait irruption dans la chambre, avec les musiques, les voix, les catastrophes et les bulletins météorologiques de partout.

Il n'entendit rien, ne vit rien. Il dormit. Quand le réveil sonna, à sept heures, il sentit Christine qui remuait à son côté et se levait la première, se dirigeant vers la cuisine où elle mit l'eau à chauffer pour le café.

Ils n'avaient pas de bonne, seulement une femme de ménage qui venait deux jours par semaine.

Le robinet coula pour son bain. Il écarta le rideau pour voir dehors, et il ne faisait pas encore jour. Seulement le ciel était plus gris que la nuit, la neige d'un blanc plus crayeux, et toutes les couleurs, même les briques roses de la maison neuve des Katz, paraissaient dures et cruelles.

Il ne neigeait plus. Quelques gouttes d'eau tombaient du toit comme s'il allait dégeler et, si cela arrivait, ce serait la boue et la saleté, sans compter, à l'école, la mauvaise humeur des élèves qui avaient préparé leurs patins et leurs skis.

Il était invariablement sept heures et demie quand il entrait dans la cuisine. Le déjeuner était servi sur une petite table blanche dont on n'usait que pour ce repas-là, et Christine avait eu le temps d'arranger ses cheveux. Était-ce une idée, ou bien étaient-ils réellement, le matin, d'un blond plus pâle et plus terne ?

Il aimait l'odeur du bacon, du café et des œufs, il aimait aussi secrètement l'odeur matinale de sa femme qui s'y mêlait. Cela participait pour lui à l'atmosphère des débuts de la journée, et il aurait reconnu cette odeur entre mille.

— Tu as gagné ?

— Six dollars cinquante. Marion et son mari ont tout perdu, comme d'habitude. Plus de trente dollars à eux deux.

Trois couverts étaient mis, mais c'était rare que Belle mange avec eux. On ne l'éveillait pas. Souvent, elle apparaissait vers la fin du repas, en robe de chambre et pantoufles ; plus souvent encore, Spencer ne la voyait pas le matin.

— Comme je l'ai dit à Marion, qui trouve ça extraordinaire...

Ce fut encore plus banal que la veille, sans un mot à retenir, sans rien qui fît saillie, une sorte de ronron émaillé de quelques noms propres, de prénoms assez familiers pour qu'ils ne fassent plus image.

Cela n'avait d'ailleurs plus d'importance, mais il ne le savait pas encore, personne ne le savait. La vie du village commençait comme les autres matins dans les salles de bains, dans les cuisines, sur les seuils où les maris passaient leurs bottes de caoutchouc par-dessus leurs chaussures et dans les garages où l'on mettait les voitures en marche.

Il n'oublia pas sa serviette. Il n'oubliait jamais rien. Il fumait sa première pipe quand il s'installa au volant de la voiture et il aperçut le rose du peignoir de la petite Mrs Katz à une fenêtre.

Autour de chez eux, les maisons étaient espacées sur le flanc de la colline, entourées de pelouses maintenant cachées par la neige. Quelques-unes, comme celle des Katz, étaient neuves, mais la plupart étaient de belles vieilles maisons en bois de la Nouvelle-Angleterre, deux ou trois avec le portique colonial, toutes peintes en blanc.

Le bureau de poste, les trois épiceries, les quelques magasins qui constituaient *Main Street* se trouvaient plus bas, avec des pompes à essence à chaque bout, et le chasse-neige était déjà passé, traçant une large bande noire entre les trottoirs.

Ashby s'arrêta pour prendre son journal, entendit qu'on disait :

— Il neigera à nouveau tout à l'heure et nous aurons probablement un blizzard avant la nuit.

Quand il pénétra à la poste, on lui dit exactement les mêmes mots, qui avaient dû être prononcés au cours du bulletin météorologique.

La rivière traversée, il se mit à gravir la route en lacets qui conduisait à l'école. Toute la colline, en partie couverte de bois, appartenait à l'institution, et, là-haut, se dressaient une dizaine de bâtiments, sans compter les bungalows des professeurs. Si Christine n'avait pas possédé une maison à elle, c'est un de ces bungalows-là qu'ils auraient habité aussi, et, avant de l'épouser, Ashby avait vécu des années dans le plus grand, celui au toit vert, réservé aux professeurs célibataires.

Il rangea sa voiture dans un hangar où il y en avait déjà sept autres et, comme il montait les marches du perron, la porte s'ouvrit ; la secrétaire, miss Cole, se précipita avec l'air de vouloir lui barrer le passage.

— Votre femme vient de téléphoner. Elle demande que vous retourniez tout de suite chez vous.

— Il lui est arrivé quelque chose ?

— Pas à elle. Je ne sais pas. Elle m'a seulement priée de vous dire de ne pas vous affoler, mais qu'il est de première importance que vous rentriez sans perdre un instant.

Il voulut passer, avec l'intention d'entrer au secrétariat et de décrocher le téléphone.

— Elle insiste pour que vous ne perdiez pas de temps à l'appeler.

Il fronça les sourcils, intrigué, le visage assombri, mais la vérité est qu'il n'était pas spécialement ému. Il avait même envie de ne pas tenir compte de l'injonction de Christine et de composer son numéro. Sans miss Cole, qui lui barrait toujours le passage, il l'aurait fait.

— Bien ! Dans ce cas, veuillez dire au principal...
— Je l'ai prévenu.
— J'espère revenir avant la fin de la première classe...

Cela le tracassait, voilà le mot exact. Peut-être, surtout, parce que cela ne ressemblait pas à Christine. Elle avait ses défauts, comme tout le monde, mais ce n'était pas la femme à s'affoler pour une bêtise, ni surtout à le déranger à l'école. C'était une personne pratique, qui aurait appelé les pompiers plutôt que lui pour un feu de cheminée et le médecin pour un malaise ou une blessure.

En redescendant la route, il croisa Dan Mitchell qui, avant de se rendre à son bureau, amenait son fils à l'école. Un instant, il se demanda pourquoi Dan avait l'air surpris. Seulement après, il se rendit compte que, pour les gens, cela devait paraître étrange de le voir descendre la colline à cette heure-là au lieu de la monter.

Il n'y avait rien de particulier dans *Main Street,* aucune animation non plus aux alentours de chez lui, rien d'anormal nulle part. Ce n'est qu'en s'engageant dans l'allée qu'il aperçut, devant la porte de son propre garage, la voiture du docteur Wilburn.

Il n'avait que cinq enjambées à faire dans la neige et, machinalement, il avait fourré sa pipe dans sa poche. Sur le seuil, il tendait la main vers le bouton et, avant qu'il l'atteignît, la porte s'ouvrait d'elle-même ; comme cela s'était passé tout à l'heure à l'école.

Ce qui l'accueillit alors ne ressemblait à rien de ce qu'il pouvait prévoir, à plus forte raison à rien de ce qu'il avait vécu jusqu'alors.

Wilburn, qui était aussi le médecin de l'école, était un homme de soixante-cinq ans qui impressionnait certaines gens parce qu'il avait toujours l'air de se moquer d'eux. Beaucoup le prétendaient méchant. En tout cas, il ne faisait rien pour plaire et il avait un petit sourire spécial pour annoncer les mauvaises nouvelles.

C'était lui qui avait ouvert la porte à Spencer et qui se tenait devant lui, sans un mot, la tête penchée en avant pour le regarder par-dessus ses lunettes, tandis que Christine, dans la partie la plus obscure de la pièce, était tournée, elle aussi, vers la porte.

Pourquoi, n'étant coupable de rien, eut-il une sensation de culpabilité ? Dans la lumière qui régnait à ce moment-là, avec la neige déjà ternie, le ciel chargé, c'était impressionnant de voir le docteur au visage rusé tenir le bouton de la porte avec l'air d'introduire Ashby dans sa propre maison comme dans une sorte de tribunal mal éclairé.

Il réagit, entendit sa voix :
— Que se passe-t-il ?
— Entrez.

Il leur obéissait, pénétrait dans le living-room, retirait ses caoutchoucs, debout sur le paillasson, mais on ne lui répondait toujours pas, on ne daignait pas lui adresser la parole comme à un être humain.

— Christine, qui est malade ?

Et, comme elle se tournait machinalement vers le couloir :
— Belle ?

Il les vit fort bien, tous les deux, échanger un coup d'œil. Plus tard, il aurait pu traduire ces regards-là en mots. Celui de Christine disait au docteur :

« Vous voyez... Il a vraiment l'air de ne pas savoir... Qu'est-ce que vous en pensez ? »

Et le regard de Wilburn, que Spencer n'avait jamais détesté, semblait répondre :

« Évidemment... Il est possible que vous ayez raison... Tout est possible, n'est-ce pas ?... Au fond, c'est votre affaire... »

Tout haut, Christine prononçait :
— Un malheur, Spencer.

Elle faisait deux pas dans le corridor, se retournait.
— Tu es sûr de n'être pas sorti hier soir ?
— Certain.
— Pas même pour un moment ?
— Je n'ai pas quitté la maison.

Encore un coup d'œil au docteur. Encore deux pas. Elle réfléchissait, s'arrêtait de nouveau.
— Tu n'as rien entendu pendant la soirée ?
— Rien. J'ai travaillé à mon tour. Pourquoi ?

Que signifiaient ces manières-là, à la fin ? Il en avait presque honte. Honte surtout de se laisser impressionner et de répondre comme un coupable.

Christine tendait la main vers la porte.
— Belle est morte.

C'est sur l'estomac que ça lui tomba, peut-être à cause de tout ce qui venait de précéder, et il eut une vague envie de vomir. On aurait dit que Wilburn, derrière lui, était là pour épier ses réactions et pour lui couper la retraite au besoin.

Il avait compris qu'il ne s'agissait pas d'une mort naturelle, car on n'aurait pas fait tant de manières. Mais pourquoi n'osait-il pas les questionner carrément ? Pourquoi jouait-il l'étonnement progressif ?

Même sa voix, qu'il ne parvenait pas à mettre à son diapason normal !
— De quoi est-elle morte ?

Ce qu'ils voulaient tous les deux, il venait de s'en rendre compte, c'est qu'il regarde dans la chambre. Cela devait constituer à leurs yeux une sorte d'épreuve et il aurait bien été en peine de dire pourquoi il hésitait à le faire, à plus forte raison de dire de quoi il avait peur.

Ce fut le regard de Christine, planté droit dans le sien, froid et lucide comme celui d'une étrangère, qui le décida, le força à faire un pas en avant et à pencher la tête cependant que Wilburn lui soufflait dans le cou.

2

Ce souvenir-là faisait partie des trois ou quatre souvenirs « honteux » qui, pendant des années, l'avaient harcelé au moment de s'endormir. Il devait avoir treize ans, et il se trouvait avec un gamin du même âge, dans une grange du Vermont, un samedi d'hiver, et la neige était si épaisse qu'on se sentait prisonnier de l'immensité.

Chacun avait creusé sa niche dans le foin qui leur tenait chaud et ils regardaient dehors, sans rien dire, le dessin noir et compliqué des branches d'arbres. Peut-être étaient-ils arrivés au bout de leur faculté de silence et d'immobilité ! Le camarade s'appelait Bruce. Maintenant encore, Ashby préférait ne pas s'en souvenir. Bruce avait tiré quelque chose de sa poche, le lui avait tendu en disant d'une voix qui aurait dû l'avertir :

— Tu connais ?

C'était une photographie obscène ; tous les détails se détachaient crûment — aussi crûment que les arbres sur la neige — sur la blancheur comme malade des chairs.

Un flot de sang l'avait envahi, sa gorge s'était serrée, ses yeux étaient devenus humides et chauds, tout cela dans une même seconde. Son corps entier avait été en proie à une angoisse qu'il ne connaissait pas et il n'osait regarder ni les deux corps nus de la photo, ni son ami ; il n'osait pas non plus détourner les yeux.

Longtemps, il avait pensé que cela avait été le moment le plus pénible de sa vie, surtout quand, levant enfin la tête avec effort, il avait vu sur le visage de Bruce un laid sourire, railleur et complice.

Bruce savait ce qu'il venait de ressentir. Il l'avait fait exprès, l'avait guetté. Bien que ce fût un voisin et que leurs parents fussent amis, Ashby n'avait jamais accepté de le revoir en dehors de l'école.

Eh bien ! c'est cette sensation-là, à peu de chose près, qu'il retrouvait après tant d'années en regardant dans la chambre, la même chaleur soudaine et lancinante dans les membres, le même picotement des yeux, le même serrement de la gorge, la même honte. Et cette fois-ci encore, il y avait quelqu'un pour le regarder avec une expression qui ressemblait à celle de Bruce.

Sans voir le docteur Wilburn, il en était sûr.

On avait levé les stores vénitiens et ouvert des rideaux, ce qui n'arrivait presque jamais, de sorte que la chambre, jusque dans ses recoins, était pleine de la dure lumière d'un matin de neige, sans pénombre, sans mystère. Du coup, on avait l'impression qu'il y faisait plus froid que dans le reste de la maison.

Le corps était étendu au beau milieu de la pièce, en travers sur la carpette verte, les yeux ouverts, la bouche béante, la robe de laine bleue relevée jusqu'à mi-ventre, laissant voir la gaine et les jarretelles noires qui retenaient encore les bas, tandis que la culotte, d'un rose pâle, gisait plus loin, roulée en boule comme un mouchoir.

Il n'avait pas avancé, pas bougé, et il sut gré à Christine, après un temps assez court, de refermer la porte du même geste qu'elle aurait eu pour étendre un drap sur le cadavre.

Par contre, il détesta pour toujours le docteur Wilburn, qui révélait par son sourire qu'il avait compris la nature exacte de son trouble.

Ce fut Earl Wilburn qui parla.

— J'ai téléphoné d'ici au coroner, qui doit arriver d'un moment à l'autre.

Ils étaient revenus tous les trois dans le living-room où, à cause de la mauvaise lumière du matin, on avait laissé les lampes allumées, et il n'y avait eu que le docteur à s'asseoir dans un fauteuil.

— Qu'est-ce qu'on lui a fait ?

Ce n'était pas la question qu'il avait l'intention de poser. Il avait voulu dire :

« De quoi est-elle morte ? »

Plus exactement :

« Comment l'a-t-on tuée ? »

Il n'avait pas vu de sang, rien que de la peau d'une blancheur inhabituelle. Il ne récupérait pas son sang-froid. Il était persuadé maintenant que sa femme et le docteur l'avaient soupçonné, le soupçonnaient peut-être encore. Une preuve qu'on n'avait pas agi franchement à son égard, c'est qu'en découvrant le corps de Belle, ce n'est pas à lui que Christine avait téléphoné en premier lieu, alors que, logiquement, cela aurait été à lui de prendre une décision, de savoir que faire en pareil cas.

Comme si elle devinait le cours de sa pensée, elle disait :

— Le docteur Wilburn est le médecin légiste de la commune.

Elle ajoutait, du ton qu'elle aurait pris à un de ses comités :

— C'est lui qui doit toujours être avisé le premier en cas de mort suspecte.

Elle était calée sur ces questions-là, sur les fonctions officielles, les attributions et prérogatives de chacun.

— Belle a été étranglée. Cela ne fait aucun doute. C'est pourquoi le docteur a averti le coroner, à Litchfield.

— Pas la police ?

— Cela regarde le coroner de faire appel à la police du comté ou à la police d'État.

— Je suppose, soupira-t-il, que je ferais mieux d'avertir le principal que je n'irai pas à l'école aujourd'hui.

— Je lui ai téléphoné. Il ne t'attend pas.

— Tu lui as dit... ?

— Qu'il était arrivé malheur à Belle, sans fournir de détails.

Il n'en voulait pas à sa femme de garder sa présence d'esprit. Il savait que ce n'était pas sécheresse de cœur de sa part, mais plutôt le fait d'un long entraînement. Il aurait parié qu'elle s'inquiétait de la façon dont les gens apprendraient l'événement, pesait le pour et le contre, hésitait à donner elle-même quelques coups de téléphone.

Alors seulement il retira son pardessus, son chapeau, prit une pipe de sa poche et retrouva enfin sa voix naturelle pour dire :

— Avec toutes ces voitures qui vont venir, je ferais mieux de rentrer notre auto au garage pour dégager l'allée.

Il pensa vaguement à une gorgée de whisky qui l'aurait aidé à se remettre d'aplomb, mais n'insista pas. Il sortait du garage quand il aperçut l'auto de Bill Ryan qui gravissait la côte et, à côté de Bill, une jeune femme qu'il ne connaissait pas. Cela ne l'avait pas frappé, quand on avait parlé du coroner, que celui-ci n'était autre que Ryan.

Il en fut choqué. Peut-être parce que, les rares fois qu'il l'avait rencontré, c'était à des *parties* où Bill était toujours un des premiers à parler trop fort et à manifester une cordialité exagérée.

Une fois encore, en rentrant chez lui, il aperçut le peignoir rose à la fenêtre des Katz.

— De quoi s'agit-il, Spencer ? Si j'ai bien compris, on a tué quelqu'un ?

— Le docteur va vous mettre au courant. C'est lui qui vous a appelé.

Quand un de ses élèves était de l'humeur qu'il avait ce matin-là, il savait d'avance qu'il n'y avait rien à en tirer. Il n'en voulait à personne en particulier, sauf au docteur. Il était plutôt reconnaissant à Christine de lui jeter de temps en temps un coup d'œil encourageant, comme pour lui faire entendre qu'elle était son amie. Et c'était vrai, en somme. Ils étaient bons amis, tous les deux.

— Je vous présente ma secrétaire, miss Moeller. Vous pouvez retirer votre manteau et vous préparer à prendre des notes, miss Moeller.

Il butait chaque fois sur le nom, comme s'il avait l'habitude d'employer le prénom. Il s'excusait auprès de Christine d'agir comme chez lui.

— Vous permettez ?

Il attirait Wilburn à l'écart. Tous les deux parlaient bas, en les observant tout à tour, se dirigeaient enfin vers la chambre dont ils laissaient d'abord la porte ouverte ; mais ils devaient la refermer un peu plus tard.

Pourquoi cela agaçait-il Spencer de voir miss Moeller, qui avait retiré son chapeau, son manteau et ses caoutchoucs, se recoiffer devant un miroir de poche ? Il aurait parié que le peigne n'était pas très propre. Elle était quelconque et devait avoir la chair drue et insipide, mais elle appartenait au genre agressif. Quant à Ryan, c'était un homme d'une quarantaine d'années, sanguin, aux épaules puissantes, dont la femme était presque toujours souffrante.

— Vous prendrez peut-être une tasse de café, miss Moeller ? proposa Christine.

— Volontiers.

C'est alors seulement qu'il remarqua que, depuis qu'il avait quitté la maison pour l'école, où il n'était resté que quelques instants, sa femme avait eu le temps de faire sa toilette et de s'habiller. Son visage n'était pas plus pâle que d'habitude, au contraire. S'il existait un signe d'émotion, c'était dans les disques violets de ses prunelles, qui ne parvenaient à se fixer nulle part. Elle regardait un objet, puis, tout de suite après, sautait à un autre avec l'air de ne les voir ni l'un ni l'autre.

— Si vous le permettez, j'ai un ou deux coups de téléphone à donner.

C'était Ryan qui revenait. Il appelait la police d'État, parlait à un lieutenant qu'il semblait connaître personnellement, sonnait ensuite un autre bureau, où il donnait des instructions en patron.

— Je crains, expliqua-t-il ensuite à Christine, que nous soyons forcés de beaucoup vous déranger aujourd'hui et je vais vous demander si nous pouvons disposer de cette pièce. Vous n'avez pas besoin d'une petite table, miss Moeller ?

— Le bras du canapé fera l'affaire.

En disant cela, elle tirait sur sa robe. Elle se trouvait assise très bas dans les coussins, les genoux hauts. Ses jambes apparaissaient comme des colonnes claires, et, dix fois, vingt fois, elle allait avoir ce geste vain pour les recouvrir. A la fin, Spencer en grinçait presque des dents.

— Je conseille à chacun de s'installer confortablement. J'attends, d'une part, le lieutenant Averell, de la police d'État ; d'autre part, mon vieux collaborateur de la police du comté. D'ici à ce qu'ils arrivent, j'aimerais vous poser quelques questions.

D'un battement de paupières, il parut dire à miss Moeller :
« Allez-y ! »

Puis il regarda Ashby, sa femme, hésita, décida que c'était décidément Christine qu'il valait mieux interroger pour avoir des réponses précises.

— Le nom de cette personne, d'abord, voulez-vous ? Je ne me souviens pas l'avoir rencontrée avec vous et...

— Il n'y a qu'un mois qu'elle est ici.

Tournée vers la secrétaire, Christine épelait :
— Belle Sherman.
— De la famille du banquier de Boston ?
— Non. D'autres Sherman, de Virginie.
— Parents avec vous ?
— Ni avec moi ni avec mon mari. Lorraine Sherman, la mère de Belle, est une amie d'enfance. Plus exactement, nous étions au même collège.

Assis près de la fenêtre, Ashby regardait dehors d'un air absent, boudeur, en tout cas maussade. Sa femme avait comme ça un certain nombre d'amies à qui elle écrivait régulièrement et dont elle parlait à table en les appelant par leur prénom, comme si, lui aussi, les connaissait depuis toujours.

Il finissait par les connaître, d'ailleurs, même sans les avoir jamais vues.

Longtemps, Lorraine n'avait été qu'un prénom parmi les autres et il la situait vaguement dans le Sud, imaginait une grosse fille un peu hommasse qui riait à tout bout de champ et s'habillait de couleurs voyantes.

De ces amies-là, il avait fini par en rencontrer quelques-unes. Or toutes, sans exception, s'étaient révélées plus banales que l'image qu'il s'en était faite.

Avec Lorraine, il s'agissait presque d'un roman à épisodes. Pendant des mois, Christine avait reçu lettre sur lettre.

— Je me demande si elle va finir par divorcer.

— Elle est malheureuse ?

Puis la question avait été de savoir si c'était Lorraine ou son mari qui demanderait le divorce, s'ils iraient à Reno ou entreprendraient la procédure en Virginie. Une maison à se partager, il s'en souvenait, avec des terrains qui pourraient un jour acquérir de la valeur, compliquait la question.

Et enfin on se demanda si Lorraine obtiendrait ou non la garde de sa fille, de sorte que Spencer, sans penser plus loin, s'était figuré une gamine d'une dizaine d'années avec des tresses dans le dos.

Lorraine avait apparemment gagné la partie et obtenu la fille.

— La pauvre femme est épuisée par cette bataille et, par-dessus le marché, se trouve du jour au lendemain sans fortune. Elle voudrait se rendre en Europe où elle a de la famille, afin de voir si...

Cela venait toujours à peu près au même moment du dîner, avant le dessert. L'histoire avait duré toute la saison.

— Elle n'est pas en mesure de laisser sa fille continuer ses études. Elle ne peut pas non plus engager des frais pour l'emmener avec elle sans savoir comment sa famille va la recevoir. Je lui ai offert de prendre Belle chez nous pendant quelques semaines.

Voilà comment ce nom-là était en quelque sorte entré dans sa vie, s'y était matérialisé un beau jour, était devenu une jeune fille aux cheveux acajou à qui il n'avait guère prêté attention. Pour lui, c'était la fille d'une amie de Christine, d'une femme qu'il n'avait jamais vue. La plupart du temps, elles bavardaient toutes les deux, entre femmes. Enfin Belle était au mauvais âge. C'était difficile à définir ce qu'il entendait par là. Un peu plus tôt, elle aurait été une gamine. Un peu plus tard, il l'aurait rencontrée dans les *parties* et lui aurait parlé comme à une grande personne. Au fait, elle avait l'âge des filles avec lesquelles les plus grands de ses élèves commençaient à sortir.

Il ne lui avait pas fait grise mine, ne l'avait pas évitée. Peut-être, après les repas, descendait-il dans son cagibi un peu plus tôt que d'habitude ?

Il s'y rendait justement, tandis que Christine était occupée à répondre aux questions, pour aller chercher le pot à tabac, car celui de sa blague était trop sec. Il sursauta en entendant Bill Ryan qui le rappelait.

— Où allez-vous, vieux ?

A quoi bon cette fausse jovialité ?

— Chercher du tabac dans mon bureau.
— Je vais avoir besoin de vous tout de suite.
— Cela ne prendra qu'une seconde.

Ryan et le docteur se regardèrent.

— Je ne voudrais pas que vous preniez ceci de mauvaise part, Spencer, mais je préférerais que vous restiez avec nous. La police arrivera bientôt, suivie des techniciens. Vous savez comment cela se passe. Vous en avez sûrement entendu parler par les journaux : photographies, relevés d'empreintes, analyses et tout le tremblement. Jusque-là, il s'agit que rien ne soit touché.

Il enchaîna, tourné vers Christine :

— Vous dites donc que sa mère est en ce moment à Paris et que vous savez où la joindre. Nous conviendrons tout à l'heure du texte du câble à lui envoyer.

A Spencer :

— D'après votre femme, vous n'auriez pas quitté la maison de toute la soirée d'hier ?
— C'est un fait.

Ryan éprouvait le besoin — comme tous les lâches, pensait Ashby, comme tous les veules — d'afficher un sourire faussement innocent.

— Pourquoi ?
— Parce que je n'avais pas envie de sortir.
— Vous êtes pourtant joueur de bridge.
— Cela m'arrive.
— Et même fort joueur, hein ?
— Assez.
— Votre femme vous a téléphoné hier tout exprès de chez les Mitchell pour annoncer qu'on organisait un tournoi.
— Je lui ai répondu que je terminais mon travail et que j'allais me coucher.
— Vous vous teniez dans cette pièce ?

Il avait lancé un coup d'œil au téléphone, pensant qu'il n'y avait que celui-là dans la maison, espérant peut-être qu'Ashby allait se couper.

— J'étais dans mon bureau, qui me sert aussi d'atelier de menuiserie.
— Vous êtes monté quand le téléphone a sonné ?
— J'ai répondu d'en bas, où je dispose d'un second appareil.
— Vous n'avez rien entendu de toute la soirée ?
— Rien.
— Vous n'êtes pas venu dans ces pièces ?
— Non.
— Vous n'avez pas vu rentrer miss Sherman ?
— Je ne l'ai pas vue rentrer, mais elle est venue me dire bonsoir.
— Combien de temps est-elle restée dans votre bureau ?
— Elle n'y est pas entrée.
— Pardon ?

— Elle se tenait dans l'encadrement de la porte. J'ai été surpris de l'y apercevoir en levant la tête, car je ne l'avais pas entendue venir.

Il parlait net, d'une façon incisive, presque arrogante, comme pour remettre Ryan à sa place, et ce n'était pas celui-ci qu'il regardait, mais, exprès, la secrétaire qui sténographiait ses paroles.

— Elle vous a annoncé qu'elle allait se coucher ?

— J'ignore ce qu'elle m'a dit. Elle m'a parlé, mais je n'ai rien entendu, car mon tour fonctionnait et couvrait sa voix. Avant que j'aie eu le temps d'arrêter le moteur, elle était partie.

— Vous supposez qu'à ce moment-là elle rentrait du cinéma ?

— C'est probable.

— Quelle heure était-il ?

— Je n'en ai aucune idée.

Se trompait-il en supposant que Christine qui, tout à l'heure, paraissait nettement de son côté, commençait à le désapprouver ? Cela devait tenir au respect qu'elle vouait aux situations acquises, ce qui revenait, en somme, à son fameux sentiment de la communauté. Il lui avait entendu tenir son raisonnement au sujet des pasteurs, un jour qu'on discutait des mauvais pasteurs et des bons. En l'occurrence, c'était au coroner, c'est-à-dire à l'homme chargé, dans le comté, d'assurer la justice pour chacun, que Spencer répondait d'une façon sèche et quasi grossière. Peu importait que le coroner fût Bill Ryan, un homme à chair épaisse, incapable de boire en gentleman, dont Ashby regardait le visage luisant avec une impatience croissante.

— Vous aviez votre montre sur vous ?

— Non, Mr Ryan. Je l'ai laissée dans ma chambre lorsque je suis allé changer de pantalon.

— Vous êtes donc monté pour vous changer ?

— Parfaitement.

— Pour quelle raison ?

— Parce que j'avais fini de corriger les devoirs et que j'allais travailler au tour, ce qui est salissant.

Le docteur Wilburn comprenait que la moutarde lui montait au nez et, renversé dans son fauteuil, le regard au plafond, avait l'expression béate que certaines gens prennent au théâtre.

— Cette jeune fille, Belle, se trouvait dans sa chambre quand vous êtes monté ?

— Non. C'est avant son retour que...

— Pardon ! Comment savez-vous qu'elle n'était pas dans sa chambre ? Ne vous fâchez pas, Ashby. Nous discutons de questions. Je ne doute pas un instant de votre parfaite honnêteté, mais j'ai besoin de tout connaître de ce qui s'est passé la nuit dernière dans cette maison. Vous étiez dans votre bureau. Bon. Vous corrigiez les devoirs. D'accord. Ce travail fini, vous êtes monté pour vous changer. Maintenant, je vous demande : où était Belle à ce moment-là ?

Il fallait répondre sans hésiter :

« Au cinéma. »

Mais voilà qu'il lui venait un scrupule, peut-être à cause de la secrétaire qui prenait note de ses paroles. Était-ce avant ou après le retour de Belle qu'il était allé se changer ? Il y avait soudain comme un trou dans sa mémoire, ainsi que cela arrive à certains élèves lors des examens oraux.

— S'il travaillait à son tour... intervint Christine de son air le plus naturel.

Évidemment ! S'il travaillait à son tour quand Belle était rentrée — *et il y travaillait* — il portait son vieux pantalon de flanelle grise. Donc c'était avant le retour de la jeune fille qu'il s'était rendu dans sa chambre pour se changer.

— J'aurais préféré qu'on ne l'aide pas. Vous dites, Spencer, qu'elle est allée vous dire bonsoir et n'est restée avec vous qu'un instant. Combien de temps à peu près ?

— Moins d'une minute.

— Avait-elle son chapeau sur la tête et son manteau sur le dos ?

— Elle portait un béret sombre.

— Son manteau ?

— Je ne me rappelle pas le manteau.

— Vous supposez qu'elle rentrait du cinéma, mais elle aurait fort bien pu venir vous annoncer qu'elle se disposait à sortir.

Christine intervint à nouveau.

— Elle ne serait pas ressortie aussi tard.

— Vous savez qui l'accompagnait au cinéma ?

— Nous ne tarderons certainement pas à l'apprendre.

— Elle avait un amoureux ?

— Tous les jeunes gens et jeunes filles de l'endroit à qui nous l'avions présentée l'aimaient beaucoup.

Christine, elle, ne se fâchait pas, et pourtant elle devait ressentir les soupçons dirigés contre une jeune fille qui avait été son hôte.

— Vous ne savez pas si quelqu'un était particulièrement assidu ?

— Je n'ai rien remarqué de semblable.

— Je suppose qu'elle ne vous faisait pas de confidences ?

» En somme, vous ne la connaissiez que depuis un mois. C'est bien un mois que vous m'avez dit ?

— Oui, mais j'ai beaucoup connu sa mère.

C'était du Christine tout pur, et cela ne signifiait rien. Miss Moeller tirait sur sa robe. Ashby aurait parié qu'elle s'appelait Bertha ou Gaby et qu'elle allait danser tous les samedis dans des bals populaires éclairés au néon.

Deux autos s'arrêtaient l'une derrière l'autre dans l'allée, toutes les deux portant une plaque d'immatriculation officielle. La première était conduite par un patrouilleur en uniforme de la police d'État, et le lieutenant Averell, en civil, en descendit, tandis qu'un petit homme maigrichon, entre deux âges, en civil lui aussi, coiffé d'un chapeau démodé, quittait la seconde voiture et s'avançait respectueusement vers le lieutenant. Ashby n'ignorait pas que c'était le chef de la police du comté, mais il ne savait pas son nom.

Les deux hommes, dehors, se serraient la main, échangeaient quelques phrases en secouant leurs bottes, regardaient la maison, puis celle des Katz, et le lieutenant Averell dut surprendre la silhouette rose de Mrs Katz, qui s'effaçait vivement.

Bill Ryan s'était levé pour marcher à leur rencontre. Le docteur se levait aussi. Tout le monde, y compris miss Moeller, échangeait des poignées de main. Il y avait un Averell à *Crestview School*, mais il n'était pas encore dans la classe d'Ashby, qui ne le connaissait que de nom. Quant au père, c'était un bel homme aux cheveux gris, au visage rose et aux yeux bleus, qui semblait timide ou mélancolique.

— Si vous voulez venir par ici... invitait Ryan.

Le docteur les suivit et seule la secrétaire resta entre Spencer et sa femme. Celle-ci proposa:

— Encore un peu de café ?

— Ma foi, si cela ne doit pas vous déranger ?

Christine gagna la cuisine, et son mari resta à sa place. Après les paroles de Ryan, il aurait eu l'air, en la suivant, d'aller lui chuchoter Dieu sait quels secrets.

— Vous avez une jolie vue.

La Moeller se croyait obligée de lui faire la conversation, en souriant d'un sourire mondain.

— Je pense que vous avez davantage de neige par ici qu'à Litchfield. C'est plus haut, de toute façon...

Il revit le peignoir rose à la fenêtre des Katz, puis, au bas de l'allée, deux femmes qui observaient de loin les autos de la police.

Le petit maigrichon sortit seul de la chambre, dont il referma la porte derrière lui, s'avança vers le téléphone.

— Vous permettez ?

Il appela son bureau, donna des instructions aux hommes qui devaient venir le rejoindre avec leurs appareils. Christine apportait du café pour la secrétaire et pour elle.

— Tu en désires ?

— Merci.

— Je crains, Mrs Ashby, que vous ne soyez pas fort tranquille dans votre maison aujourd'hui.

Quand tous sortirent enfin de la chambre, silencieux, le visage grave, comme des gens qui viennent de tenir un conciliabule secret, Ashby se leva de sa chaise, soudain nerveux.

— Je ne peux toujours pas descendre dans mon bureau ? demanda-t-il.

Ils se regardèrent, Ryan expliqua :

— J'ai cru préférable, tout à l'heure, d'éviter que...

— Peut-être, Mr Ashby, voudrez-vous avoir l'amabilité de me montrer ce bureau ?

C'était Averell qui parlait, avec beaucoup de politesse et même de douceur. Il s'arrêtait, comme Belle l'avait fait la veille, au-dessus des trois marches, et avait l'air de regarder les lieux, non en détective, mais en homme qui aimerait avoir une retraite semblable pour y passer ses soirées.

— Voulez-vous faire fonctionner le tour un instant ?

Ceci faisait partie de l'enquête. Il parlait, lui aussi, pendant que le tour vrombissait, on voyait ses lèvres qui remuaient, puis il faisait signe d'arrêter le moteur.

— Il est évidemment impossible d'entendre quoi que ce soit quand le tour fonctionne.

Il aurait bien voulu bavarder, s'attarder à toucher le tour, les objets confectionnés par Spencer, regarder les livres, peut-être essayer le vieux fauteuil de cuir qui avait l'air si confortable.

— Il faut que je retourne là-haut, où nous avons de la besogne. Vous ne savez rien, n'est-ce pas ?

— La dernière fois que je l'ai vue, elle se tenait sur le seuil, à l'endroit où vous êtes, et je ne sais pas ce qu'elle m'a dit, j'ai seulement deviné les deux derniers mots : *Bonne nuit*.

— Rien ne vous a frappé au cours de la soirée ?

— Rien.

— Je suppose que vous avez fermé la porte d'entrée à clef ?

Il fut obligé de réfléchir.

— Je crois. Oui. C'est certain. Je me souviens que ma femme m'a annoncé au téléphone qu'elle avait sa clef.

La gravité du lieutenant le frappa.

— Voulez-vous dire qu'on est entré par la porte ? demanda-t-il, inquiet.

Il avait eu tort de poser cette question. Ces choses-là doivent probablement rester secrètes au cours d'une enquête. Il le comprit à l'attitude d'Averell, qui eut pourtant un vague mouvement de la tête pouvant passer pour un signe d'assentiment.

— Vous m'excusez ?

Il s'en allait. Ashby, lui, sans savoir au juste pourquoi, restait seul dans son cabinet, dont il referma la porte, et cinq minutes après il le regrettait.

Personne ne l'avait éloigné du living-room et c'était de son propre chef qu'il s'était isolé. Or, ici, il ne savait plus rien de ce qui se passait, il entendait seulement des pas, des allées et venues. Deux autos au moins s'étaient arrêtées dans l'allée ; une seule s'était éloignée.

Quelle raison avait-il eue de se conduire ainsi en enfant boudeur ?

Plus tard, il en était sûr, quand ils seraient enfin seuls — mais quand donc seraient-ils seuls à nouveau ? — Christine lui dirait doucement, sans lui en faire un reproche, qu'il était trop susceptible, qu'il se torturait inutilement, que ces gens-là, y compris Ryan, n'accomplissaient que leur devoir.

Oserait-elle ajouter qu'au moment de la découverte du corps de

Belle elle avait douté de lui, elle aussi, à telle enseigne qu'elle avait d'abord téléphoné au docteur Wilburn ?

Une fois de plus, il ne savait pas l'heure, et l'idée ne lui venait pas de tirer sa montre de sa poche, peut-être parce que, quand il était dans son cagibi, il portait presque toujours son pantalon de flanelle grise. La bouteille de scotch était dans le placard, celle dont il se servait deux verres chaque soir, et il fut tenté d'en boire. Mais, d'abord, il n'avait pas de verre et il lui aurait répugné de boire au goulot comme un ivrogne ; ensuite, il n'était sans doute pas onze heures du matin, ce qui, à son sens, constituait la plus basse limite permise pour prendre de l'alcool.

Pourquoi boire, au surplus ? Il y avait eu un instant pénible, humiliant, qu'il aurait préféré oublier comme il avait, pendant des années, essayé d'oublier le sourire de Bruce. Cela avait été brutal, comme mécanique. Ce n'était pas sa faute. Il n'y avait mis aucune complaisance, au contraire. Le docteur ne savait-il pas ça ? Cela ne se passait-il pas ainsi pour tous les hommes ?

Jamais il n'avait pensé à Belle d'une façon équivoque. Pas une fois il n'avait regardé ses jambes comme tout à l'heure il regardait celles de la secrétaire et il aurait été incapable de dire comment elles étaient faites.

Il en voulait à miss Moeller de son manège, de ses gestes faussement pudiques destinés à attirer l'attention. Il méprisait ces femmes-là comme il méprisait les Ryan. En somme, ils allaient bien ensemble.

On avait l'air de traîner des meubles sur les planchers. C'était vraisemblablement ce qu'on faisait, dans l'espoir de découvrir des indices. En trouverait-on ? Quelle sorte d'indices ? Pour établir quoi ?

Tout à l'heure, le lieutenant lui avait demandé...

Comment cela ne l'avait-il pas frappé ? Il était question de savoir s'il avait fermé la porte à clef ou non. Or, en rentrant, dans le cours de la nuit, Christine n'avait certainement rien remarqué d'anormal. Elle ne se serait pas couchée sans le lui dire. C'est donc que la porte était fermée. Il était presque sûr de l'avoir fermée.

Cela paraissait stupide, mais il se rendait seulement compte, tout à coup, que, puisque ce n'était pas lui qui avait tué Belle, c'était quelqu'un qui, par conséquent, avait pénétré dans la maison, et il n'y avait pas que cela dont il ne s'était pas rendu compte.

A quoi avait-il pu penser ?

Un fait tout simple, brutal, évident, c'est que cela s'était produit sous son toit, dans sa maison, à quelques mètres de lui. Si c'était pendant qu'il dormait, deux cloisons seulement le séparaient de la chambre de Belle.

Ce qui l'impressionnait, ce n'était pas tant l'idée d'un inconnu forçant la serrure ou enjambant la fenêtre.

Ils vivaient à trois dans la maison. Belle n'était avec eux que depuis un mois, mais ils n'en vivaient pas moins à trois dans la maison. Le visage de Christine lui était si familier qu'il ne le remarquait plus. Il n'avait pas fait davantage attention au visage de Belle.

Ils connaissaient tout le monde. Pas seulement les gens de la société comme eux, mais les familles qui habitaient le quartier bas, les ouvriers du four à chaux, de l'entreprise de construction, les femmes qui font des ménages.

Selon le mot de Christine, cela constituait bien une communauté, et jamais ce mot-là ne l'avait autant frappé que ce matin, justement à cause de ce qui s'était passé.

Parce que quelqu'un était venu, ici, chez lui, dans sa maison, avec l'idée préconçue d'assaillir Belle et peut-être de la tuer.

Il en avait froid. Il lui semblait que cela l'atteignait personnellement, qu'il était menacé lui-même de quelque chose.

Il aurait voulu pouvoir se dire qu'il s'agissait d'un rôdeur, de quelqu'un de tout à fait étranger, de différent, mais c'était improbable. Quels sont les rôdeurs qui errent dans les campagnes au mois de décembre, quand les chemins sont couverts de neige ? Et comment un rôdeur aurait-il su qu'il y avait une jeune fille, dans cette maison-là précisément, dans cette chambre-là ? Comment s'y serait-il introduit sans bruit ?

C'était effrayant. Ils avaient dû penser à tout cela, là-haut, en discuter entre eux.

Même quelqu'un qui aurait suivi Belle depuis le cinéma... Il aurait fallu que ce fût elle qui lui ouvrît la porte. Cela ne tenait pas debout. Il l'aurait attaquée dans la rue, sans attendre qu'elle pénétrât dans une maison éclairée où on pouvait supposer que se trouvaient d'autres personnes.

Comment un étranger aurait-il appris qu'elle avait une chambre pour elle seule ?

Il se sentait faible. Il avait perdu toute assurance, d'un seul coup. C'était un peu comme si le monde vacillait autour de lui.

Celui qui avait fait ça connaissait Belle, connaissait la maison ; ce n'était pas possible autrement. Donc c'était quelqu'un qui appartenait à la communauté, quelqu'un qu'ils fréquentaient, qui les fréquentait, qui avait dû venir chez eux.

Il préféra s'asseoir.

Cela voulait dire un ami, une relation assez intime, il fallait bien l'admettre, non ?

Bon ! S'il était capable, même avec difficulté, d'admettre qu'un homme qui avait été accueilli dans sa maison avait fait ça, pourquoi les autres ne penseraient-ils pas...

Toute la matinée, il s'était comporté comme un imbécile. Il s'était aigri contre Ryan à cause de ses questions, mais sans s'imaginer que le coroner les posait dans un but déterminé, avec une idée préconçue.

Si quelqu'un avait fait ça...

Il n'y avait pas à sortir de là : pourquoi pas lui ? C'est évidemment de ça qu'ils s'entretenaient chaque fois qu'on conduisait un nouvel arrivant dans la chambre. Ensuite, dans le living-room, ils l'observaient à la dérobée.

Même Christine, au fond, pourquoi n'aurait-elle pas pensé comme les autres ?

C'était un peu écœurant, voilà tout, surtout le sourire équivoque du docteur Wilburn.

Peut-être qu'il se trompait, qu'on ne le soupçonnait pas, qu'ils avaient des raisons pour ne pas le soupçonner. Il ne savait rien. On ne lui avait rien dit de précis. Il devait bien exister des indices ?

Se trompait-il en pensant que le lieutenant Averell, quand il était descendu avec lui, l'avait regardé plutôt avec sympathie ? Il regrettait de ne pas mieux le connaître. Il lui semblait que c'était un homme dont il aurait pu être l'ami. Il ne lui avait pas donné de détails sur ce qu'on avait découvert, mais cela, il ne le pouvait professionnellement pas.

Un autre indice : est-ce que miss Moeller, si on l'avait réellement soupçonné du meurtre, serait restée en tête à tête avec lui, à parler de la neige et de l'altitude, pendant que Christine préparait le café ?

Il enviait l'aisance de sa femme, là-haut. Leur aisance à tous. Leur naturel. Quand ils sortaient de la chambre du fond, ils étaient graves, mais pas spécialement troublés. Ils devaient discuter de possibilités et d'impossibilités.

Ashby aurait juré qu'ils n'avaient pas la même sensation que lui, qu'ils n'imaginaient pas, comme lui, l'homme entrant dans la maison, s'approchant de Belle, avec, dans la tête...

Il se surprit à se mordre les ongles. Une voix l'appelait :

— Tu peux venir, Spencer.

Un peu comme si c'étaient les autres qui l'avaient éloigné d'eux, alors qu'il s'était retiré de son propre chef.

— Qu'est-ce que c'est ?

Il ne voulait pas paraître tout heureux de les rejoindre.

— M. Ryan va partir. Il y a encore une ou deux questions qu'il aimerait te poser.

Il remarqua d'abord que le docteur Wilburn n'était plus là, mais ce n'est que beaucoup plus tard qu'il sut qu'on était venu chercher le corps pour le conduire chez l'entrepreneur de pompes funèbres où, au moment où il entrait dans le living-room, le docteur était en train de procéder à l'autopsie.

Il ne vit pas le lieutenant Averell non plus. Le petit chef de police du comté était assis dans un coin, une tasse de café à la main.

Comme si elle avait peur qu'il oublie ses jambes, miss Moeller tirait sur sa jupe.

— Asseyez-vous, Mr Ashby...

Christine, comme troublée, restait debout près de la porte de la cuisine.

Pourquoi Bill Ryan cessait-il de l'appeler par son prénom ?

3

Ils étaient debout devant la fenêtre, elle et lui, séparés seulement par un fauteuil et un guéridon, à regarder l'auto qui s'éloignait en lâchant de la vapeur blanche par son pot d'échappement. Cette fois-ci, Ashby savait l'heure. Il était un tout petit peu plus d'une heure et quart. Le dernier s'en allait enfin, Ryan, accompagné de sa secrétaire, et il n'y avait plus qu'eux dans la maison.

Ils se regardèrent, discrètement, sans appuyer. Entre eux, plus encore que devant les gens, ils étaient pudiques. Spencer était content de Christine, et même assez fier d'elle. De son côté, il avait l'impression qu'elle n'était pas fâchée de la façon dont il s'était comporté.

— Qu'as-tu envie de manger ? Inutile de te dire que je n'ai pas fait le marché.

Elle parlait de nourriture à dessein. Elle avait raison. Cela rendait à l'atmosphère un peu de son intimité. Exprès aussi, elle allait vider le cendrier où Ryan avait laissé le mégot d'un de ses gros cigares. C'était une odeur à laquelle on n'était pas habitué dans la maison. Il avait fumé tout le temps et, quand il tirait son cigare de sa bouche pour le contempler avec complaisance, ils étaient écœurés d'en voir le bout mâché et gluant.

— J'ouvre une boîte de bœuf ?
— Je préférerais des sardines, ou n'importe quoi de froid.
— Avec une salade ?
— Si tu veux.

Il se sentait las, après coup. Il se trompait peut-être, mais il avait l'impression de revenir de loin. Ce n'était pas fini, certes ! On les reverrait sans doute les uns après les autres, et il y aurait encore des points à éclaircir. Il n'en était pas moins réconfortant d'être sorti à son honneur de l'interrogatoire de Ryan. N'est-ce pas cela qu'ils pensaient tous les deux sans se le dire ?

Ce qui l'avait chiffonné, tout à l'heure, quand on l'avait appelé, cela avait été de voir Christine pousser la porte de la cuisine. Il s'était demandé pourquoi elle quittait le living-room au moment où il y entrait ; puis, au visage de Bill Ryan, il avait compris qu'elle agissait sur les ordres de celui-ci.

Rien que ce détail plaçait leur conversation sur un plan nouveau et cela ne s'appelait même plus une conversation. Comme aussi le « Mr Ashby » dont on le gratifiait. Ryan le faisait exprès d'employer tous les trucs qu'on voit utiliser par les attorneys au cours des contre-interrogatoires, sortant son mouchoir de sa poche et le déployant tout grand avant d'y fourrer le nez, ou bien tirant sur son cigare avec gravité comme s'il ruminait un important indice. La présence du chef de la police devait accroître son envie de se montrer à la hauteur, encore que miss Moeller, à qui il adressait de temps en temps un coup d'œil, lui fût un public suffisant.

— Je ne vais pas demander à ma secrétaire de vous relire ce que vous nous avez déclaré tout à l'heure. Je suppose que vous vous en souvenez et que vous ne le contestez pas. Hier au soir, vous êtes descendu dans votre bureau pour corriger les devoirs de vos élèves et vous portiez à ce moment-là le complet brun que vous avez présentement sur le corps.

Il n'avait pas encore été question de complet en présence d'Ashby. C'était donc sa femme qui avait fourni cette précision.

— Votre travail terminé, vous êtes remonté, avez gagné votre chambre et vous êtes changé. C'est bien le pantalon que voici que vous avez passé alors ?

Regardant par-dessus la tête de Spencer, Ryan disait au chef de la police :

— Mr Holloway, s'il vous plaît...

Celui-ci s'avançait, comme un greffier à la cour, le pantalon et la chemise à la main.

— Vous les reconnaissez ?
— Oui.
— C'est donc dans cette tenue que vous êtes redescendu et que vous vous trouviez quand miss Sherman est rentrée ?
— C'est ce que je portais quand je l'ai vue sur le seuil de mon bureau.
— Vous pouvez aller, Mr Holloway.

Ils avaient pris des décisions entre eux, car le chef de la police, au lieu de regagner sa place, endossait son pardessus, enfilait de gros gants tricotés et se dirigeait vers la porte, emportant sous son bras les vêtements qu'il venait d'exhiber.

— Ne faites pas attention, Mr Ashby. Simple formalité. Ce que je voudrais à présent, c'est que vous réfléchissiez, que vous fassiez appel à vos souvenirs, que vous pesiez le pour et le contre et, enfin, que vous me répondiez en votre âme et conscience, sans perdre de vue qu'on vous demandera de répéter vos déclarations sous la foi du serment.

Il était content de sa phrase, et Spencer détourna les yeux, qui se trouvèrent fixer involontairement les jambes claires de la secrétaire.

— Êtes-vous certain que, la nuit dernière, à aucun moment, vous n'avez mis les pieds dans un endroit autre que ceux que vous nous avez cités, à savoir votre bureau, votre chambre à coucher, votre salle de bains, la cuisine et, bien entendu, ce living-room par lequel il vous a fallu passer ?

— J'en suis sûr.

D'être interrogé de la sorte, pourtant, il finissait par se demander s'il en était réellement aussi sûr.

— Vous ne préféreriez pas que je vous accorde un moment de réflexion ?

— Ce serait superflu.

— Dans ce cas, expliquez-moi, Mr Ashby, comment nous pouvons posséder une preuve matérielle de votre présence, sinon dans la chambre de miss Sherman, en tout cas dans sa salle de bains ? Je n'ai pas besoin de vous rappeler, puisque c'est votre maison, qu'on ne peut pénétrer dans cette salle de bains qu'en passant par la chambre. Je vous écoute.

A cet instant-là, il avait vraiment cherché du secours autour de lui, et c'était le visage familier un peu sanguin de Christine qu'il aurait voulu voir. Il comprenait pourquoi Ryan avait eu soin d'éloigner celle-ci. Ils en étaient déjà beaucoup plus loin dans leurs soupçons qu'il n'avait pensé.

— Je ne suis pas entré dans sa chambre, murmura-t-il en s'essuyant le front.

— Ni dans la salle de bains ?

— Ni dans la salle de bains, *a fortiori.*

— Excusez-moi d'insister, mais j'ai d'excellentes raisons de croire le contraire.

— Je regrette de devoir répéter que je n'ai pas mis les pieds dans cette chambre.

Il élevait la voix, sentant qu'il allait l'élever davantage, et peut-être perdre le contrôle de lui-même. C'est en pensant à Christine, encore une fois, qu'il parvint à se dominer. L'immonde Ryan — maintenant, il le trouvait immonde — prenait un air protecteur.

— Avec un homme comme vous, Ashby, je n'ai pas besoin de longues explications. Les experts sont venus. Dans un coin de la salle de bains, là où existe un creux assez large entre deux carreaux, ils ont trouvé des traces de sciure de bois, la même sciure apparemment, l'analyse le confirmera, que celle trouvée dans votre atelier et sur votre pantalon de flanelle.

Ryan se taisait, affectait d'examiner son cigare avec attention. C'est alors qu'Ashby connut cinq minutes vraiment atroces. Il n'avait pas peur à proprement parler. Il savait qu'il était innocent, restait persuadé qu'il parviendrait à le prouver. Mais c'était tout de suite qu'il fallait répondre au coroner, tout de suite qu'il était important, capital, de découvrir la solution du problème.

Car il y avait un problème. Il n'était pas somnambule. Il était sûr de n'avoir pas mis les pieds chez Belle au cours de la soirée ou de la nuit.

— Vous objecterez peut-être qu'en allant vous dire bonsoir, elle a reçu sur les vêtements de la poussière de bois projetée par le tour. Le lieutenant Averell vous a suivi tout à l'heure dans votre atelier, s'est tenu à la place que miss Sherman occupait hier et vous a demandé de faire fonctionner le tour. Lorsqu'il est remonté, il n'y avait aucune poussière sur lui.

Cela le déçut de la part d'Averell, et il soupçonna Ryan d'arranger l'histoire à sa façon, exprès, pour lui enlever un ami possible.

— La mémoire ne vous revient toujours pas ?
— Non.
— Vous avez autant de temps qu'il en faudra devant vous.

Ashby se tenait dans le fauteuil près de la fenêtre et il lui arriva, en réfléchissant, de lever les yeux. Une fois de plus, il aperçut le peignoir rose dans la maison d'en face et, cette fois, le peignoir ne se déroba pas. Au contraire, un visage se pencha légèrement, deux yeux noirs le regardèrent avec intensité.

Il en fut surpris, car cela n'arrivait jamais. Sa femme et lui n'entretenaient aucune relation avec les Katz. Or, il aurait juré qu'elle avait tenté de mettre comme un message dans son regard, de faire un mouvement imperceptible pour lui expliquer quelque chose.

Il devait se tromper. Cela provenait de la tension dans laquelle il vivait. Vicieusement, Ryan avait tiré sa montre de sa poche et la tenait dans le creux de sa main comme pour une épreuve sportive.

— Je n'ai pas pensé à vous rappeler, Mr Ashby, que, dans tous les cas, que vous soyez témoin ou prévenu, vous avez le droit de ne répondre qu'en présence d'un attorney.
— Que suis-je en ce moment ?
— Témoin.

Il sourit, écœuré, regarda encore une fois la fenêtre des Katz et, comme s'il avait honte de quémander une aide extérieure, changea de place.

— Vous avez trouvé ?
— Non.
— Vous admettez que vous êtes entré dans la salle de bains de la jeune fille ?
— Je n'y suis pas allé.
— Vous avez une explication à proposer ?

Soudain, il faillit rire, d'un rire de méchant triomphe, car il venait de trouver, en effet, au moment où il renonçait à chercher, et c'était tellement bête !

— Ce n'est pas pendant la soirée d'hier que je me suis rendu dans la salle de bains de Belle, mais pendant celle d'avant-hier. J'étais bien en pantalon de flanelle, en effet, car je travaillais dans mon atelier quand ma femme est venue me rappeler que le porte-serviettes était à nouveau tombé.

Ce n'est qu'après coup qu'il en avait une sueur froide.

— Il s'est déjà descellé deux ou trois fois. Je suis monté avec mes outils et l'ai remis en place.
— Vous en avez une preuve ?
— Ma femme vous dira...

Ryan ne fit que regarder la porte de la cuisine d'une certaine façon, et Ashby comprit, dut se contenir à nouveau. Ce regard-là signifiait que Christine pouvait fort bien avoir entendu leur entretien et qu'elle n'allait pas le contredire. Le coroner aurait pu objecter, en outre, que, légalement, elle n'avait pas le droit de témoigner contre son mari.

— Attendez... dit Ashby en se levant, aussi fébrile qu'un élève qui sent la solution d'un problème au bord de ses lèvres, quel jour sommes-nous ? Mercredi ?

Il arpentait la pièce.

— Le mercredi, si je ne me trompe, Mrs Sturgis travaille chez Mrs Clark.

— Pardon ?

— Je parle de notre femme de ménage. Elle vient chez nous deux fois par semaine, le lundi et le vendredi. C'est avant-hier, donc lundi soir, que j'ai remis le porte-serviettes en place. Elle a certainement remarqué dans la journée qu'il était descellé.

Il décrochait le téléphone, composait le numéro des Clark.

— Excusez-moi de vous déranger, Mrs Clark. Est-ce qu'Élise est chez vous ? Cela ne vous ennuierait-il pas trop de l'appeler un instant à l'appareil ?

Il passa l'écouteur à Ryan, qui fut bien obligé de le prendre et de parler. Quand il raccrocha, il ne fit plus allusion à la salle de bains de Belle. Il posa encore quelques questions, pour la forme, afin de ne pas finir sur un échec. Par exemple, comment Ashby n'avait-il par remarqué avant de se coucher s'il y avait ou non de la lumière sous la porte de la jeune fille ? Il venait d'éteindre dans le living-room et dans le corridor. Comme il n'avait pas encore allumé dans la chambre à coucher, la moindre lueur aurait dû le frapper, non ? Et il n'avait vraiment entendu aucun bruit dans la maison ? Au fait, combien de whiskies avait-il bus ?

— Deux.

Il devait encore y avoir quelque chose derrière cette question de whisky.

— Vous êtes sûr que vous n'en avez bu que deux ? Cela a suffi pour vous donner un sommeil si lourd que vous n'avez pas entendu votre femme rentrer et se mettre au lit à côté de vous ?

— Il aurait pu se faire que, sans alcool, je ne l'entende pas.

C'était vrai. Une fois endormi, il ne s'éveillait que le matin.

— Quelle marque de whisky buvez-vous ?

Il le lui dit. Ryan le pria d'aller chercher la bouteille dans son bureau.

— Tiens ! Vous achetez toujours des bouteilles plates, d'un demi-litre ?

— La plupart du temps.

C'était une ancienne habitude, une manie, qui devait dater du temps où il ne pouvait s'offrir qu'une demi-bouteille à la fois.

— Miss Sherman buvait du scotch ?

Cela l'agaçait d'entendre parler de miss Sherman, car, pour lui, elle avait toujours été Belle, et il tressaillait chaque fois comme à un nom inconnu.

— Jamais devant moi.
— Il ne vous est pas arrivé d'en boire avec elle ?
— Certainement pas.
— Ni dans votre bureau, ni dans sa chambre ?

De la serviette de cuir déposée sur le tapis à côté du fauteuil, Ryan extrayait une bouteille plate de la même marque que celle qu'Ashby tenait encore à la main.

— Vous êtes évidemment un homme averti, et je suis sûr que, si vous vous étiez servi de cette bouteille dans les circonstances où on s'en est servi hier, vous auriez eu soin d'en effacer les empreintes digitales, n'est-ce pas ?
— Je ne comprends pas.
— Nous avons trouvé cette bouteille dans la chambre à coucher de miss Sherman, non loin du corps, cachée par un fauteuil. Comme vous pouvez le constater, elle est vide. Le contenu n'a pas été renversé sur le plancher, mais a été bu. Il n'y avait pas de verre dans la chambre. On ne s'est pas servi du verre à dents de la salle de bains.
— C'est elle qui a ?...

Il ne voulait pas le croire ; il était presque sûr qu'on allait lui répondre que non.

— Elle a bu à la bouteille, fatalement. Donc du whisky pur. Nous saurons dans quelques minutes quelle quantité contient l'estomac. Déjà il est certain, par l'odeur que dégageait la bouche, qu'elle a ingurgité une notable quantité d'alcool. Vous ne l'aviez pas remarqué, quand elle est allée vous dire bonsoir ?
— Non.
— Vous n'avez pas senti son haleine ?

Il n'en finirait plus s'il relevait tous les sous-entendus dont Ryan truffait ses questions. C'était curieux, car on ne disait jamais de mal de lui, c'était un homme qu'on considérait plutôt comme sympathique, et qui n'avait aucune raison d'en vouloir à Ashby, lequel ne pouvait en aucune manière lui porter ombrage.

— Je n'ai pas senti son haleine.
— Vous ne lui avez pas non plus trouvé le regard bizarre ?
— Non.

Le mieux était de répondre sèchement, sans commentaires.

— Rien, dans ce qu'elle vous a dit, ne vous a laissé supposer qu'elle était ivre ?
— Non.
— Vous avez entendu ce qu'elle disait ?
— Non.
— C'est ce dont je croyais me souvenir. De sorte que, occupé comme vous l'étiez, penché sur votre ouvrage, si elle avait été hors de son état normal, vous ne vous en seriez probablement pas aperçu ?
— C'est possible. Je reste persuadé qu'elle n'avait pas bu.

Pourquoi disait-il cela ? Il n'en était pas tellement persuadé. Jusquelà, il n'y avait pas pensé, voilà tout. Maintenant, c'était plutôt par une sorte de fidélité à Christine — fidélité qu'il étendait à ses amies — qu'il défendait Belle. N'avait-il pas noté qu'elle était pâle, qu'elle avait l'air triste, anxieuse ou mal portante ?

— Je ne vois pas d'autres questions à vous poser pour le moment et je serais désolé que vous croyiez à de l'animosité de ma part, mon cher Spencer. Voyez-vous, il y a vingt-trois ans très exactement ce mois-ci que nous n'avons pas eu de crime de ce genre dans le comté. C'est vous dire qu'il fera un certain bruit. Vous pouvez vous attendre, tout à l'heure, à la visite de messieurs les journalistes et, si vous voulez un conseil, vous les recevrez du mieux que vous pourrez. Je les connais. Ils ne sont pas méchants, mais si on met de la mauvaise grâce à les renseigner...

Quand la sonnerie du téléphone se fit entendre, il tendit la main avant qu'Ashby eût pu s'approcher. Il devait attendre cette communication, car il avait placé l'appareil à côté de son fauteuil.

— Allô !... Oui... C'est moi... Oui...

Miss Moeller tirait sur sa robe, souriait à Ashby comme pour lui dire qu'elle n'avait personnellement rien contre lui, peut-être pour le féliciter de s'en être si bien tiré.

— Oui... Oui... Je vois... Cela vous donne l'occasion d'une contre-épreuve... Non ! Le cas ne se présente pas tout à fait comme je l'avais envisagé... C'est curieux... Oui... J'ai vérifié... A moins de croire à une préparation minutieuse, ce qui, *a priori*...

On sentait qu'il s'efforçait de dire ce qu'il avait à dire sans être compris d'Ashby.

— Nous en parlerons tout à l'heure. Je suis obligé de rentrer à Lichtfield où l'on m'attend... Je crois en effet préférable que ce soit vous qui veniez... Oui... Oui... (Il souriait légèrement.) Nous sommes obligés de le faire... Je lui en parlerai...

Le récepteur raccroché, il alluma un nouveau cigare.

— Il restera, tout à l'heure, une formalité à laquelle je vous demanderai de vous soumettre. Ne vous en vexez pas. Wilburn viendra lui-même vous voir dès qu'il aura fini là-bas et il en aura pour deux minutes à vous examiner.

Ryan était debout, miss Moeller aussi, qui se dirigeait vers la serviette béante.

— Je ne vois aucune raison de ne pas vous révéler de quoi il s'agit. Pour autant qu'on puisse en juger, miss Sherman s'est défendue.

» On vient de retrouver sous ses ongles un peu de sang qui ne lui appartient pas. Selon toutes probabilités, le meurtrier porte donc une ou plusieurs blessures légères...

Il alla familièrement ouvrir la porte de la cuisine.

— Vous pouvez revenir, Mrs Ashby. Au fait, que je vous pose une question, à vous aussi.

Il le faisait avec enjouement, avec l'air de plaisanter, comme pour se faire pardonner.

— Quand avez-vous vu votre mari pour la dernière fois dans la chambre de miss Sherman ?

Pauvre Christine ! Elle devenait toute pâle, les regardait tour à tour avec des yeux interrogateurs.

— Je ne sais pas... Attendez...

— Cela suffit. Ne cherchez plus. Ce n'était qu'une petite expérience. Si vous m'aviez répondu tout de suite : lundi soir, j'en aurais conclu que vous vous étiez mis d'accord ou que vous écoutiez aux portes.

— C'est pourtant bien lundi soir, à cause du...

— Du porte-serviettes, je sais ! Je vous remercie, Mrs Ashby. A bientôt, Spencer. Vous venez, miss Moeller ?

Et voilà ! Il avait passé son premier examen. Ils pouvaient souffler un moment en attendant les épreuves suivantes. Christine, comme si elle savait que la maison en aurait pour un certain temps avant de reprendre son visage normal, n'avait pas dressé les couverts dans la salle à manger, mais dans la cuisine. Ainsi la journée restait une journée d'exception.

— Pour quelle raison le docteur doit-il revenir ?

— Wilburn a relevé des traces de sang sous les ongles de Belle. Il tient à s'assurer que...

Il comprit que cela faisait de l'effet à Christine. C'était plus direct que le reste et, pour la première fois, cela faisait image. Il faillit lui poser doucement la main sur l'épaule, doucement aussi lui demander :

— Tu me crois toujours innocent, n'est-ce pas ?

Il savait que oui. C'était une façon de pouvoir ensuite la remercier. Elle ne l'émouvait pas souvent. Leurs effusions étaient presque inexistantes. Ils étaient plutôt comme deux grands camarades, et c'était justement comme à un camarade qu'il avait envie de lui dire merci.

Elle s'était bien comportée, il était content d'elle. Il s'asseyait à table en lui adressant un petit sourire qui n'était pas bien éloquent, mais qu'elle devait comprendre.

Peut-être, derrière leur dos, y avait-il des gens pour se moquer de leur ménage ? Les langues, en tout cas, avaient dû marcher, au moment de leur mariage, auquel personne ne s'attendait. Il y avait dix ans de cela. Il avait alors trente ans, et Christine trente-deux. Elle vivait avec sa mère et tout le monde était persuadé qu'elle ne se marierait jamais.

On ne l'avait pas vu lui faire la cour, ils n'avaient jamais dansé ensemble et le seul endroit où ils se rencontraient était *Crestview School,* dont Christine, depuis la mort de son père, était devenue une des *trustees*. Autrement dit, leurs entrevues avaient lieu sur les terrains de football, de base-ball, ou à des pique-niques scolaires.

Ils étaient restés longtemps persuadés, eux aussi, qu'ils n'étaient pas faits pour le mariage. Christine et sa mère avaient de l'argent. Ashby vivait là-haut dans le bungalow au toit vert des célibataires et s'offrait chaque été un voyage solitaire en Floride, au Mexique, à Cuba ou ailleurs.

Peu importe comment cela s'était fait. Ils n'auraient pas pu dire ni l'un ni l'autre ce qui les avait décidés. Avant d'en parler, ils avaient attendu la mort de la mère de Christine, qui souffrait d'un cancer et qui n'aurait pas supporté un nouveau visage dans sa maison. S'étaient-ils réellement habitués à dormir dans la même chambre et à se déshabiller l'un devant l'autre ?

— J'ai l'impression que le lieutenant Averell reviendra nous voir prochainement, dit-elle.

— Je le pense aussi.

— Je suis allée à l'école avec sa sœur. Ils sont de Sharon.

Cela se passait toujours ainsi entre eux. Il leur arrivait, comme à tout le monde, de ressentir une certaine émotion ; une sorte de courant de tendresse s'établissait, ténu, subtil, fragile, aurait-on dit, et, comme s'ils en avaient honte, ils parlaient bien vite de gens qu'ils connaissaient ou d'achats à faire.

Ils ne s'en comprenaient pas moins et c'était bon quand même. Spencer était en train de se demander s'il n'allait pas faire part à sa femme de l'impression qu'il avait eue tout à l'heure en regardant Mrs Katz à sa fenêtre. Il en était encore surpris et se demandait si elle avait vraiment voulu lui transmettre un message.

Cela aurait été curieux, car il n'y avait point de contact entre les deux maisons tout juste séparées par une pelouse. On ne s'était jamais parlé. On ne se saluait pas. Ce n'était pas la faute des Katz. Ce n'était pas celle des Ashby non plus, tout au moins directement.

En somme, les Ashby appartenaient à la société locale, et les Katz étaient d'une autre race. Vingt ans plus tôt, l'idée ne leur serait même pas venue de s'installer dans le pays. Maintenant qu'ils y étaient plusieurs familles, ils ne s'y sentaient pas encore à l'aise ; c'étaient, pour la plupart, des gens de New York, qu'on ne voyait que l'été, qui bâtissaient autour des lacs et conduisaient de grosses voitures.

La petite Mrs Katz était une des rares à passer l'hiver presque seule dans sa maison. Elle était toute jeune, très orientale, avec des traits stylisés, des yeux immenses, un peu bridés, de sorte que, de la voir aller et venir dans sa grande maison avec deux domestiques pour la servir, on évoquait une atmosphère de harem.

Katz, qui avait trente ans de plus qu'elle, était petit, très gros, si gras qu'il marchait les jambes écartées, avec des pieds de femme toujours chaussés de cuir verni.

Peut-être était-ce par jalousie qu'il l'enfermait ainsi à la campagne ? Il était dans la bijouterie bon marché, possédait des succursales un peu partout. On voyait arriver sa Cadillac noire conduite par un chauffeur en livrée et, pendant quelques jours, il rentrait chaque soir, pour disparaître ensuite pour une semaine ou deux.

Les Ashby n'en parlaient jamais, affectaient de ne pas regarder cette maison, qui était la seule proche de la leur, et d'ignorer la toute jeune femme dont ils finissaient pourtant, bon gré mal gré, par connaître les moindres allées et venues comme elle connaissait les leurs.

Parfois, derrière sa fenêtre, elle donnait l'impression d'un enfant qui brûle d'envie d'aller jouer avec les autres et il lui arrivait, pour se distraire, de changer cinq ou six fois de robe par jour, sans personne pour l'admirer.

Était-ce à Spencer qu'elle essayait de les faire voir ? N'était-ce pas pour lui que, certains soirs, elle s'asseyait au piano en prenant les poses qu'on voit aux artistes de concert ?

— Ryan m'a prévenu que nous allions avoir les journalistes.

— Je m'y attends aussi. Tu ne manges plus ?

Il subsistait comme un vide autour d'eux. La maison avait changé, quoi qu'ils fissent, et ce n'était pas tout à fait par hasard, ni seulement par pudeur, qu'ils évitaient de se regarder en face.

Cela passerait. Ils en étaient au point où l'on ne se rend pas encore compte de l'importance de la secousse, comme après une chute. On se relève, on croit que ce n'est rien ; ce n'est que le lendemain...

— La voiture de Wilburn !

— J'y vais. C'est pour moi !

Pouvait-on lui demander de ne pas laisser percer d'amertume dans sa voix ? Et de ne pas ressentir un malaise en présence du docteur qui venait d'autopsier Belle ? Wilburn avait encore les mains blanches et glacées de s'être savonné et brossé les ongles.

— Je suppose que Ryan vous a prévenu ? Je passe directement dans votre chambre ?

Il emportait sa trousse avec lui comme s'il rendait visite à un malade. Remarquant une tache jaune sur la lèvre supérieure du docteur, Ashby se souvint d'avoir entendu celui-ci raconter que, quand il travaillait sur un mort, il fumait cigarette sur cigarette en guise de désinfectant.

Comment ne pas penser à Belle ? Cela créait des images précises qu'il aurait préféré chasser, surtout au moment où il était obligé de se déshabiller, de se mettre tout nu, en plein jour, sous le regard ironique de Wilburn.

Il n'y avait pas dix minutes que celui-ci était penché sur la jeune fille. Maintenant...

— Pas d'égratignure, pas de bobo ?

Il passait ses doigts glacés sur la peau, s'attardait, repartait.

— Ouvrez la bouche. Encore. Bon ! Tournez-vous...

Ashby aurait pu pleurer, plus humilié que tout à l'heure, quand Ryan l'accusait presque crûment.

— Qu'est-ce que cette cicatrice ?

— Elle date d'au moins quinze ans. Je ne m'en souvenais pas.

— Brûlure ?

— Un réchaud de camping qui a explosé.

— Vous pouvez vous rhabiller. Rien, bien entendu.

— Et si j'avais eu par hasard une égratignure ? Si je m'étais coupé ce matin en me rasant ?

— Une analyse nous aurait dit si votre sang appartient à la même catégorie.

— Et si, justement...

— On ne vous aurait pas encore pendu, n'ayez pas peur. C'est beaucoup plus compliqué que vous le pensez, car ces sortes de crimes ne sont pas commis par n'importe qui.

Il reprenait sa trousse, ouvrait la bouche comme quelqu'un qui va révéler un secret important, se contentait en fin de compte de prononcer :

— Il y aura probablement du nouveau très bientôt.

Il hésitait.

— En somme, vous connaissiez fort peu cette gamine, n'est-ce pas ?

— Elle vivait chez nous depuis environ un mois.

— Votre femme la connaissait ?

— Elle ne l'avait jamais vue auparavant.

Le docteur hochait la tête, avec l'air de discuter le cas en son for intérieur.

— Évidemment, vous n'avez jamais rien remarqué ?

— Vous voulez parler du whisky ?

— Ryan vous a dit ? Elle en a ingurgité un bon tiers de bouteille et il faut écarter l'hypothèse qu'on lui ait versé l'alcool dans la gorge ou qu'on le lui ait fait prendre par surprise.

— Nous ne l'avions jamais vue boire.

Une flamme ironique dansait dans les yeux du docteur, qui mit une curieuse insistance à poser la question suivante, d'une voix presque basse, comme si elle devait rester entre hommes.

— *Personnellement,* rien ne vous a frappé dans ses attitudes ?

Pourquoi cela rappelait-il à Ashby l'ignoble photographie du Vermont et le sourire de Bruce ? Le vieux docteur, lui aussi, semblait quêter Dieu sait quel aveu, solliciter Dieu sait quelle complicité.

— Vous ne comprenez pas ?

— Je ne pense pas que je comprenne.

Wilburn ne le croyait pas, n'en hésitait pas moins à aller plus loin, et c'était une situation gênante.

— Pour vous, ce n'était qu'une jeune fille comme les autres ?

— Si vous voulez... La fille d'une amie de ma femme.

— Jamais elle n'a tenté de vous faire des confidences ?

— Certainement pas.

— Vous n'avez pas eu la curiosité de lui poser de questions ?

— Pas davantage.

— Elle ne mettait aucune insistance à vous rejoindre dans votre bureau lorsque votre femme était absente ?

Ashby devenait plus sec.

— Non.

— Il ne lui est pas non plus arrivé de se déshabiller devant vous ?

— Je vous serais obligé de le croire.

— Il n'y a pas d'offense. Je vous remercie et je vous crois. Au surplus, ce n'est pas mon affaire.

En sortant, Wilburn se pencha pour saluer Christine qui refermait le frigidaire. Il l'appelait par son prénom. Il l'avait connue tout petite. C'était même probablement lui qui avait présidé à sa venue au monde.

— Je vous rends votre mari en parfait état.

Elle n'appréciait pas ces plaisanteries-là non plus et, quand il sortit enfin, le docteur était seul à sourire.

Il n'en laissait pas moins quelque chose derrière lui, qu'il avait apporté sciemment ou non, et qui était comme de la graine de trouble.

La preuve, c'est qu'Ashby se demandait déjà ce qu'il y avait derrière certaines de ses questions. Il avait l'impression de comprendre, puis se disait qu'il devait se tromper. Sur le point d'en parler à Christine, il se taisait, se renfrognait et, le résultat, c'est qu'il se mettait à penser, presque sans cesse, à des problèmes qui n'avaient jamais occupé son esprit.

4

On n'avait pas eu le blizzard annoncé par la radio. La neige avait même cessé de tomber, mais un vent violent avait soufflé toute la nuit. Christine et lui étaient couchés depuis plus d'une heure, peut-être une heure et demie, quand il s'était levé sans bruit et avait pénétré dans la salle de bains. Comme il ouvrait avec précaution l'armoire à pharmacie, il avait entendu, venant du lit, dans l'obscurité de la chambre, la voix de sa femme qui demandait :

— Ça ne va pas ?

— Je prends un phéno-barbital.

A la façon dont elle parlait, il avait compris qu'elle n'avait pas encore dormi non plus. Il y avait un bruit régulier, dehors, un objet qui battait contre la maison à un rythme obsédant. Il cherchait, sans y parvenir, à deviner ce que c'était.

Le matin, seulement, il découvrit qu'une corde à linge s'était brisée et, durcie par le gel, frappait un des montants de la véranda, près de leur fenêtre. Le vent était tombé. Une croûte craquante couvrait la neige de la veille, et l'eau avait gelé partout ; on voyait, d'en haut, les voitures rouler au ralenti sur la route glissante où les camions de sable n'étaient pas encore passés.

Il avait pris son petit déjeuner comme d'habitude, endossé son pardessus, mis ses gants, son chapeau, ses caoutchoucs, saisi enfin sa serviette et, alors qu'il était debout près de la porte, Christine s'était approchée pour lui tendre gauchement la main.

— Tu verras que, dans quelques jours, personne n'y pensera plus !

Il la remercia d'un sourire, mais elle se trompait sur son compte. Elle avait cru que ce qui l'impressionnait, au moment de sortir, c'était l'idée de rencontrer des gens, comme le groupe, par exemple, qui stationnait au bas de la côte, et la perspective de tous les regards qui allaient se poser sur lui, des questions formulées ou non. La veille, à neuf heures du soir, il y avait encore des amies qui téléphonaient à Christine ! Et on commençait à revoir, dans le froid du matin, les gens de la police qui allaient de maison en maison.

Elle ne pouvait pas savoir que, ce qui avait rendu sa nuit pénible, ce n'était pas du tout le souci de ce que pouvaient dire ou penser les autres, ni le battement de la corde à linge, mais une simple image. Pas même une image nette. Pas toujours non plus exactement la même. S'il ne dormait pas, il n'était pas non plus tout à fait lucide, et ses perceptions étaient un peu brouillées. A la base, il y avait Belle, bien reconnaissable, telle qu'il l'avait vue sur le plancher de sa chambre quand on avait ouvert la porte. Mais parfois, dans son esprit, il y avait des détails qu'il n'avait pas eu le temps de distinguer alors, des détails qu'il ajoutait donc de son propre chef et qui provenaient de la photographie de Bruce.

Le docteur Wilburn participait à son cauchemar éveillé et, par moments, se compliquait d'expressions empruntées à son ancien petit camarade du Vermont.

Il avait honte, s'efforçait de rejeter ces images, et c'est pourquoi il essayait de concentrer sa pensée sur le bruit extérieur, en s'efforçant d'en deviner la cause.

— Pas trop fatigué ? lui avait demandé Christine.

Il savait qu'il était pâle. Il se sentait triste, car, dans la lumière du jour, dans le living-room même, un instant auparavant, alors qu'il était assis pour enfiler ses bottes, il avait encore revu l'image. Pourquoi, tout de suite après, avait-il levé les yeux vers les fenêtres des Katz ? Ce geste indiquait-il un enchaînement d'idées inconscient ?

On allait savoir si Mrs Katz, la veille, avait réellement eu l'intention de lui transmettre un message, car il était improbable que le chef de la police n'eût pas parlé aux journalistes de la visite qu'il avait faite en face. Ashby ignorait si c'était elle qui avait téléphoné pour qu'on aille l'interroger ou si Holloway s'y était rendu de son propre chef. Il avait aperçu le petit policier qui descendait de voiture, vers quatre heures, alors qu'un peu de jour traînait encore.

— Tu as vu, Spencer ?
— Oui.

Ils avaient évité l'un comme l'autre de surveiller les fenêtres éclairées, mais ils savaient que la visite avait duré plus d'une demi-heure. C'est à ce moment-là qu'ils avaient reçu un câble de Paris par lequel Lorraine, affolée, annonçait son départ par le prochain avion.

Les rideaux étaient encore fermés chez les Katz. Ashby sortit sa voiture du garage, la pilota lentement dans l'allée glissante et dut attendre pour tourner sur la grand-route, pas ému du tout des regards que les quelques personnes attroupées lui lançaient. C'étaient des gens qu'il connaissait vaguement et il les salua d'un signe de la main, comme d'habitude.

A cause de la buée, il dut faire marcher l'essuie-glace. Chez le marchand de journaux, à cette heure-ci, il n'y avait presque personne. Il trouvait, toujours à la même place, un numéro de *New York Times* avec son nom écrit au crayon, mais, ce matin, sur deux piles proches, il prit également des exemplaires d'un journal de Hartford et d'un journal de Waterbury.

— Quelle histoire, Mr Ashby ! Vous avez dû en être tout retourné !

Il dit oui, pour faire plaisir. Cela devait être le gros journaliste qui avait écrit l'article de Hartford, un homme terne, entre deux âges, comme usé au contact des trains et des comptoirs de bars, qui avait travaillé dans presque toutes les villes des États-Unis et qui se sentait partout chez lui. Il avait choqué Christine, dès son arrivée, parce qu'il n'avait pas retiré son chapeau et qu'il l'avait appelée « ma petite dame ». Ou était-ce « ma bonne dame » ? Sans en demander la permission, il avait fait le tour de la maison, comme un acheteur éventuel, hochant la tête, prenant des notes, ouvrant armoires et tiroirs dans la chambre de Belle, défaisant le lit que Christine avait eu soin de refaire.

Quand il s'était enfin laissé tomber sur le canapé du salon, il avait regardé Ashby d'un air interrogateur et, comme celui-ci ne semblait pas comprendre, lui avait adressé un signe qui indiquait clairement qu'il avait soif.

En une heure, il avait vidé un tiers de bouteille, sans cesser de poser des questions et d'écrire, à croire qu'il avait l'intention de remplir le journal avec son article, et, quand son confrère de Waterbury s'était présenté à la porte, il lui avait dit d'un ton protecteur :

— Ne force pas ces braves gens à recommencer leur histoire, car ils sont fatigués. Je te passerai les tuyaux. Va m'attendre à la police.

— Les photos ?

— Bon. On les prend tout de suite.

En première page du journal figurait une photographie de la maison vue de l'extérieur, une de Belle et une de sa chambre. C'était convenu. Mais, à l'intérieur, on avait publié un cliché d'Ashby dans son cagibi, que le reporter avait promis de détruire. Il l'avait pris par surprise, au moment où Spencer expliquait le fonctionnement du tour, et une croix marquait l'endroit du seuil où Belle se tenait debout la veille au soir.

Le marchand de journaux le mangeait des yeux, comme si, depuis la veille, il était devenu un personnage d'une autre essence ; et deux clients qui ne firent qu'entrer et sortir pour prendre leur journal lui jetèrent un coup d'œil curieux.

Il n'alla pas à la poste, car il n'attendait pas de courrier, remonta dans sa voiture qu'il arrêta au bord du chemin, de l'autre côté de la rivière. Une fois à l'école, en effet, il n'aurait plus le temps de lire. Or, la veille, il n'avait revu aucun personnage officiel, ni Ryan, ni le lieutenant Averell, ni Mr Holloway, qui s'était bien arrêté devant chez eux, mais pour entrer dans l'autre maison.

Au fond, sa femme et lui avaient été plus troublés par ce calme-là que par l'effervescence du matin. Sans les journalistes, ils auraient été seuls le reste de la journée, avec des gens qui passaient devant les fenêtres, tard le soir encore, et dont on entendait les pas sur la neige craquante.

C'était déroutant de ne rien savoir. Des amies téléphonaient à Christine, mais elles n'en savaient pas davantage et n'appelaient que pour poser des questions auxquelles ils étaient gênés de ne pouvoir répondre.

On avait l'air de les tenir à l'écart. Le seul coup de téléphone pouvant passer pour officiel fut celui de miss Moeller, la secrétaire de Ryan, qui demandait l'adresse des Sherman en Virginie.

— Il n'y a personne chez eux. Comme je vous l'ai dit, Lorraine est à Paris. Elle sera ici demain.

— Je sais. J'ai besoin de son adresse quand même.

L'air, dans l'auto, était froid, et il y avait toujours le battement de l'essuie-glace qui rappelait à Spencer la corde à linge de la nuit. L'article était long. Il n'avait pas le loisir de tout lire. Il voulait être à l'école à l'heure, cherchait seulement les passages qui lui apprendraient du nouveau.

Comme d'habitude dans ces sortes d'affaires, les soupçons se sont d'abord portés sur les personnes ayant des antécédents. C'est pourquoi, dès le début de l'après-midi, la police a interrogé deux habitants de la localité qui, au cours des dernières années, ont été mêlés à des affaires de mœurs. Leur emploi du temps, la nuit du meurtre, a fait l'objet de minutieuses vérifications qui paraissent les avoir mis l'un et l'autre hors de cause.

Ashby était stupéfait. Jamais il n'avait entendu parler de crimes sexuels dans le pays. Pas une fois il n'y avait été fait allusion dans les maisons qu'il fréquentait et il se demandait qui ces deux hommes pouvaient être, ce qu'ils avaient fait exactement.

D'après le docteur Wilburn, d'ailleurs, qui se borne à de trop rares indications, elles-mêmes mystérieuses, l'affaire pourrait réserver des surprises et se placer sur un plan différent, où il ne serait plus question d'un maniaque sexuel ordinaire.

Il fronçait les sourcils, avait l'impression désagréable qu'on le désignait à nouveau, il lui semblait voir le hideux sourire du docteur, ses yeux pétillant de féroce ironie.

Au lieu de nous révéler ce qu'il en pense ou ce qu'il a découvert, le docteur Wilburn nous a fait remarquer quelques points curieux, comme, par exemple, qu'il est si rare, dans ces sortes d'attentats, que le criminel prenne soin d'effacer ses traces, comme aussi le fait que l'assaillant se soit introduit dans la main sans effraction. Il est plus étrange encore...

Il sauta des lignes, par peur d'être en retard. Il avait un peu honte d'être arrêté ainsi dans une sorte de *no man's land,* entre sa maison et *Crestview,* comme s'il s'efforçait d'échapper aux regards des deux.

Ce qu'il était anxieux d'apprendre, on ne l'imprimerait sans doute pas. Au début de l'article, il y avait deux lignes sibyllines :

Il semble établi que la victime n'a pas subi de violences avant d'être étranglée, car, en dehors des ecchymoses de la gorge, le corps ne porte aucune trace.

Il aurait préféré ne pas y penser avec autant de précision. Ils n'en avaient même pas parlé entre eux, Christine et lui. De tout l'après-midi et de la soirée, à les entendre, on aurait pu croire que le meurtre n'avait eu aucun mobile.

Or on prétendait maintenant que la strangulation n'avait pas été précédée de violences. Si, par ce mot, le journal entendait les violences sexuelles, cela ne contredisait-il pas un autre passage où il était question d'*assauts répétés* ?

Était-ce cela qui le préoccupait ? Il tourna la page sans finir la colonne, passa à un sous-titre dans lequel figurait le nom de Mrs Katz, et c'est ainsi qu'il apprit qu'elle s'appelait Sheila.

Une déposition faite spontanément dans le courant de l'après-midi pourrait bien circonscrire le champ des recherches. On se demandait comment le meurtrier avait pu pénétrer dans la maison sans laisser de traces d'effraction à la porte ou aux fenêtres. Or on se souvient qu'à son retour du cinéma (?) Belle Sherman est descendue dans le bureau de son hôte, Spencer Ashby, où elle n'est restée qu'un moment et où, pour la dernière fois, elle a été vue vivante.

Ce n'est plus tout à fait exact. Mrs Sheila Katz, dont la maison fait face à celle des Ashby, venait de quitter son piano pour se détendre un instant, vers neuf heures et demie du soir, quand son regard est tombé sur deux silhouettes qui se dessinaient vaguement dans le mauvais éclairage de l'allée. Elle a reconnu celle de la jeune fille, qui lui était familière, mais elle n'a pas prêté grande attention à l'homme d'assez grande taille qui était en conversation avec elle.

Belle Sherman n'a pas tardé d'entrer dans la maison, dont elle ouvrit la porte avec une clef prise dans son sac et, au lieu de s'éloigner, l'homme resta debout dans l'allée.

Deux ou trois minutes plus tard, la porte s'ouvrait à nouveau. Belle Sherman ne sortait pas. Mrs Katz ne l'a pas revue à proprement parler. Elle a seulement aperçu un bras qui tendait un objet au jeune homme, lequel s'est éloigné aussitôt.

Ne peut-on pas supposer qu'il s'agit de la clef de la maison ?

Mrs Ashby, de son côté, a déclaré que, dès l'arrivée de la jeune fille chez elle, voilà un mois, elle lui avait remis une clef. Or cette clef n'a été retrouvée ni dans la chambre, ni dans le sac à main, ni dans les vêtements de Belle.

Les détectives ont passé la soirée à questionner un certain nombre de jeunes gens de la localité et des villages environnants. Au moment où nous mettons sous presse, personne n'admet avoir vu la jeune fille au cinéma ou ailleurs.

Un coup de klaxon le fit tressaillir comme s'il était pris en faute. C'était Whitaker, le père d'un de ses élèves, qui descendait la côte et lui envoyait le bonjour de la main. Cela lui fit plaisir, parce que le geste était familier, de tous les jours, comme s'il ne s'était rien passé. Mais Whitaker n'allait-il pas maintenant raconter qu'il avait vu le professeur seul dans son auto au bord de la route ?

Il monta la côte à son tour, un peu triste de nouveau, d'une tristesse grise, sans motif précis, sans vigueur, comme si quelqu'un lui avait volontairement fait de la peine. Il n'y avait pas un arbre du chemin qui ne lui fût familier, et plus familier encore était le pavillon au toit vert où, pendant des années, il avait fait partie du clan des célibataires.

De ceux de cette époque-là, il n'y en avait plus qu'un à *Crestview*, car il se passe pour les professeurs ce qui se passe pour les élèves. Les juniors devenaient peu à peu des seniors. Ceux avec qui il avait vécu dans le pavillon étaient mariés, sauf un professeur de latin, et la plupart enseignaient maintenant dans des collèges. Comme cela arrive chaque année avec les élèves dans les petites classes, il y en avait maintenant des nouveaux, qui le regardaient comme un homme d'âge et hésitaient à l'appeler par son prénom.

Il laissa sa voiture dans le hangar, gravit les marches du perron, se débarrassa de ses bottes et de son manteau. La porte du bureau de miss Cole était toujours ouverte et la secrétaire se leva, frétillante, à son arrivée.

— Je viens justement de téléphoner chez vous pour savoir si nous devions compter sur vous.

Elle lui souriait, contente, sûrement, de le revoir. Mais pourquoi le regardait-elle comme, malgré soi, on regarde quelqu'un qui relève d'une maladie grave ?

— Mr Boehme sera enchanté, et tous les professeurs...

Au-delà d'une porte vitrée, c'était le grand couloir où les élèves, à cette heure-ci, se préparaient à entrer en classe et finissaient de s'ébrouer. Dans tout le bâtiment régnait une odeur de café au lait et de papier buvard qu'il avait connue toute sa vie et qui était la vraie odeur de son enfance.

— Vous pensez, vous, que cela peut être quelqu'un du pays ?

Elle avait la réaction qu'il avait eue la veille, un peu simplifiée. Il ne s'agissait plus d'un crime théorique comme on en lit dans les journaux. Cela s'était produit dans leur village, et c'était quelqu'un de leur village, quelqu'un qu'ils connaissaient, avec qui ils avaient vécu, qui était coupable de cette incroyable aberration.

— Je ne sais pas, miss Cole. Ces messieurs sont très discrets.
— Ce matin, la radio de New York en a parlé en quelques mots.

Sa serviette sous le bras, il franchit la porte vitrée et marcha vers sa classe en regardant droit devant lui. C'était encore des élèves qu'il avait le plus peur, peut-être parce qu'il se souvenait du regard de Bruce. Il sentait qu'ils n'osaient pas l'observer ouvertement, qu'ils le laissaient passer en ayant l'air de continuer leurs conversations. Ils n'en étaient pas moins impressionnés, et plusieurs devaient avoir la gorge serrée.

Car il n'y avait pas de preuve formelle qu'il fût innocent. A moins qu'on découvre le meurtrier et que celui-ci avoue, il n'existerait jamais de certitude absolue. Et, même alors, il se trouverait des gens pour douter. Ne douterait-on pas de lui, il lui semblait qu'il en garderait quand même comme une souillure.

Il en avait voulu à Ryan, la veille au matin, pendant l'interrogatoire. Le coroner était un homme vulgaire, assez mal dégrossi. Ashby l'avait trouvé indécent et s'était figuré qu'il le détesterait pendant le reste de ses jours. Or c'est à peine s'il y pensait encore. Ryan, en réalité, l'avait surpris par son agressivité, plus exactement l'avait déçu en ne manifestant pas à son égard la solidarité qu'il attendait de chacun.

Le docteur Wilburn, lui, lui avait fait mal, profondément, sciemment. C'était à cause de lui qu'à présent encore, en prenant place devant ses trente-cinq élèves, Ashby revoyait l'image de Belle qui lui sautait aux yeux, celle qu'il voulait oublier, celle de la chambre, quand on avait entrouvert la porte avec l'air de s'attendre à ce qu'il se troublât.

A ce moment-là, Christine doutait aussi. Combien, parmi les adolescents qui levaient leur visage vers lui, étaient persuadés qu'il avait tué Belle ?

— Adams, dites-nous ce que vous savez du commerce des Phéniciens...

Il circulait lentement entre les pupitres, les mains derrière le dos, et personne n'avait probablement jamais été frappé par le fait que, toute sa vie, il l'avait passée à l'école. Comme élève d'abord, bien sûr. Puis comme professeur, sans qu'il y ait eu de réelle transition. De sorte que, lorsqu'il avait quitté le pavillon au toit vert pour épouser Christine et habiter chez elle, c'était la première fois qu'il sortait de l'atmosphère des réfectoires et des dortoirs.

— Larson, corrigez l'erreur qu'Adams vient de faire.
— Je m'excuse, monsieur, je n'écoutais pas.
— Jennings.
— Je... Moi non plus, monsieur.
— Taylor...

Il ne rentrait pas déjeuner chez lui, car chaque professeur avait une table à présider. A la courte récréation de dix heures et demie, il échangea quelques mots avec ses collègues, et personne ne parla de l'affaire. Il gardait l'impression que les gens s'efforçaient d'être gentils avec lui, sauf, bien entendu, les Ryan et les Wilburn. Il n'avait aperçu Mr Boehme, le principal, que de loin, passant d'un bureau à un autre.

C'est au moment où il allait se rendre au réfectoire que miss Cole s'approcha de lui dans le couloir et lui dit avec une certaine gêne :

— Mr Boehme voudrait que vous alliez le voir dans son bureau.

Il ne fronça pas les sourcils. On aurait dit qu'il s'y attendait, qu'il s'attendait désormais à tout. Il entra, salua, resta debout, attendit.

— Je suis fort embarrassé, Ashby, et j'aimerais que vous y mettiez du vôtre, afin de me rendre la tâche moins difficile.

— J'ai compris, monsieur.

— Déjà hier, j'ai reçu deux ou trois coups de téléphone angoissés. Ce matin, il paraît que la radio de New York a parlé de votre affaire et...

Il avait dit : *votre* affaire !

— ... et c'est le vingtième appel que je reçois en moins de trois heures. Remarquez que le ton est différent de celui d'hier. La plupart des parents paraissent comprendre que vous n'y êtes pour rien. Leur impression est que, moins les enfants s'occupent de cette histoire, mieux cela vaudra, et c'est certainement votre avis aussi. Votre présence ne peut que...

— Oui, monsieur.

— Dans quelques jours, quand l'enquête sera terminée et que l'émotion sera calmée...

— Oui, monsieur.

Il ne l'avoua à personne, mais, à ce moment-là, à ce moment précis, il pleura. Pas à chaudes larmes, ni avec des sanglots. Simplement une chaleur qui lui montait aux yeux, un peu d'humidité, le picotement des paupières. Mr Boehme s'en aperçut d'autant moins qu'Ashby lui souriait d'un air encourageant.

— J'attendrai que vous me fassiez signe. Je vous demande pardon.

— Ce n'est pas votre faute. A bientôt...

Cette petite scène-là, c'était beaucoup plus important que le principal ne pouvait le supposer, plus important qu'Ashby ne l'avait prévu. De Ryan, il l'avait supporté. Même du docteur, cela restait une affaire personnelle, presque intime, qui ne mettait que lui en jeu.

Maintenant, cela venait de l'école. Or, s'il avait pu parler à quelqu'un à cœur ouvert, il aurait dit... Non ! il ne l'aurait pas dit. On n'admet pas ces choses-là. On évite de les penser. Il avait épousé Christine. Il était censé avoir fait sa vie avec elle. Mais, quand Belle était venue lui dire bonsoir, par exemple, il était en train de tourner du bois. Dans ce qu'il appelait son cagibi. Et à quoi ressemblait son cagibi ? A celui qu'il s'était arrangé dans le bungalow au toit vert. Le vieux fauteuil de cuir s'y trouvait déjà. Quant à l'habitude de travailler au tour, il l'avait prise dans l'atelier des élèves.

Il valait mieux ne pas approfondir, ne pas chercher ce que cela signifiait.

Il n'était pas malheureux. Il évitait les gens qui se plaignent, n'était pas loin de les trouver indécents, comme ceux qui parlent de choses sexuelles.

Mr Boehme avait raison. En tant que principal, il n'avait pas le droit d'agir autrement qu'il venait de le faire. Sa décision n'impliquait aucun soupçon, aucune critique. Simplement, il valait mieux que, pendant un certain temps...

Miss Cole le savait déjà, car, lorsqu'il passa dans le couloir, elle lui lança avec une gaieté forcée :

— A bientôt ! Très bientôt, j'en suis sûre !

Comment expliquer cela : dans la maison de sa femme, il s'aménageait un coin à l'image de l'école pour se sentir chez lui, et maintenant c'était l'école qui le rejetait, au moins provisoirement, de sorte qu'il allait auprès de sa femme pour...

Il mit la voiture en marche, faillit déraper sur la glace vive au premier tournant qu'il prit trop court. Il fut plus prudent ensuite, franchit le pont, s'arrêta devant la poste, où il n'y avait que des prospectus dans sa boîte, mais où deux femmes, deux mères d'élèves qu'il saluait, le regardèrent avec surprise. Elles ne devaient pas être de celles qui avaient téléphoné et s'étonnaient sans doute de le rencontrer en ville à l'heure des classes.

Devant chez lui, dans l'allée, il reconnut la voiture de la police d'État et il trouva le lieutenant Averell dans le living-room en compagnie de Christine. Celle-ci lui jeta un coup d'œil interrogateur.

— Le principal pense qu'il est préférable que je ne me montre pas à l'école pendant quelques jours.

Il souriait presque légèrement.

— Il a raison. Cela surexcite les élèves.

— Comme vous le voyez, dit Averell, je me suis permis de venir bavarder avec votre femme. Je désirais, avant l'arrivée de Mrs Sherman, qui est attendue cet après-midi, obtenir quelques renseignements à son sujet. Par la même occasion, j'essaie de me faire une idée plus précise de sa fille.

— Je vais dans mon bureau, dit Ashby.

— Pas du tout. Vous n'êtes pas de trop. J'avoue que j'ai été surpris de ne pas vous trouver ici, car je m'attendais à ce qui s'est passé à *Crestview*. Je suppose que vous avez lu les journaux ?

— J'y ai jeté un coup d'œil.

— Comme toujours, il y a du vrai et du faux dans ce qu'ils publient. *Grosso modo,* cependant, le tableau qu'ils brossent de la situation est à peu près exact.

Christine lui adressait des signes qu'il ne comprit que lontemps plus tard et il proposa alors :

— Vous accepterez peut-être un verre de scotch ?

Elle avait raison. Averell n'hésita pas, car, de son côté, il cherchait à rendre sa visite aussi peu professionnelle que possible.

— Savez-vous que la première chose qui m'a frappé, quand on m'a raconté l'affaire au téléphone, cela a été justement la question du whisky ? L'attentat aurait eu lieu sur la grand-route, et la victime aurait été une fille comme on en rencontre dans les auberges, que le cas aurait été différent. Mais dans cette maison...

Spencer retenait de cette confidence que le lieutenant connaissait dès la veille au matin le détail de l'alcool bu par Belle. C'était donc tout de suite que Wilburn avait senti l'odeur de whisky, peut-être aperçu la bouteille derrière le fauteuil, bien avant qu'on montrât le cadavre à Ashby.

Cela aussi avait un sens. Le docteur, en effet, avait déjà dû écarter l'hypothèse d'un rôdeur ou d'un récidiviste. Et le docteur l'avait soupçonné.

Y avait-il dans son comportement à lui, Spencer Ashby, quelque chose qui fût susceptible d'étayer des soupçons ? Pour poser la question autrement, d'une façon brutale, *présentait-il des symptômes ?*

Il n'avait jamais étudié la question des crimes sexuels. Ce qu'il en savait, comme tout le monde, c'était par les journaux et les magazines.

On venait de révéler qu'il y avait dans la région deux maniaques au moins, pas dangereux, puisqu'ils n'étaient pas sous les verrous, qu'on se contentait de surveiller. Il supposait que c'étaient des exhibitionnistes. Il essayerait de connaître leurs noms, de les observer.

Mais ce qui l'intéressait, c'était le type qui tue.

Il se comprenait. Ils avaient tous l'air de dire que, si cela avait été un habitué, ou un passant, un rôdeur, une brute quelconque, l'affaire aurait été simple.

Ce qui les intriguait, c'étaient certains détails qu'Ashby ne découvrait qu'au fur et à mesure, quelques-uns qu'il ne faisait encore que deviner.

D'abord Belle avait bu du whisky, volontairement. Elle en avait bu une quantité suffisante pour laisser supposer que ce n'était pas sa première expérience. Était-ce bien cela ?

Elle n'était pas allée au cinéma. Elle ne s'était pas fait reconduire par un jeune homme à qui elle aurait dit gentiment bonne nuit à la porte. Quand elle était descendue dans le cagibi d'Ashby, elle avait laissé quelqu'un dehors, quelqu'un à qui, un peu plus tard, elle était allée donner sa clef.

Cela aussi avait un sens. Elle n'était pas la jeune fille qu'on imaginait, mais quelqu'un qui donnait rendez-vous à un homme dans sa chambre.

Cette découverte, disait le journal, *confirmait* les soupçons que le docteur avait eus *en examinant le corps*. On voulait indiquer qu'elle était déjà femme, non ? On insinuait, en outre, qu'il n'y avait pas eu besoin *de recourir à la violence.*

Tout cela, il en était sûr, Wilburn le savait depuis le début. Or Wilburn n'avait pas écarté *a priori* la possibilité qu'il fût l'assassin.

C'est ce qui le troublait. Wilburn le connaissait depuis plus de dix ans, l'avait soigné maintes fois, avait joué au bridge avec lui, était depuis toujours l'ami de Christine et de sa famille. C'était un homme d'une intelligence aiguë et son expérience, tant professionnelle qu'humaine, dépassait de loin celle d'un médecin de campagne ou de petite ville.

Or Wilburn n'avait pas jugé impossible qu'Ashby fût l'homme qui avait passé une partie de la nuit dans la chambre de Belle et qui l'avait étranglée.

Il essayait de vider l'abcès, tout seul. Depuis la veille, il s'y obstinait sans résultat. Ce n'était pas tout. Il y avait encore le sourire du docteur. Non seulement le sourire du matin, mais celui de la visite médicale, à deux heures, alors qu'Ashby était tout nu devant lui, fournissant en somme la preuve de son innocence.

A ce moment-là encore, Wilburn lui souriait *comme à quelqu'un qui a compris,* comme à quelqu'un qui est susceptible de comprendre, autrement dit comme à quelqu'un *qui aurait pu.*

C'était tout. Peut-être pas tout, mais c'était le principal, le plus obsédant. Au point qu'en voyant Averell assis chez lui, un *high-ball* à la main, avec son visage d'honnête homme, son regard franc et sérieux, il était tenté de l'emmener dans son cagibi pour lui poser carrément la question :

« Existe-t-il quoi que ce soit dans mon physique ou dans mon comportement indiquant une tendance à commettre un acte de ce genre ? »

Le respect humain le retenait, et aussi la peur de se faire soupçonner à nouveau, malgré les preuves. Étaient-ce vraiment des preuves ? Il y avait bien le sang sous les ongles et le fait que Wilburn l'avait examiné sans découvrir la moindre égratignure. Mais à part cela ? L'homme qu'on avait aperçu à la porte, dans l'obscurité, et à qui Belle avait passé un objet ? Rien ne prouvait que Belle avait passé un objet ? Rien ne prouvait que l'objet était une clef. Personne d'autre que Mrs Katz n'avait vu cette scène. Pourquoi Sheila Katz n'aurait-elle pas fait cette déclaration dans le but d'écarter d'Ashby les soupçons de la police ? Pas nécessairement par pitié. Il avait souvent pensé que, de sa fenêtre, elle suivait ses allées et venues avec intérêt, et c'était la raison principale pour laquelle il n'avait jamais parlé des Katz à Christine.

Averell disait :

— Nous avons demandé au F.B.I. d'enquêter en Virginie, car la police locale, là-bas, n'a guère pu nous fournir de renseignements. Le seul détail que nous ayons obtenu est que miss Sherman a été arrêtée il y a quelques mois pour avoir conduit en état d'ivresse à deux heures du matin.

— La voiture de Lorraine ? questionna Christine en ouvrant de grands yeux presque comiques.

— Non. L'auto d'un homme marié, qui l'accompagnait. C'est parce qu'il est très connu dans la région que l'affaire n'est pas allée en cour.

— Lorraine le sait ?

— Certainement. Je ne serais pas surpris d'apprendre qu'elle a eu d'autres désagréments avec sa fille. Nous attendons également des renseignements des écoles par lesquelles celle-ci a passé.

— Et je ne me suis aperçue de rien ! Ni aucune de mes amies ! Car je l'ai présentée à la plupart de mes amies, surtout à celles qui ont des filles...

Pauvre Christine, qui s'effrayait des responsabilités qu'elle avait prises de la sorte et des reproches qu'elle allait encourir !

— Elle se maquillait à peine, se préoccupait si peu du soin de sa toilette que j'étais obligée de lui dire d'être plus coquette.

Averell souriait légèrement.

— Sa mère est une personne normale ?

— C'est la meilleure fille de la terre. Un peu bruyante, un peu brutale, un peu garçon, mais tellement franche et bonne !

— Vous ne voudriez pas, Mrs Ashby, m'établir la liste des familles dans lesquelles vous avez introduit miss Sherman ?

— Je peux le faire tout de suite. Il n'y en a guère plus d'une dizaine. Dois-je noter aussi celles où il n'y a pas d'homme ?

Au fond, elle n'était pas si naïve que ça.

— Ce n'est pas nécessaire.

Pendant qu'elle allait s'asseoir à son secrétaire, dans le coin près de la cheminée, Averell se tournait vers Ashby et constatait, sans y mettre d'intention :

— Vous ne paraissez pas avoir beaucoup dormi, la nuit dernière.

Celui-là ne lui tendait pas de piège.

— C'est vrai. Je n'ai pour ainsi dire pas dormi, sinon pour tomber dans des cauchemars.

— Je me trompe peut-être, mais je parierais que vous avez fort peu fréquenté les jeunes filles.

— Je ne les ai pas fréquentées du tout. Le hasard a voulu que les écoles où je suis allé ne soient pas des écoles mixtes. Or, quand j'ai quitté les bancs des élèves, cela a été pour m'asseoir dans une chaire de professeur.

— J'ai beaucoup aimé votre cagibi, comme vous dites. Cela vous ennuierait que j'y jette un nouveau coup d'œil ?

Allait-il se tourner contre lui, comme les autres ? Ashby ne le crut pas. Il fut tout heureux de lui faire les honneurs de son coin.

Averell, qui avait son verre à la main, referma la porte derrière lui.

— C'est vous qui avez apporté ce fauteuil dans la maison, n'est-ce pas ?

— Comment l'avez-vous deviné ?

Le lieutenant avait l'air de dire que c'était facile. Ashby comprenait sa pensée.

— C'est la seule pièce que j'ai conservée de l'héritage de mon père.

— Il y a longtemps que votre père est mort ?

— Environ vingt ans.

— De quoi, si l'on peut vous poser la question ?

Ashby hésita, regarda autour de lui comme pour demander conseil aux objets familiers qui l'entouraient, leva enfin la tête vers Averell.

— Il a préféré s'en aller.

C'était drôle de s'entendre dire cela, d'ajouter en hochant la tête :

— Voyez-vous, il appartenait à ce qu'on appelle une excellente famille. Il avait épousé une jeune fille d'une meilleure famille encore. En tout cas, ils le disaient. La conduite de mon père n'a pas été ce qu'on attendait de lui.

Il désigna négligemment la bouteille qu'il avait redescendue.
— Surtout ça. Quand il a eu l'impression qu'il risquait de descendre trop bas...
Il se tut. L'autre avait compris.
— Votre mère vit toujours ?
— Je ne sais pas. Je le suppose.
Si c'était intentionnel, c'était d'une délicatesse infinie : d'un geste en apparence machinal, Averell tapotait le bras du vieux fauteuil de cuir comme il l'aurait fait d'un être vivant.

5

Il était trois heures et demie et le jour baissait dans le living-room où l'on n'avait pas encore allumé les lampes. Il n'y avait pas de lumière dans le couloir non plus, ni nulle part, dans la maison, sauf dans la chambre à coucher, d'où venaient une lueur rose et les bruits familiers de Christine s'habillant pour sortir.

On attendait Lorraine par le train de New York, qui arrivait à quatre heures vingt, et la gare était distante d'environ deux milles. Christine irait seule. Spencer, les yeux mi-clos, était assis devant la cheminée où une bûche achevait de se consumer et, de loin en loin, il tirait une bouffée de sa pipe.

On voyait, dehors, la nuit d'hiver tomber lentement sur le paysage, et les rares lumières devenaient plus brillantes de minute en minute.

Christine, probablement assise au bord du lit, venait de retirer ses pantoufles pour mettre ses souliers quand deux feux plus blancs et plus aveuglants que les autres, et qui se mouvaient rapidement, eurent l'air d'entrer dans la maison, illuminèrent un instant une partie du plafond avant d'aller s'arrêter comme des bêtes devant la maison des Katz. Ashby avait reconnu la voiture de Mr Katz dont le chauffeur ouvrait et refermait déjà les portières. Plus souple que les autres, elle ne faisait pas le même bruit, avait comme des mouvements différents.

Mr Katz rentrait peut-être seulement pour quelques heures, peut-être pour plusieurs jours, on ne savait jamais, et Spencer leva les yeux vers les fenêtres pour voir si Sheila l'avait entendu venir et si elle s'était dérangée.

N'était-ce pas curieux, alors qu'ils étaient voisins, d'avoir appris son prénom par le journal ? A présent qu'il le connaissait, elle lui paraissait encore plus exotique et il aimait l'imaginer venant d'une de ces vieilles familles juives installées au bord du Bosphore, à Péra.

Il somnolait, sans aucun effort pour tenir son esprit alerte. Les phares de la limousine s'étaient à peine éteints, comme deux grands chiens que l'on calme, qu'un autre véhicule, plus bruyant, gravissait la côte, une camionnette, cette fois, portant le nom et l'adresse d'un serrurier de New York.

Trois hommes en descendaient à qui Katz, tout petit et tout rond dans son pardessus fourré, et qui agitait ses bras courts sur le seuil, expliquait ce qu'il attendait d'eux.

Il avait dû, à New York, entendre parler du meurtre de Belle, et il était accouru avec des spécialistes pour installer des serrures perfectionnées, peut-être un système d'alarme dans sa maison ?

— Je ne suis pas en retard ? questionnait Christine, s'affairant dans la chambre.

Juste comme il allait répondre, on heurta la porte, on la secoua. Il se précipita, l'ouvrit, étonné, se trouva en présence d'une femme qu'il ne connaissait pas, aussi grande et aussi forte que lui, avec des traits d'homme, lui sembla-t-il, et qui, sur un tailleur de tweed de couleur rouille, portait un manteau de chat sauvage.

Il ne remarqua pas tous les détails à la fois, parce que cela se passait trop vite, mais il était frappé par son agitation, son autorité et l'odeur de whisky qu'elle dégageait.

— J'espère que Christine est ici ?

En refermant la porte, seulement, il aperçut, derrière la camionnette du serrurier, la carrosserie jaune d'un taxi de New York qui faisait étrange figure dans la neige de leur allée.

— Voulez-vous payer le chauffeur, s'il vous plaît ? Nous sommes convenus du prix au départ de l'aérodrome. Inutile qu'il vous charge davantage. C'est vingt dollars.

Dans la chambre, Christine, qui avait reconnu la voix, s'écriait :
— Lorraine !

Celle-ci n'avait qu'une petite valise avec elle, que Spencer apporta dans la maison après avoir payé le chauffeur.

— C'est vrai ce qu'elle raconte de sa fille ? avait questionné l'homme.

— Elle a été tuée, oui.

— Dans cette maison ?

Il pencha la tête pour regarder avec attention, comme les gens regardent dans un musée, avec l'idée qu'ils raconteront plus tard ce qu'ils ont vu. Les deux femmes parlaient très fort, en se regardant avec l'envie d'éclater en sanglots, mais elles se contentaient de renifler et ne pleuraient, en réalité, ni l'une ni l'autre.

— C'est ici ? demandait Lorraine, un peu comme le chauffeur l'avait fait.

Il était bien obligé de la plaindre, n'en était pas moins déçu. Si elle n'était pas plus âgée que Christine, elle le paraissait. Ses cheveux étaient gris, mal peignés, et un duvet incolore lui couvrait les joues, plus raide vers le menton. On ne pouvait pas penser qu'elle eût jamais été une jeune fille. Cela paraissait encore plus improbable qu'elle fût la mère de Belle.

— Tu ne veux pas commencer par te rafraîchir ?

— Non. Avant tout, j'ai besoin de boire quelque chose.

Sa voix était rauque. C'était peut-être sa voix normale. Deux ou trois fois, son regard s'était posé sur Spencer, mais elle n'avait pas paru le remarquer davantage que les murs de la pièce. Elle savait pourtant qui il était.

— C'est loin, où on l'a transportée ?
— A cinq minutes d'ici.
— Il faut que j'y aille le plus tôt possible, car j'ai des dispositions à prendre.
— Qu'est-ce que tu vas faire ? Tu comptes l'emmener en Virginie ?
— Tu ne penses pas que je vais laisser enterrer ma fille toute seule ici ? Merci. Pas d'eau. J'ai besoin de quelque chose de fort.

Elle buvait de l'alcool pur, et ses yeux globuleux étaient pleins d'eau, sans qu'on pût savoir si c'était le chagrin ou tout ce qu'elle avait bu avant de venir. Il lui en voulait un peu, parce qu'il aurait aimé que la mère de Belle fût autrement.

En déposant son sac à main sur la table, elle y avait aussi laissé des journaux qu'elle avait dû acheter en route, entre autres un journal de Danbury, où elle était passée une heure plus tôt. Le journal parlait de Belle, il le vit d'après les gros titres, mais il n'osa pas le prendre.

— Tu ne crois pas que cela te détendrait de prendre un bain ? Quelle traversée as-tu eue ?
— Bonne. Je suppose. Je ne sais pas.

L'étiquette de la compagnie aérienne était encore collée sur le cuir de sa valise, où on voyait les marques à la craie de la douane.

Christine s'efforçait de l'emmener. Lorraine résistait, faisait la sourde, et il finit par comprendre que c'était à cause de la bouteille qu'elle ne voulait pas abandonner. Quand il lui eut rempli à nouveau son verre, elle s'éloigna sans difficulté, en l'emportant, vers la chambre où elles s'enfermèrent toutes les deux.

Était-ce exprès qu'elle ne lui avait pas adressé la parole, sinon comme à un domestique, impersonnellement, pour lui dire de payer le taxi ? Maintenant, de la salle de bains, parvenaient des bruits de robinet, de chasse d'eau, la voix hommasse de Lorraine et celle plus claire et plus mate de Christine.

Mr Katz, là-haut, les mains derrière le dos, passait et repassait devant la large fenêtre panoramique, avec l'air d'adresser un discours à une personne invisible, vraisemblablement au sujet du travail auquel se livraient les ouvriers. A cause de la mort de Belle, ils étaient en train d'entourer Sheila, comme un objet précieux, d'un réseau mystérieux de fils protecteurs et, au fond, cela impressionnait Ashby. Katz était chauve, avec seulement quelques cheveux très noirs, bleutés, ramenés sur le sommet de sa tête. Il était extrêmement soigné et devait se parfumer.

Christine, qui sortait de la chambre, posait un doigt sur ses lèvres en se dirigeant vers le téléphone, composait un numéro, tandis que, de la salle de bains, venait un bruit de sanglot ou de quelqu'un qui vomissait. Du regard, elle lui fit comprendre qu'elle ne pouvait rien lui dire en ce moment, ni agir autrement. Il était sûr qu'elle était aussi surprise que lui, sinon déçue.

— Allô ! Le cabinet du coroner ? Je pourrais parler à Mr Ryan, s'il vous plaît ?

Tout bas, très vite, à son mari :

— C'est elle qui veut que je téléphone.

— Allô ! ici, Christine Ashby, miss Moeller. Est-il possible que je dise quelques mots à Mr Ryan ?... J'attends, oui...

Bas, à nouveau :

— Elle veut repartir tout de suite.

— Quand ?

Elle n'eut pas le temps de lui répondre.

— Mr Ryan ? Excusez-moi de vous déranger. J'attendais mon amie Lorraine cet après-midi par le train, comme je vous l'avais annoncé. Elle vient de me faire la surprise d'arriver directement en taxi de l'aéroport international. Oui. Elle est ici. Nous n'avons pas encore eu le temps d'y passer, non. Vous dites ? Je ne sais pas. Il est évident que la maison est à sa disposition et que, si vous désirez venir l'interroger ici même... Comment ?... Un instant. Je le lui demande. Nous ne pourrons de toute façon pas être là-bas avant une bonne heure, mettons une heure et demie...

Elle eut un sourire d'excuse à l'adresse de son mari, qui n'avait pas bougé et tirait toujours de petits coups sur sa pipe. Dans la chambre, elle parlait à Lorraine, revenait.

— Allô ! C'est entendu. Elle aime autant aller vous voir à Litchfield. Je lui servirai de chauffeur. A tout à l'heure.

Lorraine, en jupe de tailleur, mais sans corsage, sa combinaison rose moulant un torse de lutteur, se montrait dans le couloir pour demander d'une voix un peu hébétée :

— Qu'est-ce qu'on a fait de mon sac ?

— Ton sac à main ?

— Mon sac de toilette, bien sûr !

Ashby pensait à Belle, qui lui devenait à la fois plus proche et plus lointaine. Elle ne ressemblait à sa mère ni physiquement ni comme caractère. Mais il connaissait à présent un être avec qui elle avait vécu et cela la rendait plus vivante à ses yeux. Plus petite fille aussi.

Peut-être était-ce cela, au fond, qui le gênait si fort depuis qu'on l'avait trouvée morte ? Tout ce qu'on disait d'elle était d'une femme, fatalement, étant donné ce qui était arrivé et les découvertes faites par la suite. Or elle n'était en réalité qu'une gamine. C'est pourquoi, avant, il n'y avait pas fait attention. Sexuellement, pour lui, elle avait été neutre. Il n'avait jamais pensé qu'elle pouvait avoir des seins. Et puis, tout à coup, il l'avait vue, sur le plancher...

— Nous sommes obligées de te laisser, Spencer.

— Je comprends. A tout à l'heure.

— J'espère que ce ne sera pas long. Lorraine est brave, mais je suis sûre qu'elle est épuisée.

Lorraine regardait la bouteille avec de gros yeux troubles, et Christine hésitait sur le parti à prendre. Si elle ne lui donnait pas à boire maintenant, son amie insisterait pour qu'on s'arrête à un bar qu'elle ne manquerait pas d'apercevoir, illuminé, au bord de la route, un peu avant d'arriver à Litchfield. Ne valait-il pas mieux la satisfaire tout de suite, au risque qu'elle paraisse bizarre à Ryan ? Les gens en seraient quittes pour mettre son état sur le compte de l'émotion.

— Juste un verre et nous partons.
— Tu n'en prends pas, toi ?
— Pas maintenant, merci.
— Je n'aime pas la façon dont ton mari me regarde. D'ailleurs, je n'aime pas les hommes.
— Viens, Lorraine.

Elle l'aida à endosser sa fourrure, l'entraîna vers la voiture.

Ashby resta un moment sans bouger, puis, comme sa pipe était finie, il la vida dans la cheminée, profita de ce qu'il s'était dérangé pour aller prendre un des journaux que Lorraine avait apportés. Ils étaient un peu froissés, avec, par place, des frottis d'encre. Les renseignements provenaient de la même source que ceux publiés par les feuilles du matin, mais, sur certains points, ils étaient plus complets, plus incomplets sur d'autres, et il paraissait y avoir quelques nouvelles de dernière heure.

Ce qui le frappa, c'est que, au sujet des deux hommes interrogés la veille, ceux qui avaient été considérés comme suspects au premier chef parce qu'ils avaient des antécédents, on publiait, sinon le nom en entier, du moins le prénom et des initiales qui lui permettaient de les reconnaître.

La police a longuement interrogé un certain Irving F... qui a pu établir sans contestation possible son emploi du temps. Il y a dix-huit ans maintenant que F... a purgé deux ans de prison pour attentat à la pudeur et, depuis, sa conduite n'a jamais donné prise au moindre reproche.

... Il en est de même d'un autre personnage, Paul D..., qui, volontairement, à la suite d'une offense du même genre, a fait un séjour assez long dans une maison de santé et qui, depuis, n'a plus donné lieu à...

Irving F... C'était le père Fincher, comme on l'appelait, un vieil immigrant allemand qui parlait encore avec un fort accent et qui était jardinier dans la propriété d'un banquier new-yorkais. Il avait au moins sept ou huit enfants, des petits-enfants aussi, qui vivaient avec la famille, et, l'été, Ashby le voyait presque chaque jour, car la maison du jardinier se dressait près de la grille, sur le chemin de l'école. Sa femme était petite, énorme du bas, avec un chignon gris et dur sur le sommet de la tête.

Quant à l'autre, s'il ne se trompait pas, c'était presque un ami, quelqu'un qu'il rencontrait dans des réunions mondaines et avec qui il jouait au bridge à l'occasion. C'était un nommé Dandridge, un agent immobilier, un homme beaucoup plus cultivé qu'on ne s'y serait attendu dans sa profession, et Ashby se souvenait qu'en effet, jadis, il avait fait un séjour dans ce qu'on avait appelé un sanatorium. Comme on n'avait pas précisé, il avait cru que Dandridge avait des ennuis avec ses poumons.

Il était marié aussi. Sa femme était jolie, effacée, timide, avec ce que Christine aurait appelé un visage intéressant. C'était une de ces femmes, cela le frappait tout à coup, dont on ne peut pas dire quel genre de corps elles ont sous leurs vêtements. Il n'y avait jamais pensé, mais il se rendait soudain compte qu'il y en avait beaucoup comme ça parmi leurs relations.

Christine, elle, possédait ce qu'on appelle des formes, et même des formes opulentes, et pourtant elle ne donnait aucune impression de féminité. Tout au moins dans le sens qu'il avait maintenant en tête. Et ce n'était pas à cause de son âge. Quand il l'avait rencontrée, elle avait environ vingt-six ans — ils s'étaient connus longtemps avant qu'il fût question de mariage entre eux, à l'époque où on ne parlait pas encore du cancer de Mrs Vaughan. Il avait vu dans l'album des photographies d'elle à vingt ans, à seize ans, y compris des photographies en costume de bain. Il n'avait pas à se plaindre, puisqu'il n'avait rien cherché d'autre, mais il avait toujours eu, à ses yeux, une chair de sœur ou de mère. Il se comprenait.

Belle, pas. Il n'y avait pas pris garde quand elle vivait, mais il savait maintenant que ce n'était pas son cas. Ni celui de Sheila Katz. Encore moins celui de la secrétaire de Bill Ryan, miss Moeller, dont il ignorait le prénom et qui, elle, était tellement femme qu'on rougissait rien que de regarder ses jambes.

Quand la sonnerie résonna, il fixa un bon moment le téléphone sans répondre, se décida à regret, confit qu'il était dans sa chaleur et dans sa propre intimité.

— Allô ! oui.
— Spencer ?

C'était Christine.

— Nous sommes à Litchfield, chez le coroner... Plus exactement, j'ai laissé Lorraine dans son bureau. Quand j'ai proposé de sortir, Ryan n'a pas protesté, au contraire, m'a-t-il semblé. Je te téléphone de la cabine d'un *drugstore*. Comme Lorraine en a pour un moment, je vais en profiter pour acheter de quoi dîner. Je t'appelle pour te rassurer. Comment es-tu ?
— Bien.
— Personne n'est venu te déranger ?
— Non.
— Tu es dans ton cagibi ?
— Non. Je n'ai pas bougé.

Pourquoi s'inquiéter de lui ? C'était gentil de lui téléphoner, mais elle mettait trop d'insistance à lui demander ce qu'il faisait.

— Je me demande comment nous allons nous arranger pour cette nuit. Crois-tu que nous puissions décemment la faire dormir dans la chambre où c'est arrivé à Belle ?

— Elle n'aura qu'à dormir avec toi.

— Cela ne t'impressionnera pas de... ?

Pourquoi parler de tout cela ? Surtout que ces préparatifs, comme toujours, allaient se révéler inutiles. Ils ne le savaient pas encore. Christine aurait dû mieux connaître Lorraine et savoir que ce n'était pas le genre de personne pour laquelle on prend des décisions.

— Comment est Ryan ?

— Affairé. Plusieurs personnes attendent dans son bureau. Je ne les ai pas dévisagées, mais j'ai eu l'impression que ce sont des gens de chez nous, surtout des garçons.

— Tu ferais mieux de raccrocher, car on sonne à la porte.

— A tout à l'heure. Sois calme.

C'était Mr Holloway qui, la porte ouverte, se pencha pour saluer Ashby, tout poli, tout confus, avec l'air de vouloir se faire aussi petit que possible pour moins déranger.

— C'est Lorraine Sherman que vous êtes venu voir ?

— Non. Je sais qu'elle est arrivée et qu'elle se trouve présentement à Litchfield.

Son œil repéra les deux verres de whisky, celui d'Ashby, encore à moitié plein d'un liquide clair, et celui de Lorraine, où il restait des traces plus sombres d'alcool pur. Il eut l'air de comprendre, aperçut aussi le journal de Danbury.

— Compte rendu intéressant ?

— Je n'ai pas fini l'article.

— Vous pouvez continuer. Je ne suis pas ici pour vous déranger. Je vous demande seulement la permission de passer un moment dans la chambre que miss Sherman occupait. Peut-être m'arrivera-t-il d'aller et venir dans la maison, si vous n'y voyez pas d'inconvénient. Tout ce que je voudrais, c'est que vous ne fassiez pas attention à moi.

Sa femme et lui devaient former un couple de petits vieux paisibles et attendrissants, et c'était elle, sûrement, qui lui tricotait ses gants et ses chaussettes de laine, ainsi que les écharpes. Peut-être était-ce elle aussi, le matin, qui lui nouait sa cravate ?

— Vous ne désirez pas prendre un verre ?

— Pas maintenant. Si l'envie m'en vient plus tard, je vous promets de vous le dire.

Il connaissait le chemin. Par discrétion, Ashby ne quitta pas son fauteuil, où il reprit la lecture du journal sans trop savoir où il l'avait laissée.

La police a espéré un moment tenir une piste sérieuse. C'est quand le barman du Little Cottage, *un night-club sur la route de Hartford, est venu déposer que, la nuit du crime, un peu avant minuit, un couple s'est arrêté à son établissement dans des circonstances qui, par la suite, lui ont paru suspectes.*

La femme, très jeune, n'était pas sans ressembler à Belle Sherman. Elle était émue, peut-être malade ou ivre, et son compagnon, âgé d'une trentaine d'années, lui parlait à voix basse, mais avec insistance, comme pour la commander.

« Elle secouait la tête pour dire qu'elle ne voulait pas (a dit textuellement le barman) et elle avait l'air si effrayé ou si las que j'ai été sur le point d'y mettre de l'ordre, car je n'aime pas qu'on s'adresse aux femmes sur un certain ton, même à minuit sur le bord de la route, et même si elles ont un verre dans le nez. »

Question : Vous voulez dire qu'elle était ivre ?

Réponse : J'ai eu l'impression qu'il ne lui faudrait pas deux verres de plus pour être groggy.

Question : Elle n'a rien consommé dans votre établissement ?

Réponse : Ils se sont installés au bar, et je me souviens qu'en marchant il la tenait par les épaules comme pour la supporter. C'était peut-être aussi pour l'empêcher de s'éloigner de lui. Il voulait commander de la bière. Elle lui a parlé bas. Ils ont discuté. Moi, j'ai l'habitude et j'ai regardé ailleurs jusqu'à ce qu'ils me rappellent pour réclamer des cocktails.

Question : Elle a bu le sien ?

Réponse : Elle l'a renversé en le portant à ses lèvres et elle n'a même pas essuyé sa robe. L'homme lui a passé son mouchoir, qu'elle a refusé. Elle lui a pris ensuite son verre des mains et l'a bu. Il était exaspéré. Il regardait l'heure, se penchait sur elle, et je suppose qu'il insistait pour l'emmener tout de suite...

Ashby leva les yeux. Le petit Mr Holloway était debout dans le corridor, à regarder autour de lui un peu comme on examine une maison qu'on vient de louer en se demandant où on placera les meubles. Il ne s'occupait pas de Spencer. On le sentait très loin. Il marcha jusqu'à la porte du cagibi, l'ouvrit, puis, sans entrer, hocha la tête et se dirigea vers l'entrée principale. Il paraissait si peu voir devant lui qu'Ashby retira ses jambes pour le laisser passer, et il dit poliment, sans fournir d'explications :

— Merci.

Ashby dut sauter ensuite un certain nombre de lignes.

... la voiture portant une plaque d'immatriculation de New York, la police allait se lancer dans cette nouvelle voie quand le barman, mis en présence des vêtements portés ce soir-là par Belle Sherman, déclara catégoriquement que ce n'étaient pas ceux de sa cliente. La jeune fille du Little Cottage, en effet, portait un manteau de laine claire orné de fourrure au cou et aux poignets et, dessous, une robe de soie noire ou bleu marine assez froissée.

Renseignements pris, la victime ne possédait pas de manteau de ce genre et on ne voit pas comment elle aurait pu s'en procurer un pour la nuit.

Le barman a ajouté que, lorsque le couple est sorti, un consommateur a remarqué :

— *Pauvre gosse ! J'espère que ce n'est pas sa première fois !*

Pourquoi relut-il ce passage-là, tout le passage concernant le *Little Cottage,* alors que ce n'était que du remplissage, que cela n'apportait aucun élément nouveau ? Pour la police, en tout cas. Mais pour lui ? Cela n'ajoutait-il pas de la vie à l'image qu'il était en train de se composer de Belle ? Que ce fût elle ou non la fille qui avait bu un cocktail au night-club, il y avait entre les deux femmes des traits communs et elles participaient toutes les deux à un genre de vie dont il n'avait qu'une idée théorique.

C'était curieux, d'ailleurs, que le journal eût publié le dialogue, comme s'il savait que, pour un grand nombre de ses lecteurs, ce serait une révélation. Rien que des phrases banales, mais des phrases qui avaient certainement été prononcées. Pour quelqu'un qui n'avait jamais mis les pieds dans un night-club, cela donnait la sensation d'y être. C'était le cas d'Ashby. Ce récit, pour lui, avait une chaleur humaine, et même comme une odeur, une odeur de femme. Cela le faisait penser à la poudre qu'on les voit tirer de leur sac, au bout de langue dont elles l'effacent sur leurs lèvres, au bâton qu'elles écrasent, tout rouge, tout gras.

Conduit devant le corps, le barman avait encore affirmé :

« *Elle n'était pas si jeune.* »

Mais cette déclaration-là pouvait lui avoir été dictée par la prudence, car, s'il admettait avoir servi de l'alcool à une jeune fille non majeure, il risquait sa licence.

Il existe des quantités de bars de ce genre-là le long des grand-routes, surtout à proximité des villes, entre Providence et Boston, par exemple, et — il se souvenait d'un voyage avec Christine — sur la route de Cape Cod. Les enseignes sont bien faites pour attirer l'œil, toujours au néon, en bleu ou rouge, plus rarement en violet. Le *Miramar,* le *Gotham,* l'*El Charro,* ou simplement un prénom : *Nick's, Mario's, Louie's...* En lettres plus petites, d'une autre couleur, une marque de bière ou de whisky. Et toujours, à l'intérieur, une lumière douce, de la musique en sourdine, des boiseries sombres et, parfois, dans un coin au-dessus du comptoir, un écran argenté de télévision.

Pourquoi, par quel enchaînement d'idées cela le faisait-il penser aux autos qu'on voit la nuit arrêtées au bord du chemin et où on aperçoit en passant deux visages blêmes, bouche à bouche ?

— J'accepterais volontiers un verre avec vous, à présent, Mr Ashby. Vous permettez ?

Il s'asseyait, remettait ses lunettes dans son étui, l'étui dans sa poche.

— Je suppose que vous êtes plus anxieux que quiconque de nous voir mettre la main sur le coupable. Je crains bien que vous ayez à attendre longtemps. D'autres, qui s'occupent de l'affaire aussi, sont peut-être d'une opinion différente... A votre santé ! Pour ma part, je vous le dis franchement, plus je vais et moins j'ai d'espoir.

» Savez-vous, à mon avis, ce qui arrivera ? Ce qui arrive dans la plupart de ces affaires-là. Car on dirait parfois qu'il existe des règles que personne ne connaît, mais que les événements suivent scrupuleusement.

» Dans cinq ans, ou dans dix ans, peu importe, une jeune fille sera trouvée morte dans des circonstances semblables à celles qui se présentent ici, à la différence près que l'assassin, moins chanceux, aura laissé un indice. Et c'est alors que, par comparaison, par déduction, on constatera qu'on tient l'homme qui a tué Belle Sherman.

— Vous croyez qu'il recommencera ?

— Tôt ou tard. Quand des circonstances identiques se représenteront.

— Et si elles ne se représentent pas ?

— Il les provoquera. Ce ne sera pas nécessaire, hélas ! car ce ne sont pas les Belle Sherman qui manquent.

— Sa mère va rentrer d'un moment à l'autre, dit Ashby, un peu gêné.

— Je sais. Elle ne peut pas ignorer, elle non plus, le nom d'au moins dix amants de sa fille.

Un flot de sang, cette fois, lui monta au visage.

— Vous en êtes sûr ?

— Dès que le F.B.I. a été sur place, là-bas, en Virginie, les langues se sont déliées.

— Sa mère tolérait ?...

Mr Holloway avait-il des enfants ? Une fille ? Il parlait avec une curieuse indifférence, haussait les épaules :

— Elles vous répondent toutes qu'elles ne savaient pas, qu'elles ne pouvaient pas supposer...

— Vous croyez que ce n'est pas vrai ?

Ashby ne devait pas connaître ce soir-là l'opinion du chef de la police, car, à ce point précis de l'entretien, la porte s'ouvrit d'une poussée brutale. Lorraine Sherman entra la première, d'un tel élan qu'elle put à peine s'arrêter devant le petit Mr Holloway, qui s'était levé et qu'elle faillit renverser. Christine suivait, les bras chargés de paquets. Il y eut un moment de confusion. Ashby murmura :

— Mr Holloway, chef de la police du comté.

— J'ai déjà vu le coroner. Je suppose que cela suffit ?

Ce ne devait pas être une méchante femme, mais, aujourd'hui, elle faisait l'effet d'une machine sous pression, que rien n'est capable d'arrêter ou de mettre en marche arrière.

— Je n'ai pas l'intention d'importuner Mrs Sherman, se contentait de prononcer le détective. J'allais quand même me retirer.

Il s'inclinait devant chacune des dames, tendant la main à Ashby.

— Souvenez-vous de ce que je vous ai dit !

Il s'arrêta sur le seuil pour regarder les serruriers qui, à la lumière de grosses lampes, travaillaient à la porte des Katz. On aurait dit que ces précautions le faisaient sourire.

— Tu sais que Lorraine nous quitte ce soir ?
Par politesse, il s'exclama :
— Non !
— Si. Elle avait déjà cette idée-là en arrivant.
Christine déposait ses paquets sur la table de la cuisine, ouvrait le frigidaire, y rangeait de la charcuterie et de la crème glacée.
— Ryan l'a retenue près de trois quarts d'heure, et il paraît qu'il a parlé de Belle d'une façon indécente.
— Laisse tomber ça ! interrompit Lorraine d'une voix excédée, plus rauque que jamais. C'est un goujat. Ce sont tous des goujats. Parce qu'une pauvre gamine est morte...
Elle avait repéré la bouteille dès son entrée, et elle ne demandait plus rien à personne, se servait à boire sans se soucier que c'était dans le verre du chef de la police.
— Tous les hommes sont des cochons. Souviens-toi que je te disais déjà la même chose quand nous étions au collège. Il n'y a qu'une chose qui les intéresse et, quand ils l'ont, c'est eux qui vous reprochent de leur avoir cédé.
Elle laissa s'appesantir sur Ashby un regard réprobateur, comme s'il était personnellement responsable.
— Ce qu'ils appellent l'amour, c'est un besoin de salir, rien d'autre. Et crois-moi. Je sais ce que je dis. C'est comme si ça les purgeait de leurs péchés personnels et comme si ça les rendait plus propres.
Elle avala le whisky d'un trait, eut un haut-le-cœur et regarda Ashby pour le défier de sourire. Chose curieuse, elle restait digne, dressée comme une tour au milieu du living-room, pas ridicule en dépit de son ivresse, impressionnante même, à tel point que, dans la cuisine, Christine cessa de s'occuper de ses paquets pour la regarder.
— Tu te figures que je parle ainsi parce que je suis saoule ?
— Non, Lorraine.
— Remarque que tu peux croire ce que tu voudras. Tout à l'heure, je prendrai le train pour New York avec ma fille. Elle ne sera pas dans le même wagon que moi, puisqu'elle est morte. A New York, il faudra attendre le matin pour repartir et, quand nous arriverons dans notre ville, il y aura plein de curieux pour nous voir débarquer.
Elle parut réfléchir.
— Je me demande si son père y sera aussi.
Il y avait de la haine dans la façon dont elle avait prononcé ce mot-là.
— A quelle heure m'as-tu dit que mon train part ?
— A neuf heures vingt-trois. Tu as le temps de dîner et ensuite de te reposer une heure.

— Je n'ai pas besoin de me reposer. Je n'ai pas envie de me reposer.
Les sourcils froncés, elle fixait Ashby avec une soudaine attention.
— Au fait, qu'est-ce que je suis venue faire dans cette maison ?
— Pourquoi dis-tu ça, Lorraine ?
— Parce que je le pense. Je n'aime pas ton mari.

Il tenta de sourire poliment, chercha une contenance, se dirigea enfin vers la porte du cagibi.

— Je savais qu'il était faux. Je commence à peine à parler de lui qu'il s'en va.

Christine devait être dans ses petits souliers. Ce n'était pas le moment de déclencher une scène et de s'adresser mutuellement des reproches. Lorraine venait de perdre sa fille, on ne pouvait pas l'oublier. Elle avait fait un voyage long et pénible. Ryan, tel qu'on le connaissait, n'avait pas dû lui ménager les questions odieuses.

C'était dans leur maison, presque par leur faute, que Belle était morte.

La mère n'avait-elle pas le droit de boire et de lui dire n'importe quoi ?

Mais pour quelle raison ajoutait-elle, comme elle lui aurait lancé une pierre dans le dos, au moment où Spencer refermait la porte derrière lui :

— Ce sont ceux-là les pires !

DEUXIÈME PARTIE

1

Il se rendait compte que c'était déjà devenu une manie, et cela l'humiliait. Cela l'humiliait aussi de voir Christine jouer le jeu. Il était évident qu'elle avait compris. Leurs malices à tous les deux étaient cousues de fil blanc.

Pourquoi, quand elle s'en allait, pour faire son marché ou pour une autre raison, éprouvait-il le besoin de sortir de son cagibi comme un animal jaillit de son trou ? Cessait-il de se sentir en sécurité dès que la maison était vide autour de sa tanière ?

On aurait dit qu'il craignait d'être attaqué par surprise, sans voir venir le coup. Ce n'était pas vrai. Sa réaction était purement nerveuse. Il préférait néanmoins, lorsqu'il était seul, se tenir dans le living-room, d'où il dominait l'allée.

Il s'y était fait une place, devant le feu où il empilait les bûches chaque matin, de sorte qu'il semblait être devenu frileux.

Dès qu'il entendait monter l'auto, il s'approchait des vitres, en s'arrangeant pour ne pas se mettre en pleine vue, de façon à surprendre l'expression de Christine avant qu'elle ait eu le temps de se préparer. De son côté, elle n'ignorait pas qu'il la guettait, prenait un air trop naturel, trop indifférent, sortait de la voiture, montait les marches et, seulement une fois la porte ouverte, feignait de découvrir sa présence, demandait d'une voix enjouée :

— Il n'est venu personne ?

Le jeu avait ses règles, qu'ils s'ingéniaient l'un et l'autre à perfectionner chaque jour.

— Non. Personne.

— Pas de coups de téléphone ?

— Non plus.

Il était persuadé que, si elle parlait ainsi, c'était pour cacher sa gêne, pour meubler le silence qui l'oppressait. Avant, elle n'éprouvait pas le besoin de parler sans motif.

En homme qui ne sait où se mettre, il la suivait dans la cuisine, la regardait ranger ses achats dans le frigidaire, essayant toujours de découvrir un signe d'émotion sur son visage.

— Qui as-tu rencontré ? finissait-il par questionner en regardant ailleurs.

— Personne, ma foi.

— Comment ? A dix heures du matin, il n'y avait pas une âme chez l'épicier ?

— Je veux dire qu'il n'y avait personne en particulier. Je n'ai pas fait attention, si tu préfères.

— De sorte que tu n'as pas parlé ?

C'était à double tranchant. Elle en avait conscience. Il le savait aussi. C'est ce qui rendait la situation si délicate. Si elle admettait n'avoir parlé à âme qui vive, il en déduirait qu'elle avait honte, ou que les gens l'évitaient. Si elle avait parlé à quelqu'un, pourquoi ne le lui avouait-elle pas tout de suite et ne lui répétait-elle pas les paroles prononcées ?

— J'ai vu Lucile Rooney, par exemple. Son mari revient la semaine prochaine.

— Où est-il ?

— A Chicago, tu le sais bien. Il y a trois mois qu'il a été envoyé à Chicago par ses patrons.

— Elle n'a rien dit de spécial ?

— Seulement qu'elle est contente qu'il revienne et que, si cela se produit encore, elle l'accompagnera.

— Elle n'a pas parlé de moi ?

— Pas un mot.

— C'est tout ?

— J'ai aperçu Mrs Scarborough, mais je n'ai fait que la saluer de loin.

— Pourquoi ? Parce que c'est une mauvaise langue ?

— Mais non. Simplement parce qu'elle se trouvait à l'autre bout du magasin et que je n'avais pas envie de perdre mon tour à la boucherie.

Elle gardait tout son calme, ne laissait percer aucune impatience. C'en était arrivé au point qu'il lui en voulait de sa douceur aussi. Il espérait qu'elle finirait par se trahir, par s'exaspérer. Fallait-il croire qu'elle le considérait comme un malade ? Ou en savait-elle davantage qu'elle ne voulait laisser voir sur ce qui se tramait contre lui ?

Il n'était pas atteint de la manie de la persécution, ne se faisait pas d'idées extravagantes.

Il commençait à comprendre, simplement.

C'est le samedi matin qu'il avait commencé à douter d'elle. Elle revenait justement du marché. Le chemin était très glissant et, à cause de cela, il avait regardé par la fenêtre. Pour la première fois. Consciemment, en tout cas. Il avait pensé sortir afin de l'aider à porter les paquets. Or, comme elle refermait la portière de l'auto, et alors qu'elle ne l'avait pas encore vu, qu'elle ne savait donc pas qu'il était là, puisque c'était la première fois, son regard s'était arrêté sur un point de la maison, près de la porte, et il avait eu l'impression qu'elle recevait un choc, pâlissait, marquait un temps d'arrêt comme pour reprendre contenance.

En levant les yeux, elle l'avait aperçu et cela avait été trop rapide, comme automatique : un sourire était apparu sur ses lèvres qu'elle avait gardé tel quel une fois entrée dans la maison.

— Qu'est-ce que tu as vu ?

— Moi ?

— Oui, toi.

— Quand ?

— Il y a un moment, en regardant la façade.

— Qu'est-ce que j'aurais vu ?

— Quelqu'un t'a dit quelque chose ?

— Mais non. Pourquoi ? Que voudrais-tu qu'on me dise ?

— Tu as paru surprise, choquée.

— Peut-être par le froid, parce que j'avais fait marcher le chauffage dans la voiture et qu'en ouvrant la portière j'ai été saisie ?

Ce n'était pas vrai. Plus tôt, il avait vu une des bonnes des Katz qui regardait, elle aussi, un point précis de leur maison. Il n'y avait pas pris garde, s'était dit que la fille s'occupait d'un chat qui rôdait. Maintenant, cela le frappait.

Christine avait essayé de le retenir quand il était sorti, sans chapeau, sans manteau, sans même ses caoutchoucs aux pieds, et il avait failli glisser sur les marches.

Il avait vu. C'était sur la pierre d'angle, à droite de la porte, bien en évidence, un *M* énorme, tracé au goudron. Le pinceau avait bavé, faisant encore plus laid, plus méchant, sinistre. *Murderer,* bien sûr, comme sur l'affiche du film !

Les servantes d'en face l'avaient vu. Sheila Katz avait dû le voir. Son mari était parti tout de suite après avoir fait installer les nouvelles serrures et le système d'alarme, et, chose curieuse, depuis lors, Spencer ne l'avait pour ainsi dire plus aperçu. Plus de face. Plus près de la fenêtre. Parfois un profil perdu, une silhouette qui s'effaçait dans le fond de la pièce.

Katz lui avait-il interdit de regarder dehors ou de se montrer ? Cela visait-il personnellement Ashby ? Lui avait-il parlé de son voisin ?

La découverte du vieux Mr Holloway datait du jour précédent, donc du vendredi. Il était encore venu dans l'après-midi, comme en passant, et s'était assis un bon moment dans le living-room, où il avait davantage parlé du temps qu'il faisait et d'un accident de chemin de fer qui avait eu lieu la veille dans le Michigan que de l'affaire. A la fin, il s'était levé en soupirant :

— Je crois que je vais encore vous demander la permission d'aller passer quelques minutes dans la chambre de miss Sherman. Cela tourne à la manie, n'est-ce pas ? Il me semble toujours que je vais découvrir un indice qui nous a échappé jusqu'ici.

Il y était resté si longtemps, silencieux, probablement immobile, car on n'entendait aucun bruit, qu'à la fin Ashby était retourné dans son cagibi. Christine se tenait dans la cuisine, où elle repassait. Toutes les lampes de la maison étaient allumées.

Depuis qu'il était revenu de l'école, il n'avait touché ni à son tour, ni à son banc de menuisier. Avant, il rêvait d'avoir quelques journées de libres pour entreprendre un travail de longue haleine et, maintenant qu'il n'avait rien à faire du matin au soir, il n'y pensait même pas. Toute son activité avait consisté à mettre de l'ordre dans les rayons et dans les tiroirs. Il avait aussi commencé à jeter des notes sur du papier, des noms, des bouts de phrases sans suite, des dessins schématiques que lui seul pouvait comprendre, si même il les comprenait vraiment.

Il y en avait déjà plusieurs feuilles. Quelques-unes avaient été déchirées, mais il avait recopié certaines notations.

Quand on frappa à la porte, il cria tout de suite d'entrer, car il savait que c'était Mr Holloway et il avait envie de le voir de nouveau, il avait déjà préparé deux verres : c'était une tradition qui commençait à se créer.

— Asseyez-vous. Je me demandais si vous étiez parti sans me dire bonsoir, ce qui m'aurait surpris.

Il servait le whisky, la glace, regardait le vieux policier sans savoir quand il devait s'arrêter de verser du soda dans son verre.

— Merci. C'est assez. Figurez-vous que, à ma propre surprise, je ne m'étais pas trompé.

Mr Holloway était installé, les jambes allongées, le verre à la main, dans le vieux fauteuil de cuir qui donnait la même impression de confort intime qu'une pantoufle usée.

— Dès le début, sans raison précise, quelque chose m'a chiffonné dans cette histoire. Je crois vous avoir dit alors que nous n'en connaîtrions probablement jamais le fin mot. Je ne suis pas beaucoup plus optimiste aujourd'hui, mais il y a au moins un détail que j'ai tiré au clair. J'aurais juré, voyez-vous, que la chambre avait encore des révélations à nous faire, si je puis ainsi m'exprimer.

Il tirait en soupirant un petit objet de la poche de son gilet et le posait sur la table devant Ashby, évitait de regarder celui-ci tout de suite, d'ajouter des commentaires, fixait son verre et buvait une lente gorgée de whisky.

L'objet, sur la table, était une des trois clefs de la maison.

Le petit policier murmurait enfin :

— Vous avez la vôtre, n'est-ce pas ? Votre femme a la sienne. Belle Sherman en avait une, et c'est donc celle-là que je viens de retrouver.

Ashby ne bronchait pas. Pour quelle raison aurait-il bronché ? Il n'avait rien à cacher, rien à craindre. Il était seulement gêné de l'insistance qu'Holloway mettait à ne pas le regarder en face et, à cause de cela, ne savait quelle contenance adopter.

La découverte de la clef accroissait-elle les soupçons qui pouvaient exister à cet égard ?

— Savez-vous où je l'ai trouvée ?

— Dans la chambre, vous me l'avez laissé entendre.

— Je croyais avoir cherché partout, lors de mes précédentes visites. Les spécialistes, de leur côté, ainsi que les hommes du lieutenant Averell, sont censés n'avoir laissé aucun coin inexploré. Or, tout à l'heure, assis au milieu de la pièce, je me suis trouvé à fixer un sac à main noir coincé entre des livres sur une étagère. Vous connaissez ce sac-ci ?

— Je le connais. Belle possédait deux sacs, celui que vous me montrez, en daim, qu'elle ne portait que quand elle s'habillait, et un sac en cuir dont elle se servait couramment.

— Eh bien ! c'est donc dans le sac noir que la clef se trouvait.

Ashby pensa à la déposition de Mrs Katz. Holloway vit qu'il y pensait. C'est à cela que se rapportait évidemment le mot suivant du policier :

— Curieux, n'est-ce pas ?

Ashby discuta. Est-ce qu'il avait tort ?

— Vous oubliez qu'elle n'a jamais prétendu avoir vu l'objet que Belle passait à l'homme. Si je me souviens bien, elle a dit qu'elle supposait que cela pouvait être une clef. Elle n'a même pas affirmé que la personne était Belle Sherman.

— Je sais. C'était peut-être elle, mais l'objet n'était sûrement pas cette clef. Au fait, savez-vous quel sac la jeune fille avait ce soir-là ?

Il répondit honnêtement que non. Il ne savait pas. C'était important, il s'en rendait compte. Il aurait pu mentir. Il voyait bien que Mr Holloway, depuis qu'il avait pénétré dans le cagibi, ne le regardait pas comme les autres fois, mais avec une certaine commisération.

— Vous êtes sûr, n'est-ce pas, de ne pas lui avoir ouvert la porte quand elle est rentrée vers neuf heures et demie, soi-disant du cinéma ?

— Je ne suis pas sorti de cette pièce. Je l'ai aperçue au-dessus des trois marches et j'en ai été surpris.

— Elle avait son manteau et son béret ? Donc presque sûrement son sac à main.

— C'est possible.

— Parce qu'on a retrouvé un autre sac en évidence sur la table de sa chambre, on a supposé que c'était de celui-là qu'elle s'était servie. Et, comme ce sac ne contenait pas de clef, on en a conclu que l'hypothèse de Mrs Katz était exacte. Depuis, tous les raisonnements sont partis de là.

— De sorte que maintenant... ?

— Il y a nécessairement une erreur quelque part. C'est une vilaine histoire, Mr Ashby, une histoire regrettable, et j'aurais préféré, pour ma tranquillité et pour la vôtre, qu'elle n'existât jamais. Je crois aussi que j'aurais préféré ne pas retrouver cette clef. Je ne sais pas encore où elle nous conduira, mais je prévois que les gens en tireront des conclusions à leur façon. Puisque la clef était dans la maison, il a fallu que Belle aille elle-même ouvrir la porte à son meurtrier.

— Est-ce plus étrange que de lui remettre la clef sur le seuil ?

— Je comprends votre point de vue. Vous verrez que les gens interpréteront le fait autrement.

Il finit par s'en aller, l'air mécontent de lui.

Le *M* dut être peint sur la pierre au cours de la nuit suivante, donc avant que les journaux parlent de la clef. Ce n'était pas l'œuvre d'un gamin. Il avait fallu se procurer un pot de goudron et un pinceau, sortir de chez soi malgré le gel, probablement faire la route à pied, car on n'avait entendu aucune voiture s'arrêter à proximité.

Après la scène de Christine, le samedi, et la découverte de la lettre peinte, il y avait eu les enfants. Ils étaient une bande à jouer dehors chaque samedi. D'habitude, quand il y avait de la neige, ce n'était pas sur leur chemin, mais sur le suivant, dont la pente était meilleure, qu'ils faisaient du traîneau. C'est donc exprès qu'ils avaient passé la journée devant la maison. Cela se voyait à leur façon de regarder les fenêtres, de se pousser du coude, de chuchoter comme s'ils échangeaient des secrets.

Ashby n'avait rien voulu changer à ses habitudes. En temps normal, quand il passait plusieurs jours chez lui, c'était parce qu'il était enrhumé, et il se traînait alors de la cheminée du living-room à son cagibi. Cette fois, il se comportait de la même façon, la pipe à la bouche, les pieds dans des pantoufles et, inconsciemment, par une sorte de mimétisme, il prenait des attitudes de malade.

Trois ou quatre fois, alors qu'il se tournait vers le dehors, il avait surpris un visage de gamin collé à la vitre.

Il n'avait pas tenté de les chasser. Christine non plus, qui s'était aperçue de leur manège. Elle savait aussi bien que lui que cela valait mieux. Elle faisait comme si de rien n'était non seulement avec les autres, mais avec lui, et, ayant presque chaque jour une séance de comité, ou un thé, ou une réunion de bienfaisance, elle continuait de s'y rendre.

Il croyait seulement remarquer qu'elle ne restait dehors que le temps strictement nécessaire.

— Personne ne t'a rien dit ?
— On n'a parlé que des affaires de l'œuvre.

Il ne la croyait pas. Il ne la croyait plus. Parmi les notes griffonnées sur son bureau, l'une disait :

Christ, aussi ?

Ce n'était pas du Christ, mais de sa femme qu'il s'agissait. Cela signifiait :

« Se demande-t-elle, comme les autres, si, en définitive, je ne suis pas coupable ? »

Les journaux n'émettaient pas cette hypothèse-là. Mais, chaque jour, ils annulaient une ou plusieurs autres hypothèses, de sorte que le champ des possibilités se rétrécissait.

Aucun des jeunes gens interrogés n'avouait avoir vu Belle le soir ou la nuit de sa mort. Le décès, d'après l'autopsie de Wilburn, avait eu lieu avant une heure du matin. Comme Christine n'était pas rentrée à cette heure-là, Ashby n'avait pas d'alibi. Les jeunes gens, eux, en avaient tous un. Rares étaient ceux qui, après le cinéma, n'étaient pas rentrés chez eux, et ces quelques-uns-là étaient restés en bande à manger des hot-dogs ou des glaces.

On leur avait posé des questions indiscrètes, dont le journal se faisait l'écho en termes curieusement choisis :

Deux des adolescents interrogés ont admis avoir eu des relations assez intimes avec Belle Sherman, mais ils insistent sur le fait que ces rapports ont été fortuits.

A ce sujet aussi, Ashby avait griffonné des noms sur son bureau. Il croyait connaître tous ceux qui étaient sortis avec Belle. Plusieurs d'entre eux étaient de ses anciens élèves, tous les fils d'amis ou d'hommes qu'il fréquentait.

Qui avait procédé à ces interrogatoires-là ? Sans doute Bill Ryan, puisque Christine avait vu les jeunes gens du pays dans son antichambre quand elle était allée à Litchfield avec Lorraine.

Qu'est-ce que le rédacteur entendait par rapports *assez* intimes ?

C'était dans la solitude de son cagibi qu'il ruminait ces questions-là. Il s'asseyait, le crayon à la main, se passait les doigts dans les cheveux comme quand, autrefois, il veillait la nuit pour préparer ses examens. Machinalement, il se mettait à tracer des arabesques sur le papier, puis des mots, parfois une croix à côté d'un nom.

Assez intimes, cela devait faire allusion à des scènes en auto. Tous ceux qu'on avait cités avaient pu disposer de la voiture de leurs parents. Il leur était à peu près impossible de conduire Belle dans des bars comme le *Little Cottage,* où on ne les aurait pas servis à cause de leur âge. Dans ces occasions-là, ils emportaient une bouteille et s'arrêtaient au bord de la route. Voilà pourquoi on ajoutait le mot *fortuit.*

Cela arrivait tous les soirs. Chacun le savait, les parents aussi, mais on préférait feindre de l'ignorer. Est-ce que certains parents de jeunes filles qui sortaient ainsi gardaient réellement des illusions ?

Il en était arrivé à surprendre les moindres bruits de la maison. C'était quand il n'y en avait plus, quand il se sentait environné de silence, qu'il s'inquiétait, jaillissait de son cagibi en s'imaginant que Christine était en train de chuchoter avec quelqu'un, ou que l'on complotait contre lui.

Mr Holloway avait raison : l'aventure était extrêmement désagréable. Quelqu'un avait étranglé Belle. Et il devenait plus évident chaque jour que ce n'était ni un rôdeur, ni un vagabond. Ces gens-là ne passent pas inaperçus et on les avait traqués sur toutes les routes du Connecticut.

Puisque ce n'était pas Ashby non plus — il n'y avait en définitive que lui à en être sûr — c'était quelqu'un que Belle avait introduit dans la maison, quelqu'un donc qui, vraisemblablement, faisait partie du cercle de leurs connaissances.

C'était encore une de ses raisons de griffonner. La police, jusque-là, avait surtout paru s'intéresser aux jeunes gens. Spencer, lui, pensait aussi aux hommes mariés. Il n'était sûrement pas le seul dont la femme se trouvait dehors ce soir-là. Certains pouvaient rentrer chez eux très tard sans qu'on le sût, car ils faisaient chambre à part.

Un des gamins, qui avouait « avoir pris du bon temps » avec Belle une semaine avant sa mort, ajoutait :

— Nous ne l'intéressions pas beaucoup.

— Pourquoi ?

— Elle nous trouvait trop jeunes.

Ashby mettait des noms en colonnes, et le cagibi commençait à se saturer de son odeur.

Après ce samedi-là, dont il gardait un souvenir déplaisant, d'un vilain gris, il y avait eu la matinée du dimanche, qui avait servi, en somme, à fixer les positions.

Ils avaient l'habitude de se rendre au service. Christine était très religieuse et était une des plus actives parmi les dames qui s'occupaient de l'église, dont elle décorait l'autel à son tour, une fois toutes les cinq semaines.

Il avait hésité à lui en parler pendant qu'ils s'habillaient, avait fini par grommeler avec un de ces coups d'œil furtifs qui lui devenaient familiers :

— Tu ne crois pas que je ferais mieux de rester ici ?

Elle n'avait pas compris immédiatement sa pensée.

— Pourquoi ? Tu ne te sens pas bien ?

Il avait horreur de préciser. Elle lui avait presque donné l'idée de tricher, mais cela lui répugnait.

— Il ne s'agit pas de moi, mais des autres. Ils préféreraient peut-être que je ne sois pas là. Tu sais bien ce qui s'est passé pour l'école.

Elle n'avait pas pris la chose à la légère, car il s'agissait de religion, et elle avait téléphoné au recteur. C'était une preuve qu'il ne se tracassait pas pour rien. Le recteur avait hésité, lui aussi.

— Qu'est-ce qu'il a dit ?

— Qu'il n'y a aucune raison pour que tu n'assistes pas au service. A moins...

Elle se mordit les lèvres, rougit.

— A moins que je sois coupable, je suppose ?

A présent, il était obligé d'y aller. C'était à contrecœur. Il sentait qu'il avait tort, que ce n'était pas sa place, en tout cas pas ce jour-là. Le temps était mou, la neige piquée de rouille, et de grosses gouttes tombaient des toits ; les autos, surtout celles qui avaient leurs chaînes, projetaient des deux côtés des gerbes de neige liquéfiée.

Christine et lui gagnèrent leur banc, le quatrième à gauche, alors que presque tout le monde était déjà à sa place, et Ashby sentit tout de suite comme un vide autour de lui. C'était si net qu'il aurait juré que Christine ne pouvait pas ne pas partager son impression. Il ne lui en parla pas après. De son côté, elle évita le sujet, comme elle évita de parler du sermon.

Il se demanda si le recteur avait eu une arrière-pensée en le faisant venir. Il avait choisi pour thème, ce dimanche-là, le psaume XXXIV, 22 :

Le mal cause la mort du méchant
et ceux qui haïssent le juste sont châtiés.

Mais c'était bien avant qu'il parlât qu'Ashby avait eu l'impression d'être exclu, au moins momentanément, de la communauté. Peut-être ne s'agissait-il pas à proprement parler d'exclusion ? Peut-être même était-ce lui qui ne se sentait plus d'un même cœur avec les autres ?

Il était comme dressé contre eux, c'était vrai. Ils étaient environ trois cents autour de lui, comme chaque dimanche, chacun à sa place, chacun dans ses meilleurs habits, à chanter les hymnes dont les numéros étaient indiqués au tableau, tandis que l'harmonium soutenait les voix de sa musique huileuse. Christine, elle, communiait avec l'assistance, ouvrait la bouche en même temps que les autres, et ses yeux avaient le même regard, son visage la même expression.

Il avait chanté avec les fidèles aussi, des centaines de dimanches, pas seulement dans cette église-ci, mais dans la chapelle de l'école, dans les chapelles d'autres écoles où il avait passé, et aussi dans l'église de son village à lui. Les paroles lui montaient aux lèvres, et l'air, mais pas la conviction, et c'était d'un œil froid qu'il regardait autour de lui.

Tous étaient tournés du même côté, baignés dans une lumière égale et sans mystère. A mesure qu'il tournait la tête pour les observer, il voyait leurs yeux rouler, leurs yeux seuls, dans les visages immobiles.

On ne l'accusait pas. On ne le lapidait pas. On ne lui disait rien. Peut-être, au fond, pendant des années, n'avait-on fait que le tolérer ? Ce n'était pas son village. Ce n'était pas son église. Aucune famille, ici, ne connaissait sa famille, et il n'y avait aucun de ses ancêtres dans le cimetière, pas une tombe, ni une page du registre paroissial, à porter son nom.

Ce n'était pas cela qu'on lui reprochait. Lui reprochait-on vraiment quelque chose ? Il était possible qu'ils ne pensent même pas à lui. Cela ne changeait rien. Ils étaient là, à sa gauche, à sa droite, devant lui, derrière, qui ne formaient qu'un bloc, qui étaient vraiment la communauté comme Christine l'entendait et, le regard droit devant eux, ils entonnaient les versets des hymnes qui jaillissaient des profondeurs inconscientes où ils avaient leurs racines.

Le mal cause la mort du méchant
et ceux qui haïssent le juste sont châtiés.

Parti de ces mots-là, Mr Burke, le recteur, créa vraiment là, dans l'église, un monde palpable dont tous faisaient partie. Les justes n'étaient plus une entité vague, mais le peuple élu qui serrait ses rangs autour du Seigneur. Les justes, c'étaient eux tous, devant et derrière lui, à gauche et à droite, et c'était aussi Christine qui écoutait, les yeux clairs et les joues roses.

N'avaient-ils pas tous les yeux limpides puisque leur conscience était sans reproche ?

Ce n'était pas vrai. Il savait, lui, que ce n'était pas vrai. Il n'y avait jamais beaucoup pensé. Les autres dimanches, il n'y pensait pas du tout, faisait comme eux, était un des leurs.

Maintenant plus. N'était-ce pas lui que la voix sonore du pasteur désignait comme « le méchant » ?

Le mal cause la mort du méchant...

Dans leur esprit à tous, c'était évident. Ils étaient des justes, assis sur leurs bancs de chêne, qui tout à l'heure entonneraient de nouveaux hymnes.

Le méchant ne pouvait pas appartenir à la confrérie. Il s'en excluait de lui-même.

Mr Burke l'expliquait avec pertinence, sans cacher que son sermon avait un rapport étroit avec le drame de la semaine et avec le malaise qui s'était emparé du village.

Il n'en parlait qu'à mots couverts, comme les journaux rendaient compte des interrogatoires, mais ce n'en était pas moins net.

Si la communauté était solide, l'esprit du mal rôdait, jamais en repos, prenant toutes les formes dans le dessein d'assouvir sa haine du juste.

Cet esprit du mal-là, ce n'était pas un vague démon. C'était une façon d'être à laquelle chacun n'avait que trop tendance à se laisser aller, une attitude dangereuse devant la vie et ses pièges, une complaisance à l'égard de certains plaisirs et de certaines tentations...

Ashby n'entendait plus les phrases, ni les mots, mais les amples périodes lui sonnaient dans la tête après avoir, comme les vagues de l'harmonium, heurté les quatre murs.

Il savait que tout le monde autour de lui buvait les paroles du pasteur. On les mettait en garde, certes, mais en les rassurant. Si l'esprit du mal était puissant, s'il paraissait parfois l'emporter, le juste n'en finissait pas moins toujours par triompher.

Le mal cause la mort du méchant...

Ils se sentaient forts et propres. Ils se sentaient la Loi, la Justice, chaque phrase nouvelle qui passait au-dessus des têtes les grandissait, tandis qu'Ashby, au milieu d'eux, devenait plus frêle et plus solitaire.

Il en avait rêvé, la nuit suivante, et le rêve avait été encore plus angoissant, parce qu'il y avait un vide physique autour de lui. Les proportions de l'église étaient différentes. Le recteur ne récitait pas son sermon, mais le chantait comme un hymne, avec accompagnement d'harmonium.

Tout en chantant, il le regardait, lui, Spencer Ashby, et lui seul. Il savait ce que cela voulait dire. Tous les deux le savaient. C'était un jeu, comme avec Christine, mais plus solennel et terrible. Il s'agissait ni plus ni moins d'exorciser l'église, et tous les justes attendaient qu'en s'en allant il avoue que c'était lui le méchant.

Est-ce qu'alors ils se précipiteraient sur lui pour le tuer ou le lapider ?

Il résistait, non par orgueil, mais par honnêteté, discutait son cas, sans ouvrir la bouche, ce qui était une sensation curieuse.

Il leur disait, l'air dégagé :

« Je vous affirme que ce n'est pas moi qui l'ai tuée. Franchement. Si je l'avais fait, je le dirais. »

Pourquoi s'obstinaient-ils ? C'étaient des justes, et ils ne pouvaient donc pas exiger de lui qu'il mentît. Ou alors, ils n'étaient pas si justes que ça.

Or ils continuaient à le regarder fixement, tandis que le recteur l'exhortait toujours.

« Je ne l'avais même pas remarquée. Demandez-le à ma femme. Vous la croyez, elle. C'est une sorte de sainte. »

C'était quand même eux qui avaient raison. Il finissait par l'avouer, parce qu'il ne pouvait pas discuter éternellement. Il ne s'agissait pas de Belle, tout le monde, et lui aussi, le savait depuis le début. Il s'agissait du principe.

Peu importe quel principe. On n'avait pas besoin d'éclaircir ce point-là, qui était secondaire. Il n'en avait pas plus envie que les autres, d'ailleurs. Il voulait éviter qu'on parle de Sheila Katz ou des jambes de miss Moeller, ce qui l'aurait placé dans une situation encore plus délicate. Pour Christine aussi, il valait mieux pas.

Il ne savait pas comment son rêve avait fini. C'était devenu confus. Probablement s'était-il retourné sur l'autre côté. Il avait respiré plus librement et, plus tard, avait rêvé de Sheila, qui avait un cou trop long, très mince, autour duquel plusieurs rangs de perles étaient enroulés, peut-être dix. Il prétendait que c'était le collier de Cléopâtre tel qu'il l'avait vu dans son manuel d'histoire.

Ce n'était pas vrai, bien entendu. Dans la réalité, il n'avait jamais vu Mrs Katz avec un collier.

Dans la réalité aussi, à plus forte raison, le service du dimanche s'était terminé différemment. Ils étaient sortis à leur tour, Christine et lui, et le pasteur, qui se tenait à la porte, leur avait serré la main comme il le faisait chaque dimanche. Avait-il vraiment gardé un peu plus longtemps la main de Christine dans la sienne et ensuite avait-il regardé Ashby avec ce que celui-ci aurait appelé une froide commisération ?

Il ventait. Tout le monde se dirigeait vers les voitures. La plupart des gens se saluaient de la main, mais il ne vit aucune main agitée dans sa direction.

A quoi bon en parler à sa femme ? Elle ne pouvait pas comprendre ce qu'il ressentait. Elle était trop avec eux, depuis toujours. Tant mieux pour elle. C'était une chance. Au fond, il aurait bien voulu être ainsi, lui aussi.

— Nous rentrons tout de suite ?

A croire qu'elle avait oublié. Il répondit :

— Comme tu voudras.

Souvent, avant d'aller déjeuner, ils faisaient une heure de voiture dans la campagne, ou bien ils allaient chez des amis prendre l'apéritif. Les signes qu'échangeaient les gens qui montaient en auto, c'étaient des rendez-vous qui se donnaient.

Il n'y en avait pas pour eux. Elle avait dû se dire que la maison allait sembler vide. Pas seulement la maison, mais le village. Pour lui, en tout cas, il était plus vide que d'habitude, au point qu'il en ressentait une angoisse, comme quand on rêve que le monde est figé autour de soi et qu'on s'aperçoit soudain que c'est parce qu'on est mort.

— En somme, dit-il en mettant la voiture en marche, il y avait probablement là une vingtaine de jeunes filles qui en ont fait autant que Belle.

Christine ne répondit pas, n'eut pas l'air d'entendre.

— Ce n'est pas seulement probable, c'est fatal, ajouta-t-il.

Elle se taisait toujours.

— Il y avait des hommes qui ont couché avec elle.

Il le faisait exprès de la choquer, pas tant par méchanceté que pour la sortir de son mutisme, de son irritante quiétude.

— L'assassin était parmi nous.

Elle ne se tourna pas vers lui, prononça d'une voix neutre, qu'elle employait rarement entre eux, mais dont elle se servait pour remettre les gens à leur place :

— Cela suffit.
— Pourquoi ? Je ne dis que la vérité. Le recteur lui-même...
— Je t'ai prié de te taire.

Il s'en voulut tout le reste de la journée de s'être laissé impressionner et de lui avoir obéi. C'était comme si le pasteur avait eu raison, le méchant baissant pavillon en face du juste...

Il n'avait jamais fait de mal de sa vie. Pas même autant que les jeunes gens interrogés par Bill Ryan et dont parlaient les journaux. Certains de ses élèves, à quatorze ans, avaient plus d'expérience qu'il n'en avait eu à vingt.

C'est de cela, peut-être, qu'il leur en voulait tant. Ce matin, pendant qu'ils chantaient de si bon cœur, il avait envie de les désigner du doigt l'un après l'autre et de leur poser des questions embarrassantes.

Combien auraient pu répondre sans rougir ? Il les connaissait. Ils se connaissaient les uns les autres. Alors pourquoi faisaient-ils semblant de se croire sans tache ni défaillance ?

Il continuait à aller griffonner des noms sur son bureau. Les signes cabalistiques qu'il traçait à côté étaient comme une sténographie de péchés.

Christine et lui n'avaient rien à se dire, ce dimanche-là. Personne, contre l'habitude, ne les avait invités, et ils n'avaient invité personne. Ils auraient pu aller au cinéma. Il y avait une séance l'après-midi. Peut-être à cause du dernier soir de Belle, l'idée ne leur en vint pas.

Des autos, avec l'air de se tromper, s'engageaient dans l'allée qui n'aboutissait nulle part et des visages se collaient aux portières. On venait voir la maison où Belle était morte. On venait voir ce qu'ils faisaient. On venait regarder Ashby.

Il y eut un incident ridicule, sans importance aucune, et qui cependant, Dieu sait pourquoi, l'impressionna. A certain moment, vers trois heures ou trois heures et demie, alors qu'il venait de se lever pour prendre son pot à tabac sur le manteau de la cheminée, la sonnerie du téléphone retentit. Christine et lui tendirent la main en même temps. Ce fut lui qui arriva le premier et saisit le récepteur.

— Allô... fit-il.

Il eut la sensation très nette d'une présence à l'autre bout du fil. Il croyait même entendre une respiration, amplifiée par la plaque sensible.

Il répéta :

— Allô !... Ici, Spencer Ashby...

Christine, qui avait repris sa couture, leva la tête et le regarda, surprise.

— Allô ! s'impatienta-t-il.

Il n'y avait plus personne. Il écouta encore un moment et raccrocha. Sa femme prit le son de voix qu'elle adoptait quand elle voulait le rassurer.

— Un faux numéro...

Ce n'était pas vrai.

— Puisque tu es debout, tu ne voudrais pas allumer ?

Il tourna les commutateurs les uns après les autres, se dirigea vers la fenêtre pour fermer les stores vénitiens. Il ne le faisait jamais sans un coup d'œil aux fenêtres d'en face.

Sheila jouait du piano, vêtue de rose vaporeux, seule dans la grande pièce où régnait une lumière du même ton que sa robe. Ses cheveux tressés, serrés autour de sa tête, étaient très noirs, son cou long.

— Tu ne lis pas ?

Il saisit le *New York Times* du dimanche avec tous ses suppléments, mais ne tarda pas à les abandonner pour se diriger vers son cagibi.

Sur la page où il y avait déjà des noms et des mots décousus, il traça :

Qu'est-ce qu'il peut penser ?

Le temps coula comme les gouttes qui tombaient du toit, puis il y eut le dîner, le bruit de la vaisselle dans la machine, le fauteuil devant le feu et enfin les lumières qu'on éteignait dans toute la maison avant d'éteindre celle de la salle de bains.

Ensuite le fameux rêve.

Le rêve plus clair et plus court de Sheila.

Puis encore un jour.

Il prenait l'habitude de détourner les yeux quand Christine le regardait, et elle, de son côté, baissait les siens dès qu'elle se sentait observée.

Pourquoi ?

2

Ce mercredi-là, on n'éteignit pas les lampes de la journée. Le ciel était bas, gonflé de neige qui ne parvenait pas à se dégager. On voyait les guirlandes de lampadaires allumés dans *Main Street* et dans les quelques rues transversales, et les autos avaient leurs lanternes, quelques-unes, qui venaient de la montagne, étaient encore en phare.

Ashby n'avait pas pris de bain. Il s'était demandé s'il se raserait. C'était de sa part une sorte de protestation de ne pas le faire, de rester sale, et il éprouvait alors une volupté à renifler sa propre odeur. Rien qu'à le voir rôder dans la maison sans se fixer, Christine connaissait son état d'esprit et, pour éviter de donner prise, elle vivait sur la pointe des pieds.

— A quelle heure vas-tu faire le marché ? demanda-t-il, alors qu'il ne s'en occupait jamais.

— Je n'ai pas de marché à faire aujourd'hui. J'ai acheté hier pour deux jours.

— Tu ne sors pas ?

— Pas ce matin. Pourquoi ?

C'est alors qu'il décida soudain d'aller se laver et de mettre ses chaussures. Il entra en passant dans le cagibi pour écrire deux ou trois mots en travers de la feuille de papier qui se trouvait en permanence sur son bureau, et il était revenu dans le living-room quand le téléphone sonna.

Il décrocha, sûr, tout de suite, que ce serait la même chose que la veille, dit seulement, d'une voix un peu blanche :

— Ici, Ashby.

Il ne bougea plus et il ne se produisit rien. Sa femme, qui l'observait, ne fit pas de commentaire. Il ne voulait pas laisser voir qu'il était impressionné. Car c'était aussi impressionnant, plus peut-être, que le *M* barbouillé sur la façade.

— Ces messieurs de la police s'assurent peut-être que je n'ai pas pris encore la fuite, railla-t-il quand il eut raccroché.

Il ne le pensait pas. Il parlait pour Christine.

— Tu crois qu'ils emploient un moyen comme celui-là ?

D'une voix plus haute, qui lui parut grinçante, il dit :

— Alors, c'est sans doute l'assassin.

Cette fois-ci, il le croyait. Il ne savait pas pourquoi. Cela ne reposait sur aucun raisonnement. Était-ce si extravagant de penser qu'un lien pouvait s'établir entre lui et l'homme qui avait tué Belle ? C'était quelqu'un qui le connaissait, qui l'avait observé, qui l'observait peut-être encore. Pour des raisons de sécurité personnelle, il ne pouvait pas venir lui déclarer, ou lui annoncer au téléphone :

« C'est moi ! »

Spencer alla chercher son manteau et son chapeau dans le placard, s'assit près de la porte pour chausser ses caoutchoucs.

— Tu prends la voiture ?

Elle avait soin de ne pas lui demander où il allait, mais c'était un moyen détourné de le savoir.

— Non. Je vais seulement à la poste.

Il n'y avait pas mis les pieds plus de deux fois depuis la mort de Belle. Les autres jours, c'était sa femme qui y passait en revenant du marché et qui rapportait en même temps les journaux.

— Tu ne veux pas que j'y aille ?

— Non.

Il valait mieux ne pas le contrarier. C'était un jour où il suivait son idée, elle s'en était presque aperçue dès qu'il était entré dans la cuisine pour le petit déjeuner. Il prit le temps de bourrer une pipe, de l'allumer, de passer ses gants avant de sortir, et il guettait, ce faisant, les fenêtres de Sheila, où il ne vit personne. Elle devait se faire servir son petit déjeuner dans son lit. Il l'avait aperçue une fois, du grenier, où il était monté par hasard, une lampe de chevet rose de chaque côté d'elle, et il en avait été fort impressionné.

Il descendit la côte, tourna à droite dans *Main Street,* s'arrêta quelques instants devant un étalage d'appareils électriques et se trouva en vue des colonnes de la poste juste un quart d'heure après l'arrivée du courrier. Cela voulait dire qu'il y avait une quinzaine de personnes dans le hall, les plus importantes du pays, celles pour qui le courrier compte, qui bavardaient pendant que les deux employés triaient les enveloppes et les glissaient dans les boîtes.

Depuis son réveil, il avait la conviction que quelque chose tournerait mal ce jour-là, et c'était peut-être pour en finir, pour que cela se produise plus vite, qu'il était là. Il n'avait aucune idée de la façon dont cela se passerait, encore moins d'où le coup viendrait. Peu importait, puisqu'il était décidé à le provoquer au besoin.

Il avait encore fait un rêve désagréable, plus désagréable que le rêve de l'église. Il ne voulait pas s'en souvenir dans les détails. Il s'agissait de Belle, telle qu'il l'avait vue quand il avait ouvert la porte de sa chambre, mais ce n'était pas exactement Belle ; elle avait un autre visage et elle n'était pas réellement morte.

Même Cecil B. Boehme, le principal de *Crestview,* venait en personne, chaque matin, chercher le courrier de l'école. On reconnaissait les voitures au bord du trottoir. Certains, en attendant le courrier, feuilletaient les magazines ou discutaient politique chez le marchand de journaux. Ashby ne se souvenait pas d'une autre occasion où il ait vu la vitrine de celui-ci éclairée à pareille heure.

Il gravit les marches du bureau de poste, poussa la porte, reconnut du premier coup d'œil Weston Vaughan, en compagnie de deux autres personnes, qui lui faisaient face, Mr Boehme, justement, et un propriétaire des environs.

Ashby n'aimait pas son cousin par alliance, et celui-ci ne lui avait jamais pardonné d'avoir épousé Christine, sur laquelle il avait compté comme la vieille fille de la famille. Weston et elle étaient cousins germains, mais c'était Christine qui était la fille du sénateur Vaughan, dont Weston n'était que le neveu.

Cela n'avait aucune importance pour le moment ; Spencer sut seulement que ce qu'il avait prévu allait probablement se passer, il le fit exprès de marcher droit vers Vaughan, la main tendue, le regard ferme, un tantinet arrogant.

Weston était un homme important dans la région d'abord parce qu'il était attorney, ensuite parce qu'il s'occupait de politique tout en ayant soin de ne pas se présenter lui-même, enfin parce qu'il avait la parole mordante et l'esprit caustique.

Il ne fut pas long à prendre son parti, regarda la main offerte, croisa les bras et prononça, de sa voix haut perchée, qu'on put entendre de tous les coins du bureau de poste :

— Permettez-moi, mon cher Spencer, de vous déclarer que je ne comprends pas votre attitude. Je sais que les lois libérales de notre pays considèrent un homme comme innocent tant que sa culpabilité n'a pas été prouvée, mais je pense aussi que la décence et la discrétion doivent entrer en ligne de compte.

Il avait préparé son discours, peut-être depuis plusieurs jours, pour le moment où il rencontrerait Ashby, et il ne ratait pas l'occasion, poursuivait avec une visible satisfaction :

— On vous a laissé en liberté et je vous en félicite. Voulez-vous cependant vous mettre à notre place ? Supposons qu'il n'y ait que dix chances sur cent que vous soyez coupable. Ce sont dix chances que vous nous donnez, mon cher Spencer, de serrer la main d'un assassin. Un gentleman ne place pas ses concitoyens dans cette alternative-là. Il évite de susciter les commentaires en se montrant en public, se fait aussi humble que possible et attend.

» C'est tout ce que j'ai à dire.

Là-dessus, il ouvrit son étui en argent, y prit une cigarette dont il tapota le bout sur l'étui. Ashby n'avait pas bougé. Il était plus grand que Vaughan, plus maigre. Celui-ci, après avoir laissé passer quelques secondes, les plus dangereuses, avait fait deux pas en arrière, comme pour marquer qu'il considérait l'entretien comme terminé.

Contrairement à ce que les spectateurs attendaient, Spencer ne le frappa pas, ne leva pas la main. Certains, dans leur for intérieur, devaient souffrir pour lui. Sa respiration était devenue plus forte, sa lèvre frémissait.

Il ne baissa pas les yeux. Il les regarda tous, à commencer par son cousin par alliance, à qui il revint plusieurs fois, regarda aussi Mr Boehme qui s'était retourné en feignant d'avoir affaire au guichet des recommandés.

Était-ce ce coup-là qu'il avait voulu recevoir, qu'il était venu chercher ? Avait-il besoin de la confirmation que Vaughan lui avait fournie ?

Il aurait pu lui répondre sans peine. Quand Christine avait annoncé son mariage, par exemple, Weston s'était démené pour l'empêcher, sans cacher que, dans son esprit, l'argent Vaughan revenait à des Vaughan et non à d'éventuels petits Ashby. Il avait si bien plaidé la cause de ses propres enfants que Christine avait signé un testament dont Spencer ne connaissait pas les termes, mais qui paraissait avoir calmé son cousin.

C'était Weston aussi qui avait rédigé le contrat de mariage, lequel faisait d'Ashby un étranger dans sa propre maison.

Et maintenant, celui-ci se demandait tout à coup si c'était réellement parce qu'elle avait dépassé la trentaine lors de leur mariage que Christine n'avait pas d'enfant. Ils avaient toujours évité d'en parler, elle et lui, et la vérité n'était peut-être pas aussi simple qu'il l'avait cru.

L'année précédente encore, Vaughan avait reçu cinq mille dollars de la main à la main en échange de...

A quoi bon ? Il ne répondit rien, ne dit rien, leur donna à tous le temps de le regarder et alors se dirigea vers sa boîte en tirant le trousseau de clefs de sa poche.

Il était satisfait de lui. Il s'était montré digne, comme il s'était promis de l'être quand il en aurait l'occasion. Un rien, pourtant, faillit lui faire perdre contenance. Au-dessus des quelques lettres et prospectus que contenait sa boîte, il y avait une carte postale qui glissa par terre, l'image en l'air, et cette image n'était autre qu'un gibet grossièrement dessiné et colorié, avec une légende qu'il ne prit pas le temps de lire.

Quelqu'un rit, une seule personne sur les dix ou quinze présentes, pendant qu'il se baissait, ramassait la carte et, sans la regarder, la jetait dans la vaste corbeille à papier.

A ses yeux, ce qui venait de se passer dans le bureau de poste équivalait à une déclaration de guerre. Il fallait qu'elle vînt, d'un côté ou de l'autre. Sa conscience était désormais plus tranquille et il traversa la rue à grands pas calmes, entra chez le marchand de journaux, ne salua personne et prit son temps.

Il était anxieux de savoir si, à l'avenir, les coups de téléphone mystérieux continueraient. L'assassin de Belle savait-il déjà ? Était-il en personne au bureau de poste ?

Il remonta chez lui sans se presser, ses journaux sous le bras, fumant sa pipe à petites bouffées bleues. Du bas de la rue, il aperçut Sheila, tout au moins une silhouette qui ne pouvait être que la sienne, dans la chambre à coucher, mais quand il arriva assez près pour distinguer les détails, elle avait disparu.

Parlerait-il à Christine de ce qui s'était passé ? Il n'en était pas encore sûr. Cela dépendrait de son inspiration. Il avait un détail à vérifier à son sujet. C'était le matin, dans son lit, qu'il y avait pensé. Il était éveillé, mais gardait encore les yeux mi-clos pendant qu'elle se coiffait devant sa toilette. Il voyait son visage de deux façons différentes, au naturel et dans le miroir, alors qu'elle ne se savait pas observée, qu'elle était tout à fait elle-même, les sourcils froncés, à suivre le cours de ses pensées.

Tout à l'heure, il irait dans son cagibi. Il y conservait une vieille enveloppe jaune qui contenait des photographies de sa famille et de son enfance, et il savait quelle photo de sa mère il avait l'intention de comparer à l'image de Christine ce matin-là.

Si son impression était juste, le destin était curieux. Pas tellement extraordinaire, au fond. Et peut-être cela expliquait-il presque tout.

Christine, aussi, ce matin, le regardait s'approcher de la maison en se tenant un peu derrière le rideau, comme il avait l'habitude de le faire, croyant qu'il ne la voyait pas. Était-elle déjà au courant ? Ce n'était pas impossible. Weston était capable de lui avoir téléphoné de la cabine publique.

C'était une bonne femme. Elle l'aimait bien, faisait son possible pour qu'il fût heureux, comme, dans ses comités, elle s'efforçait de supprimer les misères et les souffrances.

— Il y a du nouveau dans les journaux ?
— Je ne les ai pas ouverts.
— Ryan désire te voir.
— Il a téléphoné ?

Elle se troubla. C'était plus grave que ça, il l'avait deviné. Maintenant, il apercevait le petit papier jaunâtre sur la table.

— Un homme de la police a apporté cette convocation. Tu dois passer à quatre heures au bureau du coroner, à Litchfield. J'ai questionné le messager. Il paraît qu'ils entendent à nouveau tous les témoins, parce que, n'ayant rien trouvé, ils recommencent l'enquête à zéro.

Cela inquiétait sa femme de le voir si calme, mais il ne pouvait pas être autrement. En le regardant, ce n'était pas à elle qu'il pensait, ni à l'enquête, ni à Belle, mais à sa mère, qui vivait probablement toujours dans le Vermont.

— Tu désires que j'aille avec toi ?
— Non.
— A quelle heure as-tu envie de manger ?
— Quand tu voudras.

Il pénétra dans son cagibi, dont il referma la porte. Sur la feuille de papier, il écrivit la date et l'heure de l'incident de la poste, comme si cela devait avoir un jour de l'importance, fit suivre l'annotation de plusieurs points d'exclamation.

Il ouvrit un tiroir, prit l'enveloppe dont il répandit les photographies devant lui. Celles du gamin qu'il avait été ne l'intéressaient pas ; elles étaient très peu nombreuses d'ailleurs, presque toutes de ces photos de groupes qu'on prend dans les écoles. De son père, Spencer ne possédait qu'un très petit portrait à l'âge de vingt-cinq ans, sur lequel il souriait avec un surprenant mélange de gaieté enjouée et de mélancolie.

Il ne lui ressemblait pas, sinon peut-être par la forme très allongée de la tête, par le long cou à la pomme d'Adam saillante.

Il mit la main sur ce qu'il cherchait, la photographie de sa mère dans sa robe bleue à col montant, saisit une loupe qui traînait sur son bureau, car l'épreuve était petite, et son regard, en l'examinant, devenait amer.

C'était difficile de dire en quoi les deux femmes se ressemblaient ; il s'agissait moins de traits que d'expression ; c'était plus encore une question de type humain.

Il ne s'était pas trompé en observant Christine à sa coiffure. Elles appartenaient toutes les deux au même type. Et peut-être que sa mère, au fond, à qui il en avait tant voulu, avait fait son possible, elle aussi, pour rendre son père heureux.

A sa façon ? Il était indispensable que ce fût à sa façon. Elle était sûre de l'approbation générale, parce que sa façon était celle du groupe. Elle pouvait, à l'église, chanter du même cœur que Christine sans craindre que les rangs des fidèles se referment devant elle.

Devait-il croire que c'était l'instinct qui l'avait poussé à épouser Christine, comme pour se mettre sous sa protection, sous sa volonté plutôt, ou comme pour se préserver de lui-même ?

C'était exact, il avait toujours craint de finir comme son père. Il l'avait à peine connu. Ce qu'il en savait, il le tenait de sa famille, surtout de sa mère. Tout jeune, on l'avait mis pensionnaire et il passait, le plus souvent, les étés dans un camp de vacances, ou encore on l'envoyait au loin chez des tantes, de sorte qu'il avait rarement l'occasion de trouver son père et sa mère ensemble.

Son père avait des maîtresses. C'est ainsi qu'on disait. Plus tard, il avait compris que ce n'était pas tout à fait cela. Autant qu'il avait pu reconstituer le passé par recoupements, son père disparaissait soudain pour des semaines, plongeait en quelque sorte, et on le retrouvait ensuite dans les endroits les plus mal famés de Boston, de New York, voire de Chicago ou de Montréal.

Il n'était pas seul, mais ce n'était pas tellement la femme ou les femmes qui comptaient. Il buvait. On avait essayé de le désintoxiquer et il avait été enfermé deux fois dans une maison de santé. Sans doute était-il incurable, puisqu'on avait fini par y renoncer ?

Quand sa mère regardait le gamin que Spencer était à l'époque, elle secouait la tête en soupirant :

— Pourvu qu'il n'ait pas hérité de son père !

Il avait toujours été persuadé, lui, qu'il serait comme son père. C'était sans doute pour cela qu'il avait été terrorisé par sa mort. Il avait dix-sept ans quand on l'avait fait venir du collège pour les funérailles. Il n'était pas le personnage central, cette fois-là. Le personnage central, c'était le mort dans son cercueil. Spencer n'en avait pas moins ressenti ce jour-là à peu près les mêmes impressions que ce dernier dimanche à l'église. Peut-être, justement, était-ce à cause du passé qu'il les avait vécues dimanche ?

L'église était pleine, car la famille de son père était une famille importante, celle de sa mère, les Harness, encore plus. Autour du catafalque, les gens formaient comme un bloc unanime de réprobation, et il y avait un évident soulagement dans la façon dont le pasteur parlait de Dieu dont les desseins sont impénétrables.

Dieu les avait enfin débarrassés de Stuart S. Ashby. En fait, Ashby s'était tiré une balle de pistolet dans la bouche et, détail curieux, on n'était jamais parvenu à savoir d'où provenait l'arme. Il y avait pourtant eu une enquête. La police s'en était mêlée. Le suicide avait eu pour décor une chambre meublée de Boston et on avait fini par mettre la main sur la femme qui accompagnait Ashby au moment de sa mort et qui s'était enfuie en emportant sa montre.

Même les condoléances signifiaient :

« *Enfin, chère amie, vous voilà débarrassée de cette croix !* »

Son père avait écrit une belle lettre, par laquelle il demandait pardon. Sa mère l'avait lue à tout le monde, prenant les mots dans leur sens littéral, et il n'y avait jamais eu que Spencer à se demander si certaines phrases, à double entente, n'étaient pas d'une douloureuse ironie.

— *J'espère que tu ne boiras jamais, car, si tu tiens de lui...*

Il avait eu si peur qu'il n'avait pas touché un verre de bière avant l'âge de vingt-cinq ans. Ce qui l'impressionnait le plus, ce n'était pas tant tel ou tel vice déterminé, tel danger précis, que l'attrait de quelque chose de vague, de certains quartiers des grands villes, par exemple, de certaines rues, comme aussi de certains éclairages, de certaines musiques, voire de certaines odeurs.

Pour lui, il existait un monde qui était celui de sa mère, où tout était paix et propreté, sécurité et considération, et ce monde-là avait tendance à le rejeter, comme il avait rejeté son père.

Ce n'est pas cela qu'il pensait lorsqu'il était sincère, c'était lui, en réalité, qui était tenté de tourner le dos à ce monde-là, de le renier, de se révolter contre lui. Parfois il le haïssait.

La vue de la porte de certains bars, un soir de pluie, pouvait lui donner le vertige. Il se retournait sur des mendiants, sur des clochards, avec de l'envie dans les yeux. Longtemps, alors qu'il n'avait pas encore terminé ses études, il avait eu la conviction que c'était son destin de finir dans la rue.

Est-ce pour cela qu'il avait épousé Christine ? Tout avait fini par devenir péché. Il avait usé sa vie à fuir le péché et, jusqu'à son mariage, il avait passé la plupart de ses vacances d'été le sac au dos, comme un grand boy-scout solitaire.

— Le déjeuner est servi, Spencer.

Elle avait aperçu les photographies, mais n'en parla pas. Elle était plus intelligente et plus sensible que sa mère n'avait été.

Après le déjeuner, il s'assoupit dans le fauteuil devant le feu, tressaillit à la sonnerie du téléphone, ne se leva pas, regarda Christine qui écoutait et qui, après avoir prononcé son nom, comme d'habitude, ne soufflait plus mot. Quand elle raccrocha, il ne sut pas comment poser la question, balbutia maladroitement :

— C'est *lui* ?
— Personne n'a parlé.
— Tu l'as entendu respirer ?
— Il me semble, oui.

Elle hésitait.

— Tu es sûr que tu ne préfères pas que je t'accompagne ?
— Oui. J'irai seul.
— Je pourrais en profiter pour faire quelques courses à Litchfield pendant que tu seras chez le coroner.
— Qu'est-ce que tu as à acheter ?
— Des petits riens, du fil, des boutons, de l'élastique...
— On en trouve ici.

Il ne voulait pas qu'on l'accompagne dans ces conditions-là. Il ne voulait pas qu'on l'accompagne du tout. Quand il sortirait de chez Ryan, il ferait tout à fait nuit et il y avait longtemps qu'il n'avait plus vu une ville, même une petite ville, aux lumières artificielles.

Il alla chercher sa bouteille de scotch, se prépara un verre, proposa :

— Tu en veux ?
— Pas maintenant, merci.

Elle ne put s'empêcher d'ajouter :

— N'en prends pas trop. N'oublie pas que tu vas voir Ryan.

Il n'abusait pas, n'était jamais ivre. Il avait trop peur pour ça ! Ce qui inquiétait sa femme, c'était la façon dont il se mettait à regarder la bouteille, comme si celle-ci ne l'impressionnait plus autant.

Pauvre Christine ! Elle aurait tant voulu aller avec lui pour le protéger ! Ce n'était pas nécessairement par amour pour lui, mais, comme sa mère, par esprit de devoir, ou encore parce qu'elle représentait la communauté. Non ? Ce n'était pas juste ?

Peut-être pas, après tout. Il n'insistait pas. Elle n'était pas amoureuse dans le plein sens du mot. Elle était incapable de passion. Qui sait ? Elle ne l'en aimait peut-être pas moins ?

Il en avait presque pitié, tant sa crainte en voyant Spencer boire son verre se peignait sur son visage. Si elle savait où trouver une voiture, peut-être le suivrait-elle pour le protéger contre lui-même ?

Eh bien ! non ! Zut ! Il le fit exprès d'avaler son whisky d'un trait et de s'en verser un second verre.

— Spencer !

Il la regarda comme s'il ne comprenait pas.

— Quoi ?

Elle n'osa pas insister. Son cousin Weston non plus, ce matin, à la poste, n'avait pas osé insister. Pourtant, avec Vaughan, Ashby n'avait rien dit. Il n'avait même pas pris une attitude menaçante. Il avait seulement regardé en face l'homme qui l'humiliait, puis il avait pris le temps de regarder un à un les autres autour de lui.

Qui sait si, dimanche, au service, il s'était retourné carrément pour les fixer dans les yeux, ce n'est pas eux qui auraient cessé tout à coup de chanter avec conviction et qui auraient perdu contenance ?

— Le voilà encore qui vient s'assurer qu'on ne la lui a pas volée ! ricana-t-il.

Ce n'était pas son ton habituel. Jamais on ne parlait de Katz, dont on voyait, en effet, la limousine noire se ranger devant sa maison. Christine le regarda avec surprise, avec une réelle inquiétude. Il sut qu'il l'avait choquée, mais, sans s'en inquiéter, il passa dans la chambre à coucher pour se donner un coup de peigne avant de partir.

Elle avait employé sa journée à coudre. Les femmes ne choisissent-elles pas ce travail, certains jours, pour l'air humble et méritant qu'il leur donne ?

— A tout à l'heure.

Il se pencha pour la baiser au front. Quant à elle, elle s'arrangea pour lui toucher le poignet du bout des doigts, comme un encouragement, ou comme pour conjurer le mauvais sort.

— Ne roule pas trop vite.

Il n'en avait pas l'intention. Ce n'était pas ainsi qu'il voulait mourir. Il se sentait bien, dans l'ombre de l'auto, à regarder le monde s'engloutir dans l'abîme lumineux de ses phares. Cela l'avait déçu, tout à l'heure, de voir arriver Katz, d'autant plus qu'il était improbable, cette fois, que ce soit seulement pour quelques heures. Après chaque voyage, il avait l'habitude de passer plusieurs jours chez lui, et c'était alors sa silhouette grasse qu'Ashby apercevait le matin, odieusement satisfaite, à la fenêtre de la chambre à coucher.

Ryan dut le faire exprès. Il n'y avait personne dans l'antichambre quand Spencer arriva, à quatre heures précises. Il alla frapper à la porte, entrevit le coroner à son bureau, en train de téléphoner, tandis que miss Moeller s'encadrait dans l'entrebâillement de la porte et lui disait :

— Vous voulez bien aller vous asseoir un moment, Mr Ashby ?

Elle lui avait désigné une chaise dans la salle d'attente et on l'y avait laissé vingt minutes. Personne n'était entré dans le bureau. Personne n'en était sorti. Cependant, quand miss Moeller vint enfin le prier d'entrer, il y avait dans un coin un grand jeune homme aux cheveux coupés en brosse.

On ne le lui présenta pas. On fit comme s'il n'existait pas. Il resta assis dans l'ombre, ses longues jambes croisées. Il portait un complet sobre, très Nouvelle-Angleterre, avait cet air sérieux, détaché, des jeunes savants qui s'occupent de physique nucléaire. Cela n'était pas le cas, il s'en douta, mais il n'apprit que plus tard que c'était un médecin, un psychiatre, que Bill Ryan avait appelé comme expert.

Cela aurait-il changé son attitude s'il l'avait su plus tôt ? Probablement pas. Il regardait le coroner en face d'une façon qui finissait par gêner celui-ci.

Ryan n'était pas un homme à être bien fier de lui quand il regardait au fond de sa conscience. Est-ce que, sans son mariage, il en serait où il en était de sa carrière ? Il avait toujours fait ce qu'il fallait, y compris épouser qui il fallait épouser, se mettant du bon côté, riant quand il était utile de rire, s'indignant quand on lui demandait de s'indigner.

Il devait parfois lui en coûter de jouer les hommes austères, car il avait une chair drue, un sang riche, sans doute de gros appétits. Avait-il trouvé un moyen de tout repos pour les satisfaire ? Était-ce miss Moeller qui le soulageait ?

— Asseyez-vous, Ashby. Je ne sais pas si vous êtes au courant, mais, après une semaine d'enquête, nous en sommes au même point, pour ne pas dire que nous avons plutôt reculé. J'ai décidé de reprendre l'enquête à son début et il n'est pas impossible qu'une reconstitution des faits soit organisée un de ces jours.

» Vous n'oubliez pas que vous êtes le témoin principal. Ce soir, pendant que vous êtes ici, la police va se livrer à une petite expérience afin de s'assurer qu'un autre témoin, Mrs Katz, a réellement pu voir ce qu'elle prétend avoir vu. Bref, nous allons, cette fois, travailler sérieusement.

Il avait peut-être espéré le troubler, mais, au contraire, ce discours plus ou moins menaçant le mit à son aise.

— Je vais vous poser à nouveau, dans l'ordre, les questions que je vous ai posées lors de mon premier interrogatoire, et miss Moeller prendra note de vos réponses.

Elle n'était pas assise sur un canapé, cette fois, mais devant un bureau, et pourtant on voyait toujours une égale portion de ses jambes.
— Vous êtes prête, miss Moeller ?
— Quand vous voudrez.
— Je suppose, Ashby, que vous avez bonne mémoire ? Chacun imagine un professeur avec une excellente mémoire.
— Je n'ai pas celle des textes, si c'est cela que vous voulez dire, et suis incapable de réciter par cœur mes réponses de la semaine dernière.
Se pouvait-il qu'un homme comme Ryan fût satisfait de lui-même ? Aux prochaines élections, il deviendrait juge et, dans une dizaine d'années, sénateur d'État, peut-être juge suprême du Connecticut, à vingt mille dollars par an. Des tas de gens, pas tous recommandables, l'avaient aidé à faire sa carrière, l'aideraient encore et se croyaient des droits sur lui.
— *A ce que votre femme nous a déclaré, le jour du meurtre, vous n'avez pas quitté votre maison de la soirée.*
— *C'est exact.*
Tout de suite, il retrouvait les mots. Contrairement à ce qu'il avait cru et déclaré à Ryan un peu plus tôt, les phrases étaient restées intactes dans sa mémoire, aussi bien les questions que les réponses, de sorte que cela devenait un jeu, cela ressemblait à ces textes qu'il entendait réciter chaque année à la même époque par les élèves.
— *Pourquoi ?*
— *Pourquoi quoi ?*
— *Pourquoi n'êtes-vous pas sorti ?*
— *Parce que je n'en avais pas envie.*
— *Votre femme vous a téléphoné que... etc., etc.* Je passe, voulez-vous ?
— Si vous le désirez. La réponse est :
» — *C'est vrai. Je lui ai répondu que j'allais me coucher !*
» C'est bien cela ?
Miss Moeller approuvait de la tête. Les répliques s'enchaînaient. Certaines, avec le recul, le frappaient.
— *Vous n'avez pas vu la jeune fille ?*
— *Elle est venue me dire bonsoir.*
Cela faisait penser à un rêve que l'on fait pour la seconde fois en se demandant si la similitude durera jusqu'au bout.
— *Elle vous a annoncé qu'elle allait se coucher ?*
Il regarda l'inconnu dans son coin avec l'impression que celui-ci l'observait d'une façon plus spéciale que précédemment, et il en oublia son texte, improvisa.
— Je n'ai pas entendu ce qu'elle a dit.
La première fois, son explication avait été plus longue. Peut-être à cause du soudain intérêt de l'homme à qui on ne l'avait pas présenté, ou encore à cause des mots « se coucher » qui avaient fait image, il revoyait Belle par terre, et tous les détails.
— Vous vous sentez fatigué ?

— Non. Pourquoi ?
— Vous paraissez las, ou soucieux.

Ryan s'était tourné vers son compagnon pour échanger un regard avec lui et, après coup, cela s'expliquait.

« Vous voyez ! » avait-il dû lui dire.

Foster Lewis, c'était son nom, ne parla pas. Pas une fois, il ne prit la parole. Son intervention n'était probablement pas officielle. Ashby ne connaissait pas la loi, mais supposait qu'une expertise officielle aurait eu lieu ailleurs, dans un hôpital ou dans un cabinet de consultation, pas avec une jeune fille présente, fût-elle la secrétaire du coroner.

Pourquoi, au fait, Ryan avait-il besoin de l'opinion d'un psychiatre ? Parce que le comportement d'Ashby lui avait paru anormal ? Ou simplement, parce que, à son sens, le meurtre de Belle ne pouvait avoir été accompli que par un déséquilibré et qu'il sollicitait l'avis d'un expert sur tous les suspects ?

Il ne se posait pas encore ces questions-là. On en était toujours au vieux texte.

— Quelle heure était-il ?
— Je ne sais pas.
— A peu près ?
— Je n'en ai pas la moindre idée.
— ...
— ...
— *Elle rentrait du cinéma ?*
— ...

On passait des répliques. On approchait de la fin.

— *Avait-elle son chapeau sur la tête et son manteau sur le dos ?*
— Oui.
— Comment ?

Il avait répondu sans penser, s'était trompé. Il rectifia.

— Pardon. J'ai voulu dire qu'elle portait son béret sombre.
— *Vous en êtes sûr ?*
— *Oui.*
— *Vous ne vous souvenez pas de son sac à main ?*
— ...
— ...
— *Elle avait des amoureux ?*
— *Elle avait des amis et des amies.*

Il savait maintenant que ce n'était pas vrai. Deux garçons, au moins, avaient fait l'amour avec elle. Peut-être pas tout à fait, sinon le journal se serait servi d'autres mots.

— A quoi pensez-vous ?
— A rien.
— *Vous ne savez pas si quelqu'un la poursuivait de ses assiduités ?*
— Je...
— J'écoute. Vous ?...

— Est-ce que je dois répondre comme la dernière fois ?
— Répondez la vérité.
— J'ai lu les journaux.
— Vous savez donc qu'elle avait des amoureux.
— Oui.
— Quelle a été votre réaction en l'apprenant ?
— J'ai d'abord été incrédule.
— Pourquoi ?

Ils n'étaient plus du tout dans le texte. Ils avaient déraillé l'un comme l'autre. Spencer improvisait, regardait Ryan dans les yeux, déclarait :

— Parce que j'ai cru longtemps à l'honnêteté des hommes et à l'honneur des filles.

— Vous voulez dire que vous n'y croyez plus ?

— En ce qui concerne Belle Sherman, certainement pas. Vous connaissez les faits, non ?

Alors le coroner, avançant son gros visage luisant :

— Et vous ?

3

On passait à un autre ordre de questions, au sujet desquelles Ryan avait des notes d'une autre écriture que la sienne sur une feuille de papier. Avant d'aller plus loin, il se tournait vers Foster Lewis, qui, dans son coin, gardait le même air absent, décidait assez gauchement :

— Je crois, miss Moeller, que vous pouvez aller taper cette partie de l'interrogatoire dans votre bureau.

Comment l'appelait-il dans l'intimité ? Elle avait de gros yeux, de grosses lèvres, de gros seins, un gros derrière qu'elle roulait en marchant. En passant devant Ashby, elle le regarda comme elle devait regarder tous les hommes, l'œil allumé, joua des hanches jusqu'au moment de disparaître dans la pièce voisine dont la porte resta entrebâillée.

Ashby était fort à son aise. Il alla même vider sa pipe dans un cendrier qui se trouvait sur le bureau, presque sous le nez du coroner, le cendrier dont celui-ci se servait pour son cigare, ne revint vers son fauteuil qu'après avoir bourré et allumé une autre pipe, croisa les jambes comme le personnage muet aux cheveux en brosse.

— Vous remarquerez qu'à partir de maintenant je ne fais plus enregistrer vos réponses. Les questions que je désire vous poser sont, en effet, d'un ordre plus personnel.

Il paraissait s'attendre à des protestations de la part d'Ashby, qui s'en garda bien.

— Puis-je vous demander tout d'abord de quoi votre père est mort ?

Il le savait. Cela devait être inscrit sur le papier qui se trouvait devant lui et dont il avait peine à lire les lettres trop petites ou trop mal formées. Pourquoi tenait-il à le lui faire dire ? Pour connaître ses réactions ?

Afin de montrer qu'il avait compris, Ashby se tourna, pour répondre, vers le coin où se tenait Lewis.

— Mon père s'est donné la mort en se tirant un coup de pistolet dans la bouche.

Foster Lewis restait indifférent, lointain, mais Ryan avait des petits mouvements de la tête comme certains professeurs qui, à l'oral, encouragent leurs élèves préférés.

— Vous savez pourquoi il a agi ainsi ?
— Je suppose qu'il en avait assez de la vie, non ?
— Je veux dire : avait-il fait de mauvaises affaires, ou bien se trouvait-il devant des difficultés en quelque sorte accidentelles ?
— Si j'en crois ma famille, il avait gaspillé sa fortune et une bonne partie de celle de ma mère.
— Vous aimiez beaucoup votre père, Mr Ashby ?
— Je l'ai peu connu.
— Parce qu'il était rarement à la maison ?
— Parce que j'ai presque toujours été interne.

C'était à ce genre de question-là qu'il s'était attendu en voyant le papier, et aussi d'après l'expression de Ryan. Il comprenait ce que celui-ci et son compagnon cherchaient, et cela ne l'impressionnait pas ; il s'était rarement senti si lucide, si désinvolte.

— Quelle idée vous êtes-vous faite de votre père ?

Il sourit.

— Quelle est votre opinion, à vous, Mr le coroner ? Je suppose qu'il ne s'entendait pas avec les autres et que les autres ne l'appréciaient pas.

— A quel âge est-il mort ?

Il dut chercher un instant dans sa mémoire et le résultat le frappa ; il dit, comme pudiquement :

— Trente-huit ans.

Trois ans de moins qu'il n'en avait à l'heure présente. Cela le gênait de penser que son père n'avait pas vécu autant que lui.

— Je suppose que vous préférez que je n'insiste pas sur un sujet qui doit vous être pénible.

Non. Pas pénible. Pas même désagréable. Mais il avait l'impression qu'il valait mieux ne pas le leur dire.

— Dans les écoles où vous êtes passé, Mr Ashby, vous êtes-vous fait beaucoup d'amis ?

Il prit la peine de réfléchir. Il avait beau être désinvolte, il ne prenait pas l'affaire à la légère.

— Des camarades, comme tout le monde.
— Je parle d'amis.
— Pas beaucoup. Très peu.

— Pas du tout ?
— Pas du tout, en effet, si l'on prend le mot dans son sens strict.
— Ce qui revient à dire que vous étiez plutôt solitaire ?
— Non. Pas précisément. J'ai appartenu aux équipes de football, de base-ball, de hockey. J'ai même joué dans des pièces.
— Mais vous ne cherchiez pas la compagnie de vos camarades ?
— Peut-être ne cherchaient-ils pas la mienne ?
— A cause de la réputation de votre père ?
— Je ne sais pas. Je n'ai pas dit ça.
— Ne croyez-vous pas, Mr Ashby, que c'était vous qui étiez timide ou susceptible ? On vous a toujours considéré comme un brillant élève. Partout où vous êtes passé, vous avez laissé le souvenir d'un garçon intelligent, mais personnel, porté à la mélancolie.

Il pouvait voir, sur le bureau, des feuilles à en-tête de différentes écoles. On avait réellement écrit dans les endroits par lesquels il était passé pour avoir des renseignements de première main à son sujet. Qui sait ? Ryan avait peut-être sous les yeux ses notes en latin quand il était dans le huitième grade et les appréciations du proviseur à barbiche qui lui conseillait une carrière dans un laboratoire ?

D'après les journaux, on avait interrogé non seulement tous les jeunes gens et la plupart des jeunes filles du bourg, mais les habitués du cinéma, les marchands d'essence, les barmen à des milles à la ronde. En Virginie aussi, le F.B.I. avait fouillé le passé de Belle, y compris son passé scolaire, mettant ainsi en jeu des centaines de gens.

Or tout cela, ce travail gigantesque avait à peine demandé huit jours. N'était-ce pas une surprenante dépense d'énergie ? Cela lui rappelait un film scientifique qu'on avait projeté il n'y avait pas longtemps à l'école, montrant la formidable mobilisation des armées de globules blancs à l'approche de microbes étrangers.

Des milliers de gens mouraient chaque semaine d'accident le long des routes, des milliers agonisaient chaque nuit dans leur lit, et cela ne provoquait aucune fièvre dans le corps social. Mais une gamine, une Belle Sherman, était étranglée, et toutes les cellules se mettaient en effervescence.

N'était-ce pas parce que la survivance de la communauté, pour employer le mot de Christine, était en jeu ? Quelqu'un avait enfreint les règles. S'était mis en marge, avait défié les lois, et celui-là devait être découvert et châtié, parce qu'il était un élément de destruction.

— Vous souriez, Mr Ashby ?
— Non, Mr le coroner.

Il le faisait exprès de l'appeler par son titre, et Ryan en était dérouté.
— Cet interrogatoire vous paraît drôle ?
— Pas le moins du monde, je vous assure. Je comprends votre désir de vous assurer de mon équilibre mental. Vous remarquerez que j'ai répondu de mon mieux à vos questions. J'entends continuer.

Lewis, lui aussi, avait souri sans le vouloir. Ryan n'avait pas le doigté voulu pour mener une opération de ce genre. Il le sentait lui-même, s'agitait sur sa chaise, toussait, écrasait son cigare dans le cendrier et en allumait un autre, dont il crachait le bout par terre.

— Vous êtes-vous marié tard, Mr Ashby ?
— A trente-deux ans.
— C'est ce que de nos jours on appelle tard. Jusque-là, vous avez eu beaucoup d'aventures ?

Spencer se tut, interloqué.

— Vous n'avez pas entendu ma question ?
— Je dois répondre ?
— C'est vous qui en êtes le juge.

Miss Moeller devait écouter dans le bureau voisin, dont la porte ne s'était toujours pas refermée et où on n'entendait pas taper la machine. Qu'est-ce que cela pouvait faire à Ashby, après tout ?

— Pour autant que je comprenne le mot que vous employez, je n'ai pas eu d'aventures, Mr Ryan.
— Des flirts ?
— Non. Surtout pas.
— Vous aviez plutôt tendance à fuir la compagnie des femmes ?
— Je ne la recherchais pas.
— Cela implique-t-il que, jusqu'à votre mariage, vous n'aviez pas eu de rapports sexuels ?

Il se tut encore. Pour quelle raison ne pas tout dire ?

— Ce n'est pas exact. Cela m'était arrivé.
— Souvent ?
— Mettons une dizaine de fois.
— Avec des jeunes filles ?
— Certainement pas.
— Des femmes mariées ?
— Avec des professionnelles.

Est-ce cela qu'ils tenaient à lui faire avouer ? Était-ce si extraordinaire ? Il n'avait eu aucune envie de se compliquer l'existence. Une seule fois, il lui était arrivé... Mais on ne le lui demandait pas.

— Depuis votre mariage, avez-vous eu des relations avec d'autres femmes que la vôtre ?
— Non, Mr Ryan.

Il était à nouveau enjoué. Un homme comme Ryan parvenait, sans le vouloir, à lui donner une sensation de supériorité qu'il avait rarement connue.

— Je suppose que vous allez m'affirmer ne jamais vous être intéressé à Belle Sherman pendant le temps qu'elle a vécu sous votre toit ?
— Certainement. Je me suis à peine rendu compte de son existence.
— Vous n'avez jamais été malade, Mr Ashby ?
— La rougeole et la scarlatine quand j'étais jeune. Une bronchite il y a deux ans.
— Pas de troubles nerveux ?

— A ma connaissance. Je me suis toujours considéré personnellement comme sain d'esprit.

Il avait peut-être tort de prendre cette attitude. Non seulement ces gens-là se défendent, mais ils ne sont pas scrupuleux sur le choix des armes, car ils sont la loi. En l'occurrence, leur importait-il tellement de trouver le coupable ? N'importe quel coupable ne ferait-il pas l'affaire ?

De quoi s'agissait-il ? De punir. Mais punir de quoi ?

Ashby, en réalité, n'était-il pas aussi dangereux à leur point de vue que l'homme qui avait violé et étranglé Belle ? Celui-là, à en croire le vieux Mr Holloway, qui avait de l'expérience, allait se tenir tranquille pendant des années, menant une existence assez exemplaire pour que personne ne soit tenté de le soupçonner. Peut-être seulement un jour, dans dix ans ou dans vingt, si l'occasion se présentait, recommencerait-il.

La belle affaire, puisque ce n'était pas la victime qui comptait, puisqu'ils n'en étaient pas à un cadavre près !

C'était une question de principe. Or, depuis une semaine, ils étaient persuadés que Spencer Ashby, professeur à *Crestview School*, avait cessé d'être un des leurs.

— Je crois que je n'ai plus de questions à vous poser.

Qu'allaient-ils faire ? L'arrêter sur-le-champ ? Pourquoi pas ? Il en avait la gorge un peu serrée, car c'était quand même assez impressionnant. Il commençait même à regretter d'avoir parlé avec tant de désinvolture. Il les avait peut-être blessés. Ces gens-là ne craignent rien autant que l'ironie. Il est à recommander de répondre sérieusement aux questions qu'ils croient sérieuses.

— Qu'est-ce que vous en pensez, Lewis ?

C'est alors que le nom fut enfin prononcé, que Ryan vendit la mèche, en prenant un air bon enfant, un tantinet malicieux.

— Vous avez certainement entendu parler de lui, Ashby. Foster Lewis est un des plus brillants psychiatres de la jeune école et je lui ai demandé, en ami, d'assister à quelques-uns des interrogatoires qui ont trait à cette affaire. Je ne sais pas encore ce qu'il pense de vous. Vous remarquerez que nous n'avons pas eu de conciliabules à voix basse. Pour ce qui est de moi, vous avez passé brillamment votre examen.

Le médecin s'inclina en souriant poliment.

— Mr Ashby est certainement un homme intelligent, dit-il à son tour.

Et Ryan d'ajouter, non sans une certaine naïveté :

— J'avoue que j'ai été content de le trouver plus calme que la dernière fois. Lorsque je l'ai interrogé chez lui, il était si tendu, si... intense, si je puis dire, qu'il m'avait laissé une impression pénible.

Ils étaient debout tous les trois. On ne semblait pas devoir l'arrêter ce soir. A moins que Ryan, trop lâche pour agir en face, lui fasse barrer le chemin par le sheriff au bas de l'escalier. Il en était capable.

— Ce sera tout pour aujourd'hui, Ashby. Je continue l'enquête, comme il se doit. Je continuerai aussi longtemps que ce sera nécessaire.

Il lui tendit la main. Était-ce bon signe ou mauvais signe ? Foster Lewis tendit à son tour une main longue et osseuse.

— J'ai été enchanté...

Miss Moeller ne sortit pas du bureau voisin, où elle s'était mise enfin à taper. Le bâtiment avait eu le temps de se vider et quelques lampes, seules, restaient allumées, surtout dans les couloirs et dans le hall. Des portes étaient ouvertes sur des pièces vides où n'importe qui aurait pu aller farfouiller dans les dossiers sans être dérangé. C'était une curieuse sensation. Il lui arriva d'entrer par erreur dans une salle de tribunal qui avait les mêmes murs blancs, les mêmes boiseries de chêne, les mêmes bancs, la même simplicité austère que leur église.

On ne l'arrêtait décidément pas. Personne ne le guettait près de la porte de sortie. Personne ne le suivait non plus dans la rue principale où, au lieu de se diriger vers sa voiture, il chercha un bar des yeux.

Il n'avait pas soif. Il n'avait pas particulièrement envie d'alcool. C'était un acte très délibéré, très froid, qu'il faisait, une sorte de protestation. Tout à l'heure, déjà, en présence de Christine inquiète, il l'avait fait exprès de vider deux verres de scotch.

Si elle avait tant insisté pour l'accompagner à Litchfield, n'était-ce pas par crainte qu'il soit tenté de faire... ce qu'il faisait ?

Pas tout à fait, il ne fallait pas la noircir à plaisir. Elle avait pensé que l'interrogatoire serait pénible, qu'il se sentirait peut-être déprimé ensuite, et elle s'était proposé d'être là pour le remonter.

Mais aussi, quand même, pour l'empêcher de boire. Peut-être de faire pis ! Elle n'était pas si sûre de lui. Elle appartenait au bloc. Elle en était, avait-il envie de dire, une des pierres angulaires.

En principe, elle avait confiance en lui. Mais n'y avait-il pas des moments où elle réagissait comme son cousin Weston ou comme Ryan ?

Car Ryan ne le croyait pas innocent du tout. C'est même pour ça qu'il avait été si jovial à la fin. Il était persuadé qu'Ashby avait commencé à s'enfoncer. Ce n'était plus qu'une question de temps, de ruse, et lui, Ryan, finirait par l'avoir et par aller porter à l'attorney général un cas inattaquable.

Il tombait des flocons de neige légers. Les magasins étaient fermés, les étalages éclairés et, dans la vitrine d'une maison de confection pour dames, trois mannequins nus se dressaient étrangement, avec l'air de faire la révérence aux passants.

Il y avait un bar au coin de la rue, mais il risquait d'y rencontrer des gens qu'il connaissait et il n'avait pas envie de parler. Peut-être Ryan et Foster Lewis étaient-ils en train d'y discuter son cas ? Il préféra marcher jusqu'au troisième carrefour, pénétrer enfin dans la chaleur et dans la lumière douce d'une taverne où il n'avait jamais mis les pieds.

La télévision fonctionnait. Sur l'écran, un monsieur assis devant une table lisait le dernier bulletin de nouvelles en levant parfois la tête pour regarder devant lui, comme s'il pouvait voir les spectateurs. Au bout du comptoir, deux hommes, dont un en tenue de travail, discutaient de la construction d'une maison.

Ashby mit les coudes sur la barre, regarda les bouteilles faiblement éclairées et finit par en désigner une, d'une marque de whisky qu'il ne connaissait pas.

— C'est bon ?
— Puisqu'on en vend, c'est qu'il y en a qui aiment ça.

Les autres ne soupçonnaient pas l'effet que cela lui produisait d'être là. Ils y étaient habitués. Ils ne savaient pas qu'il y avait des années qu'il ne s'était pas trouvé dans un bar et que, d'ailleurs, cela lui était rarement arrivé dans sa vie.

Un détail le fascinait : le meuble ventru, vitré, plein de disques et de rouages brillants autour duquel tournaient des lumières rouges, jaunes et bleues. Si la télévision n'avait pas fonctionné, il y aurait glissé une pièce de monnaie afin de voir marcher l'appareil.

Pour la plupart des gens, c'était un objet familier. Pour lui, qui n'en avait vu qu'une fois ou deux, cela avait, Dieu sait pourquoi, quelque chose de vicieux.

Le whisky aussi, dont le goût n'était pas le même que chez lui. Et le décor, le sourire du barman, sa veste blanche empesée, tout cela qui faisait partie d'un monde défendu.

Il ne se posait pas la question de savoir pourquoi c'était défendu. Certains de ses amis fréquentaient les bars. Weston Vaughan, le cousin de Christine, pourtant considéré comme un homme très bien, y allait boire un cocktail à l'occasion. Christine ne lui en avait fait aucune défense, à lui non plus.

C'était lui, lui seul, qui s'était imposé des tabous. Peut-être parce que certaines choses n'avaient pas la même signification pour lui que pour les autres ?

L'ambiance dans laquelle il se trouvait en ce moment, par exemple ! Il venait déjà de faire un signe pour qu'on remplisse son verre. Ce n'était pas cela qui était grave. Le bar se trouvait dans une rue de Litchfield, à douze milles de chez lui. Eh bien ! pour lui, à cause du décor, de l'odeur, de ces lumières autour du phonographe, il n'était plus nulle part, c'était comme si on avait soudain coupé ses attaches.

Il était rare qu'ils voyagent la nuit en voiture, Christine et lui, mais c'était arrivé. Une fois, entre autres, ils étaient allés à Cape Cod. Sur la grand-route, il y avait deux rangs, voire trois rangs d'autos dans chaque sens, avec les phares qui vous entraient leurs lumières dans la tête, des gouffres noirs des deux côtés, parfois seulement l'îlot rassurant d'une pompe à essence, d'autres fois de ces enseignes au néon, bleues et rouges, qui annonçaient des bars ou des night-clubs.

Christine avait-elle jamais deviné que cela lui donnait le vertige ? Un vertige physique d'abord. Il lui semblait toujours qu'il finirait par s'écraser sur une de ces machines qui ne l'évitaient que par miracle et qui faisaient, à sa gauche, un bruit continu, menaçant.

C'était si assourdissant qu'il devait crier pour se faire entendre par sa femme.

— Je tourne à droite ?
— Non. A la prochaine.
— Il y a pourtant un poteau indicateur.

Elle lui criait dans l'oreille, elle aussi.

— Ce n'est pas le bon !

Il lui arrivait de tricher. N'était-ce pas étrange de tricher contre une règle qui n'existait pas, que personne n'avait établie ? Il prétendait tout à coup qu'il devait s'arrêter pour un petit besoin, et cela lui permettait de se plonger un instant dans l'atmosphère épaisse d'un bar, de surprendre des hommes accoudés, les yeux vagues, des couples dans le clair-obscur des boxes.

— Un scotch ! commandait-il en passant.

Car, comme par honnêteté, il courait à la toilette. C'était souvent sale. Parfois il y avait des mots écrits sur les murs et des dessins obscènes.

Quels repères aurait-on eus, la nuit, sur les grand-routes, s'il n'y avait pas eu ces établissements-là et les pompes à essence ? Rien d'autre n'était éclairé. Les villages ou les petites villes étaient presque toujours assoupis à l'écart.

Quelquefois, près d'un des bars, une silhouette se détachait de l'ombre au passage des autos, un bras se levait, qu'on faisait semblant de ne pas voir. Il arrivait que ce fût une femme qui sollicitait ainsi d'être transportée plus loin et de payer le prix qu'on voudrait.

Pour aller où ? Pour quoi faire ? Cela n'avait pas d'importance, et ils étaient des milliers, des hommes et des femmes, qui vivaient de la sorte en marge de la route.

C'était encore plus impressionnant quand on entendait la sirène d'une auto de la police qui s'arrêtait brusquement avec un grand bruit de freins devant une silhouette qu'on emmenait comme un mannequin. La police ramassait les morts de la même façon, les morts par accidents et les autres, et, dans certains bars où ils entraient, les hommes en uniforme se servaient de leur matraque.

Une fois, au petit matin, alors que le soleil n'était pas levé, dans la banlieue de Boston qu'il traversait, il avait assisté à une espèce de siège : un homme tout seul sur un toit et de la police partout dans les rues d'alentour, des pompiers, des échelles, des projecteurs.

Il n'avait pas parlé de ça à Ryan ni à Foster Lewis. Cela valait mieux. Surtout que, dans la scène de Boston, c'est l'homme sur le toit qu'il avait envié.

Le barman le regardait avec l'air de lui demander s'il désirait un troisième verre, le prenant pour un de ces ivrognes solitaires qui viennent faire leur plein en quelques minutes et s'en vont, satisfaits, d'une démarche molle. Il y en a beaucoup. Il y en a aussi qui veulent se battre et d'autres qui pleurent.

Il n'appartenait ni à l'une ni à l'autre de ces catégories.

— Combien ?

— Un dollar vingt.

Ce n'est pas parce qu'il s'en allait de là qu'il avait l'intention de rentrer chez lui. Peut-être était-ce la dernière soirée qu'il avait à passer avant que Ryan décide de l'arrêter. Ce qui arriverait alors, il l'ignorait. Il se défendrait, prendrait un avocat de Hartford. Il était persuadé qu'on n'irait pas jusqu'à le condamner.

En marchant dans la rue, il pensa à Sheila Katz, parce qu'une petite fille juive le croisait au bras de sa mère. Il se retourna pour la regarder, et elle avait un long cou mince, elle aussi. Il bourra une pipe, aperçut devant lui l'intérieur brillant d'une *cafeteria*. Tout était blanc, les murs, les tables, le bar, et, dans tout ce blanc, il n'y avait que miss Moeller en train de manger au comptoir. Elle lui tournait le dos. Elle avait une toque en écureuil sur la tête et de la fourrure aussi à son manteau.

Pourquoi ne serait-il pas entré ? Il avait l'impression que c'était un peu son jour, qu'il avait tous les droits. Son escapade était préméditée. Il savait, en baisant sa femme au front, que la soirée ne serait pas comme les autres.

— Comment allez-vous, miss Moeller ?

Elle se retourna, surprise, un hot-dog baveux de moutarde à la main.

— C'est vous ?

Elle n'avait pas peur. Elle était un peu surprise, sans doute, de ce qu'un homme comme lui fréquentât ce restaurant-là.

— Vous vous asseyez ?

Mais oui. Et il commanda du café, un hot-dog aussi. Ils se voyaient tous les deux dans la glace. C'était amusant. Miss Moeller avait l'air de le trouver drôle, et cela ne le fâchait pas.

— Vous n'en voulez pas trop à mon patron ?

— Je ne lui en veux pas du tout. Il fait son métier, cet homme.

— Il y en a souvent qui ne le prennent pas ainsi. En tout cas, vous vous en êtes magnifiquement tiré.

— Vous croyez ?

— Quand je les ai revus, ils paraissaient satisfaits tous les deux. J'aurais cru que vous seriez rentré tout de suite chez vous.

— Pour quelle raison ?

— Je ne sais pas. Ne fût-ce que pour rassurer votre femme.

— Elle n'est pas inquiète.

— Alors, mettons par habitude.

— De quelle habitude parlez-vous, miss Moeller ?

— Vous avez une drôle de façon de poser les questions. L'habitude d'être chez vous, si vous voulez. Je ne me figurais pas que vous...

— Que j'étais un monsieur qu'on peut rencontrer en ville après le coucher du soleil, c'est bien ça ?

— A peu près.
— Pourtant je sors d'un bar où j'ai bu deux whiskies.
— Tout seul ?
— Hélas ! je ne vous avais pas encore rencontrée. Mais, tout à l'heure, si vous le permettez, je me rattraperai. Qu'avez-vous à rire ?
— Rien. Ne me posez pas de questions.
— Je suis ridicule ?
— Non.
— Je m'y prends mal ?
— Ce n'est pas cela non plus.
— Vous pensez à quelque chose de comique ?

D'un mouvement familier, comme s'ils sortaient ensemble depuis toujours, elle lui posa la main sur le genou, et sa main était chaude, elle ne la retirait pas tout de suite.

— Je crois que vous ne ressemblez pas beaucoup à l'idée que les gens se font de vous.
— Quelle idée se font-ils ?
— Vous ne le savez pas ?
— Celle d'un monsieur ennuyeux ?
— Je ne dis pas ça.
— Austère ?
— Sûrement.
— Qui déclare au cours de son interrogatoire qu'il ne lui est jamais arrivé de tromper sa femme ?

Elle avait écouté à la porte, car elle ne sourcilla pas. Elle avait fini de manger et elle était occupée à s'écraser du rouge sur les lèvres. Il avait déjà remarqué ce genre de bâton-là et lui avait trouvé quelque chose de sexuel.

— Vous avez l'impression que j'ai tout dit à Ryan ?

Elle en fut malgré tout un peu interloquée.

— J'ai supposé... commença-t-elle, les sourcils froncés.

Il craignit de l'avoir inquiétée, et ce fut son tour de poser la main, non sur sa cuisse, il n'osait pas tout de suite, mais sur le gras de son bras.

— Vous aviez raison. Je plaisantais.

Elle lui lança un regard en coin qu'il reçut avec une expression si neutre, il fut tellement Spencer Ashby, professeur à *Crestview School* et mari de Christine, qu'elle pouffa de rire.

— Enfin... soupira-t-elle comme en réponse à ses propres pensées.
— Enfin quoi ?
— Rien. Vous ne pouvez pas comprendre. Maintenant, il faut que je vous quitte pour rentrer chez moi.
— Non.
— Hein ?
— Je dis non. Vous m'avez promis de prendre un verre avec moi.
— Je n'ai rien promis. C'est vous qui...

C'était justement ce jeu-là qu'il n'avait jamais voulu jouer et qui lui paraissait soudain si facile. Ce qui importait, c'était de rire ou de sourire, de dire n'importe quoi en évitant de laisser tomber le silence.

— Fort bien. Puisque c'est moi qui ai promis, je vous emmène. Loin d'ici. Êtes-vous déjà allée au *Little Cottage* ?
— Mais c'est à Hartford !
— Près de Hartford, oui. Vous y êtes déjà allée ?
— Non.
— Nous y allons.
— C'est loin.
— A peine une demi-heure d'auto.
— Il faut que je prévienne ma mère.
— Vous lui téléphonerez de là-bas.

On aurait juré qu'il avait l'expérience de ces sortes d'aventures. Il avait l'impression de jongler. Les flocons, dehors, étaient plus épais et plus serrés. Tout le long des trottoirs, il y avait des pas profonds dans la nouvelle neige.

— Supposez qu'un blizzard se lève et que nous ne puissions pas revenir ?
— Nous serions condamnés à passer la nuit à boire, répondit-il sérieusement.

Le toit de sa voiture était blanc. Il fit passer sa compagne devant lui, lui tenant la portière ouverte, et alors seulement, comme il la touchait sous prétexte de l'aider, il se rendit compte qu'il était bel et bien en train d'emmener une femme dans son auto.

Il n'avait pas téléphoné à Christine. Elle avait déjà dû appeler Ryan à son domicile. Non ! Elle n'avait pas osé, par crainte de le compromettre. Elle n'avait donc pas la moindre idée de ce qui le retenait. Elle devait se lever toutes les cinq minutes, aller regarder à la fenêtre derrière laquelle les flocons tombaient lentement sur un fond de velours noir. De l'intérieur cela ressemblait toujours à du velours.

Il faillit tout arrêter. C'était stupide. Il n'avait pas fait ça sérieusement. Il n'avait pas prévu qu'il réussirait, qu'elle accepterait de le suivre.

Maintenant, elle était assise à côté de lui dans la voiture, assez près pour qu'il sente sa chaleur, et elle disait naturellement, comme si le moment était arrivé de dire ça :

— On m'appelle Nina.

Il s'était donc trompé quand il avait cru qu'elle s'appelait Gaby ou Bertha. Cela se valait, d'ailleurs.

— Vous, c'est Spencer. J'ai assez de fois tapé votre nom pour le connaître. Ce qu'il y a d'ennuyeux avec ce prénom-là, c'est que je ne vois pas la possibilité d'un diminutif. On ne peut quand même pas dire Spen. Comment votre femme vous appelle-t-elle ?
— Spencer.
— Je comprends.

Elle comprenait quoi ? Que Christine n'était pas la femme à employer un diminutif ni à prendre, à certains moments, une voix de bébé ?

Il était réellement saisi de panique. Une panique physique. Au point qu'il n'avait pas le courage de tendre le bras pour tourner la clef de contact.

Il se trouvait encore en ville, entre deux rangs de maisons, avec des trottoirs, des gens qui marchaient, des familles en train de passer la soirée derrière les fenêtres éclairées. Il y avait probablement un agent de police au coin de la rue.

Elle dut se méprendre sur son hésitation. Ou peut-être voulut-elle commencer à payer d'avance ? C'était une bonne fille.

Elle avança son visage vers lui d'un geste brusque, colla ses grosses lèvres aux siennes et lui enfonça dans la bouche une langue chaude et mouillée.

4

La dernière fois qu'il regarda l'heure, il était dix heures moins dix. C'était à peu près impossible maintenant que Christine n'eût pas téléphoné à Ryan. Elle avait dû lui dire qu'elle était inquiète, qu'il n'était pas encore rentré. Et Ryan avait sans doute téléphoné à son tour à la police. A moins que Christine l'eût fait elle-même. Peut-être aussi avait-elle emprunté une auto pour se mettre à sa recherche ? Mais chercher où ? Dans ce cas, c'était vraisemblablement à son cousin Weston qu'elle avait demandé sa voiture.

Même, si elle avait fait ça, elle était rentrée chez elle à l'heure qu'il était. Il n'y avait jamais que trois ou quatre bars à Litchfield, deux restaurants. Personne ne devait avoir l'idée de se renseigner dans la *cafeteria* où il avait mangé un hot-dog avec Anna Moeller.

Il n'était pas ivre, pas du tout. Il avait bu six ou sept verres, il ne savait plus au juste combien, mais tout cela ne lui faisait aucun effet, il restait lucide, pensait à tout, gardait à l'esprit un tableau précis de la situation.

Si on le savait en compagnie de la secrétaire de Ryan, on ne tarderait pas à le retrouver, car Anna avait téléphoné à sa mère dès qu'ils étaient arrivés au *Little Cottage*. Il n'avait pas osé la suivre dans la cabine. Il ne lui avait pas non plus demandé si elle avait parlé de lui, ou de l'endroit où ils étaient. Il valait mieux faire attention.

Elle avait eu une phrase curieuse, une demi-heure plus tôt. Elle était déjà très lancée. Elle avait bu autant que lui. C'était elle, en réalité, qui ne voulait plus repartir, bien qu'il lui eût proposé à deux reprises de la ramener chez elle. Elle était en train de lui mordiller le bout de l'oreille quand elle avait dit, sans raison, sans que cela réponde à quoi que ce soit, comme on dit des choses qu'on a sur le cœur :

— Tu as de la chance que je travaille chez le coroner. Il n'y a pas beaucoup de filles qui oseraient sortir avec toi en ce moment !

Le *Little Cottage* n'était pas tout à fait comme il l'avait imaginé en lisant le journal de Danbury. On n'avait parlé que du bar, sans mentionner la seconde salle qui se trouvait derrière et qui était la plus importante. Cela devait exister ailleurs aussi, cela devait même être courant, puisque Anna Moeller, qui n'était jamais venue ici, l'avait conduit tout de suite dans cette pièce.

Elle était moins éclairée que la première, seulement par de petits trous dans le plafond qui figuraient des étoiles, et, autour de la piste, il y avait des compartiments comportant chacun une banquette en demi-cercle et une petite table.

L'établissement était presque vide. Il devait surtout être fréquenté le samedi et le dimanche. Pendant un temps, ils avaient été seuls. Le barman ne portait pas la veste blanche, mais une chemise à manches retroussées. Il était très brun de cheveux. C'était visiblement un Italien d'origine.

A cause de sa déposition au sujet d'un couple qui était venu chez lui la nuit de la mort de Belle, Ashby s'était figuré qu'il allait le regarder de travers, peut-être lui poser des questions. Or il n'en avait rien été. Il fallait donc croire qu'Anna et lui ressemblaient aux clients habituels. Anna sûrement. Elle était tout à fait chez elle. Elle buvait sec. Entre les danses, elle se collait contre lui de toute sa chair, au point qu'il en avait un côté du corps meurtri, et elle vidait les deux verres, le léchait derrière l'oreille ou le mordillait.

D'où ils étaient, ils ne voyaient pas le bar, mais le barman, lui, pouvait les apercevoir par un judas. Ashby, chaque fois qu'il entendait la porte s'ouvrir, à côté, s'attendait à ce que ce fût la police. Il avait remarqué, dans un coin du comptoir, une petite radio qui jouait en sourdine. Le danger pouvait venir de là aussi. On le cherchait inévitablement. Comment ne pas être persuadé, à présent, qu'il était en fuite, et par conséquent que c'était lui qui avait tué Belle ?

Il ne faisait rien pour changer ou pour influencer le cours des événements. Quand Anna lui disait le titre d'une chanson, il allait mettre l'argent dans le phono automatique, le même appareil qui le faisait tant rêver, bien lisse, avec des lumières de couleur qui couraient autour.

Elle l'avait forcé à danser. Toutes les dix minutes, elle réclamait une nouvelle danse, surtout quand il y avait un autre couple dans un des boxes. Deux de ces boxes avaient été occupés pendant environ une demi-heure chacun. Une des filles, quand elle dansait, qui était toute petite, vêtue de noir, avait la bouche soudée à celle de son cavalier, elle ne la décollait pas de toute la danse, paraissant littéralement suspendue à l'homme par les lèvres.

Est-ce ainsi que cela se passait dans tous les bars dont il avait tant regardé les enseignes lumineuses le long des routes ?

Il dansait, sentant sur sa peau l'odeur des fards de sa compagne et aussi l'odeur de sa salive. Elle se rivait à lui d'une manière savante, avec des mouvements déterminés, sans cacher qu'elle avait un objectif précis, et, quand elle l'avait atteint, partait d'un drôle de rire.

Elle était contente d'elle.

La police était-elle vraiment à leur recherche ?

Christine était loin de se figurer qu'il se trouvait ici avec une fille dont il avait pour la première fois remarqué les grosses jambes pendant que Ryan était occupé à l'interroger chez eux. Il avait eu tort de l'emmener. Cela avait été, de sa part, comme une boutade. Il n'avait pas cru qu'elle accepterait, qu'elle le prendrait au sérieux. Après un premier verre, il avait essayé de corriger son erreur en proposant de la reconduire.

C'était trop tard. Elle devait être ainsi toutes les fois. Il lui avait demandé :

— Vous êtes déjà sortie avec Ryan ?

Elle avait répondu avec un rire de gorge qui le gênait :

— Qu'est-ce que vous croyez ? Que je suis vierge ?

Probablement à cause de l'air sérieux qu'il avait à ce moment-là, c'était devenu un jeu, une scie.

— Répondez franchement. Vous avez pensé que j'étais vierge ? Vous le pensez encore ?

Il n'avait pas compris tout de suite où elle voulait en venir. Il avait discuté. De sorte qu'il avait fallu tout un temps à la pauvre fille pour atteindre son but. Alors elle avait eu un regard machinal au judas pour s'assurer que le barman ne les regardait pas.

Ce n'était pas ce qu'il avait rêvé. Il n'avait pas envie d'elle. Il avait imaginé sa soirée autrement, avec un autre genre de femme.

Est-ce que Belle était différente ?

Il ne la revoyait que par terre, quoi qu'il fît, et Anna était loin de se douter de ce qu'il pensait.

La fille qui pleurait en buvant, celle dont le barman avait parlé à la police, devait être différente aussi. Était-elle venue dans la seconde salle ? Il essayait de se remémorer les détails de la déposition.

Il avait le visage brûlant et, depuis le moment où il était monté dans la voiture avec Anna, à Litchfield, sa poitrine était oppressée. Il avait cru que cela passerait en buvant, mais l'alcool n'y changeait rien. C'était nerveux. Il aurait voulu freiner, comme sur une pente, et parfois il en avait la respiration coupée.

Anna Moeller dirigeait les événements, faisait probablement ce qu'elle avait l'habitude de faire.

— Chut !... disait-elle chaque fois qu'il parlait de partir. Ne sois pas si impatient.

Il crut comprendre. Dans son esprit à elle, s'il voulait s'en aller, c'était pour d'autres exercices qui devaient se dérouler ailleurs, quand on quittait le bar. Autrement dit, dans l'auto, comme il l'avait toujours supposé.

Cela l'effrayait un peu et, à son tour, il reculait le départ. Ne serait-ce pas bête, pourtant, de se faire prendre là où il était sans être allé jusqu'au bout ?

Si Katz n'était pas revenu ce jour-là, il aurait laissé Anna en plan. Il avait son idée. Avant d'arriver chez lui, il aurait abandonné sa voiture au bord de la route et il se serait approché sans bruit. Il avait observé les ouvriers. Il savait où étaient les fils et les appareils d'alarme. Au premier étage, il y avait une fenêtre à vitre dépolie, la fenêtre d'une salle de bains, qui n'était jamais tout à fait fermée et à laquelle on n'avait pas travaillé. Quant à trouver une échelle, il en avait une dans son propre garage.

En entrant dans la chambre sur la pointe des pieds, il aurait chuchoté, avec toute la tendresse du monde dans sa voix :

— N'ayez pas peur...

Et Sheila, endormie, l'aurait reconnu. Elle ne se serait pas effrayée. Elle aurait balbutié :

— C'est vous ?

Parce que, dans l'histoire qu'il se racontait, elle n'était pas surprise, elle l'attendait, sûre qu'il viendrait un jour, et, sans allumer la lampe, elle ouvrait ses bras chauds, ils sombraient tous les deux dans une étreinte profonde comme un abîme ; c'était si extraordinaire, si exaltant, que cela valait d'en mourir.

— A quoi penses-tu ?
— A rien.
— Tu es encore aussi impatient ?

Et, comme il cherchait une réponse :

— Je parie que tu as le trac.

Elle était à nouveau appuyée sur lui de tout son poids et jouait avec sa cravate.

— C'est vrai, ce que tu as dit à Ryan ?

Pourquoi l'histoire de Sheila finissait-elle par l'image de Belle, par terre dans sa chambre ? Ce n'était pas la première fois qu'il se la racontait. On aurait dit qu'il n'imaginait pas la possibilité d'une autre fin. Cela n'aurait plus été un paroxysme.

Les sourcils froncés, il était en train de rechercher dans sa mémoire les mots de Lorraine.

« *Ce qu'ils appellent l'amour, c'est un besoin de salir, rien d'autre...* »

C'était peut-être vrai avec Sheila aussi. Dans le déroulement des événements imaginaires, il y avait un petit fait qui aurait pu corroborer cette idée.

« *Crois-moi*, avait ajouté la mère de Belle, *c'est comme si ça les purgeait de leurs péchés et comme si ça les rendait plus propres.* »

Étaient-ce ses péchés qu'Anna lui léchait sur la figure, qu'elle lui pompait de la bouche ? Elle agissait de même avec tous les hommes qui lui proposaient de la sortir. Elle avait tellement envie de se montrer gentille et de le rendre heureux.

— Encore une seule danse, tu veux ?

Il ne savait plus s'il avait hâte de s'en aller pour ce qu'elle imaginait ou pour en avoir plus vite fini avec cette soirée. Les deux, sans doute. Ses idées avaient beau être nettes, plus aiguës qu'on ne les a d'habitude, l'alcool n'en avait pas moins produit un décalage.

— Tu as vu ?
— Non. Quoi ?
— Les deux, à gauche.

Un jeune homme et une jeune fille étaient assis côte à côte, et l'homme avait le bras passé autour des épaules de sa compagne, celle-ci appuyait la tête sur son compagnon, et tous les deux restaient immobiles, sans rien dire, les yeux ouverts, une expression de calme ravissement sur le visage.

Il n'avait jamais été ainsi. Il ne le serait sans doute jamais. Avec Sheila, peut-être qu'il aurait pu. Mais il aurait fallu que, le lendemain, elle ne redevienne pas une femme comme une autre.

Savait-il déjà qu'il ne rentrerait jamais chez lui ? Il ne se posait pas la question. Quand il paya le barman, cependant, et qu'il remarqua sur les bras de celui-ci un tatouage représentant une sirène, il eut comme une bouffée de la grand-route aux trois rangs d'autos dans chaque sens et la nostalgie des silhouettes qui, de loin en loin, tendent le bras dans le noir.

Avant de traverser le bar, elle lui essuya le rouge autour de la bouche et, dehors, prit naturellement son bras pour franchir l'espace éclairé au-delà duquel les voitures étaient parquées.

La neige était devenue assez épaisse pour que les pas ne se marquent plus en noir. L'auto en était sertie. Quand il ouvrit la portière glacée, ses doigts tremblaient d'énervement.

N'était-ce pas comme cela que cela devait se passer ? Anna n'était pas surprise. Il se rappelait les visages blafards entrevus la nuit à l'arrière des autos et c'est à l'arrière qu'elle montait.

— Attends. Laisse-moi d'abord m'arranger...

Il en avait envie, puisqu'il avait fait tout ce qu'il avait fait. Et mille fois, dans le cours de son existence, il avait souhaité une minute comme celle-ci. Pas nécessairement une Anna. Mais quelle était la différence ?

« *C'est un besoin de salir...* » avait dit Lorraine.

Alors tout était parfait, car Anna, elle, mettait une sorte de frénésie à se salir.

« *... Comme si ça les purgeait de leurs péchés...* »

Il voulait. Il fallait que cela se passe. Il était trop tard pour qu'il en soit autrement. D'une minute à l'autre, une voiture de la police pouvait s'arrêter à côté de la sienne et, de toute façon, désormais, on serait persuadé qu'il était coupable.

Une seconde, une seule, il se demanda si tout cela n'était pas un piège, si Anna n'était pas d'accord avec Ryan et le psychiatre, si elle n'avait pas été placée exprès sur son chemin afin de savoir comment il réagirait. Peut-être qu'au dernier instant...

Mais non. Elle en avait plus besoin que lui, maintenant. Il était stupéfait de la voir torturée par des démons qu'il n'avait jamais soupçonnés et de l'entendre l'implorer avec des mots qu'il croyait impossibles, des gestes qui le figeaient.

Il fallait que cela ait lieu, coûte que coûte. Il le voulait. Qu'elle lui donne seulement le temps de s'habituer. Ce n'était pas sa faute. Il avait beaucoup bu. Elle n'aurait pas dû prononcer certains mots.

Si elle se taisait, si elle ne bougeait plus, si elle lui permettait de retrouver le fil de son rêve avec Sheila...

— Attends... Attends... lui soufflait-il sans savoir qu'il parlait.

Et alors, comme il s'agitait, peut-être grotesque, avec des larmes d'impuissance dans les yeux, elle se mit à rire, d'un rire cruel et rauque qui lui montait du ventre.

Elle le repoussait. Elle le méprisait. Elle...

Elle devait être aussi forte que lui, mais à cause de sa pose, dans le fond de l'auto, elle était incapable de faire un mouvement pour se dégager.

Son cou était épais, musclé, pas du tout le genre du cou de Sheila. Il avait hâte que ce fût fini. Il souffrait autant qu'elle. Quand elle mollit enfin, il se produisit en lui un phénomène qu'il n'attendait pas, qui le surprit, le gêna, lui fit penser en rougissant aux paroles de Lorraine :

« *Un besoin de salir...* »

Il dit, tourné vers le barman :
— Un scotch and soda.

Et il pénétra tout de suite dans la cabine téléphonique. Il s'attendait à ce que le barman le regarde curieusement. Or il ne parut pas faire attention à lui, peut-être parce qu'il était en conversation animée avec un autre Italien qui portait un chapeau beige et à qui devait appartenir la Cadillac stationnant devant la porte.

Il les voyait à travers la vitre de la cabine, et aussi un autre client, un grand roux aux cheveux rares et soyeux qui regardait son verre avec l'air de lui raconter ses pensées.

— Donnez-moi le poste de police de Sharon, s'il vous plaît, miss.
— Vous ne voulez pas plutôt celui de Hartford ?

Il insista.
— Non. C'est personnel.

Cela prit du temps. Il entendait les téléphonistes qui bavardaient d'un standard à l'autre.

— Allô ! Le poste de Sharon ? Pourrais-je parler au lieutenant Averell ?

Il craignait qu'on lui réponde :
— De la part de qui ?

Il ne pouvait pas dire son nom sans que la plus proche voiture de police soit alertée par radio pour venir le cueillir. Cela lui faisait très peur. Il aurait pu s'enfuir s'il l'avait voulu. Il y avait pensé, mais sans conviction. Surtout qu'il aurait dû s'arrêter quelque part pour se débarrasser du corps.

A quoi bon ? Pour quoi faire ?

C'était tellement plus simple ainsi ! Ils auraient l'impression de gagner la partie. Ils seraient contents. Ils allaient pouvoir chanter leurs hymnes.

— Le lieutenant n'est pas de service ce soir. Y a-t-il un message à lui transmettre ?

— Merci. C'est personnel. Je vais l'appeler chez lui.

Quelle heure était-il ? Il n'avait pas emporté de montre. De sa place, il ne voyait pas l'horloge du bar. Pourvu qu'Averell ne soit pas allé à la seconde séance de cinéma !

Il trouva son numéro à l'annuaire, eut le soulagement d'entendre sa voix.

— Ici, Spencer Ashby ! dit-il alors.

Cela créa comme un vide. Il avala sa salive, poursuivit :

— Je suis au *Little Cottage*, près de Hartford. J'aimerais que ce soit vous qui veniez personnellement me chercher.

Averell ne lui demanda pas pourquoi. Était-il en train de se tromper, comme les autres ? La question qu'il posa surprit Spencer :

— Vous êtes seul ?

— Maintenant, oui...

On raccrocha. Il aurait préféré attendre dans sa cabine, mais il ne pouvait pas s'y éterniser sans attirer l'attention. Pourquoi ne téléphonerait-il pas à Christine pour lui dire au revoir ? Elle avait fait de son mieux. Ce n'était pas sa faute. Elle devait guetter le téléphone. Peut-être, comme c'était arrivé plusieurs fois, la sonnerie avait-elle retenti et avait-elle attendu en vain qu'on parle, n'entendant qu'une respiration quelque part dans l'espace.

Il ne l'appela pas. Quand il s'approcha du bar et se hissa sur son tabouret, les deux hommes parlaient toujours en italien. Il but d'un trait la moitié de son verre, regarda droit devant lui et, entre les bouteilles, aperçut son visage dans la glace, presque entièrement barbouillé de rouge à lèvres. Il se mit à l'effacer avec son mouchoir sur lequel il crachait avant de se frictionner la peau, et cela sentait comme quand il était petit.

L'ivrogne aux cheveux roux le regardait d'un air médusé, ne pouvait s'empêcher de lui lancer :

— Pris du plaisir avec les femelles, frère ?

Il avait si peur d'attirer l'attention avant l'arrivée du lieutenant qu'il sourit lâchement. Le barman s'était tourné vers lui à son tour. On aurait presque pu suivre sur son visage de boxeur le lent travail qui s'effectuait dans son esprit. D'abord il ne fut pas tout à fait sûr de sa mémoire. Puis il regarda par le judas. Soupçonneux, il allait jeter un regard dans la seconde salle.

En revenant, il dit quelques mots à son compagnon, qui avait toujours son chapeau sur la tête, un pardessus en poil de chameau et une écharpe.

Ashby, qui commençait à sentir le danger, vida son verre, en commanda un autre. Il n'était pas sûr qu'on le lui servirait. Le barman attendait le retour de son compagnon qu'il avait envoyé dehors.

Averell en avait encore pour dix bonnes minutes à arriver, même en faisant fonctionner sa sirène. Il devait rester deux couples de l'autre côté de la cloison.

Il faisait mine de boire son verre vide, et ses dents s'entrechoquaient. Le barman, sans le quitter des yeux, avait l'air de se préparer. Son tatouage se dessinait dans tous ses détails. Il avait les bras velus, la mâchoire inférieure proéminente, le nez cassé.

Il n'entendit pas la porte s'ouvrir, mais sentit l'air glacé dans son dos. Il n'osa pas se retourner pendant que la voix de l'homme au manteau de poil de chameau parlait dans sa langue avec volubilité.

C'est ce qu'il avait craint. Averell aurait beau faire, il arriverait trop tard. Ashby aurait été mieux inspiré d'appeler n'importe quel poste de police ou d'y aller lui-même en auto.

Le barman contournait le comptoir, prenant son temps, mais ce n'était pas lui qui frappait le premier, c'était l'homme roux, après avoir failli s'étaler par terre en descendant de son tabouret. A chaque coup, il prenait du recul, s'élançait.

Il essaya de leur dire :

— J'ai appelé moi-même la police...

Ils ne le croyaient pas. Personne ne le croirait plus. Sauf une personne qu'il ne connaîtrait jamais : l'homme qui avait tué Belle.

Ils frappaient dur. Sa tête résonnait, ballottait de gauche à droite comme un mannequin de foire, et ceux de l'arrière-salle arrivaient à la rescousse avec les filles qui se tenaient à distance pour regarder. Il y en avait un qui avait du rouge à lèvres sur la figure aussi et c'est celui-là, un petit, râblé, qui lui donna un violent coup de genou dans les parties en grondant :

— Attrape ça !

Quand le lieutenant Averell, précédé d'un hurlement de sirène, ouvrit la porte, encadré de deux policiers en uniforme, il y avait longtemps que Spencer Ashby était par terre, au pied d'un tabouret, à tout le moins évanoui, avec du verre pilé autour de lui, du sang qui lui coulait des lèvres.

Peut-être à cause de cette rigole rouge qui lui allongeait la bouche, on aurait dit qu'il souriait.

Shadow Rock Farm, Lakeville (Connecticut), le 14 décembre 1951.

LE REVOLVER DE MAIGRET

1

*Où Maigret arrive en retard pour le déjeuner
et où un convive manque au dîner*

Quand, plus tard, Maigret penserait à cette enquête-là, ce serait toujours comme à quelque chose d'un peu anormal, s'associant dans son esprit à ces maladies qui ne se déclarent pas franchement, mais commencent par des malaises vagues, des pincements, des symptômes trop bénins pour qu'on accepte d'y prêter attention.

Il n'y eut, au début, ni plainte à la P.J., ni appel à Police Secours, ni dénonciation anonyme, mais, pour remonter aussi loin que possible, un coup de téléphone banal de Mme Maigret.

La pendule de marbre noir, sur la cheminée du bureau, marquait midi moins vingt, il revoyait nettement l'angle des aiguilles sur le cadran. La fenêtre était large ouverte, car on était en juin, et, sous le chaud soleil, Paris avait pris son odeur d'été.

— C'est toi ?

Sa femme avait reconnu sa voix, évidemment, mais elle lui demandait toujours si c'était bien lui qui était à l'appareil, non par méfiance, seulement parce qu'elle était restée gauche au téléphone. Boulevard Richard-Lenoir aussi, les fenêtres devaient être ouvertes. Mme Maigret, à cette heure, avait fini le gros de son ménage. C'était rare qu'elle l'appelle.

— Je t'écoute.

— Je voulais te demander si tu comptes rentrer déjeuner.

C'était encore plus rare qu'elle lui téléphone pour lui poser cette question-là. Il avait froncé les sourcils, pas mécontent, mais surpris.

— Pourquoi ?

— Pour rien. Ou, plutôt, il y a ici quelqu'un qui t'attend.

Il la sentait embarrassée, comme coupable.

— Qui ?

— Personne que tu connaisses. Ce n'est rien. Seulement, si tu ne devais pas rentrer, je ne le ferais pas attendre.

— Un homme ?

— Un jeune homme.

Elle l'avait sans doute introduit dans le salon où ils ne mettaient presque jamais les pieds. Le téléphone se trouvait dans la salle à manger, où ils avaient l'habitude de se tenir et où ils recevaient les intimes. C'était là que Maigret avait ses pipes, son fauteuil, Mme Maigret sa machine à coudre. A la façon embarrassée dont elle lui parlait, il comprenait qu'elle n'avait pas osé fermer la porte entre les deux pièces.

— Qui est-ce ?
— Je ne sais pas.
— Que veut-il ?
— Je ne sais pas non plus. C'est personnel.

Il n'y attachait pas d'importance. S'il insistait, c'était plutôt à cause de la gêne de sa femme, et aussi parce qu'il lui semblait qu'elle avait déjà pris le visiteur sous sa protection.

— Je compte quitter le bureau vers midi, finit-il par dire.

Il n'avait plus qu'une personne à recevoir, une femme qui était déjà venue le relancer trois ou quatre fois pour lui parler des lettres de menace qu'une voisine lui adressait. Il sonna le garçon de bureau.

— Fais entrer.

Il alluma une pipe, se renversa dans son fauteuil, résigné.

— Alors, madame, vous avez reçu une nouvelle lettre ?
— Deux, monsieur le commissaire. Je les ai apportées. Dans l'une, comme vous allez le voir, elle avoue que c'est elle qui a empoisonné mon chat et elle annonce que, si je ne déménage pas, ce sera bientôt mon tour.

Les aiguilles avançaient tout doucement sur le cadran. Il fallait faire semblant de prendre l'affaire au sérieux. Cela dura un peu moins d'un quart d'heure. Puis, au moment où il se levait pour aller chercher son chapeau dans le placard, on frappa à la porte.

— Vous êtes occupé ?
— Qu'est-ce que tu fais à Paris, toi ?

C'était Lourtie, un de ses anciens inspecteurs qui avait été nommé à la brigade mobile de Nice.

— Juste de passage. J'ai eu envie de venir respirer l'air de la maison et de vous serrer la main. On a le temps d'avaler un pastis à la *Brasserie Dauphine* ?
— Sur le pouce, alors.

Il aimait bien Lourtie, un gaillard osseux qui avait une voix de chantre d'église. A la brasserie, où ils restèrent debout devant le bar, il y avait d'autres inspecteurs. On parla de ceci et de cela. Le goût du pastis était exactement ce qu'il fallait un jour comme celui-là. On en but un, puis un second, un troisième.

— Il est temps que je file. On m'attend à la maison.
— Je fais un bout de chemin avec vous ?

Ils avaient traversé le Pont-Neuf ensemble, Lourtie et lui, puis marché jusqu'à la rue de Rivoli, où Maigret avait été cinq bonnes minutes avant de trouver un taxi. Il était une heure moins dix quand il avait enfin gravi les trois étages du boulevard Richard-Lenoir, et, comme d'habitude, la porte de son appartement s'était ouverte avant qu'il ait eu le temps de tirer la clef de sa poche.

Tout de suite, il avait remarqué l'air inquiet de sa femme. Parlant bas, à cause des portes ouvertes, il avait demandé :

— Il attend toujours ?
— Il est parti.
— Tu ne sais pas ce qu'il voulait ?
— Il ne me l'a pas dit.

Si ce n'avait été de l'attitude de Mme Maigret, il aurait haussé les épaules en grommelant :

— Bon débarras !

Mais, au lieu de rentrer dans sa cuisine et de servir le déjeuner, elle le suivait dans la salle à manger avec la mine de quelqu'un qui a besoin de se faire pardonner.

— Tu es allé dans le salon ce matin ? questionna-t-elle enfin.
— Moi ? Non. Pourquoi ?

Pourquoi, en effet, serait-il entré dans le salon, qu'il avait en horreur, avant de se rendre à son bureau ?

— Il me semblait bien.
— Alors ?
— Rien. J'essayais de me souvenir. J'ai regardé dans le tiroir.
— Quel tiroir ?
— Celui où tu ranges ton revolver d'Amérique.

Alors seulement il avait commencé à soupçonner la vérité. Quand il était allé passer quelques semaines aux États-Unis, sur l'invitation du F.B.I., il avait été beaucoup question d'armes. Les Américains, lors de son départ, lui avaient offert un automatique dont ils étaient très fiers, un Smith & Wesson 45 spécial, à canon court, dont la détente était extrêmement sensible. Son nom y était gravé.

To J.-J. Maigret,
from his F.B.I. friends.

Il ne s'en était jamais servi. Mais, la veille, justement, il l'avait sorti de son tiroir pour le montrer à un ami, à un camarade plutôt, qu'il avait invité à prendre le pousse-café. Il avait reçu ce camarade au salon.

— Pourquoi J.-J. Maigret ?

Lui-même avait posé la question quand on lui avait offert l'arme au cours d'un cocktail d'honneur. Les Américains, qui ont l'habitude d'user de deux prénoms, s'étaient informés des siens. Des deux premiers, heureusement : Jules-Joseph. En réalité, il y en avait un troisième : Anthelme.

— Tu veux dire que mon revolver a disparu ?
— Je vais t'expliquer.

Avant de la laisser parler, il pénétrait dans le salon qui sentait encore la cigarette et jetait un coup d'œil à la cheminée, où il se souvenait d'avoir, la veille au soir, déposé l'arme. Elle n'y était plus. Or il était sûr de ne pas l'avoir remise à sa place.

— De qui s'agit-il ?
— Assieds-toi d'abord. Laisse-moi te servir, sinon le rôti sera trop cuit. Ne sois pas de mauvaise humeur.

Il l'était.

— Je trouve un peu fort que tu laisses un inconnu s'introduire ici et...

Elle sortait de la pièce, revenait avec un plat.

— Si tu l'avais vu...
— Quel âge ?
— Un tout jeune homme. Dix-neuf ans ? Vingt ans peut-être ?
— Qu'est-ce qu'il te voulait ?
— Il a sonné. J'étais dans la cuisine. J'ai cru que c'était l'employé du gaz. Je suis allé ouvrir. Il m'a demandé s'il était bien chez le commissaire Maigret. J'ai compris, à sa façon d'être, qu'il me prenait pour la bonne. Il était nerveux, l'air comme effrayé.
— Et tu l'as fait entrer dans le salon ?
— Parce qu'il m'a dit qu'il avait absolument besoin de te voir pour te demander conseil. Je lui ai donné celui d'aller à ton bureau. Il paraît que c'était trop personnel.

Maigret gardait son air grognon, mais commençait à avoir envie de sourire. Il imaginait le jeune homme affolé que Mme Maigret, tout de suite, avait pris en pitié.

— Quel genre ?
— Un garçon très bien. Je ne sais pas comment dire. Pas quelqu'un de riche, mais quelqu'un de comme il faut. Je suis sûre qu'il avait pleuré. Il a tiré des cigarettes de sa poche, puis, tout de suite, m'en a demandé pardon. Alors je lui ai dit :

» — Vous pouvez fumer. J'ai l'habitude.

» Ensuite je lui ai promis de te téléphoner pour m'assurer que tu allais rentrer.

— Le revolver était toujours sur la cheminée ?
— J'en suis certaine. Je ne l'ai pas vu à ce moment-là, mais je me souviens qu'il s'y trouvait quand j'ai pris les poussières, vers neuf heures du matin, et il n'est venu personne d'autre.

Si elle n'avait pas remis le revolver dans le tiroir, c'est, il le savait, qu'elle n'avait jamais pu s'habituer aux armes à feu. Elle avait beau savoir que l'automatique n'était pas chargé, elle n'y aurait touché pour rien au monde.

Il voyait la scène. Sa femme qui passait dans la salle à manger, lui parlait à mi-voix au bout du fil, puis venait annoncer :

— Il sera ici dans une demi-heure au plus.

Maigret questionnait :

— Tu l'as laissé seul ?
— Il fallait bien que je m'occupe du déjeuner.
— Quand est-il parti ?
— C'est justement ce que j'ignore. A un moment donné, j'ai dû frire des oignons et j'ai fermé la porte de la cuisine pour que l'odeur ne se répande pas. Je suis passée ensuite dans la chambre pour un bout de toilette. Je le croyais toujours là. Il y était peut-être encore. J'évitais de le gêner en entrant dans le salon. C'est seulement un peu

après midi et demi que j'ai voulu aller lui faire prendre patience et que je me suis aperçue qu'il n'était plus là. Tu m'en veux ?
 Lui en vouloir de quoi ?
 — De quoi crois-tu qu'il s'agisse ? Il avait si peu l'air d'un voleur !
 — Ce n'en était pas un, parbleu ! Comment un voleur aurait-il pu deviner que, ce matin-là, précisément, il y avait un automatique sur la cheminée du salon de Maigret ?
 — Tu parais soucieux. L'arme était chargée ?
 — Non.
 — Alors ?
 La question était stupide. Quelqu'un qui prend la peine de s'emparer d'un revolver a plus ou moins l'intention de s'en servir. Maigret, s'essuyant la bouche, se leva et alla jeter un coup d'œil dans le tiroir, où il trouva les cartouches à leur place. Avant de se rasseoir, il sonna son bureau.
 — C'est toi, Torrence ? Veux-tu appeler au bout du fil les armuriers de la ville ?... Allô ! Les armuriers, oui... Demande-leur si on est venu acheter des cartouches pour un Smith & Wesson 45 spécial... Comment ?... 45 spécial... Au cas où on ne serait pas encore venu, si on se présente cet après-midi ou demain, qu'ils s'arrangent pour retenir l'acheteur un moment et pour alerter le poste de police le plus proche... Oui... C'est tout... Je serai au bureau comme d'habitude...
 Quand il était arrivé au quai des Orfèvres, vers deux heures et demie, Torrence avait déjà la réponse. Un jeune homme s'était adressé à un armurier du boulevard Bonne-Nouvelle, qui n'avait pas de munitions du calibre demandé et avait envoyé son acheteur chez Gastinne-Renette. Celui-ci lui en avait vendu une boîte.
 — Le gamin a-t-il exhibé l'arme ?
 — Non. Il a tendu un bout de papier sur lequel étaient inscrits la marque et le calibre.
 Maigret avait eu à s'occuper d'autres affaires cet après-midi-là. Vers cinq heures, il était monté au laboratoire. Jussieu, le directeur, lui avait demandé :
 — Vous allez ce soir chez Pardon ?
 — Brandade de morue ! avait répondu Maigret. Pardon m'a téléphoné avant-hier.
 — A moi aussi. Je ne crois pas que le docteur Paul puisse venir.
 Il y a comme ça, dans la vie des ménages, des périodes pendant lesquelles on voit fréquemment un autre ménage qu'on perd ensuite de vue, sans raison.
 Depuis environ un an, chaque mois, les Maigret avaient le dîner des Pardon, ou, comme on disait, le dîner des toubibs. C'était Jussieu, le directeur du laboratoire scientifique, qui avait un soir entraîné le commissaire chez le docteur Pardon, boulevard Voltaire.
 — Vous verrez ! C'est un type qui vous plaira. Un garçon de valeur, d'ailleurs, qui aurait pu devenir un de nos plus grands spécialistes. J'ai envie d'ajouter dans n'importe quelle spécialité, puisque, après

avoir été interne au Val-de-Grâce et assistant de Lebraz, il a fait ensuite cinq ans comme interne à Sainte-Anne.

— Et maintenant ?

— Il est devenu médecin de quartier, par goût, travaille douze à quinze heures par jour sans s'inquiéter de savoir si ses malades pourront le payer et la plupart du temps oublie d'envoyer sa note. A part cela, sa seule passion est la cuisine.

Deux jours plus tard, Jussieu lui avait donné un coup de fil.

— Vous aimez le cassoulet ?

— Pourquoi ?

— Pardon nous invite demain. Chez lui, on sert le plat unique, de préférence un plat régional, et il désire savoir d'avance si ses invités l'aiment.

— Va pour le cassoulet.

Depuis, il y avait eu d'autres dîners, celui du coq au vin, celui du couscous, celui de la sole dieppoise, d'autres encore.

Cette fois, il s'agissait d'une brandade de morue. Au fait, qui Maigret devait-il encore rencontrer à ce dîner ? Pardon lui avait téléphoné la veille.

— Vous serez libre après-demain ? Vous aimez la brandade ? Êtes-vous pour ou contre les truffes ?

— Pour.

Ils avaient pris le pli de s'appeler Maigret et Pardon, tandis que les femmes, elles, s'appelaient par leur prénom. Les deux ménages étaient à peu près du même âge. Jussieu de dix ans plus jeune. Le docteur Paul, le médecin légiste, qui se joignait souvent à eux, était plus âgé.

— Dites-moi, Maigret, cela ne vous ennuie pas de rencontrer un de mes anciens camarades ?

— Pourquoi cela m'ennuierait-il ?

— Je ne sais pas. A vrai dire, je ne l'aurais pas invité s'il ne m'avait demandé de lui fournir l'occasion de vous être présenté. Tout à l'heure, il est venu me voir à mon cabinet, car c'est un de mes patients en même temps, et il a insisté pour savoir si vous viendriez sûrement.

A sept heures et demie, ce soir-là, Mme Maigret, qui avait revêtu une robe à fleurs et qui portait un gai chapeau de paille, achevait de passer des gants de fil blanc.

— Tu viens ?

— Je te suis.

— Tu penses toujours au jeune homme ?

— Mais non.

Ce qu'il y avait d'agréable, entre autres choses, dans ces dîners-là, c'est que les Pardon habitaient à cinq minutes de marche. On voyait des reflets de soleil sur les fenêtres des étages supérieurs. Les rues sentaient la poussière chaude. Des enfants jouaient encore dehors, et des ménages prenaient le frais sur les trottoirs où ils avaient installé leur chaise.

— Ne marche pas trop vite.

Il marchait toujours trop vite pour elle.
— Tu es sûr que c'est lui qui a acheté des cartouches ?
Depuis le matin, surtout depuis qu'il lui avait parlé de Gastinne-Renette, elle avait un poids sur la poitrine.
— Tu ne penses pas qu'il va se suicider ?
— Si nous parlions d'autre chose ?
— Il était tellement nerveux. Les bouts de cigarettes, dans le cendrier, étaient tout déchiquetés.

L'air était tiède, et Maigret, en marchant, tenait son chapeau à la main, comme les promeneurs du dimanche. Ils atteignaient le boulevard Voltaire et, tout près de la place, pénétraient dans l'immeuble où les Pardon habitaient. Ils prirent l'ascenseur étroit, qui faisait toujours le même bruit en démarrant, et Mme Maigret eut son petit sursaut habituel.

— Entrez. Mon mari sera ici dans quelques minutes. Il vient d'être appelé pour un cas urgent, mais c'est à deux pas.

Il était rare qu'un dîner se passât sans que le docteur fût dérangé. Il disait :

— Ne m'attendez pas...

Et souvent, en effet, on partait sans le revoir.

Jussieu était déjà là, seul dans le salon où il y avait un grand piano et des broderies sur tous les meubles. Pardon revint en coup de vent quelques minutes plus tard, s'engouffra d'abord dans la cuisine.

— Lagrange n'est pas arrivé ?

Pardon était petit, assez gras, avec une très grosse tête et des yeux à fleur de peau.

— Attendez que je vous serve quelque chose dont vous me direz des nouvelles.

Chez lui, il y avait invariablement une surprise, soit du vin extraordinaire, soit une liqueur, ou, comme cette fois, un pineau des Charentes que lui avait envoyé un propriétaire de Jonzac.

— Pas pour moi ! protesta Mme Maigret, qu'un verre suffisait à griser.

On bavarda. Ici encore les fenêtres étaient ouvertes, la vie coulait au ralenti sur le boulevard, l'air était doré, la lumière toujours un peu plus épaisse et rougeâtre.

— Je me demande ce que fait Lagrange.
— Qui est-ce ?
— Un type que j'ai connu jadis au lycée Henri-IV. Si je me souviens bien, il a dû nous quitter vers la troisième. Il habitait à ce moment-là rue Cuvier, en face du Jardin des Plantes, et son père m'impressionnait parce qu'il était baron ou prétendait l'être. Je l'ai perdu de vue pendant longtemps, plus de vingt ans, et il y a seulement quelques mois que je l'ai vu entrer dans mon cabinet après avoir attendu son tour. Je l'ai pourtant reconnu tout de suite.

Il regarda sa montre, puis la pendule.

— Ce qui m'étonne, c'est qu'il ait tant insisté pour venir et qu'il ne soit pas là. S'il n'est pas arrivé dans cinq minutes, nous nous mettons à table.

Il remplit les verres. Mme Maigret et Mme Pardon ne disaient rien. Si Mme Pardon était maigre et la femme du commissaire grassouillette, elles avaient toutes les deux, vis-à-vis de leur mari, la même attitude effacée. Il était rare, pendant un dîner, qu'elles prissent la parole, et ce n'est qu'après qu'elles se retiraient toutes les deux dans un coin pour chuchoter. Mme Pardon avait un nez très long, beaucoup trop long. Il fallait s'y habituer. Au début, on était gêné de la regarder en face. Est-ce à cause de ce nez, dont ses compagnes de classe devaient se moquer, qu'elle était si humble et qu'elle regardait son mari comme pour le remercier de l'avoir épousée ?

— Je parie, disait Pardon, que tous ici, à l'école, avons eu un ou une camarade du type de Lagrange. Sur vingt garçons, ou sur trente, il est rare qu'il n'y en ait pas au moins un qui, à treize ans, soit déjà obèse avec un visage poupin et de grosses jambes roses.

— Dans ma classe, c'était moi, risqua Mme Maigret.

Et Pardon, galamment :

— Chez les filles, cela s'arrange. Ce sont même souvent celles qui deviennent par la suite les plus jolies. Nous appelions François Lagrange « Bébé Cadum », et il devait y en avoir des milliers, dans les écoles de France, que leurs condisciples surnommaient ainsi à l'époque où les rues étaient couvertes de l'image du bébé monstrueux.

— Il n'a pas changé ?

— Les proportions ne sont plus les mêmes, bien sûr. Mais c'est toujours un grand mou. Tant pis ! On mange !

— Pourquoi ne pas lui téléphoner ?

— Parce qu'il n'a pas le téléphone.

— Il habite le quartier ?

— A deux pas, rue Popincourt. Je me demande ce qu'il veut exactement. L'autre jour, dans mon cabinet, traînait un journal avec, en première page, votre photographie...

Pardon regardait Maigret.

— Excusez-moi, mon vieux. Je ne sais pas comment j'en suis arrivé à dire que je vous connaissais. J'ai dû ajouter que vous étiez un ami.

» — Il est vraiment comme on le dit ? m'a demandé Lagrange.

» J'ai répondu que oui, que vous étiez un homme qui...

— Qui quoi ?

— Peu importe. Enfin j'ai dit ce que je pensais, tout en l'examinant. Il est diabétique. Il a aussi des ennuis glandulaires. Il vient ici deux fois par semaine, car il est très préoccupé de sa santé. A la visite suivante, il m'a reparlé de vous, voulant savoir si je vous voyais souvent, et j'ai répondu que nous dînions ensemble chaque mois. C'est alors qu'il a insisté pour être invité, ce qui m'a surpris, car depuis Henri-IV je ne l'ai rencontré que dans mon cabinet de consultations... Mettons-nous à table...

La brandade était un chef-d'œuvre, et Pardon avait déniché un vin sec des environs de Nice qui s'accordait à merveille avec la morue. Après avoir parlé des gros, on parla des roux.

— C'est vrai qu'il y a un roux dans chaque classe aussi !

Cela aiguilla la conversation sur la théorie des gènes. On finissait toujours par parler médecine, et Mme Maigret savait que cela plaisait à son mari.

— Il est marié ?

Au café, on en était revenu à Lagrange, Dieu sait pourquoi. Le bleu, dans l'air, un bleu profond et velouté, l'avait petit à petit emporté sur le rouge du soleil couchant ; on n'avait cependant pas allumé les lampes, et on voyait, par la porte-fenêtre, la balustrade du balcon dessiner en noir d'encre ses arabesques de fer forgé. D'un coin de rue lointain venaient des ritournelles d'accordéon, et un couple, au balcon voisin, parlait à mi-voix.

— Il l'a été, à ce qu'il m'a dit, mais il y a longtemps que sa femme est morte.

— Qu'est-ce qu'il fait ?

— Des affaires. Des affaires assez vagues, probablement. Sa carte de visite porte la mention « administrateur de sociétés » et une adresse rue Tronchet. J'ai téléphoné à cette adresse un jour que je voulais décommander un rendez-vous, et on m'a répondu que les bureaux n'existaient plus depuis des années.

— Des enfants ?

— Deux ou trois. Une fille, notamment, si je me souviens bien, et un garçon pour qui il voudrait bien trouver une place stable.

On revint à la médecine. Jussieu, qui avait travaillé à Sainte-Anne, rappela des souvenirs de Charcot. Mme Pardon tricotait et expliquait à Mme Maigret un point compliqué. On alluma. Il y eut quelques moustiques, et il était onze heures quand Maigret se leva.

On quitta Jussieu au coin du boulevard, car il prenait son métro place Voltaire. Maigret était un peu lourd, à cause de la brandade et peut-être du vin du Midi.

Sa femme, qui avait pris son bras, ce qu'elle ne faisait guère que quand ils rentraient le soir, avait envie de dire quelque chose. A quoi le sentait-il ? Elle n'avait pas ouvert la bouche, et pourtant il attendait.

— A quoi penses-tu ? finit-il par grommeler.

— Tu ne seras pas fâché ?

Il haussa les épaules.

— Je pense au jeune homme de ce matin. Je me demande si, en rentrant, tu ne pourrais pas téléphoner pour savoir *s'il n'y a rien eu.*

Elle employait une périphrase, et il comprenait. Elle voulait dire : « ... pour savoir s'il ne s'est pas suicidé ».

Chose curieuse, ce n'était pas l'idée que Maigret se faisait de ce qui pourrait arriver. Il ne s'agissait que d'une impression, sans aucune base sérieuse. Ce n'était pas, lui, à un suicide qu'il pensait. Il était vaguement inquiet, sans vouloir en avoir l'air.

— Comment était-il habillé ?

— Je n'ai pas fait attention à ses vêtements. Il me semble qu'il était en sombre, probablement en bleu marine.
— Ses cheveux ?
— Clairs. Plutôt blonds.
— Maigre ?
— Oui.
— Beau garçon ?
— Plutôt. Je crois.

Il aurait parié qu'elle rougissait.

— Tu sais, je l'ai peu regardé ! Je me souviens surtout de ses mains, parce qu'il tripotait nerveusement le bord de son chapeau. Il n'osait pas s'asseoir. Il a fallu que je lui avance une chaise. On aurait dit qu'il s'attendait à ce que je le mette à la porte.

Rentré chez lui, Maigret appela la permanence de la police municipale où aboutissaient tous les appels de Police Secours.

— Ici, Maigret. Rien à signaler ?
— Sauf des Bercy, patron.

Ce qui, à cause de la Halle aux Vins, du quai de Bercy, signifie des ivrognes.

— Rien d'autre ?
— Une bagarre quai de Charenton. Attendez. Si. Vers la fin de l'après-midi, on a retiré une noyée du canal Saint-Martin.
— Identifiée ?
— Oui. Une fille publique.
— Pas de suicide ?

Ceci pour faire plaisir à sa femme qui écoutait, son chapeau à la main, sur le seuil de la chambre à coucher.

— Non. Pas pour le moment. Je vous appelle au cas où il y aurait du nouveau ?

Il hésita. Cela l'embêtait de paraître s'intéresser à cette histoire, même et surtout devant sa femme.

— Si vous voulez...

On ne le rappela pas de la nuit. Mme Maigret l'éveilla avec son café, et les fenêtres de la chambre étaient déjà ouvertes, on entendait des ouvriers charger des caisses sur un camion devant l'entrepôt d'en face.

— Tu vois qu'il ne s'est pas tué ! dit-il, comme s'il se vengeait.
— On ne le sait peut-être pas encore.

Il arriva au quai des Orfèvres à neuf heures, retrouva ses collègues au rapport, dans le bureau du grand patron. Rien que de la routine. Paris était calme. On avait le signalement de l'assassin de la femme repêchée dans le canal. Son arrestation n'était qu'une question de temps. Probablement le trouverait-on, ivre mort dans quelque bistrot, avant la fin de la journée.

Vers onze heures, on appela Maigret au téléphone.

— De la part de qui ?
— Le docteur Pardon.

Celui-ci, au bout du fil, semblait hésitant.

— Excusez-moi de vous déranger à votre bureau. Hier, je vous ai parlé de Lagrange, qui m'avait demandé la permission d'assister à notre dîner. Ce matin, au cours de ma tournée, je suis passé devant chez lui, rue Popincourt. Je suis entré à tout hasard, pensant qu'il était peut-être malade. Allô ! Vous écoutez ?

— J'écoute.

— Je ne vous aurais pas téléphoné si, après votre départ, ma femme ne m'avait pas parlé de l'histoire du jeune homme.

— Quel jeune homme ?

— Le jeune homme au revolver. Il paraît que Mme Maigret a raconté à ma femme que, hier matin...

— Oui. Alors ?

— Lagrange serait furieux s'il savait que je suis en train de vous alerter. Je l'ai trouvé dans un drôle d'état. D'abord il m'a laissé frapper pendant plusieurs minutes à la porte de son logement sans répondre, et je commençais à être inquiet, car la concierge m'avait dit qu'il était chez lui. Il a fini par venir m'ouvrir, pieds nus, en chemise, l'air défait, et il a paru soulagé en voyant que c'était moi.

» — Je m'excuse pour hier au soir..., a-t-il dit en se recouchant. Je ne me sentais pas bien. Je ne me sens pas encore bien. Vous avez parlé de moi au commissaire ?

— Qu'est-ce que vous avez répondu ? questionna Maigret.

— Je ne sais plus. J'ai pris son pouls, sa tension. Il n'était pas beau à voir. Il avait l'air d'un homme qui vient de subir une secousse. Le logement était en désordre. Il n'avait pas mangé, ni pris de café. Je lui ai demandé s'il était seul, et cela l'a tout de suite alarmé.

» — Vous craignez que je fasse une crise cardiaque, n'est-ce pas ?

» — Mais non ! Je m'étonnais seulement...

» — De quoi ?

» — Vos enfants ne vivent pas ici ?

» — Rien que mon plus jeune fils. Ma fille est partie dès qu'elle a eu ses vingt et un ans. L'aîné est marié.

» — Le plus jeune travaille ?

» Alors il s'est mis à pleurer, et j'avais l'impression d'un pauvre gros homme qui se dégonfle.

» — Je ne sais pas, balbutiait-il. Il n'est pas ici. Il n'est pas ici. Il n'est pas rentré.

» — Depuis quand ?

» — Je ne sais pas. Je suis tout seul. Je vais mourir tout seul...

» — Où votre fils travaille-t-il ?

» — J'ignore même s'il travaille. Il ne me dit rien. Il est parti...

Maigret écoutait, le visage sérieux.

— C'est tout ?

— A peu près. J'ai essayé de le remonter. Il faisait pitié. D'habitude, il porte beau, en tout cas il fait encore illusion. De le voir dans ce logement minable, malade dans un lit qui n'a pas été fait depuis plusieurs jours...

— Son fils a l'habitude de découcher ?

— Pas à ce que j'ai pu comprendre. Ce serait un hasard, évidemment, qu'il s'agisse justement du jeune homme qui...

— Oui.

— Qu'est-ce que vous en pensez ?

— Rien jusqu'à présent. Le père est réellement malade ?

— Comme je vous l'ai dit, il a subi une sévère secousse. Le cœur n'est pas fameux. Il est là, à suer dans son lit, avec une peur bleue de mourir...

— Vous avez bien fait de me téléphoner, Pardon.

— Je craignais que vous ne vous moquiez de moi.

— Je ne savais pas que ma femme avait raconté l'histoire du revolver.

— J'ai fait une gaffe ?

— Du tout.

Il sonna le garçon de bureau.

— Plus personne pour moi ?

— Non, monsieur le commissaire. A part le fou.

— Passe-le à Lucas.

Un abonné, celui-là, un fou inoffensif qui venait une fois par semaine offrir ses services à la police.

Maigret hésitait encore un peu. Plutôt par respect humain, en somme. Cette histoire, vue sous un certain angle, était assez ridicule.

Sur le quai, il faillit prendre une des voitures de la P.J., puis, toujours par une sorte de pudeur, décida d'aller rue Popincourt en taxi. C'était moins officiel. De la sorte, il n'y aurait personne pour se moquer de lui.

2

Où il est question d'une concierge qui n'est pas curieuse
et d'un monsieur d'un certain âge qui regarde par le trou de la serrure

La loge, à gauche de la voûte, était comme un trou dans le mur, éclairée toute la journée par une lampe jaunâtre qui pendait au bout du fil, et l'espace presque entier était pris par des choses qui avaient l'air de s'emboîter comme dans un jeu de construction : un poêle, un lit très haut surmonté d'un édredon rouge, une table ronde couverte d'une toile cirée, un fauteuil avec un gros chat roux.

La concierge n'ouvrit pas la porte, observa Maigret à travers la vitre et, comme il ne s'en allait pas, se résigna à ouvrir celle-ci. Sa tête se trouva alors encadrée par le panneau comme un agrandissement photographique, un mauvais agrandissement blême, un peu passé, qu'on aurait fait sur un champ de foire. Ses cheveux noirs semblaient teints, le reste était sans couleur, sans forme. Elle attendait. Il dit :

— M. Lagrange, s'il vous plaît ?

Elle ne répondit pas tout de suite, et il put la croire sourde. Enfin elle laissa tomber, avec un ennui sans espoir :

— Troisième à gauche au fond de la cour.

— Il est chez lui ?

Ce n'était pas de l'ennui, mais de l'indifférence, peut-être du mépris, peut-être même de la haine pour tout ce qui existait en dehors de son aquarium. Sa voix traînait.

— Si le docteur est venu le voir ce matin, c'est sans doute qu'il est chez lui.

— Personne n'est monté après le docteur Pardon ?

De citer le nom, cela lui donnait l'air d'être renseigné.

— Il a voulu que j'y aille.

— Qui ?

— Le docteur. Il voulait me donner un peu d'argent pour que j'aille faire le ménage et préparer de quoi manger.

— Vous y êtes allée ?

Elle fit non de la tête, sans s'expliquer.

— Pourquoi ?

Elle haussa les épaules.

— Vous ne vous entendez pas avec M. Lagrange ?

— Il n'y a que deux mois que je suis ici.

— L'ancienne concierge habite encore le quartier ?

— Elle est morte.

C'était inutile, il le sentait, d'essayer d'en tirer davantage. Toute cette maison, pour elle, le bâtiment de six étages qui donnait sur la rue et le bâtiment de trois étages au fond de la cour, avec ses locataires, ses artisans, ses enfants, ses allées et venues, tout cela représentait l'ennemi dont la seule raison de vivre était de troubler sa tranquillité à elle.

Quand on sortait de la voûte sombre et fraîche, la cour paraissait presque gaie, il poussait même un peu d'herbe entre les pavés, le soleil frappait en plein la façade du fond au crépi jaunâtre, un menuisier, dans son atelier, sciait du bois qui sentait bon et, dans une voiture, un enfant dormait, que sa mère surveillait de temps en temps par une fenêtre du premier étage.

Maigret connaissait le quartier, qui était presque le sien, où il y avait beaucoup de maisons pareilles. Dans la cour du boulevard Richard-Lenoir aussi subsistait encore un cabinet sans siège dont la porte restait toujours entrouverte comme dans une cour de campagne.

Il monta les trois étages lentement, pressa un bouton électrique et entendit une sonnerie dans le logement. Comme Pardon, il dut attendre. Comme lui aussi, il finit par percevoir de légers bruits, un glissement de pieds nus sur le plancher, une approche prudente et enfin, il l'eût juré, une respiration embarrassée, tout près de lui, derrière le battant. On n'ouvrait pas. Il sonna à nouveau. Rien ne bougea, cette fois, et, en se penchant, il put distinguer le brillant d'un œil à la serrure.

Il toussa, se demandant s'il devait dire son nom, puis, au moment où il ouvrait la bouche, une voix prononça :

— Un moment, s'il vous plaît.

Des pas encore, des allées et venues, enfin le déclic de la serrure, celui d'un verrou. Dans l'entrebâillement de la porte, un homme de haute taille, en robe de chambre, le regardait.

— C'est Pardon qui vous a dit... ? balbutia-t-il.

La robe de chambre était vieille, usée ; les pantoufles aussi. L'homme n'était pas rasé, et ses cheveux étaient en désordre.

— Je suis le commissaire Maigret.

D'un signe on lui faisait comprendre qu'on l'avait reconnu.

— Entrez ! Je vous demande pardon...

Il ne précisait pas de quoi. On pénétrait directement dans une pièce commune en désordre où Lagrange hésitait à s'arrêter, et Maigret, désignant la porte ouverte d'une chambre, prononça :

— Vous pouvez vous recoucher.

— Volontiers. Merci.

Le soleil baignait le logement qui ne ressemblait à aucun autre, mais plutôt à une sorte de campement, sans qu'on pût préciser pourquoi.

— Je vous demande pardon..., répétait l'homme en se glissant dans le lit défait.

Il respirait avec peine. Son visage luisait de sueur et ses gros yeux ne savaient où se poser. Maigret, au fond, n'était pas beaucoup plus à son aise.

— Prenez cette chaise...

Voyant qu'il y avait un pantalon dessus, Lagrange répéta encore :

— Pardon...

Le commissaire ne savait où poser le pantalon, le laissait en fin de compte sur le pied du lit, commençait en s'affermissant la voix :

— Le docteur Pardon nous avait annoncé, hier, que nous aurions le plaisir de faire votre connaissance...

— Je croyais, oui...

— Vous étiez au lit ?

Il vit que son interlocuteur hésitait.

— Au lit, oui.

— Quand avez-vous commencé à vous sentir mal ?

— Je ne sais pas... Hier.

— Hier matin ?

— Peut-être...

— Le cœur ?

— Et tout... Il y a longtemps que Pardon me soigne... Le cœur aussi...

— Vous vous inquiétez à cause de votre fils ?

L'autre le regardait comme le gros écolier qu'il avait été devait regarder son professeur lorsqu'il ne savait pas répondre.

— Il n'est pas rentré ?

Encore une hésitation.

— Non... Pas maintenant...

— Vous aviez envie de me voir ?

Maigret essayait de parler de la voix indifférente d'un homme en visite. Lagrange, de son côté, esquissait un vague sourire de politesse.

— Oui. J'avais dit à Pardon...

— A cause de votre fils ?

Il parut étonné tout à coup, répéta :

— De mon fils ?

Puis, tout de suite, il hocha négativement la tête.

— Non... Je ne savais pas encore...

— Vous ne saviez pas qu'il s'en irait ?

Lagrange corrigeait, comme si le mot était trop catégorique :

— Il n'est pas rentré.

— Depuis quand ? Plusieurs jours ?

— Non.

— Depuis hier matin ?

— Oui.

— Vous vous êtes disputés ?

Lagrange souffrait, et pourtant Maigret voulait aller jusqu'au bout.

— Avec Alain, nous ne nous sommes jamais disputés.

Il avait dit ça avec une sorte de fierté qui n'avait pas échappé au commissaire.

— Et avec vos autres enfants ?

— Ils ne vivent plus ici.

— Avant qu'ils vous quittent ?

— Ce n'était pas la même chose.

— Je suppose que vous seriez heureux que nous retrouvions votre fils ?

De l'effroi, une fois de plus.

— Qu'est-ce que vous avez l'intention de faire ? questionnait l'homme.

Il avait des sursauts de vigueur qui lui donnaient presque l'air d'un homme normal, puis, tout à coup, il retombait, dégonflé, sur son lit.

— Non ! Il ne faut pas. Je crois qu'il vaut mieux pas...

— Vous êtes inquiet ?

— Je ne sais pas.

— Vous avez peur de mourir ?

— Je suis malade. Je n'ai plus de force. Je...

Il porta la main à son cœur, dont il semblait suivre les pulsations avec anxiété.

— Vous savez où votre fils travaille ?

— Pas les derniers temps. Je ne voulais pas que le docteur vous en parle.

— Pourtant, il y a deux jours, vous insistiez pour qu'il vous ménage une entrevue avec moi.
— J'ai insisté ?
— Vous vouliez m'entretenir de quelque chose, n'est-ce pas ?
— J'étais curieux de vous voir.
— Rien d'autre ?
— Je vous demande pardon.
C'était la cinquième fois au moins qu'il prononçait ces mots-là.
— Je suis malade, très malade. Il n'y a rien d'autre.
— Pourtant, votre fils a disparu.
Lagrange s'impatienta.
— Peut-être a-t-il simplement fait comme sa sœur.
— Qu'est-ce que sa sœur a fait ?
— Quand elle a eu vingt et un ans, le jour même de ses vingt et un ans, elle est partie, sans rien dire, avec toutes ses affaires.
— Un homme ?
— Non. Elle travaille dans un magasin de lingerie, aux Arcades des Champs-Élysées, et elle vit avec une amie.
— Pourquoi ?
— Je l'ignore.
— Vous avez un autre fils, plus âgé ?
— Philippe, oui. Il est marié.
— Vous ne croyez pas que c'est chez lui qu'Alain est allé ?
— Ils ne se voient pas. Il n'y a rien, je vous le répète. Sinon que je suis malade et que je reste tout seul. J'ai honte que vous vous soyez dérangé. Pardon n'aurait pas dû. Je me demande pourquoi je lui ai parlé d'Alain. Je suppose que j'avais la fièvre. Peut-être que je l'ai encore. Il ne faut pas rester ici. C'est tout en désordre, et cela doit sentir le malade. Je n'ai même pas un verre à vous offrir.
— Vous n'avez pas de femme de ménage ?
On vit bien que Lagrange mentait.
— Elle n'est pas venue.
Maigret n'osait pas s'informer s'il avait de l'argent. Il faisait très chaud dans la chambre, une chaleur stagnante, et il régnait une odeur désagréable.
— Vous ne désirez pas que j'ouvre la fenêtre ?
— Non. Il y a trop de bruit. J'ai mal à la tête. J'ai mal partout.
— Peut-être serait-il préférable qu'on vous transporte à l'hôpital ?
Le mot l'effraya.
— Surtout pas ça ! Je veux rester ici.
— Pour attendre votre fils ?
— Je ne sais pas.
C'était curieux. Par moments, Maigret était pris de pitié et, tout de suite après, il s'irritait, avec l'impression qu'on lui jouait la comédie. L'homme était peut-être malade, mais pas au point, lui semblait-il, de s'écraser sur son lit comme une grosse larve, pas au point d'avoir ces yeux larmoyants, ces lèvres molles de bébé qui va pleurer.

— Dites-moi, Lagrange...

Et, comme il se taisait, il surprenait un regard soudain plus ferme, un de ces regards aigus que les femmes, en particulier, vous lancent à la dérobée quand elles croient se sentir découvertes.

— Quoi ?

— Vous êtes sûr que, lorsque vous avez demandé à Pardon de vous inviter pour me rencontrer, vous n'aviez rien à me confier ?

— Je vous jure que j'ai dit ça en l'air...

Il mentait ; c'est pourquoi il éprouvait le besoin de jurer. Comme une femme, toujours.

— Vous n'avez aucune indication à me fournir qui nous permette de retrouver votre fils ?

Il y avait une commode dans un coin, et Maigret, qui s'était levé, s'en approchait, sentant toujours le regard de l'autre fixé sur lui.

— Je vais quand même vous demander de me prêter une photographie de lui.

Lagrange allait répondre qu'il n'en avait pas. Maigret en était si sûr que, d'un geste comme machinal, il ouvrit un des tiroirs.

— C'est ici ?

On trouvait de tout là-dedans, des clefs, un vieux portefeuille, une boîte en carton qui contenait des boutons, des papiers en désordre, des factures du gaz et de l'électricité.

— Donnez-le-moi.

— Quoi ?

— Le portefeuille.

Craignant que le commissaire n'en examine lui-même le contenu, il trouvait la force de se soulever sur un coude.

— Donnez... Je crois que j'ai une photo de l'année dernière...

Il devenait fébrile. Ses gros doigts boudinés tremblaient. D'une petite poche, où il savait la trouver, il extrayait une photographie.

— C'est vous qui insistez. Je suis certain qu'il n'y a rien. Il ne faut pas la publier dans les journaux. Il ne faut rien faire.

— Je vous la rapporterai ce soir ou demain.

Cela encore l'effrayait.

— Ce n'est pas urgent.

— Qu'est-ce que vous allez manger ?

— Je n'ai pas faim. Je n'ai besoin de rien.

— Et ce soir ?

— Je serai probablement mieux et je pourrai sortir.

— Et si vous n'êtes pas mieux ?

Il était prêt à sangloter d'énervement, d'impatience, et Maigret n'eut pas la cruauté de s'imposer plus longtemps.

— Une seule question. Où votre fils Alain a-t-il travaillé récemment ?

— J'ignore le nom... C'était dans un bureau de la rue Réaumur.

— Un bureau de quoi ?

— De publicité... Oui... Ce doit être de publicité...

Il faisait mine de se lever pour reconduire son visiteur.

— Ne vous dérangez pas. Au revoir, monsieur Lagrange.
— Au revoir, monsieur le commissaire. Ne m'en veuillez pas...
Maigret faillit demander : « De quoi ? »
Mais à quoi bon ? Il resta un moment debout sur le palier, à rallumer sa pipe, et il put entendre les pieds nus sur le plancher, puis la clef dans la serrure, le verrou, sans doute aussi un soupir de soulagement.

En passant devant la loge, il vit la tête de la concierge dans son cadre, hésita, s'arrêta.

— Vous feriez mieux, comme vous l'a conseillé le docteur Pardon, de monter de temps en temps voir s'il n'a besoin de rien. Il est réellement malade.

— Il ne l'était pas cette nuit quand j'ai cru qu'il déménageait à la cloche de bois.

Cela avait tenu à un fil. Maigret, qui avait failli s'éloigner, fronça les sourcils, se rapprocha.

— Il est sorti, cette nuit ?
— Il était même assez valide pour transporter sa grosse malle avec l'aide d'un chauffeur de taxi.
— Vous lui avez parlé ?
— Non.
— Quelle heure était-il ?
— Vers les dix heures. J'ai espéré que le logement allait être libre.
— Vous l'avez entendu rentrer ?
Elle haussa les épaules.
— Bien sûr, puisqu'il est là-haut.
— Avec sa malle ?
— Non.

Maigret était trop près de chez lui pour prendre un taxi. En passant devant un bistrot, il se souvint des pastis de la veille, qui s'harmonisaient si bien avec l'été naissant, et il en but un sur le zinc en regardant, sans les voir, des ouvriers en blouse blanche qui trinquaient avec lui.

Comme il traversait son boulevard, il leva la tête et aperçut Mme Maigret qui allait et venait dans l'appartement aux fenêtres ouvertes. Elle dut le voir aussi. En tout cas, elle reconnut son pas dans l'escalier, car la porte s'ouvrit.

— Il ne lui est toujours rien arrivé ?

Elle pensait encore à son jeune homme de la veille, et son mari tira la photo de sa poche, la lui montra.

— C'est lui ?
— Comment as-tu fait ?
— C'est lui ?
— Bien sûr, que c'est lui ! Est-ce que... ?

Elle devait déjà s'imaginer qu'il était mort et elle en était toute retournée.

— Mais non. Il court toujours. Je quitte son père.
— Celui dont le docteur t'a parlé hier ?

— Lagrange, oui.
— Qu'est-ce qu'il dit ?
— Rien.
— De sorte que tu ne sais toujours pas pourquoi il a pris ton revolver ?
— Pour s'en servir, vraisemblablement.

Il téléphona à la P.J., mais il ne s'était rien passé que l'on pût mettre sur le compte d'Alain Lagrange. Il déjeuna rapidement, prit un taxi pour se rendre au Quai, monta tout de suite au service photographique.

— Tirez-m'en autant d'exemplaires qu'il en faut pour toute la police de Paris.

Il faillit se raviser, envoyer la photo dans la France entière, mais n'était-ce pas accorder trop d'importance à cette histoire ? Ce qui le gênait, c'est qu'en somme, il n'y avait rien, sinon le fait qu'on lui avait chipé son automatique.

Un peu plus tard, il appelait Lucas dans son bureau. Il avait retiré sa veste, fumait sa plus grosse pipe.

— Je voudrais que tu voies les taxis qui font la nuit dans le quartier Popincourt. Il existe un stationnement place Voltaire. Il doit s'agir de celui-là. A cette heure-ci, les chauffeurs de nuit sont généralement chez eux.

— Qu'est-ce que je demande ?

— Si l'un d'eux, hier soir, vers dix heures, a chargé une grosse malle dans un immeuble de la rue Popincourt. J'aimerais savoir où il l'a transportée.

— C'est tout ?

— Demande aussi si c'est lui qui a ramené son client rue Popincourt.

— Bien, patron.

A trois heures, déjà, les voitures radio étaient en possession de la photographie d'Alain Lagrange ; à quatre heures, celle-ci parvenait aux commissariats et aux postes de police avec la mention : *Attention ! Est armé.* A six heures, tous les agents de Paris, en prenant la relève, l'auraient en poche.

Quant à Maigret, il ne savait trop que faire. Une pudeur l'empêchait de prendre cette histoire au tragique et, en même temps, il était mal à l'aise dans son bureau, il lui semblait qu'il perdait son temps et qu'il aurait dû agir.

Il aurait aimé avoir une longue conversation avec Pardon au sujet des Lagrange, mais, à cette heure, l'antichambre du médecin devait être pleine de malades. Cela le gênait d'interrompre la consultation. Il igorait même quelles questions il aurait posées.

Il feuilleta l'annuaire du téléphone, trouva trois agences de publicité rue Réaumur, les nota presque machinalement dans son calepin.

— Rien pour moi, patron ? vint lui demander Torrence un peu plus tard.

Sans cela, il ne l'aurait pas chargé des agences.

— Téléphone à toutes les trois pour savoir laquelle a employé un jeune homme nommé Alain Lagrange. Si tu le trouves, va là-bas et recueille tous les renseignements possibles. Pas tellement des patrons, qui ne savent jamais rien, que des autres employés.

Il traîna encore une demi-heure dans son bureau, à liquider des besognes sans importance. Puis il reçut un vicaire qui se plaignait de ce qu'on volât l'argent dans les troncs de son église. Pour recevoir le prêtre, il avait remis son veston. Et, une fois seul, il s'en alla à son tour, prit une des voitures de police qui attendaient sur le quai.

— Aux Arcades des Champs-Élysées.

Les trottoirs débordaient de monde. A l'entrée des Arcades, on rencontrait plus de touristes parlant toutes les langues que de Français. Il n'y venait pas souvent et fut surpris de constater que, sur une longueur de moins de cent mètres, on trouvait cinq boutiques de lingerie. Cela le gênait d'y entrer. Il avait l'impression que les vendeuses le regardaient avec ironie.

— Vous n'avez pas, ici, une demoiselle Lagrange ?
— C'est personnel ?
— Oui... C'est-à-dire...
— Nous avons une Lajaunie, Berthe Lajaunie, mais elle est en vacances...

Au troisième magasin, une jolie fille leva vivement la tête et prononça, déjà sur la défensive :

— C'est moi. Qu'est-ce que vous me voulez ?

Elle ne ressemblait pas à son père ; peut-être à son frère Alain, avec une expression très différente, et sans savoir pourquoi, Maigret plaignit l'homme qui en tomberait amoureux. A première vue, en effet, elle était gentille, surtout quand elle affichait son sourire commercial. Mais, derrière cette gentillesse, il la devinait dure, en possession d'un sang-froid étonnant.

— Vous avez vu votre frère ces derniers temps ?
— Pourquoi me demandez-vous ça ?

Elle jetait un coup d'œil vers le fond du magasin, où la patronne était dans un salon d'essayage avec une cliente. Plutôt que de discuter à vide, il préféra lui montrer sa médaille.

— Il a fait quelque chose de mal ? questionna-t-elle à mi-voix.

Et lui :

— C'est à Alain que vous pensez ?
— Qui vous a dit que je travaille ici ?
— Votre père.

Elle ne réfléchit pas longtemps.

— Si vous avez vraiment besoin de me parler, attendez-moi quelque part pendant une demi-heure.
— Je vous attendrai à la terrasse du café *Le Français*.

Elle le regarda sortir sans broncher, le front plissé, et Maigret passa trente-cinq minutes à voir couler la foule et à changer ses jambes de place chaque fois qu'un garçon ou que les passants les accrochaient.

Elle vint, vêtue d'un tailleur clair, l'allure décidée. Il était sûr qu'elle viendrait. Ce n'était pas la fille à lui faire faux bond ni, une fois là, à se montrer embarrassée. Elle s'assit sur la chaise qu'il lui avait réservée.

— Qu'est-ce que vous prenez ?
— Un porto.

Elle arrangea ses cheveux des deux côtés de sa toque de paille blanche, croisa ses jambes bien formées.

— Vous savez que votre père est malade ?
— Il l'a toujours été.

Il n'y avait aucune pitié, aucune émotion dans sa voix.

— Il est dans son lit.
— C'est possible.
— Votre frère a disparu.

Il vit qu'elle tressaillait, que cette nouvelle la surprenait plus qu'elle ne voulait l'avouer.

— Cela ne vous étonne pas ?
— Rien ne m'étonne plus.
— Pourquoi ?
— Parce que j'en ai trop vu. Qu'est-ce que vous attendez au juste de moi ?

Il était difficile de répondre de but en blanc à une question aussi précise, et, elle, tranquillement, prenait une cigarette dans un étui, prononçait :

— Vous avez du feu ?

Il lui tendit une allumette enflammée.

— J'attends.
— Quel âge avez-vous ?
— Je suppose que ce n'est pas pour connaître mon âge que vous vous êtes dérangé. D'après votre médaille, vous n'êtes pas un simple inspecteur, mais un commissaire, autrement dit quelqu'un d'important.

L'examinant avec plus d'attention :

— Ce n'est pas vous, le fameux Maigret ?
— Je suis le commissaire Maigret, oui.
— Alain a tué quelqu'un ?
— Pourquoi pensez-vous à ça ?
— Parce que, pour que vous vous occupiez d'une affaire, je suppose qu'il faut que ce soit sérieux.
— Votre frère pourrait être la victime.
— Il a réellement été tué ?

Toujours aucune émotion. Il est vrai qu'elle ne semblait pas y croire.

— Il erre quelque part, dans Paris, avec, en poche, un revolver chargé.
— Ils doivent être quelques-uns dans son cas, non ?
— Il a volé ce revolver hier matin.
— Où ?
— Chez moi.
— Il est allé chez vous ? Dans votre appartement ?

— Oui.

— Quand il n'y avait personne ? Vous voulez dire qu'il vous a cambriolé ?

Cela l'amusait. Il y avait soudain de l'ironie sur son visage.

— Vous n'avez pas plus d'affection pour Alain que pour votre père ?

— Je n'ai d'affection pour personne, pas même pour moi.

— Quel âge avez-vous ?

— Vingt et un ans et sept mois.

— Cela fait donc sept mois que vous avez quitté la maison de votre père.

— Vous appelez ça une maison ? Vous y êtes allé ?

— Vous croyez que votre frère est capable de tuer quelqu'un ?

N'était-ce pas pour se rendre intéressante qu'elle répondait avec l'air de le narguer :

— Pourquoi pas ? Tout le monde en est capable, non ?

Ailleurs qu'à cette terrasse où un couple voisin commençait à tendre l'oreille, il l'aurait peut-être secouée, tant elle l'exaspérait.

— Vous avez connu votre mère, mademoiselle ?

— A peine, j'avais trois ans quand elle est morte, tout de suite après la naissance d'Alain.

— Par qui avez-vous été élevée ?

— Par mon père.

— Il s'occupait seul de ses trois enfants ?

— Quand il le fallait bien.

— C'est-à-dire ?

— Quand il n'avait pas d'argent pour payer une bonne. Il y a eu un moment où nous en avions deux, mais cela n'a pas duré. Quelquefois c'était une femme de ménage qui nous gardait, d'autres fois une voisine. Vous n'avez pas l'air de beaucoup connaître la famille.

— Vous avez toujours habité rue Popincourt ?

— On a habité partout, même aux environs du bois de Boulogne. On montait, on descendait, on remontait un tout petit peu, jusqu'à ce qu'on se mette à dégringoler pour de bon. Maintenant, si vous n'avez rien de plus important à me dire, il est temps que je file, car j'ai rendez-vous avec mon amie.

— Où habitez-vous ?

— A deux pas d'ici, rue de Berri.

— A l'hôtel ?

— Non. Nous avons deux chambres dans une maison particulière. Je suppose que vous voulez connaître le numéro ?

Elle le lui donna.

— Cela m'a quand même intéressée de vous connaître. On a tendance à se faire des idées sur les gens.

Il n'osa pas lui demander quelle idée elle s'était faite de lui, ni surtout quelle idée elle en avait maintenant. Elle était debout, moulée dans son tailleur, et des consommateurs la regardaient, puis regardaient

Maigret en se disant probablement qu'il avait de la chance. Il se leva à son tour et la quitta au milieu du trottoir.

— Je vous remercie, dit-il à contrecœur.

— De rien. Ne vous en faites pas trop pour Alain.

— Pourquoi ?

Elle haussa les épaules.

— Une idée, comme ça ! J'ai l'impression que, tout Maigret que vous soyez, vous avez encore beaucoup à apprendre.

Là-dessus, elle s'éloigna à pas pressés en direction de la rue de Bercy toute proche et ne se retourna pas. Il n'avait pas gardé la voiture de police. Il prit le métro qui était bondé, ce qui lui permit d'entretenir sa mauvaise humeur. Il n'était content de personne, ni de lui. S'il avait rencontré Pardon, il lui aurait reproché de lui avoir parlé de ce Lagrange aux allures de gros fantôme gonflé de vent et il gardait une dent à sa femme pour l'histoire du revolver dont il n'était pas loin de la rendre responsable.

Tout cela ne le regardait pas. Le métro sentait la lessive. Les réclames, toujours les mêmes, dans les stations, l'écœuraient. Dehors, il retrouva le soleil presque brûlant et il en voulut au soleil aussi de le faire transpirer. En le voyant passer, le garçon de bureau comprit qu'il était de mauvais poil et se contenta d'un salut discret.

Sur son bureau, bien en évidence, protégée des courants d'air par une de ses pipes qui servait en l'occurrence de presse-papiers, il y avait une note.

Prière de téléphoner aussitôt que possible au commissariat spécial de la gare du Nord.

C'était signé : Lucas.

Il décrocha, demanda la communication, le chapeau toujours sur la tête, et, pour allumer sa pipe, maintint le récepteur entre sa joue et son épaule.

— Lucas est toujours chez vous ?

Maigret avait passé les deux années les plus grises de sa vie dans ce commissariat de gare dont il connaissait tous les aspects. Il entendait la voix d'un inspecteur qui disait :

— Pour toi. Ton patron.

Et Lucas :

— Allô ! Je me demandais si vous repasseriez par le bureau. J'ai téléphoné chez vous aussi.

— Tu as retrouvé le chauffeur ?

— Un coup de chance. Il m'a raconté qu'il était dans un bar de la place Voltaire, hier soir, quand un client est venu le relancer, un grand gros, l'air important, qui s'est fait conduire à la gare du Nord.

— Pour y déposer une malle à la consigne ?

— C'est cela. Vous avez compris. La malle est toujours ici.

— Tu l'as ouverte ?

— Ils ne veulent pas.

— Qui ?
— Les gens de la gare. Ils exigent le bulletin, ou alors un mandat.
— Rien de spécial ?
— Si. Ça pue !
— Tu veux dire ?
— Ce que vous pensez, oui. Si ce n'est pas un macchabée, la malle est bourrée de viande avariée. J'attends ?
— Je serai là dans une demi-heure.

Maigret se dirigea vers le bureau du grand patron. Celui-ci téléphona au Parquet. Le procureur était déjà parti, mais un de ses substituts finit par prendre sur lui la responsabilité.

Quand Maigret repassa par le bureau des inspecteurs, Torrence n'était pas rentré. Janvier rédigeait un rapport.

— Prends quelqu'un avec toi. Va rue Popincourt et surveille le 37 *bis*. Un certain François Lagrange, qui habite le troisième à gauche au fond de la cour. Ne vous montrez pas. Le type est grand et gros, l'air malade. Emporte aussi la photo du fils.

— Qu'est-ce qu'on en fait ?

— Rien. Si par hasard le fils rentrait et ressortait, le suivre discrètement. Il est armé. Si le père sort, ce qui m'étonnerait, le suivre aussi.

Quelques minutes plus tard, Maigret roulait en direction de la gare du Nord. Il se souvenait de ce que la fille Lagrange lui avait dit à la terrasse des Champs-Élysées :

« *Tout le monde n'en est-il pas capable ?* »

Quelque chose d'approchant, en tout cas. Or il était question de tuer.

Il se faufila dans la foule, trouva Lucas qui bavardait paisiblement avec un inspecteur du commissariat spécial.

— Vous avez le mandat, patron ; je vous avertis tout de suite que le type de la consigne est coriace et que la police ne l'impressionne pas.

C'était vrai. L'homme épluca le document, le tourna, le retourna, mit ses lunettes pour en examiner la signature et les cachets.

— Du moment qu'on me décharge de ma responsabilité...

D'un geste résigné, mais désapprobateur, il désignait une grosse malle grise d'un ancien modèle, à la toile déchirée par endroits, qu'on avait entourée de cordes. Lucas avait exagéré en disant que cela puait, mais il s'en dégageait une odeur fade que Maigret connaissait bien.

— Je suppose que vous n'allez pas l'ouvrir ici ?

C'était l'heure du coup de feu, en effet. La foule se pressait aux guichets.

— Il y a quelqu'un pour nous aider ? demanda Maigret à l'employé.

— Il y a des porteurs. Vous ne voulez peut-être pas que je la coltine moi-même ?

La malle n'entrait pas dans la petite voiture noire de la P.J. Lucas

la fit charger dans un taxi. Tout cela n'était pas très régulier. Maigret voulait faire vite.
— On la monte où, patron ?
— Au laboratoire. Ce sera le plus pratique. Il est probable que Jussieu y est encore.
Il rencontra Torrence dans l'escalier.
— Vous savez, patron...
— Tu l'as trouvé ?
— Qui ?
— Le jeune homme.
— Non, mais...
— Alors tout à l'heure...
Jussieu, en effet, était là-haut. Ils furent quatre ou cinq autour de la malle, à la photographier sur toutes ses faces et à tenter diverses expériences avant de l'ouvrir.
Une demi-heure plus tard, Maigret appelait le bureau du directeur.
— Le patron vient de sortir, lui répondit-on.
Il le sonna à son domicile, apprit qu'il dînait ce soir-là dans un restaurant de la rive gauche. Au restaurant, il n'était pas arrivé. Il fallut attendre encore dix minutes.
— Excusez-moi de vous déranger, patron. Ici, Maigret, au sujet de l'affaire dont je vous ai parlé. Lucas avait raison. Je crois que vous feriez bien de venir, car il s'agit de quelqu'un d'important, et cela risque de faire du bruit...
Une pause.
— André Delteil, le député... J'en suis certain, oui... D'accord... Je vous attends...

3

*D'un personnage aussi encombrant mort que vivant
et de la nuit blanche de Maigret*

Le Préfet de Police assistait à un dîner de la presse étrangère dans un grand hôtel de l'avenue Montaigne quand le directeur de la P.J. parvint à le joindre au bout du fil. Il ne fit d'abord entendre qu'une exclamation :
— M... !
Après quoi il y eut un silence.
— J'espère que les journalistes ne sont pas encore sur l'affaire ? murmura-t-il enfin.
— Jusqu'à présent, non. Leur reporter rôde dans les couloirs et se rend compte qu'il se passe quelque chose. On ne pourra pas lui cacher longtemps de quoi il s'agit.

Le journaliste, Gérard Lombras, un vieux spécialiste des chiens écrasés, qui faisait chaque soir son petit tour au quai des Orfèvres, s'était assis sur la dernière marche de l'escalier, juste en face de la porte du laboratoire, et fumait patiemment sa pipe.

— Qu'on ne fasse rien, qu'on ne dise rien avant que je donne des instructions, recommanda le préfet.

Et, à son tour, d'une des cabines de l'hôtel, il appela le ministre de l'Intérieur. Ce fut le soir des dîners interrompus, un soir, pourtant, d'une douceur exceptionnelle, avec des promeneurs alanguis plein les rues de Paris. Il y en avait sur les quais aussi qui devaient se demander pourquoi, alors que la nuit n'était pas tombée, tant de bureaux s'éclairaient dans le vieux bâtiment du Palais de Justice.

Le ministre de l'Intérieur, originaire du Cantal, qui en avait gardé l'accent et le parler rude, s'écria en apprenant la nouvelle :

— Même mort, il faut que celui-là nous em... !

Les Delteil habitaient un hôtel particulier boulevard Suchet, en bordure du bois de Boulogne. Quand Maigret eut enfin la permission d'y téléphoner, un valet de chambre répondit que Madame n'était pas à Paris.

— Vous ne savez pas quand elle rentrera ?

— Pas avant l'automne. Elle est à Miami. Monsieur n'est pas ici non plus.

Maigret demanda à tout hasard :

— Vous savez où il se trouve ?

— Non.

— Il était à Paris hier ?

Une hésitation.

— Je l'ignore.

— Que voulez-vous dire ?

— Monsieur est sorti.

— Quand ?

— Je ne sais pas.

— Avant-hier soir ?

— Je crois, oui. Qui est-ce qui parle ?

— La Police Judiciaire.

— Je ne suis au courant de rien. Monsieur n'est pas ici.

— Il a de la famille à Paris ?

— Son frère, M. Pierre.

— Vous connaissez son adresse ?

— Je crois qu'il habite du côté de l'Étoile. Je peux vous donner son numéro de téléphone. Un instant... Balzac 51-02.

— Vous n'avez pas été étonné de ne pas voir rentrer votre patron ?

— Non, monsieur.

— Il vous avait prévenu qu'il ne rentrerait pas ?

— Non, monsieur.

De nouvelles silhouettes commençaient à peupler le laboratoire scientifique. Le juge d'instruction Rateau, qu'on avait atteint chez des amis où il jouait au bridge, venait d'arriver, ainsi que le procureur de la République, et tous les deux s'entretenaient à voix basse. Le docteur Paul, médecin légiste, qui, lui aussi, dînait en ville, se montra un des derniers, son éternelle cigarette aux lèvres.

— Je l'emmène ? questionna-t-il en désignant la malle ouverte, où le cadavre était toujours recroquevillé.

— Dès que vous aurez fait les premières constatations.

— Je peux déjà vous dire qu'il n'est pas frais d'aujourd'hui. Dites donc ! C'est Delteil !

— Oui.

Un oui qui en disait long. Dix ans plus tôt, aucun de ceux qui étaient présents n'aurait probablement reconnu le mort. C'était alors un jeune avocat qu'on rencontrait davantage au stade Roland-Garros et dans les bars des Champs-Élysées qu'au Palais et qui ressemblait plus à un jeune premier de cinéma qu'à un membre du barreau.

Un peu plus tard, il avait épousé une Américaine qui possédait de la fortune, s'était installé boulevard Suchet et, trois ans après, s'était présenté aux élections législatives. Même ses adversaires, pendant la campagne électorale, ne l'avaient pas pris au sérieux.

Il n'en avait pas moins été élu, de justesse, et, du jour au lendemain, avait commencé à faire parler de lui.

Il n'appartenait à proprement parler à aucun parti, mais il était devenu leur terreur à tous, interpellant sans répit, révélant les abus, les combines, les tripotages, sans qu'on pût jamais savoir où il voulait en venir exactement.

Au début de chaque séance importante, on entendait des ministres, des députés demander :

— Delteil est là ?

Et des visages se renfrognaient. S'il y était, en effet, le teint bronzé comme une vedette de Hollywood, avec ses petites moustaches brunes en forme de virgules, cela signifiait qu'il y aurait du sport.

Maigret avait son air grognon. Il avait appelé le numéro du frère, une maison meublée de la rue de Ponthieu, où on lui avait conseillé d'essayer *Le Fouquet's*. *Le Fouquet's* le renvoyait au *Maxim's*.

— M. Pierre Delteil est chez vous ?

— De la part de qui ?

— Dites-lui qu'il s'agit de son frère.

Il l'eut enfin à l'appareil. On avait dû mal lui faire la commission.

— C'est toi, André ?

— Non. Ici, la Police Judiciaire. Voulez-vous prendre un taxi et venir jusqu'ici ?

— J'ai ma voiture à la porte. De quoi s'agit-il ?

— De votre frère.

— Il lui est arrivé quelque chose ?

— Ne parlez de rien avant de m'avoir vu.

— Mais...

Maigret raccrocha, regarda d'un air ennuyé les groupes qui se formaient dans la vaste pièce, puis, comme on n'avait pas besoin de lui tout de suite, descendit dans son bureau. Lombras, le journaliste, lui emboîta le pas.

— Vous ne m'oubliez pas, commissaire ?
— Non.
— Dans une heure, il sera trop tard pour mon édition.
— Je vous verrai avant ça.
— Qui est-ce ? Un gros morceau, non ?
— Oui.

Torrence l'attendait, mais, avant de lui parler, Maigret téléphona à sa femme.

— Ne compte pas sur moi ce soir, ni, plus que probablement, de la nuit.
— Je m'en doutais en ne te voyant pas rentrer.

Un silence. Il savait à quoi, ou plutôt à qui, elle pensait.

— C'est lui ?
— En tout cas, il ne s'est pas encore suicidé.
— Il a tiré ?
— Je n'en sais rien.

Il ne leur avait pas tout dit, là-haut. Il n'avait pas envie de tout leur dire. Il y en avait peut-être encore pour une heure à être ennuyé par les gros bonnets, après quoi il pourrait reprendre en paix son enquête.

Il se tourna vers Torrence.

— Tu as retrouvé le gamin ?
— Non. J'ai vu son ancien patron et ses collègues. Il n'y a que trois semaines qu'il les a quittés.
— Pourquoi ?
— Il a été mis à la porte
— Indélicatesse ?
— Non. Il paraît qu'il est honnête. Mais, les derniers temps, il s'absentait continuellement. Au début, on ne s'est pas fâché. Tout le monde le trouvait plutôt sympathique. Puis, comme il en prenait de plus en plus à son aise...
— Tu n'as rien appris de ses fréquentations ?
— Rien.
— Pas de petite amie ?
— Il ne parlait jamais de ses affaires personnelles.
— Pas d'amourette parmi les dactylos ?
— L'une d'elles, pas jolie, parle de lui en rougissant, mais j'ai l'impression qu'il ne s'occupait pas d'elle.

Maigret appela un numéro de téléphone.

— Allô ! Mme Pardon ? Ici, Maigret. Votre mari est chez vous ? Grosse journée ? Priez-le de venir un instant à l'appareil, voulez-vous ?

Il se demandait si, par hasard, le docteur était retourné, sur le tard, rue Popincourt.

— Pardon ? Je suis désolé de vous ennuyer, mon vieux. Vous avez des malades à voir ce soir ? Écoutez. Il se passe des choses graves, au sujet de votre ami Lagrange... Oui... Je l'ai vu... Il s'est produit du nouveau depuis que je suis passé chez lui. J'ai besoin de votre aide... C'est ça... J'aimerais autant que vous passiez me prendre ici...

Quand il remonta, toujours suivi de Lombras, il aperçut dans l'escalier Pierre Delteil, qu'il reconnut à cause de sa ressemblance avec son frère.

— C'est vous qui m'avez fait venir ?
— Chut !...

Il lui désignait le reporter.

— Suivez-moi.

Il l'emmena là-haut, poussa la porte au moment où le docteur Paul, qui venait de procéder à un premier examen du corps, se redressait.

— Vous le reconnaissez ?

Tout le monde se taisait. La scène était rendue plus pénible par la ressemblance des deux hommes.

— Qui est-ce qui a fait ça ?
— C'est bien votre frère ?

Il n'y eut pas de larmes, mais des poings, des mâchoires serrés, des yeux qui devenaient fixes et durs.

— Qui a fait ça ? répétait Pierre Delteil, de trois ou quatre ans plus jeune que le député.
— On l'ignore encore.

Le docteur Paul expliquait :

— La balle est entrée par l'œil gauche et s'est logée dans le crâne. Elle n'est pas ressortie. Autant que j'en puisse juger, c'est une balle de petit calibre.

A un des appareils, le directeur de la P.J. parlait au préfet. Quand il revint vers le groupe qui attendait, il transmit les instructions venues du ministère.

— Un simple communiqué à la presse, annonçant que le député André Delteil a été trouvé mort dans une malle déposée en consigne à la gare du Nord. Aussi peu de détails que possible. Il sera temps demain.

Le juge Rateau attira Maigret dans un coin.

— Vous croyez à un crime politique ?
— Non.
— Une histoire de femme ?
— Je ne sais pas.
— Vous avez un suspect ?
— Je saurai cela demain.
— Je compte sur vous pour me tenir au courant. Téléphonez-moi, même de nuit, s'il y a du nouveau. Je serai à mon cabinet demain dès neuf heures du matin.

Maigret fit vaguement oui de la tête, alla échanger quelques mots avec le docteur Paul.

— Entendu, mon vieux.

Paul s'en allait à l'Institut médico-légal pour procéder à l'autopsie.

Tout cela avait pris du temps. Il était dix heures du soir quand des silhouettes sombres s'engagèrent les unes après les autres dans l'escalier mal éclairé. Le journaliste ne lâchait pas le commissaire.

— Entrez un moment chez moi. Vous aviez raison. C'est un gros morceau. André Delteil, le député, a été assassiné.

— Quand ?

— On l'ignore encore. Une balle dans la tête. Le corps a été retrouvé dans une malle déposée en consigne à la gare du Nord.

— Pourquoi la malle a-t-elle été ouverte ?

Celui-là avait tout de suite compris.

— Rien d'autre pour aujourd'hui.

— Vous tenez une piste ?

— Rien d'autre pour aujourd'hui.

— Vous allez passer la nuit sur l'affaire ?

— C'est possible.

— Et si je vous suivais ?

— Je vous ferais coffrer sous le premier prétexte venu et garder au frais jusqu'à demain matin.

— Compris.

— Alors tout va bien.

Pardon frappait à la porte, entrait. Le reporter questionnait :

— Qui est-ce ?

— Un ami.

— On ne peut pas connaître son nom ?

— Non.

Ils furent enfin tous les deux, et Maigret commença par retirer son veston et par allumer une pipe.

— Asseyez-vous. Avant d'aller là-bas, j'aimerais que nous ayons une petite conversation, et il vaut mieux que cela se passe ici.

— Lagrange ?

— Oui. Une question, d'abord. Est-il vraiment malade, et à quel point ?

— Je m'attendais à cela et j'y ai pensé tout le long du chemin, car ce n'est pas facile de répondre d'une façon catégorique. Malade, il l'est, c'est certain. Il y a une dizaine d'années qu'il est atteint de diabète.

— Ce qui ne l'empêche pas de mener une existence normale ?

— A peu près. Je le traite à l'insuline. Je lui ai appris à faire lui-même ses injections. Lorsqu'il mange hors de chez lui, il a toujours une petite balance pliante dans sa poche afin de peser certains aliments. Avec l'insuline, c'est important.

— Je sais. Ensuite ?

— Vous voulez un diagnostic en termes techniques ?

— Non.

— De tout temps, il a souffert de déficience glandulaire, ce qui est le cas de la plupart de ceux qui appartiennent à son type physique. C'est un mou, un impressionnable, facilement abattu.

— Son état actuel ?

— C'est ici que cela devient plus délicat. J'ai été fort surpris, ce matin, de le trouver dans l'état où vous l'avez vu. Je l'ai longuement ausculté. Bien qu'hypertrophié, le cœur n'est pas mauvais, pas plus mauvais qu'il y a une semaine ou deux, alors que Lagrange circulait normalement.

— Vous avez pensé à la possibilité d'une simulation ?

Pardon y avait pensé, cela se voyait à son embarras. Scrupuleux, il cherchait ses mots.

— Je suppose que vous avez de bonnes raisons pour vous poser ces questions-là ?

— Des raisons graves.

— Son fils ?

— Je ne sais pas. Il vaut mieux que je vous mette au courant. Il y a quarante-huit heures, peut-être plus, peut-être moins, nous le saurons tout à l'heure, un homme a été tué, plus que probablement dans le logement de la rue Popincourt.

— On l'a identifié ?

— Il s'agit du député Delteil.

— Ils se connaissaient ?

— L'enquête nous l'apprendra. Toujours est-il qu'hier au soir, pendant que nous dînions chez vous en parlant de lui, François Lagrange amenait un taxi devant chez lui et, avec l'aide du chauffeur, descendait une malle qui contenait le cadavre pour aller la déposer à la gare du Nord. Cela vous surprend ?

— Cela surprend toujours.

— Vous comprenez maintenant pourquoi je tiens à savoir si, ce matin, quand vous l'avez examiné, François Lagrange était malade au point où il voulait le faire croire, ou s'il simulait.

Pardon se leva.

— Avant de répondre, je préférerais l'examiner à nouveau. Où est-il ?

Il s'attendait à ce que Lagrange ait été amené dans un des bureaux de la Police Judiciaire.

— Toujours chez lui, dans son lit.

— Il ne sait rien ?

— Il ignore que nous avons découvert le corps.

— Qu'allez-vous faire ?

— Me rendre là-bas avec vous, si vous acceptez de m'accompagner. Vous aviez de l'amitié pour lui ?

Pardon hésita, finit par répondre avec franchise :

— Non !

— De la sympathie ?

— Mettons de la pitié. Je n'avais aucun plaisir à le voir entrer dans mon cabinet. Plutôt une certaine gêne, comme j'en ressens toujours en présence des veules. Mais je ne peux pas oublier qu'il a été seul à élever ses trois enfants, ni que, quand il parlait de son fils cadet, sa voix tremblait d'émotion.

— Sentimentalité à fleur de peau ?
— Je me le suis demandé. Je n'aime pas les hommes qui pleurent.
— Il lui est arrivé de pleurer devant vous ?
— Oui. En particulier quand sa fille l'a quitté sans même lui laisser son adresse.
— Je l'ai vue.
— Qu'est-ce qu'elle dit ?
— Rien. Elle ne pleure pas, elle ! Vous m'accompagnez ?
— Je suppose que ce sera long ?
— C'est possible.
— Vous permettez que je passe un coup de fil à ma femme ?

Il faisait nuit quand ils prirent place dans une des autos de la Préfecture. Tout le long du chemin, ils se turent, chacun restant plongé dans ses pensées, chacun, sans doute aussi, appréhendant la scène qu'ils allaient affronter.

— Tu arrêteras au coin de la rue, dit Maigret au chauffeur.

Il reconnut Janvier en face du 37 *bis*.

— Ton collègue ?
— Par précaution, je l'ai planqué dans la cour de l'immeuble.
— La concierge ?
— Elle ne s'occupe pas de nous.

Maigret sonna, fit passer Pardon devant lui. La loge n'était plus éclairée. La concierge ne leur demanda pas qui ils étaient, mais le commissaire crut apercevoir la tache claire de son visage derrière la vitre.

Là-haut, au troisième, il y avait de la lumière dans une des chambres.

— Montons...

Il frappa, faute de trouver le bouton de sonnette dans l'obscurité, car la minuterie ne fonctionnait pas. Il s'écoula moins de temps que le matin avant qu'une voix demande :

— Qui est-ce ?
— Le commissaire Maigret.
— Un moment, s'il vous plaît...

Lagrange devait à nouveau passer sa robe de chambre. Ses mains tremblaient, car il eut de la peine à tourner la clef dans la serrure.

— Vous avez trouvé Alain ?

Tout de suite, il aperçut le docteur dans la demi-obscurité, et son visage changea, devint plus pâle encore qu'il n'était d'habitude. Il resta là, sans bouger, à ne plus savoir que faire ni que dire.

— Vous permettez que nous entrions ?

Maigret reniflait, reconnaissait l'odeur qui lui frappait les narines, une odeur de papier brûlé. La barbe de Lagrange avait encore poussé depuis la visite du commissaire, les poches, sous les yeux, étaient plus gonflées.

— Étant donné votre état de santé, prononçait enfin le commissaire, je n'ai pas voulu venir sans être accompagné par votre médecin. Pardon a accepté de se déranger. Je suppose que vous ne vous opposez pas à ce qu'il vous examine ?

— Il m'a ausculté ce matin. Il sait que je suis malade.

— Si vous retournez dans votre lit, il vous examinera de nouveau.

Lagrange faillit protester, cela se vit dans son regard, finit par se résigner, pénétra dans la chambre, se débarrassa de sa robe de chambre et se coucha.

— Découvrez votre poitrine, dit doucement Pardon.

Pendant qu'on l'auscultait, l'homme regardait fixement le plafond. Maigret, lui, allait et venait dans la pièce. Il y avait une cheminée avec un volet noir qu'il souleva, et, derrière le volet, il découvrit des papiers calcinés qu'on avait pris soin de réduire presque en poudre à coups de tisonnier.

De temps en temps, Pardon murmurait des paroles professionnelles.

— Tournez-vous... Respirez... Respirez plus profondément. Toussez...

Il existait une porte, non loin du lit, et le commissaire la poussa, trouva une chambre inoccupée qui avait dû être celle d'un des enfants, avec un lit de fer dont on avait retiré le matelas. Il tourna le commutateur. La chambre était devenue une sorte de débarras. Une pile d'hebdomadaires gisait dans un coin, avec des livres démantelés, y compris des livres de classe, une valise en cuir couverte de poussière. A droite, près de la fenêtre, une partie du plancher, qui avait la forme de la malle trouvée à la gare du Nord, était plus claire que le reste.

Quand Maigret revint dans la pièce voisine, Pardon se tenait debout, l'air préoccupé.

— Eh bien ?

Il ne répondait pas immédiatement, évitant le regard de Lagrange fixé sur lui.

— En conscience, je crois qu'il est en état de répondre à vos questions.

— Vous avez entendu, Lagrange ?

Celui-ci les regardait tour à tour en silence, et ses yeux étaient impressionnants à voir, comme ceux d'une bête blessée qui fixe des hommes penchés sur elle et qui essaie de comprendre.

— Vous savez pourquoi je suis ici ?

Lagrange devait avoir pris une décision, sans doute pendant l'auscultation, car il garda le silence, sans que bougeât un trait de son visage.

— Avouez que vous le savez fort bien, que vous vous y attendez depuis ce matin et que c'est la peur qui vous rend malade.

Pardon était allé s'asseoir dans un coin, un coude sur le dossier de sa chaise, le menton dans la main.

— Nous avons découvert la malle.

Il n'y eut pas de choc. Rien ne se passa, et Maigret n'aurait même pas pu jurer qu'il y avait eu, le temps d'un éclair, un peu plus d'intensité dans les prunelles.

— Je ne prétends pas que vous avez tué André Delteil. Il est possible que vous soyez innocent du crime. J'ignore tout, je l'avoue, de ce qui s'est passé ici, mais je suis certain que c'est vous qui avez transporté à la consigne le cadavre enfermé dans votre malle. Dans votre propre intérêt, il vaut mieux que vous parliez.

Toujours le silence, l'immobilité. Maigret se tourna vers Pardon, à qui il adressa un coup d'œil découragé.

— Je veux même bien croire que vous êtes malade, que l'effort que vous avez fourni hier au soir et les émotions vous ont ébranlé. Raison de plus pour me répondre franchement.

Lagrange ferma les yeux, les rouvrit, mais ses lèvres ne frémirent pas.

— Votre fils est en fuite. Si c'est lui qui a tué, nous ne tarderons pas à mettre la main sur lui, et votre silence ne l'aide en rien. Si ce n'est pas lui, il est préférable, pour sa sécurité, que nous le sachions. Il est armé. La police en est avertie.

Maigret s'était rapproché du lit, s'était peut-être un peu penché sans s'en rendre compte, et les lèvres de l'homme bougeaient enfin, il balbutiait quelque chose.

— Qu'est-ce que vous dites ?

Alors, d'une voix effrayée, Lagrange cria :

— Ne me battez pas ! On n'a pas le droit de me battre.

— Je n'en ai pas l'intention, vous le savez.

— Ne me battez pas... Ne me...

Et soudain il rejetait la couverture, s'agitait, faisait mine de repousser une attaque.

— Je ne veux pas... Je ne veux pas qu'on me batte...

C'était laid à voir. C'était pénible. Une fois de plus, Maigret se tourna vers Pardon, comme pour lui demander conseil. Mais quel conseil le médecin pouvait-il lui donner ?

— Écoutez Lagrange. Vous êtes parfaitement lucide. Vous n'êtes plus un enfant. Vous me comprenez fort bien. Et, tout à l'heure, vous n'étiez pas si malade, puisque vous aviez l'énergie de brûler des papiers compromettants...

Une accalmie, comme si l'homme reprenait haleine, pour se débattre ensuite de plus belle, pour hurler, cette fois :

— A moi !... Au secours !... On me bat !... Je ne veux pas qu'on me batte... Lâchez-moi...

Maigret lui saisit un des poignets.

— C'est fini, non ?

— Non ! Non ! Non !

— Vous allez vous taire ?

Pardon s'était levé et s'approchait du lit à son tour, fixant sur le malade un regard scrutateur.

— Je ne veux pas... Laissez-moi... Je vais réveiller toute la maison... Je vais leur dire...

Pardon murmurait à son oreille :

— Vous n'en tirerez rien.

A peine s'éloignait-on du lit que Lagrange reprenait son immobilité et retombait dans son silence.

Ils tenaient conseil dans un coin, tous les deux.

— Vous croyez qu'il a vraiment le cerveau dérangé ?

— Je n'ai aucune certitude.

— C'est une possibilité ?

— C'est toujours une possibilité. Il faudrait le mettre en observation.

Lagrange avait légèrement bougé la tête pour ne pas les perdre de vue, et il était évident qu'il écoutait. Il devait avoir compris les derniers mots. Il paraissait apaisé.

Maigret, pourtant, revenait à la charge, non sans lassitude.

— Avant que vous preniez une décision, Lagrange, je veux vous avertir d'une chose. J'ai un mandat d'arrêt à votre nom. En bas, deux de mes hommes attendent. A moins de réponses satisfaisantes à mes questions, ils vont vous emmener à l'Infirmerie spéciale du Dépôt.

Pas de réaction. Lagrange fixait le plafond, l'air si absent qu'on pouvait se demander s'il entendait.

— Le docteur Pardon peut vous confirmer qu'il existe des procédés à peu près infaillibles pour déceler la simulation. Vous n'étiez pas fou ce matin. Vous ne l'étiez pas non plus quand vous avez brûlé vos papiers. Vous ne l'êtes pas à présent, j'en suis persuadé.

Y eut-il réellement un vague sourire sur les lèvres de l'homme ?

— Je ne vous ai pas frappé et je ne vous frapperai pas. Je vous répète seulement que l'attitude que vous adoptez ne vous mènera nulle part et ne servira qu'à vous attirer l'antipathie, sinon pis. Vous êtes décidé à répondre ?

— Je ne veux pas qu'on me batte ! répéta-t-il d'une voix neutre, comme on murmure des prières.

Maigret, les épaules rondes, alla ouvrir la fenêtre, se pencha, s'adressa à l'inspecteur qui attendait dans la cour.

— Monte avec Janvier !

Il referma la fenêtre et se mit à arpenter la chambre. On entendit des pas dans l'escalier.

— Si vous voulez vous habiller, vous le pouvez. Sinon, on vous emportera tel que, enroulé dans une couverture.

Lagrange se contentait de répéter du bout des lèvres les mêmes syllabes qui finissaient par n'avoir plus de sens :

— Je ne veux pas qu'on me batte... Je ne veux pas qu'on...

— Entre, Janvier... Toi aussi... Vous allez m'emmener ça à l'Infirmerie spéciale... Inutile de l'habiller, car il est capable de recommencer à se débattre... A tout hasard, passez-lui les menottes... Fourrez-le dans une couverture...

Une porte s'était ouverte à l'étage au-dessus. Une fenêtre s'était éclairée de l'autre côté de la cour, et on voyait une femme en chemise accoudée à sa fenêtre, un homme qui sortait de son lit derrière elle.

— Je ne veux pas qu'on me batte...

Maigret ne regarda pas, entendit le déclic des menottes, puis des respirations fortes, des pas, des heurts.

— Je ne veux pas qu'on... je... Au secours !... A moi !...

Un des inspecteurs dut lui mettre la main sur la bouche, ou lui passer un bâillon, car la voix faiblit, se tut, les pas gagnèrent la cage d'escalier.

Le silence, tout de suite après, fut pénible. Le premier mouvement du commissaire fut pour allumer sa pipe. Puis il regarda le lit défait, dont un drap s'étirait jusqu'au milieu de la pièce. Les vieilles pantoufles étaient encore là, la robe de chambre sur le plancher.

— Votre avis, Pardon ?
— Vous aurez du mal.
— Je m'excuse de vous avoir mêlé à ça. Ce n'était pas beau.

Comme si un détail lui revenait, le docteur murmura :

— Il a toujours eu très peur de mourir.
— Ah !
— Chaque semaine, il se plaignait de nouveaux malaises, me questionnait longuement pour savoir si c'était grave. Il achetait des livres de médecine. On doit les retrouver quelque part.

Maigret les trouva, en effet, dans un tiroir de la commode, et il y avait des signets à certaines pages.

— Qu'est-ce que vous allez faire ?
— D'abord, l'Infirmerie spéciale s'occupera de lui. Quant à moi, je continue l'enquête. Ce que je voudrais avant tout, c'est retrouver son fils.
— Vous avez dans l'idée que c'est lui ?
— Non. Si Alain avait tué, il n'aurait pas eu besoin de voler mon automatique. En effet, à l'heure où il se trouvait chez moi, le crime avait déjà été commis. La mort remonte à quarante-huit heures au moins, donc à mardi.
— Vous restez ici ?
— Quelques minutes. J'attends les inspecteurs que j'ai fait envoyer par Janvier. Dans une heure, j'aurai le rapport du docteur Paul.

Ce fut Torrence qui vint un peu plus tard en compagnie de deux collègues et des hommes de l'Identité judiciaire munis de leurs appareils. Maigret leur donna ses instructions, tandis que Pardon se tenait à l'écart, l'air toujours préoccupé.

— Vous venez ?
— Je vous suis.
— Je vous dépose chez vous ?
— Je voulais justement vous demander la permission de me rendre à l'Infirmerie spéciale. Mais peut-être mes collègues de là-bas me regarderont-ils d'un mauvais œil ?
— Au contraire. Vous avez une idée ?
— Non. J'aimerais seulement le revoir, peut-être essayer à nouveau. C'est un cas troublant.

Cela faisait du bien de retrouver l'air des rues. Les deux hommes atteignirent le quai des Orfèvres, et Maigret savait d'avance qu'il y aurait plus de fenêtres éclairées que d'habitude. La voiture grand sport de Pierre Delteil était toujours au bord du trottoir. Le commissaire fronça les sourcils, trouva le journaliste Lombras en faction dans l'antichambre.

— Le frère vous attend. Toujours rien pour moi ?
— Toujours rien, mon petit.

Il parlait sans penser, car Gérard Lombras avait à peu près son âge.

4

Suite de la nuit blanche et des entrevues désagréables

Pierre Delteil fut tout de suite agressif. Par exemple, pendant que Maigret donnait des instructions au petit Lapointe qui venait de prendre la relève, il se tint près du bureau, les fesses appuyées au bord de celui-ci, pianotant du bout de ses doigts bien manucurés sur un étui à cigarettes en argent. Puis, quand Maigret, au moment où Lapointe sortait, se ravisa pour lui demander de commander des sandwiches et de la bière, il le fit exprès d'étirer les lèvres en un sourire ironique.

Il est vrai qu'il avait reçu un sérieux choc et que, depuis, sa nervosité n'avait cessé de croître, au point qu'il en était fatigant à regarder.

— Enfin ! s'écria-t-il quand la porte se referma et que le commissaire s'assit à son bureau.

Et, comme celui-ci le regardait avec l'air de le voir pour la première fois :

— Je suppose que vous allez conclure à un crime crapuleux ou à une histoire de femme ? On a dû, en haut lieu, vous donner des instructions pour étouffer l'affaire ? Je tiens à vous dire ceci...

— Asseyez-vous, monsieur Delteil.

Il ne s'asseyait pas tout de suite.

— J'ai horreur de parler à un homme debout.

La voix de Maigret était un peu lasse, un peu sourde. Le plafonnier n'était pas allumé, et la lampe du bureau ne diffusait qu'une lumière verte ; Pierre Delteil finit par s'installer sur la chaise qu'on lui désignait, croisa, puis décroisa les jambes, ouvrit la bouche pour de nouvelles paroles désagréables, mais il n'eut pas le temps de les prononcer.

— Simple formalité, l'interrompit Maigret en tendant la main vers lui sans se donner la peine de le regarder. Voulez-vous me montrer votre carte d'identité ?

Il l'examina avec soin, comme un policier à la frontière, la tourna et la retourna entre ses doigts.

— Producteur de cinéma, lut-il enfin à la rubrique profession. Vous avez produit beaucoup de films, monsieur Delteil ?

— C'est-à-dire que...
— Vous en avez produit un ?
— Il n'est pas encore en production, mais...
— Si je vous comprends bien, vous n'avez rien produit du tout. Vous vous trouviez au *Maxim's* quand je vous ai atteint par téléphone. Un peu plus tôt, vous étiez au *Fouquet's*. Vous occupez un appartement meublé dans un immeuble assez cher de la rue de Ponthieu et vous possédez une fort belle voiture.

Il l'examinait maintenant des pieds à la tête, comme pour apprécier la coupe du complet, la chemise de soie, les chaussures qui venaient de chez le grand bottier.

— Vous avez des revenus personnels, monsieur Delteil ?
— Je ne vois pas à quoi riment ces...
— Ces questions, acheva le commissaire, placide. A rien. Qu'est-ce que vous faisiez avant que votre frère devienne député ?
— J'ai travaillé à sa campagne électorale.
— Et avant ?
— Je...
— C'est cela. En somme, depuis quelques années, vous êtes plus ou moins l'éminence grise de votre frère. En échange, celui-ci subvenait à vos besoins.
— Vous cherchez à m'humilier ? Cela fait partie des instructions que vous avez reçues ? Avouez que ces messieurs savent parfaitement qu'il s'agit d'un crime politique et qu'ils vous ont chargé d'étouffer la vérité coûte que coûte. C'est parce que je l'ai compris, là-haut, que je vous ai attendu. Je tiens à vous déclarer...
— Vous connaissez l'assassin ?
— Pas nécessairement, mais mon frère devenait gênant, et on s'est arrangé pour...
— Vous pouvez allumer votre cigarette.

Du coup, il y eut un silence.

— Je suppose que, selon vous, il n'y a pas d'autre solution qu'un crime politique ?
— Vous connaissez le coupable ?
— Ici, monsieur Delteil, c'est moi qui pose les questions. Votre frère avait des maîtresses ?
— Tout le monde le sait. Il ne s'en cachait pas.
— Vis-à-vis de sa femme non plus ?
— Il avait d'autant moins de raison de s'en cacher qu'ils étaient en instance de divorce. C'est une des raisons pour lesquelles Pat se trouve aux États-Unis.
— C'est elle qui demande le divorce ?

Pierre Delteil hésita.

— Pour quelle raison ?
— Probablement parce que cela a fini de l'amuser.
— Votre frère ?
— Vous connaissez les Américaines ?

— J'en ai rencontré quelques-unes.
— Parmi les riches ?
— Aussi.
— Dans ce cas, vous devez savoir qu'elles se marient un peu par jeu. Il y a huit ans, Pat était de passage en France. C'était son premier séjour en Europe. Cela lui a plu de rester, de posséder son hôtel particulier à Paris, de mener la vie parisienne...
— Et d'avoir un mari jouant un rôle dans cette même vie parisienne. C'est elle qui a poussé votre frère à faire de la politique ?
— Il en avait toujours eu l'idée.
— Il a donc simplement profité des moyens que son mariage mettait à sa disposition. Vous me dites que, plus ou moins récemment, sa femme en a eu assez et est retournée aux États-Unis pour demander le divorce. Que serait-il advenu de votre frère ?
— Il aurait continué sa carrière.
— La fortune ? D'habitude, les Américaines riches prennent la précaution de se marier sous le régime de la séparation de biens.
— André n'aurait quand même pas accepté son argent. Je ne vois d'ailleurs pas où ces questions...
— Vous connaissez ce jeune homme ?

Maigret lui tendit la photographie d'Alain Lagrange. Pierre Delteil la regardait sans comprendre, levait la tête.

— C'est l'assassin ?
— Je vous demande si vous l'avez déjà vu.
— Jamais.
— Vous connaissez un certain Lagrange, François Lagrange ?

Il se mit à chercher dans sa mémoire comme si le nom ne lui était pas tout à fait inconnu et s'il tentait de le situer.

— Je crois que, dans certains milieux, précisait Maigret, on l'appelle le baron Lagrange.
— Maintenant, je vois de qui vous parlez. La plupart du temps, on dit simplement le baron.
— Vous le connaissez bien ?
— Je le rencontre de temps en temps au *Fouquet's* ou dans d'autres endroits. Il m'arrive de lui serrer la main. J'ai dû prendre l'apéritif avec lui...
— Vous entreteniez des relations d'affaires ?
— Grâce à Dieu, non.
— Votre frère le fréquentait ?
— Comme moi, probablement. Tout le monde connaît plus ou moins le baron.
— Que savez-vous de lui ?
— A peu près rien. C'est un imbécile, un doux imbécile, un grand mou qui essaie de se faufiler.
— Quelle est sa profession ?

Et Pierre Delteil, plus naïvement qu'il n'aurait voulu :

— Il a une profession ?

— Je suppose qu'il doit posséder des moyens d'existence ?

Maigret faillit ajouter : « Il n'est pas donné à chacun d'avoir un frère député. »

Il ne le fit pas, car ce n'était plus nécessaire. Le jeune Delteil filait doux, sans se rendre compte de son changement d'attitude.

— Il s'occupe vaguement d'affaires. Du moins, je le suppose. Il n'est pas seul dans son cas. C'est le genre d'homme qui vous tient par les revers en vous annonçant qu'il est en train de monter une affaire de quelques centaines de millions et qui finit par vous demander de lui prêter de quoi dîner ou de quoi prendre un taxi.

— Il a dû lui arriver de taper votre frère ?

— Il a essayé de taper tout le monde.

— Vous ne pensez pas que votre frère aurait pu se servir de lui ?

— Certainement pas.

— Pourquoi ?

— Parce que mon frère se méfiait des imbéciles. Je ne vois pas où vous voulez en venir. J'ai l'impression que vous avez des informations dont vous ne tenez pas à parler. Ce que je ne comprends toujours pas, c'est comment on a su qu'une malle, déposée en consigne à la gare du Nord, contenait le cadavre d'André.

— On ne le savait pas.

— C'est un hasard ?

Il recommençait à ricaner.

— Presque un hasard. Encore une question. Pour quelle raison un homme comme votre frère aurait-il rendu visite, chez lui, à un homme comme le baron ?

— Il lui a rendu visite ?

— Vous ne m'avez pas répondu.

— Cela me paraît improbable.

— Un crime, au début de l'enquête, paraît toujours improbable.

Comme on frappait à la porte, il cria :

— Entrez !

C'était le garçon de la *Brasserie Dauphine* avec des sandwiches et de la bière.

— Vous en voulez, monsieur Delteil ?

— Merci.

— Merci non ?

— J'étais en train de dîner quand...

— Je ne vous retiens plus. J'ai votre numéro de téléphone. Il se peut que, demain ou après, j'aie besoin de vous.

— En somme, vous écartez a priori l'idée d'un crime politique ?

— Je n'écarte rien. Comme vous le voyez, je travaille.

Il décrocha le téléphone afin de mieux marquer que l'entretien était fini.

— Allô ! C'est vous Paul ?

Delteil hésita, finit par aller prendre son chapeau et gagner la porte.

— Sachez en tout cas que je ne laisserai pas...

De la main, Maigret lui faisait :

« Bonsoir ! Bonsoir !... »

La porte se referma.

— Ici, Maigret... Alors ?... Oui, je m'en doutais... Selon vous, il a été tué mardi dans la soirée, peut-être au cours de la nuit ?... Si ça colle ?... A peu près...

C'était le mardi aussi, mais dans l'après-midi, que François Lagrange avait téléphoné une dernière fois au docteur pour s'assurer que Maigret assisterait au dîner du lendemain. A ce moment-là, il désirait encore rencontrer le commissaire, et il était plus que probable que ce n'était pas par pure curiosité. Il ne devait donc pas s'attendre à la visite du député, mais peut-être la prévoyait-il pour un des prochains jours ?

Le mercredi matin, son fils, Alain, se présentait boulevard Richard-Lenoir, si nerveux, l'air si effrayé, selon Mme Maigret, que celle-ci en avait pitié et le prenait sous sa protection.

Qu'est-ce que le jeune homme venait faire là ? Demander conseil ? Avait-il assisté au meurtre ? Avait-il découvert le cadavre, qui n'était peut-être pas encore dans la malle ?

Toujours est-il que la vue de l'automatique de Maigret le faisait changer d'avis, qu'il s'emparait de l'arme, quittait l'appartement sur la pointe des pieds et se précipitait chez le premier armurier venu pour acheter des cartouches.

Il avait donc une idée en tête.

Le soir même, son père n'assistait pas au dîner chez les Pardon. Au lieu de cela, il s'adressait à un chauffeur de taxi et, avec son aide, allait déposer le cadavre à la gare du Nord, après quoi il se couchait et il se portait malade.

— La balle, Paul ?

Comme il s'y attendait, elle n'avait pas été tirée par son automatique américain, ce qui aurait d'ailleurs été impossible, puisque l'arme, au moment du crime, était encore chez lui, mais par une arme de petit calibre, un 6,35, qui n'aurait pas fait grand mal si le projectile, atteignant l'œil gauche, n'était allé se loger dans le crâne.

— Rien d'autre à signaler... L'estomac ?

Celui-ci contenait les restes d'un dîner copieux, et la digestion n'avait fait que commencer. Cela situait le crime, selon le docteur Paul, vers onze heures du soir, le député Delteil n'étant pas de ceux qui dînent tôt.

— Je vous remercie, mon vieux. Non, les problèmes qu'il me reste à résoudre ne sont pas de votre ressort.

Il se mit à manger, tout seul dans son bureau où ne régnait toujours qu'une lumière verdâtre. Il était tracassé, mal à l'aise. Il trouva la bière tiède. Il n'avait pas pensé à commander du café et, s'essuyant les lèvres, il alla prendre la bouteille de cognac qu'il gardait dans son placard et s'en versa un verre.

— Allô ! Passez-moi l'Infirmerie spéciale.

Il fut surpris d'entendre la voix de Journe. Le professeur s'était dérangé en personne.

— Vous avez eu le temps d'examiner mon client ? Qu'est-ce que vous pensez ?

Une réponse catégorique l'aurait un peu soulagé, mais le vieux Journe n'était pas l'homme des réponses catégoriques. Il lui tenait, au bout du fil, un discours émaillé de termes techniques d'où il découlait qu'il y avait soixante chances sur cent environ pour que Lagrange soit un simulateur, et qu'à moins d'une maladresse de sa part des semaines pouvaient se passer avant qu'on en tienne une preuve scientifique.

— Le docteur Pardon est encore avec vous ?
— Il est sur le point de me quitter.
— Que fait Lagrange ?
— Tout à fait docile. Il s'est laissé mettre au lit et s'est mis à parler à l'infirmière d'une voix d'enfant. Il lui a confié en pleurant qu'on avait voulu le battre, que tout le monde s'acharnait contre lui, qu'il en avait été ainsi toute sa vie...
— Je pourrai le voir demain matin ?
— Quand vous voudrez.
— J'aimerais dire deux mots à Pardon.

Et, à celui-ci :
— Alors ?
— Rien de nouveau. Je ne suis pas tout à fait de l'avis du professeur, mais il est plus compétent que moi et il y a des années que je n'ai pas fait de psychiatrie.
— Votre idée personnelle ?
— Je préférerais avoir quelques heures pour y penser avant d'en parler. C'est trop grave pour donner une opinion à la légère. Vous ne rentrez pas vous coucher ?
— Pas encore. Il est peu probable que je dorme cette nuit.
— Vous n'avez plus besoin de moi ?
— Non, mon vieux. Je vous remercie. Excusez-moi encore auprès de votre femme.
— Elle a l'habitude.
— La mienne aussi, heureusement.

Maigret se leva avec l'idée d'aller faire un tour rue Popincourt afin de voir où ses hommes en étaient. A cause des papiers brûlés dans la cheminée, il n'espérait pas trop qu'on découvrirait un indice, mais il avait envie de renifler dans les coins du logement.

Au moment où il saisissait son chapeau, le téléphone sonna.

— Allô ! Le commissaire Maigret ? Ici, le poste du faubourg Saint-Denis. On me dit de vous téléphoner à tout hasard. C'est l'agent Lecœur qui parle.

On sentait l'agent fort ému.

— C'est au sujet du jeune homme dont on nous a remis la photographie. J'ai ici un quidam...

Il se reprit :

— ... une personne qui vient d'être dévalisée de son portefeuille rue de Maubeuge...

Le plaignant devait être là, à écouter, de sorte que l'agent Lecœur cherchait ses mots.

— Il s'agit d'un industriel de province... attendez... de Clermont-Ferrand... Il passait rue de Maubeuge, il y a une demi-heure environ, quand un homme s'est détaché de l'obscurité et lui a braqué un gros automatique sous le nez... plus exactement un jeune homme...

Lecœur parla à quelqu'un qui se tenait derrière lui.

— Il dit un très jeune homme, presque un gamin... Il paraît que ses lèvres tremblaient, qu'il a eu toutes les peines du monde à prononcer : « Votre portefeuille... »

Maigret fronça les sourcils. Quatre-vingt-dix-neuf fois sur cent, un assaillant dit : « *Ton* portefeuille ! »

Et, à cela même, on reconnaissait l'amateur, le débutant.

— Quand le plaignant m'a parlé d'un jeune homme, continuait Lecœur, non sans une pointe de satisfaction, j'ai tout de suite pensé à la photo qu'on nous a distribuée hier et je la lui ai montrée. Il l'a reconnu sans hésiter... Comment ?...

C'était l'industriel de Clermont-Ferrand qui parlait et dont Maigret percevait la voix disant avec force :

— J'en suis absolument sûr !

— Qu'est-ce qu'il a fait ensuite ? questionna Maigret.

— Qui ?

— L'assaillant.

Deux voix, à nouveau, comme quand un poste de radio est mal réglé, deux voix prononçant les mêmes mots :

— Il est parti en courant.

— Dans quelle direction ?

— Boulevard de la Chapelle.

— Combien d'argent contenait le portefeuille ?

— Une trentaine de mille francs. Qu'est-ce que je fais ? Vous voulez le voir ?

— Le plaignant ? Non. Enregistrez sa déposition. Un instant ! Passez-lui donc l'appareil.

L'homme dit aussitôt :

— On m'appelle Grimal, Gaston Grimal, mais j'aimerais autant que mon nom...

— Bien entendu. Je veux seulement vous demander si rien ne vous a frappé dans l'attitude de votre assaillant. Prenez le temps de réfléchir.

— Il y a une demi-heure que je réfléchis. Tous mes papiers...

— Il y a beaucoup de chances pour qu'on les retrouve. Votre assaillant ?

— Je lui ai trouvé l'air d'un jeune homme de bonne famille, pas d'un apache.

— Vous étiez loin d'un réverbère ?

— Pas très loin. Comme d'ici à l'autre pièce. Il paraissait aussi effrayé que moi, au point que j'ai failli...

— ... Vous défendre.

— Oui. Puis j'ai pensé qu'un accident est vite arrivé et...

— Rien d'autre ? Quelle sorte de complet portait-il ?

— Un complet sombre, probablement bleu marine.

— Fripé ?

— Je ne sais pas.

— Je vous remercie monsieur Grimal. Cela m'étonnerait fort si, d'ici le matin, une patrouille ne retrouvait votre portefeuille sur le trottoir. Moins l'argent évidemment.

C'était un détail auquel Maigret n'avait pas pensé, et il s'en voulait. Alain Lagrange s'était procuré un revolver, mais il devait avoir très peu d'argent en poche, à en juger par le train de vie qu'on menait rue Popincourt.

Il sortit soudain de son bureau et pénétra au service de radio, où il n'y avait que deux hommes de service.

— Faites-moi l'appel général des postes de police et des voitures.

Moins d'une demi-heure plus tard, tous les postes de Paris étaient à l'écoute.

Signaler au commissaire Maigret tout attentat à main armée ou tentative d'attentat qui aurait eu lieu depuis vingt-quatre heures. Urgent.

Il répéta, donna le signalement d'Alain Lagrange.

Doit encore se trouver dans le quartier de la gare du Nord et du boulevard de la Chapelle.

Il ne rentra pas tout de suite dans son bureau, passa par le service des garnis.

— Cherchez donc si vous n'avez pas quelque part le nom d'Alain Lagrange. Probablement dans un hôtel de second ordre.

C'était à voir. Alain n'avait pas donné son nom à Mme Maigret. Il y avait des chances pour qu'il ait dormi quelque part la nuit précédente. Puisqu'on ne connaissait pas son identité, pourquoi n'aurait-il pas inscrit son vrai nom sur la fiche ?

— Vous attendez, monsieur le commissaire ?

— Non. Donnez-moi la réponse là-haut.

Les spécialistes étaient revenus de la rue Popincourt avec leurs appareils, mais les inspecteurs étaient restés là-bas. A minuit et demi, Maigret reçut un coup de téléphone du préfet.

— Rien de nouveau ?

— Rien de positif, jusqu'ici.

— Les journaux ?

— Ne publieront que le communiqué. Mais, dès que la première édition sera sortie, je m'attends à l'assaut des reporters.

— Qu'est-ce que vous pensez, Maigret ?
— Encore rien. Le frère Delteil voulait à toutes forces que ce soit un crime politique. Je l'en ai gentiment dissuadé.

Le directeur de la P.J. téléphona aussi, et même le juge Rateau. Ils dormaient tous mal, cette nuit-là. Quant à Maigret, il n'avait pas l'intention d'aller se coucher.

Il était une heure et quart quand il reçut un coup de téléphone plus surprenant. Cela ne venait plus des environs de la gare du Nord, ni même du centre de la ville, mais du commissariat de Neuilly.

On venait, là-bas, de parler à un agent rentrant de patrouille à l'appel de Maigret, et l'agent, s'étant gratté la tête, avait fini par grommeler :

— Peut-être que je ferais mieux de lui téléphoner.

Il avait raconté son histoire au brigadier de service. Le brigadier l'avait encouragé à s'adresser au commissaire. Il s'agissait d'un jeune agent qui n'avait son uniforme que depuis quelques mois.

— Je ne sais pas si cela vous intéressera, dit-il, beaucoup trop près du téléphone, de sorte que sa voix vibrait. C'était ce matin, ou plutôt hier matin, vu qu'il est passé minuit... J'étais de service boulevard Richard-Wallace, en bordure du bois de Boulogne, presque en face de Bagatelle, car ce n'est que de ce soir que je fais la nuit... Il y a un rang d'immeubles tous pareils... Il était à peu près dix heures... Je m'étais arrêté pour regarder une grosse voiture de marque étrangère qui avait une plaque que je ne connaissais pas... Un jeune homme, derrière moi, est sorti d'un immeuble, celui qui porte le numéro 7 *bis*... Je n'y ai pas fait attention, car il marchait naturellement en direction du coin de la rue... Puis j'ai vu la concierge qui sortait à son tour et qui avait un drôle d'air...

» Il se fait que je la connais un peu, qu'il m'est arrivé d'échanger quelques mots avec elle un jour que je portais une convocation à quelqu'un qui habite l'immeuble... Elle m'a reconnu...

» — Vous paraissez inquiète, que je lui ai dit.

» Et elle m'a répondu :

» — Je me demande ce que celui-là venait chercher dans la maison.

» Elle regardait du côté du jeune homme, qui tournait juste le coin.

» — Il est passé devant la loge sans rien demander, a-t-elle continué. Il s'est dirigé vers l'ascenseur, a hésité, puis a pris l'escalier. Comme je ne l'avais jamais vu, je lui ai couru après.

» — Qui demandez-vous ?

» Il avait déjà gravi quelques marches. Il s'est retourné, surpris, comme effrayé, et il est resté un bon moment sans répondre.

» Tout ce qu'il a trouvé à me dire, c'est :

» — J'ai dû me tromper d'immeuble.

L'agent continuait :

— La concierge prétend qu'il la fixait si étrangement qu'elle n'a pas osé insister. Mais, quand il est sorti, elle l'a suivi. Intrigué, je me suis dirigé moi-même vers le coin de la rue de Longchamp, où il n'y avait personne. Le jeune homme avait dû se mettre à courir. C'est seulement maintenant qu'on vient de me montrer la photo. Je ne suis pas sûr, mais je jurerais que c'est lui. Peut-être ai-je eu tort de vous téléphoner. Le brigadier m'a dit...

— Vous avez fort bien fait.

Et le jeune agent, qui ne perdait pas le nord, d'ajouter :

— On m'appelle Émile Lebraz.

Maigret appela Lapointe.

— Fatigué ?

— Non, patron.

— Tu vas t'installer dans mon bureau et prendre les communications. J'espère être ici dans trois quarts d'heure. S'il y avait quelque chose d'urgent, appelle-moi au boulevard Richard-Wallace, à Neuilly. Le 7 *bis*. Chez la concierge, qui doit avoir le téléphone. Au fait, cela gagnerait du temps si tu lui téléphonais pour l'avertir que j'ai besoin de lui parler un instant. Elle aura ainsi le temps de se lever et de passer une robe de chambre avant que j'arrive.

Le trajet par les rues désertes prit peu de temps, et, quand il sonna, il trouva la loge éclairée, la concierge, non pas en robe de chambre, mais tout habillée pour le recevoir. C'était un immeuble élégant, et la loge était une sorte de salon. Dans la pièce voisine, dont la porte était entrouverte, on apercevait un enfant endormi.

— Monsieur Maigret ? murmurait la brave femme, tout émue de le recevoir en personne.

— Je suis désolé de vous avoir réveillée. Je voudrais seulement que vous regardiez ces photographies et que vous me disiez si le jeune homme que vous avez surpris hier matin dans l'escalier ressemble à l'une d'entre elles.

Il avait pris la précaution de se munir d'un jeu de photos représentant des jeunes gens à peu près du même âge. La concierge n'hésita pas plus que l'industriel de Clermont.

— C'est lui ! dit-elle en désignant Alain Lagrange.

— Vous en êtes tout à fait sûre ?

— Il n'y a pas à s'y tromper.

— Lorsque vous l'avez rejoint, il n'a pas fait de geste de menace ?

— Non ! C'est drôle que vous me demandiez ça, car j'y ai pensé. C'est plutôt une impression, vous comprenez ? Je ne voudrais pas affirmer ce dont je ne suis pas certaine. Quand il s'est retourné, il n'a pas bougé, mais j'ai eu une drôle de sensation dans la poitrine. Pour tout dire, il m'a semblé qu'il hésitait à me faire un mauvais parti...

— Combien avez-vous de locataires dans l'immeuble ?

— On compte deux appartements par étage. Cela fait quatorze appartements pour les sept étages. Mais il y en a deux de vides en ce moment. Une famille est partie il y a trois semaines pour le Brésil — ce sont d'ailleurs des Brésiliens de l'ambassade, — et le monsieur du cinquième est mort il y a douze jours.

— Vous pourriez me fournir une liste de vos locataires ?

— C'est facile. J'en ai une toute faite.

De l'eau bouillait sur une cuisinière à gaz et, après avoir tendu une feuille de papier dactylographiée au commissaire, la concierge se mit en devoir de préparer du café.

— J'ai pensé que vous en prendriez une tasse. A cette heure-ci... Mon mari, que j'ai eu le malheur de perdre l'an dernier, n'était pas tout à fait de la police, mais il était garde républicain.

— Je vois deux noms au rez-de-chaussée, les Delval et les Trélo.

Elle rit.

— Les Delval, oui. Ce sont des importateurs, qui ont leurs bureaux place des Victoires. Mais M. Trélo est tout seul. Vous ne le connaissez pas ? C'est le comique de cinéma.

— De toute façon, ce n'est pas à eux que le jeune homme en voulait, puisque, après avoir hésité devant l'ascenseur, il s'est dirigé vers l'escalier.

— Au premier à gauche, le M. Desquins, que vous voyez sur la liste, est absent en ce moment. Il est en vacances chez ses enfants qui ont une propriété dans le Midi.

— Qu'est-ce qu'il fait ?

— Rien. Il est riche. C'est un veuf, très poli, paisible.

— A droite, Rosetti ?

— Des Italiens. Elle est une belle personne. Ils ont trois domestiques, plus une gouvernante pour le bébé qui a un peu plus d'un an.

— Profession ?

— M. Rosetti est dans les automobiles. C'est même sa voiture que l'agent regardait quand je suis sortie derrière le jeune homme.

— Au second ? Je vous demande pardon de vous tenir debout si longtemps.

— De rien. Deux morceaux de sucre ? Du lait ?

— Pas de lait. Merci. Mettetal. Qu'est-ce que c'est ?

— Des gens riches aussi, mais qui ne peuvent pas garder leurs bonnes, car Mme Mettetal, qui est mal portante, s'en prend à tout le monde.

Maigret inscrivait des notes en marge de la liste.

— Au même étage, je vois : Beauman.

— Des courtiers en diamants. Ils sont en voyage. C'est la saison. Je leur fais suivre leur courrier en Suisse.

— Au troisième à droite, Jeanne Debul. Une femme seule ?

— Une femme seule, oui.

La concierge avait dit ça sur un ton que les femmes emploient généralement pour parler d'une autre femme contre qui elles ont une dent.

— Quel genre ?

— C'est difficile d'appeler ça un genre. Elle est partie hier vers midi pour l'Angleterre. J'ai même été assez surprise qu'elle n'en ait pas parlé.

— A qui ?

— A sa domestique, une bonne fille et qui me raconte tout.
— La domestique est là-haut ?
— Oui. Elle a passé une partie de la soirée dans la loge. Elle hésitait à aller se coucher, car elle est peureuse et a horreur de dormir seule dans l'appartement.
— Vous dites qu'elle a été étonnée ?
— La bonne, oui. La nuit précédente, Mme Debul était rentrée dans les petites heures, comme cela lui arrive souvent. Remarquez qu'on dit madame, mais je suis persuadée qu'elle n'a jamais été mariée.
— Quel âge ?
— Le vrai ou celui qu'elle prétend avoir ?
— Les deux.
— Le vrai, je le connais, vu que j'ai eu ses papiers en main quand elle a loué.
— Il y a combien de temps ?
— Environ deux ans. Avant cela, elle habitait rue Notre-Dame-de-Lorette. Bref, elle a quarante-neuf ans et prétend en avoir quarante. Le matin, elle paraît son âge. Le soir, ma foi...
— Elle a un amant ?
— Ce n'est tout de même pas ce que vous pouvez penser. Autrement on ne la garderait pas dans la maison. Le gérant est sévère sur ce point-là. Je ne sais pas comment vous dire.
— Essayez.
— Elle n'est pas du même monde que les autres locataires. Néanmoins, ce n'est pas quelqu'un qui marque mal, vous comprenez ? Pas une femme entretenue, par exemple. Elle a de l'argent. Elle reçoit des lettres de sa banque, de son agent de change. Cela pourrait être une veuve ou une divorcée qui prend la vie du bon côté.
— Elle reçoit ?
— Pas des gigolos, si c'est ça que vous avez en tête. Son homme d'affaires vient de temps en temps. Des amies aussi. Parfois des couples. Mais c'est plutôt la femme qui sort que la femme qui reçoit. Le matin, elle reste au lit jusqu'à midi. L'après-midi, il lui arrive d'aller en ville, toujours fort bien habillée, même assez discrètement. Puis elle rentre pour se mettre en robe du soir, et je ne lui tire le cordon que bien après minuit. C'est curieux, d'ailleurs, ce que dit Georgette, sa bonne. Elle dépense beaucoup d'argent. Rien que ses fourrures valent une fortune, et elle a toujours au doigt un diamant gros comme ça. Georgette n'en prétend pas moins qu'elle est avare et passe une bonne partie de son temps à revoir les comptes de maison.
— Quand est-elle partie ?
— Vers onze heures et demie. C'est ce qui a surpris Georgette. A cette heure-là, sa patronne aurait dû être encore au lit. Elle dormait quand elle a reçu un coup de téléphone. Tout de suite après, elle s'est fait apporter un indicateur des chemins de fer.
— C'était peu de temps après que le jeune homme a essayé de pénétrer dans la maison ?

— Un peu après, oui. Elle n'a pas attendu son petit déjeuner et elle a fait ses bagages.

— De gros bagages ?

— Seulement des valises. Pas de malles. Elle a beaucoup circulé.

— Pourquoi dites-vous ça ?

— Parce qu'il y a plein d'étiquettes sur ses valises, rien que de grands hôtels de Deauville, de Nice, de Naples, de Rome, d'autres villes étrangères encore.

— Elle n'a pas annoncé quand elle reviendrait ?

— Pas à moi. Georgette n'en sait rien non plus.

— Elle ne lui a pas demandé de faire suivre son courrier ?

— Non. Elle a simplement téléphoné à la gare du Nord de lui retenir une place dans l'express de Calais.

Maigret fut frappé de l'insistance avec laquelle ces mots « gare du Nord » revenaient depuis le commencement de l'affaire. C'était à la consigne de la gare du Nord que François Lagrange avait déposé la malle contenant le corps du député. C'était aux environs de la gare du Nord encore que son fils avait assailli l'industriel de Clermont-Ferrand.

Le même Alain se faufilait dans l'escalier d'un immeuble du boulevard Richard-Wallace, et, un peu plus tard, une locataire de cet immeuble s'embarquait à la gare du Nord. Coïncidence ?

— Vous savez, si vous avez la moindre envie de questionner Georgette, elle en sera ravie. Elle a tellement peur de rester seule que cela lui fera plaisir d'avoir de la compagnie.

Et la concierge ajouta :

— Et surtout une compagnie comme la vôtre !

Avant tout, Maigret voulait en finir avec les locataires de l'immeuble et il les pointa patiemment l'un après l'autre. Il y avait, au quatrième, un producteur de cinéma, un vrai, celui-là, dont on voyait le nom sur tous les murs de Paris. Juste au-dessus de sa tête, c'était un metteur en scène, connu, lui aussi, et, comme par hasard, au septième, vivait un scénariste qui pratiquait chaque matin sa culture physique sur le balcon.

— Vous voulez que j'aille prévenir Georgette ?

— J'aimerais donner d'abord un coup de téléphone.

Il appela la gare du Nord.

— Ici, Maigret, de la P.J. Dites-moi, aviez-vous un train pour Calais aux environs de minuit ?

C'est vers onze heures et demie que l'industriel avait été assailli rue de Maubeuge.

— A minuit treize.

— Express ?

— Celui qui donne, à cinq heures et demie, la correspondance avec la malle de Douvres. Il ne s'arrête pas en route.

— Vous ne vous souvenez pas si on a délivré un billet à un jeune homme seul ?

— Les employés qui se trouvaient aux guichets à ce moment-là sont allés se coucher.

— Je vous remercie.

Il appela la police du port, à Calais, fournit le signalement d'Alain Lagrange.

— Il est armé ! ajouta-t-il à tout hasard.

Puis, sans trop y croire, il annonça, après avoir vidé sa tasse de café :

— Je monte voir Georgette. Prévenez-la.

A quoi la concierge répondit avec un sourire malicieux :

— Attention à vous ! C'est une belle fille !

Elle ajouta :

— Et qui aime les beaux hommes !

5

*Où la bonne est contente d'elle, mais où Maigret,
vers les six heures du matin, l'est moins de lui-même*

Elle était rose, avec de gros seins, dans un pyjama de crépon rose bonbon si souvent lavé qu'il laissait voir les ombres en transparence. On aurait dit que son corps, trop rond de partout, était inachevé, et, avec son teint trop frais pour Paris, elle faisait penser à un oison qui n'a pas perdu son duvet. Quand elle lui avait ouvert la porte, il avait senti une odeur de lit, de dessous de bras.

Il avait laissé la concierge lui téléphoner pour la réveiller et lui annoncer qu'il montait. Elle n'avait pas dû obtenir la communication tout de suite, car, quand il était arrivé au troisième, la sonnerie résonnait toujours dans l'appartement.

Il avait attendu. L'appareil était trop loin du palier pour qu'il entende la voix. Il y avait eu des pas sur la moquette, et elle lui avait ouvert, pas gênée du tout, sans avoir pris la peine de passer une robe de chambre. Peut-être n'en possédait-elle pas ? Quand elle se levait le matin, c'était pour se mettre au travail et, quand elle se déshabillait le soir, c'était pour se coucher. Elle était blonde, les cheveux tout défaits, et il restait des traces de maquillage sur ses lèvres.

— Asseyez-vous là.

Ils avaient traversé l'antichambre, et elle avait allumé dans le salon seulement une grosse lampe sur pied. Pour elle, elle avait choisi un vaste canapé vert tendre, où elle s'était à moitié allongée. L'air qui entrait par les hautes portes-fenêtres gonflait les rideaux. Elle regardait Maigret avec le sérieux des enfants qui examinent une grande personne dont on leur a beaucoup parlé.

— Je ne vous imaginais pas tout à fait comme ça, avouait-elle enfin.

— Comment m'imaginiez-vous ?
— Je ne sais pas. Vous êtes mieux.
— La concierge m'a affirmé que vous ne m'en voudriez pas si je montais vous poser quelques questions.
— Au sujet de la patronne ?
— Oui.

Cela ne la surprenait pas. Rien ne devait la surprendre.

— Quel âge avez-vous ?
— Vingt-deux ans, dont six ans de Paris. Vous pouvez y aller.

Il commença par lui tendre la photographie d'Alain Lagrange.

— Vous le connaissez ?
— Je ne l'ai jamais vu.
— Vous êtes sûre qu'il n'est jamais venu voir votre patronne ?
— En tout cas, pas depuis que je suis avec elle. Les jeunes gens, ce n'est pas son genre, malgré ce qu'on pourrait croire.
— Pourquoi pourrait-on croire le contraire ?
— A cause de son âge.
— Il y a longtemps que vous êtes à son service ?
— Depuis qu'elle s'est installée ici. Cela fait près de deux ans.
— Vous n'avez pas travaillé pour elle quand elle habitait rue Notre-Dame-de-Lorette ?
— Non. Je me suis présentée le jour où elle emménageait.
— Elle avait encore son ancienne bonne ?
— Je ne l'ai même pas rencontrée. Comme qui dirait, elle recommençait à neuf. Les meubles, les objets, tout était neuf.

Pour elle, cela paraissait avoir un sens, et Maigret croyait comprendre son arrière-pensée.

— Vous ne l'aimez pas ?
— Ce n'est pas le genre de femme qu'on peut aimer. D'ailleurs, cela lui est égal.
— Que voulez-vous dire ?
— Qu'elle se suffit à elle-même. Elle ne se donne pas la peine d'être gentille. Quand elle parle, ce n'est pas pour vous, mais parce qu'elle a envie de parler.
— Vous ne savez pas qui lui a téléphoné quand elle a soudain décidé de partir pour Londres ?
— Non. C'est elle qui a décroché. Elle n'a pas prononcé de nom.
— Elle a paru surprise, ennuyée ?
— Si vous la connaissiez, vous sauriez qu'elle ne montre jamais ce qu'elle ressent.
— Vous ignorez tout de son passé ?
— Sauf qu'elle habitait rue Notre-Dame-de-Lorette, qu'elle est familière avec moi et qu'elle épluche tous les comptes.

A l'entendre, cela expliquait tout, et, cette fois encore, Maigret avait l'impression qu'il la comprenait.

— En somme, selon vous, ce n'est pas une vraie femme du monde ?
— Sûrement pas. J'ai travaillé chez une vraie femme du monde et

je connais la différence. J'ai travaillé aussi dans le quartier de la place Saint-Georges, chez une femme entretenue.

— Jeanne Debul a été entretenue ?
— Si elle l'a été, elle ne l'est plus. Elle est sûrement riche.
— Il venait des hommes chez elle ?
— Son masseur tous les deux jours. A lui aussi, elle parlait familièrement et l'appelait Ernest.
— Rien entre eux ?
— Cela ne l'intéresse pas.

Sa veste de pyjama était de celles qu'on passe par la tête, très courte, et, comme Georgette était renversée dans les coussins, une bande de peau paraissait au-dessus de la ceinture.

— Cela ne vous ennuie pas que je fume ?
— Je m'excuse, dit-il, mais je n'ai pas de cigarettes.
— Il y en a sur le guéridon...

Elle trouva naturel qu'il se levât et lui tendit un paquet de cigarettes égyptiennes appartenant à Jeanne Debul. Pendant qu'il tenait l'allumette, elle tirait maladroitement sur la cigarette, soufflait la fumée comme une débutante.

Elle était contente d'elle, contente d'avoir été réveillée par un homme aussi important que Maigret qui l'écoutait avec attention.

— Elle a beaucoup d'amies et d'amis, mais qui viennent rarement ici. Elle leur téléphone, les appelle le plus souvent par leur prénom. Elle les voit le soir à des cocktails, ou dans les restaurants et dans les cabarets de nuit. Je me suis souvent demandé si, avant, elle ne tenait pas une maison. Vous voyez ce que je veux dire ?

— Et les gens qui viennent ici ?
— Son homme d'affaires, surtout. Elle le reçoit dans son bureau. C'est un avoué, Me Gibon, qui n'est pas du quartier, mais habite dans le IXe arrondissement. Elle le connaissait donc avant, quand elle était du même quartier. Il y a aussi un homme un peu plus jeune qui est dans la banque et avec qui elle discute de ses placements. C'est à lui qu'elle téléphone quand elle a des ordres de Bourse à donner.

— Vous ne voyez jamais un certain François Lagrange ?
— La pantoufle ?

Elle se reprit en riant.

— Ce n'est pas moi qui l'appelle ainsi. C'est la patronne. Quand je lui annonce qu'il est là, elle grommelle :

» — Encore cette vieille pantoufle !

» Ça aussi, c'est un signe, vous ne trouvez pas ? Lui, pour se faire annoncer, dit toujours :

» — Demandez à Mme Debul si elle peut recevoir le baron Lagrange.

— Elle le reçoit ?
— Presque toujours.
— Ce qui signifie souvent ?
— Mettons environ une fois par semaine. Il y a des semaines où il

ne vient pas, d'autres où il vient deux fois. La semaine dernière, il est venu deux fois le même jour.

— Vers quelle heure ?

— Toujours le matin, vers onze heures. En dehors d'Ernest, le masseur, c'est le seul qu'elle reçoive dans son lit.

Et, comme il marquait le coup :

— Ce n'est pas ce que vous croyez. Même pour l'avoué, elle s'habille. Je reconnais qu'elle s'habille bien, d'une façon très sobre. C'est même ce qui m'a tout de suite frappée : sa façon d'être quand elle est dans son lit, dans sa chambre, et sa façon d'être quand elle est habillée. Ce sont deux personnages différents. Elle ne parle pas de la même manière, on dirait que jusqu'à sa voix change.

— Elle est plus vulgaire dans son lit ?

— Oui. Pas seulement vulgaire. Je ne trouve pas le mot.

— François Lagrange est le seul qu'elle reçoive ainsi ?

— Oui. Elle lui lance, peu importe dans quelle tenue elle se trouve :

» — Entre, toi.

» Comme s'ils étaient de vieux camarades...

— ... ou de vieux complices ?

— Si vous voulez. Jusqu'à ce que je sorte, ils ne parlent de rien d'important. Lui s'assied timidement sur le bord de la bergère, comme s'il avait peur d'en froisser le satin.

— Il a des papiers, une serviette avec lui ?

— Non. C'est un bel homme. Ce n'est pas mon genre, mais je lui trouve de la prestance.

— Vous n'avez jamais entendu leur conversation ?

— Ce n'est pas possible avec elle. Elle devine tout. Elle a l'oreille fine. C'est plutôt elle, dans la maison, qui écoute aux portes. Quand il m'arrive de téléphoner, je peux être sûre qu'elle est quelque part à m'épier. Si je porte une lettre à la poste, elle me dit :

» — A qui écris-tu encore ?

» Et je sais qu'elle regarde l'adresse. Vous voyez le genre ?

— Je vois.

— Il y a quelque chose que vous n'avez pas encore vu et qui va peut-être vous souffler.

Elle sauta sur ses pieds, jeta le bout de sa cigarette dans le cendrier.

— Suivez-moi. Maintenant, vous connaissez le salon. C'est meublé dans le goût de tous les salons de l'immeuble. Un des meilleurs décorateurs de Paris s'est chargé du travail. Voici la salle à manger, en style moderne aussi. Attendez que j'allume.

Elle poussa une porte, tourna un commutateur, s'effaça pour lui laisser voir une chambre à coucher tout en satin blanc.

— Voici maintenant comment elle s'habille le soir...

Dans une pièce adjacente, elle ouvrait des placards, passait les mains dans la soie des robes bien rangées.

— Bon. Maintenant, venez !

Elle le précéda dans un couloir, et le crépon de son pyjama s'était pincé entre ses fesses. Elle ouvrit une autre porte, tourna encore un commutateur.

— Voilà !

C'était à l'arrière de l'appartement, un petit bureau qui aurait pu être celui d'un homme d'affaires. On n'y trouvait plus la moindre trace de féminité. Un classeur métallique était peint en vert et, derrière le fauteuil tournant, il y avait un énorme coffre-fort d'un modèle assez récent.

— C'est ici qu'elle passe une partie de ses après-midi et qu'elle reçoit l'avoué et l'homme de la banque. Tenez...

Elle désignait une pile de journaux : *Le Courrier de la Bourse*. Il est vrai qu'à côté Maigret remarqua un journal de courses.

— Elle porte des lunettes ?

— Seulement dans cette pièce.

Il y en avait une paire, de grandes lunettes rondes à monture d'écaille, sur le buvard à coins de cuir.

Il essaya machinalement d'ouvrir le classeur, mais il était fermé à clé.

— Chaque nuit, en entrant, elle vient enfermer ses bijoux dans le coffre.

— Qu'est-ce qu'il contient d'autre ? Vous avez déjà vu à l'intérieur ?

— Des titres, surtout. Des papiers. Puis un petit carnet rouge qu'elle consulte fréquemment.

Sur le bureau, Maigret prit un de ces répertoires dans lesquels les gens notent les numéros de téléphone qu'ils appellent souvent et se mit en devoir d'en parcourir les pages. Il lisait les noms à mi-voix. Georgette expliquait :

— Le crémier... Le boucher... La quincaillerie de l'avenue de Neuilly... Le bottier de la patronne...

Quand, en guise de nom, il n'y avait qu'un prénom, elle souriait, satisfaite.

— Olga... Nadine... Marcelle...

— Qu'est-ce que je vous disais ?

Des prénoms masculins aussi, mais moins. Puis des noms que la bonne ne connaissait pas. A la rubrique « banques », on ne comptait pas moins de cinq établissements inscrits, dont une banque américaine de la place Vendôme.

Il chercha, sans le trouver, le nom de Delteil. Il y avait bien quelque part un André et un Pierre. S'agissait-il du député et de son frère ?

— Après avoir vu le reste de l'appartement et sa garde-robe, vous attendiez-vous à trouver ceci ?

Il dit non, pour lui faire plaisir.

— Vous n'avez pas soif ?

— La concierge a eu la gentillesse de me préparer du café.

— Vous ne prendriez pas un petit alcool ?

Elle le ramenait vers le salon en éteignant les lampes derrière elle et, comme si leur entretien devait encore durer longtemps, reprenait sa place sur le canapé, car il avait refusé de boire.

— Votre patronne boit ?
— Comme un homme.
— Cela veut dire beaucoup ?
— Je ne l'ai jamais vue ivre, sinon une fois ou deux en rentrant au petit matin. Mais elle se prépare un whisky tout de suite après son café au lait et en prend trois ou quatre autres dans le courant de l'après-midi. C'est pour cela que je dis qu'elle boit comme un homme. Elle avale le whisky presque pur.

— Elle ne vous a pas dit à quel hôtel de Londres elle descendait ?
— Non.
— Ni combien de temps elle compte rester ?
— Elle ne m'a rien dit. Elle n'a pas été une demi-heure à faire ses bagages et à s'habiller.
— Comment était-elle habillée en partant ?
— Son tailleur gris.
— Elle a emporté des robes du soir ?
— Deux.
— Je crois que je n'ai plus de questions à vous poser et que je vais vous laisser vous coucher.
— Déjà ? Vous êtes pressé ?

Elle le faisait exprès de découvrir un peu plus de peau entre les deux parties de son pyjama, exprès aussi de croiser les jambes d'une certaine façon.

— Cela vous arrive souvent de faire vos enquêtes la nuit ?
— Quelquefois.
— Vous ne voulez vraiment rien prendre ?

Elle soupira.

— Moi, maintenant que je suis réveillée, je ne vais pas pouvoir me rendormir. Quelle heure est-il ?
— Bientôt trois heures.
— A quatre heures, il commence à faire jour, et les oiseaux se mettent à chanter.

Il se leva, ennuyé de la décevoir, et peut-être eut-elle encore l'espoir qu'il ne tenait pas à partir, mais seulement à se rapprocher d'elle. Ce ne fut que quand elle le vit se diriger vers la porte qu'elle se leva à son tour.

— Vous reviendrez ?
— C'est possible.
— Vous ne me dérangerez jamais. Vous n'avez qu'à sonner deux petits coups, puis un long. Je saurai que c'est vous et j'ouvrirai. Quand je suis seule, je n'ouvre pas toujours.
— Merci, mademoiselle.

Il retrouvait l'odeur de lit, de dessous de bras. Un des gros seins frôla sa manche avec une certaine insistance.

— Bonne chance ! lui lança-t-elle à mi-voix quand il fut dans l'escalier.

Et elle se pencha sur la rampe pour le regarder descendre.

A la P.J., il trouva Janvier qui l'attendait, après avoir passé plusieurs heures dans le logement de la rue Popincourt, et il paraissait exténué.

— Ça va, patron ? Il a parlé ?

Maigret fit non de la tête.

— J'ai laissé Houard là-bas, à tout hasard. Nous avons mis l'appartement sens dessus dessous, sans que cela donne grand-chose. J'ai seulement tenu à vous montrer ceci.

Maigret se servit d'abord un verre de fine, passa la bouteille à l'inspecteur.

— Vous allez voir, c'est assez curieux.

Dans une couverture de carton qui avait été arrachée à un cahier d'écolier, se trouvaient des coupures de journaux, certaines illustrées de photographies.

Maigret, sourcils froncés, lisait les titres, parcourait les textes, cependant que Janvier le regardait d'un drôle d'air.

Tous les articles, sans exception, parlaient du commissaire, et certains dataient de sept ans. C'étaient des comptes rendus d'enquêtes, parus au jour le jour, avec, souvent, le résumé de la séance des assises.

— Vous ne remarquez rien, patron ? En vous attendant, j'ai pris la peine de les lire de bout en bout.

Maigret remarquait quelque chose dont il préférait ne pas parler.

— On jurerait, n'est-ce pas, qu'on a choisi les affaires où vous avez eu plus ou moins l'air de défendre le coupable.

Un des articles s'intitulait même : *Le commissaire est bon enfant*.

Un autre était consacré à une déposition de Maigret, aux assises, déposition au cours de laquelle toutes ses réponses montraient sa sympathie pour le jeune homme qu'on jugeait.

Plus clair encore était un autre article, paru un an auparavant dans un hebdomadaire, qui ne traitait pas d'un cas particulier, mais de la culpabilité en général et qui s'intitulait : *L'humanité de Maigret*.

— Qu'est-ce que vous en pensez ? Ce dossier prouve que le bonhomme vous suit depuis longtemps, s'intéresse à vos faits et gestes, à votre caractère.

Des mots étaient soulignés au crayon bleu, entre autres les mots *indulgence* et *compréhension*.

Enfin un passage était entièrement encadré, celui où un journaliste racontait le dernier matin d'un condamné à mort et révélait qu'après avoir refusé le prêtre le condamné avait demandé la faveur d'un dernier entretien avec le commissaire Maigret.

— Cela ne vous amuse pas ?

Il était devenu plus grave, en effet, plus lourd, comme si cette découverte-là lui ouvrait de nouveaux horizons.

— Tu n'as rien trouvé d'autre ?

— Des factures. Non acquittées, évidemment. Le baron doit de l'argent partout. Le marchand de charbon n'est pas payé de l'hiver dernier. Voici une photo de sa femme avec son premier enfant.

L'épreuve était mauvaise. La robe datait, la coiffure aussi. La jeune femme qui posait avait un sourire mélancolique. Peut-être était-ce l'époque qui voulait ça, pour faire distingué. Maigret aurait cependant juré que, rien qu'à voir la photo, tout le monde aurait compris que cette femme n'aurait pas un destin heureux.

— Dans une armoire, j'ai retrouvé une de ses robes, en satin bleu pâle, et aussi un plein carton de vêtements de bébé.

Janvier avait trois enfants dont le dernier n'avait pas un an.

— Ma femme, elle, ne garde que leurs premières chaussures.

Maigret décrocha le récepteur téléphonique.

— L'Infirmerie spéciale ! dit-il à mi-voix. Allô ! Qui est à l'appareil ? C'était l'infirmière, une rousse qu'il connaissait.

— Ici, Maigret. Comment va Lagrange ? Vous dites ? Je vous entends mal.

Elle disait que son malade, à qui on avait fait une injection, s'était endormi presque aussitôt après le départ du professeur. Une demi-heure plus tard, elle avait entendu un léger bruit et elle était allée voir sur la pointe des pieds.

— Il pleurait.

— Il ne vous a pas parlé ?

— Il m'a entendue, et j'ai allumé. Des larmes luisaient encore sur ses joues. Il m'a regardée un bon moment en silence, et j'ai eu l'impression qu'il hésitait à me faire une confidence.

— Il vous donnait l'impression d'avoir ses esprits ?

Elle aussi hésita.

— Ce n'est pas à moi de juger, fit-elle, battant en retraite.

— Et après ?

— Il avait fait un geste pour prendre ma main.

— Il l'a prise ?

— Non. Il s'est mis à geindre en répétant toujours les mêmes mots :

» — Vous ne leur permettrez pas de me battre, n'est-ce pas ?... Je ne veux pas qu'on me batte...

— C'est tout ?

— Tout à la fin, il s'est agité. J'ai cru qu'il allait sauter à bas de son lit et il s'est mis à crier :

» — Je ne veux pas mourir !... Je ne veux pas !... Il ne faut pas qu'on me laisse mourir...

Maigret raccrocha, se tourna vers Janvier qui, en face de lui, luttait contre le sommeil.

— Tu peux aller te coucher.

— Et vous ?

— Il faut que j'attende cinq heures et demie. J'ai besoin de savoir si le gamin a vraiment pris le train de Calais.

— Pour quelle raison l'aurait-il pris ?

— Pour rejoindre quelqu'un en Angleterre.

Le mercredi au matin, Alain lui avait volé son automatique et s'était muni de cartouches. Le jeudi, il se rendait boulevard Richard-Wallace, et, une demi-heure plus tard, Jeanne Debul, qui connaissait son père, recevait un coup de téléphone et s'embarquait en hâte à la gare du Nord.

Qu'est-ce que le jeune homme faisait pendant l'après-midi ? Pourquoi ne partait-il pas tout de suite ? Ne pouvait-on supposer que c'était faute d'argent ?

Pour en trouver, par le seul moyen à sa disposition, il fallait attendre la tombée de la nuit.

Comme par hasard il attaquait l'industriel de Clermond-Ferrand, non loin de la gare du Nord, peu de temps avant le départ d'un train pour Calais.

— Au fait, j'oubliais de vous dire qu'on a téléphoné au sujet du portefeuille. Il a été retrouvé dans la rue.

— Quelle rue ?

— Rue de Dunkerque.

Toujours près de la gare.

— Sans l'argent, bien sûr.

— Avant de partir, passe donc un coup de fil au service des passeports. Demande-leur s'ils ont jamais délivré un passeport au nom d'Alain Lagrange.

Pendant ce temps, il alla se camper devant la fenêtre. Ce n'était pas encore le jour, mais l'heure grise et froide qui précède le lever du soleil. Dans une sorte de poussière glauque, la Seine coulait, presque noire, et un marinier lavait à grande eau le pont de son bateau amarré au quai. Un remorqueur, sans bruit, descendait le courant, pour aller quelque part chercher son chapelet de péniches.

— Il a demandé un passeport il y a onze mois, patron. Il désirait se rendre en Autriche.

— Donc son passeport est toujours valable. Aucun visa n'est exigé pour l'Angleterre. Tu ne l'as pas trouvé dans ses affaires ?

— Rien.

— Des vêtements de rechange ?

— Il ne doit posséder qu'un complet convenable et il le porte sur lui. Il en a un autre dans son armoire, usé jusqu'à la corde. Toutes les chaussettes que nous avons vues sont trouées.

— Va dormir.

— Vous êtes sûr que vous n'avez plus besoin de moi ?

— Certain. D'ailleurs, il reste deux inspecteurs au bureau.

Maigret ne se rendit pas compte qu'il s'assoupissait dans son fauteuil et, quand il ouvrit soudain les yeux, parce que le remorqueur de tout à l'heure remontait le courant et sifflait avant de s'engager sous le pont, suivi de sept péniches, le ciel était rose, et on voyait des aigrettes lumineuses à l'angle de certains toits. Il regarda sa montre, décrocha le téléphone.

— La police du port, à Calais !

Cela prit un certain temps. La police du port ne répondit pas. L'inspecteur qui vint enfin à l'appareil était essoufflé.
— Ici, Maigret, de la Police Judiciaire à Paris.
— Je suis au courant.
— Alors ?
— Nous finissons juste l'examen des passeports. Le bateau est encore à quai. Mes camarades y sont toujours.
Maigret entendit les coups de sirène de la malle qui allait partir.
— Le jeune Lagrange ?
— Nous n'avons rien trouvé. Personne qui lui ressemble. Il y avait peu de passagers. La vérification était facile.
— Vous avez encore la liste de ceux qui se sont embarqués hier ?
— Je vais la chercher dans le bureau voisin. Vous attendez ?
Quand il parla à nouveau, ce fut pour annoncer :
— Je ne vois pas de Lagrange aux départs d'hier non plus.
— Il ne s'agit pas de Lagrange. Cherchez une certaine Jeanne Debul.
— Debul... Debul... D... D... Voilà... Daumas... Dazergues... Debul, Jeanne, Louise, Clémentine, quarante-neuf ans, habitant à Neuilly-sur-Seine, 7 *bis,* boulevard...
— Je sais. Quelle adresse de destination a-t-elle donnée ?
— Londres, *Hôtel Savoy...*
— Je vous remercie. Vous êtes sûr que Lagrange...
— Vous pouvez avoir confiance, monsieur le commissaire.

Maigret avait chaud, peut-être de ne pas s'être couché. Il était de mauvaise humeur, et c'est avec l'air de se venger de quelque chose qu'il saisit la bouteille de fine. Puis, soudain, il décrocha à nouveau l'appareil, grogna :
— Le Bourget.
— Pardon ?
— Je vous demande la communication avec Le Bourget.
Sa voix était rogue ; le téléphoniste s'empressa avec une grimace.
— Ici, Maigret, de la P.J.
— Inspecteur Mathieu.
— Y a-t-il un avion pour Londres dans le courant de la nuit ?
— Il y en a un à dix heures du soir, un autre à minuit quarante-cinq, et enfin le premier avion du matin a décollé il y a quelques instants. Je l'entends encore qui prend de l'altitude.
— Voulez-vous vous procurer la liste des passagers ?
— Duquel ?
— Minuit quarante-cinq.
— Un instant...
C'était rare que Maigret soit aussi peu aimable.
— Vous y êtes ?
— Oui.
— Cherchez Lagrange.
— Bon... Lagrange, Alain, François, Marie...
— Je vous remercie.

— C'est tout ?

Maigret avait déjà raccroché. A cause de cette sacrée gare du Nord qui l'avait hypnotisé, il n'avait pas pensé à l'avion, de sorte qu'à l'heure qu'il était Alain Lagrange, avec son automatique chargé, était à Londres depuis un bon moment.

Sa main erra un instant sur le bureau avant de saisir le récepteur de téléphone.

— L'*Hôtel Savoy,* à Londres.

Il l'eut presque tout de suite.

— *Hôtel Savoy.* La réception écoute.

Cela le fatiguait de répéter son boniment, son nom, son titre.

— Pouvez-vous me dire si une certaine Jeanne Debul est descendue hier à votre hôtel ?

Cela prit moins de temps qu'avec la police. L'employé de la réception avait le tableau de ses clients à jour à sa portée.

— Oui, monsieur. Appartement 605. Vous voulez lui parler ?

Il hésita.

— Non. Voyez si vous avez reçu cette nuit un certain Alain Lagrange.

Ce fut à peine plus long.

— Non, monsieur.

— Je suppose que vous demandez les passeports des voyageurs à leur arrivée ?

— Certainement. Nous suivons le règlement.

— Alain Lagrange ne pourrait donc pas être chez vous sous un autre nom ?

— A moins de posséder un faux passeport. Remarquez qu'ils sont vérifiés chaque nuit par la police.

— Merci.

Il lui restait un coup de téléphone à donner, et celui-là lui déplaisait particulièrement, d'autant plus qu'il allait être obligé de faire appel à son pauvre anglais de collège.

— Scotland Yard.

Cela aurait été un miracle que l'inspecteur Pyke, qu'il avait reçu en France, soit de service à pareille heure. Il dut se contenter de l'inconnu qui fut lent à comprendre qui il était et qui lui répondit d'une voix nasillarde.

— Une certaine Jeanne Debul, âgée de quarante-neuf ans, est descendue au *Savoy,* appartement 605... Je voudrais que, pendant les quelques heures qui vont suivre, vous la fassiez surveiller discrètement...

Son interlocuteur lointain avait la manie de répéter les derniers mots de Maigret, mais avec le bon accent, comme pour le corriger.

— Il est possible qu'un jeune homme essaie de lui rendre visite ou se mette sur son chemin. Je vous donne son signalement...

Le signalement fourni, il ajouta :

— Il est armé, Smith & Wesson spécial. Cela vous permet de l'appréhender. Je vous fais envoyer sa photographie par bélinographe dans quelques minutes.

Mais l'Anglais ne l'entendait pas de cette oreille-là, et force fut à Maigret de donner des détails, de répéter trois et quatre fois la même chose.

— En somme, qu'est-ce que vous nous demandez de faire ?

Devant tant d'obstination, Maigret regrettait d'avoir pris la précaution de téléphoner au Yard et avait envie de répondre : « Rien du tout ! »

Il était en nage.

— Je serai là-bas aussitôt que possible, finit-il par déclarer.

— Vous voulez dire que vous venez à Scotland Yard ?

— Je vais à Londres, oui.

— A quelle heure ?

— Je n'en sais rien, je n'ai pas l'horaire des avions sous les yeux.

— Vous venez par avion ?

Il finit par raccrocher, exaspéré, envoyant à tous les diables ce fonctionnaire qu'il ne connaissait pas et qui était peut-être un fort brave homme. Qu'est-ce que Lucas aurait répondu à un inspecteur du Yard lui téléphonant à six heures du matin pour lui raconter une histoire du même acabit en mauvais français ?

— C'est toujours moi ! Passez-moi à nouveau Le Bourget.

Un avion partait à huit heures quinze. Cela lui donnait le temps de passer boulevard Richard-Lenoir, de se changer et même de se raser et d'avaler son petit déjeuner. Mme Maigret eut soin de ne pas lui poser de questions.

— J'ignore quand je rentrerai, dit-il, grognon, avec vaguement l'intention de la mettre en colère pour pouvoir passer ses nerfs sur quelqu'un. Je pars pour Londres.

— Ah !

— Prépare ma petite valise avec du linge de rechange et mes objets de toilette. Il doit rester quelques livres sterling au fond du tiroir.

Le téléphone sonnait. Il était en train de mettre sa cravate.

— Maigret ? Ici, Rateau.

Le juge d'instruction, comme de juste, qui avait passé la nuit dans son lit, qui était sans doute ravi d'être réveillé par un beau soleil et qui, tout en mangeant ses croissants, demandait des nouvelles.

— Vous dites ?

— Je dis que je n'ai pas le temps, que je prends l'avion pour Londres dans trente-cinq minutes.

— Pour Londres ?

— C'est cela.

— Mais qu'est-ce que vous avez découvert qui... ?

— Je m'excuse de raccrocher ; l'avion n'attend pas.

Il était dans un tel état d'esprit qu'il ajouta :

— Je t'enverrai des cartes postales !

A ce moment, bien entendu, l'appareil était raccroché.

6

Où Maigret fait le sacrifice de porter un œillet à la boutonnière, mais où cela ne lui réussit pas

On trouva des nuages en approchant de la côte française et on vola au-dessus. Par une large déchirure, un peu plus tard, Maigret eut la chance de voir la mer qui scintillait comme des écailles de poisson et des bateaux de pêche traînant derrière eux un sillage mousseux.

Son voisin se pencha aimablement pour lui désigner des falaises crayeuses en expliquant :

— *Dover...* Douvres...

Il le remercia d'un sourire, et bientôt il n'y eut plus qu'une vapeur presque transparente entre la terre et l'avion. Parfois seulement on traversait un gros nuage lumineux dont on sortait presque aussitôt pour retrouver en dessous de soi des pâturages piquetés de taches minuscules.

Enfin le paysage bascula, et ce fut Croydon. Ce fut aussi M. Pyke. Car M. Pyke était là, à attendre son collègue français. Non pas sur le terrain d'aviation même, comme il en aurait sans doute eu le droit, non pas en dehors de la foule, mais avec celle-ci, sagement, derrière les barrières séparant des passagers les parents ou les amis qui attendaient.

Il ne fit pas de grands gestes, n'agita pas de mouchoir. Quand Maigret regarda de son côté, il se contenta de lui adresser un signe de tête, comme il devait le faire chaque matin en rencontrant ses collègues au bureau.

Il y avait des années qu'ils ne s'étaient vus et il y avait douze ou treize ans que le commissaire n'avait pas mis les pieds en Angleterre.

Il suivait la file, pénétrait, sa valise à la main, dans un bâtiment où il avait à passer devant l'immigration, puis devant les douaniers, et M. Pyke était toujours là, derrière une vitre, avec son complet gris sombre qui paraissait un peu trop étroit pour lui, son chapeau de feutre noir, un œillet à la boutonnière.

Il aurait pu entrer ici aussi, dire à l'officier d'immigration : « C'est le commissaire Maigret, qui vient nous voir... »

Maigret l'aurait fait pour lui au Bourget. Il ne lui en voulait pourtant pas, comprenant que c'était, au contraire, une sorte de délicatesse de sa part. C'était lui qui avait un peu honte de sa colère du matin à l'égard du fonctionnaire du Yard. Car, puisque Pyke était là, cela signifiait que l'homme n'avait pas si mal fait son métier, qu'il avait même montré de l'initiative. Il n'était que dix heures et demie. Pour arriver à temps à Croydon, Pyke avait quitté Londres presque aussitôt après être entré dans son bureau.

Maigret sortait de la pièce. La main sèche et dure se tendait :
— Comment allez-vous ?

Pyke continuait, en français, ce qui était pour lui un sacrifice, car il le parlait avec peine et souffrait de faire des fautes :
— J'espère que vous allez... *enjoy*... Comment traduisez-vous ?... Oui, jouir de cette journée resplendissante.

Au fait, c'était la première fois que Maigret se trouvait en Angleterre en été et il se demandait s'il avait jamais vu Londres sous un vrai soleil.

— J'ai pensé que vous préféreriez faire la route en voiture que par le car de la compagnie.

Il ne lui parlait pas de son enquête, n'y faisait pas allusion, et cela aussi faisait partie de son genre de tact. Ils prenaient place dans une Bentley du Yard conduite par un chauffeur en livrée, et celui-ci, respectant scrupuleusement les règlements de vitesses, ne brûla pas un seul feu.

— Joli, n'est-ce pas ?

Pyke désignait des rangées de petites maisons roses qui, dans la grisaille, auraient paru tristes, mais qui, sous le soleil, étaient coquettes, avec chacune un carré de gazon un peu plus grand qu'un drap de lit entre la porte et la barrière. On sentait qu'il savourait ce spectacle de la banlieue londonienne où il vivait lui-même.

Aux maisons roses succédaient des maisons jaunes, puis des maisons brunes, puis à nouveau des roses. Il commençait à faire très chaud, et, dans certains jardinets, fonctionnait une arroseuse automatique.

— J'allais oublier de vous remettre ceci.

Il tendait à Maigret un papier où des notes étaient écrites en français.

*Alain Lagrange, dix-neuf ans, employé de bureau, descendu à quatre heures du matin, à l'*Hôtel Gilmore, *en face de la gare Victoria, sans bagages.*

A dormi jusqu'à huit heures, est sorti.

*S'est présenté d'abord à l'*Hôtel Astoria *et s'est informé de Mme Jeanne Debul.*

*S'est ensuite adressé à l'*Hôtel Continental, *puis à l'*Hôtel Claridge, *posant toujours la même question.*

Semble suivre la liste alphabétique des grands hôtels.

N'est jamais venu à Londres. Ne parle pas l'anglais.

Maigret, lui aussi, se contenta d'un signe de remerciement, et il s'en voulait plus que jamais de ses mauvaises pensées à l'égard du fonctionnaire du matin.

Après un long silence et plusieurs rangs de maisons pareilles, Pyke prenait la parole.

— Je me suis permis de vous retenir une chambre à l'hôtel, car nous avons beaucoup de touristes en ce moment.

Il tendit à son collègue une fiche qui portait le nom du *Savoy* et le numéro de l'appartement. Maigret faillit ne pas y prêter attention. Le numéro le frappa : 604.

Ainsi on avait pensé à l'installer juste en face de Jeanne Debul.

— Cette personne est toujours là ? questionna-t-il.

— Elle y était quand nous avons quitté Croydon. J'ai eu un rapport téléphonique alors que votre avion commençait à survoler le terrain.

Rien d'autre. Il était satisfait, non pas tant de prouver à Maigret que la police anglaise est efficiente que de lui montrer l'Angleterre sous un soleil indiscutable.

Quand on pénétra dans Londres et qu'on croisa les gros autobus rouges, qu'on vit des femmes en robe claire sur les trottoirs, il ne put s'empêcher de murmurer :

— C'est quelque chose, n'est-ce pas ?

Et, en approchant du *Savoy* :

— Si vous n'êtes pas occupé, je pourrais venir vous prendre pour déjeuner vers une heure ? D'ici là, je serai à mon bureau. Vous pouvez m'appeler.

C'était tout. Il le laissait entrer seul dans l'hôtel, tandis que le chauffeur en livrée remettait la valise à un des portiers.

L'employé de la réception le reconnaissait-il après douze ans ? Le connaissait-il seulement par ses photos ? Ou bien n'était-ce qu'une flatterie professionnelle ? Ou le fait que sa chambre avait été retenue par les soins du Yard ? Sans attendre qu'il parle, il lui tendit sa clé.

— Vous avez fait bon voyage, monsieur Maigret ?

— Très bon. Je vous remercie.

L'immense hall, où, à toute heure du jour et de la nuit, des gens occupaient des fauteuils profonds, l'impressionnait toujours un peu. A droite, on vendait des fleurs. Chaque homme en avait une à la boutonnière, et, à cause de l'humeur de Pyke, sans doute, Maigret s'acheta un œillet rouge.

Il se souvenait que le bar était à gauche. Il avait soif. Il se dirigea vers la porte vitrée, qu'il essaya en vain d'ouvrir.

— A onze heures et demie, sir !

Il se rembrunit. C'était toujours comme ça à l'étranger. Des détails qui l'enchantaient puis, tout de suite, un autre détail qui lui rebroussait le poil. Pourquoi diable n'avait-il pas le droit de boire un verre avant onze heures et demie ? Il ne s'était pas couché de la nuit. Il avait le sang à la tête et le soleil lui donnait un vague vertige. Peut-être aussi le mouvement de l'avion ?

Comme il se dirigeait vers l'ascenseur, un homme qu'il ne connaissait pas s'approcha de lui.

— La dame vient de faire monter son petit déjeuner. M. Pyke m'a prié de vous tenir au courant. Dois-je rester à votre disposition ?

C'était un homme du Yard. Maigret le trouva élégant, pas déplacé dans cet hôtel luxueux, et il portait, lui aussi, une fleur à la boutonnière. La sienne était blanche.

— Le jeune homme ne s'est pas présenté ?
— Pas jusqu'à présent, sir.
— Voulez-vous surveiller le hall et m'avertir dès qu'il arrivera ?
— Avant qu'il en soit à la lettre S, il se passera encore du temps, sir. Je crois que l'inspecteur Pyke a posté un de mes camarades à l'*Hôtel Lancaster*.

La chambre était vaste, flanquée d'un salon gris perle, et les fenêtres donnaient sur la Tamise où passait justement un bateau dans le genre des bateaux-mouches de Paris aux deux ponts couverts de touristes.

Maigret avait si chaud qu'il décida de prendre une douche et de changer de linge. Il faillit appeler Paris au téléphone pour avoir des nouvelles du Baron, changea d'avis, se rhabilla, entrouvrit la porte de sa chambre. Le 605 était en face. On voyait du soleil sous la porte, ce qui indiquait qu'on avait ouvert les rideaux. Au moment où il allait frapper, il entendit le bruit de l'eau dans la baignoire et il se mit à arpenter le couloir en fumant sa pipe. Une femme de chambre qui passait le regarda curieusement. Elle dut parler de lui à l'office, car un garçon en habit vint l'observer à son tour. Alors, voyant à sa montre qu'il était onze heures vingt-quatre, il prit l'ascenseur, et il était à la porte du bar au moment précis où on l'ouvrait. D'autres gentlemen, d'ailleurs, qui avaient attendu cette minute-là dans les fauteuils du hall, se précipitaient également.

— Scotch ?
— Si vous voulez.
— Soda ?

Sa moue dut indiquer qu'il trouvait que le breuvage n'avait pas beaucoup de goût, car le barman proposa :
— Double, sir ?

Cela allait déjà mieux. Il n'avait jamais soupçonné qu'il pouvait faire aussi chaud à Londres. Il alla prendre l'air quelques minutes devant la grande porte tournante, regarda à nouveau l'heure et se dirigea vers l'ascenseur.

Quand il frappa à la porte du 605, une voix féminine dit à l'intérieur :
— Entrez !

Puis, supposant sans doute que c'était le garçon qui venait desservir :
— *Come in !*

Il tourna le bouton, la porte s'ouvrit. Il se trouva dans une chambre vibrante de soleil où une femme en peignoir était assise devant sa coiffeuse. Elle ne le regarda pas tout de suite. Elle continuait à brosser ses cheveux bruns et elle avait des épingles entre les dents. C'est dans le miroir qu'elle le vit. Ses sourcils se froncèrent.

— Qu'est-ce que vous voulez ?
— Commissaire Maigret, de la Police Judiciaire.
— Cela vous donne le droit de vous introduire chez les gens ?
— C'est vous qui m'avez prié d'entrer.

Il était difficile de lui donner un âge. Elle avait dû être très belle, et il lui en restait quelque chose. Le soir, aux lumières, elle ferait probablement illusion, surtout si sa bouche ne prenait pas ce pli dur qu'elle avait en ce moment.

— Vous pourriez commencer par retirer votre pipe de votre bouche.

Il le fit gauchement. Il n'avait pas pensé à sa pipe.

— Ensuite, si vous avez à me parler, faites-le vite. Je ne vois pas ce que la police française peut avoir à faire avec moi. Surtout ici.

Elle ne lui faisait toujours pas face, et c'était gênant. Elle devait le savoir, s'attardait à sa coiffeuse, dans le miroir de laquelle elle le surveillait. Debout, il se sentait trop grand, trop massif. Le lit était défait. Il y avait un plateau avec les restes du petit déjeuner, et, en fait de siège, il ne voyait qu'une bergère dans laquelle il ne pouvait guère enfoncer ses larges cuisses.

Il prononça, en la regardant, lui aussi, par le truchement du miroir :

— Alain est à Londres.

Ou bien elle était très forte, ou bien ce prénom ne lui disait rien, car elle ne broncha pas.

Il continua sur le même ton :

— Il est armé.

— C'est pour m'annoncer ça que vous avez traversé la Manche ? Car je suppose que vous venez de Paris. Quel nom avez-vous dit ? Je parle du vôtre.

Il était persuadé qu'elle jouait la comédie, avec l'espoir de le vexer.

— Commissaire Maigret.

— De quel quartier ?

— Police Judiciaire.

— Vous cherchez un jeune homme qui se prénomme Alain ? Il n'est pas ici. Fouillez l'appartement si cela doit vous rassurer.

— C'est lui qui vous cherche.

— Pourquoi ?

— C'est justement ce que je voudrais vous demander.

Cette fois, elle se leva, et il s'aperçut qu'elle était presque aussi grande que lui. Elle portait un peignoir d'une soie épaisse de couleur saumon qui révélait des formes encore harmonieuses. Elle alla prendre une cigarette sur un guéridon, l'alluma, sonna le maître d'hôtel. Un moment il crut que c'était dans l'intention de le faire mettre à la porte, mais, quand le serviteur se présenta, elle lui dit simplement :

— Un scotch. Sans glace. Avec de l'eau naturelle.

Puis, la porte refermée, elle se tourna vers le commissaire.

— Je n'ai rien d'autre à vous dire. Je regrette.

— Alain est le fils du baron Lagrange.

— C'est possible.

— Lagrange est un de vos amis.

Elle hocha la tête comme quelqu'un qui prend son interlocuteur en pitié.

— Écoutez, monsieur le commissaire, je ne sais pas ce que vous êtes venu faire, mais vous perdez votre temps. Sans doute y a-t-il erreur sur la personne.

— Vous vous appelez bien Jeanne Debul ?
— C'est mon nom. Vous voulez voir mon passeport ?
Il fit signe que c'était inutile.
— Le baron Lagrange a l'habitude de vous rendre visite dans votre appartement du boulevard Richard-Wallace et, sans doute, avant ça, rue Notre-Dame-de-Lorette.
— Je vois que vous êtes renseigné. Dites-moi maintenant en quoi le fait que j'aie connu Lagrange explique que vous me pourchassiez à Londres ?
— André Delteil est mort.
— Vous parlez du député ?
— Il était de vos amis aussi ?
— Je ne crois pas l'avoir rencontré. J'en ai entendu parler, comme tout le monde, lors de ses interpellations. Si je l'ai vu, c'est dans quelque restaurant ou dans quelque boîte de nuit.
— Il a été assassiné.
— Étant donné sa façon de comprendre la politique, il devait s'être fait un certain nombre d'ennemis.
— Le meurtre a été commis dans le logement de François Lagrange.
On frappait. C'était le garçon avec le whisky. Elle en but une rasade, simplement, comme quelqu'un qui a l'habitude de prendre un alcool tous les jours à la même heure, et, son verre à la main, alla s'asseoir dans la bergère, croisa les jambes, tira sur les pans de son peignoir.
— C'est tout ? questionna-t-elle.
— Alain Lagrange, le fils, s'est procuré un automatique et des cartouches. Il s'est présenté hier à votre domicile, peu avant votre départ précipité.
— Répétez ce mot-là.
— Pré-ci-pi-té.
— Parce que vous savez, je suppose, que, la veille, je n'avais pas l'intention de venir à Londres ?
— Vous n'en avez fait part à personne.
— Vous faites part de vos intentions à votre bonne ? Il est vraisemblable que c'est Georgette que vous avez questionnée ?
— Peu importe. Alain s'est présenté à votre domicile.
— On ne m'en a pas parlé. Je n'ai pas entendu sonner à la porte.
— Parce que, dans l'escalier, il a été rejoint par la concierge et qu'il a fait demi-tour.
— Il a dit à la concierge que c'était moi qu'il voulait voir ?
— Il n'a rien dit.
— Vous êtes sérieux, commissaire ? C'est réellement pour me raconter ces sornettes que vous avez fait le voyage ?
— Vous avez reçu un coup de téléphone du Baron.
— Vraiment !
— Il vous a mise au courant de ce qui s'était passé. Ou peut-être étiez-vous déjà au courant.
Il avait chaud. Elle ne lui donnait aucune prise, toujours aussi calme,

aussi nette dans sa tenue du matin. De temps en temps, elle trempait les lèvres dans son verre, sans penser à lui offrir à boire, et elle le laissait debout, embarrassé de sa personne.

— Lagrange est en état d'arrestation.

— C'est son affaire et la vôtre, n'est-ce pas ? Qu'est-ce qu'il en dit ?

— Il essaie de faire croire qu'il est fou.

— Il a toujours été un peu fou.

— C'était pourtant votre ami ?

— Non, commissaire. Vous pouvez économiser votre ingéniosité. Vous ne me ferez pas parler, pour l'excellente raison que je n'ai rien à dire. Si vous voulez examiner mon passeport, vous y verrez qu'il m'arrive parfois de venir passer quelques jours à Londres. Toujours à cet hôtel, où on vous le confirmera. Quant à Lagrange, le pauvre, il y a des années que je le connais.

— Dans quelles circonstances l'avez-vous rencontré ?

— Cela ne vous regarde pas. Dans les circonstances les plus banales, je vous le confie cependant, comme un homme et une femme se rencontrent.

— Il a été votre amant ?

— Vous êtes d'une délicatesse extrême.

— Il l'a été ?

— Supposons qu'il l'ait été, un soir ou une semaine, ou même un mois, il y a de cela douze ou quinze ans...

— Vous êtes restés bons amis ?

— Devions-nous nous disputer ou nous battre ?

— Vous le receviez le matin, dans votre chambre, alors que vous étiez encore au lit.

— Nous sommes le matin, mon lit est défait, et vous êtes dans ma chambre.

— Vous traitiez des affaires avec lui ?

Elle sourit.

— Quelles affaires, mon Dieu ? Vous ne savez donc pas que toutes les affaires dont parlait cette pantoufle n'existaient que dans son imagination ? Vous ne vous êtes pas donné la peine de vous renseigner sur lui ? Allez au *Fouquet's,* au *Maxim's,* dans n'importe quel bar des Champs-Élysées, et on vous éclairera votre lanterne. Ce n'était pas la peine de prendre le bateau ou l'avion pour ça.

— Vous lui donniez de l'argent ?

— C'est un crime ?

— Beaucoup ?

— Vous remarquerez que je suis patiente. Il y a un quart d'heure que j'aurais pu vous faire mettre dehors, car vous n'avez aucun droit à être ici et à me questionner. Je veux pourtant, une fois pour toutes, vous répéter que vous faites fausse route. J'ai connu le baron Lagrange, jadis, alors qu'il portait encore beau et faisait illusion. Je l'ai trouvé

plus tard aux Champs-Élysées, et il a fait avec moi ce qu'il fait avec tout le monde.
— Ce qui signifie ?
— Qu'il m'a tapée. Renseignez-vous. C'est l'homme à qui il manque éternellement quelques centaines de francs pour décrocher la plus mirifique affaire et s'enrichir en quelques jours. Ce qui veut dire qu'il n'a pas de quoi payer l'apéritif qu'il est en train de boire ou le métro pour rentrer chez lui. J'ai fait comme les autres.
— Et il vous a relancée à domicile ?
— C'est tout.
— Son fils n'en est pas moins à votre recherche.
— Je ne l'ai jamais vu.
— Il se trouve à Londres depuis cette nuit.
— Dans cet hôtel ?
Ce fut la seule occasion où sa voix fut un peu moins ferme, marquant une certaine anxiété.
— Non.
Il hésita. Il avait à choisir entre deux solutions et il pencha pour celle qu'il crut la bonne :
— A l'*Hôtel Gilmore,* en face de la gare Victoria.
— Comment êtes-vous sûr que c'est moi qu'il cherche ?
— Parce que, depuis ce matin, il s'est déjà présenté dans une série de palaces en s'informant de vous. Il semble suivre la liste alphabétique. Dans moins d'une heure, il sera ici.
— Nous apprendrons alors ce qu'il me veut, n'est-ce pas ?
Il y avait un léger frémissement dans sa voix.
— Il est armé.
Elle haussa légèrement les épaules, se leva, regarda la porte.
— Je suppose que je dois vous remercier d'avoir la bonté de veiller sur moi ?
— Il est encore temps.
— De quoi ?
— De parler.
— Voilà une demi-heure que nous ne faisons que ça. Maintenant, je vous prie de me laisser seule afin que je m'habille.
Elle ajouta, d'une voix qui ne sonnait pas tout à fait clair, avec un petit rire :
— Si ce jeune homme doit réellement me rendre visite, autant que je sois prête !
Maigret sortit sans rien ajouter, les épaules rondes, mécontent de lui et d'elle, car il n'en avait rien tiré et il avait l'impression que, tout le temps de l'entretien, Jeanne Debul avait gardé la supériorité. La porte refermée, il s'arrêta dans le couloir. Il aurait aimé savoir si elle téléphonait ou manifestait une activité soudaine.
Malheureusement, une femme de chambre, la même qui l'avait vu plus tôt rôder dans le couloir, sortait d'une pièce voisine et le regardait avec insistance. Gêné, il se mit en marche vers l'ascenseur.

Dans le hall, il retrouva l'agent du Yard installé dans un des fauteuils, le regard rivé sur la porte tournante. Il s'assit à côté de lui.
— Rien ?
— Pas encore.

Il y avait, à cette heure-ci, beaucoup d'allées et venues. Des autos s'arrêtaient sans cesse devant l'hôtel, amenant non seulement des voyageurs, mais des Londoniens qui venaient déjeuner ou simplement prendre un verre au bar. Tous étaient fort gais. Tous avaient sur le visage le même ravissement que Pyke devant cette journée exceptionnelle. Des groupes se formaient. Trois ou quatre personnes entouraient toujours la réception. Des femmes, dans les fauteuils, attendaient leur compagnon, qu'elles suivaient ensuite dans la salle à manger.

Maigret se souvenait d'une autre issue de l'hôtel donnant sur l'Embankment. S'il avait été à Paris... Cela aurait été tellement facile ! Pyke avait beau s'être mis à sa disposition, il ne voulait pas en abuser. Au fond, ici, il avait toujours peur de se montrer ridicule. Est-ce que l'inspecteur Pyke avait eu la même sensation humiliante lors de son séjour en France ?

Là-haut, par exemple, dans le couloir, ce n'est pas la présence d'une femme de chambre qui, en France, l'aurait gêné. Il lui aurait raconté n'importe quoi, probablement qu'il était de la police, et aurait continué sa surveillance.

— Belle journée, sir !

Même cela qui commençait à l'agacer. Ces gens étaient trop contents de leur soleil exceptionnel. Plus rien d'autre ne comptait. Les passants, dans la rue, marchaient comme dans un rêve.

— Vous croyez qu'il viendra, sir ?
— C'est probable, non ? Le *Savoy* est sur sa liste.
— J'ai un peu peur que Fenton se soit montré maladroit.
— Qui est Fenton ?
— Mon collègue, que l'inspecteur Pyke a envoyé au *Lancaster*. Il devait s'installer comme moi devant la réception et attendre. Ensuite, à la sortie du jeune homme, le prendre en filature.
— Il est mauvais ?
— Il n'est pas mauvais, sir. C'est un très bon agent. Seulement il est roux et il porte des moustaches. De sorte que, quand on l'a vu une fois, on le reconnaît.

L'agent regarda sa montre, soupira.

Maigret, lui, surveillait les ascenseurs. Jeanne Debul sortit de l'un d'eux, vêtue d'un joli deux-pièces printanier. Elle paraissait tout à fait à son aise. Aux lèvres, elle avait le vague sourire d'une femme qui se sait jolie et bien habillée. Plusieurs hommes la suivirent du regard. Maigret avait remarqué le gros diamant qu'elle portait au doigt.

Le plus naturellement du monde, elle fit quelques pas dans le hall en regardant les visages autour d'elle, puis déposa sa clé sur le bureau du concierge, hésita.

Elle avait vu Maigret. Était-ce pour lui qu'elle tenait la scène ?

Deux endroits s'offraient pour déjeuner : la grande salle à manger, d'une part, qui faisait suite au hall et dont les baies vitrées donnaient sur la Tamise, et, d'autre part, le grill, moins vaste, moins solennel, où il y avait davantage de monde et dont les fenêtres permettaient de voir l'entrée de l'hôtel.

C'est vers le grill qu'elle se dirigea enfin. Elle dit quelques mots au maître d'hôtel, qui la conduisit avec empressement vers une petite table près d'une fenêtre.

Au même instant, l'agent prononçait, à côté de Maigret :

— C'est lui...

Le commissaire regarda vivement dans la rue à travers la porte tournante, ne vit personne ressemblant à la photographie d'Alain Lagrange, ouvrit la bouche pour une question.

Avant même de la formuler, il comprit. Un petit homme très roux, aux moustaches flamboyantes, s'approchait de la porte.

Il ne s'agissait pas d'Alain, mais de l'agent Fenton. Dans le hall, il chercha son collègue des yeux, s'en approcha et, ignorant la présence de Maigret, questionna :

— Il n'est pas venu ?

— Non.

— Il s'est présenté au *Lancaster*. Je l'ai suivi ensuite. Il est entré au *Montréal*. Je me demande s'il m'a aperçu. Il s'est retourné deux ou trois fois. Puis, brusquement, il a sauté dans un taxi. J'ai perdu une minute avant d'en trouver un à mon tour. Je me suis adressé à cinq autres hôtels. Il ne...

Un des chasseurs se penchait sur Maigret :

— Le chef de la réception voudrait vous dire un mot, murmurait-il à voix basse.

Maigret le suivait. Le chef de la réception, en jaquette, une fleur à la boutonnière, tenait un récepteur téléphonique à la main. Il adressait un clin d'œil à Maigret, un signe que le commissaire croyait comprendre. Puis il disait dans l'appareil :

— Je vous passe l'employé qui est au courant.

Maigret s'empara du récepteur.

— Allô !

— Vous parlez français ?

— Oui... *Yes*... Je parle français...

— Je voudrais savoir si Mme Jeanne Debul est descendue chez vous.

— De la part de qui ?

— D'un de ses amis.

— Vous désirez lui parler ? Je peux faire sonner son appartement.

— Non. Non...

La voix paraissait lointaine.

— Sa clé n'est pas au tableau. Elle doit donc être chez elle. Je suppose qu'elle ne tardera pas à descendre...

— Je vous remercie.

— Est-ce que je ne peux pas... ?

Alain avait déjà raccroché. Il n'était pas si bête, en somme. Il avait dû s'apercevoir qu'il était suivi. Plutôt que de se présenter en personne dans les différents hôtels, il avait pris le parti de téléphoner d'une cabine publique ou d'un bar.

Le chef de la réception tenait un autre appareil à la main.

— Encore pour vous, monsieur Maigret.

Cette fois, c'était Pyke, qui lui demandait s'il déjeunerait avec lui.

— Il est préférable que je reste ici.

— Mes hommes ont réussi ?

— Pas tout à fait. Ce n'est pas de leur faute.

— Vous avez perdu la piste.

— Il viendra certainement ici.

— En tout cas, ils sont à votre disposition.

— Je garderai celui qui ne s'appelle pas Fenton, si vous le permettez.

— Gardez Bryan. Fort bien. Il est intelligent. Peut-être ce soir ?

— Peut-être ce soir.

Il rejoignit les deux hommes qui bavardaient toujours et qui se turent à son arrivée. Bryan avait dû révéler à Fenton qui il était, et le rouquin se montrait contrit.

— Je vous remercie, monsieur Fenton. J'ai trouvé la trace du jeune homme. Je n'aurai plus besoin de vous aujourd'hui. Vous prenez un verre ?

— Jamais en service.

— Vous, monsieur Bryan, j'aimerais que vous alliez déjeuner au grill, à proximité de cette dame qui porte un deux-pièces à petites fleurs bleues. Si elle sort, essayez de la suivre.

Un léger sourire glissa sur les lèvres de Bryan, qui regardait son camarade s'éloigner.

— Comptez sur moi.

— Vous ferez mettre l'addition sur mon compte.

Maigret avait soif. Il eut soif pendant plus d'une demi-heure. Comme les fauteuils trop profonds lui tenaient chaud, il se levait, errait dans le hall, mal à l'aise au milieu des gens qui parlaient anglais et qui, tous, avaient une raison d'être là.

Combien de fois vit-il tourner la porte qui, à chaque coup, envoyait un reflet de soleil sur un des murs ? Davantage encore. C'était un va-et-vient incessant. Les autos s'arrêtaient, repartaient, les vieux taxis confortables et pittoresques de Londres, des Rolls-Royce, ou des Bentley aux chauffeurs impeccables, des petites machines en forme de voitures de course.

La soif lui enflait la gorge et, d'où il était, il pouvait voir le bar rempli de consommateurs, les pâles Martinis qui, de loin, paraissaient si frais dans leur verre embué, les whiskies que les clients, debout au bar, tenaient à la main.

S'il allait là-bas, il perdait la porte de vue. Il s'approchait, repartait, regrettait d'avoir renvoyé Fenton qui aurait quand même pu prendre la planque pendant quelques minutes.

Quant à Bryan, il était en train de manger et de boire. Maigret commençait à avoir faim aussi.

Il se rasseyait en soupirant quand un vieux gentleman à cheveux blancs, dans le fauteuil voisin du sien, pressa un bouton électrique que Maigret n'avait pas aperçu. Quelques instants plus tard, un garçon en veste blanche se penchait sur lui.

— Un double scotch avec de la glace.

Voilà ! C'était aussi simple que ça. Il ne lui était pas venu à l'idée qu'il pouvait se faire servir dans le hall.

— La même chose pour moi. Je présume que vous n'avez pas de bière ?

— Si, sir. Quelle bière désirez-vous ?

Le bar avait toutes les sortes de bières, de la hollandaise, de la danoise, de l'allemande et même une bière française d'exportation que Maigret ne connaissait pas.

En France, il en aurait commandé deux verres à la fois, tant il était altéré. Ici, il n'osa pas. Et il enrageait de ne pas oser. Cela l'humiliait de se sentir intimidé.

Est-ce que les garçons, les maîtres d'hôtels, les chasseurs, les portiers étaient plus impressionnants que ceux d'un palace de Paris ? Il lui semblait que tout le monde le regardait, que le vieux monsieur, son voisin, l'étudiait d'un œil critique.

Alain Lagrange allait-il se décider à venir, oui ou non ?

Ce n'était pas la première fois que cela lui arrivait : Maigret, tout à coup, sans raison plausible, perdait confiance en lui. Que faisait-il là, en réalité ? Il avait passé la nuit sans dormir. Il était allé boire du café dans une loge de concierge, puis il avait écouté les histoires d'une grosse fille en pyjama rose qui lui montrait une tranche de ventre et s'efforçait de se rendre intéressante.

Encore ? Alain Lagrange lui avait chipé son revolver, avait menacé un passant, dans la rue, et lui avait volé son portefeuille avant de s'embarquer à bord de l'avion de Londres. A l'Infirmerie spéciale, le Baron faisait le fou.

Et s'il était réellement fou ?

A supposer qu'Alain se présente à l'hôtel, qu'est-ce que Maigret allait faire ? L'aborder gentiment ? Lui dire qu'il désirait une explication ?

S'il essayait de s'échapper, s'il se débattait ? De quoi aurait-il l'air, devant tous ces Anglais qui souriaient à leur soleil, de s'attaquer à un gamin ? Peut-être est-ce sur lui qu'on tomberait à bras raccourcis ?

Cela lui était arrivé une fois, à Paris, pourtant, quand il était encore jeune et qu'il faisait la voie publique. Au moment où il mettait la main sur l'épaule d'un voleur à la tire, à une sortie de métro, le type s'était mis à crier : « Au secours ! » Et c'était Maigret que la foule avait maintenu jusqu'à l'arrivée des sergents de ville.

Il avait encore soif, hésitait à sonner, poussait enfin le bouton blanc, persuadé que son voisin à cheveux blancs le considérait comme un homme mal élevé qui boit des verres de bière en enfilade.

— Un...
Il crut reconnaître une silhouette, dehors, prononça, sans penser :
— *Whisky and soda...*
— Bien, sir.

Ce n'était pas Alain. De près, il ne lui ressemblait pas du tout, et d'ailleurs il rejoignait une jeune fille qui l'attendait dans le bar.

Maigret était encore là, tout engourdi, la bouche mauvaise, quand une Jeanne Debul en pleine forme sortit du grill et gagna la porte-tambour.

Dehors, elle attendit qu'un des portiers eût sifflé un taxi. Bryan suivait, guilleret lui aussi, et adressa en passant un clin d'œil à Maigret. Il avait l'air de dire : « N'ayez pas peur ! » Il monta dans un second taxi.

Si Alain Lagrange avait été gentil, il serait arrivé maintenant. Jeanne Debul n'était plus là. Il n'y avait donc pas de danger qu'il se précipite sur elle en déchargeant son automatique. Le hall était plus calme qu'une demi-heure auparavant. Les gens avaient mangé. Plus roses, ils s'en allaient les uns après les autres à leurs affaires, ou se promener dans Piccadilly et dans Regent Street.

— Même chose, sir ?
— Non, cette fois je désirerais un sandwich.
— Je vous demande pardon, sir. Il nous est interdit de servir à manger dans le hall.

Il en aurait pleuré de rage.

— Alors servez-moi ce que vous voudrez. La même chose, soit !

Tant pis, après tout. Ce n'était pas sa faute !

7

D'une actuelle tablette de chocolat au lait
et d'un chat d'autrefois qui ameuta tout un quartier

A trois heures, à trois heures et demie, à quatre heures, Maigret était toujours là, aussi mal dans sa peau que quand, après des jours et des jours de chaleur orageuse, les gens se regardent hargneusement, si accablés qu'on s'attend à les voir ouvrir la bouche pour respirer comme des poissons hors de l'eau.

La différence, c'est qu'il était le seul dans cet état. Il n'y avait pas le moindre orage dans l'air. Le ciel, au-dessus du Strand, restait d'un joli bleu aéré, sans trace de violet, avec parfois un petit nuage blanc qui flottait dans l'espace comme une plume échappée d'un édredon.

Par moments, il se surprenait à examiner ses voisins comme s'il leur vouait une haine personnelle. A d'autres moments, un complexe d'infériorité lui pesait sur l'estomac et lui donnait un air sournois.

Ils étaient tous trop nets, trop sûrs d'eux-mêmes. Le plus exaspérant de tous était encore le chef de la réception, avec sa jaquette suave, son faux col qu'aucune sueur ne mollissait. Il avait pris Maigret en amitié, ou peut-être en pitié, et de temps en temps il lui adressait un sourire à la fois complice et encourageant.

Il semblait lui dire, par-dessus le va-et-vient des voyageurs anonymes : « Nous sommes tous les deux victimes du devoir professionnel. Ne puis-je rien faire pour vous ? »

Maigret lui aurait sans doute répondu : « M'apporter un sandwich. »

Il avait sommeil. Il avait chaud. Il avait faim. Quand, quelques minutes après trois heures, il avait sonné pour un nouveau verre de bière, le garçon s'était montré aussi choqué que s'il s'était mis en bras de chemise dans une église.

— Je regrette, sir. Le bar est fermé jusqu'à cinq heures et demie, sir !

Le commissaire avait grommelé quelque chose comme :
— Sauvages !

Et, dix minutes plus tard, il s'était approché, gêné, d'un chasseur, le plus jeune, le moins impressionnant.

— Pourriez-vous aller m'acheter une tablette de chocolat ?

Il était incapable de rester davantage sans manger, et c'est ainsi qu'il absorba par petits morceaux une tablette de chocolat au lait enfouie au fond de sa poche. Ne ressemblait-il pas, dans ce hall de palace, au policier français des caricatures, que les journalistes parisiens appellent les « chaussettes à clous » ? Il se surprenait à s'épier dans les miroirs, se trouvait lourd, mal habillé. Pyke, lui, n'avait pas l'aspect d'un policier, mais d'un directeur de banque. Plutôt d'un sous-directeur. Ou d'un employé de confiance, d'un employé méticuleux.

Est-ce que Pyke attendrait, comme Maigret était en train de le faire, sans même savoir s'il se passerait quelque chose ?

A quatre heures moins vingt, le chef de la réception lui adressa un signe.

— Paris vous demande. Je suppose que vous préférez prendre la communication ici ?

Des cabines téléphoniques s'alignaient dans une pièce à droite du hall, mais de là il ne pourrait plus en surveiller l'entrée.

— C'est vous, patron ?

Cela faisait du bien d'entendre la voix du brave Lucas.

— Quoi de neuf là-bas, vieux ?

— Le revolver est retrouvé. J'ai cru qu'il valait mieux vous prévenir.

— Raconte.

— Un peu avant midi, je suis allé faire un tour chez le vieux.

— Rue Popincourt ?

— Oui. A tout hasard, je me suis mis à fouiller dans les coins. Je n'ai rien trouvé. Puis, parce que j'entendais un bébé qui pleurait dans la cour, je me suis penché par la fenêtre. Le logement, vous vous en souvenez, est au dernier étage, assez bas de plafond. Une corniche recueille l'eau du toit, et j'ai remarqué qu'on pouvait atteindre cette corniche avec la main.

— Le revolver se trouvait dans la corniche ?

— Oui. Juste au-dessous de la fenêtre. Un petit automatique de fabrication belge, très joli, qui porte, gravées, les initiales A.D.

— André Delteil ?

— Exactement. Je me suis renseigné à la préfecture. Le député avait un permis de port d'arme. Le numéro coïncide.

— C'est l'arme qui a servi ?

— L'expert vient de me donner son rapport par téléphone. Je l'attendais pour vous rappeler. Il est affirmatif.

— Des empreintes ?

— Du mort et de François Lagrange.

— Il ne s'est rien passé d'autre ?

— Les journaux de l'après-midi publient des colonnes. Il y a des reporters plein le couloir. Je crois que l'un d'eux, qui a eu vent de votre départ pour Londres, a pris l'avion. Le juge Rateau a téléphoné deux ou trois fois pour savoir si vous aviez donné de vos nouvelles.

— C'est tout ?

— Il fait un temps magnifique.

Lui aussi !

— Tu as déjeuné ?

— Très bien, patron.

— Moi pas ! Allô ! Ne coupez pas, mademoiselle. Tu écoutes, Lucas ? Je voudrais que tu fasses surveiller à tout hasard l'immeuble qui porte le numéro 7 *bis* boulevard Richard-Wallace à Neuilly. Aussi que tu interroges les chauffeurs de taxi pour savoir si l'un d'eux a conduit Alain Lagrange... Attention ! Il s'agit du fils, dont tu as la photo...

— J'ai compris.

— Pour savoir, dis-je, si l'un d'eux l'a conduit jeudi matin à la gare du Nord.

— Je croyais qu'il n'était parti qu'au cours de la nuit, en avion.

— Peu importe. Annonce au patron que je l'appellerai dès que j'aurai du nouveau.

— Vous n'avez pas retrouvé le gosse ?

Il préféra ne pas répondre. Il lui déplaisait d'avouer qu'il avait eu Alain au bout du fil, que pendant des heures on avait suivi minute par minute ses allées et venues à travers les rues de Londres, mais qu'on n'en était pas plus avancé.

Alain Lagrange, avec en poche le gros automatique volé à Maigret, était quelque part, pas loin sans doute, et tout ce que le commissaire pouvait faire était d'attendre en regardant la foule aller et venir autour de lui.

— Je te laisse.

Ses paupières picotaient. Il n'osait plus s'installer dans un fauteuil par crainte de s'y assoupir. Le chocolat lui tournait sur le cœur.

Il alla prendre l'air devant la porte.

— Taxi, sir ?

Il n'avait pas le droit de prendre un taxi non plus, pas le droit d'aller se promener, le droit de rien, que de rester là à faire l'imbécile.

— Beau temps, sir !

Il était à peine rentré dans le hall que son ennemi intime, le chef de la réception, le rappelait, le sourire aux lèvres, un téléphone à la main.

— Pour vous, monsieur Maigret.

C'était Pyke.

— Je viens de recevoir des nouvelles téléphoniques de Bryan et vous les transmets.

— Je vous remercie.

— La dame s'est fait déposer à Piccadilly Circus et a remonté à pied Regent Street en s'arrêtant devant les étalages. Elle ne paraissait pas pressée. Elle est entrée dans deux ou trois magasins pour quelques emplettes qu'elle a fait livrer au *Savoy*. Vous en désirez la liste ?

— De quoi s'agit-il ?

— Du linge, des gants, des chaussures. Elle a pris ensuite Old Bond Street pour revenir par Piccadilly et est entrée, il y a une demi-heure, dans un cinéma-spectacle permanent. Elle s'y trouve toujours. Bryan continue à la surveiller.

Encore un détail qui ne l'aurait pas frappé à un autre moment, mais qui le mettait de mauvaise humeur : au lieu de lui téléphoner à lui, Maigret, Bryan avait téléphoné à son chef hiérarchique.

— Nous dînons toujours ensemble ?

— Je n'en suis pas sûr. Je commence même à en douter.

— Fenton est navré de ce qui est arrivé.

— Il n'y a pas de sa faute.

— Si vous avez besoin d'un de mes hommes, ou de plusieurs d'entre eux...

— Merci.

Que faisait donc cet animal d'Alain ? Fallait-il croire que Maigret s'était trompé de bout en bout ?

— Vous pouvez me donner l'*Hôtel Gilmore* ? demanda-t-il, la conversation avec Pyke terminée.

A l'expression du chef de la réception, il comprit que ce n'était pas un hôtel de premier ordre. Cette fois, il dut parler anglais, l'homme qu'il avait au bout du fil ne comprenant pas un mot de français.

— M. Alain Lagrange, qui est descendu chez vous de très bonne heure ce matin, est-il passé par l'hôtel dans le courant de la journée ?

— Qui est à l'appareil ?

— Le commissaire Maigret, de la Police Judiciaire de Paris.

— Gardez la communication, s'il vous plaît.

On appelait quelqu'un d'autre, à la voix plus grave, qui devait être plus important.

— Pardon ? Le directeur de l'*Hôtel Gilmore* écoute.

Maigret répéta son boniment.

— Pour quelle raison posez-vous cette question ?

Il se lança dans une explication embrouillée, faute de trouver les mots anglais adéquats. Le chef de la réception finit par lui prendre l'appareil des mains.

— Vous permettez ?

Il n'eut besoin que de deux phrases, lui, dans lesquelles il était question de Scotland Yard. Quand il raccrocha, il était enchanté de lui.

— Ces gens-là se méfient toujours un peu des étrangers. Le directeur du *Gilmore* se demandait justement s'il devait alerter la police. Le jeune homme a pris sa clef et est monté dans sa chambre vers une heure. Il n'y est pas resté très longtemps. Plus tard, une femme de chambre, qui nettoyait un appartement au même étage, a signalé que son passe-partout, qu'elle avait laissé sur la porte, avait disparu. Cela vous dit quelque chose ?

— Oui.

L'histoire changeait même quelque peu l'idée qu'il s'était faite du jeune Alain. L'esprit du gamin avait travaillé depuis le matin. Il s'était dit que, si le passe-partout d'un domestique ouvre toutes les chambres d'un hôtel, il y a des chances pour qu'il ouvre les chambres d'un autre hôtel aussi.

Maigret alla s'asseoir. Quand il regarda l'heure, il était cinq heures. Il retourna soudain à la réception.

— Croyez-vous qu'un passe-partout de l'*Hôtel Gilmore* ouvre les chambres d'ici ?

— C'est improbable.

— Voulez-vous vous assurer qu'aucune de vos domestiques n'a égaré son passe-partout ?

— Je suppose qu'elle l'aurait signalé à la directrice d'étage, qui elle-même l'aurait... Un instant...

Il en finit avec un monsieur qui désirait changer d'appartement parce qu'il y avait trop de soleil dans le sien, puis disparut dans un bureau voisin, où on entendit plusieurs sonneries de téléphone.

Quand il revint, il n'était plus aussi protecteur, et son front était plissé.

— Vous avez raison. Un trousseau de clefs a disparu, au sixième.

— De la même façon qu'au *Gilmore* ?

— De la même façon. Pendant qu'elles font les chambres, les servantes ont la manie, malgré le règlement, de laisser les clefs sur la porte.

— Il y a combien de temps que cela s'est produit ?

— Une demi-heure. Vous croyez que cela va nous amener du trouble ?

Et l'homme regardait le hall du même air soucieux qu'un capitaine qui a la responsabilité de son navire. Ne fallait-il pas, coûte que coûte, éviter le moindre incident qui ternirait l'éclat d'une aussi belle journée ?

En France, Maigret lui aurait dit : « Donnez-moi un autre passe-partout. Je vais là-haut. Si Jeanne Debul revient, retenez-la un moment et avertissez-moi. »

Pas ici. Il était sûr qu'on ne lui permettrait pas de pénétrer, sans mandat, dans un appartement loué à une autre personne.

Il fut assez prudent pour rôder encore un bon moment dans le hall. Puis il décida d'attendre l'ouverture du bar, puisque ce n'était plus qu'une question de minutes, et, négligeant de surveiller la porte tournante, il s'y accouda le temps de boire deux grands demis.

— Vous avez soif, sir.
— Oui !

Ce oui-là était assez lourd pour écraser le souriant barman.

Il évolua pour quitter le hall sans être vu de la réception, prit l'ascenseur, anxieux à l'idée que tout son plan tenait désormais à l'humeur d'un ou d'une domestique.

Le long couloir était vide quand il s'y engagea, et il ralentit le pas, s'arrêta tout à fait jusqu'à ce qu'il vît une porte s'ouvrir, un valet en gilet rayé paraître, une paire d'escarpins à la main.

Alors, avec l'assurance d'un voyageur sans arrière-pensée, sifflotant entre ses dents, il se dirigea vers la 605, fouilla ses poches, se montra embarrassé.

— *Valet, please !*
— *Yes, sir.*

Il fouillait toujours. Ce n'était pas le même valet que le matin. La relève devait avoir eu lieu.

— Vous ne voudriez pas m'ouvrir la porte, que je n'aie pas à descendre pour aller chercher ma clef ?

L'autre n'y vit pas malice.

— Avec plaisir, sir.

La porte ouverte, il ne regarda pas à l'intérieur, où il aurait vu une robe de chambre féminine qui pendait.

Maigret referma avec soin, s'épongea, marcha jusqu'au milieu de la chambre, où il dit d'une voix normale qu'il eût employée pour parler à un interlocuteur :

— Et voilà !

Il n'avait pas pénétré dans la salle de bains, dont la porte était entrouverte, ni regardé dans les placards. Il était ému, au fond, beaucoup plus qu'il ne le laissait paraître et que sa voix ne le laissait soupçonner.

— Nous y sommes, petit. Nous allons enfin pouvoir bavarder tous les deux.

Il s'assit lourdement dans la bergère, croisa les jambes, tira une pipe de sa poche et l'alluma. Il était persuadé qu'Alain Lagrange était caché quelque part, peut-être dans une des penderies, peut-être sous le lit.

Il savait aussi que le jeune homme était armé, que c'était un nerveux, qu'il devait être à bout de nerfs.

— Tout ce que je te demande, c'est de ne pas faire l'idiot.

C'est du côté du lit qu'il crut entendre un léger bruit. Il n'en fut pas sûr, ne se pencha pas.

— Une fois, continua-t-il comme s'il racontait une histoire, j'ai assisté à une drôle de scène, près de chez moi, boulevard Richard-Lenoir. C'était en été aussi, un soir qu'il avait fait très chaud, qu'il faisait encore chaud et que tout le quartier était dehors.

Il parlait lentement, et quelqu'un qui serait entré à ce moment l'aurait pris à tout le moins pour un original.

— Je ne sais pas qui a vu le chat le premier. Je crois me souvenir que c'est une petite fille qui aurait dû être au lit à cette heure-là. Il commençait à faire noir. Elle a désigné une forme sombre dans un arbre. Comme toujours, des passants se sont arrêtés. De ma fenêtre, où j'étais accoudé, je les voyais gesticuler. D'autres se sont ajoutés au groupe. A la fin, il y avait cent personnes au pied de l'arbre, et j'ai fini par aller voir aussi.

Il s'interrompit pour remarquer :
— Ici, nous sommes seuls ; cela rend la chose plus facile. Ce qui attroupait les badauds, sur le boulevard, c'était un chat, un gros chat brun tapi tout au bout d'une branche. Il paraissait effrayé de se trouver là. Il n'avait pas dû se rendre compte qu'il montait si haut. Il n'osait pas bouger pour faire demi-tour. Il n'osait pas sauter non plus. Les femmes, le nez en l'air, le plaignaient. Les hommes cherchaient un moyen de le tirer de sa mauvaise position.

» — Je vais chercher une échelle double, annonça un artisan qui habitait en face.

» On dressa l'échelle. Il y monta. Il s'en fallait d'un mètre qu'il puisse atteindre la branche, mais déjà, à la vue de son bras tendu, le chat soufflait de colère et essayait de griffer.

» Un gamin proposa :
» — Je vais grimper.
» — Tu ne peux pas. La branche n'est pas assez solide.
» — Je la secouerai, et vous n'aurez qu'à tendre un drap de lit.
» Il avait dû voir les pompiers au cinéma.
» C'était devenu un événement passionnant. Une concierge a apporté un drap. Le gamin a secoué la branche, et la pauvre bête, au bout de celle-ci, se raccrochait de toutes ses griffes en lançant des regards affolés.

» Tout le monde avait pitié.
» — Si on avait une échelle plus haute...
» — Attention ! Il est peut-être enragé. Il a du sang autour de sa bouche.

» C'était vrai. On avait pitié et on avait peur aussi, tu comprends ? Personne ne voulait aller dormir sans connaître la fin de l'histoire du chat. Comment lui mettre dans la tête qu'il pouvait sans danger se laisser tomber dans le drap tendu ? Ou qu'il lui suffisait de faire demi-tour ?

Maigret s'attendait presque à ce qu'une voix demande :

— Qu'est-ce qui est arrivé ?

Mais il n'y eut pas de question, et il continua tout seul :

— On a fini par l'avoir, un grand type maigre qui s'est glissé le long de la branche et qui, avec une canne, est parvenu à faire tomber le chat dans le drap. Quand on a ouvert celui-ci, l'animal a bondi si vite qu'on l'a à peine vu traverser la rue et il s'est engouffré dans un soupirail. C'est tout.

Cette fois, il était sûr qu'on avait bougé sous le lit.

— Le chat avait peur parce qu'il ignorait qu'on ne lui voulait pas de mal.

Un silence. Maigret tirait sur sa pipe.

— Je ne te veux pas de mal non plus. Ce n'est pas toi qui as tué André Delteil. Quant à mon automatique, l'affaire n'est pas bien grave. Qui sait ? A ton âge, dans l'état où tu étais, j'aurais peut-être fait la même chose. C'est ma faute, en somme. Mais oui. Si, ce midi-là, je n'étais pas allé prendre l'apéritif, je serais arrivé chez moi une demi-heure plus tôt, alors que tu t'y trouvais encore.

Il parlait d'une voix neutre, presque endormante.

— Que se serait-il passé ? Tu m'aurais raconté tout bonnement ce que tu avais l'intention de me raconter. Car c'est pour me parler que tu es venu chez moi. Tu ignorais qu'un revolver traînait sur la cheminée. Tu voulais me dire la vérité et me demander de sauver ton père.

Il se tut plus longtemps, pour donner à ses paroles le temps de pénétrer dans la tête du jeune homme.

— Ne bouge pas encore. Ce n'est pas nécessaire. Nous sommes très bien comme ça. Je te recommande seulement de faire attention à l'automatique. C'est un modèle spécial, dont la police américaine est très fière. La détente est si sensible qu'il suffit d'y toucher à peine pour faire partir le coup. Je ne m'en suis jamais servi. C'est un souvenir, tu comprends ?

Il soupira.

— Maintenant, voyons un peu ce que tu m'aurais dit si j'étais rentré déjeuner plus tôt. Il aurait bien fallu que tu me parles du cadavre... Attends... Nous ne sommes pas pressés... D'abord, je suppose que tu n'étais pas chez toi, le mardi soir, quand Delteil a rendu visite à ton père... Si tu avais été là, les choses se seraient passées autrement. Tu as dû rentrer que tout était fini. Probablement que le corps était caché dans la chambre qui sert de débarras, peut-être déjà dans la malle. Ton père ne t'a rien dit. Je parie que vous ne vous parlez pas beaucoup, tous les deux ?

Il se surprenait à attendre une réponse.

— Bon ! Peut-être que tu t'es douté de quelque chose, peut-être pas. Toujours est-il que, le matin, tu as découvert le corps. Tu t'es tu. Il est difficile d'aborder un sujet comme celui-là avec son père.

» Le tien était effondré, malade.

» Alors tu as pensé à moi, parce que tu as lu les coupures de journaux que ton père collectionnait.

» Tiens ! Voici à peu près ce que tu m'aurais dit :

» — *Il y a un cadavre dans notre appartement. J'ignore ce qui s'est passé, mais je connais mon père. D'abord il n'y a jamais eu d'arme dans la maison.*

» Car je parie qu'il n'y en a jamais eu, est-ce vrai ? Je ne connais pas beaucoup ton père, mais je suis sûr qu'il a très peur des revolvers.

» Tu aurais continué :

» — *C'est un homme incapable de faire du mal à quelqu'un. N'empêche que c'est lui qu'on va accuser. Il ne dira pas la vérité parce qu'il s'agit d'une femme.*

» Si cela s'était passé ainsi, je t'aurais aidé, bien sûr. Nous aurions cherché la vérité ensemble.

» A l'heure qu'il est, il est à peu près certain que cette femme serait en prison.

Espérait-il que ce serait pour tout de suite ? Il s'épongea, guettant une réaction qui ne venait pas.

— J'ai eu une conversation assez longue avec ta sœur. Je pense que tu ne l'aimes pas beaucoup. C'est une égoïste, qui ne pense qu'à elle. Je n'ai pas eu le temps de voir ton frère Philippe, mais il doit être encore plus dur qu'elle. Tous les deux en veulent à ton père de l'enfance qu'ils ont eue, alors que ton père, en somme, a fait ce qu'il pouvait. Il n'est pas donné à tout le monde d'être fort. Toi, tu as compris...

Tout bas, il se disait : « Faites, Seigneur, qu'elle ne rentre pas à ce moment ! »

Car, alors, il en serait probablement comme du chat du boulevard Richard-Lenoir, avec toute la population du *Savoy* autour d'un adolescent à bout de nerfs.

— Vois-tu, il y a des choses que tu sais et que je ne sais pas, mais il en est d'autres que je connais et que tu ignores. Ton père, à l'heure qu'il est, se trouve à l'Infirmerie spéciale du Dépôt. Cela signifie qu'il est en état d'arrestation, mais qu'on se demande s'il est sain d'esprit. En fin de compte, comme d'habitude, les psychiatres ne sont pas d'accord. Ils ne sont jamais d'accord. Ce qui doit le plus l'inquiéter, c'est de ne pas savoir ce que tu es devenu, ni ce que tu vas faire. Il te connaît, te sait capable d'aller jusqu'au bout de tes idées.

» Jeanne Debul, elle, est au cinéma.

» Cela n'avancerait personne qu'elle soit tuée en rentrant dans sa chambre. Ce serait même assez ennuyeux, d'abord parce qu'il deviendrait impossible de l'interroger, ensuite parce que, toi, tu tomberais dans les mains de la justice anglaise qui, selon toutes probabilités, finirait par te pendre.

» Voilà, mon petit.

» Il fait horriblement chaud dans cette pièce, et je vais ouvrir la fenêtre. Je ne suis pas armé, c'est par erreur qu'on s'imagine que les inspecteurs et les commissaires de la P.J. sont armés. En réalité, ils n'ont pas davantage le droit de l'être que les autres citoyens.

» Je ne regarde pas sous le lit. Je sais que tu y es. Je sais à peu près ce que tu penses. C'est difficile, évidemment ! C'est moins spectaculaire que de tirer sur une femme en jouant les justiciers.

Il se dirigea vers la fenêtre qu'il ouvrit, s'y accouda, l'oreille tendue, en regardant dehors. Rien ne bougeait toujours derrière lui.

— Tu ne te décides pas ?

Il s'impatienta, fit à nouveau face à la pièce.

— Tu vas me faire croire que tu es moins intelligent que je le pensais ! A quoi cela t'avance-t-il de rester là ? Réponds, idiot ! Car, après tout, tu n'es qu'un petit idiot. Tu n'as rien compris à cette histoire et, si tu continues, c'est toi qui finiras par faire condamner ton père. Laisse mon automatique tranquille, tu entends ? Je te défends d'y toucher. Pose-le par terre. Maintenant, sors de là.

Il paraissait vraiment en colère. Peut-être l'était-il pour de bon. En tout cas, il avait hâte d'en finir avec cette scène désagréable.

Comme pour le chat, toujours, il suffisait d'un faux mouvement, d'une idée passant par la tête du jeune homme.

— Dépêche-toi. Elle ne va pas tarder à rentrer. Ce serait sans prestige qu'elle nous trouve, toi sous le lit, moi m'efforçant de t'en faire sortir. Je compte jusqu'à trois... Un... deux... Si à trois tu n'es pas debout, je téléphone au détective de l'hôtel et...

Alors, enfin, des pieds parurent, des semelles éculées, puis des chaussettes de coton, le bas d'un pantalon qu'Alain retroussait en rampant.

Pour l'aider, Maigret retourna à la fenêtre d'où il entendait un glissement sur le plancher, puis le léger bruit de quelqu'un qui se dresse. Il n'oubliait pas que le jeune homme était armé, mais il tenait à lui donner le temps de se reprendre.

— Ça y est ?

Il fit volte-face. Alain était devant lui, de la poussière sur son complet bleu, la cravate de travers, les cheveux en désordre. Très pâle, ses lèvres tremblaient, son regard semblait vouloir traverser les objets.

— Rends-moi mon automatique.

Maigret tendait la main, et son interlocuteur fouillait sa poche de droite, tendait la main à son tour.

— Tu ne trouves pas qu'on est mieux ainsi ?

Il y eut un faible :

— Oui.

Puis, tout de suite :

— Qu'est-ce que vous allez faire ?

— D'abord boire et manger. Tu n'as pas faim, toi ?

— Si. Je ne sais pas.

— Moi, j'ai très faim, et il y a un excellent grill au rez-de-chaussée.

Il se dirigea vers la porte.

— Où as-tu mis le passe-partout ?

Il en tira, non pas un, mais tout un trousseau de son autre poche.

— Il vaut mieux que je les rende à la réception, car ils sont capables d'en faire un drame.

Dans le couloir, il s'arrêta devant sa propre porte.
— Nous ferions mieux d'aller nous rafraîchir un peu.
Il ne voulait pas de crise. Il savait que celle-ci ne tenait qu'à un fil. C'est pourquoi il occupait l'esprit de son interlocuteur par de menus détails matériels.
— Tu as un peigne ?
— Non.
— Tu peux te servir du mien. Il est propre.
Cela lui valut presque un sourire.
— Pourquoi faites-vous tout ça ?
— Tout quoi ?
— Vous le savez bien.
— Peut-être parce que j'ai été un jeune homme aussi. Et que j'ai eu un père. Donne-toi un coup de brosse. Retire ton veston. Les ressorts du lit n'ont pas été nettoyés depuis longtemps.
Lui-même se lava les mains et le visage à l'eau fraîche.
— Je me demande si je ne vais pas encore une fois changer de chemise. J'ai tellement transpiré aujourd'hui !
Il le fit, de sorte qu'Alain le vit la poitrine nue, avec ses bretelles qui pendaient sur ses cuisses.
— Bien entendu, tu n'as pas de bagages ?
— Je ne pense pas que je puisse aller au grill comme je suis.
Il l'examina d'un œil critique.
— Ton linge n'est évidemment pas très frais. Tu as dormi avec ta chemise ?
— Oui.
— Je ne peux pas te prêter une des miennes. Elle serait beaucoup trop grande.
Cette fois, Alain sourit déjà plus franchement.
— Tant pis si les maîtres d'hôtel ne sont pas contents. Nous nous caserons dans un petit coin et nous essayerons qu'on nous serve du petit vin blanc bien frais. Ils ont peut-être ça.
— Je ne bois pas.
— Jamais ?
— J'ai essayé une fois, et j'ai été si malade que je n'ai pas recommencé.
— Tu as une bonne amie ?
— Non.
— Pourquoi ?
— Je ne sais pas.
— Tu es timide ?
— Je ne sais pas.
— Tu n'as jamais eu envie d'une bonne amie ?
— Peut-être. Je crois. Mais ce n'est pas pour moi.
Maigret n'insista pas. Il avait compris. Et, en sortant de la pièce, il lui arriva de poser sa grosse patte sur l'épaule de son compagnon.
— Tu m'as fait peur, toi, espèce de gamin.

— Peur de quoi ?
— Tu aurais tiré ?
— Sur qui ?
— Sur elle.
— Oui.
— Et sur toi ?
— Peut-être. Après, je crois que je l'aurais fait.

Ils croisèrent le valet de chambre, qui se retourna vers eux. Peut-être les avait-il vus sortir du 604, alors que Maigret était entré au 605 ?

L'ascenseur les déposa au rez-de-chaussée. Maigret avait sa clé à la main, ainsi que le trousseau de passe-partout. Il se dirigea vers la réception. Il escomptait une sorte de petit triomphe vis-à-vis de son ennemi intime à la jaquette trop bien coupée. Quelle tête l'homme allait-il faire en les voyant tous les deux et en recevant les passe-partout ?

Hélas ! Ce n'était pas lui qui se tenait derrière le comptoir, mais un grand jeune homme blond pâle qui portait une jaquette et un œillet identique. Il ne connaissait pas Maigret.

— J'ai trouvé ce trousseau dans le couloir.
— Je vous remercie, fit-il avec indifférence.

Quand Maigret se retourna, Bryan était debout au milieu du hall. Du regard, il demandait au commissaire s'il pouvait lui parler.

— Tu permets ? demanda-t-il à Alain.

Il rejoignit le policier anglais.

— Vous l'avez retrouvé ? C'est lui ?
— C'est lui.
— La dame vient de rentrer.
— Elle est montée chez elle ?
— Non. Elle est au bar.
— Seule ?
— Elle bavarde avec le barman. Qu'est-ce que je fais ?
— Vous avez le courage de me la garder encore pendant une heure ou deux ?
— C'est facile.
— Si elle fait mine de sortir, prévenez-moi tout de suite. Je suis au grill.

Alain n'avait pas essayé de s'enfuir. Il attendait, un peu gauche, un peu gêné, à l'écart de la foule.

— Bon appétit, sir.
— Merci.

Il rejoignit le jeune homme, qu'il entraîna vers le grill en disant :

— J'ai une faim de loup.

Et il se surprit à ajouter, en traversant un rayon de soleil qui pénétrait en biais par la large baie :

— Il fait un temps splendide !

8

*Où Maigret voudrait bien être Dieu le Père pour quelques jours
et où l'avion ne réussit pas à tout le monde*

— Tu aimes le homard ?
Les yeux seuls de Maigret paraissaient par-dessus l'immense menu que le maître d'hôtel lui avait mis à la main, et Alain ne savait que faire du sien sur lequel, par discrétion, il ne jetait pas le regard.
— Oui, monsieur, répondit-il comme à l'école.
— Alors, nous allons nous offrir un homard à l'américaine. Avant ça, j'ai envie d'un tas de hors-d'œuvre. Maître d'hôtel !
Une fois sa commande passée :
— Quand j'avais ton âge, je préférais le homard en boîte et, lorsqu'on m'affirmait que c'était une hérésie, je répondais que ça a plus de goût. Nous n'ouvrions pas une boîte de homards tous les six mois, seulement dans les grandes occasions, car nous n'étions pas riches.
Il se renversait un peu en arrière.
— Tu as souffert, toi, de ne pas être riche ?
— Je ne sais pas, monsieur. J'aurais voulu que mon père n'ait pas à tant se tracasser pour nous élever.
— Tu ne veux vraiment rien boire ?
— Seulement de l'eau.
Maigret n'en commanda pas moins une bouteille de vin pour lui, un vin du Rhin, et on mit des verres couleur d'absinthe devant eux, avec de hauts pieds d'une teinte plus soutenue.
Le grill était éclairé, mais il traînait encore du soleil dehors. La salle se garnissait rapidement, peuplée de maîtres d'hôtel et de garçons en habit noir qui circulaient sans bruit. Ce qui fascinait Alain, c'étaient les chariots. On en avait amené un, couvert de hors-d'œuvre, près de leur table, et il y en avait d'autres, en particulier les chariots de pâtisseries et de desserts. Il y avait aussi et surtout l'énorme chariot d'argent, en forme de dôme, qui s'ouvrait à la façon d'une boîte.
— Avant la guerre, il contenait un quart de bœuf rôti, expliquait Maigret. Je crois que c'est ici que j'ai mangé le meilleur roastbeef. En tout cas, le plus impressionnant. Maintenant, ils y mettent une dinde. Tu aimes la dinde ?
— Je crois que oui.
— S'il te reste de l'appétit après le homard, nous pourrons prendre de la dinde.
— Je n'ai pas faim.
Ils devaient avoir l'air, tous les deux à leur petite table, d'un riche

oncle de province qui offre un dîner de gala à son neveu à la fin de l'année scolaire.

— J'ai perdu ma mère très jeune, moi aussi, et c'est mon père qui m'a élevé.

— Il vous conduisait à l'école ?

— Il n'aurait pas pu. Il devait travailler. C'était à la campagne.

— Moi, quand j'étais tout petit, mon père me conduisait à l'école et venait m'y rechercher. Il était le seul homme à attendre à la porte, parmi toutes les femmes. Quand nous rentrions à la maison, c'était lui qui préparait le dîner pour nous tous.

— Il y a bien eu des moments où vous aviez des domestiques ?

— Il vous l'a dit ? Vous lui avez parlé ?

— Je lui ai parlé.

— Il se tracasse à mon sujet ?

— Je téléphonerai tout à l'heure à Paris afin qu'on le rassure.

Alain ne se rendait pas compte qu'il mangeait avec appétit et il lui arriva de boire une large gorgée du vin que le sommelier lui avait servi d'office. Il ne fit pas la grimace.

— Cela n'a jamais duré longtemps.

— Quoi ?

— Les domestiques. Mon père avait tellement envie que ça change qu'il prenait parfois son désir pour la réalité.

» — Désormais, mes enfants, annonçait-il, nous allons vivre comme tout le monde. Dès demain, nous déménageons.

— Vous déménagiez ?

— Cela arrivait. Nous entrions dans un nouvel appartement où il n'y avait pas encore de meubles. On en apportait alors que nous étions déjà là. On voyait de nouveaux visages, des femmes que mon père avait engagées au bureau de placement et qu'on appelait par leur prénom. Puis, presque tout de suite, les fournisseurs commençaient à défiler, des huissiers qui attendaient des heures en croyant que mon père était dehors alors qu'il se cachait dans une des pièces. A la fin, on coupait le gaz, l'électricité. Ce n'est pas sa faute. Il est très intelligent. Il a des tas d'idées. Tenez !

Maigret penchait la tête pour mieux l'écouter, le visage détendu, de la sympathie plein le regard.

— Il y a des années de ça... Je me souviens que, pendant longtemps, peut-être deux ans, il a présenté dans tous les bureaux un projet pour l'agrandissement et la modernisation d'un port marocain. On lui répondait par des promesses. Si cela avait réussi, nous serions allés vivre là-bas et nous aurions été très riches. Quand le plan est arrivé aux autorités supérieures, celles-ci ont haussé les épaules. C'est tout juste si on n'a pas traité mon père de fou pour vouloir créer un grand port à cet endroit-là. Maintenant, ce sont les Américains qui l'ont fait.

— Je comprends !

Maigret connaissait si bien ce genre d'homme ! Mais pouvait-il le montrer, à son fils, tel qu'il était ? A quoi bon ? Les deux autres, l'aîné et la fille, s'étaient depuis longtemps aperçus de la vérité et étaient partis, sans aucune reconnaissance pour le gros homme faible et mou qui ne les en avait pas moins élevés. De ces deux-là, il ne pouvait même pas attendre un peu de pitié.

Il n'y avait plus qu'Alain à croire en lui. C'était curieux, car Alain avait tellement l'expression de sa sœur que c'en était gênant.

— Encore un peu de champignons ?
— Merci.

Le coup d'œil, dehors, n'était pas sans le fasciner. C'était l'heure à laquelle, comme pour le déjeuner, les autos se suivaient sans répit, attendaient leur tour pour stationner un instant sous la marquise où un portier en livrée gris souris se précipitait vers la portière.

A la différence de midi, ceux qui descendaient des voitures étaient presque tous en tenue de soirée. Il y avait beaucoup de jeunes couples, et aussi des familles entières. La plupart des femmes portaient une orchidée à leur corsage. Les hommes étaient en smoking, quelques-uns en habit, et à travers les vitres on les voyait aller et venir dans le hall avant de prendre place dans la salle à manger d'apparat, d'où parvenaient des bouffées d'orchestre.

C'était, jusqu'au bout, une journée merveilleuse, avec encore assez de soleil couchant pour donner aux visages une teinte irréelle.

— Jusqu'à quel âge es-tu allé à l'école ?
— Quinze ans et demi.
— Lycée ?
— Oui. J'ai terminé ma troisième et je suis parti.
— Pourquoi ?
— Je voulais gagner de l'argent pour aider mon père.
— Tu étais bon élève ?
— Assez. Sauf en mathématiques.
— Tu as trouvé du travail ?
— Je suis entré dans des bureaux.
— Ta sœur donnait à ton père l'argent qu'elle gagnait ?
— Non. Elle lui payait sa pension. Elle avait calculé au plus juste, sans compter le loyer, ni le chauffage, ni l'éclairage. C'est elle qui usait le plus d'électricité en lisant une partie de la nuit dans son lit.
— Tu lui versais tout ?
— Oui.
— Tu ne fumes pas ?
— Non.

L'arrivée du homard les interrompit un bon moment. Alain, lui aussi, paraissait détendu. Il lui arrivait pourtant, comme il offrait le dos à la porte, de se retourner dans cette direction.

— Qu'est-ce que tu regardes ?
— Si elle ne vient pas.
— Tu crois qu'elle va venir ?
— J'ai vu que vous parliez à quelqu'un et que vous jetiez un coup d'œil vers le bar. J'en ai conclu qu'elle y était.

— Tu la connais ?
— Je ne lui ai jamais parlé.
— Et, elle, elle te connaît ?
— Elle me reconnaîtra.
— Où t'a-t-elle vu ?
— Il y a deux semaines, boulevard Richard-Wallace.
— Tu es monté dans son appartement ?
— Non. J'étais en face, de l'autre côté des grilles.
— Tu avais suivi ton père ?
— Oui.
— Pourquoi ?

Maigret était allé trop vite. Alain reculait.

— Je ne comprends pas pourquoi vous faites tout ça.
— Tout quoi ?

Du regard, il désignait le grill, la table, le homard, ce luxe dont l'homme qui aurait dû logiquement le fourrer en prison l'entourait.

— Il fallait bien que nous mangions, non ? Je n'ai rien pris depuis ce matin. Et toi ?
— Un sandwich, dans un *milk-bar*.
— Donc nous dînons. Après on verra.
— Qu'est-ce que vous ferez ?
— Nous prendrons vraisemblablement l'avion pour Paris. Tu aimes l'avion ?
— Pas trop.
— Tu es déjà allé à l'étranger ?
— Non plus. L'année dernière, je devais passer deux semaines en Autriche dans un camp de vacances. Une organisation fait l'échange des jeunes gens entre les deux pays. Je m'étais inscrit. On m'a dit de demander un passeport. Puis, quand mon tour est arrivé, j'avais une sinusite et j'étais dans mon lit.

Un silence. Lui aussi en revenait à leur préoccupation et il fallait justement qu'il y revienne de lui-même.

— Vous lui avez parlé ?
— A qui ?
— A elle.
— Ce matin, dans sa chambre.
— Qu'est-ce qu'elle dit ?
— Rien.
— C'est elle qui a fait le malheur de mon père. Mais vous verrez qu'on ne pourra rien contre elle.
— Tu crois ça ?
— Avouez que vous n'oseriez pas l'arrêter.
— Pourquoi ?
— Je ne sais pas. C'est toujours ainsi. Elle a pris ses précautions.
— Tu es au courant de ses affaires avec ton père ?
— Pas exactement. Il n'y a que quelques semaines que j'ai appris qui elle est.

— Il la connaît pourtant depuis longtemps.

— Il l'a connue peu après la mort de ma mère. A cette époque-là, il ne nous l'a pas caché. Moi, je ne m'en souvenais pas, parce que je n'étais qu'un bébé, mais Philippe me l'a raconté. Père lui avait annoncé qu'il allait se remarier, ce qui serait plus agréable pour tout le monde parce qu'il y aurait une femme pour s'occuper de nous. Cela n'a pas eu lieu. A présent que je l'ai vue, que je sais le genre de femme que c'est, je suis sûr qu'elle se moquait de lui.

— C'est probable.

— Philippe prétend que père en a été malheureux, qu'il lui est arrivé souvent de pleurer le soir dans son lit. Il est resté sans la voir pendant des années. Peut-être avait-elle quitté Paris ? Ou bien elle avait changé d'adresse sans le lui dire ?

» Il y a à peu près deux ans, je me suis aperçu que mon père changeait.

— En quoi ?

— C'est difficile à préciser. Son humeur n'était plus la même. Il était plus sombre et surtout inquiet. Quand quelqu'un montait l'escalier, il tressaillait et il paraissait rassuré quand c'était un fournisseur, même pour réclamer de l'argent.

» Mon frère n'était déjà plus avec nous. Ma sœur avait annoncé qu'elle nous quitterait le jour de ses vingt et un ans. Ce n'est pas venu tout d'un coup, vous comprenez ? Ce n'est que de loin en loin que je me rendais compte de la différence.

» Avant, même dans les bars, car il m'est arrivé d'aller l'y rejoindre pour lui faire une commission, il ne buvait que des quarts Vichy. Il s'est mis à prendre des apéritifs et, certains soirs, il rentrait très lourd en prétendant qu'il avait mal à la tête.

» Il ne me regardait plus de la même façon, se montrait gêné devant moi, me parlait avec impatience.

— Mange.

— Je vous demande pardon ; je n'ai plus faim.

— Un dessert ?

— Si vous voulez.

— C'est alors que tu t'es mis à le suivre ?

Il hésita à répondre, regarda Maigret avec attention, les sourcils froncés, et à cet instant il ressemblait tellement à sa sœur que Maigret détourna les yeux.

— Il est normal que tu aies essayé de te renseigner.

— Je ne sais quand même rien !

— Entendu. Tu sais seulement qu'il allait souvent voir cette femme, en particulier vers la fin de la matinée. Tu l'as suivi boulevard Richard-Wallace, tu l'as admis tout à l'heure. Tu étais en bas, derrière la grille du Bois. Ton père et sa compagne ont dû, dans l'appartement, s'approcher de la fenêtre. C'est elle qui t'a remarqué ?

— Oui. Elle m'a désigné du doigt. Sans doute parce que je regardais vers la fenêtre.

— Ton père lui a appris qui tu étais. Il t'en a parlé ensuite ?
— Non. Je m'attendais à ce qu'il m'en parle, mais il ne l'a pas fait.
— Et toi ?
— Je n'ai pas osé.
— Tu as trouvé de l'argent ?
— Comment le savez-vous ?
— Avoue que, le soir, il t'est arrivé de fouiller le portefeuille de ton père, non pour y prendre de l'argent, mais pour savoir.
— Pas son portefeuille. Il le mettait sous ses chemises, dans le tiroir.
— Beaucoup ?
— Quelquefois cent mille francs, quelquefois plus, quelquefois seulement cinquante mille.
— Souvent ?
— Cela dépendait. Une fois ou deux par semaine.
— Et, le lendemain de ces soirs-là, il se rendait boulevard Richard-Wallace ?
— Oui.
— Ensuite l'argent n'était plus là ?
— Elle lui laissait quelques petits billets.

Alain vit une lueur dans les yeux de Maigret qui regardait la porte, mais il eut assez de force de caractère pour ne pas se retourner. Il n'ignorait pas que c'était Jeanne Debul qui entrait.

Derrière elle, Bryan adressait un signe interrogateur au commissaire qui lui faisait comprendre à son tour qu'il pouvait cesser la surveillance.

S'il était si tard, c'est que, après le bar, elle était montée se changer. Si elle n'était pas en robe du soir, elle portait une robe assez habillée qui venait de chez un grand couturier. Au poignet, elle avait un large bracelet de diamants, des diamants encore aux oreilles.

Elle n'avait pas vu le commissaire ni Alain et suivait le maître d'hôtel, tandis que la plupart des femmes la détaillaient.

On l'installa à moins de six mètres d'eux, à une petite table qui leur faisait presque face, et elle s'assit, jeta un coup d'œil autour d'elle, tandis qu'on lui tendait le menu, croisa le regard de Maigret et, tout de suite, fixa son compagnon.

Maigret souriait du sourire d'un homme qui fait un bon dîner, l'esprit en paix. Alain, lui, devenu rouge, n'osait pas se tourner vers elle.

— Elle m'a vu ?
— Oui.
— Qu'est-ce qu'elle fait ?
— Elle me nargue.
— Que voulez-vous dire ?
— Elle feint d'être à son aise, allume une cigarette et se penche pour examiner les hors-d'œuvre d'un chariot qui est à sa portée. Maintenant, elle discute avec le maître d'hôtel et fait scintiller ses diamants.

— Vous ne l'arrêterez pas ! dit-il avec amertume et une pointe de défi.

— Je ne l'arrêterai pas aujourd'hui parce que, vois-tu, si j'avais l'imprudence de le faire, elle s'en tirerait.

— Elle s'en tirera toujours, alors que mon père...

— Non. Pas toujours. Ici, en Angleterre, je suis désarmé, car il me faudrait prouver qu'elle a commis un des crimes prévus par les lois qui régissent l'extradition. Elle ne restera pas éternellement à Londres. Elle a besoin de Paris. Elle y retournera, et j'aurai eu le temps de m'occuper d'elle. Si même ce n'est pas tout de suite, son tour viendra. Il arrive que nous laissions des gens en liberté, avec l'impression qu'ils nous jouent pendant des mois, voire des années. Tu peux la regarder. Tu n'as pas à avoir honte. Elle crâne. Elle n'en préférerait pas moins être dans ta peau que dans la sienne.

» Suppose que je t'aie laissé sous son lit. Elle serait montée. A l'heure qu'il est...

— Ne continuez pas.

— Tu aurais tiré ?

— Oui.

— Pourquoi ?

Alain gronda entre ses dents :

— Parce que !

— Tu regrettes ?

— Je ne sais pas. Il n'y a pas de justice.

— Mais si, il y a une justice, et qui fait ce qu'elle peut. Évidemment que, si j'étais Dieu le Père, ce soir, au lieu d'être à la tête de la Brigade spéciale et d'avoir à rendre des comptes à mes supérieurs, au juge, au procureur, voire aux journalistes, j'arrangerais les choses autrement.

— Comment ?

— D'abord, j'oublierais que tu m'as chipé mon automatique. Cela, je peux encore le faire. Ensuite je m'arrangerais pour que certain industriel, de je ne sais plus où, oublie qu'il n'a pas perdu son portefeuille, mais qu'on l'a forcé à le donner en lui pointant une arme sous le nez.

— Elle n'était pas chargée.

— Tu es sûr ?

— J'avais pris soin de retirer les cartouches. J'avais besoin d'argent pour venir à Londres.

— Tu savais que la Debul y était ?

— Je l'avais suivie, le matin. D'abord j'ai essayé de monter chez elle. La concierge...

— Je sais.

— Quand je suis sorti de l'immeuble, il y avait un agent à la porte, et je me suis figuré que c'était pour moi. J'ai fait le tour du pâté de maisons. A mon retour, l'agent n'était plus là. Je me suis caché dans le parc, attendant qu'elle quitte la maison.

— Pour tirer ?

— Peut-être. Elle a dû téléphoner pour un taxi. Je n'ai pas pu l'approcher. J'ai eu la chance de trouver un autre taxi qui venait de Puteaux. Je l'ai suivie jusqu'à la gare. Je l'ai vue monter dans le train de Calais. Je n'avais plus assez d'argent pour me payer un billet.

— Pourquoi ne l'as-tu pas tuée alors qu'elle était debout à la portière ?

Alain tressaillit, le regarda pour savoir s'il parlait sérieusement, murmura :

— Je n'ai pas osé.

— Si tu n'as pas osé tirer, alors que vous étiez dans la foule, il est probable que tu n'aurais pas davantage tiré dans sa chambre. Tu as suivi ton père pendant plusieurs semaines ?

— Oui.

— Tu possèdes une liste des gens qu'il est allé voir ?

— Je pourrais l'établir de mémoire. Il est allé plusieurs fois dans une petite banque de la rue Chauchat, et aussi dans un journal où il voyait le sous-directeur. Il donnait beaucoup de coups de téléphone et se retournait sans cesse pour s'assurer qu'il n'était pas suivi.

— Tu as compris ?

— Pas tout de suite. C'est par hasard que j'ai lu un roman où on en parlait.

— De quoi ?

— Vous le savez bien.

— De chantage ?

— C'était elle.

— Bien sûr. Et c'est pourquoi il faudra du temps pour la pincer. J'ignore quelle a été sa vie avant son installation boulevard Richard-Wallace. Elle a vraisemblablement été mouvementée et elle a connu des gens de toutes sortes. Une femme est mieux à même qu'un homme de découvrir les petits secrets, surtout les secrets honteux. Quand elle n'a plus été assez jeune pour mener son genre de vie, l'idée lui est venue de monnayer ses connaissances.

— Elle s'est servie de mon père.

— Justement. Ce n'est pas elle qui allait trouver ses victimes pour leur réclamer de l'argent. C'est un homme qu'on voyait partout et qui n'avait pas de profession définie. On ne s'en étonnait pas trop. On s'y attendait presque.

— Pourquoi dites-vous ça ?

— Parce qu'il faut regarder la vérité en face. Peut-être ton père était-il encore amoureux ? Je le crois. C'est homme à garder fidèlement une passion comme celle-là. Jeanne Debul lui assurait plus ou moins sa matérielle. Il vivait dans la peur d'être pris. Il avait honte de lui. Il n'osait plus te regarder en face.

Alain tourna un visage dur, des yeux haineux, dans la direction de la femme qui eut un mince sourire méprisant.

— Une tarte aux fraises, maître d'hôtel.

— Vous n'en prenez pas ? protesta Alain.
— Je prends rarement du dessert. Pour moi, un café et une fine.

Il reculait un peu sa chaise, tirait sa pipe de sa poche. Il était occupé à la bourrer quand le maître d'hôtel se pencha sur lui, dit quelques mots à voix basse en esquissant un geste d'excuses.

Alors Maigret fourra sa pipe dans sa poche et arrêta un chariot qui passait avec des cigares.

— Vous ne fumez pas votre pipe ?
— Défendu ici ! Au fait, tu as payé ta chambre d'hôtel ?
— Non.
— Tu as toujours le passe-partout que tu as pris dans le couloir ? Remets-le-moi.

Il le tendit à Maigret par-dessus la table.

— La tarte est bonne ?
— Oui...

Il en avait la bouche pleine. Ce n'était encore qu'un enfant incapable de résister aux sucreries et, à cet instant, il était tout à sa tarte.

— Il a vu souvent Delteil ?
— Je l'ai vu deux fois se rendre à son bureau.

Était-ce indispensable de découvrir la vérité tout entière ? Il était plus que probable que le député, dont la femme réclamait le divorce et qui allait se trouver sans un sou, obligé de quitter son hôtel particulier de l'avenue Henri-Martin, monnayait son influence. C'était plus grave pour lui que pour un autre, car il avait assuré sa carrière politique en dénonçant les scandales et les tripotages.

Jeanne Debul y était-elle allée trop fort ? Maigret avait, là-dessus, une autre idée.

— Ton père ne parlait plus d'en finir avec votre genre de vie ?

Malgré la tarte aux fraises, Alain leva la tête avec une subite méfiance.

— Que voulez-vous dire ?
— Jadis, il annonçait périodiquement que « ça allait changer ». Puis il y a eu un temps pendant lequel sa foi en son étoile a paru l'abandonner.
— Il espérait quand même.
— Moins fort, non ?
— Oui.
— Et les derniers temps ?
— Il a parlé deux ou trois fois d'aller vivre dans le Midi.

Maigret n'insista pas. Cela le regardait. Il était inutile d'expliquer au fils ce qu'il en déduisait.

François Lagrange, qui faisait les courses pour la Debul, depuis deux ans, et ne récoltait que les miettes, ne s'était-il pas mis en tête de travailler pour son compte ?

A supposer que Jeanne Debul lui commande de réclamer cent mille francs à Delteil, qui était un gros morceau... Et que le Baron exige un million ? Ou plus ? C'était l'homme qui citait volontiers de gros chiffres, qui avait passé sa vie à jongler avec des fortunes imaginaires...

Delteil décidait de ne pas payer...

— Où étais-tu, la nuit de mardi à mercredi ?
— Je suis allé au cinéma.
— Ton père t'a conseillé de sortir ?

Il réfléchit. Cette idée lui venait pour la première fois.

— Je crois que oui... Il m'a dit... Il me semble qu'il m'a parlé d'un film qu'on donnait en exclusivité aux Champs-Élysées et...
— Quand tu es rentré, il était couché ?
— Oui. Je suis allé l'embrasser, comme tous les soirs ; il n'était pas bien. Il m'a promis de voir le médecin.
— Tu as trouvé cela naturel ?
— Non.
— Pourquoi ?
— Je ne sais pas. J'étais inquiet. J'ai eu de la peine à m'endormir. Il y avait une odeur étrangère dans l'appartement, l'odeur de cigarettes américaines. Le matin, je me suis réveillé alors que le jour était à peine levé. J'ai fait le tour des pièces. Mon père dormait. J'ai remarqué que la chambre de débarras, qui était ma chambre quand j'étais petit, était fermée à clef et que la clef n'était pas sur la serrure. J'ai ouvert.
— Comment ?
— Avec le crochet. C'est un truc que j'avais appris de mes camarades, à l'école. On courbe un gros fil de fer d'une certaine façon et...
— Je sais. Je l'ai fait aussi.
— J'avais toujours un de ces crochets-là dans mon tiroir. J'ai vu la malle au milieu de la pièce et j'ai soulevé le couvercle.

Il valait mieux faire vite, maintenant.

— Tu as parlé à ton père ?
— Je n'ai pas pu.
— Tu es parti aussitôt.
— Oui. J'ai marché dans les rues. Je voulais me rendre chez cette femme.

Il y avait une scène dont on ne connaîtrait jamais les détails, à moins que le Baron renonce un jour à passer pour fou, c'est celle qui s'était déroulée dans l'appartement entre François Lagrange et André Delteil. Cela ne regardait pas Alain. Il était inutile d'abîmer l'image qu'il gardait de son père.

Il y avait peu de chances pour que l'avocat soit venu dans l'intention de tuer. Plus probablement voulait-il, par la menace au besoin, rentrer en possession des documents à l'aide desquels on le faisait chanter.

La partie n'était-elle pas inégale ? Delteil était plein de mordant. C'était un homme habitué à la lutte et il n'avait en face de lui qu'un gros peureux tremblant pour sa peau.

Les documents n'étaient pas dans le logement. L'aurait-il voulu, Lagrange aurait été incapable de les rendre.

Qu'avait-il fait ? Il avait sans doute pleuré, supplié, demandé pardon. Il avait promis...

Pendant tout ce temps-là, il était hypnotisé par le revolver dont on le menaçait.

C'était lui qui, par sa faiblesse même, avait fini par gagner la partie. Comment s'était-il emparé de l'arme ? Par quelle ruse avait-il détourné l'attention du député ?

Toujours est-il qu'il ne tremblait plus. A son tour de parler haut, de menacer...

Sans doute même ne l'avait-il pas fait exprès de presser la détente. Il était trop lâche, trop habitué, depuis le lycée, à marcher le dos rond et à recevoir des coups de pied au derrière.

— J'ai fini par aller chez vous.

Alain se tourna vers Jeanne Debul qui essayait en vain de saisir quelques-unes de leurs paroles. La rumeur qui emplissait le grill, les bruits de vaisselle, de couteaux, de fourchettes, le murmure des conversations, les rires et la musique qui venait de la grande salle l'empêchaient d'entendre.

— Si nous allions... ?

Le regard d'Alain protestait :

— Vous la laissez là ?

La femme fut surprise, elle aussi, de voir Maigret passer devant elle sans lui adresser la parole. Cela lui paraissait trop facile. Peut-être avait-elle espéré un esclandre qui lui aurait donné beau jeu.

Dans le hall, où il tirait enfin sa pipe de sa poche et enfonçait victorieusement son cigare dans le sable d'un cendrier monumental, Maigret murmurait :

— Tu m'attends un instant ?

Il se dirigea vers le portier.

— A quelle heure y a-t-il un avion pour Paris ?

— Il y en a un dans dix minutes, mais vous ne pouvez évidemment plus l'avoir. Le prochain est à six heures et demie du matin. Je vous retiens une place ?

— Deux.

— Quels noms ?

Il les donna. Alain n'avait pas bougé et contemplait les lumières du Strand.

— Encore un instant. Un coup de téléphone à donner.

Il n'avait plus besoin de le faire de la réception ; il pouvait gagner les cabines.

— C'est vous, Pyke ? Je m'excuse de n'avoir pu ni dîner ni déjeuner avec vous. Je ne vous verrai pas davantage demain. Je repars cette nuit.

— Par l'avion de six heures et demie ? Je vous y conduirai.

— Mais...

— A tout à l'heure.

Il valait mieux le laisser faire ; autrement il ne serait pas content. Chose curieuse, Maigret n'avait plus sommeil.

— On fait quelques pas dehors ?
— Si vous voulez.
— Sans cela, au cours de mon voyage, je n'aurais même pas mis le pied sur les trottoirs de Londres.

C'était vrai. Est-ce parce qu'il se savait à l'étranger ? Il lui semblait que les réverbères avaient un autre éclat qu'à Paris, la nuit une autre couleur et même que l'air avait un goût différent.

Ils marchaient tous les deux sans se presser, regardaient l'entrée des cinémas, celles des bars. Après Charing Cross, ce fut une place immense, avec une colonne au milieu.

— Tu y es passé ce matin ?
— Je crois. Il me semble que je reconnais.
— Trafalgar Square.

Cela lui faisait plaisir, avant de partir, de retrouver quelques décors qu'il connaissait et il conduisait Alain jusqu'à Picadilly Circus.

— Il ne nous reste qu'à aller nous coucher.

Alain aurait pu s'enfuir. Maigret n'aurait pas levé le doigt pour l'en empêcher. Mais il savait que le jeune homme ne le ferait pas.

— J'ai quand même envie d'un verre de bière. Tu permets ?

Ce n'était pas tellement la bière que l'atmosphère d'un *pub* que Maigret cherchait. Alain ne but rien, attendit en silence.

— Tu aimes Londres ?
— Je ne sais pas.
— Tu pourras peut-être y revenir dans quelques mois. Car tu n'en auras guère que pour quelques mois.
— Je verrai mon père ?
— Oui.

Un peu plus loin, il renifla, et Maigret feignit de ne pas s'en apercevoir.

En rentrant à l'hôtel, le commissaire glissa un peu d'argent et le passe-partout dans une enveloppe à l'adresse de l'*Hôtel Gilmore*.

— J'allais l'emporter en France !

Puis, à Alain qui ne savait que faire :
— Tu viens ?

Ils prirent l'ascenseur. Il y avait de la lumière chez Jeanne Debul qui s'attendait peut-être à la visite de Maigret. Elle attendrait longtemps.

— Entre ! Il y a des lits jumeaux.

Et, comme son compagnon paraissait gêné :
— Tu peux te coucher tout habillé si tu préfères.

Il se fit éveiller à cinq heures et demie, dormit d'un sommeil profond, sans l'ombre d'un rêve. Quant à Alain, la sonnerie du téléphone ne le tira pas de son sommeil.

— Debout, petit !

François Lagrange avait-il l'habitude d'éveiller son fils ?

Jusqu'à la fin, ce n'était pas une enquête comme une autre.

— Je suis quand même bien content.
— De quoi ?
— Que tu n'aies pas tiré. Ne parlons plus de ça...

Pyke les attendait dans le hall, exactement le même que la veille, et c'était encore un matin radieux.

— Belle journée, n'est-ce pas ?
— Splendide !

La voiture était à la porte. Maigret se rendit compte qu'il avait oublié de faire les présentations.

— Alain Lagrange. M. Pyke, un ami de Scotland Yard.

Pyke fit signe qu'il avait compris et ne posa aucune question. Tout le long du chemin, il parla des fleurs de son jardin et d'une teinte étonnante d'hortensias qu'il avait obtenue après de longues années de recherches.

L'avion décolla, sans nuage au ciel, rien qu'une fine buée matinale.

— Qu'est-ce que c'est ? questionna le jeune homme en désignant les récipients en carton mis à la disposition des passagers.

— Pour le cas où quelqu'un aurait mal au cœur.

Est-ce à cause de cela que, quelques minutes plus tard, Alain pâlissait, verdissait et, avec un regard désespéré, se penchait sur son récipient ?

Il aurait tant voulu ne pas être malade, surtout devant le commissaire Maigret !

9

Où Maigret découvre la tête de veau en tortue
et où il décrit Londres à Mme Maigret

Cela s'était passé comme d'habitude, sauf qu'il n'y avait pas un mois d'écoulé depuis le dernier dîner, il s'en fallait de beaucoup. D'abord la voix de Pardon au téléphone.

— Vous êtes libre demain soir ?
— Probablement.
— Avec votre femme, bien entendu.
— Oui.
— Vous aimez la tête de veau en tortue ?
— Connais pas.
— Vous aimez la tête de veau ?
— Assez.
— Alors vous l'aimerez en tortue. C'est un plat que j'ai découvert lors d'un voyage en Belgique. Vous verrez. Par exemple, je ne sais quel vin servir avec ça... Peut-être de la bière ?

Au dernier moment, Pardon, comme il l'expliqua presque scientifiquement, avait penché pour un beaujolais léger.

Maigret et sa femme avaient fait le chemin à pied et avaient évité de se regarder en passant devant la rue Popincourt. Jussieu, du laboratoire de police scientifique, était là, et Mme Maigret prétendait qu'il sentait le célibataire.

— J'ai voulu inviter le professeur Journe. Il m'a répondu qu'il ne dîne jamais en ville. Il y a vingt ans qu'il n'a pas pris un repas en dehors de chez lui.

La porte-fenêtre était ouverte, le balcon en fer forgé dessinait ses arabesques dans l'air qui se bleutait.

— Merveilleuse soirée, n'est-ce pas ?

Maigret eut un petit sourire que les autres ne pouvaient pas comprendre. Il reprit deux fois de la tête de veau. Au moment du café, Pardon, qui passait les cigares, tendit par distraction la boîte à Maigret.

— Merci ! Seulement au *Savoy*.
— Tu fumais le cigare, au *Savoy* ? s'étonna sa femme.
— Il fallait bien. On est venu me souffler à l'oreille que la pipe était interdite.

Pardon n'avait organisé ce dîner-là que pour parler de l'affaire Lagrange, et chacun prenait soin de ne pas mettre la conversation sur ce terrain. On parlait de tout, paresseusement, sauf de ça, à quoi tout le monde pensait.

— Vous êtes allé faire un tour à Scotland Yard ?
— Je n'en ai pas eu le temps.
— Comment sont vos rapports avec eux ?
— Excellents. Ce sont les gens les plus délicats qui soient.

Il le pensait, gardait une certaine tendresse pour M. Pyke qui avait levé la main en signe d'adieu au moment où l'avion décollait et qui, au fond, était peut-être ému.

— Beaucoup de travail quai des Orfèvres en ce moment ?
— Rien que de la routine. Beaucoup de malades dans le quartier ?
— De la routine aussi.

Alors il fut un peu question de maladies. De sorte qu'il était dix heures quand Pardon se décida à murmurer :

— Vous l'avez vu ?
— Oui. Vous l'avez vu aussi ?
— J'y suis allé deux fois.

Les femmes, par discrétion, feignaient de ne pas écouter. Quant à Jussieu, l'affaire n'était plus de son ressort, et il regardait par la fenêtre.

— On l'a confronté avec son fils ?
— Oui.
— Il n'a rien dit ?

Maigret hocha négativement la tête.

— Toujours son refrain ?

Car François Lagrange s'en tenait à sa première attitude, se repliait sur lui-même comme un animal qui a peur. Dès qu'on s'approchait de lui, il se collait au mur, un bras replié devant le visage pour se protéger des coups.

« — Ne me battez pas... Je ne veux pas qu'on me batte... »

Il en arrivait à claquer réellement des dents.

— Qu'est-ce que Journe en pense ?

Cette fois, c'était Maigret qui posait la question.

— Journe est un savant, probablement un de nos meilleurs psychiatres. C'est aussi un homme tourmenté par la peur des responsabilités.

— Je le comprends.

— En outre, il a toujours été adversaire de la peine de mort.

Maigret ne commenta pas, tira lentement sur la pipe.

— Un jour que je lui parlais de pêche, il m'a regardé d'un air choqué. Il ne tue même pas les poissons.

— De sorte que... ?

— Si François Lagrange tient le coup pendant un autre mois...

— Il le tiendra ?

— Il a assez peur pour ça. A moins que quelqu'un le force dans ses retranchements...

Pardon fixait intensément Maigret. C'était la raison du dîner, la question qu'il attendait depuis longtemps de poser et qu'il ne faisait qu'exprimer d'un regard.

— En ce qui me concerne, murmura le commissaire, cela ne me regarde plus. J'ai déposé mon rapport. Le juge Rateau, de son côté, suivra l'avis des experts.

Pourquoi Pardon avait-il l'air de lui dire merci ? C'était gênant. Maigret lui en voulut un peu de cette indiscrétion. Il était exact que cela ne le regardait plus. Il aurait pu, évidemment...

— J'ai d'autres chats à fouetter, soupira-t-il en se levant, entre autres une certaine Jeanne Debul... Elle est rentrée hier à Paris. Elle crâne toujours. Avant deux mois, j'espère la tenir dans mon bureau, entre quatre z'yeux...

— On dirait qu'elle t'a fait quelque chose personnellement, remarqua Mme Maigret, qui n'avait pourtant pas l'air d'écouter.

On n'en parla plus. Un quart d'heure plus tard, dans l'obscurité de la rue, Mme Maigret accrochait sa main au bras de son mari.

— C'est drôle, fit-il. A Londres, les réverbères, qui sont pourtant à peu près pareils...

Et, chemin faisant, il se mit à lui décrire le Strand, Charing Cross, Trafalgar Square.

— Je croyais que tu avais à peine eu le temps de manger.

— Je suis sorti quelques minutes, le soir, après dîner.

— Tout seul ?

— Non. Avec lui.

Elle ne demanda pas de qui il s'agissait. Comme ils approchaient du boulevard Richard-Lenoir, il dut se souvenir du *pub,* où il avait bu un verre de bière avant de se coucher. Cela lui donna soif.

— Cela ne te fait rien que...
— Mais non ! Va boire. Je t'attends.

Car c'était un petit bistrot où elle aurait eu l'impression de gêner. Quand il sortit en s'essuyant la bouche, elle lui prit à nouveau le bras.

— Une belle nuit...
— Oui...
— Avec plein d'étoiles.

Pourquoi la vue d'un chat qui, à leur approche, s'engouffrait dans un soupirail, le fit-elle se rembrunir un instant ?

Shadow Rock Farm, Lakeville (Connecticut), juin 1952.

LES FRÈRES RICO

1

Comme tous les autres jours, c'étaient les merles, les premiers, qui l'avaient réveillé. Il ne leur en voulait pas. Au début, cela le mettait en rage, surtout qu'il n'était pas encore habitué au climat et que la chaleur l'empêchait de s'endormir avant deux ou trois heures du matin.

Ils commençaient juste au lever du soleil. Or, ici, en Floride, le soleil se levait presque d'un seul coup. Il n'y avait pas d'aube. Le ciel était tout de suite doré, l'air moite, vibrant du caquetage des oiseaux. Il ne savait pas où ils avaient leur nid. Il ne savait même pas si c'étaient réellement des merles. C'était lui qui les appelait ainsi, depuis dix ans qu'il se promettait de se renseigner et qu'il oubliait de le faire. Loïs, la petite négresse, leur donnait un nom, qu'il aurait été incapable d'épeler. Ils étaient plus grands que des merles du Nord, avec trois ou quatre plumes de couleur. Il en arrivait deux sur la pelouse, à proximité des fenêtres, qui engageaient leur bavardage aigu.

Eddie ne s'éveillait plus tout à fait, prenait seulement conscience du lever du jour et ne trouvait pas ça désagréable. D'autres merles ne tardaient pas à arriver Dieu sait d'où, des jardins voisins sans doute. Et, Dieu sait pourquoi, ils avaient choisi le sien comme rendez-vous matinal.

A cause des merles, l'univers pénétrait un peu plus son sommeil et mêlait des réalités à ses rêves. La mer était calme. Il en entendait juste la petite vague, celle qui, se formant non loin de la plage en une ondulation à peine distincte, venait retomber sur le sable en un ourlet brillant et agitait des milliers de coquillages.

Phil lui avait téléphoné la veille. Il n'était jamais tout à fait rassuré quand Phil lui donnait signe de vie. Il avait appelé de Miami. D'abord pour parler de l'homme, dont il n'avait pas cité le nom. Il citait rarement des noms au téléphone.

— Eddie ?
— Oui.
— Ici, Phil.

Il ne prononçait pas un mot de trop. C'était de la pose. Fût-ce dans la cabine téléphonique de quelque bar d'où il parlait, il devait soigner son attitude.

— Tout va bien, là-bas ?
— Tout va bien, avait répondu Eddie Rico.

Pourquoi Phil mettait-il des silences entre les plus innocents bouts de phrase ? Même quand on était en face de lui, cela donnait l'impression qu'il se méfiait, s'attendait à ce qu'on lui cache quelque chose.

— Ta femme ?
— Elle va bien, merci.
— Aucun ennui ?
— Aucun.

Ne savait-on pas qu'il n'y en avait jamais dans le secteur de Rico ?

— Je t'envoie un gars, demain matin.

Ce n'était pas la première fois.

— Il vaudrait mieux qu'il sorte peu... Et aussi qu'il n'ait pas envie d'aller se promener ailleurs...
— D'accord.
— Sid me rejoindra peut-être demain ici.
— Ah !
— Il est possible qu'il ait envie de te voir.

Ce n'était pas inquiétant en soi, ni tellement extraordinaire. Mais Rico ne s'était jamais habitué aux attitudes, ni à la façon de parler de Boston Phil.

Il ne se rendormit pas à fond, s'assoupit à moitié, sans cesser d'entendre les merles et le bruissement de la mer. Une noix se détacha d'un des cocotiers du jardin et tomba sur l'herbe. Presque tout de suite après, Babe se mit à remuer dans la chambre contiguë dont on laissait la porte entrouverte.

C'était la plus jeune de ses filles. Elle s'appelait Lilian, et les aînées l'avaient tout de suite appelée Babe. Cela lui déplaisait. Dans sa maison, il avait horreur des surnoms. Mais il ne pouvait rien contre les gamines, et tout le monde avait fini par dire comme elles.

Babe allait commencer à chantonner en se tournant et se retournant dans son lit comme pour prolonger son sommeil. Il savait que sa femme, dans le lit voisin du sien, s'éveillait aussi. C'était la routine de tous les matins. Babe avait trois ans. Elle ne parlait pas encore. A peine disait-elle quelques mots mal formés. Pourtant, c'était la plus jolie des trois, avec une tête de poupée.

— Cela s'arrangera probablement un jour ou l'autre, avait dit le médecin.

Est-ce que le médecin y croyait ? Rico se méfiait des médecins. Presque autant que de Phil.

Babe gazouillait. Dans cinq minutes, si on n'allait pas la lever, elle se mettrait à pleurer.

Rico avait rarement besoin d'éveiller sa femme. Sans ouvrir les yeux, il l'entendait soupirer, rejeter le drap, poser ses pieds nus sur la carpette et elle restait ainsi un petit moment, assise au bord du lit, à se frotter le visage et le corps avant de tendre le bras pour saisir sa robe de chambre. Invariablement, à cet instant-là, il recevait une bouffée de son odeur, une odeur qu'il aimait bien. Au fond, il était un homme heureux.

Elle ne faisait pas de bruit, se dirigeait sur la pointe des pieds vers la chambre de Babe, dont elle refermait la porte avec précaution. Elle se doutait qu'il ne dormait pas, mais c'était une tradition. D'ailleurs, après cela, il avait l'habitude de se rendormir. Il n'entendait pas les deux autres, Christine et Amélia, dont la chambre était plus éloignée, se lever à leur tour. Il n'entendait plus les merles. Le temps de penser un tout petit peu à Boston Phil, qui lui avait téléphoné de Miami, et il s'enfonçait comme dans un oreiller dans le savoureux sommeil du matin.

Loïs, en bas, devait préparer le petit déjeuner des enfants. Les deux aînées, agées de douze et neuf ans, se chamaillaient dans leur salle de bains. Elles mangeaient dans la cuisine, puis allaient attendre, au coin de la rue, le bus de l'école.

Le gros bus jaune passait à huit heures moins dix. Parfois, Eddie entendait ses freins, d'autres fois pas. A huit heures, Alice montait, ouvrait doucement la porte, et il sentait venir jusqu'à ses narines l'odeur du café qu'elle lui apportait.

— Il est huit heures, Eddie.

Il buvait une première gorgée dans son lit, et elle posait ensuite la tasse sur la table de nuit, se dirigeait vers les fenêtres pour ouvrir les rideaux. On ne voyait quand même pas dehors. Derrière les rideaux, il y avait des stores vénitiens dont les lames claires ne laissaient passer que de fines raies de soleil.

— Tu as bien dormi ?
— Oui.

Elle n'avait pas encore pris son bain. Ses cheveux étaient bruns et lourds, sa peau très blanche. Ce matin-là, elle portait un peignoir bleu qui lui allait bien.

Pendant qu'il passait dans la salle de bains, elle se coiffait, et tout cela, ces menus gestes de tous les jours, était réconfortant. Ils habitaient une belle maison, toute neuve, moderne, d'une blancheur éblouissante, dans le quartier le plus élégant de Santa Clara, entre le lagon et la mer, à deux pas du *Country Club* et de la plage. Rico lui avait donné un nom dont il était content : *Sea Breeze* (Brise de Mer). Si le jardin n'était pas grand, parce que, dans cette section, le terrain était hors de prix, la maison n'en était pas moins entourée d'une douzaine de cocotiers, et, de la pelouse, s'élançait un palmier royal au tronc lisse et argenté.

— Tu crois que tu iras à Miami ?

Il était dans son bain. La salle de bains était vraiment remarquable, avec ses murs recouverts de céramique vert pâle, sa baignoire et les autres appareils du même ton et tous les accessoires en chrome. Ce qu'il appréciait surtout, parce qu'il ne l'avait vu que dans de très grands hôtels, c'était la douche, que fermait une porte en verre encadrée de métal.

— Je ne sais pas encore si j'irai.

La veille, en dînant, il avait dit à Alice :

— Phil est à Miami. Il faudra peut-être que je le voie.

Ce n'était pas loin. Seulement deux cents et quelques milles. En voiture, la route était désagréable, déserte, traversant les marais dans une chaleur étouffante. Le plus souvent, il prenait l'avion.

Il ignorait s'il irait à Miami. Il avait dit cela en l'air. Il se rasa pendant que sa femme, derrière lui, se faisait couler un bain à son tour. Elle était un peu grasse. Pas trop. Assez pour qu'elle ne trouve pas de robes toutes faites. Sa peau était extraordinairement douce. En se rasant, il lui arrivait de la regarder dans le miroir et il n'était pas mécontent.

Il n'était pas comme les autres. Il avait toujours su ce qu'il voulait. Il l'avait choisie, très jeune, en connaissance de cause. C'était par leur femme que presque tous les autres péchaient.

Lui aussi avait la peau blanche et fine, et, comme Alice, les cheveux très sombres. Il y avait même des camarades d'école, à Brooklyn, qui l'appelaient Blackie. Il ne les avait pas laissés faire longtemps.

— Je crois qu'il va faire chaud.
— Oui.
— Tu rentreras déjeuner ?
— Je ne sais pas.

Soudain, tout en se regardant dans le miroir, il fronça les sourcils, laissant échapper une exclamation de dépit. On voyait un peu de sang sur sa joue. Il employait un rasoir de sûreté, ne se coupait presque jamais. Une fois de temps en temps, seulement, il accrochait le grain de beauté qu'il avait sur la joue gauche, et cela lui causait toujours une sensation désagréable. S'écorcher la peau ne lui aurait pas donné la même impression. Ce grain de beauté-là, qui, quand il avait vingt ans, était à peine de la taille d'une tête d'épingle, était devenu, petit à petit, de la largeur d'un pois. Il était brun, velu. La plupart du temps, Eddie réussissait à passer le rasoir dessus sans le faire saigner.

Aujourd'hui, il avait raté. Il cherchait l'alun dans l'armoire à pharmacie. Pendant plusieurs jours, cela saignerait chaque fois qu'il se raserait, et il lui semblait que ce sang-là n'était pas du sang ordinaire.

Il avait questionné son médecin à ce sujet. Il n'aimait pas les médecins, mais il allait les voir pour le moindre malaise. Il les regardait de travers, les soupçonnait toujours de lui mentir, s'efforçait de les faire se contredire.

— S'il était moins profond, je vous l'enlèverais d'un coup de bistouri. Tel qu'il est là, cela laisserait une cicatrice.

Il avait lu quelque part que les verrues de ce genre deviennent parfois cancéreuses. Rien que d'y penser, il en ressentait une faiblesse dans tout le corps.

— Vous êtes sûr que ce n'est rien ?
— Certain.
— Cela ne peut pas être un cancer ?
— Mais non ! Mais non !

Il n'était qu'à moitié rassuré. Surtout que le docteur avait ajouté :

— Si cela peut vous tranquilliser, je vous en enlèverai un bout que nous enverrons à l'analyse.

Il n'en avait pas eu le courage. Il était douillet. C'était curieux, car, gamin, il n'avait pas peur des coups. C'étaient seulement les rasoirs, les instruments coupants qui lui faisaient cet effet-là.

Ce stupide incident le rendait soucieux, pas tant par lui-même, mais comme s'il y voyait un signe. Il n'en continua pas moins sa toilette avec minutie. Il était minutieux. Il aimait se sentir propre, net, avoir le poil lustré, une chemise de soie sur la peau, des vêtements repassés de frais. Deux fois par semaine, il se faisait manucurer et masser le visage.

Il entendait l'auto qui s'arrêtait devant la villa voisine, puis devant *Sea Breeze,* et il savait que c'était le facteur ; il n'avait pas besoin d'entrouvrir les persiennes pour imaginer l'homme qui tendait le bras par la portière, ouvrait la boîte aux lettres, y déposait le courrier et la refermait avant de remettre la voiture en marche.

La journée s'amorçait selon les rites. Il était prêt à l'heure. Alice passait sa robe. Il descendait le premier, sortait de la villa, traversait le jardin, puis le trottoir, pour aller prendre son courrier dans la boîte. Le vieux colonel d'à côté, en pyjama rayé, faisait de même, et ils se saluaient vaguement, bien qu'ils ne se fussent jamais parlé.

Il y avait des journaux, des factures de ménage et de maison, une lettre dont il reconnaissait l'écriture et le papier. Quand il s'assit devant la table, Alice, qui le servait, demanda simplement :
— Ta mère ?
— Oui.

Il lisait en mangeant. Sa mère lui écrivait toujours au crayon, sur le papier qu'elle vendait en pochettes. Les pochettes étaient de six feuilles et six enveloppes de teintes différentes, mauves, verdâtres, bleuâtres, et, quand les pages étaient pleines, elle n'ajoutait pas une nouvelle feuille, mais un bout de papier quelconque.

Mon cher Joseph,

C'était son véritable prénom. Il avait été baptisé Joseph. Dès l'âge de dix ou onze ans, il s'était fait appeler Eddie, et tout le monde le connaissait sous ce nom-là, il n'y avait plus que sa mère à l'appeler Joseph. Cela l'irritait. Il le lui avait dit, mais c'était plus fort qu'elle.

Il y a bien longtemps que je n'ai reçu de tes nouvelles et j'espère que la présente te trouvera en bonne santé, ainsi que ta femme et tes enfants.

Sa mère n'aimait pas Alice. Elle la connaissait à peine, ne l'avait vue que deux ou trois fois, mais elle ne l'aimait pas. C'était une drôle de femme. Ses lettres n'étaient pas faciles à déchiffrer, car, bien que née à Brooklyn, elle mélangeait l'anglais et l'italien, écrivant les mots de l'une et de l'autre langue avec une orthographe personnelle.

Ici, la vie continue comme tu la connais. Le vieux Lanza, celui qui habitait au coin de la rue, est mort à l'hôpital la semaine dernière. On lui a fait de belles funérailles, car c'était un brave homme qui a habité le quartier pendant plus de quatre-vingts ans. Sa belle-fille est venue de l'Orégon où elle habite avec son mari, mais celui-ci n'a pas pu entreprendre le voyage, car il a été amputé d'une jambe il y a seulement un mois. C'est un bel homme, bien portant, âgé seulement de cinquante-cinq ans. Il s'est blessé avec un outil de jardinage, et la gangrène s'y est mise presque tout de suite.

En levant la tête, Rico pouvait voir la pelouse, les cocotiers et, entre deux murs blancs, un assez large pan de mer scintillante. Il pouvait imaginer avec autant d'exactitude la rue de Brooklyn d'où sa mère lui écrivait, la boutique de bonbons et de sodas qu'elle tenait, tout à côté du magasin de légumes où il était né et qu'elle avait quitté à la mort de son mari. Le métro aérien n'était pas loin. On l'apercevait des fenêtres à peu près comme, d'ici, il apercevait la mer, et on entendait, à intervalles réguliers, le vacarme des rames de wagons qui se profilaient sur le ciel.

La petite Joséphine s'est mariée. Tu dois te souvenir d'elle. Je l'ai prise chez moi, alors qu'elle n'était qu'un bébé, quand sa mère est morte.

Il se souvenait vaguement, non pas d'un, mais de deux ou trois bébés à qui sa mère avait donné l'hospitalité.

Il y avait toujours, dans ses lettres, un certain nombre de pages qui ne parlaient que de voisins, de gens qu'il avait plus ou moins oubliés. Il y était surtout question de morts et de malades, parfois d'accidents, ou encore de garçons du voisinage que la police avait arrêtés. *Un bon petit qui n'a pas eu de chance...,* disait-elle.

Puis, seulement vers la fin, venaient les choses sérieuses, celles pour lesquelles, en réalité, la lettre était faite.

Gino est passé me voir vendredi dernier. Je lui ai trouvé l'air fatigué.

C'était un des deux frères d'Eddie. Eddie, qui était l'aîné, avait maintenant trente-huit ans. Gino en avait donc trente-six, et ils ne se ressemblaient pas. Eddie était plutôt gras. Pas tellement gros, mais ses formes étaient arrondies, et il avait tendance à l'embonpoint. Gino, au contraire, avait toujours été efflanqué, avec des traits beaucoup plus dessinés que ses deux frères. Gamin, il paraissait malingre. Maintenant encore, il ne donnait jamais une impression de santé.

Il est venu me dire au revoir, car il partait le soir même pour la Californie. Il paraît qu'il restera un certain temps là-bas. Je n'aime pas beaucoup ça. Ce n'est jamais bon signe quand on envoie quelqu'un comme lui dans l'Ouest. J'ai essayé de lui tirer les vers du nez, mais tu sais comment est ton frère.

Gino ne s'était jamais marié, ne s'était jamais intéressé aux femmes. De sa vie, il ne devait avoir fait de confidences à personne.

Je lui ai demandé si c'était à cause du Grand Jury. On en parle beaucoup ici, évidemment. D'abord, on a cru que ce serait comme les autres fois, qu'on questionnerait quelques témoins et que ça finirait en queue de poisson. Tout le monde était sûr que c'était « arrangé ».

Il a dû se produire quelque chose que le District Attorney et la police tiennent soigneusement secret. Certains prétendent que quelqu'un aurait parlé.

Toujours est-il qu'il n'y a pas que Gino à s'éloigner d'ici. Un des grands patrons a quitté subitement New York et il y a eu un écho dans les journaux à son sujet. Tu as dû le lire.

Il ne l'avait pas lu. Il commençait à se demander s'il ne s'agissait pas de Sid Kubik, dont Phil lui avait parlé au téléphone.

Il sentait un malaise dans la lettre de sa mère. Il y avait un malaise à Brooklyn. Il n'avait pas eu tort de se méfier, la veille, quand Phil l'avait au bout du fil.

Le malheur, c'est qu'on ne sait jamais exactement ce qui se passe. Il faut deviner, tirer des conclusions de menus faits qui ne veulent rien dire en eux-mêmes, mais qui, rassemblés, prennent parfois une signification.

Pourquoi avait-on envoyé Gino en Californie où, théoriquement, il n'avait rien à faire ?

A lui aussi, on avait expédié quelqu'un, qui devait arriver ce matin et qu'on lui avait recommandé de ne pas laisser s'éloigner.

Il avait lu les comptes rendus des séances du Grand Jury de Brooklyn. Soi-disant, celui-ci s'occupait de l'affaire Carmine, qui avait été abattu devant l'*El Charro,* en pleine Fulton Avenue, à trois cents mètres de l'Hôtel de Ville.

Il y avait maintenant six mois que Carmine avait reçu cinq balles dans la peau. La police n'avait trouvé aucune piste sérieuse. Normalement, l'affaire aurait dû être classée depuis longtemps.

Eddie ignorait si son frère en était. Selon les règles, il n'aurait pas dû participer au coup de main, car on n'a pas l'habitude de choisir des gens du voisinage pour des expéditions voyantes.

Tout cela avait-il un rapport avec le coup de téléphone de Phil ? Boston Phil ne se dérangeait pas pour rien. Tout ce qu'il faisait avait un sens, et c'est bien ce qui le rendait inquiétant. En outre, quand on l'envoyait quelque part, cela signifiait en général que quelque chose n'allait pas.

Ils ont des gens du même genre dans les grosses affaires comme la Standard Oil ou dans les banques à succursales multiples, des types qui ne débarquent dans un endroit que quand les grands patrons flairent une irrégularité grave.

C'était le genre de Phil. C'était aussi le genre qu'il se donnait. Il jouait à l'homme qui est dans le secret des chefs et s'entourait de mystère.

Il y a un autre sujet dont je voulais déjà te parler dans ma dernière lettre. Je ne l'ai pas fait parce que ce n'étaient encore que des bruits. Je me disais que Tony t'avait peut-être écrit ou allait le faire, car il a toujours eu de la considération pour toi.

C'était le plus jeune des Rico, qui n'avait que trente-trois ans et qui avait vécu avec leur mère plus longtemps que les autres. Bien entendu, c'était son préféré. Il était brun comme Eddie, à qui il ressemblait un peu, en plus beau, en plus câlin. Eddie n'avait pas eu directement de ses nouvelles depuis plus d'un an.

Je savais bien, continuait la mère, *que, depuis son séjour à Atlantic City, l'été dernier, il y avait anguille sous roche. Il a fait plusieurs voyages sans me dire où il allait, et j'ai compris qu'il s'agissait d'une femme. Or, voilà à présent près de trois mois que personne ne l'a vu. Plusieurs personnes sont venues me poser des questions à son sujet, et ce n'était pas seulement de la curiosité. Même Phil qui est venu me voir sous prétexte de me demander de mes nouvelles, mais qui ne m'a parlé que de Tony.*

Il y a trois jours, une certaine Karen, que tu ne connais pas, une fille du quartier qui est sortie pendant quelques semaines avec ton frère il y a un bon bout de temps, m'a dit à brûle-pourpoint :

— Vous savez, mame Julie, que Tony est marié ?

Je me suis mise à rire. Or, il paraît que c'est vrai. Et qu'il s'agit de la fille qu'il a rencontrée à Atlantic City, une gamine qui n'est pas d'ici, pas même de New York, et qui aurait sa famille en Pennsylvanie.

Je ne sais pas au juste pourquoi, cela m'inquiète. Tu le connais. Il avait des filles à la pelle et paraissait être le dernier à vouloir se marier.

Pourquoi n'en a-t-il parlé à personne ? Pourquoi tant de gens, tout à coup, ont-ils besoin de connaître son adresse ?

Tu dois me comprendre quand je dis que je ne suis pas tranquille. Il y a des choses qui se passent et que je voudrais connaître. Si, par hasard, tu étais au courant, écris-moi tout de suite pour me rassurer. Je n'aime pas ça.

Mammy t'envoie le bonjour. Elle est toujours vaillante, encore qu'elle ne quitte pas son fauteuil. Le plus fatigant, pour moi, c'est, le soir, de la hisser dans son lit, car elle devient de plus en plus lourde. Tu ne peux pas te faire une idée de ce qu'elle mange ! Une heure après les repas, elle se plaint d'avoir ce qu'elle appelle une petite faim. Le docteur me recommande de ne pas lui donner ce qu'elle demande, mais je n'en ai pas le courage.

Eddie avait presque toujours connu sa grand-mère énorme, et presque toujours, aussi loin qu'allaient ses souvenirs, impotente dans un fauteuil.

C'est tout ce que j'ai à te dire aujourd'hui. Je me fais du souci. Toi qui en sais probablement plus que moi, donne-moi le plus vite possible des nouvelles, surtout au sujet de Tony.

Est-ce que la petite a commencé à parler ? Il y a un cas, dans le quartier, non pas d'une fille, mais d'un garçon du même âge qui...

La suite se lisait sur une bande de papier d'une autre couleur, et, dans le coin, il y avait le mot traditionnel :

Baisers.

Eddie ne tendit pas la lettre à sa femme. Il ne lui faisait jamais lire son courrier, même les lettres de sa mère, et elle n'aurait pas eu l'idée de le lui demander.

— Tout va bien ?
— Gino est en Californie.
— Pour longtemps ?
— Ma mère ne sait pas.

Il préféra ne pas lui parler de Tony. Il lui parlait peu de ses affaires. Elle était de Brooklyn aussi, mais pas du même milieu. C'est ce qu'il avait voulu ; de souche italienne, comme lui, car, avec une autre, il ne se serait pas senti à son aise ; mais son père occupait un poste assez important dans une compagnie d'exportation, et, quand Eddie l'avait connue, elle travaillait dans un magasin de Manhattan.

Avant de partir, il alla embrasser Babe, assise au milieu de la cuisine sous la garde de Loïs. Il embrassa sa femme aussi, distraitement.

— N'oublie pas de me téléphoner si tu vas à Miami.

Dehors, il faisait déjà tiède. Il y avait du soleil. Il y avait toujours du soleil, sauf pendant les deux ou trois mois de la saison des pluies. Toujours des fleurs aussi, dans les parterres, sur les buissons, et des palmiers le long des routes.

Il traversa le jardin pour aller chercher sa voiture dans le garage. Tous ceux qui venaient à Siesta Beach étaient d'accord pour proclamer que c'était un paradis. Les maisons étaient neuves, des villas plutôt, chacune dans son jardin, entre la mer et le lagon.

Il franchit celui-ci sur le pont de bois et, au bout de l'avenue, pénétra dans la ville.

L'auto roulait sans bruit. C'était une des meilleures voitures qu'on pût trouver, toujours étincelante.

Tout était beau. Tout était clair et propre. Tout ruisselait de lumière. Il y avait même des moments où on avait l'impression de vivre dans un décor d'affiche touristique.

A gauche, des yachts bougeaient à peine dans le port. Et, dans Main Street, entre les maisons de commerce, on reconnaissait les quelques enseignes qui, la nuit, s'éclairaient au néon : le *Gypsy*, le *Rialto*, *Coconut Grove*, *Little Cottage*.

Les portes en étaient fermées. Ou bien, si l'une d'elles était ouverte, c'était parce que les laveuses procédaient au nettoyage.

Il prit, à gauche, la route de Saint Petersburg et, un peu avant les limites de la ville, aperçut un long bâtiment en bois au fronton duquel on lisait :

West Coast Fruit Imporium, Inc.
(Grand marché de fruits de la Côte Ouest, société anonyme)

La façade n'était qu'un long comptoir où tous les fruits de la terre semblaient voisiner, les ananas mordorés, les pamplemousses, les oranges cirées, les mangues, les avocats, chaque variété formant une pyramide non loin des légumes auxquels de l'eau pulvérisée gardait une fraîcheur irréelle. On ne vendait pas que des fruits : à l'intérieur, on trouvait la plupart des produits d'épicerie, les cloisons étaient garnies de conserves du plancher au plafond.

— Ça va, patron ?

On gardait une place libre, à l'ombre, pour sa voiture. Chaque matin, le vieil Angelo, en blouse blanche, en tablier blanc, venait à sa rencontre.

— Ça va, Angelo.

Eddie souriait rarement, pour ainsi dire jamais, et Angelo ne s'en formalisait pas plus qu'Alice. C'était sa nature. Cela ne signifiait pas qu'il était de mauvaise humeur. Il avait une façon à lui de regarder les gens et les choses, pas nécessairement comme s'il s'attendait à un piège, mais d'une façon calme, réfléchie. Là-bas, à Brooklyn, alors qu'il n'avait pas vingt ans, certains l'avaient surnommé le Comptable.

— Il y a quelqu'un d'arrivé pour vous.
— Je sais. Où est-il ?
— Je l'ai fait entrer dans votre bureau. Comme je ne savais pas...

Deux des garçons épiciers en blouse garnissaient les casiers de nouveaux fruits. Derrière, dans un bureau vitré, une machine à écrire cliquetait, celle de Miss Van Ness, dont il apercevait les cheveux blonds et le profil régulier.

Eddie entrouvrit la porte.

— Pas de coup de téléphone ?
— Non, monsieur Rico.

Elle avait un prénom, Beulah, mais il ne l'avait jamais appelée ainsi. Il n'était pas volontiers familier, surtout avec elle.

— Quelqu'un vous attend dans votre bureau.
— Je sais.

Il y entra, évita de regarder tout de suite l'homme, assis sur une chaise, à contre-jour, qui fumait une cigarette et qui ne se leva pas. Eddie retira d'abord son veston, son panama, accrocha l'un et l'autre au portemanteau. Puis il s'assit en retroussant les jambes de son pantalon pour ne pas les froisser, alluma une cigarette à son tour.

— On m'a dit comme ça...

Rico arrêta enfin son regard sur le visiteur, un grand garçon musclé qui devait avoir vingt-quatre ou vingt-cinq ans, aux cheveux roussâtres tout frisés.

— Qui t'a dit ? questionna-t-il.
— Vous le savez, non ?

Il ne posa pas la question à nouveau, se contenta de regarder le rouquin, et celui-ci, finissant par se sentir mal à l'aise, se leva, murmura :

— Boston Phil.
— Quand l'as-tu vu ?
— Samedi. C'est-à-dire il y a trois jours.
— Qu'est-ce qu'il t'a dit ?
— De venir vous trouver à cette adresse.
— Ensuite ?
— De ne pas quitter Santa Clara.
— C'est tout ?
— Sous aucun prétexte.

Eddie le fixait toujours, et l'autre ajoutait :
— Aussi de me tenir peinard.
— Assieds-toi. Ton nom ?
— Joe. Là-haut, ils m'appellent Curly Joe.
— On va te donner une blouse, et tu travailleras au comptoir.

Le rouquin soupira :
— Je m'en doutais.
— Cela ne te plaît pas ?
— Je n'ai pas dit ça.
— Tu coucheras chez Angelo.
— C'est le vieux ?
— Tu ne sortiras que quand il t'en donnera la permission. Qui est-ce qui te cherche ?

Le front de Joe se rembrunit. Avec l'air d'un gamin têtu, il prononça :
— On m'a recommandé de ne pas parler.
— Même à moi ?
— A personne.
— On a spécifié que tu ne devais rien me dire ?
— Phil a dit : personne.
— Tu connais mon frère ?
— Lequel ? Bug ?

C'était le surnom qu'on donnait à Gino.
— Tu sais où il est ?
— Il est parti un peu avant moi.
— Vous avez travaillé ensemble ?

Joe ne répondit pas, mais il n'avait pas nié.
— Tu connais mon autre frère aussi ?
— J'ai entendu parler de Tony.

Pourquoi regardait-il par terre en prononçant ces mots ?
— Tu ne l'as jamais rencontré ?
— Non. Je ne crois pas.
— A quel propos t'en a-t-on parlé ?

— J'ai oublié.
— Il y a longtemps ?
— Je ne sais pas.
Il était préférable de ne pas insister.
— Tu as de l'argent ?
— Un peu.
— Quand tu n'en auras plus, tu m'en demanderas. Tu n'en auras guère besoin ici.
— Il y a des filles ?
— On verra ça.
Eddie se leva et se dirigea vers la porte.
— Angelo va te donner une blouse et te mettre au courant.
— Tout de suite ?
— Oui.

Rico n'aimait pas ce garçon-là. Il n'aimait surtout pas ses réponses laconiques, ni le fait qu'il évitait de le regarder en face.
— Prends-le en charge, Angelo. Il couchera chez toi. Ne le laisse pas sortir avant que Phil m'ait donné des détails.

Il passa un doigt prudent sur son grain de beauté où une gouttelette de sang avait séché, entra dans le bureau voisin.
— Rien au courrier ?
— Rien d'intéressant.
— Toujours pas de coup de téléphone de Miami ?
— Vous en attendez un ?
— Je ne sais pas.

La sonnerie retentit, mais l'appel venait d'un producteur d'oranges et de citrons. Il rentra dans son bureau, n'y fit rien d'autre qu'attendre. Il n'avait pas pensé, la veille, à demander à Boston Phil dans quel hôtel de Miami il était descendu. Il ne descendait pas toujours au même. Peut-être, d'ailleurs, valait-il mieux qu'il n'ait pas posé la question. Phil n'aimait pas qu'on se montre curieux.

Il signa du courrier que Miss Van Ness lui apporta et sentit son parfum qu'il n'aimait pas. Il était sensible aux parfums. Il en employait lui-même discrètement. Au fond, il n'aimait pas l'odeur de son propre corps. Il en était presque gêné, employait des pâtes désodorisantes...
— Si on m'appelle de Miami...
— Vous sortez ?
— Je vais voir McGee, au *Club Flamingo*.
— Je dis qu'on vous sonne là-bas ?
— J'y serai dans dix minutes.

Phil ne lui avait pas annoncé un coup de téléphone. Il lui avait seulement dit que Sid Kubik arriverait probablement ce matin-là à Miami. Tout au plus avait-il laissé entendre que Kubik demanderait peut-être à le voir.

Pourquoi tenait-il pour certain qu'on allait lui téléphoner ?

Il passa de l'ombre du magasin à la lumière chaude du dehors.

Accompagné d'Angelo, le rouquin sortait d'un cagibi, l'air plus grand et plus large dans une blouse blanche de commis.

— Je vais chez McGee, annonça Rico.

Il se dirigea vers sa voiture, fit une marche arrière, tourna à gauche sur la grand-route. Il y avait un feu à moins de cent mètres. Il était vert, Eddie allait passer quand il vit un homme qui, au bord du trottoir, lui adressait un signe.

Il faillit ne pas reconnaître le piéton, qu'il prit tout d'abord pour quelqu'un qui faisait de l'auto-stop. Quand il le regarda plus attentivement, il fronça les sourcils et freina.

C'était son frère Gino, qui aurait dû se trouver en Californie.

— Monte !

Il se retourna pour s'assurer qu'on ne les observait pas de la devanture du magasin.

2

Pendant un bon moment, on aurait pu croire qu'Eddie avait embarqué un inconnu au bord de la route. Il n'avait pas regardé son frère monter dans la voiture, ne lui avait rien demandé. Quant à Gino, une cigarette non allumée entre ses lèvres minces, il s'était installé si vite que la portière était refermée avant que le feu passe au rouge.

Eddie conduisait en regardant droit devant lui. On passa des pompes à essence, un parc de voitures d'occasion, un *motel*[1] aux bungalows jaune citron groupés autour d'une piscine.

Il y avait deux ans que les frères ne s'étaient vus. La dernière fois, c'était à New York. Gino n'était venu qu'une fois à Santa Clara, cinq ou six ans plus tôt, alors qu'Eddie n'avait pas encore fait construire *Sea Breeze* ; il ne connaissait donc pas la plus jeune des filles.

De temps en temps, on dépassait un camion. On avait parcouru un bon mille hors de la ville quand Eddie demanda enfin, ouvrant à peine la bouche, regardant toujours droit devant lui :

— On sait que tu es ici ?

— Non.

— On te croit à Los Angeles ?

— A San Diego.

Gino était maigre. Il n'était pas beau. Seul de la famille, il avait un long nez un peu de travers, des yeux enfoncés, mais brillants, le teint gris. Ses mains étaient curieuses, tout en os et en nerfs, avec des doigts extraordinairement longs et déliés, dont la peau dessinait le squelette.

---

1. Hôtel horizontal, composé de bungalows privés, près desquels chacun laisse sa voiture.

Et ces doigts-là tripotaient toujours quelque chose, une boulette de pain, ou de papier, voire une petite balle de caoutchouc.
— Tu es venu par le train ?
Gino ne demandait pas à son aîné où celui-ci le conduisait. On tournait le dos à la ville. Eddie prenait, à gauche, une route presque déserte, bordée de bois de pins et de quelques champs de glaïeuls.
— Non. Par l'avion non plus. Je suis venu en autocar.
Eddie fronça les sourcils. Il comprenait. C'était plus anonyme. Son frère avait voyagé sur ces immenses autocars bleu et argent, avec un lévrier peint sur la carrosserie, qui parcouraient les États-Unis comme le faisaient jadis les diligences, s'arrêtant de ville en ville, dans des dépôts qui sont comme les relais des diligences d'autrefois, grouillant d'une foule bigarrée où les nègres sont en majorité, surtout dans le Sud, avec des voyageurs chargés de valises et de colis, des mères entourées d'enfants, des gens qui vont très loin, d'autres qui s'arrêtent à l'étape voisine, des sandwiches qu'on emporte ou qu'on mange, pendant la halte, avec un café brûlant, debout à un comptoir, des dormeurs, des inquiets, des bavards qui égrènent leurs confidences.
— Je leur ai annoncé que je prendrais le car.
Le silence à nouveau, deux ou trois milles de silence. Des prisonniers, le torse nu, une trentaine au moins, presque tous jeunes, un chapeau de paille sur la tête, fauchaient les bas-côtés de la route, et deux gardiens, la carabine à la main, les surveillaient.
Ils ne les regardèrent pas.
— Alice va bien ?
— Oui.
— Les enfants ?
— Lilian ne parle pas encore.
Ils s'aimaient bien. Les frères Rico avaient toujours passé pour unis. Non seulement ils étaient du même sang, mais ils avaient fréquenté la même école, appartenu, gamins, dans les rues, aux mêmes bandes, participé aux mêmes batailles. A cette époque-là, Gino vouait à son aîné une véritable admiration. Est-ce qu'il l'admirerait toujours ? C'était possible. Avec lui, on ne pouvait pas savoir. Il y avait chez lui un côté sombre, passionné, qu'il ne laissait pas voir.
Eddie ne l'avait jamais compris, s'était toujours senti gêné devant lui. En outre, de menus détails le choquaient. Gino, par exemple, s'habillait encore à la façon voyante des mauvais garçons qu'ils imitaient quand ils étaient adolescents. Il en avait conservé les manières, la façon de se tenir, le regard appuyé et fuyant tout ensemble, et jusqu'à cette cigarette collée à la lèvre, cette affectation de tripoter perpétuellement un objet dans sa longue main pâle.
— Tu as reçu une lettre de maman ?
— Ce matin.
— Je me doutais qu'elle t'écrirait.
Ils avaient retrouvé l'eau, un lagon plus large qu'à Siesta Beach, avec un très long pont de bois sur lequel il y avait des pêcheurs et qui

conduisait à une île. Les planches du pont tressautèrent sous les roues. Dans l'île, ils traversèrent un village, suivirent une route goudronnée. Ce fut bientôt la brousse, le marais, un fouillis de palmiers et de pins, enfin des dunes. Une demi-heure s'était écoulée depuis qu'ils s'étaient rencontrés, et ils n'avaient à peu près rien dit, quand Eddie poussa la voiture sur une piste entre les dunes et alla stopper, à la pointe extrême de l'île, sur une plage aveuglante où le ressac était violent et où ne se voyaient que des mouettes et des pélicans.

Il n'ouvrit pas la portière, resta assis dans son coin, moteur calé, alluma une cigarette. Le sable, sous les pieds, devait être brûlant. Des rangs de coquillages montraient la ligne que la mer avait atteinte aux marées précédentes. Une vague très haute, trop blanche, trop lumineuse pour qu'on pût la fixer, s'élevait à intervalles réguliers et retombait d'un mouvement lent en formant un nuage de poussière brillante.

— Tony ? questionna enfin Eddie en se tournant vers son frère.
— Qu'est-ce que maman t'a écrit ?
— Qu'il s'est marié. C'est vrai ?
— Oui.
— Tu sais où il est ?
— Pas exactement. Ils le cherchent. Ils ont retrouvé les parents de sa femme.
— Des Italiens ?
— Ils sont d'origine lithuanienne. Le père possède une petite ferme en Pennsylvanie. Il paraît qu'il ne sait pas non plus où se trouve sa fille.
— Il est au courant du mariage ?
— Tony est allé le lui annoncer. A ce qu'on m'a dit, la fille travaillait dans un bureau à New York, mais c'est à Atlantic City, où elle prenait des vacances, que Tony l'a rencontrée. Ils ont dû se revoir à New York. Il y a environ deux mois, ils sont allés voir le vieux pour lui annoncer qu'ils venaient de se marier. Ils sont restés une dizaine de jours avec lui.

Eddie tendit le paquet de cigarettes, et son frère en prit une qu'il n'alluma pas.

— Je sais pourquoi ils le cherchent, dit lentement Gino, sans presque remuer les lèvres.
— L'affaire Carmine ?
— Non.

Il répugnait à Eddie de parler de ces sujets-là. C'était loin de lui, maintenant, presque dans un autre monde. Au fond, il aurait préféré ne pas savoir. C'est toujours dangereux d'en connaître trop. Pourquoi ses frères n'en étaient-ils pas sortis comme il l'avait fait ? Même ce surnom de *Bug* (l'insecte), sous lequel on désignait encore Gino, le choquait comme une inconvenance.

— C'est moi qui ai descendu Carmine, annonçait tranquillement celui-ci.

Eddie ne sourcilla pas. Gino avait toujours été un tueur par goût.

Cela aussi empêchait son aîné, qui avait la brutalité en horreur, de se sentir de plain-pied avec lui.

Il ne le jugeait pas, ne trouvait pas cela mal en soi. C'était plutôt une gêne physique, comme quand Gino employait certains termes de *slang,* que lui-même n'employait plus depuis longtemps.

— Tony conduisait ?

Il connaissait la routine. Encore gamin, à Brooklyn, il avait vu cette technique-là se mettre au point petit à petit, et, maintenant, le processus était à peu près invariable.

Chacun avait son rôle, sa spécialité, dont il était rare qu'il se départît. Il y avait d'abord celui qui fournissait la voiture au moment voulu, une voiture rapide, pas trop voyante, avec le réservoir plein d'essence, portant de préférence la plaque d'un autre État, parce que cela retardait les recherches. Ce travail-là, il l'avait accompli deux fois, alors qu'il avait à peine dix-sept ans. C'est par là que Tony avait commencé, lui aussi, plus jeune encore. Il amenait la voiture à un endroit déterminé, et on lui donnait dix ou vingt dollars.

Tony était tellement passionné de mécanique et de vitesse qu'il faisait cela par jeu, piquait le long du trottoir une voiture qui lui plaisait, rien que pour la joie de rouler pendant quelques heures sur la grand-route, où il finissait par l'abandonner. Une fois qu'il s'était écrasé contre un arbre, son camarade avait été tué et lui s'en était tiré sans une égratignure.

A dix-neuf ans, on lui confiait un travail plus sérieux. C'était lui qui pilotait l'auto transportant sur les lieux le tueur et son aide et qui, ensuite, poursuivi ou non par la police, devait les conduire là où un autre véhicule, non signalé, les attendait tous.

— Pour Carmine, c'est Fatty qui était au volant.

Gino en parlait avec une sorte de nostalgie. Eddie avait bien connu Fatty, un gros garçon, fils d'un savetier, plus jeune que lui, à qui, à l'occasion, il faisait faire des commissions.

— Qui était le chef ?
— Vince Vettori.

Il avait eu tort de poser la question, surtout s'il s'agissait de Vettori, car cela signifiait que l'affaire était importante et qu'il s'agissait d'un règlement entre grands patrons.

Carmine, Vettori, c'étaient, comme Boston Phil, des hommes qui travaillaient sur un plan au-dessus du sien. Ils donnaient des ordres et n'aimaient pas qu'on s'occupe de leurs faits et gestes.

— Tout a marché comme prévu. On savait que Carmine sortirait à onze heures d'*El Charro,* car il avait rendez-vous ailleurs un peu plus tard. Nous étions stationnés à une cinquantaine de mètres. Quand il a pris son vestiaire, on nous a envoyé le signal. Fatty a mis en marche tout doucement, et nous sommes arrivés devant le restaurant juste au moment où Carmine en ouvrait la porte. Je n'ai eu qu'à le farcir.

Le mot choqua Eddie. Il ne regardait pas son frère, mais observait un pélican qui planait au-dessus du rouleau blanc, se laissant parfois tomber pour cueillir un poisson. Des mouettes, jalouses, tournoyaient autour de lui en poussant des criaillements chaque fois qu'il attrapait une proie.

— Il y a pourtant eu un pépin. Je ne l'ai appris que par les potins.

Il en était toujours ainsi. Il était difficile de savoir exactement ce qui se passait. Les gros avaient soin de ne rien dire. On entendait de vagues rumeurs. On tirait des conclusions.

— Tu te souviens du père Rosenberg ?
— Le marchand de cigares ?

Eddie revoyait sa boutique de journaux et de cigares, juste en face d'*El Charro*. Au temps où Eddie prenait les petits paris pour un bookmaker, il lui était arrivé de s'installer devant chez Rosenberg. Celui-ci le savait, lui envoyait des clients, moyennant une petite commission. Il était déjà vieux à cette époque-là. Du moins, il lui paraissait vieux.

— Quel âge a-t-il ?
— Dans les soixante. Il paraît qu'on le tenait à l'œil depuis un certain temps. On prétend qu'il rendait des services à la police. Toujours est-il qu'O'Malley, le sergent, est allé le voir deux fois. Puis, le troisième soir, il l'a emmené chez le District Attorney. Je ne sais pas si Rosenberg a réellement parlé. Peut-être n'a-t-on voulu courir aucun risque. Il était occupé à fermer sa boutique quand nous avons abattu Carmine. Il avait pu nous reconnaître. On a décidé de le supprimer.

C'était toujours la routine. Vingt fois, quand il vivait à Brooklyn, Eddie avait entendu la même histoire. Combien de fois, ensuite, l'avait-il lue dans les journaux ?

— Pour je ne sais quelle raison, ils n'ont pas voulu que j'y aille et ils ont choisi un nouveau, un grand rouquin nommé Joe.

— Avec Tony au volant ?

— Oui. Tu as dû lire ce qui s'est passé. Il est probable que Rosenberg avait vraiment parlé, car ils lui avaient donné un garde du corps, un type en civil qui n'est pas du quartier. Rosenberg ouvrait régulièrement sa boutique à huit heures du matin. A cause de la station de métro qui est tout à côté, il y a assez de trafic dans le coin. L'auto s'est avancée. Le vieux était occupé à arranger sa devanture quand il a reçu trois plombs dans le dos. J'ignore si Joe a remarqué le type qui se tenait à côté de lui et s'il a flairé un flic. Peut-être, simplement, a-t-il voulu faire bonne mesure. Il l'a descendu aussi, et avant que la foule sache de quoi il retournait, l'auto avait disparu.

De tout cela, Eddie n'avait qu'une vague idée, mais la scène lui était assez familière pour qu'il la vît aussi nettement qu'au cinéma. Il avait assisté à une scène du même genre, ou presque, alors qu'il avait quatre ans et demi. Il était seul, des trois frères Rico, à en avoir été témoin. Gino, qui n'avait pas deux ans à l'époque, se trouvait dans la chambre de sa grand-mère à se traîner par terre. Quant à Tony, il n'était pas né. Sa mère le portait encore dans son ventre, et on avait placé une chaise pour elle derrière un des comptoirs de la boutique.

Pas la boutique qu'elle tenait maintenant. Le père vivait. Eddie le revoyait fort bien, avec ses cheveux drus et sombres, sa grosse tête, son air toujours calme.

Lui aussi, Eddie le trouvait vieux, alors qu'il n'avait en réalité que trente-cinq ans.

Il n'était pas né aux États-Unis, mais en Sicile, près de Taormina, où il travaillait, adolescent, dans une corderie. Il était arrivé à Brooklyn à l'âge de dix-neuf ans et avait dû exercer maints métiers, des métiers très humbles, probablement, car c'était un doux, un timide, aux gestes lents, au sourire un peu naïf. Il s'appelait Cesare. Certains, dans le quartier, se souvenaient encore de lui quand il vendait de la crème glacée dans les rues.

Vers la trentaine, il avait épousé Julia, qui n'avait que vingt ans et dont le père venait de mourir.

Eddie avait toujours soupçonné qu'on l'avait choisi parce qu'on avait besoin d'un homme pour tenir le magasin. C'était une boutique de quartier où l'on vendait des légumes, des fruits et un peu d'épicerie. La mère de Julia était déjà obèse. Eddie revoyait son père ouvrir la trappe qui se trouvait derrière le comptoir de gauche pour aller chercher du beurre ou du fromage à la cave, ou encore en ressortir avec un sac de pommes de terre sur les épaules.

Un après-midi qu'il neigeait, Eddie jouait dans la rue avec un petit camarade. Ils se tenaient tous les deux sur le trottoir d'en face. Il faisait encore assez clair, mais on avait déjà allumé les lampes de l'étalage. Il y avait eu du bruit vers le coin de la rue, des hommes qui couraient, des voix aiguës.

Cesare, en tablier blanc, était sorti de la boutique et s'était campé entre ses paniers. Quelqu'un, un de ceux qui couraient, l'avait bousculé, et, juste à ce moment-là, deux coups de feu avaient éclaté.

Est-ce qu'Eddie avait vraiment tout vu ? Tout retenu ? On avait tant et tant raconté cette histoire dans la maison que d'autres témoignages avaient dû s'ajouter à ses souvenirs.

Il revoyait en tout cas son père lever les deux mains vers son visage, rester un moment à vaciller, puis s'abattre sur le trottoir, et il aurait juré que c'était bien lui qui se rappelait que la moitié du visage de son père avait été emportée.

— La partie gauche n'était qu'un grand trou ! avait-il répété souvent.

Celui qui avait tiré devait se trouver encore assez loin, car l'homme poursuivi avait eu le temps de s'engouffrer dans la boutique.

— Il était jeune, n'est-ce pas, maman ?

— Dix-neuf ou vingt ans. Tu ne peux pas t'en souvenir.

— Mais si ! Il était tout habillé de noir.

— Tu as cru ça à cause de la demi-obscurité.

Un agent en uniforme, puis un autre, avaient atteint le magasin, où ils étaient entrés sans même se pencher sur le corps de Cesare Rico. Ils

avaient trouvé Julia assise sur sa chaise derrière le comptoir de gauche, les mains croisées sur son ventre proéminent.
— Où est-il ?
— Par là...
Elle leur avait indiqué la porte du fond, qui donnait sur un couloir. Ils habitaient un très vieux pâté de maisons, et, derrière, s'enchevêtraient des cours où on garait les charrettes. Un des commerçants voisins possédait même une écurie avec un cheval.

Qui avait téléphoné pour l'ambulance ? Personne ne le sut jamais. Une ambulance n'en arriva pas moins. Eddie la vit déboucher dans la rue, s'arrêter net ; deux hommes en blanc sautèrent sur le trottoir, tandis que sa mère paraissait à la porte de la boutique et se précipitait vers son mari.

D'autres policiers avaient aidé à fouiller le quartier. Dix fois, ils avaient traversé le magasin. Les cours, derrière, avaient au moins deux ou trois issues.

Il avait fallu des années pour qu'Eddie apprît la vérité. L'homme qu'on chassait n'était pas passé par les cours. Quand il était entré dans la boutique, la trappe de la cave se trouvait ouverte. Julia, qui l'avait reconnu, lui avait fait signe de s'y précipiter, avait refermé la trappe et mis sa chaise dessus. Aucun des policiers n'y avait pensé !

— Je ne pouvais pas m'élancer vers votre pauvre père... concluait-elle simplement.

Cela leur paraissait naturel, à tous. Dans le quartier, tout le monde avait trouvé cela naturel.

Le jeune homme était un Polonais doté d'un étrange prénom et qui parlait à peine l'anglais à cette époque. Longtemps, pendant des années, il avait disparu de la circulation.

Quand on l'avait revu, c'était un homme de carrure imposante qui s'appelait Sid Kubik et, déjà, était presque un grand patron. C'était lui qui centralisait les paris pour les courses, non seulement à Brooklyn, mais dans le bas Manhattan et dans Greenwich Village, et Eddie avait commencé à travailler pour lui.

Enfin, c'est parce que le père était mort, et qu'il est difficile à une femme de coltiner des caisses de fruits et des paniers de légumes, que Julia avait racheté, tout à côté, le comptoir de bonbons et de sodas.

Plusieurs fois, Kubik était venu la saluer en passant. Il l'appelait maman Julia, avec son drôle d'accent.

Les deux hommes, dans l'auto, s'étaient tus. Eddie avait aperçu, très loin sur la plage, une tache rouge, la silhouette d'une femme en costume de bain écarlate qui marchait lentement et se penchait à intervalles inégaux. Sans doute ramassait-elle des coquillages. Elle en avait pour longtemps avant d'arriver près d'eux.

Un détail le tracassait. L'affaire Carmine était vieille de six mois. Quatre jours après le coup de l'*El Charro,* le seul témoin avait été supprimé. Aucun District Attorney, dans ces conditions-là, n'était assez fou pour s'attaquer à l'organisation.

Avant d'engager la procédure, ils attendent d'avoir des bases solides, des témoignages sur lesquels ils puissent compter. La preuve, c'est qu'on était resté des semaines, des mois, sans entendre parler de l'affaire. Le Grand Jury s'en occupait mollement, parce qu'il faut rassurer la population.

Eddie savait que son frère pensait à la même chose que lui.

— Quelqu'un a parlé ? finit-il par murmurer en détournant la tête.

— Je n'ai rien pu apprendre de précis. Toutes sortes de bruits courent. Depuis deux semaines surtout les gens chuchotent ; on voit, dans les bars, des têtes nouvelles : O'Malley montre partout un sourire satisfait, comme s'il préparait une surprise. Je ne compte plus les gens qui m'ont demandé, l'air innocent :

» — *Tu as des nouvelles de Tony ?*

» J'ai eu également l'impression que d'autres n'avaient pas envie de se montrer en ma compagnie. Certains m'ont dit :

» — *Alors, Tony s'est rangé ? C'est vrai qu'il a épousé une bourgeoise ?*

» Puis j'ai reçu l'ordre de me rendre à San Diego et d'y rester.

— Pourquoi es-tu passé me voir ?

Gino regarda son frère d'une étrange façon, comme s'il s'en méfiait autant que des autres.

— A cause de Tony.

— Explique.

— S'ils le trouvent, ils le descendront.

Sans véritable conviction, Eddie murmura :

— Tu crois ?

— Ils ne prendront pas plus de risque qu'avec Rosenberg. Déjà, en règle générale, ils n'aiment pas que quelqu'un quitte l'organisation.

Eddie le savait aussi, parbleu, mais cela lui déplaisait d'y penser si crûment.

— Tony était de la dernière affaire, celle dont le District Attorney est en train de s'occuper. Ils se disent que, si la police le questionne comme il faut, il se pourrait qu'il parle.

— Tu le crois aussi ?

Gino regarda par la portière, cracha dans le sable chaud et laissa tomber après un silence :

— C'est possible.

Puis, toujours entre ses lèvres presque immobiles :

— Il est amoureux.

Enfin :

— Le bruit court que sa femme est enceinte.

Ce mot-là avait l'air de le dégoûter.

— Tu ne sais vraiment pas où il est ?

— Si je le savais, j'irais le voir.

Eddie n'osa pas lui demander pourquoi. Ils avaient beau être frères, il y avait entre eux, au-dessus d'eux, cette organisation dont ils ne parlaient que par allusions.

— Où serait-il à l'abri ?
— Au Canada, au Mexique, en Amérique du Sud. N'importe où. Le temps que ça se calme.

Gino poursuivit sur un autre ton, comme s'il se parlait à lui-même :
— J'ai pensé que tu étais plus libre de tes mouvements que moi. Tu connais beaucoup de monde. Tu n'es pas dans le coup. Peut-être parviendras-tu à savoir où il se cache et à lui donner les moyens de partir ?

— Il a de l'argent ?
— Tu sais bien qu'il n'en a jamais eu.

La femme en rouge n'était plus qu'à trois cents mètres, et Eddie, soudain, tourna la clef de contact, appuya sur l'accélérateur. La voiture fit une marche arrière dans le sable, vira entre les dunes.

— Où sont tes bagages ?
— Je n'ai qu'une valise. Je l'ai laissée dans un des casiers de la gare d'autocars.

Gino n'avait jamais possédé qu'une valise. Depuis qu'il avait quitté la maison de leur mère, à l'âge de dix-huit ans, il n'avait pas eu de vrai domicile. Il vivait dans des meublés, un mois ici, quinze jours là, et c'était dans les bars qu'on pouvait l'atteindre ou lui adresser son courrier bien qu'il ne bût ni alcool, ni bière.

Ils roulaient en silence. Gino n'avait toujours pas allumé sa cigarette. Eddie se demandait s'il l'avait déjà vu fumer réellement.

— Il vaut mieux que nous ne passions pas par la grand-route, murmura l'aîné, non sans une certaine gêne.

Il ajouta :
— Joe est ici.

Tous les deux comprenaient. Certes, il était naturel qu'on eût éloigné Joe comme on avait éloigné Gino. Ce n'était pas la première fois qu'on envoyait ainsi quelqu'un à Eddie pour quelques jours ou pour quelques semaines.

Mais n'était-il là que pour se planquer ? Il existait cinquante endroits où on pouvait l'expédier, et on avait choisi de l'installer chez un des frères Rico.

— Je ne l'aime pas, murmura Eddie.

Son frère haussa les épaules. Ils suivaient un chemin parallèle à la grand-route, et soudain, comme ils atteignaient un endroit assez désert, Gino prononça :

— Il vaut mieux que tu me laisses ici.
— Qu'est-ce que tu vas faire ?
— De l'auto-stop.

Eddie préférait ça, mais évitait de le laisser voir.
— Tu ne t'occuperas pas de Tony, je suppose ?
— Mais si. Je ferai tout mon possible.

Gino n'y croyait pas. Il ouvrit la portière, ne tendit pas la main, se contenta de l'agiter un instant en disant :
— *Bye-bye !*

Mal à l'aise, Eddie finit par remettre son auto en marche et, sans se retourner, vit la silhouette de son frère s'amenuiser dans le rétroviseur.

Il avait annoncé à Miss Van Ness qu'il se rendait au *Club Flamingo*. Si Boston Phil avait téléphoné de Miami, elle lui avait fait la commission, et Phil avait sûrement appelé le *Flamingo*. Il n'aimait pas ça. Il était libre de ses mouvements, bien sûr. Il pouvait avoir eu un empêchement, ou avoir rencontré n'importe qui. Il pouvait avoir eu une panne. Le moment n'en était pas moins mal choisi.

Il se mit à rouler très vite, rejoignit la grand-route, stoppa, un peu avant midi, en face du *Flamingo* qui annonçait : *Cocktails-Grill-Dancing.*

Trois ou quatre voitures étaient parquées devant la porte. Il mit la sienne moitié dans l'ombre, moitié au soleil, faute d'une meilleure place, poussa la porte, pénétra dans le bar où, grâce à l'air conditionné, il faisait frais, presque froid.

— Hello ! Teddy.
— Hello, monsieur Rico.
— Pat est là ?
— Le patron est dans son bureau.

Il fallait traverser la salle aux murs décorés de flamants roses, où un maître d'hôtel servait deux tablées de clients. Venait ensuite une sorte de salon aux fauteuils de velours rouge avec, au fond, une porte marquée : *Privé.*

Pat McGee répondit tout de suite, tendit une main musclée.

— Ça va ?
— Ça va.
— On vient justement de te demander au téléphone.
— Phil ?
— C'est cela. De Miami. Voici son numéro. Il désire que tu le rappelles.
— Il n'a rien dit ?

Pourquoi regardait-il McGee d'un œil soupçonneux ? Il avait tort. Boston Phil n'était pas homme à faire des confidences à un McGee.

Celui-ci avait décroché l'appareil. Deux minutes plus tard, il le tendait à Eddie en annonçant :

— Il est descendu à l'*Excelsior*. Je crois qu'il n'est pas seul.

La voix désagréable de Phil, à l'autre bout du fil :

— Allô ! Eddie ?

Celui-ci connaissait les somptueux appartements de l'*Excelsior,* à Miami Beach. Phil prenait toujours un salon, où il aimait recevoir et où il préparait lui-même les cocktails. Il connaissait une quantité surprenante de journalistes et de gens de tous les milieux, des acteurs, des professionnels du sport, voire des gros bonnets du pétrole du Texas.

— J'ai dû m'arrêter dans un garage parce que ma voiture...

L'autre, sans le laisser finir, coupa :

— Sid est arrivé.

Il n'y avait rien à répondre. Eddie attendait. D'autres personnes se trouvaient dans la pièce, là-bas, car un murmure de voix lui parvenait, dont une voix haut perchée de femme.

— Il y avait un avion à midi. A présent, il est trop tard. Tu prendras celui de deux heures trente.

— Je dois aller là-bas ?

— Il me semble que c'est ce que je dis.

— Je n'étais pas sûr. Pardon.

Il prenait le ton d'un comptable devant son directeur, ou devant un inspecteur qui va lui réclamer des comptes, et la présence de McGee le gênait. Il ne voulait pas se montrer humble en sa présence.

Car enfin, ici, dans son secteur, c'était lui le patron. C'était de lui que, dans un moment, McGee allait prendre des ordres.

— Le jeune homme est arrivé ?

— Je l'ai mis au magasin.

— A tout à l'heure.

Phil raccrocha.

— Toujours le même ! remarqua Pat McGee. Il croit qu'il n'y a que lui.

— Oui.

— Tu veux les comptes de la semaine ?

— Je n'ai pas le temps aujourd'hui. Je vais à Miami.

— C'est ce que j'ai cru comprendre. On dit que Sid est là-bas.

C'était inouï comme tout se savait. Pourtant McGee n'était rien, que le tenancier d'un bar au bord de la route où il y avait quelques machines à sous et, à l'occasion, une partie de dés et des paris.

Deux fois la semaine, Rico faisait sa tournée et ramassait sa part. Quant aux paris, c'était Miss Van Ness qui les transmettait directement à Miami par téléphone.

Tout ce qu'il récoltait de la sorte n'était pas pour lui, bien entendu. Le plus gros était envoyé à l'échelon supérieur, mais il lui en restait assez pour vivre confortablement comme il avait toujours rêvé de vivre.

Il n'était pas un grand patron. On ne parlait pas de lui dans les journaux, rarement dans les bars de New York, du New Jersey ou de Chicago. Il était un patron quand même, dans son fief, où il n'y avait pas un *night club* qui ne lui payât sa contribution sans broncher.

On n'essayait pas de tricher. Il connaissait trop bien les chiffres. Il ne se fâchait jamais, ne proférait pas de menaces. Au contraire, il parlait doucement, prononçait aussi peu de mots que possible, et tout le monde comprenait.

Au fond, il agissait un peu avec les autres comme Boston Phil agissait avec lui. Peut-être certains, derrière son dos, prétendaient-ils qu'il l'imitait ?

— Un martini ?

— Non. Je dois passer par la maison pour me changer.

Quand il faisait chaud, il lui arrivait de changer de complet et de linge deux fois par jour. N'était-ce pas par Phil aussi qu'il l'avait vu faire ?

Sans penser, il gratta sa joue, et le grain de beauté se remit à saigner. A peine une goutte. Il n'en regarda pas moins son mouchoir d'un air soucieux.

— C'est vrai que le *Samoa* a recommencé la roulette ?
— Une fois de temps en temps, quand la clientèle s'y prête.
— C'est d'accord avec Garret ?
— A condition qu'il n'y ait pas de réclamations.
— J'ai bien envie...
— Non ! Pas ici. C'est trop voyant, trop près de la ville. Ce serait dangereux.

Le sheriff Garret était un de ses amis. Ils dînaient de temps en temps ensemble. Garret avait de bonnes raisons pour ne rien lui refuser. C'était quand même du travail délicat. Les tenanciers comme McGee ne s'en rendaient pas toujours compte et avaient tendance à exagérer.

— A dans deux ou trois jours.
— Mes amitiés à Phil. Voilà bien cinq ans qu'il n'est pas passé par ici.

Eddie rejoignit sa voiture en se demandant si Pat avait remarqué qu'il était préoccupé. Il passa par le magasin, où il annonça qu'il ne reviendrait pas avant le lendemain ou le surlendemain. Qu'est-ce que Miss Van Ness savait au juste ? Il ne l'avait pas choisie. Elle lui avait été envoyée de là-haut. Joe, en blouse blanche, servait une cliente, et cela avait l'air de l'amuser. Il adressa à Rico un clin d'œil que celui-ci trouva trop familier.

— Tu le surveilles ! recommanda-t-il au vieil Angelo, en qui il avait confiance.
— Comptez sur moi, patron.

Les aînées ne rentraient pas de l'école pour déjeuner. Alice, qui l'attendait, comprit qu'il y avait du nouveau.

— Tu montes te changer ?
— Oui. Viens préparer ma valise.
— Tu vas à Miami ?
— Oui.
— Pour plusieurs jours ?
— Je ne sais pas.

Il hésita à lui répondre qu'il avait vu son frère Gino. Il était sûr qu'elle ne le trahirait pas. Ce n'était pas non plus la femme à bavarder à tort et à travers.

S'il lui parlait rarement de ses affaires, c'était plutôt par pudeur. Bien sûr qu'elle savait à peu près de quoi il s'occupait. Il n'en préférait pas moins éviter les détails. A ses yeux, sa maison, sa famille devaient rester en dehors.

Il aimait bien Alice. Il appréciait surtout qu'elle l'aime sans restriction.

— Tu me téléphoneras ?

— Dès ce soir.

Il téléphonait chaque jour quand il était en voyage, voire deux fois par jour. Il s'informait des enfants, de tout. Il avait besoin de sentir que la maison était toujours là, avec tout ce qu'elle comportait.

— Tu emportes ton smoking blanc ?
— C'est prudent. On ne sait jamais.
— Trois complets ?

Elle avait l'habitude.

— Tu as du sang sur la joue.
— Je sais.

Avant de partir, il y remit un peu d'alun, alla embrasser Babe qui faisait déjà la sieste et se demanda si elle parlerait un jour.

Qu'est-ce que les deux aînées penseraient, diraient de lui, plus tard ? Quel souvenir garderaient-elles de leur père ? Cela le tracassait souvent.

Il prit sa femme dans ses bras, et tout son corps était doux, elle sentait bon, ses lèvres étaient bonnes.

— Ne reste pas trop longtemps absent.

Il avait commandé un taxi afin de laisser la voiture à Alice. Le chauffeur le connaissait et l'appela patron.

3

Des passagers, venus de Tampa et de plus haut, avaient retiré leur cravate et leur veston. Eddie se mettait rarement à son aise en public. Il se tenait aussi droit que dans un autobus, regardant vaguement devant lui, avec parfois un coup d'œil sans curiosité à la jungle verte et rousse qu'on survolait. A la *stewardess,* qui lui demandait en souriant s'il désirait du thé ou du café, il s'était contenté de répondre par un signe de tête. Il ne se croyait pas obligé d'être aimable avec les femmes. Il n'était pas grossier non plus. Il se méfiait.

Toute sa vie, il s'était méfié de beaucoup de choses, et cela ne lui avait pas trop mal réussi. De temps en temps, par le hublot, il apercevait la route luisante qui longeait le trait presque droit d'un canal où ne passait aucun bateau. C'était un canal d'irrigation, stagnant, noir, comme visqueux, dans la vase duquel glissaient des alligators et d'autres animaux qui ne se laissaient deviner que par les grosses bulles qui montaient sans cesse à la surface.

Sur un tronçon de route de plus de cent cinquante milles, il n'y avait ni une maison, ni une pompe à essence. Pas d'ombre non plus. Et parfois il s'écoulait une heure sans que passe une voiture.

Il était toujours nerveux quand il faisait ce chemin en auto, surtout seul. Même l'air, comme épaissi par le soleil, donnait l'impression d'un grouillement hostile. A un bout, il y avait Miami, ses avenues de palmiers et ses grands hôtels qui s'élançaient tout blancs dans le ciel ; à l'autre, les petites villes si propres et si paisibles du golfe du Mexique.

Entre les deux, c'était littéralement un *no man's land,* une jungle brûlante livrée aux bêtes innommables.

Que serait-il arrivé, s'il s'était soudain senti malade au volant ?

Avec l'avion, où l'air était conditionné, le trajet ne prenait guère plus de temps qu'il n'en fallait en autobus, quand il était petit, pour aller de Brooklyn au centre de Manhattan.

Une certaine nervosité ne l'en prenait pas moins en quittant son fief, comme elle le prenait jadis quand il quittait son quartier.

A Miami, il n'était plus le patron. Dans la rue, dans les bars, personne ne le connaissait. Les gens qu'il allait voir vivaient sur un plan différent du sien. Ils étaient plus puissants que lui. C'était d'eux qu'il dépendait.

C'était arrivé plusieurs fois qu'il se rende là-bas dans les mêmes conditions. Les grands patrons passaient presque tous quelques semaines chaque année à Miami ou à Palm Beach. Ils dédaignaient la côte ouest et, quand ils avaient besoin de lui parler, le faisaient venir.

Il se préparait toujours à ces entrevues-là, ainsi qu'il le faisait maintenant, non pas en se demandant ce qu'il allait leur dire, mais en se donnant confiance en lui-même. Tout était là. Il avait besoin de sentir qu'il avait raison.

Et il avait eu raison toute sa vie. Même quand certains de ses camarades de Brooklyn se moquaient de lui et l'appelaient le Comptable.

Combien d'entre eux, à l'heure qu'il était, étaient encore en vie pour admettre qu'il avait choisi la bonne voie ?

Il est vrai que, s'ils étaient là, ils ne l'admettraient probablement pas. Même Gino ne l'admettait pas. Eddie avait toujours l'impression que son frère ne le regardait pas avec envie, mais avec un certain mépris.

Or, c'était Gino, c'étaient les autres qui se trompaient.

Quand il était bien convaincu de cela, il se sentait fort et pouvait envisager avec sang-froid l'entrevue qu'il aurait tout à l'heure avec Phil et Sid Kubik.

Malgré les airs que se donnait Boston Phil, ce n'était pas son opinion qui importait, mais celle de Kubik. Et celui-là le connaissait.

Eddie avait toujours suivi une ligne droite.

A l'époque où il avait décidé de sa vie, quantité d'autres voies s'offraient à lui. L'organisation n'était pas ce qu'elle était aujourd'hui. Elle n'existait pour ainsi dire pas. On parlait encore des grands barons, ceux qui s'étaient imposés pendant la prohibition. Il arrivait bien à ceux-ci de s'entendre entre eux pour quelque entreprise, de se partager une région, de réunir leurs troupes, mais cela n'en finissait pas moins, presque toujours, par des hécatombes.

Et, en dehors d'eux, grouillaient des centaines de petits caïds. Certains ne dominaient qu'un quartier, voire deux ou trois rues. Certains même ne s'occupaient que d'un seul *racket.*

Il en était ainsi à Brooklyn et dans le bas Manhattan. A vingt ans, des gamins avec qui Eddie était allé à l'école se croyaient des chefs et, aidés par deux ou trois camarades, essayaient de se tailler un domaine. Non seulement il leur fallait éliminer ceux qui les gênaient, mais encore ils étaient obligés de tuer pour établir leur prestige.

C'était vrai qu'ils avaient du prestige, que toute une rue les regardait avec admiration et envie quand, luxueusement vêtus, ils descendaient d'une voiture décapotable pour pénétrer dans un bar ou dans un billard.

Est-ce cela qui avait ébloui Gino ? Franchement, Eddie ne le croyait pas. Gino était un cas à part. Il n'avait jamais bluffé, jeté de poudre aux yeux, ne s'était pas non plus préoccupé de l'admiration des filles. S'il était devenu un tueur, c'était par vocation, de sang-froid, comme s'il avait une vengeance à assouvir, ou, mieux, comme si de presser la détente de son automatique devant une cible vivante lui procurait de secrètes voluptés.

Certains le prétendaient avec des mots crus. Eddie préférait ne pas approfondir la question. Il s'agissait de son frère. Est-ce que Gino, à l'heure qu'il était, se trouvait à nouveau ballotté dans le coin d'un autocar en direction du Mississippi et de la Californie ?

Eddie, lui, n'avait jamais essayé de travailler seul. Il n'avait jamais été arrêté non plus. Il était un des rares survivants de cette époque-là à ne pas avoir de casier judiciaire, et ses empreintes digitales ne figuraient pas aux dossiers de la police.

Quand il ramassait des petits paris dans la rue, au temps où il ne se rasait pas encore, c'était pour le compte d'un bookmaker local qui ne lui donnait pas de pourcentage, mais qui, en fin de journée, s'il n'avait pas trop mal réussi, lui allouait deux ou trois dollars pour sa peine.

A l'école, il avait été bon élève. Seul des trois frères Rico, il y était allé jusqu'à l'âge de quinze ans.

Une importante agence de paris se créa un jour derrière un salon de coiffure, et c'est là qu'il fit réellement ses premières armes. Un tableau noir, où s'inscrivaient les noms des chevaux et leur cote, occupait un pan de mur. Il y avait une dizaine d'appareils téléphoniques, autant et plus d'employés, des bancs pour les joueurs qui attendaient les résultats. Le patron s'appelait Faléra, mais on savait déjà qu'il ne travaillait pas pour son compte, qu'il y avait quelqu'un de plus important derrière lui.

Était-ce encore le même aujourd'hui ?

Car, au-dessus de Phil, de Sid Kubik, et même d'un homme comme Old Mossie, qui possédait plusieurs casinos et qui avait construit à Reno un *night club* de plusieurs millions, il existait un autre échelon dont Eddie ne savait à peu près rien.

Tout comme, d'ailleurs, les petits tenanciers de Santa Clara et des deux comtés qu'il dirigeait ignoraient qui était derrière lui.

On disait « l'organisation ». Certains faisaient des suppositions, essayaient de savoir, parlaient trop. D'autres se croyaient assez forts pour n'avoir pas besoin de protection, prétendaient devenir leur propre maître, et il était rare que cela leur réussît. En fait, Rico ne connaissait pas un seul cas où cela eût réussi. Les uns après les autres, les Nitti, les Caracciolo (qu'on appelait pourtant Lucky), les Dillon, les Landis, des douzaines encore, avaient un beau jour fait une promenade en auto qui avait abouti dans un terrain vague, ou bien, comme Carmine plus récemment, s'étaient affalés, criblés de balles à la fin d'un bon dîner.

Eddie avait toujours suivi la règle. Sid Kubik le savait, qui connaissait sa mère. Les autres, au-dessus de lui, devaient le savoir aussi.

Pendant des années, c'était lui, Eddie Rico, qu'on avait envoyé partout où se montait une nouvelle agence. Il était devenu un véritable expert. Il avait travaillé à Chicago, en Louisiane, et, pendant plusieurs semaines, avait aidé à mettre en ordre les affaires de Saint Louis, du Missouri.

Il était calme, ponctuel. Jamais il n'avait réclamé plus que sa part.

Il pouvait calculer, à quelques dollars près, le rendement d'une machine à sous installée dans tel endroit, la recette d'une partie de roulette, ou de *crap game,* et les loteries n'avaient aucun secret pour lui.

On disait : « Il sait compter ! »

Les premiers temps de son mariage, il avait continué à voyager. Ce n'est qu'à la naissance de sa première fille qu'il avait demandé un poste à demeure. D'autres l'auraient exigé, car il l'avait bien gagné. Lui pas. Mais il avait présenté une proposition précise.

C'était depuis longtemps son ambition d'avoir une région à lui, et il connaissait sa carte des États-Unis sur le bout des doigts. Toutes les bonnes places semblaient avoir été distribuées. Miami et la côte est de Floride, avec leurs casinos, leurs hôtels de grand luxe, le gratin du monde entier qui s'y précipitait chaque hiver, constituaient un des plus gros morceaux, si gros qu'ils étaient trois ou quatre à se le partager et que Boston Phil devait souvent y venir pour les mettre d'accord et les surveiller.

Sur la côte ouest, il n'y avait personne. Nul ne s'en souciait. Les petites villes qui s'échelonnaient le long de la plage et du lagon, à raison d'une par vingt ou trente milles, étaient fréquentées par des gens calmes, des officiers supérieurs à la retraite, des hauts fonctionnaires, des industriels qui venaient d'un peu partout se mettre à l'abri des froids de l'hiver, ou se retirer définitivement.

— Entendu, petit ! lui avait dit Sid Kubik, qui était devenu un homme de large carrure, avec une tête comme taillée dans de la pierre blanche.

Qui donc, sinon Eddie, avait fait de la côte du Golfe ce qu'elle était devenue ? Les chefs ne l'ignoraient pas. Ils avaient les chiffres de ce qu'ils encaissaient chaque année.

Et, en près de dix ans, il n'y avait pas eu un coup de feu, pas une campagne de presse.

C'était Eddie qui avait eu l'idée, comme façade, de racheter pour presque rien l'affaire de fruits et de légumes qui, à l'époque, ne donnait pas de bénéfices.

Maintenant le *West Coast Fruit Imporium* comportait trois succursales dans trois localités différentes, et Eddie aurait pu vivre de son revenu.

Il n'avait pas fait bâtir tout de suite. Il avait loué une maison dans un quartier convenable, mais pas trop luxueux. Il ne s'était pas précipité chez le sheriff, ni chez le chef de la police, comme d'autres l'auraient fait.

Il avait attendu d'avoir la réputation d'un honnête commerçant, d'un bon père de famille, d'un homme tranquille qui allait à l'église chaque dimanche et donnait largement aux œuvres de bienfaisance.

Alors, seulement, il avait abordé le sheriff, après s'y être préparé comme, dans l'avion, il se préparait à son entrevue de Miami. Il avait parlé raison.

— Il existe dans le comté huit maisons où l'on joue, une dizaine où on prend les paris et au moins trois cents machines à sous un peu partout, y compris dans les salons des deux *Country Club*.

C'était exact. Tout cela était entre les mains de petits margoulins travaillant en francs-tireurs.

— Périodiquement des ligues s'indignent, parlent du vice, de la prostitution, etc. Vous arrêtez quelques types. On les condamne ou on ne les condamne pas. Ou bien ils recommencent ensuite, ou bien d'autres prennent bientôt leur place. Vous savez qu'on ne peut pas supprimer ça.

Qu'on lui laisse les mains libres, à lui, Eddie, et le nombre de ces maisons serait limité, une surveillance serait établie, une discipline imposée. Ainsi des joueurs occasionnels n'iraient plus se plaindre d'avoir été dépouillés dans une partie truquée. On ne verrait plus de filles mineures sur les trottoirs ou dans les bars. Bref, il n'y aurait plus de scandale.

Il n'avait pas eu besoin de parler de rétribution. Le sheriff avait compris. Sa juridiction ne s'étendait pas à la ville même, mais le chef de police, quelques semaines plus tard, était entré en contact avec Eddie.

Avec les tenanciers, il s'était montré plus persuasif encore, plus froid aussi. Ceux-là, il les connaissait à fond.

— Pour le moment, tu fais tant de dollars par semaine, mais, sur cette somme, tu as des frais à déduire. Des policiers, des politiciens viennent sans cesse te réclamer de l'argent, malgré quoi il arrive qu'on ferme ta boutique et que tu passes en jugement.

» Avec l'organisation, tu commences par doubler ton chiffre, parce qu'il n'y a plus d'imprévus ni d'ennuis et que tu peux travailler à peu près ouvertement. Tout est réglé une bonne fois. De sorte que tu y gagnes encore en nous versant cinquante pour cent.

» Si tu ne marches pas, je connais des garçons un peu rudes qui viendront faire un tour dans le pays et auront une conversation avec toi.

C'étaient les moments qu'il préférait. Il se sentait maître de lui. A peine, au début, quand l'entretien n'avait pas encore pris tournure, sa lèvre inférieure frémissait-elle imperceptiblement.

Il n'était jamais armé. Le seul automatique qu'il possédait était dans le tiroir de sa table de nuit. Quant à se battre, il avait trop horreur des coups et du sang pour cela. Il ne s'était battu qu'une fois dans sa vie, à seize ans, et de saigner du nez lui avait donné mal au cœur.

— Réfléchis. Je ne te bouscule pas. Je reviendrai te voir demain.

On avait changé le sheriff depuis, mais cela marchait aussi bien avec le sheriff actuel, Bill Garret, et avec Craig, le chef de la police.

Les journalistes avaient compris, y trouvaient leur avantage aussi, pas en argent, pour la plupart, mais en dîners, en cocktails, en jolies filles.

Eddie savait ce que Gino pensait de lui. Il n'en était pas moins sûr d'avoir raison. Il possédait une des plus jolies maisons de Siesta Beach. Il avait une femme à lui, qu'il pouvait présenter à n'importe qui sans craindre qu'elle commette de bévues. Ses deux aînées fréquentaient la meilleure école privée. Pour la majorité des gens de Santa Clara et des environs, il était un commerçant prospère qui avait toujours fait honneur à sa signature.

Il avait tenté, trois mois plus tôt, une expérience qui aurait pu être dangereuse. Il avait présenté sa candidature au *Siesta Beach Country Club,* tout proche de chez lui, très exclusif. Cela l'avait rendu nerveux pendant huit jours, au point de se ronger les ongles. Quand il avait enfin reçu le coup de téléphone lui annonçant qu'il était élu, des larmes avaient mouillé ses paupières, il avait tenu un long moment Alice dans ses bras sans pouvoir prononcer un mot.

Il n'aimait pas Phil, qui n'avait jamais vécu à Brooklyn et qui s'était élevé par d'autres moyens que lui. Il ne savait d'ailleurs pas lesquels, ne se fiait pas aux bruits qui couraient.

En tout cas, il y avait Sid Kubik qui savait ce qu'Eddie valait et qui avait été sauvé autrefois par ses parents.

Il se leva, prit sa valise dans le filet, suivit la file, descendit les marches, soudain enveloppé de chaleur humide. Il choisit son taxi. Il avait horreur des vieux taxis aux banquettes défoncées et aimait que le chauffeur présente bien.

— A l'*Excelsior.*

Miami ne l'éblouissait pas. C'était grand, d'un luxe agressif. Il y avait une réelle somptuosité dans les longues avenues bordées de palmiers, où les plus grandes maisons de la Cinquième Avenue avaient leur succursale. Les vastes demeures blanches ou roses dont le jardin donnait sur le lagon avaient presque toutes leur yacht ancré près d'une jetée privée, et les canots automobiles ne se comptaient pas, ni les hydravions.

On prétendait, à New York et à Brooklyn, qu'un des grands patrons habitait toute l'année une de ces vastes constructions, que sa chambre à coucher était blindée et qu'il y entretenait en permanence une demi-douzaine de gardes du corps.

Cela n'intéressait pas Eddie. Cela ne le concernait pas. C'était sa force de ne pas s'en préoccuper.

Il se tenait à sa place, n'enviait personne, n'essayait de supplanter personne. Voilà pourquoi il n'était pas effrayé.

L'*Excelsior* comportait vingt-sept étages, une vaste piscine au bord de la mer, des boutiques de grand luxe tout le long du hall, et les livrées du personnel devaient coûter une fortune.

— M. Kubik, s'il vous plaît.

Poli. Sûr de lui. Il attendait. L'employé téléphonait.

— M. Kubik vous prie d'attendre. Il est en conférence.

Phil l'aurait fait exprès, afin de lui enlever ses moyens, ou pour montrer son importance. Pas Sid Kubik. C'était naturel qu'il soit occupé, qu'il tienne une conférence. Ses affaires avaient plus d'envergure que celles du plus grand magasin de New York, et peut-être même que celles d'une compagnie d'assurances. Elles étaient plus compliquées, aussi, car il n'existait pas de grands livres auxquels se fier.

Après un quart d'heure, il fut tenté d'aller boire un verre. Un bar s'ouvrait au fond du hall, ouaté de pénombre rassurante comme la plupart des bars. Cela lui arrivait, avant une entrevue importante, de boire un whisky, rarement deux. S'il ne voulait pas le faire aujourd'hui, c'était pour se prouver qu'il n'avait pas peur.

De quoi aurait-il eu peur ? Que pouvait-on lui reprocher ? Kubik allait sans doute lui parler de Tony. Eddie n'était pas responsable du mariage de son plus jeune frère, ni de sa nouvelle attitude.

Un des ascenseurs était près de lui, montant et descendant sans cesse, et, chaque fois que des gens en sortaient, il se demandait si c'étaient ceux avec qui le patron avait été en conférence.

— Monsieur Rico ?
— Oui.

Il avait ressenti un petit pincement dans la poitrine.

— Au 1262. On vous attend.

L'ascenseur bondit sans bruit. Les couloirs étaient clairs, avec un épais tapis vert pâle au milieu, les chiffres en cuivre découpé sur les portes.

Le 1262 s'ouvrit sans qu'il eût besoin de frapper, et Phil lui tendit silencieusement la main, une main impersonnelle qui ne serrait pas la sienne. Il était grand, les cheveux rares, les contours mous dans un complet de chantoung crème.

Aux fenêtres, qui devaient donner sur la mer, les stores vénitiens avaient leurs lattes à peu près closes.

— Kubik ? questionna Eddie, en regardant autour de lui le vaste salon vide.

Du menton, Phil lui désigna une porte entrouverte. Il y avait réellement eu une conférence : des verres traînaient sur les guéridons, quatre ou cinq cigares restaient inachevés dans les cendriers.

Kubik sortit de sa chambre, le torse nu, une serviette éponge à la main, répandant une forte odeur d'eau de Cologne.

— Assieds-toi, petit.

Il avait la poitrine puissante et velue. Ses bras étaient aussi musclés que ceux d'un boxeur, tout son corps, surtout son menton, fait d'une matière très dure.

— Sers-lui un *highball,* Phil.

Eddie ne protesta pas, parce qu'il considérait qu'il n'avait pas à refuser.

— Je viens tout de suite.

Il disparaissait à nouveau, revenait un peu plus tard en enfonçant le bas d'une chemise dans son pantalon de toile.

— Tu as des nouvelles de ton frère ?

Eddie se demanda si on savait déjà que Gino ne s'était pas rendu directement en Californie. Il était dangereux de mentir.

— Tony ? préféra-t-il questionner, tandis que Phil mettait de la glace dans un grand verre.

— Il t'a écrit ?

— Pas lui. Ma mère. J'ai reçu la lettre ce matin.

— Que dit-elle ? J'aime bien ta mère, c'est une femme brave. Comment va-t-elle ?

— Bien.

— Elle a vu Tony ?

— Non. Elle m'écrit qu'il s'est marié, mais qu'elle ignore avec qui.

— Il n'est pas allé chez elle ces derniers temps ?

— C'est justement de quoi elle se plaint.

Kubik s'était laissé tomber dans un fauteuil, les jambes allongées. Il tendait la main vers une boîte de cigares, et Phil allumait un briquet en or à ses initiales.

— C'est tout ce que tu sais de Tony ?

Il valait mieux jouer franc jeu. Sid Kubik n'avait pas l'air de l'observer, mais Eddie n'en sentait pas moins des regards furtifs passer sur lui, rapides, aigus.

— Ma mère me raconte que plusieurs personnes qu'elle ne connaît pas sont allées la questionner au sujet de Tony et elle se demande pourquoi. Elle paraît inquiète.

— Elle croit que c'est la police ?

Il regarda Kubik en face, répondit nettement :

— Non.

— Tu sais où est Gino ?

— Dans la même lettre, ma mère m'apprend qu'on l'a envoyé en Californie.

— Tu as la lettre sur toi ?

— Je l'ai brûlée. Je les brûle toujours après les avoir lues.

C'était exact. Il n'avait pas besoin de mentir. Il s'arrangeait autant que possible pour ne pas avoir besoin de mentir, surtout à Kubik. Quant à Phil, long et souple, il allait et venait autour d'eux avec un sourire satisfait qu'Eddie n'aimait pas, comme s'il attendait la suite avec impatience.

— Nous ne savons pas non plus où est Tony, et cela est grave, prononça Kubik en contemplant son cigare. J'avais espéré qu'il t'avait écrit. On n'ignore pas que vous êtes très unis tous les trois.

— Voilà deux ans que je n'ai pas vu Tony.

— Il aurait pu t'écrire. C'est regrettable qu'il ne l'ait pas fait.

Phil était content, cela se sentait. Ce n'était pas un Italien. Il était très brun et devait avoir du sang espagnol dans les veines. On prétendait qu'il avait été au collège. Eddie le soupçonnait de vouer un certain mépris, peut-être une certaine haine, à tous ceux qui avaient débuté dans les rues populeuses de Brooklyn.

— La dernière fois que ton frère Tony a travaillé pour nous, c'était il y a six mois.

Eddie ne broncha pas. Il ne devait pas avoir l'air de savoir.

— Depuis, personne ne l'a revu. Il ne t'a même pas écrit pour Noël ou pour le Nouvel An ?

— Non.

C'était toujours vrai. Eddie souriait malgré lui, parce que c'étaient les questions qu'il aurait posées, lui aussi. Il n'avait jamais imité sciemment les manières de Kubik, encore moins celles de Phil, mais, instinctivement, là où il était le patron, dans son fief, il se comportait sensiblement comme eux.

Il ne touchait pas à son verre dans lequel la glace fondait. Les deux autres ne buvaient pas non plus. Le téléphone sonna. Phil répondit :

— Allô !... Oui... Pas avant une demi-heure... Il est en conférence.

Le récepteur accroché, il annonça à mi-voix à Sid :

— C'est Bob.

— Qu'il attende.

Il s'enfonçait dans son fauteuil, toujours occupé par son cigare dont la cendre était d'un blanc argenté.

— La fille que ton frère a épousée s'appelle Nora Malaks. Elle travaillait dans un bureau de la 48e Rue, à New York. Elle a vingt-deux ans, et on prétend qu'elle est belle. Tony l'a rencontrée à Atlantic City pendant les dernières vacances.

Il prit un temps, cependant que Phil allait regarder dehors par les minces fentes des stores.

— Il y a trois mois, une licence de mariage a été délivrée au nom de Tony et à celui de la fille par la mairie de New York. On ignore où ils se sont mariés. Ils ont pu le faire n'importe où, dans un faubourg ou à la campagne.

Kubik avait toujours conservé un léger accent, et sa voix était rocailleuse.

— J'ai connu des Malaks, jadis, mais il ne s'agit pas de ceux-là. Le père est fermier dans un petit village de Pennsylvanie. Outre Nora, il a au moins un fils.

Eddie eut la désagréable impression que, jusqu'ici, les choses avaient été trop faciles. Le calme souriant de Phil ne présageait rien de bon. Phil n'aurait pas souri de la sorte si l'entretien avait dû continuer sur ce ton.

— Écoute-moi bien, petit. Le frère s'appelle Pieter, Pieter Malaks. C'est un garçon de vingt-six ans qui travaille depuis cinq ans dans les bureaux de la General Electric, à New York.

D'instinct, il prononçait ces mots avec considération. La General Electric était une grosse affaire, plus grosse encore que l'organisation.

— Malgré son âge, le jeune Malaks est déjà sous-chef de service. Il n'est pas marié, vit dans un modeste appartement du Bronx et passe ses soirées à travailler.

Eddie fut persuadé que ces derniers mots étaient prononcés à dessein, que Sid le regardait avec insistance.

— C'est un ambitieux, tu comprends ? Il compte gravir d'autres échelons et sans doute se voit-il faisant un jour partie de l'état-major de la compagnie.

Voulait-on lui laisser entendre que Pieter Malaks était un type dans son genre ? Ce n'était pas exact, Phil n'avait pas besoin de prendre un air entendu. Il n'avait jamais visé si haut. Son secteur de Floride lui suffisait, et il n'avait rien fait pour se rapprocher des gros bonnets. Sid Kubik ne le savait-il pas ?

— Passe-lui la photo, Phil.

Celui-ci alla la chercher dans un tiroir, la tendit à Eddie. C'était un instantané pris dans la rue, probablement à l'aide d'un Leica, et qu'on avait agrandi. L'épreuve était récente, car le jeune homme portait un complet de coton et un chapeau de paille.

Il était très grand, plutôt maigre, donnait l'impression d'un blond au teint clair. Il marchait à longs pas décidés, en regardant droit devant lui.

— Tu ne reconnais pas le bâtiment ?

On n'en voyait qu'un pan de mur, les marches d'un perron.

— Le quartier général de la police ? questionna-t-il.

— C'est cela. Je vois que tu n'as pas oublié ton New York. La photo a été prise lors de la seconde visite que ce monsieur a faite au grand chef, il y a exactement un mois. Il n'y est pas retourné depuis, mais un lieutenant s'est rendu plusieurs fois à son domicile. Conférences secrètes.

Kubik, qui avait prononcé ces deux derniers mots avec une certaine emphase, éclata d'un gros rire.

— Seulement, nous avons, nous aussi, nos informateurs dans la maison. Ce que le jeune Malaks est allé leur raconter, en prenant probablement des airs de grand honnête homme, c'est que sa pauvre sœurette est tombée entre les mains d'un gangster et que, malgré tout ce qu'il a pu lui dire, elle l'a épousé. Tu commences à comprendre ?

Eddie, gêné, fit signe que oui.
— Ce n'est pas tout. Tu te souviens de l'affaire Carmine ?
— J'ai lu les comptes rendus dans les journaux.
— Tu n'en sais pas plus ?
— Non.
Cette fois, il était bien obligé de mentir.
— Il y a eu une autre affaire, presque tout de suite après : un type qui avait trop parlé et qu'il a fallu empêcher de répéter son histoire devant le Grand Jury.
Les deux hommes l'observaient. Il ne bronchait pas.
— Dans cette seconde affaire, Tony tenait le volant.
Il s'efforçait presque douloureusement de ne manifester aucun sentiment, aucune surprise.
— Dans la première, l'affaire Carmine, ton autre frère, Gino, jouait son rôle habituel.
Kubik fit tomber la cendre de son cigare sur le tapis. Phil, campé derrière son fauteuil, regardait Eddie en face.
— Tout cela, le jeune Malaks l'a raconté à la police. Tony serait tellement amoureux qu'il n'a rien voulu cacher de son passé à sa femme.
— Elle l'a répété à son frère ?
— Ce n'est pas tout.
Le reste était beaucoup plus grave, infiniment plus grave que tout ce qu'Eddie avait prévu, et il se sentait oppressé, évitait de regarder Phil qui conservait son sourire vicieux.
— D'après Pieter Malaks, citoyen vertueux qui veut aider la justice à purger les États-Unis des gangsters et à qui cela ferait une assez jolie publicité, ton frère Tony renierait son passé et serait bourrelé de remords. Tu connais mieux Tony que moi.
— Cela ne lui ressemble pas.
Il avait envie de protester plus vigoureusement, de rappeler le passé des Rico, mais il était si ému qu'il se trouvait sans voix, sans force et qu'il aurait été capable de pleurer.
— Malaks s'est peut-être vanté. C'est possible. Toujours est-il qu'il a affirmé à la police que, si Tony était interrogé d'une certaine façon, si on lui donnait des chances de s'en tirer, si on n'insistait pas trop brutalement, il était sûr, lui, Malaks, que son beau-frère mangerait le morceau.
— Ce n'est pas vrai !
Il avait failli bondir de son fauteuil. Le regard de Phil l'avait retenu. Et aussi le fait qu'il n'y avait pas en lui assez de conviction.
— Je ne prétends pas que ce soit vrai. C'est tout au moins vraisemblable. Nous ne pouvons savoir, ni l'un ni l'autre, comment Tony réagirait, une fois arrêté, si une proposition décente lui était présentée. Il y en a eu d'autres avant lui. En général, nous ne leur avons pas laissé la chance de succomber à la tentation. Cela aurait pu arriver à Carmine, par exemple, et ton frère Gino y a mis bon ordre.

Gino n'était pas seul ce soir-là. Quelqu'un d'important l'accompagnait dans la voiture.

Vince Vettori, Eddie ne l'ignorait pas, mais il n'était pas censé le savoir. Si Vettori n'était pas tout au sommet de la pyramide, il comptait presque autant que Kubik.

Or, ceux-là, on ne les laisse jamais prendre. C'est trop dangereux. Cela risquerait de mettre toute la chaîne à découvert.

— Tu connais Vince ?
— Je l'ai rencontré une fois.
— Il en était aussi quand on a supprimé le témoin.

Un silence plus impressionnant que les précédents, pendant lequel Phil alluma une cigarette et caressa son briquet.

— Tu admets qu'il ne faut à aucun prix que Tony parle, n'est-ce pas ?
— Il ne parlera pas.
— Pour en être sûr, il s'agirait d'abord de le retrouver.
— Cela ne doit pas être impossible.
— Peut-être pour toi. J'ai dans l'idée que le vieux Malaks, dans sa ferme, en sait long. Les amoureux sont allés le voir. Si nous le questionnons, il se méfiera. Toi, tu es le frère de Tony.

Le front d'Eddie s'était couvert de petites gouttes de sueur. Machinalement, il tripotait son grain de beauté qu'il finit par faire saigner.

— Voilà, mon petit. Ton père m'a sauvé la vie sans le vouloir. Ta mère aussi, mais, elle, elle le savait. Il y a plus de trente ans, maintenant, qu'elle nous rend des services. Gino est régulier. Tu as toujours bien travaillé, et, jusqu'ici, personne n'a eu à se plaindre de Tony. Il s'agit qu'il ne parle pas. C'est tout. En passant par Miami, je t'ai fait venir, parce que je pense que c'est encore toi qui as le plus de chances de nous en tirer. Ai-je eu tort ?

Eddie leva les yeux, dit presque malgré lui :

— Non.
— Je suis sûr que tu le retrouveras. On a dû mettre le F.B.I. aux trousses de Tony, et les États-Unis ne sont pas assez grands pour lui. Je n'aimerais même pas le voir au Canada ou au Mexique. Mais si, par exemple, je le savais en Europe, je crois que je serais plus tranquille. Il existe encore des Rico en Sicile ?
— Notre père avait huit frères et sœurs.
— Ce serait une occasion, pour Tony, d'aller faire connaissance de la famille et, s'il y tient, de lui présenter sa femme.
— Oui.
— Il s'agit de le décider, de trouver les bons arguments.
— Oui.
— Il faut faire vite.
— Oui.
— A ta place, je commencerais par le vieux Malaks.

Il dit oui encore une fois, tandis que Sid Kubik se levait en soupirant

et allait écraser son cigare dans un cendrier et que Phil se dirigeait vers la porte.
— A part cela, tout va bien à Santa Clara ?
— Très bien.
— C'est un bon coin ?
— Oui.
— Ce serait dommage d'abandonner ça.
Si seulement Phil n'avait pas continué à sourire.
— Je ferai tout ce que je pourrai.
— Ce ne sera pas de trop.
La tête lui tournait, et pourtant il n'avait pas touché à son whisky.
— Si j'étais toi, je me rendrais directement en Pennsylvanie, sans repasser par Santa Clara.
— Oui.
— A propos, comment se comporte Joe ?
— Il travaille au comptoir.
— On le surveille ?
— J'ai laissé des instructions à Angelo.
Debout, Kubik tendit sa grosse patte dans laquelle il serra si fortement la main d'Eddie que celui-ci la retira toute blanche.
— Il ne faut en aucun cas que Tony ait une opportunité de parler, c'est bien convenu ?
— Oui.
Il oublia de dire au revoir à Phil. Deux femmes en short attendaient l'ascenseur, mais il n'en vit que des taches claires. Dans la fraîcheur du hall, il fut pris d'un vertige et alla s'asseoir près d'une colonne.

4

Le garagiste qui lui avait loué l'auto, à Harrisburg, lui avait indiqué la route sur la carte maintenue au mur de son bureau par des punaises. Le tonnerre grondait déjà, mais il ne pleuvait pas encore. Prendre le *Turnpike* jusqu'à Carlisle et tourner à droite sur la 274, à gauche ensuite, sur la 850, après un petit patelin nommé Drumgold, en ayant soin de ne pas continuer jusqu'à Alinda. Il verrait quelque part une grosse construction en brique avec une haute cheminée, une ancienne sucrerie. Le chemin était à côté.

Tout cela s'était enregistré automatiquement dans sa mémoire, comme à l'école, avec le nombre de milles d'un point à un autre. La pluie avait commencé alors qu'il roulait encore entre les lignes blanches de l'autostrade. Il n'y avait pas eu de progression. En deux secondes, cela avait été une avalanche d'eau contre laquelle les essuie-glaces étaient à peu près impuissants, et la couche liquide, sur le pare-brise, était si épaisse que le paysage s'en trouvait déformé.

Il avait mal dormi. Quand la veille au soir, en descendant de l'avion, à Washington, il avait appris qu'il y avait un avion pour Harrisburg une heure plus tard, il avait décidé de le prendre, négligeant de réserver une chambre par téléphone. Déjà il avait été nerveux pendant le voyage. A l'escale de Jacksonville, on avait vu, au bout du terrain, un avion pareil au leur qui s'était écrasé en flammes une heure plus tôt et qui fumait encore.

Il n'y avait aucune chambre de libre dans les deux ou trois bons hôtels de Harrisburg, à cause d'une célébration quelconque, une foire probablement, car des banderoles étaient tendues en travers des rues, un arc de triomphe se dressait quelque part et des musiques continuaient à circuler passé minuit.

Son taxi l'avait enfin conduit dans un hôtel douteux où l'émail de la baignoire était maculé de coulées jaunes et où, à côté du lit, on trouvait, avec une bible Gédéon, un appareil de radio qui fonctionnait quand on glissait une pièce de vingt-cinq cents dans une fente.

Toute la nuit, un couple ivre, qui avait obtenu du chasseur une bouteille de whisky, fit du tapage, et c'est en vain qu'Eddie tapa plusieurs fois contre la cloison.

Il avait connu pis dans sa jeunesse, évidemment. Quand il était petit, il n'y avait pas de salle de bains du tout dans la maison : on se lavait dans la cuisine une fois par semaine, le samedi. C'est peut-être pour posséder un jour une vraie salle de bains qu'il avait tant peiné. Avoir une salle de bains et changer de linge chaque jour !

Il avait raté Carlisle. Des panneaux se dressaient tout le long de l'autostrade, mais les voitures roulaient vite, les pneus, sur la route détrempée, faisaient un bruit étourdissant, il fallait suivre le train, et on n'avait pas le temps, à travers tant d'eau, de lire ce qui était écrit.

Quand il put sortir du *Turnpike,* il avait dépassé la 274 et il dut faire un long détour dans les campagnes, puis dans des faubourgs revêches, avant de la retrouver. Comme par une ironie du sort, deux milles plus loin, la route était barrée ; un nouvel écriteau, avec une flèche longue de plusieurs mètres, annonçait : *Détour.*

Depuis, il avançait au petit bonheur, penché en avant pour distinguer quelque chose dans l'orage, passant d'un chemin de terre à une route goudronnée qui lui donnait un peu d'espoir, mais redevenait simple chemin après la traversée d'un hameau.

Maintenant, il était dans les montagnes, où les arbres paraissaient noirs, avec parfois une ferme, des champs, quelques vaches immobiles, transies d'effroi, qui le regardaient passer.

Il avait dû se perdre. Nulle part il ne trouvait trace de Drumgold, qu'il aurait dû traverser depuis longtemps, et il n'y avait plus un seul poteau indicateur. Pour demander son chemin, il aurait fallu arrêter sa voiture devant une ferme, en descendre, se laisser tremper pour aller frapper à la porte, et il n'était même pas sûr de trouver quelqu'un ; on aurait dit que l'univers s'était vidé de tous les humains.

Il finit pourtant par découvrir une pompe à essence. Un grand diable roux, un ciré sur le dos, s'approcha de la portière après qu'il eut corné une dizaine de fois.

— White Cloud ?

L'autre se gratta la tête, dut rentrer dans la bicoque voisine de la pompe pour se renseigner. Et ce furent de nouvelles côtes, des bois, un lac aussi lugubre que le ciel. Enfin, dans un creux, alors qu'il roulait depuis des heures et n'avait rien pris depuis sa tasse de café du matin, il vit quelques maisons de bois dont une, peinte en jaune sombre, portait en lettres noires : *Ezechiel Higgins Trade Post.*

C'est ce que l'homme du garage lui avait dit de chercher. Il était à White Cloud, où le vieux Malaks habitait.

Il y avait une véranda tout le long du bâtiment. La partie de gauche était une boutique du temps des pionniers, où l'on vendait de tout : des sacs de farine, des pelles, des bêches, des harnais, des conserves, aussi bien que des bonbons et des salopettes. La porte du milieu était surmontée du mot : *Hotel,* celle de droite du mot : *Tavern.*

L'eau coulait du toit de la véranda. A l'abri de celle-ci, un homme fumait un cigare très noir, se balançait sur un rocking-chair et paraissait s'amuser à la vue d'Eddie s'élançant sous la pluie.

D'abord Eddie n'y fit pas attention. Il se demanda à laquelle des portes il devait s'arrêter, finit par pousser celle de la taverne, où deux vieux étaient assis devant leur verre sans mot dire, comme momifiés. Ils étaient vraiment très vieux, de ces vieillards qu'on ne rencontre plus que dans les campagnes reculées. L'un d'eux, pourtant, après un long silence, ouvrit la bouche et prononça :

— Martha !

Sur quoi une femme sortit de sa cuisine en s'essuyant les mains à son tablier.

— Qu'est-ce que c'est ?

— Je suis bien à White Cloud ?

— Où est-ce que vous seriez ?

— C'est ici qu'habite Hans Malaks ?

— Ici et pas ici. Sa ferme est à quatre milles de l'autre côté de la montagne.

— Il est possible d'avoir à manger ?

L'homme de la véranda se tenait debout dans l'encadrement de la porte et le regardait ironiquement, comme si, pour lui, la scène avait été fort plaisante, et c'est alors qu'Eddie fronça les sourcils.

Il ne le connaissait pas. Il était certain de ne l'avoir jamais rencontré. Il n'en était pas moins sûr qu'il avait passé son enfance à Brooklyn et qu'il n'était pas ici par hasard.

— Je peux vous faire une omelette.

Il dit oui. La femme disparut, revint pour lui demander s'il ne voulait rien boire.

— Un verre d'eau.

Il aurait pu être au bout du monde. Les chromos, au mur, dataient de vingt ou trente ans, et certains étaient les mêmes qui ornaient, jadis, la boutique de son père. L'odeur aussi était à peu près la même, avec celle de la campagne et de la pluie en plus.

Les deux vieux, figés comme pour l'éternité, ne le quittaient pas de leurs yeux bordés de rouge, et l'un d'eux portait une barbiche de bouc.

Eddie alla s'asseoir près de la fenêtre, moins à son aise encore qu'à Miami, avec la déplaisante sensation d'être un étranger.

Au lieu de venir ici, il avait failli, la veille, se rendre directement à Brooklyn pour voir sa mère. Il n'aurait pas pu dire au juste pourquoi il ne l'avait pas fait. Peut-être parce qu'il se sentait surveillé ? Dans l'avion de Miami à Washington déjà, il avait examiné l'un après l'autre tous les passagers en se demandant si l'un d'eux n'était pas là pour le suivre.

Ici, cet homme qui l'avait regardé descendre de l'auto en souriant de satisfaction appartenait certainement à l'organisation. Peut-être était-il là depuis plusieurs jours ? Peut-être était-il allé voir le vieux Malaks pour essayer de lui tirer les vers du nez ?

En tout cas, il l'attendait. On avait dû lui téléphoner de Miami. Il tournait autour de Rico, comme s'il hésitait à lui adresser la parole.

— Beau temps, hein ?

Eddie ne répondit pas.

— C'est tout un problème de trouver la ferme du vieux.

Est-ce qu'il se moquait de lui ? Il était sans veston, sans cravate, car, malgré l'orage, il faisait encore chaud, d'une chaleur humide qui collait à la peau.

— C'est un type !

Il parlait sans doute de Malaks. Eddie haussa légèrement les épaules. Et, après avoir encore lancé deux ou trois phrases en l'air, l'autre lui tourna le dos en grommelant :

— Comme vous voudrez !

Eddie mangea sans appétit. La femme le suivit sur la véranda pour lui indiquer le chemin. Il y avait une cascade au bas de la côte, et la voiture dut traverser un ruisseau qui avait envahi la route. Cette fois, il ne se perdit pas, faillit seulement s'embourber dans un chemin où les tracteurs avaient laissé de profondes ornières.

Il découvrit, dans un nouveau vallon, au milieu des prés et des champs de maïs, une grange peinte en rouge, une maison sans étage, des oies qui se fâchèrent à son approche.

Lorsqu'il descendit de voiture, quelqu'un l'observait à travers une fenêtre, et, quand il se rapprocha, le visage disparut, la porte s'ouvrit, un homme aussi large et puissant qu'un ours l'accueillit.

Cette fois-ci, Eddie n'avait rien préparé. Ce n'était pas possible. Il n'était pas sur son terrain. L'homme, qui fumait une pipe de maïs, le regardait secouer la pluie de son chapeau et de ses épaules.

— Ça mouille ! remarqua-t-il avec une jubilation de paysan.

— Ça mouille, oui.

Au milieu de la pièce, il y avait un poêle d'un ancien modèle dont le tuyau allait se perdre dans un des murs. Le plafond était bas, non blanchi, soutenu par de grosses poutres. Au mur, trois fusils, dont un à deux canons. Une bonne odeur de vache.

— Je suis le frère de Tony, annonça-t-il tout de suite.

L'autre parut approuver. Qu'il soit le frère de Tony, c'était fort bien.

« Et après ? » semblait-il dire en désignant une chaise à bascule.

Après quoi, il alla prendre, sur une étagère, une bouteille d'eau-de-vie blanche qu'il devait distiller lui-même et deux verres épais, sans pied. Il les remplit d'un geste sacerdotal, en poussa un vers son hôte, sans rien dire, et Eddie comprit qu'il valait mieux trinquer.

A côté de ce vieillard-là, Sid Kubik, qui donnait pourtant une impression de solidité et de puissance, aurait tout au plus fait figure d'homme moyen.

Malaks avait le cuir tanné, creusé de fines rides, et les muscles gonflaient sa chemise à carreaux rouges, ses mains étaient énormes, dures comme des outils.

— Il y a longtemps (la voix d'Eddie manquait de fermeté) que je n'ai reçu des nouvelles de Tony.

Le vieux avait les yeux d'un bleu très clair, et l'expression de son visage était débonnaire. Il semblait sourire au monde du Bon Dieu dans lequel il avait sa petite place et où rien de ce qui pouvait advenir n'était capable de l'étonner.

— C'est un bon petit gars, dit-il.

— Oui. A ce qu'on m'a dit, il aime beaucoup votre fille.

A quoi Malaks répondit :

— L'âge veut ça.

— J'ai été content d'apprendre qu'ils étaient mariés.

Le fermier s'était assis en face de lui dans un rocking-chair et se balançait à un rythme régulier, la bouteille à portée de sa main.

— Ce sont des choses auxquelles il faut s'attendre entre un homme et une femme.

— Je ne sais pas s'il vous a parlé de moi.

— Un peu. Je suppose que vous êtes celui qui vit en Floride ?

Qu'est-ce que Tony lui avait dit ? Avait-il fait à son beau-père les mêmes confidences qu'à sa femme et avait-il parlé de l'activité de sa famille ?

On n'aurait pas pu dire que Malaks était méfiant. Le mot indifférent ne lui seyait pas non plus. Bien sûr que la visite de ce monsieur qui lui venait du Sud ne le bouleversait pas. Qu'est-ce qui pouvait le bouleverser ? Rien, sans doute. Il avait fait sa vie, s'identifiait avec le décor qu'il s'était construit. On se présentait à sa porte, et il offrait un verre de son eau-de-vie. C'était pour lui l'occasion d'en boire, de voir un visage étranger, d'échanger quelques phrases.

Il avait l'air, cependant, de ne pas prendre ça trop au sérieux.

— Ma mère m'a écrit que Tony avait renoncé à sa situation.

C'était une pierre de touche. Il épiait la réaction. Si Malaks savait, n'aurait-il pas un sourire ironique à ce mot *situation* ?

Il souriait, certes, mais sans ironie. C'était un sourire qui n'affectait ni les muscles du visage, ni les lèvres, qui n'était que dans les yeux.

— Comme je passais dans la région, je suis venu vous voir.

Avec l'air de l'en remercier, Malaks lui versait un second verre de son alcool qui brûlait la gorge.

C'était tellement plus difficile qu'avec un sheriff, ou avec n'importe quel tenancier de *night club*. Surtout qu'il ne se sentait pas en possession de ses moyens. Il avait un peu honte de lui, s'efforçait de ne pas le laisser voir. Il se sentait pâle et mou, inconsistant devant cette masse de chair drue qui se balançait en face de lui.

On ne l'aidait pas. Ce n'était pas nécessairement voulu. Les hommes qui mènent la vie de Malaks ne parlent pas volontiers.

— Je me suis dit que, si ça pouvait l'aider, il ne me serait pas difficile de lui trouver du travail.

— Il m'a l'air capable de s'en tirer tout seul.

— C'est un bon mécanicien. Tout jeune, il se passionnait pour la mécanique.

— Il ne lui a pas fallu plus de trois jours pour faire marcher le vieux camion que j'avais abandonné comme ferraille près de la mare.

Eddie s'efforça de sourire.

— C'est bien Tony ! Cela a dû vous rendre service.

— Je le lui ai donné. C'était le moins. D'autant plus que j'en ai acheté un neuf l'an dernier.

— Ils sont partis avec le camion ?

Le vieux fit oui de la tête.

— Cela les aidera. Avec un camion, un homme comme mon frère peut entreprendre un petit commerce.

— C'est ce qu'il a dit.

Il était encore trop tôt pour poser la question.

— Votre fille... Nora, je crois ?... n'est pas effrayée ?

— De quoi ?

— De quitter sa place, New York, sa vie assurée, pour s'en aller comme ça sans savoir où.

Juste une pointe : « sans savoir où ». Cela pouvait donner une réaction, mais cela ne donna rien.

— Nora a l'âge. Quand elle est partie d'ici, voilà trois ans, elle ne savait pas non plus ce qu'elle trouverait. Et, lorsque j'ai quitté mon village, à seize ans, je ne savais pas.

— Elle ne craint pas les coups durs ?

Ce que sa voix pouvait sonner faux, même à son oreille ! Il lui semblait qu'il jouait un rôle odieux, et pourtant il lui était impossible de faire autrement dans l'intérêt de Tony.

— Quels coups durs ? Chez moi, nous étions dix-huit enfants, et le jour où j'ai quitté la maison je n'avais jamais vu de pain blanc, j'ignorais que cela existait, j'avais toujours été nourri de pain de seigle, de betteraves et de pommes de terre, avec parfois un peu de lard. Ils trouveront toujours des pommes de terre et du lard.

— Tony est courageux.
— C'est un bon petit gars.
— Je me demande s'il avait son idée quand il a remis le camion en état.
— Probablement que oui.
— Dans certains endroits, on manque de moyens de transport.
— Sûr !
— Surtout à cette saison, à cause des récoltes.

Le vieux approuvait de la tête, réchauffait son verre dans sa grosse patte brune.

— En Floride, il trouverait tout de suite des clients. C'est le moment des glaïeuls.

Cela ne prit pas. Il fallait y aller d'une façon plus directe.

— Ils vous ont envoyé de leurs nouvelles ?
— Pas depuis qu'ils sont partis.
— Votre fille ne vous a pas écrit ?
— Quand j'ai quitté les miens, je suis resté trois ans sans leur écrire. D'abord, il aurait fallu payer les timbres. Ensuite, je n'avais rien à leur dire. Je leur ai écrit deux fois en tout.
— Votre fils ne vous écrit pas non plus ?
— Lequel ?

Eddie ne savait pas qu'il en avait plusieurs. Deux ? Trois ?

— Celui qui travaille à la General Electric. Tony en a parlé à ma mère. Il paraît qu'il a de l'avenir.
— C'est possible.
— On dirait que vos enfants n'aiment pas la campagne.
— Pas ces deux-là.

Eddie dut se lever, à bout de patience. Il alla devant la fenêtre regarder la pluie qui tombait toujours et qui faisait des ronds dans les flaques d'eau.

— Je crois que je vais devoir partir.
— Vous allez ce soir à New York ?

Il dit oui, sans savoir.

— J'aurais bien voulu écrire à Tony. J'ai des tas de nouvelles pour lui.
— Il n'a pas laissé son adresse, c'est qu'il ne s'en inquiète pas.

Il n'y avait toujours pas de trace de sarcasme chez le vieux. C'était sa façon toute simple de penser, de parler. Tout au moins Eddie l'espérait-il.

— Supposez qu'il arrive quelque chose à ma mère...

Il avait plus honte que jamais de jouer un rôle sordide.

— Elle est âgée. Ces derniers temps, elle ne se sentait pas bien.
— Il ne peut rien lui arriver de plus grave que de mourir. Et Tony ne la ferait pas revivre, est-ce vrai ?

C'était vrai, bien sûr. Tout était vrai. Il n'y avait que lui à zigzaguer piteusement dans l'espoir de faire dire au vieux ce qu'il ne savait pas ou ce qu'il ne voulait pas dire.

Il tressaillit en voyant un homme, dehors, un sac sur la tête en guise de parapluie, regarder le numéro d'immatriculation de la voiture, puis se pencher par la portière pour lire le permis de circuler enroulé autour de la barre de direction. L'homme portait des bottes en caoutchouc rougeâtre. Il était jeune, ressemblait à Malaks, en plus laid, avec des traits irréguliers.

Il frappa ses bottes contre le mur, poussa la porte, regarda Eddie, son père, enfin la bouteille et les verres.

— Qui est-ce ? demanda-t-il sans saluer.

Et le vieux :

— Un frère de Tony.

Alors le jeune homme à Eddie :

— Vous avez loué la bagnole à Harrisburg ?

Ce n'était pas une question, mais presque une accusation. Il ne dit rien de plus, ne s'occupa plus du visiteur et alla se servir un verre d'eau à la pompe de la cuisine.

— J'espère qu'ils seront heureux, prononça Eddie pour prendre congé.

— Ils le seront sûrement.

C'était tout. Le fils était rentré dans la pièce, son verre d'eau à la main, et suivait du regard Eddie qui se dirigeait à regret vers la porte. Le vieux Malaks, qui s'était levé, le regardait partir, lui aussi, sans le reconduire.

— Merci pour le petit verre.

— Il n'y a pas de quoi.

— Merci quand même. Je pourrais peut-être vous laisser mon adresse pour le cas...

C'était une ultime tentative.

— A quoi bon, puisque je n'écris jamais ? Je me demande même si je me souviens de mon alphabet.

Rico franchit, le dos courbé, l'espace qui le séparait de l'auto, et, comme il n'avait pas relevé la glace, le siège était mouillé. Il mit en marche, soudain rageur, d'autant plus qu'il croyait entendre un gros éclat de rire dans la maison.

Chez Higgins, le type qui se balançait toujours sur sa chaise le regarda venir avec des yeux moqueurs. Si bien que, dépité, il ne descendit pas de la voiture, poussa l'accélérateur et s'élança sur le chemin du retour.

Il ne se perdit plus. L'orage avait cessé, il n'y avait plus ni tonnerre, ni éclairs, mais le ciel continuait à fondre en gouttes de plus en plus fines et plus serrées. Il allait pleuvoir pendant deux jours au moins.

L'homme du garage, à Harrisburg, grogna parce que la voiture était crottée jusqu'au toit. Eddie repassa par l'hôtel pour prendre sa valise et se fit conduire en taxi au champ d'aviation sans savoir à quelle heure il y avait un avion.

Il eut une heure et demie à attendre. Le terrain était détrempé, avec les pistes de ciment luisant qui se croisaient. La salle d'attente sentait le mouillé et les urinoirs. Il y avait, au fond, deux cabines téléphoniques, et il alla au comptoir se munir de monnaie.

La veille, il n'avait pas téléphoné chez lui.

Maintenant encore, il le faisait à contrecœur, parce qu'il l'avait promis à Alice. Alors qu'il avait déjà demandé la communication il ne savait pas encore ce qu'il dirait, il n'avait pris aucune décision. L'envie lui venait de rentrer chez lui le plus vite possible et de ne plus s'occuper de rien, malgré Phil et toutes les organisations de la terre.

On n'avait pas le droit de troubler sa vie de la sorte. C'était lui qui l'avait faite, à la force des poignets, comme le vieux Malaks avait bâti sa ferme.

Il n'était pas responsable des faits et gestes de son frère. Ce n'était pas lui qui pilotait l'auto d'où étaient partis les coups de feu qui avaient tué le marchand de cigares de Fulton Avenue.

Tout cela, vu d'ici, paraissait irréel. Est-ce que le client du *Trade Post* était vraiment là pour le surveiller ? Pourquoi, dans ce cas, ne l'avait-il pas suivi ? Par la vitre de la cabine, Eddie découvrait toute la salle d'attente, où il n'y avait que deux femmes d'un certain âge et un marin, avec son sac à côté de lui, sur la banquette.

Tout était sale, gris, décourageant, alors qu'à Santa Clara la maison était d'un blanc immaculé dans le soleil.

Si ce n'était pas pour lui, qu'est-ce que le type faisait à White Cloud ?

Alors que les voix des téléphonistes s'appelaient le long de la ligne, il trouva une explication toute simple. Sid Kubik n'était pas un enfant, il était capable d'en remontrer à n'importe quel policier. Dans un coin de chez Higgins, derrière la porte de la boutique, il y avait un guichet au-dessus duquel on lisait : *Post Office*.

C'était là que tout le courrier du village arrivait. S'il en venait pour Malaks, le type pouvait facilement le voir au moment où on vidait les sacs.

— C'est toi ?
— Où es-tu ?
— En Pennsylvanie.
— Tu reviens bientôt ?
— Je ne sais pas. Comment vont les enfants ?
— Très bien.
— Rien de nouveau ?
— Non. Le sheriff a téléphoné, mais il m'a dit que ce n'était pas important. Tu restes là-bas ?
— Je suis au champ d'aviation. J'arriverai ce soir à New York.
— Tu verras ta mère ?
— Je ne sais pas. Sans doute. Oui.

Il la verrait. Cela valait mieux. Peut-être savait-elle quelque chose qu'elle n'avait pas dit à Kubik.

Le reste de la journée fut aussi morne. L'avion était un vieil appareil, et on traversa deux orages. Quand on arriva au-dessus de La Guardia, la nuit était tombée, des silhouettes noires allaient et venaient devant la gare, des gens s'embrassaient, d'autres coltinaient des paquets trop lourds.

Il finit par obtenir un taxi et donna l'adresse de Brooklyn. Il avait froid, soudain, dans son complet trop léger qui s'était imprégné d'humidité. Il éternua plusieurs fois et eut peur d'avoir attrapé un rhume. Quand il était petit, il était souvent enrhumé. Tony aussi, au fait, qui faisait chaque hiver une bronchite.

C'était une image qui lui revenait tout à coup à l'esprit : Tony dans son lit, avec des journaux illustrés éparpillés sur la couverture, des feuilles de papier qu'il couvrait de dessins. Les trois frères couchaient dans la même chambre. Il y avait à peine la place pour se remuer entre les lits.

Il allait y avoir une discussion pénible. Sa mère insisterait pour qu'il dorme chez elle. Il y avait maintenant une salle de bains, leur ancienne chambre qu'on avait transformée.

Tout de suite après la boutique s'ouvrait la cuisine, qui servait de salle à manger et de salon et où sa grand-mère passait ses journées dans un fauteuil. Puis, dans un couloir obscur, donnait la chambre où dormaient les deux femmes, depuis que la grand-mère avait peur de mourir pendant la nuit. C'était l'ancienne chambre de la vieille que Julia voulait toujours faire occuper par ses fils quand ils venaient la voir, et il y subsistait une odeur qu'Eddie n'avait jamais pu supporter.

Il frappa à la vitre du taxi, donna l'adresse du *Saint George,* un grand hôtel de Brooklyn qui n'était qu'à trois rues de chez lui. Il signa sa fiche et laissa sa valise. Il avait mangé un morceau avant de quitter l'aéroport de Harrisburg et n'avait pas faim. Il but seulement une tasse de café à un comptoir, prit un autre taxi, car il pleuvait toujours.

La boutique de légumes, à côté de celle que sa mère occupait maintenant, avait été transformée. On y vendait encore des légumes et de l'épicerie, mais la devanture était modernisée, les murs recouverts de carreaux de céramique blanche, et, jour et nuit, même quand les portes étaient fermées, le magasin était brillamment éclairé au néon.

Il était onze heures du soir. Seuls les bars étaient encore ouverts, et le billard d'en face, où les jeunes venaient jouer les terreurs.

Il n'y avait pas de lumière dans la boutique de bonbons et de sodas. Il y régnait cependant un demi-jour, car la porte du fond était entrouverte. Les deux femmes se tenaient dans la cuisine, sous la lampe, et, sans cette porte, elles auraient manqué d'air. Eddie pouvait même apercevoir la jupe et les pieds de sa mère.

Le comptoir, à gauche, n'avait pas changé, avec ses quatre tabourets fixés au sol, ses pompes à soda, les couvercles chromés qui recouvraient les récipients de crème glacée. Sur la seconde moitié étaient rangés les bonbons de toute sorte, les chocolats, les chewing-gums, tandis que, devant le mur du fond, s'alignaient trois *pin-ball machines.*

Il hésitait encore à frapper. Il n'existait pas de sonnette. Chacun des frères avait une façon particulière de frapper à la vitre. Il lui semblait que le quartier, la rue étaient plus tristes que jadis, bien qu'il y eût plus de lumières.

Sa mère bougea, se leva, traversa l'espace qu'il pouvait découvrir, se tourna un moment vers la boutique. Alors, pas sûr qu'elle ne l'ait pas vu, il tambourina sur la porte.

Elle ne laissait jamais la clef dans la serrure. Il savait dans quel coin du buffet elle la prenait. Elle ne l'avait pas reconnu. Il était dans le noir. Elle collait son visage à la glace, sourcils froncés, poussait une exclamation qu'il n'entendait pas, ouvrait :

— Pourquoi ne m'as-tu pas téléphoné ? J'aurais préparé ta chambre.

Elle ne l'embrassait pas. Les Rico ne s'embrassaient jamais. Elle regardait ses mains.

— Où est ta valise ?

Il mentit :

— Je l'ai laissée à La Guardia. Il est possible que je reparte cette nuit.

Il l'avait toujours vue pareille. Pour lui, elle n'avait pas changé depuis qu'elle le portait dans ses bras. Il lui avait toujours connu les jambes un peu enflées, le ventre lourd, les gros seins qui se balançaient dans son corsage. Toujours aussi elle s'était habillée en gris.

— C'est moins salissant ! expliquait-elle.

Il dit bonjour à sa grand-mère, qui l'appela Gino. C'était la première fois que cela arrivait, et il regarda interrogativement sa mère qui lui fit signe de ne pas y prendre garde. Un doigt au front, elle lui indiquait que la vieille femme commençait à perdre la mémoire.

Elle ouvrit le Frigidaire, en sortait du salami, de la salade de pommes de terre, des piments, posait le tout sur la toile cirée qui recouvrait la table.

— Tu as reçu ma lettre ?

— Oui.

— Il ne t'a pas écrit non plus ?

Il fit non de la tête. Il était bien forcé de manger pour lui faire plaisir, de boire le chianti qu'elle lui servait dans un grand verre épais, des verres qu'il n'avait vus nulle part ailleurs que chez lui.

— C'est à cause de ça que tu es ici ?

Il aurait préféré lui parler à cœur ouvert, lui dire toute la vérité, ce qui s'était passé chez Phil et Sid Kubik, son voyage à White Cloud. Cela aurait été plus facile, et il aurait été délivré d'un grand poids.

Il n'osa pas. Il dit non. Comme elle continuait à le regarder interrogativement, il ajouta :

— J'avais quelqu'un à voir.

— Ce sont eux qui t'ont fait venir ?

— D'une certaine façon. Mais pas à cause de ça. Pas spécialement à cause de ça.

— Qu'est-ce qu'ils t'ont dit ? Tu les as déjà vus ?

— Pas encore.

Elle ne le croyait qu'à moitié. Elle ne croyait jamais les gens qu'à moitié, surtout ses fils, surtout Eddie, celui-ci n'avait jamais su pourquoi, car il était, des trois, celui qui lui avait le moins menti.

— Tu penses qu'ils sont après lui ?
— Ils ne lui feront rien.
— Ce n'est pas le bruit qui court ici.
— J'ai vu le père de sa femme.
— Comment as-tu appris son nom ? Je ne le sais même pas. Qui te l'a dit ?
— Quelqu'un qui est venu passer quelques semaines à Santa Clara.
— Joe ?

Elle en savait davantage qu'il n'avait pensé. C'était toujours ainsi avec elle. Les moindres rumeurs lui parvenaient. Elle avait un sens spécial pour deviner la vérité.

— Méfie-toi de lui. Je le connais. Il est venu plusieurs fois ici, manger de la glace, il y a trois ou quatre ans, quand il n'était encore qu'un jeune voyou. Il est faux.
— Je le crois.
— Qu'est-ce qu'il t'a dit ? Comment sait-il ?
— Écoute, maman, ne me pose pas tant de questions. Tu me fais penser à O'Malley.

Entre eux, ils parlaient toujours un mauvais italien mêlé d'argot de Brooklyn. O'Malley était le sergent qui travaillait dans le quartier depuis plus de vingt ans et qui, quand les trois frères étaient adolescents, était leur bête noire.

— Je t'explique simplement que j'ai vu le père. C'est exact que Tony et sa femme sont passés chez lui, il y a deux ou trois mois. Il y avait un vieux camion démantibulé près de la mare. Il paraît que Tony a passé trois jours à le remettre en état et que son beau-père lui en a fait cadeau.

La grand-mère, qui avait l'oreille dure et n'entendait pratiquement plus rien, hochait la tête comme si elle suivait avec intérêt leur conversation. C'était son truc depuis des années, et elle arrivait à tromper des gens qui lui tenaient de longs discours.

Pourquoi Julia souriait-elle tout à coup ?

— C'est un gros camion ?
— Je ne l'ai pas demandé. Probablement. Dans les fermes, ils n'ont que faire d'une camionnette.
— Alors ton frère s'en tirera.

Elle ne lui disait pas tout, il le sentait, savourait sa découverte, épiait Eddie, se demandant sans doute si elle devait lui en faire part.

— Tu te souviens de sa pneumonie ?

Il en avait entendu parler souvent, mais, en réalité, il s'en souvenait mal. Cela se confondait avec les nombreuses bronchites de Tony. A cette époque, d'ailleurs, Eddie, qui avait quinze ans, ne mettait pas souvent les pieds à la maison.

— Le docteur avait dit qu'il avait besoin de grand air pour se rétablir. Le fils de Josephina...

Il avait compris. Lui aussi avait presque envie de sourire. Il était sûr que sa mère avait raison. Josephina était une voisine qui faisait des ménages et venait de temps en temps donner un coup de main. Elle avait un fils, dont Eddie ne se rappelait pas le nom, qui était parti pour l'Ouest. Il s'y livrait à la culture. Josephina prétendait qu'il réussissait bien, qu'il s'était marié, avait déjà un fils et insistait pour qu'elle le rejoigne.

Le nom de l'endroit ne lui revenait toujours pas. C'était dans le sud de la Californie.

Et le fils, en effet, un beau jour, était venu chercher sa mère. Celle-ci avait insisté pour que Tony, qui se traînait sans se remettre, les accompagne pour quelques mois, car elle avait toujours eu un faible pour le garçon.

— Il aura le soleil, le bon air...

Il avait oublié les détails. Toujours est-il que Tony avait été absent de la maison pendant près d'une année. C'est de cette époque que datait sa passion de la mécanique. Il avait onze ans à peine. Il prétendait que le fils de Josephina lui permettait de conduire sa camionnette dans les champs.

Il avait souvent parlé de cette région-là.

— Ils font jusqu'à trois ou quatre récoltes de primeurs par an. Le problème est de transporter les légumes.

Sa mère disait :

— Je parie qu'il est quelque part aux environs d'El Centro.

C'était le nom de ville qu'il cherchait. Un peu honteux, il détournait la tête.

— Tu ne manges plus ?
— J'ai dîné avant de venir.
— Tu ne pars pas tout de suite ?
— Pas tout de suite, non.

Il aurait préféré partir. Jamais il ne s'était senti aussi peu chez lui dans cette pièce qui lui était si familière. Jamais il ne s'était senti aussi petit garçon devant sa mère.

— Quand retournes-tu en Floride ?
— Demain.
— Je croyais que tu devais voir des gens.
— Je les verrai demain matin.
— Tu n'as pas rencontré Sid Kubik à Miami ?

Par crainte de se contredire, il préféra répondre que non. Il ne savait plus très bien où il en était. Il n'était pas sur son terrain.

— C'est drôle que Gino soit justement en Californie aussi.
— C'est curieux, oui.
— Tu as l'air mal portant.
— J'ai dû attraper un rhume pendant l'orage.

Le chianti était tiède, épais.

— Je crois qu'il est temps que je m'en aille.

Elle resta sur le seuil à le regarder s'éloigner, et il n'aima pas le dernier coup d'œil qu'elle lui lançait.

5

Combien de fois était-ce arrivé qu'il sorte de la même maison, à la même heure tardive, avec sa mère, sur le seuil, qui se penchait pour le regarder partir ? Jusqu'à certains détails incongrus qui étaient identiques, comme le fait que la pluie avait cessé. Elle lui disait jadis :

— Attends au moins qu'il ne pleuve plus.

Il avait tant vu la pluie sécher sur les trottoirs, et ces flaques d'eau qui, il l'aurait juré, étaient toujours à la même place ! Certaines boutiques n'avaient pas changé. Il y avait un coin de rue, le second, où, autrefois, sans raison sérieuse, il s'attendait toujours à une embuscade. Il ressentit jusqu'au pincement dans la poitrine qu'il éprouvait au moment de pénétrer dans la zone obscure.

Il retrouvait tout cela sans joie. C'était son quartier. Il avait poussé entre ces maisons-là, qui devaient le reconnaître. Or on aurait dit qu'il avait honte. Pas d'elles. Plutôt de lui. C'était difficile à expliquer. Son frère Gino, par exemple, était encore d'ici. Même Sid Kubik, qui était devenu quelqu'un d'important, pouvait y revenir sans arrière-pensée.

Ce n'était pas seulement ce soir qu'Eddie s'assombrissait en revoyant le décor de son enfance. D'autres fois, en y revenant, dans le train ou dans l'avion, il s'était réjoui sincèrement, s'imaginant que le contact allait s'établir. Puis, arrivé dans sa rue, dans la maison de sa mère, il ne se produisait rien. Il n'y avait pas d'émotion. Non seulement chez lui, mais chez les autres.

On le recevait du mieux qu'on pouvait. On mettait à manger sur la table. On lui versait du vin. Mais on le regardait d'une autre façon qu'on aurait regardé Gino ou Tony.

Il aurait aimé rencontrer des amis. Mais il n'avait jamais eu de vrais amis. Ce n'était pas sa faute. Ils étaient tous différents de lui.

Pourtant il était scrupuleux. Il avait suivi la règle. Pas par peur, comme la plupart d'entre eux, mais parce qu'il comprenait que c'était indispensable.

Ironiquement, c'était lui que sa mère observait avec toujours comme une arrière-pensée, un soupçon. Ce soir encore. Ce soir surtout.

Flushing Avenue n'était pas loin, avec ses lumières. Avant qu'il y parvînt, un sergent de ville se retourna sur lui. C'était un homme d'un certain âge. Eddie, qui ne le reconnut pas, fut certain que le policier le connaissait.

Il atteignit l'artère brillamment éclairée, avec ses bars, ses restaurants, ses cinémas, ses boutiques encore ouvertes et des couples qui traînaient sur les trottoirs, des bandes de soldats et de marins avec des filles, qui allaient se faire photographier par des appareils automatiques, manger des *hot dogs* ou tirer sur des cibles.

Il s'était promis de rentrer tout de suite au *Saint George* et de se coucher. Il ne pouvait pas partir cette nuit. Il avait besoin de repos. En outre, il ne lui restait que quelque deux cents dollars en poche et il lui fallait encaisser un chèque à la banque. Il avait gardé un compte dans une banque de Brooklyn. Il en avait d'autres ailleurs, quatre ou cinq, c'était une nécessité pour ses opérations.

Alice et les enfants dormaient, et il eut la soudaine impression qu'ils étaient très loin, qu'il courait le danger de ne jamais les revoir, de ne pas retrouver sa maison, la vie qu'il avait si patiemment, si minutieusement organisée. Cela lui donnait un sentiment de panique. Il eut une folle envie de retourner là-bas immédiatement, sans plus s'occuper de Tony, de Sid Kubik, de Phil et de tous les autres. Il se révoltait. On n'avait pas le droit de l'arracher ainsi à sa vie.

L'avenue était tellement la même que c'en était hallucinant. Les odeurs surtout, chaque fois qu'on approchait d'un *hot dog stand* ou d'un restaurant. Et les bruits, les musiques qui sortaient des halls d'amusement.

Il avait eu, ici, l'âge de ces soldats qui riaient en bousculant les passants, et de ces jeunes gens qui, la cigarette au bec, les mains enfoncées dans les poches, glissaient devant les vitrines avec un air mystérieux.

Une auto longeait le trottoir, venant vers lui, et il crut reconnaître un visage, un bras se tendit, une main s'agita hors de la portière, la voiture s'arrêta.

C'était Bill, qu'on appelait Bill le Polack, avec deux filles à côté de lui sur la banquette avant et, derrière, dans la pénombre, une autre fille et un homme que Rico ne connaissait pas. Bill ne quittait pas son siège.

— Qu'est-ce que tu fais ici ?
— Je suis venu voir ma mère en passant.

Le Polonais se tourna vers les filles, expliqua :

— C'est le frère de Tony.

A lui :

— Il y a longtemps que tu es arrivé ? Je te croyais quelque part dans le Sud, en Louisiane, non ?
— En Floride.
— C'est ça, en Floride. Tu es content, là-bas ?

Eddie n'aimait pas Bill. Celui-ci essayait de se donner de l'importance. Il était bruyant, bagarreur, toujours entouré de femmes à qui il en mettait plein la vue. Quelle était sa place dans l'organisation ? Sûrement pas une place de premier ordre. Il trafiquait autour des docks, s'occupait des syndicats. Eddie le soupçonnait de prêter de l'argent à la petite semaine aux dockers et de leur racheter des marchandises volées.

— Tu viens prendre un verre avec nous ?

On ne l'invitait pas de bon cœur. C'était par curiosité que Bill s'était arrêté et il avait gardé son moteur en marche.

— Nous filons à Manhattan. Une petite boîte en sous-sol vers la 20e Rue, où les femmes dansent à poil.
— Merci. Je rentre me coucher.
— Comme tu voudras. Tu as des nouvelles de Tony ?
— Non.

Ce fut tout avec Bill. L'auto s'éloignait sur l'asphalte, et le Polonais devait parler de lui à ses compagnes et à l'homme assis derrière. Qu'est-ce qu'il disait ?

Eddie n'avait pas souvent besoin des autres. Ses défaillances étaient rares. Ce soir, pourtant, malgré sa décision, il ne se résignait pas à rentrer se coucher. Il avait envie de parler à quelqu'un qui lui manifesterait de la sympathie et pour qui il en aurait.

Des noms lui revenaient à la mémoire, des visages qu'il aurait pu retrouver en poussant la porte de quelques-uns des bars et des restaurants de l'avenue. Aucun ne lui convenait. Aucun ne répondait à ce qu'il cherchait.

Ce n'est qu'en reniflant une odeur de cuisine à l'ail qu'il pensa à Pep Fasoli, un gros garçon qui avait été son camarade à l'école et qui avait monté une petite boîte où l'on pouvait manger jour et nuit. Ce n'était pas grand, une sorte de couloir étroit, tout en longueur, avec un comptoir et quelques tables séparées par des cloisons où l'on servait des spaghetti, des *hot dogs* et des *hamburgers*.

Il lui arrivait, en Floride, mangeant des spaghetti avec Alice dans un restaurant italien, de lui dire avec une pointe de nostalgie :

— Cela ne vaut pas ceux de Fasoli.

Il eut faim, entra. Derrière le comptoir, deux cuisiniers à la blouse maculée travaillaient devant les réchauds électriques. Des serveuses en noir et en tablier blanc allaient et venaient, le crayon derrière l'oreille. On aurait dit qu'après avoir pris une commande elles le piquaient dans leurs cheveux comme un peigne.

La moitié des places étaient occupées. Un phonographe automatique jouait quelque chose de sentimental. Pep était là, en tenue de cuisinier aussi, plus petit, plus gras que dans ses souvenirs. Il avait dû reconnaître Eddie alors que celui-ci s'installait sur un des tabourets, mais il ne s'était pas précipité, la main tendue. Peut-être avait-il eu une hésitation avant de s'approcher de lui ?

— Je savais que tu étais dans le quartier, mais je n'étais pas sûr que tu viendrais me voir.

D'habitude, Pep était expansif.

— Comment as-tu pu apprendre que j'étais à Brooklyn ?
— On t'a vu entrer chez ta mère.

Cela l'inquiéta. Plusieurs fois, dans la rue, il s'était retourné pour s'assurer qu'il n'était pas suivi. Il n'avait vu personne. La rue était vide quand il avait quitté la maison.

— Qui ?

Pep eut un geste vague.

— Ma foi, tu m'en demandes trop. Il défile tant de monde !

Ce n'était pas vrai. Pep savait qui lui avait parlé de lui. Pourquoi ne voulait-il pas le dire ?

— Un spaghetti spécial ?

On le traitait comme un client ordinaire. Il faillit répondre que non, qu'il avait mangé. Il n'osa pas. Il en était comme du chianti de sa mère. Son ancien camarade pourrait se vexer.

Il fit oui de la tête, et Pep se retourna pour annoncer sa commande à l'un des deux cuisiniers.

— Tu n'as pas l'air bien portant.

Le faisait-il exprès ? Eddie n'était que trop enclin à se préoccuper de sa santé. Le mur, en face de lui, était couvert de miroirs, sur lesquels les plats du jour étaient annoncés à la craie. A cause de la buée des fourneaux, le miroir devant lequel il se trouvait était trouble, et c'était probablement un mauvais miroir. Eddie y voyait un visage plus pâle que d'habitude, des yeux cernés, des lèvres décolorées. Il lui semblait même qu'il avait le nez légèrement de travers comme son frère Gino.

— Tu as des nouvelles de Tony ?

Tout le monde savait. Tout le monde était au courant. Il y avait comme une conspiration. Et, quand on lui posait cette question-là, on le regardait d'une façon particulière, comme si on le soupçonnait d'intentions honteuses.

— Il ne m'a pas écrit.

— Ah !

Pep n'insistait pas, se dirigeait vers la caisse enregistreuse qu'il faisait fonctionner.

— Tu retournes là-bas ? vint-il lui demander un peu plus tard, du bout des lèvres, comme si la réponse ne l'intéressait pas.

— Je ne sais pas encore quand.

On lui servit son spaghetti avec une sauce très relevée dont l'odeur l'écœura. Il n'avait plus faim, devait se forcer pour manger.

— Un café *expresso* ?

— Si tu veux.

Deux jeunes, à l'autre bout du comptoir, le regardaient avec insistance, et Eddie était persuadé qu'ils parlaient de lui. Pour eux, il représentait un personnage important. C'étaient des débutants, tout en bas de la hiérarchie, de ceux à qui on donne de temps en temps un billet de cinq dollars pour quelque menu service.

Avant, cela lui aurait fait plaisir d'être regardé de la sorte. Aujourd'hui, il ne savait comment se tenir. Il n'aimait pas non plus la façon dont Pep venait de temps en temps rôder autour de lui. Pep était, à tout prendre, ce qui pouvait le plus ressembler à un ami. Eddie lui avait même fait des confidences, une nuit sous la lune, tandis qu'ils marchaient interminablement dans les rues, alors qu'ils avaient seize

ou dix-sept ans. Il lui avait justement parlé de la règle, de sa nécessité, de la stupidité et du péril qu'il y a à s'en écarter.
— Il n'est pas bon ?
— Très bon.
Et Eddie s'efforçait de manger toute son assiettée de spaghetti qui avaient un arrière-goût de graillon, avec beaucoup trop d'ail. Il n'aurait pas dû venir chez Fasoli. Il n'aurait pas dû aller chez sa mère.

Que serait-il arrivé s'il était rentré à Santa Clara et s'il avait téléphoné carrément à Sid Kubik qu'il n'avait pas retrouvé la piste de son frère ? Il était trop scrupuleux.
— Qu'est-ce que je te dois ?
— Laisse.
— Mais non. Il n'y a pas de raison.

On lui permit de payer. C'était la première fois. A cause de cela aussi il se sentit plus étranger.

Ce qu'il n'arrivait pas à déterminer, c'est si c'étaient les autres qui le rejetaient, ou si c'était lui qui se mettait à l'écart. Son hôtel n'était pas si loin, à deux coins de rue. Il était décidé à y retourner sans plus tarder et, pourtant, il entra encore dans un bar. Il se souvenait vaguement du barman d'autrefois, avec qui il lui était arrivé de faire une partie de dés. Le barman était changé. Le patron aussi. Le comptoir était sombre, les murs recouverts de boiseries brunes, avec des gravures de courses, des photos de jockeys et de boxeurs. Certaines de ces photos dataient de longtemps ; il reconnaissait deux ou trois boxeurs qui avaient été lancés jadis par le vieux Mossie, car Mossie avait débuté en tenant une salle de gymnastique.

Il désigna la pompe à bière.
— Un demi.

Celui qui le servait ne savait pas qui il était. Non plus l'homme qui buvait du whisky à côté de lui et qui était déjà ivre. Ni le couple assis au fond de la salle, qui prenait le maximum de plaisir qu'il est possible de prendre en public.

Pour un peu, il aurait téléphoné à nouveau à Alice.
— La même chose !
Il se ravisa :
— Non ! Un *rye* !

Une soudaine soif d'alcool, à laquelle, il le savait, il avait tort de céder. Cela lui arrivait rarement. Il y a des gens à qui ça réussit. Quant à lui, la boisson le rendait triste et soupçonneux. Il était deux heures du matin et il tombait de sommeil. Il s'obstinait à rester accoudé à ce bar, où l'ivrogne lui-même ne lui adressait pas la parole.
— La même chose !

Il but quatre *ryes*. Ici aussi, il y avait en face de lui un miroir dans lequel il se regardait et dans lequel il ne se trouvait pas bonne mine. Sa barbe avait déjà poussé, salissant ses joues et son menton. Elle poussait vite. Il avait lu quelque part qu'elle pousse plus vite sur le visage des morts que sur celui des vivants.

Quand il regagna enfin son hôtel il marchait mollement et, chaque fois qu'il entendait des pas derrière lui, il se persuadait que c'était quelqu'un que Phil avait chargé de le suivre. Dans un coin du hall, où la plupart des lumières étaient éteintes, deux hommes étaient assis, qui bavardaient à mi-voix et qui levèrent la tête pour le regarder se diriger vers l'ascenseur. Étaient-ils là pour lui ? Il ne les reconnaissait pas, mais il en existait des milliers qu'il ne connaissait pas et qui, eux, le connaissaient : il était Eddie Rico !

Il eut envie d'aller se camper devant eux et de leur dire : « Je suis Eddie Rico. Qu'est-ce que vous me voulez ? »

Le garçon d'ascenseur l'avertit :

— Attention à la marche !
— Merci, jeune homme.

Il dormit mal, se releva deux fois pour boire de grands verres d'eau, s'éveilla, maussade, une douleur dans la tête. De sa chambre, il téléphona à la compagnie de navigation aérienne.

— El Centro, oui, en Californie, le plus tôt possible.

Il y avait un départ à midi. Toutes les places étaient retenues.

— Elles sont retenues pour trois jours. Cependant, si vous venez une demi-heure avant le décollage, il y a toutes les chances pour que vous ayez une place. Il est rare que quelqu'un ne rende pas son billet au dernier moment.

Le soleil brillait dehors, un soleil plus pâle, plus délicat qu'en Floride, avec une buée transparente dans le ciel.

Il se fit monter un petit déjeuner dont il ne prit que quelques bouchées, sonna pour un second pot de café. Puis il appela Alice, qui, à cette heure, devait être occupée à mettre de l'ordre dans les chambres, avec Loïs, la petite négresse, qui faisait les lits, Babe qui les suivait en touchant à tout.

— C'est toi ? Tout va bien à la maison ?
— Tout va bien.
— Pas de coups de téléphone ?
— Non. Babe s'est brûlée au doigt ce matin en touchant le poêle, mais ce ne sera rien. Elle n'a même pas pleuré. Tu as vu ta mère ?
— Oui.

Il ne trouva rien à lui dire, lui demanda quel temps il faisait, si on avait livré les nouveaux rideaux de la salle à manger.

— Tu te sens bien, toi ? s'inquiéta sa femme.
— Mais oui.
— On dirait que tu es enrhumé.
— Non. Peut-être.
— Tu es à l'hôtel ?
— Oui.
— Tu as rencontré des amis ?

Pourquoi répondit-il :

— Quelques-uns.
— Tu rentres bientôt ?

— J'ai quelque chose à faire d'abord. Ailleurs.

Il aurait failli lui avouer qu'il se rendait à El Centro. C'était dangereux. Il s'était arrêté à temps. De sorte que, s'il arrivait quelque chose chez lui, à une de ses filles par exemple, on ne saurait pas où le rejoindre pour l'en avertir.

— Veux-tu raccrocher, afin que je reste en communication avec Santa Clara ? J'ai besoin de parler à Angelo.

Cela se fit sans peine.

— C'est vous, patron ?

— Rien de neuf au magasin ?

— Rien de particulier. Les peintres ont commencé le travail ce matin.

— Joe ?

— Ça va.

La réponse manquait d'enthousiasme.

— Difficile ?

— Miss Van Ness l'a remis à sa place.

— Il a essayé ?

Joe était probablement le premier qui manquait de respect à Miss Van Ness.

— Elle lui a flanqué une gifle dont il n'est pas encore revenu.

— Il n'a pas tenté de sortir ?

— La première nuit, j'ai joué aux cartes avec lui jusqu'à trois heures du matin, après quoi j'ai fermé la porte à clef.

— Et maintenant ?

— La nuit dernière, j'ai senti que ça le travaillait et qu'il était prêt à sauter par la fenêtre. Alors j'ai téléphoné à Bepo.

Un petit homme toujours crasseux, qui tenait une maison de rendez-vous sur la grand-route, à égale distance de Santa Clara et de la ville voisine.

— Il a envoyé ce qu'il fallait. Ils ont vidé une pleine bouteille de whisky. Ce matin, il est à plat.

A onze heures et demie, Eddie était à nouveau à La Guardia, sa valise à son côté, à proximité du guichet. On lui avait promis la première place disponible. Il épiait les gens autour de lui, cherchant un visage de connaissance, quelqu'un qui aurait l'air d'appartenir à l'organisation.

Il était passé par la banque, où il avait retiré mille dollars. Il manquait d'aplomb quand il ne se sentait pas de l'argent en poche. Son carnet de chèques ne lui suffisait pas. Il lui fallait des billets.

A l'aéroport, il n'avait pas donné son vrai nom à la demoiselle du guichet, mais le premier nom qui lui était passé par la tête : Philippe Agostini. De sorte que, quand on l'appela, il fut un moment sans répondre, oubliant que c'était lui.

— Cent soixante-deux dollars... J'établis votre billet... Vous avez des bagages ? Veuillez passer sur la bascule.

Il lui semblait impossible qu'on le laisse partir sans essayer de savoir où il allait. Il se retournait sans cesse, scrutait les faces. Personne n'avait l'air de se préoccuper de lui.

Même cela, cette absence de surveillance, finissait par l'angoisser.

Le haut-parleur priait les passagers de son avion de se diriger vers la barrière numéro 12. Il s'y trouva avec une vingtaine de personnes. C'est seulement alors, au moment où il tendait son billet, qu'il sentit deux yeux bruns fixés sur lui. Car il les sentait littéralement avant de les voir, au point qu'il hésita à tourner la tête.

C'était un gamin de seize ou dix-sept ans, au poil sombre et luisant, au teint mat, un Italien sûrement, adossé à une cloison, qui le regardait d'un air narquois.

Eddie ne le connaissait pas, ne pouvait pas le reconnaître, puisque c'était un bébé quand il avait quitté Brooklyn. Il avait dû connaître ses parents, car ses traits, son expression lui étaient familiers.

L'idée lui vint de faire demi-tour, de prendre un autre avion, pour n'importe quelle direction. Cela ne servirait à rien : où qu'il aille, il y aurait quelqu'un pour l'attendre à l'aérodrome.

Au surplus, il lui était loisible de descendre en route. Se donnerait-on la peine de surveiller toutes les escales ?

— Qu'est-ce que vous attendez pour passer ?
— Pardon...

Il suivit le mouvement en avant. Le jeune homme resta à sa place, une cigarette non allumée fixée à la lèvre inférieure, comme Gino.

L'avion décolla. Puis, à une demi-heure des gratte-ciel de New York, qu'on avait survolés à basse altitude, la *stewardess* leur servit le déjeuner. A Washington, l'idée ne lui vint pas de descendre. Il y avait travaillé. Dans la foule qui stationnait devant les barrières du terrain, il aurait été incapable de repérer quelqu'un désigné pour le prendre en charge.

Il dormit. Quand il se réveilla, la *stewardess* offrait du thé, et il en but une tasse qui lui barbouilla l'estomac.

— Quand arrivons-nous à Nashville ?
— Dans deux heures environ.

Ils naviguaient très haut, bien au-dessus d'une masse lumineuse de nuages, par l'échancrure desquels on apercevait parfois le vert de la plaine, le blanc des fermes.

Il était passé maintes fois par Nashville, toujours les quelques minutes de l'escale, soit en train, soit en avion, sans jamais sortir du terrain ou de la gare.

Il n'y avait personne de l'organisation là-bas. C'était une ville paisible où il n'y avait pas grand-chose à faire et qu'on abandonnait aux *racketeers* locaux.

Pourquoi ne pas y descendre ? Il trouverait des trains, des avions pour toutes les directions. Qu'est-ce qu'il ferait ensuite ? Les grands patrons, dès maintenant, savaient qu'il avait pris un billet pour El Centro. On l'y attendait. Qu'il y arrive par cet avion-ci ou autrement, on ne le manquerait pas.

Quelle explication fournirait-il ?

Ils étaient aussi malins que lui, infiniment plus puissants que lui. Jamais Eddie n'avait essayé de les tromper. C'était sa force. C'est à cause de cela qu'il avait acquis sa situation. Est-ce que, à seize ans, alors que la plupart jouent les terreurs, il ne parlait pas déjà de la règle en se promenant au clair de lune avec Fasoli ?

Il se surprenait à en vouloir à Tony, car c'était lui, en définitive, qui le mettait dans l'embarras. Eddie avait toujours été persuadé qu'il aimait bien ses frères, Tony davantage encore que Gino, parce qu'il se sentait moins différent de lui.

Mais il aimait bien sa mère aussi, et la veille il était resté sans aucune émotion devant elle. Il n'y avait pas eu de contact entre eux. Il l'avait presque détestée pour la façon dont elle l'épiait.

Il ne s'était jamais senti aussi seul. Même Alice devenait moins réelle. C'était à peine s'il parvenait à se la figurer dans leur maison, à se convaincre que cette maison-là était la sienne, que chaque matin il était réveillé par les merles qui sautillaient sur la pelouse, puis par le gazouillis de Babe.

A quoi appartenait-il ? A Brooklyn, il ne s'était pas senti chez lui. Et pourtant, en Floride, rien que d'entendre un nom de là-bas éveillait sa nostalgie. S'il se méfiait de Boston Phil, s'il entretenait plutôt de l'aversion à son égard, c'est qu'il n'était pas de Brooklyn. Phil n'avait pas passé son enfance dans les mêmes rues, de la même manière, n'avait pas mangé des mêmes plats, parlé le même langage.

Car c'était cela, en somme : Boston Phil était différent, était d'ailleurs.

Encore que grand patron aujourd'hui, Sid Kubik était plus près de lui, et même ce rouquin de Joe. Alors pourquoi les fuyait-il ?

Pourquoi se raccrochait-il aux images de Floride ?

Le plus troublant, c'est que ces deux pôles devenaient aussi inconsistants l'un que l'autre, de sorte qu'il ne pouvait plus s'appuyer sur rien.

Il était tout seul, dans son avion, avec la perspective d'être un étranger, sinon un ennemi, n'importe où il atterrirait.

Il ne descendit pas à Nashville. Il ne descendit pas à Tulsa non plus, dont il ne vit que les lumières dans la nuit. Il renonçait à réfléchir, remettait toute décision à plus tard. Le ciel était d'un bleu sombre, uni, plein d'étoiles lointaines, au clignement ironique.

Il dormit un peu. La lumière de l'aube l'éveilla, et quinze ou vingt personnes dormaient encore autour de lui. Une femme qui donnait le sein à un bébé le regarda avec défi. Pourquoi ? Avait-il l'air d'un homme qui glisse un regard honteux vers le sein des mères qui allaitent ?

Sous l'appareil s'étendait une immense plaine rousse d'où s'élevaient des montagnes dorées, avec parfois des tranches d'un blanc lumineux.

— Café ? Thé ?

Il prit du café. A Tucson, il quitta l'avion pour en prendre un plus petit qui allait à El Centro et régla sa montre qui avait déjà trois heures de différence avec celle de l'aéroport. La plupart des hommes portaient de grands chapeaux clairs de cow-boys et des pantalons collants. Beaucoup avaient le type mexicain.

— Salut, Eddie !

Il tressaillit. On lui avait frappé sur l'épaule. Il chercha dans sa mémoire le nom de celui qui lui tendait la main et lui souriait joyeusement, ne le retrouva pas. Il l'avait connu quelque part, pas à Brooklyn, plutôt dans le Middle West, à Saint Louis, ou à Kansas City. S'il se souvenait bien, il était alors barman dans un *night club*.

— Bon voyage ?
— Pas mauvais.
— On m'a dit que tu passerais par ici, et je suis venu te saluer.
— Merci.
— J'habite à dix milles d'ici, où j'ai une boîte qui ne marche pas mal. Ils sont terriblement joueurs dans le coin.
— Qui t'a dit...

Il aurait voulu se reprendre. A quoi bon poser la question ?

— Je ne sais plus. Tu sais comment on ramasse ces potins-là. Cette nuit, au cours de la partie, quelqu'un a parlé de toi et de ton frère.
— Lequel ?
— Celui...

Ce fut au tour de l'homme de se mordre la lèvre. Qu'est-ce qu'il allait dire : « Celui qui a fait des bêtises » ?

Il trouva une formule :

— Celui qui s'est marié récemment.

Le nom lui revenait : l'homme s'appelait Bob et avait travaillé à Saint Louis au *Liberty,* qui appartenait alors à Stieg.

— Inutile de t'inviter au bar de l'aérodrome. Ils ne servent que des sodas et du café. J'ai pensé que cela te ferait plaisir que je t'apporte...

Il lui glissait une bouteille plate dans la main.

— Merci.

Il ne la boirait pas. La bouteille était tiède de la chaleur de son compagnon, mais il valait mieux ne pas refuser.

— Il paraît que tu réussis, à Santa Clara ?
— Pas trop mal.
— La police ?
— Correcte.
— C'est ce que je leur répète toujours. La première chose, c'est de...

Eddie n'écoutait plus, hochait la tête en signe d'approbation. Ce fut un soulagement quand on appela enfin les passagers pour le départ du nouvel avion.

— J'ai été content de te serrer la main. Si tu repasses par ici, viens me voir.

Il n'y avait plus que deux escales : Phœnix et Yuma. Quand l'avion descendrait ensuite, ce serait au-dessus du terrain d'El Centro. La main

de Bob était moite de sueur. Il souriait toujours. Dans quelques instants, nul doute qu'il se précipite au téléphone.
— Bonne chance !
On survola presque tout le temps le désert. Puis, sans transition, dessinant une frontière nette, ce furent des champs coupés de canaux, avec des maisons claires regardant toutes du même côté.

On suivait, de haut, une grand-route où les camions gravitaient en file indienne, amenant sans fin des caisses de légumes à la ville. Il y en avait aussi sur d'autres routes plus étroites qui rejoignaient l'artère principale, et le mouvement ressemblait à celui d'une fourmilière, avec des véhicules vides qui circulaient en sens inverse.

Eddie aurait préféré que l'appareil n'atterrît pas, qu'il poursuivît son chemin vers le Pacifique qui n'était plus qu'à une heure de vol.

« Bouclez vos ceintures », commandait le tableau lumineux.

Il assujettit la sienne et, cinq minutes plus tard, alors que les roues prenaient contact avec la piste de béton, la défaisait déjà. Il ne vit aucun visage de connaissance. Personne ne lui tapa sur l'épaule. Il y avait des femmes, des hommes qui attendaient quelqu'un ou qui attendaient un autre avion. Des couples s'embrassaient. Un père se dirigeait vers la sortie en tenant deux enfants par la main, tandis que sa femme trottait derrière lui et essayait en vain de lui parler.
— Porteur, monsieur ?
Il abandonna sa valise au nègre.
— Taxi ?
Il faisait plus chaud qu'en Floride, d'une chaleur différente, comme plus luisante, et le soleil brûlait les yeux.

Il prit le premier taxi venu et, pendant tout ce temps-là, il s'efforçait de se montrer calme, indifférent, car il avait la certitude qu'on l'observait.
— A l'hôtel.
— Lequel ?
— Le meilleur.
La voiture démarra, et il ferma les yeux en soupirant.

6

Il fit, cette nuit-là, le rêve le plus déprimant de sa vie. Il avait rarement des cauchemars. Quand cela lui arrivait, de loin en loin, c'était presque toujours le même : il se réveillait sans savoir où il était, entouré de gens qu'il ne connaissait pas et qui ne prêtaient pas attention à lui. Il appelait ça, à part lui, le rêve de l'homme perdu. Car, bien entendu, il n'en parlait à personne.

Ce rêve-ci n'avait aucun rapport avec les autres. Il s'était senti soudain très fatigué en arrivant à l'hôtel. Il lui semblait que tout le soleil du désert lui était entré par les pores et, sans attendre le soir, sans descendre pour manger, il s'était couché. L'hôtel *El Presidio,* où on l'avait conduit, le meilleur, avait affirmé son chauffeur, était de style vaguement mauresque. Tout le centre de la ville semblait dater des Espagnols, et les maisons étaient recouvertes de crépi d'un jaune ocré, cuit et recuit par le soleil.

Les moindres bruits de la grand-rue lui parvenaient, et il avait rarement connu une rue aussi bruyante, même à New York. Pourtant, il sombra presque tout de suite dans le sommeil. Il fit peut-être d'autres rêves, son corps continuant à participer au mouvement de l'avion. Il dut rêver d'avion aussi, mais ce rêve-là se dilua, et il ne s'en souvint pas au réveil. Il devait, au contraire, se rappeler dans les plus petits détails le rêve de Tony. Ce rêve avait d'ailleurs une particularité : il était en couleur, comme certains films, sauf en ce qui concernait deux personnages, Tony et son père, qui, eux, étaient en blanc et noir.

Au début, cela se passait nettement à Santa Clara, chez lui, dans sa maison qu'il avait baptisée *Sea Breeze*. Il sortait, le matin, en pyjama, pour aller prendre le courrier dans la boîte aux lettres au bord du trottoir. Cela ne lui arrivait presque jamais, dans la réalité, de s'y rendre sans être habillé. Peut-être l'avait-il fait deux ou trois fois, des matins qu'il s'était levé tard, et il avait toujours passé une robe de chambre.

Dans son rêve, il y avait quelque chose de très important dans la boîte aux lettres. C'était impérieux qu'il y aille séance tenante. Alice était d'accord. Elle lui avait même murmuré :

— Tu devrais emporter ton revolver.

Il ne l'avait pourtant pas pris. La chose importante, c'était son frère Tony, qui se trouvait dans la boîte.

L'étrange, c'est qu'à ce moment-là il se rendait fort bien compte que c'était impossible et qu'il devait rêver. La boîte, en effet, en métal argenté, avec son nom peint dessus, comme toutes les boîtes aux lettres américaines, n'était guère plus grande qu'un magazine. D'ailleurs, au début, ce n'était pas encore tout à fait Tony qu'il découvrait, mais une poupée en caoutchouc gris qu'il reconnaissait pour l'avoir prise, quand il avait quatre ou cinq ans, à une petite fille du voisinage. Il l'avait vraiment volée. Il ne s'en était emparé que parce que c'était un vol, car il n'en avait pas envie, et il l'avait gardée longtemps dans un tiroir de sa chambre. Peut-être sa mère l'avait-elle encore dans le coffre où elle conservait les jouets de ses trois fils ?

Donc, même dans son rêve, il savait de quoi il s'agissait. Il aurait pu dire le nom de la petite fille. Il n'avait pas commis ce vol par plaisir, mais pour commettre un vol, parce qu'il jugeait que c'était nécessaire.

Et, maintenant, un décalage se produisait. Sans transition, la poupée n'était plus une poupée, mais son frère Tony, et il n'en était pas surpris. Il le savait d'avance.

Tony était exactement de la même matière spongieuse que la poupée, du même gris terne, et il était évident qu'il était mort.

— Tu m'as tué ! disait-il en souriant.

Pas fâché. Pas amer. Il parlait sans ouvrir la bouche. Il ne parlait pas réellement. Il n'y avait pas de sons, comme dans la vie, mais Eddie n'en percevait pas moins les mots.

— Je te demande pardon, répondait-il. Entre.

C'est alors qu'il constatait que son frère n'était pas seul. Il avait amené leur père comme témoin. Et leur père était de la même matière inconsistante, avec, lui aussi, un sourire très doux.

Eddie lui demandait de ses nouvelles, et son père hochait la tête sans répondre, Tony disait :

— Tu sais bien qu'il est sourd.

C'était probablement ce qu'il y avait de plus troublant dans ce rêve-là. Il s'en rendait compte, faisait, en marge, des réflexions lucides.

Jamais leur mère ne leur avait révélé que leur père était dur d'oreille, ni personne du quartier. Peut-être personne ne s'en était-il aperçu ? Or, à présent, Eddie était à peu près sûr d'avoir fait une découverte. Il avait gardé, de son père, l'image d'un homme paisible, qui tenait la tête penchée sur l'épaule et qui souriait d'un curieux sourire intérieur. Il ne parlait presque jamais, accomplissait sa tâche, du matin au soir, avec une patience jamais lassée, comme si c'était son destin, comme si l'idée ne lui était jamais venue qu'il pourrait faire autrement.

Sa mère lui aurait sans doute objecté que c'était un souvenir d'enfance, que son mari n'était pas différent des autres, mais il était persuadé que c'était lui qui avait raison.

Cesare Rico vivait dans un monde à lui, et c'était un rêve, après tant d'années, qui en fournissait l'explication à son fils : il était sourd.

— Entrons..., disait Eddie, gêné de son pyjama.

A ce moment-là, le décor changeait. Ils entraient tous les trois quelque part, mais ce n'était pas dans la maison blanche de Santa Clara. Quand ils se retrouvaient à l'intérieur, c'était la cuisine de Brooklyn, où la grand-mère était assise dans son fauteuil et où il y avait du chianti sur la table.

— Je ne t'en veux pas, disait Tony. Mais c'est dommage !

L'idée lui venait de leur offrir à boire. C'était la coutume dans la maison d'offrir un verre de vin au visiteur. Il se rappelait à temps que Tony et son père étaient morts et ne devaient pas avoir la possibilité de boire.

— Asseyez-vous.

— Tu sais bien que père ne s'assied jamais.

Il s'asseyait rarement jadis de son vivant, seulement pour manger, mais, dans le rêve, c'était plus important, cela tenait à sa qualité, au rôle qu'il jouait. Il ne devait pas s'asseoir. C'était une question de dignité.

— Qu'est-ce qu'on attend pour commencer ? prononçait une nouvelle voix.

C'était sa mère. Elle était assise et frappait la table avec une cuiller pour attirer l'attention.

— Eddie a tué son frère ! disait-elle d'une voix forte.

Et Tony murmurait :

— C'est surtout que cela fait mal.

Il avait rajeuni. Ses cheveux étaient plus bouclés que les derniers temps, avec une boucle sur le front, comme quand il avait dix ans. Peut-être avait-il à nouveau dix ans ? Il était très beau. Il avait toujours été le plus beau des trois, Eddie s'en rendait compte. Même en gris terne, même dans cette matière inconsistante, qui était maintenant la sienne, il restait séduisant.

Eddie n'essayait pas de protester. Il savait que ce qu'on disait était vrai. Il cherchait à se rappeler comment cela s'était passé et n'y parvenait pas.

Or il ne pouvait pas poser la question. Il eût été indécent de demander : « Comment t'ai-je tué ? »

C'était pourtant le point capital. Tant qu'il ne saurait pas cela, il ne pourrait rien leur dire. Il avait très chaud, sentait la sueur couler sur son front et s'introduire entre ses paupières. Il portait la main à sa poche pour y prendre son mouchoir, et ce qu'il tirait c'était une bouteille plate de whisky.

— Voilà la preuve ! triomphait sa mère.

Il balbutiait :

— Je n'en ai pas bu.

Il voulait lui montrer que la bouteille était pleine comme quand le type de Tucson la lui avait glissée dans la main, ne parvenait pas à en retirer le bouchon. Sa grand-mère le regardait avec ironie. Elle aussi était sourde. Peut-être était-ce dans la famille, peut-être allait-il également devenir sourd ?

— C'est à cause de la règle !

Tony l'approuvait. Il était plutôt de son côté. Son père aussi. Mais tout le reste, la foule, était contre lui. Car il y avait foule. La rue était pleine de gens, comme un jour d'émeute. On se bousculait pour le voir. On disait :

— Il a tué son frère !

Il s'efforçait de leur parler, de leur expliquer que Tony était d'accord avec lui, son père aussi, mais aucun son ne sortait de sa bouche. Boston Phil ricanait. Sid Kubik grommelait :

— J'ai fait mon possible parce que ta mère m'a sauvé la vie autrefois, mais je ne peux pas davantage.

Le terrible, c'est qu'ils prétendaient qu'il était un menteur, que Tony n'était pas là. Lui-même, qui le cherchait autour de lui, ne le voyait plus.

— Dis-leur, Tony, que...

Son père n'était plus là non plus, et les autres, menaçants, commençaient à disparaître, à fondre, le laissant tout seul. Il n'y avait plus de rue ni de cuisine, plus rien que du vide, une immense place vide au milieu de laquelle il levait les bras en appelant au secours.

Il s'éveilla en nage. Il faisait jour. Il pensa qu'il n'avait peut-être dormi que quelques minutes, mais, quand il alla à la fenêtre, il vit que la rue était vide, que la lumière était celle du petit matin. Il alla boire un verre d'eau glacée et, comme il faisait très chaud, fit marcher l'appareil d'air conditionné.

Il avait envie d'une tasse de café fort. Il téléphona en bas. On lui répondit que les garçons n'arrivaient qu'à sept heures. Il en était cinq. Il n'avait pas le courage de se recoucher. Il faillit appeler sa femme au téléphone, pour la rassurer. Puis il se dit qu'elle s'effrayerait d'être réveillée de la sorte. Ce n'est qu'une fois dans la rue qu'il se rendit compte qu'il avait été stupide, car il y avait trois heures de différence avec la Floride. Les aînées, là-bas, étaient déjà parties pour l'école, et Alice était occupée à prendre son petit déjeuner.

Personne, dans le hall de l'hôtel, n'avait l'air de l'épier. L'employé le regarda seulement sortir avec une certaine surprise. On ne le suivit pas tandis qu'il arpentait la rue principale, où il y avait des arcades le long des trottoirs.

On ne comptait pas les bars, les restaurants, les *cafeterias,* mais il se passa plus d'une demi-heure avant qu'il dénichât un endroit ouvert. C'était un établissement bon marché dans le genre de chez Fasoli, avec le même comptoir, les mêmes réchauds électriques, la même odeur.

— Du café noir.

Il était seul avec le patron, qui avait les yeux encore pleins de sommeil. Derrière lui, contre la cloison, s'alignaient quatre machines à sous.

— La police ne dit rien ?
— Elle les saisit une fois tous les six mois.

Il connaissait ça. Quelques rafles calmaient les ligues pour la moralité. Les machines étaient censément détruites. Quelques semaines plus tard, elles réapparaissaient dans d'autres établissements.

— Ça marche ?
— Ça marche dur.
— Les jeux ?
— Il y a des *crap games* dans presque tous les bars. Les types ne savent que faire de leur argent !

Le café le remit d'aplomb, et il commanda des œufs au bacon. Il se calmait tout doucement, se sentait redevenir lui-même. Le tenancier avait compris que c'était un homme à qui on pouvait parler.

— El Centro est en plein *boom.* On ne suffit pas à la main-d'œuvre. Il arrive des gens de partout, qui sont obligés d'acheter ou de louer des *trailers* parce qu'on ne sait où les loger. Il y en a, surtout de nouveaux arrivés, qui travaillent à l'arrachage des légumes jusqu'à douze et treize heures par jour. Toute la famille s'embauche, le père, la mère, les gosses. C'est du travail dur, à cause du soleil qui tape, mais ça ne demande pas de cerveau. Malgré ça, on ne parvient pas à tout cueillir et on est obligé d'aller chercher des ouvriers en fraude au Mexique. La frontière n'est qu'à dix milles.

Est-ce qu'Eddie allait prononcer le nom ? Car il avait retrouvé le nom du fils de Josephina. Cela lui était revenu dans l'avion, alors qu'il n'avait pas conscience de chercher. Peut-être aurait-il préféré ne pas le retrouver. Il savait que c'était un nom qui ressemblait à un prénom de femme.

Il avait les yeux fermés et somnolait quand les syllabes s'étaient comme inscrites dans sa tête : « Felici ».

Marco Felici. Il n'y avait personne que le tenancier et lui dans la *cafeteria*. Quelques voitures commençaient à passer dans la rue. Des gens travaillaient dans un garage, un peu plus loin.

— Vous connaissez un certain Marco Felici ?
— Qu'est-ce qu'il fait ?
— De la primeur.

L'homme se contenta de lui désigner, sur une tablette, près d'un appareil mural, l'annuaire des téléphones.

— Vous le trouverez sans doute là-dedans.

Il feuilleta le livre, ne trouva pas le nom à El Centro, mais dans un petit village des environs qui s'appelait Aconda.

— C'est loin ?
— Six ou sept milles en direction du grand canal.

Un des mécaniciens du garage entra pour déjeuner, puis une femme qui ne paraissait pas avoir dormi et dont le maquillage avait fondu. Il paya, sortit, resta sur le trottoir sans savoir que faire.

Cela l'aurait moins dérouté de voir quelqu'un le surveiller. Il lui paraissait impossible qu'il n'y eût personne. Pourquoi le laissait-on aller et venir sans se préoccuper de ses faits et gestes ?

Une idée le frappa : ils avaient plus d'une journée d'avance sur lui. Depuis qu'il avait quitté New York, en effet, ils savaient qu'il se rendait à El Centro. Il y avait ici, sans nul doute, quelqu'un sur qui ils pouvaient compter pour chercher la trace de Tony.

Ils ne connaissaient pas la piste Felici, mais celle-ci n'était pas indispensable : Tony avait un camion, était accompagné par une jeune femme, il avait dû se loger quelque part dans un *motel* ou dans un *trailer park*.

Ce n'était pas sûr. Ce n'était qu'une possibilité. Qu'était-il arrivé s'ils l'avaient trouvé ?

Probablement attendaient-ils pour savoir ce que lui, Eddie, allait faire ? Est-ce que Phil ne le soupçonnait pas de vouloir tricher ?

Il retourna à son hôtel pour y laisser son veston, car, ici, personne n'en portait. Deux ou trois fois, il toucha l'appareil téléphonique. Son rêve le poursuivait, lui laissait un vide désagréable dans tout le corps.

Il finit par décrocher et par demander la communication avec l'*Hôtel Excelsior,* à Miami. Cela prit près de dix minutes, pendant lesquelles le récepteur s'échauffait dans sa main.

— Je voudrais parler à M. Kubik.

Il dit le numéro de l'appartement.
— M. Kubik n'est plus à l'hôtel.
Il allait raccrocher.
— Mais son ami, M. Philippe, est toujours ici. Je vous le passe ? De la part de qui ?
Il grommela son nom, entendit la voix de Boston Phil.
— Je vous ai réveillé ?
— Non. Tu l'as trouvé ?
— Pas encore. Je suis à El Centro. Je n'ai aucune certitude qu'il soit dans la région, mais...
— Mais quoi ?
— J'ai pensé à une chose. Supposez que le F.B.I., qui le cherche aussi, soit sur ma piste...
— Tu as vu le beau-père ?
— Oui.
— Tu es allé à Brooklyn ?
— Oui.
Autrement dit, il s'était rendu dans des endroits où la police avait pu le repérer et le prendre en filature.
— Donne-moi ton numéro de téléphone. Ne fais rien avant que je t'appelle.
— Bien.
Il lut le numéro sur l'appareil.
— Tu n'as remarqué personne ?
— Je ne pense pas.
Phil allait certainement poser la question à Kubik ou à un autre des grands patrons. Après la déposition de Pieter Malaks, la police devait avoir fort envie de mettre la main sur Tony. Les allées et venues de son frère Eddie n'étaient pas nécessairement passées inaperçues.

Pour le moment, il n'avait plus rien à faire qu'à attendre. Il n'osait même pas descendre dans le hall par crainte que le chasseur ne le trouve pas quand Phil lui téléphonerait. Pour la même raison, il n'appela pas Alice. On pourrait le demander alors qu'il serait en communication. Phil croirait qu'il le faisait exprès. Eddie était persuadé qu'on le soupçonnait de vouloir trahir. C'était imprécis, mais il y pensait depuis Miami.

Son frère Gino était peut-être quelque part dans la ville. Il se rendait à San Diego. Il ne faisait pas le voyage en avion, mais par autocar. Cela prenait plusieurs jours. En calculant approximativement, Eddie en arrivait à la conclusion que son frère était passé par El Centro la veille, ou y passerait aujourd'hui.

Il aurait aimé le voir. Mais peut-être valait-il mieux pas ? Il ne pouvait pas prévoir les réactions de Gino. Ils étaient trop différents l'un de l'autre. Il allait et venait dans la chambre, s'impatientait.
— Toujours pas de communication pour moi, mademoiselle ?
— Rien.
Sid Kubik, pourtant, était en Floride. A cette époque de l'année, il

y passait habituellement plusieurs semaines. Là-bas, la journée était déjà avancée. Peut-être était-il sorti en voiture ? Peut-être était-il à se baigner sur quelque plage ?

Ou encore n'osait-il pas prendre seul la responsabilité d'une décision ? Dans ce cas, il téléphonait à son tour à New York et peut-être à Chicago.

L'affaire était grave. Avec un témoin comme Tony, si réellement Tony était décidé à parler, c'était l'organisation entière qui était menacée. Vince Vettori était assez important pour qu'on ne puisse à aucun prix le laisser accuser.

Il y avait des années que le District Attorney s'acharnait à découvrir un témoin. Deux fois, il avait failli réussir. Une fois même, avec le petit Charlie — qui était, lui aussi, chauffeur —, il avait été tout près du triomphe. Ils avaient arrêté Charlie. Par précaution, ils ne l'avaient pas enfermé aux *Tombs,* où un prisonnier aurait pu le faire taire définitivement. C'était arrivé. Albert le Borgne, cinq ans plus tôt, avait été étranglé pendant la promenade, sans que les gardiens s'en aperçoivent.

Ils avaient conduit Charlie, en grand secret, dans l'appartement d'un des policiers, où ils étaient, nuit et jour, quatre ou cinq à le garder. On l'avait eu quand même. Une balle, venue d'un toit d'en face, avait abattu Charlie dans la chambre du flic.

Il était normal qu'on se défende. Eddie le comprenait. Même s'il s'agissait de son frère.

Et c'était très compliqué, il s'en rendait compte. La police de Brooklyn ne pouvait pas agir ici en Californie. Quant au F.B.I., il n'avait, en principe, aucun droit s'il n'y avait pas crime fédéral.

Le meurtre de Carmine, celui du marchand de cigares n'en étaient pas. Cela ne regardait que l'État de New York. Il n'y aurait que le cas où on aurait employé une voiture volée dans un autre État, par exemple. Mais ceux qui avaient organisé les deux affaires étaient trop avisés pour cela.

Tout ce que les Fédéraux pouvaient tenter, s'ils mettaient la main sur Tony, c'était peut-être de l'accuser d'avoir volé le camion et de l'avoir amené en Californie. Avant que le vieux Malaks en soit avisé, ils auraient peut-être le temps d'emmener Tony dans l'État de New York.

Il existait d'autres solutions. Son esprit travaillait trop. Il avait hâte que la sonnerie du téléphone l'empêche de penser.

Il tressaillit quand on frappa à la porte, s'en approcha sur la pointe des pieds, l'ouvrit brusquement. Ce n'était que la femme de chambre qui demandait si elle pouvait faire son service.

Cela arrive, certes, qu'elles dérangent un voyageur qui traîne trop tard dans sa chambre. Mais c'était possible qu'*ils* veuillent s'assurer qu'Eddie était toujours là.

Maintenant *ils* s'appliquait aussi bien aux gens de l'organisation qu'aux policiers, à ceux du F.B.I. qu'à ceux de l'État.

Eddie avait dormi près de quatorze heures et ne se sentait pas reposé. Il aurait eu besoin de quelques heures de calme, non pour penser comme il le faisait, d'une façon saccadée, nerveuse, en embrouillant les idées, mais pour réfléchir avec sang-froid selon son habitude.

C'était curieux qu'il ait rêvé de son père. Son image lui revenait rarement. Il l'avait à peine connu. Pourtant il lui semblait qu'il existait plus de points communs entre lui et Cesare Rico qu'entre ses frères et leur père.

Il le revoyait servant les clientes dans le magasin, toujours paisible, un tantinet solennel, eût-on dit, mais ce n'était pas de la solennité. C'était une zone de calme qui l'entourait.

Eddie aussi était calme. Et, comme son père, il pensait tout seul à longueur de journées. Lui était-il arrivé de se confier à sa femme ? Peut-être une fois ou deux, des confidences sans gravité. Jamais à ses frères, ni à ce qu'on appelle des amis.

Son père non plus ne riait jamais, avait, comme Eddie à l'ordinaire, un vague sourire épars.

Ils allaient leur chemin, l'un comme l'autre, ne s'en détournaient pas, têtus, parce qu'ils avaient décidé une fois pour toutes de ce que serait la vie.

C'était difficile à préciser en ce qui concernait le père. Cesare Rico avait probablement pris sa décision, quand il avait rencontré Julia Massera. Elle était plus forte que lui. Il était clair que c'était elle qui commandait, dans le ménage comme dans le magasin. Il l'avait épousée, et Eddie ne l'avait jamais entendu élever la voix, ni se plaindre.

Eddie, lui, avait choisi d'appartenir à l'organisation et de jouer le jeu, de suivre la règle, laissant à d'autres de se révolter ou d'essayer de tricher.

Qu'est-ce que Phil attendait pour l'appeler ? Il n'avait pas un journal à lire. L'idée ne lui venait pas de s'en faire monter un. Il avait besoin de solitude.

La rue était redevenue bruyante. Des autos stationnaient le long des trottoirs, et un policier avait peine à régler la circulation. Ce n'était pas comme en Floride, ni à Brooklyn. On voyait des voitures de tous les modèles, les plus vieilles et les plus neuves, des Ford hautes sur roues qu'on ne rencontre plus que dans les campagnes reculées, le capot maintenu par des ficelles, et des Cadillac étincelantes, des camionnettes aussi, des motos, et des gens de toutes les races, beaucoup de nègres, plus encore de Mexicains.

Il sauta sur l'appareil dès que celui-ci fit entendre sa sonnerie.

— Allô !

La sonnerie durait toujours. Il entendait des voix d'opératrices lointaines, puis Boston Phil, enfin.

— Eddie ?
— Oui.
— C'est d'accord.
— Quoi ?

— Tu parles à ton frère.
— Même si la police ?...
— Dans tous les cas, il vaut mieux arriver les premiers. Sid insiste pour que tu me téléphones dès que tu l'auras retrouvé.

Eddie ouvrit la bouche sans savoir ce qu'il allait dire, mais il n'eut pas le temps de parler, car Phil avait déjà raccroché.

Alors il alla se laver les mains, le visage, pour se rafraîchir, changea de chemise, mit son chapeau et se dirigea vers l'ascenseur. Il avait laissé sur la table la bouteille de whisky à laquelle il n'avait pas touché. Il n'avait pas envie de boire. Il n'avait pas soif. Sa gorge était sèche, mais il n'en alluma pas moins une cigarette.

Dans le hall, où il y avait du monde, il ne regarda pas autour de lui. Plusieurs taxis stationnaient devant la porte. Il ne choisit pas, monta dans le premier qui se présentait.

— Aconda, dit-il en se laissant tomber sur la banquette, brûlante d'avoir été au soleil.

Il vit, aux portes de la ville, les *motels* dont on lui avait parlé le matin et les *trailers* qui formaient de véritables agglomérations dans les terrains vagues, avec du linge qui séchait sur des fils, des femmes en short, des grosses et des maigres, qui cuisinaient en plein air sur des réchauds.

Ce furent les premiers champs. Dans la plupart, des hommes et des femmes en rang, penchés sur le sol, procédaient à la cueillette, tandis que des camions suivaient, qui se chargeaient progressivement.

La plupart des maisons étaient neuves. Quelques années plus tôt, avant qu'on creuse le canal, cette région n'était qu'un désert au milieu duquel se dressait la ville espagnole. On bâtissait vite. Certains se contentaient de baraques.

L'auto tourna à gauche dans un chemin sablonneux, le long duquel couraient les fils électriques, et, de loin en loin, quelques maisons formaient un hameau.

Aconda était plus important. Certaines habitations étaient vastes, avec de la pelouse et des fleurs alentour.

— Chez qui est-ce que vous allez ?
— Un nommé Felici.
— Connais pas. Ça change tellement souvent par ici !

Le chauffeur s'arrêta devant un magasin général dont les instruments agricoles débordaient jusqu'au milieu du trottoir.

— Il n'y a pas un Felici, dans le quartier ?

On leur fournit des explications compliquées. Le taxi sortit du bourg, traversa de nouveaux champs, s'arrêta devant quelques boîtes aux lettres plantées au bord de la route. La cinquième portait le nom de Felici. La maison se dressait au milieu des champs, et, assez loin, se détachant sur le ciel, un rang de travailleurs étaient penchés sur le sol.

— Je vous attends ?
— Oui.

Une petite fille en maillot de bain rouge jouait sur la véranda. Elle pouvait avoir cinq ans.

— Ton père est ici ?
— Il est là-bas.

Et elle désignait les hommes visibles à l'horizon.

— Et ta mère ?

La petite n'eut pas besoin de répondre. Une femme brune, qui n'avait sur le corps qu'un short de toile et une sorte de soutien-gorge en même tissu, ouvrait la porte-moustiquaire.

— Qu'est-ce que c'est ?
— Madame Felici ?
— Oui.

Il ne se souvenait pas d'elle, et elle ne devait pas se souvenir de lui. Elle reconnaissait seulement quelqu'un d'origine italienne, et aussi, sans doute, quelqu'un qui arrivait de loin.

Fallait-il lui parler ou valait-il mieux attendre de voir le mari ? Il se retourna. Personne n'était en vue. On ne semblait pas l'avoir suivi.

— Je voudrais vous demander un renseignement.

Elle hésita. Elle tenait toujours la porte ouverte. Elle dit à regret :
— Entrez !

La pièce était vaste, presque sombre, parce que les persiennes étaient fermées. Il y avait une grande table au milieu, des jouets par terre, une planche à repasser dans un coin, avec un fer encore branché et une chemise d'homme étalée.

— Asseyez-vous.
— On m'appelle Eddie Rico, et j'ai connu votre belle-mère.

Ce n'est qu'alors qu'il se rendit compte d'une présence dans la pièce voisine. Il entendit bouger. Puis la porte, qui était contre, s'ouvrit. Il ne vit d'abord qu'une silhouette de femme qui portait une robe claire à fleurs. Comme les volets de la chambre n'étaient pas fermés, la femme se dessinait sur un fond lumineux, et on distinguait l'ombre de ses jambes et de ses cuisses à travers le tissu.

Au lieu de répondre, Mme Felici se retournait et appelait à mi-voix :
— Nora !
— Oui. Je viens.

Elle pénétrait dans la pièce. Eddie la vit tout entière, plus petite qu'il n'avait pensé en rencontrant son père et son plus jeune frère, plus petite et plus délicate.

Ce qui le frappa tout de suite, c'est qu'elle était visiblement enceinte.

— Vous êtes le frère de Tony ?
— Oui. Vous êtes sa femme, n'est-ce pas ?

Il ne s'était pas attendu à ce que ce soit si rapide. Il n'avait rien préparé. Il avait compté parler à Felici d'abord, et, dans son esprit, celui-ci aurait fini par lui révéler où était Tony.

Ce qui le troublait aussi, c'était que Nora soit enceinte. Il avait trois enfants et il n'avait jamais pensé que ses frères pouvaient en avoir de leur côté.

Elle s'asseyait sur un des bancs, posait un bras sur la table, l'examinait avec attention.

— Comment se fait-il que vous soyez ici ?
— J'ai besoin de parler à Tony.
— Ce n'est pas cela que je vous demande. Qui vous a donné son adresse ?

Il n'avait pas le temps d'inventer une réponse.

— Votre père m'a dit...
— Vous êtes allé chez mon père ?
— Oui.
— Pourquoi ?
— Pour avoir l'adresse de Tony.
— Il ne la connaît pas. Mes frères non plus.
— Votre père m'a appris que Tony avait réparé un vieux camion et qu'il le lui avait donné.

Elle était intelligente et vive. Elle avait déjà compris, le regardait avec plus d'acuité encore.

— Vous avez deviné qu'il viendrait ici.
— Je me suis souvenu qu'il y avait passé plusieurs mois quand il était enfant et qu'il m'avait souvent parlé de camions.
— Ainsi, c'est vous Eddie.

Son regard le gênait. Il s'efforçait de lui sourire.

— Je suis content de faire votre connaissance, balbutia-t-il.
— Qu'est-ce que vous voulez à Tony ?

Elle ne souriait pas, elle, et continuait à l'étudier d'un œil réfléchi, cependant que Mme Felici se faisait toute petite dans son coin.

Qu'est-ce que Tony avait raconté aux Felici ? Est-ce qu'ils savaient ? L'avaient-ils accueilli quand même ?

— Qu'est-ce que vous lui voulez ? répéta Nora sur un ton qui indiquait de la suite dans les idées.
— J'ai des choses à lui dire.
— Lesquelles ?
— Je vous laisse..., murmura la maîtresse de maison.
— Mais non.
— Il faut que j'aille préparer le déjeuner.

Elle pénétra dans une cuisine, dont elle referma la porte.

— Qu'est-ce que vous lui voulez ?
— Il est en danger.
— Pourquoi ?

De quel droit, en fin de compte, lui parlait-elle sur le ton d'un District Attorney ? Si Tony était en danger, si lui-même se trouvait dans l'embarras, si des années d'efforts étaient mises en jeu, n'était-ce pas à cause de cette fille ?

— Certaines gens qui ont peur qu'il parle, répliqua-t-il d'une voix plus dure.
— Ces gens savent où il est ?
— Pas encore.

— Vous le leur apprendrez ?
— Ils finiront par le trouver.
— Et alors ?
— Ils pourraient vouloir le faire taire coûte que coûte.
— C'est eux qui vous ont envoyé ?

Il eut le malheur d'hésiter. Il eut beau nier ensuite, elle s'était fait une conviction.

— Qu'est-ce qu'ils vous ont dit ? De quelle commission vous ont-ils chargé ?

C'était curieux, elle était très féminine, il n'y avait rien de dur dans ses traits, au contraire, encore moins dans les lignes de son corps ; pourtant on sentait en elle plus de volonté que chez un homme. Elle n'avait pas aimé Eddie dès le premier coup d'œil. Peut-être, d'avance, ne l'aimait-elle pas. Tony avait dû lui parler de lui et de Gino. Préférait-elle Gino ? Détestait-elle en bloc toute la famille, en dehors de Tony ?

Il y avait de la colère dans ses yeux sombres, un frémissement des lèvres quand elle lui adressait la parole.

— Si votre frère n'était pas allé trouver la police..., attaqua-t-il, pris de colère à son tour.
— Qu'est-ce que vous dites ? Vous osez prétendre que mon frère...

Elle s'était levée, lui faisait face, le ventre en avant. Il pensa qu'elle allait se jeter sur lui, et il ne pouvait pas s'en prendre à une femme enceinte.

— Votre frère, oui, celui qui travaille à la General Electric. Il a répété à la police ce que vous lui avez dit au sujet de Tony.
— Ce n'est pas vrai !
— C'est vrai.
— Vous mentez !
— Écoutez... Calmez-vous... Je vous jure que...
— Vous mentez !

Comment aurait-il pu prévoir qu'il se trouverait dans une situation aussi ridicule ? De l'autre côté de la porte, Mme Felici devait entendre les éclats de voix. La gamine les entendit de la véranda, ouvrit la porte, montra un visage apeuré.

— Qu'est-ce que tu as, tante Nora ?

Celle-ci était donc considérée dans la maison comme de la famille. On devait dire aussi : oncle Tony !

— Ce n'est rien, chérie. Nous discutons.
— De quoi ?
— De questions que tu ne peux pas comprendre.
— C'est à lui qu'il ne fallait pas que je parle ?

Ainsi Tony et sa femme avaient tout dit aux Felici. Ils craignaient qu'on vienne se renseigner sur leur compte. On avait recommandé à l'enfant, si un monsieur se présentait et lui posait des questions...

Il attendait la réponse de Nora, et celle-ci, comme pour se venger, laissait tomber :
— C'est à lui, oui.
Elle palpitait encore de la tête aux pieds.

7

Ils étaient toujours à se mesurer, le regard brillant, la respiration forte, quand un gros camion, qui venait de la direction des champs, s'arrêta dans un frémissement de ferraille au pied de la véranda. De la place qu'il occupait, Eddie ne pouvait voir par la fenêtre, mais, à l'expression anxieuse de Nora, il comprit que c'était Tony.

Sans doute travaillait-il là-bas avec les hommes et avait-il aperçu le taxi ? Si celui-ci était reparti tout de suite, Tony ne se serait peut-être pas inquiété, mais son stationnement prolongé l'avait décidé à venir voir.

Les trois personnages, dans la pièce, l'entendaient monter les marches du perron, et chacun restait figé dans la pose exacte où le bruit du camion l'avait surpris.

La porte s'ouvrit d'une poussée. Tony portait un pantalon de toile bleue, et son torse était moulé dans un sous-vêtement blanc qui laissait les bras et la plus grande partie des épaules à découvert. Il était très musclé. Le soleil avait tanné sa peau.

A la vue de son frère, il s'arrêta net. Ses sourcils, qu'il avait très épais et très noirs, se fronçaient, et une barre verticale divisait son front en deux parties inégales.

Avant qu'une parole fût prononcée, la petite fille s'était précipitée vers lui.

— Attention ! oncle Tony, c'est lui.

Tony ne comprenait pas immédiatement, tapotait la tête de la petite fille en regardant sa femme, dans l'attente d'une explication. C'était un regard doux et confiant.

— Bessie m'a demandé si c'était le monsieur à qui elle ne devait pas répondre, et je lui ai dit que oui.

La porte de la cuisine s'ouvrit : on ne fit qu'entrevoir Mme Felici qui tenait à la main une poêle dans laquelle du lard grésillait.

— Bessie ! Viens par ici...
— Mais, maman...
— Viens !

De sorte qu'ils restèrent tous les trois et, au début, ils furent embarrassés de leur personne. A cause de son teint bruni, la cornée, autour des prunelles de Tony, paraissait plus blanche, d'un blanc presque lumineux dans la pénombre de la pièce, ce qui donnait un curieux éclat à ses yeux.

Il expliquait, sans regarder Eddie en face :
— Comme on s'attend toujours à ce que quelqu'un vienne se renseigner, on a dit à la petite...
— Je sais.
Relevant la tête, Tony murmurait, réellement surpris :
— Je ne pensais pas que ce serait toi !
Une pensée le tracassait. Il observait sa femme, puis son frère.
— C'est toi qui t'es souvenu de mes vacances ici ?
Il n'y croyait visiblement pas. Eddie n'était pas en état de mentir sans que cela paraisse.
— Non, avoua-t-il.
— Tu es allé chez maman ?
— Oui.
Nora était appuyée à la table, et son ventre saillait. Tony se rapprochait d'elle tout en parlant et, à la fin, lui posa la main sur l'épaule, d'un geste qu'on sentait familier.
— Maman t'a dit que j'étais ici ?
— Quand elle a appris que tu étais parti avec un camion...
— Comment l'a-t-elle appris ?
— Par moi.
— Tu es allé à White Cloud aussi ?
— Oui.
— Tu comprends, Tony ? intervint sa femme.
Il la calmait d'une pression de main, puis, doucement, lui entourait les épaules de son bras.
— Qu'est-ce que maman t'a dit au juste ?
— Elle m'a rappelé que, quand tu es revenu d'ici, tu étais excité à l'idée de tout ce qu'on pouvait y faire avec un camion.
— Et tu es venu ! laissa tomber Tony, baissant la tête.
Il avait besoin, lui aussi, de mettre de l'ordre dans ses idées. Nora tentait une fois encore de lui dire quelque chose, et il la faisait taire en serrant un peu plus fort son épaule.
— Je me doutais qu'on me trouverait un jour ou l'autre...
Il parlait comme pour lui-même, sans amertume ni révolte, et Eddie avait l'impression de se trouver en présence d'un Tony qu'il ne connaissait pas.
— Je ne prévoyais pas que ce serait toi...
Il releva encore la tête, la secoua pour rejeter une boucle de cheveux qui lui tombait sur l'œil.
— C'est eux qui t'ont envoyé ?
— Sid m'a téléphoné. Plus exactement, il m'a fait téléphoner par Phil pour me dire d'aller le voir à Miami. Il vaudrait mieux que nous causions tranquillement tous les deux.
Il sentit une révolte dans le raidissement de Nora. Si Tony l'avait priée de sortir, elle lui aurait sans doute obéi, mais Tony faisait non de la tête.
— Elle peut tout entendre.

Puis, du regard, il désignait la taille de sa femme, et il y avait sur son visage une expression que son frère ne lui avait jamais vue.
— Tu connais la nouvelle ?
— Oui.
Il ne fut pas davantage question de l'enfant qu'elle attendait.
— De quelle commission t'ont-ils chargé exactement ?
On sentait une pointe de mépris, d'amertume dans sa voix. Eddie avait besoin de tout son sang-froid. C'était important.
— Il faut d'abord que tu saches ce qui s'est passé.
— Ils ont besoin de moi ? ricana Tony.
— Non. C'est plus grave, c'est même très grave. Je te demande de bien m'écouter.
— Il va mentir..., annonça Nora à mi-voix.
Et sa main saisissait la main de l'homme qui reposait sur son épaule, pour faire davantage bloc avec lui.
— Laisse-le dire.
— Ton beau-frère est allé trouver la police.
Frémissante, Nora se révoltait à nouveau :
— Ce n'est pas vrai !
Une fois de plus, Tony l'apaisait d'un geste.
— Comment le sais-tu ?
— Sid a des informateurs dans la maison, tu le sais aussi bien que moi. Pieter Malaks a répété au chef tout ce que tu lui as dit.
— Je ne lui ai jamais parlé.
— Tout ce que sa sœur lui a dit.
Tony la calmait toujours. Il n'avait aucune colère contre elle. Eddie ne l'avait jamais vu aussi calme, aussi réfléchi.
— Et alors ?
— Il prétend que tu étais prêt à parler. C'est vrai ?
Tony retira son bras de l'épaule de Nora pour allumer une cigarette. Il était maintenant campé à deux mètres d'Eddie, qu'il regardait bien en face.
— Qu'est-ce que tu en penses, toi ?
Eddie, avant de répondre, jeta un coup d'œil dans la direction de la femme enceinte, comme pour expliquer sa réponse.
— Je ne le croyais pas. Je ne sais plus.
— Et Sid ? Et les autres ?
— Sid ne veut pas courir de risque.
Après un silence, Eddie demanda à nouveau :
— C'est vrai ?
Ce fut au tour de Tony de regarder sa femme. Au lieu de répondre directement, il murmura :
— Je n'ai rien dit à mon beau-frère.
— Il n'en a pas moins vu le chef de la police et, probablement, le District Attorney.
— Il a cru bien faire. Je le comprends. Je comprends aussi pourquoi

Nora lui a parlé. Pieter ne voulait pas qu'elle m'épouse. Il n'avait pas tellement tort. Il s'était renseigné sur mon compte.

Il alla ouvrir un placard, où il prit une bouteille de vin.

— Tu en veux ?

— Non, merci.

— C'est ton droit.

Il s'en versa un verre qu'il but d'un trait. C'était du chianti, comme chez leur mère. Il allait remplir son verre à nouveau quand Nora lui souffla :

— Attention ! Tony.

Il hésita, faillit se servir quand même, regarda son frère et sourit en posant sur la table la bouteille entourée de paille.

— Donc tu as vu Sid, et il t'a chargé d'une commission pour moi.

Il avait repris sa place, le dos à la table, le bras autour des épaules de Nora.

— Je t'écoute.

— Je suppose que tu comprends que, après ce qu'on lui a raconté, la police est anxieuse de te mettre la main dessus.

— C'est normal.

— Ils se figurent qu'ils ont enfin le témoin qu'ils cherchent depuis longtemps.

— Oui.

— Ils ont raison ?

Au lieu de répondre, Tony laissa tomber :

— Continue.

— Sid et les autres ne peuvent pas prendre un risque pareil.

Pour la première fois, Tony devint agressif.

— Ce qui m'étonne, dit-il, avec un retroussis des lèvres qu'Eddie reconnaissait, c'est que c'est toi qu'ils ont envoyé et non pas Gino.

— Pourquoi ?

— Parce que Gino est un tueur.

Même Nora frémit. Eddie, lui, était devenu pâle.

— J'attends la suite ! prononçait Tony.

— Tu remarqueras que tu ne m'as pas encore dit si tu parlerais ou non.

— Après ?

— Les craintes de Sid ne sont donc pas tellement ridicules. Pendant des années, on t'a fait confiance.

— Parbleu !

— Le sort de quantité de gens, la vie de quelques-uns dépendent de ce que tu pourrais dire ou ne pas dire.

Une fois encore, Nora ouvrit la bouche, et Tony la fit taire. Son geste était toujours tendre, protecteur.

— Laisse-le parler.

Eddie commençait à se mettre en colère. Il n'aimait pas l'attitude de son frère. Il y sentait une critique à son égard et il avait l'impression

que, depuis le début, Tony le regardait avec une ironie méprisante, comme s'il lisait au fond de sa pensée.
— Ils ne t'en veulent pas.
— Vraiment ?
— Ils désirent seulement te mettre à l'abri.
— Sous trois pieds de terre ?
— Comme dit Sid, l'Amérique n'est plus assez grande pour toi. Si tu passais en Europe, comme d'autres l'ont fait avant toi, tu serais tranquille, ta femme aussi.
— Ils seraient tranquilles, eux ?
— Sid m'a affirmé que...
— Tu l'as cru.
— Mais...
— Avoue que tu ne l'as pas cru. Ils savent aussi bien que toi et moi que c'est en passant la frontière que je risque de me faire pincer. Si ce que tu m'as raconté est vrai...
— C'est vrai !
— Admettons-le. Dans ce cas, mon signalement a été lancé partout.
— Tu pourrais passer par le Mexique et t'embarquer là-bas. La frontière est à dix milles.
Eddie ne se souvenait pas d'un Tony aussi musclé, aussi mâle. S'il faisait encore très jeune, à cause de ses cheveux bouclés et de son regard ardent, il donnait l'impression d'un homme.
— Qu'est-ce que Gino en pense ?
— Je n'ai pas vu Gino.
Il avait mal dit ça.
— Tu mens, Eddie.
— Ils ont envoyé Gino en Californie.
— Et Joe ?
— Chez moi, à Santa Clara.
— Et Vettori ?
— On ne m'en a pas parlé.
— Maman sait que tu es ici ?
— Non.
— Tu lui as répété les paroles de Sid ?
Il hésita. C'était trop difficile de mentir à Tony.
— Non.
— En somme, tu es allé la voir pour lui tirer les vers du nez.
Tony se dirigeait vers la porte qu'il ouvrait et qui dessinait soudain un rectangle de lumière si vive que les yeux en étaient éblouis. Il regardait, la main en visière, en direction de la route.
Quand il revint vers la table, il murmura, l'air réfléchi :
— Ils t'ont laissé venir seul.
— Je ne serais pas venu autrement.
— Cela signifie qu'ils ont confiance en toi, n'est-ce pas ? Ils ont toujours eu confiance en toi.
— En toi aussi ! riposta Eddie, anxieux de marquer un point.

— Ce n'est pas la même chose. Moi, je n'étais qu'un comparse, à qui on confiait des besognes déterminées.
— Personne ne t'a jamais obligé de les accepter.

Il avait besoin d'être méchant, pas tant à cause de Tony qu'à cause de Nora dont il sentait la haine. Ce n'était pas seulement un couple qu'il avait devant lui, mais, à cause du ventre de la femme, c'était déjà une famille, presque un clan.

— Tu n'as pas attendu qu'on te le demande pour voler des autos, et je me souviens de...

C'est avec une pointe de tristesse plutôt qu'avec indignation que Tony murmura :

— Tout ce que tu pourras dire, elle le sait. Tu te souviens de la maison, de la rue, des gens qui fréquentaient la boutique de maman ? Tu te rappelles nos jeux à la sortie de l'école ?

Tony n'insistait pas, suivait sa pensée, et à voix presque basse :

— Seulement, toi, ce n'est pas la même chose. Cela n'a jamais été la même chose.

— Je ne comprends pas.
— Si.

C'était vrai. Il comprenait. Il y avait toujours existé une différence entre lui et ses frères, qu'il s'agît de Gino ou de Tony. Ils ne s'étaient jamais expliqués là-dessus. Ce n'était pas le moment de le faire, à plus forte raison devant une étrangère. Et, pour lui, Nora était une étrangère. Tony avait eu tort de parler à sa femme comme il l'avait fait. Depuis treize ans qu'Eddie était marié avec Alice, il ne lui avait pas fait une seule confidence qui puisse mettre l'organisation en danger.

Cela ne servait à rien de discuter ces questions-là avec Tony. D'autres garçons étaient devenus amoureux comme lui. Pas beaucoup. Et tous éprouvaient alors le besoin de défier le monde entier. Plus rien ne comptait à leurs yeux qu'une femme. Le reste leur était égal.

Cela avait toujours mal tourné. Sid le savait bien, lui aussi.

— Quand crois-tu qu'ils viendront ?

Nora frissonna des pieds à la tête et se tourna vers son mari, comme si elle allait se jeter sur sa poitrine.

— Ils demandent seulement que tu ailles en Europe.
— Ne me traite pas en enfant.
— Je ne serais pas venu s'il en avait été autrement.

Encore, avec la même simplicité, Tony répondait par un accusateur :
— *Si !*

Et, une certaine lassitude dans la voix :

— Tu as toujours fait, tu feras toujours ce qu'il faudra. Je me souviens qu'un soir tu m'as expliqué ton point de vue, un des rares soirs où je t'ai vu à moitié ivre.

— Où étions-nous ?
— Nous marchions dans Greenwich Village. Il faisait chaud. Dans un restaurant, tu m'avais désigné un des grands patrons que tu contemplais de loin avec une admiration tremblante.

» — *Vois-tu, Tony,* me disais-tu, *il y a des gars qui se figurent qu'ils sont malins parce qu'ils parlent fort.*
» Veux-tu que je te répète ton discours ? Je pourrais encore retrouver tes phrases, surtout au sujet de la règle.
— Il aurait mieux valu que tu la suives.
— Cela t'aurait économisé le voyage à Miami, puis à White Cloud, à Brooklyn, où maman doit se demander ce que tu es allé faire, enfin ici. Remarque que je ne t'en veux pas. Tu es comme ça.
Changeant soudain de voix, de visage, avec l'air de discuter une affaire :
— Parlons simplement, sans tricher.
— Ce n'est pas moi qui triche.
— Bon ! Parlons quand même franchement. Tu n'ignores pas pourquoi Sid et Boston Phil t'ont fait venir à Miami. Ils ont besoin de savoir où je suis. S'ils l'avaient su, ils n'auraient pas eu besoin de toi.
— Ce n'est pas sûr.
— Aie au moins le courage de regarder la vérité en face. Ils t'ont convoqué et t'ont parlé comme des patrons parlent à un employé de confiance, à une sorte de chef de rayon ou d'adjudant. Tu m'as souvent fait penser à un chef de rayon.
Pour la première fois, un sourire éclaira le visage de Nora qui caressa la main de son mari.
— Je te remercie.
— Si cela te fait plaisir. Ils t'ont annoncé que ton frère était un traître en train de déshonorer la famille.
— Ce n'est pas vrai.
— C'est ce que tu as pensé. Non seulement la déshonorer, mais la compromettre, et ça, c'est plus grave.
Eddie était en train de découvrir un homme qu'il n'avait jamais soupçonné. Pour lui, Tony était resté le frère cadet, un bon garçon, épris de mécanique, qui courait les filles et faisait le faraud dans les bars. Si on le lui avait demandé, il aurait probablement répondu que Tony avait pour lui une vive admiration.
Fallait-il croire que Tony pensait par lui-même ? Ou bien ne faisait-il que répéter les phrases que Nora lui avait apprises ?
La chaleur était accablante. La maison n'avait pas l'air conditionné. Tony se servait de temps en temps, d'une main, une gorgée de vin, sans que l'autre main quittât l'épaule de sa femme.
Eddie avait soif aussi. Pour avoir de l'eau, il aurait fallu ouvrir la porte de la cuisine où se tenaient Mme Felici et sa fille. Il finit par aller prendre un verre dans l'armoire et par se servir un fond de vin.
— A la bonne heure ! Tu devais avoir peur de perdre tes moyens en buvant. Tu peux t'asseoir, bien que je n'en aie plus long à te dire.
Ce fut à ce moment-là que Tony lui rappela son rêve. Il ne ressemblait pas à l'homme en matière de poupée qui l'attendait, avec leur père, dans la boîte aux lettres, et pourtant il avait son sourire.
C'était difficile à expliquer. Dans son rêve aussi, Tony avait quelque

chose d'enjoué, de très jeune, de « comme délivré », en même temps qu'une étrange qualité de mélancolie.

Comme si les dés étaient jetés ! Comme s'il ne se faisait plus aucune illusion. Comme s'il avait franchi un cap au-delà duquel on sait tout, on regarde tout avec des yeux nouveaux.

L'espace d'une seconde, Eddie le vit mort. Il s'assit, croisa les jambes, alluma une cigarette d'une main qui tremblait.

— Où est-ce que j'en étais ? disait Tony. Laisse-moi finir, Nora.

Car celle-ci avait encore ouvert la bouche.

— Il vaut mieux qu'Eddie et moi allions jusqu'au fond, une fois pour toutes. C'est mon frère. Nous sommes sortis du même ventre. Pendant des années, nous avons dormi dans le même lit. Quand j'avais cinq ans, on me le donnait comme exemple.

» Bon ! Revenons aux choses sérieuses. Il n'est pas impossible qu'ils t'aient chargé de la proposition que tu m'as faite.

— Je te jure...

— Je le crois. Quand tu mens, cela se lit sur ta figure. Seulement, tu savais fort bien que ce n'était pas ça qu'ils voulaient. Tu as compris, depuis le début, qu'ils n'ont pas envie de me voir passer la frontière. La preuve, c'est que tu n'en as pas parlé à maman.

— Je ne désirais pas l'inquiéter.

Tony haussa les épaules.

— Et j'avais peur qu'elle parle.

— Maman n'a jamais dit un mot qu'elle ne devait pas dire. Pas même à nous. Je parie que tu ignores encore qu'elle rachète les objets volés par les jeunes gens qui fréquentent sa boutique.

Eddie l'en avait toujours soupçonnée, mais sans en avoir la preuve.

— Je l'ai découvert par hasard. Vois-tu, Eddie, tu es avec eux, entièrement, aujourd'hui comme hier et comme toujours. Tu es avec eux parce que tu l'as décidé une bonne fois et que tu as bâti ta vie là-dessus.

» S'ils te demandaient crûment ce qu'il faut faire de moi...

Eddie eut un geste de protestation.

— Chut ! Si tu faisais partie d'une sorte de tribunal et si on te posait la question, au nom de l'organisation, ta réponse serait identique à la leur.

» J'ignore ce qu'ils font en ce moment. Vraisemblablement, ils t'attendent à ton hôtel. Tu es descendu au *Presidio* ?

» Grâce à toi, ils savent où je suis. Ils le sauront même si tu leur jures que tu ne m'as pas vu.

Jamais on ne l'avait regardé avec autant de haine qu'il en lisait dans les yeux de Nora, toujours davantage collée à son mari.

Etait-ce à une pensée de sa femme que Tony répondait en poursuivant d'une voix indifférente :

— Même si je te tuais, ici, pour t'empêcher de les rejoindre, ils sauraient. Ils savent déjà.

» Et toi, dès Miami, dès le moment où tu t'es mis à ma recherche, tu savais qu'ils sauraient.

» C'est cela que je tenais à te dire. Que je ne suis pas dupe. Il ne faut pas que tu le sois non plus.

— Écoute, Tony...

— Pas encore. Je ne t'en veux pas. J'ai toujours prévu que tu agirais de la sorte si l'occasion s'en présentait.

» J'aurais préféré ne pas être l'occasion, voilà tout.

» Tu t'arrangeras avec maman. Tu t'arrangeras avec ta conscience.

C'était la première fois qu'Eddie l'entendait prononcer ce mot-là. Il le faisait légèrement, sur un mode presque badin.

— Cette fois-ci, j'ai fini.

— A mon tour de dire quelque chose !

Nora parlait. Elle s'était dégagée et avait fait un pas dans la direction d'Eddie.

— Si on touche à un cheveu de Tony, c'est moi qui leur raconterai tout.

Tony sourit franchement, d'un sourire jeune et gai, secoua la tête.

— Cela ne servirait à rien, mon petit. Pour que ton témoignage ait de la valeur, vois-tu, il faudrait que tu assistes vraiment à...

— Je ne te quitterai plus un instant.

— Alors ils te feront taire aussi.

— J'aime mieux ça.

— Moi pas.

— Je n'ai pas essayé d'interrompre, murmura Eddie.

— A quoi bon ?

— Je ne suis pas venu pour ça.

— Pas encore, non.

— Je ne leur révélerai pas où...

— Ils n'en ont plus besoin. Tu es venu. Cela suffit.

— Je téléphonerai à la police, s'écria Nora.

Son mari hocha la tête.

— Non.

— Pourquoi ?

— Cela ne servirait à rien non plus.

— La police ne les laisserait pas...

On entendit des pas lourds sur les marches de bois de la véranda. Un homme, dehors, secouait la terre de ses bottes, ouvrait la porte, restait immobile sur le seuil.

— Entre, Marco.

Il avait une cinquantaine d'années, et, quand il retira son chapeau de paille à large bord, on vit des cheveux d'un beau gris uni. Les yeux étaient bleus, son teint bronzé. Il portait le même pantalon que Tony et le même sous-vêtement blanc.

— Mon frère Eddie, qui est venu me voir de Miami.

A Eddie :

— Tu te souviens de Marco Felici ?

Une sorte de trêve s'établissait. Peut-être l'orage était-il fini ? Marco, encore hésitant, tendait sa main terreuse.

— Vous déjeunez avec nous ? Où est ma femme ?
— Dans la cuisine, avec Bessie. Elle a tenu à nous laisser en famille.
— Je vais les rejoindre.
— Ce n'est plus la peine. Nous avons fini. N'est-ce pas, Eddie ?

Celui-ci fit oui de la tête, à contrecœur.

— Un verre de vin, Marco ?

L'étrange sourire était revenu sur les lèvres de Tony. C'est lui qui alla chercher un troisième verre. Après une hésitation, il en prit un quatrième, remplit les deux autres aussi, le sien et celui de son frère.

— Peut-être pourrions-nous trinquer ?

Il y eut un drôle de bruit dans la gorge d'Eddie. Nora le regarda vivement, mais ne comprit pas, et il fut le seul à savoir que c'était un sanglot qui avait failli éclater.

— A notre réunion !

La main de Tony ne tremblait pas. Il avait vraiment l'air gai, léger, comme si la vie était une chose futile et plaisante. Eddie était obligé, pour garder son sang-froid, de détourner le regard.

Marco, qui soupçonnait quelque chose, les épiait tour à tour, et ce n'était pas de bon cœur qu'il levait son verre.

— Toi aussi, Nora.
— Je ne bois jamais.
— Seulement cette fois-ci.

Elle se tourna vers son mari pour savoir s'il parlait sérieusement et comprit qu'il désirait qu'elle boive.

— A ta santé, Eddie !

Eddie voulut répondre, selon la formule : « A la tienne ! »

Il ne put pas, porta le verre à ses lèvres. Nora ne faisait, sans le quitter des yeux, que tremper les siennes dans le vin.

Tony, lui, avalait d'un trait jusqu'à la dernière goutte et retournait le verre vide sur la table.

Eddie balbutiait :

— Il faut que je m'en aille.
— Oui. Il est temps.

Il n'osait pas serrer les mains, cherchait son chapeau autour de lui. Le plus curieux, c'est qu'il avait l'impression d'avoir déjà vécu cette scène-là. Jusqu'au ventre de Nora qui lui était familier.

— Au revoir.

Il avait failli dire adieu. Le mot l'avait effrayé. Et pourtant il se rendait compte qu'« au revoir » était pire et pouvait sonner comme une menace.

Ce n'était pas son intention de menacer. Il était sincèrement ému, sentait de l'eau tiède dans ses yeux, tandis qu'il marchait vers la porte.

On ne fit rien pour l'empêcher de partir. Pas un mot ne fut prononcé. Il ignorait si on le regardait, si la main de Tony se serrait sur l'épaule de Nora. Il n'osait pas se retourner.

Il ouvrit la porte et pénétra dans un bloc de chaleur. Le chauffeur, qui s'était mis à l'ombre, se dirigea vers son siège. La portière claqua. Tout ce qu'il vit fut la petite fille, à la fenêtre de la cuisine, qui se penchait pour le regarder partir et lui tirait la langue.
— El Centro ?
— Oui.
— A l'hôtel ?
Il lui sembla qu'il entendait le bruit d'une auto démarrant quelque part. Il ne voyait rien dans les champs. Une partie de la route lui était cachée par une maison.

Il faillit poser la question au chauffeur, n'en eut pas le courage. Jamais, de sa vie, il ne s'était senti le corps et la tête aussi vides. L'air, dans le taxi, était surchauffé, et, comme on roulait dans le soleil, ses oreilles se mirent à bourdonner. Sa bouche sèche avait un goût métallique, et, même quand il fermait les paupières, des points noirs dansaient devant ses yeux.

Il eut peur. Il avait assisté à des cas d'insolation. On traversait le village. On passait devant la quincaillerie.
— Arrêtez un instant...
Il avait besoin d'un verre d'eau fraîche. Il avait besoin d'être un moment à l'ombre pour se reprendre.
— Ça ne va pas ?
Il souhaitait presque s'évanouir en traversant le trottoir. Et être malade pendant quelques jours. Ne plus avoir à penser, à décider.

Le commis n'eut qu'à le regarder pour comprendre et alla tout de suite lui chercher un gobelet en carton plein d'eau glacée.
— Ne buvez pas trop vite. Je vous apporte une chaise.
C'était ridicule. Tony l'aurait sûrement accusé de jouer la comédie, Nora, en tout cas, qui pendant leur entretien l'avait couvé d'un regard noir de haine.
— Un autre, s'il vous plaît.
— Prenez le temps de respirer.
Le chauffeur était entré derrière lui et attendait en homme habitué à ces sortes d'incidents.

Soudain, comme il portait le second gobelet à sa bouche, Eddie eut un haut-le-cœur. C'est tout juste s'il se pencha à temps. Il vomissait, d'un grand jet que le vin rendait violet, entre les tondeuses à gazon et les seaux galvanisés, balbutiait, les yeux pleins d'eau :
— Je vous demande pardon... C'est... c'est stupide.
Les deux autres échangeaient des clins d'œil. Pour l'aider, alors qu'il s'étranglait, le commis lui donna de grandes tapes dans le dos.
— Vous avez eu tort de boire du vin rouge, disait le chauffeur, sentencieux.
Et lui, pitoyable, entre ses hoquets :
— On... on... on a voulu !

8

Le concierge lui avait tendu sa clef sans rien dire, comme sans le voir. Le garçon d'ascenseur, pendant que la cabine montait, avait tenu le regard fixé sur le revers du veston d'Eddie où il y avait une tache violette.

Eddie rentrait dans sa chambre avec l'idée de se jeter sur son lit. En poussant la porte, il laissait déjà aller ses nerfs, cessait de contrôler l'expression de son visage. Il ne savait pas de quoi il avait l'air ainsi. Il avait fait un pas dans la pièce quand il lui vint à l'esprit qu'il n'avait pas pris le soin de tourner la clef dans la serrure.

Au même instant, il vit l'homme et, avant que son cerveau pût travailler, la terreur l'immobilisa, avec une affreuse sensation le long de l'échine. Cela avait été automatique, comme le fait de pousser un bouton allume la lumière ou déclenche un moteur. Il n'avait pas réfléchi. Simplement il avait cru que son tour était arrivé, et il n'y avait plus eu de salive dans sa bouche.

Il en avait connu des douzaines qui avaient fini ainsi, et, parmi eux, des garçons qui avaient été ses camarades. Parfois, il était encore à boire un verre avec eux à dix heures du soir, par exemple, et, à onze heures ou minuit, en rentrant chez eux, ils trouvaient deux hommes qui les attendaient et qui n'avaient besoin de rien dire.

Il lui était arrivé de se demander ce que l'on pense à ce moment-là, puis, un peu plus tard, dans l'auto qui roule vers un terrain vague ou vers une rivière, alors que, pour quelques minutes encore, on frôle des lumières, des passants, qu'on s'arrête même sous un feu rouge, au pied duquel on aperçoit l'uniforme d'un sergent de ville.

Cela n'avait duré que quelques secondes. Il était persuadé que ses traits n'avaient pas bougé. Mais il savait aussi que l'homme avait tout vu, d'abord ce vide qui était en lui quand il avait poussé la porte, ce relâchement de sa chair et de son cerveau, puis ce courant électrique de la peur, et maintenant, enfin, le sang-froid qui lui revenait, avec son esprit qui travaillait très vite.

Ce n'était pas ce qu'il avait craint, car son visiteur était seul, et, pour ce genre de promenade-là, ils sont toujours deux, plus celui qui attend, dehors, dans l'auto.

En outre, l'homme n'avait pas le type. C'était quelqu'un d'important. Les gens de l'hôtel n'auraient pas laissé un inconnu entrer dans sa chambre. Non seulement il s'y était installé, mais il avait sonné pour appeler le garçon et lui commander de l'eau gazeuse et de la glace. Quant au whisky, il avait pris celui de la bouteille plate qui, entamée, était encore sur le guéridon, à côté du verre.

— *Take it easy, son !* disait-il sans lâcher son gros cigare dont l'odeur avait eu le temps d'envahir la chambre.

Ce qui pouvait se traduire par : Ne te frappe pas, fils !

Il avait plus de soixante ans, peut-être près de soixante-dix. Il avait beaucoup vu, reconnaissait tous les signes.

— *Call me Mike !*

Appelle-moi Mike ! Il ne fallait pas s'y tromper. Ce n'était pas la permission d'être familier n'importe comment. Il s'agissait de cette familiarité respectueuse dont, dans certains groupes, dans certaines petites villes, on entoure le personnage qui compte.

Il avait l'air d'un politicien, d'un sénateur d'État, ou du maire, ou encore de celui qui dirige la machine électorale et fait les juges aussi bien que les sheriffs. Il aurait pu jouer n'importe lequel de ces rôles au cinéma, surtout dans un *western,* il le savait, et on devinait que cela lui faisait plaisir, qu'il fignolait la ressemblance.

— Un *highball* ? proposait-il en désignant la bouteille plate.
— Je ne bois jamais.

Alors le regard de Mike s'arrêta sur la tache de vin. Il ne se donna pas la peine de sourire, d'être narquois. Ce ne fut qu'un furtif mouvement des prunelles, et cela suffisait.

— Assieds-toi.

Il portait un complet, non de toile blanche, mais de shantung, et une cravate peinte à la main qui avait dû coûter trente ou quarante dollars. Il avait gardé son chapeau sur la tête, comme il devait le garder n'importe où, un *stetson* à large bord d'un gris presque blanc, sans une tache ni un grain de poussière.

Le fauteuil qu'il avait désigné à Eddie se trouvait près du téléphone. D'un doigt paresseux, il montra l'appareil.

— Il faut que tu appelles Phil.

Eddie ne discuta pas, décrocha, demanda le numéro de Miami. Et, pendant qu'il attendait, le récepteur à l'oreille, Mike fumait toujours son cigare en le regardant avec indifférence.

— Allô ! Phil !
— Qui parle ?
— Eddie.
— Oui.
— Je... On me dit...
— Un instant, que j'aille fermer la porte.

Ce n'était pas vrai. Phil restait trop longtemps silencieux. Ou il était allé s'entretenir avec quelqu'un, ou il le faisait exprès pour démonter Eddie.

— Allô !... Allô !...
— Ça va. J'entends.

Encore un silence. Eddie évitait de parler le premier.

— Mike est là ?
— Dans la chambre, oui.
— Bien.

Encore un silence. Eddie aurait juré qu'il entendait le bruit de la mer, mais ce n'était évidemment pas possible.

— Tu as vu Gino ?

Il se demanda s'il avait bien entendu le prénom, ou si Phil ne se trompait pas de frère. Il ne s'attendait pas à ce qu'on lui parle de celui-là. Il n'eut pas le temps de réfléchir. Il mentit, sans penser aux conséquences.

— Non. Pourquoi ?

— Parce qu'il n'est pas arrivé à San Diego.

— Ah !

— Il devrait y être depuis hier.

Il savait que Mike l'observait toujours, et cela l'obligeait à surveiller ses expressions de physionomie. Son cerveau travaillait vite, plutôt par images, comme tout à l'heure quand il avait pensé à la promenade en auto. C'était un peu la même image, d'ailleurs, avec des personnages différents. Si cela n'avait pas été Phil qui lui parlait, mais par exemple Sid Kubik, cette idée ne lui serait pas venue.

Phil était vicieux. Eddie avait toujours su qu'il ne l'aimait pas, ne devait aimer aucun des frères Rico.

Pourquoi avait-il téléphoné à San Diego, alors que c'était de Tony qu'il s'agissait ?

Gino était un tueur. San Diego était près d'El Centro, deux heures en auto, moins d'une heure en avion.

Phil était déjà parvenu à réunir deux des frères...

— Allô ! disait Eddie dans l'appareil.

— Je me demandais si Gino n'était pas passé te voir à Santa Clara.

Il était obligé de continuer son mensonge.

— Non.

Cela pouvait être grave. Il n'avait jamais fait ça. C'était à l'encontre de tous ses principes. S'ils savaient qu'il mentait, ils auraient raison, désormais, de se méfier de lui.

— On l'a vu à La Nouvelle-Orléans.

— Ah !

— Il descendait d'un car.

Pourquoi continuait-on à lui parler de Gino et non de Tony ? Il y avait une raison. Phil ne faisait rien sans raison. Il était de première importance pour Eddie de deviner ce que son interlocuteur avait dans la tête.

— On croit l'avoir revu à bord d'un bateau qui appareillait pour l'Amérique du Sud.

Il sentait que cela devait être vrai.

— Pourquoi aurait-il fait ça ? protesta-t-il néanmoins.

— Je ne sais pas. Tu es de la famille. Tu le connais mieux que moi.

— Je ne suis au courant de rien. Il ne m'a rien dit.

— Tu l'as vu ?

— Je veux dire qu'il ne m'a rien écrit.

— Tu as reçu une lettre ?

— Non.
— Comment est Tony ?

Maintenant, il devinait. On lui avait fait peur en lui parlant de Gino. On n'avait rien inventé, mais on s'était servi de la vérité. C'était une façon de le préparer à l'affaire de Tony.

Il ne pouvait pas mentir à nouveau. D'ailleurs Mike était là, qui savait et qui fumait toujours son cigare en silence.

— Je lui ai parlé.

Il continua, volubile :

— J'ai vu sa femme aussi. Elle attend un bébé. J'ai expliqué à mon frère...

Phil lui coupa la parole.

— Mike a reçu des instructions. Tu entends ? Il te dira ce qu'il faut faire.

— Oui.

— Sid est d'accord. Il est ici. Tu veux qu'il te le confirme ?

Il répéta :

— Oui.

Ce n'est qu'après coup qu'il se rendit compte que cela lui donnait l'air de se méfier de Phil.

— Je te le passe.

Il entendit un murmure, puis la voix et l'accent de Kubik.

— Mike La Motte va s'occuper de tout. N'essaie pas de jouer les malins avec lui. Il est près de toi ?

— Oui.

— Passe-le-moi.

— Kubik désire vous parler.

— Qu'attends-tu pour me donner l'appareil ? Le fil n'est pas assez long ?

Il l'était.

— Allô ! vieux frère !

C'était surtout à l'autre bout qu'on parlait, et Eddie entendait la voix lointaine de Kubik, sans discerner les mots. Mike approuvait par monosyllabes, ou par petites phrases.

Maintenant qu'il connaissait son nom, Eddie le regardait avec d'autres yeux. Il ne s'était pas trompé en pensant que c'était un personnage important. Ce qu'il faisait à présent, il l'ignorait, car on ne parlait plus beaucoup de lui. Mais il y avait eu un temps où son nom était à la première page des journaux.

Michel La Motte, dit Mike, qui devait être d'origine canadienne, avait été, sur la côte Ouest, un des grands barons de la bière pendant l'ère de la prohibition.

L'organisation n'existait pas encore. Les alliances se nouaient et se dénouaient. Le plus souvent, les chefs se battaient entre eux pour un territoire, parfois pour un stock d'alcool, pour un camion.

Par le fait qu'il n'y avait pas d'organisation, il n'y avait pas de hiérarchie, ni de spécialisation. On avait la plus grande partie de la population pour soi, la police aussi, et un bon nombre de politiciens.

La bataille se jouait surtout entre les clans, entre les chefs.

Non seulement La Motte, qui avait débuté dans un quartier de San Francisco, s'était annexé la Californie entière, mais il avait étendu ses opérations jusqu'aux premiers États du Middle West.

Quand les frères Rico n'étaient que des gamins rôdant dans les rues de Brooklyn, on prétendait que Mike s'était débarrassé, de sa main, de plus de vingt concurrents. Il en avait descendu quelques autres, de sa propre bande, qui s'avisaient de parler trop haut.

On avait fini par l'arrêter, mais on n'avait pu élever contre lui aucune charge d'homicide. C'est pour fraude fiscale qu'on l'avait condamné et envoyé passer quelques années, non à Saint Quentin, comme un prisonnier ordinaire, mais à Alcatraz, la forteresse réservée aux criminels les plus dangereux, plantée sur un roc au milieu de la rade de San Francisco.

Eddie n'avait plus jamais entendu parler de lui. Si on lui avait demandé un peu plus tôt ce qu'il était devenu, il aurait répondu que Mike devait être mort, car c'était déjà un homme d'un certain âge quand lui-même était enfant.

Il le regardait maintenant avec respect, admiration, et cela ne lui paraissait plus comique qu'il essaie de ressembler à un juge ou à un politicien de *western*.

Debout, il devait être très grand et se tenir encore droit. Il n'avait rien perdu de sa carrure. A un certain moment, il souleva son *stetson* pour se gratter la tête, et Eddie vit que ses cheveux étaient restés drus, serrés, d'une blancheur soyeuse qui tranchait avec son teint presque brique.

— Oui... Oui... J'y ai pensé aussi. Ne t'inquiète pas... Le nécessaire sera fait... J'ai téléphoné à Los Angeles... Je n'ai pas pu avoir celui que tu sais au bout du fil, mais, à l'heure qu'il est, il est prévenu... Je les attends tous les deux avant ce soir...

Il avait la voix rauque de ceux qui boivent et fument beaucoup depuis des lustres. Cela aussi faisait très politicien. Dans la rue, tout le monde devait le saluer, des gens venaient lui serrer la main, fiers de leur familiarité avec le grand Mike.

Lors de son procès, on avait saisi plusieurs millions, mais il était probable qu'il n'avait pas tout perdu et qu'il ne s'était pas trouvé sans rien en quittant Alcatraz.

— D'accord, Sid... Il a l'air raisonnable... Je ne crois pas... Je vais le lui demander...

Et, à Eddie :

— Tu as quelque chose à dire à Sid ?

Pas comme ça ! Que pouvait-il lui dire, à brûle-pourpoint ? Il se rendait compte que tout était décidé en dehors de lui.

— Non ! Ça va ! Je te rappellerai quand ce sera fait.

Il tendit le récepteur à Eddie pour qu'il raccroche, but une gorgée de whisky et garda le verre embué dans la main.

— Tu as mangé ?
— Pas depuis ce matin.
— Tu n'as pas faim ?
— Non.
— Tu as tort de ne pas boire un coup.

Peut-être. Peut-être en effet le whisky ferait-il passer l'arrière-goût du vin rouge qu'il avait vomi. Il se servit à boire.

— Sid est un type ! soupira Mike. N'y a-t-il pas eu une histoire avec ton père dans le temps ?
— Mon père a été tué par une balle destinée à Kubik.
— C'est ça ! J'ai compris qu'il t'aimait bien. Il fait assez chaud pour ton goût ?
— Trop.
— Plus qu'en Floride ?
— Ce n'est pas le même genre de chaleur.
— Je ne suis jamais allé là-bas.

Il tira sur son cigare. Il prononçait rarement deux phrases de suite. Était-ce parce que son cerveau était devenu lent, ou son élocution difficile ? Son visage était mou, inconsistant, ses lèvres molles comme des lèvres de bébé, et il y avait toujours du liquide dans ses yeux soulignés de poches. Les prunelles, encore que d'un bleu clair, restaient assez vives pour qu'il fût difficile de les fixer longtemps.

— J'ai soixante-huit ans, fils. Je peux prétendre que j'ai eu une vie bien remplie et je considère qu'elle n'est pas finie. Eh bien ! tu me croiras si tu veux, je n'ai jamais eu la curiosité de dépasser le Texas et l'Oklahoma dans le Sud, l'Utah et l'Idaho dans le Nord. Je ne connais ni New York, ni Chicago, ni Saint Louis, ni La Nouvelle-Orléans.

» A propos de La Nouvelle-Orléans, ton frère Gino a eu tort de s'en aller comme ça.

Il fit tomber de son pantalon un peu de cendre de cigare.

— Passe-moi la bouteille.

Son whisky était devenu trop clair.

— J'oublie combien j'en ai connu qui se croyaient malins et qui ont commis la même erreur. Qu'est-ce que tu penses qu'il va lui arriver ? Là-bas, que ce soit au Brésil ou en Argentine, ou encore au Venezuela, il essayera de prendre contact avec les gens. Il y a des choses qu'on ne peut pas faire seul. Or ils savent déjà comment il est parti et n'ont pas envie de se mettre mal avec les grands patrons d'ici.

C'était vrai, Eddie le savait. Il était surpris du coup de tête de Gino. Cela le troublait d'autant plus qu'il en comprenait confusément la raison.

Il aurait agi de même. C'était peut-être pour l'entraîner avec lui que son frère était venu le voir à Santa Clara. Là, Gino avait compris que ce n'était pas la peine d'en parler.

Eddie en ressentait de la honte. Il essayait de se souvenir du dernier regard de Gino.

— S'il s'obstine à travailler seul, ou il se fera pincer par la police, ou il se heurtera à quelqu'un qui défendra son propre *racket*. Alors quoi ? Il va dégringoler plus ou moins vite et, avant six mois, ce sera un clochard qu'on ramassera sur les trottoirs.

— Gino ne boit pas.

— Il boira.

Pourquoi Mike ne lui parlait-il pas des instructions qu'il avait reçues au sujet de Tony ?

Il écrasait son cigare dans le cendrier, en prenait un autre dans sa poche, retirait avec soin l'enveloppe de cellophane, coupait enfin le bout avec un joli instrument en argent.

Il paraissait préparé à rester longtemps dans cette chambre.

— Je te disais que je n'ai jamais quitté l'Ouest.

Il s'adressait à lui avec condescendance, comme à un très jeune homme. Ignorait-il que, sur la côte du golfe du Mexique, Eddie était presque aussi important qu'il l'était lui-même ici ?

— Eh bien, ce qu'il y a de curieux, c'est que j'ai rencontré dans ma vie tous ceux qui comptent aussi bien à New York que n'importe où. Parce que, vois-tu, tout le monde passe un jour ou l'autre par la Californie.

— Vous n'avez pas faim ?

— Je ne prends jamais rien à midi. Si tu as faim...

— Non.

— Alors assieds-toi et allume une cigarette. Nous avons le temps.

Un instant, Eddie se dit que Tony allait profiter de ce répit pour s'enfuir avec Nora. C'était une idée ridicule. Il était évident qu'un homme comme Mike avait pris ses précautions. Ses gens devaient surveiller la maison des Felici.

On aurait dit que l'autre suivait sa pensée.

— Ton frère est armé ?

Il feignit de s'y tromper.

— Gino ?

— Je parle du petit.

Ce mot lui fit mal. Sa mère aussi disait parfois « le petit ».

— Je ne sais pas. C'est probable.

— Cela n'a pas d'importance.

La chambre était fraîche, grâce à l'air conditionné, mais on n'en sentait pas moins la chaleur. On la sentait dehors. On la sentait peser sur la ville, sur les champs, sur le désert. La lumière était d'un or épais. Même les autos, dans la rue, semblaient pénétrer avec peine un bloc d'air surchauffé.

— Quelle heure est-il ?

— Deux heures et demie.

— On va me téléphoner.

En effet, deux minutes s'étaient à peine écoulées que la sonnerie retentissait. Tout naturellement, Eddie décrocha et, sans mot dire, tendit le récepteur.

— Oui... oui... Bon ! Non ! Rien de changé... Je reste ici, oui... D'accord... J'attends un coup de fil dès qu'ils arriveront...

Il soupira, se renversa davantage en arrière.

— Ne t'étonne pas si je me mets à sommeiller.

Il ajouta :

— J'ai deux hommes en bas.

Ce n'était pas une menace. Seulement une indication. Il la donnait à Eddie pour lui rendre service, pour lui éviter un faux pas.

Et Eddie n'osait toujours pas le questionner. Il avait un peu l'impression d'être en disgrâce et de le mériter. Il vit Mike sombrer progressivement dans le sommeil et, non sans un certain respect, lui prit son cigare des doigts au moment où il allait tomber.

Ensuite, cela dura près de deux heures. Il ne bougeait pas, restait assis, avec seulement, de loin en loin, un geste pour saisir la bouteille de whisky. Par crainte de faire du bruit, il ne se servait pas d'eau, se contentant de se mouiller les lèvres à même le flacon d'alcool.

Pas une seule fois il ne pensa à Alice, aux enfants, à sa belle maison de Santa Clara, sans doute parce que c'était trop loin, que cela lui aurait paru irréel.

S'il lui arrivait de songer au passé, c'était à un passé plus lointain, aux heures difficiles de Brooklyn, à ses premiers contacts avec l'organisation, quand il était si anxieux de bien faire. Toute sa vie, il avait été animé par la même volonté.

Jusqu'à son mensonge de tout à l'heure au sujet de Gino, qu'il avait prétendu ne pas avoir vu, il n'avait rien à se reprocher.

Quand Sid Kubik l'avait fait venir à Miami, il avait obéi. Il s'était rendu à White Cloud et avait parlé de son mieux au vieux Malaks. Il était allé à Brooklyn. Quand sa mère, inconsciemment, l'avait mis sur la piste de Tony, il n'avait pas hésité à prendre l'avion.

Mike le savait-il ? Qu'est-ce que Kubik lui avait dit de lui ? Mike ne lui avait pas parlé durement, au contraire. Mais il ne lui avait pas parlé non plus comme à quelqu'un d'important. Peut-être pensait-il que, dans la hiérarchie, il était à peu près au même niveau que Gino ou Tony.

Ils avaient un plan. Tout était décidé. Dans ce plan, lui, Eddie, avait un rôle à jouer. Sinon, un homme comme Mike ne se serait pas donné la peine de l'attendre dans sa chambre et d'y rester.

Il ne lui avait posé aucune question, sauf celle au sujet de l'arme. Tony était sûrement armé. Il avait dit, tout à l'heure, quelque chose qui le donnait à entendre, mais Eddie ne savait plus quoi. Il essayait de s'en souvenir. La scène était récente, et pourtant il y avait déjà des trous dans sa mémoire, il entendait certaines phrases, revoyait des expressions de physionomie, surtout celles de Nora, mais aurait été incapable de faire un récit cohérent de ce qui s'était passé.

Certains détails prenaient plus d'importance que les paroles de son frère, comme la boucle de cheveux sur son front, les muscles de ses bras et de ses épaules brunes soulignés par la blancheur du sous-vêtement. Et encore la petite fille, penchée à la fenêtre de la cuisine, qui lui avait tiré la langue.

Il comptait les minutes, avait hâte que Mike s'éveille, regardait le téléphone avec l'espoir qu'il se mettrait à sonner. En fin de compte, il oublia de compter, vit la chambre à travers un brouillard, puis ne vit plus rien, que du jaune lumineux qui perçait ses paupières, jusqu'au moment où il se dressa sur ses pieds et aperçut, devant lui, l'homme au chapeau gris qui le regardait rêveusement.

— J'ai dormi ?
— On le dirait.
— Longtemps ?

Il regarda son bracelet-montre, constata qu'il était cinq heures et demie.

— Tu as pourtant pris un sérieux coup de sommeil la nuit dernière, fils !

Il savait qu'Eddie s'était endormi presque tout de suite en arrivant de l'aéroport ! Ses hommes le surveillaient donc déjà. Depuis, ils n'avaient pas perdu un seul de ses faits et gestes.

— Toujours pas faim ?
— Non.

La bouteille plate était vide.

— On pourrait demander à boire.

Eddie sonna le garçon. Celui-ci trouva naturel de les voir ensemble, au milieu de l'après-midi, dans la chambre.

— Une bouteille de *rye*.

Le garçon cita tout de suite une marque en regardant, non Eddie, mais Mike La Motte, comme s'il connaissait ses préférences.

— C'est cela, fils.

Il le rappela au moment où il atteignait la porte.

— Des cigares.

Il s'était enfin débarrassé de son chapeau qu'il avait posé sur le lit.

— Cela me surprend qu'ils ne soient pas arrivés. Ils ont dû avoir une panne en traversant le désert.

Eddie n'osa pas demander de qui il s'agissait. Il préférait, d'ailleurs, que cela ne soit pas précisé.

— Ce matin, j'ai envoyé le sheriff dans la montagne, à quatre-vingts milles d'ici, et il ne reviendra pas avant demain.

Eddie ne lui demanda pas non plus comment il s'y était pris. Mike devait avoir ses raisons pour lui parler ainsi. Peut-être voulait-il simplement lui faire entendre que les jeux étaient faits, que Tony n'avait rien à espérer.

Eddie y avait pensé avant de s'assoupir, s'était demandé si Nora — il voyait plutôt Nora que Tony dans ce rôle — n'aurait pas l'idée d'appeler le sheriff pour lui demander sa protection.

— Un des deux *deputy-sheriffs* est au lit avec une infection et quarante de fièvre. Quant à l'autre, Hooley, c'est moi qui l'ai fait nommer. S'il a suivi mes instructions, et je suis persuadé qu'il les a suivies, son téléphone est dérangé et le restera jusqu'à demain.

Eddie esquissa-t-il réellement un vague sourire approbateur ?

— On va m'appeler à nouveau.

Cela prit un peu plus de temps, cette fois, mais la sonnerie finit par tinter.

— Ils sont là ? Bon ! Qu'on les mène où tu sais et qu'on évite qu'ils traînent dans les rues. Ils ont garé l'auto ? Changé la plaque ? Un instant...

Le garçon apportait le whisky et les cigares. Mike attendit qu'il fût sorti.

— Qu'on ne fasse rien d'autre pour le moment. Qu'on leur donne à manger et qu'ils jouent aux cartes si le cœur leur en dit. Pas d'alcool. Compris ?

Un silence. Il écoutait la réponse.

— Ça va ! Maintenant, dis à Gonzalès de venir me trouver. Ici, oui. Dans la chambre.

Le quartier général ne devait pas être loin. Eddie se demanda s'il n'était pas dans l'hôtel même. Qui sait si Mike n'en était pas le véritable propriétaire ?

Dix minutes ne s'étaient pas écoulées qu'on frappait à la porte.

— Entre.

C'était un Mexicain d'une trentaine d'années qui portait un pantalon de toile jaunâtre et une chemise blanche.

— Eddie Rico...

Le Mexicain fit un petit signe.

— Gonzalès, qui est quelque chose comme mon secrétaire.

Gonzalès sourit.

— Assieds-toi. Que s'est-il passé là-bas ?

— Le propriétaire, Marco, est rentré des champs et il y a eu une palabre qui a duré près de deux heures.

— Ensuite ?

— Il est parti avec sa voiture et a emmené la petite. Il s'est d'abord arrêté dans une maison, à l'autre bout du village, chez un certain Keefer, qui est de ses amis, et y a laissé l'enfant.

Mike écoutait en hochant la tête, comme si tout cela était prévu.

— Après, il est venu en ville, est entré chez Chambers, le marchand d'articles de sports, et a acheté deux boîtes de cartouches.

— Quel genre ?

— Pour une carabine à répétition calibre 22.

— Il n'est pas passé par le bureau du sheriff ?

— Non. Il est retourné aussitôt à Aconda. Les volets sont fermés, la porte aussi. J'oubliais un détail.

— Lequel ?

— Il a changé les ampoules des lampes qui éclairent les alentours de la maison pour en mettre de plus fortes.

Mike haussa les épaules.
— Comment est Sidney Diamond ?
— Bien. Il n'a pas l'air d'avoir bu.
— C'est Paco qui l'accompagne ?
— Non. C'est un nouveau que je ne connais pas.

Sidney Diamond était un tueur, Eddie le savait, un jeune qui n'avait pas vingt-deux ans, mais dont on parlait déjà. C'était lui, de toute évidence, qu'on avait fait venir de Los Angeles et à qui on ne devait pas donner à boire.

Tout cela, il le comprenait. C'était de la routine. Depuis longtemps, on avait mis ce genre d'opérations-là au point comme le reste, et elles se déroulaient selon des rites quasi invariables. Il valait mieux avoir des exécutants venus d'ailleurs, inconnus dans la région. Avant d'être envoyé à Los Angeles, Sidney Diamond avait travaillé à Kansas City et dans l'Illinois.

Ces préparatifs se déroulaient sous les yeux d'Eddie, et parfois l'envie le prenait d'ouvrir la bouche pour leur crier : « Mais c'est mon frère ! »

Il ne le faisait pas. Une stupeur l'accablait depuis qu'il était entré dans cette chambre. Il soupçonnait Mike de le faire exprès de tout régler en sa présence, simplement, calmement, comme si c'était la chose la plus naturelle du monde.

N'appartenait-il pas à l'organisation ?

On ne faisait qu'en appliquer les règles.

On s'était moqué de lui. Ou plutôt, avec lui aussi, on avait appliqué la règle. On s'était servi de lui pour retrouver Tony. Il ne s'était jamais fait d'illusions, avait cherché son frère du mieux qu'il pouvait, avait joué le jeu.

Au fond, il avait toujours su que Tony n'accepterait pas de s'en aller et que, d'ailleurs, on ne le laisserait pas partir.

Gino, lui aussi, l'avait compris. Et Gino avait franchi la frontière. C'est encore ce qui étonnait le plus Eddie, lui donnait un sentiment de culpabilité.

— Quelle heure ? demandait Gonzalès.
— A quelle heure les gens se couchent-ils dans ce coin-là ?
— Très tôt. Ils se lèvent avec le soleil.
— Mettons onze heures ?
— Ça ira.
— Conduis les hommes sur la route, à deux cents mètres de la maison. Tu prends une autre voiture, bien entendu.
— Oui.
— Après, tu les suis. Tu as choisi l'endroit ?
— C'est prêt.
— A onze heures.
— Bien.
— Va les rejoindre. N'oublie pas que Sidney Diamond ne doit pas

boire. En descendant, commande-nous à dîner. Des viandes froides pour moi, de la salade et des fruits.

Il se tourna vers Eddie, interrogateur.

— La même chose. N'importe quoi.

A neuf heures du soir, Eddie ne savait pas encore quel rôle on lui réservait et il n'avait pas eu le courage de poser la question. Mike s'était fait monter le journal local et l'avait lu en fumant son cigare. Il buvait beaucoup, devenant de plus en plus rouge, le regard comme noyé, mais il ne perdait rien de sa présence d'esprit.

A certain moment, il leva les yeux de son journal :

— Il aime sa femme, hein ?
— Oui.
— Elle est bien ?
— Elle a l'air de l'aimer aussi.
— Ce n'est pas ce que je demande. Jolie ?
— Oui.
— Elle doit accoucher bientôt ?
— Dans trois ou quatre mois. Je ne sais pas au juste.

Il y avait longtemps que les lampes électriques étaient allumées dans les rues. On entendait la rumeur d'un pick-up dans un bar, et parfois des voix montaient, qu'on percevait à travers les fenêtres fermées.

— Quelle heure ?
— Dix heures.

Puis il fut dix heures et quart, dix heures et demie, et Eddie s'efforçait de ne pas se mettre à crier.

— Préviens-moi quand il sera exactement onze heures moins dix.

Ce qu'il appréhendait le plus, c'est qu'on le force à aller là-bas. Est-ce que, si Gino ne s'était pas embarqué, c'était lui que Phil aurait envoyé ?

— Quelle heure, fiston ?
— Moins vingt.
— Les hommes sont partis.

Donc Eddie n'en était pas. Il ne comprenait plus. On devait pourtant le réserver pour quelque chose d'important.

— Tu ferais bien de boire un verre.
— J'ai déjà trop bu.
— Bois quand même.

Il n'avait plus de volonté. Il obéit, se demandant s'il n'allait pas encore vomir comme à midi.

— Tu as le numéro de téléphone des Felici ?
— Il est dans l'annuaire. Je l'ai vu ce matin.
— Cherche-le.

Il le chercha, avec l'impression de se voir lui-même aller et venir comme dans un rêve. L'univers n'avait plus de consistance. Il n'y avait plus d'Alice, plus de Christine, d'Amélia, de Babe, rien qu'une sorte de tunnel dont il ne voyait pas la fin et dans lequel il avançait à tâtons.

— C'est l'heure ?

— A une minute près.
— Demande la communication.
— Qu'est-ce que je dis ?
— Tu dis à Tony d'aller retrouver les gars sur la route. Tout seul. Sans arme. Il verra la voiture en stationnement.

Sa poitrine était tellement serrée qu'il lui semblait qu'il ne respirerait jamais plus.

— S'il refuse ? parvint-il à prononcer.
— Tu m'as dit qu'il aime sa femme.
— Oui.
— Répète-le-lui. Il comprendra.

Mike était toujours calme dans son fauteuil, le cigare d'une main, le journal de l'autre, avec plus que jamais l'air d'un juge de cinéma. Eddie se rendait à peine compte qu'il avait décroché le récepteur, balbutié le numéro des Felici.

Une voix qu'il ne connaissait pas fit, à l'autre bout du fil :
— Le 16-62 écoute. Qui est à l'appareil ?

Et Eddie s'entendait parler, les yeux toujours rivés sur l'homme en blanc.

— J'ai quelque chose d'important à dire à Tony. Ici, son frère.

Il y eut un silence. Marco Felici devait hésiter. D'après les bruits, Eddie soupçonna que c'était Tony qui, devinant ce qui se passait, lui prenait l'appareil des mains.

— J'écoute, disait sèchement Tony.

Eddie n'avait rien préparé. Son esprit ne participait pas à ce qui se passait.

— Ils t'attendent.
— Où ?
— A deux cents mètres, sur la route. Une voiture en stationnement.

Il n'eut besoin de presque rien dire d'autre.

— Je suppose que, si je n'y vais pas, ils s'en prendront à Nora ?

Un silence.
— Réponds.
— Oui.
— Bon.
— Tu y vas ?

Encore un silence. Mike, les yeux fixés sur lui, ne bougeait pas. Eddie répéta :

— Tu y vas ?
— N'aie pas peur.

Encore un temps d'arrêt, plus court.
— Adieu !

Il voulut dire quelque chose à son tour, il ne savait pas quoi. Puis il regarda sa main qui tenait le récepteur devenu muet.

Tirant sur son cigare, Mike murmurait avec un soupir de satisfaction :
— Je le savais.

9

Ce fut tout pour Eddie. On ne lui demanda rien d'autre. On ne lui demanda jamais plus rien de difficile.

Cette nuit-là prit fin comme toutes les nuits, depuis la création du monde, prennent fin au lever du soleil. Il ne le vit pas se lever sur la Californie, mais, de très haut dans le ciel, au-dessus du désert de l'Arizona, dans l'avion auquel on l'avait conduit à trois heures du matin. Et, comme Bob l'avait fait à Tucson, on lui avait glissé dans la poche une bouteille plate.

Il n'y toucha pas. Sidney Diamond et son compagnon devaient traverser les faubourgs de Los Angeles au moment où l'avion se posait pour la première fois.

Quelque part, Eddie se trompa d'appareil. Il se retrouva, vers deux heures de l'après-midi, dans un aéroport de troisième importance sur lequel éclatait un orage et où il dut attendre jusqu'au soir. Ce ne fut que du Mississippi, le lendemain, qu'il appela Santa Clara.

— C'est toi ?

Il écoutait la voix d'Alice sans que cette voix réveille quoi que ce soit en lui.

— Oui. Tout va bien là-bas ?

Les mots venaient d'eux-mêmes, les mots habituels, sans qu'il ait besoin de penser.

— Oui. Et toi ?

— Les enfants ?

— J'ai gardé Amélia à la maison. Le docteur croit qu'elle commence la rougeole. Si c'est cela, et on le saura cette nuit, Christine ne pourra pas aller à l'école non plus.

— Angelo ne t'a pas téléphoné ?

— Non. Je suis passée devant le magasin ce matin. Tout paraissait en ordre. J'ai aperçu un nouveau commis.

— Je sais.

— On a téléphoné du *Flamingo*. J'ai répondu que tu ne tarderais pas à rentrer. J'ai bien fait ?

— Oui.

— Je t'entends mal. On dirait que tu es très loin.

— Oui.

Avait-il dit oui ? Ce n'est pas à la distance entre la Floride et le Mississippi qu'il pensait. D'ailleurs il ne pensait pas.

— Quand seras-tu ici ?

— Je ne sais pas. Je crois qu'il y a un avion tout à l'heure.

— Tu n'as pas consulté l'horaire ?

— Pas encore.

— Tu n'es pas malade ?
— Non.
— Fatigué ?
— Oui.
— Tu ne me caches rien ?
— Je suis fatigué.
— Pourquoi ne te reposes-tu pas une bonne nuit avant de reprendre l'avion ?
— Je le ferai peut-être.

Il le fit. Il n'avait obtenu qu'une petite chambre sans air conditionné, parce qu'il y avait un congrès dans la ville. Dans les couloirs, on rencontrait des gens avec des insignes, des brassards, leur nom écrit sur un carton accroché à la boutonnière.

L'hôtel était bruyant, mais, comme à El Centro, il sombra dans un sommeil pénible, se réveilla deux ou trois fois, fut écœuré à chaque coup par l'odeur de sa sueur qui lui semblait malsaine.

C'était sans doute le foie. Là-bas, il avait bu. Il n'en avait plus l'habitude. Il faudrait qu'il consulte Bill Spangler, son médecin, dès son retour à Santa Clara.

A deux reprises, dans le soleil, notamment sur le champ d'aviation, il avait vu grouiller des points noirs devant ses yeux. Cela devait être un signe.

En s'éveillant dans une chambre inconnue, il eut soudain envie de pleurer. Jamais il n'avait été si fatigué, fatigué à en mourir, fatigué, s'il s'était trouvé dans la rue, à se coucher n'importe où, sur le trottoir, parmi les jambes des passants.

Il aurait eu besoin d'un peu de pitié, de quelqu'un qui lui dise des paroles apaisantes en lui mettant une main fraîche sur le front. Il n'y avait personne pour faire ça. Il n'y aurait jamais personne. Alice, demain ou après-demain, quand il aurait le courage de rentrer, lui conseillerait tendrement de se reposer.

Car elle était tendre. Mais elle ne le connaissait pas. Il ne lui disait rien. Elle croyait qu'il était fort, qu'il n'avait besoin de personne.

Il n'avait pas compris le sens de la visite de Gino. Il n'était pas encore sûr de le comprendre, mais il devinait confusément que son frère était venu lui faire une sorte de signe.

Pourquoi n'avait-il pas été plus explicite ? N'avait-il pas confiance en lui ?

Ses deux frères n'avaient jamais eu confiance en lui. Il aurait fallu qu'il puisse leur expliquer...

Mais comment ? Expliquer quoi ?

Il alla prendre une douche et remarqua qu'il engraissait. Il lui venait des petits seins douillets ainsi qu'à une fillette de douze ans.

Il se rasa. Comme le dernier matin de Santa Clara, il entailla son grain de beauté. Heureusement qu'il emportait toujours un crayon spécial avec lui.

Il dut attendre près d'une heure le complet léger qu'il avait envoyé à presser. Il jeta la bouteille de whisky pleine dans sa corbeille à papiers.

Peu importait que d'autres ne comprissent pas. Sid Kubik savait qu'il avait fait ce qu'il devait faire. Quand Mike lui avait téléphoné, à minuit et demi, que tout était fini, Sid était venu en personne à l'appareil et avait prononcé textuellement :

— *Dis à Eddie que c'est bien.*

Mike ne l'avait pas inventé.

— *Dis à Eddie que c'est bien.*

Si Phil était dans la pièce, il avait sûrement eu son vilain retroussis des lèvres.

— *Dis à Eddie...*

Il le fit exprès de ne pas annoncer à sa femme à quelle heure il arriverait. Il prit un taxi et, du champ d'aviation, se fit d'abord conduire au magasin.

Angelo descendit deux marches à sa rencontre.

— Ça va, patron ?

— Ça va, Angelo.

Les choses restaient encore ternes, sans couleur, sans goût, presque sans vie.

Peut-être cela reviendrait-il ? Déjà le mot d'Angelo lui faisait du bien :

— *Patron...*

Il avait tant, tant travaillé, depuis la boutique de Brooklyn, pour en arriver là !

Shadow Rock Farm, Lakeville (Connecticut), 22 juillet 1952.

MAIGRET ET L'HOMME DU BANC

1

Les souliers jaunes

Pour Maigret, la date était facile à retenir, à cause de l'anniversaire de sa belle-sœur, le 19 octobre. Et c'était un lundi, il devait s'en souvenir aussi, parce qu'il est admis au Quai des Orfèvres que les gens se font rarement assassiner le lundi. Enfin, c'était la première enquête, cette année-là, à avoir un goût d'hiver.

Il avait plu tout le dimanche, une pluie froide et fine, les toits et les pavés étaient d'un noir luisant, et un brouillard jaunâtre semblait s'insinuer par les interstices des fenêtres, à tel point que Mme Maigret avait dit :

— Il faudra que je pense à faire placer des bourrelets.

Depuis cinq ans au moins, chaque automne, Maigret promettait d'en poser le prochain dimanche.

— Tu ferais mieux de mettre ton gros pardessus.

— Où est-il ?

— Je vais le chercher.

A huit heures et demie, on gardait encore de la lumière dans les appartements, et le pardessus de Maigret sentait la naphtaline.

Il ne plut pas de la journée. Tout au moins n'y eut-il pas de pluie visible, mais les pavés restaient mouillés, plus gras à mesure que la foule les piétinait. Puis, vers quatre heures de l'après-midi, un peu avant que la nuit tombe, la même brume jaunâtre que le matin était descendue sur Paris, brouillant la lumière des lampadaires et des étalages.

Ni Lucas, ni Janvier, ni le petit Lapointe ne se trouvaient au bureau quand le téléphone avait sonné. Santoni, un Corse, nouveau dans la brigade, qui avait travaillé dix ans aux Jeux, puis aux Mœurs, avait répondu.

— C'est l'inspecteur Neveu, du IIIe arrondissement, patron. Il demande s'il peut vous parler personnellement. Il paraît que c'est urgent.

Maigret avait saisi l'appareil :

— J'écoute, vieux.

— Je vous téléphone d'un bistrot du boulevard Saint-Martin. On vient de découvrir un type tué d'un coup de couteau.

— Sur le boulevard ?

— Non. Pas tout à fait. Dans une sorte d'impasse.

Neveu, qui était du métier depuis longtemps, avait tout de suite deviné ce que Maigret pensait. Les coups de couteau, surtout dans un quartier populaire, c'est rarement intéressant. Rixe entre ivrognes, souvent. Ou bien règlement de comptes entre gens du milieu, entre Espagnols ou Nord-Africains.

Neveu s'était hâté d'ajouter :

— L'affaire me paraît bizarre. Vous feriez peut-être mieux de venir. C'est entre la grande bijouterie et la boutique de fleurs artificielles.

— J'arrive.

Pour la première fois, le commissaire emmenait Santoni avec lui et, dans la petite auto noire de la P.J., il fut incommodé par le parfum qui émanait de l'inspecteur. Celui-ci, qui était de petite taille, portait de hauts talons. Ses cheveux étaient gominés et il avait un gros diamant jaune, probablement faux, à l'annulaire.

Les silhouettes des passants étaient noires dans le noir des rues, et les semelles faisaient flic flac sur le gras des pavés. Un groupe d'une trentaine de personnes stationnait sur le trottoir du boulevard Saint-Martin, avec deux agents en pèlerine, qui les empêchaient d'avancer. Neveu, qui attendait, ouvrit la portière de la voiture.

— J'ai demandé au médecin de rester jusqu'à votre arrivée.

C'était le moment de la journée où, dans cette partie populeuse des Grands Boulevards, l'animation était à son maximum. Au-dessus de la bijouterie, une grosse horloge lumineuse marquait cinq heures vingt. Quant à la boutique de fleurs artificielles, qui n'avait qu'une vitrine, elle était mal éclairée, si terne et si poussiéreuse qu'on se demandait si quelqu'un s'y aventurait jamais.

Entre les deux magasins débouchait une sorte d'impasse assez étroite pour qu'on ne la remarque pas. Ce n'était qu'un passage entre deux murs, sans éclairage, qui conduisait vraisemblablement à une cour comme il en existe beaucoup dans le quartier.

Neveu frayait un chemin à Maigret. A trois ou quatre mètres, dans l'impasse, ils trouvaient quelques hommes, debout dans l'obscurité et qui attendaient. Deux d'entre eux portaient des torches électriques. Il fallait y regarder de près pour reconnaître les visages.

Il faisait plus froid, plus humide que sur le boulevard. Il régnait un courant d'air perpétuel. Un chien, qu'on repoussait en vain, se glissait entre les jambes.

Par terre, contre le mur suintant, un homme était étendu, un bras replié sous lui, l'autre, avec une main blême au bout, barrant presque le passage.

— Mort ?

Le médecin du quartier fit « oui » de la tête :

— La mort a dû être instantanée.

Une des torches électriques, comme pour souligner ces mots, promena son cercle lumineux sur le corps, donnant un relief étrange au couteau qui y était resté planté. L'autre lampe éclairait un demi-profil, un œil ouvert, une joue que les pierres du mur avaient égratignée quand la victime était tombée.

— Qui l'a découvert ?

Un des agents en uniforme, qui n'attendait que ce moment-là, s'avança ; on distinguait à peine ses traits. Il était jeune, ému.

— J'effectuais ma tournée. J'ai l'habitude de jeter un coup d'œil dans toutes ces impasses, à cause des gens qui profitent de l'obscurité pour y faire leurs cochonneries. J'ai aperçu une forme par terre. J'ai d'abord pensé que c'était un ivrogne.

— Il était déjà mort ?

— Oui. Je crois. Mais le corps était encore tiède.

— Quelle heure était-il ?

— Quatre heures quarante-cinq. J'ai sifflé un collègue, et j'ai tout de suite téléphoné au poste.

Neveu intervint.

— C'est moi qui ai pris la communication, et je suis arrivé aussitôt.

Le commissariat du quartier était à deux pas, rue Notre-Dame-de-Nazareth.

Neveu continuait :

— J'ai chargé mon collègue d'alerter le médecin.

— Personne n'a rien entendu ?

— Pas que je sache.

On apercevait une porte, un peu plus loin, surmontée d'une imposte faiblement éclairée.

— Qu'est-ce que c'est ?

— La porte donne dans le bureau de la bijouterie. On s'en sert rarement.

Avant de quitter le Quai des Orfèvres, Maigret avait fait prévenir l'Identité judiciaire, et les spécialistes arrivaient avec leur matériel et leurs appareils photographiques. Comme tous les techniciens, ils ne s'occupaient que de leur tâche, ne posant aucune question, soucieux seulement de la façon dont ils allaient travailler dans un couloir aussi étroit.

— Qu'est-ce qu'il y a, au fond de la cour ? demanda Maigret.

— Rien. Des murs. Une seule porte, condamnée depuis longtemps, qui communique avec un immeuble de la rue Meslay.

L'homme avait été poignardé par-derrière, c'était évident, alors qu'il avait fait une dizaine de pas dans l'impasse. Quelqu'un l'avait suivi sans bruit, et les passants, dont le flot s'écoulait sur le boulevard, ne s'étaient aperçus de rien.

— J'ai glissé la main dans sa poche et j'ai retiré son portefeuille.

Neveu le tendit à Maigret. Un des hommes de l'Identité judiciaire, sans qu'on le lui demande, braqua sur l'objet une lampe beaucoup plus forte que celle de l'inspecteur.

Le portefeuille était quelconque, ni neuf ni particulièrement usé, de bonne qualité, sans plus. Il contenait trois billets de mille francs et quelques billets de cent, ainsi qu'une carte d'identité au nom de Louis Thouret, magasinier, 37, rue des Peupliers, à Juvisy. Il y avait également une carte d'électeur au même nom, une feuille de papier sur laquelle cinq ou six mots étaient écrits au crayon, et une très vieille photographie de petite fille.

— On peut y aller ?

Maigret fit signe que oui. Il y eut des éclairs, des déclics. La foule devenait plus dense à l'entrée du boyau, et la police avait de la peine à la maintenir.

Après quoi, les techniciens retirèrent avec précaution le couteau, qui prit place dans une boîte spéciale, et le corps fut enfin retourné. On put alors voir le visage d'un homme de quarante à cinquante ans dont la seule expression était la stupeur.

Il n'avait pas compris ce qui lui arrivait. Il était mort sans comprendre. Cette surprise avait quelque chose de si enfantin, de si peu tragique, que quelqu'un, dans le noir, laissa jaillir un rire nerveux.

Ses vêtements étaient propres, décents. Il portait un complet sombre, un pardessus de demi-saison beige, et ses pieds, étrangement tordus, étaient chaussés de souliers jaunes, qui s'harmonisaient mal avec la couleur de ce jour-là.

A part les souliers, il était si banal que personne ne l'aurait remarqué dans la rue ni à une des nombreuses terrasses du boulevard. L'agent qui l'avait découvert dit pourtant :

— Il me semble l'avoir déjà vu.

— Où ?

— Je ne me souviens pas. C'est un visage qui m'est familier. Vous savez, de ces gens qu'on rencontre tous les jours et auxquels on ne fait pas attention.

Neveu confirma :

— Cette tête-là me dit quelque chose aussi. Probablement qu'il travaille dans le quartier.

Cela ne leur apprenait pas ce que Louis Thouret était venu faire dans cette impasse qui ne conduisait nulle part. Maigret se tourna vers Santoni, parce que celui-ci avait été longtemps aux Mœurs. Il existe, en effet, surtout dans ce quartier-là, un certain nombre de maniaques qui ont de bonnes raisons pour chercher à s'isoler. On les connaît presque tous. Ce sont parfois des gens qui occupent une situation importante. On les pince de temps en temps. Quand on les relâche, ils recommencent.

Mais Santoni hochait la tête.

— Jamais vu.

Alors Maigret décida :

— Continuez, messieurs. Quand vous aurez fini, qu'on le transporte à l'Institut médico-légal.

A Santoni :

— Allons voir la famille, s'il en a.

Une heure plus tard, il ne se serait sans doute pas rendu lui-même à Juvisy. Mais il avait la voiture. Il était intrigué, surtout, par l'extrême banalité de l'homme et même de sa profession.

— A Juvisy.

Ils s'arrêtèrent juste un instant à la porte d'Italie, pour boire un demi à un comptoir. Puis ce fut la grand-route, la lumière des phares, les poids lourds qu'on dépassait les uns après les autres. Quand, à Juvisy, près de la gare, ils s'informèrent de la rue des Peupliers, ils durent interroger cinq personnes avant d'être renseignés.

— C'est tout là-bas, dans les lotissements. Quand vous y serez, regardez les noms des rues sur les plaques. Elles portent toutes des noms d'arbres. Elles se ressemblent toutes.

Ils longèrent l'immense gare de triage où on aiguillait sans fin des rames de wagons d'une voie sur une autre. Vingt locomotives crachaient leur vapeur, sifflaient, haletaient. Les wagons s'entrechoquaient. Sur la droite s'amorçait un quartier neuf dont le réseau de rues étroites était indiqué par des lampes électriques. Il y avait des centaines, des milliers peut-être, de pavillons qu'on aurait dit tous de même taille, bâtis sur le même modèle ; les fameux arbres qui donnaient leur nom aux rues n'avaient pas eu le temps de pousser, les trottoirs, par endroits, n'étaient pas pavés, il subsistait des trous noirs, des terrains vagues, tandis qu'ailleurs on devinait des jardinets où les dernières fleurs commençaient à se faner.

Rue des Chênes... Rue des Lilas... des Hêtres... Peut-être un jour cela aurait-il l'air d'un parc, si toutes ces maisons mal bâties, qui ressemblaient à un jeu de construction, ne se désagrégeaient pas avant que les arbres aient atteint leur grandeur normale.

Des femmes, derrière les vitres des cuisines, préparaient le dîner. Les rues étaient désertes, avec une boutique par-ci par-là, des boutiques trop neuves aussi, qui paraissaient tenues par des amateurs.

— Essaie à gauche.

Ils tournèrent en rond pendant dix minutes avant de lire sur une plaque bleue le nom qu'ils cherchaient, dépassèrent la maison, parce que le 37 venait tout de suite après le 21. Il n'y avait qu'une lumière, au rez-de-chaussée. C'était une cuisine. Derrière le rideau, une femme assez volumineuse allait et venait.

— Allons-y ! soupira Maigret en se glissant non sans peine hors de la petite auto.

Il vida sa pipe en la frappant sur son talon. Quand il traversa le trottoir, le rideau bougea, le visage d'une femme se colla à la vitre. Elle ne devait pas avoir l'habitude de voir une auto s'arrêter en face de chez elle. Il gravit les trois marches. La porte était en pitchpin verni, avec du fer forgé et deux petits carreaux en verre bleu sombre. Il chercha un bouton de sonnerie. Avant qu'il l'eût trouvé, une voix dit, de l'autre côté du panneau :

— Qu'est-ce que c'est ?
— Madame Thouret ?
— C'est ici.
— Je voudrais vous parler.

Elle hésitait encore à ouvrir.

— Police, ajouta Maigret à mi-voix.

Elle se décida à retirer la chaîne, à tourner un verrou. Puis, par une fente qui ne laissait voir qu'une tranche de son visage, elle examina les deux hommes qui se tenaient sur le seuil.

— Qu'est-ce que vous voulez ?
— J'ai à vous parler.
— Qu'est-ce qui me prouve que vous êtes de la police ?

C'était un hasard que Maigret ait sa médaille dans sa poche. Le plus souvent, il la laissait chez lui. Il la tendit, dans le rayon de lumière.

— Bon ! Je suppose que c'est une vraie.

Elle les laissa passer. Le corridor était étroit, les murs blancs, les plinthes et les portes en bois verni. La porte de la cuisine était restée ouverte, mais c'est dans la pièce suivante qu'elle les fit entrer après avoir tourné le commutateur électrique.

Du même âge à peu près que son mari, elle était plus grosse que lui, sans pourtant donner l'impression d'une femme grasse. C'était sa charpente qui était forte, couverte d'une chair dure, et sa robe grise, sur laquelle elle portait un tablier qu'elle retirait machinalement, n'adoucissait pas l'ensemble.

La pièce où ils se trouvaient était une salle à manger de style rustique, qui devait tenir lieu de salon, et où les objets étaient à leur place, comme dans une vitrine ou comme chez le marchand de meubles. Rien ne traînait, ni une pipe ni un paquet de cigarettes, pas un ouvrage de couture non plus, un journal, n'importe quoi pour suggérer l'idée que des gens passaient ici une partie de leur vie. Elle ne les invitait pas à s'asseoir, mais regardait leurs pieds pour s'assurer qu'ils n'allaient pas salir le linoléum.

— Je vous écoute.
— Votre mari s'appelle bien Louis Thouret ?

Les sourcils froncés, s'efforçant de deviner le but de leur visite, elle faisait signe que oui.

— Il travaille à Paris ?
— Il est sous-directeur chez Kaplan et Zanin, rue de Bondy.
— Il n'a jamais travaillé comme magasinier ?
— Il l'a été, autrefois.
— Il y a longtemps ?
— Quelques années. Déjà, alors, c'était lui qui faisait marcher la maison.
— Vous n'auriez pas une photographie de lui ?
— Pour quoi faire ?
— Je voudrais m'assurer...
— Vous assurer de quoi ?

Et, de plus en plus soupçonneuse :

— Louis a eu un accident ?

Machinalement, elle jetait un coup d'œil à l'horloge de la cuisine, et on aurait dit qu'elle calculait où aurait dû être son mari à cette heure de la journée.

— J'aimerais m'assurer avant tout qu'il s'agit bien de lui.
— Sur le buffet... dit-elle.
Cinq ou six photographies s'y trouvaient, dans des cadres de métal, dont une photo de jeune fille et celle de l'homme trouvé poignardé dans l'impasse, mais plus jeune, habillé de noir.
— Savez-vous si votre mari a des ennemis ?
— Pourquoi aurait-il des ennemis ?
Elle les quitta un instant pour aller fermer le réchaud à gaz, car quelque chose bouillait sur le feu.
— A quelle heure a-t-il l'habitude de rentrer de son travail ?
— Il prend toujours le même train, celui de six heures vingt-deux, à la gare de Lyon. Notre fille prend le train suivant, car elle finit son travail un peu plus tard. Elle a un poste de confiance et...
— Je suis obligé de vous demander de nous accompagner à Paris.
— Louis est mort ?
Elle les regardait en dessous, en femme qui ne supporte pas qu'on lui mente.
— Dites-moi la vérité.
— Il a été assassiné cet après-midi.
— Où ça ?
— Dans une impasse du boulevard Saint-Martin.
— Qu'est-ce qu'il allait faire là ?
— Je l'ignore.
— Quelle heure était-il ?
— Un peu après quatre heures et demie, autant qu'on en puisse juger.
— A quatre heures et demie, il est chez Kaplan. Vous leur avez parlé ?
— Nous n'en avons pas eu le temps. En outre, nous ignorions où il travaillait.
— Qui est-ce qui l'a tué ?
— C'est ce que nous cherchons à établir.
— Il était seul ?
Maigret s'impatienta.
— Ne croyez-vous pas que vous feriez mieux de vous habiller pour nous suivre ?
— Qu'est-ce que vous en avez fait ?
— A l'heure qu'il est, il a été transporté à l'Institut médico-légal.
— C'est la morgue ?
Que répondre ?
— Comment vais-je prévenir ma fille ?
— Vous pourriez lui laisser un mot.
Elle réfléchit.
— Non. Nous allons passer chez ma sœur, et je lui donnerai la clef. Elle viendra ici attendre Monique. Vous avez besoin de la voir aussi ?
— De préférence.
— Où doit-elle nous retrouver ?

— A mon bureau, Quai des Orfèvres. Ce serait le plus expéditif. Quel âge a-t-elle ?

— Vingt-deux ans.

— Vous ne pouvez pas la prévenir par téléphone ?

— D'abord, nous n'avons pas le téléphone. Ensuite, elle a déjà quitté son bureau et est en route pour la gare. Attendez-moi.

Elle s'engagea dans un escalier dont les marches craquaient non de vieillesse, mais parce que le bois en était trop léger. Toute la maison donnait l'impression d'avoir été bâtie avec des matériaux bon marché, qui n'auraient sans doute jamais la chance de vieillir.

Les deux hommes se regardaient en l'entendant aller et venir au-dessus de leur tête. Ils étaient sûrs qu'elle changeait de robe, se mettait en noir, se recoiffait probablement. Quand elle descendit, ils échangèrent un nouveau coup d'œil : ils avaient eu raison. Elle était déjà en deuil et sentait l'eau de Cologne.

— Il faut que j'éteigne les lumières et que je ferme le compteur. Si vous voulez m'attendre dehors...

Elle hésita devant la petite auto, comme si elle craignait de ne pas y trouver place. Quelqu'un les observait de la maison voisine.

— Ma sœur habite à deux rues d'ici. Le chauffeur n'a qu'à prendre à droite, puis la seconde à gauche.

On aurait pu croire que les deux pavillons étaient jumeaux, tant ils se ressemblaient. Il n'y avait que la couleur des vitraux, à la porte d'entrée, qui différait. Ceux-ci étaient d'un jaune abricot.

— Je viens tout de suite.

Elle n'en resta pas moins absente près d'un quart d'heure. Quand elle revint vers la voiture, elle était accompagnée d'une femme qui lui ressemblait trait pour trait et qui, elle aussi, était vêtue de noir.

— Ma sœur nous accompagnera. J'ai pensé que nous pourrions nous serrer. Mon beau-frère ira chez moi attendre ma fille. C'est son jour de congé. Il est contrôleur de train.

Maigret prit place à côté du chauffeur. Les deux femmes, derrière, ne laissèrent qu'une toute petite place à l'inspecteur Santoni et, de temps en temps, on les entendait chuchoter d'une voix de confessionnal.

Quand ils atteignirent l'Institut médico-légal, près du pont d'Austerlitz, le corps de Louis Thouret, selon les instructions de Maigret, était encore habillé, provisoirement couché sur une dalle. Ce fut Maigret qui découvrit le visage, tout en regardant les deux femmes, qu'il voyait pour la première fois ensemble en pleine lumière. Tout à l'heure, dans l'obscurité de la rue, il les avait prises pour des jumelles. Il s'apercevait maintenant que la sœur était plus jeune de trois ou quatre ans et que son corps avait conservé un certain moelleux, pas pour longtemps, sans doute.

— Vous le reconnaissez ?

Mme Thouret, son mouchoir à la main, ne pleura pas. Sa sœur lui tenait le bras, comme pour la réconforter.

— C'est Louis, oui. C'est mon pauvre Louis. Ce matin, quand il m'a quittée, il ne se doutait pas...

Et soudain :

— On ne lui ferme pas les yeux ?

— A présent, vous pouvez le faire.

Elle regarda sa sœur, et elles avaient l'air de se demander laquelle des deux allait s'en charger. Ce fut l'épouse qui le fit, non sans une certaine solennité, en murmurant :

— Pauvre Louis.

Tout de suite après, elle aperçut les souliers qui dépassaient du drap dont on avait recouvert le corps, et elle fronça les sourcils.

— Qu'est-ce que c'est ça ?

Maigret ne comprit pas immédiatement.

— Qui lui a mis ces souliers-là ?

— Il les avait aux pieds quand nous l'avons découvert.

— Ce n'est pas possible. Jamais Louis n'a porté de souliers jaunes. En tout cas, pas depuis vingt-six ans qu'il est mon mari. Il savait que je ne l'aurais pas permis. Tu as vu, Jeanne ?

Jeanne fit signe qu'elle avait vu.

— Vous feriez peut-être bien de vous assurer que les vêtements qu'il porte sont les siens. Il n'y a aucun doute sur son identité, n'est-ce pas ?

— Aucun. Mais ce ne sont pas ses souliers. C'est moi qui les cire chaque jour. Je les connais, non ? Ce matin, il avait aux pieds des souliers noirs, ceux à doubles semelles qu'il porte pour aller travailler.

Maigret retira complètement le drap.

— C'est son pardessus ?

— Oui.

— Son costume ?

— Son costume aussi. Ce n'est pas sa cravate. Il n'aurait jamais porté de cravate aussi vive. Celle-ci est presque rouge.

— Votre mari menait une existence régulière ?

— Tout ce qu'il y a de plus régulière, ma sœur vous le confirmera. Le matin, il prenait, au coin de la rue, l'autobus qui le conduisait à la gare de Juvisy à temps pour le train de huit heures dix-sept. Il faisait toujours le trajet avec M. Beaudoin, notre voisin, qui est aux Contributions directes. A la gare de Lyon, il descendait dans le métro et en sortait à la station Saint-Martin.

L'employé de l'Institut médico-légal adressa un signe à Maigret, qui comprit et conduisit les deux femmes vers une table où le contenu des poches du mort avait été rangé.

— Je suppose que vous reconnaissez ces objets ?

Il y avait une montre en argent avec sa chaîne, un mouchoir sans initiales, un paquet de gauloises entamé, un briquet, une clef et, près du portefeuille, deux petits bouts de carton bleuâtre.

Ce sont ces cartons qu'elle regarda immédiatement.

— Des tickets de cinéma, dit-elle.

Et Maigret, après les avoir examinés :

— D'un cinéma d'actualités du boulevard Bonne-Nouvelle. Si je lis bien les chiffres, ils ont servi aujourd'hui.

— Ce n'est pas possible. Tu entends, Jeanne ?

— Cela me paraît curieux, fit la sœur d'une voix posée.

— Voulez-vous jeter un coup d'œil au contenu du portefeuille ?

Elle le fit, fronça à nouveau les sourcils.

— Louis n'avait pas tant d'argent que ça, ce matin.

— Vous en êtes sûre ?

— C'est moi qui, chaque jour, m'assure qu'il a de l'argent dans son portefeuille. Il n'a jamais plus d'un billet de mille francs et de deux ou trois billets de cent francs.

— Il ne devait pas en toucher ?

— Nous ne sommes pas à la fin du mois.

— Le soir, quand il rentre, il a toujours le compte en poche ?

— Moins le prix de son métro et de son tabac. Pour le train, il avait un abonnement.

Elle hésita à mettre le portefeuille dans son sac à main.

— Je suppose que vous en avez encore besoin ?

— Jusqu'à nouvel ordre, oui.

— Ce que je comprends le moins, c'est qu'on ait changé ses souliers et sa cravate. Et aussi qu'à l'heure où c'est arrivé il ne se soit pas trouvé au magasin.

Maigret n'insista pas, lui fit signer les formules administratives.

— Vous rentrez chez vous ?

— Quand pourrons-nous avoir le corps ?

— Probablement dans un jour ou deux.

— On va faire une autopsie ?

— Il est possible que le juge d'instruction l'ordonne. Ce n'est pas sûr.

Elle regarda l'heure à sa montre.

— Nous avons un train dans vingt minutes, dit-elle à sa sœur.

Et, à Maigret :

— Vous pourrez peut-être nous déposer à la gare ?

— Tu n'attends pas Monique ?

— Elle rentrera bien seule.

Ils durent faire un crochet par la gare de Lyon, virent les deux silhouettes presque identiques gravir les marches de pierre.

— Coriace ! grommela Santoni. Le pauvre type ne devait pas rigoler tous les jours.

— En tout cas, pas avec elle.

— Que pensez-vous de l'histoire des souliers ? S'ils étaient neufs, on comprendrait qu'il les ait justement achetés aujourd'hui.

— Il n'aurait pas osé. Tu n'as pas entendu ce qu'elle a dit ?

— Ni une cravate voyante.

— Je suis curieux de voir si la fille ressemble à la mère.

Ils ne rentrèrent pas tout de suite au Quai des Orfèvres, s'arrêtèrent dans une brasserie pour dîner. Maigret téléphona à sa femme qu'il ne savait pas à quelle heure il serait chez lui.

La brasserie aussi sentait l'hiver, avec des pardessus et des chapeaux humides à tous les crochets, une épaisse buée sur les vitres noires.

Quand ils arrivèrent devant le portail de la P.J., le factionnaire annonça à Maigret :

— Une jeune fille vous a demandé. Il paraît qu'elle a rendez-vous. Je l'ai envoyée là-haut.

— Elle attend depuis longtemps ?

— Une vingtaine de minutes.

Le brouillard s'était changé en pluie fine et des traces de pieds mouillés marbraient les marches toujours poussiéreuses du grand escalier. La plupart des bureaux étaient vides. Sous quelques portes, seulement, on voyait de la lumière.

— Je reste avec vous ?

Maigret fit signe que oui. Puisqu'il avait commencé, autant que Santoni continue l'enquête avec lui.

Une jeune fille, dont on distinguait surtout le chapeau bleu clair, était assise dans un des fauteuils de l'antichambre. La pièce n'était presque pas éclairée. Le garçon de bureau lisait un journal du soir.

— C'est pour vous, patron.

— Je sais.

Et, à la jeune fille :

— Mademoiselle Thouret ? Voulez-vous me suivre dans mon bureau ?

Il alluma la lampe à abat-jour vert qui éclairait le fauteuil en face du sien, celui sur lequel il la fit asseoir, et il constata qu'elle avait pleuré.

— Mon oncle m'a appris que mon père est mort.

Il ne lui parla pas tout de suite. Comme sa mère, elle tenait un mouchoir à la main, mais le sien était roulé en boule, ses doigts le tripotaient comme, quand il était enfant, Maigret aimait à tripoter un morceau de mastic.

— Je croyais maman avec vous.

— Elle est retournée à Juvisy.

— Comment est-elle ?

Que répondre à ça ?

— Votre mère a été très courageuse.

Monique était plutôt jolie. Elle ne ressemblait pas tout à fait à sa mère, mais elle en avait la solide charpente. Cela se remarquait moins, parce que sa chair était plus jeune et moins drue. Elle portait un tailleur bien coupé, qui surprit un peu le commissaire, car elle ne l'avait certainement pas fait elle-même et ne l'avait pas non plus acheté dans un magasin bon marché.

— Qu'est-ce qui est arrivé ? questionna-t-elle enfin en même temps qu'un peu d'eau paraissait entre ses cils.

— Votre père a été tué d'un coup de couteau.

— Quand ?

— Cet après-midi, entre quatre heures et demie et cinq heures moins le quart.

— Comment est-ce possible ?

Pourquoi avait-il l'impression qu'elle n'était pas tout à fait sincère ? La mère aussi avait offert une sorte de résistance, mais, étant donné son caractère, on s'y attendait. Au fond, pour Mme Thouret, c'était un déshonneur de se faire assassiner dans une impasse du boulevard Saint-Martin. Elle avait organisé sa vie, non seulement la sienne, mais celle de sa famille, et cette mort-là n'entrait pas dans le cadre qu'elle avait fixé. Surtout avec un cadavre qui portait des souliers jaunes et une cravate presque rouge !

Monique, elle, paraissait plutôt prudente, avec l'air de craindre certaines révélations, certaines questions.

— Vous connaissiez bien votre père ?

— Mais... évidemment...

— Vous le connaissiez, bien sûr, comme chacun connaît ses parents. Ce que je vous demande, c'est si vous aviez avec lui des rapports confiants, s'il lui arrivait de vous parler de sa vie intime, de ses pensées...

— C'était un bon père.

— Il était heureux ?

— Je suppose.

— Vous le rencontriez parfois, à Paris ?

— Je ne comprends pas. Dans la rue, voulez-vous dire ?

— Vous travailliez tous les deux à Paris. Je sais déjà que vous ne preniez pas le même train.

— Nos heures de bureau n'étaient pas les mêmes.

— Il aurait pu vous arriver de vous retrouver pour déjeuner.

— Quelquefois, oui.

— Souvent ?

— Non. Plutôt rarement.

— Vous alliez le chercher à son magasin ?

Elle hésitait.

— Non. Nous nous retrouvions dans un restaurant.

— Vous lui téléphoniez ?

— Je ne me souviens pas de l'avoir fait.

— Quand avez-vous déjeuné ensemble pour la dernière fois ?

— Il y a plusieurs mois. Avant les vacances.

— Dans quel quartier ?

— A *La Chope Alsacienne,* un restaurant du boulevard Sébastopol.

— Votre mère le savait ?

— Je suppose que je le lui ai dit. Je ne m'en souviens pas.

— Votre père était d'un caractère gai ?

— Assez gai. Je crois.

— Il jouissait d'une bonne santé ?

— Je ne l'ai jamais vu malade.

— Des amis ?

— Nous fréquentions surtout mes tantes et mes oncles.

— Vous en avez beaucoup ?

— Deux tantes et deux oncles.

— Ils habitent tous Juvisy ?

— Oui. Pas loin de chez nous. C'est mon oncle Albert, le mari de ma tante Jeanne, qui m'a annoncé la mort de papa. Ma tante Céline vit un peu plus loin.

— Toutes deux sont des sœurs de votre mère ?

— Oui. Et oncle Julien, le mari de tante Céline, travaille, lui aussi, au chemin de fer.

— Vous avez un amoureux, mademoiselle Monique ?

Elle se troubla légèrement.

— Ce n'est peut-être pas le moment de parler de ça. Je dois voir mon père ?

— Que voulez-vous dire ?

— Je croyais, d'après ce que mon oncle m'a dit, que je devais aller reconnaître le corps.

— Votre mère et votre tante s'en sont chargées. Cependant, si vous le désirez...

— Non. Je suppose que je le verrai à la maison.

— Encore un mot, mademoiselle Monique. Vous est-il arrivé de rencontrer votre père, à Paris, alors qu'il portait des souliers jaunes ?

Elle ne répondit pas tout de suite. Pour se donner du temps, elle répéta :

— Des souliers jaunes ?

— D'un brun très clair, si vous préférez. Ce que, de mon temps, si vous excusez l'expression, on appelait des souliers caca d'oie.

— Je ne me souviens pas.

— Vous ne lui avez jamais vu une cravate rouge non plus ?

— Non.

— Il y a longtemps que vous êtes allée au cinéma ?

— J'y suis allée hier après-midi.

— A Paris ?

— A Juvisy.

— Je ne vous retiens pas plus longtemps. Je suppose que vous avez un train...

— Dans trente-cinq minutes.

Elle regarda la montre à son poignet, se leva, attendit encore un instant.

— Bonsoir, prononça-t-elle enfin.

— Bonsoir, mademoiselle. Je vous remercie.

Et Maigret l'accompagna jusqu'à la porte, qu'il referma derrière elle.

2

La vierge au gros nez

Maigret avait toujours eu, sans trop chercher à savoir pourquoi, une certaine prédilection pour la portion des Grands Boulevards comprise entre la place de la République et la rue Montmartre. C'était presque son quartier, en somme. C'est là, boulevard Bonne-Nouvelle, à quelques centaines de mètres de l'impasse où Louis Thouret avait été tué, qu'il venait presque chaque semaine au cinéma avec sa femme, bras dessus bras dessous, à pied, en voisins. Et, juste en face, se trouvait la brasserie où il aimait manger une choucroute.

Plus loin, vers l'Opéra et la Madeleine, les boulevards étaient plus aérés et plus élégants. Entre la porte Saint-Martin et la République, ils devenaient une tranchée un peu sombre où grouillait une vie épaisse, si forte qu'elle en donnait parfois le vertige.

Il était parti de chez lui vers huit heures et demie et n'avait pas mis un quart d'heure, sans se presser, dans le matin gris, moins humide, mais plus froid que la veille, à atteindre la partie de la rue de Bondy qui touche aux boulevards, l'intersection formant une petite place devant le théâtre de la Renaissance. C'était là, d'après Mme Thouret, chez Kaplan et Zanin, que Louis Thouret avait travaillé toute sa vie et avait encore dû travailler la veille.

Le numéro indiqué était celui d'un immeuble très vieux, tout de travers, avec, autour du portail grand ouvert, un certain nombre de plaques blanches et noires qui annonçaient un matelassier, un cours de dactylographie, un commerce de plumes (Troisième à gauche, escalier A), un huissier, une masseuse diplômée. La concierge, dont la loge donnait sous la voûte, était occupée à trier le courrier.

— Kaplan et Zanin ? lui demanda-t-il.

— Il y aura trois ans le mois prochain que la maison n'existe plus, mon bon monsieur.

— Vous étiez déjà dans l'immeuble ?

— J'y serai depuis vingt-six ans en décembre.

— Vous avez connu Louis Thouret ?

— Je crois bien que j'ai connu M. Louis ! Qu'est-il devenu, au fait ? Voilà bien quatre ou cinq mois qu'il n'est pas passé me dire bonjour.

— Il est mort.

Du coup, elle s'arrêta de trier ses lettres.

— Un homme si bien portant ! Qu'est-ce qu'il a eu ? Le cœur, je parie, comme mon mari...

— Il a été tué d'un coup de couteau, hier après-midi, pas loin d'ici.

— Je n'ai pas encore lu le journal.

Le crime, d'ailleurs, n'y était relaté qu'en quelques lignes, comme un fait divers banal.

— Qui a pu avoir l'idée d'assassiner un si brave homme ?

C'était une brave femme aussi, petite et vive.

— Pendant plus de vingt ans, il est passé devant ma loge quatre fois par jour et jamais il n'a manqué de m'adresser un mot aimable. Quand M. Kaplan a cessé son commerce, il était tellement effondré que...

Elle dut s'essuyer les yeux, puis se moucher.

— M. Kaplan vit toujours ?

— Je vous donnerai son adresse, si vous voulez. Il habite près de la porte Maillot, rue des Acacias. C'est un brave homme aussi, mais pas dans le même genre. Et probablement que le vieux M. Kaplan vit encore.

— Qu'est-ce qu'il vendait ?

— Vous ne connaissez pas la maison ?

Elle était surprise que le monde entier ne connût pas la maison Kaplan et Zanin. Maigret lui dit :

— Je suis de la police. J'ai besoin de savoir tout ce qui se rapporte à M. Thouret.

— Nous l'appelions M. Louis. Tout le monde l'appelait M. Louis. La plupart des gens ne connaissaient même pas son nom de famille. Si vous voulez patienter une minute...

Et, tout en triant les dernières lettres, elle murmurait pour elle-même :

— M. Louis assassiné ! Qui aurait jamais pensé ça ! Un homme si...

Une fois toutes les enveloppes dans les casiers, elle jeta un châle de laine sur ses épaules, ferma à moitié la clef du poêle.

— Je vais vous montrer.

Sous la voûte, elle expliqua :

— Il y a trois ans que l'immeuble devrait être démoli pour faire place à un cinéma. Les locataires, à cette époque, ont reçu leur congé, et moi-même, je m'étais arrangée pour aller vivre chez ma fille, dans la Nièvre. C'est à cause de ça que M. Kaplan a cessé ses affaires. Peut-être aussi parce que le commerce ne marchait plus aussi fort. Le jeune M. Kaplan, M. Max, comme nous disions, n'a jamais eu les mêmes idées que son père. Par ici...

Au bout de la voûte, on débouchait dans une cour au fond de laquelle se dressait un vaste bâtiment au toit vitré, qui ressemblait à un hall de gare. Sur le crépi se lisaient encore quelques lettres des mots : *Kaplan et Zanin*.

— Les Zanin n'existaient déjà plus quand je suis entrée dans la maison, il y a vingt-six ans. A cette époque, c'était le vieux M. Kaplan qui dirigeait seul l'affaire, et les enfants se retournaient sur lui dans la rue parce qu'il avait une tête de roi mage.

La porte n'était pas fermée. La serrure en était arrachée. Tout cela, à présent, était mort, mais, quelques années plus tôt, cela avait constitué une partie de l'univers de Louis Thouret. Ce que cela avait été exactement, il était difficile de s'en rendre compte. La salle était immense, avec, très haut au-dessus des têtes, ce toit vitré où il manquait la moitié des carreaux et où les autres avaient perdu leur transparence. Deux étages de galeries couraient le long des murs, comme dans un grand magasin, et la trace des rayonnages qui avaient été enlevés subsistait.

— Chaque fois qu'il venait me faire une petite visite...
— Il venait souvent ?
— Peut-être tous les deux ou trois mois, toujours avec une gâterie dans sa poche... Chaque fois, dis-je, M. Louis tenait à jeter un coup d'œil ici, et on sentait qu'il avait le cœur gros. J'ai connu jusqu'à vingt emballeuses et plus à la fin et, quand on préparait la saison des fêtes, il n'était pas rare qu'on travaille une partie de la nuit. M. Kaplan ne vendait pas directement au public, mais aux bazars de province, aux colporteurs, aux camelots. Il y avait tellement de marchandises qu'on pouvait à peine se faufiler, et M. Louis était le seul à savoir où se trouvait chaque chose. Dieu sait s'il y avait des articles différents, des fausses barbes, des trompettes en carton aussi bien que des boules de couleur pour pendre aux arbres de Noël, des serpentins pour le carnaval, des masques, des souvenirs qu'on achète au bord de la mer.

— M. Louis était magasinier ?
— Oui. Il portait une blouse grise. A droite, dans ce coin-là, tenez, se trouvait le bureau vitré de M. Kaplan, le jeune, quand le père a eu sa première attaque et a cessé de venir au magasin. Il avait une dactylo, Mlle Léone, et, dans un cagibi, au premier étage, travaillait le vieux comptable. Personne ne se doutait de ce qui se préparait. Un beau jour, en octobre ou en novembre, je ne sais plus exactement, mais je sais qu'il faisait déjà froid, M. Max Kaplan a réuni son personnel pour lui annoncer que la maison fermait ses portes et qu'il avait trouvé preneur pour le stock.

» A ce moment-là, tout le monde était persuadé que l'immeuble serait rasé l'année suivante pour faire place, comme je vous l'ai dit, à un cinéma.

Maigret écoutait patiemment, regardait autour de lui, essayant de s'imaginer ce qu'avaient été les locaux au temps de leur splendeur.

— La partie de devant doit disparaître aussi. Tous les locataires ont reçu leur congé. Quelques-uns sont partis. D'autres se sont raccrochés et ce sont eux, en fin de compte, qui ont eu raison, puisqu'ils sont encore là. Seulement, comme l'immeuble est vendu, les nouveaux propriétaires refusent de faire les réparations. Il y a je ne sais combien de procès qui traînent. L'huissier vient presque tous les mois. Deux fois, j'ai fait mes paquets.

— Vous connaissez Mme Thouret ?
— Je ne l'ai jamais vue. Elle habitait la banlieue, à Juvisy...

— Elle y habite toujours.
— Vous l'avez rencontrée ? Comment est-elle ?

Maigret ne répondit que par une grimace, et elle comprit :

— Je le pensais bien. On devinait qu'il n'était pas heureux en ménage. Sa vie était ici. C'est pour lui, je l'ai souvent répété, que le coup a été le plus dur. Surtout qu'il avait déjà l'âge où il est difficile de changer sa vie.

— Quel âge avait-il ?
— Quarante-cinq ou quarante-six ans.
— Vous savez ce qu'il a fait ensuite ?
— Il ne m'en a jamais parlé. Il a dû avoir des moments difficiles. Il est resté longtemps sans venir. Une fois que je faisais mon marché en vitesse, comme toujours, je l'ai aperçu sur un banc. J'en ai reçu un coup. Ce n'est pas la place d'un homme comme lui, en plein jour, vous comprenez ? J'ai failli aller lui parler. Puis j'ai pensé que je le gênerais, et j'ai fait un détour.

— Combien de temps était-ce après la fermeture du magasin ?

L'air était froid sous la verrière, plus froid que dans la cour, et elle proposa :

— Vous ne voulez pas vous réchauffer dans la loge ? Combien de temps après, il me serait difficile de le dire. On n'était pas encore au printemps, car il n'y avait pas de feuilles aux arbres. Probablement vers la fin de l'hiver.

— Quand l'avez-vous revu ?
— Longtemps après, en plein été. Ce qui m'a le plus frappée, c'est qu'il portait des souliers caca d'oie. Pourquoi me regardez-vous comme ça ?

— Pour rien. Continuez.
— Ce n'était pas son habitude. Je ne lui avais jamais vu que des souliers noirs. Il est entré dans la loge et a posé un petit paquet sur la table, un paquet blanc, avec un ruban doré, qui contenait des chocolats. Il s'est assis sur cette chaise. Je lui ai préparé une tasse de café et j'ai couru acheter une demi-bouteille de calvados, au coin de la rue, pendant qu'il gardait la loge.

— Qu'est-ce qu'il a raconté ?
— Rien de particulier. Il était heureux de respirer l'air de la maison, cela se sentait.

— Il n'a pas fait allusion à sa nouvelle vie ?
— Je lui ai demandé s'il était satisfait, et il m'a répondu que oui. En tout cas, il n'avait plus d'heures de bureau, car cela se passait au milieu de la matinée, vers dix ou onze heures. Une autre fois, il est venu dans l'après-midi, et il portait une cravate claire. Je l'ai taquiné, prétendant qu'il se rajeunissait. Ce n'était pas l'homme à se fâcher. Puis je lui ai parlé de sa fille, que je n'ai jamais vue, mais dont il m'avait déjà montré la photo quelques mois après sa naissance. Rarement un homme a été aussi fier d'avoir un enfant. Il en parlait à tout le monde, avait toujours des portraits dans ses poches.

On n'avait trouvé aucun portrait récent de Monique sur lui, rien que la photographie de bébé.

— C'est tout ce que vous savez ?

— Qu'est-ce que je saurais ? Je vis enfermée du matin au soir. Depuis que la maison Kaplan n'existe plus et que le coiffeur du premier a déménagé, il n'y a guère d'animation dans l'immeuble.

— Vous lui en parliez ?

— Oui. On bavardait de tout et de rien, des locataires qui s'en allaient les uns après les autres, des procès, des architectes qu'on voit de temps en temps et qui travaillent aux plans de leur fameux cinéma pendant que les murs tombent tout doucement en ruine.

Elle n'était pas amère. On n'en devinait pas moins qu'elle serait la dernière à quitter la maison.

— Comment cela s'est-il passé ? questionna-t-elle à son tour. Il a souffert ?

Ni Mme Thouret, ni Monique n'avaient posé cette question-là.

— Le docteur affirme que non, qu'il est mort sur le coup.

— Où était-ce ?

— A deux pas, dans une impasse du boulevard Saint-Martin.

— Près de la bijouterie ?

— Oui. Quelqu'un a dû le suivre, alors que la nuit tombait, et lui a planté un couteau dans le dos.

Maigret avait téléphoné, de chez lui, la veille au soir, et à nouveau, ce matin, au laboratoire de la police scientifique. Le couteau était un couteau ordinaire, d'une marque courante, comme on en trouve dans la plupart des quincailleries. Il était neuf et on n'y avait pas relevé d'empreintes digitales.

— Pauvre M. Louis ! Il aimait tant la vie !

— C'était un homme gai ?

— Ce n'était pas un homme triste. Je ne sais pas comment vous expliquer. Il se montrait aimable avec tout le monde, avait toujours un petit mot gentil, une attention. Il n'essayait pas de se faire valoir.

— Il s'intéressait aux femmes ?

— Jamais de la vie ! Et pourtant il était bien placé pour en avoir tant qu'il en aurait voulu. A part M. Max et le vieux comptable, c'était le seul homme dans les magasins, et les femmes qui y travaillaient comme emballeuses étaient rarement des vertus.

— Il ne buvait pas ?

— Son verre de vin, comme tout le monde. De temps en temps, un pousse-café.

— Où prenait-il son déjeuner ?

— Il ne quittait pas le magasin, à midi ; il apportait son manger avec lui, dans une toile cirée que je revois encore. Il déjeunait debout, sur un coin de table, puis venait fumer une pipe dans la cour avant de se remettre au travail. De temps en temps, seulement, il sortait en m'annonçant qu'il avait rendez-vous avec sa fille. C'était vers la fin, quand celle-ci était déjà une demoiselle qui travaillait dans un bureau de la rue de Rivoli.

» — Pourquoi ne nous l'amenez-vous pas, monsieur Louis ? Je voudrais tant la voir.

» — Un de ces jours... promettait-il.

» Il ne l'a jamais fait, je me demande pourquoi.

— Vous avez perdu Mlle Léone de vue ?

— Mais non, j'ai son adresse aussi. Elle vit avec sa mère. Elle ne travaille plus dans un bureau, mais a monté un petit commerce rue de Clignancourt, à Montmartre. Peut-être qu'elle vous en dira plus long que moi. Il est allé la voir aussi. Une fois que je lui ai parlé d'elle, il m'a raconté qu'elle vendait de la layette et des articles pour bébés. C'est drôle.

— Qu'est-ce qui est drôle ?

— Qu'elle vende des choses pour bébés.

Des gens commençaient à venir chercher leur courrier et jetaient un coup d'œil soupçonneux à Maigret, supposant sans doute qu'il était là, lui aussi, pour les expulser.

— Je vous remercie. Je reviendrai sans doute.

— Vous n'avez aucune idée de qui a pu faire le coup ?

— Aucune, dit-il franchement.

— On lui a volé son portefeuille ?

— Non. Ni sa montre.

— Alors on a dû le prendre pour quelqu'un d'autre.

Maigret avait toute la ville à traverser pour se rendre rue de Clignancourt. Il entra dans un petit bar et se dirigea vers la cabine téléphonique.

— Qui est à l'appareil ?

— Janvier, patron.

— Rien de neuf ?

— Les hommes sont partis, selon les instructions que vous avez laissées.

Cela signifiait que cinq inspecteurs, qui s'étaient partagé les quartiers de Paris, visitaient les quincailleries. Quant à Santoni, Maigret l'avait chargé à tout hasard de se renseigner sur Monique Thouret. Il devait être rue de Rivoli, à rôder autour des bureaux de Geber et Bachelier, contentieux.

Si Mme Thouret avait eu le téléphone, à Juvisy, il l'aurait appelée pour savoir si, depuis trois ans, son mari continuait à emporter chaque matin son déjeuner dans une toile cirée noire.

— Tu veux m'envoyer la voiture ?

— Où êtes-vous ?

— Rue de Bondy. Elle n'a qu'à me prendre en face de la Renaissance.

Il faillit charger Janvier, qui était libre ce jour-là, de questionner les commerçants du boulevard Saint-Martin. L'inspecteur Neveu s'en occupait, mais, pour ce genre de travail, où il faut surtout compter sur la chance, on n'est jamais trop nombreux.

S'il ne le fit pas, c'est qu'il avait envie de revenir lui-même dans le quartier.

— Pas d'autres instructions ?
— Donne une photographie aux journaux. Qu'ils continuent à en parler comme d'une affaire banale.
— Je comprends. Je vous envoie l'auto.

Parce que la concierge avait parlé de calvados, et aussi parce qu'il faisait réellement froid, il en but un. Puis, les mains dans les poches, il traversa le boulevard et alla jeter un coup d'œil à l'impasse où M. Louis avait été tué.

L'annonce du crime avait si bien passé inaperçue que personne ne s'arrêtait pour voir s'il y avait encore des gouttes de sang sur le pavé.

Il resta un bon moment devant une des deux vitrines de la bijouterie à l'intérieur de laquelle il apercevait cinq ou six vendeurs et vendeuses. On n'y vendait pas des bijoux de grand luxe. Sur la plupart des objets exposés se lisait la mention : *En réclame.* C'était plein de marchandises, des alliances, de faux diamants, des vrais aussi peut-être, des réveille-matin, des montres et des pendules de mauvais goût.

Un petit vieux, qui observait Maigret de l'intérieur, dut le prendre pour un client éventuel, car il s'approcha de la porte, un sourire aux lèvres, avec l'intention de l'inviter à entrer. Le commissaire préféra s'éloigner et, quelques minutes plus tard, il montait dans la voiture de la P.J.

— Rue de Clignancourt.

C'était moins bruyant, par là, mais c'était encore un quartier de petites gens, et la boutique de Mlle Léone, à l'enseigne du *Bébé Rose,* était si effacée, entre une boucherie chevaline et un restaurant pour chauffeurs, que seules les initiées devaient la connaître.

Il eut presque un choc en entrant, car la personne qui venait vers lui de l'arrière-boutique, où l'on apercevait une vieille femme assise dans un fauteuil, un chat sur les genoux, ne répondait pas à l'idée qu'il s'était faite de la dactylo des Kaplan. Pourquoi ? Il l'ignorait. Elle portait probablement des pantoufles de feutre, car elle s'avançait sans bruit, un peu comme une religieuse, et, comme une religieuse aussi, sans pour ainsi dire remuer le corps.

Elle souriait vaguement, d'un sourire qui n'était pas dessiné par les lèvres, mais qui était épars sur tout son visage, très doux, effacé.

N'était-il pas curieux qu'elle s'appelle Léone ? Plus curieux encore qu'elle ait un gros nez rond comme on en voit aux vieux lions assoupis des ménageries ?

— Vous désirez, monsieur ?

Elle était vêtue de noir. Son visage et ses mains étaient incolores, inconsistants. Un gros poêle, dans la seconde pièce, émettait des vagues de chaleur paisible, et partout, sur le comptoir et sur les rayons, il y avait des lainages fragiles, des chaussons ornés de rubans bleus ou roses, des bonnets, des robes de baptême.

— Commissaire Maigret, de la Police Judiciaire.

— Ah ?

— Un de vos anciens collègues, Louis Thouret, a été assassiné hier...

Ce fut elle qui eut la plus forte réaction, et pourtant elle ne pleura pas, ne chercha pas un mouchoir, ne crispa pas les lèvres. Le choc brutal l'avait immobilisée, lui avait arrêté, eût-on juré, le cœur dans la poitrine. Et il vit ses lèvres, déjà pâles, devenir aussi blanches que les layettes alentour.

— Excusez-moi de vous avoir dit ça aussi crûment...

Elle secoua la tête pour lui faire comprendre qu'elle ne lui en voulait pas. La vieille dame, dans l'autre pièce, avait remué.

— Pour découvrir son assassin, j'ai besoin de réunir tous les renseignements possibles à son sujet...

Elle fit « oui », toujours sans rien dire.

— Je pense que vous l'avez bien connu...

Et ce fut comme si son visage s'éclairait un instant.

— Comment cela s'est-il passé ? questionna-t-elle enfin, la gorge gonflée.

Petite fille, elle devait déjà être laide, et, sans doute, l'avait-elle toujours su. Elle regarda dans la pièce du fond, murmura :

— Vous ne voulez pas vous asseoir ?

— Je crois que votre mère...

— Nous pouvons parler devant maman. Elle est complètement sourde. Cela lui fait plaisir de voir de la compagnie.

Il n'osa pas lui avouer qu'il avait peur d'étouffer dans cette pièce sans air, où les deux femmes passaient leur vie dans une quasi-immobilité.

Léone n'avait pas d'âge. Elle avait probablement dépassé la cinquantaine, peut-être depuis longtemps. Sa mère donnait l'impression d'être âgée d'au moins quatre-vingts ans, et elle regardait le commissaire avec des petits yeux vifs d'oiseau. Ce n'était pas d'elle que Léone tenait son gros nez, mais du père, dont un agrandissement photographique pendait au mur.

— Je quitte la concierge de la rue de Bondy.

— Elle a dû recevoir un coup.

— Oui. Elle l'aimait bien.

— Tout le monde l'aimait.

A ce mot, un peu de couleur vint sous sa peau.

— C'était un homme si bon ! se hâta-t-elle d'ajouter.

— Vous l'avez revu souvent, n'est-ce pas ?

— Il est venu me voir un certain nombre de fois. Pas ce qu'on appelle souvent. Il était très occupé, et j'habite loin du centre.

— Vous savez ce qu'il faisait, les derniers temps ?

— Je ne le lui ai jamais demandé. Il paraissait prospère. Je suppose qu'il traitait des affaires pour son compte, car il n'avait pas d'heures de bureau.

— Il ne vous a jamais parlé de gens avec qui il était en rapport ?

— Nous parlions surtout de la rue de Bondy, de la maison Kaplan, de M. Max, des inventaires. C'était une grande affaire, chaque année, car nous avions un catalogue de plus de mille articles.

Elle hésita.

— Je suppose que vous avez vu sa femme ?

— Hier soir, oui.

— Qu'est-ce qu'elle a dit ?

— Elle ne comprend pas comment son mari, au moment de sa mort, pouvait porter des souliers jaunes. Elle prétend que l'assassin a dû les lui mettre aux pieds.

Elle aussi, comme la concierge, avait remarqué les souliers.

— Non. Il les portait souvent.

— Déjà à l'époque où il travaillait rue de Bondy ?

— Seulement après. Assez longtemps après.

— Qu'entendez-vous par assez longtemps ?

— Peut-être un an.

— Cela vous a surpris de lui voir des souliers jaunes ?

— Oui. C'était différent de sa façon de s'habiller.

— Qu'avez-vous pensé ?

— Qu'il avait changé.

— Il avait réellement changé ?

— Il n'était plus tout à fait le même. Il plaisantait différemment. Il lui arrivait de rire aux éclats.

— Avant, il ne riait pas ?

— Pas de la même manière. Il y a eu quelque chose dans sa vie.

— Une femme ?

C'était cruel, mais il fallait bien poser la question.

— Peut-être.

— Il vous a fait des confidences ?

— Non.

— Il ne vous a jamais fait la cour ?

Vivement, elle protesta :

— Jamais ! Je le jure ! Je suis sûre qu'il n'en a pas eu l'idée.

Le chat avait abandonné le giron de la vieille femme, pour sauter sur les genoux de Maigret.

— Laissez-le, dit-il comme elle s'apprêtait à le chasser.

Il n'osait pas fumer sa pipe.

— Je suppose que cela a été une cruelle déception pour vous tous, quand M. Kaplan a annoncé qu'il cessait son commerce ?

— Cela a été dur, oui.

— Pour Louis Thouret, en particulier ?

— M. Louis était le plus attaché à la maison. Il y avait ses habitudes. Pensez qu'il y était entré à l'âge de quatorze ans comme garçon de courses.

— D'où venait-il ?

— De Belleville. A ce qu'il m'a raconté, sa mère était veuve, et c'est elle qui est venue le présenter un jour au vieux M. Kaplan. Il portait encore des culottes courtes. Il n'est presque pas allé à l'école.

— Sa mère est morte ?
— Voilà longtemps.

Pourquoi Maigret avait-il l'impression qu'elle lui cachait quelque chose ? Elle était franche, le regardait dans les yeux, et pourtant il sentait comme un glissement furtif qui ressemblait à son pas feutré.

— Je crois savoir qu'il a eu du mal à trouver une nouvelle place.
— Qui vous l'a dit ?
— C'est ce que j'ai conclu de ce que m'a raconté la concierge.
— C'est toujours difficile, passé quarante ans, surtout quand on n'est pas spécialisé, d'obtenir du travail. Moi-même...
— Vous avez cherché ?
— Seulement pendant quelques semaines.
— Et M. Louis ?
— Il a cherché plus longtemps.
— Vous le supposez ou vous le savez ?
— Je le sais.
— Il est venu vous voir, à cette époque ?
— Oui.
— Vous l'avez aidé ?

Il en était presque sûr, à présent. Léone était une personne à posséder des économies.

— Pourquoi me parlez-vous de ça ?
— Parce que tant que je n'aurai pas une idée exacte de l'homme qu'il était ces dernières années, je n'aurai aucune chance de mettre la main sur son meurtrier.
— C'est vrai, admit-elle après réflexion. Je vais tout vous dire, mais j'aimerais que cela reste entre nous. Il ne faut surtout pas que sa femme l'apprenne. Elle est très fière.
— Vous la connaissez ?
— Il me l'a dit. Ses beaux-frères occupent de belles situations et se sont fait construire chacun une maison.
— Lui aussi.
— Il y a été obligé parce que sa femme le voulait. C'est elle qui a exigé de vivre à Juvisy, comme ses deux sœurs.

Elle ne parlait plus tout à fait de la même voix, et on devinait de sourdes rancœurs qui fermentaient depuis longtemps.

— Il avait peur de sa femme ?
— Il ne voulait faire de peine à personne. Quand nous avons tous perdu notre place, quelques semaines avant les fêtes de Noël, il s'est refusé à gâcher la fin d'année des siens.
— Il ne leur a rien dit ? Il a laissé croire qu'il travaillait toujours rue de Bondy ?
— Il espérait trouver une nouvelle situation en quelques jours, puis en quelques semaines. Seulement, il y avait la maison.
— Je ne comprends pas.
— Il la payait par annuités, et j'ai compris que c'est très grave, si un payement n'est pas fait à la date voulue.

— A qui a-t-il emprunté ?
— A M. Saimbron et à moi.
— Qui est M. Saimbron ?
— Le comptable. Lui ne travaille plus. Il vit seul dans son logement du quai de la Mégisserie.
— Il a de l'argent ?
— Il est très pauvre.
— Et, tous les deux, vous avez prêté de l'argent à M. Louis ?
— Oui. Sinon, on aurait mis leur maison en vente et ils se seraient trouvés à la rue.
— Pourquoi ne s'est-il pas adressé à M. Kaplan ?
— Parce que M. Kaplan ne lui aurait rien donné. C'est son caractère. Quand il nous a annoncé qu'il fermait ses portes, il nous a remis à chacun une enveloppe contenant trois mois de salaire. M. Louis n'osait pas garder cet argent-là sur lui, car sa femme aurait su.
— Elle fouillait son portefeuille ?
— Je ne sais pas. Sans doute. C'est moi qui lui ai gardé son argent et, chaque mois, il prenait le montant de son salaire. Puis, quand il n'y en a plus eu...
— Je comprends.
— Il m'a remboursée.
— Après combien de temps ?
— Huit ou neuf mois. Près d'un an.
— Vous êtes restée longtemps sans le voir ?
— A peu près de février à août.
— Vous n'avez pas été inquiète ?
— Non. Je savais qu'il reviendrait. Et, même s'il ne m'avait pas rendu l'argent...
— Il vous a annoncé qu'il avait trouvé une place ?
— Il m'a dit qu'il travaillait.
— Il portait déjà des souliers jaunes ?
— Oui. Il est revenu de temps en temps. Chaque fois, il m'apportait un cadeau et des douceurs pour maman.

C'était peut-être pour cela que la vieille femme regardait Maigret d'un air déçu. Les gens qui venaient chez elle en visite devaient lui apporter des sucreries, et Maigret s'était présenté les mains vides. Il se promit, s'il avait à revenir dans la maison, de se munir de bonbons, lui aussi.

— Il n'a jamais cité aucun nom devant vous ?
— Des noms de quoi ?
— Je ne sais pas. De patrons, d'amis, de camarades...
— Non.
— Il ne vous a pas parlé d'un quartier quelconque de Paris ?
— Seulement de la rue de Bondy. Il y est retourné plusieurs fois. Cela le rendait amer de voir qu'on ne démolissait toujours pas l'immeuble.

» — Encore une année de plus que nous aurions pu y rester ! soupirait-il.

Il y eut un tintement à la porté d'entrée, et Léone tendit le cou, d'un mouvement qui devait lui être machinal, pour voir qui était dans la boutique. Maigret se leva.

— Je ne veux pas vous déranger plus longtemps.
— Vous serez toujours le bienvenu.

Une femme enceinte se tenait près du comptoir. Il prit son chapeau et gagna la porte.

— Je vous remercie.

Tandis qu'il montait dans la voiture, les deux femmes le regardaient par-dessus les layettes et les lainages blancs et roses.

— Où allons-nous, patron ?

Il était onze heures du matin.

— Arrête au premier bistrot.
— Vous en avez un à côté du magasin.

Une pudeur l'empêchait d'entrer dans celui-là, sous les yeux de Léone.

— Tourne le coin de la rue.

Il voulait téléphoner à M. Kaplan, chercher dans le Bottin l'adresse exacte de M. Saimbron, quai de la Mégisserie.

Par la même occasion, puisqu'il avait commencé sa journée par un calvados, il en but un autre au comptoir.

3

L'œuf à la coque

Maigret déjeuna seul dans son coin, à la *Brasserie Dauphine.* C'était un signe, d'autant plus qu'aucune besogne urgente ne l'empêchait d'aller manger chez lui. Comme d'habitude, plusieurs inspecteurs du Quai prenaient l'apéritif et le suivirent des yeux quand il se dirigea vers sa table, toujours la même, près d'une des fenêtres d'où il pouvait voir couler la Seine.

Sans mot dire, les inspecteurs, qui n'appartenaient pourtant pas à son service, échangèrent un coup d'œil. Quand Maigret avait cette démarche lourde, ce regard un peu vague, cet air que les gens prenaient pour de la mauvaise humeur, tout le monde, à la P.J., savait ce que cela signifiait. Et, si on se permettait un sourire, on n'en ressentait pas moins un certain respect, car cela finissait tôt ou tard de la même façon : un homme — ou une femme — qui avouait son crime.

— Le veau marengo est bon ?
— Mais oui, monsieur Maigret.

Sans s'en douter, il regardait le garçon du même œil qu'il aurait regardé un présumé coupable.

— De la bière ?

— Une demi-bouteille de bordeaux rouge.

Par esprit de contradiction. Si on lui avait proposé du vin, il aurait réclamé de la bière.

Il n'avait pas encore mis les pieds au bureau de la journée. Il sortait de chez Saimbron, quai de la Mégisserie, et cette visite l'avait un peu barbouillé.

D'abord il avait téléphoné à l'adresse de M. Max Kaplan, où on lui avait répondu que celui-ci se trouvait dans sa villa d'Antibes et qu'on ignorait quand il rentrerait à Paris.

La porte d'entrée de l'immeuble, quai de la Mégisserie, était coincée entre deux boutiques où l'on vendait des oiseaux et dont les cages envahissaient une large portion du trottoir.

— M. Saimbron ? avait-il demandé à la concierge.

— Tout en haut. Vous ne risquez pas de vous tromper.

C'est en vain qu'il chercha l'ascenseur. Il n'y en avait pas, et il dut monter les six étages à pied. L'immeuble était vieux, les murs sombres et sales. Tout en haut, le palier était éclairé par un lanterneau et, à gauche, près de la porte, pendait une cordelière rouge et noire comme on en voit à certaines robes de chambre. Il la tira. Cela ne fit, à l'intérieur, qu'un petit bruit ridicule. Puis il entendit des pas légers ; la porte s'ouvrit ; il aperçut un visage quasi fantomatique, long et pâle, osseux, avec une barbe incolore de plusieurs jours et des yeux larmoyants.

— M. Saimbron ?

— C'est moi. Donnez-vous la peine d'entrer.

La phrase, encore que courte, fut interrompue par une quinte de toux qui sonnait creux.

— Excusez-moi. Ma bronchite...

Il régnait, dans le logement, une odeur fade et écœurante. On entendait le sifflement d'un réchaud à gaz. De l'eau bouillait.

— Commissaire Maigret, de la Police Judiciaire...

— Oui. Je me doutais que vous viendriez, vous ou un de vos inspecteurs.

Sur une table couverte d'un tapis à ramages comme on n'en trouve plus qu'à la foire aux puces, le journal du matin était étalé à la page où quelques lignes annonçaient la mort de Louis Thouret.

— Vous allez déjeuner ?

Près du journal se trouvaient une assiette, un verre d'eau colorée de vin, un quignon de pain.

— Cela ne presse pas.

— Je vous en prie. Faites comme si je n'étais pas là.

— De toute façon, mon œuf est dur, à présent.

Le vieillard se décida à aller le chercher. Le sifflement du gaz s'arrêta.

— Asseyez-vous, monsieur le commissaire. Vous feriez mieux de retirer votre pardessus, car je suis obligé de chauffer à l'excès, à cause de mes vieilles bronches.

Il devait être presque aussi vieux que la mère de Mlle Léone, mais lui n'avait personne pour prendre soin de lui. Probablement même ne recevait-il jamais de visite dans ce logement dont le seul luxe était la vue sur la Seine et, par-delà celle-ci, sur le Palais de Justice et le marché aux fleurs.

— Il y a longtemps que vous n'avez vu M. Louis ?

La conversation avait duré une demi-heure, à cause des quintes de toux, et aussi parce que M. Saimbron mangeait son œuf avec une lenteur incroyable.

Qu'est-ce que Maigret avait appris, en somme ? Rien qu'il ne sût déjà par la concierge de la rue de Bondy ou par Léone.

Pour Saimbron aussi, la fermeture de la maison Kaplan avait été une catastrophe, et il n'avait même pas cherché à trouver une autre place. Il possédait quelques économies. Pendant des années et des années, il avait cru qu'elles suffiraient à assurer ses vieux jours. A cause des dévaluations, il lui restait à peine, littéralement, de quoi ne pas mourir de faim, et cet œuf à la coque était probablement la seule nourriture solide de sa journée.

— Heureusement que j'occupe mon logement depuis quarante ans !

Il était veuf, n'avait pas d'enfant, plus aucune famille.

Il n'avait pas hésité, quand Louis Thouret était venu le voir, à lui prêter l'argent que l'autre lui demandait.

— Il m'a dit que c'était une question de vie ou de mort, et j'ai senti que c'était vrai.

Mlle Léone aussi avait prêté son argent.

— Il me l'a rendu quelques mois plus tard.

Mais, pendant ces mois-là, ne lui était-il pas arrivé de penser que M. Louis ne reviendrait jamais ? Avec quoi, dans ce cas, M. Saimbron aurait-il payé son œuf à la coque quotidien ?

— Il est souvent venu vous voir ?

— Deux ou trois fois. La première, quand il m'a apporté l'argent. Il m'a fait cadeau d'une pipe en écume.

Il alla la chercher sur une étagère. Il devait ménager le tabac aussi.

— Depuis quand ne l'avez-vous pas revu ?

— La dernière fois, c'était il y a trois semaines, sur un banc du boulevard Bonne-Nouvelle.

Est-ce que le vieux comptable restait attiré par le quartier où il avait travaillé toute sa vie et s'y rendait parfois en pèlerinage ?

— Vous lui avez parlé ?

— Je me suis assis à côté de lui. Il a voulu m'offrir un verre dans un café voisin, mais je n'ai pas accepté. Il y avait du soleil. Nous avons bavardé, en regardant les passants.

— Il portait des souliers jaunes ?

— Je n'ai pas prêté attention à ses souliers. Cela m'a échappé.

— Il ne vous a pas dit ce qu'il faisait ?

M. Saimbron hocha la tête. La même pudeur que Mlle Léone. Maigret croyait les comprendre l'un comme l'autre. Il commençait à s'attacher au personnage de M. Louis, dont il ne connaissait que le visage étonné par la mort.

— Comment vous êtes-vous quittés ?

— Il m'a semblé que quelqu'un rôdait autour du banc et adressait des signes à mon compagnon.

— Un homme ?

— Oui. Un personnage entre deux âges.

— Quel genre ?

— Du genre qu'on voit assis sur les bancs dans ce quartier-là. Il a fini par venir s'y installer, sans cependant nous parler. Je suis parti. Et, quand je me suis retourné, ils étaient tous les deux en conversation.

— Amicale ?

— Ils ne paraissaient pas se disputer.

C'était tout. Maigret avait redescendu les étages, hésité à rentrer chez lui, et fini par venir manger dans son coin de la *Brasserie Dauphine*.

Il faisait gris. La Seine était terne. Il prit encore un petit verre de calvados avec son café, gagna son bureau, où il trouva un tas de paperasses qui l'attendaient. Un peu plus tard, Coméliau, le juge, l'appelait au téléphone.

— Qu'est-ce que vous pensez de cette affaire Thouret ? Le procureur m'en a chargé ce matin et m'a annoncé que vous vous en occupiez. Crime crapuleux, je suppose ?

Maigret préféra répondre par un grognement qui ne disait ni oui ni non.

— La famille réclame le corps. Je ne voulais rien faire avant d'avoir votre assentiment. Vous en avez encore besoin ?

— Le Dr Paul l'a examiné ?

— Il vient de me donner un rapport par téléphone. Il m'enverra son rapport écrit ce soir. Le couteau a pénétré le ventricule gauche et la mort a été quasi instantanée.

— Aucune autre trace de blessures ou de coups ?

— Rien.

— Je ne vois pas d'inconvénient à ce que la famille reprenne le corps. J'aimerais seulement que les vêtements soient envoyés au laboratoire.

— D'accord. Tenez-moi au courant.

Le juge Coméliau était rarement aussi doux. C'était probablement dû à ce que la presse n'avait presque pas parlé de l'affaire et à ce qu'il concluait à un crime crapuleux. Cela ne l'intéressait pas, n'intéressait personne.

Maigret alla tisonner le poêle, bourra une pipe et, pendant près d'une heure, se plongea dans de la besogne administrative, annotant des pièces, en signant d'autres, donnant quelques coups de téléphone sans intérêt.

— Je peux entrer, patron ?

C'était Santoni, tiré à quatre épingles selon son habitude, et, comme toujours aussi, répandant une odeur de coiffeur qui faisait dire à ses collègues :

— Tu sens la putain !

Santoni était frétillant.

— Je crois que j'ai découvert une piste.

Maigret, sans s'émouvoir, le regarda de ses gros yeux troubles.

— Que je vous apprenne d'abord que la boîte où travaille la petite, Geber et Bachelier, s'occupe du recouvrement des quittances. Pas de grosses affaires. En réalité, ils rachètent à bas prix les créances désespérées et s'arrangent pour faire payer. C'est moins du travail de bureau que du harcèlement à domicile. La demoiselle Thouret ne travaille rue de Rivoli que le matin et, chaque après-midi, fait la tournée des débiteurs.

— Je comprends.

— Des petites gens, pour la plupart. Ce sont ceux-là qui se laissent impressionner et finissent par cracher. Je n'ai pas vu les patrons. J'ai attendu, dehors, la sortie des bureaux, à midi, en évitant que la demoiselle m'aperçoive, et je me suis adressé à une employée de seconde jeunesse qui, par le fait, ne doit pas aimer sa collègue.

— Le résultat ?

— Notre Monique a un petit ami.

— Tu as son nom ?

— J'y viens, patron. Il y a environ quatre mois qu'ils se connaissent et déjeunent chaque jour ensemble dans un restaurant à prix fixe du boulevard Sébastopol. Il est tout jeune, seulement dix-neuf ans, et travaille comme vendeur dans une grande librairie du boulevard Saint-Michel.

Maigret jouait avec les pipes rangées sur son bureau, puis, bien que la sienne ne fût pas finie, se mit à en bourrer une autre.

— Le gamin s'appelle Albert Jorisse. J'ai voulu voir comment il est fait et je me suis dirigé vers le prix fixe. C'était la cohue. J'ai fini par repérer la Monique à une table, mais elle y était seule. Je me suis installé dans un autre coin, et j'ai très mal mangé. La demoiselle paraissait nerveuse, regardait sans cesse du côté de la porte.

— Il n'est pas venu ?

— Non. Elle a fait traîner son repas aussi longtemps qu'elle a pu. Dans ces bouillons-là, on vous sert en vitesse et on n'aime pas les gens qui lambinent. A la fin, il a bien fallu qu'elle s'en aille et elle est restée près d'un quart d'heure à faire les cent pas sur le trottoir.

— Ensuite ?

— Elle était tellement préoccupée par celui qu'elle attendait qu'elle ne m'a pas remarqué. Elle s'est dirigée vers le boulevard Saint-Michel, et je l'ai suivie. Vous connaissez cette librairie-là, qui fait le coin d'une rue et où il y a des boîtes de livres sur les trottoirs.

— Je connais.

— Elle est entrée, s'est adressée à un des vendeurs, qui l'a envoyée à la caisse. Je pouvais la voir insister, l'air déçu. En fin de compte, elle est repartie.

— Tu ne l'as pas suivie ?

— J'ai pensé qu'il valait mieux m'occuper du jeune homme. Je suis entré dans la librairie à mon tour et ai demandé au gérant s'il connaissait un certain Albert Jorisse. Il m'a répondu que oui, que celui-ci ne travaillait que le matin. Comme je m'étonnais, il m'a expliqué que c'est courant chez eux, qu'ils emploient surtout des étudiants et que ceux-ci ne peuvent pas toujours fournir une journée entière de travail.

— Jorisse est étudiant ?

— Attendez. J'ai voulu savoir depuis combien de temps il était à la librairie. Il a fallu chercher dans les livres. Il y travaille depuis un peu plus d'un an. Au début, il venait toute la journée. Puis, il y a environ trois mois, il a annoncé qu'il allait suivre des cours de Droit et ne pourrait plus être au magasin que le matin.

— Tu as son adresse ?

— Il vit avec ses parents avenue de Châtillon, presque en face de l'église de Montrouge. Je n'ai pas fini. Albert Jorisse ne s'est pas présenté boulevard Saint-Michel aujourd'hui, ce qui ne lui est arrivé que deux ou trois fois en un an, et chaque fois il a téléphoné pour avertir. Aujourd'hui pas.

— Il a travaillé hier ?

— Oui. J'ai pensé que cela vous intéresserait et j'ai pris un taxi pour l'avenue de Châtillon. Les parents sont de braves gens qui occupent un appartement très propre au troisième étage. La mère était occupée à repasser du linge.

— Tu lui as dit que tu es de la police ?

— Non. Je lui ai raconté que j'étais un ami de son fils, que j'avais besoin de le voir tout de suite...

— Elle t'a envoyé à la librairie ?

— Vous avez deviné. Elle ne se doute de rien. Il est parti ce matin à huit heures et quart comme d'habitude. Elle n'a jamais entendu parler de cours de Droit. Son mari est employé dans une maison de tissus en gros de la rue des Victoires. Ils ne sont pas assez riches pour payer des études au garçon.

— Qu'est-ce que tu as fait ?

— J'ai prétendu que c'était sans doute un autre Jorisse que je cherchais. Je lui ai demandé si elle avait une photographie de son fils. Elle m'en a montré une sur le buffet de la salle à manger. C'est une bonne femme, qui ne se doute de rien. Tout ce qui l'intéressait était de ne pas laisser refroidir son fer et de ne pas brûler le linge. J'ai continué à lui faire du boniment...

Maigret ne disait rien, mais ne manifestait aucun enthousiasme. On voyait bien qu'il n'y avait pas longtemps que Santoni était dans son équipe. Tout ce qu'il disait — et même le ton sur lequel il le disait — ne collait pas avec l'esprit de Maigret et de ses collaborateurs.

— En sortant, et sans qu'elle s'en aperçoive...
Il tendit la main.
— Donne.
Il savait, parbleu, que Santoni avait chipé la photo. C'était celle d'un jeune homme maigre, nerveux, aux cheveux très longs, qui devait passer auprès des femmes pour joli garçon et qui le savait.
— C'est tout ?
— On verra bien s'il rentrera chez lui ce soir, n'est-ce pas ?
Maigret soupira :
— On verra, oui.
— Vous n'êtes pas content ?
— Mais si.
A quoi bon ? Santoni s'y ferait, comme les autres s'y étaient faits. C'était toujours la même chose quand il prenait un inspecteur dans un autre service.
— Si je n'ai pas suivi la jeune fille, c'est que je sais où la retrouver. A cinq heures et demie, six heures moins le quart, au plus tard, chaque jour, elle repasse par le bureau pour déposer les sommes encaissées et faire son rapport. Vous voulez que j'y aille ?
Maigret hésita, faillit lui dire de ne plus s'occuper de rien. Mais il se rendait compte que ce serait injuste, que l'inspecteur avait travaillé de son mieux.
— Assure-toi qu'elle retourne au bureau, puis qu'elle va prendre son train.
— Peut-être son amoureux la rejoindra-t-il ?
— Peut-être. A quelle heure a-t-il l'habitude de rentrer chez ses parents ?
— Ils dînent à sept heures. Il y est toujours à ce moment-là, même quand il doit sortir le soir.
— Je suppose qu'ils n'ont pas le téléphone ?
— Non.
— La concierge non plus ?
— Je ne pense pas. Ce n'est pas une maison à avoir le téléphone. Je vais m'en assurer.
Il consulta l'annuaire classé par rues.
— Passe là-bas après sept heures et demie et questionne la concierge. Laisse-moi la photo.
Maintenant que Santoni l'avait prise, autant la garder. Elle pourrait éventuellement servir.
— Vous serez au bureau ?
— Je ne sais pas où je serai, mais reste en contact avec le Quai.
— Qu'est-ce que je fais d'ici là ? Il me reste presque deux heures avant d'aller rue de Rivoli.

— Descends aux Garnis. Il existe peut-être une fiche au nom de Louis Thouret.

— Vous croyez qu'il avait une chambre en ville ?

— Où penses-tu qu'il laissait ses souliers jaunes et sa cravate de couleur avant de rentrer chez lui ?

— C'est vrai.

Il y avait deux bonnes heures que la photographie de M. Louis avait paru dans les journaux de l'après-midi. Ce n'était qu'une petite photo, dans un coin de page, avec la mention :

Louis Thouret, qui a été assassiné hier après-midi dans une impasse du boulevard Saint-Martin. La police suit une piste.

Ce n'était pas vrai, mais les journaux en rajoutent toujours. C'était curieux, d'ailleurs, que le commissaire n'eût pas encore reçu un seul appel téléphonique. Au fond, c'était un peu parce qu'il en attendait qu'il était rentré au bureau, où il tuait le temps à liquider les affaires courantes.

Presque toujours, dans un cas comme celui-là, des gens croient, à tort ou à raison, reconnaître la victime. Ou encore ils ont vu un suspect rôder autour des lieux du crime. La plupart de ces avis sont trouvés faux à la vérification. Il n'en arrive pas moins que, par eux, on parvienne à la vérité.

Depuis trois ans, M. Louis, comme ses anciens collègues et la concierge de la rue de Bondy l'appelaient, quittait Juvisy par le même train du matin pour y retourner par le même train du soir, et il emportait son déjeuner dans une toile cirée, comme il l'avait fait toute sa vie.

Que devenait-il, une fois débarqué du train à la gare de Lyon ? Cela restait un mystère.

Sauf pour les premiers mois, pendant lesquels, selon toutes probabilités, il avait cherché désespérément un nouvel emploi. Il avait dû, comme tant d'autres, faire la queue à la porte des journaux pour se précipiter aux adresses fournies par les petites annonces. Peut-être avait-il essayé de vendre des aspirateurs électriques de porte en porte ?

Il n'avait pas réussi, puisqu'il avait été acculé à emprunter de l'argent à Mlle Léone et au vieux comptable.

Après quoi, pendant plusieurs mois encore, on perdait sa trace. Non seulement il lui fallait trouver l'équivalent de son salaire chez Kaplan, mais encore de quoi rembourser ses deux prêteurs.

Pendant tout ce temps-là, chaque soir, il était rentré chez lui comme si de rien n'était, avec l'air d'un homme qui vient de fournir sa journée de travail.

Sa femme n'avait rien soupçonné. Sa fille non plus. Ni ses belles-sœurs. Ni ses deux beaux-frères, qui travaillaient tous les deux au chemin de fer.

Un beau jour, enfin, il était arrivé rue de Clignancourt avec l'argent qu'il devait à Mlle Léone, un cadeau pour elle, des douceurs pour la vieille mère.

Sans compter des souliers jaunes aux pieds !

Est-ce que ces souliers jaunes étaient pour quelque chose dans l'intérêt que Maigret portait au bonhomme ? Il ne se l'avouait pas. Lui aussi, pendant des années, avait rêvé de porter des souliers caca d'oie. C'était la mode, à cette époque-là, comme celle des pardessus mastic, très courts, qu'on appelait des pets-en-l'air.

Une fois, au début de son mariage, il s'était décidé à acheter des souliers jaunes, et il avait presque rougi en entrant dans le magasin. Au fait, c'était justement boulevard Saint-Martin, en face du théâtre de l'Ambigu. Il n'avait pas osé les porter tout de suite et, quand il avait déballé le paquet devant sa femme, Mme Maigret l'avait regardé en riant d'un drôle de rire.

— Tu ne vas pas mettre ça ?

Il ne les avait jamais portés. C'était elle qui était allée les rendre, en prétendant qu'ils lui faisaient mal aux pieds.

Louis Thouret s'était acheté des souliers jaunes, lui aussi, et, aux yeux de Maigret, c'était un signe.

D'abord un signe d'affranchissement, il l'aurait juré, car, pendant tout le temps qu'il avait les fameux souliers aux pieds, il devait se considérer comme un homme libre. Cela signifiait que sa femme, les belles-sœurs, les beaux-frères, jusqu'à l'heure où il chausserait à nouveau ses souliers noirs, n'avaient pas de prise sur lui.

Cela avait un autre sens aussi. Le jour où Maigret avait acheté les siens, le commissaire du quartier Saint-Georges, où il travaillait alors, venait de lui annoncer qu'il était augmenté de dix francs par mois, dix vrais francs de l'époque.

M. Louis, lui aussi, avait dû se sentir de l'argent plein les poches. Il avait offert une pipe en écume au vieux comptable, remboursé les deux personnes qui avaient eu confiance en lui. Du coup, il pouvait retourner les voir de temps en temps, surtout Mlle Léone. Du coup, aussi, il rendrait visite à la concierge de la rue de Bondy.

Pourquoi ne leur parlait-il pas de ce qu'il faisait ?

Comme par hasard, la concierge l'avait rencontré sur un banc du boulevard Saint-Martin, un matin à onze heures.

Elle ne lui avait pas adressé la parole, avait fait un détour pour qu'il ne la voie pas. Maigret la comprenait. Ce qui la chiffonnait, c'était le banc. Un homme comme M. Louis, qui a travaillé dix heures par jour toute sa vie, et qu'on retrouve paresseusement assis sur un banc ! Pas un dimanche ! Pas après la journée ! A onze heures du matin, alors que l'activité règne dans tous les bureaux, dans tous les magasins.

C'était sur un banc aussi que, tout récemment, M. Saimbron avait aperçu son ancien collègue. Boulevard Bonne-Nouvelle, cette fois, à deux pas du boulevard Saint-Martin et de la rue de Bondy.

Dans l'après-midi, M. Saimbron n'avait pas eu la même pudeur que la concierge. Ou peut-être que Louis Thouret l'avait aperçu le premier ?

Est-ce que l'ancien magasinier avait rendez-vous avec quelqu'un ? Qui était cet homme qui avait rôdé autour du banc avec l'air d'attendre un signe pour s'y installer ?

M. Saimbron ne l'avait pas décrit, n'avait pas dû l'examiner avec attention. Ce qu'il en avait dit n'en était pas moins révélateur : « Un homme comme on en voit sur les bancs du quartier. »

Un de ces individus sans profession déterminée, qui passent des heures sur les bancs des boulevards à regarder vaguement les passants. Ceux du quartier Saint-Martin ne ressemblent pas à ceux de certains squares ou de certains jardins, à ceux du parc Montsouris, par exemple, qui sont le plus souvent des rentiers des environs.

Les rentiers ne vont pas s'asseoir boulevard Saint-Martin, ou, si cela leur arrive, c'est à la terrasse d'un café.

D'une part, il y avait les souliers jaunes ; d'autre part, le banc ; et les deux, dans l'esprit du commissaire, n'allaient pas tout à fait ensemble.

Enfin, et surtout, il y avait le fait que M. Louis, vers quatre heures et demie d'un après-midi pluvieux et sombre, était entré dans une impasse où il n'avait apparemment que faire, que quelqu'un l'y avait suivi sans bruit et lui avait planté un couteau entre les omoplates, à moins de dix mètres de la foule qui piétinait sur le trottoir.

La photographie était parue, et personne ne téléphonait. Maigret continuait à annoter des rapports, à signer des formules administratives. Dehors, la grisaille devenait plus épaisse, tournait à l'obscurité. Il dut allumer sa lampe et, quand il vit que l'horloge de la cheminée marquait trois heures, il se leva et alla décrocher son gros pardessus.

Avant de partir, il entrouvrit la porte des inspecteurs.

— Je serai ici dans une heure ou deux.

Cela ne valait pas la peine de se servir de l'auto. Au bout du quai, il sauta sur la plate-forme d'un autobus, dont il descendit quelques minutes plus tard au coin du boulevard Sébastopol et des Boulevards.

La veille, à la même heure, Louis Thouret était encore en vie, il errait dans le quartier, lui aussi, avec du temps devant lui avant d'aller changer ses souliers jaunes contre des souliers noirs et de se diriger vers la gare de Lyon pour rentrer à Juvisy.

Sur les trottoirs, la foule était épaisse. A chaque coin de rue, il fallait attendre un bon moment pour traverser, et cela formait des grappes humaines qui, au signal, se précipitaient en avant.

« C'est sûrement ce banc-là », pensa-t-il en apercevant un banc sur le trottoir opposé du boulevard Bonne-Nouvelle.

Personne n'y était assis, mais, de loin, on y voyait un papier chiffonné, un papier gras, il l'aurait juré, qui avait contenu de la charcuterie.

Des filles faisaient le trottoir au coin de la rue Saint-Martin. Il y en avait d'autres dans un petit bar, où quatre hommes jouaient aux cartes autour d'un guéridon.

Au comptoir, il reconnut une silhouette familière, celle de l'inspecteur Neveu. Il l'attendit, et une des femmes crut que c'était pour elle qu'il s'arrêtait ; il lui fit distraitement non de la tête.

Puisque Neveu était ici, il avait déjà dû les questionner. Il était du quartier et il les connaissait toutes.

— Ça va ? lui demanda Maigret quand il sortit du bistrot.
— Vous êtes venu aussi ?
— Juste faire un petit tour.
— Moi, je rôde dans le secteur depuis huit heures du matin. Si je n'ai pas interrogé cinq cents personnes, je n'en ai interrogé aucune.
— Tu as trouvé l'endroit où il déjeunait ?
— Comment le savez-vous ?
— Je me doute qu'il devait prendre son repas de midi dans le quartier, et c'était l'homme à toujours fréquenter le même endroit.
— Là-bas... dit Neveu en désignant un restaurant d'apparence paisible. Il avait une serviette et son anneau.
— Qu'est-ce qu'ils disent ?
— La serveuse qui s'occupait de lui, car il s'asseyait toujours à sa table, dans le fond, près du comptoir, est une grande jument brune avec des poils au menton. Vous savez comme elle l'appelait ?

Comme si le commissaire pouvait savoir !

— Son petit homme... C'est elle qui me l'a dit.

» — *Alors, mon petit homme, qu'est-ce que vous allez manger aujourd'hui ?*

» Elle assure qu'il en était tout content. Il lui parlait de la pluie et du beau temps. Il ne lui a jamais fait la cour.

» Les serveuses, dans ce restaurant-là, ont deux heures de liberté entre la fin du déjeuner et la mise en place pour le dîner.

» Il paraît que, plusieurs fois, en sortant vers trois heures, elle a aperçu M. Louis assis sur un banc. Chaque fois, il lui adressait un signe de la main.

» Un jour, elle lui a lancé :

» — *Dites donc, mon petit homme, vous n'avez pas l'air de vous la fouler, vous !*

» Il lui a répondu qu'il travaillait la nuit.

— Elle l'a cru ?
— Oui. Elle a l'air de l'adorer.
— Elle a lu le journal ?
— Non. C'est moi qui lui ai appris qu'il a été tué. Elle ne voulait pas le croire.

» Ce n'est pas un restaurant cher, mais ce n'est pas un prix fixe non plus. Chaque midi, M. Louis s'offrait sa demi-bouteille de vin cacheté.

— D'autres personnes l'ont vu, dans le quartier ?
— Une dizaine environ, jusqu'à présent. Une des filles qui fait le coin de la rue le rencontrait presque tous les jours. La première fois,

elle a essayé de l'emmener. Il a dit non, gentiment, sans monter sur ses grands chevaux, et elle a pris l'habitude, chaque fois qu'elle le rencontrait, de lui lancer :

» — *Alors, c'est pour aujourd'hui ?*

» Ça les amusait tous les deux. Lorsqu'elle s'éloignait avec un client, il lui adressait un clin d'œil.

— Il n'a jamais suivi aucune d'elles ?

— Non.

— Elles ne l'ont pas vu avec une femme ?

— Pas elles. Un des vendeurs de la bijouterie.

— La bijouterie près de laquelle il a été tué ?

— Oui. Quand j'ai montré la photographie aux vendeurs et aux vendeuses, il y en a un qui l'a reconnu.

» — *C'est le bonhomme qui a acheté une bague la semaine dernière !* s'est-il exclamé.

— M. Louis était avec une jeune femme ?

— Pas particulièrement jeune. Le vendeur ne lui a pas prêté beaucoup d'attention, parce qu'il a cru qu'ils étaient mariés. Il a seulement remarqué qu'elle portait un renard argenté autour du cou et un collier avec un pendentif en forme de trèfle à quatre feuilles.

» — *Nous vendons les mêmes.*

— La bague était chère ?

— Du plaqué or avec un faux diamant.

— Ils n'ont rien dit devant lui ?

— Ils ont parlé comme mari et femme. Il ne se souvient pas des mots. Rien d'intéressant.

— Il la reconnaîtrait ?

— Il n'en est pas sûr. Elle était vêtue de noir, portait des gants. Elle a failli en oublier un sur le comptoir après avoir essayé la bague. C'est M. Louis qui est revenu sur ses pas pour le chercher. Elle l'attendait près de la porte. Elle est plus grande que lui. Sur le trottoir, il lui a pris le bras, et ils se sont dirigés vers la République.

— Rien d'autre ?

— Tout cela prend du temps. J'avais commencé plus haut, vers la rue Montmartre, mais, par là, je n'ai obtenu aucun résultat. J'allais oublier. Vous connaissez les marchands de gaufres de la rue de la Lune.

On y cuisait des gaufres presque en plein vent, dans des boutiques sans devanture, comme à la foire, et, dès le coin de la rue, on pouvait en sentir l'odeur sucrée.

— Ils se souviennent de lui. Il lui arrivait assez souvent de venir chercher des gaufres, toujours trois, qu'il ne mangeait pas sur place et qu'il emportait.

Les gaufres étaient énormes. La réclame affirmait que c'étaient les plus grosses de Paris, et il était improbable qu'après un copieux déjeuner le petit M. Louis eût été capable d'en dévorer trois.

Ce n'était pas l'homme non plus à aller les manger sur un banc.

Était-ce avec la femme à la bague qu'il les partageait ? Dans ce cas, elle ne devait pas habiter loin.

Peut-être les gaufres étaient-elles destinées au compagnon que M. Saimbron avait aperçu ?

— Je continue ?

— Bien sûr.

Cela faisait un peu mal au cœur à Maigret. Il aurait aimé s'occuper de ça lui-même, comme quand il était simple inspecteur.

— Où allez-vous, patron ?

— Jeter un coup d'œil là-bas.

Il n'en espérait rien. Simplement, comme il en était à moins de cent mètres, il avait envie de revoir l'endroit où M. Louis avait été tué. L'heure était presque la même. Aujourd'hui, il n'y avait pas de brouillard. L'impasse n'en était pas moins absolument noire, et on y voyait d'autant moins qu'on restait ébloui par les lumières crues de la bijouterie.

A cause des gaufres, des souvenirs de foire qui lui revenaient, Maigret eut un instant l'idée qu'un petit besoin avait conduit Thouret dans l'impasse, mais une vespasienne, juste en face, rendait cette supposition peu plausible.

— Si seulement je pouvais retrouver la femme ! soupirait Neveu, qui devait avoir mal aux pieds après toutes ses allées et venues.

Maigret, lui, aurait préféré retrouver l'homme qui était venu s'asseoir sur le banc après en avoir silencieusement demandé la permission à M. Louis, alors que celui-ci était en conversation avec le comptable. C'est pour cela qu'il observait les bancs les uns après les autres. Sur l'un d'eux, un vieux clochard avait posé un litre de rouge, à moitié plein, à côté de lui, mais il ne s'agissait pas de lui. M. Saimbron aurait dit :

— Un clochard.

Plus loin, une grosse femme de province attendait que son mari sorte de l'urinoir et en profitait pour reposer ses jambes enflées.

— A ta place, je m'occuperais moins des magasins que des gens sur les bancs.

Il avait fait assez longtemps la voie publique, à ses débuts, pour savoir que chaque banc a ses habitués, qui l'occupent aux mêmes heures de la journée.

Les passants ne les remarquent pas. Il est rare qu'on jette un coup d'œil aux gens assis sur les bancs. Mais les occupants, eux, se connaissent entre eux. N'est-ce pas en bavardant avec la mère d'un petit garçon, sur un banc du square d'Anvers, alors qu'elle attendait l'heure de son rendez-vous chez le dentiste, que Mme Maigret, sans le vouloir, avait découvert la trace d'un assassin ?

— Vous ne voulez pas que je fasse une rafle ?

— Surtout pas cela ! Simplement t'asseoir sur les bancs et lier connaissance.

— Bien, patron, soupira Neveu, que cette perspective n'enchantait pas et qui aurait encore préféré marcher.

Il ne se doutait pas que le commissaire, lui, aurait aimé être à sa place.

4

L'enterrement sous la pluie

Le lendemain, mercredi, Maigret dut aller témoigner en Cour d'assises et perdit la plus grande partie de l'après-midi à attendre dans la pièce grisâtre réservée aux témoins. Personne n'avait pensé à ouvrir le chauffage et on commença par geler. Puis, dix minutes après qu'on eut tourné la manette, il fit trop chaud, avec une forte odeur de corps mal lavés et de vêtements jamais aérés.

On jugeait un certain René Lecœur, qui avait tué sa tante à coups de bouteille, sept mois plus tôt. Il n'avait que vingt-deux ans, un corps de fort des halles et un visage de mauvais élève.

Pourquoi n'éclaire-t-on pas mieux les salles du Palais de Justice, où la lumière est toujours mangée par la grisaille ?

Maigret sortit de là déprimé. Un jeune avocat, qui commençait à faire parler de lui, surtout par son agressivité, attaquait férocement les témoins les uns après les autres.

Avec Maigret, il essaya d'établir que l'accusé n'avait avoué qu'à la suite des mauvais traitements subis au Quai des Orfèvres, ce qui était faux. Non seulement c'était faux, mais l'avocat le savait.

— Le témoin veut-il nous dire combien d'heures a duré le premier interrogatoire de mon client ?

Le commissaire y était préparé.

— Dix-sept heures.

— Sans manger ?

— Lecœur a refusé les sandwiches qu'on lui offrait.

L'avocat semblait dire aux jurés :

— Vous voyez, messieurs ! Dix-sept heures sans manger !

Est-ce que, pendant ce temps-là, Maigret avait mangé autre chose que deux sandwiches ? Et lui n'avait tué personne !

— Le témoin reconnaît-il avoir, le 7 mars, à trois heures du matin, frappé l'accusé, sans aucune provocation de la part de celui-ci, et alors que le pauvre garçon avait des menottes aux poignets ?

— Non.

— Le témoin nie avoir frappé ?

— A certain moment, je lui ai donné une gifle, comme j'en aurais donné une à un fils.

L'avocat avait tort. Ce n'était pas comme ça qu'il fallait s'y prendre.

Mais il ne se préoccupait que des réactions de l'audience et de ce que diraient les journaux.

Cette fois, contre les règles, il s'était adressé directement à Maigret, doucereux et mordant tout ensemble.

— Vous avez un fils, monsieur le commissaire ?
— Non.
— Vous n'avez jamais eu d'enfant ?... Pardon ?... Je n'ai pas entendu votre réponse...

Le commissaire avait dû répéter à voix haute qu'il avait eu une petite fille, qui n'avait pas vécu.

C'était tout. En quittant la barre, il était allé boire un verre à la buvette du Palais et était rentré dans son bureau. Lucas, qui venait de terminer une enquête en cours depuis une quinzaine de jours, s'était mis sur l'affaire Thouret.

— Pas de nouvelles du jeune Jorisse ?
— Toujours rien.

L'amoureux de Monique Thouret n'était pas rentré chez lui la veille au soir, n'avait pas reparu davantage à la librairie le matin, ni, à midi, au prix fixe du boulevard Sébastopol où il avait l'habitude de déjeuner avec la jeune fille.

C'était Lucas qui dirigeait les recherches à son sujet, en contact avec les gares, les gendarmeries, les postes-frontières.

Quant à Janvier, il continuait, en compagnie de quatre de ses collègues, à interroger les quincailliers dans l'espoir de retrouver le vendeur du couteau.

— Neveu n'a pas appelé ?

Maigret aurait dû être rentré beaucoup plus tôt au bureau.

— Il a téléphoné voilà une demi-heure. Il sonnera à nouveau vers six heures.

Maigret se sentait un peu las. L'image de René Lecœur, au banc des accusés, le poursuivait. Et aussi la voix de l'avocat, les juges figés, la foule dans la mauvaise lumière de la salle aux boiseries sombres. Cela ne le regardait pas. Une fois qu'un homme quittait la P.J. pour être remis entre les mains du juge d'instruction, le rôle du commissaire était terminé. Les choses ne se passaient pas toujours, alors, comme il l'aurait voulu. Il ne savait que trop ce qui allait arriver. Et, si ça avait été de lui...

— Lapointe n'a rien trouvé ?

Chacun avait fini par avoir une tâche déterminée. Le petit Lapointe, lui, allait de meublé en meublé, dans un périmètre toujours plus large, en partant du boulevard Saint-Martin. Il fallait bien que M. Louis change de souliers quelque part. Ou il avait une chambre à son nom, ou il disposait du logement de quelqu'un, peut-être celui de la femme au renard qui avait l'air d'une épouse légitime et à qui il avait acheté une bague.

Santoni, de son côté, continuait à s'occuper de Monique, dans l'espoir qu'Albert Jorisse essayerait d'établir un contact avec elle ou de lui donner de ses nouvelles.

La famille avait fait reprendre le corps, la veille, par une entreprise de pompes funèbres. L'enterrement était pour le lendemain.

Toujours des pièces à signer, des paperasses, des coups de téléphone sans intérêt. Il était curieux que pas une seule personne n'ait téléphoné, écrit, ou ne se soit présentée au sujet de M. Louis. C'était comme si sa mort n'eût laissé aucune trace.

— Allô ! Maigret à l'appareil.

La voix de l'inspecteur Neveu, qui était dans un bistrot, car on entendait une musique, sans doute la radio.

— Toujours rien de précis, patron. J'ai encore trouvé trois personnes, dont une vieille femme, qui passent une partie de leur temps sur les bancs des Boulevards et se souviennent de lui. Tout le monde répète la même chose : il était très gentil, poli avec chacun, prêt à lier conversation. D'après la vieille femme, il avait l'habitude de se diriger vers la République, mais elle le perdait bientôt de vue dans la foule.

— Elle ne l'a rencontré avec personne ?

— Pas elle. Un clochard m'a dit :

» — Il attendait quelqu'un. Quand l'homme est arrivé, il s'est éloigné avec lui.

» Mais il n'a pas pu me décrire son compagnon. Il a répété :

» — Un type comme on en voit des masses.

— Continue, soupira Maigret.

Puis il téléphona à sa femme qu'il rentrerait un peu en retard, descendit prendre l'auto et donna l'adresse de Juvisy. Il ventait. Le ciel était bas et mouvant comme au bord de la mer à l'approche d'une tempête. Le chauffeur eut de la peine à retrouver la rue des Peupliers, et il y avait de la lumière non seulement à la fenêtre de la cuisine, mais dans la chambre du premier étage.

La sonnerie ne fonctionna pas. On l'avait débranchée en signe de deuil. Mais quelqu'un l'avait entendu venir et la porte s'entrouvrit ; il vit une femme qu'il ne connaissait pas, plus âgée de quatre ou cinq ans que Mme Thouret, et qui lui ressemblait.

— Commissaire Maigret... dit-il.

Et elle, tournée vers la cuisine :

— Émilie !

— J'ai entendu. Fais-le entrer.

On le reçut dans la cuisine, car la salle à manger avait été transformée en chapelle ardente. Dans l'étroit corridor régnait une odeur de fleurs et de cierges. Plusieurs personnes étaient attablées devant un dîner froid.

— Je m'excuse de vous déranger...

— Je vous présente M. Magnin, mon beau-frère, qui est contrôleur.

— Enchanté...

Magnin était du type solennel et stupide, avait des moustaches rousses et une pomme d'Adam qui saillait.

— Vous connaissez déjà ma sœur Jeanne. Celle-ci est Céline...

C'est à peine s'il y avait place pour tout le monde dans la pièce trop petite. Seule, Monique ne s'était pas levée et regardait le commissaire avec des yeux fixes. Elle devait penser que c'était pour elle qu'il était venu, pour la questionner au sujet d'Albert Jorisse, et elle était figée par la peur.

— Mon beau-frère Landin, le mari de Céline, revient cette nuit par le train bleu. Il sera juste à temps pour l'enterrement. Vous ne voulez pas vous asseoir ?

Il fit non de la tête.

— Peut-être désirez-vous le voir ?

Elle tenait à lui montrer qu'on avait bien fait les choses. Il la suivit dans la pièce suivante, où Louis Thouret était étendu dans son cercueil dont on n'avait pas encore refermé le couvercle. Tout bas, elle souffla :

— On dirait qu'il dort.

Il fit ce qu'il devait faire, trempa un brin de buis dans l'eau bénite, se signa, remua un moment les lèvres et se signa à nouveau.

— Il ne s'est pas vu partir...

Elle ajouta :

— Il aimait tant la vie !

Ils sortirent sur la pointe des pieds, et elle referma la porte. Les autres attendaient le départ de Maigret pour se remettre à manger.

— Vous comptez assister à l'enterrement, monsieur le commissaire ?

— J'y serai. C'est justement à ce sujet que je suis venu.

Monique ne bougeait toujours pas, mais cette déclaration la soulageait. Maigret n'avait pas eu l'air de prêter attention à elle, et elle se gardait de remuer, comme si cela pût suffire pour conjurer le sort.

— Je suppose que vous et vos sœurs connaissez la plupart des personnes qui assisteront aux obsèques, ce qui n'est pas mon cas.

— Je comprends ! fit le beau-frère Magnin, comme si Maigret et lui avaient eu la même pensée.

Et, tourné vers les autres, il semblait leur dire :

« — Vous allez voir ! »

— Ce que je désirerais, simplement, c'est, au cas où il y aurait quelqu'un dont la présence vous paraîtrait bizarre, que vous me le signaliez.

— Vous croyez que l'assassin sera là ?

— Pas nécessairement l'assassin. Je m'efforce de ne rien négliger. N'oubliez pas qu'une partie de la vie de votre mari, pendant ces trois dernières années, nous est inconnue.

— Vous pensez à une femme ?

Non seulement son visage était devenu plus dur, mais celui de ses deux sœurs avait pris automatiquement la même expression.

— Je ne pense à rien. Je cherche. Si, demain, vous me faites signe, je comprendrai.

— N'importe qui que nous ne connaissions pas ?

Il fit « oui » de la tête, s'excusa encore de les avoir dérangés. Ce fut Magnin qui le conduisit à la porte.

— Vous avez une piste ? demanda-t-il, d'homme à homme, comme on parle au médecin qui vient de quitter son malade.

— Non.

— Pas la moindre petite idée !

— Pas la moindre. Bonsoir.

Cette visite-là n'était pas pour dissiper la pesanteur qui lui était tombée sur les épaules en attendant son tour de témoigner au procès Lecœur. Dans l'auto qui le ramenait à Paris, il fit une réflexion qui n'avait d'ailleurs aucune importance. Quand, à vingt ans, il était arrivé dans la capitale, ce qui l'avait le plus troublé était la fermentation constante de la grande ville, cette agitation continue de centaines de milliers d'humains en quête de quelque chose.

A certains points quasi stratégiques, cette fermentation était plus sensible qu'ailleurs, par exemple les Halles, la place Clichy, la Bastille et ce boulevard Saint-Martin, où M. Louis était allé mourir.

Ce qui le frappait autrefois, ce qui lui communiquait une fièvre romantique, c'étaient, dans cette foule en perpétuel mouvement, ceux qui avaient lâché la corde, les découragés, les battus, les résignés qui se laissaient aller à vau-l'eau.

Depuis, il avait appris à les connaître, et ce n'étaient plus ceux-là qui l'impressionnaient, mais ceux de l'échelon au-dessus, décents et propres, sans pittoresque, qui luttaient jour après jour pour surnager, ou pour se faire illusion, pour croire qu'ils existaient et que la vie vaut la peine d'être vécue.

Pendant vingt-cinq ans, chaque matin, M. Louis avait pris le même train, le matin, avec les mêmes compagnons de wagon, son déjeuner sous le bras dans une toile cirée, et, le soir, il avait retrouvé ce que Maigret avait envie d'appeler la maison des trois sœurs, car Céline et Jeanne avaient beau habiter d'autres rues, elles étaient toutes les trois présentes, bouchant l'horizon comme un mur de pierre.

— Au bureau, patron ?

— Non. Chez moi.

Ce soir-là, il conduisit Mme Maigret au cinéma, boulevard Bonne-Nouvelle, comme d'habitude, passant deux fois, au bras de sa femme, devant l'impasse du boulevard Saint-Martin.

— Tu es de mauvaise humeur ?

— Non.

— Tu ne m'as rien dit de la soirée.

— Je ne m'en suis pas aperçu.

La pluie commença à trois ou quatre heures du matin et, dans son sommeil, il entendit l'eau dévaler dans les gouttières. Quand il prit son petit déjeuner, elle tombait à seaux, par rafales, et, sur les trottoirs, les gens se cramponnaient à leur parapluie, qui menaçait sans cesse de se retourner.

— Un temps de Toussaint, remarqua Mme Maigret.

Dans son souvenir à lui, la Toussaint était grise, venteuse et froide, mais sans pluie : il n'aurait pas pu dire pourquoi.

— Tu as beaucoup de travail ?

— Je ne sais pas encore.

— Tu ferais mieux de mettre tes caoutchoucs.

Il le fit. Avant d'avoir trouvé un taxi, il avait déjà les épaules détrempées et, dans la voiture, de l'eau froide dégouttait de son chapeau.

— Quai des Orfèvres.

L'enterrement était à dix heures. Il passa un moment dans le bureau du chef, sans assister à la fin du rapport. Il attendait Neveu, qui devait venir le chercher. Il l'emmenait à tout hasard, car l'inspecteur, à présent, connaissait de vue des quantités de gens du quartier Saint-Martin, et Maigret suivait son idée.

— Toujours aucune nouvelle de Jorisse ? demanda-t-il à Lucas.

Sans raison sérieuse, Maigret était convaincu que le jeune homme n'avait pas quitté Paris.

— Tu devrais dresser une liste de ses amis, de tous ceux qu'il a fréquentés ces dernières années.

— J'ai commencé.

— Continue !

Il emmena Neveu, qui paraissait, détrempé lui aussi, dans l'encadrement de la porte.

— Beau temps, pour un enterrement ! grommela l'inspecteur. J'espère qu'il y aura des voitures ?

— Sûrement pas.

A dix heures moins dix, ils étaient devant la maison mortuaire, où l'on avait tendu des draps noirs à lames d'argent devant la porte. Des gens stationnaient, leur parapluie à la main, sur le trottoir non pavé où la pluie délayait la glaise jaunâtre et formait des rigoles.

Quelques-uns entraient, faisaient un petit tour dans la chambre mortuaire et ressortaient, le visage grave et important, conscients de la tâche qu'ils venaient d'accomplir. Il devait y avoir une cinquantaine de personnes, mais on en apercevait d'autres qui se tenaient à l'abri sur le seuil des maisons voisines. Il y aurait les voisins aussi, qui guettaient de leur fenêtre et ne sortiraient qu'à la dernière minute.

— Vous n'entrez pas, patron ?

— Je suis venu hier.

— Ça n'a pas l'air gai, là-dedans.

Neveu ne parlait évidemment pas de l'atmosphère de ce jour-là, mais de la maison en général. C'était pourtant le rêve de milliers de gens d'en posséder une semblable.

— Pourquoi sont-ils venus habiter ici ?

— A cause des sœurs et des beaux-frères.

On remarquait plusieurs hommes en uniforme des chemins de fer. La gare de triage n'était pas loin. La plus grande partie du lotissement était habitée par des gens qui, de près ou de loin, avaient à faire avec le train.

Le corbillard arriva d'abord. Puis, marchant vite sous son parapluie, un prêtre en surplis, qu'un enfant de chœur précédait en portant la croix.

Rien, dans cette rue, n'arrêtait le vent, qui plaquait aux corps les vêtements trempés. Le cercueil fut tout de suite mouillé. Tandis que la famille attendait dans le corridor, il y eut des chuchotements entre Mme Thouret et ses sœurs. Peut-être n'y avait-il pas assez de parapluies ?

Elles étaient en grand deuil, les deux beaux-frères aussi, et, derrière eux, venaient les filles, Monique et ses trois cousines.

Cela faisait sept femmes en tout, et Maigret aurait juré que les jeunes se ressemblaient autant que les mères. C'était une famille de femmes, où on avait l'impression que les hommes étaient conscients de leur minorité.

Les chevaux s'ébrouèrent. La famille prit place derrière le corbillard. Puis des gens qui devaient être des amis ou des voisins, et qui avaient droit aux premiers rangs.

Le reste suivit à la queue leu leu, en débandade, à cause des rafales de pluie, et il y en avait qui marchaient sur les trottoirs, en rasant les maisons.

— Tu ne reconnais personne ?

Personne de l'espèce qu'ils cherchaient. Aucune femme, d'abord, qui aurait pu jouer le rôle de la femme à la bague. Il y avait bien un col de renard, mais le commissaire l'avait vue sortir d'une maison de la rue et refermer la porte à clef derrière elle. Quant aux hommes, on n'en imaginait aucun assis sur un banc du boulevard Saint-Martin.

Maigret et Neveu n'en restèrent pas moins jusqu'au bout. Heureusement qu'il n'y eut pas de messe, seulement une absoute, et on ne se donna pas la peine de fermer les portes de l'église, dont les dalles furent instantanément couvertes de mouillé.

Deux fois, les regards de Monique et du commissaire se croisèrent, et les deux fois il sentit que la peur serrait la poitrine de la jeune fille.

— Nous allons jusqu'au cimetière ?

— Il n'est pas loin. On ne sait jamais.

Il fallut patauger dans la boue jusqu'aux chevilles, car la fosse se trouvait dans une section neuve, aux allées à peine tracées. Chaque fois qu'elle apercevait Maigret, Mme Thouret regardait autour d'elle avec attention pour lui montrer qu'elle se souvenait de sa recommandation. Quand il alla, comme les autres, présenter ses condoléances à la famille rangée devant la fosse, elle murmura :

— Je n'ai remarqué personne.

Elle avait le nez rouge, à cause du froid, et la pluie avait lavé sa poudre de riz. Les quatre cousines, elles aussi, étaient luisantes.

Ils attendirent encore un peu devant la grille, finirent par entrer dans le caboulot d'en face, où Maigret commanda deux grogs. Ils ne furent pas les seuls. Quelques minutes plus tard, la moitié de l'enterrement avait envahi le petit café et piétinait le carrelage pour se réchauffer les pieds.

De toutes les conversations il ne retint qu'une phrase :

— Elle n'a pas de pension ?

Les belles-sœurs, elles, en auraient, parce que leur mari était au chemin de fer. En somme, M. Louis avait toujours été le parent pauvre. Non seulement ce n'était qu'un magasinier, mais il ne toucherait jamais de pension.

— Qu'est-ce qu'elles vont faire ?

— La fille travaille. Sans doute qu'elles prendront un locataire.

— Tu viens, Neveu ?

La pluie les accompagna jusqu'à Paris, où on la voyait crépiter sur les trottoirs et où les voitures avaient d'épaisses moustaches d'eau boueuse.

— Où est-ce que je te dépose ?

— Ce n'est pas la peine que j'aille me changer, puisqu'il me faudra quand même remettre ça. Laissez-moi à la P.J. Je prendrai un taxi pour le commissariat.

Il y avait les mêmes traces dans les couloirs de la P.J. que sur les dalles de l'église, le même air humide et froid. Un type, menottes aux mains, attendait sur un banc près de la porte du commissaire des jeux.

— Rien de nouveau, Lucas ?

— Lapointe a téléphoné. Il est à la *Brasserie de la République*. Il a trouvé la chambre.

— Celle de Louis ?

— Il le prétend, bien que la propriétaire ne se montre pas encline à aider les recherches.

— Il a dit de l'appeler ?

— A moins que vous préfériez le rejoindre.

Maigret aimait mieux ça, car il lui répugnait, détrempé comme il l'était, de s'asseoir à son bureau.

— Rien d'autre ?

— Une fausse alerte au sujet du jeune homme. On croyait l'avoir retrouvé dans la salle d'attente de la gare Montparnasse. Ce n'est pas lui. Juste quelqu'un qui lui ressemble.

Maigret reprit la petite auto noire et, quelques minutes plus tard, il pénétrait dans la brasserie de la place de la République où Lapointe était assis près du poêle, devant une tasse de café.

— Un grog ! commanda-t-il.

Il lui semblait qu'une partie de l'eau froide qui tombait du ciel lui était entrée dans les narines, et il s'attendait à un rhume de cerveau. Peut-être à cause de la tradition qui veut qu'on attrape des rhumes aux enterrements ?

— Où est-ce ?

— A deux pas d'ici. C'est un hasard que j'aie trouvé, car ce n'est pas un hôtel meublé et la maison ne figure pas sur nos listes.

— Tu es sûr que c'est là ?

— Vous verrez vous-même la patronne. Je passais rue d'Angoulême, pour me rendre d'un boulevard à l'autre, quand, à une fenêtre, j'ai aperçu un écriteau : *Chambre à louer.* C'est une petite maison sans concierge, avec seulement deux étages. J'ai sonné, demandé à visiter la chambre. Tout de suite, j'ai tiqué sur la propriétaire, une femme d'un certain âge, qui a été rousse et qui a peut-être été belle, mais qui est maintenant décolorée, le cheveu rare, le corps avachi dans un peignoir bleu ciel.

» — C'est pour vous ? qu'elle m'a dit avant de se décider à ouvrir la porte tout à fait. Vous êtes seul ?

» J'entendis une porte qu'on entrouvrait au premier. J'ai entrevu une tête qui se penchait un instant au-dessus de la rampe, une jolie fille, celle-là, en peignoir, elle aussi.

— Un bordel ?

— Probablement pas tout à fait. Je ne jurerais pas que la patronne ne soit pas une ancienne sous-maîtresse.

» — Vous voulez louer au mois ? Où est-ce que vous travaillez ?

» Elle a fini par me conduire au second étage, dans une chambre qui donne sur la cour et qui n'est pas mal meublée. Un peu trop feutrée à mon goût, avec beaucoup de velours et de soie de mauvaise qualité, et une poupée sur le divan. Cela sentait encore la femme.

» — Qui vous a donné mon adresse ?

» J'ai failli lui répondre que j'avais lu l'écriteau. Tout le temps que je lui parlais, cela me gênait de voir un sein mou qui menaçait de glisser hors du peignoir.

» — Un de mes amis, ai-je dit.

» J'ai ajouté, à tout hasard :

» — Il m'a affirmé qu'il habitait chez vous.

» — Qui est-ce ?

» — M. Louis.

» Alors j'ai compris qu'elle le connaissait. Elle a changé d'expression. Elle a même changé de voix.

» — Connais pas ! a-t-elle laissé tomber sèchement. Vous avez l'habitude de rentrer tard ?

» Elle cherchait à se débarrasser de moi.

» — Au fait, continuai-je en jouant l'innocent, mon ami est peut-être ici pour le moment. Il ne travaille pas de la journée et ne se lève pas de bonne heure.

» — Est-ce que vous prenez la chambre, oui ou non ?

» — Je la prends, mais...

» — C'est payable d'avance.

» J'ai tiré mon portefeuille de ma poche. Comme par inadvertance, j'en ai sorti la photographie de M. Louis.

» — Tenez ! Voilà justement un portrait de mon ami.

» Elle n'y a jeté qu'un coup d'œil.

» — Je ne crois pas que nous nous entendions tous les deux, a-t-elle déclaré en marchant vers la porte.
» — Mais...
» — Si cela ne vous fait rien de descendre, j'ai mon dîner qui va brûler.
» Je suis certain qu'elle le connaît. Quand je suis sorti, un rideau a bougé. Elle doit être sur le qui-vive.
— Allons-y ! dit Maigret.
Bien que ce fût à deux pas, ils prirent la voiture, qui s'arrêta devant la maison. Le rideau bougea une fois de plus. La femme qui vint ouvrir ne s'était pas habillée et était toujours dans le même peignoir, dont le bleu lui allait aussi mal que possible.
— Qu'est-ce que c'est ?
— Police Judiciaire.
— Que voulez-vous ? Je me doutais bien que ce jeune hurluberlu me chercherait des histoires ! grommela-t-elle avec un mauvais regard à Lapointe.
— Nous serions mieux à l'intérieur pour causer.
— Oh ! je ne vous empêche pas d'entrer. Je n'ai rien à cacher.
— Pourquoi n'avez-vous pas admis que M. Louis était votre locataire ?
— Parce que cela ne regardait pas ce jeune homme.
Elle avait ouvert la porte d'un petit salon surchauffé, où il y avait partout des coussins de couleur criarde, avec des chats brodés, des cœurs, des notes de musique. Comme le jour passait à peine à travers les rideaux, elle alluma une lampe sur pied au vaste abat-jour orange.
— Qu'est-ce que vous me voulez, au juste ?
Maigret, à son tour, tira de sa poche la photographie de M. Louis qu'on venait d'enterrer.
— C'est bien lui, n'est-ce pas ?
— Oui. Vous finiriez quand même par le savoir.
— Depuis combien de temps était-il votre locataire ?
— Environ deux ans. Peut-être un peu plus.
— Vous en avez beaucoup ?
— Des locataires ? La maison est trop grande pour une femme seule. Les gens, à l'heure d'aujourd'hui, ne trouvent pas facilement à se loger.
— Combien ?
— Pour le moment, j'en ai trois.
— Et une chambre libre ?
— Oui. Celle que j'ai montrée à ce gamin. J'ai eu tort de ne pas me méfier de lui.
— Que savez-vous de M. Louis ?
— C'était un homme paisible, qui ne créait aucun trouble. Comme il travaillait la nuit...
— Vous savez où il travaillait ?
— Je n'ai pas eu la curiosité de le lui demander. Il partait le soir et

rentrait le matin. Il n'avait pas besoin de beaucoup de sommeil. Je lui ai souvent dit qu'il devrait dormir davantage, mais il paraît que tous ceux qui travaillent la nuit sont comme ça.

— Il recevait beaucoup ?

— Qu'est-ce que vous voulez savoir, exactement ?

— Vous lisez les journaux...

Il y avait un journal du matin ouvert sur un guéridon.

— Je vous voir venir. Mais, d'abord, j'ai besoin d'être sûre que vous ne me chercherez pas d'ennuis. Je connais la police.

Maigret, lui, était certain qu'en fouillant les archives de la police des mœurs on retrouverait la fiche de cette femme-là.

— Je ne crie pas sur les toits que je prends des locataires, et je ne les signale pas. Ce n'est pas un crime. N'empêche que, si on tient à m'embêter...

— Cela dépendra de vous.

— Vous promettez ? D'abord, quel est votre grade ?

— Commissaire Maigret.

— Bon ! Compris ! C'est plus sérieux que je ne pensais. Ce sont surtout vos collègues des Mœurs qui me font...

Et elle sortit tout à trac un mot si vulgaire qu'il fit presque rougir Lapointe.

— Je sais qu'il a été assassiné, d'accord. Mais je ne sais rien d'autre.

— Quel nom vous a-t-il donné ?

— M. Louis. C'est tout.

— Il recevait une femme brune, d'un certain âge.

— Une belle personne, qui n'a pas plus de quarante ans et qui sait se tenir.

— Il la recevait souvent ?

— Trois ou quatre fois par semaine.

— Vous connaissez son son nom ?

— Je l'appelais Mme Antoinette.

— En somme, vous avez l'habitude d'appeler les gens par leur prénom ?

— Je ne suis pas curieuse.

— Elle restait longtemps là-haut ?

— Le temps qu'il faut.

— Tout l'après-midi ?

— Des fois. D'autres fois, seulement une heure ou deux.

— Elle ne venait jamais le matin ?

— Non. Peut-être que cela est arrivé, mais pas souvent.

— Vous avez son adresse ?

— Je ne la lui ai pas demandée.

— Vos autres locataires sont des femmes ?

— Oui. M. Louis est le seul homme qui...

— Il n'a jamais entretenu de rapports avec elles ?

— Vous voulez dire faire l'amour ? Si c'est ça, non. J'ajouterai qu'il ne paraissait pas porté sur la chose. S'il l'avait voulu...

— Il les fréquentait ?
— Il leur parlait. Elles allaient parfois frapper à sa porte pour lui demander du feu, ou une cigarette, ou le journal.
— C'est tout ?
— Ils bavardaient. Parfois, aussi, il faisait une belote à deux avec Lucile.
— Elle est là-haut ?
— Elle est en vadrouille depuis deux jours. C'est fréquent. Elle a dû trouver quelqu'un. N'oubliez pas que vous m'avez promis de ne pas m'attirer d'ennuis. Ni à mes locataires.

Il ne répéta pas qu'il n'avait rien promis du tout.

— Personne d'autre n'est venu le voir ?
— Quelqu'un, deux ou trois fois, il n'y a pas très longtemps, a demandé après lui.
— Une jeune fille ?
— Oui. Elle n'est pas montée. Elle m'a priée de l'avertir qu'elle l'attendait.
— Elle a donné son nom ?
— Monique. Elle est restée dans le corridor, refusant même de pénétrer dans le salon.
— Il est descendu ?
— La première fois, il lui a parlé pendant quelques minutes, à voix basse, et elle est repartie. Les autres fois, il est sorti avec elle.
— Il ne vous a pas dit qui elle était ?
— Il m'a seulement demandé si je la trouvais jolie.
— Qu'avez-vous répondu ?
— Qu'elle était gentille comme on l'est aujourd'hui à son âge, mais que dans quelques années ce serait un vrai cheval.
— Quelles autres visites a-t-il reçues ?
— Vous ne voulez pas vous asseoir ?
— Merci. Il est inutile de mouiller vos coussins.
— Je tiens la maison aussi propre que je peux. Attendez. Il est venu quelqu'un d'autre, un jeune homme, qui n'a pas dit son nom. Quand je suis allée annoncer à M. Louis qu'il était en bas, il a paru agité. Il m'a priée de le faire monter. Le jeune homme est resté une dizaine de minutes.
— Il y a combien de temps de cela ?
— C'était en plein mois d'août. Je me souviens de la chaleur et des mouches.
— Il est revenu ?
— Ils sont rentrés une fois ensemble, comme s'ils s'étaient rencontrés dans la rue. Ils sont encore montés. Le jeune homme est reparti tout de suite.
— C'est tout ?
— Il me semble que cela en fait un paquet. Maintenant, je suppose que vous allez me demander de monter, vous aussi ?
— Oui.

— C'est au second, la chambre en face de celle que j'ai montrée à votre sous-verge, celle qui donne sur la rue et que nous appelons la chambre verte.

— J'aimerais que vous nous accompagniez.

Elle soupira, se hissa en soupirant le long des deux étages.

— N'oubliez pas que vous m'avez promis...

Il haussa les épaules.

— D'ailleurs, s'il vous prenait l'idée de me jouer un tour de cochon, je dirais au tribunal que tout ce que vous racontez n'est pas vrai.

— Vous avez la clef ?

Par l'entrebâillement d'une porte, à l'étage inférieur, il aperçut une jeune femme qui les regardait, complètement nue, une serviette de bain à la main.

— J'ai un passe-partout.

Et, se tournant vers la cage d'escalier :

— C'est pas les Mœurs, Yvette !

5

La veuve du sergent de ville

Le mobilier de la chambre avait dû être acheté dans une salle de vente du quartier. En noyer « massif », il datait de cinquante ou soixante ans et comportait entre autres meubles une vaste armoire à glace.

Ce qui avait le plus frappé Maigret, en entrant, c'était, sur la table ronde couverte d'une indienne, une cage où un canari s'était tout de suite mis à sautiller. Cela lui rappela le quai de la Mégisserie, le logement de M. Saimbron, et il aurait parié que Louis Thouret avait acheté l'oiseau une fois qu'il était allé voir le vieux comptable.

— Je suppose que c'est à lui ?

— Il l'a apporté il y a peut-être un an. Il s'est laissé refaire, car l'oiseau ne chante pas. C'est une femelle qu'on lui a refilée pour un mâle.

— Qui faisait le ménage ?

— Je loue les chambres avec les meubles et le linge, mais sans service. J'ai essayé, jadis. J'ai eu trop d'ennuis avec les bonnes. Comme mes locataires sont presque toujours des femmes...

— M. Louis nettoyait sa chambre ?

— Il faisait le lit, la toilette et prenait les poussières. Une fois par semaine, par exception pour lui, je montais donner un coup de torchon.

Elle restait debout dans l'encadrement de la porte et cela gênait un peu le commissaire. A ses yeux, ce n'était pas une chambre ordinaire. C'était l'endroit que M. Louis avait choisi pour s'y réfugier. Autrement dit, les choses qui s'y trouvaient ne correspondaient pas, comme c'est presque toujours le cas, aux petites nécessités de la vie, mais à un goût personnel, presque secret.

Dans l'armoire à glace, il n'y avait pas un seul complet, mais trois paires de souliers jaunes soigneusement conservés sur des embauchoirs. On voyait aussi, sur la tablette, un chapeau gris perle qu'il n'avait pas porté souvent, qu'il avait dû s'acheter, un jour de folie, par protestation contre l'atmosphère de Juvisy.

— Il fréquentait les courses ?
— Je ne crois pas. Il ne m'en a jamais parlé.
— Il vous parlait souvent ?
— En passant, il lui arrivait de s'arrêter dans le salon et de bavarder.
— Il était gai ?
— Il paraissait content de la vie.

Toujours par protestation contre les goûts de sa femme, il s'était offert une robe de chambre à ramages et une paire de pantoufles en chevreau rouge.

La pièce était en ordre, chaque chose à sa place, sans poussière sur les meubles. Dans un placard, Maigret trouva une bouteille de porto entamée, deux verres à pied. Et, à un crochet, un imperméable.

Il n'avait pas pensé à ça. Quand il pleuvait dans le milieu de la journée et qu'il ne pleuvait pas le soir, M. Louis ne pouvait pas rentrer à Juvisy avec les vêtements mouillés.

Il passait des heures à lire. Sur la commode se trouvait tout un rang de livres, des éditions populaires, des romans de cape et d'épée, avec seulement deux ou trois romans policiers, qui n'avaient pas dû lui plaire, car il n'en avait pas racheté d'autres.

Son fauteuil était près de la fenêtre. Tout à côté, sur un guéridon, on voyait une photographie dans un cadre en acajou, une femme d'une quarantaine d'années, très brune, vêtue de noir. Elle correspondait à la description du vendeur de la bijouterie. Elle devait être grande, à peu près de la taille de Mme Thouret, aussi forte que celle-ci, d'une chair aussi drue, et elle avait ce que dans certains milieux on appelle une belle prestance.

— C'est elle qui venait le voir plus ou moins régulièrement ?
— Oui.

Il trouva d'autres photographies dans un tiroir, de ces photos qu'on prend dans les cabines de photomaton, et il y en avait de M. Louis aussi, le visage un peu effacé, dont une avec son chapeau gris perle.

En dehors de deux paires de chaussettes et de quelques cravates, le logement ne contenait pas d'autres effets personnels, ni chemises, ni caleçons, pas de papiers non plus, de vieilles lettres, de ces mille riens dont on encombre petit à petit les tiroirs.

Maigret, qui se souvenait de son enfance et des jours où il lui était arrivé d'avoir quelque chose à cacher à ses parents, prit une chaise, la posa près de l'armoire à glace, dont il examina le dessus. Comme dans la plupart des maisons, il y avait là une épaisse couche de poussière, mais on voyait distinctement un rectangle grand comme une large enveloppe ou comme un livre, où un objet avait été posé.

Il ne fit aucune réflexion. La femme le suivait toujours des yeux et, comme Lapointe l'avait dit, un de ses seins, toujours le même, avait tendance à s'échapper du peignoir, mou et fluide comme de la pâte à pain.

— Il avait une clef de la chambre ?

On n'avait trouvé, sur lui, que la clef de la maison de Juvisy.

— Il en avait une, mais me la laissait en sortant.

— Les autres locataires font la même chose ?

— Non. Il m'a dit qu'il perdait tout, qu'il préférait laisser sa clef en bas et la prendre avant de monter. Comme il ne rentrait jamais le soir ni la nuit...

Maigret retira le portrait de son cadre. Avant de sortir, il donna de l'eau fraîche au canari, rôda encore un peu dans la pièce.

— Je reviendrai probablement, annonça-t-il.

Elle les précéda dans l'escalier.

— Je suppose qu'il est inutile que je vous offre un petit verre ?

— Vous avez le téléphone ? Donnez-moi donc votre numéro. Il est possible que j'aie un renseignement à vous demander.

— Bastille 22-51.

— Votre nom ?

— Mariette. Mariette Gibon.

— Je vous remercie.

— C'est tout ?

— Pour le moment.

Ils plongèrent vers l'auto, Lapointe et lui, sous la pluie qui tombait toujours avec la même force.

— Roule jusqu'au coin de la rue, commanda Maigret.

Et à Lapointe :

— Tu vas retourner chez elle. J'ai oublié ma pipe, dans la chambre du haut.

Maigret n'avait jamais oublié sa pipe nulle part. D'ailleurs, il en avait toujours deux en poche.

— Exprès ?

— Oui. Tu occuperas la Mariette pendant quelques minutes et me rejoindras ici.

Il désignait un petit bar où on vendait du bois et du charbon. Quant à lui, il se précipita vers le téléphone, appela la P.J.

— Lucas, s'il vous plaît... C'est toi, Lucas ?... Donne tout de suite des instructions pour qu'on branche le numéro suivant sur la table d'écoute : Bastille 22-51...

Puis, en attendant Lapointe, comme il n'avait rien à faire que boire son petit verre au comptoir, il étudia la photographie. Cela ne le surprenait pas que Louis ait choisi une maîtresse du même type physique que sa femme. Il se demandait seulement si elle avait le même caractère. C'était possible.

— Voici votre pipe, patron.
— Elle n'était pas en train de téléphoner quand tu es arrivé ?
— Je ne sais pas. Il y avait deux femmes avec elle.
— La femme nue ?
— Elle avait passé un peignoir.
— Tu peux aller déjeuner. Je te verrai au Quai cet après-midi. Je garde la voiture.

Il donna l'adresse de Léone, rue Clignancourt, se fit arrêter, en chemin, devant une confiserie, où il acheta une boîte de chocolats qu'il tint sous son pardessus pour traverser le trottoir. Cela lui paraissait incongru de pénétrer dans un magasin comme celui-là, où s'étalaient des choses si légères et si fragiles, avec des vêtements détrempés, mais il n'avait pas le choix. Gauchement, il tendit la boîte de chocolats en disant :

— Pour votre maman.
— Vous y avez pensé ?

Probablement à cause de l'humidité, il faisait encore plus chaud que la fois précédente.

— Vous ne voulez pas la lui donner vous-même ?

Il préférait rester dans le magasin, où on gardait encore un certain contact avec la vie du dehors.

— J'ai seulement à vous montrer cette photographie.

Elle y jeta un coup d'œil, dit tout de suite :

— C'est Mme Machère !

Il fut content. Ce n'était pas une de ces victoires dont les journaux font un gros titre. Ce n'était à peu près rien. Mais cela lui prouvait qu'il ne s'était pas trompé sur le compte de M. Louis. Celui-ci n'était pas l'homme à avoir ramassé une femme dans la rue, ou dans une brasserie. Le commissaire ne le voyait pas faire des avances à une inconnue.

— Comment se peut-il que vous la connaissiez ? questionna-t-il.
— Parce qu'elle a travaillé chez Kaplan. Pas longtemps. Seulement six ou sept mois. Pourquoi me montrez-vous ce portrait ?
— C'était la bonne amie de M. Louis.
— Ah !

Il lui faisait mal, bien sûr, mais ne pouvait pas l'éviter.

— Vous n'avez jamais rien remarqué, quand ils étaient tous les deux rue de Bondy ?
— Je jurerais qu'il n'y a jamais rien eu. Elle travaillait à la manutention, avec dix ou quinze autres, selon l'époque de l'année. C'est la femme d'un agent de police, je m'en souviens fort bien.
— Pourquoi a-t-elle quitté son travail ?
— Je crois qu'elle a dû subir une opération.
— Je vous remercie. Pardonnez-moi de vous avoir dérangée à nouveau.
— Vous ne me dérangez pas. Vous avez vu M. Saimbron ?
— Oui.

— Dites-moi. M. Louis ne vivait pas avec cette femme ?
— Elle lui rendait visite dans la chambre qu'il avait louée près de la République.
— Je suis persuadée que c'était une amie, qu'il n'y avait rien entre eux.
— C'est possible...
— Si les livres de la maison existaient encore, je pourrais vous donner son adresse, mais j'ignore ce qu'ils sont devenus.
— Du moment qu'il s'agit de la femme d'un agent de police, je trouverai. Vous avez dit Machère, n'est-ce pas ?
— A moins que ma mémoire me trompe, son petit nom est Antoinette.
— Au revoir, mademoiselle Léone.
— Au revoir, monsieur Maigret.

Il s'échappa, car la vieille femme s'agitait dans l'arrière-boutique, et il n'avait pas le courage d'aller la voir.
— A la Préfecture.
— Au Quai ?
— Non. A la Police Municipale.

Il était midi. Les gens qui sortaient des bureaux et des magasins hésitaient à traverser les rues pour se précipiter vers leur restaurant habituel. Il y avait des groupes sur tous les seuils, avec la même résignation morne dans le regard. Les journaux des kiosques étaient détrempés.
— Tu m'attends.

Il trouva le bureau du chef du personnel, s'informa d'un certain Machère. Quelques minutes plus tard, il apprenait qu'il y avait bien eu un Machère, sergent de ville, mais qu'il avait été tué au cours d'une bagarre, deux ans plus tôt. Il habitait à cette époque-là avenue Daumesnil. On servait une pension à sa veuve. Le couple n'avait pas d'enfants.

Maigret prit note de l'adresse. Pour gagner du temps, il appela Lucas au bout du fil, ce qui lui évitait de traverser le boulevard du Palais.
— Elle n'a pas téléphoné ?
— Pas jusqu'à présent.
— On ne l'a pas appelée non plus ?
— Pas elle. Seulement une des filles, une certaine Olga, au sujet d'un essayage. L'appel venait bien d'une couturière de la place Saint-Georges.

Il déjeunerait plus tard. Il se contenta, en passant, d'avaler un apéritif dans un bar et replongea dans la petite auto noire.
— Avenue Daumesnil.

C'était assez loin dans l'avenue, à proximité de la station de métro. L'immeuble était quelconque, petit-bourgeois, triste d'aspect.
— Mme Machère, s'il vous plaît ?
— Quatrième gauche.

Il y avait un ascenseur qui montait par saccades, avec des velléités de s'arrêter sans cesse entre deux étages. Le bouton de cuivre, sur la porte, était bien astiqué, le paillasson propre. Il sonna. Tout de suite, il entendit des pas à l'intérieur.

— Un instant ! lui cria-t-on à travers le panneau.

Elle devait être en négligé et passer une robe. Celle-ci n'était pas le genre de femme à se montrer en peignoir, même à l'employé du gaz.

Elle regarda Maigret sans mot dire, mais il vit bien qu'elle était émue.

— Entrez, monsieur le commissaire.

Elle était comme sur ses photographies, comme le commis bijoutier l'avait décrite, grande et forte, d'allure paisible, maîtresse d'elle-même. Elle avait reconnu Maigret. Et, bien entendu, elle savait pourquoi il était là.

— Par ici... J'étais en train de faire mon ménage...

Ses cheveux n'en étaient pas moins bien coiffés et elle portait une robe sombre dont une seule pression n'était pas attachée. Le parquet luisait. Près de la porte, on voyait deux patins de feutre sur lesquels elle devait glisser quand elle rentrait, les pieds mouillés.

— Je vais tout salir.

— Cela n'a pas d'importance.

C'était, en moins neuf, mais en mieux astiqué, le même intérieur qu'à Juvisy, avec presque les mêmes bibelots sur les meubles et, au-dessus du dressoir, la photographie d'un sergent de ville au cadre de laquelle on avait accroché une médaille.

Il n'essaya pas de l'embarrasser, ni de l'avoir par surprise. D'ailleurs, il n'y aurait pas eu de surprise. Il dit simplement :

— Je suis venu pour vous parler de Louis.

— Je m'y attendais.

Bien que triste, elle gardait les yeux secs, une contenance décente.

— Asseyez-vous.

— Je vais mouiller votre fauteuil. Vous étiez très bons amis, Louis Thouret et vous ?

— Il m'aimait bien.

— Seulement ?

— Peut-être qu'il m'aimait. Il n'avait jamais été heureux.

— Vous entreteniez déjà des relations avec lui, quand vous travailliez rue de Bondy ?

— Vous oubliez que mon mari vivait encore.

— Louis ne vous faisait pas la cour ?

— Il ne m'a jamais regardée autrement qu'il ne regardait les autres femmes de la manutention.

— C'est donc plus tard, alors que la maison Kaplan n'existait plus, que vous vous êtes retrouvés ?

— Huit ou neuf mois après la mort de mon mari.

— Vous vous êtes rencontrés par hasard ?

— Vous savez comme moi qu'une pension de veuve ne suffit pas pour vivre. J'ai dû chercher du travail. Déjà du vivant de mon mari, il m'était arrivé de travailler, notamment chez Kaplan, mais pas régulièrement. Une voisine m'a présentée au chef du personnel du Châtelet, et j'ai obtenu une place d'ouvreuse.

— C'est là que... ?

— Un jour qu'il y avait matinée, oui. On jouait *Le Tour du monde en quatre-vingts jours,* je m'en souviens. J'ai reconnu M. Louis en le conduisant à sa place. Il m'a reconnue aussi. Il ne s'est rien passé d'autre. Mais il est revenu, toujours en matinée, et il me cherchait des yeux en entrant. Cela a duré un certain temps, parce que, en dehors du dimanche, il n'y a que deux matinées par semaine. Un jour, à la sortie, il m'a demandé si j'accepterais de prendre l'apéritif avec lui. Nous avons dîné sur le pouce, car je devais être revenue pour la soirée.

— Il avait déjà sa chambre de la rue d'Angoulême ?

— Je suppose.

— Il vous a dit qu'il ne travaillait plus ?

— Il ne m'a pas dit ça, mais seulement qu'il était libre tous les après-midi.

— Vous n'avez pas su ce qu'il faisait ?

— Non. Je ne me serais pas permis de le lui demander.

— Il ne vous parlait pas de sa femme et de sa fille ?

— Beaucoup.

— Qu'est-ce qu'il vous racontait ?

— Vous savez, ce sont des choses qu'il est difficile de répéter. Quand un homme n'est pas heureux en ménage et vous fait des confidences...

— Il n'était pas heureux en ménage ?

— On le traitait en moins que rien, à cause de ses beaux-frères.

— Je ne comprends pas.

Maigret avait compris depuis longtemps, mais voulait la faire parler.

— Ils ont tous les deux de belles situations, des voyages gratuits pour eux et leur famille...

— Et une pension.

— Oui. On reprochait à Louis de ne pas être ambitieux, de se contenter toute sa vie d'une misérable place de magasinier.

— Où alliez-vous avec lui ?

— Presque toujours dans le même petit café, rue Saint-Antoine. Nous parlions pendant des heures.

— Vous aimez les gaufres ?

Elle rougit.

— Comment le savez-vous ?

— Il allait vous acheter des gaufres rue de la Lune.

— Beaucoup plus tard, quand...

— Quand vous avez commencé à vous rendre rue d'Angoulême ?

— Oui. Il voulait que je voie l'endroit où il passait une partie de son temps. Il appelait ça son cagibi. Il en était très fier.

— Il ne vous a pas dit pourquoi il avait loué une chambre en ville ?

— Pour avoir un coin à lui, ne fût-ce que quelques heures par jour.
— Vous êtes devenue sa maîtresse ?
— Je suis allée chez lui assez souvent.
— Il vous a offert des bijoux ?
— Tout juste des pendants d'oreilles, il y a six mois, et une bague, ces derniers temps.

Elle la portait au doigt.

— Il était trop bon, trop sensible. Il avait besoin qu'on le remonte. Quoi que vous puissiez penser, j'étais surtout une amie pour lui, sa seule amie.
— Il lui est arrivé de venir ici ?
— Jamais ! A cause de la concierge et des voisins. Tout le quartier en aurait parlé.
— Vous l'avez vu lundi ?
— Pendant une heure environ.
— Quelle heure ?
— Au début de l'après-midi. J'avais des courses à faire.
— Vous saviez où le trouver ?
— Je lui avais donné rendez-vous.
— Par téléphone ?
— Non. Je ne lui téléphonais jamais. Au cours de notre précédente entrevue.
— Où vous retrouviez-vous ?
— Presque toujours dans notre petit café. Parfois au coin de la rue Saint-Martin et des Boulevards.
— Il était à l'heure ?
— Toujours. Lundi, il faisait froid et il y avait du brouillard. J'ai la gorge sensible. Nous sommes allés dans un cinéma d'actualités.
— Boulevard Bonne-Nouvelle.
— Vous savez ?
— A quelle heure l'avez-vous quitté ?
— Vers quatre heures. Une demi-heure avant sa mort, si ce que les journaux ont imprimé est vrai.
— Vous ignoriez s'il avait un rendez-vous ?
— Il ne m'en a rien dit.
— Il ne vous parlait pas de ses amis, des gens qu'il fréquentait ?

Elle fit « non » de la tête, regarda le buffet vitré de la salle à manger.

— Vous me permettez de vous offrir un verre ? Je n'ai que du vermouth. Il est là depuis longtemps, car je ne bois pas.

Il accepta, pour lui faire plaisir, et il y avait un dépôt dans le fond de la bouteille qui devait dater de feu l'agent de police.

— Quand j'ai lu le journal, j'ai failli aller vous trouver. Mon mari me parlait souvent de vous. Tout à l'heure, je vous ai reconnu tout de suite, car j'ai vu souvent votre photo.
— Louis n'a jamais parlé de divorcer pour vous épouser ?
— Il avait trop peur de sa femme.

— Et de sa fille ?

— Il aimait beaucoup sa fille. Il aurait fait n'importe quoi pour elle. Je crois cependant qu'il en était un peu déçu.

— Pourquoi ?

— Ce n'est qu'une impression. Il était souvent triste.

Elle ne devait pas être gaie non plus, et elle parlait d'une voix monotone, sans accent. Était-ce elle qui, quand elle allait le voir rue d'Angoulême, astiquait l'appartement ?

Il ne la voyait pas se déshabiller devant Louis, s'étendre sur le lit. Il ne pouvait même pas l'imaginer nue, ou en culotte et en soutien-gorge. Où il les voyait mieux, c'était à une table du fond de leur petit café, comme elle disait, dans la pénombre, parlant à mi-voix, en jetant parfois un coup d'œil à l'horloge au-dessus du comptoir.

— Il dépensait beaucoup d'argent ?

— Cela dépend de ce que vous appelez beaucoup. Il ne se privait pas. On le sentait à son aise. Si je l'avais laissé faire, il m'aurait acheté des quantités de cadeaux, surtout des objets inutiles, qu'il apercevait dans les étalages.

— Vous ne l'avez jamais surpris sur un banc ?

— Sur un banc ? répéta-t-elle comme si cette question la frappait.

Elle hésita.

— Une fois que j'étais allée faire des courses dans la matinée. Il était en conversation avec un homme maigre, qui m'a produit une drôle d'impression.

— Pourquoi ?

— Parce qu'il fait penser à un clown ou à un comique démaquillé. Je ne l'ai pas dévisagé. J'ai remarqué que ses souliers étaient usés, comme le bas de son pantalon.

— Vous avez demandé à Louis qui c'était ?

— Il m'a répondu que, sur les bancs, on rencontre toute espèce de gens et que c'est amusant.

— Vous ne savez rien d'autre ? Vous n'avez pas eu envie d'aller à l'enterrement ?

— Je n'ai pas osé. Dans un jour ou deux, je compte aller porter des fleurs sur sa tombe. Je suppose que le gardien me la désignera. Est-ce que les journaux vont parler de moi ?

— Certainement pas.

— C'est important. Au Châtelet, ils sont très stricts, et je perdrais ma place.

Il n'était pas tellement loin du boulevard Richard-Lenoir et, en la quittant, Maigret se fit conduire chez lui, disant au chauffeur :

— Va manger quelque part et viens me chercher d'ici une heure.

Pendant le déjeuner, sa femme le regarda avec plus d'attention que d'habitude.

Elle finit par questionner :

— Qu'est-ce que tu as ?

— Qu'est-ce que j'aurais ?

— Je ne sais pas. Tu ressembles à quelqu'un d'autre.
— A qui ?
— A n'importe qui. Tu n'es pas Maigret.

Il rit. Il pensait tellement à Louis qu'il finissait par se comporter comme il imaginait que celui-ci l'aurait fait, par prendre ses expressions de physionomie.

— J'espère que tu vas changer de complet ?
— A quoi bon, puisque je me mouillerai à nouveau.
— Tu as un autre enterrement ?

Il endossa quand même les vêtements qu'elle lui préparait, et c'était agréable, ne fût-ce que pour un temps, de se sentir sec.

Quai des Orfèvres, il n'entra pas immédiatement dans son bureau, mais alla faire un tour à la Police des Mœurs.

— Tu connais une certaine Mariette ou Marie Gibon, toi ? J'aimerais que tu jettes un coup d'œil dans les fiches.
— Jeune ?
— Dans les cinquante piges.

Du coup, l'inspecteur attira des casiers de fiches jaunies et poussiéreuses. Il n'eut pas à chercher longtemps. La fille Gibon, née à Saint-Malo, avait été onze ans en carte et avait passé trois fois par Saint-Lazare au temps où Saint-Lazare existait encore. Deux arrestations pour entôlage.

— Elle a été condamnée ?
— Relâchée faute de preuves.
— Depuis ?
— Attendez. Je change de casier.

On retrouva sa trace dans des fiches plus récentes, mais qui dataient quand même d'une dizaine d'années.

— Elle a été, avant la guerre, sous-maîtresse dans une maison de massages de la rue des Martyrs. A cette époque-là, elle vivait avec un certain Philippe Natali, dit Philippi, qui a été condamné à dix ans pour meurtre. Je me souviens de l'affaire. Ils étaient trois ou quatre, qui ont abattu un type d'une bande rivale dans un tabac de la rue Fontaine. On n'a jamais su au juste lequel avait tiré et on les a salés tous.

— Il est en liberté ?
— Il est mort à Fontevrault.

Cela ne donnait rien.

— Et maintenant ?
— Sais pas. Si elle n'est pas morte aussi...
— Elle n'est pas morte.
— Elle a dû se ranger des voitures. Peut-être dame patronnesse dans son patelin natal ?
— Elle tient une maison meublée rue d'Angoulême, ne s'est pas déclarée aux Garnis, loge surtout des filles, mais je ne pense pas qu'elles fassent leur métier dans la maison.
— Je vois ça.

— J'aimerais qu'on surveille le coin et qu'on se renseigne sur les habitants.

— Facile.

— Il vaut mieux aussi que ce soit quelqu'un des Mœurs qui prenne la planque d'Angoulême. Ceux de ma brigade ne reconnaîtraient pas nécessairement certaines gens.

— Entendu.

Maigret put enfin s'asseoir, se laisser tomber plutôt dans le fauteuil de son bureau, et Lucas entrouvrit immédiatement la porte.

— Du nouveau ?

— Pas en ce qui concerne les coups de téléphone. Le numéro n'a appelé personne. Mais il y a eu ce matin un incident curieux. Une certaine Mme Thévenard, qui habite rue Gay-Lussac avec son neveu, a quitté son domicile pour se rendre à un enterrement.

— Elle aussi ?

— Pas le même. C'était dans le quartier. L'appartement est resté vide pendant son absence. Quand elle est rentrée et a ouvert le garde-manger pour y ranger le marché qu'elle avait fait par la même occasion, elle a remarqué qu'un saucisson qui s'y trouvait deux heures plus tôt avait disparu.

— Elle est sûre que...

— Certaine ! D'ailleurs, en fouillant l'appartement...

— Elle n'a pas eu peur ?

— Elle tenait à la main un revolver d'ordonnance qui a appartenu à son mari. Celui-ci a fait la guerre de 1914. C'est une drôle de femme, paraît-il, toute petite, boulotte, qui rit à chaque instant. En dessous du lit de son neveu, elle a trouvé un mouchoir qui n'appartient pas à celui-ci, ainsi que des miettes de pain.

— Que fait le neveu ?

— Il se prénomme Hubert et est étudiant. Comme les Thévenard ne sont pas riches, il travaille dans la journée en qualité de commis libraire boulevard Saint-Michel. Vous comprenez ?

— Oui. La tante a alerté la police ?

— Elle est descendue dans la loge pour téléphoner au commissariat. L'inspecteur m'a averti aussitôt. J'ai envoyé Leroy questionner Hubert à la librairie. Le jeune homme s'est mis à trembler de tous ses membres, puis il a éclaté en sanglots.

— Albert Jorisse est son ami ?

— Oui. C'est Jorisse qui l'a supplié de le cacher dans sa chambre pendant quelques jours.

— Sous quel prétexte ?

— Qu'il s'était disputé avec ses parents et que son père était si furieux qu'il était capable de le tuer.

— De sorte qu'il a passé deux jours et deux nuits sous le lit ?

— Seulement un jour et une nuit. La première nuit, il a rôdé dans les rues. Du moins est-ce ce qu'il a raconté à son ami. J'ai alerté les postes de police. Le gamin doit à nouveau errer dans la ville.

— Il a de l'argent ?
— Hubert Thévenard l'ignore.
— Tu as prévenu les gares ?
— Tout est paré, patron. Je serais surpris qu'on ne nous l'amène pas d'ici demain matin.

Qu'est-ce qu'ils faisaient, à Juvisy ? Sans doute la veuve, ses sœurs, les maris et les filles avaient-ils dîné tous ensemble, un bon dîner, certainement, comme on en sert d'habitude à l'occasion des enterrements. On avait discuté de l'avenir de Mme Thouret, de celui de Monique.

Maigret aurait juré qu'on avait servi de l'alcool aux hommes, et qu'ils avaient allumé le cigare de circonstance en se renversant sur leur chaise.

« — Prends un petit verre aussi, Émilie. Tu as besoin de te remonter. »

Que disait-on du mort ? On devait remarquer que, malgré le mauvais temps, il y avait eu beaucoup de monde à l'enterrement.

Maigret avait presque envie d'aller là-bas. Il avait surtout envie de voir Monique et d'avoir un sérieux entretien avec elle. Mais pas chez elle. Il ne voulait pas non plus la convoquer officiellement.

Machinalement, il appela le numéro de ses patrons.
— La maison Geber et Bachelier ?
— Georges Bachelier à l'appareil.
— Pouvez-vous me dire si Mlle Thouret est attendue à votre bureau demain matin ?
— Certainement. Elle a dû s'absenter aujourd'hui pour raison de famille, mais il n'y a aucun motif pour... Qui est à l'appareil ?

Maigret raccrocha.
— Santoni n'est pas au bureau ?
— Je ne l'ai pas vu depuis ce matin.
— Rédige une note lui disant de guetter, demain matin, à l'entrée de chez Geber et Bachelier. Quand Mlle Thouret arrivera, qu'il me l'amène gentiment.
— Ici ?
— Dans mon bureau, oui.
— Rien d'autre ?
— Non, rien ! Qu'on me laisse travailler.

Il en avait assez pour aujourd'hui de Louis Thouret, de sa famille et de sa maîtresse. Si ce n'avait été sa conscience professionnelle, il aurait planté là son bureau pour aller au cinéma.

Jusqu'à sept heures du soir, il abattit de la besogne comme si le sort du monde en dépendait, liquidant non seulement le dossier « en cours », mais encore des affaires qui attendaient depuis des semaines, certaines depuis des mois, et qui n'avaient aucune importance.

Quand il sortit enfin, les yeux brouillés d'avoir fixé tant de papier noirci, il lui sembla qu'il y avait quelque chose d'anormal, et il fut un certain temps avant de tendre la main et de s'apercevoir qu'il ne pleuvait plus. Cela créait comme un vide.

6

Les mendiants

— Qu'est ce qu'elle fait ?
— Rien. Elle est assise, bien droite, la tête haute, et regarde fixement devant elle.

Ce n'était même pas un fauteuil, mais une chaise, qu'elle avait choisie dans la salle d'attente.

Maigret le faisait exprès de la laisser mijoter, selon son expression. Quand Santoni, vers neuf heures vingt, était venu lui annoncer que Monique était là, il avait grommelé :

— Laisse-la dans la cage.

Il appelait ainsi la salle d'attente vitrée, aux fauteuils de velours vert, où tant d'autres, avant Monique Thouret, avaient perdu leur assurance.

— Comment est-elle ?
— En deuil.
— Ce n'est pas ce que je demande.
— Elle a eu presque l'air de s'attendre à me trouver là. Je me tenais à deux ou trois mètres de la porte de l'immeuble, rue de Rivoli. Quand elle est arrivée, je me suis avancé.

» — Pardon, mademoiselle...

» Elle m'a regardé en faisant de petits yeux. Elle doit être myope. Puis elle a dit :

» — Ah ! c'est vous.

» — Le commissaire désirerait vous voir un moment...

» Elle n'a pas protesté. J'ai arrêté un taxi et, en chemin, elle n'a pas ouvert la bouche.

Non seulement il ne pleuvait pas, mais il y avait du soleil. La lumière paraissait même plus épaisse que d'habitude, à cause de l'humidité de l'air.

Maigret, en se rendant au rapport, l'avait vue, de loin, assise dans son coin. Il l'avait retrouvée à la même place, une demi-heure plus tard, en revenant dans son bureau. Plus tard encore, il avait envoyé Lucas jeter un coup d'œil.

— Elle lit ?
— Non. Elle ne fait rien.

D'où elle était, elle avait un peu le même coup d'œil sur la P.J. que quand, dans un restaurant, on franchit la porte de l'office. Elle voyait, dans le couloir aux portes multiples, les inspecteurs aller et venir, des dossiers à la main, entrer les uns chez les autres, partir en mission ou en revenir. Parfois, ils s'arrêtaient pour échanger quelques mots sur une affaire en cours, et il arrivait que l'un d'eux ramène un prisonnier menottes aux poignets, ou pousse devant lui une femme en larmes.

D'autres personnes, arrivées après elle, avaient été introduites dans des bureaux, et elle ne manifestait toujours aucune impatience.

Le téléphone, rue d'Angoulême, restait muet. Mariette Gibon se doutait-elle de quelque chose ? Le coup de la pipe oubliée lui avait-il mis la puce à l'oreille ?

Neveu, qui s'était relayé avec un collègue de l'arrondissement pour surveiller la maison, n'avait rien noté d'anormal.

Quant à Albert Jorisse, on avait la quasi-certitude que la veille, à six heures du soir, il était encore à Paris. L'agent Dambois, qui, comme les autres, avait reçu son signalement, l'avait aperçu, vers cette heure-là, au coin de la place Clichy et du boulevard des Batignolles. Le jeune homme sortait d'un bar. L'agent s'était-il précipité trop vite pour l'appréhender ? Toujours est-il que Jorisse s'était mis à courir à travers la foule. Celle-ci était particulièrement dense. L'agent avait sifflé pour alerter ses collègues.

La chose n'avait rien donné, ne pouvait rien donner. C'est en vain qu'ensuite on avait battu le quartier. Quant au patron du bistrot, il avait déclaré que son client n'avait pas téléphoné, mais avait dévoré cinq œufs durs avec des petits pains et bu trois tasses de café.

— Il paraissait affamé.

Le juge Coméliau avait appelé Maigret.

— Toujours rien de nouveau ?

— J'espère mettre la main sur l'assassin dans les quarante-huit heures.

— C'est bien ce que nous pensions ? Crime crapuleux ?

Il avait dit « oui ».

Il y avait encore l'histoire du couteau. Au courrier du matin figurait une lettre de la maison qui les fabriquait. Dès le début de l'enquête, Janvier s'y était présenté en personne et un des hauts bonnets lui avait déclaré que rien ne permettait de déterminer que ce couteau-là avait été vendu chez tel quincailler plutôt que chez tel autre. Il avait cité non sans orgueil le chiffre astronomique de leur production.

Maintenant, quelqu'un qui faisait précéder sa signature de « Le Directeur adjoint » avisait le chef de la Police Judiciaire que, d'après le numéro relevé sur le manche, le couteau employé boulevard Saint-Martin faisait partie d'un lot qui avait été envoyé quatre mois plus tôt à un grossiste de Marseille.

C'est donc en vain que cinq inspecteurs, pendant trois jours, avaient questionné les commerçants de Paris. Janvier était furieux.

— Qu'est-ce que je fais, patron ?

— Alerte Marseille. Ensuite, tu prendras avec toi Moers ou un autre du laboratoire et tu te rendras rue d'Angoulême. Que Moers relève les empreintes digitales qu'il trouvera dans la chambre. Qu'il n'oublie pas de regarder attentivement au-dessus de l'armoire à glace.

Pendant ce temps-là, Monique attendait toujours. Et, parfois, Maigret envoyait quelqu'un jeter un coup d'œil dans la cage.

— Qu'est-ce qu'elle fait ?
— Rien.

De plus forts qu'elle, après une heure d'attente dans le cagibi vitré, étaient à bout de nerfs.

A onze heures moins le quart, il soupira enfin :

— Qu'on la fasse entrer.

Il la reçut debout, en s'excusant.

— Comme je désire avoir avec vous un assez long entretien, j'ai été obligé de liquider d'abord les affaires courantes.

— Je comprends.

— Voulez-vous prendre la peine de vous asseoir ?

Elle le fit, arrangea ses cheveux des deux côtés de son visage, posa son sac à main sur son giron. Il s'installa à sa place, porta une pipe à sa bouche, murmura avant de frotter l'allumette sur la boîte :

— Vous permettez ?
— Mon père fumait. Mes oncles fument aussi.

Elle était moins nerveuse, moins anxieuse que la première fois qu'elle était venue dans le même bureau. Il faisait si doux, ce matin-là, que le commissaire avait laissé la fenêtre entrouverte et que les bruits du dehors leur parvenaient, assourdis.

— Je voudrais, bien entendu, vous parler de votre père.

Elle fit « oui » de la tête.

— Et aussi de vous, ainsi que d'autres personnes.

Elle ne l'aidait pas, ne détournait pas davantage le regard, attendait, comme si elle prévoyait les questions qu'il allait lui poser.

— Vous aimez beaucoup votre mère, mademoiselle Monique ?

Son intention était de lui faire subir un interrogatoire « à la chansonnette », sur un ton bon enfant, en la mettant graduellement dans une situation telle qu'elle serait obligée de dire la vérité. Mais sa première réponse le dérouta.

Tranquillement, comme si c'était tout naturel, elle laissa tomber :

— Non.
— Vous voulez dire que vous ne vous entendez pas avec elle ?
— Je la déteste.
— Puis-je vous demander pourquoi ?

Il la vit hausser légèrement les épaules.

— Vous êtes venu à la maison. Vous l'avez vue.
— Vous ne voudriez pas préciser votre pensée ?
— Ma mère ne songe qu'à elle, qu'à son « quant-à-soi » et à ses vieux jours. Elle est vexée d'avoir réussi un moins beau mariage que ses sœurs et s'efforce de faire croire qu'elle a une aussi bonne situation qu'elles.

Il eut une certaine peine à ne pas sourire, mais elle disait cela avec grand sérieux.

— Vous aimiez votre père ?

Elle garda un moment le silence ; il dut répéter sa question.

— Je réfléchis. Je me le demande. C'est ennuyeux d'avouer ça, maintenant qu'il est mort.

— Vous ne l'aimiez pas beaucoup ?

— C'était un pauvre type.

— Qu'est-ce que vous appelez un pauvre type ?

— Il ne faisait rien pour que cela change.

— Quoi ?

— Tout.

Et, avec une soudaine ardeur :

— La vie que nous menions. Si on peut appeler ça une vie. Il y a longtemps que j'en ai assez et que je n'ai qu'une idée : partir.

— Vous marier ?

— En me mariant ou non. Pourvu que je parte.

— Vous comptiez vous en aller prochainement ?

— Un jour ou l'autre.

— Vous en aviez parlé à vos parents ?

— A quoi bon ?

— Vous seriez partie sans rien dire ?

— Pourquoi pas ? Qu'est-ce que cela aurait changé, pour eux ?

Il l'observait avec un intérêt croissant et parfois en oubliait de tirer sur sa pipe. Il dut la rallumer deux ou trois fois.

— Quand avez-vous appris que votre père ne travaillait plus rue de Bondy ? questionna-t-il à brûle-pourpoint.

Il s'attendait à une réaction ; il n'y en eut pas. Elle devait avoir prévu ces questions-là et avait préparé les réponses. C'était la seule explication à son attitude.

— Il y a près de trois ans. Je n'ai pas compté. C'était vers le mois de janvier. Janvier ou février. Il gelait.

La maison Kaplan avait été fermée fin octobre. En janvier et février, M. Louis était encore en quête d'une place. C'était l'époque où, au bout de son rouleau, il se décidait à contrecœur à emprunter de l'argent à Mlle Léone et au vieux comptable.

— C'est votre père qui vous en a parlé ?

— Non. Cela s'est passé plus simplement. Un après-midi que je faisais des recouvrements...

— Vous étiez déjà rue de Rivoli ?

— J'y suis entrée à dix-huit ans. Le hasard a voulu que j'aie une cliente, une coiffeuse pour dames, à voir dans l'immeuble où mon père travaillait. J'ai jeté un coup d'œil dans la cour. Il était passé quatre heures. Il faisait noir. Or le bâtiment du fond n'était pas éclairé. Surprise, j'ai questionné la concierge, qui m'a appris que la maison Kaplan n'existait plus.

— Vous n'en avez pas parlé à votre mère, en rentrant ?

— Non.
— A votre père non plus ?
— Il ne m'aurait pas dit la vérité.
— Il avait l'habitude de mentir ?
— C'est difficile à expliquer. Il s'efforçait, à la maison, d'éviter les scènes, répondant toujours ce qu'il fallait pour contenter ma mère.
— Il en avait peur ?
— Il désirait la paix.

Elle disait cela avec un certain mépris.

— Vous l'avez suivi ?
— Oui. Pas le lendemain, parce que je n'en ai pas eu l'occasion, mais deux ou trois jours plus tard. J'ai pris un train plus tôt, sous prétexte de travail urgent au bureau, et j'ai attendu près de la gare.
— Qu'a-t-il fait ce jour-là ?
— Il s'est présenté dans plusieurs bureaux, comme un homme qui cherche une place. A midi, il a mangé des croissants dans un petit bar, puis il s'est précipité à la porte d'un journal pour lire les petites annonces. J'ai compris.
— Quelle a été votre réaction ?
— Que voulez-vous dire ?
— Vous ne vous êtes pas demandé pourquoi il n'avait rien dit chez vous ?
— Non. Il n'aurait pas osé. Il aurait déclenché une scène. Mes oncles et mes tantes en auraient profité pour l'accabler de conseils et lui répéter qu'il manquait d'initiative. Depuis que je suis née, j'entends ce mot-là.
— Votre père n'en revenait pas moins, chaque fin de mois, avec son salaire ?
— C'est ce qui m'a étonnée. Je m'attendais chaque fois à le voir les mains vides. Au lieu de cela, un beau jour, il a annoncé à ma mère qu'il avait « exigé » une augmentation et l'avait obtenue.
— Quand était-ce ?
— Pas mal plus tard. L'été. Vers le mois d'août.
— Vous en avez déduit que votre père avait trouvé une situation ?
— Oui. J'ai voulu savoir et l'ai suivi à nouveau. Mais il ne travaillait toujours pas. Il se promenait, s'asseyait sur les bancs. Croyant que c'était peut-être son jour de congé, je l'ai encore suivi après une semaine ou deux, en choisissant un autre jour de la semaine. C'est cette fois-là qu'il m'a aperçue, sur les Grands Boulevards, où il venait de s'asseoir sur un banc. Il est devenu pâle, a hésité, s'est enfin avancé vers moi.
— Il a su que vous l'aviez suivi ?
— Je ne le pense pas. Il a dû se dire que j'étais là par hasard. Il m'a fait des confidences, en m'offrant un café crème à une terrasse. Le temps était très chaud.
— Que vous a-t-il raconté ?
— Que la maison Kaplan avait été expropriée, qu'il s'était trouvé

sur le pavé et avait préféré ne rien dire à ma mère pour ne pas l'inquiéter, sûr qu'il était de trouver rapidement un autre emploi.

— Il portait des souliers jaunes ?

— Pas ce jour-là. Il a ajouté que cela avait été plus dur qu'il n'avait pensé, mais que maintenant tout allait bien, qu'il était dans les assurances et que son travail lui laissait des loisirs.

— Pourquoi n'en parlait-il pas chez vous ?

— Toujours à cause de ma mère. Elle méprise les gens qui vont de porte en porte, que ce soit pour vendre des aspirateurs ou pour placer des assurances. Elle les appelle des propres-à-rien et des mendiants. Si elle avait appris que son mari faisait ce métier-là, elle en aurait été tellement humiliée qu'elle lui aurait rendu la vie impossible. Surtout vis-à-vis de ses sœurs.

— Votre mère est fort sensible à l'opinion de ses sœurs, n'est-ce pas ?

— Elle ne veut pas être moins qu'elles.

— Vous avez cru ce que votre père vous disait au sujet des assurances ?

— Sur le moment.

— Et après ?

— J'en ai été moins sûre.

— Pourquoi ?

— D'abord parce qu'il gagnait trop d'argent.

— Tant que ça ?

— J'ignore ce que vous appelez tant que ça. Après quelques mois, il a annoncé qu'il était nommé sous-directeur, toujours chez Kaplan, et qu'il était à nouveau augmenté. Je me souviens d'une discussion à ce sujet-là. Maman voulait qu'il fasse changer la profession sur sa carte d'identité. Elle avait toujours été humiliée par le mot magasinier. Il répondit que ce n'était pas la peine d'entreprendre des démarches pour si peu de chose.

— Je suppose que votre père et vous vous regardiez d'un air entendu ?

— Quand il était sûr que ma mère ne pouvait pas me voir, il m'adressait un clin d'œil. Parfois, le matin, il glissait un billet de banque dans mon sac.

— Pour acheter votre silence ?

— Parce que ça lui plaisait de me donner de l'argent.

— Vous m'avez dit qu'il vous était arrivé d'aller déjeuner avec lui.

— C'est exact. Il me donnait rendez-vous, à voix basse, dans le corridor. Au restaurant, il me faisait prendre les plats les plus chers, me proposait ensuite de m'emmener au cinéma.

— Il portait ses souliers jaunes ?

— Une fois. C'est alors que je lui ai demandé où il changeait de chaussures, et il m'a expliqué que, pour ses affaires, il était obligé d'avoir une chambre en ville.

— Il vous a donné l'adresse ?

— Pas tout de suite. Tout cela a duré longtemps.
— Vous aviez un amoureux ?
— Non.
— Quand avez-vous fait la connaissance d'Albert Jorisse ?

Elle ne rougit pas, ne bafouilla pas. Elle s'attendait à cette question-là aussi.

— Il y a quatre ou cinq mois.
— Vous l'aimez ?
— Nous devons partir ensemble.
— Pour vous marier ?
— Quand il aura l'âge. Il n'a que dix-neuf ans et ne peut pas se marier sans le consentement de ses parents.
— Ils refusent leur consentement ?
— Ils ne le donneraient sûrement pas.
— Pourquoi ?
— Parce qu'il n'a pas de situation. Les parents ne pensent qu'à ça. Comme ma mère.
— Où aviez-vous l'intention d'aller ?
— En Amérique du Sud. J'ai déjà fait ma demande de passeport.
— Vous avez de l'argent ?
— J'en ai un peu. On me laisse une partie de ce que je gagne.
— Quand êtes-vous allée pour la première fois en demander à votre père ?

Elle le regarda un instant dans les yeux, soupira :

— Vous savez ça aussi !

Puis, sans hésiter :

— Je m'en doutais. C'est pourquoi je vous dis la vérité. Je ne pense pas que vous soyez assez salaud pour aller répéter tout ça à ma mère. A moins que vous soyez comme elle !
— Je n'ai nullement l'intention de raconter vos affaires à votre mère.
— D'ailleurs, cela ne changerait rien !
— Vous voulez dire que vous partiriez quand même ?
— Un jour ou l'autre, oui.
— Comment avez-vous connu l'adresse à Paris de votre père ?

Cette fois, elle fut sur le point de mentir.

— C'est Albert qui l'a trouvée.
— En le suivant ?
— Oui. Nous nous demandions tous les deux ce qu'il pouvait faire pour gagner sa vie. Nous avons décidé qu'Albert le suivrait.
— En quoi cela vous intéressait-il ?
— Albert prétendait que mon père devait se livrer à un trafic irrégulier.
— En quoi cela vous aurait-il avancée de le savoir ?
— Il devait gagner beaucoup d'argent.
— Vous comptiez lui en demander une partie ?
— Tout au moins de quoi payer le bateau.

— En le faisant chanter.
— C'est naturel qu'un père...
— Bref, votre ami Albert s'est mis à espionner votre père.
— Il l'a suivi pendant trois jours.
— Qu'a-t-il découvert ?
— Vous avez découvert quelque chose, vous ?
— Je vous ai posé une question.
— D'abord que mon père avait une chambre rue d'Angoulême. Ensuite qu'il ne s'occupait pas du tout d'assurances, mais passait la plus grande partie de son temps à traîner sur les Grands Boulevards et à s'asseoir sur les bancs. Enfin...
— Enfin ?
— Qu'il avait une maîtresse.
— Quel effet cette révélation vous a-t-elle produit ?
— J'aurais été plus contente si elle avait été jeune et jolie. Elle ressemble à maman.
— Vous l'avez vue ?
— Albert m'a désigné l'endroit où ils avaient l'habitude de se rencontrer.
— Rue Saint-Antoine ?
— Oui. Dans un petit café. Je suis passée comme par hasard et j'ai jeté un coup d'œil. Je n'ai pas eu le temps de la dévisager, mais je me suis fait une idée. Cela ne doit pas être plus drôle avec elle qu'avec ma mère.
— Vous êtes allée ensuite rue d'Angoulême ?
— Oui.
— Votre père vous a donné de l'argent ?
— Oui.
— Vous l'avez menacé ?
— Non. J'ai prétendu que j'avais perdu l'enveloppe dans laquelle se trouvaient les encaissements de l'après-midi et que, si je ne trouvais pas la somme, on me mettrait à la porte. J'ai ajouté qu'on me poursuivrait comme une voleuse.
— Quelle a été sa réaction ?
— Il a paru gêné. J'ai aperçu une photographie de femme sur le guéridon et je l'ai saisie en m'exclamant :
» — Qui est-ce ?
— Qu'a-t-il répondu ?
— Qu'il s'agissait d'une amie d'enfance qu'il avait retrouvée par hasard.
— Vous ne vous considérez pas comme une petite garce ?
— Je me défends.
— Contre qui ?
— Contre tout le monde. Je n'ai pas envie de finir, comme ma mère, dans une maison ridicule où on étouffe.
— Albert est allé voir votre père, lui aussi ?
— Je n'en sais rien.

— Vous mentez, mon petit.

Elle le regarda gravement, finit par admettre :

— Oui.

— Pourquoi mentez-vous sur ce point précis ?

— Parce que, depuis que mon père a été assassiné, je prévois qu'on cherchera des ennuis à Albert.

— Vous savez qu'il a disparu ?

— Il m'a téléphoné.

— Quand ?

— Avant de disparaître, comme vous dites. Il y a deux jours.

— Il vous a dit où il allait ?

— Non. Il était extrêmement agité. Il est persuadé qu'on l'accusera d'être l'assassin.

— Pourquoi ?

— Parce qu'il est allé rue d'Angoulême.

— Quand avez-vous appris que nous sommes sur sa piste ?

— Quand votre inspecteur a interrogé cette chipie de Mlle Blanche. Elle me déteste. Elle s'est vantée, après, d'en avoir assez dit pour rabattre mon caquet, selon son expression. J'ai essayé de rassurer Albert. Je lui ai affirmé qu'en se cachant il se conduisait comme un imbécile, parce que, justement, cela le rendait suspect.

— Il n'a pas entendu raison ?

— Non. Il était si agité qu'il pouvait à peine me parler, au téléphone.

— Qu'est-ce qui vous prouve qu'il n'a pas tué votre père ?

— Pourquoi l'aurait-il fait ?

Elle ajoutait posément, en personne raisonnable :

— Nous pouvions lui demander tout l'argent que nous voulions.

— Et si votre père avait refusé ?

— Il n'aurait pas pu. Albert n'avait qu'à le menacer de tout raconter à ma mère. Je sais ce que vous pensez. Vous me considérez comme une garce, vous l'avez dit, mais si vous aviez passé vos plus belles années, comme on dit, dans l'atmosphère de Juvisy...

— Vous n'avez pas vu votre père, le jour de sa mort ?

— Non.

— Albert non plus ?

— Je suis à peu près sûre que non. Nous n'avions rien prévu pour ce jour-là. Nous avons déjeuné ensemble, comme d'habitude, et il ne m'a parlé de rien.

— Vous savez où votre père gardait son argent ? Si je comprends bien, votre mère avait l'habitude, le soir, de passer l'inspection de ses poches et de son portefeuille.

— Elle l'a toujours fait.

— Pourquoi ?

— Parce que, une fois, il y a plus de dix ans, elle a trouvé du rouge à lèvres sur son mouchoir. Or ma mère n'use pas de rouge à lèvres.

— Vous étiez bien jeune.

— J'avais dix ou douze ans. Je m'en souviens, néanmoins. Ils ne se sont pas préoccupés de moi. Mon père a juré qu'à cause de la chaleur une des femmes de la manutention s'était évanouie au magasin et qu'il lui avait fait respirer de l'alcool sur son mouchoir.

— C'était probablement vrai.

— Ma mère ne l'a pas cru.

— Pour en revenir à ma question, votre père ne pouvait pas rentrer chez lui avec plus d'argent en poche qu'il n'était supposé en gagner.

— Il le conservait dans sa chambre.

— Au-dessus de l'armoire à glace ?

— Comment le savez-vous ?

— Et vous ?

— Une fois que je suis allée lui en demander, il est monté sur une chaise et a pris une enveloppe jaune qui se trouvait au-dessus de l'armoire et qui contenait des billets de mille francs.

— Beaucoup ?

— Une grosse liasse.

— Albert le savait ?

— Ce n'était pas une raison pour le tuer. Je suis sûre qu'il ne l'a pas fait. D'ailleurs, il ne se serait pas servi d'un couteau.

— Qu'est-ce qui vous permet d'être si affirmative ?

— Je l'ai vu tourner presque de l'œil en se coupant au doigt avec un canif. La vue du sang le rend malade.

— Vous couchez avec lui ?

Une fois de plus, elle haussa les épaules.

— Cette question ! fit-elle.

— Où ?

— N'importe où. Il y a assez d'hôtels à Paris qui ne sont faits que pour ça. Vous n'allez pas prétendre que la police l'ignore !

— En somme, pour résumer cette intéressante conversation, Albert et vous faisiez chanter votre père avec l'idée, quand vous auriez assez d'argent, de filer en Amérique du Sud ?

Elle ne broncha pas.

— Je retiens aussi que, malgré vos filatures, vous n'êtes pas parvenue à découvrir comment votre père se procurait son argent.

— Nous n'avons pas cherché beaucoup.

— Il n'y a, bien entendu, que le résultat qui compte.

Parfois Maigret avait l'impression qu'elle le regardait avec une certaine condescendance. Elle devait penser que, pour un commissaire de la P.J., il était aussi naïf que sa mère, ses tantes et ses oncles.

— Maintenant, vous savez tout, murmura-t-elle en faisant mine de se lever. Vous remarquerez que je n'ai pas essayé de jouer les saintes nitouches. Quant à l'idée que vous vous faites de moi, cela m'est égal.

Quelque chose, pourtant, la tracassait.

— Vous êtes sûr que vous ne direz rien à ma mère ?

— Qu'importe, puisque vous comptez quand même partir !

— D'abord cela prendra un certain temps. Ensuite j'aimerais autant éviter une scène.

— Je comprends.
— Albert n'est pas majeur, et ses parents pourraient...
— J'aimerais beaucoup avoir un entretien avec Albert.
— Si cela ne tenait qu'à moi, il serait ici ce matin. C'est un imbécile. Je suis sûre qu'il est caché quelque part, tremblant de tous ses membres.
— Vous ne paraissez pas lui vouer une grande admiration ?
— Je n'admire personne.
— Sauf vous-même.
— Je ne m'admire pas non plus. Je me défends.
A quoi bon discuter.
— Vous avez prévenu mes patrons que j'étais ici ?
— Je leur ai téléphoné que j'avais besoin de vous pour certaines formalités.
— A quelle heure m'attendent-ils ?
— Je n'ai pas fixé d'heure.
— Je peux partir ?
— Je ne vous retiens pas.
— Vous allez me faire suivre par un de vos inspecteurs ?
Il faillit éclater de rire, parvint à garder son sérieux.
— C'est possible.
— Il perdra son temps.
— Je vous remercie.

Maigret, en effet, la fit suivre, encore que persuadé que cela ne donnerait rien. Ce fut Janvier, qui était disponible, qui prit la filature.

Quant au commissaire, il resta dix bonnes minutes, les coudes sur son bureau, la pipe aux dents, à fixer vaguement la fenêtre. A la fin, il se secoua comme un dormeur qui n'arrive pas à recouvrer ses esprits, se leva en grommelant à mi-voix :

— Bougre d'idiote !

Il passa, sans trop savoir que faire, dans le bureau des inspecteurs.

— Toujours pas de nouvelles du gamin ?

Celui-ci devait avoir envie de prendre contact avec Monique. Mais comment y arriver sans se faire arrêter ? Maigret avait oublié de poser une question, qui n'était pas sans importance. Qui, d'elle ou de lui, avait la garde du pécule que les deux amants amassaient en vue de leur départ pour l'Amérique du Sud ? Si c'était lui, il avait probablement l'argent en poche. Dans le cas contraire, il était possible qu'il n'eût plus de quoi manger.

Il attendit encore quelques minutes, en arpentant, songeur, les deux bureaux, puis il appela la maison Geber et Bachelier.

— Je voudrais parler à Mlle Monique Thouret.
— Un instant. Je crois qu'elle rentre justement.
— Allô ! fit la voix de Monique.
— Ne vous réjouissez pas. Ce n'est pas encore Albert, mais le commissaire. J'ai oublié de vous poser une question. Est-ce lui ou vous qui avez l'argent ?

Elle comprit.

— C'est moi.
— Où ?
— Ici. J'ai un bureau qui ferme à clef.
— Il a de l'argent en poche ?
— Sûrement pas beaucoup.
— Merci. C'est tout.

Lucas lui faisait signe qu'on le demandait à un autre appareil. Il reconnut la voix de Lapointe.

— Tu téléphones de la rue d'Angoulême ? s'étonna le commissaire.
— Pas de la maison. Du bistrot du coin.
— Que se passe-t-il ?
— Je ne sais pas si c'est fait exprès, mais j'ai tenu à vous avertir. Nous avons trouvé la chambre nettoyée à fond. Le plancher et les meubles ont été cirés, tous les objets époussetés.
— Le dessus de l'armoire ?
— Aussi. J'ai eu l'impression que la femelle me regardait d'un œil goguenard. Je lui ai demandé quand le nettoyage avait eu lieu. Elle m'a répondu qu'hier après-midi elle disposait de la femme de ménage, qui vient deux fois par semaine, et qu'elle en avait profité pour procéder au grand nettoyage.

» Vous ne lui avez rien dit et, comme la chambre va être à louer...

C'était une bévue. Maigret aurait dû y penser.

— Où est Moers ?
— Toujours là-haut. Il s'assure qu'aucune empreinte n'a échappé au carnage, il n'a encore rien trouvé. S'il s'agit réellement d'une femme de ménage, elle a fait du beau travail. Je rentre au Quai ?
— Pas tout de suite. Demande le nom et l'adresse de la femme en question. Va la trouver. Qu'elle te raconte comment cela s'est passé, quelles instructions elle a reçues, qui était dans la pièce quand elle travaillait...
— Compris.
— Moers peut rentrer. Encore un mot. Tu apercevras quelqu'un des Mœurs dans les parages.
— C'est Dumoncel. Je viens de lui parler.
— Qu'il demande du renfort à son service. Quand une des locataires sortira, je veux qu'on la suive.
— Elles ne sont pas près de sortir. Il y en a une dont la manie est de se promener toute nue dans l'escalier, et une autre qui est en train de prendre son bain. Quant à la troisième, il paraît qu'elle n'est pas rentrée depuis plusieurs jours.

Maigret se dirigea vers le bureau du chef, comme cela lui arrivait de temps en temps, sans raison précise, seulement pour bavarder de l'affaire en cours. Il aimait l'atmosphère de ce bureau-là et se tenait toujours debout devant la même fenêtre d'où l'on découvre le pont Saint-Michel et les quais.

— Fatigué ?
— J'ai l'impression de jouer à un jeu de patience. Comme j'ai envie

d'être partout à la fois, je finis par tourner en rond dans mon bureau. Ce matin, j'ai eu un des interrogatoires les plus...

Il s'arrêta, cherchant le mot qu'il ne trouvait pas. Il se sentait éreinté, plus exactement vide, avec le genre de découragement que donne la gueule de bois.

— C'était pourtant une jeune fille, presque une gamine.
— La fille Thouret ?

Le téléphone sonnait. Le chef décrochait.

— Il est ici, oui.

A Maigret :

— C'est pour vous. Neveu est là avec quelqu'un et a hâte de vous montrer sa trouvaille.
— A tout à l'heure.

Dans l'antichambre, il aperçut l'inspecteur Neveu, debout, très agité, et, assis près de lui, sur une des chaises, un bonhomme malingre et pâle, sans âge, qu'il eut l'impression d'avoir déjà vu. Il avait même l'impression de le connaître comme sa poche, tout en étant incapable de mettre un nom sur son visage.

— Tu veux me parler d'abord ? demanda-t-il à Neveu.
— C'est inutile. Il ne serait pas prudent de laisser ce lascar seul un instant.

Alors, seulement, Maigret remarqua que l'homme avait les menottes aux poignets.

Il ouvrit la porte de son bureau. Le prisonnier entra, traînant un peu la patte. Il sentait l'alcool. Neveu, derrière lui, referma la porte à clef et débarrassa son compagnon des menottes.

— Vous ne le reconnaissez pas, patron ?

Maigret ne retrouvait toujours pas le nom, mais il avait quand même, soudain, une révélation. L'homme avait une tête de clown démaquillé, des joues en caoutchouc, une grande bouche qui s'étirait dans une expression à la fois amère et cocasse.

Qui est-ce qui avait parlé d'une tête de clown dans cette affaire ? Mlle Léone ? M. Saimbron, le vieux comptable ? Quelqu'un, en tout cas, qui avait vu M. Louis sur un banc du boulevard Saint-Martin ou du boulevard Bonne-Nouvelle avec un compagnon.

— Assieds-toi.

L'homme répondit, en habitué de la maison :

— Merci, chef.

7

Le marchand d'imperméables

— Jef Schrameck, dit Fred le Clown, dit aussi l'Acrobate, né à Riquewihr, Haut-Rhin, il y a soixante-trois ans.

Tout excité par son succès, l'inspecteur Neveu présentait son client à la façon d'un numéro de cirque.

— Vous vous souvenez, maintenant, patron ?

Cela remontait à quinze ans au moins, peut-être davantage, et cela ne s'était pas passé si loin du boulevard Saint-Martin, quelque part entre la rue de Richelieu et la rue Drouot.

— Soixante-trois ans ? répétait Maigret en regardant l'homme, qui lui répondait par un large sourire flatté.

Peut-être parce qu'il était très maigre, il ne les paraissait pas. En réalité, il n'avait pas d'âge. C'était surtout l'expression de son visage qui empêchait de le prendre pour un homme âgé. Même effrayé comme il devait l'être, il semblait se moquer des autres et de lui-même. Sans doute était-ce devenu un tic, chez lui, de faire des grimaces, un besoin de provoquer le rire.

Le plus étonnant, c'est qu'il avait plus de quarante-cinq ans quand l'histoire des Boulevards l'avait rendu célèbre pour quelques semaines.

Maigret pressa le timbre, décrocha le téléphone intérieur.

— Je voudrais qu'on me descende le dossier Schrameck. Jef Schrameck, né à Riquewihr, Haut-Rhin.

Il ne se rappelait pas comment cela avait commencé. C'était un soir vers huit heures, et il y avait foule sur les Grands Boulevards, les terrasses regorgeaient de monde. On était tout au début du printemps, car il faisait déjà noir.

Quelqu'un avait-il aperçu une lanterne sourde allant et venant dans les bureaux d'un des immeubles ? Toujours est-il que l'alarme avait été donnée. La police était accourue. Les badauds, comme toujours, s'étaient amassés, la plupart ignorant ce qui se passait.

Personne ne se doutait que le spectacle allait durer près de deux heures, avec des moments dramatiques et des moments comiques, et qu'à la fin il y aurait tant de monde qu'on serait obligé d'établir des barrages.

Traqué dans les bureaux, en effet, le cambrioleur avait ouvert une des fenêtres et s'était mis à grimper le long de la façade en s'aidant d'un tuyau pour l'écoulement des eaux. Quand il avait pris pied sur l'entablement d'une fenêtre, à l'étage supérieur, un agent n'avait pas tardé à y paraître, et l'homme avait poursuivi son escalade, tandis qu'en bas des femmes criaient d'effroi.

C'était une des poursuites les plus mouvementées dans l'histoire de la police, les uns courant à l'intérieur, montant toujours plus haut, ouvrant les fenêtres, tandis que l'homme paraissait accomplir, pour s'amuser, un numéro de cirque.

Il était arrivé le premier sur le toit, un toit en pente, où les agents avaient hésité à se risquer. Lui, insensible au vertige, sautait sur un toit voisin et ainsi, d'immeuble en immeuble, arrivait à l'angle de la rue Drouot, où il disparaissait par une lucarne.

On l'avait perdu de vue, pour le retrouver, un quart d'heure plus tard, sur un autre toit. Des gens tendaient la main, criaient : « Il est là ! »

On ignorait s'il était armé, ce qu'il avait fait. Le bruit commençait à courir qu'il avait assassiné plusieurs personnes.

Pour mettre le comble à l'émotion populaire, les pompiers étaient arrivés avec leurs échelles, et, longtemps après, on avait braqué des phares sur les toits.

Lorsqu'on avait fini par l'arrêter, rue de la Grange-Batelière, il n'était même pas essoufflé. Fier de lui, il se moquait des agents. Et, au moment où on le hissait dans une voiture, il échappait comme une anguille des mains de ceux qui l'avaient appréhendé et parvenait, Dieu sait comment, à disparaître à travers la foule.

C'était Schrameck. Pendant plusieurs jours, les journaux n'avaient parlé que de l'Acrobate, qu'on avait repris, par le plus grand des hasards, sur un champ de courses.

Il avait débuté tout jeune dans un cirque, qui voyageait en Alsace et en Allemagne. Plus tard, à Paris, il avait travaillé sur les champs de foire, sauf pendant les périodes qu'il passait en prison pour cambriolage.

— Je ne me doutais pas, disait l'inspecteur Neveu, qu'il finissait ses jours dans mon quartier.

Et l'autre de prononcer gravement :

— Il y a longtemps que j'ai acheté une conduite.

— On m'avait parlé d'un type grand et maigre, d'un certain âge, qu'on avait aperçu sur les bancs en compagnie de M. Louis.

Quelqu'un n'avait-il pas dit à Maigret : « Un type comme on en voit sur les bancs... »

Fred le Clown appartenait au genre d'individu qu'on ne s'étonne pas de voir rester des heures sans rien faire, à regarder les passants ou à donner à manger aux pigeons. Il avait l'aspect grisâtre des pierres des trottoirs, l'expression de ceux que rien ni personne n'attend.

— Avant que vous l'interrogiez, il faut que je vous apprenne comment j'ai mis la main dessus. J'étais entré dans un bar de la rue Blondel, à deux pas de la porte Saint-Martin. C'est en même temps un bureau du P.M.U. Cela s'appelle *Chez Fernand*. Fernand est un ancien jockey, que je connais bien. Je lui ai montré la photo de M. Louis et il l'a regardée avec l'air de le reconnaître.

» — C'est un de tes clients ? lui ai-je demandé.

» — Pas lui, non. Mais il est venu deux ou trois fois avec un de mes bons clients.
» — Qui ?
» — Fred le Clown.
» — L'Acrobate ? Je le croyais mort depuis longtemps, ou en prison.
» — Il est bien vivant et il vient chaque après-midi prendre son petit verre et jouer aux courses. Au fait, cela fait quelques jours que je ne l'ai pas vu.
» — Combien de jours ?
» Fernand a réfléchi, est allé questionner sa femme dans la cuisine.
» — La dernière fois, c'était lundi.
» — Il était en compagnie de M. Louis ?
» Il n'a pas pu s'en souvenir, mais il est sûr de ne pas avoir vu l'Acrobate depuis lundi dernier. Vous comprenez ?
» Il me restait à mettre la main dessus. Maintenant, je savais où chercher. J'ai fini par apprendre le nom de la femme avec qui il vit depuis plusieurs années, une ancienne marchande de quatre-saisons nommée Françoise Bidou.
» Tout à l'heure seulement, j'ai obtenu son adresse, quai de Valmy, en face du canal.
» J'ai trouvé mon homme chez elle, caché dans la chambre à coucher, qu'il n'a pas quittée depuis lundi. J'ai commencé par lui passer les menottes, par crainte qu'il me file entre les doigts.
— Je ne suis plus si agile que ça ! plaisanta Schrameck.
On frappait à la porte. On posait devant Maigret un épais dossier à couverture jaune. C'était l'histoire de Schrameck, plus exactement l'histoire de ses démêlés avec la Justice.
Sans se presser, fumant à petites bouffées, Maigret jeta un coup d'œil par-ci par-là.
C'était la bonne heure, celle qu'il préférait pour un interrogatoire de ce genre. De midi à deux heures, en effet, la plupart des bureaux sont vides, il y a moins d'allées et venues, les coups de téléphone se raréfient. On a l'impression, comme la nuit, de posséder les locaux pour soi seul.
— Tu n'as pas faim ? demanda-t-il à Neveu.
Comme celui-ci ne savait que répondre, il insista :
— Tu devrais aller manger un morceau. Tout à l'heure, tu auras peut-être à me relayer.
— Bien, patron.
Neveu s'éloigna, le cœur gros, et le prisonnier le regarda sortir d'un air goguenard. Quant à Maigret, il alluma une autre pipe, posa sa grosse main sur le dossier, regarda Fred le Clown bien en face et murmura :
— A nous deux !
Il préférait cet interrogatoire-là à celui de Monique. Avant de le commencer, pourtant, il prit la précaution de refermer la porte à clef et il verrouilla même la porte qui communiquait avec le bureau des

inspecteurs. Comme il jetait un coup d'œil à la fenêtre, Jef murmura avec une grimace comique :

— N'ayez pas peur. Je ne suis plus capable de marcher sur les corniches.

— Je suppose que tu n'ignores pas pourquoi tu es ici ?

Il fit l'idiot.

— Ce sont toujours les mêmes qu'on arrête ! se lamenta-t-il. Cela me rappelle le bon vieux temps. Il y a des années que cela ne m'était pas arrivé.

— Ton ami Louis a été assassiné. Ne prends pas un air étonné. Tu sais fort bien de qui je parle. Tu sais bien aussi qu'il y a toutes les chances pour que tu sois accusé du crime.

— Ce serait une erreur judiciaire de plus.

Maigret décrocha le téléphone.

— Donnez-moi le bar *Chez Fernand,* rue Blondel.

Et, quand il eut Fernand à l'appareil :

— Ici, le commissaire Maigret. C'est au sujet d'un de vos clients, Jef Schrameck... l'Acrobate, oui... Je voudrais savoir s'il jouait gros... Comment ?... Oui, je comprends... Et les derniers temps ?... Samedi ?... Je vous remercie... Non. Cela suffit pour le moment...

Il paraissait satisfait. Jef, lui, avait l'air un peu inquiet.

— Tu veux que je te répète ce qu'on vient de me dire ?

— On dit tant de choses !

— Toute ta vie, tu as perdu ton argent aux courses.

— Si le gouvernement les avait supprimées, cela ne me serait pas arrivé.

— Depuis plusieurs années, tu prends tes tickets de Mutuel chez Fernand.

— C'est une agence officielle du P.M.U.

— Il n'en est pas moins nécessaire que tu trouves quelque part l'argent que tu joues sur les chevaux. Or, jusqu'il y a environ deux ans et demi, tu jouais de très petites sommes, quelquefois même il ne te restait pas de quoi régler ta consommation, et Fernand te faisait crédit.

— Il n'aurait pas dû. C'était m'encourager à revenir.

— Tu t'es mis à jouer plus gros, parfois de fortes sommes. Et, quelques jours plus tard, tu étais à nouveau dans la purée.

— Qu'est-ce que ça prouve ?

— Samedi dernier, tu as misé un très gros paquet.

— Que diriez-vous des propriétaires, alors, qui risquent jusqu'à un million sur un cheval !

— D'où venait l'argent ?

— J'ai une femme qui travaille.

— A quoi ?

— Elle fait des ménages. De temps en temps, elle donne un coup de main dans un bistrot du quai.

— Tu te moques de moi ?

— Je ne me le permettrais pas, monsieur Maigret.
— Écoute. Nous allons essayer de gagner du temps.
— Pour ce que j'ai à faire, vous savez...
— Je vais quand même te dire quelle est ta situation. Plusieurs témoins t'ont vu en compagnie d'un certain M. Louis.
— Un bien brave homme.
— Peu importe. Ce n'est pas récent. Cela remonte à environ deux ans et demi. A cette époque-là, M. Louis était sans place et tirait le diable par la queue.
— Je sais ce que c'est ! soupira Jef. Et il a la queue longue, longue, ce diable-là !
— De quoi tu vivais alors, je n'en sais rien, mais je suis prêt à croire que c'était, en effet, de ce que gagnait ta Françoise. Tu traînais sur les bancs. Tu risquais de temps en temps quelques francs sur un cheval et tu avais une ardoise dans les bistrots. Quant à M. Louis, il était obligé d'emprunter de l'argent à deux personnes au moins.
— Cela prouve qu'il y a de pauvres gens sur la terre.
Maigret n'y faisait plus attention. Jef avait tellement l'habitude de provoquer le rire que c'était devenu un besoin chez lui de jouer les comiques. Patiemment, le commissaire suivait son idée.
— Il se fait que, tous les deux, vous êtes devenus tout à coup prospères. L'enquête l'établira, avec les dates exactes.
— Je n'ai jamais eu la mémoire des dates.
— Depuis, il y a des périodes pendant lesquelles tu joues gros et d'autres périodes où tu bois à crédit. N'importe qui en conclura que M. Louis et toi aviez un moyen de vous procurer de l'argent, beaucoup d'argent, mais pas d'une façon régulière. Nous nous occuperons de cette question-là plus tard.
— C'est dommage. J'aimerais connaître le moyen.
— Tout à l'heure, tu ne riras plus. Samedi, je le répète, tu étais gonflé à bloc, mais tu as tout perdu en quelques heures. Lundi dans l'après-midi, ton complice, M. Louis, était assassiné dans une impasse du boulevard Saint-Martin.
— C'est une grande perte pour moi.
— Tu es déjà passé aux assises ?
— Seulement en correctionnelle. Plusieurs fois.
— Eh bien ! les jurés sont des gens qui n'apprécient pas les plaisanteries, surtout quand il s'agit d'un homme qui a un casier judiciaire aussi chargé que le tien. Il y a toutes les chances pour qu'ils concluent que tu étais la seule personne à connaître les allées et venues de M. Louis et à avoir intérêt à le tuer.
— Dans ce cas, ce sont des idiots.
— C'est tout ce que je voulais te dire. Il est midi et demi. Nous sommes tous les deux dans mon bureau. A une heure, le juge Coméliau arrivera à son cabinet et je t'enverrai t'expliquer avec lui.
— Ce n'est pas un petit brun, avec une moustache en brosse à dents ?

— Si.
— Nous nous sommes rencontrés autrefois. Il est vache. Dites donc, il ne doit plus être tout jeune ?
— Tu pourras lui demander son âge.
— Et si je n'ai pas envie de le revoir ?
— Tu sais ce qu'il te reste à faire.
Jef le Clown poussa un long soupir.
— Vous n'auriez pas une cigarette ?
Maigret en prit dans son tiroir, lui tendit le paquet.
— Des allumettes ?
Il fuma un moment en silence.
— Je suppose que vous n'avez rien à boire, ici ?
— Tu vas parler ?
— Je ne sais pas encore. Je suis en train de me demander si j'ai quelque chose à dire.
Cela pouvait durer longtemps. Maigret connaissait ce genre-là. A tout hasard, il alla ouvrir la porte du bureau voisin.
— Lucas ! Veux-tu filer quai de Valmy et m'amener une certaine Françoise Bidou ?
Du coup, le clown s'agita sur sa chaise, leva le doigt comme à l'école.
— Commissaire ! Ne faites pas ça !
— Tu vas parler ?
— Je crois que cela m'aiderait si j'avais un petit verre.
— Un instant, Lucas. Ne pars pas avant que je te le dise.
Et à Jef :
— Tu as peur de ta femme ?
— Vous avez promis de me donner à boire.
La porte refermée, Maigret prit, dans le placard, la bouteille de fine qui s'y trouvait toujours et en versa un fond dans le verre à eau.
— Vous me laissez boire tout seul ?
— Alors ?
— Posez les questions. Je vous fais remarquer que, comme disent les avocats, je n'essaie pas d'entraver le cours de la justice.
— Où as-tu rencontré M. Louis ?
— Sur un banc du boulevard Bonne-Nouvelle.
— Comment avez-vous lié connaissance ?
— Comme on lie connaissance sur les bancs. J'ai remarqué que c'était le printemps, et il m'a répondu que l'air était plus doux que la semaine précédente.
— C'était il y a environ deux ans et demi ?
— A peu près. Je n'ai pas noté la date sur mon agenda. On s'est revus sur le même banc les jours suivants, et il paraissait heureux d'avoir quelqu'un à qui parler.
— Il t'a dit qu'il était sans place ?
— Il a fini par me raconter sa petite histoire, qu'il avait travaillé vingt-cinq ans pour le même patron, que celui-ci, sans prévenir, avait

fermé la boîte, qu'il n'avait rien osé dire à sa femme, laquelle, entre nous, m'a l'air d'un fameux chameau, et qu'il lui faisait croire qu'il était toujours magasinier. C'était la première fois, je pense, qu'il pouvait lâcher son paquet, et cela le soulageait.

— Il savait qui tu étais ?
— Je lui ai seulement appris que j'avais travaillé dans les cirques.
— Ensuite ?
— Qu'est-ce que vous voulez savoir au juste ?
— Tout.
— D'abord j'aimerais que vous examiniez mon dossier et que vous comptiez les condamnations. Je tiens à savoir si, avec une nouvelle affaire sur le dos, je suis bon pour la relégation. Cela m'ennuierait.

Maigret fit ce qu'il lui demandait.

— A moins qu'il s'agisse d'un meurtre, tu peux encore y passer deux fois.
— C'est ce qu'il me semblait. Je n'étais pas sûr que vos comptes et les miens étaient pareils.
— Cambriolage ?
— C'est plus compliqué que ça.
— Qui en a eu l'idée ?
— Lui, bien sûr. Je ne suis pas assez malin pour ça. Vous croyez que je n'ai plus droit à un fond de verre ?
— Après.
— C'est loin. Vous allez m'obliger à vous raconter ça à toute vitesse.

Le commissaire céda, versa une gorgée d'alcool.

— Au fond, c'est venu du banc.
— Que veux-tu dire ?
— A force de passer son temps sur un banc, presque toujours le même, il s'est mis à observer les choses autour de lui. Je ne sais pas si vous connaissez le magasin d'imperméables, sur le boulevard.
— Je connais.
— Le banc où Louis avait pris l'habitude de s'asseoir est situé juste en face. De sorte que, presque sans le vouloir, il connaissait les allées et venues dans le magasin, les habitudes des employés. C'est cela qui lui a donné une idée. Quand on n'a rien à faire de toute la journée, on pense, on fait des projets, même des projets qu'on sait qu'on n'accomplira jamais. Un jour, il m'en a parlé, pour passer le temps. Il y a toujours beaucoup de monde dans ce magasin-là. C'est plein d'imperméables de tous les modèles, pour hommes, pour femmes, pour enfants, qui pendent dans les coins. Et il y en a encore au premier étage. A gauche de la maison, comme c'est fréquent dans le quartier, s'ouvre une impasse au fond de laquelle se trouve une cour.

Il proposa :

— Vous voulez que je vous fasse un dessin ?
— Pas maintenant. Continue.
— Louis m'a dit :

» — *Je me demande comment personne n'a jamais volé la caisse. C'est tellement facile !*

— Je suppose que tu as tendu l'oreille.

— J'ai été intéressé. Il m'a expliqué que, vers midi, au plus tard midi et quart, on faisait sortir les derniers clients et que les employés s'en allaient déjeuner. Le patron aussi, un petit vieux avec une barbiche, qui prend ses repas non loin de là, à la *Chope du Nègre*.

» — *Si quelqu'un, se trouvant parmi les clients, se laissait enfermer.*

» Ne protestez pas. Moi aussi, au premier abord, j'ai cru que c'était impossible. Mais Louis, lui, étudiait ce magasin-là depuis des semaines. Avant le déjeuner, les employés ne prennent pas la peine d'aller voir dans les coins et derrière les milliers d'imperméables pour s'assurer qu'il ne reste personne. On n'a pas l'idée qu'un client va le faire exprès de rester dans la boutique, vous comprenez ?

» Tout le truc est là. Le patron, en partant, ferme la porte avec soin.

— C'est toi qui t'es laissé enfermer ? Après quoi, tu as forcé la serrure pour sortir avec la caisse ?

— Vous vous trompez. Et c'est justement ici que cela devient rigolo. Même si on m'avait pincé, on n'aurait pas pu me condamner, car il n'y aurait eu aucune preuve contre moi. J'ai vidé la caisse, soit. Je me suis rendu ensuite dans les cabinets. Près de la chasse d'eau, il existe une lucarne par laquelle on ne ferait pas passer un enfant de trois ans. Mais ce n'est pas la même chose d'y faire passer un paquet qui contient des billets de banque. La lucarne donne sur la cour. Comme par hasard, Louis est passé par là et a ramassé le paquet. Quant à moi, j'ai attendu que les employés reviennent, et qu'il y ait assez de clients pour qu'on ne prenne pas garde à moi. Je suis sorti aussi tranquillement que j'étais entré.

— Vous avez partagé ?

— En frères. Le plus dur, cela a été de le décider. Il avait imaginé tout ça pour son plaisir, comme qui dirait en artiste. Quand je lui ai proposé de tenter le coup, il a été presque scandalisé. Ce qui l'a décidé, c'est l'idée qu'il allait devoir avouer à sa femme qu'il était raide comme un passe-lacet. Remarquez que la combine a un autre avantage. On va me condamner pour cambriolage, puisque j'avoue, mais il n'y a ni escalade, ni effraction, et cela fait au moins dans les deux ans de différence. Est-ce que je me trompe ?

— Nous verrons le Code tout à l'heure.

— Je vous ai tout dit. Louis et moi, on a mené une bonne petite vie, et je ne regrette rien. La maison d'imperméables nous a fourni de quoi tenir le coup pendant plus de trois mois. Pour être franc, ma part n'a pas fait si long feu, à cause des canassons, mais Louis me passait de temps en temps un billet.

» Quand on en a vu la fin, on a changé de banc.

— Pour préparer un nouveau coup ?

— Puisque la méthode était bonne, il n'y avait aucune raison d'en chercher une autre. Maintenant que vous connaissez le truc, vous allez, en fouillant dans vos archives, repérer tous les magasins où je me suis laissé enfermer. Le second était un marchand de lampes et d'appareils électriques, un peu plus loin, sur le même boulevard. Il n'y a pas d'impasse, mais l'arrière-boutique donne sur la cour d'un immeuble d'une autre rue. C'est tout comme. C'est rare que les cabinets, dans ce quartier-là, n'aient pas une petite ouverture sur une cour ou sur une impasse.

» Une seule fois, je me suis fait pincer par une vendeuse, qui a ouvert la porte d'un placard où je m'étais caché. J'ai joué l'homme qui est fin saoul. Elle a appelé le patron, et ils m'ont poussé dehors en menaçant d'appeler un agent.

» Voulez-vous m'expliquer, à présent, pourquoi j'aurais tué Louis ? On était des potes. Je l'ai même présenté à Françoise, pour la rassurer, parce qu'elle se demandait où je passais mon temps. Il lui a apporté des chocolats, et elle a trouvé que c'était un homme distingué.

— Vous avez fait un coup la semaine dernière ?

— C'est dans les journaux. Un magasin de confections du boulevard Montmartre.

— Je suppose que, quand Louis a été tué dans l'impasse, il allait s'assurer que la bijouterie avait un œil-de-bœuf donnant sur la cour ?

— Probablement. C'était toujours lui qui repérait les lieux, parce qu'il marquait mieux que moi. Les gens se méfient davantage d'un type dans mon genre. Il m'est arrivé de m'habiller comme un rupin, et on me regardait quand même de travers.

— Qui l'a tué ?

— C'est à moi que vous demandez ça ?

— Qui avait des raisons de le tuer ?

— Je ne sais pas. Peut-être sa femme ?

— Pourquoi sa femme l'aurait-elle tué ?

— Parce que c'est un chameau. Si elle s'est aperçue qu'il se moquait d'elle depuis plus de deux ans et qu'il avait une amie...

— Tu connais son amie ?

— Il ne me l'a pas présentée, mais il m'en a parlé, et je l'ai aperçue de loin. Il l'aimait bien. C'était un homme qui avait besoin d'affection. Nous sommes tous comme ça, pas vrai ? Moi, j'ai Françoise. Vous, vous devez avoir quelqu'un aussi. Il s'entendait bien avec elle. Ils allaient au cinéma, ou bien bavarder dans un café.

— Elle était au courant ?

— Sûrement pas.

— Qui était au courant ?

— D'abord moi.

— Évidemment !

— Peut-être sa fille. Il se tracassait fort au sujet de sa fille, prétendant qu'en vieillissant elle ressemblait à sa mère. Elle lui réclamait toujours de l'argent.

— Tu es allé rue d'Angoulême ?

— Jamais.
— Tu connais la maison ?
— Il me l'a montrée.
— Pourquoi n'y es-tu pas entré ?
— Parce que je ne voulais pas lui faire du tort. La propriétaire le prenait pour quelqu'un de sérieux. Si elle m'avait vu...
— Et si je te disais qu'on a trouvé tes empreintes digitales dans sa chambre ?
— Je répondrais que les empreintes digitales sont de la foutaise.

On le sentait sans inquiétude. Il continuait à jouer son numéro, avec de temps en temps un coup d'œil à la bouteille.

— Qui savait encore ?
— Écoutez, monsieur le commissaire, je suis ce que je suis, mais je n'ai jamais mouchardé de ma vie.
— Tu préfères qu'on t'accuse ?
— Ce serait une injustice.
— Qui savait encore ?
— L'amoureux de la demoiselle. Et, celui-là, je ne mettrais pas ma main au feu qu'il est innocent. Je ne sais pas si c'est son amie qui l'en a chargé, mais il s'est mis à suivre Louis des après-midi entiers. Il est allé le trouver deux fois pour lui réclamer de l'argent. Louis avait une peur bleue que le gamin parle à sa femme ou lui envoie une lettre anonyme.
— Tu le connais ?
— Non. Je sais qu'il est tout jeune et qu'il travaille le matin dans une librairie. Les derniers temps, Louis s'attendait à une catastrophe. Il prétendait que cela ne pourrait pas durer, que sa femme finirait par savoir la vérité.
— Il t'a parlé de ses beaux-frères ?
— Souvent. On les lui donnait en exemple. On se servait d'eux pour lui montrer qu'il n'était qu'un propre-à-rien, un raté, une poule mouillée, un « moindre », qui aurait mieux fait de ne pas se mêler d'avoir une famille pour la laisser vivre dans la médiocrité. Ça m'a donné un coup.
— Quoi ?
— De lire dans le journal qu'il était mort. Surtout que je n'étais pas loin, quand c'est arrivé. Fernand pourra vous confirmer que j'étais en train de boire un verre à son comptoir.
— Louis avait de l'argent sur lui ?
— J'ignore s'il l'avait sur lui, mais, deux jours avant, nous avions ramassé un assez gros paquet.
— Il avait l'habitude de le garder en poche ?
— En poche ou dans sa chambre. Le rigolo, c'est que, le soir, il était obligé d'aller changer de souliers et de cravate avant de prendre son train. Une fois, il avait oublié sa cravate. C'est lui qui me l'a raconté. Ce n'est qu'à la gare de Lyon qu'il s'en est aperçu. Il ne pouvait pas acheter n'importe quelle cravate. Il lui fallait celle avec

laquelle il était parti de chez lui le matin. Il a dû retourner rue d'Angoulême et raconter en rentrant qu'il avait été retenu au magasin par un travail urgent.

— Pourquoi, depuis mardi, n'es-tu pas sorti de la chambre de Françoise ?

— Qu'auriez-vous fait à ma place ? Quand j'ai lu le journal, mardi matin, j'ai pensé que des gens m'avaient vu avec Louis et qu'ils ne manqueraient pas de le signaler à la police. Ce sont toujours les types de mon genre qu'on soupçonne.

— Tu n'as pas eu l'idée de quitter Paris ?

— Je me suis simplement tenu peinard, dans l'espoir qu'on ne pense pas à moi. Ce matin, j'ai entendu la voix de votre inspecteur, et j'ai compris que j'étais fait.

— Françoise est au courant ?

— Non.

— D'où se figure-t-elle que vient l'argent ?

— D'abord, elle n'en voit qu'une petite partie, quand il m'en reste après les courses. Ensuite, elle croit que je fais toujours les portefeuilles dans le métro.

— Tu l'as fait ?

— Vous ne tenez pas à ce que je vous réponde, n'est-ce pas ? Vous n'avez pas soif, vous ?

Maigret lui versa un dernier fond de verre.

— Plus rien dans ton sac ? Tu es sûr ?

— Sûr comme je vous vois !

Maigret ouvrit la porte du bureau voisin, dit à Lucas :

— Conduis-le au Dépôt.

Puis, regardant Jef Schrameck qui se levait en soupirant :

— Passe-lui quand même les menottes.

Enfin, alors que l'Acrobate se retournait avec un drôle de sourire sur un visage en caoutchouc :

— Qu'on ne soit pas trop méchant avec lui.

— Merci, monsieur le commissaire. Surtout, ne dites pas à Françoise que j'ai joué tant d'argent. Elle serait capable de ne pas m'envoyer de douceurs.

Maigret endossa son pardessus, prit son chapeau, avec l'idée d'aller manger un morceau à la *Brasserie Dauphine*. Il descendait le grand escalier grisâtre, quand il entendit du bruit en dessous de lui et il se pencha sur la rampe.

Un jeune homme aux cheveux en désordre se débattait entre les mains d'un énorme sergent de ville, qui avait une égratignure saignante sur la joue et qui grondait :

— Veux-tu rester tranquille, punaise ? Si tu continues, je te flanque une claque.

Le commissaire s'efforça de ne pas rire. C'était Albert Jorisse qu'on lui amenait de la sorte et qui se débattait toujours en criant :

— Lâchez-moi ! Puisque je vous dis que j'irai tout seul...

Ils arrivèrent tous les deux à la hauteur de Maigret.

— Je viens de l'arrêter sur le pont Saint-Michel. Je l'ai reconnu tout de suite. Quand j'ai voulu l'appréhender, il a essayé de s'enfuir.

— Ce n'est pas vrai ! Il ment !

Le jeune homme haletait, le visage rouge, les yeux brillants, et l'agent avait saisi le col de son pardessus qu'il tenait très haut, comme s'il maniait une marionnette.

— Dites-lui de me lâcher.

Il donna un coup de pied qui n'atteignit que le vide.

— Je vous ai dit que je veux voir le commissaire Maigret. Je venais ici. J'y venais de moi-même...

Ses vêtements étaient fripés, ses pantalons encore boueux de la boue de la veille. Il y avait de grands cernes sombres sous ses yeux.

— Je suis le commissaire Maigret.

— Alors, ordonnez-lui de me lâcher.

— Tu peux le lâcher, vieux.

— Comme vous voudrez, mais...

L'agent s'attendait à voir le jeune homme lui filer entre les mains comme une anguille.

— Il m'a brutalisé... haletait Albert Jorisse. Il m'a traité comme... comme...

Dans sa rage, il ne trouvait plus ses mots.

Souriant malgré lui, le commissaire désigna la joue saignante du sergent de ville.

— Il me semble, au contraire, que c'est lui qui...

Jorisse regarda, vit pour la première fois la balafre, eut un éclair dans les prunelles et s'écria :

— Bien fait pour lui !

8

Le secret de Monique

— Assieds-toi, petit voyou.

— Je ne suis pas un petit voyou, protesta Jorisse.

Et d'une voix plus calme, encore qu'il n'eût pas tout à fait repris son souffle et que sa respiration sifflât un peu :

— Je ne pensais pas que le commissaire Maigret injuriait les gens avant de leur donner le temps de s'expliquer.

Maigret, surpris, le regarda en fronçant les sourcils.

— Tu as déjeuné ?

— Je n'ai pas faim.

C'était une réponse de garçon boudeur.

— Allô ! fit-il dans l'appareil. Donnez-moi la *Brasserie Dauphine*...

Allô ! Joseph ?... Ici, Maigret... Veux-tu m'apporter des sandwiches ? Six... Jambon pour moi... Attends...

A Jorisse :

— Jambon ou fromage ?

— Cela m'est égal. Jambon.

— Bière ou vin rouge ?

— De l'eau, si vous voulez. J'ai soif.

— Joseph ? Six sandwiches au jambon, bien épais, et quatre demis... Attends... Apporte deux tasses de café noir tant que tu y es... Cela ira vite ?

Il ne raccrocha qu'un instant, demanda un des services du Quai, sans quitter des yeux le jeune homme qu'il examinait curieusement. Jorisse était maigre, mal portant, d'une nervosité quasi maladive, comme s'il avait été davantage nourri de café noir que de beefsteak. A part cela, il n'était pas vilain garçon, portait ses cheveux bruns très longs, avec parfois un mouvement brusque de la tête pour les rejeter en arrière.

Peut-être parce qu'il était encore très ému, il lui arrivait de temps en temps de pincer les narines. La tête penchée, il continuait à fixer le commissaire d'un air de reproche.

— Allô ! Plus la peine de chercher le nommé Jorisse. Qu'on avertisse les commissariats et les gares.

Le gamin ouvrit la bouche, mais il ne lui donna pas le temps de parler.

— Tout à l'heure !

Le ciel s'était à nouveau obscurci. Il allait pleuvoir, et ce serait sans doute la même pluie obsédante que le jour de l'enterrement. Maigret alla fermer la fenêtre entrouverte, puis, toujours en silence, arrangea ses pipes sur son bureau, comme une dactylo, avant de se mettre au travail, arrange sa machine, son bloc, ses carbones.

— Entrez ! grogna-t-il quand on frappa à la porte.

C'était l'inspecteur Neveu, qui ne fit que passer la tête, croyant le patron en plein interrogatoire.

— Pardon. Je voulais savoir ce que...

— Tu es libre. Merci.

Après quoi le commissaire marcha de long en large en attendant le garçon de la *Brasserie Dauphine*. Pour passer le temps, il téléphona une fois de plus, cette fois à sa femme.

— Je ne rentrerai pas déjeuner.

— Je commençais à m'en douter. Tu sais l'heure qu'il est ?

— Non. Cela n'a pas d'importance.

Elle éclata de rire, et il ne sut pas pourquoi.

— Je suis venu pour vous dire...

— Tout à l'heure.

C'était le troisième interrogatoire de la journée. Il avait soif. Son regard, à certain moment, suivit le regard du jeune homme, s'arrêta sur la bouteille de cognac et sur le verre à eau restés sur le bureau.

Ce fut Maigret qui rougit comme un enfant, faillit donner une explication, dire que ce n'était pas lui qui buvait du cognac dans un grand verre, mais Jef Schrameck, qui avait précédé Albert dans le bureau.

Avait-il été sensible au reproche du gamin ? Regrettait-il d'avoir terni l'opinion que celui-ci s'était faite du commissaire Maigret ?

— Entre, Joseph. Pose le plateau sur le bureau. Tu n'as rien oublié ?

Et, enfin seuls avec les victuailles :

— Mangeons.

Jorisse mangea de bon appétit, en dépit de ce qu'il avait annoncé. Tout le temps du repas, il continua de lancer de petits coups d'œil curieux au commissaire et, après un verre de bière, il avait déjà repris un peu de sang-froid.

— Ça va mieux ?

— Merci. Vous m'avez quand même traité de voyou.

— Nous reparlerons de ça tout à l'heure.

— C'est vrai que je venais vous voir.

— Pourquoi ?

— Parce que j'en avais assez de me cacher.

— Pourquoi te cachais-tu ?

— Pour ne pas être arrêté.

— Et pourquoi t'aurait-on arrêté ?

— Vous le savez bien.

— Non.

— Parce que je suis l'ami de Monique.

— Tu étais sûr que nous avions découvert ça ?

— C'était facile.

— Et c'est parce que tu es l'ami de Monique que nous t'aurions arrêté ?

— Vous voulez me faire parler.

— Parbleu !

— Vous vous figurez que je vais mentir et vous essayez de me mettre en contradiction avec moi-même.

— Tu as lu ça dans les romans policiers ?

— Non. Dans les comptes rendus des journaux. Je sais comment vous vous y prenez.

— Dans ce cas, qu'es-tu exactement venu faire ?

— Vous déclarer que je n'ai pas tué M. Thouret.

Maigret, qui avait allumé sa pipe, finissait lentement son deuxième verre de bière. Il s'était assis à son bureau. Il avait allumé la lampe à abat-jour vert, et les premières gouttes de pluie s'écrasaient sur l'appui de la fenêtre.

— Te rends-tu compte de ce que cela implique ?

— Je ne comprends pas ce que vous voulez dire.

— Tu as supposé que nous avions l'intention de t'arrêter. C'est donc que nous avons des raisons de le faire.

— Vous n'êtes pas allé rue d'Angoulême ?

— Comment le sais-tu ?
— Vous avez fatalement appris qu'il avait une chambre en ville. Ne fût-ce qu'à cause des souliers jaunes.
Un sourire amusé flotta sur les lèvres du commissaire.
— Ensuite ?
— La femme vous a sûrement révélé que je suis allé le voir.
— Est-ce une raison pour t'arrêter ?
— Vous avez interrogé Monique.
— Et tu te figures que celle-ci a parlé ?
— Cela me surprendrait que vous ne l'ayez pas fait parler.
— Dans ce cas, pourquoi as-tu commencé par aller te cacher sous le lit d'un de tes amis ?
— Vous savez ça aussi ?
— Réponds.
— Je n'ai pas réfléchi. J'ai été pris de panique. J'ai eu peur qu'on me frappe pour me faire avouer des choses qui ne sont pas vraies.
— Tu as lu ça dans les journaux aussi ?

L'avocat de René Lecœur n'avait-il pas parlé en Cour d'assises des brutalités policières et ses paroles n'avaient-elles pas été reproduites dans tous les journaux ? Au fait, il y avait une lettre de Lecœur, au courrier du matin. Condamné à mort, déprimé, il suppliait le commissaire d'aller le voir en prison.

Maigret faillit montrer la lettre au gamin. Il le ferait tout à l'heure, si c'était nécessaire.

— Pourquoi as-tu quitté ta cachette de la rue Gay-Lussac ?
— Parce que je n'étais plus capable de passer toute la journée caché sous un lit. C'était terrible. J'avais mal partout. Il me semblait toujours que j'allais éternuer. L'appartement est petit, les portes restaient ouvertes, j'entendais la tante de mon ami aller et venir et, si j'avais bougé, elle m'aurait entendu aussi.
— C'est tout ?
— J'avais faim.
— Qu'est-ce que tu as fait ?
— J'ai rôdé dans les rues. La nuit, j'ai dormi pendant une heure ou deux sur un sac de légumes, aux Halles. Deux fois, je suis venu jusqu'au pont Saint-Michel. J'ai vu Monique qui sortait d'ici. Je suis allé rue d'Angoulême et, de loin, j'ai aperçu un homme qui avait l'air de monter la garde. J'ai supposé que c'était quelqu'un de la police.
— Pourquoi aurais-tu tué M. Louis ?
— Vous ignorez que je lui ai emprunté de l'argent ?
— Emprunté ?
— Je lui en ai demandé, si vous préférez.
— Demandé ?
— Que voulez-vous dire ?
— Qu'il y a différentes façons de demander, certaines façons, entre autres, qui ne permettent guère à celui à qui on demande de refuser. En français, cela s'appelle du chantage.

Il se tut et regarda fixement par terre.
— Réponds.
— Je n'aurais quand même rien dit à Mme Thouret.
— Tu ne l'en as pas moins menacé de parler ?
— Ce n'était pas nécessaire.
— Parce qu'il pensait que tu parlerais ?
— Je ne sais pas. Je ne m'y retrouve plus dans vos questions.

Il ajouta d'une voix lasse :
— Je meurs de sommeil.
— Bois ton café.

Il obéit, docile, sans quitter Maigret du regard.
— Tu es allé le trouver plusieurs fois ?
— Deux fois seulement.
— Monique le savait ?
— Qu'est-ce qu'elle vous a dit ?
— Il ne s'agit pas de savoir ce qu'elle m'a dit, mais de savoir la vérité.
— Elle le savait.
— Que lui as-tu raconté ?
— A qui ?
— A Louis Thouret, parbleu.
— Que nous avions besoin d'argent.
— Qui, nous ?
— Monique et moi.
— Pourquoi ?
— Pour partir pour l'Amérique du Sud.
— Tu lui as avoué que vous vouliez vous embarquer ?
— Oui.
— Quelle a été sa réaction ?
— Il a fini par admettre qu'il n'y avait rien d'autre à faire.

Quelque chose n'allait pas. Maigret comprenait que le gamin le croyait plus au courant qu'il ne l'était en réalité. Il fallait avancer prudemment.

— Tu n'as pas proposé de l'épouser ?
— Oui. Il savait bien que c'était impossible. D'abord je ne suis pas majeur, et il me faut le consentement de mes parents. Ensuite, même si je l'avais obtenu, Mme Thouret n'aurait pas accepté un gendre sans situation. M. Thouret a été le premier à me conseiller de ne pas aller voir sa femme.

— Tu lui as avoué que Monique et toi aviez fait l'amour dans je ne sais combien de meublés ?
— Je n'ai pas fourni de détails.

Il avait rougi une fois de plus.
— J'ai simplement annoncé qu'elle est enceinte.

Maigret ne broncha pas, ne manifesta pas d'étonnement. Pourtant, cela avait été un choc. Il avait sans doute manqué de psychologie, car c'était bien la seule chose à laquelle il n'eût pas pensé un seul instant.

— De combien de mois ?
— Un peu plus de deux mois.
— Vous avez vu un médecin ?
— Je ne suis pas allé avec elle.
— Mais elle y est allée ?
— Oui.
— Tu attendais à la porte ?
— Non.

Il se renversa un peu dans son fauteuil et bourra machinalement une pipe fraîche.

— Qu'est-ce que tu aurais fait en Amérique du Sud ?
— N'importe quoi. Je n'ai pas peur. J'aurais pu travailler comme cow-boy.

Il prononçait ces mots-là le plus sérieusement du monde, avec une pointe d'orgueil, et le commissaire revoyait les gars d'un mètre quatre-vingt-dix qu'il avait rencontrés dans les ranches du Texas et de l'Arizona.

— Cow-boy ! répéta-t-il.
— Ou bien j'aurais travaillé dans les mines d'or.
— Évidemment !
— Je me serais débrouillé.
— Et tu aurais épousé Monique ?
— Oui. Je suppose que là-bas c'est plus facile qu'ici.
— Tu aimes Monique ?
— C'est ma femme, non ? Ce n'est pas parce que nous ne sommes pas passés devant le maire...
— Quelle a été la réaction de M. Louis, en entendant cette histoire ?
— Il ne croyait pas possible que sa fille ait fait ça. Il a pleuré.
— Devant toi ?
— Oui. Je lui ai juré que mes intentions...
— ... étaient pures, bien sûr. Et alors ?
— Il a promis de nous aider. Il n'avait pas assez d'argent disponible. Il m'en a remis un peu.
— Où est cet argent ?
— C'est Monique qui l'a. Elle le cache dans son bureau.
— Et le reste de la somme nécessaire ?
— Il avait promis de me le donner mardi. Il attendait un gros versement.
— De qui ?
— Je ne sais pas.
— Il t'a dit ce qu'il faisait ?
— Il ne pouvait évidemment pas.
— Pourquoi ?
— Parce qu'il ne travaillait pas. Je n'ai pas pu découvrir comment il se procurait l'argent. Ils étaient deux.
— Tu as vu l'autre ?
— Une fois, sur le boulevard.

— Un grand maigre qui a une tête de clown ?
— Oui.
— Il se trouvait dans mon bureau un peu avant que tu arrives, et c'est à lui que j'ai versé un verre de cognac.
— Alors, vous savez la vérité.
— Je voudrais savoir ce que, toi, tu sais.
— Rien. J'ai pensé qu'ils faisaient chanter quelqu'un.
— Et tu t'es dit qu'il n'y avait pas de raisons que tu n'en profites pas aussi ?
— Il nous fallait de l'argent, à cause de l'enfant.

Maigret décrocha l'appareil.
— Lucas ? Veux-tu venir un instant ?

Une fois celui-ci dans le bureau :
— Je te présente Albert Jorisse. Monique Thouret et lui attendent un enfant.

Il parlait le plus gravement du monde, et Lucas, qui ne savait que penser, saluait de la tête.
— La jeune fille est peut-être à son bureau, car elle n'y a pas mis les pieds ce matin. Tu vas aller la chercher. Tu la conduiras chez un médecin de son choix. Si elle n'a pas de préférence, va chez le docteur de la Préfecture. J'aimerais savoir de combien de mois elle est enceinte.
— Et si elle refuse de se laisser examiner ?
— Dis-lui que, dans ce cas, je serais forcé de l'arrêter, ainsi que son ami, qui se trouve dans mon bureau. Prends la voiture. Téléphone-moi la réponse.

Quand ils furent à nouveau seuls, Jorisse questionna :
— Pourquoi faites-vous ça ?
— Parce que c'est mon devoir de tout vérifier.
— Vous ne me croyez pas ?
— Toi, si.
— C'est elle, que vous ne croyez pas ?

Un coup de téléphone vint juste à point donner à Maigret une excuse pour ne pas répondre. Cela n'avait rien à voir avec l'affaire. On lui demandait des renseignements au sujet d'un fou qui était venu le trouver quelques jours auparavant et qu'on avait arrêté dans la rue, où il provoquait des attroupements. Au lieu de répondre en quelques mots, comme il aurait pu le faire, il prolongea l'entretien aussi longtemps que possible.

Quand il raccrocha, il questionna, comme s'il avait oublié où ils en étaient restés :
— Que vas-tu faire, maintenant ?
— Vous êtes persuadé que je n'ai pas tué ?
— J'en ai toujours eu la conviction. Vois-tu, ce n'est pas si facile que les gens le pensent de donner un coup de couteau dans le dos de quelqu'un. C'est encore plus difficile de le tuer sans qu'il ait le temps de crier.
— J'en suis incapable ?

— Sûrement.

Il en était presque vexé. Il est vrai qu'il avait rêvé d'être cow-boy ou chercheur d'or en Amérique du Sud.

— Tu iras trouver Mme Thouret ?
— Je suppose qu'il le faudra bien.

Maigret faillit éclater de rire à l'idée du gamin pénétrant, les fesses serrées, dans la maison de Juvisy pour débiter son boniment à la mère de Monique.

— Tu penses que, maintenant, elle t'acceptera pour gendre ?
— Je ne sais pas.
— Avoue que tu as un peu triché.
— Que voulez-vous dire ?
— Que tu n'as pas seulement demandé de l'argent à M. Louis pour payer le voyage en Amérique. Comme, l'après-midi, Monique ne travaille pas au bureau, mais fait des encaissements en ville, tu as eu envie d'être avec elle.

» Il lui était toujours possible de gagner une heure ou deux sur son horaire, et vous alliez vous enfermer dans une chambre meublée.

— C'est arrivé.
— Cela t'a obligé à ne plus travailler que le matin à la librairie. Les chambres meublées, ça se paie.
— Nous avons dépensé une petite partie...
— Tu sais où M. Louis mettait son argent ?

Il observait attentivement le jeune homme, qui n'hésita pas.

— Au-dessus de son armoire à glace.
— C'est là qu'il a pris les billets qu'il t'a donnés ?
— Oui. Je le savais avant, par Monique.
— Je suppose que, lundi, tu n'es pas allé rue d'Angoulême ?
— C'est facile à vérifier. La propriétaire vous le confirmera. Je devais y aller mardi à cinq heures.
— Quand vous seriez-vous embarqués ?
— Il y a un bateau dans trois semaines. Cela nous donnait le temps d'obtenir nos visas. J'ai déjà demandé mon passeport.
— Je croyais qu'on exigeait, pour les mineurs, une autorisation des parents.
— J'ai imité la signature de mon père.

Il y eut un silence. Pour la première fois, Jorisse demanda :

— Je peux fumer ?

Maigret fit « oui » de la tête. Le plus curieux, c'est que, maintenant, après son café, il avait vraiment envie d'un verre de fine et qu'il n'osait pas aller reprendre la bouteille qu'il avait enfermée dans son placard.

— Vous m'avez traité de voyou.
— Qu'est-ce que tu en penses, toi ?
— Que je ne pouvais pas faire autrement.
— Tu aimerais que ton fils agisse comme tu l'as fait ?
— J'élèverai mon fils différemment. Il n'aura pas à...

Ils furent à nouveau interrompus par le téléphone.

— C'est vous, patron ?

Maigret fronça les sourcils en entendant la voix de Neveu, qu'il n'avait chargé d'aucune mission.

— J'ai le magot !

— Qu'est-ce que tu racontes ?

Il regarda Jorisse, interrompit l'inspecteur.

— Un instant. Je change d'appareil.

Il passa dans le bureau voisin, envoya à tout hasard un inspecteur dans le sien pour surveiller le jeune homme.

— Bon ! Maintenant, je t'écoute. Où es-tu ?

— Quai de Valmy, dans un bistrot.

— Qu'est-ce que tu fais là ?

— Vous êtes fâché ?

— Dis toujours.

— J'ai cru bien faire. Il y a dix ans maintenant que Jef vit avec sa Françoise. D'après ce qu'on m'a dit, il y est plus attaché qu'il ne veut en avoir l'air. L'envie m'a pris d'aller faire un tour chez elle.

— Pourquoi ?

— Cela me semblait curieux qu'il la laisse sans argent. J'ai eu la chance de la trouver dans son logement. Ils n'ont que deux pièces, plus une sorte de placard qui sert de cuisine. Dans la chambre se trouve un lit de fer avec des boules de cuivre. Les murs sont blanchis à la chaux, comme à la campagne, mais c'est très propre.

Maigret attendait la suite, maussade. Il n'aimait pas qu'on fasse du zèle, surtout quand, comme dans le cas de Neveu, il s'agissait d'un homme qui n'appartenait pas à son service.

— Tu lui as annoncé que Jef est arrêté ?

— J'ai mal fait ?

— Continue.

— D'abord, d'après ses réactions, j'ai la certitude qu'elle ignorait ce qu'il faisait. Elle a pensé tout de suite qu'il avait été surpris en train de voler un portefeuille dans le métro ou dans un autobus. Il faut croire que ça lui arrivait.

C'était déjà un des talents de Schrameck quand il travaillait sur les champs de foire, et une de ses condamnations était pour vol à la tire.

— Je me suis mis, malgré ses protestations, à fouiller le logement. A la fin, l'idée m'est venue de dévisser les boules de cuivre du lit. Les montants sont en fer creux. Dans deux d'entre eux, j'ai trouvé des rouleaux de billets. Il y en a pour une somme ! Françoise n'en croyait pas ses yeux.

» — *Dire qu'il avait tout cet argent-là et qu'il me laissait faire des ménages. Il ne l'emportera pas en paradis ! Qu'il revienne, et il verra ce que...*

» Elle ne décolère pas. Elle l'a traité de tous les noms, ne s'est un peu calmée que quand je lui ai affirmé qu'il avait dû mettre cet argent de côté pour le cas où il lui arriverait quelque chose.

» — *Je me demande comment il a fait pour ne pas le jouer !* a-t-elle grommelé.

» Vous comprenez, maintenant, patron ? Samedi dernier, ils ont dû se partager un gros paquet. J'ai ici plus de deux cent mille francs. Jef ne pouvait pas jouer une somme pareille, surtout chez Fernand. Il n'en a perdu qu'une partie. S'ils partageaient moitié moitié, M. Louis avait la forte somme, lui aussi.

— Je te remercie.
— Qu'est-ce que je fais des billets ?
— Tu les as emportés ?
— A tout hasard. Je ne pouvais pas les laisser là.
— Va trouver ton commissaire et demande-lui de recommencer les choses selon les règles.
— Je dois ?...
— Parbleu ! Je ne tiens pas à ce que les avocats prétendent que c'est nous qui avons planté les billets où tu les as pris.
— J'ai commis une gaffe ?
— Plutôt.
— Je vous demande pardon. Je voulais...

Maigret raccrocha. Torrence était dans le bureau.

— Tu as du travail ?
— Rien d'urgent.
— Tu vas aller trouver le commissaire Antoine. Tu lui demanderas de faire rechercher par ses hommes la liste des vols commis dans les magasins des Grands Boulevards depuis environ deux ans et demi, en particulier les vols commis à l'heure du déjeuner, pendant la fermeture.

Ces affaires-là ne concernaient pas son service, mais celui d'Antoine, dont les bureaux se trouvaient à l'autre bout du couloir.

Il rejoignit Albert Jorisse, qui avait allumé une autre cigarette, libéra l'inspecteur qu'il avait chargé de le surveiller.

— Je ne me serais quand même pas échappé.
— C'est possible. Peut-être seulement aurais-tu été tenté de jeter un coup d'œil dans les dossiers qui se trouvent sur mon bureau ? Avoue ! Tu l'aurais fait ?
— Peut-être.
— C'est toute la différence.
— La différence avec quoi ?
— Rien. Je me comprends.
— Qu'allez-vous faire de moi ?
— Pour le moment, nous attendons.

Maigret regarda sa montre, calcula que Lucas et Monique devaient être chez le médecin, sans doute, lisant des magazines dans l'antichambre.

— Vous me méprisez, n'est-ce pas ?

Il haussa les épaules.

— Je n'ai jamais eu une chance.
— Une chance de quoi ?

— D'en sortir.
— Sortir de quoi ?
Il était presque agressif.
— Je vois bien que vous ne comprenez pas. Si vous aviez passé votre enfance à toujours entendre parler d'argent, avec une mère qui se met à trembler dès l'approche des fins de mois...
— Moi, je n'avais pas de mère.

Le gamin se tut, et le silence régna pendant près de dix minutes. Un bon moment, Maigret resta campé devant la fenêtre, le dos à la pièce, à regarder la pluie qui dessinait des rigoles sur les vitres. Puis il fit les cent pas, ouvrit enfin, d'un geste trop décidé, la porte du placard. Il avait lavé le verre à la fontaine d'émail, tout à l'heure. Il le rinça à nouveau, se versa un fond de cognac.

— Je suppose que tu n'en veux pas ?
— Merci.

Albert Jorisse faisait un effort pour ne pas s'endormir. Il avait les joues rouges, les paupières qui devaient picoter. De temps en temps, il oscillait sur sa chaise.

— Tu feras peut-être quand même un homme, un jour.

Il entendit des pas dans le couloir, les pas d'un homme et d'une femme, et il sut que c'était Lucas en compagnie de Monique. Il fallait prendre une décision. C'était à cela qu'il pensait depuis un quart d'heure. Il pouvait faire entrer la jeune fille et il pouvait la recevoir dans le bureau voisin.

Haussant les épaules, il alla ouvrir la porte. Ils avaient tous les deux des gouttes de pluie sur les épaules. Monique avait perdu son assurance et, quand elle aperçut Albert, elle s'immobilisa, les deux mains sur son sac, jetant au commissaire un regard de colère.

— Tu l'as conduite chez le toubib ?
— D'abord, elle ne voulait pas. Je...
— Résultat ?

Jorisse, qui s'était levé, la regardait comme s'il allait se jeter à ses pieds pour lui demander pardon.

— Rien.
— Elle n'est pas enceinte ?
— Elle ne l'a jamais été.

Jorisse n'en croyait pas ses oreilles, ne savait plus vers qui se tourner. Il eut une velléité de s'en prendre à Maigret, qu'il semblait considérer comme l'homme le plus cruel de la terre.

Celui-ci, qui avait refermé la porte, désignait une chaise à la jeune fille.

— Vous avez quelque chose à dire ?
— J'avais cru...
— Non.
— Qu'est-ce que vous en savez ? Vous n'êtes pas une femme.

Tournée vers le jeune homme :

— Je te jure, Albert, que j'ai réellement pensé que j'allais avoir un enfant.

La voix de Maigret, calme et neutre :
— Pendant combien de temps ?
— Pendant plusieurs jours.
— Et après ?
— Après, je n'ai pas voulu le décevoir.
— Le décevoir ?

Maigret adressa un coup d'œil à Lucas. Celui-ci suivit le commissaire dans le bureau voisin. Les deux hommes refermèrent la porte, laissant les amants en tête à tête.

— Dès que je lui ai parlé d'aller voir un médecin, j'ai compris qu'il y avait anguille sous roche. Elle a protesté. Ce n'est que quand je l'ai menacée de l'arrêter et d'arrêter Albert...

Maigret n'écoutait pas. Tout cela, il le savait. Torrence éait revenu à sa place.

— Tu as fait ma commission ?
— Ils travaillent à la liste. Elle sera longue. Depuis plus de deux ans, l'équipe du commissaire Antoine est sur les dents. Il paraît que...

Maigret se rapprocha de la porte de communication, tendit l'oreille.
— Que font-ils ? questionna Lucas.
— Rien.
— Ils ne parlent pas ?
— Ils se taisent.

Il alla faire un tour chez le chef, qu'il mit au courant. Tous les deux bavardèrent de choses et d'autres. Il s'écoula une petite heure pendant laquelle Maigret pénétra dans divers bureaux, s'entretint avec des collègues.

Quand il rentra dans son bureau, on aurait dit qu'Albert et Monique n'avaient pas bougé. Chacun était resté sur sa chaise, à trois mètres l'un de l'autre. La jeune fille avait le visage fermé, les mâchoires dures qui ressemblaient à celles de sa mère et de ses tantes.

Quand son regard, par hasard, se posait sur le jeune homme, il aurait été difficile de dire quelle dose exacte de mépris et quelle dose de haine il contenait.

Quant à Jorisse, il était abattu, les yeux rouges de sommeil ou d'avoir pleuré.

— Vous êtes libres, dit simplement Maigret en se dirigeant vers son fauteuil.

La question vint de Monique.
— Ce sera dans les journaux ?
— Il n'y a aucune raison pour que les journaux en parlent.
— Ma mère le saura ?
— Ce n'est pas indispensable.
— Et mes patrons ?

Quand il eut fait signe que non, elle se leva d'une détente et se dirigea vers la porte sans se préoccuper de Jorisse. La main sur le bouton, elle se retourna vers le commissaire et prononça :

— Avouez que vous l'avez fait exprès !

Il dit « oui ». Puis il soupira :

— Tu es libre aussi.

Comme le gamin ne bougeait pas :

— Tu ne cours pas après elle ?

Elle était déjà dans l'escalier.

— Vous croyez que je dois ?

— Qu'est-ce qu'elle t'a dit ?

— Elle m'a traité d'idiot.

— C'est tout ?

— Elle a ajouté qu'elle m'interdisait désormais de lui adresser la parole.

— Alors ?

— Rien. Je ne sais pas.

— Tu peux aller.

— Qu'est-ce que je vais dire à mes parents ?

— Ce que tu voudras. Ils ne seront que trop heureux de te retrouver.

— Vous pensez ?

Il fallut le pousser dehors. Il semblait avoir encore quelque chose sur le cœur.

— Va donc, idiot !

— Je ne suis plus un voyou ?

— Un idiot ! C'est elle qui a raison.

Il détourna la tête pour renifler en murmurant :

— Merci.

Après quoi, seul dans son bureau, Maigret put enfin se verser un verre de fine.

9

L'impatience du juge Coméliau

— C'est vous, Maigret ?

— Oui, monsieur le juge.

C'était le coup de téléphone quotidien et, s'il avait un de ses collaborateurs dans son bureau, Maigret ne manquait pas de lui adresser un clin d'œil. Il prenait toujours une voix particulièrement suave pour répondre au magistrat.

— Cette affaire Thouret ?

— Ça va ! Ça va !

— Vous ne trouvez pas qu'elle s'éternise un peu trop ?

— Vous savez, les crimes crapuleux, cela prend toujours du temps.

— Vous êtes sûr qu'il s'agit d'un crime crapuleux ?
— Vous l'avez dit vous-même dès le début : « Ça crève l'œil. »
— Vous croyez ce que ce Schrameck raconte ?
— Je suis persuadé qu'il a dit la vérité.
— Dans ce cas, qui a tué Louis Thouret ?
— Quelqu'un qui avait envie de son argent.
— Essayez tout de même de hâter les choses.
— Je vous le promets, monsieur le juge.

Il n'en faisait rien, s'occupait de deux autres affaires, qui lui prenaient la plus grande partie de son temps. Trois hommes, dont Janvier et le petit Lapointe, se relayaient pour surveiller la maison de la rue d'Angoulême, jour et nuit, et le téléphone était toujours branché sur la table d'écoute.

Il ne s'occupait plus ni de Mme Thouret, ni de sa fille, ni du jeune Jorisse, qui travaillait à nouveau toute la journée à la librairie du boulevard Saint-Michel. C'était à croire qu'il ne les avait jamais connus.

Quant au cambriolage, il avait cédé le dossier à son collègue Antoine, qui interrogeait presque journellement Jef le Clown, dit l'Acrobate. Maigret rencontrait parfois celui-ci dans le couloir.

— Ça va ?
— Ça va, monsieur le commissaire.

Il faisait froid, mais il ne pleuvait plus. La patronne de la rue d'Angoulême n'avait pas trouvé de nouveaux locataires et avait toujours deux chambres vides. Quant aux trois filles qui vivaient encore chez elle, elles n'osaient plus, sachant l'immeuble surveillé, se livrer à leurs occupations habituelles. Elles sortaient à peine, soit pour aller manger dans un restaurant des environs, soit pour acheter de la charcuterie, et de temps en temps l'une d'elles se rendait au cinéma.

— Qu'est-ce qu'elles font toute la journée ? demanda un jour Maigret à Janvier.

— Elles dorment, jouent aux cartes, ou se font des réussites. Il y en a une, celle qu'on appelle Arlette, qui me tire la langue chaque fois qu'elle m'aperçoit à travers les rideaux. Hier, elle a changé de tactique, s'est retournée, a troussé son peignoir et m'a montré son derrière.

La Brigade mobile de Marseille s'occupait du couteau. On ne cherchait pas seulement en ville, mais dans les localités environnantes. On s'intéressait aussi aux gens d'un certain milieu qui, les derniers mois, étaient « montés » à Paris.

Tout cela s'accomplissait sans fièvre, sans résultats apparents. Et pourtant Maigret n'oubliait pas M. Louis. Il lui arriva même, ayant à passer rue de Clignancourt pour une autre affaire, de faire arrêter la voiture devant chez Léone, et il avait eu soin de se munir d'un gâteau à la crème pour la vieille dame.

— Vous n'avez rien trouvé ?
— Cela viendra un jour ou l'autre.

Il ne dit rien, à l'ancienne dactylo, des activités de M. Louis.

— Vous savez pourquoi on l'a tué ?
— Pour son argent.
— Il en gagnait tant que ça ?
— Il gagnait largement sa vie.
— Pauvre homme ! Se faire tuer au moment où il était enfin à son aise !

Il ne monta pas dans le logement de M. Saimbron, mais rencontra celui-ci près du marché aux Fleurs, et ils échangèrent un salut.

Un matin, enfin, on lui annonça qu'on l'appelait de Marseille. Il eut un long entretien téléphonique après lequel il monta aux Sommiers, où il passa près d'une heure à consulter les fiches. Il descendit ensuite aux Archives et n'y resta pas moins longtemps.

Il était à peu près onze heures quand il prit la voiture.

— Rue d'Angoulême.

C'était le petit Lapointe qui était de service devant la maison.

— Tout le monde est là ?
— Il y en a une de sortie. Elle est en train de faire son marché dans le quartier.
— Laquelle ?
— Olga. La brune.

Il sonna. Le rideau bougea. Mariette Gibon, la patronne, vint lui ouvrir en traînant ses pantoufles.

— Tiens ! Le grand patron se dérange en personne, cette fois ! Vos hommes n'en ont pas encore assez de faire les cent pas sur le trottoir ?
— Arlette est là-haut ?
— Vous voulez que je l'appelle ?
— Merci. Je préfère monter.

Elle resta dans le couloir, inquiète, pendant qu'il montait les marches et frappait à la porte du premier étage.

— Entrez !

Elle était en peignoir, comme d'habitude, couchée sur son lit, qui n'était pas fait, occupée à lire un roman populaire.

— C'est vous ?
— C'est moi, dit-il en posant son chapeau sur la commode et en s'asseyant sur une chaise.

Elle paraissait surprise, amusée.

— Ce n'est pas encore fini, cette histoire-là ?
— Ce sera fini quand on aura découvert l'assassin.
— Vous ne l'avez pas encore découvert ? Je croyais que vous étiez tellement malin. Je suppose que ça ne vous gêne pas que je vous reçoive en peignoir ?
— Pas du tout.
— Il est vrai que vous devez avoir l'habitude.

Sans quitter son lit, elle avait fait un mouvement et le peignoir s'était écarté. Comme Maigret ne paraissait pas s'en apercevoir, elle lui lança :

— C'est tout l'effet que ça vous fait ?

— Quoi ?
— De voir ça ?

Il ne broncha toujours pas, et elle s'impatienta. Avec un geste cynique, elle ajouta :

— Vous voulez ?
— Merci.
— Merci, oui ?
— Merci, non.
— Eh bien ! mon vieux... Vous, alors !
— Cela vous amuse d'être vulgaire ?
— Vous allez peut-être m'engueuler, par-dessus le marché ?

Elle n'en avait pas moins ramené sur elle les pans de son peignoir et s'était assise au bord du lit.

— Qu'est-ce que vous me voulez, au juste ?
— Vos parents croient toujours que vous travaillez avenue Matignon ?
— Qu'est-ce que vous racontez ?
— Vous avez travaillé un an chez Hélène et Hélène, la modiste de l'avenue Matignon.
— Et après ?
— Je me demande si votre père sait que vous avez changé de métier.
— Cela vous regarde ?
— C'est un brave homme, votre père.
— C'est une vieille noix, oui.
— S'il apprenait ce que vous faites...
— Vous avez l'intention de le lui dire ?
— Peut-être.

Cette fois, elle ne parvint pas à cacher son agitation.

— Vous êtes allé à Clermont-Ferrand ? Vous avez vu mes parents ?
— Pas encore...

Elle se leva, se précipita vers la porte qu'elle ouvrit brusquement, découvrant Mariette Gibon, qui devait avoir eu l'oreille collée au panneau.

— Ne te gêne pas, toi !
— Je peux entrer ?
— Non. Fiche-moi la paix. Et si tu t'avises encore de venir m'épier...

Maigret n'avait pas bougé de sa chaise.

— Alors ? fit-il.
— Alors, quoi ? Qu'est-ce que vous voulez ?
— Vous le savez bien.
— Non. J'aime qu'on mette les points sur les *i*.
— Il y a six mois que vous vivez dans cette maison.
— Après ?
— Vous y restez la plus grande partie de la journée et vous savez ce qui s'y passe.
— Continuez.

— Il y a une personne qui y venait régulièrement et qui n'y a pas remis les pieds depuis la mort de M. Louis.

On aurait dit que ses pupilles se rétrécissaient. Une fois encore, elle alla vers la porte, mais il n'y avait personne derrière.

— En tout cas, ce n'est pas quelqu'un qui venait pour moi.
— Pour qui ?
— Vous devez le savoir. Je crois que je fais mieux de m'habiller.
— Pourquoi ?
— Parce que, après cette conversation, il vaudra mieux pour moi ne pas traîner ici.

Elle laissa tomber son peignoir, cette fois sans aucune intention, attrapa une culotte, un soutien-gorge, ouvrit le placard.

— J'aurais dû me douter que cela finirait comme ça.

Elle parlait pour elle seule.

— Dites donc, vous êtes fortiche, hein ?
— C'est mon métier d'arrêter les criminels.
— Vous l'avez arrêté ?

Elle avait choisi une robe noire et maintenant elle s'écrasait du rouge sur les lèvres.

— Pas encore.
— Vous savez qui c'est ?
— Vous allez me le dire.
— Vous avez l'air d'en être bien sûr.

Il tira son portefeuille de sa poche, en sortit la photographie d'un homme d'une trentaine d'années, qui avait une cicatrice sur la tempe gauche. Elle y jeta un coup d'œil, ne dit rien.

— C'est lui ?
— Vous avez l'air de le croire.
— Je me trompe ?
— Où vais-je aller en attendant que vous l'arrêtiez ?
— Quelque part où un de mes inspecteurs prendra soin de vous.
— Lequel ?
— Lequel préférez-vous ?
— Le brun avec beaucoup de cheveux.
— L'inspecteur Lapointe.

Revenant à la photo, Maigret questionna :

— Que savez-vous de Marco ?
— Que c'est l'amant de la patronne. Vous croyez que c'est indispensable qu'on parle de ça ici ?
— Où est-il ?

Sans répondre, elle fourrait ses robes et ses objets personnels dans une grosse valise, pêle-mêle, semblant avoir hâte de quitter la maison.

— Nous continuerons cette conversation dehors.

Et, comme il se penchait pour saisir la valise :

— Tiens ! Vous êtes quand même galant.

La porte du petit salon, en bas, était ouverte. Mariette Gibon se tenait debout dans l'encadrement, immobile, les traits tirés, l'œil anxieux.

— Où vas-tu ?

— Où le commissaire me conduira.

— Vous l'arrêtez ?

Elle n'osait pas en dire davantage. Elle les regardait partir, puis se dirigeait vers la fenêtre dont elle soulevait le rideau. Maigret poussa la valise dans la voiture, dit à Lapointe :

— Je vais envoyer quelqu'un pour te relayer. Dès qu'il sera ici, tu viendras nous rejoindre à la *Brasserie de la République*.

— Bien, patron.

Il donna des instructions au chauffeur, sans monter dans l'auto.

— Venez.

— A la *Brasserie de la République* ?

— En attendant, oui.

C'était à deux pas. Ils s'installèrent à une table, au fond.

— J'ai un coup de téléphone à donner. Il vaut mieux pour vous que vous n'essayiez pas de me fausser compagnie.

— Compris.

Il appela le Quai, donna des instructions à Torrence. Quand il revint à table, il commanda deux apéritifs.

— Où est Marco ?

— Je l'ignore. Quand vous êtes venu, la première fois, la patronne m'a fait téléphoner pour lui dire de ne pas appeler ni venir jusqu'à nouvel ordre.

— A quel moment avez-vous fait le message ?

— Une demi-heure après votre départ, d'un restaurant du boulevard Voltaire.

— Vous lui avez parlé personnellement ?

— Non. J'ai téléphoné à un garçon du bar de la rue de Douai.

— Son nom.

— Félix.

— Le bar ?

— Le *Poker d'As*.

— Elle n'a pas de nouvelles de lui depuis ?

— Non. Elle se torture. Elle n'ignore pas qu'elle a vingt ans de plus que lui et se le figure toujours avec des filles.

— C'est lui qui a l'argent ?

— Je ne sais pas. Il est venu ce jour-là.

— Quel jour ?

— Le lundi que M. Louis a été tué.

— A quelle heure est-il allé rue d'Angoulême ?

— Vers cinq heures. Ils se sont enfermés dans la chambre de la patronne.

— Celle-ci n'est pas allée chez M. Louis ?

— C'est possible. Je n'ai pas fait attention. Il est parti après une heure environ. J'ai entendu claquer la porte.

— Elle n'a pas essayé de lui donner des nouvelles par une de vous ?
— Elle a pensé que nous serions suivies.
— Elle soupçonnait que le téléphone était branché sur la table d'écoute ?
— Elle a compris le coup de la pipe. Elle est maligne. Je ne l'aime pas particulièrement, mais c'est une pauvre femme. Elle est folle de lui. Elle en est malade.

Le petit Lapointe les trouva tranquillement attablés tous les deux.
— Qu'est-ce que tu prends ?

Lapointe osait à peine regarder la fille qui, elle, le détaillait en souriant.
— La même chose.
— Tu vas la conduire dans un hôtel tranquille où il y ait deux chambres communicantes. Tu ne la quitteras pas jusqu'à ce que je te fasse signe. Dès que tu seras installé, téléphone-moi pour me dire où tu es. Ce n'est pas la peine d'aller loin. Tu trouveras sans doute des chambres à l'*Hôtel Moderne,* en face. Il est préférable qu'elle ne voie personne et prenne ses repas dans l'appartement.

Quand elle sortit avec Lapointe, on aurait dit, à les voir tous les deux, que c'était elle qui prenait possession de lui.

Cela dura encore deux jours. Quelqu'un — on ne sut jamais qui — avait dû avertir Félix, le barman de la rue de Douai, qui s'était planqué chez un ami, où on ne le découvrit que le lendemain soir.

Il fallut une bonne partie de la nuit pour lui faire avouer qu'il connaissait Marco et pour obtenir l'adresse de celui-ci.

Marco avait quitté Paris pour s'installer dans une auberge de pêcheurs à la ligne des bords de la Seine, où, à cette époque de l'année, il était le seul pensionnaire.

Avant d'être maîtrisé, il eut le temps de tirer deux coups de feu, qui n'atteignirent personne. Il portait les billets de banque volés à M. Louis dans une ceinture que Mariette Gibon avait dû coudre pour lui.

— C'est vous, Maigret ?
— Oui, monsieur le juge.
— Cette affaire Thouret ?
— Terminée. Je vous envoie l'assassin et sa complice tout à l'heure.
— Qui est-ce ? C'était bien un crime crapuleux ?
— Tout ce qu'il y a de plus crapuleux. Une tenancière de maison louche et son amant, un dur de Marseille. M. Louis a eu la naïveté de cacher son magot au-dessus de l'armoire à glace et...
— Qu'est-ce que vous dites ?...
— ... Il fallait bien l'empêcher de s'apercevoir que l'argent n'était plus là. Marco s'en est chargé. On a retrouvé le vendeur du couteau. Vous aurez mon rapport avant ce soir...

C'était le plus embêtant à faire. Maigret y travailla tout l'après-midi, la langue entre les lèvres, comme un écolier.

Le soir, il avait fini de dîner quand il se souvint d'Arlette et du petit Lapointe.

— Zut ! J'ai oublié quelque chose ! s'exclama-t-il.
— C'est grave ? questionna Mme Maigret.
— Je ne crois pas que ce soit trop grave. A l'heure qu'il est, autant attendre demain matin. On va dormir ?

Shadow Rock Farm, Lakeville (Connecticut), 19 septembre 1952.

ANTOINE ET JULIE

PREMIÈRE PARTIE

1

Le déclic, cette fois-ci, se produisit quand, sans raison particulière, sans y attacher autrement d'importance, il intercala le numéro de la montre magique entre les anneaux du fakir et le dé voyageur. Il ne l'avait pas inscrit au programme, mais il avait l'habitude, même pour une soirée peu importante comme celle-ci, de préparer quelques tours de supplément, de façon à pouvoir effectuer des changements selon les réactions du public.

Tout avait bien marché jusque-là. Il était déjà venu à Bourg-la-Reine pour une séance du même genre, onze ou douze ans auparavant — c'était avant Julie —, mais la salle des fêtes était différente ; il n'avait pas reconnu la rue non plus, ni le quartier qui, à l'époque, comportait moins d'immeubles de rapport. On lui avait annoncé qu'il passerait à neuf heures précises. Il était arrivé à huit, par l'autobus, avec ses deux valises plates qui contenaient son matériel et son habit.

Ils avaient collé ses affiches des deux côtés de la porte. Dans le froid et la demi-obscurité, il les avait à peine regardées. C'étaient les mêmes affiches depuis vingt ans. Du couloir, on entendait une rumeur de voix dans la salle trop grande où les sièges démontables avaient un air peu sérieux et où la lumière était froide.

Il en avait l'habitude, celle aussi de reconnaître du premier coup d'œil le personnage important du comité parmi les personnes affairées qui portaient un brassard.

On le conduisit dans la coulisse. En réalité, la scène n'était qu'une estrade à laquelle on accédait par un escabeau, et, dans le fond, un espace d'un peu plus d'un mètre restait libre entre la toile peinte et le mur.

— Ce n'est pas confortable, s'était excusé le membre du comité. Si vous avez besoin de quoi que ce soit, faites-moi signe. La première partie va commencer.

L'homme était sous pression. Tous les messieurs à brassard allaient et venaient avec un air extrêmement important, s'interpellant d'un bout de la salle à l'autre, tandis que les spectateurs attendaient sur leurs chaises pliantes.

Il s'était encore écoulé un bon quart d'heure avant que quelqu'un frappe trois coups sur le plancher avec un marteau, et il y eut quelques ritournelles de piano dont les notes crues rebondissaient sur les murs nus.

— Mesdames, messieurs, chers camarades de la Mutuelle, j'ai l'avantage de vous présenter ce soir...

Antoine ne changeait pas de pantalon, car il partait de chez lui en pantalon noir. Il était en train, à ce moment-là, d'attacher un plastron rigide à sa chemise, tout seul, tranquille entre la toile de fond et le mur. Ses mouvements étaient calmes et précis, et ce n'était qu'en surimpression que son esprit enregistrait ce qui se passait de l'autre côté du décor.

Le piano jouait à nouveau. Un baryton chantait. Lui, avec lenteur, fixait à son gilet, à son pantalon, ensuite, dans la doublure de l'habit, les différentes poches nécessaires à ses tours. Il y avait tant d'années, maintenant, qu'il faisait les mêmes mouvements deux cents ou deux cent cinquante soirs par an, que ceux-ci étaient automatiques, s'enchaînaient dans un ordre déterminé.

Il déplia sa table aux pieds de nickel, au tapis de velours rouge orné d'un « A » en fil d'or.

Quand le baryton eut fini, le membre du comité passa la tête derrière la toile.

— Besoin de rien ?
— Merci.

Il ne laissait rien au hasard. Les accessoires pour chacun des tours prenaient leur place dans ses poches et dans les diverses trappes invisibles de la table, et il ajouta, comme toujours, par précaution, ceux de trois ou quatre numéros supplémentaires.

Il n'avait pas l'intention de faire celui de la montre, toujours risqué, car il arrive qu'on tombe mal lorsqu'on demande la coopération d'un spectateur. Cela dépend des milieux, de l'atmosphère. Certains gars tiennent à montrer aux copains qu'ils ne sont pas dupes. Un boucher, une fois, dans un village, avait soulevé brusquement le tapis monogrammé de la table et avait éclaté de rire en découvrant la poche de feutre qui contenait un lapin vivant.

Une jeune fille chantait, restait en panne au milieu du troisième couplet. Il était le seul professionnel au programme, dont la première partie était tenue par des membres de l'association.

Le dernier fut un violoniste prodige, un garçon de huit ou neuf ans, après quoi l'entracte s'annonça par un bruit de semelles sur le parquet et par le grincement des chaises pliantes.

— Vous ne voulez rien boire ?
— Merci.
— Pas avant votre numéro, hein ? Je comprends.
— Jamais.

Il était sincère. La vérité était plus compliquée, mais, en principe, il ne mentait pas. Des gamins, des hommes, quelques femmes vinrent risquer un coup d'œil derrière la toile pour le voir de près, assis à côté de son guéridon, en habit, déjà tout prêt, sauf qu'il n'avait pas encore mis son loup noir. Peut-être s'étonnaient-ils de lui trouver un visage comme tout le monde ? Ou qu'il soit beaucoup plus vieux que sur l'affiche ?

Il s'était passé le maquillage léger qu'il adoptait pour les salles comme celle-ci. Il était habitué à ce qu'on le regarde et ne se troublait pas, restait naturel, les jambes croisées, à fumer sa cigarette.

L'entracte dure toujours plus longtemps dans les soirées d'amateurs que dans les vrais théâtres, et les organisateurs ont du mal à obtenir des gens qu'ils reprennent leur place.

— Donne l'exemple, toi, Louis. Installe ta famille. Je vais dehors chercher ceux qui restent.

Il ne laissa personne l'aider à porter son guéridon de l'autre côté de la toile, attendit qu'on cessât de tousser, de remuer les pieds et de tripoter les programmes, sourit sous son loup de velours, prononça enfin le sacramentel :

— Mesdames, messieurs, je vais avoir l'honneur et le plaisir...

Il voyait les visages dans une lumière grisâtre qui n'effaçait pas les détails, mais qui, au contraire, les soulignait, et il aurait pu énumérer ensuite les caractéristiques de chacun. Au fond de la salle, un certain nombre d'hommes restaient debout près d'un comptoir fait de planches posées sur des tréteaux, et parfois il entendait le bruit d'une bouteille de bière qu'on débouche. Ce bruit ne lui produisait aucun effet. La vue des bouteilles non plus, de ces bouteilles hautes et étroites, d'un vilain brun, qu'on sert dans les patronages et les fêtes populaires.

Il avait annoncé à Julie qu'il rentrerait au plus tard vers minuit. Elle l'avait conduit jusqu'au palier, comme d'habitude, lui avait arrangé son écharpe autour du cou.

— Ne prends pas froid.
— Non.

Elle l'avait embrassé. Puis, au moment où il s'engageait dans l'escalier, ses deux valises plates au bout des bras, elle avait murmuré :

— Antoine...
— Quoi ?

Il se tenait sur la troisième ou quatrième marche, la tête levée. Il avait vu, malgré le peu de lumière, que sa lèvre tremblait, qu'elle s'efforçait de sourire bravement :

— Rien... Va... Reviens vite.

Il avait commencé par les petits tours faciles qui font de l'effet, comme la baguette enchantée, le souffle magique, les trois foulards. Il parlait peu, n'étant pas de ceux qui agrémentent leur numéro de boniments et encore moins de plaisanteries. Ce qui parlait, si l'on peut dire, c'étaient ses longues mains blanches émergeant des manchettes relevées jusqu'à mi-poignets et qui, lorsqu'elles étaient en train, semblaient s'animer d'une vie autonome. Ici, elles ne prenaient pas toute leur valeur, faute d'un éclairage qu'on ne peut obtenir que dans un théâtre bien outillé. Il n'en voyait pas moins tous les regards converger vers ses mains à chacun de ses mouvements.

— Je prends un anneau comme ceci, un second comme cela, et...

Le reste, les mains le disaient, et on entendait bientôt un « ah » de stupeur, un éclat de rire, une salve d'applaudissements.

Pourquoi décida-t-il soudain d'intercaler la montre magique entre deux des numéros prévus ? Pour rien. Pour leur faire plaisir. Parce que c'étaient de braves gens, si heureux d'être assis là dans leur meilleur costume.

— Un des messieurs de l'assistance aurait-il l'obligeance de monter sur la scène et de me confier sa montre ?

La réaction était mécanique. Les spectateurs, par rangs entiers, se retournaient sur les rangs suivants, et cela formait comme une vague. Aux noms qu'on lançait alors, ou qu'on chuchotait, il pouvait reconnaître les personnages les plus populaires. De rang en rang, l'attention gagnait le fond de la salle, pour se concentrer enfin sur un grand garçon de vingt-trois à vingt-cinq ans adossé au comptoir, une bouteille de bière à la main.

— Vas-y, Eugène !

Il faisait non de la tête, souriait, prononçait des mots qu'on n'entendait pas et, en fin de compte, se laissait pousser dans l'allée, où il s'avançait en roulant ses larges épaules.

— Ça ne vous gêne pas qu'elle soit en or ? lança-t-il en butant sur les marches de l'estrade.

Puis, debout, face au public, il continuait à se balancer et à adresser des œillades à ses amis.

C'est alors que le déclic eut lieu, bêtement, pour la première fois depuis au moins trois semaines, depuis le voyage du Havre auquel Antoine et Julie évitaient si farouchement de faire allusion et même de penser. Le jeune homme avait extrait une montre en or de son gousset, une grosse montre à boîtier qui devait avoir appartenu à son père et probablement à son grand-père. Au moment où Antoine la saisissait et relevait la tête pour remercier son interlocuteur, il reçut au visage une bouffée de bière surchauffée.

Il n'y eut rien de décidé pour autant, certes. A cet instant-là, sa ferme volonté était de résister. Il aurait pu jurer, sans être insincère, qu'il résisterait, rentrerait rue Daru aussitôt après le spectacle.

Mais il existe une autre sorte de connaissance que celle-là, plus profonde, encore que plus difficilement exprimable. Il appelait cela le déclic, un mot à lui, pour son usage personnel, qu'il n'avait pas besoin de prononcer avec les lèvres.

Les spectateurs ne s'aperçurent de rien. Le jeune colosse à la montre non plus, qui respirait fort parce qu'il était plus ému qu'il ne voulait le paraître et qui sentait toujours la bière. Même sans le masque, on n'aurait rien lu sur son visage. La montre fut déposée dans un mouchoir de soie rose, entortillée comme un bonbon, et, lorsque Antoine saisit un marteau préparé sur le guéridon, la salle fut parcourue par le petit frisson habituel. Quand, sous les coups de marteau, on entendit le verre se briser, le métal se broyer, le gars qu'on appelait Eugène perdit son sourire, et il n'y eut plus un bruit, plus un souffle.

Dès lors, il fallait faire vite afin d'éviter un incident, une réaction désagréable.

— Et maintenant, cher monsieur, je dois vous demander la permission de fouiller votre gousset...

Il en retira la montre intacte. Les bravos éclatèrent. Des spectateurs se levèrent. Eugène, tout rouge, serra la main qu'on lui tendait et s'éloigna en roulant plus que jamais les épaules.

Il restait trois autres tours au programme, avec le numéro des drapeaux en final, et tout se passa sans accroc. Après quoi, la séance terminée, pendant dix minutes, des gamins grimpèrent sur l'estrade pour lui poser des questions.

Il se changea derrière la toile de fond, reçut son cachet dans une enveloppe.

— A présent que vous avez fini, vous accepterez bien un verre avec nous ? Un de nos camarades, qui est de Falaise, a apporté une vieille bouteille de calvados...

— Je vous remercie beaucoup, mais je ne peux malheureusement pas accepter.

— Le foie ?

Il dit oui. C'était plus facile.

— Méfiez-vous des docteurs !

Il partit, sans avoir rien bu, alors qu'il n'y avait plus que quelques hommes au teint animé qui entouraient le comptoir au fond de la salle, où on avait éteint une partie des lampes. Il avait deux cents mètres à parcourir pour atteindre la route nationale où passait son autobus. Il remonta le col de son pardessus. La bise soufflait. Un appartement sur quatre ou cinq restait éclairé. La maison du coin était un bar avec un seul consommateur au comptoir, le chauffeur d'un poids lourd en stationnement un peu plus loin.

L'autobus allait arriver d'une minute à l'autre. Il entra, ne posa qu'une valise à terre.

— Une fine. En vitesse.

Il avait dit fine comme il aurait dit n'importe quoi, un calvados, ou un marc, ou du vin blanc, ou du vin rouge. Cela n'avait pas d'importance. Il se voyait dans la glace ternie sur laquelle pendait une horloge réclame qui marquait onze heures cinq.

Il but une lampée, chercha de l'argent dans sa poche.

Il savait. Au moment de payer, il prononça :

— La même chose.

L'homme au camion examinait curieusement son visage, ses valises, son pardessus et son pantalon noir.

— Combien ?

Il dut se précipiter pour attraper l'autobus. Ils n'étaient que cinq dedans, trop loin les uns des autres, à ne savoir où regarder et à sursauter de la même manière à chaque cahot du véhicule. Des maisons défilaient, toutes plus ou moins pareilles, avec des fenêtres obscures et quelques fenêtres éclairées. Parfois on apercevait des gens qui remuaient derrière les rideaux. Les volets de fer étaient baissés devant les boutiques, mais, de loin en loin, un café ouvert donnait une impression de chaleur et d'intimité.

A la porte d'Orléans, il n'avait qu'à prendre le métro. Ou bien l'autobus, qui passait aux Ternes, à deux pas de chez lui. S'il choisissait le métro, il ne s'arrêterait pas en route. Avec l'autobus, il suivrait le boulevard Sébastopol.

— Si l'autobus n'est pas à l'arrêt quand nous arriverons, je descends dans le métro.

Il souhaitait qu'il n'y soit pas. Il souhaitait aussi s'arrêter en route. C'était le plus mauvais moment, celui où il restait lucide, où il luttait encore en se méprisant de n'avoir pas plus de volonté.

Tout à l'heure, cela irait mieux. Même physiquement. Cet écœurement qu'il ressentait, ce vague de son estomac, cette fébrilité déplaisante disparaîtraient après un troisième verre. Au fond, qui sait si le déclic ne remontait pas plus loin que l'homme à la montre et à l'haleine chargée de bière ? Pourquoi Julie avait-elle éprouvé le besoin de le rappeler, alors qu'il était déjà engagé dans l'escalier et qu'il ne pensait à rien ?

Elle n'avait rien dit, soit. Elle lui avait souri. Elle avait murmuré, plutôt pour ne pas rester en suspens : « Ne rentre pas trop tard... »

C'était une faute. Il le lui avait déjà expliqué. Il l'avait suppliée de se taire, d'éviter certains mots, certains airs effrayés ou résignés.

Il prendrait le métro, qu'il y ait un autobus ou non au départ de la porte d'Orléans. Mais, auparavant, il boirait quelque chose pour chasser le goût du cognac. De la bière, par exemple. Un verre. Les bars de la porte d'Orléans ne sont pas de l'espèce dangereuse pour lui. Ce sont de grands comptoirs modernes, étincelants de nickels ou de chromes, où des garçons vous servent à la chaîne sans vous voir et crient à la cantonade :

— Un export, un !

En rentrant chez lui, il profiterait de ce qu'il était calme, en pleine possession de son sang-froid, pour mettre Julie en garde.

— Je sais que tu crois bien faire. Je te comprends. Ce que je te demande, c'est d'essayer de me comprendre, moi. Est-ce si difficile ? Je suis un homme. Toute ma vie, j'ai eu l'impression de vivre comme un homme. Or, voilà que, tout à coup, sans raison, tu me guettes, t'imaginant que je vais...

Il descendit le dernier, et l'autobus n'était pas à l'arrêt. Une jeune femme, qui avait voyagé avec lui depuis Bourg-la-Reine, s'engagea dans l'escalier du métro. Il faillit l'imiter, ne fût-ce que pour ne pas avoir à trimbaler ses valises qui, malgré leur taille réduite, étaient très lourdes. Seulement, il s'était promis un verre de bière. La pompe à bière était là, derrière les vitres de la brasserie, avec de la mousse épaisse qui coulait d'un verre. Cela lui mettrait l'estomac d'aplomb. Ce n'était pas une excuse. C'était réel.

Il y avait encore une chose que Julie ne comprenait pas. Il avait beau exécuter les mêmes tours depuis trente ans, il n'en éprouvait pas moins, chaque fois, un certain trac. D'autres que lui, parmi les plus fameux, de ceux qu'on cite dans les manuels, l'ont eu toute leur vie. On est à la merci du plus léger incident, d'une distraction, d'un geste moins précis que les autres. Dans certains cas, une quinte de toux, un éternuement déclenchent la catastrophe.

— Tu travailles avec tant de calme !

Extérieurement, oui. Mais à l'intérieur ? Il lui ferait comprendre la tension nerveuse que la moindre soirée exigeait de lui. Or, ensuite, on ne peut se détendre d'une seconde à l'autre. Il reste une grande fatigue, une sorte d'hébétude.

— Tu crois, lui répondrait-elle, que, de boire, cela te la fait passer ?

Mais oui. A condition, évidemment, de s'en tenir à...

— Un demi, garçon.

— Export ?

L'export était plus forte. Il fit signe que oui. Voilà à quel résultat elle arrivait : à lui donner la honte d'un geste aussi simple que celui-là. Au point qu'il faillit rappeler le garçon pour demander de la bière ordinaire.

Ici aussi, il y avait des miroirs. Il y a toujours des miroirs dans les cafés ou dans les bars. Il ne pouvait éviter de se regarder. Cela l'assombrissait de se voir terne et vieux.

Cinquante-cinq ans. S'imagine-t-on, quand on est petit, puis quand on est un jeune homme, qu'un monsieur de cinquante-cinq ans peut être là, dans une brasserie, à minuit moins le quart, à souffrir de scrupules et même de remords parce qu'il vient de commander un verre de bière ?

C'est la vérité, pourtant, et la bière en a mauvais goût. Serait-ce plus malin de ne pas boire, de payer sa consommation et de s'engouffrer honteusement dans le métro ? Un couple est accoudé au même comptoir, juste au tournant. S'il n'a pas cinquante-cinq ans, l'homme n'en frise pas moins la cinquantaine et sa compagne a vingt-cinq ans. Ils boivent tous les deux une liqueur jaunâtre, peut-être de la chartreuse, et l'homme fait signe qu'on remplisse les verres, tandis que la femme lèche le fond du sien d'une langue gourmande, éclate de rire, se renverse sur la poitrine du mâle.

Ils n'ont de scrupules ni l'un ni l'autre. Ils sont gais, déjà éméchés.

Sans bruit sur ses grosses roues caoutchoutées, l'autobus de la place des Ternes est venu s'arrêter en face du comptoir.

— Combien, garçon ?

Il hésite. S'il prend une autre bière, il ratera l'autobus.

Maintenant, il est décidé. Pas encore en pleine conscience. C'est toujours plus compliqué que ça. A peu près. Il sait, en tout cas. Et cela le rend farouche, presque hargneux. Il saisit ses valises d'un geste qui en soulèverait de trois fois plus lourdes et les heurte contre la portière de l'autobus ; il a déjà une autre façon de regarder les gens et le décor.

Après la nuit du Havre, il a juré solennellement... C'est en cela qu'il a tort. Il craint de faire de la peine. A n'importe qui. A plus forte raison à Julie. Il aime Julie. Elle croit le savoir. En réalité, elle ne se figure pas à quel point il l'aime. Et ce n'est pas un amour romanesque. Il ne se monte pas le coup. Il l'aime gravement, en connaissance de cause. Pas pour ce qu'il pourrait imaginer qu'elle est, pour ce qu'elle est.

Il a tenté maintes fois de le lui faire comprendre. A certains moments, il croit y être parvenu, se persuade qu'elle a compris et que, par le fait, tout va devenir simple. Une heure plus tard...

Il suffit d'un mot, d'un regard, comme ce soir sur le palier. Elle ne se rend pas compte de ce que cela représente. Elle est de bonne foi, se croit tendre, se figure qu'elle veille sur lui.

Toutes les brasseries du boulevard Saint-Michel sont encore ouvertes, mais elles ne l'intéressent pas, celles du boulevard Sébastopol non plus. C'est quand on croise les Grands Boulevards qu'il se dresse soudain et se précipite vers la sortie, si vite que des voyageurs se demandent comment il a pu attraper ses valises.

— Pardon. Je descends.

Il y a encore des autobus tous les quarts d'heure. Au besoin, il prendra le métro, arrivera rue Daru à minuit et demi. Si seulement elle consentait à dormir en l'attendant au lieu de résister au sommeil !

Allons ! Tout cela est trop bête. Il existe un petit bar, au coin de la rue Saint-Denis, où il lui est arrivé de prendre l'apéritif alors qu'il n'avait pas vingt-cinq ans. Le comptoir est toujours en étain, la lumière pisseuse. Y aura-t-il encore une grosse fille aux couleurs de bonbon fondant à faire le guet près de la vitre ?

Le curieux, c'est qu'il ne sait que boire. Il pourrait, à la rigueur, ne pas boire du tout, rester là à regarder devant lui. Non ! Parce qu'alors le contact ne s'établirait pas. Or, c'est avant tout une question de contact. Prenons la fille, par exemple. Elle est à sa place. Ce n'est pas la grosse blonde mal maquillée de ses souvenirs, mais une maigre aux cheveux noirs qui doit sentir l'ail. Juste à côté du bar s'ouvre la porte d'un hôtel. Il y est allé, il y a vingt-cinq ou vingt-huit ans, et se souvient encore de l'odeur des chambres.

Pour le moment, cela ne signifie rien. La fille l'a regardé entrer avec indifférence. Son métier, à lui, l'entraîne à tout enregistrer d'un coup d'œil. Il sait que, de son côté, elle a noté les deux valises plates aux angles de métal, le pantalon d'habit et le pardessus noir, peut-être les traces de maquillage sur son visage. Dans le quartier, son apparence n'est pas surprenante. Peut-être même a-t-elle deviné sa profession.

Elle ne s'occupe plus de lui. Il ne s'occupe plus d'elle. Il se demande ce qu'il va boire et, quand le patron lui pose la question, répond :

— Un calvados.

Ses valises sont par terre dans la sciure de bois. Au bout du comptoir, deux hommes discutent à voix haute.

— Alors, moi, je lui dis comme ça :
» — Vois-tu, Ernest, t'as tort de me prendre pour un couillon...
Il fait un clin d'œil. L'autre fait un clin d'œil.
— Qu'est-ce qu'il a répondu ?
— Il s'est dégonflé, mon pote. Patron ! La même chose pour Arthur !

Ils portent tous les deux des vêtements sans forme, sans couleur, n'ont pas d'âge, viennent de nulle part.

Peu importe. Il n'existe pas encore de contact. Il devrait, un soir comme celui-ci, prendre un bout de papier et y noter des mots qui lui serviraient ensuite de repères. *Établir le contact !* Encore une question importante à expliquer à Julie. Seulement, il est sûr d'avance qu'elle ne comprendra pas, parce qu'elle n'a besoin de contact avec personne d'autre que lui. Elle est indifférente aux gens qui passent dans la rue, qui courent vers le métro ou qui attendent chez la crémière. C'est à peine si elle les voit. S'il lui montrait les deux buveurs au bout du comptoir, elle demanderait :

— Et alors ?

Ce sont des humains, sacrebleu ! Lui aussi est humain. Elle aussi, même si elle ne veut pas se l'avouer. Et les humains...

— Patron !
— Même chose ?

Comment est-il possible qu'on ne puisse pas communiquer une vérité aussi simple que celle-là à quelqu'un ? Il y a déjà un moment qu'il remarque une silhouette d'homme qui va et vient sur le trottoir, en se tournant chaque fois vers la fille du guéridon. Celle-ci se décide et se lève. Les deux silhouettes doivent se rejoindre un peu plus loin dans le froid. Ils chuchotent. L'homme s'en va, les mains dans les poches ; elle revient, maussade, se rassied à sa place, où son verre n'a pas été enlevé.

Son regard a croisé celui d'Antoine. Elle n'y a pas fait attention tout de suite. Ce n'est qu'après que cela la frappe. Alors, ayant compris, elle se tourne vers lui et hausse les épaules d'une certaine façon. Cela a un sens. Sans crainte de se tromper, il traduit : « Raté ! Tant pis... »

Il y a eu contact. Ils sont du même bord tous les deux. Julie refuserait de l'admettre et se récrierait. Ce n'est pas seulement parce qu'il est un prestidigitateur qui court les cachets. Il est de la couleur du quartier. Même son pantalon d'habit, à cette heure-ci, s'y trouve à sa place. Il pourrait être garçon de café, ou musicien de brasserie, ou contrôleur dans un théâtre.

Cela lui fait plaisir d'avoir trouvé ça. Il voudrait faire plaisir à son tour, discrètement. En sortant son argent de sa poche, il murmure :

— Combien ?

Il ajoute plus bas, avec un geste à peine esquissé vers la fille :

— Plus un verre pour elle.

Elle a entendu. Elles entendent tout. Lorsqu'il passe devant elle, ses deux valises au bout des bras, elle lui adresse un petit signe.

Un jour, à la longue, peut-être Julie comprendra-t-elle, et alors ils seront pleinement heureux tous les deux.

2

Il n'a pas beaucoup marché, parce que, dans ce quartier-là, entre la rue Montmartre et la République, on trouve des bars à tous les coins de rue. Il ne compte plus les fois qu'il est passé de la chaleur de l'un à l'air froid du dehors, et maintenant il n'y a plus personne dans la perspective sonore des trottoirs, sinon deux agents, très loin, qui marchent à pas réguliers et à qui la pèlerine donne une silhouette de soldats de plomb.

C'est le dernier bar. Cette fois, c'est réellement le dernier, car, après celui-ci, il n'y en a plus, c'est le seul à rester ouvert toute la nuit, comme une salle d'attente de gare, et la lumière y ressemble à celle des salles d'attente ; le décor et les objets y ont le même air désolé, jusqu'aux consommateurs qui font penser aux gens qui, dans un train de nuit, dorment dans les couloirs de troisième classe et même dans les cabinets.

Il lui est arrivé de dormir contre la porte des cabinets, dans un train qui le conduisait à Verviers, en Belgique, et des voyageurs l'enjambaient toutes les dix minutes. Était-ce jamais arrivé à Julie ? Sûrement pas.

En cela résidait peut-être toute la différence, la cause du malentendu. Une fois, il la conduirait dormir dans une salle d'attente pleine de gens aux yeux qui cherchent à deviner où le destin les pousse, et ils seraient collés l'un contre l'autre sur la banquette, raccrochés à une même couverture, chacun reposant sa tête sur l'épaule ou dans le giron de l'autre, ainsi qu'il l'avait vu faire ; l'air sentirait le tabac, la fumée de train et l'urine, et une mère, dans un coin, honteuse, Dieu sait pourquoi, changerait nerveusement les couches d'un nouveau-né.

Il fallait qu'elle connaisse ça. C'était la solution.

Ici, on ne voit pas de corps étendus par terre, mais un vieux tout envahi de poils blancs dort sur une chaise, le dos au mur, avec une expression enfantine sur son visage usé. Deux filles, qui doivent être des danseuses de boîtes de nuit, trempent des croissants dans du café au lait et, au milieu du comptoir, s'érige une sorte d'échafaudage en fil de fer dont chaque alvéole contient un œuf dur.

Il s'est trompé tout à l'heure avec la salle d'attente. Le vrai signe, c'est celui-ci. Il en a presque les larmes aux yeux de découvrir ce qu'il a cherché si âprement une partie de la nuit. Ce n'est pas tant la salle d'attente de troisième classe qui manque à Julie, c'est d'avoir mangé des œufs durs. Elle en a mangé en salade, évidemment, ou avec des épinards, ou encore ceux qu'on emporte en pique-nique. Les vrais œufs durs, ceux qui ont un sens, ce sont ceux qu'on dévore à quatre heures du matin, les mains bleues de froid, les pieds douloureux, après avoir compté ses dernières pièces au fond de sa poche, parmi des gens qui sentent la bête malade.

Il en prend un. Il y a une éternité qu'il n'a mangé un œuf dur, comme ça, debout, ses deux valises à ses pieds, et son regard s'arrête, de l'autre côté du comptoir en fer à cheval, sur un homme qui le regarde aussi. Il est vêtu de noir comme lui, mais ses vêtements sont de meilleure qualité. Tous les deux ont à peu près le même âge, la même taille, le même embonpoint. L'homme porte une petite moustache brune. Sa main droite tremble quand il saisit son verre et la gauche se cramponne au bord du comptoir comme s'il craignait de tomber.

Il a honte. De quoi a-t-il honte ? Antoine voudrait aller lui frapper fraternellement sur l'épaule et lui dire qu'il n'y a aucune raison d'avoir honte. A-t-il honte, lui ? Son œil finit par fixer un point rouge au revers de l'inconnu, la rosette de la Légion d'honneur, et l'autre, qui a deviné, est encore plus gêné.

Il doit avoir une femme, peut-être toute une famille, un appartement confortable. Chaque fois que la porte s'ouvre, il tressaille comme s'il craignait que le nouveau venu le reconnaisse. Ses mains sont soignées, et une grosse chevalière en or orne un de ses doigts.

— Une fine, dit machinalement Antoine qui n'a mangé que la moitié de l'œuf dur.

Il n'a pas faim ; il le finira, pour le principe, parce que c'est un œuf dur symbolique. Une fois qu'il avait vraiment faim, il y a très longtemps, il en a mangé huit.

— A l'eau ?
— Si vous voulez.

Avant, à cette heure-ci, il aurait répondu au garçon :
— Si tu veux.

Pourquoi ne peut-il plus le dire ? Il est chez lui, ici, ils doivent tous le sentir, malgré son pardessus propre et ses souliers vernis. L'autre, en face de lui, n'est pas dans le même cas. Il a honte et demain, sans doute, il sera assailli par les remords.

Antoine n'aura pas de remords. Ce ne sera plus comme après la nuit du Havre.

Il fronce les sourcils parce que le type qui entre, vêtu d'un pardessus beige de demi-saison, l'examine en cherchant dans sa mémoire, commence à sourire, s'avance, les deux mains tendues.

— Ce vieil Antoine !

Son col est sale, effiloché, sa barbe de deux jours. Il marche et parle comme au théâtre.

— Ne me dis pas que tu ne me reconnais pas ! Le Concert Pacra ! Dagobert !

Cela date d'au moins dix-huit ans, d'une époque où, quand on avait besoin de vingt francs, on allait faire un numéro au Concert Pacra, un peu plus loin sur le boulevard. Dagobert, évidemment, n'est pas son vrai nom.

— Tu me trouves tellement changé ?
— Mais non.
— Allons ! Dis la vérité. On prend de la bouteille, mon vieux. Toi, tu ne bouges pas d'un poil. On voit que tu mènes la bonne vie.

C'était un gros qui faisait les comiques troupiers, puis, au gré de la mode, toutes les sortes de comiques. Maintenant, bien qu'il se soit dégonflé, on devine encore ses anciennes rondeurs.

— Je peux ? questionne-t-il en tendant la main vers la pyramide d'œufs durs.

Et, avec un coup d'œil aux deux valises :
— Tu viens de travailler ?
— Qu'est-ce que tu bois ?

C'est drôle de l'entendre répondre, la bouche empâtée par le jaune d'œuf :
— Un chocolat, si tu permets. Content de la vie ? Marié ?
— Marié.
— Des gosses ? Non ? Moi, j'en ai deux. L'aîné a quinze ans.

Le regard d'Antoine, par-dessus le bar, est allé se poser sur le revers de l'homme aux moustaches brunes, là où tout à l'heure se trouvait une rosette rouge. Elle n'y est plus. On jurerait que l'homme, tête basse, le nez dans son verre, est en train de réciter des prières. Peut-être qu'il se retient de pleurer ?

Au Havre, Antoine, lui aussi, a pleuré avant la grande scène.

— Tu ne t'imaginerais jamais ce qui m'arrive...

Dagobert a lancé ça avec une fausse désinvolture, en même temps qu'un coup d'œil en coin.

— ... Ou plutôt si. Toi, tu es du bâtiment, et peut-être même que ça t'est arrivé autrefois. Tu sais où en est notre foutu métier. Autant dire qu'il n'y a plus rien à faire pour quelqu'un de propre. Bon ! Cet après-midi on m'offre un contrat de huit jours dans un cinéma de Nevers, une salle qu'on vient de remettre à neuf. Je dis oui. Je signe les papiers. J'offre une tournée aux copains. Je devrais commencer demain soir. Et tu sais quoi ?

Il sait, mais ne le dit pas.

— Je rentre chez moi, et ma femme m'apprend avec un air candide qu'elle a dépensé l'argent qui restait à la maison pour acheter des souliers au gamin.

L'ancien gros rit, de son rire de comique :
— Crevant, hein !

Puis il réfléchit, contemple les valises à leurs pieds.

— Je suppose que tu ne peux pas me prêter de quoi prendre le train ? Surtout ne le fais pas si cela te gêne. Tu me connais. Je n'ai jamais tapé les amis. Vois-tu, vieux, pour moi, au point où j'en suis, cet engagement-là, c'est comme qui dirait...

Sa voix devient rauque, et il écrase furtivement une larme, une larme de scène aussi, plus humaine cependant que les larmes de Julie. Antoine le lui dira. Il est indispensable qu'il lui dise ces vérités-là.

— Garçon ! Une autre fine. Tu ne veux vraiment pas prendre une fine avec moi ?

— Pour te faire plaisir. Ce que je t'en dis, tu comprends, c'est parce que, toi et moi...

— Mais oui...

Il lui passe l'enveloppe, tout son cachet de Bourg-la-Reine. Il ne l'a même pas ouverte. Julie lui en voudra. Mais, après ses explications, elle comprendra une fois pour toutes.

— Ta femme ne sera pas fâchée ?

Pourquoi Dagobert pense-t-il à elle alors qu'il ne la connaît même pas ?

— Non. Ne t'inquiète pas.

— Dès mon retour, je te passe un coup de fil. Tu as le téléphone ?

— J'ai le téléphone.

— Tu es dans le Bottin ?

— Je suis dans le Bottin.

Et voilà qu'ils se mettent à rire tous les deux, sans savoir pourquoi, comme si c'était tellement drôle d'être dans le Bottin.

— A ta santé.

— A la tienne.

Un jeune homme maigre, avec des cheveux épais sur la nuque, est accoudé au comptoir, boit du café et n'a sûrement pas mangé. Hypnotisé, il regarde les œufs durs, mais Antoine n'ose pas.

— Tu viens souvent dans le quartier ?

— Quelquefois.

— Tu habites loin ?

— Les Ternes.

Il est temps qu'il s'en aille. La dernière fois qu'il est rentré aussi tard, il a trouvé Julie malade. Elle ne le faisait pas pour l'attendrir. Le matin, il a été obligé d'appeler le docteur, qui a parlé sérieusement des nerfs et du cœur. Il est vrai que sa mère aussi avait une maladie de cœur qui ne l'a pas empêchée de vivre jusqu'à soixante-douze ans et, jusqu'à voici trois ans à peine, de leur empoisonner l'existence.

— Ça ne va pas ?

Les yeux bordés de rouge du comique voient plus de choses qu'ils n'en ont l'air.

— Mais si.

L'autre ne le croit pas, mais, depuis qu'il a l'enveloppe dans sa poche, cela doit lui être égal. Il regarde les soucoupes d'une certaine façon quasi enfantine, et Antoine ne peut s'empêcher de dire au garçon :

— La même chose pour les deux.

C'est peut-être le verre de trop. Tout à l'heure, il se sentait beaucoup mieux. Il faisait davantage partie du décor. Il y avait le contact, selon son expression. Or il n'y pensait même plus. Il aurait juré qu'il était dégrisé et qu'il voyait les choses avec tant de lucidité que c'en était tragique.

Par exemple, il savait que son ancien camarade — ils s'étaient peut-être vus dix fois en tout ! — l'avait roulé. Peut-être n'était-il pas marié. Quant à l'histoire de Nevers, Antoine la connaissait depuis des années.

Le type d'en face, lui, qui avait retiré subrepticement sa rosette, le fixait soudain avec défi. Pourquoi ? Le jeune homme maigre était parti dans la direction des Halles, où il devait rôder autour des camions de légumes. Les deux danseuses étaient allées se coucher. Une vieille femme entrait, grosse et sale, déjà ivre, qui avait dû vendre des violettes à la sortie des cabarets et qui avait fourré l'argent dans la poche de son tablier.

Il n'oublie pas ses valises. Il ne les a jamais oubliées de sa vie. Pas même au Havre.

— Tu veux que je te donne un coup de main ?
— Merci. J'ai l'habitude.
— Tu n'attends pas le premier métro ?
— Je vais prendre un taxi.

Il se rend compte qu'il oscille, que ses mouvements n'ont plus de précision. Mais, cela, c'est le corps. Peu importe que son corps subisse les effets de l'alcool si son esprit reste lucide ! Il l'est. La preuve, c'est qu'il devine que le chauffeur est russe et qu'il se souvient qu'il y a des travaux boulevard Haussmann.

— Rue Daru, juste en face de l'église russe. Vous devez connaître.
— Oui.

Il n'y a aucune raison pour que Julie ne comprenne pas. Elle l'aime, c'est incontestable. Par conséquent, elle devrait faire un effort pour se mettre dans sa peau. Il l'aime aussi, encore plus qu'elle. Il ne lui en veut pas de ses défauts. Au contraire. C'est par cela qu'il doit commencer : par lui expliquer que c'est à cause de ses défauts qu'il l'aime, parce que ce sont eux qui la rendent humaine.

— Marié ? demande-t-il au chauffeur.
— Grand-père.

Il ne voit pas de lumière aux fenêtres de son appartement, sort d'abord ses valises qu'il pose au bord du trottoir, puis se dirige vers la grande porte brune et tire le bouton de cuivre. La maison, elle aussi, est un peu responsable. Il la hait. Il l'a toujours haïe. Elle est pleine de fausse dignité, de faux confort. Jusqu'à la concierge qui...

Il doit sonner deux fois et, sous la voûte, laisse tomber une des valises qui fait un vacarme, en est vexé, balbutie son nom, néglige de prendre l'ascenseur trop bruyant et monte les trois étages sur la pointe des pieds.

La preuve qu'il n'est pas ivre, c'est qu'il ouvre la porte sans un faux mouvement. Quand il sort, Julie a l'habitude de laisser une veilleuse allumée dans l'entrée, et il n'allume pas d'autre lampe, se déshabille avant de pénétrer dans la chambre, parvient à se glisser dans le lit chaud sans rien heurter.

Puisqu'elle dort, il lui parlera demain. Ils auront tout le temps devant eux. Ce qu'il a à dire est gravé dans sa tête. Il est triste, sans raison précise. Il a pitié peut-être de lui, peut-être d'elle, peut-être de tous les hommes qui dépensent tant d'énergie pour arriver à traîner quelques années de vie qui n'en valent pas la peine et qui parviennent à se faire mal les uns aux autres. Il lui semble que ce serait facile, pourtant. Il suffirait...

Julie est brûlante, et il se demande si elle n'a pas de fièvre. Il a envie de la toucher, de l'embrasser délicatement, mais il craint de la réveiller. Il ne lui en veut pas, de rien. Il ne lui en voudra jamais. Il déborde de tendresse, au point d'en avoir les yeux humides. Même ce gros homme dégonflé, qui l'a tapé et qui doit être en train de se moquer de lui, lui paraît pathétique.

Il entend un bruit léger à l'étage supérieur, et cela aussi lui remplit le cœur d'une vague chaleur. Ce sont des pas, ceux d'une très vieille femme chaussée de pantoufles qui se relève dix fois la nuit pour donner un médicament à son mari malade. Il paraît que, si elle oubliait une seule fois, il mourrait. Il est comme une lampe dans laquelle il faut remettre de l'huile. Depuis des mois, la flamme vacille, il est presque mort et il ne le sait pas, il ne s'aperçoit de rien, il ne peut ni remuer ni parler, et ses yeux regardent autour de lui avec la candeur un peu effrayée des yeux de nouveaux-nés. Ils ont peu d'argent, juste assez pour durer. Et c'est par peur de déranger les autres locataires qu'elle se déplace comme une souris avec l'air de demander pardon d'exister encore.

Maintenant, il entend la respiration de Julie qui ne lui paraît pas la même que d'habitude. Puis elle renifle d'une certaine façon, et alors il décolle sa tête de l'oreiller, reste immobile, retenant son souffle, perçoit un léger frémissement du lit.

Rejetant la couverture, il tend le bras vers le commutateur en prononçant :

— Tu pleures ?

Par crainte de la réveiller, il a gardé sa chemise de jour et il ne s'est pas lavé les dents. Il ne voit d'elle que des cheveux blonds qui deviennent si pâles qu'on le remarquera à peine quand ils seront blancs.

Il répète avec une pointe d'impatience :

— Tu pleures ?

Et elle, sans bouger, sans montrer son visage :

— Éteins, veux-tu ?

— Dis-moi pourquoi tu pleures.

Elle doit tenir un mouchoir sur sa bouche pour empêcher les sanglots d'éclater. Son dos se soulève en cadence. Il s'est assis dans le lit. Autour d'eux, les objets familiers, les meubles paraissent figés.

— Tu refuses de me répondre ?

— De grâce, Antoine !

— Je te demande de me parler, de me dire ce que tu as.
— Dors.
— Écoute, Julie.
— Pitié, veux-tu ?
— Non. J'exige de voir ton visage.

Elle secoue négativement la tête.

— Tu entends ? J'exige que tu me montres ton visage.
— Pour l'amour de Dieu !
— Tu refuses ?

Il n'a pourtant pas parlé fort. Elle a peur, découvre la moitié de sa figure, un œil plein de terreur.

— Qu'est-ce qui t'effraie ?

Elle se mord la lèvre inférieure, et tout son corps se recroqueville comme sous le coup de l'angoisse.

— Dis-moi simplement ce qui t'effraie.

On pourrait croire qu'elle ne le reconnaît pas, ou bien que, tout à coup, il est devenu un monstre.

— Pourquoi me regardes-tu comme ça ? Qu'est-ce que j'ai de spécial ? Je ne t'ai rien dit...
— Je t'en supplie encore une fois, Antoine !...
— Je suppose que tu te figures que j'ai bu ?

C'est ridicule. Il n'a pas du tout voulu dire ça. Il essaie de se rattraper.

— Tu crois que je suis ivre. Or il se fait que, ce soir, justement, je ne le suis pas.
— Antoine...

Elle paraît plus vieille que d'habitude. Un sein sort de sa chemise de nuit, et c'est un peu comme le comique dégonflé. Il en a pitié. Il l'aime. Tout ce qu'il faut, c'est qu'elle écoute tranquillement au lieu de s'écarter de lui.

Pourquoi, quand il tend la main pour voir son visage en entier, se protège-t-elle des deux bras comme s'il allait la frapper ?

Il ne l'a jamais frappée de sa vie. Seulement deux fois. C'était différent. Aujourd'hui, il est calme, en possession de son sang-froid. Il ne peut pas rester plus longtemps sous les draps. Il a besoin de remuer, de marcher.

— Où vas-tu ?

S'est-elle imaginé qu'il s'en allait ? Voilà comme on se fait des idées, par ignorance des vrais motifs.

— Je ne vais nulle part. Si je comprends bien, tu n'as pas dormi. Et, depuis hier au soir, au fond de ton lit, tu te morfonds à mon sujet. C'est cela ? Avoue. Parle. Mais parle donc, sacrebleu !

Elle bredouille :

— Je n'ai pas pu m'endormir.
— Alors, du coup, tu m'en veux. Parce que c'est moi qui suis responsable. Tu me considères comme une brute.
— Couche-toi, Antoine. Tu vas prendre froid.

Il a soif. Ce n'est pas par vice. Il éprouve le besoin de boire quelque chose. Ils gardent toujours une bouteille de rhum dans le placard de la cuisine. Il s'attend à ce que Julie ne le laisse pas faire, mais elle ne bouge pas, ne réagit pas, continue à pleurer, les yeux au plafond, le visage aussi défiguré que celui des enfants qu'on voit sangloter dans la rue.

— Tu sais, j'en prends juste une gorgée pour me remettre l'estomac d'aplomb. Tu constates que je suis calme. Vois-tu, cette nuit, ce n'est pas comme les autres fois. J'avais besoin de réfléchir.

— Tu tiens à continuer ?

— Parce que, toi, je suppose, tu ne désires pas m'entendre ?

— Je n'ai pas dit ça.

— Qu'est-ce que tu as dit ?

— A quoi bon nous faire du mal, comme au Havre ?

— D'abord, permets-moi de te faire remarquer qu'au Havre, c'était ta faute. Le lendemain, c'est exact, j'ai prétendu le contraire et t'ai même demandé pardon...

— Tu as juré.

— Parce que je craignais que tu aies une crise.

— Tu ne pensais pas ce que tu as dit ?

Est-ce que, vraiment, ce furent là les dernières paroles qu'elle eut la chance de prononcer cette nuit-là ? Il aurait affirmé le contraire, de bonne foi. Car il était toujours de bonne foi. Il n'avait pas l'impression d'un monologue, encore moins d'un réquisitoire. Il était persuadé qu'il était maître de lui et que toutes ses phrases étaient inspirées non seulement par l'amour, mais par le bon sens.

Il avait bien vu que les craintes de Julie la reprenaient quand il avait passé sa robe de chambre, parce que cela indiquait qu'il n'était pas disposé à se coucher. Il avait posé la bouteille de rhum sur la commode et, comme il n'avait pas apporté de verre de la cuisine et qu'il ne voulait pas s'interrompre pour aller en chercher un, il buvait de temps en temps une gorgée à même le goulot, simplement pour combattre sa fatigue.

N'avait-il pas le droit d'être fatigué non plus ?

Il fallait qu'il tienne le coup. C'était indispensable. Cette explication-là, entre eux, était de toute première importance. Elle était... comment dit-on ?... capitale. Ca-pi-ta-le.

— Vois-tu, mon petit, ce que tu perds parfois de vue...

Il y avait quantité de choses qu'elle perdait de vue. De laquelle ou desquelles avait-il parlé ? Elle avait besoin qu'on lui dise la vérité une fois pour toutes, tranquillement, sans rancœur. Il n'y a aucune honte à entendre la vérité.

Pourquoi ne l'accepterait-elle pas ?

Elle ne disait rien ? C'était son refrain, après.

— *Moi, je n'ai rien dit. Tu as parlé tout seul pendant deux heures.*

Elle prétendait cela chaque fois, mais oubliait de mentionner qu'elle avait une façon de se tenir et de le regarder qui valait tous les discours.

Même immobile, les yeux fermés, on sentait encore sa résistance à ce qu'il lui disait. Pis : son hostilité.

C'était le mot : à ces moments-là, elle lui était hostile. Elle devenait une ennemie. Ils ne formaient plus un tout. Elle le considérait comme en dehors d'eux, un étranger.

— Cela, vois-tu, tu n'en as pas le droit. Tu m'écoutes ?

Plus tard, il avait peut-être dit :

— Tu me fais la charité de m'écouter ?

C'était possible. En définitive, ce n'était pas tellement exagéré. Elle lui faisait la charité, comme il l'avait faite à Dagobert, sauf que c'était une charité morale. Il en était là. Elle avait pitié de lui. Elle essayait, par des trucs naïfs comme ceux qu'on emploie pour les enfants, de le décider à se coucher. N'y arrivant pas, elle était allée lui chercher ses pantoufles, marchant elle-même pieds nus sur le parquet, ostensiblement.

— Tu le fais exprès ?

Elle avait beau feindre de ne pas comprendre, il savait qu'elle comprenait. Il la connaissait depuis assez longtemps pour ne pas être dupe.

Il ne lui en voulait d'ailleurs pas. C'était un besoin, chez elle, dans des moments pareils, de prendre un air si pitoyable que quelqu'un de non averti l'aurait considérée comme une femme très malheureuse.

Or, des deux, qui avait des raisons d'être malheureux ? Qui cédait invariablement ? Qui se sacrifiait à l'autre ?

Lui ! Toujours lui !

Qu'elle admette cela, qu'elle fasse un effort de son côté, qu'elle lui évite seulement le plus douloureux, et tout deviendrait facile.

Un simple détail. Au beau milieu d'une phrase qu'il prononçait, il ne savait plus laquelle, mais c'était une phrase importante, elle lui désignait le plafond en prenant une expression suppliante, comme s'il était nécessaire d'intercéder, comme s'il ignorait que la vieille femme, entre deux réveils, avait besoin de sommeil. Or, des deux, c'était lui qui était attentif à la misère des gens. Si la vieille intéressait Julie, c'était parce que c'était une comtesse qui avait perdu toute sa fortune et qui ne se plaignait pas.

Qu'il lui avoue, lui, tout à trac, qu'il avait donné son cachet à l'ancien comique dont il ne savait pas le vrai nom, et elle lui adresserait des reproches. Elle trouverait même le moyen de lui citer des objets dont elle avait un « urgent » besoin et qu'elle hésiterait à se payer.

— Ton genre de bonté, vois-tu, Julie...

Ils étaient deux êtres, là, dans la chambre close, un peu surchauffée, avec une lumière rose que les premiers ouvriers qui vont à leur travail apercevaient du dehors, deux êtres qui essayaient de s'expliquer pour que la vie ensemble soit plus facile et plus douce. Était-ce bien cela ?

Demain, elle affirmerait qu'elle n'avait pas ouvert la bouche et qu'il s'était battu seul contre ses fantômes.

Or il n'était pas un homme à fantômes.

— Je fais tout, moi, pour te rendre heureuse. Pourquoi me refuses-tu un tout petit sacrifice ? Pourquoi ne pas essayer de voir certaines choses de la façon dont je les vois ?

Lui avait-elle demandé s'il était réellement malheureux ? Peut-être pas avec des mots. Certainement pas, à l'en croire. Et ce n'était pas son habitude de mentir. Elle présentait les vérités à sa façon, avait une façon de le regarder, de renifler, de se tenir, qui valait toutes les questions, et il avait le droit de répondre à celles qui n'étaient pas exprimées.

— Si tu veux le savoir, eh bien ! oui, là, je suis malheureux. Pas malheureux à me tirer une balle dans la tête ou à aller le hurler au coin des rues. Assez malheureux, cependant, pour qu'il m'arrive d'avoir besoin...

C'était curieux : le monde, autour de lui, avait peu à peu perdu de sa consistance. Même son corps n'existait pratiquement plus, tandis que son esprit était plus alerte qu'il n'avait jamais été. C'est à peine s'il se rendait encore compte qu'ils étaient dans leur chambre à coucher et qu'ils étaient vivants.

Il jonglait avec des idées si tranchantes qu'elles en avaient des reflets de métal, mêlait les images aux images en des raccourcis inespérés, et soudain, par exemple, l'évocation de l'homme à la moustache brune et à la rosette prenait un relief, une signification qui le surprenaient lui-même.

Il en parlait à Julie avec force, avec chaleur, parce qu'en réalité c'était un frère. C'était en même temps une illustration de son cas. Et, ici, elle ne pourrait pas prétendre qu'il plaidait sa propre cause, puisque c'était tout à fait impersonnel.

La question était une question de principe, en somme. Il insista : de principe. Presque souriant, léger tout à coup, il lui concéda qu'il s'agissait d'une dispute vieille comme le monde, de l'éternel antagonisme entre l'homme et la femme, entre Adam et Ève.

— Seulement, pourquoi ne deviendrions-nous pas une exception ? Réponds-moi. Je te prie instamment de répondre. Si tu as une bonne raison, c'est le moment ou jamais de la dire. A moins que tu considères que l'esprit Travot doive l'emporter coûte que coûte...

Travot, c'était le nom de jeune fille de Julie. C'était le nom de son père, qui avait tenu pendant trente ans une pharmacie au coin du boulevard de Courcelles et de la rue des Batignolles. C'était le nom de la vieille femme qui avait partagé leur appartement pendant leurs premières années de mariage. C'était un monde hostile, tout ce qu'il n'aimait pas dans Julie et ce qu'il s'efforçait si passionnément d'extirper d'elle. L'esprit Travot.

— Quand tu auras digéré ce que je te dis cette nuit, calmement, amoureusement, tu viendras te blottir dans mes bras, tu me souriras, peut-être pleureras-tu un peu, mais de bonnes larmes qui réconfortent, et...

C'est lui qui pleura. La bouteille de rhum devait être vide quand il se jeta sur le lit sans retirer sa robe de chambre et enfonça son visage dans l'oreiller en sanglotant.

Après, il se revit dans la salle de bains, sans sa robe de chambre, avec seulement sa chemise de jour sur le corps, et Julie qui lui maintenait la tête au-dessus du cabinet. Il devait faire jour dehors, car les vitres dépolies étaient d'un blanc de neige. Peut-être qu'il neigeait. Cela n'aurait rien eu d'étonnant puisqu'on était en janvier.

Il n'en fut pas sûr, mais il lui sembla que, d'un faux mouvement, il fit tomber sur le carrelage le verre d'eau que sa femme lui tendait.

A ce moment-là, déjà, un malaise l'envahit, qui n'était pas seulement physique, une appréhension vague, en même temps qu'il se sentait la tête douloureuse comme une blessure vive.

— Couche-toi. Dors.

Avait-elle ajouté : « Ne pense à rien » ?

Il l'avait entendue marcher sur la pointe des pieds. Un camion qui descendait la rue, traîné par de lourds chevaux, lui traversa le crâne et faillit le faire éclater, puis il entendit le cri d'un vendeur de journaux au coin du faubourg Saint-Honoré.

Il savait à nouveau qui il était. Sa main, longtemps après, avec des précautions de bête qui tâtonne avant de sortir de son trou, chercha la place de Julie dans le lit et ne trouva que le drap déjà froid. Alors le même froid monta le long de son dos jusqu'à sa nuque, et il se recroquevilla, par peur, tira les couvertures au-dessus de sa tête.

Il ne se rendit pas compte qu'il se rendormait.

3

L'odeur du café l'atteignit à travers son sommeil et lui donna un moment une illusion de bien-être et de paix. C'était par cette odeur-là que les jours commençaient pour lui, plus rarement par un grincement de sommier au moment où, sans allumer, vague tache laiteuse, l'hiver, dans la chambre où un peu d'aube filtrait à travers les rideaux, Julie se levait et gagnait la cuisine.

Tant qu'il ne remuait pas, il ne ressentait ni douleur ni nausée. Il y avait même, éparse dans son corps, une sensibilité légère, une subtilité presque voluptueuse. Mais le plus faible mouvement réveillait le mal et le vacarme dans sa tête.

Par peur de revenir à la vie, il s'efforçait de s'engluer à nouveau dans le sommeil qui lui donnait du répit. Il ne se souvenait pas encore des détails de la nuit, ne voulait pas y penser, conscient seulement que des découvertes pénibles et humiliantes l'attendaient.

L'odeur du café, les autres jours, ne coïncidait pas avec les mêmes bruits de la rue. Il devait être très tard. Il aurait juré que, plusieurs fois, il avait entendu sonner les cloches de l'église d'en face. C'était la sonorité de la ville plutôt que les bruits eux-mêmes qui était différente de la sonorité de huit heures du matin.

Il n'entendait pas remuer Julie. Il n'y avait aucun son, aucun mouvement dans l'appartement. Quand il essaya d'entrouvrir les yeux, la crudité du jour, à laquelle il ne s'attendait pas, le blessa, et il eut confusément conscience d'avoir commis quelque chose d'irrémédiable, refusa d'y penser, car il n'était pas en état de le faire, il avait absolument besoin de dormir encore.

Même le frottement du drap sur ses jambes nues irritait ses nerfs comme la pression de la langue sur une dent malade. Il allait être malade. C'était plus que probable. Peut-être l'était-il déjà. Ce serait la solution la plus facile. Il souhaita être assez malade pour qu'on appelle le médecin et qu'il lui ordonne le repos absolu.

Il se rendormit alors qu'il ne l'espérait plus, d'un sommeil moins agité, plus réparateur que son sommeil précédent, et, quand il revint à la réalité, l'odeur de la soupe qui mijotait avait remplacé celle du café. Il en eut les larmes aux yeux, comme si cette odeur était une synthèse du bonheur qui allait lui être retiré.

Il n'avait jamais tant aimé leur vie que ce matin-là, et même l'appartement qui avait pourtant été celui des deux femmes, la mère et la fille, avant de devenir celui du ménage. Les pièces en étaient un peu sombres, comme le reste de la maison — au début, il prétendait qu'il y régnait un demi-jour d'église. Mais ce n'était pas une pénombre triste, ni oppressante. Cela donnait à la vie quelque chose de feutré, de rassurant, comme la chaleur que Julie, très frileuse, entretenait. On passait presque toute la journée en pantoufles, ainsi que le faisait la vieille dame de l'étage au-dessus.

Et, à chaque heure, chacun avait sa place, depuis le journal du matin, le pain frais et la bouteille de lait que Julie allait prendre sur le palier avant de l'éveiller jusqu'au moment où le soir, quand il ne travaillait pas, il lisait dans son lit pendant qu'elle se déshabillait et arrangeait ses cheveux.

Ce n'était pas vrai qu'il était malheureux. Il ne voulait pas se rappeler ses paroles. Il en avait honte. D'ailleurs, il ne se rappelait pas tout, loin de là, et c'était le plus inquiétant. En action, il n'avait pas été aussi loin que dans la nuit du Havre, mais il avait l'impression qu'il avait parlé davantage, justement parce qu'il se croyait calme et lucide. Comment pouvait-il avoir eu cette illusion-là ? Est-ce que Julie s'était imaginé qu'il était lucide ?

Entrouvrant à peine les paupières, il risqua un coup d'œil vers la commode et fut soulagé de n'y pas voir la bouteille de rhum. Il n'était pas sûr de l'avoir vidée. Il lui semblait qu'elle était presque pleine quand il était allé la chercher dans la cuisine. Combien de temps avait duré son discours ? Un quart d'heure ? Une heure ?

Sa mémoire était pleine de trous, et il se souvenait surtout des détails humiliants. L'homme à la rosette, par exemple. Un quelconque fonctionnaire, sans doute, qui s'offrait une virée et qui n'en avait pas l'habitude. N'avait-il pas parlé de frère à son sujet ? Il avait déclamé au sujet de l'autre aussi, le comique dégonflé qui l'avait tapé de la façon la plus banale et la plus classique.

Tout cela lui faisait mal. Il tendait l'oreille. Julie avait laissé la porte de la chambre entrouverte pour l'entendre s'il appelait. Le couvercle de la marmite à soupe était animé d'une vibration régulière. Sa femme était-elle assise dans la cuisine, sans bouger, à guetter ? Pleurait-elle encore ?

Lâchement, il aurait voulu se rendormir, remettre à plus tard leur tête-à-tête. Il ne se souvenait pas avoir pensé à leur vie à deux avec autant de tendresse. Des vagues chaudes le submergeaient. Sans le grand garçon qui sentait la bière, il serait maintenant dans son bureau, comme on disait, l'ancienne chambre de sa belle-mère qu'ils avaient aménagée pour lui quand elle était morte.

C'était une pièce dont il avait rêvé toute sa vie. Il avait installé lui-même des rayonnages presque tout autour, à la mesure exacte de ce qu'ils devaient contenir. Au milieu se trouvait un bureau à cylindre sur lequel il rédigeait sa correspondance, car, pour éviter les frais d'agences, il entretenait une correspondance importante et envoyait périodiquement des centaines de prospectus.

C'était lui aussi, sur un établi installé près de la fenêtre, qui confectionnait la plupart de ses accessoires. Il était adroit, ingénieux. Il avait perfectionné un certain nombre de trucs. Une variante de la « cage disparue » portait son nom et était en vente boulevard Saint-Martin.

Toute la matinée, Julie allait et venait à travers les pièces. Quand elle entrait chez lui, elle n'ouvrait pas la bouche avant de s'assurer qu'il n'était pas occupé à quelque besogne délicate. Elle lui annonçait ce qu'ils auraient à dîner. Parfois elle s'asseyait dans son coin pour éplucher les légumes qu'elle apportait dans son tablier.

Il avait soif. S'il se levait pour aller boire un verre d'eau dans la salle de bains, elle l'entendrait, et ce n'était pas ainsi que cela devait se passer. Il préféra toussoter, appeler d'une voix douce et humble :

— Julie !

Il attendit son apparition avec angoisse. Un instant, il craignit qu'elle soit partie pour toujours. Il entendit enfin son pas, la vit dans l'encadrement de la porte, vêtue encore, contre son habitude, de sa chemise de nuit et de sa robe de chambre. Elle était pâle, les traits fatigués, mais elle lui sourit d'un sourire assez prononcé pour laisser croire que la vie de tous les jours continuait.

Il questionna :

— Il est tard ?

— Une heure et demie.

Il aurait juré qu'il était onze heures et demie du matin, et cela lui semblait aggraver son cas.

— Je t'apporte ton café dans un instant.

Il faillit la rappeler, lui saisir la main, commencer par lui demander pardon, mais il valait mieux que cela se passe autrement. C'était elle qui avait raison. Quand elle revint avec le café, qu'elle avait dû garder au chaud sur le coin du feu, rien, sauf son teint et ses yeux cernés, ne laissait soupçonner ce qui s'était passé la nuit précédente.

— Tu n'as pas faim ?
— Pas maintenant. Est-ce que je n'ai pas été malade ?
— Tu as vomi.

Un détail dont il n'était pas sûr l'inquiéta.

— Dans la chambre ?
— Dans la chambre et dans la salle de bains.
— Excuse-moi.
— Ce n'est pas ta faute.

Cela lui faisait mal d'entendre cette voix sans vibration, sans accent. Il tendit le bras pour lui prendre la main, mais elle était un peu trop loin, et elle ne s'avança pas.

— Julie.
— Oui.
— Tu m'en veux beaucoup ?
— Je n'ai pas à t'en vouloir.
— J'ai été stupide, n'est-ce pas ?
— Mais non.
— Avoue que j'ai dit des bêtises.
— Tu as dit ce que tu pensais.

Brusquement, n'y tenant plus, il rejeta les couvertures, se mit debout, se trouva ridicule avec ses jambes nues qui émergeaient de sa chemise de jour et alla décrocher sa robe de chambre.

— Écoute, Julie...
— Ne ferais-tu pas mieux de rester couché ?
— Je t'en supplie ! Ne parle pas comme ça. Tu ne t'imagines pas le mal que tu me fais. A entendre ta voix, j'ai l'impression que c'est une étrangère que j'ai devant moi et non ma femme.
— Ta femme ?

Elle avait prononcé ce mot avec une douloureuse ironie.

— Mais oui, ma femme !

Il était impatient d'en finir avec cette stupide histoire, s'énervait de se sentir maladroit, et, par surcroît, sa tête restait endolorie, sa poitrine en proie à des spasmes comme si son cœur allait s'arrêter de battre.

— Écoute-moi. Nous ne sommes plus des enfants, mais de grandes personnes, tous les deux. Hier soir, on m'a plus ou moins forcé à boire et je...

Ce n'était pas vrai. Son mensonge l'humiliait.

— Tu sais que, quand j'ai commencé, je suis incapable de m'arrêter. J'ai rencontré d'anciens amis...
— Dagobert. Tu m'en as parlé.
— Tu n'as pas pitié ?
— Ne parle plus, Antoine. A quoi bon ? Tu es fatigué. Moi aussi.

Tout ce que nous pourrons dire ne servira quand même à rien. Tu ferais mieux de prendre un bain pendant que je mets la table.

Sans lui donner le temps de répondre, elle gagna la cuisine. C'était peut-être préférable, en effet. Il était trop vide pour lutter longtemps. De parler lui donnait la nausée. Le café, au lieu de le remonter, l'écœurait.

Dans son bain, les spasmes qui lui serraient le cœur devinrent si angoissants qu'il faillit appeler. Pendant trois ou quatre minutes, il crut qu'il était en train de mourir. Mais il savait que ce n'était pas vrai. Julie aussi. Au Havre, dans leur chambre d'hôtel, ils avaient fait venir un médecin qui l'avait examiné comme s'il savait d'avance à quoi s'en tenir et avait prononcé froidement :

— Aucun danger.

— Qu'est-ce que c'est, docteur ?

Après les avoir regardés tous les deux, il avait laissé tomber :

— Une mauvaise gueule de bois.

Cela aussi l'humiliait. Il rageait contre lui-même, contre ce besoin insensé d'il ne savait quoi, qui, la veille, l'avait poussé dans un premier bistrot, sur la route nationale. Ce n'était pas la première fois que cela arrivait, et il était d'autant plus coupable qu'il savait d'avance comment cela se passerait ensuite.

Pourquoi, *inévitablement*, s'en prenait-il à Julie ? C'était à croire qu'il se mettait à la haïr, parce qu'il avait bu quelques verres et qu'il la rendait responsable de... Mais de quoi, bon Dieu ? Il était heureux avec elle. Pourquoi s'obstiner à lui faire croire le contraire ?

Il avait dû aller plus loin que d'habitude. Les autres fois, elle était triste, abattue, mais n'avait pas cet aspect terrifiant qu'il venait de lui voir. C'était un peu, aujourd'hui, comme si on lui eût enlevé un organe essentiel. Elle vivait encore, préparait du café, de la soupe, mais ce n'était pas Julie, c'était un être incomplet, sans personnalité, qui n'agissait que par la force acquise.

Dès qu'il eut passé un pantalon et une chemise, il courut la rejoindre dans la cuisine et profita de ce qu'elle lui tournait le dos pour l'entourer de ses bras.

— Écoute, ma Julie. Il ne faut rien croire de ce que je t'ai dit.

— Tu te souviens de ce que tu m'as dit ?

— Pas du tout. Assez pour savoir que j'ai été odieux.

— Tu as dit ce que tu pensais.

— Mais non ! Jamais de la vie ! J'ai raconté des histoires stupides. Je me suis comporté comme un imbécile pompeux. Tiens, le comique dont je t'ai parlé...

— Eh bien ?

— Il s'est moqué de moi. Je le connais à peine. Il m'a pris pour une poire. Il m'a tapé. Tu peux être sûre qu'il n'a aucun engagement pour Nevers ni pour ailleurs.

— Le déjeuner est prêt. Mets-toi à table.

— Je n'ai pas faim.

— Essaie de manger un peu.
— Je me sentirais tellement mieux si tu me croyais !

Elle passait devant lui avec un plat de côtelettes qu'elle allait poser sur la table de la salle à manger. Il y avait des petits pois en conserve, car elle n'était pas sortie pour aller faire son marché.

— Rassure-toi, Antoine. Cette nuit, j'ai compris, et je ne t'importunerai plus. Tu feras ce que tu voudras. D'ailleurs, je n'ai pas l'impression d'avoir jamais empêché quoi que ce soit.
— Mais je veux, moi, que tu m'empêches !
— Pour me traiter ensuite de Travot ?
— Je t'en demande pardon. Je ne savais pas ce que je disais.
— Nous n'ignorons ni l'un ni l'autre ce que ce mot signifie pour toi. Tu détestais ma mère.
— Elle n'était pas désagréable ?
— Si.
— Elle ne m'appelait pas le Clown ?

C'était une drôle de petite femme, maigre, acidulée, qui ne parlait jamais de lui à sa fille sans dire :
— Ton clown de mari.

Ou encore, le voyant entrer :
— Voilà Arsène Lupin.

Dix fois, vingt fois par jour, avec une ingéniosité diabolique, elle découvrait un nouveau moyen de l'humilier.

— Toi-même, Julie, tu ne pouvais pas t'entendre avec elle. Tu m'as répété souvent qu'elle a gâché ta vie, consciemment, par égoïsme, par peur de finir ses jours seule.
— Comment se fait-il que nous parlions de ma mère ?
— C'est toi qui...

Il se reprit. A quoi bon ? C'était lui qui avait à se faire pardonner et non elle.

— Ce que je tiens à ce que tu saches, c'est que, quoi que j'aie raconté cette nuit, je suis heureux avec toi et que je ne l'ai jamais été avant de te connaître. Tiens ! Tout à l'heure, dans mon lit...

Cela lui revenait. Il avait dû y penser une des fois qu'il flottait entre la veille et le sommeil. Un moment plus tôt, il avait rêvé à une femme qui ressemblait à Alice sans que ce fût tout à fait elle. Il évitait toujours de parler d'Alice, encore que Julie fût au courant. Ce n'était d'ailleurs pas nécessaire de l'évoquer pour ce qu'il avait à dire.

— Quel âge avais-je quand je t'ai rencontrée ? Quarante-quatre ans, n'est-ce pas ? Généralement, à cet âge-là, un homme a toute une vie derrière lui.

Julie avait trente-sept ans à cette époque-là et était déjà grosse comme maintenant. C'était curieux de la voir aussi dodue à côté d'une mère si maigre.

— Eh bien ! tout à l'heure, dans mon lit, j'essayais de me souvenir.
— De quoi ?

— De rien en particulier. De ma vie avant. Justement parce que je suis heureux. Pour mesurer la différence.

— Tu as besoin de ça pour te convaincre ?

Il ne fallait pas qu'il se fâche. Il devait être calme.

— Laisse-moi t'expliquer ma pensée, si on peut parler de pensée. Tu sais comment cela se passe quand on n'est qu'à moitié éveillé. Je me disais : « Avant Julie, c'est comme si je n'avais pas vécu. » Et j'en ai la preuve. Au fait, je me rappelle comment c'est venu. Je pensais à ce comique qui prétend m'avoir connu au Concert Pacra. Or, moi, je ne me souvenais pas de lui. J'ai passé plus de cinquante fois dans cette salle-là et je serais incapable de dire la couleur des fauteuils, de quel côté de la scène se trouvaient les loges d'artistes. Il en est ainsi pour tout le reste, sauf pour le temps que j'ai vécu avec ma mère, jusqu'à mes dix-sept ans.

» Je sais que j'ai fait ceci et cela, que je suis allé dans telle ville, que j'ai appris tel nouveau tour, que j'ai habité telle maison.

» Attends ! Je crois que je vais pouvoir t'expliquer ce que je ressens. Il est déjà arrivé, quand nous étions au cinéma, qu'un film continue à tourner alors que le son ne marchait plus. On voit alors les personnages qui s'agitent, vont et viennent, ouvrent la bouche, sourient ou se fâchent, mais cela n'a plus aucun sens, plus de vie.

— Tu ne manges pas ?

— Cela ne t'intéresse pas ?

— Si.

— Il n'y a pas seulement le son qui manque à mes souvenirs. Même quand ils sont d'une netteté étonnante, comme sur une gravure, ils n'ont aucune réalité, ils sont sans matière, sans odeur. Tu comprends ?

Elle ne répondit que par un sourire triste.

— Tu ne me crois pas ?

— Je crois que tu essaies d'être heureux. Tu fais ton possible pour te convaincre. Voilà au moins cinq ans que cela dure. Je me souviens de la première fois, deux ans avant la mort de maman.

— J'avais bu.

— Oui. Avant aussi, il t'arrivait de boire.

— Pas au point d'être ivre. L'alcool ne me produisait pas le même effet.

— Et avant de me connaître... Toi-même, tu m'as raconté les nuits que tu passais avec des camarades...

— Je n'avais pas de remords, je ne me posais pas de questions et surtout je ne faisais de peine à personne.

Il laissa passer une minute entière, l'appela soudain, le visage à la fois suppliant et presque joyeux.

— Julie !

Elle tressaillit, tourna vers lui ses yeux sans expression.

— Souris, Julie !

— Tu tiens à ce que je fasse semblant ?

— Parce que tu es incapable de me sourire ?

— Vois-tu, je crois que tu as cassé quelque chose.

Il se leva, découragé. C'était inutile d'insister. Il avait eu raison, en s'éveillant, de croire que l'irrémédiable s'était produit. La tête lourde, il entra dans son bureau, et il en fut de son bureau comme des vieux souvenirs qu'il venait d'évoquer. Il n'y trouvait aucune vie. Il toucha des objets qui lui semblaient étrangers. Il ne savait où se mettre, ne sentait plus sa place dans l'appartement. Ses deux valises non ouvertes gisaient par terre, et, machinalement, il les vida, remettant chaque accessoire à sa place, mais, avant qu'il eût fini, il dut se précipiter dans la salle de bains pour vomir le peu qu'il avait mangé.

Julie, occupée à débarrasser la table, entrouvrit la porte pour voir ce qui lui arrivait. Honteux, il lui fit signe de sortir. Il n'avait pas encore regardé dehors, ignorait la couleur du temps. La vitre dépolie était du même blanc froid que le matin.

Il faisait mieux de s'habiller et de sortir. Il ne boirait pas. Il n'en avait aucune envie. Sur les trottoirs, il se frotterait à des réalités de tous les jours, ferait deux ou trois fois le tour du pâté de maisons et rentrerait.

Il noua sa cravate, passa son veston, traversa la chambre à coucher et s'approcha du placard de l'entrée où son pardessus était accroché. Il allait entrer dans la cuisine pour avertir Julie quand celle-ci ouvrit la porte et fixa sur lui un regard où il lut comme de la folie.

— Tu pars ?
— Je vais prendre l'air un moment.
— Sans me prévenir ?
— J'allais le faire.

Elle avait à la main une casserole qu'elle était en train de récurer.

— A tout de suite, dit-il.

Il passa sur le palier, referma la porte de l'appartement. Puis il boutonna son pardessus, s'engagea dans l'escalier. Il avait l'intuition qu'il avait tort de s'éloigner, et il lui semblait même qu'il commettait une mauvaise action. Sur la troisième marche, il hésita, en descendit deux autres, et, à ce moment-là, la porte se rouvrit, une Julie qu'il reconnaissait à peine, tant tout son être exprimait l'effroi, lui cria, d'abord immobile :

— Antoine !

Incapable de se contrôler, elle se précipitait sur lui, comme elle était, en peignoir, non coiffée, les mains encore grasses de vaisselle. Cela ne ressemblait à rien de ce qui leur était arrivé jusqu'alors. Un moment, tant elle était échevelée, il crut qu'elle devenait folle ou qu'un accident lui était arrivé dans la cuisine, et cela le rendait gauche ; il restait là, debout dans l'escalier, tandis qu'elle se cramponnait à lui en criant, indifférente aux voisins qui pouvaient l'entendre :

— Viens ! Reviens ! Je t'en conjure !... Ne me laisse pas, Antoine !... Je ne peux pas... Je ne peux pas...

Elle répétait encore ces derniers mots, en les entrecoupant de sanglots, pendant qu'il la suivait dans leur appartement :

— Je ne peux pas... Je ne peux pas...

La porte fermée, elle s'écroula, glissa à ses pieds, lui enserrant ses deux jambes dans ses bras, passant ses joues luisantes de larmes sur le tissu sombre du pantalon.

— Pardon !... Pardonne-moi si je ne suis pas toujours comme tu voudrais... Ce n'est pas ma faute... Je fais mon possible... Je te jure que je fais mon possible...

Ils ne pouvaient pas rester dans cette position-là. Il ne pouvait pas la laisser s'exciter davantage.

— Lève-toi, Julie.

— Dis-moi que tu me pardonnes.

— Je n'ai rien à te pardonner. C'est moi, au contraire, qui...

— Tu sais bien que ce n'est pas vrai. Tu avais raison, la nuit dernière...

— Je te jure...

— Je ne suis pas capable de te rendre heureux. Et pourtant, j'essaie si fort !

— Relève-toi.

Il l'y aidait, la serrait contre lui, cependant qu'elle cachait son visage dans sa poitrine.

— Tu m'en veux beaucoup, Antoine ?

— Je ne t'en ai jamais voulu.

— Tu me détestes ?

Elle sanglotait encore, et c'étaient des sanglots profonds qui devaient lui déchirer la gorge et qui faisaient mal à entendre.

— Viens, disait-il. Ne restons pas ici...

Il l'entraînait vers leur chambre, s'efforçait de l'étendre sur le lit qui n'avait pas été fait, et elle finissait par s'y laisser tomber, pleurant toujours, l'appelant d'une voix angoissée, comme s'il avait le dessein de partir.

— Ne m'abandonne pas, Antoine ! Vois-tu, tu es ma vie. Je ne pourrais plus jamais supporter d'être seule. Si tu me quittais...

— Je ne te quitterai pas.

Il se débarrassait de son pardessus, qu'il abandonnait sur une chaise, laissait tomber son chapeau par terre. Puis, pour la calmer, il s'étendait près d'elle.

— Ne pleure plus. Ne t'effraie plus. C'est moi qui ai été stupide et odieux.

Elle faisait farouchement non de la tête.

— Tu sais que ce n'est pas vrai. C'est moi. Je suis bête. Je te veux toujours avec moi. Je me cramponne à toi. Je ne te laisse aucune liberté. J'ai si peur, vois-tu...

Elle lui avait saisi les poignets et le regardait intensément à travers ses larmes.

Elle parlait bas maintenant, cela ressemblait à une incantation.

— Par pitié, Antoine, ne me quitte jamais ! Je suis laide. Je suis vieille. Je suis stupide ! Je suis une Travot, comme tu dis. Mais si ! Je le sens bien. Je fais mon possible pour ne pas l'être, pour devenir comme toi. Depuis onze ans que nous nous connaissons, j'essaie. Tu m'aimes encore un peu, dis ?

— Je t'aime.

Mais, comme il tentait de l'embrasser, elle secouait la tête.

— Pas maintenant. Je veux d'abord que tu saches. J'ai tellement peur de te perdre qu'il m'est arrivé de te suivre dans la rue à ton insu. Ce passé dont tu parlais tout à l'heure, j'en suis jalouse, pas seulement des femmes, des hommes, de tes anciens camarades, de tout ce que tu as connu avant moi. Je ne peux pas m'enlever de l'idée que tu étais heureux, que j'ai gâché ta vie en te forçant à partager la mienne.

Il sourit tendrement.

— Tu m'as forcé ?

Et elle, avec, aussi, presque un sourire :

— Tu ne t'en es pas aperçu ? Tu te figures que c'est toi qui as fait les premiers pas ?

La voix encore rauque, elle quémanda :

— Embrasse-moi.

Ils avaient tous les deux la bouche brûlante, et les yeux clos d'Antoine s'emplirent d'eau pendant qu'il la serrait contre lui.

Comme ils reprenaient leur souffle, elle balbutia dans son oreille :

— Tu ne t'en iras pas ?

— Non.

— Malgré tout ? Même si...

— Si quoi ?

— Si je devenais encore plus bête et plus jalouse ?

Il ne rouvrait pas les yeux. C'était bon de la sentir contre lui des pieds à la tête, tandis que leur souffle adoptait peu à peu le même rythme. Il ne savait pas si elle le regardait ou si, elle aussi, tenait les yeux clos. Il était ému. Il n'y avait plus de douleur dans sa tête, mais comme un vertige.

— Je t'aime, Antoine.

— Je t'aime aussi.

— Tu es beau.

Il se souvenait du regard qu'elle lui avait lancé — le premier — à la pension de La Bourboule, quand il était descendu, en habit, son loup noir sur le visage, pour donner une séance dans la salle à manger où on avait poussé les tables contre les murs.

Il la serra plus fort. Ils se turent. Les taxis et les autobus, au coin du faubourg Saint-Honoré, cornaient tous à la fois. Il faisait très chaud dans l'appartement. Ils avaient tous les deux le sang à la tête, les nerfs à fleur de peau et chacun le goût de la salive de l'autre à la bouche.

Ils restèrent longtemps ainsi, presque sans bouger, et on n'aurait pu dire lequel des deux avait accompli le geste nécessaire. Les corps se raidirent ensemble et, après, quand ils se détendirent, il y eut un grand vide apaisant.

Elle chuchota :
— Antoine !

Pour lui montrer qu'il ne dormait pas, il lui caressa les cheveux.

— Il fait presque nuit.

Ouvrant les yeux, il vit, sur le mur, le dessin des rideaux de guipure projeté par les lumières du dehors.

— On va faire un tour ? proposa-t-il.
— Je ne suis pas habillée.
— Habille-toi. A moins que tu n'en aies pas envie.
— Si. J'ai seulement un peu peur d'allumer.
— N'allume pas.
— Et pour me coiffer ?

Ils étaient encore endoloris, gênés l'un devant l'autre.

— Je me dépêche. Va lire le journal en m'attendant.

Non seulement il alla lire le journal du matin dans la salle à manger qui leur servait aussi de salon, mais il se réchauffa une tasse de café, cria à travers la porte :

— Tu en veux ?
— Quoi ?
— Du café.
— Merci.
— Merci, oui ?
— Merci, non.

Cela les amusa comme un jeu. Ils avaient un peu l'impression de retrouver leur innocence. Par les bruits de la salle de bains et de la chambre, Antoine savait où elle en était de sa toilette. Il avait hâte d'être au grand air, de marcher, de voir des lumières, des visages inconnus. C'était un peu comme le café du matin. Il y a des choses qu'on n'apprécie que dans les moments de crise ou quand on a craint de les perdre, comme, simplement, le bruit des pas sur un trottoir durci par le gel, la vue d'un étalage de légumier dont on emporte l'odeur avec soi, les lumières jaunes des taxis qui tournent autour de la place des Ternes et les klaxons impatients qui finissent par former une symphonie.

Elle avait mis sa meilleure robe, son nouveau manteau. Elle enfilait ses gants en souriant avec pudeur.

— Je ne t'ai pas trop fait attendre ?
— Non.
— Je suis à peu près à ton goût ?
— Je t'aime.
— Même laide ?

Maintenant, ils pouvaient parler d'un ton léger.

— Attends. J'allais oublier de fermer le gaz. Tu as la clef ?
— Je l'ai.

Ils descendirent l'escalier en se tenant par le bras, et il leur arriva deux fois de rire parce que Julie avait heurté la rampe. Dehors, l'air frais les assaillit d'un seul coup et, au moment où ils le recevaient au visage, où leurs poumons s'en emplissaient, ils se regardèrent avec des yeux qui pétillaient.

— Nous avons été idiots ! fit-il en lui prenant le bras.
— Tu es sûr que tu n'es pas malheureux ?

Il feignit de se fâcher.

— Encore ?
— Je sais bien que non. Enfin je le crois. Mais j'ai tellement besoin d'en être sûre ! Tu aurais pu choisir n'importe quelle femme et tu es tombé sur une vieille fille qui n'a rien pour elle.
— Où va-t-on ?
— Où tu voudras.

Cela signifiait qu'ils commenceraient par monter l'avenue de Wagram jusqu'à l'Étoile. Il était cinq heures de l'après-midi. Les vitrines étaient éclairées, les cinémas illuminés, les enseignes scintillaient devant les cafés.

— Tu sais ce que je propose ? dit-il comme ils regardaient machinalement un étalage de phonographes et d'appareils de radio.
— Oui.
— Quoi ?
— Dis d'abord.
— Tu as vraiment deviné ?
— Je crois.
— De manger ce soir au restaurant. C'est ce que tu avais pensé ? Tu avais eu la même idée ?
— Oui.
— Cela te ferait plaisir ?
— Si cela te fait plaisir à toi.
— Tu préférerais manger à la maison ?
— Non.
— On marche d'abord ?
— Oui.
— On fait les Champs-Élysées ?

Ils s'y engagèrent en se tenant toujours par le bras, et, sans s'en apercevoir, ils adoptaient le pas de la foule qui suivait le trottoir en procession, s'arrêtaient avec elle devant les vitrines et repartaient comme à un signal.

— Contente ?
— Et toi ?
— Je suis le plus heureux des hommes. Ce matin, j'ai eu très peur.
— De quoi ?
— D'avoir cassé quelque chose qui ne se répare pas.

Elle se contenta d'une pression des doigts sur son poignet.

— Chut !...
— Au fond, je suis un pauvre type.
— Ne dis pas ça.

— C'est vrai. Tu le sais aussi.
— Je t'aime.
— Cela n'empêche pas que je ne vaille pas lourd.

Cette fois, au lieu de répondre, elle désigna une grosse voiture américaine dans une vitrine immense.

— Regarde.

Il se sentait encore le corps et la tête vides, mais c'était déjà un peu comme une convalescence. Ils arrivèrent, à pied, à la Madeleine, et il y avait une terrasse entourée d'une cloison vitrée, chauffée par un brasero.

— On s'assied un moment ?

Des apéritifs étaient servis sur presque toutes les tables. Il craignit qu'elle eût peur. Cela le fit même rougir de se dire qu'elle y avait pensé et de devoir répondre à une question qui ne lui avait pas été posée. Il murmura :

— Je prendrais volontiers un quart Vichy.

Il évita de la regarder, mais il savait qu'elle ne souriait pas.

4

Il portait le veston d'intérieur en velours noir que Julie lui avait offert deux ans plus tôt pour son anniversaire, et une épingle ornée d'un grenat était piquée dans son foulard en soie blanche. Bien qu'il fût dix heures, la lampe était allumée sur son bureau, et, dans le cercle de lumière, il se livrait à un patient travail, saisissant avec des pinces des caractères d'imprimerie en caoutchouc, dans une boîte comme on en offre aux enfants à Noël, pour en composer un texte de trois lignes qu'il reproduirait tout à l'heure sur trois cents circulaires ornées de sa photographie. C'était son habitude d'ajouter de la sorte une phrase ou deux à ses circulaires, et il y attachait une grande importance, comme il l'avait expliqué autrefois à Julie, cela les rendait plus actuelles. Aujourd'hui, par exemple, au milieu de janvier, c'était la saison de Pâques qu'il préparait.

Il avait choisi, exprès, cette besogne fastidieuse. Le second jour était presque plus difficile que le premier, car l'exaltation était tombée, et il éprouvait autant de gêne au souvenir de leur fièvre de la veille qu'à celui de la scène d'après Bourg-la-Reine.

Il n'en était pas de même de Julie. Elle aurait pu vivre toujours avec cette exaltation-là. Elle continuait, ce matin, à se comporter en jeune mariée et, à l'instant, était en train de chanter en faisant la chambre. Elle n'en restait pas moins en alerte, anxieuse des moindres réactions d'Antoine, et deux fois, pendant le petit déjeuner, elle s'était inquiétée de le voir un peu morne.

Elle n'en avait rien dit. Cela ne s'était traduit que par des regards furtifs. Pour ne pas qu'elle reperde pied, il s'était hâté de déclarer :
— Je me demande si mon foie n'est pas dérangé.
— Tu n'as pas bonne mine. Pourquoi ne te reposes-tu pas toute la journée ?

Il avait devant lui quatre jours sans représentation. Chaque année, après les fêtes et le terme de janvier, c'était la saison creuse.
— Je préfère en finir avec les circulaires. Ce n'est pas fatigant.

Elle n'éprouvait pas les mêmes pudeurs que lui et aurait volontiers passé sa vie dans cette sorte d'état bienheureux qui était le leur la veille au soir.
— Je te prépare une tasse de tisane ?

Il avait accepté, pour donner du corps à son histoire de foie malade. Il était possible, d'ailleurs, que ce fût en effet le foie, encore que son malaise fût autant moral que physique. Son teint était plutôt jaune, et il avait un mauvais goût dans la bouche.

Ce dont il avait surtout besoin, c'était de retrouver la vie normale, la vie de tous les jours. Il essayait de reprendre ses gestes habituels, ses petites manies, mais gardait l'impression de jouer un rôle. N'était-ce pas ridicule ? A cause de quelques verres d'alcool, ils avaient créé un drame avec rien, et maintenant il était incapable de reprendre son aplomb.
— Tu n'as pas trop chaud ?
— Je suis bien.
— Je peux t'embrasser ?

Il fit oui en souriant, et il souriait mal. Il avait cinquante-cinq ans, elle quarante-huit. La veille au soir, ils s'étaient comportés comme les jeunes couples qu'on voit enlacés sur les bancs. Julie était tellement prise par son amour qu'elle n'avait rien remarqué de ce qui se passait dans le restaurant où ils avaient fini par dîner.

C'était lui qui l'avait choisi, pas loin de l'Opéra. Il ne l'y avait conduite qu'une fois auparavant, à l'occasion d'un anniversaire de leur mariage, car c'était un endroit coûteux. On y servait, en guise de hors-d'œuvre, une vingtaine de charcuteries, des cochonnailles, comme disait le menu, jambons, rillettes, saucissons de toutes les provinces, trois ou quatre sortes de pâtés, avec la motte de beurre sur la table. Julie était folle de charcuterie.
— Tu crois que je suis assez bien habillée pour aller là ?

On leur avait donné une table près d'une colonne, et la première personne qu'Antoine avait aperçue n'était autre que l'homme aux moustaches et à la rosette. Il s'était trompé, la nuit d'avant, en le prenant pour un fonctionnaire, ou alors c'était un fonctionnaire de haut grade, peut-être un chef de cabinet. Ses vêtements sortaient de chez le grand tailleur, et tout ce qu'il portait sur lui était raffiné. Il était accompagné d'une femme jeune et belle dont la robe de demi-soir laissait les épaules à nu. Tous les deux avaient une alliance au doigt et, à la façon dont ils agissaient, Antoine en avait déduit qu'ils étaient mari et femme.

— Qu'est-ce que tu regardes ?

Puis, se trompant sur la direction de son regard :

— Ce sont de vraies perles.

L'homme, de son côté, ne l'avait vu qu'un peu plus tard. Ses yeux avaient failli passer sur lui sans se poser, puis il avait froncé les sourcils comme quand on se demande où on a déjà vu un visage. Chez lui, il ne restait aucune trace de l'ivresse de la nuit précédente. La peau de ses joues était tendue et rose, rasée de près, et on avait l'impression qu'un léger parfum se dégageait de ses moustaches.

Antoine devina les mots sur les lèvres de la femme.

— Qui est-ce ?

L'homme répondit probablement :

— Je suis en train de me le demander.

Il ne trouvait pas, continuait à chercher. C'était sa compagne qui, après avoir examiné Julie en détail, lui murmurait quelque chose à l'oreille, riait ensuite, tandis que, de son côté, il souriait d'un air à la fois amusé et indulgent.

Qu'avait-elle dit ? Ni Julie ni lui n'étaient tout à fait à leur place dans ce restaurant-là. On devait s'imaginer qu'ils arrivaient de province, ou encore, comme la fois précédente, qu'ils fêtaient un anniversaire.

— Tu m'aimes ?

Cela avait été le jeu de la soirée. Toutes les cinq minutes, elle lui lançait cette question avec un sourire espiègle.

— Un jour, il faudra que tu m'avoues franchement pourquoi tu m'as aimée.

L'autre couple était parti avant eux. Au moment de se lever, l'homme avait eu le temps de se souvenir. Antoine avait vu son visage changer, une rougeur envahir son front et, en passant, il avait évité de se tourner de leur côté.

— Tu es sûr que tu ne les connais pas ?

— Certain.

— Ils t'ont observé tout le temps. Ils t'ont probablement vu faire ton numéro quelque part.

Pourquoi ce souvenir le tracassait-il ? N'était-ce pas une curieuse coïncidence de rencontrer le même personnage deux soirs de suite dans des endroits si différents ? Le plus troublant, c'est qu'il existait une certaine ressemblance entre eux, presque aussi sensible qu'entre deux frères. C'était surtout à Antoine en habit, légèrement maquillé, quand il faisait son numéro, que l'homme ressemblait. Sa compagne, d'au moins vingt ans plus jeune que lui, était une de ces femmes qu'on voit descendre d'une grosse voiture, emmitouflées de fourrure, devant les bars des Champs-Élysées ou à la porte des couturiers.

De temps en temps, il piquait une mauvaise lettre, devait recommencer un mot.

— Tu n'as besoin de rien ?

— Merci.
— Tu te sens mieux ?
— Oui.

Son bureau donnait sur la cour, et une poussière de neige fine tombait avec lenteur. Les briques, de l'autre côté, étaient d'un brun sombre. La fenêtre d'en face, un peu en contrebas, permettait au regard de plonger dans un atelier de modiste où trois filles laides travaillaient, avec, chacune, au-dessus de sa tête, une ampoule électrique sans abat-jour qui pendait à un fil. Huit têtes de bois — il les avait souvent comptées — étaient alignées sur une table.

C'était vrai, ce qu'il avait dit la veille à Julie au sujet de son passé. Il n'aimait pas la façon dont il en avait parlé, parce que cela faisait romanesque, mais, dans l'ensemble, cela traduisait assez bien ce qu'il ressentait. Il y avait du vrai dans tout ce qu'il avait dit, d'ailleurs, aussi bien pendant la scène de la nuit que pendant celle du lendemain.

On ne devrait jamais penser à ces choses-là. A quoi aboutit-on ? Est-ce qu'avant il se préoccupait de ces questions ?

Il se le demandait tout à coup, ne trouvait pas tout de suite la réponse.

— Avant aussi, il t'arrivait de boire, avait remarqué Julie.

C'était exact. Pourquoi, soudain, cela lui faisait-il autant d'effet ? Fallait-il croire que c'était une question d'âge, que son organisme moins jeune ne supportait plus l'alcool ?

Mais alors pourquoi était-ce fatalement à elle qu'il s'en prenait, toujours de la même façon, à peu près dans les mêmes termes ?

Il ne lui avait pas menti en affirmant qu'il n'avait pas été heureux avant elle, sauf du vivant de sa mère. Il n'aurait pas dû parler du truc du cinéma — son histoire de film qui continue sans le son. C'était exagéré, trop voulu. Le fait n'en restait pas moins que ses souvenirs manquaient de chaleur humaine.

D'abord, longtemps, pendant plus de dix ans, il avait vécu en meublé, tantôt parce qu'il était trop pauvre pour s'offrir un appartement, tantôt parce qu'il ne se souciait pas de compliquer son existence. C'était l'époque où il passait une partie de ses journées à la *Brasserie du Globe*, boulevard de Strasbourg, qui est comme la foire aux acteurs et aux artistes de music-hall. Même si on n'a pas de quoi s'y payer un verre, on reste là, par groupes, debout entre les tables, à attendre qu'un imprésario pense à vous. Il avait dû y rencontrer Dagobert, le comique.

Il avait eu sa chambre au mois ou à la semaine dans la plupart des hôtels du quartier, de la République au faubourg Poissonnière. Il avait fait des tournées un peu partout, dans le Midi, en Bretagne, en Belgique, deux fois en Suisse, où, la seconde fois, l'imprésario les avait laissés en panne sans un sou et d'où le consul avait dû les rapatrier.

Était-il malheureux à cette époque-là ? Il n'était pas sûr, après coup. On parle de l'insouciance de la jeunesse, et il ne se souvenait pas d'avoir été insouciant. Ce dont il se souvenait le mieux, c'était d'interminables marches dans la pluie, faute d'argent pour se payer le métro ou l'autobus, avec des souliers qui prenaient l'eau. Il avait au moins trente ans quand il avait cessé d'avoir les semelles trouées.

— Tu aurais pu choisir n'importe quelle femme.

Ce n'était pas vrai non plus. Il n'avait pas voulu démentir Julie, mais elle se trompait. Il avait eu des rapports avec un certain nombre de femmes sans qu'aucune lui ait laissé un souvenir un peu vif. Elles appartenaient presque toutes au théâtre, au music-hall ou au cirque — car il avait travaillé dans les cirques aussi. Ce n'étaient pas des vedettes, mais des petits rôles, des figurantes, des danseuses, avec qui on vivait sur un pied de camaraderie.

Il n'était jamais question d'amour. Cela arrivait par hasard. Quelquefois, c'était parce que l'une d'elles avait été mise à la porte de son meublé et ne savait où coucher, ou encore, en tournée, quand, dans l'hôtel de dernier ordre où la troupe était descendue, il n'y avait pas assez de lits pour tout le monde. En train aussi, parfois, alors qu'on était entassés à dix ou douze pour la nuit dans un compartiment.

Il rêvait alors de posséder une pièce à lui pour travailler, mettre ses tours au point, perfectionner ses accessoires. Cela, il avait dû l'attendre jusqu'à ses trente-huit ans. Ironiquement, parce que la concurrence du cinéma rendait le métier difficile.

Un vague camarade dont il ne se rappelait pas le nom lui avait dit :

— Pourquoi ne cherches-tu pas du côté des patronages, des sociétés, des soirées d'amateurs ?

Cela équivalait à s'installer à son compte, et, du coup, l'ambition lui était venue de posséder son propre appartement. Il en avait trouvé un boulevard du Temple, à deux pas du théâtre Dejazet et du Cirque d'Hiver, pas loin de la rue du Faubourg-du-Temple, où il était né. Toute sa vie, jusqu'à sa rencontre avec Julie, il avait tourné en rond dans le même quartier.

Il n'y avait que deux pièces, au cinquième étage, sans ascenseur. Il avait acheté un lit, une table et des chaises chez un brocanteur de la rue voisine. Un soir, dans un café du boulevard Saint-Martin, il avait rencontré Alice, qui avait travaillé à Médrano en même temps que lui (elles étaient six à se tenir en équilibre sur la tête des éléphants qu'on présentait) et avec qui, un soir, il avait couché.

Maintenant, il était incapable de dire comment il l'avait ramenée chez lui. Il n'avait pas l'intention de commencer une liaison. C'était une fille incolore, anémique, aux yeux d'un bleu transparent, toujours vêtue d'un tailleur bleu marine, et qui pouvait rester des heures à fixer le vide.

En somme, il l'avait emmenée pour un soir et elle était restée. Le lendemain, c'était elle qui était descendue pour acheter de la charcuterie. Elle n'avait pas de bagages, ne possédait que ce qu'elle portait sur le corps et, les premières semaines, devait laver son linge dans une cuvette et le mettre à sécher avant de se coucher.

Il s'étonnait, avec le recul, de ne jamais lui avoir demandé d'où elle venait. Il n'en savait rien. Elle était entrée dans sa vie, comme ça, par raccroc. Son corps ne l'attirait pas. Il se souvenait surtout de sa blancheur exagérée, d'une certaine mollesse malsaine. Il ne se rappelait pas l'avoir vue rire. Malgré sa présence, le logement n'avait pas changé, l'ameublement n'avait jamais été complété, il n'avait pas installé le fameux bureau dont il avait toujours rêvé.

Ils vivaient comme à l'hôtel, à la différence qu'ils étaient parfois trois jours sans faire le lit et qu'ils ne mangeaient chez eux que quand ils n'avaient pas assez d'argent pour s'offrir le restaurant. Ils dormaient tard, passaient des journées couchés, à entendre les autobus déferler sous les fenêtres.

Un jour, l'idée lui était venue, puisque Alice existait, de l'utiliser, et il lui avait fait répéter un numéro de transmission de pensée. Sur le programme, cela s'appelait pompeusement parapsychie. Alice portait une robe blanche qui lui tombait jusqu'aux pieds comme une chemise de nuit et qui lui donnait vaguement l'air d'un ange de la rue Saint-Sulpice. Avec ses cheveux séparés en bandeaux, elle avait quelque chose d'immatériel, d'impressionnant, surtout après que deux spectateurs avaient noué un foulard autour de sa tête pour lui voiler les yeux.

Il avait fallu des après-midi entiers de répétitions pour lui apprendre le code, et elle avait toujours si peur de se tromper que, quand il lui commandait d'une voix autoritaire d'entrer en transes, elle se mettait à trembler réellement. Même sa voix était sans timbre, une voix d'enfant ou de malade, et produisait un effet étonnant.

La vérité, pourtant, c'est qu'aujourd'hui il était incapable de reconstituer ses traits dans sa mémoire. Il revoyait une forme, une expression, c'était tout. Il la revoyait surtout par terre, au milieu des passants, comme il l'avait vue de sa fenêtre le dernier matin. Il pleuvait. Ils s'étaient levés tard et devaient prendre le train dans l'après-midi pour Rouen. Il n'y avait rien à manger dans l'appartement. On était en avril. Le temps était doux. Elle avait passé son manteau — un manteau vert bouteille qu'il lui avait acheté quelques semaines auparavant — sur sa chemise de nuit, enfilé ses souliers sur ses pieds nus. Il existait une charcuterie juste en face. Elle n'avait que la largeur du boulevard à traverser.

— N'oublie pas les cigarettes ! lui avait-il crié en se penchant sur la rampe d'escalier.

Ils ne se doutaient ni l'un ni l'autre que c'étaient les derniers mots qu'elle entendait. Sans raison, il était allé à la fenêtre et avait écarté le rideau. Ce n'était pas pour la suivre des yeux, plutôt pour regarder la pluie tomber. Rien de sentimental ne les liait. S'il la vit qui traversait la rue, ce fut par hasard, et il ouvrit machinalement la bouche pour lui crier de prendre garde en apercevant un autobus qui arrivait en sens inverse et qu'un camion cachait à Alice. Il entendit les freins grincer, assista au drame seconde par seconde. Un agent, à dix mètres d'elle, avait vu aussi. Il n'y avait qu'Alice, qui courait en tenant son manteau contre elle, à ne s'apercevoir de rien.

Le gros véhicule glissait en travers sur l'asphalte où les roues laissaient des traces, et le choc eut lieu, des cris retentirent ; il ouvrit la fenêtre et vit, sur le noir luisant de la chaussée, parmi les gens debout qui formaient déjà le cercle, le vert du manteau, les cheveux blonds, une main au bout d'un bras désarticulé.

On ne sut jamais comment ses souliers avaient été arrachés et projetés à plus de dix mètres. Quand on la déposa sur un brancard, ses pieds étaient nus et sales. Elle n'eut le temps de rien lui dire. Le reconnut-elle ? Quand il fendit la foule, elle était déjà en train de mourir, un agent penché sur elle, son képi à la main.

Il avait raconté l'histoire à Julie, et elle avait pleuré.

Or, lorsqu'il avait rencontré Julie à La Bourboule, Alice était la seule femme avec laquelle il eût vécu plus d'une nuit ou deux. Ils n'avaient jamais parlé d'amour, car cela les aurait probablement autant gênés l'un que l'autre.

Ils n'en avaient pas moins partagé la même vie pendant quatre ans, vingt-quatre heures sur vingt-quatre, sans jamais décider de rien. C'était venu naturellement. Quand il sortait, Alice sortait avec lui et, même s'ils n'avaient rien à se dire, ils marchaient côte à côte. Elle entrait à son côté au *Globe* et dans les autres cafés, s'asseyait à la même table, l'air absent, sans se mêler aux conversations qu'il avait avec des camarades.

A cette époque-là, il jouait beaucoup au billard, au premier étage du *Globe*, et il y était devenu très fort. Ce jeu se rapprochait encore plus de sa véritable passion que la prestidigitation, car, s'il avait pu suivre sa vocation, il serait devenu jongleur.

Maintenant encore, en guise d'entraînement, il lui arrivait, dans son bureau, de s'exercer à trois boules. Si, jadis, il avait abandonné pour se consacrer à la prestidigitation, c'est que, de l'avis de l'homme qui passait pour s'y connaître le mieux en France, ses reins manquaient de souplesse.

Devant le tapis vert du billard, il avait l'illusion de jongler, et parfois il jouait jusqu'à deux heures du matin pendant qu'Alice, assise devant un guéridon, non loin de lui, lisait un journal, un roman bon marché, n'importe quoi, ou ne faisait rien.

C'est depuis Julie qu'il avait abandonné le billard, sans qu'elle le lui eût demandé, mais parce que cela n'entrait pas dans le cadre de sa nouvelle vie.

Il ne regrettait rien. Ce qui l'étonnait, des jours comme aujourd'hui, c'est que tant d'années, cinquante-cinq, aient passé en laissant si peu de choses derrière elles.

Demain, il irait mieux, ne se poserait plus de questions, ferait son travail avec goût et minutie, se préoccuperait à nouveau de ce qu'il y avait à manger, parlerait à Julie du temps et de ce qu'on disait dans les journaux.

Ce matin, il n'était pas encore dans son état normal. Il subissait le contrecoup de la crise. Il était mécontent de lui. Même sa santé l'inquiétait, à cause des pincements qu'il ressentait parfois dans la poitrine. Les médecins avaient beau affirmer qu'il n'avait rien au cœur, il lui restait un doute, d'autant plus que Julie, qui présentait à peu près les mêmes symptômes, avait, elle, le cœur malade.

Cette pensée lui fit soudain un drôle d'effet. Il était occupé à apposer le timbre humide sur les circulaires, juste au-dessus de la photographie, en travers, pour mieux attirer l'attention, et il entendait sa femme remuer des plats dans la cuisine.

Si elle allait mourir, elle aussi ?

C'était ridicule, mais il éprouva le besoin de se rassurer en allant la voir.

— Tu as besoin de quelque chose ?
— Non. Je suis venu te dire bonjour.
— C'est vrai ?
— Oui.

Elle n'avait guère de couleurs. Elle continuait à s'épaissir, et des bourrelets de chair pâle se formaient un peu partout. Il l'embrassa dans le cou.

— Sais-tu que c'est gentil, ce que tu fais là ?

Il ne lui expliqua pas la raison compliquée de son geste. En pensant à Alice, il avait pensé à la mort. Alice était partie seule, sans une caresse, sans un mot de réconfort. Il ne l'avait jamais appelée chérie, se demandait s'il lui était arrivé de l'embrasser sur la bouche. Alors, à l'idée que Julie pourrait s'en aller aussi...

Il ne fallait plus qu'il boive. Il s'était souvent demandé comment cela avait commencé. Ils en avaient discuté à nouveau la veille avec Julie. La réponse, il venait de la découvrir, alors qu'il rentrait dans son bureau et s'asseyait devant ses circulaires.

Comme toujours, c'était simple. Il s'était mis, de temps à autre, à boire plus que de raison, il y avait environ cinq ans, ce qui coïncidait avec l'époque à laquelle sa belle-mère avait cessé de sortir parce que ses jambes enflaient.

Les deux dernières années de sa vie, elle avait été pratiquement impotente, assise, du matin au soir, dans le fauteuil grenat près de la fenêtre. Il était plus que probable qu'elle exagérait son état, qui lui permettait d'être exigeante, désagréable à souhait, ce dont elle ne se privait pas.

Julie avait fini par conseiller à son mari :

— Tu devrais aller faire un tour.

Car, sous prétexte qu'elle pouvait mourir d'une minute à l'autre, Mme Travot refusait de rester seule dans l'appartement. Julie était obligée de faire son marché et ses courses quand Antoine était à la maison, ou bien c'était lui qui courait les boutiques du quartier.

— Va ! Tu as besoin d'air. Ne rentre quand même pas trop tard.

Pourquoi cela ne l'avait-il jamais tenté de se promener ou de prendre un verre dans le quartier ? Tout de suite, c'est vers les Grands Boulevards qu'il s'était dirigé, plus exactement vers la partie des Grands Boulevards où il avait toujours vécu. Il n'y connaissait plus personne, mais il y retournait néanmoins sans avoir conscience de ce qui l'attirait.

Il ne buvait pas encore pour boire, mais parce qu'il fallait prendre une consommation et, de temps en temps, la renouveler.

C'était à sa belle-mère qu'il en voulait à cette époque-là, et, quand il s'attaqua à Julie, ce fut parce qu'elle essayait de la défendre.

Julie se souvenait de la date. Tout ce qu'il lui avait dit pendant leur vie commune était enregistré dans sa mémoire.

— *Au fond, tu es et resteras une Travot.*

Il n'avait rien contre le vieux Travot, qui était mort et qu'il n'avait pas connu. Sa photographie était sur la cheminée. C'était un homme doux, un peu craintif et renfermé. Il avait passé sa vie entière dans la pharmacie, où une crise cardiaque l'avait terrassé derrière son comptoir.

Après des années de vie conjugale, Julie lui avait confié ce qui constituait le secret et la honte des Travot. Le pharmacien ne buvait pas, mais, vers la cinquantaine, il s'était adonné à l'éther. Comme il en avait toute la journée à la portée de la main, il était difficile de l'empêcher d'en prendre, de sorte que le commis avait ordre de ne pas le quitter des yeux et qu'à la fin, sous prétexte de l'aider, sa femme passait la plus grande partie de son temps dans l'officine. Il avait, paraît-il, toutes les ruses, cachait l'éther dans des flacons portant les étiquettes les plus diverses, risquant ainsi de graves accidents.

Quand Antoine disait « les Travot », ce n'est pas à lui qu'il pensait, mais à la vieille femme.

N'était-il pas possible de vivre sans se préoccuper de ces choses-là ? Hier au soir, par exemple, Julie et lui descendaient les Champs-Élysées. Les trottoirs étaient noirs de monde. Avec le va-et-vient des gens vêtus de sombre pour l'hiver, cela donnait l'impression d'une fourmilière. De l'Étoile à la Concorde, des milliers de personnes étaient en mouvement, hommes et femmes, des jeunes et des vieux, des gens de son âge et des familles qui traînaient des enfants.

Les cinémas annonçaient le titre des films en lettres lumineuses et des queues se formaient à la porte. A l'étalage des magasins, on voyait des robes du soir, des jupes, des chaussures, des valises. Des gens entraient, qui discutaient et qui achetaient. Des jeunes filles retiraient les souliers des clients pour leur en essayer d'autres avec l'air d'être agenouillées devant eux. Toute une vitrine, au coin d'une rue, ne contenait que des dragées de baptême, roses pour les filles, bleues pour les garçons, cependant qu'à Prisunic on exposait des patins et des skis.

Fallait-il croire que, parmi toute cette foule, Antoine et Julie étaient les seuls à vivre une journée dramatique et à ruminer leurs problèmes, les seuls à se poser avec angoisse des questions auxquelles ils ne trouvaient pas de réponse ?

Aux yeux des autres, ils formaient un couple heureux. Julie était accrochée à son bras et collait la hanche contre la sienne en marchant.

Tous les deux devaient sourire comme aux anges. Ils avaient regardé les valises et les skis, les dragées qu'ils n'achèteraient jamais.

Il essayait de pousser plus loin son idée. C'était encore assez vague. Donc ils paraissaient insouciants, vivaient la vie comme on l'imagine, formaient un vrai couple, des gens mariés qui s'entendent bien et se promènent bras dessus, bras dessous, en aspirant la fraîcheur, puis qui s'asseyent à une terrasse en attendant l'heure de s'offrir un bon dîner au restaurant.

C'était si vrai qu'ils en étaient un peu ridicules. La compagne de l'homme à moustaches avait souri en les observant et avait fait des réflexions sur eux à l'oreille.

Se doutait-elle de ce qu'ils venaient de vivre pendant la nuit et encore pendant la plus grande partie de la journée ?

Pourquoi auraient-ils été des exceptions ? Pourquoi les milliers d'hommes et de femmes qui descendaient ou remontaient les Champs-Élysées n'auraient-ils pas eu des problèmes du même genre ?

Était-ce Antoine qui avait tort de prendre la vie trop au sérieux ?

Bon ! Il en arrivait à une autre question, et celle-ci était essentielle. C'était presque le nœud de ses préoccupations. Pendant des jours, souvent pendant des semaines, il vivait, lui aussi, sans penser à rien, tout au moins à rien d'inquiétant, faisait les gestes habituels, disait des phrases presque toujours les mêmes et prenait plaisir à quantité de menues joies, comme de boire son café du matin en lisant le journal, d'endosser son veston d'intérieur en velours noir avant de pénétrer dans son bureau, de l'échanger contre une blouse de toile grise dans le genre de celle des épiciers pour travailler à son établi.

C'était un plaisir aussi, quand il arrivait dans une salle quelconque, d'installer ses deux valises plates dans un coin et, tout seul, vaguement conscient de la rumeur du public de l'autre côté de la toile, de préparer ses accessoires et de passer son habit.

Où en était-il ? Il ne fallait pas perdre le fil. Il s'obstinait, le front plissé, comme quand il avait un nouveau tour en tête et qu'il était parfois des semaines avant de découvrir la solution. A ces moments-là, Julie comprenait tout de suite et le regardait avec un attendrissement mêlé d'un peu d'inquiétude, car il lui arrivait d'en perdre l'appétit.

— Tu travailles trop..., disait-elle. Tu cherches trop la perfection... Les autres se contentent de...

Donc, pendant des semaines... Oui. Bref, on pouvait penser que c'était ça la vie normale. La preuve, c'est que c'est cette vie-là qu'on laisse voir aux autres, celle dont on parle, dont on n'a pas honte.

Or, soudain, parce qu'il a senti l'haleine d'un homme qui vient de boire de la bière, il se met à boire à son tour, pas par goût, pas parce qu'il aime l'alcool, mais parce que...

Parce que quoi ? Il y est, en plein cœur de la question. Et il n'est pas le seul à se la poser. L'homme à la rosette a les apparences d'un homme riche, bien portant, qui, à en juger par ce qu'Antoine en a vu au restaurant, mène une existence agréable. Sa femme, pour autant que ce fût elle qui l'accompagnait, est de celles sur lesquelles on se retourne malgré soi dans la rue.

A deux ou trois heures du matin, cet homme-là n'en était pas moins en train de s'enivrer seul, lugubre, dans un bar où échouent les épaves de la nuit, et, quand son regard a croisé celui d'Antoine, il a eu honte, et il a même pensé, quelques instants plus tard, à retirer sa rosette.

Qu'est-ce que cela implique ? Et le gros comique qui a raconté son histoire d'engagement à Nevers en sachant qu'on ne le croyait pas ? Et tous les autres qui, la même nuit, hantaient les bars de Paris et d'ailleurs ?

Car il est impossible de croire qu'Antoine et l'homme à la moustache sont des exceptions. Travot, alors, avec son éther ?

Antoine a bu. Parce qu'il a bu, il a éprouvé le besoin irrésistible, en rentrant chez lui, d'adresser un discours à Julie. Le lendemain matin, il se figurait qu'il avait parlé un quart d'heure, une heure au plus. Julie lui a révélé qu'en réalité il a péroré pendant plus de deux heures et demie d'horloge sans qu'elle l'interrompe une seule fois.

Pendant tout ce temps-là, il était persuadé qu'il soulageait son cœur. Il se sentait malheureux. Il criait au secours.

Le lendemain, il avait tellement honte de ce qu'il avait dit qu'il osait à peine regarder sa femme et se serait volontiers jeté à genoux pour implorer son pardon.

Est-ce que tout cela, le « contact humain », le « frère », l'« esprit Travot », n'existait que dans son imagination d'homme ivre ?

Alors pourquoi buvait-il ? Car, justement, quand il commençait à boire, ce qu'il cherchait, c'était ce contact, cette façon de voir l'humanité et de sentir qu'il en était solidaire, cette impression de petitesse et d'impuissance devant un redoutable destin.

Quelques heures dans son lit, à être malade et souffrir de remords, et tout changeait à nouveau, il s'attendrissait sur Julie et sur lui, sur leur appartement surchauffé, sur leur existence feutrée.

Quand l'homme à moustaches l'avait enfin reconnu, après avoir longtemps torturé sa mémoire, il avait rougi.

Donc, lui aussi était gêné de sa conduite de la veille.

Quelles étaient ses pensées, à lui, pendant qu'il buvait, le front bas, cramponné d'une main au comptoir ?

Le mot était emphatique, mais, au fond, Antoine n'avait pas tellement tort quand, au cours de sa crise, il proclamait qu'ils étaient des frères.

— Tu seras prêt à manger dans dix minutes ?
— Quand tu voudras.

Il n'avait pas faim. Ils avaient trop mangé la veille au restaurant. Julie continuait à promener dans l'appartement son bonheur retrouvé, mais, quand elle regardait son mari, il restait encore une question dans son regard, il était sûr qu'elle se demandait combien de temps cela durerait.

La mort d'Alice, jadis, l'avait affecté, mais ce n'était pas pour des raisons d'amour ou même d'affection. La brutalité de l'événement l'avait surpris, et aussi ce qu'il y avait de sordide dans la scène à laquelle il avait assisté de sa fenêtre. Par exemple, il n'oublierait jamais les pieds sales.

Il avait racolé quelques camarades pour assister aux obsèques, par charité envers la morte à qui on n'avait découvert aucune famille, mais il n'était jamais retourné au cimetière et il aurait été incapable de retrouver sa tombe.

Existait-il encore une tombe ? Probablement pas. S'il se souvenait bien de ce qu'on lui avait dit, lorsque la famille, après cinq ans, n'a pas acheté le terrain, les corps vont à la fosse commune. L'idée ne lui était pas venue d'acheter le terrain. Non plus de choisir une autre fille pour le numéro de transmission de pensée. Ce n'était d'ailleurs pas du travail qu'il aimait, car cela ne réclamait aucune adresse, aucune subtilité de sa part. C'était mécanique.

Il n'avait pas changé de logement non plus et il l'occupait encore quand il avait fait la connaissance de Julie. Ce qui l'avait un peu surpris, les premiers temps, c'était de n'avoir plus personne à côté de lui, et, au café ou au restaurant, il lui arrivait, au moment de sortir, de se retourner comme quelqu'un qui a oublié quelque chose.

— Tu as fini tes circulaires ?
— Il reste à les mettre sous enveloppe.
— Tu veux que je t'aide ?

Il préparait des jeux d'enveloppes à l'avance, les jours où il n'avait rien de mieux à faire. Il apportait de la minutie à tout ce qui concernait son métier, se montrait un peu maniaque.

— Comment va ton foie ?

Ils se mettaient à table, et la neige, dans la rue, devenait plus épaisse ; quelques flocons restaient accrochés à la coupole de l'église russe.

— Je me sens mieux.
— Un de ces jours, tu devrais voir Bourgeois.

C'était leur médecin, un vieux docteur du quartier qui avait soigné Mme Travot jusqu'à sa mort et les traitait tous les deux comme des enfants. Il avait soixante-dix-huit ans, ce qui ne l'empêchait pas de trotter toute la journée, sa trousse d'une main, son parapluie de l'autre, le corps si penché en avant qu'on craignait de le voir tomber.

Bourgeois en était resté aux pilules et aux gouttes. Après chacune de ses visites, l'armoire de la salle de bains se remplissait de petites boîtes en carton, où des pilules reposaient dans une poudre jaunâtre, et on en avait pour des semaines à compter plusieurs fois par jour des gouttes dans un verre d'eau.

— Tu ne trouves pas qu'on est bien chez nous ?

C'étaient les meubles du boulevard de Courcelles, de vieux meubles massifs aux reflets doux. Antoine, qui ne les aimait pas au début, avait fini par s'y habituer et même par les prendre en affection, et il n'avait rien gardé du boulevard du Temple, qu'une lithographie de Robert-Houdin dans un cadre en bois noir.

Sur la cheminée, outre les portraits du vieux Travot et d'un frère de Julie tué à la première guerre, il y avait deux lourds chandeliers de cuivre et une vue de Lourdes dans une boule de verre.

— Tu comptes travailler tout l'après-midi ?
— Pourquoi me demandes-tu ça ?
— Pour rien.
— Dis-moi la raison.

La cuisine était bonne, et il aimait l'odeur répandue dans l'appartement. C'était, en moins fort, l'odeur de ragoût qui met l'eau à la bouche quand on passe devant les loges de concierge. Julie réussissait la pâtisserie aussi, faisait un gâteau tous les dimanches.

— Une idée en l'air.
— Laquelle ?
— Cela dépend de ton travail.

Elle avait toujours un peu peur de lui, et cela la rendait souvent maladroite. Un soir qu'il était dans le même état qu'après Bourg-la-Reine, en moins violent, il le lui avait dit. Il était persuadé qu'il lui parlait gentiment, mais elle ne l'avait pas compris, avait pris ça pour une critique. Peut-être s'était-il mal exprimé ?

— Tu sais que je n'ai rien d'important cette semaine.
— On joue un bon film, au Wagram. Mais nous sommes déjà sortis hier. Surtout, ne va pas penser que j'insiste.

Il ne pensait rien du tout. Ou, pour être franc, il pensait qu'elle était encore effrayée, qu'elle se disait qu'il manquait de distraction et que ce serait une bonne chose de l'amuser.

C'était naïf. Elle le traitait comme un enfant.

Elle attendait sa réponse avec tant d'anxiété qu'il feignit d'être tout joyeux.

— Excellente idée. Tu sais à quelle heure il passe ?
— A trois heures et à cinq heures et demie. La seconde séance est un peu tard, à cause du dîner.

Elle avait donc consulté le journal, qu'il trouva d'ailleurs ouvert à la page des spectacles.

Est-ce que l'incident ne répondait pas en partie à la question qu'il avait ruminée toute la matinée ? Parce qu'elle était inquiète, elle proposait le cinéma, et le fait est qu'ils seraient probablement contents tous les deux. Si c'était un film comique, il leur arriverait de rire aux éclats.

Une fois, peu de temps après la mort de sa belle-mère, ils avaient eu une scène pénible, non pas chez eux, mais dans la rue. Il ne se rappelait pas la raison. C'était toujours plus ou moins la même. Ils avaient marché interminablement en discutant, et des gens se retournaient sur leur passage. A certain moment, et comme ils se trouvaient sur les quais, Antoine avait envisagé la possibilité de sauter par-dessus le parapet pour en finir.

Moins d'une heure plus tard, apaisés, ils étaient entrés dans un cinéma sans savoir ce qu'on y jouait, simplement pour échapper à leurs pensées. Il ne se rappelait plus lequel des deux avait proposé d'entrer.

Dix minutes ne s'étaient pas écoulées dans l'obscurité de la salle qu'Antoine se mettait à rire avec la foule, et Julie, qui se retenait, ne pouvait s'empêcher un peu plus tard de pouffer dans son mouchoir.

Qu'est-ce que cela prouvait ? Peut-être rien. Ce n'en était pas moins une indication. Aujourd'hui, le cas était différent. Julie venait d'avoir très peur de le perdre. Elle n'était pas entièrement rassurée. Elle veillait sur lui comme sur un malade qui peut à tout moment avoir une rechute.

Alors, craignant qu'il se lasse de leur tête-à-tête dans l'appartement, elle proposait des distractions.

— Prends ton écharpe. Je suis sortie ce matin pour le marché, et le froid m'a coupé la figure.

Elle le soignait. Comme les fidèles à leur dieu, elle aurait été capable de lui apporter des offrandes. N'était-ce pas l'offrande de ses menues attentions qu'elle lui faisait du matin au soir ? Elle le voulait heureux, pour le garder, pour qu'il ne se lasse pas d'elle.

Elle était pathétique, la veille, quand, grimaçant sans aucun souci de coquetterie ou de respect humain, elle se traînait à ses pieds et criait, la bouche tordue :

— Ne pars pas, Antoine ! Ne me laisse jamais !

C'était sincère. Elle suspendait à lui toute sa vie.

Elle l'aimait.

Il l'aimait.

Mais, comme sa mère, n'avait-elle pas surtout peur de la solitude ?

Elle avait avoué, la veille :

— A La Bourboule, c'est moi qui ai fait les premiers pas.

C'était le temps où elle était une femme, où il était un homme et où ils n'avaient rien de commun. Autour d'eux, il y avait d'autres hommes et d'autres femmes.

Antoine n'avait pas eu le coup de foudre. C'était vrai qu'elle n'était pas belle. Non seulement sa mère était là pour décourager les bonnes volontés, mais Julie était affectée d'un léger strabisme. Il ne s'en apercevait plus. Cela l'étonnait à présent de se souvenir de ça. Il avait dû penser comme tout le monde qu'elle louchait. Aujourd'hui, cela lui paraissait si naturel qu'il n'aurait pas aimé qu'elle fût autrement.

Là n'était d'ailleurs pas la question. La réflexion qu'il s'était faite, lui, alors qu'il n'existait encore rien de définitif entre eux, avait été : « Il y aura quelqu'un avec moi. »

Pas nécessairement pour s'occuper de lui. Dans ce domaine, il se suffisait. Il n'avait pas envisagé la question sous un jour pratique. Il ne se disait même pas qu'il ne serait plus seul.

Mais quelqu'un pour penser à lui, pour dépendre de lui, quelqu'un, en définitive, pour qui il serait tout au monde.

Eh bien ! c'était arrivé.
— Je ferme le gaz.
Il attendait sur le palier, sachant qu'elle allait ajouter :
— Tu as la clef ?

Un vague sourire aux lèvres, qui ne signifiait rien de précis, mais où il y avait peut-être un rien d'ironie, il la tripotait dans sa poche.

A cause du temps, elle n'avait pas mis son beau manteau, et il descendit le premier sans qu'elle essayât de lui prendre le bras avant qu'ils fussent sur le trottoir.

5

L'emploi du temps du dimanche, surtout de la matinée, était toujours le même, invariable dans ses moindres détails, sauf quand, l'été, on passait la journée à la campagne. Cela s'était fait petit à petit. Au début, des vides avaient subsisté qu'ils s'étaient ingéniés l'un et l'autre à remplir comme s'ils éprouvaient à leur insu le besoin d'une tradition.

Antoine se levait plus tard que les autres matins, sans raison, puisque, durant la semaine, rien ne l'obligeait à être debout à une heure plutôt qu'à une autre. Il restait dans son lit jusqu'à neuf heures, même s'il ne dormait qu'à moitié, pendant que Julie faisait un rapide ménage de l'appartement. Cela suffisait, car, le samedi, elle nettoyait « à fond ». C'était le mot qu'employait la mère d'Antoine et qu'il avait retrouvé, non sans émotion, dans la bouche de sa femme, après être resté si longtemps sans l'entendre.

Elle l'éveillait en lui apportant une première tasse de café au moment où les cloches de l'église russe sonnaient la messe de neuf heures, et, à peine debout, il jetait un coup d'œil dans la rue plus animée que les autres matins.

Il avait encore neigé, cette nuit-là. Pour la première fois, la neige tenait sur les trottoirs et sur les toits, et, quand on s'approchait des vitres, on recevait une bouffée du froid du dehors.

Ils mangeaient des croissants au lieu de petits pains beurrés, pas tant parce qu'ils les préféraient que pour marquer une différence. Puis, pendant qu'Antoine, dans le fauteuil rouge sombre qui avait été celui de sa belle-mère, lisait le journal en fumant une cigarette, Julie faisait le lit, mettait la chambre en ordre, préparait ses bons vêtements et disparaissait enfin dans la salle de bains.

Prenait-elle un bain plus chaud ou plus prolongé ? Toujours est-il qu'elle en sortait avec le visage rose, le sang aux joues, comme Antoine quand il était petit et que, le samedi, sa mère le lavait dans la bassine à lessive installée au milieu de la cuisine.

Il y avait toujours du rôti. Elle le mettait au feu avant de partir pour la messe. Il fallait éviter qu'il soit trop cuit pour midi. D'autre part, elle ne voulait pas se livrer à ce travail vêtue de sa meilleure robe. Enfin elle était pressée. De sorte que c'était le seul jour où, pour un moment, il la voyait dans la cuisine en combinaison.

Antoine n'allait pas à la messe. Elle ne lui avait jamais rien dit à ce sujet. Dans sa famille, il en était déjà ainsi. Sa mère et elle se rendaient à l'église, tandis que le père Travot restait à la maison. La seule différence était que le pharmacien se montrait violemment anticlérical et qu'Antoine ne l'était pas. Qui sait si le pharmacien ne s'en prenait pas à la religion parce que c'était une façon indirecte d'attaquer sa femme ?

La mère d'Antoine était catholique aussi. Quant à son père, il ignorait ses opinions puisqu'il ne l'avait pas connu et qu'on ne lui en avait guère parlé. Dans son enfance, Antoine allait à la messe. Puis il avait cessé d'y assister, sans raison, mais il lui arrivait encore, surtout dans les moments difficiles, de dire intérieurement : « Mon Dieu, faites que ceci arrive ! Ou que telle chose ne se produise pas. »

Parfois il faisait des promesses, proposait une sorte de marché : « Si je ne suis pas malade demain, je donnerai cent francs au premier pauvre que je rencontrerai. »

Il tenait ses engagements. Quant à Julie, elle était fière d'appartenir à la paroisse Saint-Philippe-du-Roule, la plus élégante de Paris.

Lorsqu'elle était enfin prête, elle dégageait un parfum qu'elle n'employait que ce jour-là ou encore quand ils se rendaient au théâtre.

— Tu jetteras un coup d'œil au rôti ? Le gaz est réglé. Tu n'as pas besoin d'y toucher.

Elle l'embrassait plus distraitement que d'habitude, s'assurait qu'elle avait de l'argent dans son sac et, avant de partir, lançait un dernier coup d'œil circulaire dans la cuisine.

— A tout à l'heure.

Il avait l'appartement pour lui seul, et cela lui produisait une curieuse impression. Son premier soin était d'aller à la fenêtre et de regarder dehors. Il savait le temps que Julie mettait à descendre l'escalier et à suivre le trottoir jusqu'au coin de la rue. Il ne la voyait que quand, arrivée à l'angle du faubourg Saint-Honoré, elle traversait la chaussée, et c'était étrange de la regarder ainsi de la fenêtre comme une passante anonyme.

Avant de prendre son bain, ce matin-là, il gagna la cuisine et ouvrit le buffet. Il savait qu'il n'y avait plus de rhum dans la maison depuis le soir de Bourg-la-Reine. A cause de ce qui pouvait s'ensuivre, ils ne buvaient plus de vin. Mais il y avait d'habitude une bouteille de madère qui servait pour les sauces. Ce qu'il désirait, c'était s'en humecter les lèvres, en boire une petite gorgée.

La bouteille était à sa place, mais ne contenait qu'un fond de liquide, et, s'il y touchait, Julie ne manquerait pas de s'en apercevoir. Il était persuadé que c'était arrivé, soit avec le madère, soit avec le rhum. Elle n'en parlait pas, mais, plusieurs fois, au retour de la messe, elle était entrée dans la cuisine, puis lui avait lancé un regard inquiet. Faisait-elle des marques aux bouteilles ?

Lui aussi, parce qu'il était seul, prenait son bain autrement que les autres jours. Il n'aurait pas pu expliquer ce qu'il y avait de différent. Par exemple, le dimanche, sorti de l'eau, il lui arrivait d'aller et venir, tout nu, dans l'appartement, et même d'aller ainsi regarder par la fenêtre où personne ne pouvait le voir puisqu'il n'y avait en face que les murs de l'église.

De n'avoir pas pu se mouiller les lèvres de madère le rendait maussade, mais il refusait de se l'avouer. Il n'en voulait pas à Julie. Elle n'y était pour rien. A cette heure, elle devait prier pour lui au son des grandes orgues. Quand elle rentrait de l'église, elle n'était jamais tout à fait pareille, comme si elle avait pris de bonnes résolutions. En même temps, elle ne pouvait s'empêcher de se montrer un tantinet protectrice.

Jadis, elle priait sans doute de la même manière pour son père. Antoine, lui aussi, était un pécheur. La vieille Mme Travot l'attaquait carrément sur ce sujet, avec toute la puissance du Vatican, du haut clergé, des millions de fidèles derrière elle.

Quelqu'un qui n'a pas de religion...

Pourquoi pensait-il à cela ? C'était un dimanche matin comme il les aimait, et la neige y ajoutait un attrait rare. Certains dimanches, on percevait la rumeur des chœurs de l'église russe, d'autres dimanches pas, cela dépendait du temps, peut-être de l'humidité de l'air. Aujourd'hui, on les entendait, des voix d'hommes graves et mâles.

Il mit du linge propre, son meilleur pantalon, son veston de velours et entra enfin dans son bureau, où il plaça les deux valises sur les tréteaux. Il avait à se livrer à sa besogne favorite. Il donnait, le soir, une représentation dans la salle des fêtes de la mairie de Bobigny. C'était une soirée pour familles. On lui avait demandé un numéro éducateur qui serait suivi d'une conférence avec projection lumineuse.

Qu'il s'agisse d'un programme d'une demi-heure, comme c'était le cas, ou d'une soirée entière, il apportait autant de soin à établir la liste de ses tours, les faisant se succéder de telle sorte que l'intérêt aille croissant. Or, afin d'obtenir un rythme parfait, ce qui compte, c'est la mise en place des accessoires.

Tout le monde s'accordait pour admettre que, sur ce terrain, il était imbattable. L'atelier d'en face était vide et sans lumière. Une petite phrase prononcée la veille par Julie lui revenait. En dînant, elle avait demandé :

— C'est une soirée payante ?

Il le supposait. Des places très bon marché, probablement, comme d'habitude dans ces cas-là.

— Tout le monde peut y aller ?

Il ne devait pas avoir répondu. Cela ne l'avait pas frappé sur le moment. Il la sentait toujours inquiète, peut-être parce que lui-même n'avait pas retrouvé son équilibre habituel. Il lui arrivait, depuis l'autre soir, quand il s'y attendait le moins, de partir sur une idée quelconque, sur un mot, un souvenir, une odeur, et d'être entraîné contre son gré à des réflexions qui n'en finissaient plus.

Par exemple, une fois, longtemps auparavant, elle lui avait dit avec une gravité particulière :

— Il y a une faveur que je te demande, Antoine, c'est de ne jamais me mentir. Même si je dois en avoir de la peine, même si je dois en être désespérée, je préfère savoir la vérité.

Pourquoi cela remontait-il à la surface ? A cause de ce qu'elle avait dit quand ils étaient tous les deux sur le lit après la crise. Étaient-ils encore sur le lit ? Cela n'avait pas d'importance. En tout cas, ils étaient détendus.

— *Tu te figures que c'est toi qui as fait les premiers pas ?*

Si ce n'étaient pas les mots, c'était le sens. Après elle était revenue sur une question qui lui tenait à cœur :

— Pourquoi m'as-tu aimée ?

Or, sur ce point-là, il ne pouvait pas lui avouer la vérité, il ne pourrait jamais la lui avouer. Le plus loin qu'il était allé dans la sincérité, c'est quand il lui avait rappelé qu'à cette époque il était seul dans la vie.

C'était exact. Mais il n'avait pas l'impression d'en avoir souffert. Il y était habitué depuis longtemps, depuis que sa mère était morte alors qu'il avait dix-sept ans, et on ne pouvait pas prétendre qu'avec Alice il eût cessé d'être un homme seul.

Julie aimait le faire parler de sa mère et de son enfance, et il n'était pas sûr que ce fût pour des motifs absolument purs. Malgré tout, elle était une Travot. Elle avait été élevée en petite-bourgeoise, en bordure d'un quartier populeux dont le débraillé mettait en valeur la supériorité sociale de sa famille. Car pour elle, maintenant encore, quoi qu'elle fasse, il y avait une supériorité incontestable à mener tel genre de vie plutôt que tel autre, et, dans son esprit, les différents métiers, comme les quartiers de Paris, comme les paroisses, comme le fait de se fournir chez tel ou tel épicier, établissaient une sorte d'échelle des valeurs.

Lui était né tout en bas de l'échelle, dans un quartier d'ouvriers et de petites gens et, si on ne lui avait jamais parlé de son père, il devait y avoir à cela de bonnes raisons. Tout au fond d'elle-même, Julie n'avait-elle pas plaisir à lui faire dire, sous prétexte d'évoquer des souvenirs d'enfance, que sa mère travaillait dans une blanchisserie et qu'à l'âge de quatorze ans elle l'avait mis en apprentissage chez un relieur, tandis qu'il continuait à suivre les cours de l'école du soir ?

Pourquoi un relieur ? Sans doute parce qu'il y en avait un au fond de la cour de l'immeuble qu'ils habitaient. Peut-être aussi parce qu'il s'agissait de livres et que cela impressionnait sa mère qui ne savait pas lire. Il y avait travaillé pendant quatre ans et il ne le regrettait pas, car cela avait développé son habileté manuelle et son sens de la minutie.

— Quand je pense, pauvre chou, que tu mangeais du mou !

C'était vrai. La viande était déjà chère pour certaines bourses, et sa mère achetait souvent du mou chez le boucher. Il ne savait pas encore que cela se vend surtout pour les chats.

Il était persuadé qu'elle éprouvait un certain plaisir à s'apitoyer sur lui. Était-ce mal ? Pouvait-il lui en vouloir ?

Il lui en voulait surtout de la façon dont elle parlait de ses maisons et de ses locataires. Elle avait hérité de trois immeubles, d'abord celui où la pharmacie familiale avait été remplacée par un marchand de vins et où les Travot avaient longtemps occupé le premier étage, ensuite deux maisons plus délabrées dans le haut de la rue des Dames.

Allait-il admettre que ces maisons-là avaient eu une influence sur sa décision d'épouser Julie ? Des gens avaient dû le croire. Sa belle-mère ne cachait pas que c'était sa conviction. A ses yeux, un prestidigitateur, c'est-à-dire une espèce de clown, pour ne pas dire un romanichel, ne pouvait s'intéresser qu'à l'argent des Travot.

C'était faux. Sincèrement. Ce n'était pas la première fois qu'il se posait cette question, et il la considérait comme extrêmement importante, surtout qu'il soupçonnait Julie d'avoir, dans ses moments de découragement, la même pensée que sa mère.

D'abord les maisons ne rapportaient presque rien. Cela, à l'époque, il l'ignorait encore. A cause du prix des réparations et faute de pouvoir augmenter librement les loyers, il y avait des années où, les impôts payés, il ne serait pas resté à Julie de quoi manger tous les jours.

Ce n'était pas l'argent qui avait compté. Cela n'avait pas été un coup de foudre non plus. Ses souvenirs étaient précis. L'été était radieux. Il ne se rappelait pas un autre été comme celui-là, sinon dans sa très petite enfance. Il avait combiné une tournée dans les casinos du centre de la France, avec des engagements de huit jours en certains endroits, d'autres seulement d'une soirée. Il mettait ces voyages-là au point à l'avance, avec autant de précision que ses numéros, retenait ses chambres dans des pensions ou dans de petits hôtels, de préférence ceux où il était descendu plusieurs fois.

A la Bourboule, son contrat était d'une semaine. Il vivait chez les Hua, qui tenaient une pension de famille dans le quartier de la gare. C'était, assez loin des hôtels élégants, une pension modeste, mais la pergola était couverte de glycine, et on pouvait y prendre le repas de midi, parfois y dîner, quand le temps n'était pas trop frais. On lui consentait des prix spéciaux, et, en échange, il avait l'habitude de donner une représentation gratuite pour les pensionnaires.

Pendant les huit jours qu'il avait joué au casino, il n'avait pas remarqué Julie, et celle-ci ne l'avait sans doute pas remarqué non plus. Le lendemain de la dernière soirée, il était descendu, en habit, son loup de velours noir sur le visage, dans la salle à manger transformée en salle de spectacle. Il n'y avait guère que des femmes et quelques enfants. La plupart des femmes étaient d'un certain âge, avec une majorité de vieilles.

S'il avait prêté attention à Julie, assise au premier rang avec sa mère, c'est que, dès l'instant où il avait paru, elle ne l'avait plus quitté des yeux et qu'il y avait dans son regard une admiration si naïve qu'elle en devenait gênante.

Il ne se faisait pas d'illusions. L'habit y était pour beaucoup, et le masque, et encore les passes mystérieuses de ses mains pâles et longues dans la demi-obscurité dont il entourait certains tours.

Julie était fraîche, avait une forte poitrine que sa gaine remontait très haut, surtout quand elle était assise, des lèvres humides. Il lui avait fait tenir les anneaux enchantés, et elle avait tremblé d'émotion.

On en rencontre presque toujours une dans son cas parmi l'assistance. Depuis longtemps, il n'y prêtait guère d'attention. Il n'y aurait rien eu d'autre entre eux que ces échanges de regards et le contact de leurs mains sur les anneaux nickelés si son engagement au Mont-Dore, où il aurait dû commencer le lendemain, n'avait été remis à cause du succès d'un chansonnier qui faisait une seconde semaine.

Il était resté aux *Mimosas*, parce que les Hua le soignaient bien et qu'il avait déjà pris des petites habitudes. Ce n'était pas pour Julie qu'il était resté, comme elle avait pu le penser et comme elle avait fini par le croire. Il la considérait alors comme une vieille fille un peu folle, et, les deux premiers jours, il s'ingénia plutôt à l'éviter.

Dans une pension comme *Les Mimosas*, on ne s'évite pas longtemps. Même en ville, où tout le monde se promenait dans une seule rue, ils étaient forcés de se rencontrer.

C'est Hua qui avait fini par les présenter l'un à l'autre.

— Pour me faire plaisir, acceptez donc de prendre le thé avec elles. Cela ne vous engage à rien, mon vieux. Ce sont de bonnes clientes qui viennent tous les ans pour soigner la gorge de la mère.

— C'est la demoiselle qui vous a demandé de me parler ?

— Elle est venue me trouver en rougissant et m'a expliqué qu'elle voulait vous demander un renseignement au sujet de je ne sais lequel de vos tours. Il paraît qu'elle est passionnée de prestidigitation.

Elle avait eu le temps d'acheter le *Manuel du Prestidigitateur* à la librairie, et, quand ils avaient pris le thé tous les trois, il s'était rendu compte qu'elle l'avait lu de bout en bout.

Mme Travot, raide sur sa chaise, ne lui avait adressé la parole que pour lui demander s'il travaillait également dans les cirques et, comme il avait répondu par l'affirmative, elle s'était obstinée, depuis lors, à l'appeler le Clown.

Deux fois, par la suite, il avait rencontré Julie près de l'établissement thermal, et ils avaient fait la route ensemble.

— Vous habitez Paris ? Quand y serez-vous de retour ?

Elle était entreprenante et maladroite. Elle « flambait » comme une écolière, et il se rappelait le geste avec lequel elle avait retiré un cheveu du revers de son veston. Elle ne l'avait pas jeté. Elle avait dû le garder à la main tout le long du chemin et le placer ensuite dans un livre ou dans une enveloppe.

Il la trouvait ridicule. Il était un peu flatté, car on lui avait parlé de la pharmacie, des trois maisons et de l'appartement de la rue Daru, dans le quartier de l'Étoile.

— Vous promettez que vous viendrez nous voir ? Il n'y a rien de plus passionnant que votre métier, et je voudrais que vous m'en parliez davantage !

C'était attendrissant. Quand il partit, elle le conduisit à la gare et tint longuement sa main dans sa main droite, après lui avoir offert un coupe-papier souvenir et un panier de fruits pour la route. Il n'avait pas mangé les fruits. Il n'en mangeait jamais. Il avait encore le coupe-papier sur son bureau, et Julie y attachait de l'importance, se rembrunissant s'il oubliait de s'en servir pour ouvrir ses lettres.

Il avait fait sept ou huit villes d'eaux avant de terminer la saison à Fourras, une plage de famille entre Rochefort et La Rochelle, et, comme elle lui avait demandé son itinéraire, il trouvait partout des cartes postales signées d'un « J ».

Il avait pitié d'elle. Il en eut pitié davantage quand, à Paris, il trouva une invitation formelle à aller la voir et qu'il se décida à se rendre rue Daru.

L'appartement, depuis, avait subi peu de changements, sauf que le bureau actuel était alors la chambre de la vieille femme et qu'on voyait davantage de portraits sur les murs et sur les meubles, des oncles, des tantes, des cousins, non pas des Travot, mais exclusivement de la famille du côté de la mère de Julie, qui était née Cuisard.

Julie était bel et bien amoureuse à s'en rendre malade et à faire toutes les bêtises. Elle insista pour savoir où il donnait ses représentations, les dates de celles-ci, et elle s'y trouva désormais avec sa mère, qui, bien que sa fille eût trente-sept ans sonnés, ne la laissait pas sortir seule. Connaissant la vieille, il imaginait la volonté que Julie devait déployer pour l'entraîner ainsi, par tous les temps, dans les salles de fêtes de quartiers populeux et de la banlieue parisienne où, l'hiver, il travaillait le plus souvent.

Le reste, c'est avec la mère que cela s'était passé. Un après-midi, il n'avait pas trouvé dans l'appartement Julie qui lui avait donné rendez-vous.

— C'est inutile de chercher autour de vous. Elle n'est pas dans la maison. Déposez votre chapeau sur une chaise, asseyez-vous et causons.

Il se rappelait encore ses mots, le son de sa voix. Elle avait une façon à elle de parler, lançant les syllabes très haut, les détachant les unes des autres avec une sorte d'impertinence.

— Je suppose, jeune homme...

Il avait eu quarante-huit ans un mois plus tôt. Il faillit s'en aller. L'appartement était sombre. Il était cinq heures de l'après-midi, et une seule lampe était allumée dans le salon ; il y avait une cérémonie à l'église russe dont les orgues jouaient, et les vitraux, de l'autre côté de la rue, luisaient faiblement.

Pourquoi était-il resté, subissant le discours le plus humiliant qu'on l'eût forcé à entendre de sa vie ? Il imaginait Julie quelque part dans la rue. On avait dû l'envoyer faire une course. Elle savait ce qui se passait.

Après, pour elle, ce serait fini. Plus que probablement, elle jouait sa dernière chance.

Il faisait chaud dans la pièce. On ne l'avait pas invité à retirer son pardessus. Son chapeau était sur la chaise à fond de paille qui, après onze ans, était à la même place.

Avait-il vraiment eu pitié ? Ce jour-là, il en était persuadé. Il se sentait ému à l'idée de la vieille fille à grosse poitrine qui arpentait peut-être le trottoir d'en face, à guetter les fenêtres dans l'attente de sa décision.

Il n'avait pas choisi Alice non plus, et il n'avait pas été malheureux avec elle. Or Alice ne l'aimait pas comme celle-ci l'aimait. Alice l'avait suivi la première fois parce qu'elle n'avait pas d'autre place où coucher.

Julie, si douce, avait lutté pied à pied avec la vieille femme coriace, et c'était celle-ci qui avait fini par céder.

Il ne lui déplaisait pas de penser que quelqu'un l'aimait de la sorte. Ni de se trouver chez lui dans un vrai appartement, tout meublé, où il aurait ses repas prêts en rentrant. Les trois maisons constituaient une assurance. Il possédait quelques économies en plus de son matériel qui représentait un capital. Mais, s'il venait à tomber malade...

— J'attends que vous ayez l'extrême obligeance de me communiquer vos intentions, en déplorant toutefois que vous n'ayez pas eu le bon goût de le faire de votre initiative, comme les usages l'exigent.

Jusqu'à la mort de sa belle-mère, il avait entendu des phrases de ce genre-là, qu'elle devait fignoler pendant ses heures d'inactivité.

Il avait dit oui. Le mariage avait eu lieu le mois suivant à Saint-Philippe-du-Roule. Six mois au moins, peut-être un an, s'étaient écoulés avant qu'il se mette à aimer Julie.

Pouvait-il lui avouer ça ? Les premiers temps, c'est tout juste s'il ne l'avait pas détestée, parce qu'il découvrait qu'elle ressemblait plus à sa mère qu'il ne se l'était figuré. A la mort de son mari, Mme Travot avait fait de Julie sa chose et, si elle avait fini, bon gré mal gré, par autoriser le mariage, cela avait été à la condition expresse qu'elle continuerait à vivre avec le ménage. Julie et lui avaient signé un engagement formel. La vieille femme avait une peur maladive de la solitude. Du matin au soir, il était indispensable qu'on s'occupe d'elle, et le monde entier n'existait qu'en fonction de sa personne.

Les premières disputes d'Antoine avec sa belle-mère avaient eu pour point de départ des questions sociales, plus exactement des questions de caste, de « milieu », comme elle disait, ou de « mondes ».

— *Dans mon milieu...*

Ou bien :

— *Ces gens-là sont d'un milieu impossible dont on ne peut rien attendre de bon.*

Il avait essayé de lui faire comprendre des vérités qui lui paraissaient simples et avait fini par découvrir que Julie avait à peu près les mêmes idées que sa mère sur ces questions-là.

Elle les avait conservées. Ce n'était pas sa faute. Ce n'était pas la faute de Mme Travot non plus, il s'en était petit à petit rendu compte en vivant avec elles deux. Elles étaient, en réalité, de pauvres femmes qui, comme chacun, avaient eu besoin de se raccrocher à quelque chose et qui n'avaient pas eu le choix. A présent, il était trop tard pour changer, car ce serait un écroulement.

Julie avait eu le courage de ses opinions. Elle avait voulu un homme, pas n'importe lequel, mais lui, que ce fût ou non en partie à cause de son habit et de son loup de velours noir, et, indifférente au ridicule, elle avait fait ce qu'il fallait pour l'obtenir.

Maintenant il était à elle.

Cela, c'était la première idée d'Antoine à une époque où il ne la connaissait pas encore assez.

Dans la réalité, c'était elle qui était à lui, tellement à lui que son organisme ne fonctionnait plus normalement en son absence ou quand elle craignait de le perdre.

Cela se produisait lorsqu'il avait bu. Elle ne le retrouvait pas, était prise de panique, devenait maladroite et, au lieu de prononcer les mots qu'il fallait, d'adopter l'attitude qui aurait convenu, elle se figeait, muette et glacée.

Il s'y trompait chaque fois, prenait cela pour de la réprobation ou même pour un sursaut d'orgueil, un retour à l'esprit Travot. Ce n'était que de la peur.

C'est à cause de cette peur-là, si on allait au fond des choses, qu'il l'avait aimée.

Ne commençait-il pas, lui aussi, à craindre de se retrouver seul ? Même quand il avait bu, ce n'était pas un joug qu'il était anxieux de secouer, sa liberté qu'il rêvait de reconquérir. Ce qui le faisait enrager, c'est que, l'aimant comme elle l'aimait, elle fût incapable de l'effort nécessaire pour le comprendre.

Il avait l'impression d'un mur auquel il se heurtait.

C'était un cercle vicieux, puisque, si elle ne s'était pas raccrochée à lui aussi farouchement, aussi maladroitement, il ne l'aurait peut-être jamais aimée.

Elle ne pouvait pas être autrement. Il ne fallait pas qu'elle change. Quand il était lui-même, comme c'était le cas ce matin, il l'admettait. Une heure plus tôt, alors qu'elle venait à peine de tourner le coin de la rue pour se rendre à la messe, il ne s'en était pas moins glissé dans la cuisine avec l'espoir de lécher le goulot de la bouteille ! Et de n'avoir pu le faire le laissait insatisfait, il prévoyait qu'il resterait sombre le reste de la journée.

Que pouvait-elle penser ? Il était allé dans l'armoire et il avait oublié de regarder le rôti ! Il gagna la cuisine, ouvrit le four. La viande n'était pas brûlée et grésillait doucement. Pour se punir, il se condamna à l'arroser trois fois plus longtemps qu'il n'était nécessaire, malgré la chaleur que le four lui soufflait au visage et les gouttelettes de sauce brûlante qui lui sautaient sur les mains.

Il sortit de la cuisine quand il reconnut son pas dans l'escalier, rentra vivement dans le bureau et saisit le premier objet venu afin qu'elle le trouvât au travail. Est-ce à lui ou à elle qu'il devait en vouloir ? S'il ne faisait rien de mal, pourquoi avoir honte ?

Cela le rassura d'entendre la clef tourner dans la serrure, puis la voix de Julie qui prononçait :

— Tu es là ?

Des mots qu'on prononce sans réfléchir à leur sens. Où aurait-il été ? Elle avait le visage glacé. Il avait l'impression, chaque fois qu'elle revenait de la messe, qu'elle rapportait dans sa fourrure une vague odeur d'encens.

— Tu as surveillé le rôti ?
— Oui.
— Je ne devrais pas te demander de t'occuper de la cuisine alors que tu travailles tant.

Il n'aimait pas ces phrases-là, qui ne riment à rien. De quoi avait-elle à s'excuser ? La belle affaire, parce qu'il restait seul à la maison, de jeter un coup d'œil au rôti ! Elle le savait. C'étaient des mots.

— Je vais me déshabiller. Je suppose que nous ne sortons pas avant ce soir.
— Je n'en avais pas l'intention.
— Moi non plus.

Elle ne gardait jamais sa bonne robe dans l'appartement. Il avait remarqué sa phrase : « ... *que nous ne sortons pas avant ce soir.* »

Il connaissait assez Julie pour savoir que cela avait un sens. Il devait, lui, sortir ce soir. Elle pas. Car, en principe, elle ne l'accompagnait jamais quand il allait donner une représentation, à moins que, comme dans le cas du Havre, il doive passer plusieurs journées hors ville. Et encore, cela dépendait des cas. Pour Le Havre, au départ, il souffrait d'un commencement d'angine, et elle avait voulu être près de lui pour le soigner. Cela avait mal tourné.

« ... *que nous ne sortons pas avant ce soir.* »

Comment aurait-elle dû dire ?

« Je suppose que *je* ne sors plus aujourd'hui. »

Il en fut tracassé, resta dans son bureau à travailler jusqu'à l'heure du déjeuner. L'après-midi, il lirait un livre qu'il avait acheté la veille, pendant que, probablement, elle s'occuperait de raccommodage.

Encore une contradiction de son caractère. Mais était-il seul dans son cas ? En théorie, il aimait les dimanches. La plupart du temps, il les commençait avec plaisir. Or, c'était rare que la journée finît sans qu'il se sentît en proie à un vide.

Le matin, il y avait la messe de Julie, l'animation de la rue en face de l'église russe. Le déjeuner était toujours soigné. Il mangeait plus que les autres jours, accompagnait d'une tasse de café fort le gâteau traditionnel.

Tôt ou tard, pourtant, naissait une angoisse qui n'était pas de l'ennui. Ce n'était pas seulement à cause des bruits de la ville qui manquaient au calme irréel des rues. Le monde paraissait plus vaste, la calotte du ciel plus haute et d'une immobilité impressionnante, comme le couvercle d'une boîte qui aurait enfermé l'humanité.

Pourquoi ce jour-là plutôt que les autres entendait-il des sons inattendus dans les radiateurs ? Quelquefois même il croyait entendre le sang battre dans ses veines.

Il lisait, dans un fauteuil confortable, ses pieds, chaussés de pantoufles, sur un tabouret. Julie, devant lui, dans un fauteuil moins profond, reprisait des chaussettes de laine et ne se permettait de lui adresser la parole que quand elle voyait, par le blanc des pages, qu'il avait fini un chapitre.

— J'espère que le toit du 22 rue des Dames ne va pas encore percer ! Si la neige continue comme il y a quatre ans, nous aurons des dégâts au cinquième.

Les locataires se plaignaient. Elle ne se décidait aux réparations indispensables qu'à la dernière minute. Un jour, il l'avait entendue répondre à une vieille femme qui habitait une de ses mansardes :

— Une vitre fêlée n'est pas une vitre brisée. En tant que propriétaire, cela ne me regarde pas. Vous n'avez qu'à boucher la fente avec du papier gommé.

Qu'est-ce que l'homme à moustaches faisait, un jour comme celui-ci ? Ce n'était pas son genre de prendre place dans la queue devant un cinéma, ni de suivre la foule le long des Champs-Élysées. A quoi tout ce monde-là passe-t-il le dimanche ? Il n'y a guère que ceux qui n'en ont pas l'occasion en semaine qui en profitent pour se coucher. La plupart des bons restaurants sont fermés.

Il aurait dû demander au garçon le nom du couple. A la façon dont le personnel les avait salués à leur départ, on devinait des habitués, ou des gens connus, ce qui expliquait la rougeur de l'homme quand Antoine l'avait regardé avec insistance.

— Il faudra bientôt que tu t'achètes des chaussettes. Celles-ci commencent à ne plus valoir le raccommodage.

Que faisait-il lui-même, le dimanche, avant Julie ? Il lui fallait faire un effort pour s'en souvenir. Il lui semblait qu'à cette époque-là il ne remarquait pas que c'était dimanche. Il existait davantage de music-halls et de cafés chantants, et il lui arrivait de travailler en matinée et en soirée. Entre les séances, s'il n'avait personne à qui parler, il s'asseyait dans un café et lisait un journal.

Ce qu'il voyait le mieux, c'étaient les cafés des petites villes, où il avait passé tant d'heures de sa vie à attendre soit un train, soit le moment de la représentation, soit, simplement, qu'il fût temps d'aller se coucher.

Il lui était arrivé de passer trois ou quatre heures d'affilée sur la même banquette, à regarder les notables de l'endroit faire leur partie de cartes à la table voisine, ou encore, dans une arrière-salle mal éclairée, à jouer seul au billard avec des boules qui rendaient un son de plâtre.

— Sais-tu que je t'aime ? dit-il tout à coup sans la regarder.
— Moi aussi. Pourquoi penses-tu à ça maintenant ? Je ne m'en plains pas, mais j'aimerais savoir comment cela t'est venu à l'idée.
— Je l'ignore. Je pensais à nous.
— Tu crois que tu es heureux ?
— J'en suis sûr.

Il le fallait. Il n'y avait aucune raison pour qu'il ne le soit pas. Ou alors l'univers était peuplé d'êtres malheureux, ce qui lui paraissait inconcevable.

— Je voudrais que tu sois le plus heureux des hommes, comme je suis la plus heureuse des femmes.

Était-ce la réponse à sa question ? Elle venait de mentir — peut-être à elle-même aussi — car, vivant dans la crainte de le perdre, elle ne pouvait pas être aussi heureuse qu'elle le prétendait. Les autres ne faisaient-ils pas comme elle ? Ils prenaient un air dégagé, souriaient, bombaient le torse, paradaient dans leurs beaux vêtements — comme l'homme à la rosette — et, au fond, souffraient probablement les mêmes angoisses que lui.

Jadis, dans un café, à cette heure-ci, il aurait commandé une fine ou un marc qu'il aurait réchauffé machinalement dans le creux de sa main et, d'y penser, il respira comme une bouffée des cafés de province, qui n'ont pas la même odeur que ceux de Paris. Ce n'était pas vrai, comme il l'avait affirmé, que tous ses souvenirs d'avant Julie n'avaient pas d'odeur. Il y avait celle-là. Il y avait aussi la couleur des horloges de cafés, presque toujours encadrées de noir, avec un fond d'émail laiteux sur lequel il suivait le mouvement des aiguilles. Souvent, c'était en face d'une gare, où une autre horloge, du même blanc, marquait une heure différente.

— Je me demande, disait Julie sans interrompre son travail, ce que je serais devenue si je ne t'avais pas rencontré.
— Tu en aurais rencontré un autre.
— Je suis sûre que non.

Lui aussi. Elle serait maintenant seule dans le même appartement, avec la différence qu'elle serait assise dans le fauteuil rouge qu'il occupait et qu'elle ne ravauderait pas des chaussettes d'homme. Quant à lui, il attendrait probablement un train devant la gare qu'il venait d'évoquer.

— Je veux te dire quelque chose, Julie. Tu m'écoutes ?
— Oui.
— Regarde-moi.

Pour qu'elle constate que son visage était grave.

— L'autre jour, tu m'as demandé de ne jamais te quitter. Je l'ai promis, parce que c'est facile. Mais toi, ce que tu dois faire, coûte que coûte, dans tous les cas, c'est m'empêcher de boire.
— Comment veux-tu que je t'en empêche si tu en as envie ?

— Tu sais bien que je n'en ai jamais envie. C'est difficile à t'expliquer. L'important, c'est que je ne commence pas.

— Une fois, j'ai essayé.

Elle n'aurait pas dû lui répondre ainsi, rappeler la nuit du Havre.

— Peu importe. Fais ce que je te demande. Empêche-moi.

— Tu es sûr que tu ne commences pas à en avoir assez de moi ?

— Certain.

— Tu le jures ?

Il n'avait pas le droit d'hésiter.

— Je le jure.

Et, comme elle faisait un mouvement :

— Ne te lève pas. Il vaut mieux que nous en parlions calmement, chacun à sa place. Continue ton travail. Ne me regarde pas.

— C'est toi qui as...

— Tout à l'heure, oui, je t'ai demandé de me regarder. Ce n'est plus nécessaire. Tu as vu que je suis calme. J'ai beaucoup réfléchi ces temps-ci. Pour une raison que je ne découvre pas, mon organisme ne supporte plus l'alcool. Non seulement il ne me rend pas gai, mais je deviens hargneux, méchant. Tu crois que c'est mon vrai caractère ?

— Non.

— Alors il ne faut jamais penser que je te fais du mal exprès. C'est tout. Tu as envie de m'accompagner ce soir à Bobigny ?

— Comment le sais-tu ?

— Je le sais. C'est entendu.

— Tu veux bien ?

— A la condition de ne pas t'asseoir dans les premiers rangs. Cela me gêne de sentir ton regard sur moi. Il me semble alors que les autres connaissent mes trucs aussi bien que toi, que je les ennuie, et je me hâte d'en finir pour les délivrer.

— Je me tiendrai dans le fond de la salle. Je n'osais pas te le demander.

— Tu ne l'aurais pas fait ?

— Peut-être au dernier moment.

Il en avait la preuve. Un bout de dentelle de sa combinaison du matin dépassait de sa robe d'intérieur, et elle ne portait cette combinaison-là qu'avec sa bonne robe ; elle l'aurait retirée depuis longtemps si elle n'avait pas eu l'espoir de sortir.

— Tu ne permets pas que j'aille t'embrasser ?

Il ne pouvait pas dire non, mais cela le gênait. La nuit tombait doucement. Il abaissa son regard sur son livre. Julie, qui avait repris sa place, ouvrit la bouche, ne dit pas les mots qu'elle avait sur les lèvres, murmura un instant plus tard :

— Pardon. Je te laisse lire.

Comme l'horloge des cafés de petites villes, la leur finit par marquer six heures, puis six heures et demie, et Julie ramassa les chaussettes pour dresser le couvert. Le dimanche soir, en dehors de la soupe de la veille qu'elle réchauffait, ils mangeaient froid, presque toujours une salade avec de la charcuterie, puis deux ou trois sortes de fromage.

— Je suis contente que ce soit toi qui y aies pensé.
— A quoi ?
— A m'emmener ce soir. Sais-tu que c'est la première fois depuis longtemps ? Tu te souviens, avant notre mariage, quand je courais à toutes les séances et que maman était si furieuse ? Pauvre maman !

Ils prirent le métro. Il n'avait pas eu l'idée, avec elle, de prendre l'autobus. Ils étaient presque seuls dans le wagon où, à cause du bruit, ils n'essayèrent pas de parler et où ils suivaient d'un regard vague le défilé des stations.

— Tu sais où est la mairie ?
— J'y suis venu au moins dix fois. Nous n'en avons que pour quelques minutes de marche.
— Tu ne me permettrais pas de porter une de tes valises ? Je pourrais prendre la plus petite.
— C'est la plus lourde.

Il y avait du brouillard. Juste à côté de la mairie, il entendit un bruit qui n'avait plus frappé ses oreilles depuis longtemps, celui des billes sur un billard. Des jeunes gens jouaient dans un café où régnait une lumière rosée.

Un autre jeune homme, qui sentait l'eau de Cologne, l'accueillit dans le hall d'entrée.

— Monsieur Antoine ?
— Je me suis permis d'amener ma femme. Vous lui trouverez bien une petite place dans un coin ?
— Arthur, veux-tu t'occuper de Mme Antoine.

D'autres dames, à peu près du même âge que Julie, habillées comme elle, s'étaient aussi parfumées pour l'occasion, et certaines avaient apporté des bonbons. Avant de le quitter, elle lui serra furtivement le bout des doigts.

— A tout à l'heure.

Il existait de vraies coulisses, auxquelles on accédait par un long couloir obscur. Au bout du couloir, il sentit la fraîcheur du dehors.

— Quelqu'un a encore oublié de fermer cette porte. Les pompiers nous empêchent de la verrouiller et...

Le jeune homme la referma. Antoine avait eu le temps de voir qu'elle donnait sur une allée qui, entre la mairie et un mur aveugle, rejoignait la rue principale.

— Je ne sais pas si vous avez besoin d'un compère...
— Non, merci. Peut-être, à certain moment, ferai-je appel à quelqu'un de bonne volonté dans la salle. Il y a beaucoup d'enfants ?
— Beaucoup, non. Environ une trentaine.

Les gens, de l'autre côté, toussaient, remuaient les pieds. Antoine posa ses deux valises sur la table, les ouvrit, les referma et se précipita dans l'allée en laissant la porte ouverte derrière lui. Il s'était promis de s'en tenir à un verre, pas tant pour boire que pour compenser le madère manqué du matin. Il en prit deux, les yeux fixés sur le billard, refit en courant le chemin en sens inverse.

Cela ne pouvait pas se voir. Il maniait ses accessoires avec sa précision habituelle, se changeait, installait les différentes poches autour de lui et préparait enfin le loup de velours noir.

On le fit attendre près de vingt minutes avant de frapper les trois coups et, s'il n'avait pas déjà été en habit, il aurait pu se précipiter au coin de la rue pour avaler un autre verre. Peut-être, tout à l'heure, son numéro fini, les organisateurs lui offriraient-ils à boire ?

Julie n'était pas au fond de la salle, mais au beau milieu, épanouie. On l'avait peut-être placée contre son gré, et elle n'avait pas osé protester. Il ne lui en jeta pas moins, avant de commencer, un froid regard par les trous du masque.

— Mesdames, messieurs...

DEUXIÈME PARTIE

1

Il devait être deux heures du matin, peut-être trois, car c'était toujours par le café de la rue Montmartre qu'il finissait. La marchande de fleurs, en entrant, l'avait tout de suite repéré et lui avait lancé de sa voix rauque :

— Tu paies un grog, l'artiste ?

Il avait adressé un signe de tête au garçon du bar, qui avait compris. Ses conversations avec la vieille se bornaient le plus souvent là. Elle était déjà devant le poêle, à chauffer ses doigts boudinés. Il gelait dur. Noël était proche, et des affiches ou des calicots, à la devanture des restaurants, annonçaient les réveillons.

— A ta santé ! lui cria-t-elle de loin avant de tremper les lèvres dans le liquide brûlant.

Il croyait sentir chez elle une certaine sympathie, et elle lui témoignait un respect qu'il ne lui avait vu accorder à personne. Avec les autres, elle se montrait volontiers agressive et mal embouchée. Parfois les garçons devaient la mettre dehors parce qu'elle devenait ordurière ou bien parce que, en témoignage de mépris, elle relevait ses jupes à pleines mains.

Les valises d'Antoine l'intriguaient à cause de leur format et des angles de métal blanc. Une seule fois elle s'était permis d'être plus personnelle. Lui frôlant l'épaule de la main, elle avait murmuré :

— T'en fais pas, va ! On a tous passé par là. Un jour, t'y penseras même plus.

Il cherchait toujours des yeux l'homme à la moustache, s'attendant chaque fois qu'il venait ici à le trouver à la place où il l'avait vu la première fois, il y avait près d'un an. C'était devenu une obsession. Il était persuadé qu'une nouvelle rencontre lui était due.

Au lieu de cela, cette nuit-là, ce fut le comique qui entra, traînant la patte, et, avant de s'avancer, fit des yeux le tour des consommateurs. Sans doute, s'il n'avait aperçu personne de connaissance, aurait-il battu en retraite, faute d'avoir de quoi se payer à boire, et serait allé entrouvrir la porte d'autres bistrots.

Il ne portait plus son demi-saison de l'hiver précédent. Son pardessus était plus chaud, d'un noir grisâtre ; il n'avait pas été coupé pour lui et lui tombait sur le corps comme un sac. Ses souliers aussi avaient appartenu à quelqu'un d'autre, et les bouts se relevaient.

Reconnut-il Antoine ? Toujours est-il qu'il sourit, de son sourire mécanique, comme sur une scène. Il s'avança et, de même qu'à leur première rencontre, lui frappa l'épaule, y garda une main qui manquait de fermeté.

— Ce que je suis content de te voir, mon petit vieux ! Tu ne t'imaginerais jamais ce qui m'arrive. C'est tellement extraordinaire que c'en devient crevant. Figure-toi qu'à l'heure qu'il est je devrais rouler dans le train de...

Ses yeux étaient devenus plus clairs et plus vides. Ils étaient extraordinaires ainsi, car on avait l'impression d'y voir son intelligence vaciller, s'éteindre presque et se rallumer ensuite comme la flamme d'une bougie usée. A certain moment, son sourire se figea, disparut, il y eut une seconde d'angoisse, puis, pesant davantage sur l'épaule de son compagnon, il prit le parti de rire.

— Je t'ai déjà fait le coup, hein ? Avoue que c'est marrant. D'abord en entrant, je me suis dit : « Je connais cette tête-là. » Après je me suis rappelé que tu es ventriloque. C'est bien ventriloque que tu es ? Comment est-ce déjà, ton nom ?

Il balbutia à regret :

— Antoine.

— Tu vois ! Je ne connais que ça. Les Concerts Pacra. D'ailleurs, si j'avais regardé par terre, j'aurais reconnu tes valises. Où t'ai-je raconté que j'avais un engagement, la dernière fois ?

— A Nevers.

— C'est ça, Nevers ! C'est entre les deux, tu comprends ? Des fois, je dis Romorantin. C'est moins loin. Tout le monde ne peut pas vous payer un billet pour Nevers. Quand le type est plein aux as, je parle de Fréjus, Var. Avoue qu'on est canailles ! Ainsi, je te l'ai déjà fait une fois ?

Il avait regrossi, mais sa chair restait molle, et le creux serait sans doute resté si on y avait enfoncé le doigt.

— Tu me paies quand même un verre, dis, Antoine ?

— Garçon !
— Qu'est-ce que tu étais en train de boire ?
— Du rhum.
— Alors ce sera un rhum aussi. Cela fait combien de temps, maintenant ? Ce n'était pas hier, dis donc.

On n'aurait pu dire s'il était ivre ou non. Il avait dépassé le cap où la différence est sensible. La petite flamme ne s'en allumait pas moins de temps en temps, et il voyait tout, les valises, la peau terne de son ancien camarade, sa gêne d'être surpris à boire à cet endroit.

— Tu viens souvent ? Tu sais, ce que j'en dis... Moi, ça ne me regarde pas.

Ce n'était pas tant parce qu'il avait descendu quelques échelons que parce que son camarade avait changé qu'il ne lui parlait pas de la même façon qu'en janvier. Tout le temps que dura leur entretien, Antoine en eut conscience, et il lui arriva de se regarder furtivement dans le miroir pour découvrir des symptômes de déchéance.

— Ça boulotte quand même ? questionna Dagobert, son verre vidé, avec un nouveau coup d'œil aux valises.

Puis, sans transition :

— T'as toujours une femme ? Je ne me souviens plus si tu m'as dit que tu avais des gosses.

— Non.

— Tant mieux. Moi... Écoute. Je sais ce que tu penses. N'empêche que, si tu as un peu de compassion, tu vas me payer un autre verre.

Il regarda avec approbation Antoine qui adressait un signe au garçon, suivit les gestes de celui-ci, saisit le verre d'une main avide.

— Moi, mon vieux, je n'ai plus ni femme ni enfants.

Il fit claquer ses doigts, fixa le vide.

— Pfuittt !... Disparus !... Comme ça !... Passez muscade !... Plus personne à la maison... Pas même les meubles... Tu ne devinerais jamais ce que la garce m'a laissé, parce que quelqu'un a dû la tuyauter et lui dire qu'on n'a pas le droit, même un huissier, d'enlever ça à un homme : une paillasse, une table et une chaise. Une paillasse ! Pas un lit ! Elle a profité d'un soir que je travaillais au Châtelet, tu comprends ?

C'était évidemment dans la figuration. De temps en temps, Dagobert devait faire la queue à la porte des théâtres où l'on donnait des pièces à grand spectacle et, quand il fallait un gros, qu'il n'était pas trop ivre, il avait une petite chance.

— Bon ! Je rentre chez moi. Je cogne à la porte. Rien ! Je recogne. Je me fâche. Je me mets à crier, et ce sont les voisins qui viennent m'annoncer qu'il n'y a plus personne dans la taule. Tu vois ça ? C'est par les voisins que j'ai appris qu'elle était partie avec les gosses.

Il paraissait sur le point de pleurer, changeait d'idée, au dernier moment, déclarait :

— Bon débarras ! Parce que je vais te dire une chose que je n'ai jamais dite à personne, à cause des enfants, car, après tout, elle est la mère de mes enfants. Remarque qu'on est mariés tout ce qu'il y a de plus régulièrement, devant le maire et devant le curé de son village, en Bretagne, où elle m'a entraîné pour me présenter à sa famille. Tu me suis ?

— Oui.

— Eh bien, mon vieux, cette fille-là, la première fois que j'ai couché avec elle, elle m'a réclamé dix francs ! C'était le tarif, à l'époque ! Dix balles ! Elle était bonniche chez des commerçants du boulevard Beaumarchais et, ses jours de sortie, elle faisait la retape à la porte d'un musette près du Sébastopol. Qu'est-ce que tu penses de ça ? Elle a filé avec les gosses en emportant les meubles et tout le bataclan. Je n'ai fait ni une ni deux. Je suis allé au commissariat. Je leur ai dit qu'elle n'avait pas le droit de me faire ça à moi, le père.

» Sais-tu ce qu'ils m'ont répondu ? Que ce serait plus sain pour moi de me tenir peinard, que je devais être trop content qu'elle n'ait pas porté plainte, ni réclamé que je lui verse une pension alimentaire, et que, si l'envie me prenait d'aller tourner autour d'elle et d'ennuyer les enfants, on se chargerait de m'envoyer en taule pour un bout de temps. Voilà, vieux ! Avoue que tu ne t'attendais pas à celle-là !

— La même chose, garçon ! murmura Antoine, incapable de quitter le comique des yeux.

— Tu as la chance, toi, de ne pas avoir d'enfants. J'ignore où les miens habitent. Je n'ai pas le droit de savoir ce qu'ils deviennent, et leur garce de mère leur raconte de moi ce qu'elle veut. L'autre jour, boulevard Magenta, j'aperçois le gamin, qui est maintenant plus grand que moi. Je me précipite. J'ouvre la bouche. Lui me regarde comme s'il ne m'avait jamais vu, remonte sur son triporteur et se faufile entre les camions sans seulement se retourner. Je n'ai pas pu voir pour quelle maison il travaille. Il y avait un nom peint en jaune sur le triporteur, un nom en *ien*, mais il était déjà trop loin quand j'ai eu l'idée de regarder. Qu'est-ce que tu veux que je fasse, après ça ? Nippé comme je le suis, tu parles si j'ai des chances de réussir le coup de Nevers ou de Romorantin. Au mieux, on me paie un coup de rouge pour se débarrasser de moi. La police me tient à l'œil. Il y a une éternité que je n'ai pas osé venir dans ce quartier. Qu'est-ce que tu penses qu'elle leur a raconté, toi ?

Il se cramponnait au comptoir, comme jadis l'homme à la rosette. Son corps oscillait. Un moment, il semblait ruminer ses pensées, puis il observait Antoine d'un œil soudain brillant.

— On est quand même des cochons, dis ! Je ne parle pas pour toi. Tu dois savoir. Mais, moi, mon vieux, je suis un bougre de salaud. Cela soulage de pouvoir le dire de temps en temps. Tu verras.

Il épiait encore son ancien camarade, avec l'air d'hésiter.

— Tu n'as pas l'impression d'être un salaud, toi ? Bon ! la première fois, je lui ai donné dix francs, c'est entendu. Ou plutôt ce n'est pas tout à fait vrai. Je lui ai refilé une thune en prétendant que je n'avais que ça sur moi. Tu as dû pratiquer le truc. Plus tard, on ne s'est pas moins mis en ménage, et elle m'a fait deux enfants. Quand je rentrais, la soupe était sur la table. Vois-tu, je prétends que rentrer chez soi et trouver de la lumière et la soupe qui fume sur la table, cela compte dans la vie d'un homme.

Sa voix se cassait, une larme tremblait sur sa joue avant de glisser vers le menton.

— Je n'essaie pas de te faire du boniment. D'ailleurs, après ce que je vais te dire, je n'accepterais pas un sou de toi. Un verre, oui, parce que je ne peux pas m'en passer. C'est trop tard, tu comprends ? Au début, quand ça m'arrivait, je prétendais que c'était la dernière fois et j'étais sincère.

Antoine aussi, à cette heure, aurait aimé s'abandonner à des confidences. Il lui était arrivé d'essayer, avec des gens qu'il ne connaissait pas une heure plus tôt, mais en qui il voyait soudain des frères. Chaque fois, les mots lui étaient restés dans la gorge.

— Ta femme, tu la bats, toi ? demandait l'autre, l'iris des yeux tout petit, le regard pointu.

Et, les épaules basses :

— Moi, cela m'arrivait. Le curieux, c'est que je n'ai jamais pu savoir pourquoi. Elle n'est déjà pas tellement forte. Depuis le second bébé, elle souffre du ventre. Une fois que j'étais rentré tard et qu'elle me disputait, je lui ai arraché sa chemise de nuit et me suis mis à frapper avec ma ceinture.

Antoine aurait préféré ne pas entendre, mais était incapable de s'en aller. Il avait besoin de savoir jusqu'au bout.

— Tu n'as jamais frappé ta femme avec une ceinture ?

Dagobert chuchotait. Le reste du monde avait sombré. Il ne restait plus rien de rassurant autour d'eux, plus de ville, de maisons, de trottoirs ; l'univers se réduisait à ce bar sur lequel il y avait des verres et des reflets et, là-bas, autour du poêle, à quelques silhouettes grotesques. Leurs haleines s'entremêlaient. Ils avaient peur l'un de l'autre. Antoine, en tout cas, avait peur. Dagobert devait avoir peur de ce qu'il allait dire. Sa voix avait changé. Il parlait comme en dedans.

— Vois-tu, vieux, son corps était tout blanc, et cela faisait un bruit que tu ne peux pas connaître. J'avais aussi mal qu'elle. Je pleurais et je ne pouvais pas m'arrêter. Je lui criais les mots les plus sales. Tu comprends ? Il faut que tu me comprennes. Dis-moi, toi qui es instruit, pourquoi j'ai fait ça, alors que les enfants, dans leur chambre, pouvaient nous entendre ? Hein ? Pourquoi ? Tais-toi ! Attends ! Tu ne sais pas tout. J'ai recommencé. Et cela me donnait la sensation d'être un homme qui rend la justice.

Presque hagard, il regarda autour de lui, à la recherche d'un verre dans lequel il y eût encore du liquide, n'importe lequel.

— Tu veux bien ?

Antoine acquiesça. Dagobert, tête basse, balbutia :

— Alors, commande, toi.

Il aspira l'alcool d'un trait, s'enroua, toussa, tira un mouchoir souillé de sa poche.

— Je ne veux pas te parler de la façon dont ça finissait. Cela non plus, je ne le comprends pas. Bien entendu, elle ne voulait pas. Je l'obligeais.

Il prit le temps de se remettre.

— C'est pour cette raison-là que la police m'a parlé dur et qu'ils me tiennent à l'œil. Elle a dû leur montrer les traces. Elle avait peur, elle prétendait qu'un jour je finirais par la tuer. Maintenant, c'est fini. Elle est partie avec les enfants. Je ne suis même plus un père, mon vieux ! Je ne sais pas dans quel quartier ils vivent. Remarque, je m'en f... ! Il faut bien qu'on en arrive là un jour ou l'autre. Et, quand on y est, au fond, on est tranquille. Un de ces soirs, tu me verras faire la queue devant la péniche de l'Armée du Salut. Dagobert, pour vous servir ! Un fameux comique dans son temps. Même pas ! Un type qui essayait de faire rire. Tu ne trouves pas ça crevant, toi ?

Antoine avait froid, essayait de regarder autour de lui, de se raccrocher à des objets familiers, mais tout était trouble dans la lumière trop aiguë qui lui blessait les yeux. La vieille marchande de fleurs n'était plus près du poêle. Aurait-il reconnu l'homme à la rosette si celui-ci était entré ?

Il ne se souvint pas d'avoir vu Dagobert le quitter, se retrouva seul devant le comptoir, avec, de l'autre côté, très flous, la chemise blanche et le tablier bleu du garçon. Il renifla, sans se rendre compte qu'il pleurait, dit en hochant la tête :

— Donne-moi la même chose.

— Ça suffira pour aujourd'hui. Il est temps d'aller vous coucher.

N'aurait-il pas été plus humain de lui donner une gifle ? En somme, on venait de le gifler publiquement. On s'imaginait qu'il était ivre et qu'il allait faire du scandale. Il préféra sourire, d'un sourire tellement amer qu'il avait l'impression d'y mettre toute la tristesse du monde.

— Fort bien, mon ami. Comme vous voudrez. Si c'est cela que vous pensez, vous avez raison. Seulement, un jour, je vous en parlerai à tête reposée. Vous savez qui je suis ?

On ne savait pas qui il était, parbleu ! Pourtant, il y avait plus d'un an qu'il venait ici au moins une fois par semaine. Pas au début. Cela avait d'abord été une fois par mois, puis par quinze jours. On ne se demandait pas pourquoi il avait choisi ce café. Pour eux, il était un client comme un autre.

— Avouez que vous ne savez pas qui je suis.

Les deux mains agrippées au comptoir, il abaissa son regard vers le plancher et il ne vit plus qu'une valise. Comme c'était arrivé à Dagobert tout à l'heure, ses yeux changèrent d'expression d'une seconde à l'autre. Au lieu de se fâcher, ou de s'alarmer, il rit, d'un rire sec qu'il trouva de circonstance.

— Ça, c'est crevant. N'ayez pas peur. Je n'ai pas l'intention de vous intenter un procès. Ce n'est pas votre faute. Admettez seulement que c'est crevant. On m'a volé une de mes deux valises !

Il dut raconter l'histoire au chauffeur du taxi dans lequel le garçon l'aida à monter.

— Quelle adresse ?

— Vous connaissez l'église russe de la rue Daru ? Eh bien, c'est là !

Cela lui parut d'une suprême drôlerie, et il rit à nouveau.

— A l'église russe, mon vieux !

Le chauffeur allait-il le prendre pour un pope ? C'était crevant. Tout était crevant. Il faisait un froid crevant qui lui donnait l'onglée. N'avait-il pas monté l'escalier de sa maison à quatre pattes ?

Ce qu'il n'arriva pas à faire, c'est à tourner la clef. Julie, pour l'empêcher de rentrer chez lui, avait-elle changé la serrure ? Peut-être se figurait-elle qu'elle était chez elle et non chez eux ? Elle occupait l'appartement avant lui avec sa mère. A ses yeux, c'était forcément un appartement Travot.

Il salua, envoya un coup de chapeau cérémonieux à tous les Travot morts et vivants. Ce serait encore plus drôle si elle était partie, comme la femme de Dagobert, en emportant les meubles.

Tiens ! La porte s'entrouvrait sans que la clef soit dans la serrure. Il la tenait dans sa main, était sur le point d'éclater de rire, car c'était encore plus crevant que le reste.

— Chut !... Essayez de ne pas faire de bruit...

Les sourcils froncés, il s'efforça de comprendre, regarda le palier pour s'assurer qu'il ne s'était pas trompé d'étage. La petite vieille, boulotte, qui se tenait dans la fente de la porte, lui était inconnue. Elle lui parlait sans aménité et même, remarqua-t-il, sans politesse.

— Si vous êtes son mari, entrez et laissez-la tranquille.

— Qu'est-ce qui se passe ?

— Il se passe que la pauvre femme est malade et que le docteur interdit que vous pénétriez dans sa chambre.

Elle avait dit *sa* chambre.

— Le docteur Bourgeois ?

— Ne parlez pas si fort. Le docteur Bourgeois, oui. C'est lui qui m'a appelée.

— Qu'est-ce qu'elle a ?

— Probablement que vous ne lui causez pas assez de souci. Donnez-moi votre valise, sinon vous allez la heurter à tous les meubles.

Il était trop hébété pour se rendre un compte exact de la situation. La vieille femme ne lui donnait pas le temps de protester. A peine, par la porte de la chambre, qui était entrouverte, aperçut-il le visage et les cheveux de Julie sur l'oreiller. Elle semblait dormir. Il distinguait mal ses traits, car on n'avait laissé qu'une veilleuse allumée. Il régnait une drôle d'odeur, sans doute de médicament.

— Venez par ici. Ne traînez pas vos pieds.

Elle le poussait dans son bureau, où il y avait un canapé sur lequel il lui arrivait de faire la sieste.

— Asseyez-vous. Retirez vos souliers. Je fais mieux, dans l'état où vous êtes, de vous les enlever moi-même.

Plus tard, quand elle dénoua sa cravate, il protesta :

— Ne me brutalisez pas.

Il y eut aussi un moment où il questionna :

— Elle n'est pas morte, n'est-ce pas ? Répondez tout au moins à cette question-là. Jurez-moi qu'elle n'est pas morte.

— Elle n'est pas morte, non.

— Elle ne va pas mourir ?

— Pas cette fois-ci, si vous lui fichez la paix. A présent, dormez, et qu'on ne vous entende plus.

Elle le fit s'étendre, tout habillé, et lui mit une couverture sur le corps, éteignit la lumière, referma la porte derrière elle.

Il pleura dans l'obscurité, dormit, eut des cauchemars. Il pataugea longtemps dans un souterrain interminable qui n'était pas assez haut de plafond et où des bêtes le frôlaient. Derrière lui, il entendait le souffle de Dagobert, mais Dagobert ne disait rien, et il ne pouvait comprendre pourquoi il refusait de lui parler.

Quand il se réveilla, il se dressa, livide, fixa ses mains qui tremblaient. Il entendait des voix dans l'appartement, dont une voix d'homme. On parlait bas, peut-être pour éviter qu'il entende. Alors il ouvrit la porte, poussa celle de la chambre à coucher qui était contre, vit le docteur Bourgeois assis près de la tête du lit, du côté de Julie, un stéthoscope à la main. Le vieux médecin feignit de ne pas remarquer sa présence. Les yeux de Julie s'agrandirent, son visage prit une expression qu'il ne lui connaissait pas, faite à la fois de soulagement et de peur. Puis, presque tout de suite, elle se calma, sourit faiblement, murmura :

— Tu es rentré.

S'adressant aux deux autres, car la vieille était toujours là :

— Vous voyez bien qu'il est rentré !

Pourquoi parlait-elle d'une voix qui semblait venir de loin ?

— Du moment qu'il est ici, je vais aller mieux, docteur. Je n'aurais pas dû vous déranger. J'ai été sotte. Quand je suis seule, je me fais des idées.

La vieille le regardait durement. Il oubliait qu'il était en chaussettes, sans cravate, les cheveux à rebrousse-poil.

— Je te demande pardon, Antoine. Il ne faut pas que tu t'inquiètes. Vers trois heures du matin, je me suis sentie faible. J'ai eu peur de mourir et j'ai téléphoné au docteur Bourgeois. Ce ne sera rien, tu verras. Je suis déjà mieux. Tout à l'heure, je pourrai me lever et te soigner à ton tour. N'est-ce pas, docteur ?

Celui-ci faisait non de la tête.

— Pourquoi ?

— Parce que vous avez besoin d'un repos complet, au lit, pendant au moins trois ou quatre jours. Après, on verra.

— Mais puisque la crise est passée !

Il se leva, lui tapota la joue.

— Tenez-vous tranquille et attendez que je vous permette de vous lever. Mme Arnaud s'occupera de vous et de votre ménage. N'est-ce pas, madame Arnaud ?

— Je le ferai certainement pour la pauvre dame.

Quant à Antoine, le vieux médecin le regarda comme s'il ne l'avait jamais rencontré, lui fit signe de sortir de la chambre, le précéda dans le bureau où les chaussures traînaient par terre.

— Donnez votre poignet.

Antoine n'essaya pas de protester, et le docteur tira sa montre de sa poche, compta les pulsations du bout des lèvres.

— En sortant, je passerai par la pharmacie. On vous enverra des pilules pour votre femme et, pour vous, une poudre que vous diluerez dans un verre d'eau. Je ne vous conseille pas de boire du café. Le mieux est de vous coucher et de rester tranquille toute la journée.

— Ma femme ?

— Laissez-la en paix. La nuit dernière, elle aurait pu y passer. Moins vous la verrez, mieux cela vaudra. Quant aux soins dont elle a besoin, Mme Arnaud est au courant.

Là-dessus, il mit son chapeau sur sa tête et se dirigea vers la porte.

— Elle court encore un danger, docteur ?

— Elle en courra toute sa vie.

— A cause de moi ?

Le docteur sortit de l'appartement sans répondre et poussa le bouton d'appel de l'ascenseur. Quand Antoine tenta d'entrer dans la chambre, il se heurta à Mme Arnaud, qui le repoussa dans l'entrée.

— Un moment. Je vous permets de la voir une minute, à condition que vous vous teniez tranquille et que vous ne lui disiez rien qui puisse l'exciter. Cela la rassurera de vous voir, pas de vous entendre. C'est convenu ?

Il comprit que c'était à prendre ou à laisser, qu'il n'était plus maître chez lui.

— C'est convenu.

Qu'aurait-il pu dire à Julie ? Il s'approcha gauchement du lit, prit la main qu'elle faisait glisser dans sa direction et la garda dans la sienne. Il tenait la tête basse comme un homme qui se repent. Il devait être pitoyable ainsi, car des larmes montèrent aux yeux de sa femme, sa propre gorge se serra, il craignit de se mettre à pleurer et balbutia très vite :

— Je te demande pardon.

Elle, dans un souffle :

— Embrasse-moi.

Il se pencha pour poser les lèvres sur son front et, de se pencher, lui donna le vertige, il dut faire un effort pour se redresser. Julie répandait une odeur écœurante. On avait dû lui donner une drogue pour calmer ses nerfs. C'est pour cela qu'elle était si molle, si lointaine, comme si elle ne le voyait qu'à travers une gaze.

Mme Arnaud lui faisait signe de la suivre.

— C'est inutile que vous la dérangiez en allant dans la salle de bains. Quand elle aura pris sa pilule, elle dormira. Vous n'avez qu'à vous laver dans la cuisine. Et, si vous avez un besoin, il y a des cabinets au fond de la cour.

Elle n'essayait pas de le ménager, choisissait, exprès, des mots blessants.

— Lavez-vous les dents et rincez-vous la bouche. Vous puez l'alcool à plein nez.

Il ne protesta pas. Il avait conscience de mériter ce qui lui arrivait, acceptait cette humiliation comme une juste expiation, et même il aurait voulu qu'elle soit plus sévère.

— Qu'est-ce qu'elle a dit, cette nuit ?

— Si vous croyez qu'elle a eu la possibilité de raconter ses malheurs !

La femme de Dagobert n'avait fait que partir. Julie, elle, avait failli mourir. Il aurait pu, en rentrant, la trouver morte, seule dans l'appartement, et il n'était même pas capable de tourner la clef dans la serrure ; si Mme Arnaud ne lui avait pas ouvert, il se serait probablement assis sur le palier et s'y serait endormi.

— Je n'ai pas ma brosse à dents, remarqua-t-il plaintivement, aussi désarmé qu'un enfant.

— Je vous ai apporté vos affaires. Elles sont sur la planche du bas, dans le placard.

Il y trouva non seulement sa brosse à dents, mais son rasoir, son blaireau, son peigne, du savon et une serviette. Sa robe de chambre était sur le dossier d'une chaise, ses pantoufles au pied de celle-ci. Il ne tenta pas de se raser. Il en était incapable. Il y avait déjà quelque temps qu'après des nuits comme celle-là il était pris de tremblements au point qu'il lui arrivait de cacher ses mains à Julie en les tenant dans ses poches ou derrière son dos. Une fois qu'il avait une représentation à donner, il avait eu le trac toute la journée et, le soir, avait changé son programme par crainte de rater certains tours.

Il était en robe de chambre et se peignait quand on sonna à la porte. Mme Arnaud alla ouvrir, comme si elle était chez elle, et c'est dans sa poche qu'elle prit la monnaie qu'elle donna au garçon livreur de la pharmacie.

— Vous d'abord, que vous soyez hors du chemin.

Elle versa la poudre d'un sachet dans de l'eau qui devint effervescente.

— Buvez d'un trait. Maintenant, allez vous coucher. Qui est votre boucher ? Truffaut ?

Il fit oui de la tête.

— J'espère que vous le payez régulièrement et qu'il se dérangera. Attendez que je sorte le téléphone.

Le fil était assez long, et elle posa l'appareil sur une chaise de l'entrée, ce qui empêchait la porte de communication de fermer complètement.

Il vit sa valise par terre. C'est seulement alors qu'il se souvint que l'autre valise lui avait été volée, et il en ressentit plus d'amertume que du reste.

C'était la première fois de sa vie que cela lui arrivait. Jamais il n'avait rien oublié ni perdu qui eût trait à sa profession. Il se demanda si c'était Dagobert qui l'avait emportée. Après ses confidences, aurait-il risqué de se faire prendre en flagrant délit ?

Quelques mois plus tôt, Antoine aurait trouvé cela monstrueux. Maintenant plus. Pourquoi pas, après tout ? Et, si cela était, il n'en voulait pas à l'ancien comique. Cela faisait partie d'un tout que tant de gens ne font que soupçonner et que, lui, avait découvert et accepté. Il lui aurait été difficile de s'expliquer là-dessus ; et ce n'était d'ailleurs pas nécessaire. Cela ne se communique pas. On apprend pour soi seul et alors on devient comme il était devenu.

Il avait demandé pardon à Julie. Il le lui demanderait encore. Cette fois, il n'aurait pas besoin de beaucoup parler, ne serait-ce qu'à cause de la présence de Mme Arnaud.

C'était pratique. Il s'étendit sur le canapé, glissa le coussin de velours noir sous sa tête, puis, comme le contact en était désagréable, se souleva pour étendre son mouchoir dessus.

Il ne sut jamais ce qu'était la drogue qu'il avait prise, car le docteur Bourgeois ne parlait pas volontiers des médicaments qu'il ordonnait.

Quand il s'éveilla, le bureau était obscur. Par la fenêtre arrivait le reflet de la fenêtre d'en face, où, une fois debout, il aperçut les trois filles laides qui travaillaient chez la modiste.

Il sortit sans bruit de la pièce. Dans la cuisine, Mme Arnaud était occupée à passer une purée.

— Comment va-t-elle ?
— Elle a mangé un peu et elle dort.
— Elle n'a pas demandé après moi ?
— Cela vous fait plaisir qu'elle se tracasse, n'est-ce pas ? Les hommes sont tous les mêmes.
— Que lui avez-vous dit ?
— Que vous ronfliez comme une toupie et que vous empestiez jusque dans l'entrée. Maintenant, si vous voulez boire une tasse de bouillon, il y en a sur le coin du feu. Tout à l'heure, vous aurez une côtelette, mais il faut attendre que j'aie préparé le dîner de votre femme.
— Elle a le droit de manger ?
— Vous préféreriez qu'on la laisse mourir d'inanition ?

Il ne savait pas trop où se mettre, se servit un bol de bouillon qu'il but debout en regardant la fenêtre. Il ne se sentait pas de plain-pied dans la vie. Tout cela ressemblait davantage à un cauchemar qu'à la réalité.

— Quand est-ce que je pourrai lui parler ?

— Parce que vous avez des choses importantes à lui dire ?

Il ignorait si cette femme avait été mariée, si elle avait eu des enfants, si elle était veuve, mais elle était sûre d'elle et de son autorité. Plus encore que la vieille Mme Travot. Sans doute, puisque Bourgeois l'avait envoyée au milieu de la nuit, son métier était-il de veiller les malades ? Elle s'était tout de suite installée comme chez elle.

— Maintenant, allez mettre votre grand corps ailleurs. Il n'y a pas trop de place dans la cuisine.

Il se souvint qu'il avait, le lendemain, à quatre heures de l'après-midi, une représentation dans une école. C'était une séance récréative avant les vacances de Noël. La valise qui manquait contenait la plus grande partie de ses accessoires. Il en possédait un certain nombre en double. Il aurait pu établir un programme décent sans les objets volés. Mais il y avait la valise elle-même, à laquelle il était habitué depuis si longtemps. Il y avait le fait que, par sa faute, il était séparé de choses qui faisaient partie de sa vie.

Si, demain matin, Julie allait mieux, il se rendrait chez le père Sugond. C'était, boulevard Saint-Martin, une boutique devant laquelle la plupart des gens passaient sans se douter qu'ils frôlaient un des endroits les plus étonnants du monde.

La vitrine de gauche, étroite, poussiéreuse, mal éclairée, contenait quelques perruques et quelques barbes, et, généralement, au fond, on exposait un costume de scène pour grand opéra ou pour pièce historique. A droite s'entassaient des objets à première vue hétéroclites, des faux nez, des râteliers aux longues dents jaunes, des verres dans lesquels il était impossible de boire et des poires en caoutchouc pour soulever les assiettes, cent farces-attrapes pour amuser les convives d'une noce ou d'un banquet.

C'était dans cette boutique-là, pourtant, que tous les prestidigitateurs, y compris les plus illustres, y compris des étrangers qui venaient de loin, entraient tôt ou tard pour obtenir leur matériel. Car il ne s'agissait pas seulement de l'acheter, mais de l'obtenir du vieux Sugond, qui, avec sa barbe blanche, ressemblait à un mage.

Antoine n'avait que dix-neuf ans quand, tremblant d'émotion, il s'était glissé dans le magasin, et déjà à cette époque-là le père Sugond lui paraissait un vieillard vénérable.

— Montrez-moi, jeune homme, ce que vous savez faire.

Alors seulement, après qu'on avait fait ses preuves, il consentait à céder les accessoires de tel ou tel tour.

— Pour le moment, contentez-vous donc des cartes et des expériences simples et amusantes. Pour le reste, nous verrons l'an prochain.

On n'allait pas uniquement le voir pour acheter, mais pour lui demander conseil, et, quand on avait mis au point un truc qu'on croyait neuf, on le lui soumettait avant de l'essayer aux feux de la rampe.

Il avait un fils qui lui ressemblait trait pour trait, avec la même barbe que lui, mais encore brune, et qui semblait attendre son tour pour devenir mage.

Antoine oserait-il leur avouer qu'il s'était laissé voler sa valise ? C'était tellement inimaginable ! Le vieux Sugond regarderait tout de suite ses mains et constaterait qu'elles tremblaient, car elles en avaient pour quarante-huit heures au moins à trembler.

Le journal n'était pas dans l'appartement. Il n'avait rien à lire. Il était beaucoup plus impressionné qu'il ne se l'avouait par la porte fermée de la chambre.

Non seulement, chez lui, il était traité comme un être indigne, mais, demain, il aurait à affronter le regard omniscient du père Sugond.

Le bouillon qu'il avait bu lui barbouillait l'estomac. Il avait mal à la tête, et cela ne le soulageait pas de coller son front aux vitres glacées. L'église russe était obscure. La lumière des becs de gaz semblait aussi coupante que la bise. Il n'en devait pas moins y avoir, devant les grands magasins, des gens qui attendaient patiemment leur tour de défiler devant les étalages de Noël.

N'était-ce pas Dagobert, au fond, qui avait la meilleure part ? Antoine se le demandait sincèrement, l'enviait presque, puis, tout de suite après, rougissait de sa pensée.

« Mon Dieu, je vous demande pardon !... »

Il ne s'appesantissait pas. Il s'était refusé d'aller jusqu'au bout de son idée. Dagobert n'avait plus de femme. Était-ce cela qu'il venait de lui envier ? Comme Julie ne partirait jamais, ce qu'il avait presque souhaité, alors qu'elle était déjà malade...

« Faites, mon Dieu, qu'il ne lui arrive rien et que je meure avant elle ! »

Il y avait une raison aussi pour laquelle il s'était hâté d'ajouter son dernier vœu. Un instant, il s'était vu veuf, vêtu de noir des pieds à la tête, revenant du cimetière.

Il ne voulait pas être veuf. Si cela arrivait un jour, il n'y aurait plus rien pour le retenir, et il ne serait pas longtemps question pour lui de se présenter chez le vieux Sugond. Il avait plus besoin de Julie qu'elle n'avait besoin de lui. Elle le savait. C'était peut-être pour cela qu'elle avait si peur de mourir.

Elle ne l'avouait pas. Il n'en était pas moins sûr que, les derniers mois, elle était allée consulter Bourgeois à son insu. Une fois, il avait trouvé des pilules dans le tiroir de la table de nuit.

— Qu'est-ce que c'est ?

— Une vieille ordonnance que j'ai fait refaire. Je me sentais fatiguée.

Il n'y avait pas que la fatigue. Dans ses mauvais moments, il l'accusait de le faire exprès. Peut-être, au cours d'une crise, le lui avait-il dit ? Elle était devenue tellement émotive que, pour un oui ou un non, parfois pour un simple regard, elle était prise de panique. Ce n'était plus seulement moral. C'était devenu physique.

Une nuit qu'il était rentré tard et qu'il s'était endormi sans lui parler, la croyant elle-même endormie, il l'avait trouvée, en s'éveillant,

debout, en chemise, à côté du lit, une main sur la poitrine, le regard si anxieux qu'il s'était demandé si elle ne devenait pas folle.
— Qu'est-ce que tu as ?
Elle faisait non de la tête, et il insistait, parce qu'à ces moments-là il était convaincu qu'il était le plus malheureux des hommes et qu'elle s'efforçait de l'attendrir. Il menaçait, feignant de se diriger vers le téléphone :
— J'appelle Bourgeois...
— Je t'en supplie, Antoine !
Donc, elle était capable de parler !
— Si tu es malade à ce point, il n'y a aucune raison de ne pas faire venir le médecin.
— Chut !... Ne dis plus rien...
— Parce que c'est moi qui te rends malade ?
Les larmes roulaient sur les joues de Julie, et elle n'essayait pas de les cacher, tenant toujours la main sur son cœur.
— Tu as des palpitations ?
— Non... Chut !...
Elle avait fini par respirer un grand coup et, tout de suite après, avait repris quelque couleur.
— Qu'as-tu eu ?
— Rien. Cela doit être nerveux. Recouche-toi. Dors.
— Et toi ?
Pendant des heures, il était resté persuadé que c'était pour le punir et, cette fois encore, il n'était pas loin de soupçonner une conspiration entre elle et Bourgeois. C'était peut-être exprès qu'ils avaient fait venir Mme Arnaud.

Julie malade au point d'avoir besoin d'une garde, il devenait une brute, un être abject qui tuait sa femme à petit feu. Encore heureux si on ne l'accusait pas de la frapper, comme Dagobert !

Cela ne pouvait pas durer éternellement. Il pataugeait dans un tunnel, comme dans son rêve. Ils s'y heurtaient tous les deux, vivaient les nerfs à nu. Au moins une fois par semaine, Antoine tentait de s'expliquer, sûr qu'ils allaient enfin se comprendre. Il ne parvenait qu'à lui faire mal et à se faire mal, et il y avait des moments où il était tenté de se jeter la tête au mur.

N'était-ce pas faute de se sentir sur un terrain stable qu'il se remettait à boire ? Il n'avait plus besoin de déclic. Cela n'arrivait plus une fois au bout d'un mois, ou de trois semaines, mais pour ainsi dire chaque fois qu'il sortait seul.

Certains jours, ils étaient hagards d'épuisement et se regardaient sans plus rien trouver à se dire. Souvent, dans cet état-là, ils tombaient dans les bras l'un de l'autre, et, en se redressant, Julie soupirait :
— On va essayer à nouveau, mon pauvre Antoine !
Elle ne se rendait pas compte que ces mots-là étaient de trop. Pas seulement le « pauvre Antoine ». Mais pourquoi *essayer* ? Parce qu'elle prenait pour acquis que c'était impossible ?

Si elle n'avait pas confiance, elle n'essayait que par pitié. Or ce n'était pas de la pitié qu'il voulait. C'était de la compréhension, de l'amour réel. Qu'elle l'aime, non pas comme elle aurait voulu qu'il soit — comme peut-être un temps, elle s'était imaginé qu'il était — mais tel qu'il était réellement.

Si elle l'avait aimé ainsi, ils n'auraient jamais été malheureux, car elle aurait compris qu'il lui donnait le meilleur qu'un homme puisse donner.

— Je vais vous servir le premier. Comme cela, je serai tranquille pour m'occuper d'elle.

Elle évitait de dire « votre femme », comme s'il ne méritait pas d'être le mari de Julie.

— J'ai dressé votre couvert dans la cuisine. Ce n'est pas la peine de faire du travail inutile. Si cela ne vous plaît pas...

Il la suivit sans protester. Debout près du fourneau, elle le regardait manger avec l'air d'être son gardien.

— Vous lui donnerez d'abord le temps de dîner. Je ne vous veux pas dans la chambre pendant ce temps-là. A mon grand regret, je ne peux pas vous empêcher, ensuite, d'aller lui dire bonsoir.

Elle ne dînait pas avec lui, n'entendant pas qu'il y eût quoi que ce soit de commun entre eux.

— Je vous sortirai un drap de lit, et vous pourrez vous mettre en pyjama. Vous ne prenez plus de pommes de terre ? Elles ne sont pas à votre goût ?

La salle à manger, pendant que Mme Arnaud servait Julie dans son lit, lui donna l'impression d'une antichambre, aussi impersonnelle que l'antichambre d'un hôpital. Il entendait les deux femmes converser à mi-voix, et une fois au moins la vieille éclata de rire, tandis que Julie parlait sur un ton calme et reposé.

A la fin, Mme Arnaud dit plus fort :

— Vous allez le voir, mais je ne vous le laisserai pas longtemps. Lui aussi, le mieux qu'il puisse faire, c'est de dormir.

Elle avait coiffé Julie et lui avait passé le visage à l'eau de Cologne. Elle était presque rose, assise dans son lit, vêtue d'une des chemises de nuit qu'elle avait toujours gardées pour les grandes occasions. Il sembla à Antoine qu'elle rougissait en le voyant entrer, comme si elle se sentait coupable. Très vite, elle demanda, plaçant ainsi l'entretien sur un terrain rassurant :

— Tu as bien dîné ?

— Très bien.

— Mme Arnaud est meilleure cuisinière que moi. Elle me gâte tellement que j'en ai honte.

La vieille, pour ne pas les laisser seuls, restait debout près de la porte.

— Il paraît que tu vas dormir sur le canapé ?

— J'y suis fort bien.

— On va te mettre des draps, de façon que tu puisses te déshabiller. Tu te reposeras mieux.

Elles en avaient donc parlé ensemble. Dans quels termes parlaient-elles de lui, entre femmes ?

— Je ne sais pas ce que le docteur me donne, mais je ne fais que dormir. Tu dors aussi, au moins ?

— J'ai dormi la plus grande partie de la journée. Il paraît que j'ai ronflé.

Elle sourit en regardant Mme Arnaud.

— Tout va bien ?

— Mais oui.

— Tu ne m'embrasses pas ?

Cette fois, elle lui tendit les lèvres, et il retrouva l'odeur qui l'avait frappé le matin. Elle lui serrait les doigts comme si elle voulait cacher ce geste à la vieille femme.

— Tu ne m'en veux vraiment pas ?

Cela lui parut long et, quand il retrouva enfin son bureau, dont, à cause du cordon du téléphone, il n'avait pas le droit de fermer la porte, ses poings se crispèrent de rage. A force d'être tendu, tout son corps lui faisait mal, et il avait envie de hurler, les yeux au plafond, comme un chien hurle à la lune.

2

Quand il descendit de l'autobus à la porte Saint-Martin, son humeur était aussi grise que le ciel bas, aux nuages gonflés d'eau froide. Il avait froid en dedans. Les gens, autour de lui, se rendaient à leur travail, maussades d'avoir été arrachés à la chaleur de leur lit, et certains, qui marchaient, le nez rouge, le col relevé, les mains dans les poches, avaient des yeux de somnambule. Les couleurs étaient dures et laides. Devant le Théâtre de la Renaissance, il croisa une femme qui portait un manteau du même vert bouteille que celui dans lequel Alice était morte.

Il se faisait un monde de sa rencontre avec le père Sugond. Avant d'entrer dans la boutique, il n'était pas loin de se prendre pour un renégat, ou pour un déserteur qu'on ramène, tête basse, à son régiment. Il gardait une haute idée de sa profession, de son art, que des hommes éminents apprécient, comme Louis Lumière, savant connu dans le monde entier, qui n'a pas dédaigné d'écrire une préface pour un traité d'illusionnisme. Il y en avait d'autres. Vers la fin de l'après-midi, dans l'arrière-boutique du boulevard Saint-Martin, des fidèles se réunissaient, comme autrefois les lettrés dans les librairies, et un des plus assidus était un professeur à la Sorbonne.

Au moment de tourner le bec-de-cane de la porte, sa honte était telle qu'il fut sur le point de faire demi-tour. Puis, tout de suite, après deux pas en avant, il eut la surprise de voir une jeune femme derrière le comptoir. Jamais une femme, jeune ou vieille, n'avait travaillé chez Sugond. Celle-ci avait du rouge aux lèvres, comme dans n'importe quel magasin, un corsage qui moulait ses formes. Comme dans n'importe quel magasin aussi, elle demandait avec une indifférence polie :

— Vous désirez ?
— M. Sugond est là ?
— M. Hector ?
— C'est plutôt son père que je voudrais.

Tout en parlant, il apercevait celui-ci dans l'arrière-boutique, penché sur le pupitre qui datait de la fondation de la maison trois générations plus tôt.

— Il me connaît, ajouta-t-il en se dirigeant vers le fond.

Le vieillard le reconnut-il ? Si oui, cela ne se marqua pas dans son accueil. Il portait un châle de femme de ménage sur sa blouse grise. Ses épaules s'étaient creusées. Les yeux luisants, bordés de rouge, il toussait sans cesse et crachait dans son mouchoir, qu'il examinait ensuite avec attention comme si ses crachats étaient devenus la chose la plus importante du monde.

— Vous vous souvenez de moi ?

Le vieux fit oui de la tête, indifférent, inattentif.

— On m'a volé la mallette qui contenait mes accessoires, et j'ai besoin d'un certain nombre d'objets.

— Mon fils va s'occuper de vous. Il est allé à la poste. Il revient tout de suite.

Le fils aussi avait changé, et, après l'avoir vu, Antoine comprit mieux la jeune personne derrière le comptoir. Il ne portait plus, comme son père, la longue blouse grise qui avait toujours été dans la maison une sorte d'uniforme, mais un complet presque coquet, sans poches aux genoux. Il s'efforçait de se rajeunir, marchait, parlait autrement, et sa barbe était plus courte, peut-être un prochain jour la raserait-il complètement ?

Cette atmosphère de la boutique qui avait été pour lui un lieu saint le déprima plus encore que le reste. C'était comme si le grand prêtre avait perdu la foi. On mettait de côté, sur le comptoir, les articles qu'il choisissait, et c'était la vendeuse qui questionnait, le crayon à la main :

— A quelle adresse dois-je envoyer le tout ?
— Je l'emporte. J'en ai besoin pour une représentation cet après-midi.

Ils n'avaient plus en magasin le même modèle de mallette. Celle-ci était plus légère, peut-être plus pratique, mais sans le caractère de l'ancienne. Lui qui, un instant, dans le flou de son semi-sommeil, avait naïvement pensé que le père Sugond possédait peut-être les réponses à ses questions ! Tout ce qu'il avait fait était de tousser, de cracher, d'examiner ses crachats et de rectifier certains prix cités par son fils.

Antoine avait prévu qu'il passerait une grande partie de la matinée dans le magasin. En moins d'une heure, tout était fini, et il se retrouva sur le boulevard, où on ramassait encore les ordures ménagères. Il faillit s'attarder, son paquet à la main, jeta un coup d'œil hésitant vers la place de la République où débouche le boulevard du Temple, qu'il n'avait pas revu depuis un certain temps. La lumière était presque la même que le matin où Alice avait été renversée par l'autobus Madeleine-Bastille, avec la différence qu'aujourd'hui il ne pleuvait pas. Il n'avait jamais pensé à s'assurer si la charcuterie existait toujours en face de son ancien logement.

Il ne but rien, n'entra dans aucun des petits bars aux vitres embuées. Il n'avait pas envie de boire. Écœuré, il prit le métro jusqu'à la place des Ternes.

Quand il entra, il entendit les deux femmes qui bavardaient d'une voix normale. Dès qu'elles surent qu'il était là, le silence s'établit. Il était persuadé qu'en son absence elles étaient gaies. Entre femmes, elles ne remuaient pas de problèmes. Il se demandait de quoi elles pouvaient parler. Peut-être de lui ?

Lorsqu'il paraissait, elles prenaient l'une et l'autre un air guindé. On aurait juré que Julie craignait d'avoir l'air trop bien portante. Mme Arnaud lui lançait des regards complices et lui adressait des signes, il s'en apercevait aux expressions du visage de sa femme.

— Tu as trouvé ce que tu cherchais ?

Il avait failli ne pas lui parler de la valise volée. Il aurait pu attendre qu'elle soit debout et qu'elle découvre qu'il ne l'avait plus. Il lui avait avoué la vérité avec l'arrière-pensée de se punir, lui fournissant ainsi une occasion de triompher de lui et de lui faire de la morale. Elle s'était contentée de demander :

— Tu ne préviens pas la police ?

Il voulait profiter de ce qu'il était rentré de bonne heure pour mettre ses nouveaux accessoires en place. Il endossa sa veste de velours.

— Tu ne m'embrasses pas ?
— J'allais le faire.
— Le docteur est venu.
— Qu'est-ce qu'il a dit ?
— Que, si tout continue à aller bien, il me permettra de me lever dans deux jours. Il a demandé de tes nouvelles.

Il faisait sombre et il dut allumer. Les objets qu'il tirait du paquet, encore que du même format, de la même matière que les anciens, restaient étrangers à ses doigts. En les palpant, il les trouvait sans vie, s'en inquiétait ; il se demandait s'il allait pouvoir s'en servir avec son adresse coutumière.

Il répéta un certain nombre de tours. Un des plus faciles lui donna du mal. Pour s'assouplir les mains, il jongla à trois boules, et

Mme Arnaud, qui le surprit en passant, eut l'air de penser qu'il s'amusait à des jeux d'enfant.

Il aurait préféré ne pas voir le vieux Sugond comme il venait de le voir. Si cela sombrait aussi, que resterait-il ? Il s'obstinait comme un débutant, recommençait ses tours un nombre considérable de fois, après quoi il commença à ranger les nouveaux accessoires dans la valise où ils ne se plaçaient pas tout à fait comme dans l'autre. Il dut aller coudre deux poches de drap noir, dans la salle à manger, sur la machine de Julie. Il cousait fort bien, ce qui parut choquer Mme Arnaud.

Julie lui avait confirmé que c'était le métier de celle-ci de garder les malades et de faire la toilette des morts. A en juger par son aspect et par son humeur, elle n'avait aucun souci personnel, et il soupçonna que c'était parce qu'elle vivait des drames des autres. N'avait-elle pas choisi d'aller de drame en drame, de douleur en douleur ? Elle entrait dans la peine des gens avec une tranquille assurance, avec même une certaine allégresse, se repaissait de leurs maladies, de leurs larmes, de leurs difficultés.

— Tenez-vous prêt à manger dans dix minutes.

Elle réglait tout, ce que chacun devait faire à chaque moment, soufflait ce qu'il fallait dire ou ne pas dire, restait là, sans souci de discrétion, à s'assurer qu'on suivait ses directives.

Avait-elle jamais douté d'elle ? Lui arrivait-il de se demander où elle était et ce qu'elle était en train de faire ? Avait-elle parfois l'impression que le temps s'arrêtait, que rien n'existait plus que des fantômes dans un monde refroidi ?

Antoine, lui, parfois, tendait la main pour toucher une table, un mur, afin de s'assurer de leur consistance, mais cela ne le rassurait pas sur lui-même. Si le monde existait réellement, encore restait-il à savoir ce qu'il y faisait et ce que faisaient les gens qui, autour de lui, mettaient un tel sérieux, une telle passion à s'agiter.

Cela ne datait pas de Julie. Quand il était enfant, il lui arrivait d'avoir cette sensation angoissante, surtout le samedi soir, il ignorait pourquoi. La ville, ce jour-là, avait une autre couleur. Le moment qui suit le coucher du soleil, en particulier les jours où le ciel tourne au vert pâle avant les brumes du crépuscule, lui rendait l'infini tellement réel qu'il courait se mêler à la foule ou bien allait se blottir à la porte d'un cinéma où une sonnerie grelottait en permanence.

Il n'en avait jamais parlé à sa mère, ni à personne. Personne non plus ne lui avait jamais parlé de ces choses-là. Avec Julie, il avait pu croire que ses frayeurs avaient disparu.

L'été dernier, ils étaient à Étretat ensemble, au cours d'une tournée de deux mois dans les petites plages du Nord, de Normandie et de Bretagne. Sur la plage de galets, où ils se promenaient côte à côte, ils avaient vu les gens se lever tous à la fois, comme s'il y avait un accident, et regarder du même côté. A ce moment-là, il restait juste la moitié d'un soleil rouge au-dessus de la mer verte.

— On ne le verra pas aujourd'hui.
— Ce n'est pas sûr. Jusqu'ici, il n'y a pas le moindre nuage.

Il commençait à faire frais, et des femmes jetaient une écharpe ou une veste de flanelle sur leurs épaules. On suivait la chute lente du soleil dans les flots, et tout le monde attendait le rayon vert qu'on avait, paraît-il, aperçu distinctement la semaine précédente.

Quelques minutes plus tôt, l'air était encore chaud. Les galets de la plage restaient tièdes. Maintenant, une haleine froide émanait de la mer lisse, apportée, eût-on dit, par ses lentes ondulations qui mouraient en une mince frange sur le rivage, et ce froid-là, qui n'était pas un froid ordinaire, s'insinuait dans les membres. On n'avait évidemment pas peur que le soleil ne revienne pas. Antoine n'avait pas été le seul à frissonner. Il avait guetté, comme les autres, la seconde à laquelle il ne resterait rien de la boule de feu.

On ne vit pas le rayon vert. Seulement, quand le spectacle s'acheva et que la lumière, au ciel, ne fut qu'un reflet sans vie, le silence s'établit ; les gens, l'air gêné, s'éloignèrent en direction du casino, où on entendait de la musique ; d'autres furent un certain temps à retrouver leur voix naturelle et leur rire.

Julie, elle, avait furtivement serré le bout des doigts d'Antoine et poussé un soupir.

Peut-être, sur le coup, auraient-ils pu en parler. Mais pour dire quoi ? C'était pourtant tout simple. Dagobert, lui, avait essayé d'exprimer ce qu'il sentait et n'y était pas arrivé. C'était beaucoup plus compliqué, plus sale aussi. Antoine devinait dans son histoire des dessous très sales, honteux. Cela le gênait d'y penser, et pourtant il était hanté par l'image d'une femme toute blanche, mal portante, pas belle, qui souffrait du ventre et sur laquelle l'homme frappait avec une ceinture de cuir. Malgré sa honte, il en éprouvait une angoisse presque sexuelle, une chaleur qui le faisait rougir.

Il n'avait jamais battu Julie, sauf une fois, deux fois exactement, avec la main, parce qu'il était exaspéré et avait perdu tout contrôle.

L'ancien comique n'aurait pas dû lui faire de confidences. Antoine en était troublé. C'était encore vague. Il n'avait aucun désir que cela se précise, et cela lui revenait à son insu.

Quand il rentrait et parlait à Julie d'une certaine façon... Ne savait-il pas, au fond, que, si elle se taisait et le regardait avec des yeux suppliants, c'était parce qu'elle était incapable de répondre ? Combien de fois ne lui avait-elle pas avoué, après, que c'était la peur qui la figeait ? Il ne s'en acharnait pas moins. Il était ivre, soit, mais justement parce qu'il était ivre, il jouissait d'une lucidité spéciale.

Il s'acharnait, en définitive, jusqu'à ce qu'elle s'écroule en sanglotant, la bouche tordue, à demander grâce. C'était le moment ultime. Aussitôt après, il pouvait se détendre, comme si tout ce qui précédait n'avait existé que pour amener ce paroxysme-là.

Alors il se sentait plein d'un chaud amour et de pitié.

— Je vous ai dit dix minutes. Vous n'entendez pas que je vous appelle ?

Ce que personne ne soupçonnait, c'est que les nuits où il rôdait et finissait toujours par le café de la rue Montmartre, il était en quête de quelqu'un. C'était devenu une idée fixe, après trois ou quatre verres. Il se persuadait que, s'il retrouvait l'homme à la moustache, il aurait accompli un grand pas.

Celui-là devait connaître la réponse à la plupart des questions. Antoine était sûr que ce n'était pas par hasard qu'il l'avait vu boire. Maintenant, surtout, il avait trop l'habitude des hommes qu'on rencontre dans ces bars-là à certaines heures de la nuit pour s'y tromper. Mais peut-être, à présent, l'homme allait-il boire dans un autre quartier, ou était-il parti pour la Côte d'Azur ? C'étaient des gens à passer une partie de l'hiver dans le Midi. Là aussi, à l'ombre des casinos et des boîtes de nuit, il existe des cafés pour les gens comme eux. N'en existe-t-il pas partout ? Les hommes, partout, ne sont-ils pas les mêmes ?

Il en avait vu, tremblant d'angoisse, à la recherche d'une prise d'héroïne qu'il leur fallait trouver coûte que coûte et pour laquelle ils auraient tué. Il en venait un, parfois, rue Montmartre, qui, lui, s'enfermait dans les lavabos pour se faire, à travers son pantalon, une injection de morphine, et parfois on retrouvait l'ampoule quand il était parti. Il n'avait pas trente ans. Il était bien habillé.

Ce qui le tracassait chez l'homme à la rosette, c'est que, le lendemain soir, lorsqu'il l'avait revu au restaurant, il semblait avoir fait la paix avec lui-même. Antoine, lui, ne faisait jamais tout à fait la paix avec lui-même. Il parvenait, surtout avant, à un semblant de paix, se donnait l'illusion de la paix, jouait, en définitive, à la vie de tous les jours en se persuadant qu'il y prenait plaisir.

Si cela était vrai, que restait-il ? Si son bureau n'était qu'une sorte de jouet pour grande personne, son métier qu'un moyen de gagner de quoi payer le boucher et le crémier, si son amour pour Julie n'était que l'effet de sa peur de la solitude, alors...

« Alors quoi ? Alors rien. »

Il mangeait parce qu'on lui avait dit de manger, dans la cuisine, où Mme Arnaud s'obstinait à le servir, et si, de la part de la vieille femme, c'était un jeu aussi, elle le jouait avec une féroce allégresse.

— Je suppose que vous avez l'intention de rentrer tout de suite après votre séance ?

Elle avait pris soin de fermer la porte et de parler à mi-voix. Comme il la regardait, surpris, elle poursuivait avec assurance :

— Ce n'est pas pour vous que je m'inquiète, j'espère que vous en êtes persuadé. J'ai pris la responsabilité de cette pauvre femme, qui n'est pas plus raisonnable qu'il faut, et tout ce que je peux vous dire, mon petit monsieur, c'est que, si vous tardez à rentrer, je vous ferai ramener par la police. Les gens comme vous, elle n'est pas en peine pour les trouver.

Il ne répondit rien. Elle était contente d'elle, contente de le voir pâlir d'humiliation, une bouchée qui ne passait pas dans la gorge, et il se rassura en se disant que c'était sa façon à elle de faire ce qu'il faisait avec Julie. Du coup, il faillit sourire.
— Compris ?
— Compris.
— Inutile de lui en parler avant de partir et de répéter des promesses auxquelles elle ne croit plus. Vous n'arriveriez qu'à l'inquiéter davantage.

Julie se contenta de lui demander, les yeux cernés, la voix feutrée :
— C'est à quatre heures ?
— Quatre heures précises. Dans les écoles, ils sont à l'heure. Je dois y être à trois heures et demie au plus tard.

Elles allaient pouvoir bavarder tout le temps qu'il resterait absent et, quand il rentrerait, elles se tairaient en prenant un air morne ou languide.

Un jour, il finirait par trouver la réponse. Il n'était pas imaginable que, depuis que le monde est monde et que les hommes naissent et meurent, personne ne l'eût trouvée. Il y en avait des milliers, des millions qui vivaient comme s'ils savaient, et ils ne pouvaient pas tous feindre, il existe des moments où les plus forts sont incapables de feindre.

A deux heures trois quarts, il endossa son pardessus, mit son écharpe que sa femme lui criait de ne pas oublier. Voilà. Tout était bien. Il l'embrassait gentiment, disait au revoir à Mme Arnaud comme s'il lui eût été vraiment reconnaissant de ce qu'elle faisait pour lui. Il avait à la main ses deux valises, dont la nouvelle à laquelle il finirait bien par s'habituer.

La concierge sortit de la loge à son passage.
— Comment va votre femme, monsieur Antoine ?
— Beaucoup mieux. Beaucoup mieux.
— Je ne me lasse pas de le répéter que, du moment que c'est Mme Arnaud qui la soigne, je suis sans inquiétude. Une si bonne personne ! Et qui connaît son affaire.

Mais oui ! Tout allait très bien. Tout allait pour le mieux. Il faisait comme les autres. Voulait-on qu'il rigole ? Peut-être pas maintenant, alors que la pauvre chère Julie était encore clouée sur son lit.

Clouée ! Le mot n'était pas si faux que ça. Cela lui avait en tout cas évité une explication. Pour la première fois, il n'y avait pas eu de scène, pas de larmes. Le docteur Bourgeois et Mme Arnaud avaient remplacé tout ça. Il pouvait aller et venir dans l'appartement, et rien ne l'obligeait à parler à la vieille femme. Il comprenait ce que Dagobert voulait dire. Il ne souhaitait pas que certain événement se produise. Il ne le souhaiterait jamais. Pour le moment, Mme Arnaud tenait le rôle de sa belle-mère et, encore qu'il eût tant pesté contre celle-ci, elle avait eu son utilité.

Certaines bêtes ont besoin de se tapir dans leur coin, dans leur trou, rien qu'avec leur chaleur et leur odeur. Il avait été comme elles toute la matinée. Ce soir encore, pendant que Mme Arnaud s'assiérait au chevet de Julie, il se promettait de s'enfermer dans son bureau, d'y faire n'importe quoi, tout seul, comme quand il attendait un train devant une gare et que parfois il tuait le temps en échafaudant des pyramides d'allumettes.

Il se rendait à Auteuil, dans une école privée de garçons. Des Pères tenaient l'établissement, mais il fut d'abord accueilli par un homme d'un ordre inférieur, en veston, un plastron noir sur sa chemise, qui marchait comme une chaisière et le conduisit dans une salle peinte en vert olive, avec des inscriptions en latin.

— Le Révérend Père Josuat ne tardera pas. De toute façon, quand vous entendrez la cloche dans la cour, c'est que les élèves se mettront en rang pour venir ici.

Mais oui, mon bon ! Ce n'était pas la première fois qu'il donnait une représentation dans une école. Il savait se tenir. Il ne risquerait aucune plaisanterie grossière. Cela ne lui arrivait d'ailleurs jamais, même devant les publics les plus populaires.

L'odeur d'école lui rappelait de vieux souvenirs. Ce n'étaient pas nécessairement, comme on le prétend, des souvenirs agréables. Quand il fréquentait l'école, il attendait d'être grand. Puis, une fois grand, il s'était dit avec confiance qu'un jour il serait un homme mûr, confiant en soi-même, capable de donner des avis aux autres.

Il s'était toujours figuré que le père Sugond était comme ça, et maintenant, grelottant sous son châle, le bonhomme ne s'inquiétait plus que de ses crachats et des prix dans lesquels son fils, qui avait l'âge d'Antoine, risquait de s'embrouiller.

Cela valait-il la peine ?

Un père en soutane surgissait au fond de la salle et la traversait, tout seul, comme on voit les curés, les mains dans les poches, traverser leur église.

Est-ce que les curés, eux, connaissent les réponses ? S'ils les connaissaient, y aurait-il des vieilles femmes comme sa belle-mère ou comme Mme Arnaud qui, elle aussi, devait être une assidue de l'église et du confessionnal ? S'ils savaient, n'empêcheraient-ils pas Julie d'être malheureuse et de le rendre malheureux ?

— Vous avez tout ce qu'il vous faut ?

Celui-ci, qui devait avoir une quarantaine d'années, tendait la main vers les anneaux magiques qu'il examinait en les approchant de ses gros verres sans monture.

— Je suppose que vous ne m'expliqueriez pas le truc ?

C'était comme ça ! Il était anxieux, timide.

— Avec plaisir, Révérend Père.

L'autre, tout heureux d'avoir percé à jour le mystère des anneaux, en voulait maintenant davantage.

— J'ai assisté plusieurs fois à un tour de cartes auquel je n'ai rien compris. Je suis pourtant professeur de mathématiques et de sciences.

C'est le tour où l'on fait tirer n'importe quelle carte et où, confiant ensuite le paquet à une personne de l'assistance, on laisse remettre la carte par celui qui l'a tirée, sans regarder...

— Si vous le désirez, je vous le ferai tout à l'heure.

La cloche venait de sonner. Une rumeur remplissait la cour. Il n'avait plus le temps d'expliquer le coup au professeur.

— Après le spectacle, si vous voulez...

— Je vous en suis d'avance reconnaissant.

Les garçons, eux, qui remplissaient les uns après les autres les rangs de sièges, ne paraissaient pas avoir autant de respect pour le prestidigitateur. Ils étaient âgés de dix à seize ans ; les aînés portaient des pantalons longs, certains avaient des poils follets au menton.

Antoine se trompait peut-être, ou cela tenait à sa nervosité, à toutes les pensées qui l'avaient assailli depuis deux jours : dès qu'il les vit, assis devant lui à perte de vue, il eut l'impression que le contact se faisait mal et que l'indispensable courant de sympathie serait impossible à établir.

Les gamins chuchotaient entre eux. Il y eut des éclats de rire qu'il prit pour lui, crut entendre quelqu'un, dans les premiers rangs, qui parlait de croque-mort, vraisemblablement à cause de son habit noir.

Il avait les traits tirés, un mauvais goût dans la bouche. Devant lui, c'étaient des enfants, sans doute, mais, en les regardant avant que le silence se rétablisse, il croyait lire sur leurs visages toutes les préoccupations et toutes les ruses des grandes personnes.

Chaque année, un certain nombre de rangs se vidaient, une fournée était lâchée dans la vie, remplacée par des plus petits qui deviendraient des hommes à leur tour et qui étaient persuadés que, quand ils seraient grands, la vie commencerait.

On ne frappa pas trois coups. Le père qui lui avait parlé agita une sonnette, et tout le monde se leva pour murmurer une prière qu'Antoine ne connaissait pas et dont il ne comprit pas un mot. Il se signa avec les autres. Le Père Josuat lui fit comprendre, d'un mouvement de la main, qu'il pouvait commencer. Et, tout de suite, il commit la gaffe, dont il n'eut conscience que quand la salle fut soulevée par un éclat de rire.

— Mesdames, messieurs..., avait-il dit.

Bien sûr qu'il n'y avait pas de femmes dans l'assistance. C'était un monde sans femmes. La seule idée qu'il pourrait s'en trouver entre ces murs suffisait à provoquer une hilarité grinçante.

— Révérends Pères, messieurs..., corrigea-t-il.

C'était trop tard. Il savait que, désormais, les rires fuseraient sans raison, aux moments les moins opportuns. Il voyait les garçons se regarder, se pousser du coude, chuchoter en se cachant la bouche de leur main. Même le « messieurs » qu'il employait toujours dans les écoles, à moins qu'il s'agisse de tout petits, suffisait à les faire frétiller.

— Je vais essayer de vous présenter quelques tours d'illusionnisme et de prestidigitation qui ont intéressé des hommes dont vous n'avez pas été sans entendre parler, des savants comme Louis Lumière, comme...

Il ne trouva pas le nom de suite et, voyant de la férocité dans les centaines d'yeux fixés sur lui, préféra enchaîner.

— Je commencerai par...

A cause du Père Josuat, il saisit les anneaux qui n'auraient dû venir qu'en second, alors qu'il avait pour principe de ne jamais changer l'ordre de ses premiers tours. Il les fit cliqueter, entrer les uns dans les autres, trois, quatre, puis six, puis par deux, puis tous suspendus à un seul comme les clefs d'un trousseau.

— Vous voyez que ce n'est pas difficile...

Il descendit les marches de l'estrade, tendit un anneau à un élève, l'inséra dans un autre d'un geste vif, et les rires, cette fois, s'adressèrent au gamin qui regardait sa propre main d'un air incrédule.

— Vous voyez, mon petit ami, que vous êtes aussi habile que moi.

Sa voix sonnait trop clair, allait rebondir sur le mur du fond pour lui revenir en écho. Son instinct le poussait à enchaîner très vite, à extraire, les anneaux encore dans une main, un mouchoir de soie rouge de la poche d'un élève qui n'avait jamais possédé de mouchoir de soie.

— Je vous remercie. Votre camarade va nous en fournir un autre... Comme ceci... Merci... C'est bien un jaune que je voulais... Maintenant, un bleu, que ce jeune homme cache sous le revers de son veston... Nous les nouons solidement... Nous les agitons en l'air et...

Les trois mouchoirs disparurent, tandis que le garçon long et maigre dont il avait frôlé le revers le regardait du même œil que Mme Arnaud, comme s'il savait d'avance ce qui allait se passer, ce que le prestidigitateur avait dans ses poches, sous les basques de son habit et même dans la tête.

— Toujours très simple, n'est-ce pas ?

Il remontait sur l'estrade, saisissait une boîte sans fond à travers laquelle il passait le bras, et on voyait les trois mouchoirs, toujours noués, reparaître au bout de ses doigts.

Il y eut quelques applaudissements, surtout dans les rangs des plus jeunes.

— Je suppose que, tous, tant que vous êtes, connaissez la valeur des cartes...

D'un coup d'œil au Père Josuat, il lui annonçait que c'était le tour qu'il attendait. Il commençait par des manipulations simples pour s'échauffer les mains, comme pour donner vie aux cartes qui ne lui avaient jamais paru si froides et si indociles. Le vieux Sugond, jadis, proclamait volontiers qu'il avait les meilleures mains de France.

— As de cœur ? Je regrette, messieurs. Vous avez mal vu. C'était un neuf. Le neuf de cœur. Vous croyez que c'est vraiment le neuf de cœur ? Je vous demande pardon. C'est un six. L'as de cœur est dans ma manche ? C'est ce que vous venez de dire à votre camarade, jeune homme ? Pas du tout. Le voici. Et, en soufflant légèrement, je le transforme en trois de cœur.

Il avait froid aux mains, le front perlé de sueur. Il lui semblait que jamais auditoire n'avait été aussi lourd à porter.

— Voici maintenant un tour qui a eu l'honneur de piquer la curiosité d'un homme qui connaît les chiffres...

Il battait les cartes, redescendait de l'estrade, avec un coup d'œil complice au professeur de mathématiques, faisait tirer une carte, confiait le paquet à l'élève dont il n'aimait pas le regard, sans savoir pourquoi, peut-être par défi.

Comme la plupart de ses confrères, il était superstitieux en tout ce qui concernait son métier. Il tourna le dos, ferma les yeux.

— Remettez la carte dans le paquet, où vous voudrez. Battez. Ne craignez pas de battre. C'est fait ? Vous pouvez vous rendre compte que je ne possède pas de rétroviseur et que, d'ailleurs, cela ne me servirait à rien.

Il remonta, retroussa ses manches, releva ses manchettes. Puis, au moment où il faisait passer les cartes d'une main dans une autre en les incurvant légèrement d'une façon que même les amateurs connaissent et pratiquent, le paquet tout entier lui échappait, les cartes étaient projetées comme en feu d'artifice sur l'estrade et parmi les premiers rangs d'élèves.

Ce fut un tonnerre. Tout le monde, dans le fond, se leva pour mieux voir, et les professeurs en soutane, qui surveillaient chacun un certain nombre de rangs, s'efforçaient d'arrêter les rires sans pouvoir s'empêcher eux-mêmes de sourire.

S'il avait eu toute sa présence d'esprit, il aurait pu faire croire que l'accident n'en était pas un. Le truc était connu par tous ses confrères. Il lui suffisait d'enchaîner sur un autre tour lui donnant le temps de repérer, par terre, la dame de pique, qui était la carte choisie, et plus tard de se pencher soudain pour la ramasser comme par hasard.

— Dites-moi, jeune homme, cette carte ne serait-elle pas la vôtre ?

Il ne le fit pas, n'y pensa pas, balbutia, ce qu'il ne fallait surtout pas faire devant un auditoire comme celui-ci :

— Je vous demande pardon...

En même temps qu'il les prononçait, il entendait l'écho les lui renvoyer et pensait à Julie, à qui il avait tant de fois demandé pardon, la veille encore, et le matin même. Il dut attendre longtemps, face à la salle, que l'agitation prenne fin. Et, dès lors, la séance fut un martyre. Il n'osait plus risquer de tour un tant soit peu difficile, et il lui semblait que ses mains ne s'arrêtaient plus de trembler.

Sans entrain, sans mordant, sans autorité ni prestige sur les spectateurs, qui ne cherchaient qu'à le prendre en défaut pour avoir l'occasion de rire, il fit défiler les attractions banales, tira des objets d'un chapeau, des drapeaux de sa baguette magique, le visage fermé, la voix était sèche et monotone.

— Il me reste, messieurs, à vous remercier de l'attention que vous avez daigné m'accorder et à vous souhaiter de bonnes vacances de Noël.

Il oublia de se signer à la fin de la prière. Contre son habitude, il commença à remettre son matériel en place sans attendre que la salle se fût vidée, et il n'y eut pas, comme c'était presque toujours le cas, un petit groupe de passionnés à l'entourer pour l'assaillir de questions. Même le Père Josuat sortit avec les garçons sans venir lui parler, et ce fut le frère lai qui lui remit son enveloppe.

La valise refermée, il la toucha comme un objet étranger avec lequel il n'aurait jamais de contacts confiants. Seul derrière l'homme qui le précédait avec des mines de bonne sœur, il traversa la salle vide, où il avait l'impression qu'il venait de perdre quelque chose de lui-même.

C'était la faute de ses mains. Depuis des mois, il s'y attendait. Il n'y avait pas que ses mains. Même sans leur tremblement, il était perdu d'avance, il était déjà perdu quand, faisant face aux élèves, il regardait ceux-ci se faufiler en bon ordre entre les rangs des chaises.

Il avait commencé perdant, parce qu'il n'avait plus la foi. Il y avait longtemps, peut-être des années, qu'il ne l'avait plus et qu'il faisait semblant. Où il l'avait le mieux senti, c'était le matin même chez Sugond.

Si le père Sugond ne croyait plus, à quoi bon ?

Il retrouvait une rue étrangère où, après les murs de l'école, s'alignaient des immeubles cossus. C'étaient des riches qui habitaient le quartier où des voitures attendaient tout le long des trottoirs. Des fenêtres étaient éclairées. Dans un salon vaste, haut de plafond, où pendait un lustre en cristal, deux hommes à cheveux blancs fumaient des cigares, le front penché sur un jeu d'échecs.

C'étaient probablement des personnages importants, ou qui l'avaient été. Ils avaient des têtes de ministres ou d'ambassadeurs. Peut-être étaient-ils pères, grands-pères. Le monde grouillait d'individus qui aspiraient plus ou moins confusément à quelque chose, et eux, parmi les dorures et les tableaux de maîtres, poussaient des morceaux d'ivoire sur des cases blanches et noires.

Comme lui avec les anneaux magiques, les mouchoirs noués qu'il sortait de la boîte sans fond et les cartons couverts de figures de couleur qu'on appelle des cartes !

Il n'avait pas besoin de boire, aujourd'hui. Peut-être n'aurait-il plus jamais besoin d'alcool. Il faisait aussi bien sans cela, était aussi désespéré, aussi seul dans l'univers que quand il avait bu, à se torturer avec des pensées aiguisées comme des scalpels.

« N'aie pas peur, Julie ! N'ayez pas peur non plus, madame Arnaud, si sûre de vous et de vos mérites. Je rentre tout de suite, comme un bon écolier, comme ces centaines de futurs imbéciles qui ont si bien ri tout à l'heure.

» Je serai sage. Je ferai semblant, moi aussi. Et, tenez, je vais me conduire en bon mari. Passé le coin de la rue, il existe, je m'en souviens, une pâtisserie fameuse, dont on sert les petits fours à toutes les réunions élégantes. Je vais acheter des petits fours, deux douzaines, trois douzaines de petits fours, et Julie poussera des cris de ravissement :

» — Tu n'aurais pas dû faire ça ! Venez voir, madame Arnaud, ce que mon mari m'a apporté !

» Elles les mangeront ensemble, en chuchotant et en échangeant des sourires complices. »

Était-ce ainsi qu'il devait se conduire ? Bon ! C'était facile. Il suffisait de le dire. S'il ne l'avait pas fait plus tôt, c'était par amour, parce qu'il croyait qu'il devait être tout à fait sincère.

Elles allaient être contentes toutes les deux. Elles n'y croiraient pas tout de suite, bien entendu. Les femmes commencent toujours par douter des bons sentiments. Et puis, il y a le proverbe, et les proverbes, c'est sacré : « Qui a bu boira... »

Inutile de leur révéler que c'est tout comme et qu'il obtient maintenant le même résultat tout seul. Il ne tentera plus de s'expliquer, ne se fâchera pas, se passera des larmes et de l'humilité de Julie. Il ne bat pas les femmes avec une ceinture, lui, et n'a pas besoin de ça pour se croire un homme.

Il sait qu'il n'en est pas un, plus exactement, il sait maintenant ce que vaut un homme : rien du tout. Ce qui compte, c'est de faire semblant. Comme tout à l'heure, s'il avait suivi les règles et fait semblant de rater son tour de cartes exprès.

Il n'y manquerait pas, dorénavant, et Julie serait heureuse. Quant à lui, qu'est-ce que cela changerait, puisqu'à l'intérieur ce serait toujours la même chose ? La même chose, c'est-à-dire rien.

« Du vide, ma Julie !

» Je t'aime. Tu m'aimes. Tout est pour le mieux dans le meilleur des mondes, quelqu'un a déjà dit ça. Je t'achète des gâteaux. Quand tu seras guérie, nous irons au cinéma et dînerons au restaurant.

» C'est ça, le truc du type. Plus la peine de courir après lui, maintenant que j'ai compris. Dagobert est un gros naïf. Il court toujours, lui. Il court après la péniche de l'Armée du Salut, où on lui donnera un bol de soupe et où on lui fera chanter des hymnes. »

— Deux douzaines... Pardon... Trois douzaines de petits fours, s'il vous plaît, mademoiselle. Ceux-là, oui, avec de la couleur dessus...

Pourquoi rit-elle ? Parce qu'il a dit de la couleur alors qu'il doit y avoir un mot plus poétique ? Il se voit dans la glace. Il n'y a pas que dans les bistrots qu'on flanque des miroirs sur les murs. Sa tête est la même que dans le café de la rue Montmartre, et les bocaux de bonbons, de chocolats, de caramels, les gâteaux sur les plateaux de verre, les guéridons de marbre et les chaises peintes en blanc n'ont pas plus de réalité que les œufs sur le comptoir de là-bas.

Ce sont des œufs durs aussi, en définitive.

— Je vous dois combien ?

Il passe l'index dans la boucle de la ficelle rouge, ce qui l'oblige à porter ses deux valises d'une main. Il n'avait pas pensé à ça. Il ne se décide pourtant pas à héler un taxi et il marche vers l'autobus, puis, quand il y arrive, change brusquement d'avis.

N'est-ce pas toujours en taxi qu'il revient de la rue Montmartre ? Pourquoi prendre l'autobus, puisque c'est la même chose ?

La séance a dû être courte. Les pauvres n'en ont pas eu pour leur argent, car, quand il rentre chez lui, il n'est que six heures moins cinq.

— Déjà vous ?
— Déjà moi.
— C'est toi, Antoine ? appelle Julie, joyeuse, du fond de son lit.

Elle ne peut pas s'empêcher de lui jeter un regard anxieux. Il lui est arrivé de la quitter pour dix minutes et d'avoir le temps d'avaler plusieurs petits verres.

Son aspect la rassure. Peu importe ce qu'il y a à l'intérieur, du moment qu'il n'est pas ivre. Elle aperçoit le carton de la pâtisserie.

— Tu n'aurais pas dû faire ça...

Elle hausse la voix.

— Venez voir, madame Arnaud, ce que mon mari...

Parfaitement ! Il n'éclata pas.

3

La veille de Noël, cela fit exactement treize jours qu'il n'avait pas bu. Il avait mené pendant ce temps-là une vie sourde, sans déchirement et sans joie, qu'il comparait aux limbes de son catéchisme. Il n'avait pas eu le désir de boire, éprouvant une satisfaction morose à ne pas le faire et passant devant la porte éclairée des bars avec un sourire dédaigneux.

Julie était malade. Il s'en était convaincu quand le docteur l'avait autorisée à se lever, à la condition de garder Mme Arnaud pendant quelques jours encore. Jusque-là, Antoine était persuadé qu'on lui exagérait la gravité de l'état de sa femme pour l'apitoyer ou lui faire peur.

Le premier jour qu'elle s'était assise dans la salle à manger et qu'elle avait circulé dans l'appartement, tout s'était bien passé. Elle était même venue lui rendre visite dans son bureau, discrètement, avec l'air de ne pas vouloir le gêner, d'éviter de lui reprendre le peu de liberté qu'il avait recouvrée pendant qu'elle était alitée.

Ils avaient des prévenances l'un pour l'autre. Leurs rapports se teintaient d'une certaine timidité qui n'était pas sans charme. On aurait dit qu'ils réapprenaient à se connaître sous la surveillance de Mme Arnaud.

Le second jour, celle-ci était sortie pour faire le marché. Julie vaquait à sa toilette dans la salle de bains. Antoine, dans le fauteuil rouge sombre de la salle à manger, parcourait le journal en fumant une cigarette. Le temps était gris. Il n'y eut pas un seul jour de soleil pendant cette période-là.

A certain moment, il avait été surpris par l'absence de bruit autour de lui. Il lui semblait qu'un temps assez long s'était écoulé depuis que sa femme était entrée dans la salle de bains. Cependant il ne s'était pas levé tout de suite, avait encore attendu près de cinq minutes, par discrétion.

Quand il avait enfin poussé la porte, le battant avait failli heurter Julie. Elle se tenait debout, avec seulement sa culotte sur le corps, un soutien-gorge à la main, dans la pose qu'il lui avait déjà vue au pied du lit, s'efforçant de lui sourire, sans oser bouger.

— Cela ne va pas ?

Il vit, cette fois, que ce n'était pas une comédie, fut impressionné par la bouffissure soudaine des paupières et par la décoloration des lèvres qui lui donnaient une physionomie différente.

— J'appelle le docteur.

Ce n'était pas une menace. Il s'alarmait. Elle lui faisait signe de ne pas téléphoner. Alors il tentait de lui prendre le pouls, mais elle l'écartait du geste, gentiment, de la tendresse dans le regard, avec l'air de s'excuser du mal qu'elle lui donnait.

C'était pénible d'être là sans pouvoir rien tenter pour la soulager, et il n'osait pas s'éloigner non plus ; il dut attendre que la crise passe et qu'elle pousse enfin le long soupir de délivrance qu'il connaissait.

— Ne t'inquiète pas, Antoine. Le docteur m'a prévenue.

Elle pensait à couvrir ses seins mous, redevenait pudique comme ils l'avaient toujours été l'un vis-à-vis de l'autre.

— Il faut le temps que la pilule produise son effet. Dès que je sens l'approche d'une crise, il me suffit d'en prendre une. Ce n'est pas dangereux, Bourgeois me l'a affirmé, après que je lui ai demandé de ne pas me mentir. Seulement, chaque fois, j'ai la sensation que je suis en train de mourir. Tu es pâle, mon pauvre Antoine.

Il ne voulait pas en parler à Mme Arnaud, profita de ce que Julie se reposait après le déjeuner pour téléphoner à Bourgeois. Celui-ci n'était pas chez lui. A huit heures, ce soir-là, Antoine donnait une courte séance dans un patronage du quartier. Il demanda à Mme Bourgeois la permission de passer ensuite voir son mari.

— Je suis certaine qu'il vous recevra. Il reçoit tout le monde, à n'importe quelle heure.

Il y était allé. L'appartement donnait sur la cour d'un vieil immeuble du faubourg Saint-Honoré. Il avait trouvé le docteur Bourgeois et sa femme dans un salon vaste, assis tous les deux devant la cheminée où flambaient des bûches. Mme Bourgeois était aussi vieille que son mari, toute petite, cassée, et c'était étrange de trouver, dans la pièce où vivaient les deux vieillards qui semblaient avoir rapetissé, un immense piano à queue dont ils ne devaient jouer ni l'un ni l'autre. Comme la cheminée, les tables et les guéridons, ce piano était couvert de portraits d'enfants à tous les âges, de photographies de mariages, de nouveau-nés plus récents. Le lustre n'était pas allumé, ne l'avait pas été depuis longtemps, à en juger par la poussière qui le couvrait, et le couple s'éclairait d'une lampe sur pied qui donnait le même cercle de lumière que les anciennes lampes à pétrole.

— Vous pouvez vous asseoir, monsieur Antoine.
— Je suis venu au sujet de ma femme.

Jusqu'à la maladie de Julie, il avait été persuadé que Bourgeois leur vouait à tous les deux une même affection. A présent, il était sûr que cette affection allait à Julie seule. Le docteur se montrait poli, mais froid, apportait certaine cruauté dans le choix de ses mots.

— Je suppose que vous commencez à vous inquiéter ?

Pourquoi, autrement, serait-il venu ?

— J'aime autant, en effet, que votre femme n'ait pas vent de cette conversation. Je suppose qu'elle ignore que vous êtes ici ? Cela lui épargnera des alarmes inutiles.

— Son état est grave ?
— Autant que peut l'être une angine de poitrine. Vous savez ce que c'est ?

Il en avait une idée assez vague, mais assez effrayante.

— Je suppose que vous connaissez le rôle de l'aorte dans la circulation du sang ? Eh bien, l'aorte de votre femme, au lieu d'être souple comme un tuyau de caoutchouc, se durcit petit à petit et, en se durcissant, tend à rétrécir, ce qui, à certains moments, rend difficile et pénible le travail de la pompe foulante et aspirante qu'est le cœur. La crise de l'autre nuit a été sérieuse. Votre femme peut vivre des mois ou des années sans en avoir d'autre.

Antoine lui raconta ce qu'il avait vu le matin.

— Ce n'est pas ce que j'appelle une crise. Ces malaises-là la prendront souvent, et il faudra qu'elle s'habitue à vivre avec eux. Je lui ai prescrit des pilules qui la soulageront en quelques minutes. Veillez, quand elle sortira, à ce qu'elle en ait toujours avec elle.

— Elle a des chances de vivre longtemps ?
— Aucun médecin ne peut répondre à cette question. Ce que je puis vous dire, c'est que toute émotion est dangereuse pour elle. Il lui faut une existence calme, régulière, beaucoup de repos, pas de tracas. Je lui ai conseillé d'engager une femme de ménage dès qu'elle n'aura plus Mme Arnaud.

— Elle ne m'en a pas parlé.
— Elle ne doit se livrer à aucun gros travail.

La vieille femme était restée assise dans son fauteuil, où elle tricotait des chaussons de bébé. Si elle n'avait pas été là, si le docteur s'était montré plus amical, Antoine aurait peut-être parlé de lui. Pas seulement des angoisses qui le saisissaient, lui aussi, des spasmes dans la poitrine qui ressemblaient à ceux de Julie, mais de la question boisson. Il devait exister un moyen scientifique d'éviter les rechutes. Il aurait voulu qu'on se penche sur son cas, et il était prêt, de son côté, à suivre tous les avis.

— A vous de voir si vous êtes capable de lui assurer cette tranquillité-là.

C'était superflu d'insister. Pour Bourgeois, il était un ivrogne, et aussi, sans doute, à cause de son métier, une sorte de saltimbanque qui avait épousé Julie pour son argent. Tant qu'il ne l'avait pas vu chez lui, Antoine avait pu se faire des illusions sur ses facultés de compréhension. Il ne lui restait qu'à dire merci et à s'en aller.

Ce soir-là, Julie n'osa pas lui demander pourquoi il était plus tendre que d'habitude, mais il sut qu'elle avait remarqué le changement. Il était pourtant sans chaleur. C'était difficile à expliquer. Il l'aimait, la plaignait, se disait que c'était triste de mourir à son âge. Alors il l'entourait de petits soins, de prévenances qui la touchaient, tout en demeurant incapable d'un véritable élan.

Il faillit lui mettre la puce à l'oreille en lui parlant trop vite d'une femme de ménage.

— C'est Mme Arnaud qui t'a soufflé cette idée-là ? Elle se tracasse beaucoup trop à mon sujet sans se rendre compte que j'ai travaillé toute ma vie, et je mourrais si je devais rester dans un fauteuil.

Il parla longtemps, comme on le fait avec les malades, donna des quantités de raisons. Le lendemain, il reprit le sujet en présence de Mme Arnaud, et celle-ci promit de leur chercher quelqu'un.

La femme de ménage s'appelait Eugénie. Elle était la veuve d'un pompier de la ville de Paris et touchait une petite pension, mais son fils, qui avait d'ailleurs l'air d'un voyou, lui prenait l'argent au fur et à mesure. Il lui avait même pris pour les revendre les quelques objets qui pouvaient avoir de la valeur parmi ceux qui restaient dans le ménage.

— Un jour il revendra ma chemise, disait-elle d'un air si résigné qu'elle en était comique. A douze ans, il a chipé la montre de son père et l'a échangée contre un couteau avec un de ses petits camarades. Les parents me l'ont rendue. Cela n'a pas servi à grand-chose, puisqu'il l'a quand même reprise et revendue deux ans plus tard.

Elle ne s'indignait pas, ne se considérait pas comme une femme malheureuse.

— Du moment qu'on ne vient pas m'annoncer un matin qu'il a commis un mauvais coup !

L'idée de la messe de minuit venait de Julie, qui, trois jours avant Noël, lui avait demandé timidement s'il aimerait y assister, ajoutant aussitôt :

— Après, nous pourrons retenir une table pour le réveillon dans un restaurant.

Ils avaient repris leurs sorties. Les malaises, légers, en somme, et auxquels tous les deux commençaient à s'habituer, se déclaraient chaque jour aux mêmes heures : le matin, pendant qu'elle faisait sa toilette, et parfois, pas toujours, quand on se mettait à table pour dîner. Sans mot dire, elle gagnait alors la cuisine comme si elle allait y chercher quelque chose. Si elle ne revenait pas tout de suite, il attendait un peu avant de la rejoindre, la trouvait dans la pose habituelle et, d'un geste, elle le suppliait de commencer à manger sans elle.

— Nous pourrions retenir nos places à Saint-Eustache.

Il ignorait qu'on devait retenir ses places pour la messe de minuit. Il s'en était occupé, deux jours avant, était passé, du même coup, par une brasserie des Grands Boulevards, près de la rue Richelieu. Il ne s'agissait pas d'un réveillon tapageur. Le menu paraissait bon. On ne danserait pas, mais il y aurait quatre musiciens.

Il finissait, à force de vivre dans une crainte latente, par avoir l'impression de vivre sur la pointe des pieds. Ce qui le touchait, dans cette histoire de messe de minuit et de réveillon, c'est que ce n'était pas à elle que Julie avait pensé. Souvent, maintenant, le soir, il arrivait à sa femme de lui demander :

— Tu ne t'ennuies pas ?

Elle devait mettre son besoin de boire sur le compte de l'ennui. Peut-être Mme Arnaud, qui venait la voir presque chaque jour et croyait tout savoir, lui avait-elle conseillé de le distraire ? La vieille garde-malade regardait parfois Antoine avec intérêt, surprise qu'il n'ait pas encore eu de rechute, et il lui arriva de lui adresser la parole d'une voix presque douce, pour l'encourager.

Il remarquait tout, les regards qu'elles échangeaient derrière son dos, leurs chuchotements et leurs silences. Il aurait pu dire jour par jour, heure par heure, ce que Julie pensait de lui.

Elle aussi marchait sur la pointe des pieds, comme si une fausse manœuvre suffirait à l'éloigner à nouveau. Elle avait son mari pour elle seule. En treize jours, il ne quitta pas cinq fois l'appartement sans elle, chaque fois pour aller travailler ; chaque fois aussi, il revint en un temps record et se pencha sur elle pour l'embrasser de façon qu'elle se rassure en sentant son haleine.

Ce n'est pas qu'il en était fier. C'était facile, tellement facile qu'il en était le premier surpris. Il suffisait de ne pas penser à soi et de ne pas se poser de questions. La vie devenait un peu fade, incolore, mais ce n'était pas plus désagréable qu'une journée d'hiver sous un ciel couvert.

Il avait trouvé, pour son cadeau de Noël, une idée qui l'enchantait. Cela l'avait obligé, lors d'une de ses sorties, à se faire conduire en taxi rue des Francs-Bourgeois, près du Crédit Municipal, dans les boutiques où les gens revendent leurs bijoux, leurs montres et leur argenterie.

C'était une bonbonnière ancienne, peut-être une tabatière, en argent ciselé, qui allait remplacer la boîte en carton dans laquelle Julie gardait les pilules qui ne devaient pas la quitter. Il l'avait cachée derrière une pile de prospectus, sur le rayonnage de son bureau.

La veille de Noël, il s'arrangea pour être prêt avant elle et glissa la bonbonnière dans la poche de son pardessus.

La soirée avait été longue et vide. La plupart des gens, avant la messe de minuit, allaient au théâtre ou au cinéma. Julie l'avait proposé. Il avait refusé, craignant que, comme ils devaient veiller ensuite une partie de la nuit, ce soit trop fatigant pour elle. Il l'avait même forcée à s'étendre sur son lit, après le dîner, et était venu lire près d'elle dans la chambre.

Pourquoi le temps avait-il paru si long ? Depuis le matin, même chez eux, il avait conscience de la fièvre qui gagnait la ville. Trois ou quatre fois, l'après-midi, on avait entendu le concert de klaxons qui accompagne les embouteillages faubourg Saint-Honoré ou place des Ternes. Dans la rue, les passants étaient anxieux, comme si les minutes qui les séparaient de minuit comptaient davantage que les autres minutes de l'année.

A la fin, cette fièvre, à laquelle il ne participait pourtant pas, avait fini par le gagner. Il se levait sans raison, allait d'une pièce à l'autre, et il lui était rarement arrivé de regarder l'heure aussi souvent que ce jour-là.

Deux fois seulement, depuis sa maladie, les deux fois le matin, Julie était sortie sans lui pour se rendre chez les fournisseurs, et elle n'avait pas eu le temps de quitter le quartier, pas même d'aller à pied jusqu'à l'Étoile. Elle marchait beaucoup plus lentement, sans doute impressionnée par ses crises, toujours prête à porter la main à sa poitrine. Il se demandait ce qu'elle lui avait acheté de son côté. Elle était satisfaite de son cadeau, elle aussi, car elle le regardait parfois avec un sourire mystérieux. Il possédait trois étuis à cigarettes, dont un en argent avec ses initiales en or qui datait de l'avant-dernier Noël. Elle avait cessé de lui offrir des cravates, parce qu'il en avait trop et qu'il portait toujours les mêmes.

Il avait cherché, sans trouver. Il se tracassait un peu de ce qui allait se passer ce soir au restaurant. Il était presque indispensable de commander du champagne. Comme il connaissait sa femme, cela devait lui faire peur. Il était persuadé qu'elle y avait pensé de son côté. Or il savait que cela ne lui produirait aucun effet de boire deux ou trois coupes. Il se sentait capable de s'en tenir là. Ce qu'il ne fallait pas, c'est qu'il la sentît torturée par la crainte pendant tout le souper, ni surtout qu'il eût l'impression d'être épié.

Il aurait voulu l'avertir. Il n'osait pas. C'était particulièrement difficile et délicat. A huit heures, Mme Arnaud était venue, mieux habillée que d'habitude, un petit paquet soyeux à la main.

— J'ai voulu être la première à vous apporter mes vœux pour les fêtes. Permettez-moi de vous donner cette babiole de rien du tout.

C'était une liseuse en tricot de laine rose, si légère qu'elle paraissait mousseuse. La vieille femme avait remarqué que Julie, qui n'avait jamais passé ses journées au lit avant sa maladie, n'en possédait pas et que, quand elle avait froid, elle endossait un pull-over.

— Je ne fais pas de cadeaux aux hommes, bien entendu...

— Moi qui n'ai même pas un petit verre à vous offrir ! s'était exclamée Julie.

Elle avait failli envoyer son mari acheter une bouteille dans le quartier où les magasins restaient ouverts. On voyait des gens chargés de tant de paquets qu'ils en laissaient tomber sur le trottoir et que des passants devaient les aider.

— Non, ma petite. Rien pour moi.

Elle avait trouvé le moyen de désigner Antoine d'un regard lourd de sens. Elle n'était d'ailleurs restée avec eux que quelques minutes.

— Amusez-vous bien tous les deux. Soyez sages.

L'horloge avait fini par marquer dix heures et demie, et ils s'étaient habillés. Ils avaient pris ensuite le métro jusqu'aux Halles et, malgré leurs billets, avaient dû faire la queue, tant il y avait de monde à vouloir entrer dans l'église.

Beaucoup d'hommes portaient le smoking et même l'habit sous leur pardessus ; des femmes étaient en robe de soirée, les cheveux couverts d'une écharpe vaporeuse. La même excitation qu'Antoine sentait dans l'air depuis le matin régnait ici, quasi palpable ; les regards n'étaient pas les regards des autres jours, les voix non plus, qui avaient quelque chose de plus léger. Des gens qui ne se connaissaient pas s'adressaient la parole joyeusement, et des mendiants, qui demandaient la charité le long de la file, le faisaient en plaisantant :

— Pour me payer une bouteille de bouché, mon bon monsieur !

L'un d'eux ajoutait en guise de remerciement :

— Le Petit Jésus vous le rende !

Les haleines sentaient le vin. Presque tout le monde s'était offert un bon dîner. Il était minuit moins dix quand ils prirent place au milieu de la nef, vers le fond, où ils devaient se hisser sur la pointe des pieds pour apercevoir le chœur. La porte ouverte laissait pénétrer un courant d'air froid et une autre porte, sur le côté, qui s'ouvrait et se refermait sans cesse, grinçait chaque fois sur ses gonds. Les pieds, sur les dalles, devenaient froids.

— Tu es bien ?

Elle fit signe que oui, priant déjà, le regard tourné vers la crèche dont elle ne voyait que le toit de fausse paille et l'étoile lumineuse. Ils ne pourraient pas, ce soir, la contempler de plus près, car il y avait trop de monde à défiler. L'orgue étirait des accords en sourdine. Le sacristain en surplis allumait les cierges du maître-autel. Les enfants de chœur allaient et venaient en agitant leurs petites jambes dans des robes trop larges. On entendait, sous les vagues aériennes des orgues, un piétinement continu.

Puis, soudain, les cloches commençaient à sonner à la volée, les mêmes orgues donnaient toute leur voix, des prêtres pénétraient dans le chœur où fumait l'encens et des voix entonnaient un chant grégorien.

Il y eut quelques « chut » parce que des gens continuaient à chuchoter. Des visages se tournaient, mécontents, vers la porte qui grinçait ou vers celle qui, restée ouverte, envoyait toujours de l'air glacé sur les nuques. Les femmes se serraient dans leur manteau de fourrure. La sonnette grêle d'un enfant de chœur se mêlait à la musique.

Antoine ne bougeait pas, la tête droite, le corps tendu, à regarder, à écouter, et, sans savoir pourquoi, une chaleur l'envahit, ses paupières se mirent à picoter. Il ne se souvenait pas d'avoir assisté à la messe de minuit. Quand il était enfant, on le couchait de bonne heure ce soir-là, parce que sa mère aidait à servir le souper de réveillon dans un restaurant du quartier.

Elles étaient nombreuses dans son cas, cette nuit encore, pour qui c'était une occasion de gagner un peu d'argent supplémentaire.

Ce n'était pas ce souvenir-là qui faisait fondre quelque chose en lui. C'était plus vague. Il regardait les bougies dont la flamme tremblait, les chasubles dorées, les gestes rituels des trois prêtres, le va-et-vient des acolytes, voyait tous les visages tournés d'un même côté et comme hypnotisés par la musique, et il pensait que, cette nuit, il en était de même partout dans le monde et qu'il en avait été ainsi pendant près de deux mille ans déjà.

Il renifla, jeta un coup d'œil à Julie qui semblait en extase et dont les lèvres remuaient sans bruit.

Cela l'impressionna. Il se mit à prier aussi, retrouva dans sa mémoire un *Je vous salue, Marie*, auquel il ne manquait que deux ou trois mots.

— *... pleine de grâces, le Seigneur est avec vous...*

Sa voisine de droite se mouchait, et le mouchoir qu'elle avait tiré de son sac à main était si parfumé qu'il en fut incommodé.

— *... et Jésus, le fruit de vos entrailles...*

Il ne retrouvait plus le même état d'esprit. Il écouta la musique et les voix qui emplissaient la voûte de leur frémissement. Chacun retourna sa chaise, s'assit pour le sermon, qu'il suivit d'une oreille distraite.

Il n'aurait pas pu dire avec précision depuis quel moment il se sentait triste. Ce n'était pas triste qu'il avait été les jours précédents, mais plutôt morne.

Soudain, à peu près depuis que la voisine avait tiré son mouchoir, il se sentait déprimé. Il se demandait pourquoi, ne trouvait pas de réponse satisfaisante. Ce n'était pas une question du genre de celles qu'il se posait d'habitude.

Il enviait à Julie sa sérénité. Chez eux, elle n'était jamais ainsi, ce qui l'inclinait à penser qu'il tenait moins de place dans sa vie qu'elle le prétendait et qu'il l'avait cru.

Pourquoi, autrement, n'était-elle jamais aussi détendue en sa présence ? Ce n'était pas seulement de la détente. Ses traits reflétaient une sérénité qui confinait au bonheur, et une certaine exaltation illuminait son regard.

Il ne connaissait qu'un cas où il arrivait à Julie d'exprimer un sentiment aussi intense, encore que très différent : quand, se raccrochant à lui n'importe comment, à ses jambes ou à ses mains, se traînant par terre, le visage déformé par une grimace, elle le suppliait de ne jamais l'abandonner.

Ici, c'était le contraire de la peur qui l'animait. Il en fut si troublé que, quand ils sortirent avec la foule, il ne trouva rien à lui dire, se sentit même un peu gêné en lui prenant le bras, comme s'il n'avait pas été sûr qu'elle lui appartînt.

On entendait déjà des cris, des chants, des rengaines d'accordéon dans le dédale des rues, et, comme ils rencontraient le premier ivrogne, qui faillit les bousculer, Julie se serra plus fort contre lui.

— C'était beau, dit-il, à la fois sincèrement et pour lui faire plaisir.

Elle en fut contente, il le sentit à un léger frémissement, mais n'en profita pas, comme sa mère n'y aurait pas manqué, pour moraliser.

A mesure qu'ils marchaient dans les rues, où d'autres gens, comme eux, suivaient les trottoirs et où cornaient les taxis, il lui venait une vue d'ensemble de la ville comme s'il l'avait contemplée d'en haut. Tout le centre était illuminé, plein d'une foule qui courait vers les restaurants et les cabarets de nuit, tandis que, dans les quartiers d'alentour, aux lumières plus rares, de calmes Noëls familiaux se déroulaient derrière les rideaux clos.

Ceux qui allaient par bandes étaient les plus bruyants, mais il y avait presque autant de couples qui se serraient plus étroitement que d'habitude, et on en voyait parfois qui s'étreignaient sur les pas des portes.

Et ceux qui étaient seuls ? Ils allaient où ? Il en aperçut un, un homme à peu près de son âge, à la barbiche grise, qui regardait, hypnotisé, un étalage de jouets. Moins de femmes qu'à l'ordinaire faisaient le trottoir. Il n'en compta que deux. Les autres, celles qui le pouvaient, réveillonnaient aussi.

— Je t'aime, dit-il, alors qu'ils approchaient de la brasserie.

Il fut surpris d'avoir prononcé ces mots avec tant de solennité.

Elle chuchota en retour, comme une confidence :

— Moi aussi, Antoine.

Elle ajouta, grave aussi, pesant ses mots :

— Plus que tu ne crois.

Comment pouvait-elle savoir ce qu'il croyait ? Il laissa son pardessus et son chapeau au vestiaire. Julie, qui n'avait jamais trop chaud, garda son manteau. On voyait déjà des serpentins accrochés aux lampes, des boules de coton multicolores sur le plancher et on leur en lança, tandis qu'ils se faufilaient entre les tables.

Une carte, sur une coupe de champagne, portait leur nom écrit en ronde, comme dans un banquet : M. et Mme Antoine Morin.

C'est vrai qu'elle avait changé de nom en l'épousant et qu'elle était maintenant Mme Morin. Cela ne lui faisait-il pas parfois un drôle d'effet ?

Au moment où on apporta les petits carrés de pain noir tartinés de caviar, il pensa à la bonbonnière qu'il avait laissée dans son pardessus. Devait-il aller la chercher tout de suite ? C'était le premier Noël qu'ils fêtaient au restaurant, et il se sentait gauche. Il lui semblait que, logiquement, il devait attendre le dessert pour offrir son cadeau.

Il ignorait que le champagne était compté dans le prix, et un garçon venait déboucher leur bouteille. Antoine adressa à Julie un regard

rassurant. Quand le garçon se fut éloigné après avoir rempli les coupes, il murmura :
— Je n'ai pas l'intention d'y toucher.
— Si tu crois que tu peux...
— Non. Je préfère t'offrir ce plaisir-là.

Il mangea son caviar et celui de Julie qui ne l'aimait pas. Ils entendaient les conversations de plusieurs tables à la fois, en même temps que la musique, et cela le découragea de parler. D'ailleurs, il ne trouvait rien à dire. On servait lentement. Un chasseur en rouge distribuait des cotillons, et Julie lui posa un chapeau de papier sur la tête, en mit un elle-même, un bonnet pointu, noir avec des étoiles.
— On est un peu serrés...
— Oui. Tout à l'heure, je retirerai mon manteau.
— Pourquoi ne le retires-tu pas maintenant ?
— Je ne sais pas où le mettre. Il y a déjà si peu de place sur la banquette.
— Donne-le-moi. Je vais le porter au vestiaire.

Il se demanda par la suite si elle avait eu réellement un coup d'œil inquiet à son adresse. Cela lui paraissait impossible. En tout cas, il montrait un visage sans autre expression que celle d'un mari empressé à plaire à sa femme. C'était le cas. Il n'avait aucune arrière-pensée. L'idée ne lui vint pas qu'il pouvait éviter de se déranger en appelant le chasseur.

Il repoussa la table, aida Julie à se débarrasser, traversa un peu plus de la moitié de la salle pour gagner la sortie. Il tendit le manteau à la jeune fille vêtue de noir qui avait une dent en or, aperçut son propre pardessus avec un carton rose qui portait le numéro 17.
— Voulez-vous me le passer un instant ?
— Vous sortez ?

Peut-être, si elle n'avait pas posé cette question-là, l'idée ne lui en serait-elle pas venue. Sa première intention avait été de prendre la bonbonnière dans la poche. Or, dès qu'il eut son pardessus en main, il sut qu'il allait en effet sortir et il l'endossa.
— Votre chapeau ?

Il avait déjà franchi la porte vitrée et plongeait dans le froid de la rue, comme s'il échappait de justesse à une catastrophe. Le café de la rue Montmartre n'était qu'à cent mètres. Mais, avant d'y arriver, il sut que, là aussi, c'était une nuit différente des autres. Il ne vit rien à l'intérieur, sinon les lampes au-dessus des rideaux crème qu'on avait tirés devant les vitres, et il se souvint des affiches qui, sur les miroirs, annonçaient le dîner de réveillon.

Un vieux, dans un pardessus de la même teinte que celui de Dagobert, se tenait près de la porte, collé à la devanture ; ce n'était pas Dagobert, Antoine se retourna après coup pour s'en assurer.

Il marchait vite, penché en avant, croyant peut-être encore qu'il allait rentrer tout de suite à la brasserie, regardant des deux côtés de la rue à la recherche d'un bistrot ouvert. Certains étaient fermés. Dans d'autres, on avait dressé une grande table familiale pour les habitués qui achevaient de souper.

Les Grands Boulevards étaient derrière lui, lumineux et bruyants, et il semblait les fuir, s'enfonçant toujours plus avant dans la partie obscure de la rue jusqu'à ce que, à proximité des Halles, il s'engouffrât dans une ruelle étroite dont il ne connaissait pas le nom et où il n'y avait que quelques portes mal éclairées.

Ici, sans transition, ce n'était plus Noël. Une grosse femme qui devait avoir cinquante ans et une gamine qui n'en avait pas dix-sept et qui avait une large bouche rouge battaient la semelle en se frappant les mains contre les flancs devant l'entrée sombre d'un hôtel.

Elles comprirent que ce n'était pas après ces plaisirs-là qu'il courait et le regardèrent passer sans un mot ni un geste. Il s'arrêta devant un premier bar aux murs sombres, ornés de calendriers réclame, n'osa pas entrer parce qu'il n'y avait que quatre hommes au comptoir et qu'ils semblaient prêts à en venir aux mains.

Deux maisons plus loin luisait une autre lumière. En entrant, il dut descendre une marche. Une nappe de fumée, comme l'encens à l'église, s'étirait au-dessus des têtes, et l'odeur d'alcool prenait à la gorge. Personne ne chantait. Dans les regards, il n'y avait ni excitation ni extase. Quelques semaines plus tôt encore, il aurait hésité à s'aventurer dans cet endroit, par crainte de les gêner plutôt que par crainte pour lui-même.

Pour ceux qui étaient ici, avachis sur la banquette, le dos au mur, les autres accoudés à l'étain du comptoir, le temps ne comptait plus, ni les fêtes, pour certains même il n'y avait sans doute plus de jour et de nuit.

Il aurait pu rencontrer Dagobert, mais Dagobert n'y était pas. Quelques regards se posèrent sur lui un instant et s'éteignirent. Il dit :

— Un marc.

Parce qu'il lui semblait que l'odeur qui régnait était l'odeur âcre du marc.

— Dans un grand verre.

Il avait besoin d'aller vite, comme, un peu plus tôt, il marchait vite dans la rue. Il avait toujours l'impression de fuir. Il lui fallait gagner du temps. Il buvait d'un trait, s'essuyait la bouche du revers de la main, n'osait pas, même ici, commander à nouveau tout de suite et regardait fixement le col des bouteilles qui émergeaient du bac en zinc.

Il reconnut un seul visage, plus tard, quand il eut son second verre à la main, celui de la vieille marchande de fleurs qui était venue se réfugier ici, elle aussi, et qui était attablée avec un homme plus jeune qu'elle devant un litre de rouge.

Elle dormait à moitié, le regarda un moment entre ses paupières alourdies, fut longue à exprimer un certain étonnement, comme si ses idées devaient venir de très loin, haussa enfin les épaules et retomba dans sa torpeur.

Le patron, trapu, la chemise tendue par de gros biceps, les cheveux en brosse et les moustaches cirées, ne le quittait pas des yeux.

— Ça ira comme ça ?

Antoine crut comprendre ce que cette simple question avait de terrible.

— Encore un.

Et l'autre, saisissant une des bouteilles dans le bac de zinc, la penchant au-dessus d'un verre pour faire couler le liquide par le bec en étain, avait l'air de dire : « C'est votre affaire. »

Il ne retourna pas vers les Boulevards cette nuit-là. Beaucoup plus tard, dans un bistrot encore plus sombre, où des hommes dormaient sur les banquettes, il tira la bonbonnière de sa poche et la fixa longtemps de ses yeux vagues.

Hochant la tête, il se rappelait le mot de Dagobert :

— Ce qu'on peut être salauds, mon vieux !

Il ne voulait pas encore rentrer rue Daru. C'était trop tôt. Trop tôt ou trop tard. Il avait décidé, cette fois, de dormir d'abord. Seulement, il ne savait pas où aller dormir.

Cela vint plus tard encore, alors que les bruits se raréfiaient dans la ville.

— Dites-moi, patron, vous n'auriez pas une chambre pour moi, des fois ?

Cela l'avait d'abord tenté de coucher sur un banc, dans le brouillard qui commençait à tomber, mais le froid lui avait fait peur. Les églises devaient être fermées. Il se souvenait d'avoir lu quelque chose au sujet de leur fermeture après la messe de minuit, justement à cause des ivrognes.

— Je vais voir ça.

Il alla parler à une femme qui n'était pas la patronne, mais une cliente, et qui buvait avec deux copines à une table du fond. Toutes les trois se mirent à examiner Antoine et à parler de lui à mi-voix. A la fin, la plus brune, qui avait une cicatrice sur la joue, s'avança vers lui en soufflant la fumée de sa cigarette devant elle.

— C'est toi qui cherches une chambre ?

Il dit oui, fatigué à en mourir, à se laisser tomber sur le plancher sale. Il fallait absolument faire vite.

Comme si elle n'imaginait même pas qu'il pût protester, elle lui prit son portefeuille dans sa poche, jeta un coup d'œil à l'intérieur, le lui rendit, satisfaite.

— Viens avec moi. On s'arrangera.

Le patron dut le rappeler, car il avait oublié de payer. La fille le conduisit vers l'hôtel qu'il avait aperçu en passant et où il n'y avait plus personne à la porte. Ou bien la lune, que les maisons empêchaient de voir, avait fini par percer la couche de nuages, ou bien l'aube était déjà proche.

— Tu es capable de monter deux étages ?

Cela sentait comme l'hôtel de la porte Saint-Denis, en plus fort, et la fille était obligée de craquer des allumettes dans l'escalier sans éclairage.

— Pour être *schlass,* tu es *schlass*, dis donc ! Je n'ai pas dans l'idée que c'est cette nuit que tu vas me faire un enfant.

Il chercha longtemps ce que ces mots éveillaient dans sa mémoire, et le plus loin qu'il put atteindre ce furent les accords d'orgues et le froid qui, dans l'église, lui arrivait de la porte ouverte dans son dos. Sa nuque était raide, douloureuse.

— Attends que j'allume. Bouge pas !

Une ampoule s'éclaira, qui paraissait grisâtre. Le lit était défait, et on s'y était déjà couché cette nuit-là.

— Enlève au moins ton pardessus. Attends que je t'aide. Qu'est-ce que tu as de dur dans ta poche ? Ce n'est pas un pétard, au moins ?

C'était la bonbonnière en argent.

Le curieux, c'est que personne ne la lui eût volée et que la fille ne la prit pas non plus, qu'il la retrouva dans sa poche quand, beaucoup plus tard, il reprit contact avec la vie de la ville.

Il faisait doux, et une pluie fine et lente tombait comme une paix triste sur le monde.

4

Une horloge, qui n'était pas arrêtée, marquait midi moins dix, et pourtant, dans une rue, il ne sut jamais laquelle, mais c'était dans le centre de la ville, il se trouva seul, sans personne sur les trottoirs, sans une voiture sur la chaussée, les volets des boutiques clos, les rideaux pendant comme pour toujours derrière les fenêtres des étages. Il n'y avait pas un bruit, pas un mouvement, rien que lui que saisissait l'envie de courir pour aller s'assurer que la fin du monde n'était pas passée en l'oubliant.

N'avait-il pas prévu, à l'église, qu'il se réveillerait avec un torticolis ? Non seulement sa nuque était si douloureuse qu'il n'osait pas tourner la tête, mais d'autres douleurs, aiguës aussi, lui perçaient la poitrine de part en part, s'introduisant entre ses côtes comme des aiguilles à larder.

Son pouls battait vite. Il fallait qu'il aille quelque part. Il ne savait déjà plus pourquoi il avait quitté si rapidement la chambre où il avait dormi. On aurait dit qu'en s'éveillant il avait été pris de panique. Il avait regardé la fille couchée à côté de lui, et une image précise lui était revenue, gravée dans sa mémoire avec la crue précision d'une photographie obscène : à certain moment, un bruit d'eau qui coulait avait traversé son sommeil, il avait entrouvert les paupières ; la lampe était allumée au bout de son fil, bien que le jour pénétrât dans la chambre, et, en face de lui, tout près, la femme, tenant sa chemise relevée jusqu'à mi-ventre, urinait dans un seau en émail vert tout en le regardant d'un air songeur.

Il cherchait ses affaires autour de lui quand elle s'était réveillée, et elle lui avait demandé d'une voix encore rauque :

— Tu t'en vas ?

Elle n'insistait pas pour le garder, ne lui posait pas de questions indiscrètes. Seulement, sans avoir besoin de réponse :

— Tu as peur de ta femme ?

Elle lui avait arrangé sa cravate et lui avait prêté son peigne, auquel il manquait des dents.

— Pas trop vaseux ?

Puis, comme dans le bistrot, elle avait pris son portefeuille dans sa poche et y avait choisi un billet, un seul, qu'elle avait posé sous le bougeoir de la cheminée. En même temps que le billet, elle avait tiré sans le vouloir une photographie d'Antoine et de Julie qui avait été faite à La Bourboule, alors qu'ils se promenaient dans le parc, l'année qu'ils s'étaient rencontrés, par un photographe ambulant. L'épreuve était déjà jaunie. Les coins en étaient cassés. Il n'osait pas la retirer de son portefeuille par crainte de faire de la peine à sa femme.

La fille avait regardé l'image, puis l'avait regardé, et avait enfin glissé la photo à sa place sans faire de réflexion.

— Tu es sûr que tu as raison de partir tout de suite ?

C'était pour lui qu'elle parlait, pas pour elle, il le sentait.

— Comme tu voudras. Ne fais pas trop de bruit en descendant. Tiens la corde.

Car une corde, qui passait par des anneaux de fer, tenait lieu de rampe d'escalier.

Elle avait ajouté à mi-voix :

— Bonne chance !

Il s'était mis à marcher de la même façon que la nuit quand il fuyait les Grands Boulevards, mais, cette fois, c'était la foule qu'il cherchait, tout au moins une certaine animation, une apparence de vie. Quelque part, il rencontra enfin des familles endimanchées qui sortaient d'une église, une odeur d'encens lui parvint et l'écœura.

Quand il aperçut un bar ouvert, à un coin de rue, un grand comptoir-tabac désert et très propre, avec de la sciure fraîche sur le carrelage, il y entra avec l'intention de téléphoner rue Daru. C'était ce qu'il avait de mieux à faire.

Cela se voyait-il qu'il était habillé de la veille ? Il se sentait malade, avait besoin de se remettre d'aplomb.

— Je me demande ce que je dois prendre.

— Cela dépend de ce que vous avez bu cette nuit. On prétend que le plus efficace est de boire la même chose au réveil.

— C'était du marc.

— Je ne vous conseille pas le marc à jeun, mais peut-être qu'un cognac vous ferait du bien.

Le patron avait raison. Ces gens-là ont l'habitude. Après quelques minutes, qu'il passa à se regarder vaguement dans la glace, il se sentit mieux et se dirigea vers la cabine téléphonique.

— Vous oubliez de prendre un jeton. C'est pour la ville ?
— Oui.

Il composa son numéro, prêt à tout entendre, à tout admettre, à accepter n'importe quelle nouvelle ou quel verdict. Ce fut la voix de Mme Arnaud qui répondit :

— J'écoute.

Il s'y attendait, questionna d'une voix neutre :

— Comment va-t-elle ?
— Ah ! c'est vous ! Eh bien, sachez que ce n'est pas votre faute si elle n'est pas morte ! A votre place, je...

Il y eut un bruit, des mots chuchotés, puis, tout de suite après, la voix de Julie.

— C'est toi ? demanda-t-elle, alors qu'elle le savait fort bien.
— Oui.

Un silence, comme quand, dans une réunion, on dit qu'un ange passe. Il attendait sa sentence. Elle ne l'ignorait pas. Il n'ignorait pas non plus qu'il n'avait rien besoin de dire.

— Reviens ! finit-elle par prononcer d'une voix contenue.

Elle répéta avec plus d'émotion :

— Reviens, Antoine ! Je ne te parlerai de rien.
— Bien.
— Où es-tu ?

Elle se reprenait :

— Pardon. Ce n'est pas ce que je voulais dire.
— Cela ne fait rien. Je ne suis pas loin.

Il raccrocha, resta encore un moment seul dans la cabine, puis retourna au comptoir et pensa tout haut :

— Peut-être qu'un second cognac me remettrait tout à fait d'aplomb ?

On le lui versa, et il ne se pressait toujours pas de sortir. C'est pendant le temps qu'il avait passé dans ce bar, en définitive, que son sort et celui de Julie s'étaient décidés, sans phrases, en quelques mots. Il n'osa pas descendre dans le métro, où le manque d'air aurait pu le rendre malade. Même le mouvement de l'autobus lui donna le vertige et, avant de tourner le coin de la rue Daru, il prit encore un petit verre au coin du faubourg Saint-Honoré.

Mme Arnaud lui ouvrit la porte avant qu'il tournât la clef dans la serrure, évita de lui dire quoi que ce fût, probablement sur l'ordre de Julie, se contenta d'un regard glacé. Sa femme ne vint pas au-devant de lui, resta couchée, et il lui demanda de loin, sans s'approcher du lit :

— Tu n'es pas trop fatiguée ?
— Pas trop. Et toi ?
— Je vais m'étendre dans mon bureau.
— Tu ne manges rien ?
— Pas maintenant.

Ce ton-là allait être celui de leurs relations dans les temps à venir. Ils parlaient doucement, sans haine ni amertume, d'une voix qui manquait de vibrations.

Vers trois heures, après un somme, il demanda à Mme Arnaud, comme si c'était désormais la règle :

— Je peux passer dans la salle de bains ?

— Je vais m'assurer qu'elle est éveillée. Un instant. Vous pouvez aller, oui. Vous feriez bien d'avaler deux comprimés d'aspirine.

Il obéit, se nettoya le corps avec plus de soin que d'habitude. Il se sentait sale d'une saleté honteuse, regrettait de n'avoir pas pris un bain en arrivant, se promettait d'envoyer ses vêtements au dégraissage. Il avait toujours mal à la nuque et au dos.

— Pourquoi tiens-tu ta tête de travers ?

— J'ai attrapé un torticolis.

Il n'ajouta pas que c'était à l'église, par crainte qu'elle prenne ça pour un reproche. Il ne lui reprochait rien. Il ne lui demanda pas ce qui s'était passé après son départ de la brasserie. Il préférait ne pas le savoir. Il aurait pu, ce matin, la retrouver morte. Il y avait pensé tandis qu'il composait le numéro de téléphone et il était resté calme, le regard fixé sur l'appareil.

Il ignorait également si on avait dû appeler le docteur Bourgeois. Il ne le vit pas de la journée, mais Mme Arnaud resta dans l'appartement jusqu'au lendemain à dix heures, et il dormit encore sur le canapé du bureau.

Il l'entendit qui disait à Julie :

— Ne sortez pas ce matin. Je vais passer chez les fournisseurs faire vos commandes et demander qu'on vous les livre avant midi. N'oubliez pas ce que je vous ai recommandé.

Julie, à midi et demi, vint lui annoncer qu'ils étaient servis et mangea en face de lui, se leva deux fois pour aller chercher des plats dans la cuisine. A la fin du repas, il hésita à parler, finit par prononcer :

— Si cela ne t'ennuie pas, je sortirai un moment.

C'était la première fois qu'il ne se cherchait pas d'excuse, annonçait simplement son intention de faire telle chose, et elle l'accepta naturellement, ce qui prouvait qu'ils s'étaient compris au téléphone.

— Je te demande seulement, si tu rentres dans le début de l'après-midi, de ne pas me réveiller, car le docteur insiste pour que je me repose deux heures après le déjeuner.

Donc, Bourgeois était venu. Ce fut la seule allusion à sa santé, et il ne s'enquit pas des détails. Il faillit prononcer en sortant : « Je vais simplement prendre l'air. »

A quoi bon ?

Au coin de la rue, il entra dans le bar et commanda un cognac. Il savait ce qu'il faisait. Il n'avait pas l'intention de s'enivrer. Il désirait seulement établir un certain équilibre.

Il but deux verres, fit le tour du pâté de maisons, acheta les journaux et rentra les lire dans son bureau. Quand il entendit Julie s'éveiller, il

frappa à la porte de la chambre, sans se rendre compte que c'était la première fois que cela lui arrivait. Elle dit :
— Entre.
— Je viens juste te demander si tu as bien dormi.
— Fort bien.

Elle dut remarquer qu'il avait bu. Elle le connaissait trop pour ne pas s'en apercevoir sans qu'il soit nécessaire qu'il soit ivre. Elle ne se permit aucune réflexion.

Il sortit à nouveau une demi-heure après le dîner pour la même raison et fut aussi raisonnable. Tout cela, petit à petit, allait constituer des rites. Après trois jours, il avait déterminé la quantité exacte d'alcool qui lui était nécessaire, et il s'y tenait, devenant un mécanisme qu'on remonte jusqu'à un point précis.

Dès le premier soir que Mme Arnaud les avait laissés seuls, Julie était allée reprendre ses draps et son oreiller dans le bureau. Ils avaient dormi dans le même lit. Il s'était efforcé de se tenir assez loin d'elle pour ne pas la gêner et ne l'avait embrassée qu'au front.

Le lendemain, après sa toilette, elle lui parut inquiète, mais il fallut attendre le déjeuner pour qu'elle osât lui demander :
— Tu ne penses pas que tu pourrais avoir apporté quelque chose de mauvais ?

Il ne comprit pas tout de suite. Elle précisa, gênée :
— Une maladie...

Il rougit violemment en pensant à la fille.
— Pourquoi me demandes-tu ça ?

Elle retroussa la manche de sa robe, montra, sur la chair blanche, une large boursouflure rose.
— J'en ai comme ça sur tout le corps.

Il y avait quinze ans que cela n'était pas arrivé à Antoine, et cela lui demanda un effort d'avouer :
— C'est une puce.
— Tu es sûr ?

Il fit oui.
— Elle ne peut pas me donner... ?

Il devinait à quoi elle pensait.
— Non. N'aie pas peur.
— Il faudra quand même que je m'en débarrasse.

Elle ne paraissait pas lui en vouloir. Elle était résignée. Elle avait admis la situation une fois pour toutes. L'après-midi de ce jour-là, elle avait ouvert toutes grandes les fenêtres de la chambre et avait mis la literie sens dessus dessous. Sans lui en parler, elle avait envoyé ses vêtements au dégraisseur.

Les deux bars du quartier, où il allait quotidiennement, étaient quelconques, sans atmosphère. Il n'en demandait pas tant, ne regardait pas les clients qui, la plupart, y entraient comme lui en coup de vent. Il restait un moment de la journée, vers dix heures du matin, à peu près l'heure du malaise de Julie, où il aurait eu besoin d'un verre pour se mettre en train. Mais il était alors en tenue d'intérieur. Il aurait fallu changer ses habitudes.

Après avoir pesé le pour et le contre, sans passion, sans tricherie, avec un détachement quasi scientifique, il finit par décider qu'il valait mieux acheter une bouteille, ce qui lui éviterait de sortir de la maison de si bonne heure. Il la cacha sous son pardessus quand il revint et trouva une place à l'intérieur d'un ancien appareil de projection dont il se servait jadis pour certaines séances enfantines. Il devait monter sur une chaise pour l'atteindre, craignait toujours d'être surpris debout sur la chaise.

Il n'avait plus de raison de se cacher, puisque Julie ne lui disait plus rien et ne lui réclamait aucun compte. Il n'aurait pas pu dire pourquoi il le faisait quand même.

Tout ce temps-là, il travailla en moyenne deux ou trois fois par semaine, seulement à Paris et dans la banlieue proche, car il évitait, l'hiver, les engagements de province, qui finissent par coûter en frais de déplacement et de séjour plus que ce qu'ils rapportent.

Il avait trouvé le moyen d'éviter le tremblement de ses mains et même d'avoir, pendant les séances, plus d'assurance que jamais : c'était, tout de suite avant, de boire deux verres de n'importe quel alcool. Il existait quand même certains tours délicats auxquels il avait renoncé, simplifiant ses programmes, et, pour compenser, ajoutant des plaisanteries auxquelles il s'était refusé de recourir jusqu'alors. Pourquoi, puisque le public aime ça ? Sa belle-mère n'était plus là pour le traiter de clown.

Il ne savait pas exactement quand cela avait commencé, mais, maintenant, Julie avait une troisième crise quotidienne, ce qu'il appelait sa crise de deux heures du matin, car c'était à peu près à cette heure-là que cela la prenait.

— Tu es sûre que tu ne peux pas rester couchée ? Il semblerait...

— Non. Il paraît que c'est toujours ainsi. Bourgeois m'a dit que la position couchée accroît la sensation d'étouffement et que le mieux est de rester debout et d'attendre.

Elle allait voir Bourgeois chez lui chaque semaine. Quelquefois il lui en parlait. Ils n'étaient pas à couteaux tirés, et il leur arrivait encore de se rendre ensemble au cinéma.

Seulement, pour une raison qu'Antoine ne cherchait pas à s'expliquer, il n'essayait plus d'avoir de relations sexuelles avec elle. De son côté, elle ne lui demandait rien. Ce n'était pas dans son caractère. A part ça, ils vivaient à peu près comme on voit vivre des ménages.

Cela prit deux ou trois semaines de continence pour que l'image de la fille qu'il avait vue pendant la nuit à la lueur de l'ampoule électrique commence à le hanter. Ce ne fut d'abord pas trop lancinant. Mais, petit à petit, le soir, après son dernier verre, tandis qu'il lisait dans la salle à manger, il commença à se troubler.

Il hésita encore une semaine. Un soir qu'il rentrait d'une représentation, il traîna devant une brasserie de l'avenue de Wagram où il y a toujours des filles qui s'attardent et il suivit la première venue.

Il n'y prit aucun plaisir. Après quelques instants, elle comprit que c'était inutile de se mettre en frais pour lui, et cela se passa sans un mot, chacun pensant à autre chose.

Pas une fois il ne fut tenté de retourner rue Montmartre, et encore moins dans la petite rue dont il ne savait toujours pas le nom et qui était pour lui la rue de Noël.

La crise de la nuit était la plus longue. Souvent il ne s'éveillait pas, car Julie évitait d'allumer et faisait en se levant aussi peu de bruit que possible. Quand il s'éveillait il restait les yeux ouverts tout le temps que cela durait, comme s'il eût été indécent de se rendormir.

Il ne lui avait pas donné la bonbonnière. Il n'avait pas osé. Il l'avait posée sur la cheminée de la salle à manger où elle était restée. Il ignorait toujours, de son côté, ce que Julie avait acheté à son intention.

Cela pouvait durer longtemps, des années, Bourgeois le lui avait dit. Il y pensait parfois, mais il avait une façon nouvelle de penser. Il ignorait si d'autres étaient dans son cas. Une idée lui passait par la tête, et il acceptait de l'examiner, le faisait même avec une certaine obstination, scrupuleusement, eût-on dit, mais sans que cela l'affectât en rien, et cela coulait ensuite comme de l'eau.

Il vivait un peu à la façon d'un poisson rouge dans un bocal, et son regard devenait celui d'un poisson rouge. Il tournait en rond, lui aussi, s'appliquait à faire chaque jour les mêmes gestes, sans passion, sans y croire, parce que, paraît-il, c'est la vie. Quand l'effet d'un verre était passé, c'était l'heure d'un autre, qui le remettait automatiquement dans l'état voulu.

Peut-être était-ce la réponse à une au moins de ses questions, la raison pour laquelle tant de gens ne se suicident pas : un moment vient, si on sait s'y prendre, où ce n'est plus nécessaire.

Julie était là. Il était marié à Julie. Elle était devenue son témoin, un témoin muet, qui le regardait vivre en évitant d'intervenir.

Que pensait-elle de lui ? Que pouvait-elle raconter à Mme Arnaud quand celle-ci venait la voir et qu'elles s'enfermaient toutes les deux dans la chambre pour parler bas ?

Il devait être question de lui avec le docteur Bourgeois aussi.

Cela lui était égal, dans le fond. Ce n'en était pas moins exaspérant, parfois, de vivre sous le regard de quelqu'un qui ne peut s'empêcher de vous juger. Il lui arriva de se comparer, non plus à un poisson rouge, mais aux animaux du Jardin des Plantes que des gens viennent regarder toute la journée et qui ne peuvent pas faire leurs besoins sans témoin.

Une fois, une seule, il faillit être ivre. Il avait reçu une lettre d'un hôpital de la rive gauche, signée d'un nom qu'il ne connaissait pas et qu'il avait présumé à la réflexion être le vrai nom de Dagobert. L'ancien comique, qui avait trouvé son adresse dans l'annuaire des téléphones, lui apprenait qu'il s'était cassé la jambe en tombant sur les quais, qu'on le condamnait à mourir de soif et que, si Antoine pouvait venir le voir et lui apporter en cachette une bouteille, si petite soit-elle, ce serait la meilleure action de sa vie.

Il signait — et c'est ce qui avait révélé son identité à Antoine :

> *Ton salaud de salaud,*
> *Hubert Doër.*

Il y était allé, avait glissé une bouteille plate sous les draps, tandis qu'ostensiblement il posait des oranges sur la table de nuit. Ils étaient au moins vingt malades dans la salle dont il n'avait pas pu supporter l'odeur cinq minutes, et d'ailleurs, du moment qu'il avait à boire, Dagobert ne tenait pas à ce qu'il restât. On lui laissait pousser sa barbe, rousse et blanche, qui soulignait la bouffissure de son visage et lui donnait l'air d'un roi de jeu de cartes.

Antoine s'était dit, en sortant de là, qu'il avait besoin de boire salement, mais, après le troisième verre, la peur l'avait pris et il était rentré chez lui.

Tous ces détails-là, il regretta de ne pas les avoir notés au fur et à mesure dans un carnet. A quoi bon ? Ce qui arriva ne regarde personne, que lui, et chaque image restait gravée dans sa mémoire avec autant de netteté que le bas-ventre de la fille de Noël.

Surtout le visage de Julie qui, les derniers temps, devenait, non seulement de la couleur, mais de la consistance de la cire et dont le sourire acquérait une douceur gênante, comme si elle croyait nécessaire de s'excuser d'être encore en vie.

Avant la mi-janvier, elle était assez rassurée pour lui confier certaines courses dans le quartier. Souvent désœuvré, il avait toujours aimé aller chez l'épicier, chez le boucher, et il lui était même arrivé, une fois, d'acheter des soutiens-gorge.

Le 2 février, il commençait un engagement d'une semaine dans un cinéma de la rue de la Gaîté, près de la gare Montparnasse, où, à vingt-trois ans, il avait donné sa première représentation importante. Il n'y avait, en plus du film, que deux numéros sur scène, une danseuse espagnole et lui, à qui on ne demandait que douze minutes de travail.

Ce n'était pas loin. Il avait un autobus direct. Il passait à neuf heures et demie, le soir, et, samedi et dimanche, en matinée, à quatre heures quinze.

Son début avait lieu, comme d'habitude, le vendredi soir. Il avait préparé son numéro avec soin, l'avait même, par précaution, encore que sans y croire, répété pendant près de deux heures. Il n'en était plus à se lamenter que sa vieille valise avait disparu.

Vers deux heures, Mme Arnaud, qui s'était échappée un moment d'une maison de la rue de Courcelles où elle veillait un moribond, lui avait recommandé de faire attention à Julie. Il lui avait demandé pourquoi. Elle avait répondu :

— Je ne lui trouve pas bonne mine.

Elle avait ajouté :

— S'il lui arrive quelque chose, vous pourrez vous dire que vous l'aurez tuée.

Il ne comprit pas pourquoi elle lui parlait de cela tout à coup et s'en allait en courant sans lui permettre de réclamer des explications.

A six heures, Julie eut sa crise, peut-être un peu plus longue que d'habitude, mais pas exceptionnellement longue. Elle n'était pas au lit. Elle s'était levée pour dîner. Il entendit qu'elle se couchait alors qu'il se préparait à partir, et elle l'appela :

— Antoine.
— Oui.
— Cela ne te ferait rien de passer par la pharmacie et de faire renouveler mon ordonnance ? J'ai pris tout à l'heure la dernière pilule.

Il mit la boîte dans sa poche. La pharmacie, rue du Faubourg-Saint-Honoré, était ouverte jusqu'à minuit. Il en existait une autre, au coin de l'avenue de Wagram et de l'avenue des Ternes, qui restait ouverte toute la nuit, mais ce n'était pas à celle-là qu'ils se fournissaient.

Il fut sur le point d'entrer dans la première avant de prendre son autobus. A travers la vitre, il constata qu'il y avait beaucoup de monde et, pressé, se dit qu'il aurait mieux le temps à son retour.

Il regarda de la coulisse le numéro de la danseuse espagnole, aussi brune que la fille de Noël, et qui portait une jupe rouge à galons dorés.

Il fit son propre numéro avec son application habituelle. Quand il eut fini, la danseuse s'habillait dans la loge commune qu'un paravent divisait en deux, et elle se mit à lui parler, alors qu'il ne voyait que le haut de son visage.

— Marié ?
— Oui.
— Content ?

Comme il ne répondait pas, elle murmura :

— Je me demande pourquoi les prestidigitateurs sont toujours mariés.

Il ne pensait encore à rien. Il n'avait à retirer ni son pantalon, ni sa chemise. Il plia son habit, rangea ses accessoires pendant que, maintenant, elle le regardait en fumant une cigarette.

— Je parie que vous habitez la banlieue.
— Non. Rue Daru.
— Moi, rue Rochechouart.

Elle ne devait pas avoir d'intentions non plus. Elle avait passé son manteau, mis son chapeau sur la tête. Il ne devait pas emporter ses valises, dont il aurait besoin ici pendant le reste de la semaine. Il y avait longtemps qu'il ne lui était pas arrivé de sortir d'une représentation les mains vides.

Elle le suivit, comme si cela avait été convenu entre eux, dans l'escalier de fer en colimaçon, et ils débouchèrent dans une allée au bout de laquelle brillaient les lumières de la rue de la Gaîté.

— On prend un verre en copains ? J'ai mangé des moules qui me donnent la pépie.

Il aurait bu, de toute façon, son dernier verre en sortant du théâtre.

— Une menthe à l'eau pour Madame, une fine pour moi.
— Jeune ?
— Qui ?
— Votre femme.
— Non.
— Vieille ?
— Non plus.
— Moi, j'ai été mariée pendant deux ans à un acrobate.
— Il vous a lâchée ?
— Il est mort. Un accident. Ça a été dans les journaux.

Il ne lui faisait pas la cour, n'avait pas envie d'elle. Sa présence le gênait plutôt, et il aurait préféré être seul.

— On en prend un autre ? proposa-t-elle. C'est ma tournée. J'ai dit : en copains.

Alors elle commença à lui parler de son défunt mari, qui avait un nom italien et dont elle finit par lui montrer la photographie.

— Je vous retiens, non ?
— Non.
— Votre femme ne vous attend pas ?
— Cela lui est égal.
— Cela lui est égal que vous ne rentriez pas ?
— Je crois.
— Eh bien, mon vieux ! Vous, alors !

Ce fut elle, pas lui, qui devint ivre sans le vouloir, d'une ivresse sentimentale et larmoyante. A la fin, elle posait sa tête sur l'épaule d'Antoine pour lui parler de l'acrobate.

— Toi qui es du métier, tu dois comprendre...

Il était en train de regarder l'horloge quand elle avait dit ça. Ils étaient assis devant un comptoir où il y avait des *chips* dans un plateau, et elle en croquait tout en parlant, entre deux gorgées de menthe verte. Les aiguilles marquaient onze heures vingt. Une guirlande de petites fleurs roses entourait le cadran.

Il était conscient d'avoir la boîte de pilules dans sa poche, avec le numéro de l'ordonnance sur le couvercle. Quelquefois, rarement, la crise de deux heures se produisait en réalité à minuit et demi.

— Il y a trop de monde ici, dit-elle soudain. Je connais un endroit, un peu plus loin...

Elle le regarda, fronça les sourcils.

— Qu'est-ce que tu as ?
— Rien.
— Tu es malade ?
— Non.
— C'est l'alcool qui te produit cet effet-là ? Tu ne devrais pas boire de la fine.

Il la suivit dans l'autre bar, où les meubles étaient en acajou et les tabourets très hauts.

— Prépare-moi quelque chose de rafraîchissant, Fred. J'ai mangé des moules à dîner et...
— Un *gin-fizz* ?
— Si tu veux. Je ne sais pas ce que c'est.
— Et vous ?
— Un cognac.

Il était minuit moins vingt. Il s'informa :
— A quelle heure fermez-vous ?
— Cela dépend des nuits. Nous sommes vendredi. Il y aura du monde jusqu'aux environs de deux heures.

Une radio jouait en sourdine. La danseuse lui avait saisi le bras et le forçait à se tourner vers elle pendant qu'elle lui racontait sa vie.

— Qu'est-ce que tu as à regarder tout le temps de ce côté ? Les bouteilles ? Tu en es là ?

Ce n'était pas les bouteilles. C'était son visage dans la glace, entre les bouteilles.

Dès lors, comme cela lui était tant de fois arrivé, il suivit la course des aiguilles sur le cadran et, dix fois au moins, crut qu'il allait flancher, dut réclamer à boire à plusieurs reprises. Cela ne lui faisait pas perdre la notion du temps, n'atténuait pas sa lucidité.

« *Nous sommes des salauds, mon vieux !* » avait déclamé Dagobert.

Il était de sang-froid. Il tenait à être de sang-froid. Il ne se cherchait aucune excuse, n'en acceptait pas.

Une heure et demie. La danseuse mangeait un sandwich pour se remettre, en réclamant sans cesse des cornichons dont il y avait un plein bocal sur le bar.

— Tu n'en veux pas ? Cela te ferait du bien.

Il ne restait qu'un couple dans un coin, et un client qui parlait de chevaux et de Nice au barman. Cela sentait la fermeture.

— Dès qu'on ferme, je rentre.

On ferma à deux heures moins cinq.

— Tu es sûr que ta femme ne te dira rien ? Tu me déposes chez moi ?

Ils prirent un taxi. Rue Rochechouart, il n'en descendit pas.

— Tu es un drôle de type.

Le chauffeur questionna :
— Où dois-je vous conduire ?
— Place des Ternes, au coin de l'avenue de Wagram, devant la pharmacie.

L'autre était fermée. Le pharmacien regarda la boîte et le numéro.
— Cela ne vient pas de chez nous.
— Je sais.
— Comment voulez-vous que je devine de quel médicament il s'agit ?
— Ce sont des pilules contre les crises d'angine de poitrine.
— De la trinitrine ?

— Je suis presque sûr que c'est le nom.
— Pour vous ?
— Pour ma femme.
— Mieux vaut que vous attendiez demain matin et que vous voyiez votre pharmacien.
— Et si elle a une crise cette nuit ?

On ne lui en donna pas. Cela n'avait pas d'importance. Il tenait simplement à ce que cette conversation-là eût lieu. Peut-être commençait-il à avoir peur de rentrer chez lui ?

Il ne pouvait plus rien boire, à moins d'aller rue de Ponthieu, car, par ici, tout était fermé.

Il dit son nom en passant sous la voûte, ne prit pas l'ascenseur. Il n'y avait pas de lumière sous la porte. Il ne fit pas de bruit, marcha sur la pointe des pieds et ouvrit avec précaution la porte de la chambre.

Parce qu'il y avait de la lumière dans la salle de bains, il vit tout de suite que le lit était vide. Par terre, contre la baignoire qu'elle avait heurtée de la tête en tombant, Julie était couchée, pliée en deux, une main encore serrée sur son gros sein.

Il se baissa pour la toucher et, quand il se redressa, il sut qu'il était veuf.

L'homme qu'il vit alors dans le miroir était un homme calme et froid, au teint pâle, aux yeux luisants d'un feu intérieur, qui ne boirait jamais plus et qui ne se poserait pas de questions.

Il fut longtemps à l'observer, comme pour s'habituer à lui, puis, sans bruit, se dirigea vers son bureau, où il alluma la lampe et saisit le téléphone.

— Le docteur Bourgeois ?

Il ne se nomma pas. C'était superflu. Cela ne pouvait être que lui. Il dit seulement :

— Ma femme est morte.

La tête dans les mains, il s'assit dans un coin, où il eut l'impression de rester, indifférent à tout, sous le regard méprisant des gens qui défileraient, jusqu'au matin des obsèques.

Vêtu de noir mat, un crêpe au chapeau, il suivit le corbillard. Personne ne lui serra la main au bord de la fosse. Il jeta la première pelletée de terre, se tint immobile, son chapeau à la main, dans le vent qui soufflait de l'ouest.

Quand il rentra rue Daru, la concierge lui tourna le dos. Il monta lentement l'escalier comme il allait le monter chaque jour, avec l'air de compter les marches, et tourna la clef dans la serrure.

Cette porte-là, il fut le seul, désormais, à la franchir, car il faisait lui-même son ménage, et rien ne changea de place dans les pièces, pas même le linge de Julie dans les armoires, ni la bonbonnière en argent sur la cheminée, ni le portefeuille en peau de porc qu'il trouva, dans un papier de soie, sous les chemises de sa femme. La bouteille de fine entamée ne quitta pas la lanterne magique.

Chaque semaine, à jour fixe, par tous les temps, il se rendait au cimetière, où il avait acheté une concession pour deux avec le nom de Julie gravé et la place pour le sien en blanc.

Shadow Rock Farm, Lakeville (Connecticut), 4 décembre 1952.

MAIGRET A PEUR

1

Le petit train sous la pluie

Tout à coup, entre deux petites gares dont il n'aurait pu dire le nom et dont il ne vit presque rien dans l'obscurité, sinon des lignes de pluie devant une grosse lampe et des silhouettes humaines qui poussaient des chariots, Maigret se demanda ce qu'il faisait là.

Peut-être s'était-il assoupi un moment dans le compartiment surchauffé ? Il ne devait pas avoir perdu entièrement conscience car il savait qu'il était dans un train ; il en entendait le bruit monotone ; il aurait juré qu'il avait continué à voir, de loin en loin, dans l'étendue obscure des champs, les fenêtres éclairées d'une ferme isolée. Tout cela, et l'odeur de suie qui se mélangeait à celle de ses vêtements mouillés, restait réel, et aussi un murmure régulier de voix dans un compartiment voisin, mais cela perdait en quelque sorte de son actualité, cela ne se situait plus très bien dans l'espace, ni surtout dans le temps.

Il aurait pu se trouver ailleurs, dans n'importe quel petit train traversant la campagne et il aurait pu être, lui, un Maigret de quinze ans qui s'en revenait le samedi du collège par un omnibus exactement pareil à celui-ci, aux wagons antiques dont les cloisons craquaient à chaque effort de la locomotive. Avec les mêmes voix, dans la nuit, à chaque arrêt, les mêmes hommes qui s'affairaient autour du wagon de messageries, le même coup de sifflet du chef de gare.

Il entrouvrit les yeux, tira sur sa pipe qui s'était éteinte et son regard se posa sur l'homme assis dans l'autre coin du compartiment. Celui-ci aurait pu se trouver, jadis, dans le train qui le ramenait chez son père. Il aurait pu être le comte, ou le propriétaire du château, le personnage important du village ou de n'importe quelle petite ville.

Il portait un costume de golf de tweed clair et un imperméable comme on n'en voit que dans certains magasins très chers. Son chapeau était un chapeau de chasse vert, avec une minuscule plume de faisan glissée sous le ruban. Malgré la chaleur, il n'avait pas retiré ses gants fauves, car ces gens-là n'enlèvent jamais leurs gants dans un train ou dans une auto. Et, en dépit de la pluie, il n'y avait pas une tache de boue sur ses chaussures bien cirées.

Il devait avoir soixante-cinq ans. C'était déjà un vieux monsieur. N'est-il pas curieux que les hommes de cet âge-là se préoccupent tellement des détails de leur apparence ? Et qu'ils jouent encore à se distinguer du commun des mortels ?

Son teint était du rose particulier à l'espèce, avec une petite moustache d'un blanc argenté dans laquelle se dessinait le cercle jaune laissé par le cigare.

Son regard, cependant, n'avait pas toute l'assurance qu'il aurait dû avoir. De son coin, l'homme observait Maigret qui, de son côté, lui jetait de petits coups d'œil, et qui, deux ou trois fois, parut sur le point de parler. Le train repartait, sale et mouillé, dans un monde obscur semé de lumières très dispersées et parfois, à un passage à niveau, on devinait quelqu'un à bicyclette qui attendait la fin du convoi.

Est-ce que Maigret était triste ? C'était plus vague que ça. Il ne se sentait pas tout à fait dans sa peau. Et d'abord, ces trois derniers jours, il avait trop bu, parce que c'était nécessaire, mais sans plaisir.

Il s'était rendu au congrès de police international qui, cette année-là, se tenait à Bordeaux. On était en avril. Quand il avait quitté Paris, où l'hiver avait été long et monotone, on croyait le printemps tout proche. Or, à Bordeaux, il avait plu pendant les trois jours, avec un vent froid qui vous collait les vêtements au corps.

Par hasard, les quelques amis qu'il rencontrait d'habitude dans ces congrès, comme Mr Pyke, n'y étaient pas. Chaque pays semblait s'être ingénié à n'envoyer que des jeunes, des hommes de trente à quarante ans qu'il n'avait jamais vus. Ils s'étaient tous montrés très gentils pour lui, très déférents, comme on l'est avec un aîné qu'on respecte en trouvant qu'il date un peu.

Était-ce une idée ? Ou bien la pluie qui n'en finissait pas l'avait-elle mis de mauvaise humeur ? Et tout le vin qu'ils avaient dû boire dans les caves que la Chambre de Commerce les invitait à visiter ?

— Tu t'amuses bien ? lui avait demandé sa femme au téléphone.

Il avait répondu par un grognement.

— Essaie de te reposer un peu. En partant, tu m'as paru fatigué. De toute façon, cela te changera les idées. Ne prends pas froid.

Peut-être s'était-il soudain senti vieux ? Même leurs discussions, qui portaient presque toutes sur de nouveaux procédés scientifiques, ne l'avaient pas intéressé.

Le banquet avait eu lieu la veille au soir. Ce matin, il y avait eu une dernière réception, à l'Hôtel de Ville cette fois, et un lunch largement arrosé. Il avait promis à Chabot de profiter de ce qu'il ne devait être à Paris que le lundi matin pour passer le voir à Fontenay-le-Comte.

Chabot non plus ne rajeunissait pas. Ils avaient été amis jadis quand il avait fait deux ans de médecine, à l'université de Nantes. Chabot, lui, étudiait le droit. Ils vivaient dans la même pension. Deux ou trois fois, le dimanche, il avait accompagné son ami chez sa mère, à Fontenay.

Et, depuis, à travers les années, ils s'étaient peut-être revus dix fois en tout.

— Quand viendras-tu me dire bonjour en Vendée ?

Mme Maigret s'était mise de la partie.

— Pourquoi, en revenant de Bordeaux, ne passerais-tu pas voir ton ami Chabot ?

Il aurait dû être à Fontenay depuis deux heures déjà. Il s'était trompé de train. A Niort, où il avait attendu longtemps, à boire des petits verres dans la salle d'attente, il avait hésité à téléphoner pour que Chabot vienne le prendre en voiture.

Il ne l'avait pas fait, en fin de compte, parce que, si Julien venait le chercher, il insisterait pour que Maigret couche chez lui, et le commissaire avait horreur de dormir chez les gens.

Il descendrait à l'hôtel. Une fois là, seulement, il téléphonerait. Il avait eu tort de faire ce détour au lieu de passer chez lui, boulevard Richard-Lenoir, ces deux jours de vacances. Qui sait ? Peut-être qu'à Paris, il ne pleuvait plus et que le printemps était enfin arrivé.

— Ainsi, ils vous ont fait venir...

Il tressaillit. Sans s'en rendre compte, il avait dû continuer à regarder vaguement son compagnon de voyage et celui-ci venait de se décider à lui adresser la parole. On aurait dit qu'il en était gêné lui-même. Il croyait devoir mettre dans sa voix une certaine ironie.

— Pardon ?

— Je dis que je me doutais qu'ils feraient appel à quelqu'un comme vous.

Puis, Maigret n'ayant toujours pas l'air de comprendre :

— Vous êtes bien le commissaire Maigret ?

Le voyageur redevenait homme du monde, se soulevait sur la banquette pour se présenter :

— Vernoux de Courçon.

— Enchanté.

— Je vous ai reconnu tout de suite, pour avoir vu souvent votre photographie dans les journaux.

A la façon dont il disait cela, il avait l'air de s'excuser d'être de ceux qui lisent les journaux.

— Cela doit vous arriver souvent.

— Quoi ?

— Que les gens vous reconnaissent.

Maigret ne savait que répondre. Il n'avait pas encore les deux pieds bien d'aplomb dans la réalité. Quant à l'homme, des gouttelettes de sueur se voyaient sur son front, comme s'il s'était mis dans une situation dont il ne savait comment se tirer à son avantage.

— C'est mon ami Julien qui vous a téléphoné ?

— Vous parlez de Julien Chabot ?

— Le juge d'instruction. Ce qui m'étonne, c'est qu'il ne m'en ait rien dit quand je l'ai rencontré ce matin.

— Je ne comprends toujours pas.

Vernoux de Courçon le regarda plus attentivement, sourcils froncés.

— Vous prétendez que c'est par hasard que vous venez à Fontenay-le-Comte ?

— Oui.

— Vous n'allez pas chez Julien Chabot ?
— Si, mais...

Tout à coup Maigret rougit, furieux contre lui-même, car il venait de répondre docilement, comme il le faisait jadis avec les gens du genre de son interlocuteur, « les gens du château ».

— Curieux, n'est-ce pas ? ironisait l'autre.
— Qu'est-ce qui est curieux ?
— Que le commissaire Maigret, qui n'a sans doute jamais mis les pieds à Fontenay...
— On vous a dit cela ?
— Je le suppose. En tout cas, on ne vous y a pas vu souvent et je n'ai jamais entendu qu'il en fût fait mention. C'est curieux, dis-je, que vous y arriviez juste au moment où les autorités sont émues par le mystère le plus abracadabrant qui...

Maigret frotta une allumette, tira à petites bouffées sur sa pipe.

— J'ai fait une partie de mes études avec Julien Chabot, énonça-t-il calmement. Plusieurs fois, jadis, j'ai été l'hôte de sa maison de la rue Clemenceau.
— Vraiment ?

Froidement, il répéta :
— Vraiment.
— Dans ce cas, nous nous verrons sans doute demain soir, chez moi, rue Rabelais, où Chabot vient chaque samedi faire le bridge.

On s'arrêtait une dernière fois avant Fontenay. Vernoux de Courçon n'avait pas de bagages, seulement une serviette de cuir marron posée à côté de lui sur la banquette.

— Je suis curieux de voir si vous percerez le mystère. Hasard ou non, c'est une chance pour Chabot que vous soyez ici.
— Sa mère vit toujours ?
— Aussi solide que jamais.

L'homme se levait pour boutonner son imperméable, tirer sur ses gants, ajuster son chapeau. Le train ralentissait, des lumières plus nombreuses défilaient et des gens se mettaient à courir sur le quai.

— Enchanté d'avoir fait votre connaissance. Dites à Chabot que j'espère vous voir avec lui demain soir.

Maigret se contenta de répondre d'un signe de tête et ouvrit la portière, se saisit de sa valise, qui était lourde, et se dirigea vers la sortie sans regarder les gens au passage.

Chabot ne pouvait pas l'attendre à ce train-là, qu'il n'avait pris que par hasard. Du seuil de la gare, Maigret vit l'enfilade de la rue de la République où il pleuvait de plus belle.

— Taxi, monsieur ?

Il fit signe que oui.

— Hôtel de France ?

Il dit encore oui, se tassa dans son coin, maussade. Il n'était que neuf heures du soir, mais il n'y avait plus aucune animation dans la ville où seuls deux ou trois cafés restaient encore éclairés. La porte de l'Hôtel de France était flanquée de deux palmiers dans des tonneaux peints en vert.

— Vous avez une chambre ?
— A un seul lit ?
— Oui. Si c'était possible, je désirerais manger un morceau.

L'hôtel était déjà en veilleuse, comme une église après les vêpres. On dut aller s'informer à la cuisine, allumer deux ou trois lampes dans la salle à manger.

Pour ne pas monter dans sa chambre, il se lava les mains à une fontaine de porcelaine.

— Du vin blanc ?

Il était écœuré de tout le vin blanc qu'il avait dû boire à Bordeaux.

— Vous n'avez pas de bière ?
— Seulement en bouteille.
— Dans ce cas, donnez-moi du gros rouge.

On lui avait réchauffé de la soupe et on lui découpait du jambon. De sa place, il vit quelqu'un qui pénétrait, détrempé, dans le hall de l'hôtel et qui, ne trouvant personne à qui parler, jetait un coup d'œil dans la salle à manger, paraissait rassuré en apercevant le commissaire. C'était un garçon roux, d'une quarantaine d'années, avec de grosses joues colorées et des appareils photographiques en bandoulière sur son imperméable beige.

Il secoua son chapeau pour en faire tomber la pluie, s'avança.

— Vous permettez, avant tout, que je prenne une photo ? Je suis le correspondant de l'*Ouest-Éclair* pour la région. Je vous ai aperçu à la gare mais je n'ai pu vous rejoindre à temps. Ainsi, ils vous ont fait venir pour éclaircir l'affaire Courçon.

Un éclair. Un déclic.

— Le commissaire Féron ne nous avait pas parlé de vous. Le juge d'instruction non plus.

— Je ne suis pas ici pour l'affaire Courçon.

Le garçon roux sourit, du sourire de quelqu'un qui est du métier et à qui on ne la fait pas.

— Évidemment !
— Quoi, évidemment ?
— Vous n'êtes pas ici *officiellement*. Je comprends. N'empêche que...
— Que rien du tout !
— La preuve, c'est que Féron m'a répondu qu'il accourait.
— Qui est Féron ?
— Le commissaire de police de Fontenay. Quand je vous ai aperçu, à la gare, je me suis précipité dans la cabine téléphonique et je l'ai appelé. Il m'a dit qu'il me rejoignait ici.
— *Ici ?*
— Bien sûr. Où seriez-vous descendu ?

Maigret vida son verre, s'essuya la bouche, grommela :

— Qui est ce Vernoux de Courçon avec qui j'ai voyagé depuis Niort ?
— Il était dans le train, en effet. C'est le beau-frère.
— Le beau-frère de qui ?
— Du Courçon qui a été assassiné.

Un petit personnage brun de poil pénétrait à son tour dans l'hôtel, repérait aussitôt les deux hommes dans la salle à manger.

— Salut, Féron ! lança le journaliste.
— Bonsoir, toi. Excusez-moi, monsieur le commissaire. Personne ne m'a annoncé votre arrivée, ce qui vous explique que je n'étais pas à la gare. Je mangeais un morceau, après une journée harassante, quand...

Il désignait le rouquin.

— Je me suis précipité et...
— Je disais à ce jeune homme, prononça Maigret en repoussant son assiette et en saisissant sa pipe, que je n'ai rien à voir avec votre affaire Courçon. Je suis à Fontenay-le-Comte, par le plus grand des hasards, pour serrer la main de mon vieil ami Chabot et...
— Il sait que vous êtes ici ?
— Il a dû m'attendre au train de quatre heures. En ne me voyant pas, sans doute s'est-il dit que je ne viendrais que demain ou que je ne viendrais pas du tout.

Maigret se levait.

— Et maintenant, si vous le permettez, je vais passer lui dire bonsoir avant d'aller me coucher.

Le commissaire de police et le reporter paraissaient aussi décontenancés l'un que l'autre.

— Vous ne savez vraiment rien ?
— Rien de rien.
— Vous n'avez pas lu les journaux ?
— Depuis trois jours, les organisateurs du congrès et la Chambre de Commerce de Bordeaux ne nous en ont pas laissé le loisir.

Ils échangeaient un coup d'œil dubitatif.

— Vous savez où habite le juge ?
— Mais oui. A moins que la ville ait changé depuis la dernière visite que je lui ai faite.

Ils ne se décidaient pas à le lâcher. Sur le trottoir, ils restaient debout à ses côtés.

— Messieurs, j'ai bien l'honneur de vous saluer.

Le reporter insista :

— Vous n'avez aucune déclaration pour l'*Ouest-Éclair* ?
— Aucune. Bonsoir, messieurs.

Il gagna la rue de la République, franchit le pont et, le temps qu'il mit à monter jusque chez Chabot, ne croisa pas deux personnes. Chabot habitait une maison ancienne qui, autrefois, faisait l'admiration du jeune Maigret. Elle était toujours pareille, en pierres grises, avec un perron de quatre marches et de hautes fenêtres à petits carreaux.

Un peu de lumière filtrait entre les rideaux. Il sonna, entendit des pas menus sur les dalles bleues du corridor. Un judas s'ouvrit dans la porte.

— M. Chabot est chez lui ? demanda-t-il.
— Qui est-ce ?
— Le commissaire Maigret.
— C'est vous, Monsieur Maigret ?

Il avait reconnu la voix de Rose, la bonne des Chabot, qui était déjà chez eux trente ans auparavant.

— Je vous ouvre tout de suite. Attendez seulement que je retire la chaîne.

En même temps, elle criait vers l'intérieur :

— Monsieur Julien ! C'est votre ami Monsieur Maigret... Entrez, Monsieur Maigret... Monsieur Julien est allé cet après-midi à la gare... Il a été déçu de ne pas vous trouver. Comment êtes-vous venu ?

— Par le train.
— Vous voulez dire que vous avez pris l'omnibus du soir ?

Une porte s'était ouverte. Dans le faisceau de lumière orangée se tenait un homme grand et maigre, un peu voûté, qui portait un veston d'intérieur en velours marron.

— C'est toi ? disait-il.
— Mais oui. J'ai raté le bon train. Alors, j'ai pris le mauvais.
— Tes bagages ?
— Ils sont à l'hôtel.
— Tu es fou ? Il va falloir que je les fasse chercher. Il était entendu que tu descendais ici.
— Écoute, Julien...

C'était drôle. Il devait faire un effort pour appeler son ancien camarade par son prénom et cela sonnait étrangement. Même le tutoiement qui ne venait pas tout seul.

— Entre ! J'espère que tu n'as pas dîné ?
— Mais si. A l'Hôtel de France.
— Je préviens Madame ? questionnait Rose.

Maigret intervint.

— Je suppose qu'elle est couchée ?
— Elle vient juste de monter. Mais elle ne se met pas au lit avant onze heures ou minuit. Je...
— Jamais de la vie. J'interdis qu'on la dérange. Je verrai ta mère demain matin.
— Elle ne sera pas contente.

Maigret calculait que Mme Chabot avait au moins soixante-dix-huit ans. Au fond, il regrettait d'être venu. Il n'en accrochait pas moins son pardessus lourd de pluie au portemanteau ancien, suivait Julien dans son bureau, tandis que Rose, qui avait elle-même passé la soixantaine, attendait les ordres.

— Qu'est-ce que tu prends ? Une vieille fine ?
— Si tu veux.

Rose comprit les indications muettes du juge et s'éloigna. L'odeur de la maison n'avait pas changé et c'était encore une chose qui, jadis, avait fait envie à Maigret, l'odeur d'une maison bien tenue, où les parquets sont encaustiqués et où l'on fait de la bonne cuisine.

Il aurait juré qu'aucun meuble n'avait changé de place.

— Assieds-toi. Je suis content de te voir...

Il aurait été tenté de dire que Chabot, lui non plus, n'avait pas changé. Il reconnaissait ses traits, son expression. Comme chacun avait vieilli de son côté, Maigret se rendait mal compte du travail des années. Il n'en était pas moins frappé par quelque chose de terne, d'hésitant, d'un peu veule, qu'il n'avait jamais remarqué chez son ami.

Était-il comme cela jadis ? Était-ce Maigret qui ne s'en était pas aperçu ?

— Cigare ?

Il y en avait une pile de boîtes sur la cheminée.

— Toujours la pipe.

— C'est vrai. J'avais oublié. Moi, il y a douze ans que je ne fume plus.

— Ordre du médecin ?

— Non. Un beau jour, je me suis dit que c'était idiot de faire de la fumée et...

Rose entrait avec un plateau sur lequel il y avait une bouteille couverte d'une fine poussière de cave et un seul verre de cristal.

— Tu ne bois plus non plus ?

— J'ai cessé à la même époque. Juste un peu de vin coupé d'eau aux repas. Toi, tu n'as pas changé.

— Tu trouves ?

— Tu parais jouir d'une santé magnifique. Cela me fait vraiment plaisir que tu sois venu.

Pourquoi n'avait-il pas l'air tout à fait sincère ?

— Tu m'as promis si souvent de passer par ici, pour t'excuser au dernier moment, que je t'avoue que je ne comptais pas trop sur toi.

— Tout arrive, tu vois !

— Ta femme ?

— Va bien.

— Elle ne t'a pas accompagné ?

— Elle n'aime pas les congrès.

— Cela s'est bien passé ?

— On a beaucoup bu, beaucoup parlé, beaucoup mangé.

— Moi, je voyage de moins en moins.

Il baissa la voix, car on entendait des pas à l'étage supérieur.

— Avec ma mère, c'est difficile. D'autre part, je ne peux plus la laisser seule.

— Elle est toujours aussi solide ?

— Elle ne change pas. Sa vue, seulement, faiblit un peu. Cela la désole de ne plus pouvoir enfiler ses aiguilles, mais elle s'obstine à ne pas porter de lunettes.

On sentait qu'il pensait à autre chose en regardant Maigret un peu de la même façon que Vernoux de Courçon le regardait dans le train.
— Tu es au courant ?
— De quoi ?
— De ce qui se passe ici.
— Il y a presque une semaine que je n'ai pas lu les journaux. Mais j'ai voyagé tout à l'heure avec un certain Vernoux de Courçon qui se prétend ton ami.
— Hubert ?
— Je ne sais pas. Un homme dans les soixante-cinq ans.
— C'est Hubert.
Aucun bruit ne venait de la ville. On entendait seulement la pluie qui battait les vitres et, de temps en temps, le craquement des bûches dans l'âtre. Le père de Julien Chabot était déjà juge d'instruction à Fontenay-le-Comte et le bureau n'avait pas changé quand son fils s'y était assis à son tour.
— Dans ce cas, on a dû te raconter...
— Presque rien. Un journaliste s'est précipité sur moi avec son appareil photographique dans la salle à manger de l'hôtel.
— Un roux ?
— Oui.
— C'est Lomel. Qu'est-ce qu'il t'a dit ?
— Il était persuadé que j'étais ici pour m'occuper de je ne sais quelle affaire. Je n'avais pas eu le temps de l'en dissuader que le commissaire de police arrivait à son tour.
— En somme, à l'heure qu'il est, toute la ville sait que tu es ici ?
— Cela t'ennuie ?
Chabot parvint juste à cacher son hésitation.
— Non... seulement...
— Seulement quoi ?
— Rien. C'est fort compliqué. Tu n'as jamais vécu dans une ville sous-préfecture comme Fontenay.
— J'ai habité Luçon plus d'un an, tu sais !
— Il n'y a pas eu d'affaire dans le genre de celle que j'ai sur les bras.
— Je me souviens d'un certain assassinat, à l'Aiguillon...
— C'est vrai. J'oubliais.
Il s'agissait d'une affaire, justement, au cours de laquelle Maigret s'était vu obligé d'arrêter comme assassin un ancien magistrat que tout le monde considérait comme tout à fait respectable.
— Ce n'est quand même pas aussi grave. Tu verras cela demain matin. Je serais surpris si les journalistes de Paris ne nous arrivaient pas par le premier train.
— Un meurtre ?
— Deux.
— Le beau-frère de Vernoux de Courçon ?
— Tu vois que tu es au courant !

— C'est tout ce qu'on m'a dit.

— Son beau-frère, oui, Robert de Courçon, qui a été assassiné voilà quatre jours. Rien que cela aurait suffi à faire du bruit. Avant-hier, c'était le tour de la veuve Gibon.

— Qui est-ce ?

— Personne d'important. Au contraire. Une vieille femme qui vivait seule tout au bout de la rue des Loges.

— Quel rapport entre les deux crimes ?

— Tous les deux ont été commis de la même manière, sans doute avec la même arme.

— Revolver ?

— Non. Un objet contondant, comme nous disons dans les rapports. Un morceau de tuyau de plomb, ou un outil dans le genre d'une clef anglaise.

— C'est tout ?

— Ce n'est pas assez ?... Chut !

La porte s'ouvrait sans bruit et une femme toute petite, toute maigre, vêtue de noir, s'avançait la main tendue.

— C'est vous, Jules !

Depuis combien d'années personne ne l'appelait-il plus ainsi ?

— Mon fils est allé à la gare. En rentrant, il m'a affirmé que vous ne viendriez plus et je suis montée. On ne vous a pas servi à dîner ?

— Il a dîné à l'hôtel, maman.

— Comment, à l'hôtel ?

— Il est descendu à l'Hôtel de France. Il refuse de...

— Jamais de la vie ! Je ne vous permettrai pas de...

— Écoutez, madame. Il est d'autant plus souhaitable que je reste à l'hôtel que les journalistes sont déjà après moi. Si j'acceptais votre invitation, demain matin, sinon ce soir, ils seraient pendus à votre sonnette. Mieux vaut, d'ailleurs, qu'on ne prétende pas que je suis ici sur la demande de votre fils...

C'était ça, au fond, qui chiffonnait le juge, et Maigret en voyait la confirmation sur son visage.

— On le dira quand même !

— Je le nierai. Cette affaire, ou plutôt ces affaires, ne me regardent pas. Je n'ai nullement l'intention de m'en occuper.

Chabot avait-il craint qu'il se mêle de ce qui ne le regardait pas ? Ou bien s'était-il dit que Maigret, avec ses méthodes parfois quelque peu personnelles, pourrait le mettre dans une situation délicate ?

Le commissaire tombait à un mauvais moment.

— Je me demande, maman, si Maigret n'a pas raison.

Et, tourné vers son ancien ami :

— Vois-tu, il ne s'agit pas d'une enquête comme une autre. Robert de Courçon, qui a été assassiné, était un homme connu, plus ou moins apparenté à toutes les grandes familles de la région. Son beau-frère Vernoux est un personnage en vue, lui aussi. Après le premier crime, des bruits ont commencé à courir. Puis la veuve Gibon a été assassinée, et cela a changé quelque peu le cours des racontars. Mais...

— Mais... ?

— C'est difficile à t'expliquer. Le commissaire de police s'occupe de l'enquête. C'est un brave homme, qui connaît la ville, encore qu'il soit du Midi, d'Arles, je crois. La brigade mobile de Poitiers est sur les lieux aussi. Enfin, de mon côté...

La vieille dame s'était assise, comme en visite, sur le bord d'une chaise, et écoutait parler son fils comme elle eût écouté le sermon à la grand-messe.

— Deux assassinats en trois jours, c'est beaucoup, dans une ville de huit mille habitants. Il y a des gens qui prennent peur. Ce n'est pas seulement à cause de la pluie que, ce soir, on ne rencontre personne dans les rues.

— Que pense la population ?

— Certains prétendent qu'il s'agit d'un fou.

— Il n'y a pas eu vol ?

— Dans aucun des deux cas. Et, dans les deux cas, l'assassin a pu se faire ouvrir la porte sans que ses victimes se méfient. C'est une indication. C'est même à peu près la seule que nous possédions.

— Pas d'empreintes ?

— Aucune. S'il s'agit d'un fou, il commettra sans doute d'autres meurtres.

— Je vois. Et toi, qu'est-ce que tu penses ?

— Rien. Je cherche. Je suis troublé.

— Par quoi ?

— C'est encore trop confus pour que je puisse l'expliquer. J'ai une terrible responsabilité sur les épaules.

Il disait cela à la façon d'un fonctionnaire accablé. Et c'était bien un fonctionnaire que Maigret avait maintenant devant lui, un fonctionnaire de petite ville qui vit dans la terreur du faux pas.

Est-ce que le commissaire était devenu comme ça avec l'âge, lui aussi ? A cause de son ami, il se sentait vieillir.

— Je me demande si je ne ferais pas mieux de reprendre le premier train pour Paris. En définitive, je ne suis passé par Fontenay que pour te serrer la main. C'est fait. Ma présence ici risque de te créer des complications.

— Que veux-tu dire ?

Le premier mouvement de Chabot n'avait pas été de protester.

— Déjà le rouquin et le commissaire de police sont persuadés que c'est toi qui m'as appelé à la rescousse. On va prétendre que tu as peur, que tu ne sais comment t'en tirer, que...

— Mais non.

Le juge repoussait mollement cette idée.

— Je ne te permettrai pas de t'en aller. J'ai quand même le droit de recevoir mes amis comme bon me semble.

— Mon fils a raison, Jules. Et je crois, quant à moi, qu'il faut que vous habitiez chez nous.

— Maigret préfère avoir ses mouvements libres, pas vrai ?

— J'ai mes habitudes.

— Je n'insiste pas.

— Il n'en sera pas moins préférable que je parte demain matin.

Peut-être Chabot allait-il accepter ? La sonnerie du téléphone retentit et cette sonnerie-là n'était pas la même qu'ailleurs, elle avait un son vieillot.

— Tu permets ?

Chabot décrocha.

— Le juge d'instruction Chabot à l'appareil.

La façon dont il disait cela était encore un signe et Maigret s'efforça de ne pas sourire.

— Qui ?... Ah ! oui... Je vous écoute, Féron... Comment ?... Gobillard ?... Où ?... Au coin du Champ-de-Mars et de la rue... je viens tout de suite... oui... Il est ici... Je ne sais pas... Qu'on ne touche à rien en m'attendant...

Sa mère le regardait, une main sur la poitrine.

— Encore ? balbutia-t-elle.

Il fit signe que oui.

— Gobillard.

Il expliqua à Maigret :

— Un vieil ivrogne que tout le monde connaît à Fontenay, car il passe la plus grande partie de ses journées à pêcher à la ligne près du pont. On vient de le trouver sur le trottoir, mort.

— Assassiné ?

— Le crâne fracassé, comme les deux autres, vraisemblablement avec le même instrument.

Il s'était levé, avait ouvert la porte, décrochait au portemanteau un vieux trench-coat et un chapeau déformé qui ne devait lui servir que les jours de pluie.

— Tu viens ?

— Tu penses que je dois t'accompagner ?

— Maintenant qu'on sait que tu es ici, on se demanderait pourquoi je ne t'emmène pas. Deux crimes, c'était beaucoup. Avec un troisième, la population va être terrorisée.

Au moment où ils sortaient, une petite main nerveuse saisit la manche de Maigret et la vieille maman souffla à son oreille :

— Veillez bien sur lui, Jules ! Il est tellement consciencieux qu'il ne se rend pas compte du danger.

2

Le marchand de peaux de lapins

A ce degré d'obstination, de violence, la pluie n'était plus seulement de la pluie, le vent du vent glacé, cela devenait une méchanceté des éléments, et tout à l'heure, sur le quai mal abrité de la gare de Niort, harassé par cet hiver dont les dernières convulsions n'en finissaient pas, Maigret avait pensé à une bête qui ne veut pas mourir et qui s'acharne à mordre, jusqu'au bout.

Cela ne valait plus la peine de se protéger. Il n'y avait pas seulement l'eau du ciel, mais celle qui tombait des gouttières en grosses gouttes froides, et il en dégoulinait sur les portes des maisons, le long des trottoirs où des ruisseaux faisaient un bruit de torrent, on avait de l'eau partout, sur le visage, dans le cou, dans les chaussures et jusque dans les poches des vêtements qui ne parvenaient plus à sécher entre deux sorties.

Ils marchaient contre le vent, sans parler, penchés en avant, le juge dans son vieil imperméable dont les pans avaient des claquements de drapeau, Maigret dans son pardessus qui pesait cent kilos, et, après quelques pas, le tabac s'éteignit avec un grésillement dans la pipe du commissaire.

Par-ci par-là, on voyait une fenêtre éclairée, mais pas beaucoup. Après le pont, ils passèrent devant les vitres du Café de la Poste et eurent conscience que des gens les regardaient par-dessus les rideaux ; la porte s'ouvrit, après qu'ils se furent éloignés, et ils entendirent des pas, des voix derrière eux.

Le meurtre avait eu lieu tout près de là. A Fontenay, rien n'est jamais bien loin et il est le plus souvent inutile de sortir sa voiture du garage. Une courte rue s'amorçait à droite, reliant la rue de la République au Champ-de-Mars. Devant la troisième ou la quatrième maison, un groupe se tenait sur le trottoir, près des lanternes d'une ambulance, certains portant une lampe de poche à bout de bras.

Un petit homme se détacha, le commissaire Féron, qui faillit commettre la gaffe de s'adresser à Maigret plutôt qu'à Chabot.

— Je vous ai téléphoné tout de suite, du Café de la Poste. J'ai également téléphoné au procureur.

Une forme humaine était couchée en travers du trottoir, une main pendait dans le ruisseau, et on voyait le clair de la peau entre les souliers noirs et le bas du pantalon : Gobillard, le mort, ne portait pas de chaussettes. Son chapeau gisait à un mètre de lui. Le commissaire braqua sa lampe électrique vers le visage et, comme Maigret se penchait en même temps que le juge, il y eut un éclair, un déclic, puis la voix du journaliste roux qui demandait :

— Encore une, s'il vous plaît. Rapprochez-vous, Monsieur Maigret.

Le commissaire recula en grognant. Près du corps, deux ou trois personnes le regardaient, puis, bien à part, à cinq ou six mètres, il y avait un second groupe, plus nombreux, où l'on parlait à mi-voix.

Chabot questionnait, à la fois officiel et excédé :

— Qui l'a découvert ?

Et Féron répondait en désignant une des silhouettes les plus proches :

— Le docteur Vernoux.

Est-ce que celui-là aussi appartenait à la famille de l'homme du train ? Autant qu'on en pouvait juger dans l'obscurité, il était beaucoup plus jeune. Peut-être trente-cinq ans ? Il était grand, avec un long visage nerveux, portait des lunettes sur lesquelles glissaient des gouttes de pluie.

Chabot et lui se serraient la main de la façon machinale des gens qui se rencontrent tous les jours et même plusieurs fois par jour.

Le docteur expliquait à mi-voix :

— Je me rendais chez un ami, de l'autre côté de la place. J'ai aperçu quelque chose sur le trottoir. Je me suis penché. Il était déjà mort. Pour gagner du temps, je me suis précipité au Café de la Poste d'où j'ai téléphoné au commissaire.

D'autres visages entraient les uns après les autres dans le rayon des lampes électriques, avec toujours des hachures de pluie qui les auréolaient.

— Vous êtes là, Jussieux ?

Poignée de main. Ces gens-là se connaissaient comme les élèves d'une même classe à l'école.

— Je me trouvais justement au café. Nous faisions un bridge et nous sommes tous venus...

Le juge se souvint de Maigret qui se tenait à l'écart, présenta :

— Le docteur Jussieux, un ami. Commissaire Maigret...

Jussieux expliquait :

— Même procédé que pour les deux autres. Un coup violent sur le sommet du crâne. L'arme a légèrement glissé vers la gauche cette fois. Gobillard a été attaqué de face, lui aussi, sans rien tenter pour se protéger.

— Ivre ?

— Vous n'avez qu'à vous pencher et renifler. A cette heure-ci, d'ailleurs, comme vous le connaissez...

Maigret écoutait d'une oreille distraite. Lomel, le journaliste roux, qui venait de prendre un second cliché, essayait de l'attirer à l'écart. Ce qui frappait le commissaire était assez difficilement définissable.

Le plus petit des deux groupes, celui qui se tenait près du cadavre, paraissait n'être composé que de gens qui se connaissaient, qui appartenaient à un milieu déterminé : le juge, les deux médecins, les hommes qui, sans doute, jouaient tout à l'heure au bridge avec le docteur Jussieux et qui tous devaient être des notables de l'endroit.

L'autre groupe, moins en lumière, ne gardait pas le même silence. Sans manifester à proprement parler, il laissait sourdre une certaine hostilité. Il y eut même deux ou trois ricanements.

Une auto sombre vint se ranger derrière l'ambulance et un homme en sortit, qui s'arrêta net en reconnaissant Maigret.

— Vous êtes ici, patron !

Cela ne paraissait pas l'enchanter de rencontrer le commissaire. C'était Chabiron, un inspecteur de la Mobile attaché depuis quelques années à la brigade de Poitiers.

— Ils vous ont fait venir ?

— Je suis ici par hasard.

— Cela s'appelle tomber à pic, hein ?

Lui aussi ricanait.

— J'étais en train de patrouiller la ville avec ma bagnole, ce qui explique que cela ait pris du temps de m'avertir. Qui est-ce ?

Féron, le commissaire de police, lui expliquait :

— Un certain Gobillard, un type qui fait le tour de Fontenay une fois ou deux par semaine pour ramasser les peaux de lapins. C'est lui aussi qui rachète les peaux de bœufs et de moutons à l'abattoir municipal. Il a une charrette et un vieux cheval et il habite une bicoque en dehors de la ville. Il passe le plus clair de son temps à pêcher près du pont en se servant des appâts les plus dégoûtants, de la moelle, des boyaux de poulets, du sang coagulé...

Chabiron devait être pêcheur.

— Il prend du poisson ?

— Il est à peu près le seul à en prendre. Le soir, il va de bistrot en bistrot, buvant dans chacun une chopine de rouge jusqu'à ce qu'il ait son compte.

— Jamais de pétard ?

— Jamais.

— Marié ?

— Il vit seul avec son cheval et des quantités de chats.

Chabiron se tourna vers Maigret :

— Qu'est-ce que vous en pensez, patron ?

— Je n'en pense rien.

— Trois en une semaine, ce n'est pas mal pour un patelin comme celui-ci.

— Qu'est-ce qu'on en fait ? demandait Féron au juge.

— Je ne pense pas qu'il soit nécessaire d'attendre le procureur. Il n'était pas chez lui ?

— Non. Sa femme essaie de le toucher par téléphone.

— Je crois qu'on peut transporter le corps à la morgue.

Il se tourna vers le docteur Vernoux.

— Vous n'avez rien vu d'autre, rien entendu ?

— Rien. Je marchais vite, les mains dans les poches. J'ai presque buté sur lui.

— Votre père est chez lui ?

— Il est rentré ce soir de Niort ; il dînait quand je suis parti.

Autant que Maigret pouvait comprendre, c'était le fils du Vernoux de Courçon avec qui il avait voyagé dans le petit train.

— Vous pouvez l'emporter, vous autres.

Le journaliste ne lâchait pas Maigret.

— Est-ce que vous allez vous en occuper, cette fois ?

— Certainement pas.

— Pas même à titre privé ?

— Non.

— Vous n'êtes pas curieux ?

— Non.

— Vous croyez, vous aussi, à des crimes de fou ?

Chabot et le docteur Vernoux, qui avaient entendu, se regardèrent, toujours avec cet air d'appartenir à un même clan, de se connaître si bien qu'il n'est plus besoin de mots.

C'était naturel. Cela existe partout. Rarement, néanmoins, Maigret avait eu à ce point l'impression d'une coterie. Dans une petite ville comme celle-ci, évidemment, il y a les notables, peu nombreux, qui, par la force des choses, se rencontrent, ne serait-ce que dans la rue, plusieurs fois par jour.

Puis il y a les autres, ceux, par exemple, qui se tenaient groupés à l'écart et qui ne paraissaient pas contents.

Sans que le commissaire eût rien demandé, l'inspecteur Chabiron lui expliquait :

— Nous étions venus à deux. Levras, qui m'accompagnait, a dû partir ce matin parce que sa femme attend un bébé d'un moment à l'autre. Je fais ce que je peux. Je prends l'affaire par tous les bouts à la fois. Mais, pour ce qui est de faire parler ces gens-là...

C'était le premier groupe, celui des notables, que son menton désignait. Sa sympathie allait visiblement aux autres.

— Le commissaire de police, lui aussi, fait son possible. Il ne dispose que de quatre agents. Ils ont travaillé toute la journée. Combien en avez-vous en patrouille à ce moment, Féron ?

— Trois.

Comme pour confirmer ses dires, un cycliste en uniforme s'arrêtait au bord du trottoir et secouait la pluie de ses épaules.

— Rien ?

— J'ai vérifié l'identité de la demi-douzaine de personnes que j'ai rencontrées. Je vous donnerai la liste. Toutes avaient une bonne raison d'être dehors.

— Tu remontes un instant chez moi ? demanda Chabot à Maigret.

Il hésita. S'il le fit, c'est qu'il avait envie de boire quelque chose pour se réchauffer et qu'il s'attendait à ne plus rien trouver à l'hôtel.

— Je fais le chemin avec vous, annonça le docteur Vernoux. A moins que je vous dérange ?

— Pas du tout.

Cette fois, ils avaient le vent dans le dos et pouvaient parler. L'ambulance s'était éloignée avec le corps de Gobillard et on voyait son feu rouge du côté de la place Viète.

— Je ne vous ai guère présentés. Vernoux est le fils d'Hubert Vernoux que tu as rencontré dans le train. Il a fait sa médecine mais ne pratique pas et est surtout intéressé par des recherches.

— Des recherches !... protesta vaguement le médecin.

— Il a été deux ans interne à Sainte-Anne, se passionne pour la psychiatrie et, deux ou trois fois par semaine, se rend à l'asile d'aliénés de Niort.

— Vous croyez que ces trois crimes sont l'œuvre d'un fou ? questionna Maigret, plutôt par politesse.

Ce qu'on venait de lui dire n'était pas pour lui rendre Vernoux sympathique, car il n'appréciait guère les amateurs.

— C'est plus que probable, sinon certain.

— Vous connaissez des fous à Fontenay ?

— Il en existe partout mais, le plus souvent, on ne les découvre qu'au moment de la crise.

— Je suppose que cela ne pourrait pas être une femme ?

— Pourquoi ?

— A cause de la force avec laquelle, chaque fois, les coups ont été portés. Il ne doit pas être facile de tuer, en trois occasions, de cette façon-là, sans jamais avoir besoin de s'y reprendre.

— D'abord, beaucoup de femmes sont aussi vigoureuses que des hommes. Ensuite quand il s'agit de fous...

Ils étaient déjà arrivés.

— Rien à dire, Vernoux ?

— Pas pour le moment.

— Je vous verrai demain ?

— Presque sûrement.

Chabot chercha la clef dans sa poche. Dans le corridor, Maigret et lui s'ébrouèrent pour faire tomber la pluie de leurs vêtements et il y en eut tout de suite des traînées sur les dalles. Les deux femmes, la mère et la bonne, attendaient dans un petit salon trop peu éclairé qui donnait sur la rue.

— Vous pouvez aller vous coucher, maman. Il n'y a rien à faire d'autre cette nuit, que de demander à la gendarmerie de faire patrouiller les hommes disponibles.

Elle finit par se décider à monter.

— Je suis vraiment humiliée que vous ne couchiez pas chez nous, Jules !

— Je vous promets que, si je reste plus de vingt-quatre heures, ce dont je doute, je ferai appel à votre hospitalité.

Ils retrouvèrent l'air immobile du bureau, où la bouteille de fine était toujours à sa place. Maigret se servit, alla se camper le dos au feu, son verre à la main.

Il sentait que Chabot était mal à son aise, que c'était pour cela qu'il l'avait ramené. Avant tout, le juge téléphonait à la gendarmerie.

— C'est vous, lieutenant ? Vous étiez couché ? Je suis navré de vous déranger à cette heure...

Une horloge au cadran mordoré, sur lequel on distinguait à peine les aiguilles, marquait onze heures et demie.

— Encore un, oui... Gobillard... Dans la rue, cette fois... Et de face, oui... On l'a déjà transporté à la morgue... Jussieux doit être en train de pratiquer l'autopsie, mais il n'y a pas de raison qu'elle nous apprenne quoi que ce soit... Vous avez des hommes sous la main ?... Je crois qu'il serait bon qu'ils patrouillent la ville, pas tant cette nuit que dès les premières heures, de façon à rassurer les habitants... Vous comprenez ?... Oui... Je l'ai senti tout à l'heure aussi... Merci, lieutenant.

En raccrochant, il murmura :

— Un charmant garçon, qui a passé par Saumur...

Il dut se rendre compte de ce que cela signifiait — toujours une question de clan ! — et rougit légèrement.

— Tu vois ! Je fais ce que je peux. Cela doit te sembler enfantin. Nous te donnons sans doute l'impression de lutter avec des fusils de bois. Mais nous ne disposons pas d'une organisation comme celle à laquelle tu es habitué à Paris. Pour les empreintes digitales, par exemple, je suis chaque fois obligé de faire venir un expert de Poitiers. Ainsi pour tout. La police locale est plus habituée à de menues contraventions qu'à des crimes. Les inspecteurs de Poitiers, eux, ne connaissent pas les gens de Fontenay...

Il reprit après un silence :

— J'aurais autant aimé, à trois ans de la retraite, ne pas avoir une affaire comme celle-là sur le dos. Au fait, nous avons à peu près le même âge. Toi aussi, dans trois ans...

— Moi aussi.

— Tu as des plans ?

— J'ai même déjà acheté une petite maison à la campagne, sur les bords de la Loire.

— Tu t'ennuieras.

— Tu t'ennuies ici ?

— Ce n'est pas la même chose. J'y suis né. Mon père y est né. Je connais tout le monde.

— La population ne paraît pas contente.

— Tu es à peine arrivé et tu as déjà compris ça ? C'est vrai. Je crois que c'est inévitable. Un crime, passe encore. Surtout le premier.

— Pourquoi ?

— Parce qu'il s'agissait de Robert de Courçon.

— On ne l'aimait pas ?

Le juge ne répondit pas tout de suite. Il semblait choisir d'abord ses mots.

— En réalité, les gens de la rue le connaissaient peu, sinon pour le voir passer.

— Marié ? des enfants ?

— Un vieux célibataire. Un original, mais un type bien. S'il n'y avait eu que lui, la population serait restée assez froide. Juste la petite excitation qui accompagne toujours un crime. Mais, coup sur coup, il y a eu la vieille Gibon, et maintenant Gobillard. Demain, je m'attends...

— Cela a commencé.

— Quoi ?

— Le groupe qui se tenait à l'écart, des gens de la rue, je suppose, et ceux qui sont sortis du Café de la Poste, m'ont paru plutôt hostiles.

— Cela ne va pas jusque-là. Cependant...

— La ville est très à gauche ?

— Oui et non. Ce n'est pas tout à fait cela non plus.

— Elle n'aime pas les Vernoux ?

— On te l'a dit ?

Pour gagner du temps, Chabot questionna :

— Tu ne t'assieds pas ? Encore un verre ? Je vais essayer de t'expliquer. Ce n'est pas facile. Tu connais la Vendée, ne serait-ce que de réputation. Longtemps, ceux qui faisaient parler d'eux ont été les propriétaires de châteaux, des comtes, des vicomtes, des petits « de » qui vivaient entre eux et formaient une société fermée. Ils existent encore, presque tous ruinés, et ne comptent plus guère. D'aucuns n'en continuent pas moins à porter beau et on les regarde avec une certaine pitié. Tu comprends ?

— C'est pareil dans toutes les campagnes.

— Maintenant, ce sont les autres qui ont pris leur place.

— Vernoux ?

— Toi qui l'as vu, devine ce que faisait son père.

— Pas la moindre idée ! Comment veux-tu ?...

— Marchand de bestiaux. Le grand-père était valet de ferme. Le père Vernoux rachetait le bétail dans la région, et l'acheminait vers Paris, par troupeaux entiers, le long des routes. Il a gagné beaucoup d'argent. C'était une brute, toujours à moitié ivre, et il est d'ailleurs mort du *delirium tremens*. Son fils...

— Hubert ? Celui du train ?

— Oui. On l'a envoyé au collège. Je crois qu'il a fait un an d'université. Dans les dernières années de sa vie, le père s'était mis à acheter des fermes et des terres en même temps que des bêtes et c'est ce métier-là qu'Hubert a continué.

— En somme, c'est un marchand de biens.

— Oui. Il a ses bureaux près de la gare, la grosse maison en pierre de taille, c'est là qu'il habitait avant de se marier.

— Il a épousé une fille de château ?

— D'une façon, oui. Mais pas tout à fait non plus. C'était une Courçon. Cela t'intéresse ?
— Bien sûr !
— Cela te donnera une idée plus juste de la ville. Les Courçon s'appelaient en réalité Courçon-Lagrange. A l'origine, ce n'étaient même que des Lagrange, qui ont ajouté Courçon à leur nom quand ils ont racheté le château de Courçon. Cela se passait il y a trois ou quatre générations. Je ne sais plus ce que le fondateur de la dynastie vendait. Sans doute des bestiaux, lui aussi, ou de la ferraille. Mais c'était oublié à l'époque où Hubert Vernoux est entré en scène. Les enfants et les petits-enfants ne travaillaient plus. Robert de Courçon, celui qui a été assassiné, était admis par l'aristocratie et il était l'homme le plus calé de la contrée en matière de blasons. Il a écrit plusieurs ouvrages sur le sujet. Il avait deux sœurs, Isabelle et Lucile. Isabelle a épousé Vernoux qui, du coup, a signé Vernoux de Courçon. Tu m'as suivi ?
— Ce n'est pas trop difficile ! Je suppose qu'au moment de ce mariage-là les Courçon avaient redescendu la pente et se trouvaient sans argent ?
— A peu près. Il leur restait un château hypothéqué dans la forêt de Mervent et l'hôtel particulier de la rue Rabelais qui est la plus belle demeure de la ville et qu'on a maintes fois voulu classer comme monument historique. Tu la verras.
— Hubert Vernoux est toujours marchand de biens ?
— Il a de grosses charges. Émilie, la sœur aînée de sa femme, vit avec eux. Son fils, Alain, le docteur, que tu viens de rencontrer, refuse de pratiquer et se livre à des recherches qui ne rapportent rien.
— Marié ?
— Il a épousé une demoiselle de Cadeuil, de la vraie noblesse, celle-ci, qui lui a déjà donné trois enfants. Le plus jeune a huit mois.
— Ils vivent avec le père ?
— La maison est suffisamment grande, tu t'en rendras compte. Ce n'est pas tout. En plus d'Alain, Hubert a une fille, Adeline, qui a épousé un certain Paillet, rencontré pendant des vacances à Royan. Ce qu'il fait dans la vie, je l'ignore, mais je crois savoir que c'est Hubert Vernoux qui subvient à leurs besoins. Ils vivent le plus souvent à Paris. De temps en temps, ils apparaissent pour quelques jours ou quelques semaines et je suppose que cela signifie qu'ils sont à sec. Tu comprends maintenant ?
— Qu'est-ce que je dois comprendre ?
Chabot eut un sourire morose qui, pour un instant, rappela à Maigret son camarade d'antan.
— C'est vrai. Je te parle comme si tu étais d'ici. Tu as vu Vernoux. Il est plus hobereau que tous les hobereaux de la contrée. Quant à sa femme et la sœur de sa femme, elles semblent lutter d'ingéniosité pour se rendre odieuses au commun des mortels. Tout cela constitue un clan.

— Et ce clan ne fréquente qu'un petit nombre de gens.

Chabot rougit pour la seconde fois ce soir-là.

— Fatalement, murmura-t-il, un peu comme un coupable.

— De sorte que les Vernoux, les Courçon et leurs amis deviennent, dans la ville, un monde à part.

— Tu as deviné. De par ma situation, je suis obligé de les voir. Et, au fond, ils ne sont pas aussi odieux qu'ils paraissent. Hubert Vernoux, par exemple, est en réalité, je le jurerais, un homme accablé de soucis. Il a été très riche. Il l'est moins et je me demande même s'il l'est encore, car, depuis que la plupart des fermiers sont devenus propriétaires, le commerce de la terre n'est plus ce qu'il était, Hubert est écrasé de charges, se doit d'entretenir tous les siens. Quant à Alain, que je connais mieux, c'est un garçon hanté par une idée fixe.

— Laquelle ?

— Il est préférable que tu le saches. Tu sauras du même coup pourquoi, tout à l'heure, dans la rue, lui et moi avons échangé un regard inquiet. Je t'ai dit que le père d'Hubert Vernoux est mort du *delirium tremens.* Du côté de la mère, c'est-à-dire des Courçon, les antécédents ne sont pas meilleurs. Le vieux Courçon s'est suicidé dans des circonstances assez mystérieuses que l'on a tenues secrètes. Hubert avait un frère, Basile, dont on ne parle jamais, et qui s'est tué à l'âge de dix-sept ans. Il paraît que, si loin qu'on remonte, on trouve des fous ou des excentriques dans la famille.

Maigret écoutait en fumant sa pipe à bouffées paresseuses, trempant parfois les lèvres dans son verre.

— C'est la raison pour laquelle Alain a étudié la médecine et est entré comme interne à Sainte-Anne. On prétend, et c'est plausible, que la plupart des médecins se spécialisent dans les maladies dont ils se croient menacés.

» Alain est hanté par l'idée qu'il appartient à une famille de fous. D'après lui, Lucile, sa tante, est à moitié folle. Il ne me l'a pas dit, mais je suis persuadé qu'il épie, non seulement son père et sa mère, mais ses propres enfants.

— Cela se sait dans le pays ?

— Certains en parlent. Dans les petites villes, on parle toujours beaucoup, et avec méfiance, des gens qui ne vivent pas tout à fait comme les autres.

— On en a parlé particulièrement après le premier crime ?

Chabot n'hésita qu'une seconde, fit oui de la tête.

— Pourquoi ?

— Parce qu'on savait, ou qu'on croyait savoir, qu'Hubert Vernoux et son beau-frère Courçon ne s'entendaient pas. Peut-être aussi parce qu'ils habitaient juste en face l'un de l'autre.

— Ils se voyaient ?

Chabot eut un petit rire du bout des dents.

— Je me demande ce que tu vas penser de nous. Il ne me semble pas qu'à Paris de pareilles situations puissent exister.

Le juge d'instruction avait honte, en somme, d'un milieu qui était un peu le sien, puisqu'il y vivait d'un bout de l'année à l'autre.

— Je t'ai dit que les Courçon étaient ruinés quand Isabelle a épousé Hubert Vernoux. C'est Hubert qui a fait une pension à son beau-frère Robert. Et Robert ne le lui a jamais pardonné. Quand il parlait de lui, il disait avec ironie :

» — *Mon beau-frère le millionnaire.*

» Ou encore :

» — *Je vais le demander au Riche-Homme.*

» Il ne mettait pas les pieds dans la grande maison de la rue Rabelais dont, par ses fenêtres, il pouvait suivre toutes les allées et venues. Il habitait, en face, une maison plus petite, mais décente, où une femme de ménage venait chaque matin. Il cirait ses bottes et préparait ses repas lui-même, mettait de l'ostentation à faire son marché, vêtu comme un châtelain en tournée sur ses terres, et semblait porter comme un trophée des bottes de poireaux ou d'asperges. Il devait s'imaginer qu'il mettait Hubert en rage.

— Hubert enrageait-il ?

— Je ne sais pas. C'est possible. Il ne continuait pas moins à l'entretenir. Plusieurs fois, on les a vus, quand ils se rencontraient dans la rue, échanger des propos aigres-doux. Un détail qui ne s'invente pas : Robert de Courçon ne fermait jamais les rideaux de ses fenêtres, de sorte que la famille d'en face le voyait vivre toute la journée. Certains prétendent qu'il lui arrivait de leur tirer la langue.

» De là à prétendre que Vernoux s'était débarrassé de lui, ou l'avait assommé dans un moment de colère...

— On l'a prétendu ?

— Oui.

— Tu y as pensé aussi ?

— Professionnellement, je ne repousse a priori aucune hypothèse.

Maigret ne put s'empêcher de sourire de cette phrase pompeuse.

— Tu as interrogé Vernoux ?

— Je ne l'ai pas convoqué à mon bureau, si c'est cela que tu veux dire. Il n'y avait quand même pas assez d'éléments pour suspecter un homme comme lui.

Il avait dit :

« *Un homme comme lui.* »

Et il se rendait compte qu'il se trahissait, que c'était se reconnaître comme faisant plus ou moins partie du clan. Cette soirée-là, cette visite de Maigret devaient être pour lui un supplice. Ce n'était pas un plaisir pour le commissaire non plus, encore qu'il n'eût plus à présent la même envie de repartir.

— Je l'ai rencontré dans la rue, comme chaque matin, et lui ai posé quelques questions, sans en avoir l'air.

— Qu'est-ce qu'il a dit ?

— Qu'il n'avait pas quitté son appartement ce soir-là.

— A quelle heure le crime a-t-il été commis ?

— Le premier ? A peu près comme aujourd'hui, aux alentours de dix heures du soir.

— Que font-ils, chez les Vernoux, à ce moment-là ?

— En dehors du bridge du samedi, qui les réunit tous au salon, chacun vit sa vie sans s'occuper des autres.

— Vernoux ne dort pas dans la même chambre que sa femme ?

— Il trouverait cela petit-bourgeois. Chacun a son appartement, à des étages différents. Isabelle est au premier, Hubert dans l'aile du rez-de-chaussée qui donne sur la cour. Le ménage d'Alain occupe le second étage, et la tante, Lucile, deux chambres au troisième, qui sont mansardées. Quand la fille et son mari sont là...

— Ils y sont à présent ?

— Non. On les attend dans quelques jours.

— Combien de domestiques ?

— Un ménage, qui est avec eux depuis vingt ou trente ans, plus deux bonnes assez jeunes.

— Qui couchent où ?

— Dans l'autre aile du rez-de-chaussée. Tu verras la maison. C'est presque un château.

— Avec une issue par-derrière ?

— Il y a une porte, dans le mur de la cour, qui donne sur une impasse.

— De sorte que n'importe qui peut entrer ou sortir sans être vu !

— Probablement.

— Tu n'as pas vérifié ?

Chabot était au supplice et, parce qu'il se sentait en faute, il éleva la voix, presque furieux contre son ami.

— Tu parles comme certaines gens du peuple le font ici. Si j'étais allé interroger les domestiques, alors que je n'avais aucune preuve, pas la moindre indication, la ville entière aurait été persuadée qu'Hubert Vernoux ou son fils était coupable.

— Son fils ?

— Lui aussi, parfaitement ! Car, du moment qu'il ne travaille pas et qu'il s'occupe de psychiatrie, il y en a pour le considérer comme fou. Il ne fréquente pas les deux cafés de l'endroit, ne joue ni au billard ni à la belote, ne court pas après les filles et il lui arrive, dans la rue, de s'arrêter brusquement pour regarder quelqu'un avec des yeux grossis par les verres de ses lunettes. On les déteste assez pour que...

— Tu les défends ?

— Non. Je veux garder mon sang-froid et, dans une sous-préfecture, ce n'est pas toujours facile. J'essaie d'être juste. Moi aussi, j'ai pensé que le premier crime était peut-être une affaire de famille. J'ai étudié la question sous tous ses aspects. Le fait qu'il n'y ait pas eu vol, que Robert de Courçon n'ait pas tenté de se défendre, m'a troublé. Et j'aurais sans doute pris certaines dispositions si...

— Un instant. Tu n'as pas demandé à la police de suivre Hubert Vernoux et son fils ?

— A Paris, c'est praticable. Pas ici. Tout le monde connaît nos quatre malheureux agents de police. Quant aux inspecteurs de Poitiers, ils étaient repérés avant d'être descendus de voiture ! Il est rare qu'il y ait plus de dix personnes à la fois dans la rue. Tu veux, dans ces conditions-là, suivre quelqu'un sans qu'il s'en doute ?

Il se calma soudain.

— Excuse-moi. Je parle si fort que je vais éveiller ma mère. C'est que je voudrais te faire comprendre ma position. Jusqu'à preuve du contraire, les Vernoux sont innocents. Je jurerais qu'ils le sont. Le second crime, deux jours après le premier, en a été presque la preuve. Hubert Vernoux pouvait être amené à tuer son beau-frère, à le frapper dans un moment de colère. Il n'avait aucune raison de se rendre au bout de la rue des Loges pour assassiner la veuve Gibon qu'il ne connaît probablement pas.

— Qui est-ce ?

— Une ancienne sage-femme dont le mari, mort depuis longtemps, était agent de police. Elle vivait seule, à moitié impotente, dans une maison de trois pièces.

» Non seulement il y a eu la vieille Gibon, mais, ce soir, Gobillard. Celui-ci, les Vernoux le connaissaient, comme tout Fontenay le connaissait. Dans chaque ville de France, il existe au moins un ivrogne de son espèce qui devient une sorte de personnage populaire.

» Si tu peux me citer une seule raison pour tuer un bonhomme de cette espèce...

— Suppose qu'il ait vu quelque chose ?

— Et la veuve Gibon, qui ne sortait plus de chez elle ? Elle aurait vu quelque chose aussi ? Elle serait venue rue Rabelais, passé dix heures du soir, pour assister au crime à travers les vitres ? Non, vois-tu. Je connais les méthodes d'investigations criminelles. Je n'ai pas assisté au congrès de Bordeaux et je retarde peut-être sur les dernières découvertes scientifiques, mais j'ai l'impression de savoir mon métier et de l'exercer en conscience. Les trois victimes appartiennent à des milieux complètement différents et n'avaient aucun rapport entre elles. Toutes les trois ont été tuées de la même façon, et, d'après les blessures, on peut conclure avec la même arme, et toutes les trois ont été attaquées en face, ce qui suppose qu'elles étaient sans méfiance. S'il s'agit d'un fou, ce n'est pas un fou gesticulant ou à moitié enragé dont chacun se serait écarté. C'est donc ce que j'appellerais un fou lucide, qui suit une ligne de conduite déterminée et est assez avisé pour prendre ses précautions.

— Alain Vernoux n'a pas beaucoup expliqué sa présence en ville, ce soir, sous une pluie battante.

— Il a dit qu'il allait voir un ami de l'autre côté du Champ-de-Mars.

— Il n'a pas cité de nom.

— Parce que c'est inutile. Je sais qu'il rend souvent visite à un certain Georges Vassal, qui est célibataire et qu'il a connu au collège. Même sans cette précision, je n'aurais pas été surpris.

— Pourquoi ?

— Parce que l'affaire le passionne encore plus que moi, pour des raisons plus personnelles. Je ne prétends pas qu'il soupçonne son père, mais je n'en suis pas éloigné. Il y a quelques semaines il m'a parlé de lui et des tares familiales...

— Comme ça, tout de go ?

— Non. Il revenait de La Roche-sur-Yon et me citait un cas qu'il avait étudié. Il s'agissait d'un homme ayant passé la soixantaine qui, jusque-là, s'était comporté normalement, et qui, le jour où il a dû verser la dot qu'il avait toujours promise à sa fille, a été pris de démence. On ne s'en est pas aperçu tout de suite.

— Autrement dit, Alain Vernoux aurait erré la nuit dans Fontenay à la recherche de l'assassin ?

Le juge d'instruction eut une nouvelle révolte.

— Je suppose qu'il est plus qualifié pour reconnaître un dément dans la rue que nos braves agents qui sillonnent la ville, ou que toi et moi ?

Maigret ne répondit pas.

Il était passé minuit.

— Tu es sûr que tu ne veux pas coucher ici ?

— Mes bagages sont à l'hôtel.

— Je te vois demain matin ?

— Bien sûr.

— Je serai au Palais de Justice. Tu sais où c'est ?

— Rue Rabelais, non ?

— Un peu plus haut que chez Vernoux. Tu verras d'abord les grilles de la prison, puis un bâtiment qui ne paie pas de mine. Mon bureau est au fond du couloir, près de celui du procureur.

— Bonne nuit, vieux.

— Je t'ai mal reçu.

— Mais non, voyons !

— Tu dois comprendre mon état d'esprit. C'est le genre d'affaire pour me mettre la ville à dos.

— Parbleu !

— Tu te moques de moi ?

— Je te jure que non.

C'était vrai. Maigret était plutôt triste, comme chaque fois qu'on voit un peu du passé s'en aller. Dans le corridor, en endossant son pardessus détrempé, il renifla l'odeur de la maison, qui lui avait toujours paru si savoureuse et lui sembla fade.

Chabot avait perdu presque tous ses cheveux, ce qui découvrait un crâne pointu comme celui de certains oiseaux.

— Je te reconduis...

Il n'avait pas envie de le faire. Il disait ça par politesse.

— Jamais de la vie !

Maigret ajouta une plaisanterie qui n'était pas bien fine, pour dire quelque chose, pour finir sur une note gaie :

— Je sais nager !

Après quoi, relevant les revers de son manteau, il fonça dans la bourrasque. Julien Chabot resta un certain temps sur le seuil, dans le rectangle de lumière jaunâtre, puis la porte se referma et Maigret eut l'impression que, dans les rues de la ville, il n'y avait plus que lui.

3

L'instituteur qui ne dormait pas

Le spectacle des rues était plus déprimant dans la lumière du matin que la nuit, car la pluie avait tout sali, laissant des traînées sombres sur les façades dont les couleurs étaient devenues laides. De grosses gouttes tombaient encore des corniches et des fils électriques, parfois du ciel qui s'égouttait, toujours dramatique, avec l'air de reprendre des forces pour de nouvelles convulsions.

Maigret, levé tard, n'avait pas eu le courage de descendre pour son petit déjeuner. Maussade, sans appétit, il avait seulement envie de deux ou trois tasses de café noir. Malgré la fine de Chabot, il croyait encore retrouver dans sa bouche l'arrière-goût du vin blanc trop doux ingurgité à Bordeaux.

Il pressa une petite poire pendue à la tête de son lit. La femme de chambre en noir et en tablier blanc qui répondit à son appel le regarda si curieusement qu'il s'assura que sa tenue était correcte.

— Vous ne voulez vraiment pas des croissants chauds ? Un homme comme vous a besoin de manger le matin.

— Seulement du café, mon petit. Un énorme pot de café.

Elle aperçut le complet que le commissaire avait mis à sécher la veille sur le radiateur et s'en saisit.

— Qu'est-ce que vous faites ?

— Je vais lui donner un coup de fer.

— Non, merci, c'est inutile.

Elle l'emporta tout de même !

A son physique, il aurait juré que, d'habitude, elle était plutôt revêche.

Deux fois pendant sa toilette elle vint le déranger, une fois pour s'assurer qu'il avait du savon, une autre pour apporter un second pot de café qu'il n'avait pas réclamé. Puis elle lui rapporta le complet, sec et repassé. Elle était maigre, la poitrine plate, avec l'air de manquer de santé, mais devait être dure comme du fer.

Il pensa qu'elle avait lu son nom sur la fiche, en bas, et que c'était une passionnée de faits divers.

Il était neuf heures et demie du matin. Il traîna, par protestation contre il ne savait quoi, contre ce qu'il considérait vaguement comme une conspiration du sort.

Quand il descendit l'escalier au tapis rouge, un homme de peine qui montait le salua d'un respectueux :

— Bonjour, Monsieur Maigret.

Il comprit en arrivant dans le hall, où l'*Ouest-Éclair* était étalé sur un guéridon, avec sa photographie en première page.

C'était la photo prise au moment où il se penchait sur le corps de Gobillard. Un double titre annonçait sur trois colonnes :

« *Le Commissaire Maigret s'occupe des Crimes de Fontenay.* »
« *Un marchand de peaux de lapins est la troisième victime.* »

Avant qu'il ait eu le temps de parcourir l'article, le directeur de l'hôtel s'approcha de lui avec autant d'empressement que la femme de chambre.

— J'espère que vous avez bien dormi et que le 17 ne vous a pas trop dérangé ?

— Qu'est-ce que le 17 ?

— Un voyageur de commerce qui a trop bu hier soir et qui a été bruyant. Nous avons fini par le changer de chambre afin qu'il ne vous éveille pas.

Il n'avait rien entendu.

— Au fait, Lomel, le correspondant de l'*Ouest-Éclair*, est passé ce matin pour vous voir. Quand je lui ai annoncé que vous étiez encore couché, il a dit que cela ne pressait pas et qu'il vous verrait tout à l'heure au Palais de Justice. Il y a aussi une lettre pour vous.

Une enveloppe bon marché, comme on en vend par pochettes de six, de six teintes différentes, dans les épiceries. Celle-ci était verdâtre. Au moment de l'ouvrir, Maigret constata qu'une demi-douzaine de personnes, dehors, avaient le visage collé à la porte vitrée, entre les palmiers en tonneaux.

« *Ne vou léssé pas imprecioné par lai gents de la Haute.* »

Ceux qui attendaient sur le trottoir, dont deux femmes en tenue de marché, s'écartèrent pour le laisser passer et il y avait quelque chose de confiant, d'amical dans la façon dont on le regardait, pas tant par curiosité, pas tant parce qu'il était célèbre, mais comme si on comptait sur lui. Une des femmes dit sans oser s'approcher :

— Vous le trouverez, vous, Monsieur Maigret !

Et un jeune homme qui avait l'apparence d'un garçon livreur marcha au même pas que lui sur le trottoir opposé afin de mieux le regarder.

Sur les seuils, des femmes discutaient le dernier crime et s'interrompaient pour le suivre des yeux. Un groupe sortit du Café de la Poste et, là aussi, il lut de la sympathie dans les regards. On semblait vouloir l'encourager.

Il passa devant chez le juge Chabot où Rose secouait des chiffons par la fenêtre du premier étage, ne s'arrêta pas, traversa la place Viète et monta la rue Rabelais où, à gauche, se dressait un vaste hôtel particulier au fronton armorié qui devait être la maison des Vernoux. Il n'y avait aucun signe de vie derrière les fenêtres fermées. En face, une petite maison, ancienne aussi, aux volets clos, était probablement celle où Robert de Courçon avait achevé sa vie solitaire.

De temps en temps passait une rafale de vent humide. Des nuages couraient bas, sombres sur un ciel couleur de verre dépoli, et des gouttes d'eau tombaient de leur frange. Les grilles de la prison paraissaient plus noires d'être mouillées. Une dizaine de personnes stationnaient devant le Palais de Justice qui n'avait rien de prestigieux, étant moins vaste, en fait, que la maison des Vernoux, mais qui s'ornait quand même d'un péristyle et d'un perron de quelques marches.

Lomel, ses deux appareils toujours en bandoulière, fut le premier à se précipiter et il n'y avait pas de trace de remords sur son visage poupin ni dans ses yeux d'un bleu très clair.

— Vous me confierez vos impressions avant de les donner aux confrères de Paris ?

Et comme Maigret, renfrogné, lui désignait le journal qui dépassait de sa poche, il sourit.

— Vous êtes fâché ?
— Je croyais vous avoir dit...
— Écoutez, commissaire. Je suis obligé de faire mon métier de journaliste. Je savais que vous finiriez par vous occuper de l'affaire. J'ai seulement anticipé de quelques heures sur...
— Une autre fois, n'anticipez pas.
— Vous allez voir le juge Chabot ?

Dans le groupe se trouvaient déjà deux ou trois reporters de Paris et il eut du mal à s'en débarrasser. Il y avait aussi des curieux qui paraissaient décidés à passer la journée en faction devant le Palais de Justice.

Les couloirs étaient sombres. Lomel, qui s'était fait son guide, le précédait, lui montrait le chemin.

— Par ici. C'est beaucoup plus important pour nous que pour les canards de la capitale ! Vous devez comprendre ! « Il » est dans son bureau depuis huit heures du matin. Le procureur est ici aussi. Hier soir, pendant qu'on le cherchait partout, il se trouvait à La Rochelle, où il avait fait un saut en voiture. Vous connaissez le procureur ?

Maigret, qui avait frappé et à qui on avait crié d'entrer, ouvrit la porte et la referma, laissant le reporter roux dans le couloir.

Julien Chabot n'était pas seul. Le docteur Alain Vernoux était assis en face de lui dans un fauteuil et se leva pour saluer le commissaire.

— Bien dormi ? questionna le juge.
— Pas mal du tout.

— Je m'en suis voulu de ma pauvre hospitalité d'hier. Tu connais Alain Vernoux. Il est venu me voir en passant.

Ce n'était pas vrai. Maigret aurait juré que c'était lui que le psychiatre attendait et même, peut-être, que cette entrevue avait été combinée entre les deux hommes.

Alain avait retiré son pardessus. Il portait un complet de laine rêche, aux lignes indécises, qui aurait eu besoin d'un coup de fer. Sa cravate était mal nouée. Sous le veston dépassait un sweater jaune. Ses souliers n'avaient pas été cirés. Tel quel, il n'en appartenait pas moins à la même catégorie que son père dont la tenue était si méticuleuse.

Pourquoi cela faisait-il tiquer Maigret ? L'un était trop soigné, tiré à quatre épingles. L'autre, au contraire, affectait une négligence que n'aurait pu se permettre un employé de banque, un professeur de lycée, ou un voyageur de commerce, mais on ne devait trouver de complets en ce tissu-là que chez un tailleur exclusif de Paris, peut-être de Bordeaux.

Il y eut un silence assez gênant. Maigret, qui ne faisait rien pour aider les deux hommes, alla se camper devant le maigre feu de bûches de la cheminée que surmontait la même horloge en marbre noir que celle de son bureau du quai des Orfèvres. L'administration avait dû les commander jadis par centaines, sinon par milliers. Peut-être retardaient-elles toutes également de douze minutes, comme celle de Maigret ?

— Alain me disait justement des choses intéressantes, murmura enfin Chabot, le menton dans la main, dans une pose qui faisait très juge d'instruction. Nous parlions de folie criminelle...

Le fils Vernoux l'interrompit.

— Je n'ai pas affirmé que ces trois crimes sont l'œuvre d'un fou. J'ai dit que, *s'ils étaient l'œuvre d'un fou...*

— Cela revient au même.

— Pas exactement.

— Mettons que ce soit moi qui aie dit que tout semble indiquer que nous sommes en présence d'un fou.

Et, tourné vers Maigret :

— Nous en avons parlé hier soir, toi et moi. L'absence de motif, dans les trois cas... La similitude des moyens...

Puis, à Vernoux :

— Répétez donc au commissaire ce que vous m'exposiez, voulez-vous ?

— Je ne suis pas expert. En la matière, je ne suis qu'un amateur. Je développais une idée générale. La plupart des gens se figurent que les fous agissent invariablement en fous, c'est-à-dire sans logique ni suite dans les idées. Or, dans la réalité, c'est souvent le contraire. Les fous ont leur logique à eux. La difficulté, c'est de découvrir cette logique-là.

Maigret le regardait sans rien dire, avec ses gros yeux un peu glauques du matin. Il regrettait de ne pas s'être arrêté en chemin pour boire un verre qui lui aurait ravigoté l'estomac.

Ce petit bureau, où commençait à flotter la fumée de sa pipe et où dansaient les courtes flammes des bûches, lui semblait à peine réel et les deux hommes qui discutaient de folie en le guettant du coin de l'œil lui apparaissaient un peu comme des figures de cire. Eux non plus n'étaient pas dans la vie. Ils faisaient des gestes qu'ils avaient appris, parlaient comme on leur avait appris.

Qu'est-ce qu'un Chabot pouvait savoir de ce qui se passait dans la rue ? Et, à plus forte raison, dans la tête d'un homme qui tue ?

— C'est cette logique que, depuis le premier crime, j'essaie de déceler.

— Depuis le premier crime ?

— Mettons depuis le second. Dès le premier, pourtant, dès l'assassinat de mon oncle, j'ai pensé à l'acte d'un dément.

— Vous avez trouvé ?

— Pas encore. Je n'ai fait que noter quelques éléments du problème, qui peuvent fournir une indication.

— Par exemple ?

— Par exemple, qu'*il* frappe de face. Ce n'est pas facile d'exprimer ma pensée simplement. Un homme qui voudrait tuer pour tuer, c'est-à-dire pour supprimer d'autres êtres vivants, et qui, en même temps, ne désirerait pas être pris, choisirait le moyen le moins dangereux. Or, celui-ci ne veut certainement pas être pris, puisqu'il évite de laisser des traces. Vous me suivez ?

— Jusqu'ici, ce n'est pas trop compliqué.

Vernoux fronça les sourcils, sentant l'ironie dans la voix de Maigret. C'était possible, au fond, qu'il soit un timide. Il ne regardait pas les gens dans les yeux. A l'abri des gros verres de ses lunettes, il se contentait de petits coups d'œil furtifs, puis fixait un point quelconque de l'espace.

— Vous admettez qu'il fait l'impossible pour ne pas être pris ?

— Cela en a l'air.

— Il attaque néanmoins trois personnes la même semaine et, les trois fois, réussit son coup.

— Exact.

— Dans les trois cas, il aurait pu frapper par-derrière, ce qui réduisait les chances qu'une victime se mette à crier.

Maigret le regardait fixement.

— Comme même un fou ne fait rien sans raison, j'en déduis que l'assassin éprouve le besoin de narguer le sort, ou de narguer ceux qu'il attaque. Certains êtres ont besoin de s'affirmer, fût-ce par un crime ou par une série de crimes. Parfois, c'est pour se prouver à eux-mêmes leur puissance, ou leur importance, ou leur courage. D'autres sont persuadés qu'ils ont une revanche à prendre contre leurs semblables.

— Celui-ci ne s'est, jusqu'à présent, attaqué qu'à des faibles. Robert de Courçon était un vieillard de soixante-treize ans. La veuve Gibon était impotente et Gobillard, au moment où il a été attaqué, était ivre mort.

Le juge, cette fois, venait de parler, le menton toujours sur la main, apparemment content de lui.

— J'y ai pensé aussi. C'est peut-être un signe, peut-être un hasard. Ce que je cherche à trouver, c'est la sorte de logique qui préside aux faits et gestes de l'inconnu. Quand nous l'aurons découverte, nous ne serons pas loin de mettre la main sur lui.

Il disait « nous » comme s'il participait tout naturellement à l'enquête, et Chabot ne protestait pas.

— C'est pour cela que vous étiez dehors hier soir ? questionna le commissaire.

Alain Vernoux tressaillit, rougit légèrement.

— En partie. Je me rendais bien chez un ami, mais je vous avoue que, depuis trois jours, je parcours les rues aussi souvent que possible en étudiant le comportement des passants. La ville n'est pas grande. Il est probable que l'assassin ne vit pas terré chez lui. Il marche sur les trottoirs, comme tout le monde, prend peut-être son verre dans les cafés.

— Vous croyez que vous le reconnaîtriez si vous le rencontriez ?

— C'est une chose possible.

— Je pense qu'Alain peut nous être précieux, murmura Chabot avec une certaine gêne. Ce qu'il nous a dit ce matin me paraît plein de bon sens.

Le docteur se levait et, au même moment, il y eut du bruit dans le couloir, on frappa à la porte, l'inspecteur Chabiron passa la tête.

— Vous n'êtes pas seul ? disait-il en regardant, non Maigret, mais Alain Vernoux, dont la présence parut lui déplaire.

— Qu'est-ce que c'est, inspecteur ?

— J'ai avec moi quelqu'un que je voudrais que vous interrogiez.

Le docteur annonça :

— Je m'en vais.

On ne le retint pas. Pendant qu'il sortait, Chabiron dit à Maigret, non sans amertume :

— Alors, patron, il paraît qu'on s'en occupe ?

— Le journal le dit.

— Peut-être l'enquête ne sera-t-elle pas longue. Il se pourrait qu'elle soit finie dans quelques minutes. Je fais entrer mon témoin, monsieur le juge ?

Et, tourné vers la demi-obscurité du corridor :

— Viens ! N'aie pas peur.

Une voix répliqua :

— Je n'ai pas peur.

On vit entrer un petit homme maigre, vêtu de bleu marine, au visage pâle, aux yeux ardents.

Chabiron le présenta :

— Émile Chalus, instituteur à l'école des garçons. Assieds-toi, Chalus.

Chabiron était un de ces policiers qui tutoient invariablement coupables et témoins avec la conviction que cela les impressionne.

— Cette nuit, expliqua-t-il, j'ai commencé à interroger les habitants de la rue où Gobillard a été tué. On prétendra peut-être que c'est de la routine...

Il eut un coup d'œil vers Maigret, comme si le commissaire avait été un adversaire personnel de la routine.

— ... Mais il arrive que la routine ait du bon. La rue n'est pas longue. Ce matin, de bonne heure, j'ai continué à la passer au peigne fin. Émile Chalus habite à trente mètres de l'endroit où le crime a été commis, au second étage d'une maison dont le rez-de-chaussée et le premier sont occupés par des bureaux. Raconte, Chalus.

Celui-ci ne demandait qu'à parler, encore qu'il n'éprouvât manifestement aucune sympathie pour le juge. C'est vers Maigret qu'il se tourna.

— J'ai entendu du bruit sur le trottoir, comme un piétinement.
— A quelle heure ?
— Un peu après dix heures du soir.
— Ensuite ?
— Des pas se sont éloignés.
— Dans quelle direction ?

Le juge d'instruction posait les questions, avec chaque fois un regard à Maigret comme pour lui offrir la parole.

— Dans la direction de la rue de la République.
— Des pas précipités ?
— Non, des pas normaux.
— D'homme ?
— Certainement.

Chabot avait l'air de penser que ce n'était pas une fameuse découverte, mais l'inspecteur intervint.

— Attendez la suite. Dis-leur ce qui s'est passé après, Chalus.

— Il s'est écoulé un certain nombre de minutes et un groupe de gens a pénétré dans la rue, venant également de la rue de la République. Ils se sont attroupés sur le trottoir, parlant à voix haute. J'ai entendu le mot docteur, puis le mot commissaire de police, et je me suis levé pour aller voir à la fenêtre.

Chabiron jubilait.

— Vous comprenez, monsieur le juge ? Chalus a entendu des piétinements. Tout à l'heure, il m'a précisé qu'il y avait eu aussi un bruit mou, comme celui d'un corps qui tombe sur le trottoir. Répète, Chalus.

— C'est exact.

— Tout de suite après, quelqu'un s'est dirigé vers la rue de la République, où se trouve le Café de la Poste. J'ai d'autres témoins dans l'antichambre, les consommateurs qui se trouvaient à ce moment-là au café. Il était dix heures dix quand le docteur Vernoux y est entré et, sans rien dire, s'est dirigé vers la cabine téléphonique. Après avoir parlé dans l'appareil, il a aperçu le docteur Jussieux qui jouait aux cartes et lui a murmuré quelque chose à l'oreille. Jussieux a annoncé aux autres qu'un crime venait d'être commis et ils se sont tous précipités dehors.

Maigret fixait son ami Chabot dont les traits s'étaient figés.

— Vous voyez ce que cela signifie ? continuait l'inspecteur avec une sorte de joie agressive, comme s'il exerçait une vengeance personnelle. D'après le docteur Vernoux, celui-ci a aperçu un corps sur le trottoir, un corps déjà presque froid, et s'est dirigé vers le Café de la Poste pour téléphoner à la police. S'il en était ainsi, il y aurait eu deux fois des pas dans la rue et Chalus, qui ne dormait pas, les aurait entendus.

Il n'osait pas encore triompher, mais on sentait son excitation croître.

— Chalus n'a pas de casier judiciaire. C'est un instituteur distingué. Il n'a aucune raison pour inventer une histoire.

Maigret refusa une fois encore l'invitation à parler que son ami lui adressait du regard. Alors, il y eut un silence assez long. Probablement par contenance, le juge crayonna quelques mots sur un dossier qu'il avait devant lui et, quand il releva la tête, il était tendu.

— Vous êtes marié, Monsieur Chalus ? demanda-t-il d'une voix mate.

— Oui, monsieur.

L'hostilité était sensible entre les deux hommes. Chalus était tendu, lui aussi, et sa façon de répondre agressive. Il semblait défier le magistrat d'anéantir sa déposition.

— Des enfants ?

— Non.

— Votre femme se trouvait avec vous la nuit dernière ?

— Dans le même lit.

— Elle dormait ?

— Oui.

— Vous vous êtes couchés ensemble ?

— Comme d'habitude quand je n'ai pas trop de devoirs à corriger. Hier, c'était vendredi et je n'en avais pas du tout.

— A quelle heure vous êtes-vous mis au lit, votre femme et vous ?

— A neuf heures et demie, peut-être quelques minutes plus tard.

— Vous vous couchez toujours d'aussi bonne heure ?

— Nous nous levons à cinq heures et demie du matin.

— Pourquoi ?

— Parce que nous profitons de la liberté accordée à tous les Français de se lever à l'heure qui leur plaît.

Maigret, qui l'observait avec intérêt, aurait parié qu'il s'occupait de politique, appartenait à un parti de gauche et probablement était ce qu'on appelle un militant. C'était l'homme à défiler dans les cortèges, à prendre la parole dans les meetings, l'homme aussi à glisser des pamphlets dans les boîtes aux lettres et à refuser de circuler en dépit des injonctions de la police.

— Vous vous êtes donc couchés tous les deux à neuf heures et demie et je suppose que vous vous êtes endormis ?

— Nous avons encore parlé pendant une dizaine de minutes.

— Cela nous mène à dix heures moins vingt. Vous vous êtes endormis tous les deux ?

— Ma femme s'est endormie.

— Et vous ?

— Non. J'éprouve de la difficulté à trouver le sommeil.

— De sorte que, quand vous avez entendu du bruit sur le trottoir, à trente mètres de chez vous, vous ne dormiez pas ?

— C'est exact.

— Vous n'aviez pas dormi du tout ?

— Non.

— Vous étiez complètement éveillé ?

— Assez pour entendre des piétinements et un bruit de corps qui tombe.

— Il pleuvait ?

— Oui.

— Il n'y a pas d'étage au-dessus du vôtre ?

— Non. Nous sommes au second.

— Vous deviez entendre la pluie sur le toit ?

— On finit par ne plus y prêter attention.

— L'eau courant dans la gouttière ?

— Certainement.

— De sorte que les bruits que vous avez entendus n'étaient que des bruits parmi d'autres bruits ?

— Il y a une différence sensible entre de l'eau qui coule et des hommes qui piétinent ou un corps qui tombe.

Le juge ne lâchait pas encore prise.

— Vous n'avez pas eu la curiosité de vous lever ?

— Non.

— Pourquoi ?

— Parce que nous ne sommes pas loin du Café de la Poste.

— Je ne comprends pas.

— C'est fréquent, le soir, que des gens qui ont trop bu passent devant chez nous, et il leur arrive de s'étaler sur le trottoir.

— Et aussi d'y rester ?

Chalus ne trouva rien à répondre tout de suite.

— Puisque vous avez parlé de piétinements, je suppose que vous avez eu l'impression qu'il y avait plusieurs hommes dans la rue, tout au moins deux ?

— Cela va de soi.

— Un seul homme s'est éloigné dans la direction de la rue de la République. C'est bien cela ?

— Je le suppose.

— Puisqu'il y a eu crime, deux hommes, au minimum, se trouvaient à trente mètres de chez vous au moment des piétinements. Vous me suivez ?

— Ce n'est pas difficile.

— Vous en avez entendu un qui repartait ?

— Je l'ai déjà dit.

— Quand les avez-vous entendus arriver ? Sont-ils arrivés ensemble ? Venaient-ils de la rue de la République ou du Champ-de-Mars ?

Chabiron haussa les épaules. Émile Chalus, lui, réfléchissait, le regard dur.

— Je ne les ai pas entendus arriver.

— Vous ne supposez pourtant pas qu'ils se tenaient dans la pluie, depuis longtemps, l'un attendant le moment propice pour tuer l'autre ?

L'instituteur serra les poings.

— C'est tout ce que vous avez trouvé ? grommela-t-il entre les dents.

— Je ne comprends pas.

— Cela vous gêne que quelqu'un de votre monde soit mis en cause. Mais votre question ne tient pas debout. Je n'entends pas nécessairement quelqu'un qui passe sur le trottoir, ou plus exactement je n'y fais pas attention.

— Pourtant...

— Laissez-moi finir, voulez-vous, au lieu d'essayer de me mettre dedans ? Jusqu'au moment où il y a eu des piétinements, je n'avais aucune raison de prêter attention à ce qui se passait dans la rue. Après, au contraire, mon esprit était en éveil.

— Et vous affirmez que, depuis le moment où un corps est tombé sur le trottoir jusqu'au moment où plusieurs personnes sont arrivées du Café de la Poste, nul n'est passé dans la rue ?

— Il n'y a eu aucun pas.

— Vous rendez-vous compte de l'importance de cette déclaration ?

— Je n'ai pas demandé à la faire. C'est l'inspecteur qui est venu me questionner.

— Avant que l'inspecteur vous questionne, vous n'aviez aucune idée de la signification de votre témoignage ?

— J'ignorais la déposition du docteur Vernoux.

— Qui vous a parlé de déposition ? Le docteur Vernoux n'a pas été appelé à déposer.

— Mettons que j'ignorais ce qu'il a raconté.

— C'est l'inspecteur qui vous l'a dit ?

— Oui.

— Vous avez compris ?

— Oui.

— Et je suppose que vous avez été enchanté de l'effet que vous alliez produire ? Vous détestez les Vernoux ?

— Eux et tous ceux qui leur ressemblent.

— Vous vous êtes plus particulièrement attaqué à eux dans vos discours ?

— Cela m'est arrivé.

Le juge, très froid, se tourna vers l'inspecteur Chabiron.

— Sa femme a confirmé ses dires ?

— En partie. Je ne l'ai pas amenée, car elle était occupée à son ménage, mais je peux aller la chercher. Ils se sont bien couchés à neuf heures et demie. Elle en est sûre, parce que c'est elle qui a remonté le réveil, comme tous les soirs. Ils ont un peu parlé. Elle s'est endormie et, ce qui l'a réveillée, cela a été de ne plus sentir son mari près d'elle. Elle l'a vu debout devant la fenêtre. A ce moment-là, il était dix heures et quart et un groupe de gens stationnaient autour du corps.

— Ils ne sont descendus ni l'un ni l'autre ?

— Non.

— Ils n'ont pas eu la curiosité de savoir ce qui se passait ?

— Ils ont entrouvert la fenêtre et ont entendu dire que Gobillard venait d'être assommé.

Chabot, qui évitait toujours de regarder Maigret, paraissait découragé. Sans conviction, il posait encore quelques questions :

— D'autres habitants de la rue supportent son témoignage ?

— Pas jusqu'à présent.

— Vous les avez tous interrogés ?

— Ceux qui se trouvaient chez eux ce matin. Certains étaient déjà partis pour leur travail. Deux ou trois autres, qui étaient au cinéma hier soir, ne savent rien.

Chabot se tourna vers l'instituteur.

— Vous connaissez personnellement le docteur Vernoux ?

— Je ne lui ai jamais parlé, si c'est cela que vous voulez dire. Je l'ai croisé souvent dans la rue, comme tout le monde. Je sais qui il est.

— Vous n'entretenez aucune animosité particulière contre lui ?

— Je vous ai déjà répondu.

— Il ne vous est pas arrivé de comparaître en justice ?

— J'ai été arrêté une bonne douzaine de fois, lors de manifestations politiques, mais on m'a toujours relâché après une nuit au violon et naturellement un passage à tabac.

— Je ne parle pas de ça.

— Je comprends que cela ne vous intéresse pas.

— Vous maintenez votre déclaration ?

— Oui, même si elle vous ennuie.

— Il ne s'agit pas de moi.

— Il s'agit de vos amis.

— Vous êtes assez sûr de ce que vous avez entendu hier au soir pour ne pas hésiter à envoyer quelqu'un au bagne ou à l'échafaud ?

— Ce n'est pas moi qui ai tué. L'assassin n'a pas hésité, lui, à supprimer la veuve Gibon et le pauvre Gobillard.

— Vous oubliez Robert de Courçon.

— Celui-là, je m'en f... !

— Je vais donc appeler le greffier afin qu'il prenne votre déposition par écrit.
— A votre aise.
— Nous entendrons ensuite votre femme.
— Elle ne me contredira pas.

Chabot tendait déjà la main vers un timbre électrique qui se trouvait sur son bureau quand on entendit la voix de Maigret qu'on avait presque oublié et qui demandait doucement :

— Vous souffrez d'insomnies, Monsieur Chalus ?

Celui-ci tourna vivement la tête.

— Qu'est-ce que vous voulez insinuer ?
— Rien. Je crois vous avoir entendu dire tout à l'heure que vous vous endormez difficilement, ce qui explique que, couché à neuf heures et demie, vous ayez été encore éveillé à dix heures.
— Il y a des années que j'ai des insomnies.
— Vous avez consulté le médecin ?
— Je n'aime pas les médecins.
— Vous n'avez essayé aucun remède ?
— Je prends des comprimés.
— Tous les jours ?
— C'est un crime ?
— Vous en avez pris hier avant de vous coucher ?
— J'en ai pris deux, comme d'habitude.

Maigret faillit sourire en voyant son ami Chabot renaître à la vie comme une plante longtemps privée d'eau qu'on arrose enfin. Le juge ne put s'empêcher de reprendre lui-même la direction des opérations.

— Pourquoi ne nous disiez-vous pas que vous aviez pris un somnifère ?
— Parce que vous ne me l'avez pas demandé et que cela me regarde. Dois-je vous annoncer aussi quand ma femme prend un purgatif ?
— Vous avez avalé deux comprimés à neuf heures et demie ?
— Oui.
— Et vous ne dormiez pas à dix heures dix ?
— Non. Si vous aviez l'habitude de ces drogues-là, vous sauriez qu'à la longue elles ne font presque plus d'effet. Au début, un comprimé me suffisait. Maintenant, avec deux, il me faut plus d'une demi-heure pour m'assoupir.
— Il est donc possible que, quand vous avez entendu du bruit dans la rue, vous étiez déjà assoupi ?
— Je ne dormais pas. Si j'avais dormi, je n'aurais rien entendu.
— Mais vous pouviez somnoler. A quoi pensiez-vous ?
— Je ne m'en souviens pas.
— Jurez-vous que vous n'étiez pas dans un état entre la veille et le sommeil ? Pesez bien ma question. Un parjure est un délit grave.
— Je ne dormais pas.

L'homme était honnête, au fond. Il avait certainement été enchanté de pouvoir abattre un membre du clan Vernoux et il l'avait fait avec jubilation. Maintenant, sentant le triomphe lui glisser des doigts, il essayait de se raccrocher, sans toutefois oser mentir.

Il jeta à Maigret un regard triste où il y avait un reproche, mais pas de colère. Il semblait dire :

« — Pourquoi m'as-tu trahi, toi qui n'es pas de leur bord ? »

Le juge ne perdait pas son temps.

— A supposer que les comprimés aient commencé à produire leur effet, sans cependant vous endormir tout à fait, il se peut que vous ayez entendu les bruits dans la rue et votre somnolence expliquerait que vous n'ayez pas entendu de pas avant le meurtre. Il a fallu un piétinement, la chute d'un corps, pour attirer votre attention. N'est-il pas admissible qu'ensuite, après que les pas se sont éloignés, vous soyez retombé dans votre somnolence ? Vous ne vous êtes pas levé. Vous n'avez pas éveillé votre femme. Vous ne vous êtes pas inquiété, vous nous l'avez dit, comme si tout cela s'était passé dans un monde inconsistant. Ce n'est que quand un groupe d'hommes qui parlaient à voix haute s'est arrêté sur le trottoir que vous vous êtes réveillé complètement.

Chalus haussa les épaules et les laissa retomber avec lassitude.

— J'aurais dû m'y attendre, dit-il.

Puis il ajouta quelque chose comme :

— Vous et vos pareils...

Chabot n'écoutait plus, disait à l'inspecteur Chabiron :

— Dressez quand même un procès-verbal de sa déposition. J'entendrai sa femme cet après-midi.

Quand ils furent seuls, Maigret et lui, le juge affecta de prendre des notes. Il se passa bien cinq minutes avant qu'il murmurât, sans regarder le commissaire :

— Je te remercie.

Et Maigret, grognon, tirant sur sa pipe :

— Il n'y a pas de quoi.

4

L'Italienne aux ecchymoses

Pendant tout le déjeuner, dont le plat de résistance était une épaule de mouton farcie comme Maigret ne se souvenait pas d'en avoir mangé, Julien Chabot eut l'air d'un homme en proie à une mauvaise conscience.

Au moment de franchir le seuil de sa maison, il avait cru nécessaire de murmurer :

— Ne parlons pas de ça devant ma mère.

Maigret n'en avait pas l'intention. Il remarqua que son ami se penchait sur la boîte aux lettres où, repoussant quelques prospectus, il prenait une enveloppe semblable à celle qu'on lui avait remise le matin à l'hôtel, à la différence que celle-ci, au lieu d'être verdâtre, était rose saumon. Peut-être provenait-elle de la même pochette ? Il ne put s'en assurer à ce moment-là, car le juge la glissa négligemment dans sa poche.

Ils n'avaient guère parlé en revenant du Palais de Justice. Avant de s'en éloigner, ils avaient eu une courte entrevue avec le procureur et Maigret avait été assez surpris de voir que celui-ci était un homme de trente ans à peine, tout juste sorti des écoles, un beau garçon qui ne paraissait pas prendre ses fonctions au tragique.

— Je m'excuse pour hier soir, Chabot. Il y a une bonne raison pour laquelle on n'est pas parvenu à me toucher. J'étais à La Rochelle et ma femme l'ignorait.

Il avait ajouté avec un clin d'œil :

— Heureusement !

Puis, ne doutant de rien :

— Maintenant que vous avez le commissaire Maigret pour vous aider, vous n'allez pas tarder à mettre la main sur l'assassin. Vous croyez, vous aussi, que c'est un fou, commissaire ?

A quoi bon discuter ? On sentait que les rapports entre le juge et le procureur n'étaient pas exagérément amicaux.

Dans le couloir, ce fut l'assaut des journalistes déjà au courant de la déposition de Chalus. Celui-ci avait dû leur parler. Maigret aurait parié qu'en ville aussi on savait. C'était difficile d'expliquer cette atmosphère-là. Du Palais de Justice à la maison du juge, ils ne rencontrèrent qu'une cinquantaine de personnes, mais cela suffisait pour prendre la température locale. Les regards qu'on adressait aux deux hommes manquaient de confiance. Les gens du peuple, surtout les femmes qui revenaient du marché, avaient une attitude presque hostile. En haut de la place Viète, il y avait un petit café où des gens assez nombreux prenaient l'apéritif et, à leur passage, on entendit une rumeur peu rassurante, des ricanements.

Certains devaient commencer à s'affoler et la présence des gendarmes qui patrouillaient la ville à vélo ne suffisait pas à les rassurer ; ils ajoutaient au contraire une touche dramatique à l'aspect des rues en rappelant qu'il y avait quelque part un tueur en liberté.

Mme Chabot n'avait pas essayé de poser de questions. Elle était aux petits soins pour son fils, pour Maigret aussi, à qui elle semblait demander du regard de le protéger, et elle s'efforçait de mettre sur le tapis des sujets de tout repos.

— Vous vous souvenez de cette jeune fille qui louchait et avec qui vous avez dîné ici un dimanche ?

Elle avait une mémoire effrayante, rappelait à Maigret des gens qu'il avait rencontrés, plus de trente ans auparavant, lors de ses brefs passages à Fontenay.

— Elle a fait un beau mariage, un jeune homme de Marans qui a fondé une importante fromagerie. Ils ont eu trois enfants, plus beaux les uns que les autres, puis, tout à coup, comme si le sort les trouvait trop heureux, elle a été atteinte de tuberculose.

Elle en cita d'autres, qui étaient devenus malades ou qui étaient morts, ou qui avaient eu d'autres malheurs.

Au dessert, Rose apporta un énorme plat de profiterolles et la vieille femme observa le commissaire avec des yeux malicieux. Il se demanda d'abord pourquoi, sentant qu'on attendait quelque chose de lui. Il n'aimait guère les profiterolles et il en mit une sur son assiette.

— Allons ! Servez-vous. N'ayez pas honte !...

La voyant déçue, il en prit trois.

— Vous n'allez pas me dire que vous avez perdu votre appétit ? Je me rappelle le soir où vous en avez mangé douze. Chaque fois que vous veniez, je vous faisais des profiterolles et vous prétendiez que vous n'en aviez pas mangé de pareilles ailleurs.

(Ce qui, entre parenthèses, était vrai : il n'en mangeait jamais nulle part !)

Cela lui était sorti de la mémoire. Il était même surpris d'avoir jamais manifesté un goût pour les pâtisseries. Il avait dû dire cela, jadis, par politesse.

Il fit ce qu'il y avait à faire, s'exclama, mangea tout ce qu'il y avait sur son assiette, en reprit.

— Et les perdreaux au chou ! Vous vous en souvenez ? Je regrette que ce ne soit pas la saison, car...

Le café servi, elle se retira discrètement et Chabot, par habitude, posa une boîte de cigares sur la table, en même temps que la bouteille de fine. La salle à manger n'avait pas plus changé que le bureau et c'était presque angoissant de retrouver les choses tellement pareilles, Chabot lui-même qui, vu d'une certaine façon, n'avait pas tant changé.

Pour faire plaisir à son ami, Maigret prit un cigare, allongea les jambes vers la cheminée. Il savait que l'autre avait envie d'aborder un sujet précis, qu'il y pensait depuis qu'ils avaient quitté le Palais. Cela prit du temps. La voix du juge, qui regardait ailleurs, était mal assurée.

— Tu crois que j'aurais dû l'arrêter ?
— Qui ?
— Alain.
— Je ne vois aucune raison d'arrêter le docteur.
— Pourtant, Chalus paraît sincère.
— Il l'est sans contredit.
— Tu penses aussi qu'il n'a pas menti ?

Au fond, Chabot se demandait pourquoi Maigret était intervenu, car, sans lui, sans la question du somnifère, la déposition de l'instituteur aurait été beaucoup plus accablante pour le fils Vernoux. Cela intriguait le juge, le mettait mal à l'aise.

— D'abord, dit Maigret en fumant gauchement son cigare, il est possible qu'il se soit réellement assoupi. Je me méfie toujours du témoignage des gens qui ont entendu quelque chose de leur lit, peut-être à cause de ma femme.

» Maintes fois, il lui arrive de prétendre qu'elle ne s'est endormie qu'à deux heures du matin. Elle est de bonne foi, prête à jurer. Or, il se fait souvent que je me suis réveillé moi-même pendant sa soi-disant insomnie et que je l'aie vue endormie.

Chabot n'était pas convaincu. Peut-être s'imaginait-il que son ami avait seulement voulu le tirer d'un mauvais pas ?

— J'ajoute, poursuivait le commissaire, que, si même c'est le docteur qui a tué, il est préférable de ne pas l'avoir mis en état d'arrestation. Ce n'est pas un homme à qui on peut arracher des aveux par un interrogatoire à la chansonnette, encore moins par un passage à tabac.

Le juge repoussait déjà cette idée d'un geste indigné.

— Dans l'état actuel de l'enquête, il n'y a même pas un commencement de preuve contre lui. En l'arrêtant, tu donnais satisfaction à une partie de la population qui serait venue manifester sous les fenêtres de la prison en criant : « A mort. » Cette excitation créée, il aurait été difficile de la calmer.

— Tu le penses vraiment ?

— Oui.

— Tu ne dis pas cela pour me rassurer ?

— Je le dis parce que c'est la vérité. Comme il arrive toujours dans un cas de ce genre, l'opinion publique désigne plus ou moins ouvertement un suspect et je me suis souvent demandé comment elle le choisit. C'est un phénomène mystérieux, un peu effrayant. Dès le premier jour, si je comprends bien, les gens se sont tournés vers le clan Vernoux, sans trop se demander s'il s'agissait du père ou du fils.

— C'est vrai.

— Maintenant, c'est vers le fils que s'aiguille la colère.

— Et s'il est l'assassin ?

— Je t'ai entendu, avant de partir, donner des ordres pour qu'on le surveille.

— Il peut échapper à la surveillance.

— Ce ne serait pas prudent de sa part, car s'il se montre trop dans la ville il risque de se faire écharper. Si c'est lui, il fera quelque chose, tôt ou tard, qui fournira une indication.

— Tu as peut-être raison. Au fond, je suis content que tu sois ici. Hier, je l'avoue, cela m'a un peu irrité. Je me disais que tu allais m'observer et que tu me trouverais gauche, maladroit, vieux jeu, je ne sais pas, moi. En province, nous souffrons presque tous d'un complexe d'infériorité, surtout vis-à-vis de ceux qui viennent de Paris. A plus forte raison quand il s'agit d'un homme comme toi ! Tu m'en veux ?

— De quoi ?

— Des bêtises que je t'ai dites.

— Tu m'as dit des choses fort sensées. Nous aussi, à Paris, nous avons à tenir compte des situations et à mettre des gants avec les gens en place.

Chabot se sentait déjà mieux.

— Je vais passer mon après-midi à interroger les témoins que

Chabiron m'a dénichés. La plupart d'entre eux n'ont rien vu ni entendu, mais je ne veux négliger aucune chance.

— Sois gentil avec la femme Chalus.

— Avoue que ces gens-là te sont sympathiques.

— Oui, sans doute !

— Tu m'accompagnes ?

— Non. Je préfère renifler l'air de la ville, boire un verre de bière par-ci par-là.

— Au fait, je n'ai pas ouvert cette lettre. Je ne voulais pas le faire devant ma mère.

Il tirait de sa poche l'enveloppe saumon et Maigret reconnut l'écriture. Le papier provenait bien de la même pochette que le billet qu'il avait reçu le matin.

« *Taché de savoir ce que le docteur faisé à la fille Sabati.* »

— Tu connais ?

— Jamais entendu ce nom-là.

— Je crois me souvenir que tu m'as dit que le docteur Vernoux n'est pas coureur.

— Il a cette réputation-là. Les lettres anonymes vont commencer à pleuvoir. Celle-ci vient d'une femme.

— Comme la majorité des lettres anonymes ! Cela t'ennuierait de téléphoner au commissariat ?

— Au sujet de la fille Sabati ?

— Oui.

— Tout de suite ?

Maigret fit signe que oui.

— Passons dans mon bureau.

Il décrocha le récepteur, appela le commissaire de police.

— C'est vous, Féron ? Ici, le juge d'instruction. Connaissez-vous une certaine Sabati ?

Il fallut attendre. Féron était allé interroger ses agents, peut-être examiner les registres. Quand il parla à nouveau, Chabot, tout en écoutant, crayonna quelques mots sur son buvard.

— Non. Probablement aucune connexion. Comment ? Certainement pas. Ne vous occupez pas d'elle pour le moment.

En disant cela, il cherchait du regard l'approbation de Maigret et celui-ci lui adressa de grands signes de tête.

— Je serai à mon bureau dans une demi-heure. Oui. Merci.

Il raccrocha.

— Il existe bien une certaine Louise Sabati à Fontenay-le-Comte. Fille d'un maçon italien qui doit travailler à Nantes ou dans les environs. Elle a été quelque temps serveuse à l'Hôtel de France, puis fille de salle au Café de la Poste. Elle ne travaille plus depuis plusieurs mois. A moins qu'elle ait déménagé récemment, elle habite au tournant de la route de La Rochelle, dans le quartier des casernes, une grande maison délabrée où vivent six ou sept familles.

Maigret, qui en avait assez de son cigare, en écrasait le bout incandescent dans le cendrier avant de bourrer une pipe.

— Tu comptes aller la voir ?
— Peut-être.
— Tu penses toujours que le docteur... ?

Il s'interrompit, les sourcils froncés.

— Au fait, qu'allons-nous faire ce soir ? Normalement, je devrais aller chez les Vernoux pour le bridge. A ce que tu m'as dit, Hubert Vernoux s'attend à ce que tu m'accompagnes.
— Eh bien ?
— Je me demande si, dans l'état de l'opinion...
— Tu as l'habitude d'y aller chaque samedi ?
— Oui.
— Donc, si tu n'y vas pas, on en conclura qu'ils sont suspects.
— Et si j'y vais, on dira...
— On dira que tu les protèges, c'est tout. On le dit déjà. Un peu plus ou un peu moins...
— Tu as l'intention de m'accompagner ?
— Sans aucun doute.
— Si tu veux...

Le pauvre Chabot ne résistait plus, s'abandonnait aux initiatives de Maigret.

— Il est temps que je monte au Palais.

Ils sortirent ensemble et le ciel était toujours du même blanc à la fois lumineux et glauque, comme un ciel qu'on voit reflété par l'eau d'une mare. Le vent restait violent et, aux coins de rues, les robes des femmes leur collaient au corps, parfois un homme perdait son chapeau et se mettait à courir après avec des gestes grotesques.

Chacun s'en alla dans une direction opposée.

— Quand est-ce que je te revois ?
— Je passerai peut-être par ton cabinet. Sinon, je serai chez toi pour dîner. A quelle heure est le bridge des Vernoux ?
— Huit heures et demie.
— Je t'avertis que je ne sais pas jouer.
— Cela ne fait rien.

Des rideaux bougeaient au passage de Maigret qui suivait le trottoir, la pipe aux dents, les mains dans les poches, la tête penchée pour empêcher son chapeau de s'envoler. Une fois seul, il se sentait un peu moins rassuré. Tout ce qu'il venait de dire à son ami Chabot était vrai. Mais, quand il était intervenu, le matin, à la fin de l'interrogatoire Chalus, il n'en avait pas moins obéi à une impulsion et, derrière celle-ci, il y avait le désir de tirer le juge d'une situation embarrassante.

L'atmosphère de la ville restait inquiétante. Les gens avaient beau aller à leurs occupations comme d'habitude, on n'en sentait pas moins une certaine angoisse dans le regard des passants qui semblaient marcher plus vite, comme s'ils redoutaient de voir soudain surgir l'assassin. Les autres jours, Maigret l'aurait juré, les ménagères ne devaient pas se grouper sur les seuils comme aujourd'hui, à parler bas.

On le suivait des yeux et il croyait lire sur les visages une question muette. Allait-il faire quelque chose ? Ou bien l'inconnu pourrait-il continuer à tuer impunément ?

Certains lui adressaient un salut timide comme pour lui dire :

« — Nous savons qui vous êtes. Vous avez la réputation de mener à bien les enquêtes les plus difficiles. Et, *vous,* vous ne vous laisserez pas impressionner par certaines personnalités. »

Il faillit entrer au Café de la Poste pour boire un demi. Malheureusement il y avait au moins une douzaine de personnes à l'intérieur, qui toutes tournèrent la tête vers lui quand il s'approcha de la porte, et il n'eut pas envie, tout de suite, d'avoir à répondre aux questions qu'on lui poserait.

Au fait, pour se rendre dans le quartier des casernes, il fallait traverser le Champ-de-Mars, une vaste étendue nue encadrée d'arbres récemment plantés qui grelottaient sous la bise.

Il prit la même petite rue que le docteur avait prise la veille au soir, celle où Gobillard avait été assommé. En passant devant une maison, il entendit des éclats de voix au second étage. C'était sans doute là qu'habitait Emile Chalus, l'instituteur. Plusieurs personnes discutaient avec passion, des amis à lui qui avaient dû venir aux nouvelles.

Il traversa le Champ-de-Mars, contourna la caserne, prit la rue de droite et chercha la grande bâtisse délabrée que son ami lui avait décrite. Il n'y en avait qu'une de ce genre-là, dans une rue déserte, entre deux terrains vagues. Ce que cela avait été jadis, il était difficile de le deviner, un entrepôt, ou un moulin, peut-être une petite manufacture ? Des enfants jouaient dehors. D'autres, plus petits, le derrière nu, se traînaient dans le corridor. Une grosse femme aux cheveux qui lui tombaient dans le dos passa la tête par l'entrebâillement d'une porte et celle-là n'avait jamais entendu parler du commissaire Maigret.

— Qu'est-ce que vous cherchez ?
— Mlle Sabati.
— Louise ?
— Je crois que c'est son prénom.
— Faites le tour de la maison et entrez par la porte de derrière. Montez l'escalier. Il n'y a qu'une porte. C'est là.

Il fit ce qu'on lui disait, frôla des poubelles, enjamba des détritus, cependant qu'il entendait les clairons sonner dans la cour de la caserne. La porte extérieure dont on venait de lui parler était ouverte. Un escalier raide, sans rampe, le conduisit à un étage qui n'était pas de niveau avec les autres et il frappa à une porte peinte en bleu.

D'abord, on ne répondit pas. Il frappa plus fort, entendit des pas de femme en savates, dut néanmoins frapper une troisième fois avant qu'on lui demande :

— Qu'est-ce que c'est ?

— Mlle Sabati ?
— Que voulez-vous ?
— Vous parler.
Il ajouta à tout hasard :
— De la part du docteur.
— Un instant.

Elle repartit, sans doute pour passer un vêtement convenable. Quand elle ouvrit enfin la porte, elle portait une robe de chambre à ramages, en mauvais coton, sous laquelle elle ne devait avoir qu'une chemise de nuit. Ses pieds étaient nus dans les pantoufles, ses cheveux noirs non coiffés.

— Vous dormiez ?
— Non.

Elle l'examinait des pieds à la tête avec méfiance. Derrière elle, au-delà d'un palier minuscule, on voyait une chambre en désordre dans laquelle elle ne le priait pas d'entrer.

— Qu'est-ce qu'*il* me fait dire ?

Comme elle tournait un peu la tête de côté, il remarqua une ecchymose autour de l'œil gauche. Elle n'était pas tout à fait récente. Le bleu commençait à tourner au jaune.

— N'ayez pas peur. Je suis un ami. Je voudrais seulement vous parler pendant quelques instants.

Ce qui dut la décider à le laisser entrer c'est que deux ou trois gamins étaient venus les observer au bas des marches.

Il n'y avait que deux pièces, la chambre, qu'il ne fit qu'entrevoir et dont le lit était défait, et une cuisine. Sur la table, un roman était ouvert à côté d'un bol qui contenait encore du café au lait, un morceau de beurre restait sur une assiette.

Louise Sabati n'était pas belle. En robe noire et tablier blanc, elle devait avoir cet air fatigué qu'on voit à la plupart des femmes de chambre dans les hôtels de province. Il y avait pourtant quelque chose d'attachant, de presque pathétique dans son visage pâle où des yeux sombres vivaient intensément.

Elle débarrassa une chaise.

— C'est vraiment Alain qui vous a envoyé ?
— Non.
— Il ne sait pas que vous êtes ici ?

En disant cela, elle jetait vers la porte un regard effrayé, restait debout, prête à la défense.

— N'ayez pas peur.
— Vous êtes de la police ?
— Oui et non.
— Qu'est-ce qui est arrivé ? Où est Alain ?
— Chez lui, probablement.
— Vous êtes sûr ?
— Pourquoi serait-il ailleurs ?

Elle se mordit la lèvre où le sang monta. Elle était très nerveuse, d'une nervosité maladive. Un instant, il se demanda si elle ne se droguait pas.

— Qui est-ce qui vous a parlé de moi ?
— Il y a longtemps que vous êtes la maîtresse du docteur ?
— On vous l'a dit ?

Il prenait son air le plus bonhomme et n'avait d'ailleurs aucun effort à faire pour lui montrer de la sympathie.

— Vous venez seulement de vous lever ? questionna-t-il au lieu de répondre.

— Qu'est-ce que ça peut vous faire ?

Elle avait gardé une pointe d'accent italien, pas beaucoup. Elle devait avoir à peine plus de vingt ans et son corps, sous la robe de chambre mal coupée, était cambré ; seule la poitrine, qui avait dû être provocante, se fatiguait un peu.

— Cela ne vous ennuierait pas de vous asseoir près de moi ?

Elle ne tenait pas en place. Avec des mouvements fébriles, elle saisit une cigarette, l'alluma.

— Vous êtes sûr qu'Alain ne va pas venir ?
— Cela vous fait peur ? Pourquoi ?
— Il est jaloux.
— Il n'a aucune raison d'être jaloux de moi.
— Il l'est de tous les hommes.

Elle ajouta d'une drôle de voix :

— Il a raison.
— Que voulez-vous dire ?
— Que c'est son droit.
— Il vous aime ?
— Je crois que oui. Je sais que je n'en vaux pas la peine, mais...
— Vous ne voulez vraiment pas vous asseoir ?
— Qui êtes-vous ?
— Le commissaire Maigret, de la Police Judiciaire de Paris.
— J'ai entendu parler de vous. Qu'est-ce que vous faites ici ?

Pourquoi ne pas lui parler franchement ?

— J'y suis venu par hasard, pour rencontrer un ami que je n'ai pas vu depuis des années.

— C'est lui qui vous a parlé de moi ?

— Non. J'ai rencontré aussi votre ami Alain. Au fait, ce soir, je suis invité chez lui.

Elle sentait qu'il ne mentait pas, mais n'était pas encore rassurée. Elle n'en attira pas moins une chaise vers elle, ne s'assit pas tout de suite.

— S'il n'est pas dans l'embarras pour le moment, il risque d'y être d'une heure à l'autre.

— Pourquoi ?

Au ton dont elle prononçait ce mot, il conclut qu'elle savait déjà.

— Certains pensent qu'il est peut-être l'homme qu'on recherche.

— A cause des crimes ? Ce n'est pas vrai. Ce n'est pas lui. Il n'avait aucune raison de...

Il l'interrompit en lui tendant la lettre anonyme que le juge lui avait laissée. Elle la lut, visage tendu, sourcils froncés.

— Je me demande qui a écrit ça.
— Une femme.
— Oui. Et sûrement une femme qui habite la maison.
— Pourquoi ?
— Parce que personne d'autre n'est au courant. Même dans la maison, j'aurais juré que personne ne savait qui il est. C'est une vengeance, une saleté. Jamais Alain...
— Asseyez-vous.

Elle s'y décida enfin, prenant soin de croiser les pans de son peignoir sur ses jambes nues.

— Il y a longtemps que vous êtes sa maîtresse ?

Elle n'hésita pas.

— Huit mois et une semaine.

Cette précision faillit le faire sourire.

— Comment cela a-t-il commencé ?
— Je travaillais comme fille de salle au Café de la Poste. Il y venait de temps en temps, l'après-midi, s'asseyait toujours à la même place, près de la fenêtre, d'où il regardait passer les gens. Tout le monde le connaissait et le saluait, mais il n'entamait pas facilement la conversation. Après un certain temps, j'ai remarqué qu'il me suivait des yeux.

Elle le regarda soudain avec défi.

— Vous voulez vraiment savoir comment ça a commencé ? Eh bien ! je vais vous le dire, et vous verrez que ce n'est pas l'homme que vous croyez. Vers la fin, il lui arrivait de venir prendre un verre le soir. Une fois, il est resté jusqu'à la fermeture. J'avais plutôt tendance à me moquer de lui, à cause de ses gros yeux qui me suivaient partout. Ce soir-là, j'avais rendez-vous, dehors, avec le marchand de vins que vous rencontrerez certainement. Nous tournions à droite, par la petite rue et...
— Et quoi ?
— Eh bien ! nous nous installions sur un banc du Champ-de-Mars. Vous avez compris ? Cela ne durait jamais longtemps. Quand ça a été fini, je suis repartie seule pour traverser la place et rentrer chez moi et j'ai entendu des pas derrière moi. C'était le docteur. J'ai eu un peu peur. Je me suis retournée et lui ai demandé ce qu'il me voulait. Tout penaud, il ne savait que répondre. Savez-vous ce qu'il a fini par murmurer ?

» — *Pourquoi avez-vous fait ça ?*
» Et moi j'ai éclaté de rire.
» — *Cela vous ennuie ?*
» — *Cela m'a fait beaucoup de chagrin.*
» — *Pourquoi ?*

» C'est ainsi qu'il a fini par m'avouer qu'il m'aimait, qu'il n'avait jamais osé me le dire, qu'il était très malheureux. Vous souriez ?
— Non.
C'était vrai. Maigret ne souriait pas. Il voyait fort bien Alain Vernoux dans cette situation-là.
— Nous avons marché jusqu'à une heure ou deux du matin, le long du chemin de halage, et, à la fin, c'est moi qui pleurais.
— Il vous a accompagnée ici ?
— Pas ce soir-là. Cela a pris une semaine entière. Pendant ces jours-là, il passait presque tout son temps au café, à me surveiller. Il était même jaloux de me voir dire merci au client quand je recevais un pourboire. Il l'est toujours. Il ne veut pas que je sorte.
— Il vous frappe ?
Elle porta instinctivement la main à l'ecchymose de sa joue et, la manche du peignoir s'élevant, il vit qu'il y avait d'autres bleus sur ses bras, comme si on les avait serrés fortement entre des doigts puissants.
— C'est son droit, répliqua-t-elle non sans fierté.
— Cela arrive souvent ?
— Presque chaque fois.
— Pourquoi ?
— Si vous ne comprenez pas, je ne peux pas vous l'expliquer. Il m'aime. Il est obligé de vivre là-bas avec sa femme et ses enfants. Non seulement il n'aime pas sa femme, mais il n'aime pas ses enfants.
— Il vous l'a dit ?
— Je le sais.
— Vous le trompez ?
Elle se tut, le fixa, l'air féroce. Puis :
— On vous l'a dit ?
Et, d'une voix plus sourde :
— Cela m'est arrivé, les premiers temps, quand je n'avais pas compris. Je croyais que c'était comme avec les autres. Lorsqu'on a commencé, comme moi, à quatorze ans, on n'y attache pas d'importance. Quand il l'a su, j'ai pensé qu'il allait me tuer. Je ne dis pas ça en l'air. Je n'ai jamais vu un homme aussi effrayant. Pendant une heure, il est resté étendu sur le lit, les yeux au plafond, les poings serrés, sans dire un mot, et je sentais qu'il souffrait terriblement.
— Vous avez recommencé ?
— Deux ou trois fois. J'ai été assez bête.
— Et depuis ?
— Non !
— Il vient vous voir tous les soirs ?
— Presque tous les soirs.
— Vous l'attendiez hier ?
Elle hésita, se demandant où ses réponses pouvaient le conduire, voulant coûte que coûte protéger Alain.
— Quelle différence cela peut-il faire ?
— Il faut bien que vous sortiez pour faire votre marché.

— Je ne vais pas jusqu'en ville. Il y a un petit épicier au coin de la rue.

— Le reste du temps, vous êtes enfermée ici ?

— Je ne suis pas enfermée. La preuve, c'est que je vous ai ouvert la porte.

— Il n'a jamais parlé de vous enfermer ?

— Comment l'avez-vous deviné ?

— Il l'a fait ?

— Pendant une semaine.

— Les voisines s'en sont aperçues ?

— Oui.

— C'est pour cela qu'il vous a rendu la clef ?

— Je ne sais pas. Je ne comprends pas où vous voulez en venir.

— Vous l'aimez ?

— Vous vous figurez que je vivrais cette vie-là si je ne l'aimais pas ?

— Il vous donne de l'argent ?

— Quand il peut.

— Je le croyais riche.

— Tout le monde croit ça, alors qu'il est exactement dans le cas d'un jeune homme qui doit demander chaque semaine un peu d'argent à son père. Ils vivent tous dans la même maison.

— Pourquoi ?

— Est-ce que je sais ?

— Il pourrait travailler.

— Cela le regarde, non ? Des semaines entières, son père le laisse sans argent.

Maigret regarda la table où il n'y avait que du pain et du beurre.

— C'est le cas en ce moment ?

Elle haussa les épaules.

— Qu'est-ce que ça peut faire ? Moi aussi, jadis, je me faisais des idées sur les gens qu'on croit riches. De la façade, oui ! Une grosse maison avec rien dedans. Ils sont tout le temps à se chamailler pour soutirer un peu d'argent au vieux et les fournisseurs attendent parfois des mois pour se faire payer.

— Je croyais que la femme d'Alain était riche.

— Si elle avait été riche, elle ne l'aurait pas épousé. Elle se figurait qu'il l'était. Quand elle s'est aperçue du contraire, elle s'est mise à le détester.

Il y eut un silence assez long. Maigret bourrait sa pipe, lentement, rêveusement.

— Qu'est-ce que vous êtes en train de penser ? questionna-t-elle.

— Je pense que vous l'aimez vraiment.

— C'est déjà ça !

Son ironie était amère.

— Ce que je me demande, poursuivit-elle, c'est pourquoi les gens s'en prennent tout à coup à lui. J'ai lu le journal. On ne dit rien de précis, mais je sens qu'on le soupçonne. Tout à l'heure, par la fenêtre, j'ai entendu des femmes qui parlaient dans la cour, très haut, exprès, pour que je ne perde pas un mot de ce qu'elles disaient.

— Qu'est-ce qu'elles disaient ?

— Que, du moment qu'on cherchait un fou, il n'y avait pas à aller loin pour le trouver.

— Je suppose qu'elles ont entendu les scènes qui se déroulaient chez vous ?

— Et après ?

Elle devint soudain presque furieuse et se leva de sa chaise.

— Vous aussi, parce qu'il s'est mis à aimer une fille comme moi et parce qu'il en est jaloux, vous allez vous figurer qu'il est fou ?

Maigret se leva à son tour, essaya, pour la calmer, de lui poser la main sur l'épaule, mais elle le repoussa avec colère.

— Dites-le, si c'est votre idée.

— Ce n'est *pas* mon idée.

— Vous croyez qu'il est fou ?

— Certainement pas parce qu'il vous aime.

— Mais il l'est quand même ?

— Jusqu'à preuve du contraire, je n'ai aucune raison d'en arriver à cette conclusion-là.

— Qu'est-ce que cela signifie au juste ?

— Cela signifie que vous êtes une bonne fille et que...

— Je ne suis pas une bonne fille. Je suis une traînée, une ordure, et je ne mérite pas que...

— Vous êtes une bonne fille et je vous promets de faire mon possible pour qu'on découvre le vrai coupable.

— Vous êtes persuadé que ce n'est pas lui ?

Il souffla, embarrassé, se mit, par contenance, à allumer sa pipe.

— Vous voyez bien que vous n'osez pas le dire !

— Vous êtes une bonne fille, Louise. Je reviendrai sans doute vous voir...

Mais elle avait perdu sa confiance et, en refermant la porte derrière lui, elle grommelait :

— Vous et vos promesses !...

De l'escalier, au bas duquel des gamins le guettaient, il crut l'entendre ajouter pour elle-même :

— Vous n'êtes quand même qu'un sale flic !

5

La partie de bridge

Quand ils sortirent, à huit heures et quart, de la maison de la rue Clemenceau, ils eurent presque un mouvement de recul, tant le calme et le silence qui les enveloppaient soudain étaient surprenants.

Vers cinq heures de l'après-midi, le ciel était devenu d'un noir de Crucifixion et il avait fallu allumer les lampes partout dans la ville. Deux coups de tonnerre avaient éclaté, brefs, déchirants, et enfin les nuages s'étaient vidés, non en pluie mais en grêle, on avait vu les passants disparaître, comme balayés par la bourrasque, tandis que des boules blanches rebondissaient sur le pavé ainsi que des balles de ping-pong.

Maigret, qui se trouvait à ce moment-là au Café de la Poste, s'était levé comme les autres et tout le monde était resté debout près des vitres, à regarder la rue du même œil qu'on suit un feu d'artifice.

Maintenant, c'était fini et on était dérouté de n'entendre ni la pluie ni le vent, de marcher dans un air immobile, de voir, en levant la tête, des étoiles entre les toits.

Peut-être à cause du silence que troublait seul le bruit de leurs pas, ils marchèrent sans rien dire, montant la rue vers la place Viète. Juste à l'angle de celle-ci, ils frôlèrent un homme qui se tenait dans l'obscurité, sans bouger, un brassard blanc sur son pardessus, un gourdin à la main, et qui les suivit des yeux sans souffler mot.

Quelques pas plus loin, Maigret ouvrit la bouche pour une question et son ami, qui l'avait devinée, expliqua d'une voix contrainte :

— Le commissaire m'a téléphoné un peu avant mon départ du bureau. Cela mijotait depuis hier. Ce matin, des gamins sont allés déposer des convocations dans les boîtes aux lettres. Une réunion a eu lieu à six heures et *ils* ont constitué un comité de vigilance.

Le *ils* ne se rapportait pas aux gamins évidemment, mais aux éléments hostiles de la ville.

Chabot ajouta :

— Nous ne pouvons pas les en empêcher.

Juste devant la maison des Vernoux, rue Rabelais, trois autres hommes à brassard se tenaient sur le trottoir et les regardèrent s'approcher. Ils ne patrouillaient pas, restaient là, en faction, et on aurait pu croire qu'ils les attendaient, qu'ils allaient peut-être les empêcher d'entrer. Maigret crut reconnaître, dans le plus petit des trois, la maigre silhouette de l'instituteur Chalus.

C'était assez impressionnant. Chabot hésita à s'avancer vers le seuil, fut probablement tenté de continuer son chemin. Cela ne sentait pas encore l'émeute, ni même le désordre, mais c'était la première fois qu'ils rencontraient un signe aussi tangible du mécontentement populaire.

Calme en apparence, très digne, non sans une certaine solennité, le juge d'instruction finit par gravir les marches et soulever le marteau de la porte.

Derrière lui, il n'y eut pas un murmure, pas une plaisanterie. Toujours sans bouger, les trois hommes le regardaient faire.

Le bruit du marteau se répercuta à l'intérieur comme dans une église. Tout de suite, comme s'il s'était tenu là pour les attendre, un maître d'hôtel mania des chaînes, des verrous et les accueillit d'une révérence silencieuse.

Cela ne devait pas se passer ainsi d'habitude, car Julien Chabot marqua un temps d'arrêt sur le seuil du salon, regrettant peut-être d'être venu.

Dans une pièce aux proportions de salle de danse le grand lustre de cristal était allumé, d'autres lumières brillaient sur des tables, il y avait, groupés dans les différents angles et autour de la cheminée, assez de fauteuils pour asseoir quarante personnes.

Or, un seul homme se tenait là, au bout le plus éloigné de la pièce, Hubert Vernoux, les cheveux blancs et soyeux, qui surgissait d'un immense fauteuil Louis XIII et arrivait à leur rencontre, la main tendue.

— Je vous ai annoncé hier, dans le train, que vous viendriez me voir, Monsieur Maigret. J'ai d'ailleurs téléphoné aujourd'hui à notre ami Chabot pour m'assurer qu'il vous amènerait.

Il était vêtu de noir et son vêtement ressemblait quelque peu à un smoking, un monocle pendait à un ruban sur sa poitrine.

— Ma famille sera là dans un instant. Je ne comprends pas pourquoi tout le monde n'est pas descendu.

Dans le compartiment pauvrement éclairé, Maigret l'avait mal vu. Ici, l'homme lui paraissait plus vieux. Quand il avait traversé le salon, sa démarche avait cette raideur mécanique des arthritiques dont les mouvements semblent commandés par des ressorts. Le visage était bouffi, d'un rose presque artificiel.

Pourquoi le commissaire pensa-t-il à un acteur devenu vieux qui s'efforce de continuer à jouer son rôle et vit dans la terreur que le public s'aperçoive qu'il est déjà à moitié mort ?

— Il faut que je leur fasse dire que vous êtes ici.

Il avait sonné, s'adressait au maître d'hôtel.

— Voyez si Madame est prête. Prévenez aussi Mlle Lucile, le docteur et Madame...

Quelque chose n'allait pas. Il en voulait à sa famille de ne pas être là. Pour le mettre à l'aise, Chabot disait en regardant les trois tables de bridge qui étaient préparées :

— Henri de Vergennes va venir ?
— Il m'a téléphoné pour s'excuser. La tempête a défoncé l'allée du château et il est dans l'impossibilité de faire sortir sa voiture.
— Aumale ?
— Le notaire a la grippe depuis ce matin. Il s'est mis au lit à midi.
Personne ne viendrait, en somme. Et c'était comme si la famille elle-même hésitait à descendre. Le maître d'hôtel ne reparaissait pas. Hubert Vernoux désigna les liqueurs sur la table.
— Servez-vous, voulez-vous ? Je vous demande de m'excuser un instant.
Il allait les chercher lui-même, montait le grand escalier aux marches de pierre, à la rampe de fer forgé.
— Combien de personnes assistent d'habitude à ces bridges ? questionna Maigret à voix basse.
— Pas beaucoup. Cinq ou six, en dehors de la famille.
— Qui est généralement au salon quand tu arrives ?
Chabot fit signe que oui, à regret. Quelqu'un entrait sans bruit, le docteur Alain Vernoux, qui, lui, ne s'était pas changé et portait le même complet mal repassé que le matin.
— Vous êtes seuls ?
— Votre père vient de monter.
— Je l'ai rencontré dans l'escalier. Ces dames ?
— Je crois qu'il est allé les appeler.
— Je ne pense pas qu'il vienne quelqu'un d'autre ?
Alain eut un mouvement de la tête vers les fenêtres que voilaient de lourds rideaux.
— Vous avez vu ?
Et, sachant qu'on avait compris de quoi il parlait :
— Ils surveillent l'hôtel. Il doit y en avoir en faction devant la porte de la ruelle aussi. C'est une très bonne chose.
— Pourquoi ?
— Parce que, si un nouveau crime est commis, on ne pourra pas l'attribuer à quelqu'un de la maison.
— Vous prévoyez un nouveau crime ?
— S'il s'agit d'un fou, il n'y a aucune raison pour que la série en reste là.
Mme Vernoux, la mère du docteur, fit enfin son entrée, suivie par son mari qui avait le teint animé, comme s'il avait dû discuter pour la décider à descendre. C'était une femme de soixante ans, aux cheveux encore bruns, aux yeux très cernés.
— Le commissaire Maigret, de la Police Judiciaire de Paris.
Elle inclina à peine la tête et alla s'asseoir dans un fauteuil qui devait être le sien. En passant, elle s'était contentée, pour le juge, d'un furtif :
— Bonsoir, Julien.
Hubert Vernoux annonçait :
— Ma belle-sœur descend tout de suite. Tout à l'heure, nous avons

eu une panne d'électricité qui a retardé le dîner. Je suppose que le courant a été coupé dans toute la ville ?

Il parlait pour parler. Les mots n'avaient pas besoin d'avoir un sens. Il fallait remplir le vide du salon.

— Un cigare, commissaire ?

Pour la seconde fois depuis qu'il était à Fontenay, Maigret en accepta un, parce qu'il n'osait pas sortir sa pipe de sa poche.

— Ta femme ne descend pas ?
— Elle est probablement retenue par les enfants.

Il était déjà évident qu'Isabelle Vernoux, la mère, avait consenti à faire acte de présence, après Dieu sait quels marchandages, mais qu'elle était décidée à ne pas participer activement à la réunion. Elle avait pris un travail de tapisserie et n'écoutait pas ce qui se disait.

— Vous jouez au bridge, commissaire ?
— Désolé de vous décevoir, mais je ne joue jamais. Je m'empresse d'ajouter que je prends beaucoup de plaisir à suivre une partie.

Hubert Vernoux regarda le juge.

— Comment allons-nous jouer ? Lucile jouera certainement. Vous et moi. Je suppose, Alain...
— Non. Ne comptez pas sur moi.
— Reste ta femme. Veux-tu aller voir si elle est bientôt prête ?

Cela devenait pénible. Personne, en dehors de la maîtresse de maison, ne se décidait à s'asseoir. Le cigare de Maigret lui donnait une contenance. Hubert Vernoux en avait allumé un aussi et s'occupait à remplir les verres de fine.

Les trois hommes qui montaient la garde dehors pouvaient-ils s'imaginer que les choses se passaient ainsi à l'intérieur ?

Lucile descendit enfin et c'était, en plus maigre, en plus anguleux, la réplique de sa sœur. Elle aussi n'accorda qu'un bref regard au commissaire, marcha droit vers une des tables de jeu.

— On commence ? questionna-t-elle.

Puis, désignant vaguement Maigret :

— Il joue ?
— Non.
— Qui joue, alors ? Pourquoi m'a-t-on fait descendre ?
— Alain est allé chercher sa femme.
— Elle ne viendra pas.
— Pourquoi ?
— Parce qu'elle a ses névralgies. Les enfants ont été insupportables toute la soirée. La gouvernante a donné congé et est partie. C'est Jeanne qui s'occupe du bébé...

Hubert Vernoux s'épongea.

— Alain la décidera.

Et, tourné vers Maigret :

— J'ignore si vous avez des enfants. Il en est sans doute toujours ainsi dans les grandes familles. Chacun tire de son côté. Chacun a ses occupations, ses préférences...

Il avait raison : Alain amena sa femme, quelconque, plutôt boulotte, les yeux rouges d'avoir pleuré.

— Excusez-moi... dit-elle à son beau-père. Les enfants m'ont donné du mal.

— Il paraît que la gouvernante...

— Nous en parlerons demain.

— Le commissaire Maigret...

— Enchantée.

Celle-ci tendit la main, mais c'était une main inerte, sans chaleur.

— On joue ?

— On joue.

— Qui ?

— Vous êtes sûr, commissaire, que vous ne désirez pas être de la partie ?

— Certain.

Julien Chabot, déjà assis, en familier de la maison, battait les cartes, les étalait au milieu du tapis vert.

— A vous de tirer, Lucile.

Elle retourna un roi, son beau-frère un valet. Le juge et la femme d'Alain tirèrent un trois et un sept.

— Nous sommes ensemble.

Cela avait pris près d'une demi-heure, mais ils étaient enfin installés. Dans son coin, Isabelle Vernoux mère ne regardait personne. Maigret s'était assis en retrait, derrière Hubert Vernoux dont il voyait le jeu en même temps que celui de sa belle-fille.

— Passe.

— Un trèfle.

— Passe.

— Un cœur.

Le docteur était resté debout, avec l'air de ne savoir où se mettre. Tout le monde était en service commandé. Hubert Vernoux les avait réunis, presque de force, pour garder à la maison, peut-être à l'intention du commissaire, l'apparence d'une vie normale.

— Eh bien ! Hubert ?

Sa belle-sœur, qui était sa partenaire, le rappelait à l'ordre.

— Pardon !... Deux trèfles...

— Vous êtes sûr que vous ne devriez pas en dire trois ? J'ai annoncé un cœur sur votre trèfle, ce qui signifie que j'ai au moins deux honneurs et demi...

Dès ce moment-là, Maigret commença à se passionner à la partie. Non pas au jeu en lui-même, mais pour ce qu'il lui révélait du caractère des joueurs.

Son ami Chabot, par exemple, était d'une régularité de métronome, ses annonces exactement ce qu'elles devaient être, sans audace comme sans timidité. Il jouait sa main calmement, n'adressait aucune observation à sa partenaire. C'est tout juste si, quand la jeune femme ne lui donnait pas correctement la réplique, une ombre de contrariété passait sur son visage.

— Je vous demande pardon. J'aurais dû répondre trois piques.

— Cela n'a pas d'importance. Vous ne pouviez pas savoir ce que j'ai en main.

Dès le troisième tour, il annonça et réussit un petit schelem, s'en excusa :

— Trop facile. Je l'avais dans mon jeu.

La jeune femme, elle, avait des distractions, essayait de se reprendre et, quand la main lui restait, regardait autour d'elle comme pour demander de l'aide. Il lui arriva de se tourner vers Maigret, les doigts sur une carte, pour lui demander conseil.

Elle n'aimait pas le bridge, n'était là que parce qu'il le fallait, pour faire le quatrième.

Lucile, au contraire, dominait la table de sa personnalité. C'était elle qui, après chaque coup, commentait la partie et distribuait des observations aigres-douces.

— Puisque Jeanne a annoncé deux cœurs, vous deviez savoir de quel côté faire l'impasse. Elle avait fatalement la dame de cœur.

Elle avait raison, d'ailleurs. Elle avait toujours raison. Ses petits yeux noirs semblaient voir à travers les cartes.

— Qu'est-ce que vous avez aujourd'hui, Hubert ?

— Mais...

— Vous jouez comme un débutant. C'est tout juste si vous entendez les annonces. Nous aurions pu gagner la manche par trois sans atout et vous demandez quatre trèfles que vous ne réussissez pas.

— J'attendais que vous le disiez...

— Je n'avais pas à vous parler de mes carreaux. C'était à vous de...

Hubert Vernoux essaya de se rattraper. Il fut comme ces joueurs à la roulette qui, une fois en perte, se raccrochent à l'espoir que la chance va tourner d'un moment à l'autre et essayent tous les numéros, voyant avec rage sortir celui qu'ils viennent d'abandonner.

Presque toujours, il annonçait au-dessus de son jeu, comptant sur les cartes de sa partenaire, et, quand il ne les trouvait pas, mordait nerveusement le bout de son cigare.

— Je vous assure, Lucile, que j'étais parfaitement dans mon droit en annonçant deux piques d'entrée.

— Sauf que vous n'aviez ni l'as de pique ni celui de carreau.

— Mais j'avais...

Il énumérait ses cartes, le sang lui montait à la tête, tandis qu'elle le regardait avec une froideur féroce.

Pour se remettre à flot, il annonçait toujours plus dangereusement, au point que ce n'était plus du bridge, mais du poker.

Alain était allé tenir un moment compagnie à sa mère. Il revint se camper derrière les joueurs, regardant les cartes sans intérêt de ses gros yeux brouillés par les lunettes.

— Vous y comprenez quelque chose, commissaire ?

— Je connais les règles. Je suis capable de suivre la partie, mais pas de la jouer.

— Cela vous intéresse ?

— Beaucoup.

Il examina le commissaire avec plus d'attention, parut comprendre que l'intérêt de Maigret résidait dans le comportement des joueurs bien plus que dans les cartes et il regarda sa tante et son père d'un air ennuyé.

Chabot et la femme d'Alain gagnèrent le premier robre.

— On change ? proposa Lucile.

— A moins que nous prenions notre revanche comme nous sommes.

— Je préfère changer de partenaire.

Ce fut un tort de sa part. Elle se trouvait jouer avec Chabot, qui ne faisait pas d'erreur et à qui il lui était impossible d'adresser des reproches. Jeanne jouait mal. Mais, peut-être parce qu'elle annonçait invariablement trop bas, Hubert Vernoux gagna les deux manches coup sur coup.

— C'est de la chance, rien d'autre.

Ce n'était pas tout à fait vrai. Il avait eu du jeu, certes. Mais, s'il avait annoncé avec autant d'audace, il n'aurait pas gagné, car rien ne pouvait lui laisser espérer les cartes que lui apportait sa partenaire.

— On continue ?

— On finit le tour.

Cette fois, Vernoux était avec le juge, les deux femmes ensemble. Et ce furent les hommes qui gagnèrent, de sorte que Hubert Vernoux avait gagné deux parties sur trois.

On aurait dit qu'il en était soulagé, comme si cette partie avait eu pour lui une importance considérable. Il s'épongea, alla se verser à boire, apporta un verre à Maigret.

— Vous voyez que, quoi qu'en dise ma belle-sœur, je ne suis pas si imprudent. Ce qu'elle ne comprend pas, c'est que, si on parvient à saisir le mécanisme de pensée de l'adversaire, on a la partie à moitié gagnée, quelles que soient les cartes. Il en est de même pour vendre une ferme ou un terrain. Sachez ce que l'acheteur a dans la tête et...

— Je vous en prie, Hubert.

— Quoi ?

— Vous pourriez peut-être ne pas parler affaires ici ?

— Je vous demande pardon. J'oublie que les femmes veulent qu'on gagne de l'argent mais qu'elles préfèrent ignorer comment il se gagne.

Cela aussi, c'était une imprudence. Sa femme, de son lointain fauteuil, le rappela à l'ordre.

— Vous avez bu ?

Maigret l'avait vu boire trois ou quatre cognacs. Il avait été frappé par la façon dont Vernoux remplissait son verre, furtivement, comme à la sauvette, dans l'espoir que sa femme et sa belle-sœur ne le verraient pas. Il avalait l'alcool d'un trait puis, par contenance, remplissait le verre du commissaire.

— J'ai juste pris deux verres.
— Ils vous ont porté à la tête.
— Je crois, commença Chabot en se levant et en tirant sa montre de sa poche, qu'il est temps que nous partions.
— Il est à peine dix heures et demie.
— Vous oubliez que j'ai beaucoup de travail. Mon ami Maigret doit commencer à être fatigué, lui aussi.

Alain paraissait déçu. Maigret aurait juré que, pendant toute la soirée, le docteur avait rôdé autour de lui avec l'espoir de l'attirer dans un coin.

Les autres ne les retinrent pas. Hubert Vernoux n'osa pas insister. Que se passerait-il quand les joueurs seraient partis et qu'il resterait seul en face des trois femmes ? Car Alain ne comptait pas. C'était visible. Personne ne s'était occupé de lui. Il monterait sans doute dans sa chambre ou dans son laboratoire. Sa femme faisait davantage partie de la famille que lui-même.

C'était une famille de femmes, en somme, Maigret le découvrait tout à coup. On avait permis à Hubert Vernoux de jouer au bridge, à la condition de bien se tenir, et on n'avait cessé de le surveiller comme un enfant.

Était-ce pour cela que, hors de chez lui, il se raccrochait si désespérément au personnage qu'il s'était créé, attentif aux moindres détails vestimentaires ?

Qui sait ? Peut-être, tout à l'heure, en allant les chercher là-haut, les avait-il suppliées d'être gentilles avec lui, de lui laisser jouer son rôle de maître de maison sans l'humilier par leurs remarques.

Il louchait vers la carafe de fine.
— Un dernier verre, commissaire, ce que les Anglais appellent un *night cap* ?

Maigret, qui n'en avait pas envie, dit oui pour lui donner l'occasion d'en boire un aussi, et tandis que Vernoux portait le verre à ses lèvres il surprit le regard fixe de sa femme, vit la main hésiter puis, à regret, reposer le verre.

Comme le juge et le commissaire arrivaient à la porte, où le maître d'hôtel les attendait avec leur vestiaire, Alain murmura :
— Je me demande si je ne vais pas vous accompagner un bout de chemin.

Il ne paraissait pas s'inquiéter, lui, des réactions des femmes, qui semblaient surprises. La sienne ne protesta pas. Cela devait lui être indifférent qu'il sorte ou non, étant donné le peu de place qu'il tenait dans sa vie. Elle s'était rapprochée de sa belle-mère dont elle admirait le travail en hochant la tête.

— Cela ne vous ennuie pas, commissaire ?
— Pas du tout.

L'air de la nuit était frais, d'une autre fraîcheur que les nuits précédentes, et on avait envie de s'en emplir les poumons, de saluer les étoiles qu'on retrouvait à leur place après si longtemps.

Les trois hommes à brassard étaient toujours sur le trottoir et, cette fois, reculèrent d'un pas pour les laisser passer. Alain n'avait pas mis de pardessus. Il s'était coiffé, en passant devant le portemanteau, d'un chapeau de feutre mou que les pluies récentes avaient déformé.

Vu comme cela, le corps en avant, les mains dans les poches, il ressemblait plus à un étudiant de dernière année qu'à un homme marié et père de famille.

Dans la rue Rabelais, ils ne purent parler, car les voix portaient loin et ils avaient conscience de la présence des trois veilleurs derrière eux. Alain sursauta en frôlant celui qui était en faction au coin de la place Viète et qu'il n'avait pas vu.

— Je suppose qu'ils en ont mis dans toute la ville ? murmura-t-il.
— Certainement. Ils vont se relayer.

Peu de fenêtres restaient éclairées. Les gens se couchaient tôt. On voyait de loin, dans la longue perspective de la rue de la République, les lumières du Café de la Poste encore ouvert, et deux ou trois passants isolés disparurent l'un après l'autre.

Quand ils atteignirent la maison du juge, ils n'avaient pas encore eu le temps d'échanger dix phrases. Chabot murmura à regret :

— Vous entrez ?

Maigret dit non :

— Il est inutile d'éveiller ta mère.
— Elle ne dort pas. Elle ne se couche jamais avant que je sois rentré.
— Nous nous verrons demain matin.
— Ici ?
— Je passerai au Palais.
— J'ai un certain nombre de coups de téléphone à donner avant de me coucher. Peut-être y a-t-il du nouveau ?
— Bonsoir, Chabot.
— Bonsoir, Maigret. Bonsoir, Alain.

Ils se serrèrent la main. La clef tourna dans la serrure ; un moment plus tard la porte se refermait.

— Je vous accompagne jusqu'à l'hôtel ?

Il n'y avait plus qu'eux dans la rue. L'espace d'un éclair, Maigret eut la vision du docteur sortant une main de sa poche et lui frappant le crâne avec un objet dur, un bout de tuyau de plomb ou une clef anglaise.

Il répondit :

— Volontiers.

Ils marchèrent. Alain ne se décidait pas tout de suite à parler. Quand il le fit, ce fut pour demander :

— Qu'est-ce que vous en pensez ?
— De quoi ?
— De mon père.

Qu'est-ce que Maigret aurait pu répondre ? Ce qui était intéressant c'était le fait que la question était posée, que le jeune docteur soit sorti de chez lui rien que pour la poser.

— Je ne crois pas qu'il ait eu une existence heureuse, murmura cependant le commissaire, sans y mettre trop de conviction.

— Il y a des gens qui ont une existence heureuse ?

— Pendant un certain temps, tout au moins. Vous êtes malheureux, Monsieur Vernoux ?

— Moi, je ne compte pas.

— Vous essayez pourtant de décrocher votre part de joies.

Les gros yeux se fixèrent sur lui.

— Que voulez-vous dire ?

— Rien. Ou, si vous préférez, qu'il n'existe pas de gens absolument malheureux. Chacun se raccroche à quelque chose, se crée une sorte de bonheur.

— Vous vous rendez compte de ce que cela signifie ?

Et, comme Maigret ne répondait pas :

— Savez-vous que c'est à cause de cette recherche de ce que j'appellerais les compensations, cette recherche d'un bonheur malgré tout, que naissent les manies et, souvent, les déséquilibres ? Les hommes qui, en ce moment, boivent et jouent aux cartes au Café de la Poste, essaient de se persuader qu'ils y trouvent du plaisir.

— Et vous ?

— Je ne comprends pas la question.

— Vous ne cherchez pas des compensations ?

Cette fois, Alain fut inquiet, soupçonna Maigret d'en savoir davantage, hésitant à l'interroger.

— Vous oserez vous rendre, ce soir, au quartier des casernes ?

C'était plutôt par pitié que le commissaire demandait ça, pour le débarrasser de ses doutes.

— Vous savez ?

— Oui.

— Vous lui avez parlé ?

— Longuement.

— Qu'est-ce qu'elle vous a dit ?

— Tout.

— J'ai tort ?

— Je ne vous juge pas. C'est vous qui avez évoqué la recherche instinctive des compensations. Quelles sont les compensations de votre père ?

Ils avaient baissé la voix, car ils étaient arrivés devant la porte ouverte de l'hôtel dans le hall duquel une seule lampe restait allumée.

— Pourquoi ne répondez-vous pas ?

— Parce que j'ignore la réponse.

— Il n'a pas d'aventures ?

— Certainement pas à Fontenay. Il est trop connu et cela se saurait.

— Et vous ? Cela se sait aussi ?

— Non. Mon cas n'est pas le même. Quand mon père se rend à Paris ou à Bordeaux, je suppose qu'il s'offre des distractions.

Il murmura pour lui-même :

— Pauvre papa !

Maigret le regarda avec surprise.

— Vous aimez votre père ?

Pudiquement, Alain répondit :

— En tout cas, je le plains.

— Il en a toujours été ainsi ?

— Cela a été pis. Ma mère et ma tante se sont un peu calmées.

— Qu'est-ce qu'elles lui reprochent ?

— D'être un roturier, le fils d'un marchand de bestiaux qui s'enivrait dans les auberges de villages. Les Courçon ne lui ont jamais pardonné d'avoir eu besoin de lui, comprenez-vous ? Et, du temps du vieux Courçon, la situation était plus cruelle parce que Courçon était encore plus cinglant que ses filles et que son fils Robert. Jusqu'à la mort de mon père, tous les Courçon de la terre lui en voudront de ce qu'ils ne vivent que de son argent.

— Comment vous traitent-ils, vous ?

— Comme un Vernoux. Et ma femme, dont le père était vicomte de Cadeuil, fait bloc avec ma mère et ma tante.

— Vous aviez l'intention de me dire tout ça ce soir ?

— Je ne sais pas.

— Vous teniez à me parler de votre père ?

— J'avais envie de savoir ce que vous pensiez de lui.

— N'étiez-vous pas surtout anxieux de savoir si j'avais découvert l'existence de Louise Sabati ?

— Comment avez-vous su ?

— Par une lettre anonyme.

— Le juge est au courant ? La police ?

— Ils ne s'en préoccupent pas.

— Mais ils le feront ?

— Pas si on découvre l'assassin dans un délai assez court. J'ai la lettre dans ma poche. Je n'ai pas parlé à Chabot de mon entrevue avec Louise.

— Pourquoi ?

— Parce que je ne pense pas que, dans l'état de l'enquête, cela présente de l'intérêt.

— Elle n'y est pour rien.

— Dites-moi, Monsieur Vernoux...

— Oui.

— Quel âge avez-vous ?

— Trente-six ans.

— A quel âge avez-vous terminé vos études ?

— J'ai quitté la Faculté de Médecine à vingt-cinq ans et j'ai fait ensuite un internat de deux ans à Sainte-Anne.

— Vous n'avez jamais été tenté de vivre par vous-même ?

Il parut soudain découragé.
— Vous ne répondez pas ?
— Je n'ai rien à répondre. Vous ne comprendriez pas.
— Manque de courage ?
— Je savais que vous appelleriez cela comme ça.
— Vous n'êtes pourtant pas revenu à Fontenay-le-Comte pour protéger votre père ?
— Voyez-vous, c'est à la fois plus simple et plus compliqué. Je suis revenu un jour pour passer quelques semaines de vacances.
— Et vous êtes resté ?
— Oui.
— Par veulerie ?
— Si vous voulez. Encore que ce ne soit pas exact.
— Vous aviez l'impression que vous ne pouviez pas faire autre chose ?
Alain laissa tomber le sujet.
— Comment est Louise ?
— Comme toujours, je suppose.
— Elle n'est pas inquiète ?
— Il y a longtemps que vous ne l'avez vue ?
— Deux jours. Je me rendais chez elle hier au soir. Après, je n'ai pas osé. Aujourd'hui non plus. Ce soir, c'est pis, avec les hommes qui patrouillent les rues. Comprenez-vous pourquoi, dès le premier meurtre, c'est à nous que la rumeur publique s'en est prise ?
— C'est un phénomène que j'ai souvent constaté.
— Pourquoi nous choisir ?
— Qui croyez-vous qu'ils soupçonnent ? Votre père ou vous ?
— Cela leur est égal, pourvu que ce soit quelqu'un de la famille. Ma mère ou ma tante feraient aussi bien leur affaire.

Ils durent se taire car des pas approchaient. C'étaient deux hommes à brassard, à gourdins, qui les dévisagèrent en passant. L'un d'eux braqua sur eux le faisceau d'une torche électrique et, en s'éloignant, dit tout haut à son compagnon :
— C'est Maigret.
— L'autre est le fils Vernoux.
— Je l'ai reconnu.
Le commissaire conseilla à son compagnon :
— Vous feriez mieux de rentrer chez vous.
— Oui.
— Et de ne pas discuter avec eux.
— Je vous remercie.
— De quoi ?
— De rien.

Il ne tendit pas la main. Le chapeau de travers, il s'éloigna, penché en avant, dans la direction du pont, et la patrouille qui s'était arrêtée le regarda passer en silence.

Maigret haussa les épaules, pénétra dans l'hôtel et attendit qu'on lui remît sa clef. Il y avait deux autres lettres pour lui, sans doute anonymes, mais le papier n'était plus le même, ni l'écriture.

6

La messe de dix heures et demie

Quand il sut que c'était dimanche, il se mit à traîner. Déjà avant ça, il avait joué à un jeu secret de sa toute petite enfance. Il lui arrivait encore d'y jouer couché à côté de sa femme, ayant soin de n'en rien laisser deviner. Et elle s'y trompait, disait en lui apportant sa tasse de café :
— Qu'est-ce que tu rêvais ?
— Pourquoi ?
— Tu souriais aux anges.

Ce matin-là, à Fontenay, avant d'ouvrir les yeux, il sentit un rayon de soleil qui lui traversait les paupières. Il ne faisait pas que le sentir. Il avait l'impression de le voir à travers la fine peau qui picotait et, sans doute à cause du sang qui circulait dans celle-ci, c'était un soleil plus rouge que celui du ciel, triomphant, comme sur les images.

Il pouvait créer tout un monde avec ce soleil-là, des gerbes d'étincelles, des volcans, des cascades d'or en fusion. Il suffisait de remuer légèrement les paupières, à la façon d'un kaléidoscope, en se servant des cils comme d'une grille.

Il entendit les pigeons qui roucoulaient sur une corniche au-dessus de sa fenêtre, puis des cloches sonnèrent en deux endroits à la fois, et il devinait les clochers pointant dans le ciel qui devait être d'un bleu uni.

Il continuait le jeu tout en écoutant les bruits de la rue et c'est alors, à l'écho que laissaient les pas, à une certaine qualité de silence, qu'il reconnut qu'on était dimanche.

Il hésita longtemps avant de tendre le bras pour saisir sa montre sur la table de nuit. Elle marquait neuf heures et demie. A Paris, boulevard Richard-Lenoir, si le printemps était enfin venu aussi, Mme Maigret devait avoir ouvert les fenêtres et faisait la chambre, en peignoir et en pantoufles, pendant qu'un ragoût mijotait sur le feu.

Il se promit de lui téléphoner. Comme il n'y avait pas le téléphone dans les chambres, il fallait attendre qu'il descende pour l'appeler de la cabine.

Il pressa la poire électrique. La femme de chambre lui parut plus propre, plus gaie que la veille.
— Qu'est-ce que vous allez manger ?
— Rien. Je voudrais beaucoup de café.
Elle avait la même façon curieuse de le regarder.

— Je vous fais couler un bain ?
— Seulement quand j'aurai bu mon café.

Il alluma une pipe, alla ouvrir la fenêtre. L'air était encore frais, il dut passer sa robe de chambre, mais on sentait déjà de petites vagues tièdes. Les façades, les pavés avaient séché. La rue était déserte, avec parfois une famille endimanchée qui passait, une femme de la campagne qui tenait un bouquet de lilas violets à la main.

La vie de l'hôtel devait se dérouler au ralenti car il attendit longtemps son café. Il avait laissé les deux lettres reçues la veille au soir sur la table de nuit. L'une des deux était signée. L'écriture était aussi nette que sur une gravure, d'une encre noire comme de l'encre de Chine.

« *Vous a-t-on dit que la veuve Gibon est la sage-femme qui a accouché Mme Vernoux de son fils Alain ?*
C'est peut-être utile à savoir.
Salutations.

Anselme Remouchamps. »

La seconde lettre, anonyme, était écrite sur du papier d'excellente qualité dont on avait coupé la partie supérieure, sans doute pour supprimer l'en-tête. Elle était écrite au crayon.

« *Pourquoi n'interroge-t-on pas les domestiques ? Ils en savent plus que n'importe qui.* »

Quand il avait lu ces deux lignes-là, la veille au soir, avant de se coucher, Maigret avait eu l'intuition qu'elles avaient été écrites par le maître d'hôtel qui l'avait accueilli sans un mot rue Rabelais et qui, au départ, lui avait passé son pardessus. L'homme, brun de poil, la chair drue, avait entre quarante et cinquante ans. Il donnait l'impression d'un fils de métayer qui n'a pas voulu cultiver la terre et qui entretient autant de haine pour les gens riches qu'il voue de mépris aux paysans dont il est sorti.

Il serait sans doute facile d'obtenir un spécimen de son écriture. Peut-être même le papier appartenait-il aux Vernoux ?

Tout cela était à vérifier. A Paris, la besogne aurait été simple. Ici, en définitive, cela ne le regardait pas.

Quand la femme de chambre entra enfin avec le café, il lui demanda :
— Vous êtes de Fontenay ?
— Je suis née rue des Loges.
— Vous connaissez un certain Remouchamps ?
— Le cordonnier ?
— Son prénom est Anselme.
— C'est le cordonnier qui habite deux maisons plus loin que ma mère, celui qui a sur le nez une verrue aussi grosse qu'un œuf de pigeon.
— Quel genre d'homme est-ce ?
— Il est veuf depuis je ne sais combien d'années. Je l'ai toujours

connu veuf. Il ricane drôlement au passage des petites filles, pour leur faire peur.

Elle le regarda avec surprise.

— Vous fumez votre pipe avant de boire votre café ?

— Vous pouvez préparer mon bain.

Il alla le prendre dans la salle de bains au fond du couloir, resta longtemps dans l'eau chaude, à rêvasser. Plusieurs fois il ouvrit la bouche comme pour parler à sa femme, qu'il entendait d'habitude, pendant son bain, aller et venir dans la chambre voisine.

Il était dix heures et quart quand il descendit. Le patron était derrière le bureau, en tenue de cuisinier.

— Le juge d'instruction a téléphoné deux fois.

— A quelle heure ?

— La première fois, un peu après neuf heures, la seconde il y a quelques minutes. La seconde fois, j'ai répondu que vous n'alliez pas tarder à descendre.

— Puis-je avoir la communication avec Paris ?

— Un dimanche, ce ne sera peut-être pas long.

Il dit son numéro, alla prendre l'air sur le seuil. Il n'y avait personne, aujourd'hui, pour le regarder. Un coq chantait quelque part, pas loin, et on entendait couler l'eau de la Vendée. Quand une vieille femme en chapeau violet passa près de lui, il aurait juré que ses vêtements dégageaient une odeur d'encens.

C'était bien dimanche.

— Allô ! C'est toi ?

— Tu es toujours à Fontenay ? Tu me téléphones de chez Chabot ? Comment va sa mère ?

Au lieu de répondre, il questionna à son tour :

— Quel temps fait-il à Paris ?

— Depuis hier midi, c'est le printemps.

— Hier midi ?

— Oui. Cela a commencé aussitôt après le déjeuner.

Il avait perdu une demi-journée de soleil !

— Et là-bas ?

— Il fait beau aussi.

— Tu n'as pas pris froid ?

— Je suis très bien.

— Tu rentres demain matin ?

— Je crois.

— Tu n'es pas sûr ? Je croyais...

— Je serai peut-être retenu quelques heures.

— Par quoi ?

— Du travail.

— Tu m'avais dit...

... Qu'il en profiterait pour se reposer, bien sûr ! Est-ce qu'il ne se reposait pas ?

Ce fut à peu près tout. Ils échangèrent les phrases qu'ils avaient l'habitude d'échanger par téléphone.

Après quoi il demanda Chabot chez lui. Rose lui répondit que le juge était parti pour le Palais à huit heures du matin. Il appela le Palais de Justice.

— Du nouveau ?

— Oui. On a retrouvé l'arme. C'est pourquoi je t'ai appelé. On m'a répondu que tu dormais. Tu peux monter jusqu'ici ?

— J'y serai dans quelques minutes.

— Les portes sont fermées. Je vais te guetter par la fenêtre et je t'ouvrirai.

— Cela ne va pas ?

Chabot, à l'appareil, paraissait abattu.

— Je t'en parlerai.

Maigret n'en prit pas moins son temps. Il tenait à savourer le dimanche et il se trouva bientôt, marchant lentement, dans la rue de la République où le Café de la Poste avait déjà installé les chaises et les guéridons jaunes de la terrasse.

Deux maisons plus loin, la porte de la pâtisserie était ouverte et Maigret ralentit encore pour respirer l'odeur sucrée.

Les cloches sonnaient. Une certaine animation naissait dans la rue, à peu près en face de chez Julien Chabot. C'était la foule qui commençait à sortir de la messe de dix heures et demie à l'église Notre-Dame. Il lui sembla que les gens ne se comportaient pas tout à fait comme ils devaient le faire les autres dimanches. Rares étaient les fidèles qui s'éloignaient directement pour rentrer chez eux.

Des groupes se formaient sur la place, qui ne discutaient pas avec animation, mais parlaient bas, souvent se taisaient en regardant les portes par où s'écoulait le flot des paroissiens. Même les femmes s'attardaient, tenant leur livre de messe doré sur tranches dans leur main gantée, et presque toutes portaient un chapeau clair de printemps.

Devant le parvis, une longue auto brillante stationnait, avec, debout près de la portière, un chauffeur en uniforme noir en qui Maigret reconnut le maître d'hôtel des Vernoux.

Est-ce que ceux-ci, qui n'habitaient pas à plus de quatre cents mètres, avaient l'habitude de se faire conduire à la grand-messe en auto ? C'était possible. Cela faisait peut-être partie de leurs traditions. Il était possible aussi qu'ils aient pris la voiture aujourd'hui, pour éviter, dans les rues, le contact des curieux.

Ils sortaient justement et la tête blanche d'Hubert Vernoux dépassait les autres. Il marchait à pas lents, son chapeau à la main. Quand il fut en haut des marches, Maigret reconnut, à ses côtés, sa femme, sa belle-sœur et sa bru.

La foule s'écartait insensiblement. On ne faisait pas la haie à proprement parler, mais il n'y en avait pas moins un espace vide autour d'eux et tous les regards convergeaient vers leur groupe.

Le chauffeur ouvrit la portière. Les femmes entrèrent d'abord. Puis

Hubert Vernoux prit place à l'avant et la limousine glissa en direction de la place Viète.

Peut-être à ce moment-là, un mot lancé par quelqu'un dans la foule, un cri, un geste aurait-il suffi à faire éclater la colère populaire. Ailleurs qu'à la sortie de l'église, cela aurait eu des chances de se produire. Les visages étaient durs et, si les nuages avaient été balayés du ciel, il restait de l'inquiétude dans l'air.

Quelques personnes saluèrent timidement le commissaire. Avaient-elles encore confiance en lui ? On le regardait monter la rue à son tour, la pipe à la bouche, les épaules rondes.

Il contourna la place Viète, s'engagea dans la rue Rabelais. En face de chez Vernoux, sur l'autre trottoir, deux jeunes gens qui n'avaient pas vingt ans montaient la garde. Ils ne portaient pas de brassard, n'avaient pas de gourdin. Ces accessoires semblaient réservés aux patrouilles de nuit. Ils n'en étaient pas moins en service commandé et ils s'en montraient fiers.

L'un souleva sa casquette au passage de Maigret, l'autre pas.

Six ou sept journalistes étaient groupés sur les marches du Palais de Justice dont les grandes portes étaient fermées et Lomel s'était assis, ses appareils posés à côté de lui.

— Vous croyez qu'on va vous ouvrir ? lança-t-il à Maigret. Vous connaissez la nouvelle ?

— Quelle nouvelle ?

— Il paraît qu'on a retrouvé l'arme. Ils sont en grande conférence là-dedans.

La porte s'entrouvrit. Chabot fit signe à Maigret d'entrer vite et, dès qu'il fut passé, repoussa le battant comme s'il craignait une invasion en force des reporters.

Les couloirs étaient sombres et toute l'humidité des dernières semaines stagnait entre les murs de pierre.

— J'aurais voulu, d'abord, te parler en particulier, mais cela a été impossible.

Il y avait de la lumière dans le bureau du juge. Le procureur était là, assis sur une chaise qu'il renversait en arrière, la cigarette aux lèvres. Le commissaire Féron y était aussi, ainsi que l'inspecteur Chabiron qui ne put s'empêcher de lancer à Maigret un regard à la fois triomphant et goguenard.

Sur le bureau, le commissaire vit tout de suite un morceau de tuyau de plomb d'environ vingt-cinq centimètres de long et quatre centimètres de diamètre.

— C'est ça ?

Tout le monde fit signe que oui.

— Pas d'empreintes ?

— Seulement des traces de sang et deux ou trois cheveux collés.

Le tuyau, peint en vert sombre, avait fait partie de l'installation d'une cuisine, d'une cave ou d'un garage. Les sections étaient nettes, faites vraisemblablement par un professionnel plusieurs mois auparavant, car le métal avait eu le temps de se ternir.

Le morceau avait-il été coupé lorsqu'on avait déplacé un évier ou un appareil quelconque ? C'était probable.

Maigret ouvrit la bouche pour demander où l'objet avait été découvert quand Chabot parla :

— Racontez, inspecteur.

Chabiron, qui n'attendait que ce signal, prit un air modeste :

— Nous, à Poitiers, nous en sommes encore aux bonnes vieilles méthodes. De même que j'ai questionné avec mon camarade tous les habitants de la rue, je me suis mis à fouiller dans les coins. A quelques mètres de l'endroit où Gobillard a été assommé, il y a une grande porte qui donne sur une cour appartenant à un marchand de chevaux et entourée d'écuries. Ce matin, j'ai eu la curiosité d'y aller voir. Et, parmi le fumier qui couvre le sol, je n'ai pas tardé à trouver cet objet-là. Selon toutes probabilités, l'assassin, entendant des pas, l'a lancé par-dessus le mur.

— Qui l'a examiné pour les empreintes ?

— Moi. Le commissaire Féron m'a aidé. Si nous ne sommes pas des experts, nous en savons assez pour relever des empreintes digitales. Il est certain que le meurtrier de Gobillard portait des gants. Quant aux cheveux, nous sommes allés à la morgue pour les comparer avec ceux du mort.

Il conclut avec satisfaction :

— Ça colle.

Maigret se garda d'émettre une opinion quelconque. Il y eut un silence, que le juge finit par rompre.

— Nous étions en train de discuter de ce qu'il convient maintenant de faire. Cette découverte paraît, du moins à première vue, confirmer la déposition d'Émile Chalus.

Maigret ne dit toujours rien.

— Si l'arme n'avait pas été découverte sur les lieux, on aurait pu prétendre qu'il était difficile, pour le docteur, de s'en débarrasser avant d'aller téléphoner au Café de la Poste. Comme l'inspecteur le souligne avec un certain bon sens...

Chabiron préféra dire lui-même ce qu'il en pensait :

— Supposons que l'assassin se soit réellement éloigné, son crime commis, avant l'arrivée d'Alain Vernoux, ainsi que celui-ci le prétend. C'est son troisième crime. Les deux autres fois, il a emporté l'arme. Non seulement nous n'avons rien trouvé rue Rabelais, ni rue des Loges, mais il semble évident qu'il a frappé les trois fois avec le même tuyau de plomb.

Maigret avait compris, mais il valait mieux le laisser parler.

— L'homme n'avait aucune raison, cette fois-ci, de lancer l'arme par-dessus un mur. Il n'était pas poursuivi. Nul ne l'avait vu. Mais si nous admettons que c'est le docteur qui a tué, il était indispensable qu'il se débarrasse d'un objet aussi compromettant avant de...

— Pourquoi avertir les autorités ?
— Parce que cela le mettait hors du coup. Il a pensé que personne ne soupçonnerait celui qui donnait l'alarme.
Cela paraissait logique aussi.
— Ce n'est pas tout. Vous le savez.
Il avait prononcé ces derniers mots avec une certaine gêne, car Maigret, sans être son supérieur direct, n'en était pas moins un monsieur qu'on n'attaque pas en face.
— Racontez, Féron.
Le commissaire de police, gêné, écrasa d'abord sa cigarette dans le cendrier. Chabot, lugubre, évitait de regarder son ami. Il n'y avait que le procureur à observer de temps en temps son bracelet-montre en homme qui a des choses plus agréables à faire.
Après avoir toussé, le petit commissaire de police se tournait vers Maigret.
— Quand, hier, on m'a téléphoné pour me demander si je connaissais une certaine fille Sabati...
Le commissaire comprit et eut peur, tout à coup. Il eut, dans la poitrine, une sensation désagréable et sa pipe se mit à avoir mauvais goût.
— ... Je me suis naturellement demandé si cela avait un rapport avec l'affaire. Cela ne m'est revenu que vers le milieu de l'après-midi. J'étais occupé. J'ai failli envoyer un de mes hommes, puis je me suis dit que je passerais la voir à tout hasard en allant dîner.
— Vous y êtes allé ?
— J'ai appris que vous l'aviez vue avant moi.
Féron baissait la tête, en homme à qui cela en coûte de porter une accusation.
— Elle vous l'a dit ?
— Pas tout de suite. D'abord, elle a refusé de m'ouvrir sa porte et j'ai dû user des grands moyens.
— Vous l'avez menacée ?
— Je lui ai annoncé que cela pourrait lui coûter cher de jouer ce jeu-là. Elle m'a laissé entrer. J'ai remarqué son œil au beurre noir. Je lui ai demandé qui lui avait fait ça. Pendant plus d'une demi-heure, elle est restée muette comme une carpe, à me regarder d'un air méprisant. C'est alors que j'ai décidé de l'emmener au poste, où il est plus facile de *les* faire parler.
Maigret avait un poids sur les épaules, non seulement à cause de ce qui était arrivé à Louise Sabati, mais à cause de l'attitude du commissaire de police. Malgré ses hésitations, son humilité apparente, celui-ci était très fier, au fond, de ce qu'il avait fait.
On sentait qu'il s'était attaqué allégrement à cette fille du peuple qui n'avait aucun moyen de défense. Or, il devait sortir lui-même du bas peuple. C'était à une de ses pareilles qu'il s'en était pris.
Presque tous les mots qu'il prononçait maintenant, d'une voix qui gagnait en assurance, faisaient mal à entendre.

— Étant donné qu'il y a plus de huit mois qu'elle ne travaille plus, elle est légalement sans ressource, c'est la première chose que je lui ai fait remarquer. Et, comme elle reçoit régulièrement un homme, cela la classe dans la catégorie des prostituées. Elle a compris. Elle a eu peur. Elle s'est débattue longtemps. Je ne sais comment vous vous êtes arrangé, mais elle a fini par m'avouer qu'elle vous avait tout dit.

— Tout quoi ?

— Ses relations avec Alain Vernoux, le comportement de celui-ci, qui piquait des crises de rage aveugle et la rouait de coups.

— Elle a passé la nuit au violon ?

— Je l'ai relâchée ce matin. Cela lui a fait du bien.

— Elle a signé sa déposition ?

— Je ne l'aurais pas laissée partir sans ça.

Chabot adressa à son ami un regard de reproche.

— Je n'étais au courant de rien, murmura-t-il.

Il avait dû déjà le leur dire. Maigret ne lui avait pas parlé de sa visite dans le quartier des casernes et, maintenant, le juge devait considérer ce silence, qui le mettait lui-même dans un mauvais pas, comme une trahison.

Maigret restait calme en apparence. Son regard errait, rêveur, sur le petit commissaire mal bâti qui avait l'air d'attendre des félicitations.

— Je suppose que vous avez tiré des conclusions de cette histoire ?

— Elle nous montre en tout cas le docteur Vernoux sous un jour nouveau. Ce matin, de bonne heure, j'ai interrogé les voisines qui m'ont confirmé qu'à presque chacune de ses visites des scènes violentes éclataient dans le logement, à tel point que, plusieurs fois, elles ont failli appeler la police.

— Pourquoi ne l'ont-elles pas fait ?

— Sans doute parce qu'elles ont pensé que cela ne les regardait pas.

Non ! Si les voisines n'avaient pas donné l'alarme, c'était parce que cela les vengeait que la fille Sabati, qui n'avait rien à faire de ses journées, fût battue. Et, probablement, plus Alain frappait, plus elles étaient satisfaites.

Elles auraient pu être les sœurs du petit commissaire Féron.

— Qu'est-elle devenue ?

— Je lui ai ordonné de rentrer chez elle et de se tenir à la disposition du juge d'instruction.

Celui-ci toussa à son tour.

— Il est certain que les deux découvertes de ce matin mettent Alain Vernoux dans une situation difficile.

— Qu'a-t-il fait, hier soir, en me quittant ?

Ce fut Féron qui répondit :

— Il est retourné chez lui. Je suis en contact avec le comité de vigilance. Ne pouvant empêcher ce comité de se former, j'ai préféré m'assurer sa collaboration. Vernoux est rentré chez lui tout de suite.

— A-t-il l'habitude d'assister à la messe de dix heures et demie ?

Chabot, cette fois, répondit :

— Il ne va pas à la messe du tout. C'est le seul de la famille.
— Il est sorti ce matin ?
Féron eut un geste vague.
— Je ne le pense pas. A neuf heures et demie, on ne m'avait encore rien signalé.

Le procureur prit enfin la parole, en homme qui commence à en avoir assez.

— Tout ceci ne nous mène à rien. Ce qu'il s'agit de savoir, c'est si nous possédons assez de charges contre Alain Vernoux pour le mettre en état d'arrestation.

Il regarda fixement le juge.

— C'est vous que cela regarde, Chabot. C'est votre responsabilité.

Chabot, à son tour, regardait Maigret, dont le visage restait grave et neutre.

Alors, au lieu d'une réponse, le juge d'instruction prononça un discours.

— La situation est celle-ci. Pour une raison ou pour une autre, l'opinion publique a désigné Alain Vernoux dès le premier assassinat, celui de son oncle Robert de Courçon. Sur quoi les gens se sont-ils basés, je me le demande encore. Alain Vernoux n'est pas populaire. Sa famille est plus ou moins détestée. J'ai bien reçu vingt lettres anonymes me désignant la maison de la rue Rabelais et m'accusant de ménager des gens riches avec qui j'entretiens des relations mondaines.

» Les deux autres crimes n'ont pas atténué ces soupçons, au contraire. Depuis longtemps, Alain Vernoux passe aux yeux de certains pour « un homme pas comme les autres ».

Féron l'interrompit :
— La déposition de la fille Sabati...
— ... Est accablante pour lui, tout comme, à présent que l'arme a été retrouvée, la déposition Chalus. Trois crimes en une semaine, c'est beaucoup. Il est naturel que la population s'inquiète et cherche à se protéger. Jusqu'ici, j'ai hésité à agir, jugeant les indices insuffisants. C'est une grosse responsabilité, en effet, comme vient de le remarquer le procureur. Une fois en état d'arrestation, un homme du caractère de Vernoux, même coupable, se taira.

Il surprit un sourire, qui n'était pas sans ironie ni amertume, sur les lèvres de Maigret, rougit, perdit le fil de ses idées.

— Il s'agit de savoir s'il vaut mieux l'arrêter maintenant ou attendre que...

Maigret ne put s'empêcher de grommeler entre ses dents :
— On a bien arrêté la fille Sabati et on l'a gardée toute la nuit !

Chabot l'entendit, ouvrit la bouche pour répondre, pour répliquer, sans doute, que ce n'était pas la même chose, mais au dernier moment se ravisa.

— Ce matin, à cause du soleil du dimanche, de la messe, nous assistons à une sorte de trêve. Mais, à cette heure déjà, autour de l'apéritif, dans les cafés, on doit recommencer à parler. Des gens, en se promenant, vont passer exprès devant l'hôtel des Vernoux. On sait que j'y ai joué au bridge hier au soir et que le commissaire m'accompagnait. Il est difficile de faire comprendre...

— Vous l'arrêtez ? questionna le procureur en se levant, jugeant que les tergiversations avaient assez duré.

— J'ai peur, vers la soirée, d'un incident qui pourrait avoir des conséquences graves. Il suffit d'un rien, d'un gamin lançant une pierre dans les vitres, d'un ivrogne se mettant à crier des invectives devant la maison. Dans l'état d'esprit de la population...

— Vous l'arrêtez ?

Le procureur cherchait son chapeau, ne le trouvait pas. Le petit commissaire, servile, lui disait :

— Vous l'avez laissé dans votre bureau. Je vais vous le chercher.

Et Chabot, tourné vers Maigret, murmurait :

— Qu'est-ce que tu en penses ?

— Rien.

— A ma place, qu'est-ce que... ?

— Je ne suis pas à ta place.

— Tu crois que le docteur est fou ?

— Cela dépend de ce qu'on appelle un fou.

— Qu'il a tué ?

Maigret ne répondit pas, chercha lui aussi son chapeau.

— Attends un instant. J'ai à te parler. D'abord, il faut que j'en finisse. Tant pis si je me trompe.

Il ouvrit le tiroir de droite, y prit une formule imprimée qu'il se mit à remplir tandis que Chabiron lançait à Maigret un regard plus goguenard que jamais.

Chabiron et le petit commissaire avaient gagné. La formule était un mandat d'amener. Chabot hésita encore une seconde au moment de la signer et d'y apposer les cachets.

Puis il se demanda auquel des deux hommes il allait la remettre. Le cas ne s'était pas encore présenté à Fontenay d'une arrestation comme celle-ci.

— Je suppose...

Enfin :

— Au fait, allez-y tous les deux. Aussi discrètement que possible, afin d'éviter les manifestations. Il vaudrait mieux prendre une voiture.

— J'ai la mienne, fit Chabiron.

Ce fut un moment désagréable. On aurait dit, pendant quelques instants, que chacun avait un peu honte. Peut-être pas tant parce qu'ils doutaient de la culpabilité du docteur, dont ils se sentaient à peu près sûrs, que parce qu'ils savaient, au fond d'eux-mêmes, que ce n'était pas à cause de sa culpabilité qu'ils agissaient, mais par peur de l'opinion publique.

— Vous me tiendrez au courant, murmura le procureur qui sortit le premier et qui ajouta : Si je ne suis pas chez moi, appelez-moi chez mes beaux-parents.

Il allait passer le reste du dimanche en famille. Féron et Chabiron sortirent à leur tour et c'était le petit commissaire qui avait le mandat soigneusement plié dans son portefeuille.

Chabiron revint sur ses pas, après un coup d'œil par la fenêtre du couloir, pour demander :

— Les journalistes ?

— Ne leur dites rien maintenant. Partez d'abord vers le centre de la ville. Annoncez-leur que j'aurai une déclaration à leur faire d'ici une demi-heure et ils resteront.

— On l'amène ici ?

— Directement à la prison. Au cas où la foule tenterait de le lyncher, il sera plus facile de l'y protéger.

Tout cela prit du temps. Ils restèrent enfin seuls. Chabot n'était pas fier.

— Qu'est-ce que tu en penses ? se décida-t-il à questionner. Tu me donnes tort ?

— J'ai peur, avoua Maigret qui fumait sa pipe d'un air sombre.

— De quoi ?

Il ne répondit pas.

— En toute conscience, je ne pouvais pas agir autrement.

— Je sais. Ce n'est pas à cela que je pense.

— A quoi ?

Il ne voulait pas avouer que c'était l'attitude du petit commissaire à l'égard de Louise Sabati qui lui restait sur l'estomac.

Chabot regarda sa montre.

— Dans une demi-heure, ce sera fini. Nous pourrons aller l'interroger.

Maigret ne disait toujours rien, avec l'air de suivre Dieu sait quelle pensée mystérieuse.

— Pourquoi ne m'en as-tu pas parlé hier soir ?

— De la fille Sabati ?

— Oui.

— Pour éviter ce qui est arrivé.

— C'est arrivé quand même.

— Oui. Je ne prévoyais pas que Féron s'en préoccuperait.

— Tu as la lettre ?

— Quelle lettre ?

— La lettre anonyme que j'ai reçue à son sujet et que je t'ai remise. Maintenant, je suis obligé de la verser au dossier.

Maigret fouilla ses poches, la trouva, fripée, encore humide de la pluie de la veille, et la laissa tomber sur le bureau.

— Tu ne veux pas regarder si les journalistes les ont suivis ?

Il alla jeter un coup d'œil par la fenêtre. Les reporters et les photographes étaient toujours là, avec l'air d'attendre un événement.

— Tu as l'heure juste ?

— Midi cinq.

Ils n'avaient pas entendu sonner les cloches. Avec toutes les portes fermées, ils étaient là comme dans une cave où ne pénétrait aucun rayon de soleil.

— Je me demande comment il réagira. Je me demande aussi ce que son père...

La sonnerie du téléphone résonna. Chabot fut si impressionné qu'il resta un instant sans décrocher, murmura enfin, en fixant Maigret :

— Allô...

Son front se plissa, ses sourcils se rapprochèrent :

— Vous êtes sûr ?

Maigret entendait des éclats de voix dans l'appareil, sans pouvoir distinguer les mots. C'était Chabiron qui parlait.

— Vous avez fouillé la maison ? Où êtes-vous en ce moment ? Bon. Oui. Restez-y. Je...

Il se passa la main sur le crâne d'un geste angoissé.

— Je vous rappellerai dans quelques instants.

Quand il raccrocha, Maigret se contenta d'un mot.

— Parti ?

— Tu t'y attendais ?

Et, comme il ne répondait pas :

— Il est rentré chez lui hier soir tout de suite après t'avoir quitté, nous en avons la certitude. Il a passé la nuit dans sa chambre. Ce matin, de bonne heure, il s'est fait monter une tasse de café.

— Et les journaux.

— Nous n'avons pas de journaux le dimanche.

— A qui a-t-il parlé ?

— Je ne sais pas encore. Féron et l'inspecteur sont toujours dans la maison et interrogent les domestiques. Un peu après dix heures, toute la famille, sauf Alain, s'est rendue à la messe avec la voiture conduite par le maître d'hôtel.

— Je les ai vus.

— A leur retour, personne ne s'est inquiété du docteur. C'est une maison où, sauf le samedi soir, chacun vit dans son coin. Quand mes deux hommes sont arrivés, une bonne est montée pour avertir Alain. Il n'était pas chez lui. On l'a appelé dans toute la maison. Tu crois qu'il a pris la fuite ?

— Que dit l'homme en faction dans la rue ?

— Féron l'a questionné. Il paraît que le docteur est sorti un peu après le reste de la famille et est descendu vers la ville à pied.

— On ne l'a pas suivi ? Je croyais...

— J'avais donné des instructions pour qu'on le suive. Peut-être la police a-t-elle pensé que, le dimanche matin, ce n'était pas nécessaire. Je ne sais pas. Si on ne met pas la main sur lui, on prétendra que j'ai fait exprès de lui laisser le temps d'échapper.

— On le dira certainement.

— Il n'y a pas de train avant cinq heures de l'après-midi. Alain n'a pas d'auto.

— Il n'est donc pas loin.

— Tu crois ?
— Cela m'étonnerait qu'on ne le retrouve pas chez sa maîtresse. D'habitude, il ne se glisse chez elle que le soir, à la faveur de l'obscurité. Mais il y a trois jours qu'il ne l'a pas vue.

Maigret n'ajouta pas qu'Alain savait qu'il était allé la voir.
— Qu'est-ce que tu as ? questionna le juge d'instruction.
— Rien. J'ai peur, c'est tout. Tu ferais mieux de les envoyer là-bas.

Chabot téléphona. Après quoi, tous les deux restèrent assis face à face, en silence, dans le bureau où le printemps n'était pas encore entré et où l'abat-jour vert de la lampe leur donnait un air malade.

7

Le trésor de Louise

Maigret, pendant qu'ils attendaient, eut soudain l'impression gênante de regarder son ami à la loupe. Chabot lui paraissait encore plus vieilli, plus éteint que quand il était arrivé l'avant-veille. Il y avait juste assez de vie en lui, d'énergie, de personnalité pour mener l'existence qu'il menait et quand, brusquement, comme c'était le cas, on réclamait de lui un effort supplémentaire, il s'effondrait, honteux de son inertie.

Or, ce n'était pas une question d'âge, le commissaire l'aurait juré. Il avait toujours dû être ainsi. C'était Maigret qui s'était trompé, jadis, à l'époque où ils étaient étudiants et où il avait envié son ami. Chabot, alors, était pour lui le type de l'adolescent heureux. A Fontenay, une mère aux petits soins pour lui, l'accueillait dans une maison confortable où les choses avaient un aspect solide et définitif. Il savait qu'il hériterait, outre cette maison, de deux ou trois fermes et il recevait assez d'argent chaque mois pour en prêter à ses camarades.

Trente ans avaient passé et Chabot était devenu ce qu'il devait devenir. Aujourd'hui, c'était lui qui se tournait vers Maigret pour lui demander son aide.

Les minutes coulaient. Le juge feignait de parcourir un dossier dont son regard ne suivait pas les lignes dactylographiées. Le téléphone ne se décidait pas à sonner.

Il tira sa montre de sa poche.
— Il ne faut pas cinq minutes, en voiture, pour se rendre là-bas. Autant pour en revenir. Ils devraient...

Il était midi et quart. Il fallait laisser aux deux hommes quelques minutes pour aller voir dans la maison.

— S'il n'avoue pas et si, dans deux ou trois jours, je n'ai pas découvert des preuves indiscutables, j'en serai quitte pour demander ma retraite anticipée.

Il avait agi par peur du gros de la population. A présent c'était des réactions des Vernoux et de leurs pairs qu'il s'effrayait.

— Midi vingt. Je me demande ce qu'ils font.

A midi vingt-cinq, il se leva, trop nerveux pour rester assis.

— Tu n'as pas de voiture ? lui demanda le commissaire.

Il parut gêné.

— J'en ai eu une qui me servait le dimanche pour conduire ma mère à la campagne.

C'était drôle d'entendre parler de campagne par quelqu'un qui habitait une ville où des vaches paissaient à cinq cents mètres de la rue principale.

— Maintenant que ma mère ne sort plus que pour la messe le dimanche, qu'est-ce que je ferais d'une auto ?

Peut-être était-il devenu avare ? C'était probable. Pas tellement par sa faute. Quand on possède un petit bien comme le sien, on craint fatalement de le perdre.

Maigret avait l'impression, depuis son arrivée à Fontenay, d'avoir compris des choses auxquelles il n'avait jamais pensé et il se créait, d'une petite ville, une image différente de celle qu'il s'était faite jusque-là.

— Il y a certainement du nouveau.

Les deux policiers étaient partis depuis plus de vingt minutes. Cela ne demandait pas longtemps de fouiller le logement de deux pièces de Louise Sabati. Alain Vernoux n'était pas l'homme à s'enfuir par la fenêtre et il était difficile d'imaginer une chasse à l'homme dans les rues du quartier de la caserne.

Il y eut un moment d'espoir quand ils entendirent le moteur d'une auto qui gravissait la rue en pente et le juge resta immobile, dans l'attente, mais la voiture passa sans s'arrêter.

— Je ne comprends plus.

Il tirait sur ses longs doigts couverts de poils clairs, jetait de brefs regards à Maigret comme pour le supplier de le rassurer, cependant que le commissaire s'obstinait à rester impénétrable.

Quand, un peu après midi et demi, la sonnerie fonctionna enfin, Chabot se jeta littéralement sur l'appareil.

— Allô ! cria-t-il.

Mais, tout de suite, il fut déconfit. C'était une voix de femme qu'on entendait, d'une femme qui ne devait pas avoir l'habitude de téléphoner et qui parlait si fort que le commissaire l'entendait de l'autre bout de la pièce.

— C'est le juge ? questionnait-elle.

— Le juge d'instruction Chabot, oui. J'écoute.

Elle répétait du même ton :

— C'est le juge ?

— Mais oui ! Qu'est-ce que vous voulez ?

— Vous êtes le juge ?

Et lui, furieux :

— Oui. Je suis le juge. Vous ne m'entendez pas ?
— Non.
— Qu'est-ce que vous voulez ?

Si elle lui avait demandé une fois de plus s'il était le juge, il aurait probablement lancé l'appareil à terre.

— Le commissaire veut que vous veniez.
— Comment ?

Mais maintenant, parlant à quelqu'un d'autre, dans la pièce d'où elle lui téléphonait, elle annonçait d'une autre voix :

— Je le lui ai dit. Quoi ?

Quelqu'un commandait :

— Raccrochez.
— Raccrocher quoi ?

On entendait du bruit dans le Palais de Justice. Chabot et Maigret tendirent l'oreille.

— On frappe de grands coups à la porte.
— Viens.

Ils coururent le long des couloirs. Les coups redoublaient. Chabot se hâta de tirer le verrou et de tourner la clef dans la serrure.

— On vous a téléphoné ?

C'était Lomel, encadré de trois ou quatre confrères. On en voyait d'autres qui montaient la rue dans la direction de la campagne.

— Chabiron vient de passer au volant de sa voiture. Il y avait près de lui une femme évanouie. Il a dû la conduire à l'hôpital.

Une auto stationnait au bas des marches.

— A qui est-ce ?
— A moi, ou plutôt à mon journal, dit un reporter de Bordeaux.
— Conduisez-nous.
— A l'hôpital ?
— Non. Descendez d'abord vers la rue de la République. Vous prendrez à droite, dans la direction de la caserne.

Ils s'entassèrent tous dans la voiture. Devant chez les Vernoux, un groupe d'une vingtaine de personnes s'était formé et on les regarda passer en silence.

— Qu'arrive-t-il, juge ? questionna Lomel.
— Je ne sais pas. On devait procéder à une arrestation.
— Le docteur ?

Il n'eut pas le courage de nier, de jouer au plus fin. Quelques personnes étaient assises à la terrasse du Café de la Poste. Une femme endimanchée sortait de la pâtisserie, une boîte de carton blanc suspendue à son doigt par une ficelle rouge.

— Par là ?
— Oui. Maintenant, à gauche... Attendez... tournez après ce bâtiment...

On ne pouvait se tromper. Devant la maison où Louise occupait un logement, cela grouillait, surtout des femmes et des enfants qui se précipitèrent vers les portières quand la voiture s'arrêta. La grosse femme qui avait accueilli Maigret la veille se tenait au premier rang, les poings sur les hanches.

— C'est moi qui suis allée vous téléphoner de l'épicerie. Le commissaire est en haut.

Cela se passait dans la confusion. La petite troupe contournait la maison, Maigret, qui connaissait les lieux, en avait pris la tête.

Les curieux, plus nombreux de ce côté-ci, bouchaient la porte extérieure. Il y en avait même dans l'escalier en haut duquel le petit commissaire de police était obligé de monter la garde devant la porte défoncée.

— Laissez passer... Écartez-vous...

Féron avait le visage défait, les cheveux sur le front. Il avait perdu son chapeau quelque part. Il parut soulagé qu'on arrivât à la rescousse.

— Vous avez averti le commissariat pour qu'on m'envoie du renfort ?

— Je ne savais pas que... commença le juge.

— J'avais recommandé à cette femme de vous dire...

Les journalistes essayaient de photographier. Un bébé pleurait. Chabot, que Maigret avait fait passer devant lui, atteignait les dernières marches en demandant :

— Que se passe-t-il ?

— Il est mort.

Il poussa le battant dont le bois avait en partie volé en éclats.

— Dans la chambre.

Celle-ci était en désordre. La fenêtre ouverte laissait pénétrer le soleil et les mouches.

Sur le lit défait, le docteur Alain Vernoux était étendu, tout habillé, ses lunettes sur l'oreiller à côté de son visage d'où le sang s'était déjà retiré.

— Racontez, Féron.

— Il n'y a rien à raconter. Nous sommes arrivés, l'inspecteur et moi, et on nous a désigné cet escalier. Nous avons frappé. Comme on ne répondait pas, j'ai fait les injonctions d'usage. Chabiron a donné deux ou trois coups d'épaule dans le battant. Nous l'avons trouvé comme il est, où il est. J'ai tâté son pouls. Il ne bat plus. J'ai placé un miroir devant sa bouche.

— Et la fille ?

— Elle était par terre, comme si elle avait glissé du lit, et elle avait vomi.

Ils marchaient tous dans ce qu'elle avait rendu.

— Elle ne bougeait plus, mais elle n'était pas morte. Il n'y a pas de téléphone dans la maison. Je ne pouvais pas courir le quartier à la recherche d'un appareil. Chabiron l'a chargée sur son épaule et l'a transportée à l'hôpital. Il n'y avait rien d'autre à faire.

— Vous êtes sûr qu'elle respirait ?

— Oui, avec un drôle de râle dans la gorge.

Les photographes travaillaient toujours. Lomel prenait des notes dans un petit carnet rouge.

— Toute la maisonnée m'est tombée sur le dos. Des gamins, un moment, sont parvenus à se faufiler dans la pièce. Je ne pouvais pas m'éloigner. Je voulais vous avertir. J'ai envoyé la femme qui a l'air de servir de concierge en lui recommandant de vous dire...

Désignant le désordre autour de lui, il ajouta :

— Je n'ai même pas pu jeter un coup d'œil dans le logement.

Ce fut un des journalistes qui tendit un tube de véronal vide.

— Il y a en tout cas ceci.

C'était l'explication. De la part d'Alain Vernoux, il s'agissait sûrement d'un suicide.

Avait-il obtenu que Louise se tue avec lui ? Lui avait-il administré la drogue sans rien dire ?

Dans la cuisine, un bol de café au lait contenait encore un fond de liquide et on voyait un morceau de fromage à côté d'une tranche de pain, dans le pain la trace de la bouche de la fille.

Elle se levait tard, Alain Vernoux avait dû la trouver en train de prendre son petit déjeuner.

— Elle était habillée ?

— En chemise. Chabiron l'a enroulée dans une couverture et l'a emportée comme ça.

— Les voisins n'ont pas entendu de dispute ?

— Je n'ai pas pu les questionner. Ce sont les gosses qui se tiennent au premier rang et les mères ne font rien pour les écarter. Écoutez-les.

Un des journalistes appuyait son dos à la porte qui ne fermait plus, pour empêcher qu'elle soit poussée de l'extérieur.

Julien Chabot allait et venait comme dans un mauvais rêve, en homme qui a perdu le contrôle de la situation.

Deux ou trois fois, il se dirigea vers le corps avant d'oser poser la main sur le poignet qui pendait.

Il répéta à plusieurs reprises, oubliant qu'il l'avait déjà dit, ou décidé à se convaincre lui-même :

— Le suicide est évident.

Puis il demanda :

— Chabiron ne doit pas revenir ?

— Je suppose qu'il restera là-bas pour questionner la fille si elle revient à elle. Il faudrait avertir le commissariat. Chabiron a promis de m'envoyer un médecin...

Celui-ci frappait à la porte, un jeune interne qui se dirigea directement vers le lit.

— Mort ?

Il fit oui de la tête.

— La fille qu'on vous a amenée ?

— On s'en occupe. Elle a des chances de s'en tirer.

Il regarda le tube, haussa les épaules, grommela :

— Toujours la même chose.

— Comment se fait-il qu'il soit mort alors qu'elle...

Il désigna la vomissure sur le plancher.

Un des reporters, qui avait disparu sans qu'on s'en aperçût, rentrait dans la pièce.

— Il n'y a pas eu de dispute, dit-il. J'ai questionné les voisines. C'est d'autant plus certain que, ce matin, les fenêtres des logements étaient pour la plupart ouvertes.

Lomel, lui, fouillait sans vergogne les tiroirs qui ne contenaient pas grand-chose, du linge et des vêtements bon marché, des bibelots sans valeur. Puis il se penchait pour regarder sous le lit et Maigret le voyait se coucher sur le sol, tendre le bras, retirer une boîte à chaussures en carton qu'entourait un ruban bleu. Lomel se retira à l'écart avec son butin et il régnait assez de désordre pour qu'on le laisse tranquille.

Il n'y eut que Maigret à s'approcher de lui.

— Qu'est-ce que c'est ?

— Des lettres.

La boîte en était à peu près pleine, non seulement de lettres, mais de courts billets écrits en hâte sur des bouts de papier. Louise Sabati avait tout gardé, peut-être à l'insu de son amant, presque certainement même, sinon elle n'aurait pas caché la boîte sous le lit.

— Laissez voir.

Lomel paraissait impressionné en les lisant. Il dit d'une voix mal assurée :

— Ce sont des lettres d'amour.

Le juge s'était enfin aperçu de ce qui se passait.

— Des lettres ?

— Des lettres d'amour.

— De qui ?

— D'Alain. Signées de son prénom, parfois seulement de ses initiales.

Maigret, qui en avait lu deux ou trois, aurait voulu empêcher qu'on se les passe de main en main. C'étaient probablement les lettres d'amour les plus émouvantes qu'il lui eût été donné de lire. Le docteur les avait écrites avec la fougue et parfois la naïveté d'un jeune homme de vingt ans.

Il appelait Louise : « *Ma toute petite* ».

Parfois : « *Ma pauvre petite à moi* ».

Et il lui disait, comme tous les amants, la longueur des journées et des nuits sans elle, le vide de la vie, de la maison où il se heurtait aux murs comme un frelon, il lui disait qu'il aurait voulu l'avoir connue plus tôt, avant qu'aucun homme ne l'eût touchée, et les rages qui le prenaient, le soir, seul dans son lit, quand il pensait aux caresses qu'elle avait subies.

Certaines fois, il s'adressait à elle comme à un enfant irresponsable et d'autres fois il lui échappait des cris de haine et de désespoir.

— Messieurs... commença Maigret, la gorge serrée.

On ne faisait pas attention à lui. Cela ne le regardait pas. Chabot, rougissant, les verres de ses lunettes embuées, continuait à parcourir les papiers.

« *Je t'ai quittée il y a une demi-heure et j'ai regagné ma prison. J'ai besoin de reprendre contact avec toi...* »

Il la connaissait depuis huit mois à peine. Il y avait là près de deux cents lettres et, certains jours, il lui était arrivé d'en écrire trois, coup sur coup. Certaines ne portaient pas de timbre. Il devait les apporter avec lui.

« *Si j'étais un homme...* »

Ce fut un soulagement pour Maigret d'entendre arriver les gens de la police qui écartaient la foule et la marmaille.

— Tu ferais mieux de les emporter, souffla-t-il à son ami.

Il fallut les reprendre dans toutes les mains. Ceux qui les rendaient paraissaient gênés. On hésitait maintenant à se tourner vers le lit et, quand on jetait un coup d'œil au corps étendu, c'était furtivement, avec l'air de s'en excuser.

Tel quel, sans ses lunettes, le visage détendu et serein, Alain Vernoux paraissait dix ans de moins que dans la vie.

— Ma mère doit s'inquiéter... remarqua Chabot en regardant sa montre.

Il oubliait la maison de la rue Rabelais où il y avait toute une famille, un père, une mère, une femme, des enfants, qu'il faudrait se décider à avertir.

Maigret le lui rappela. Le juge murmura :

— J'aimerais autant ne pas y aller moi-même.

Le commissaire n'osait pas s'offrir. Peut-être son ami, de son côté, n'osait-il pas le lui demander.

— Je vais envoyer Féron.

— Où ? questionna celui-ci.

— Rue Rabelais, pour les prévenir. Parlez d'abord à son père.

— Qu'est-ce que je lui dis ?

— La vérité.

Le petit commissaire grommela entre ses dents :

— Jolie corvée !

Ils n'avaient plus rien à faire ici. Plus rien à découvrir, dans le logement d'une pauvre fille dont la boîte de lettres constituait le seul trésor. Sans doute ne les avait-elle pas toutes comprises. Cela n'avait pas d'importance.

— Tu viens, Maigret ?

Et, au médecin :

— Vous vous chargez de faire transporter le corps ?

— A la morgue ?

— Une autopsie sera nécessaire. Je ne vois pas comment...

Il se tourna vers les deux agents.

— Ne laissez entrer personne.

Il descendit l'escalier, la boîte en carton sous le bras, dut fendre la foule amassée en bas. Il n'avait pas pensé à la question de voiture. Ils étaient à l'autre bout de la ville. De lui-même, le journaliste de Bordeaux se précipita.

— Où voulez-vous que je vous conduise ?
— Chez moi.
— Rue Clemenceau ?

Ils firent la plus grande partie du trajet en silence. Ce ne fut qu'à cent mètres de sa maison que Chabot murmura :

— Je suppose que cela termine l'affaire.

Il ne devait pas en être si sûr, car il examinait Maigret à la dérobée. Et celui-ci n'approuvait pas, ne disait ni oui ni non.

— Je ne vois aucune raison, s'il n'était pas coupable, pour...

Il se tut car, en entendant l'auto, sa mère, qui devait se morfondre, ouvrait déjà la porte.

— Je me demandais ce qui était arrivé. J'ai vu des gens courir comme s'il se passait quelque chose.

Il remercia le reporter, crut devoir lui proposer :
— Un petit verre ?
— Merci. Je dois téléphoner d'urgence à mon journal.
— Le rôti va être trop cuit. Je vous attendais à midi et demi. Tu parais fatigué, Julien. Vous ne trouvez pas, Jules, qu'il a mauvaise mine ?
— Tu devrais nous laisser un instant, maman.
— Vous ne voulez pas manger ?
— Pas tout de suite.

Elle se raccrochait à Maigret.
— Il n'y a rien de mauvais ?
— Rien qui puisse vous inquiéter.

Il préféra lui avouer la vérité, tout au moins une part de la vérité.
— Alain Vernoux s'est suicidé.

Elle fit seulement :
— Ah !

Puis, hochant la tête, elle se dirigea vers la cuisine.
— Entrons dans mon bureau. A moins que tu aies faim ?
— Non.
— Sers-toi à boire.

Il aurait aimé un verre de bière, mais il savait qu'il n'y en avait pas dans la maison. Il fouilla le placard à liqueurs, prit au hasard une bouteille de pernod.

— Rose va t'apporter de l'eau et de la glace.

Chabot s'était laissé tomber dans son fauteuil où la tête de son père, avant la sienne, avait dessiné une tache plus sombre dans le cuir. La boîte à chaussures était sur le bureau, avec le ruban qu'on avait renoué.

Le juge avait un besoin urgent d'être rassuré. Ses nerfs étaient à nu.
— Pourquoi ne prends-tu pas un peu d'alcool ?

Au regard que Chabot lança vers la porte, Maigret comprit que c'était sur les instances de sa mère qu'il ne buvait plus.

— J'aime mieux pas.

— Comme tu voudras.

Malgré la température douce ce jour-là, un feu continuait à flamber dans la cheminée et Maigret, qui avait trop chaud, dut s'en éloigner.

— Qu'est-ce que tu en penses ?

— De quoi ?

— De ce qu'il a fait. Pourquoi, s'il n'était pas coupable...

— Tu as lu quelques-unes de ses lettres, non ?

Chabot baissa la tête.

— Le commissaire Féron a fait irruption hier dans le logement de Louise, l'a questionnée, emmenée au commissariat, gardée toute la nuit au violon.

— Il a agi sans mes instructions.

— Je sais. Il l'a fait quand même. Ce matin, Alain s'est précipité pour la voir et a tout appris.

— Je ne vois pas ce que cela changeait.

Il le sentait fort bien, mais il ne voulait pas l'avouer.

— Tu crois que c'est pour ça ?...

— Je crois que c'est suffisant. Demain, toute la ville aurait été au courant. Féron aurait probablement continué à harceler la fille, on l'aurait finalement condamnée pour prostitution.

— Il a été imprudent. Ce n'est pas une raison pour se détruire.

— Cela dépend de qui.

— Tu es persuadé qu'il n'est pas coupable.

— Et toi ?

— Je pense que tout le monde le croira coupable et sera satisfait.

Maigret le regarda avec surprise.

— Tu veux dire que tu vas clore l'affaire ?

— Je ne sais pas. Je ne sais plus.

— Tu te souviens de ce qu'Alain nous a dit ?

— A quel sujet ?

— Qu'un fou a sa logique. Un fou, qui a vécu toute sa vie sans que personne s'aperçoive de sa folie, ne se met pas soudain à tuer sans raison. Il faut tout au moins une provocation. Il faut une cause, qui peut paraître insuffisante à une personne sensée, mais qui lui paraît suffisante, à lui.

» La première victime a été Robert de Courçon et, à mes yeux, c'est celle qui compte, parce que c'est la seule qui puisse nous fournir une indication.

» La rumeur publique, elle non plus, ne naît pas de rien.

— Tu te fies à l'opinion de la foule ?

— Il lui arrive de se tromper dans ses manifestations. Cependant, presque toujours, j'ai pu le constater au cours des années, il existe une base sérieuse. Je dirais que la foule a un instinct...

— De sorte que c'est bien Alain...

— Je n'en suis pas là. Quand Robert de Courçon a été tué, la population a fait un rapprochement entre les deux maisons de la rue Rabelais et, à ce moment-là, il n'était pas encore question de folie. Le meurtre de Courçon n'était pas nécessairement l'œuvre d'un fou ou d'un maniaque. Il a pu y avoir des raisons précises pour que quelqu'un décide de le tuer, ou le fasse dans un mouvement de colère.

— Continue.

Chabot ne luttait plus. Maigret aurait pu lui dire n'importe quoi et il aurait approuvé. Il avait l'impression que c'était sa carrière, sa vie, qu'on était en train de détruire.

— Je ne sais rien de plus que toi. Il y a eu deux autres crimes, coup sur coup, tous les deux inexplicables, tous les deux commis de la même façon, comme si l'assassin tenait à souligner qu'il s'agissait d'un seul et même coupable.

— Je croyais que les criminels s'en tenaient généralement à une méthode, toujours la même.

— Je me demande, moi, pourquoi il était si pressé.

— Si pressé de quoi ?

— De tuer à nouveau. Puis de tuer encore. Comme pour bien établir dans l'opinion qu'un fou criminel courait les rues.

Cette fois, Chabot releva vivement la tête.

— Tu veux dire qu'il n'est pas fou ?

— Pas exactement.

— Alors ?

— C'est une question que je regrette de n'avoir pas discutée plus à fond avec Alain Vernoux. Le peu qu'il nous en a dit me reste dans la mémoire. Même un fou n'agit pas nécessairement en fou.

— C'est évident. Sinon, il n'y en aurait plus en liberté.

— Ce n'est pas non plus, a priori, parce qu'il est fou qu'il tue.

— Je ne te suis plus. Ta conclusion ?

— Je n'ai pas de conclusion.

Ils tressaillirent en entendant le téléphone. Chabot décrocha, changea d'attitude, de voix.

— Mais oui, madame. Il est ici. Je vous le passe.

Et à Maigret :

— Ta femme.

Elle disait à l'autre bout du fil :

— C'est toi ? Je ne te dérange pas au moment de déjeuner ? Vous êtes toujours à table ?

— Non.

C'était inutile de lui apprendre qu'il n'avait pas encore mangé.

— Ton patron m'a appelée il y a une demi-heure et m'a demandé si tu rentrais sûrement demain matin. Je n'ai pas su que lui répondre, car quand tu m'as téléphoné, tu ne paraissais pas certain. Il m'a dit, si j'avais l'occasion de te téléphoner à nouveau, de t'annoncer que la fille de je ne sais quel sénateur a disparu depuis deux jours. Ce n'est

pas encore dans les journaux. Il paraît que c'est très important, que cela risque de faire du bruit. Tu sais de qui il s'agit ?
— Non.
— Il m'a cité un nom, mais je l'ai oublié.
— Bref, il veut que je rentre sans faute ?
— Il n'a pas parlé comme ça. J'ai cependant compris que cela lui ferait plaisir que tu prennes toi-même l'affaire en main.
— Il pleut ?
— Il fait un temps merveilleux. Que décides-tu ?
— Je ferai l'impossible pour être à Paris demain matin. Il doit bien y avoir un train de nuit. Je n'ai pas encore consulté l'indicateur.
Chabot lui fit signe qu'il existait un train de nuit.
— Tout va bien à Fontenay ?
— Tout va bien.
— Fais mes amitiés au juge.
— Je n'y manquerai pas.
Quand il raccrocha, il n'aurait pas pu dire si son ami était désespéré ou enchanté de le voir partir.
— Tu dois rentrer ?
— Pour bien faire.
— Il est peut-être temps que nous nous mettions à table ?
Maigret laissa à regret la boîte blanche qui lui faisait un peu l'effet d'un cercueil.
— N'en parlons pas devant ma mère.
Ils n'étaient pas encore au dessert quand on sonna à la porte. Rose alla ouvrir, vint annoncer :
— C'est le commissaire de police qui demande...
— Faites-le entrer dans mon bureau.
— C'est ce que j'ai fait. Il attend. Il dit que ce n'est pas urgent.
Mme Chabot s'efforçait de parler de choses ou d'autres comme si de rien n'était. Elle retrouvait des noms dans sa mémoire, des gens qui étaient morts, ou qui avaient quitté la ville depuis longtemps, et dont elle dévidait l'histoire.
Ils se levèrent enfin de table.
— Je vous fais servir le café dans ton bureau ?
On le leur servit à tous les trois et Rose posa des verres et la bouteille de fine sur le plateau d'un geste quasi sacerdotal. Il fallut attendre que la porte fût refermée.
— Alors ?
— J'y suis allé.
— Un cigare ?
— Merci. Je n'ai pas encore déjeuné.
— Vous voulez que je vous fasse servir un morceau ?
— J'ai téléphoné à ma femme que je ne tarderais plus à rentrer.
— Comment cela s'est-il passé ?
— Le maître d'hôtel m'a ouvert la porte et je lui ai demandé à voir Hubert Vernoux. Il m'a laissé dans le corridor pendant qu'il allait le

prévenir. Cela a pris longtemps. Un garçon de sept ou huit ans est venu me regarder du haut de l'escalier et j'ai entendu la voix de sa mère qui le rappelait. Quelqu'un d'autre m'a observé par l'entrebâillement d'une porte, une vieille femme, mais je ne sais pas si c'est Mme Vernoux ou sa sœur.

— Qu'est-ce que Vernoux a dit ?

— Il est arrivé du fond du couloir et, parvenu à trois ou quatre mètres de moi, a questionné sans cesser d'avancer :

» — *Vous l'avez trouvé ?*

» Je lui ai dit que j'avais une mauvaise nouvelle à lui annoncer. Il n'a pas proposé de me faire entrer au salon, m'a laissé debout sur le paillasson, en me regardant du haut de sa taille, mais j'ai bien vu que ses lèvres et que ses doigts tremblaient.

» — *Votre fils est mort,* ai-je fini par annoncer.

» Et il a répliqué :

» — *C'est vous qui l'avez tué ?*

» — *Il s'est suicidé, ce matin, dans la chambre de sa maîtresse.*

— Il a paru surpris ? questionna le juge d'instruction.

— J'ai l'impression que cela lui a causé un choc. Il a ouvert la bouche comme pour poser une question, s'est contenté de murmurer :

» — *Il avait donc une maîtresse !*

» Il ne m'a pas demandé qui elle était, ni ce qu'il était advenu d'elle. Il s'est dirigé vers la porte pour l'ouvrir et ses derniers mots, en me congédiant, ont été :

» — *Peut-être que maintenant ces gens vont nous laisser la paix.*

» Il désignait du menton les curieux amassés sur le trottoir, les groupes qui stationnaient de l'autre côté de la rue, les journalistes qui profitaient de ce qu'il se tenait un instant sur le seuil pour le photographier.

— Il n'a pas essayé de les éviter ?

— Au contraire. Quand il les a aperçus, il s'est attardé, leur faisant face, les regardant dans les yeux, puis, lentement, il a refermé la porte et j'ai entendu qu'il tirait les verrous.

— La fille ?

— Je suis passé par l'hôpital. Chabiron reste à son chevet. On n'est pas encore sûr qu'elle s'en tire, à cause de je ne sais quelle malformation du cœur.

Sans toucher à son café, il avala le verre de fine, se leva.

— Je peux aller manger ?

Chabot fit signe que oui et se leva à son tour pour le reconduire.

— Qu'est-ce que je fais ensuite ?

— Je ne sais pas encore. Passez par mon bureau. Le procureur m'y attendra à trois heures.

— J'ai laissé deux hommes, à tout hasard, devant la maison de la rue Rabelais. La foule défile, s'arrête, discute à mi-voix.

— Elle est calme ?

— Maintenant qu'Alain Vernoux s'est suicidé, je pense qu'il n'y a plus de danger. Vous savez comment ça va.

Chabot regarda Maigret avec l'air de dire :

« — Tu vois ! »

Il aurait tant donné pour que son ami lui réponde :

« — Mais oui. Tout est fini. »

Seulement, Maigret ne répondait rien.

8

L'invalide du Gros-Noyer

Un peu avant le pont, en descendant de chez les Chabot, Maigret avait tourné à droite et, depuis dix minutes, il suivait une longue rue qui était ni ville ni campagne.

Au début, les maisons, blanches, rouges, grises, y compris la grande maison et les chais d'un marchand de vins, étaient encore accolées les unes aux autres, mais cela n'avait pas le caractère de la rue de la République, par exemple, et certaines d'entre elles, blanchies à la chaux, sans étage, étaient presque des chaumières.

Puis il y avait eu des vides, des venelles qui laissaient entrevoir les potagers descendant en pente douce vers la rivière, parfois une chèvre blanche attachée à un piquet.

Il ne rencontra à peu près personne sur les trottoirs mais, par les portes ouvertes, aperçut, dans la pénombre, des familles qui semblaient immobiles, à écouter la radio ou à manger de la tarte, ailleurs, un homme en manches de chemise qui lisait le journal, ailleurs encore, une petite vieille assoupie près d'une grosse horloge à balancier de cuivre.

Les jardins, petit à petit, devenaient plus envahissants, les vides plus larges entre les murs, la Vendée se rapprochait de la route, charriant les branches arrachées par les dernières bourrasques.

Maigret, qui avait refusé de se laisser conduire en voiture, commençait à le regretter, car il n'avait pas pensé que le chemin était aussi long, et le soleil était déjà chaud sur sa nuque. Il mit près d'une demi-heure à atteindre le carrefour du Gros-Noyer, après lequel il ne semblait y avoir que des prés.

Trois jeunes gens, vêtus de bleu marine, les cheveux cosmétiqués, qui se tenaient adossés à la porte d'une auberge et ne devaient pas savoir qui il était, le regardaient avec l'ironie agressive des paysans pour l'homme de la ville égaré chez eux.

— La maison de Mme Page ? leur demanda-t-il.

— Vous voulez dire Léontine ?

— Je ne connais pas son prénom.

Cela suffit à les faire rire. Ils trouvaient drôle qu'on ne connût pas le prénom de Léontine.

— Si c'est elle, allez voir à cette porte-là.

La maison qu'ils lui désignaient ne comportait qu'un rez-de-chaussée, si bas que Maigret pouvait toucher le toit de la main. La porte, peinte en vert, était en deux parties, comme certaines portes d'étable, la partie supérieure ouverte, la partie inférieure fermée.

D'abord, il ne vit personne dans la cuisine qui était très propre, avec un poêle de faïence blanche, une table ronde couverte d'une toile cirée à carreaux, des lilas dans un vase bariolé sans doute gagné à la foire ; la cheminée était envahie par des bibelots et des photographies.

Il agita une petite sonnette pendue à une ficelle.

— Qu'est-ce que c'est ?

Maigret la vit sortir de la chambre dont la porte s'ouvrait sur la gauche : c'étaient les seules pièces de la maison. La femme pouvait avoir aussi bien cinquante ans que soixante-cinq. Sèche et dure comme l'était déjà la femme de chambre de l'hôtel, elle l'examinait avec une méfiance paysanne, sans s'approcher de la porte.

— Qu'est-ce que vous voulez ?

Puis, tout de suite :

— Ce n'est pas vous dont ils ont mis la photo dans le journal ?

Maigret entendit remuer dans la chambre. Une voix d'homme s'informa :

— Qui est-ce, Léontine ?

— Le commissaire de Paris.

— Le commissaire Maigret ?

— Je crois que c'est comme ça qu'il s'appelle.

— Fais-le entrer.

Sans bouger, elle répéta :

— Entrez.

Il tira lui-même le loquet pour ouvrir la partie inférieure de la porte. Léontine ne l'invitait pas à s'asseoir, ne lui disait rien.

— Vous étiez la femme de ménage de Robert de Courçon, n'est-ce pas ?

— Pendant quinze ans. La police et les journalistes m'ont déjà posé toutes les questions. Je ne sais rien.

D'où il était, le commissaire percevait maintenant une chambre blanche aux murs ornés de chromos, le pied d'un haut lit de noyer avec un édredon rouge dessus, et de la fumée de pipe lui venait jusqu'aux narines. L'homme bougeait toujours.

— Je veux voir comme il est... murmurait-il.

Et elle, à Maigret, sans aménité :

— Vous entendez ce que dit mon mari ? Avancez. Il ne peut pas quitter son lit.

L'homme qui y était assis avait le visage envahi de barbe ; des journaux et des romans populaires étaient étalés autour de lui. Il fumait une pipe en écume à long tuyau et, sur la table de nuit, à portée de sa main, il y avait un litre de vin blanc et un verre.

— Ce sont ses jambes, expliqua Léontine. Depuis qu'il a été coincé entre les tampons de deux wagons. Il travaillait au chemin de fer. Cela s'est mis dans les os.

Des rideaux de guipure tamisaient la lumière et deux pots de géraniums égayaient l'appui de la fenêtre.

— J'ai lu toutes les histoires qu'on raconte sur vous, Monsieur Maigret. Je lis toute la journée. Avant je ne lisais jamais. Apporte un verre, Léontine.

Maigret ne pouvait refuser. Il trinqua. Puis, profitant de ce que la femme restait dans la pièce, il tira de sa poche le morceau de tuyau de plomb qu'il s'était fait confier.

— Vous connaissez ça ?

Elle ne se troubla pas. Elle dit :

— Bien sûr.

— Où l'avez-vous vu pour la dernière fois ?

— Sur la grande table du salon.

— Chez Robert de Courçon ?

— Chez Monsieur, oui. Cela provient de la remise, où on a dû changer une partie de la tuyauterie, l'hiver dernier, parce que la gelée avait crevé les conduites d'eau.

— Il gardait ce bout de tuyau sur sa table ?

— Il y avait de tout. On appelait ça le salon, mais c'était la pièce où il vivait tout le temps et où il travaillait.

— Vous faisiez son ménage ?

— Ce qu'il me permettait de faire, balayer par terre, prendre les poussières — et encore, sans déranger aucun objet ! — et laver la vaisselle.

— Il était maniaque ?

— Je n'ai pas dit ça.

— Tu peux le dire au commissaire, lui soufflait son mari.

— Je n'ai pas à me plaindre de lui.

— Sauf qu'il y a des mois que tu n'as pas été payée.

— Ce n'est pas sa faute. Si les autres, en face, lui avaient donné l'argent qu'ils lui devaient...

— Vous n'avez pas été tentée de jeter ce tuyau ?

— J'ai essayé. Il m'a commandé de le laisser là. Ça lui servait de presse-papier. Je me souviens qu'il a ajouté que cela pourrait être utile si les cambrioleurs essayaient de pénétrer chez lui. C'est une drôle d'idée, car il y avait plein de fusils aux murs. Il les collectionnait.

— C'est vrai, monsieur le commissaire, que son neveu s'est tué ?

— C'est vrai.

— Vous pensez que c'est lui ? Encore un coup de blanc ? Moi, voyez-vous, comme je le disais à ma femme, les gens riches, je n'essaie pas de les comprendre. Ça ne pense pas, ça ne sent pas comme nous.

— Vous connaissiez les Vernoux ?

— Comme tout le monde, pour les avoir rencontrés dans la rue. J'ai entendu raconter qu'ils n'avaient plus d'argent, qu'ils en avaient même emprunté à leurs domestiques, et cela doit être vrai puisque le patron de Léontine ne recevait plus sa pension et qu'il ne pouvait pas la payer.

Sa femme lui faisait signe de moins parler. Il n'avait d'ailleurs pas grand-chose à dire mais il était heureux d'avoir de la compagnie et de voir en chair et en os le commissaire Maigret.

Celui-ci les quitta avec, dans la bouche, le goût aigrelet du vin blanc. Sur le chemin du retour, il trouva un peu d'animation. Des jeunes gens et des jeunes filles à vélo s'en retournaient vers la campagne. Des familles se dirigeaient lentement vers la ville.

Ils devaient être toujours réunis, au Palais, dans le bureau du juge. Maigret avait refusé de se joindre à eux, car il ne voulait pas influencer la décision qu'ils allaient prendre.

Décideraient-ils de clore l'instruction en considérant le suicide du docteur comme un aveu ?

C'était probable et, dans ce cas, Chabot garderait un remords toute sa vie.

Quand il atteignit la rue Clemenceau et qu'il plongea le regard dans la perspective de la rue de la République, il y avait presque de la foule, des gens se promenaient sur les deux trottoirs, d'autres sortaient du cinéma, et, à la terrasse du Café de la Poste, toutes les chaises étaient occupées. Le soleil prenait déjà les tons rougeâtres du couchant.

Il se dirigea vers la place Viète, passa devant la maison de son ami où il entrevit Mme Chabot derrière les vitres du premier étage. Rue Rabelais, des curieux stationnaient encore en face de chez les Vernoux mais, peut-être parce que la mort était passée par là, les gens se tenaient à distance respectueuse, la plupart sur le trottoir d'en face.

Maigret se répéta encore une fois que cette affaire ne le regardait pas, qu'il avait un train à prendre le soir même, qu'il risquait de mécontenter tout le monde et de se brouiller avec son ami.

Après quoi, incapable de résister, il tendit la main vers le marteau de la porte. Il dut attendre longtemps, sous les regards des promeneurs, entendit enfin des pas et le maître d'hôtel entrouvrit le battant.

— Je voudrais voir M. Hubert Vernoux.

— Monsieur n'est pas visible.

Maigret était entré sans y être invité. Le hall restait dans la pénombre. On n'entendait aucun bruit.

— Il est dans son appartement ?

— Je crois qu'il est couché.

— Une question : les fenêtres de votre chambre donnent-elles sur la rue ?

Le maître d'hôtel parut gêné, parla bas.

— Oui. Au troisième. Ma femme et moi couchons dans les mansardes.

— Et vous pouvez voir la maison d'en face ?

Alors qu'ils n'avaient rien entendu, la porte du salon s'ouvrit et Maigret reconnut dans l'entrebâillement la silhouette de la belle-sœur.
— Qu'est-ce que c'est, Arsène ?
Elle avait vu le commissaire mais ne lui adressait pas la parole.
— Je disais à Monsieur Maigret que Monsieur n'est pas visible.
Elle finit par se tourner vers lui.
— Vous vouliez parler à mon beau-frère ?
Elle se résignait à ouvrir la porte plus grande.
— Entrez.
Elle était seule dans le vaste salon aux rideaux fermés ; une seule lampe était allumée sur un guéridon. Il n'y avait aucun livre ouvert, aucun journal, aucun travail de couture ou autre. Elle devait être assise là, à ne rien faire, quand il avait soulevé le marteau.
— Je peux vous recevoir à sa place.
— C'est lui que je désire voir.
— Même si vous allez chez lui, il ne sera probablement pas en état de vous répondre.
Elle marcha vers la table où se trouvaient un certain nombre de bouteilles, en saisit une qui avait contenu du marc de Bourgogne et qui était vide.
— Elle était à moitié pleine à midi. Il n'est pas resté un quart d'heure dans cette pièce alors que nous étions encore à table.
— Cela lui arrive souvent ?
— Presque tous les jours. Maintenant, il va dormir jusque cinq ou six heures et il aura alors les yeux troubles. Ma sœur et moi avons essayé d'enfermer les bouteilles, mais il trouve le moyen de s'arranger. Il vaut mieux que cela se passe ici que dans Dieu sait quel estaminet.
— Il fréquente parfois les estaminets ?
— Comment voulez-vous que nous le sachions ? Il sort par la petite porte, à notre insu, et quand, après, on lui voit ses gros yeux, quand il commence à bégayer, on sait ce que cela signifie. Il finira comme son père.
— Il y a longtemps que cela a commencé ?
— Des années. Peut-être buvait-il avant aussi et cela lui faisait-il moins d'effet ? Il ne paraît pas son âge, mais il a quand même soixante-sept ans.
— Je vais demander au maître d'hôtel de me conduire chez lui.
— Vous ne voulez pas revenir plus tard ?
— Je repars pour Paris ce soir.
Elle comprit qu'il était inutile de discuter, pressa un timbre. Arsène parut :
— Conduisez monsieur le commissaire chez Monsieur.
Arsène la regardait, surpris, avec l'air de lui demander si elle avait réfléchi.
— Il arrivera ce qu'il arrivera !
Sans le maître d'hôtel, Maigret se serait perdu dans les couloirs qui se croisaient, larges et sonores comme des couloirs de couvent. Il

entrevit une cuisine où scintillaient des cuivres et où, comme au Gros-Noyer, une bouteille de vin blanc se trouvait sur la table, sans doute la bouteille d'Arsène.

Celui-ci ne semblait plus rien comprendre à l'attitude de Maigret. Après la question au sujet de sa chambre, il s'était attendu à un véritable interrogatoire. Or, on ne lui demandait rien.

Dans l'aile droite du rez-de-chaussée, il frappait à une porte de chêne sculpté.

— C'est moi, Monsieur ! disait-il en élevant la voix pour être entendu de l'intérieur.

Et, comme on percevait un grognement :

— Le commissaire, qui est avec moi, insiste pour voir Monsieur.

Ils restèrent immobiles pendant que quelqu'un allait et venait dans la pièce et, finalement, entrouvrait la porte.

La belle-sœur ne s'était pas trompée en parlant des gros yeux qui fixaient le commissaire avec une sorte de stupeur.

— C'est vous ! balbutiait Hubert Vernoux, la langue épaisse.

Il avait dû se coucher tout habillé. Ses vêtements étaient fripés, ses cheveux blancs retombaient sur son front et il y passa la main d'un geste machinal.

— Qu'est-ce que vous voulez ?

— Je désirerais un entretien avec vous.

C'était difficile de le mettre à la porte. Vernoux, comme s'il n'avait pas encore bien repris ses sens, s'effaçait. La pièce était très grande, avec un lit à baldaquin en bois sculpté, très sombre, aux draperies de soie passée.

Tous les meubles étaient anciens, plus ou moins du même style, et faisaient penser à une chapelle ou à une sacristie.

— Vous permettez ?

Vernoux pénétra dans une salle de bains, se fit couler un verre d'eau et se gargarisa. Quand il revint, il était déjà un peu mieux.

— Asseyez-vous. Dans ce fauteuil si vous voulez. Vous avez vu quelqu'un ?

— Votre belle-sœur.

— Elle vous a dit que j'avais bu ?

— Elle m'a montré la bouteille de marc.

Il haussa les épaules.

— C'est toujours la même chanson. Les femmes ne peuvent pas comprendre. Un homme à qui on vient d'annoncer brutalement que son fils...

Un liquide embua ses yeux. Sa voix avait baissé d'un ton, pleurnicharde.

— C'est un coup dur, commissaire. Surtout quand on n'a que ce fils. Que fait sa mère ?

— Aucune idée...

— Elle va se porter malade. C'est son truc. Elle se porte malade et on n'ose plus rien lui dire. Vous comprenez ? Alors, sa sœur la remplace : elle appelle ça prendre la maison en main...

Il faisait penser à un vieux comédien qui veut coûte que coûte émouvoir. Dans son visage un peu gonflé, les traits changeaient d'expression à une vitesse étonnante. En quelques minutes, ils avaient successivement exprimé l'ennui, une certaine crainte, puis la douleur paternelle, l'amertume à l'égard des deux femmes. Maintenant la crainte revenait à la surface.

— Pourquoi avez-vous tenu à me voir ?

Maigret, qui ne s'était pas assis dans le fauteuil qu'on lui avait désigné, tira le morceau de tuyau de sa poche et le posa sur la table.

— Vous allez souvent chez votre beau-frère ?

— Environ une fois par mois, pour lui porter son argent. Je suppose qu'on a appris que je lui passais de quoi vivre ?

— Vous avez donc aperçu ce morceau de tuyau sur son bureau ?

Il hésita, comprenant que la réponse à cette question était capitale, et aussi qu'il lui fallait prendre une décision rapide.

— Je crois que oui.

— C'est le seul indice matériel qu'on possède dans cette affaire. Jusqu'ici, on ne paraît pas en avoir compris toute la signification.

Il s'asseyait, tirait sa pipe de sa poche et la bourrait. Vernoux restait debout, les traits tirés comme par un violent mal de tête.

— Vous avez un instant à me consacrer ?

Sans attendre la réponse, il enchaînait :

— On a affirmé que trois crimes étaient plus ou moins identiques sans remarquer que le premier est, en fait, complètement différent des autres. La veuve Gibon, comme Gobillard, ont été tués de sang-froid, avec préméditation. L'homme qui a sonné à la porte de l'ancienne sage-femme venait là pour tuer et l'a fait sans attendre, dans le corridor. Sur le seuil, il avait déjà son arme à la main. Quand, deux jours plus tard, il a attaqué Gobillard, il ne visait peut-être pas celui-ci en particulier, mais il était dehors pour tuer. Vous comprenez ce que je veux dire ?

Vernoux, en tout cas, faisait un effort, presque douloureux, pour deviner où Maigret essayait d'en arriver.

— L'affaire Courçon est différente. En entrant chez lui, le meurtrier n'avait pas d'armes. Nous pouvons en déduire qu'il ne venait pas avec des intentions homicides. Quelque chose s'est produit, qui l'a poussé à son geste. Peut-être l'attitude de Courçon, souvent provocante, peut-être même, de sa part, un geste menaçant ?

Maigret s'interrompit pour frotter une allumette et tirer sur sa pipe.

— Qu'est-ce que vous en pensez ?
— De quoi ?
— De mon raisonnement.
— Je croyais cette histoire terminée.
— Même à supposer qu'elle le soit, j'essaie de comprendre.
— Un fou ne doit pas s'embarrasser de ces considérations.

— Et s'il ne s'agissait pas d'un fou, en tout cas pas d'un fou dans le sens que l'on donne d'habitude à ce mot ? Suivez-moi encore un instant. Quelqu'un se rend chez Robert de Courçon, le soir, sans se cacher, puisqu'il n'a pas encore de mauvaises intentions, et, pour des raisons que nous ignorons, est amené à le tuer. Il ne laisse aucune trace derrière lui, emporte l'arme, ce qui indique qu'il ne veut pas se laisser prendre.

» Il s'agit donc d'un homme qui connaît la victime, qui a l'habitude d'aller la voir à cette heure-là.

» C'est fatalement dans cette direction que la police cherchera.

» Et il y a toutes les chances pour qu'elle arrive au coupable.

Vernoux le regardait avec l'air de réfléchir, de peser le pour et le contre.

— Supposons maintenant qu'un autre crime soit commis, à l'autre bout de la ville, sur une personne qui n'a rien à voir avec l'assassin ni avec Courçon. Que va-t-il arriver ?

L'homme ne réprima pas tout à fait un sourire. Maigret poursuivit :

— On ne cherchera plus *nécessairement* parmi les relations de la première victime. L'idée qui viendra à l'esprit de chacun est qu'il s'agit d'un fou.

Il prit un temps.

— C'est ce qui s'est produit. Et l'assassin, par surcroît de précaution, pour consolider cette hypothèse de folie, a commis un troisième crime, dans la rue, cette fois, sur la personne du premier ivrogne venu. Le juge, le procureur, la police s'y sont laissé prendre.

— Vous pas ?

— Je n'ai pas été le seul à ne pas y croire. Il arrive que l'opinion publique se trompe. Souvent aussi, elle a le même genre d'intuition que les femmes et les enfants.

— Vous voulez dire qu'elle a désigné mon fils ?

— Elle a désigné cette maison.

Il se leva, sans insister, se dirigea vers une table Louis XIII qui servait de bureau et sur laquelle du papier à lettre était posé sur un sous-main. Il en prit une feuille, tira un papier de sa poche.

— Arsène a écrit, laissa-t-il tomber négligemment.

— Mon maître d'hôtel ?

Vernoux se rapprocha vivement et Maigret remarqua que, malgré sa corpulence, il avait la légèreté fréquente à certains gros hommes.

— Il a envie d'être questionné. Mais il n'ose pas se présenter de lui-même à la police ou au Palais de Justice.

— Arsène ne sait rien.

— C'est possible, encore que sa chambre donne sur la rue.

— Vous lui avez parlé ?

— Pas encore. Je me demande s'il vous en veut de ne pas lui payer ses gages et de lui avoir emprunté de l'argent.

— Vous savez cela aussi ?

— Vous n'avez rien à me dire, vous, Monsieur Vernoux ?

— Qu'est-ce que je vous dirais ? Mon fils...
— Ne parlons pas de votre fils. Je suppose que vous n'avez jamais été heureux ?

Il ne répondit pas, fixa le tapis à ramages sombres.

— Tant que vous aviez de l'argent, les satisfactions de vanité ont pu vous suffire. Après tout, vous étiez le riche-homme de l'endroit.
— Ce sont des questions personnelles qu'il me déplaît d'aborder.
— Vous avez perdu beaucoup d'argent, ces dernières années ?

Maigret prit un ton plus léger, comme si ce qu'il disait n'avait pas d'importance.

— Contrairement à ce que vous pensez, l'enquête n'est pas finie et l'instruction reste ouverte. Jusqu'ici, pour des raisons qui ne me regardent pas, les recherches n'ont pas été conduites selon les règles. On ne pourra pas s'empêcher plus longtemps d'interroger vos domestiques. On voudra aussi mettre le nez dans vos affaires, examiner vos relevés de banque. On apprendra, ce que tout le monde soupçonne, que, depuis des années, vous luttez en vain pour sauver les restes de votre fortune. Derrière la façade il n'y a plus rien, qu'un homme traité sans ménagements par sa famille elle-même, depuis qu'il n'est plus capable de faire de l'argent.

Hubert Vernoux ouvrit la bouche. Maigret ne le laissa pas parler.

— On fera aussi appel à des psychiatres.

Il vit son interlocuteur relever la tête d'un geste brusque.

— J'ignore quelle sera leur opinion. Je ne suis pas ici à titre officiel. Je repars pour Paris ce soir et mon ami Chabot garde la responsabilité de l'instruction.

» Je vous ai dit tout à l'heure que le premier crime n'était pas nécessairement l'œuvre d'un fou. J'ai ajouté que les deux autres avaient été commis dans un but précis, à la suite d'un raisonnement assez diabolique.

» Or, cela ne me surprendrait pas que les psychiatres prennent ce raisonnement-là comme un indice de folie, d'une sorte de folie particulière, et plus courante qu'on ne croit, qu'ils appellent paranoïa.

» Vous avez lu les livres que votre fils doit avoir dans son cabinet ?
— Il m'est arrivé d'en parcourir.
— Vous devriez les relire.
— Vous ne prétendez pas que j'ai...
— Je ne prétends rien. Je vous ai vu hier jouer aux cartes. Je vous ai vu gagner. Vous devez être persuadé que vous gagnerez cette partie-ci de la même manière.
— Je ne joue aucune partie.

Il protestait mollement, flatté, au fond, que Maigret s'occupe autant de lui et rende un hommage indirect à son habileté.

— Je tiens à vous mettre en garde contre une faute à ne pas commettre. Cela n'arrangerait rien, au contraire, qu'il y ait un nouveau carnage, ou même un seul crime. Vous comprenez ce que je veux dire ? Ainsi que le soulignait votre fils, la folie a ses règles, sa logique.

Une fois de plus, Vernoux ouvrait la bouche et le commissaire ne le laissait toujours pas parler.

— J'ai terminé. Je prends le train de neuf heures et demie et je dois aller boucler ma valise avant le dîner.

Son interlocuteur, dérouté, déçu, le regardait sans plus comprendre, faisait un geste pour le retenir, mais le commissaire se dirigeait vers la porte.

— Je trouverai mon chemin.

Il y mit un certain temps, puis retrouva la cuisine d'où Arsène jaillit, l'œil interrogateur.

Maigret ne lui dit rien, suivit le couloir central, ouvrit lui-même la porte que le maître d'hôtel referma derrière lui.

Il n'y avait plus, sur le trottoir d'en face, que trois ou quatre curieux obstinés. Est-ce que, ce soir, le comité de vigilance allait continuer ses patrouilles ?

Il faillit se diriger vers le Palais de Justice où la réunion se poursuivait probablement, décida de faire comme il l'avait annoncé et d'aller boucler sa valise. Après quoi, dans la rue, il eut envie d'un verre de bière et s'assit à la terrasse du Café de la Poste.

Tout le monde le regardait. On parlait à voix plus basse. Certains se mettaient à chuchoter.

Il but deux grands demis, lentement, en les savourant, comme s'il eût été à une terrasse des Grands Boulevards, et des parents s'arrêtaient pour le désigner à leurs enfants.

Il vit passer Chalus, l'instituteur, en compagnie d'un personnage ventru à qui il racontait une histoire en gesticulant. Chalus ne vit pas le commissaire et les deux hommes disparurent au coin de la rue.

Il faisait presque noir et la terrasse s'était dégarnie quand il se leva péniblement pour se diriger vers la maison de Chabot. Celui-ci vint lui ouvrir, lui lança un regard inquiet.

— Je me demandais où tu étais.

— A une terrasse de café.

Il accrocha son chapeau au portemanteau, aperçut la table dressée dans la salle à manger, mais le dîner n'était pas prêt et son ami le fit d'abord entrer dans son bureau.

Après un assez long silence, Chabot murmura sans regarder Maigret :

— L'enquête continue.

Il semblait dire :

« — Tu as gagné. Tu vois ! nous ne sommes pas si lâches que ça. »

Maigret ne sourit pas, fit un petit signe d'approbation.

— Dès à présent, la maison de la rue Rabelais est gardée. Demain, je procéderai à l'interrogatoire des domestiques.

— Au fait, j'allais oublier de te rendre ceci.

— Tu pars vraiment ce soir ?

— Il le faut.

— Je me demande si nous aboutirons à un résultat.

Le commissaire avait posé le tuyau de plomb sur la table, fouillait ses poches pour en tirer la lettre d'Arsène.

— Louise Sabati ? questionna-t-il.

— Elle paraît hors de danger. Cela l'a sauvée de vomir. Elle venait de manger et la digestion n'était pas commencée.

— Qu'est-ce qu'elle a dit ?

— Elle répond par monosyllabes.

— Elle savait qu'ils allaient mourir tous les deux ?

— Oui.

— Elle y était résignée ?

— Il lui a dit qu'on ne les laisserait jamais être heureux.

— Il ne lui a pas parlé des trois crimes ?

— Non.

— Ni de son père ?

Chabot le regarda dans les yeux.

— Tu crois que c'est lui ?

Maigret se contenta de battre les paupières.

— Il est fou ?

— Les psychiatres décideront.

— A ton avis ?

— Je répète volontiers que les gens sensés ne tuent pas. Mais ce n'est qu'une opinion.

— Peut-être pas très orthodoxe ?

— Non.

— Tu parais soucieux.

— J'attends.

— Quoi ?

— Qu'il se passe quelque chose.

— Tu crois qu'il se passera quelque chose aujourd'hui ?

— Je l'espère.

— Pourquoi ?

— Parce que j'ai rendu visite à Hubert Vernoux.

— Tu lui as dit...

— Je lui ai dit comment et pourquoi les trois crimes ont été commis. Je lui ai laissé entendre comment l'assassin devait normalement réagir.

Chabot, si fier tout à l'heure de la décision qu'il avait prise, se montrait à nouveau effrayé.

— Mais... dans ce cas... tu n'as pas peur que...

— Le dîner est servi, vint annoncer Rose, tandis que Mme Chabot, qui se dirigeait vers la salle à manger, leur souriait.

9

La fine Napoléon

Une fois de plus, à cause de la vieille dame, il fallait se taire, ou plutôt ne parler que de choses et d'autres, sans rapport avec leurs préoccupations, et, ce soir-là, il fut question de cuisine, en particulier de la façon de préparer le lièvre à la royale.

Mme Chabot avait fait à nouveau des profiterolles et Maigret en mangea cinq, écœuré, le regard sans cesse fixé sur les aiguilles de la vieille horloge.

A huit heures et demie, il ne s'était encore rien produit.

— Tu n'es pas pressé. J'ai commandé un taxi qui passera d'abord par l'hôtel pour prendre tes bagages.

— Il faut, de toute façon, que j'aille là-bas pour régler ma note.

— J'ai téléphoné qu'on la mette sur mon compte. Cela t'apprendra à ne pas descendre chez nous quand, une fois tous les vingt ans, tu daignes venir à Fontenay.

On servit le café, la fine. Il accepta un cigare, parce que c'était la tradition et que la mère de son ami n'aurait pas été contente qu'il refuse.

Il était neuf heures moins cinq et la voiture ronronnait devant la porte, le chauffeur attendait, quand la sonnerie du téléphone résonna enfin.

Chabot se précipita, décrocha.

— C'est moi, oui... Comment ?... Il est mort ?... Je ne vous entends pas, Féron... Parlez moins fort... Oui... Je viens immédiatement... Qu'on le transporte à l'hôpital, cela va de soi...

Il se tourna vers Maigret.

— Je dois monter tout de suite là-haut. Il est indispensable que tu rentres cette nuit ?

— Sans faute.

— Je ne vais pas pouvoir t'accompagner à la gare.

A cause de sa mère, il n'en disait pas plus, saisissait son chapeau, son manteau de demi-saison.

Sur le trottoir seulement, il murmura :

— Il y a eu une scène atroce chez les Vernoux, Hubert Vernoux, ivre mort, s'est mis à tout casser dans sa chambre et, à la fin, déchaîné, s'est entaillé le poignet avec son rasoir.

Le calme du commissaire le surprit.

— Il n'est pas mort, poursuivait Chabot.

— Je sais.

— Comment le sais-tu ?

— Parce que ces gens-là ne se suicident pas.
— Son fils, pourtant...
— Va. On t'attend.

La gare n'était qu'à cinq minutes. Maigret se rapprocha du taxi.

— Nous avons juste le temps, dit le chauffeur.

Le commissaire se tourna une dernière fois vers son ami qui paraissait désemparé au milieu du trottoir.

— Tu m'écriras.

Ce fut un voyage monotone. A deux ou trois gares, Maigret descendit pour boire un verre d'alcool et finit par s'assoupir, vaguement conscient, à chaque arrêt, des cris du chef de gare et du grincement des chariots.

Il arriva à Paris au petit jour et un taxi le conduisit chez lui où d'en bas il sourit à la fenêtre ouverte. Sa femme l'attendait sur le palier.

— Pas trop fatigué ? Tu as dormi un peu ?

Il but trois grandes tasses de café avant de se détendre.

— Tu prends un bain ?

Bien sûr qu'il allait en prendre un ! C'était bon de retrouver la voix de Mme Maigret, l'odeur de l'appartement, les meubles et les objets à leur place.

— Je n'ai pas bien compris ce que tu m'as dit au téléphone. Tu t'es occupé d'une affaire ?

— Elle est finie.

— Qu'est-ce que c'était ?

— Un type qui ne se résignait pas à perdre.

— Je ne comprends pas.

— Cela ne fait rien. Il y a des gens qui, plutôt que de dégringoler la pente, sont capables de n'importe quoi.

— Tu dois savoir ce que tu dis, murmura-t-elle philosophiquement, sans plus s'en préoccuper.

A neuf heures et demie, dans le bureau du chef, on le mettait au courant de la disparition de la fille du sénateur. C'était une vilaine histoire, avec réunions plus ou moins orgiaques dans une cave et stupéfiants à la clef.

— Il est à peu près certain qu'elle n'est pas partie de son plein gré et il y a peu de chances qu'on l'ait enlevée. Le plus probable, c'est qu'elle aura succombé à une dose trop forte de drogue et que ses amis, affolés, auront fait disparaître le cadavre.

Maigret copia une liste de noms, d'adresses.

— Lucas en a déjà entendu quelques-uns. Jusqu'ici, personne ne se décide à parler.

N'était-ce pas son métier de faire parler les gens ?

— Bien amusé ?

— Où ça ?

— A Bordeaux.

— Il a plu tout le temps.

Il ne parla pas de Fontenay. Il eut à peine le temps d'y penser, pendant trois jours, qu'il passa à confesser de jeunes imbéciles qui se croyaient malins.

Puis, dans son courrier, il trouva une lettre qui portait le cachet de Fontenay-le-Comte. Par les journaux, il connaissait déjà, en gros, l'épilogue de l'affaire.

Chabot, de son écriture nette et serrée, un peu pointue, qu'on aurait pu prendre pour une écriture de femme, lui fournissait les détails.

« A un moment donné, peu après ton départ de la rue Rabelais, il s'est glissé dans la cave et Arsène l'a vu remonter avec une bouteille de fine Napoléon qu'on gardait dans la famille Courçon depuis deux générations. »

Maigret ne put s'empêcher de sourire. Hubert Vernoux, pour sa dernière ivresse, ne s'était pas contenté de n'importe quel alcool ! Il avait choisi ce qu'il y avait de plus rare dans la maison, une bouteille vénérable qu'on conservait un peu comme un gage de noblesse.

« Quand le maître d'hôtel est venu lui annoncer que le dîner était servi, il avait déjà les yeux hagards, bordés de rouge. Avec un grand geste théâtral, il lui a commandé de le laisser seul, lui a crié :
— Que les garces dînent sans moi !
Elles se sont mises à table. Environ dix minutes plus tard, on a entendu des bruits sourds qui provenaient de son appartement. On a envoyé Arsène voir ce qui se passait, mais la porte était fermée à clef, et Vernoux était en train de briser tout ce qui lui tombait sous la main en hurlant des obscénités.

C'est sa belle-sœur, quand on lui a rendu compte de ce qui arrivait, qui a suggéré :
— La fenêtre...
Elles ne se sont pas dérangées, sont restées assises dans la salle à manger pendant qu'Arsène gagnait la cour. Une fenêtre était entrouverte. Il a écarté les rideaux. Vernoux l'a vu. Il avait déjà un rasoir à la main.

Il a crié à nouveau qu'on le laisse seul, qu'il en avait assez et, d'après Arsène, a continué à employer des mots orduriers qu'on ne l'avait jamais entendu prononcer.

Comme le maître d'hôtel appelait à l'aide, car il n'osait pas pénétrer dans la chambre, l'autre s'est mis à se taillader le poignet. Le sang a giclé. Vernoux l'a regardé avec épouvante, et, dès lors, il s'est laissé faire. Quelques instants plus tard, il tombait, tout mou, sur le tapis, évanoui.

Depuis, il se refuse à répondre aux questions. A l'hôpital, le lendemain, on l'a trouvé occupé à éventrer son matelas et on a dû l'enfermer dans une cellule capitonnée.

Desprez, le psychiatre, est venu de Niort l'examiner une première fois : il aura, demain, une consultation avec un spécialiste de Poitiers.

D'après Desprez, la folie de Vernoux ne fait guère de doute, mais il préfère, à cause du retentissement de l'affaire dans le pays, prendre toutes ses précautions.

J'ai délivré le permis d'inhumer pour Alain. Les obsèques ont lieu demain. La fille Sabati est toujours à l'hôpital et va tout à fait bien. Je ne sais qu'en faire. Son père doit travailler quelque part en France sans qu'on parvienne à mettre la main dessus. Je ne peux pas la renvoyer dans son logement, car elle a encore des idées de suicide.

Ma mère parle de la prendre comme bonne à la maison afin de soulager un peu Rose qui se fait vieille. Je crains que les gens... »

Maigret n'eut pas le temps de lire la lettre jusqu'au bout ce matin-là, car on lui amenait un témoin important. Il la fourra dans sa poche. Ce qu'il en advint, il ne le sut jamais.

— Au fait, annonça-t-il le soir à sa femme, j'ai reçu des nouvelles de Julien Chabot.

— Qu'est-ce qu'il dit ?

Il chercha la lettre, ne la trouva pas. Elle avait dû sortir de sa poche alors qu'il en retirait son mouchoir ou sa blague à tabac.

— Ils vont engager une nouvelle bonne.

— C'est tout ?

— A peu près.

Ce fut longtemps après qu'en se regardant dans la glace d'un œil inquiet, il murmura :

— Je l'ai trouvé vieilli.

— De qui parles-tu ?

— De Chabot.

— Quel âge a-t-il ?

— Mon âge à deux mois près.

Mme Maigret mettait de l'ordre dans la pièce, comme toujours avant d'aller se coucher.

— Il aurait mieux fait de se marier, conclut-elle.

Shadow Rock Farm, Lakeville (Connecticut), 27 mars 1953.

L'ESCALIER DE FER

PREMIÈRE PARTIE

1

La première note fut écrite au crayon, sur une feuille de bloc-notes de la grandeur d'une carte postale. Il ne crut pas devoir mettre la date complète. « *Mardi. Crise à 2 h 50. Durée 35 minutes. Colique. Mangé purée de pommes de terre au déjeuner.* »

Il fit suivre le mot déjeuner du signe moins, qu'il entoura d'un cercle, et, dans son esprit, cela voulait dire que sa femme n'avait pas pris de purée. Il y avait des années que, par crainte d'engraisser, elle évitait les féculents.

Fernande, la nouvelle bonne, avait-elle mangé de la purée ? Comme elle prenait ses repas dans la cuisine, il l'ignorait, et il n'osait pas le lui demander. Cela n'avait d'ailleurs qu'une importance secondaire.

La pénombre commençait à envahir la chambre, qui, située à l'entresol, était basse de plafond, et où il fallait allumer plus tôt qu'ailleurs.

Il entendit, au pied de l'escalier de fer, le déclic de la caisse enregistreuse, la voix de sa femme qui disait à un client :

— Nous n'avons guère eu d'été et voilà déjà que cela sent l'hiver.

Octobre n'était pas loin. Les baraques foraines, les tirs et les manèges avaient envahi, comme chaque année, le boulevard de Clichy et le boulevard Rochechouart.

Sa femme accompagna le client jusqu'à la porte dont la sonnerie tinta. Il pensa qu'elle allait revenir vers la caisse, peut-être lever la tête vers le haut de l'escalier et demander, comme elle l'avait fait deux ou trois fois au cours de l'après-midi :

— Ça va bien ?

Chaque fois il avait répondu : « Ça va », même quand il avait eu sa crise et qu'il crispait la main sur son cœur en fixant le mur avec angoisse.

Elle ajoutait invariablement :

— Tu n'as besoin de rien ?

— Non.

C'était son tour, après un temps, d'ajouter :

— Merci.

Elle croyait qu'il lisait. C'est ce qu'il faisait toujours, du matin au soir, même en mangeant, quand il avait eu sa grippe annuelle. Aussi loin qu'il pouvait remonter dans ses souvenirs, il avait eu la grippe une fois par hiver, plus ou moins tôt dans la saison, avec des variantes, parfois accompagnée d'angine et d'une grosse fièvre, d'autres fois sous forme de rhume de cerveau avec courbature générale.

Sa mère, jadis, le nourrissait alors d'œufs au lait qu'il dégustait lentement sans détacher les yeux de ses journaux illustrés.

Louise ne lui préparait pas d'œufs au lait, mais elle lui faisait boire à longueur de journées la même citronnade tiède que quand il était petit. Le goût n'en avait pas changé, ni le jaune particulier, déteint, que prennent les citrons nageant dans un broc de verre. Elle avait ajouté une autre tradition : celle des feuilles d'eucalyptus qui macéraient sur un réchaud dont on ne se servait qu'en ces occasions-là, un réchaud de cuivre très ancien, avec une petite flamme dansante, comme celle des tabernacles.

Il l'entendit marcher, en bas. Elle ne s'arrêta pas à la caisse, gagna le fond du magasin, sans doute pour entrer dans l'atelier vitré de M. Théo qui ne quittait son travail qu'à six heures.

Il en était cinq. Le magasin était éclairé, il s'en rendait compte par le halo lumineux émanant de l'escalier de fer. Dehors aussi, le fronton du manège d'autos tamponneuses, juste en face de chez eux, avait toutes ses ampoules éclairées, d'un éclat spécial dans le crépuscule, et une sonnerie, qui lui rappelait, Dieu sait pourquoi, la petite roue vibrante des dentistes, n'arrêtait pas de fonctionner devant la draperie rouge d'une diseuse de bonne aventure.

Ou bien Louise ne bougeait plus, occupée à ranger les articles sur le comptoir du fond, celui des menus accessoires de bureau, ou bien elle était dans l'imprimerie, à parler au vieux Théo.

Cela l'agaça de ne pas la situer exactement et il écrivit très vite, comme un écolier qui craint d'être surpris :

« *Même chose mardi dernier vers trois heures et demie. Purée de pommes de terre aussi.* »

Il écouta avec plus d'attention, au point d'entendre son cœur battre et de percevoir le mouvement sourd de la presse dans la cage de M. Théo. Puis il lança autour de lui un regard fugitif.

Entre les deux fenêtres se trouvait une bibliothèque dont le rayon inférieur contenait une édition illustrée de Balzac et les œuvres complètes d'Alexandre Dumas, aux pages jaunies, ornées de gravures au burin, qui avaient appartenu au père de sa femme.

Comme un espace restait vide, on y avait mis, parce qu'ils avaient à peu près le format voulu, trois ou quatre livres de prix que Louise avait eus au couvent, entre autres une histoire de Lourdes et la *Vie des Insectes*, de J.-H. Fabre, tout à côté d'un album de gravures érotiques de Rops.

Debout sur la carpette, il choisit le livre de Fabre, qu'il ne se souvenait pas avoir ouvert, ni avoir vu ouvrir par sa femme, et y glissa la feuille de bloc-notes.

Il était encore là, pieds nus, en pyjama humide de sueur, quand la voix de Louise le surprit :

— Tu es levé ?

Elle se tenait au pied de l'escalier. Bien qu'ils ne pussent se voir, ils étaient très près l'un de l'autre, car l'escalier de fer débouchait dans un coin de la chambre, entre la porte de la salle de bains et celle de la salle à manger.

Il faillit répondre non, sottement, pris de court, et, comme il ne disait rien, elle insista :

— Qu'est-ce que tu fais ?

— Je choisissais un autre livre.

Il lui fallait bien en prendre un, car elle savait lequel il lisait à midi. C'était un Balzac. Chaque année, pendant sa grippe, il relisait quelques Balzac ou quelques Dumas.

— Tu ne pouvais pas m'appeler ?

Il l'entendit qui montait les premières marches dont le fer résonnait sous ses pas. Il n'était besoin que d'en gravir sept ou huit pour avoir la tête à hauteur du plancher.

— Tu as fini le *Cousin Pons* ?

Ce n'était pas possible de dire oui. Elle aurait su que ce n'était pas vrai. Maintenant, elle le voyait et il avait peur qu'elle se rende compte de son air coupable. Jamais il n'avait pu s'empêcher d'avoir un air coupable quand il mentait ou même, simplement, quand il nourrissait une arrière-pensée à l'égard des gens.

Il évitait de se tourner vers elle.

— J'ai eu envie de changer.

Bien qu'il fixât la bibliothèque, il voyait vaguement la tête de sa femme dans un coin de son champ de vision et le clair-obscur faisait paraître ses cheveux plus noirs, plus luisants, son visage d'un blanc presque lumineux.

— Qu'est-ce que tu as pris ?

La question était naturelle. Ils se disaient toujours ce qu'ils lisaient, en parlaient ensemble. Il n'en rougit pas moins, car il ne savait pas, et aussi parce qu'elle faisait des yeux le tour de la chambre, calmement, comme elle faisait toutes choses.

Il essaya de lire sans baisser la tête le titre du livre qu'il tenait à la main et, à ce moment, la sonnerie de la porte d'entrée le tira d'embarras, sa femme dit en descendant à reculons :

— Couche-toi. Je vais demander à Fernande de te préparer de la citronnade.

Non seulement l'escalier de fer reliait la chambre au magasin, mais un tuyau acoustique permettait de parler de la caisse à la cuisine. Comme les mots « Papeterie Évariste Birard » peints sur la devanture en lettres qui faisaient penser à « Gendarmerie Nationale », escalier et tuyau dataient du temps du père de Louise. A cette époque-là déjà, on pouvait accéder à l'appartement par l'escalier intérieur de l'immeuble, mais cela obligeait de sortir du magasin pour gagner la voûte par le trottoir.

La femme d'Évariste Birard avait eu des couches difficiles, à la suite desquelles elle avait gardé le lit pendant des mois, puis la chambre, et c'est alors qu'avait été installé l'escalier en colimaçon.

Curieusement, cet escalier s'était montré encore plus utile quand Birard avait été atteint de tuberculose et qu'il avait pris place dans la chambre tandis que sa femme descendait à son tour au magasin. C'était elle qui, pour donner des instructions à la bonne sans devoir monter, avait eu l'idée du tube acoustique.

L'escalier avait été précieux à une autre occasion, en dehors des grippes annuelles d'Étienne, mais il préférait ne pas y penser. Il n'y avait que trop pensé, sans le vouloir, en s'efforçant au contraire de chasser cette idée, pendant les derniers temps.

Le plus ridicule, c'est qu'il aurait été en peine de dire comment c'était venu. Il rougissait un peu des quelques mots crayonnés tout à l'heure sur une page de bloc-notes. Si sa femme venait à les lire, qu'est-ce qu'elle en penserait ? Quelle explication donnerait-il ?

Il arrivait à Louise de le regarder avec une nuance d'inquiétude, comme s'il y avait quelque chose de changé en lui, et cela pouvait s'expliquer de deux façons.

Ce n'était pas lui, d'ailleurs, qui avait eu l'idée des notes, c'était le docteur de l'avenue des Ternes dont il ne savait même pas le nom.

Il retardait le moment de tendre le bras pour allumer sa lampe de chevet. Souvent, le soir, quand ils se couchaient, ils évitaient de fermer les rideaux et d'éclairer la chambre, surtout à l'époque de la foire, quand, à travers les voiles de mousseline, on voyait se mouvoir dans l'espace toutes les lumières des manèges. Certaines se reflétaient sur les murs, sur le plafond, passaient la durée d'une seconde sur le visage de l'un d'eux, sur le corps blanc de Louise qui se massait les seins après avoir retiré sa gaine.

Même en dehors du temps de la foire, dès neuf heures du soir, la lueur rouge framboise d'un cabaret de nuit, au coin de la rue Blanche, à deux pas de chez eux, pénétrait l'appartement.

— Tu n'allumes pas ?
— Pas tout de suite.

Ils savaient l'un comme l'autre ce que cela voulait dire. Louise s'étendait, sans se couvrir. Ils entendaient, à peine assourdis, les bruits du dehors. Ils avaient un peu l'impression d'être en bordure de la foule et soudain, une voix anonyme, des mots lancés plus haut, s'enfonçaient dans leur intimité.

Depuis plusieurs années, seulement séparées des autos tamponneuses par l'étroite baraque de la diseuse de bonne aventure, des balançoires d'un nouveau modèle les fascinaient. Ce n'étaient pas des balançoires pour enfants, mais d'énormes appareils entourés, par précaution, d'une cage en treillage de fer. Il y en avait deux côte à côte. Une seule lampe, la plus forte, la plus aveuglante du champ de foire, les éclairait d'en bas à la façon d'un projecteur. Il fallait généralement deux hommes se tenant face à face pour faire faire le tour complet et on voyait d'abord les appareils horizontaux, puis, peu à peu, au bout de chaque mouvement de balancier, les pieds plus hauts que la tête. Enfin ils atteignaient la verticale, le corps droit, la tête en bas, et, chaque fois, il semblait que le mouvement s'arrêtait, il y avait une seconde ou deux d'hésitation avant la descente.

Étienne se souvenait de certains soirs où, accoudés à la fenêtre par temps tiède, ils avaient contemplé, fascinés, l'athlète aux cheveux bouclés et au chandail blanc qui était le seul à pouvoir manier sans aide les balançoires et à qui il arrivait de tourner sans fin pour attirer les clients. Une fois, Louise avait murmuré sans que, sur le moment, la comparaison le frappât :

— On dirait un archange.

Elle parlait en bas. Il n'entendait pas ce qu'elle disait, car elle était à nouveau près de la porte, et, machinalement, il attendait la sonnerie annonçant le départ du client.

Il n'était pas bon qu'elle le trouve dans l'obscurité : il fit la lumière, posa le livre sur ses genoux relevés.

Elle revenait vers la caisse, soufflait dans le tube acoustique pour avertir Fernande et la voix de celle-ci, de la cuisine, parvenait, étouffée, à Étienne.

— Vous porterez de la limonade à monsieur.
— Oui, madame.
— Vous avez encore des citrons ?
— Oui, madame.

A cette heure-là, Louise commençait à ranger le magasin avant d'aller dehors pour baisser les volets mécaniques. Bientôt, Jean-Louis, le garçon de courses, reviendrait de tournée et garerait le triporteur dans la remise du fond de la cour. Étienne n'avait pas entendu le magasinier, M. Charles, cet après-midi-là. Peut-être avait-il la grippe aussi ? Il ne se souvenait pas de l'avoir entendu le matin. Sa femme ne lui en avait rien dit. D'habitude, ils se racontaient tout. Elle avait dû oublier. A force de vivre ensemble, il leur arrivait de n'avoir pas besoin de parler.

Était-ce lui qui avait commencé à cacher quelque chose ? Il parviendrait peut-être à s'en souvenir, et, dans ce cas, il le noterait avec le reste.

Le plus curieux, c'est qu'il était incapable de se rappeler quand il avait commencé à se sentir malade, peut-être parce qu'il ne s'était pas senti malade tout à coup. C'était venu insensiblement. Cependant il savait que c'était quelques jours après le premier de l'an qu'il avait décidé de ne pas fumer. Avant, il fumait ses deux paquets de cigarettes par jour.

Était-il moins en train que d'habitude ? C'était probable. Il avait passé la quarantaine, s'essoufflait plus facilement, par exemple quand il montait un escalier ou courait après un autobus.

Deux ou trois fois, il avait annoncé, sans y croire vraiment :

— Un de ces jours, j'abandonnerai la cigarette.

Louise l'avait regardé sans surprise. Avait-elle déjà cette sorte de regard qui le gênait ? Cela, il n'aurait pas pu le dire. Elle ne paraissait pas inquiète. C'était plutôt comme si elle l'observait du dehors, notait mentalement des détails dont lui-même ne s'apercevait pas.

Il n'était pas malade, à cette époque-là ; d'après les médecins, il ne l'était pas maintenant non plus. Il en avait vu trois, à l'insu de Louise, en plus du docteur Maresco, qui habitait deux étages au-dessus d'eux et qui était devenu leur médecin.

Il n'avait pas confiance dans ce Roumain trop jeune qui répandait, non une odeur de médicaments, mais une odeur de salon de coiffure, et qui avait des mains blanches et soignées. Si le vieux docteur Rivet, qui avait assisté à la première communion de Louise et qui avait été leur médecin depuis leur mariage, n'était pas mort deux ans plus tôt, Étienne n'aurait pas eu d'inquiétudes.

— Inscrivez les dates de vos crises et ce qui les a précédées, avait dit, avec l'air de ne pas y croire, le docteur de l'avenue des Ternes.

Comme les deux autres qu'il avait consultés à l'insu de sa femme, il l'avait choisi au hasard, dans un quartier pas trop proche du sien. Autrement, un jour qu'il serait sorti avec Louise, ils auraient pu le rencontrer. Quelle explication aurait-il fournie, si le médecin l'avait salué ?

En tout cas, quand il avait cessé de fumer, il n'avait pas encore ces bouffées chaudes à la gorge comme maintenant au moment de ses crises. Seulement une certaine sécheresse, une difficulté à avaler. Et, le soir, au moment de se coucher, des sortes de vagues qui montaient dans sa poitrine et qui l'angoissaient.

— Tu n'as rien remarqué ?

— Non.

— Je n'ai pas fumé depuis ce matin.

— Ah !

Il avait gardé un paquet de cigarettes dans sa poche pendant trois jours.

Plusieurs fois, il en avait porté une à ses lèvres mais il ne l'avait pas allumée.

— Ça y est ! C'est définitif. Je ne fume plus.

On était le 7 ou le 8 janvier. Le 7, car on avait tiré les rois la veille avec les Leduc. Pendant toute la soirée, il avait respiré la fumée de la pipe d'Arthur Leduc, et cela lui avait rendu la tentation plus pénible. Sa décision lui avait procuré une sensation de délivrance. Puisqu'il ne fumait plus, ses petits malaises allaient disparaître, il se sentirait à nouveau fort et redeviendrait bien portant, mieux portant que jamais.

Du coup, pendant quelques semaines, son appétit avait presque doublé et il était le premier à en plaisanter.

— Tu constates ce que je mange ? C'est inouï ! Si cela continue, je vais engraisser.

Il n'avait jamais été gras, mais il n'était pas maigre non plus. Or, il s'était mis à maigrir.

S'il s'en donnait la peine, il parviendrait, par des recoupements, à retrouver toutes les dates. Il était convaincu que c'était important. Alors, toujours à l'insu de Louise, il demanderait une consultation à un spécialiste, à un professeur, qui étudierait son cas une fois pour toutes.

Ce qu'il n'arrivait pas à fixer dans le temps, c'était le coup de téléphone de Françoise. Il était incapable de dire si cela se passait avant Noël ou après, ou même en février. Tout ce qu'il savait, c'est que c'était en hiver et qu'il faisait noir de bonne heure. Ils étaient en train de dîner tous les deux dans la salle à manger et avaient comme bonne la gamine du Midi qui sentait toujours l'ail. Le téléphone avait sonné. A la fermeture du magasin, on montait l'appareil dans l'appartement. Comme presque toujours, c'était Louise qui avait répondu.

Il n'avait pas fait attention tout de suite à ce qu'elle disait, pensant que c'était Mariette Leduc qui était au bout du fil, d'autant plus que sa femme disait :

— Je t'écoute, oui... Comment ?... Attends un moment... Je ne me souviens jamais du numéro... C'est rue Saint-Georges... Ne raccroche pas...

Elle alla ouvrir le tiroir de la machine à coudre où elle fourrait d'habitude ses papiers personnels.

— Allô... Mme Bernard... Bernard... oui, comme le prénom... 38, rue Saint-Georges.

C'était le nom de sa couturière.

— Non. Elle n'a pas le téléphone. Elle est chez elle toute la journée, sauf le matin de bonne heure, quand elle fait son marché.

Elle écouta encore un bout de temps en hochant la tête, approuvant par des monosyllabes, puis finit la conversation par :

— Bonsoir, Françoise !

Il avait été surpris. Françoise, c'était la sœur de sa femme qui avait épousé un pharmacien de la rue de la Roquette, un certain Trivau. Ils avaient deux filles, dont une mariée à un professeur, et une autre, Armandine, encore célibataire.

— C'est ta sœur qui te téléphone ?

Louise ne se démontait jamais, ne rougissait jamais. Pas une fois il ne l'avait vue embarrassée. Il aurait juré que c'était par inadvertance qu'elle avait prononcé le nom de Françoise et que, sans cela, elle aurait prétendu que le coup de téléphone venait d'une cliente. Ils avaient peu de relations. En réalité, en dehors des Leduc, ils ne voyaient personne.

— Elle voulait l'adresse de ma couturière.

Or, il y avait plus de quinze ans que les Trivau et eux avaient rompu toutes relations. Au début de leur mariage, ils étaient allés quelquefois rue de la Roquette, deux ou trois fois peut-être, et Étienne avait senti un certain malaise. L'attitude du pharmacien, en particulier, était froide et distante.

Puis, un jour que Louise avait rendu, seule, visite à sa sœur, elle était revenue en déclarant :

— Bon débarras !
— Quoi ?
— Nous n'aurons plus à voir ce solennel imbécile de Trivau.
— Vous vous êtes disputés ?
— Je lui ai dit son fait.

Elle ne s'était pas expliquée davantage. On ne les avait jamais revus. Quand, beaucoup plus tard, Charlotte, l'aînée des filles, s'était mariée, ils n'avaient pas été invités et n'avaient appris la nouvelle que par les journaux.

Louise avait repris place à table et s'était remise à manger. C'était lui qui s'était senti gêné d'insister.

— Tu l'as rencontrée ?
— Il y a quelques jours.

N'était-ce pas curieux qu'ayant revu sa sœur après tant d'années, elle ne lui en eût rien dit ?

— Quand était-ce ?
— Je ne sais plus au juste. J'ai bien dû te le dire.

En dehors de leurs sorties du soir, quand ils allaient au cinéma, ou prendre un verre à une terrasse, ou simplement faire un tour dans le quartier, Louise ne sortait pratiquement pas. C'était elle qui, depuis la mort de son père, et déjà du temps de son premier mari, dirigeait la papeterie, tandis qu'Étienne visitait la clientèle, et la couturière, la Mme Bernard dont il venait d'être question, venait à domicile pour les essayages.

— Vous vous êtes rencontrées dans la rue ?

Elle ne paraissait pas attacher d'importance à ses questions, répétait d'une voix naturelle :

— Dans la rue, oui.

Il n'osait pas demander dans quelle rue, trichait, prenait un air trop innocent pour insister :

— Elle allait voir sa fille ?
— Je suppose. Elle ne me l'a pas dit.

Elle mentait, il en avait la preuve. Charlotte, ils le savaient tous les deux parce qu'ils avaient eu la curiosité de consulter l'annuaire du téléphone, habitait derrière le jardin du Luxembourg. Pour se rendre chez sa fille, de la rue de la Roquette, Françoise n'avait pas à passer par le centre de la ville. Qu'est-ce que Louise serait allée faire, à l'insu de son mari, dans le quartier de la Bastille ou de la Halle aux Vins ?

Cela l'avait tracassé. Il avait horreur de ne pas comprendre.

— Elle a été aimable ?
— Pourquoi ne l'aurait-elle pas été ?
— Tu comptes la revoir ?

— Pas spécialement.
— Qu'est-ce qu'elle dit de son mari ?
— Nous n'en avons pas parlé.

Quelle raison pouvait bien avoir eue Louise, après seize ans, de revoir sa sœur et d'être soudain assez bien avec elle pour échanger des adresses de couturières ?

Peut-être n'était-il pas déjà en bonne santé, à cette époque-là ? Il commençait à se tracasser. Ce n'est pourtant qu'en mars qu'il avait eu sa première crise, la plus forte.

Ils avaient dîné. La fenêtre était ouverte, car le temps était doux, et il y avait une marchande de fleurs sur le boulevard, au coin de la place Blanche. Ils avaient mangé de la soupe aux lentilles. Plus exactement, il avait mangé de la soupe aux lentilles, puisque sa femme évitait les féculents. Il faillit se relever pour aller noter le détail dans le livre de Fabre. C'était la première fois qu'il en était frappé.

Il était un peu plus de neuf heures et demie quand Louise était passée dans la chambre à coucher et avait commencé à se déshabiller, d'une façon qu'il savait être une sorte de signal. Assis dans son fauteuil, dans la salle à manger qui servait de salon, il la regardait tout en épiant les mouvements de son estomac, inquiet de la chaleur inaccoutumée qui lui montait peu à peu de la poitrine à la gorge.

Il croyait encore à une indigestion et se dit que celle-ci tombait à un mauvais moment.

Puis deux ou trois crampes lui fouaillèrent le ventre en même temps que ses tempes se couvraient de sueur et qu'il était saisi de vertige. La tête lui tournait. Il fixait sans le voir le corps maintenant nu de Louise, dans la chambre, que n'éclairaient que les lumières du dehors.

Il ne voulait pas se plaindre. La chaleur dans sa gorge devenait de plus en plus angoissante et soudain il lui sembla que son cœur cessait de battre, il prononça d'une voix affolée :

— Louise !

Elle l'observait, surprise et calme.

— Tu ne te sens pas bien ?

Il ne pouvait plus parler. Il croyait ne plus jamais pouvoir parler. Il remua la main droite et elle comprit.

— Tu veux un verre d'eau ?

Il entendit couler le robinet de la salle de bains et il eut hâte qu'elle soit à nouveau près de lui, il lui semblait que, dès qu'elle s'éloignait, le danger grandissait.

L'eau ne le soulageait pas. Louise était à son côté, toujours nue, avec ses formes amples et comme sereines, sa chair d'une blancheur reposante.

Quand il leva la main, elle comprit encore, lui tira sa montre de sa poche et lui prit le pouls.

— Combien ?

Elle hésita. Elle dit :

— Ce n'est pas mauvais.

Du regard, il la suppliait de lui avouer la vérité.

— Soixante-deux.

Ce n'était pas vrai, il en était sûr. Tâtant lui-même son poignet, il s'affolait de sentir son cœur battre à coups si lents et si espacés.

— Fais venir le docteur, dit-il à voix basse, comme si, de parler, l'eût épuisé.

C'était le plus mauvais souvenir de sa vie. Il avait réellement pensé mourir. Sa femme avait appelé la bonne, Olga, qui n'était pas encore montée, et lui avait commandé de courir chercher le médecin. Puisqu'il habitait l'immeuble, cela allait plus vite que de téléphoner.

Quand le docteur Maresco était descendu, Étienne, dans la salle de bains, vomissait. Sa femme, qui avait passé un peignoir bleu, parlait à mi-voix dans la chambre, expliquait :

— Il a mangé deux assiettes de soupe aux lentilles à dîner. Le malaise l'a pris tout à coup il y a vingt minutes à peu près.

— Il est sujet aux indigestions ?

— Pas particulièrement. Cela lui arrive, comme à tout le monde.

Le docteur l'avait ausculté, questionné sur son âge, les maladies qu'il avait eues, puis avait griffonné une ordonnance :

— Faites chercher ce médicament tout de suite. Je passerai le voir demain matin.

Olga avait couru à la pharmacie de la place Pigalle qui restait ouverte la nuit. C'était l'heure où la vie nocturne commençait dehors. Deux ou trois fois, Louise avait repris son pouls.

— Normal ?

— Presque.

— Le docteur ne t'a rien dit, pendant que tu le reconduisais jusqu'au palier ?

— Rien du tout.

Le lendemain, comme il se plaignait d'être vide et sans force, Maresco lui avait prescrit un stimulant.

— Je ne vois aucune lésion organique.

— Le cœur est bon ?

— Hier soir, il était un peu paresseux, sans doute sous le coup de l'indigestion. Avez-vous l'habitude de vous tracasser ?

— Pas du tout.

C'était vrai.

— Vous fumez beaucoup ?

— Je ne fume plus depuis deux mois.

Il n'aimait pas le docteur Maresco, sans savoir pourquoi. Peut-être, comme la concierge, lui en voulait-il d'introduire dans la maison un monde étranger. On avait beau se trouver boulevard de Clichy, entre la place Blanche et la place Pigalle, les locataires de l'immeuble, jusque-là, n'avaient rien à voir avec la vie nocturne du quartier.

Ce n'était que depuis l'installation du Maresco au quatrième étage qu'on voyait des femmes d'un genre particulier pénétrer sous la voûte et, invariablement, dans l'ascenseur, pousser le bouton du quatrième.

Louise ne s'était pas montrée inquiète. Il n'avait gardé la chambre qu'une journée et avait repris ses tournées de clientèle dans Paris.

Il les faisait pour la plus grande partie à pied, les commerçants et les petits industriels avec qui il travaillait étant groupés dans trois ou quatre quartiers. Il établissait d'avance ses itinéraires, connaissait presque tout le monde de longue date et on était habitué à le voir à jour fixe.

Plusieurs fois, pendant les mois suivants, il eut, dans la rue, la même sensation de vertige, chaque fois accompagnée d'une chaleur déplaisante dans la gorge. Il s'arrêtait de marcher, regardait les passants d'un air honteux, avec l'impression que tout le monde se rendait compte qu'il avait peur de mourir. Stupidement, cela le rassurait d'apercevoir l'uniforme d'un sergent de ville.

Après, quand cela se calmait, il entrait dans le premier bar venu pour boire un verre d'eau minérale. C'était aussi pour se regarder dans le miroir qu'il y a presque toujours derrière les bouteilles. Il avait alors une expression très particulière. Son visage était bouffi, surtout sous les yeux, ses prunelles dilatées, sa bouche plus mince, plus rigide que d'habitude.

Une fois que cela l'avait pris alors qu'ils jouaient aux cartes avec les Leduc, comme ils le faisaient un soir par semaine, il avait dit, aussi légèrement que possible :

— J'ai une drôle de tête, vous ne trouvez pas ?

Mariette Leduc avait froncé les sourcils, sûrement troublée. Son mari avait haussé les épaules pour le rassurer.

— Si tu n'es jamais plus malade que ça !

Quant à Louise, après l'avoir observé, elle avait dit calmement :

— Tu t'impressionnes toi-même.

Elle ne lui en avait pas moins tâté le pouls et l'avait déclaré normal.

Les deux premiers médecins qu'il était allé voir l'avaient trouvé normal aussi. Il ne les considérait pas comme des médecins sérieux. Celui de la place de la République avait une enseigne aussi grande que celle d'un magasin, sur laquelle il annonçait ses prix, et une foule de pauvres gens encombraient son antichambre. Étienne avait failli sortir avant son tour.

— Vous êtes marié ?
— Oui.
— Des enfants ?
— Non.
— C'est vous qui ne pouvez pas en avoir ?
— C'est ma femme.
— Comment le savez-vous ?
— Parce qu'elle n'en a pas eu avec son premier mari non plus.
— Quelle est votre profession ?

On lui avait pris sa tension artérielle.

— Ces malaises vous prennent fréquemment ?
— C'était hier la neuvième ou la dixième fois en quatre mois.

— Après les repas ?
— Une heure et demie ou deux heures après les repas.

On lui avait ordonné une poudre calmante. Quant au médecin de la rue de Maubeuge, il avait voulu le faire revenir pour un examen plus complet, mais il était si sale et avait une si mauvaise haleine qu'Étienne n'avait pas eu le courage de retourner chez lui.

Le plus sérieux était encore celui de l'avenue des Ternes, un petit homme rond et rose, avec une calvitie auréolée de légers cheveux roux. Lui aussi donnait des consultations en série à une clientèle de passage, mais il lui arrivait d'être un homme et un médecin. Il avait des yeux bleu clair derrière de grosses lunettes sans monture et, pendant l'auscultation, ces yeux-là s'étaient fixés souvent sur le visage d'Étienne.

Quand il s'était redressé, il avait questionné :
— De quoi avez-vous peur ?

Il n'avait pas répondu la vérité. Ne pouvant la dire, il avait balbutié :
— ... D'être gravement malade.
— Rien d'autre ?

Il s'en était fallu de peu. A ce moment-là, le docteur était tenté de s'intéresser à lui, de creuser le problème à fond.

Pourquoi Étienne était-il venu le voir si c'était, au dernier moment, pour prononcer d'un ton léger :
— ... De mourir, bien entendu !

Ce n'était pas cela. Ce n'était déjà plus cela. Il avait beau sourire en lâchant sa plaisanterie, sa lèvre inférieure tremblait et il y avait de la panique dans ses yeux.

— Avez-vous remarqué si ces crises vous prennent plus particulièrement à certaines occasions ?
— Quel genre d'occasions ?
— Certains jours de la semaine, par exemple. Ou après une longue marche. Ou après avoir monté des escaliers. Ou encore après une dispute.
— Je ne crois pas. Ma femme et moi ne nous disputons jamais.

Trois ou quatre fois, le petit docteur avait été sur le point de le lâcher pour retourner aux patients qui attendaient, avec l'air de se dire à lui-même :

« Puisqu'il ne veut pas !... »

Comme malgré lui, son regard revenait alors à Étienne et il se résignait à une nouvelle tentative.

— Si vous êtes inquiet, je vous conseille de noter dorénavant ce qui *a précédé chaque crise, ce que vous avez fait*, ce que vous avez mangé...

Il avait eu une crise cet après-midi-là, avec seulement l'escalier de fer entre lui et sa femme, qui n'en avait rien su. Il ne l'avait pas appelée, ne s'était pas levé pour aller chercher un verre d'eau. Il avait bu de la limonade tiède qui, pendant plusieurs minutes, lui avait brûlé l'estomac.

Après, longtemps après, il avait écrit les quelques mots glissés dans la *Vie des Insectes*.

La presse, en bas, s'était arrêtée. M. Théo devait troquer sa longue blouse grise contre un veston, avec la lenteur et la minutie qu'il apportait à toutes choses.

En l'absence de M. Charles, c'était Louise qui, un crochet à la main, faisait dégringoler les deux volets métalliques de la devanture.

Il n'avait que le temps de regarder le titre de son Dumas. C'était *Vingt ans après*, qu'il avait lu au moins trois fois, de sorte qu'il put tourner une trentaine de pages.

2

Il entendit, en bas, le déclic du commutateur, puis le pas de sa femme dans l'escalier et, de savoir que dans un instant elle allait à nouveau être là, dans leur univers familier, suffisait à rassurer son corps et son esprit, à lui faire honte de ses mauvaises pensées de solitaire.

Il avait l'habitude de la voir apparaître ainsi, ses cheveux d'abord, masse à la fois solide et fluide, d'un noir luisant, dont, après une journée de travail, il n'y avait pas une mèche de dérangée ; et on ne découvrait aucun signe de fatigue sur son visage aux lignes pleines et sereines, ni un faux pli à sa robe noire à pois blancs, au corsage ajusté, à la jupe ample qui soulignait la rondeur des hanches.

Telle elle descendait le matin, puis après le déjeuner, telle elle remontait le soir, à l'exception de deux cercles de sueur sous les aisselles qu'il apercevrait quand elle lèverait les bras et dont il sentirait l'odeur un peu épicée lorsqu'elle se pencherait sur lui.

Elle portait des vêtements d'une matière souple et soyeuse qui, à chaque mouvement, révélait la riche maturité de ses formes, de sorte que pendant qu'elle allait et venait autour de lui il était toujours tenté de l'imaginer nue.

— Comment vas-tu ?

Elle ne souriait pas, mais n'était pas soucieuse, se montrait elle-même, simplement. Ils vivaient depuis trop longtemps ensemble pour que leur visage changeât encore d'expression chaque fois qu'ils reprenaient contact.

— Bien. Ma gorge doit être moins rouge.

Elle l'observait, attentive et calme, gagnait la salle de bains où elle allumait afin de prendre le thermomètre dans la pharmacie et, comme elle levait le bras, il découvrait le cercle humide sur la robe. Cela faisait partie d'elle, comme quand ils se promenaient, l'été, dans le soleil, la rosée à peine visible qui perlait au-dessus de sa lèvre supérieure et donnait un goût particulier à leurs baisers.

Avec des gestes naturels, elle secouait le thermomètre pour faire descendre le mercure, le passait sous le robinet, venait le lui glisser dans la bouche. Elle agissait de même, matin et soir, chaque fois qu'il avait la grippe, et, tout en se lavant les mains et en se rafraîchissant le visage, elle le surveillait du coin de l'œil, comme un enfant capable de tricher.

— Il recommence à pleuvoir. Une pluie fine comme hier au soir. Il n'y aura pas grand monde à la foire.

Le thermomètre ne monterait guère. Le matin, Étienne avait à peine 38°. Ce n'était pas une méchante grippe comme certaines années, plutôt un gros rhume de cerveau en même temps qu'un torticolis et une raideur dans l'épaule.

— Combien ?
— 37°9.

Elle contrôlait machinalement, comme elle contrôlait, en bas, le travail de chacun, même du vieux M. Théo, puis se dirigeait vers la cuisine où l'on entendait la bonne remuer des assiettes.

Il savait où et quand il avait attrapé son rhume. Le dernier dimanche après-midi avait été ensoleillé, avec des bouffées chaudes, et ils étaient descendus à pied jusqu'aux Tuileries. Il y avait une exposition de peinture hollandaise au Jeu de Paume et ils l'avaient visitée ; ils visitaient volontiers les expositions, marchant lentement dans la foule, s'arrêtant devant chaque tableau. Il faisait chaud dans les salles et Étienne avait transpiré.

Quand ils étaient sortis, vers cinq heures, l'air paraissait encore tiède dans le soleil couchant et ils s'étaient dirigés vers la rue Royale, où ils avaient pris l'apéritif à une terrasse. Ils parlaient peu. Ils n'avaient jamais beaucoup parlé, n'en gardant pas moins la sensation d'être deux à regarder les gens passer lentement sur le trottoir.

— Où dînons-nous ?

C'était la question de chaque dimanche soir, car la bonne avait congé et ils mangeaient au restaurant, s'efforçant toujours d'en faire une petite fête.

— Il y a longtemps que nous ne sommes pas allés place des Victoires.

Ils y connaissaient, au coin d'une rue, un restaurant tranquille et confortable qui sentait la bonne cuisine et le calvados.

— Excellente idée.

Ils firent encore le chemin à pied, par les Grands Boulevards, maintenant illuminés, où on voyait des queues devant les cinémas, et la place des Victoires, déserte, avec les seules lumières des candélabres et de leur petit restaurant, leur parut provinciale.

Six tables étaient dressées à la terrasse, sous le vélum orange, entre deux haies de plantes vertes, et le globe électrique à la lumière laiteuse faisait penser aux éclairages d'autrefois.

Un seul couple dînait dehors, des amoureux très jeunes, pour qui c'était une fête d'être là ensemble, et qui, sans raison, parce qu'ils étaient heureux, les regardèrent avec du rire plein les yeux cependant que la main du garçon serrait plus fort la cuisse de sa compagne, une large main, bien en vue, plus claire que la robe.

Louise avait demandé :
— On mange dehors ?

Elle en avait envie et il savait pourquoi. Si elle le connaissait bien, il avait découvert, lui aussi, avec le temps, bon nombre de ses petits secrets.

Normalement, à cause de la tendance d'Étienne à attraper des refroidissements, elle aurait dû insister pour qu'ils s'installent à l'intérieur.

Ce n'était pas la place noyée d'ombre, aussi calme et déserte que sur une gravure, qui l'attirait. Peut-être ne se rendait-elle pas compte de ce qui se passait en elle. Il y avait longtemps qu'il l'avait découvert, sans lui en parler, et il n'essayait même pas de trop préciser sa pensée.

Cela s'apparentait aux rideaux qu'elle laissait ouverts, le soir, comme si elle éprouvait le besoin de faire participer la vie du dehors à sa passion.

Souvent, aussi, surtout pendant les chaudes journées d'été, elle ne descendait pas tout de suite après le déjeuner. Les deux fenêtres de la chambre étaient larges ouvertes. Grâce au feuillage des arbres, on ne les voyait pas des maisons d'en face. Mais eux, couchés, n'avaient qu'à lever légèrement la tête pour apercevoir la foule et les voitures ; le toit crème des autobus passait presque à leur niveau, et les bruits de la ville avec, par-ci par-là, des voix plus nettes, isolées, les enveloppaient comme, à la campagne, la rumeur sourde de la nature.

Elle dit, sans conviction :
— Tu n'auras pas froid ?
— Certainement pas.

Sans le couple d'amoureux, elle aurait préféré l'intérieur. Elle choisit la chaise d'osier qui leur faisait face et, tout le temps du dîner, il sut qu'elle les regardait comme si elle puisait en eux quelque chose. Il reconnaissait une certaine cassure de sa voix qui l'émouvait parce qu'elle révélait son corps chaud et impatient.

Une fois, seulement, elle remarqua qu'il frissonnait :
— Tu es dans le courant d'air. Il vaut mieux que nous changions de place.

Il n'avait accepté que tout à la fin, au dessert, comprenant qu'elle voulait qu'il les vît, lui aussi, qu'il suivît des yeux la grosse main du jeune homme caressant la chair de la fille.

Au fond, Louise et lui étaient complices et cela devait se sentir car le jeune homme se montrait toujours plus audacieux tout en les regardant d'un œil goguenard. Avait-il remarqué, de son côté, que les lèvres de Louise étaient devenues d'un rouge ardent, d'un galbe plus sensuel ?

Ils prirent l'autobus. Ce fut un entracte pendant lequel chacun s'efforçait de ne rien perdre de l'excitation intérieure qui les avait envahis à la terrasse.

Ils comptaient de nombreux moments comme ceux-là dans leur vie, éprouvaient un plaisir subtil, en rentrant par la voûte, à monter l'escalier mal éclairé et à glisser la clef dans la serrure, à sentir l'odeur de chez eux venir à leur rencontre, à pénétrer enfin dans leur domaine secret.

Louise passait la première dans la chambre tandis qu'il poussait le verrou dont elle attendait le bruit familier avant de retirer son chapeau, comme s'il était indispensable de surveiller Étienne.

Elle n'avait pas allumé. Il était certain d'avance qu'elle n'allumerait pas. Les lumières de la foire, qui battait son plein, tournoyaient dans la chambre en même temps que les musiques entremêlées, les coups de sifflet, la sonnerie de la diseuse de bonne aventure et les cris des filles dans les autos tamponneuses.

Louise se déshabillait lentement et c'était comme un épanouissement, ses épaules rondes, ses bras, ses cuisses enfin émergeaient du clair-obscur, son corps tout entier qui semblait animer la pièce d'une vie intense et chaude.

Sa voix était encore différente, une voix qu'il n'avait entendue à aucune autre femme, quand elle disait :

— Viens !

Il se rendait compte que les amoureux de la terrasse participaient à leur étreinte, et d'autres couples entrevus ce jour-là, tout ce qu'ils avaient pu happer de désir dans l'air de la ville et toute l'excitation brutale du champ de foire.

Quand ils retombaient côte à côte, il ne restait en eux qu'un vide bienheureux et chacun gardait sa main posée sur le corps de l'autre, n'importe où, pour ne pas rompre le contact.

Plus tard, seulement, au moment de s'endormir, Étienne s'était demandé, comme cela lui était souvent arrivé pendant les derniers mois, si sa femme était toujours la même, si rien n'avait changé dans son comportement.

C'était important. L'idée qu'elle pourrait n'être plus tout à fait la même lui était venue après sa première crise et il avait d'abord pensé que c'était lui qui, par crainte de nouveaux malaises, ne se comportait pas exactement comme d'habitude.

Depuis, il lui était arrivé de l'épier et, visage contre visage, les yeux clos, d'écouter sa respiration et ses râles, attentif aux moindres sursauts de sa chair.

C'était surtout après qu'il y pensait, plus souvent quand il était seul. En sa présence, il avait honte, comme ce soir il avait honte du billet glissé dans la *Vie des Insectes*.

Non seulement c'était de la honte, mais aussi de la peur, au point qu'il faillit profiter de ce que sa femme était dans la cuisine pour se lever et déchirer la page de bloc-notes. N'allait-elle pas s'apercevoir que le livre à reliure verte avait été déplacé ? Ou bien, ne lui arriverait-il pas un soir de le saisir machinalement pour en regarder les gravures ? Elle ne l'avait jamais fait. Mais, à supposer que le mot « insecte » surgisse dans la conversation, l'idée pourrait lui venir de consulter le Fabre comme on consulte une encyclopédie.

Il était à peu près de même humeur, le lundi matin, après le dimanche des Tuileries. Il s'était éveillé la tête chaude, une légère raideur dans la nuque, et n'en avait rien dit. Il pleuvait. Sa femme lui avait conseillé :

— Tu devrais prendre ton imperméable.

Il aurait trop chaud, car le temps était mou. Sa serviette était lourde. Il avait beau ne voir, la plupart du temps, que des clients réguliers, il n'en était pas moins tenu d'emporter des échantillons.

Elle lui avait préparé une liste. C'était à la caisse, le matin, qu'ils se disaient au revoir, et, à ce moment-là, elle le traitait comme un employé.

La papeterie était à elle. Le nom de son père continuait à figurer à la devanture, son nom de jeune fille sur le papier à lettres et les factures. Elle lui adressait des recommandations aussi minutieuses qu'à Jean-Louis, par exemple, le gamin qui faisait les livraisons en triporteur, mais elle n'osait pas parler sur le même ton à M. Théo, qui travaillait à l'imprimerie du vivant de son père.

En bas, il n'était rien, il en avait conscience. Le quartier qu'il avait à parcourir ce jour-là, le quartier Barbès, était celui qu'il aimait le moins. Cela ne valait pas la peine de prendre l'autobus ou le métro. C'était à deux pas. Les rues lui paraissaient plus maussades qu'ailleurs et la plupart étaient en pente.

Toute la matinée, il continua à se sentir la tête chaude et il se dit qu'il allait avoir une crise. De passer devant la maison d'un des trois docteurs l'assombrit davantage. Dès onze heures, il eut les jambes molles et, chez un client, un crémier qui savait à peine lire et écrire, il ressentit une vive douleur à la nuque en tournant la tête.

Il ne rentra pas immédiatement, finit sa tournée du matin, traînant la jambe, but un café dans un bistrot en se regardant dans la glace et se trouva mauvaise mine.

Ce n'est qu'en montant l'escalier de fer qu'il décida qu'il avait la grippe. Louise était déjà en haut. A midi, M. Charles restait au magasin et mangeait sur le comptoir du fond les tartines qu'il apportait dans une boîte en fer-blanc.

— Cela ne va pas ?

De pénétrer tout à coup dans la chaleur, il avait éternué, puis s'était mouché, très rouge.

— Bon ! Tu as pris froid.

Elle était allée chercher le thermomètre. Il avait quelques dixièmes de plus que la normale.

— Tu vas te coucher.

Pourquoi lui avait-il semblé qu'elle était contente de le mettre au lit ? Ce n'était pas la première fois qu'il avait la grippe et elle avait une façon invariable de le soigner.

— Laisse-moi voir ta gorge.

Sa gorge était irritée, c'était un fait.

— Vous avez des citrons, Fernande ? Non ? Aussitôt après le déjeuner, vous irez en acheter une douzaine.

Fernande n'avait pas encore l'habitude. Elle était nouvelle dans la maison. Aucune bonne ne restait longtemps, il ne s'était jamais demandé pourquoi. Sa femme les choisissait d'un même type, des filles de la campagne non encore dégrossies dont c'était la première place à Paris. Elle devait se les procurer dans une agence.

— Tu as quand même fini ta tournée ? Tu aurais mieux fait de rentrer tout de suite.

Parce qu'il avait une mauvaise pensée, il n'osait pas la regarder. Elle devinerait. Cette pensée-là lui revenait souvent depuis quelque temps et il s'efforçait de la chasser, allait jusqu'à se persuader que son état de santé en était responsable.

Cela restait vague, d'ailleurs. Contrairement à ce qu'on aurait pu croire, ce n'était pas tant de la jalousie. Il ne s'en demandait pas moins s'il n'était jamais arrivé à Louise, s'il ne lui arrivait jamais, d'avoir envie d'un autre homme.

Pendant plus de quinze ans, il avait vécu avec elle sans que cette supposition l'effleurât. Pourquoi se posait-il tout à coup la question ? Quand cette idée lui était-elle venue pour la première fois ? Il n'en savait rien. Cela datait à peu près de la même époque que ses crises, vers février ou mars. Et toujours, quand il se laissait aller à y penser, le nom de Françoise lui revenait à la mémoire.

Pourquoi sa femme lui avait-elle menti au sujet de sa sœur ? Comment, dans quelles circonstances, et surtout pourquoi les deux femmes s'étaient-elles revues après tant d'années ?

Ce n'était pas la première fois qu'il se passait ce qui s'était passé la veille à la terrasse du restaurant. Pour quelle raison s'en inquiétait-il ? C'était dans ses bras qu'elle avait assouvi son désir.

Est-ce que, si elle s'était trouvée seule avec le jeune homme de la terrasse, il en aurait été autrement ?

Elle lui disait, ce lundi-là, en achevant de déjeuner avant de le mettre au lit :

— Cela te fera du bien de te reposer.

— Tu me trouves l'air fatigué ?

Il devenait d'une susceptibilité inquiétante. Les phrases les plus simples lui paraissaient avoir un sens caché. Peut-être parce qu'il se sentait vieillir ? Était-ce là l'explication ? Il avait passé la quarantaine et ce dernier anniversaire l'avait impressionné plus que les autres, comme s'il marquait un tournant décisif.

Mais Louise, elle, avait quarante-six ans. C'était incroyable. Il aurait juré qu'elle n'avait pas changé, qu'il l'avait toujours connue la même. Elle n'en était pas moins son aînée de six ans.

N'était-elle pas à l'âge où les femmes ont le plus envie de jeunesse ?
— A quoi penses-tu ?
— A rien. Je ne sais pas.

Elle lui posait la même question, ce soir, en laissant errer sur lui son regard lourd et tranquille. Ils n'étaient jamais autant chez eux que quand il avait la grippe et que leur domaine se réduisait à la seule chambre à coucher.

On lui avait servi son dîner au lit, sur un plateau, tandis que Louise mangeait à un guéridon d'où on avait enlevé le poste de radio. Elle s'était déshabillée et portait sa robe de chambre en grosse soie bleue, largement échancrée sur la poitrine.

— Tu lis *Vingt ans après* ?
— J'ai commencé.
— Tu l'as relu l'année dernière.

Elle devait avoir deviné qu'il avait des arrière-pensées, mais elle ignorait lesquelles. Si elle décidait de savoir, elle saurait.

Il était indispensable qu'il soit prudent, qu'il devienne raisonnable. Toute la journée, il était resté attentif aux bruits du magasin, se disant qu'un homme venait peut-être voir Louise en son absence. Avait-elle eu l'occasion de le prévenir qu'Étienne était malade et qu'il restait à la maison ?

— M. Charles n'est pas venu ? fit-il comme sans y attacher d'importance.

Car tout devenait matière à soupçons. M. Charles, le magasinier, qui s'appelait Laboine, était entré dans la maison avant lui, avant même le premier mari de Louise. Il devait avoir maintenant une cinquantaine d'années, mais c'était un homme sans âge, il avait dû toujours être aussi doux, aussi humble, avec ses cheveux d'un blond cendré, des yeux bleu clair, un visage qui se desséchait lentement sans qu'il s'y forme de rides. Il faisait penser à un mouton. Il avait longtemps vécu rue Caulaincourt, à deux pas du magasin, puis, quand il avait eu trois ou quatre enfants, avait acheté un pavillon en banlieue, du côté d'Issy-les-Moulineaux.

En bas, au lieu de porter une blouse grise, comme M. Théo, il en portait une couleur de pain bis, presque de la couleur de ses cheveux.

— Je lui ai donné son après-midi pour le baptême de sa petite-fille.
— Il a des enfants mariés ?
— Deux fils et une fille.

Elle était donc restée seule en bas. De sa cage vitrée, M. Théo découvrait la plus grande partie du magasin, mais le coin gauche échappait à sa vue.

Si elle voyait un autre homme, Étienne serait-il capable de s'en apercevoir ? Quel changement cela apporterait-il en elle ? Pourrait-elle le regarder de la même façon, lui parler sur le même ton ?

Il avait cru la connaître, et voilà qu'il se sentait incapable de deviner ses pensées.

Il avait le corps chaud et moite sous les draps. Fernande desservait et, quand elle se pencha sur lui, il sentit une odeur de femme qui n'était pas l'odeur à laquelle il était habitué. Il n'y avait pas de salle de bains au sixième où la bonne couchait, et elle ne devait guère se laver. Sa poitrine lui frôla l'épaule, ses cheveux mal peignés l'effleurèrent et il n'en pensa que davantage à Louise.

Plus il était inquiet et plus souvent lui venaient des bouffées de désir. Il y entrait d'ailleurs une certaine méchanceté. C'était difficile à expliquer. Comme si, de s'étendre sur elle, non seulement constituait une affirmation de ses droits, mais comportait une sorte de vengeance.

Il savait qu'elle allait prendre un livre dans les rayons du haut, un livre à couverture jaune ou blanche, et qu'elle s'installerait devant lui dans le fauteuil. S'il n'y avait pas eu la foire et son vacarme, elle aurait mis la radio.

— Tu es bien ?

Il dit oui, la main sur son Dumas.

— Vous pourrez monter après votre vaisselle, Fernande. N'oubliez pas de fermer le gaz. Demain, pensez à acheter des citrons.

La fille se contenta, en guise de bonsoir, d'un signe de tête et d'un grognement. C'était son genre. Son travail fini, elle montait se coucher et, le matin, descendait avec de gros yeux endormis et une forte odeur de lit.

Dans une demi-heure, ils entendraient la porte du palier se refermer, Louise se lèverait pour aller pousser le verrou, passerait par la cuisine afin de s'assurer que tout était en ordre.

Il ouvrit son livre. Sa femme ouvrit le sien. Au lieu de lire, encore que de temps en temps il tournât les pages, par précaution, il continuait à se préoccuper de ce qu'elle pensait.

Ce qu'il se demandait surtout, c'est comment elle se comporterait avec un autre homme et si cela laisserait des traces. C'était absurde et pourtant c'était bien à des traces matérielles qu'il pensait, incapable de se persuader qu'il ne pourrait rien en rester.

Du coup, il commençait, en pensée, une sorte d'inventaire de son corps.

Il se souvenait des deux fois qu'il l'avait trompée, lui, deux fois en quinze ans, plus exactement des deux fois qu'il avait essayé de la tromper.

La première, c'était avec la bonne d'alors, une fille dans le genre de Fernande, une gamine de dix-sept ou dix-huit ans, bien en chair, qui, l'été, n'avait jamais qu'une robe rose sur le corps, il le savait parce que, de temps en temps, le tissu restait pincé entre ses fesses.

Il était marié depuis trois ans. C'était le matin. Louise était allée à l'enterrement d'un ami de son père tandis qu'Étienne restait pour garder le magasin.

M. Charles était là, en blouse pain bis, et aussi M. Théo dans son atelier vitré. En rentrant du marché, la bonne, qui s'appelait Charlotte, était passée par la papeterie au lieu de passer par la voûte, il ne savait plus pourquoi, sans doute parce qu'elle avait une commission à lui faire, et il l'avait regardée monter l'escalier de fer.

Pendant une dizaine de minutes, il avait pensé à elle et son corps était devenu de la même moiteur qu'il avait maintenant sous les draps. Louise ne reviendrait pas avant une bonne heure, l'enterrement ayant lieu au cimetière Montparnasse.

— Je redescends tout de suite, monsieur Charles.

Il avait ajouté stupidement, alors qu'il avait une grosse horloge au cadre noir devant lui :

— J'ai oublié ma montre.

Il était monté sans bruit, et, une fois en haut, avait failli redescendre tant le sentiment de sa culpabilité lui faisait battre le cœur et trembler les mains.

La porte de la cuisine était ouverte. Charlotte, debout, dans sa robe rose, devant la table couverte d'une toile cirée, épluchait des asperges.

Elle l'avait regardé venir comme si elle s'attendait à ce qui allait arriver. Il était passé derrière elle, hésitant encore, puis, brusquement, avait saisi sa croupe à deux mains.

Elle n'avait pas lâché le couteau qu'elle tenait, s'était seulement penchée en avant et, au moment de la pénétrer, peut-être à cause de la peur, il avait été pris de vertige. Il n'avait pas pu. Fébrile, les genoux tremblants, il s'était obstiné un long moment, puis était sorti de la pièce sans rien dire.

Charlotte était encore restée deux mois à leur service et, pendant deux mois, il avait vécu dans la terreur, sans plus oser la regarder.

Elle ne l'avait pas trahi, même quand Louise l'avait mise à la porte pour une question de monnaie qui manquait.

Cette expérience-là lui avait suffi pour des années et, quand il lui arrivait de détailler une femme avec complaisance, c'était toujours sur la sienne que se reportait son ardeur.

La seconde fois avait presque ressemblé à une aventure. Un après-midi d'hiver, vers cinq heures, alors qu'il tombait de la neige fondue et que les rues étaient gluantes, il était entré dans un bar, près du carrefour Châteaudun, pour boire un café chaud.

Une jeune femme était accoudée au comptoir, en face de lui. Deux ou trois fois leurs regards s'étaient rencontrés et il avait compris que ce n'était pas une professionnelle. Peut-être une dactylo, ou plus probablement une petite danseuse ?

Elle était gentiment mise. Ses cheveux blonds bouffaient sous son chapeau rouge.

Il ne sut pas si c'était elle ou lui qui avait souri le premier. Curieusement attendri, il avait envie de lui parler, d'entendre le son de sa voix.

— Une cigarette ? avait-il fini par proposer en lui tendant son étui, car, à l'époque, il fumait encore.

Elle en avait pris une de ses doigts aux ongles laqués. Il était gêné. Même avant son mariage, il s'était rarement trouvé dans une situation de ce genre et ne connaissait pas les phrases qu'il faut dire, restait conscient de sa gaucherie dont elle paraissait s'amuser.

— Vous êtes dactylo ?
— Je joue au théâtre.
De petits rôles, sans doute. Peut-être une figurante ?
— Dans le quartier ?
— Pour le moment, je répète au théâtre Saint-Georges.
— Qu'est-ce que je peux vous offrir ?

Elle avait pris un apéritif, lui aussi, qu'il expliqua ensuite à Louise par la rencontre d'un camarade imaginaire.

Il avait vraiment envie de cette fille-là, pas comme il avait eu envie de la bonne, mais de la tenir dans ses bras, de la caresser avec tendresse.

— Vous êtes libre ?
— Que voulez-vous dire ?
— Vous avez un moment de libre ?
— Pourquoi ?

Il s'était contenté de sourire et alors elle avait dit :
— Où ?

Il ne savait pas, ne connaissait pas les hôtels du quartier, craignait de s'adresser à un hôtel où on leur refuserait une chambre. Dans la rue, déjà, il commençait à avoir peur.

— Vous êtes marié ?
— Oui.
— Votre femme est jalouse ?
— Je le suppose.

Il se souvenait d'un couloir aux murs crémeux et d'un escalier à tapis rouge, d'une femme de chambre qui leur ouvrait une porte en annonçant :

— Je vous apporte les serviettes.

Sa compagne était restée debout au milieu de la pièce à attendre, puis, haussant légèrement les épaules, avait commencé à se déshabiller.

Son corps était joli, pas très ferme, avec de tout petits boutons sur une épaule.

Il s'écoula une vingtaine de minutes avant qu'elle murmure :
— Qu'est-ce qu'il t'arrive ?
— Je ne sais pas.

Elle fit de son mieux, gentiment, et c'est lui qui mit fin à ses efforts.
— Je vous demande pardon.
— Ce n'est pas votre faute.

Il n'avait jamais plus essayé. Il la revoyait encore très bien et elle était vraiment jolie, émouvante, des taches de rousseur sur les ailes du nez.

Il était resté impuissant, alors qu'il lui suffisait de regarder la robe de chambre bleue de sa femme qui dessinait ses courbes pour être pris d'impatience.

Il prévoyait ce qui allait arriver. Elle aussi. Peut-être ne lisait-elle que d'un œil. Elle le connaissait si bien.
— C'est intéressant ? questionna-t-il d'une voix qui n'était pas tout à fait sa voix normale.
— Quoi ?
— Ce que tu lis ?
— C'est bien écrit.
Cela lui était-il arrivé, à elle, d'essayer avec d'autres ? Avait-elle pu ?
— Louise...
— Oui.
Elle feignait de ne pas comprendre, mais il aurait parié qu'elle avait déjà les cuisses moites. Quand il était grippé, il était toujours plus ardent et son corps devenait d'une sensibilité aiguë, les choses ne se passaient pas comme les autres fois.
Il s'en voulait de l'appeler, un peu comme on appelle au secours, il s'en voulait des pensées méchantes cachées derrière son désir, et, en même temps, il se haïssait de succomber, de se sentir lâche.
Il répéta :
— Louise !
Cette fois, elle leva à demi la tête pour demander :
— Oui ?
Ce fut son tour de murmurer sans la regarder :
— Tu veux ?
Cela le soulagea qu'elle éteigne la lumière, car il sentait comme des larmes dans ses yeux.

3

Ce fut sa femme, le matin, qui lui retira le thermomètre de la bouche, s'approcha de la fenêtre pour le regarder.
— Combien ?
Avant qu'elle réponde, il aurait juré qu'il était moins bien que la veille et il avait un violent mal de tête.
— 36°5.
— Tu es sûre ?
— Regarde toi-même.
Il la croyait. Cela l'humiliait d'être en dessous de la température normale et de ne pas avoir de grippe. En revanche, son rhume de cerveau s'était épanoui, son nez était rouge, ses prunelles brillantes.
— Tu ferais mieux de passer la journée au lit, pour en finir avec ton rhume. Tu ne peux quand même pas sortir. Il sera bien temps de te lever ce soir pour les Leduc.

On était jeudi, le jour où, chaque semaine, Mariette et Arthur Leduc venaient dîner et jouer aux cartes.

Il faisait gris, dehors, mais il ne pleuvait pas. La mousseline des rideaux était assez transparente pour qu'on ne perde aucun détail des objets ou des gens qui passaient sur le boulevard, mais on avait l'impression de les voir à travers un léger brouillard. Les toits des baraques foraines étaient encore mouillés, luisants, les tentes s'égouttaient, de la fumée sortait des cheminées des roulottes et des enfants mangeaient, assis sur les marches, hirsutes, dépenaillés pour la plupart, avec des vêtements qui n'étaient pas de leur âge.

Étienne avait tant transpiré, la nuit, que, vers trois heures, Louise l'avait obligé à changer de pyjama, et le lit restait imprégné de l'odeur de sa sueur qu'il respirait subrepticement en regardant sa femme vaquer à sa toilette. Cet aveu-là, il ne le lui avait jamais fait, ni à personne ; c'était un secret qu'un seul être au monde avait découvert : son goût pour l'odeur de sa propre transpiration.

Un matin d'été, quand il était petit, qu'il avait cinq ou six ans, il avait eu la révélation, en reniflant le dos de sa main, de l'odeur qui se dégageait de sa peau chaude et humide et il y avait pris goût, il était en train de la réchauffer de son haleine quand sa mère l'avait surpris.

— Qu'est-ce que tu fais ?

Étonné par son air sévère, il avait instinctivement menti.

— Rien. Je me lèche parce que je me suis fait mal.

— C'est malpropre, avait-elle dit.

Un peu plus tard, quand il avait commencé à apprendre le catéchisme, il avait été persuadé que le « malpropre » de sa mère ne s'appliquait pas à la propreté physique mais que, ce qu'il avait fait ce jour-là, appartenait au domaine mystérieux de certains péchés.

— Tu prends un bain ? demandait Louise.

Parce qu'alors elle ne vidait pas la baignoire. Il n'était pas dégoûté de se laver après elle. Le chauffe-bain à gaz était lent, émettait un sifflement désagréable.

— Je crois que oui.

— Je vais dire à Fernande de changer les draps.

Louise descendit juste à temps pour ouvrir la porte de derrière à M. Théo qu'on voyait, par la fenêtre, surgir de la bouche du métro, et le magasinier, qui arriva tout de suite après, leva les volets de la devanture. La vie de la maison commença en même temps que celle de la ville, avec Fernande qui passait l'aspirateur dans l'appartement et les ménagères du quartier qui entouraient les charrettes de légumes et de fruits le long de la rue Lepic.

Debout, tout nu, dans la salle de bains, Étienne se regarda dans la glace et constata qu'il avait encore maigri. On commençait à discerner le dessin de ses côtes et il lui sembla que sa peau blanchissait, prenait une teinte malsaine. Il se coupa en se rasant, dut s'interrompre deux ou trois fois pour se moucher.

Quand il se recoucha, le ménage n'était pas terminé et la bonne continua pendant un certain temps à tourner autour du lit. Il lui arriva alors de se demander ce qu'elle pouvait penser de lui, d'eux, de leur existence qui s'écoulait dans un espace si réduit, entre quelques murs, avec un même décor au-delà des fenêtres et, en dehors des Leduc, sans contact avec le reste du monde. Pour éviter de se mettre à penser, il ouvrit son Dumas et essaya de s'y intéresser à nouveau.

Après quelques pages, une idée le chagrina, qu'il n'avait pas eue lorsqu'il avait lu le livre auparavant. En reprenant, sous le titre de *Vingt ans après*, les personnages des *Trois Mousquetaires* qui, dans le premier volume, avaient aux alentours de vingt ans, Dumas en faisait presque des vieillards, des hommes, en tout cas, dont la vie était déjà vécue. Or ils avaient à peu près le même âge que lui.

Chaque fois que le téléphone sonnait, en bas, il tendait l'oreille.

— Mais oui, monsieur Peyre. Votre commande est prête. Je vous la ferai livrer ce matin sans faute.

Elle ne disait pas toujours le nom de son interlocuteur et il s'efforçait de le deviner d'après les paroles prononcées.

N'était-il pas étrange que Françoise, à son âge, n'eût pas de couturière et dût téléphoner à sa sœur pour lui demander l'adresse de la sienne ? Elle avait certainement téléphoné chez elle. A cette heure-là, son mari était à la maison. Ce coup de téléphone avait dû le surprendre, lui aussi, après une si longue brouille.

L'envie le démangeait d'écrire d'autres notes sur la feuille cachée dans le livre de Fabre. Il lui semblait que cela l'aiderait, ne fût-ce qu'à se débarrasser d'une arrière-pensée qu'il avait parfois et qui l'effrayait. Quand il était jeune, à Lyon, il y avait dans leur rue un personnage impressionnant qu'il revoyait avec plus de netteté qu'il ne revoyait son propre père. C'était un homme très grand, squelettique, qui lui paraissait vieux en ce temps-là, mais qui devait avoir l'âge qu'il avait lui-même aujourd'hui. Il portait une barbiche en pointe et toujours une canne noire à la main. Il ne devait pas travailler, car on le voyait passer à toutes les heures de la journée, d'un pas d'automate, regardant fixement devant lui, ne parlant à personne, ne saluant personne, s'arrêtant net, puis faisant un détour quand des enfants jouaient sur le trottoir.

Il avait entendu ses parents dire :

— Il est neurasthénique.

Sa mère avait ajouté :

— Pauvre femme ! Elle mène une existence de martyre.

Il ne voulait pas être neurasthénique. Cette idée lui faisait peur comme le mot, jadis, impressionnait sa mère. Ce n'était pas son imagination qui travaillait. Pourquoi, s'il n'y avait rien, le docteur de l'avenue des Ternes lui avait-il conseillé de prendre des notes ? Pourquoi maigrissait-il à vue d'œil depuis quelques mois ? Pourquoi était-il toujours fatigué, sans goût pour rien, et s'essoufflait-il à monter les escaliers alors qu'il avait à peine dépassé la quarantaine et qu'on prétendait que ses organes étaient en bon état ?

Ce fut plus fort que lui. A certain moment, profitant de ce qu'il y avait plusieurs clients en bas, il se leva sans bruit, retira la page de la *Vie des Insectes* et, ne trouvant rien à ajouter d'important, se contenta de préciser la date, écrivant « *23 septembre* » à côté de « *mardi* ». Il n'aurait probablement pas de crise aujourd'hui. Il ne lui était pas encore arrivé d'en avoir deux jours de suite.

Sa femme ne l'avait pas entendu se lever. Quand il regagna son lit, elle parlait à Jean-Louis, le livreur.

— Je te répète qu'il est dans le coin gauche de la remise, lui disait-elle non sans impatience.

— Non, madame.

— Je l'y ai encore vu avant-hier.

— J'ai pourtant bien regardé.

— Viens avec moi, que je te le montre. Cela t'apprendra à être moins sûr de toi.

L'idée lui parut absurde. Il ne se mit pas moins à les suivre en pensée, d'abord marchant vers le fond du magasin où il faisait très sombre, puis franchissant la porte qui ouvrait sur la cour qu'il traversa en même temps qu'eux.

La remise, où l'on entassait les marchandises les plus encombrantes, était une ancienne écurie qui s'ouvrait par une porte cochère. Comme les battants en étaient lourds, on avait fait percer une porte plus petite dans celui de gauche.

A l'intérieur régnait une odeur de carton et de colle et on devait, en passant, allumer l'ampoule électrique couverte de poussière qui pendait au bout d'un fil.

Il n'avait jamais pensé à ça. Aujourd'hui, M. Charles ne célébrait plus le baptême de sa petite-fille. Il était en bas. Étienne l'avait entendu. Pourquoi sa femme se dérangeait-elle au lieu de l'envoyer dans la remise avec Jean-Louis ?

Il essaya de se rappeler depuis quand celui-ci travaillait chez eux. Si les bonnes ne restaient, en moyenne, que deux ou trois mois, les garçons livreurs étaient bons pour un an environ. Quand ils arrivaient, c'étaient encore des gamins, et Louise les tutoyait. Puis on les voyait pousser, prendre du poil au menton, devenir des hommes, et ils cherchaient une autre place. Jean-Louis devait être à leur service depuis une demi-douzaine de mois. C'était le fils de la concierge d'à côté. Louise avait vu, jadis, sa mère enceinte de lui, puis lui-même, bébé, assis sur le seuil pendant des heures, et Étienne, à son tour, l'avait vu jouer avec des camarades sur le terre-plein du boulevard.

Il décida que ce n'était pas possible, mais, pendant le reste de la journée, y pensa néanmoins un certain nombre de fois.

A midi, quand sa femme monta pour le déjeuner, il avait détrempé deux mouchoirs et ses paupières picotaient.

— Tu ne t'ennuies pas ?

— Non.

— Il fait trop chaud dans la chambre. Je ferais mieux d'entrouvrir la fenêtre.

— Si tu veux.

Cela ne l'enchantait pas, parce que l'air qui venait du dehors et les bruits soudain distincts lui rendaient plus difficile son intimité avec lui-même.

Le matin, il s'était demandé ce que Fernande pensait de lui. En mangeant, il observa plusieurs fois sa femme en se demandant ce que les autres hommes pensaient d'elle. Elle en voyait beaucoup, des clients, des représentants. En fait, elle voyait plus de monde que lui, encore qu'elle ne quittât guère la maison.

Il aurait été incapable de dire si elle était belle. Il ne s'était jamais posé la question. Jusqu'alors, cela n'avait pas eu d'importance. Elle était sa femme. Ils étaient liés l'un à l'autre autant qu'il est possible que deux êtres le soient. N'était-ce pas étonnant que, dans une capitale comme Paris, il n'existât que deux personnes en tout, le ménage Leduc, à partager, une fois par semaine, leur intimité ?

En dehors d'eux et des bonnes, en dehors du plombier, du peintre ou du vitrier, il ne se souvenait pas que qui que ce soit eût jamais été invité à pénétrer dans leur appartement.

Le soir, quand le temps était beau, c'était à deux qu'ils allaient faire un tour dans le quartier pour prendre l'air, du même pas que les gens qu'on voyait promener leur chien. Le dimanche, c'était à deux encore qu'ils sortaient, allaient au cinéma, parfois l'été à la campagne, et, même alors, ils restaient en quelque sorte imperméables, avaient hâte de rentrer chez eux et de s'y renfermer, de retrouver leur vie secrète.

Peu importait que Louise fût belle ou non, puisqu'elle était sa partenaire dans cette vie-là.

A quoi bon savoir de quels yeux les autres hommes la regardaient ?

Pour lui, chacun de ses mouvements, chaque pli de sa robe était évocateur.

Leur arrivait-il, aux représentants, par exemple, qui venaient périodiquement lui proposer leur marchandise et qu'elle finissait par connaître, de lui adresser un compliment ? Leur arrivait-il, quand elle se penchait sur le comptoir, les seins remontés, d'être envahis d'une bouffée chaude ?

S'il en était ainsi, elle devait s'en apercevoir.

Certains lui faisaient-ils la cour ? Il n'était jamais là. L'un ou l'autre, plus audacieux, lui avait peut-être adressé des propositions ?

Elle ne lui en avait jamais rien dit, n'avait jamais fait allusion à l'attitude des hommes.

Était-ce tellement rassurant de penser qu'elle avait quarante-six ans ? Il l'aurait préférée laide, au fond, ou qu'au moins les autres la trouvent laide et surtout peu désirable.

Vers trois heures, une odeur de cuisine envahit l'appartement et il sut qu'on préparait du lapin de garenne. Comme tous les jeudis, Louise monta plusieurs fois pour jeter un coup d'œil à la cuisine, car elle ne se fiait pas à Fernande.

Était-ce une idée ? Il lui sembla que sa femme était plus distraite que d'habitude.

— Je suppose que tu passes simplement ta robe de chambre ?
— Je préfère m'habiller.
— Comme tu voudras !

Il était resté pudique. Il aurait été incapable de dîner avec les Leduc en robe de chambre. Il s'habilla trop tôt. Il n'avait plus envie de lire. Il rôda dans l'appartement, sans savoir où se mettre. Ils auraient pu avoir un salon, car il y avait une chambre en trop, la chambre que Louise habitait du temps de ses parents. Les meubles s'y trouvaient encore, démontés, contre le mur du fond, et, petit à petit, on y avait entassé des marchandises qui ne se vendaient pas et qui ne trouvaient plus de place en bas.

Ils n'avaient pas besoin d'un salon. Ils avaient ajouté deux fauteuils au mobilier de la salle à manger et c'était dans cette pièce qu'ils se tenaient quand ils n'étaient pas dans leur chambre.

Les musiques de la foire avaient recommencé, mais il n'y avait guère d'animation et deux ou trois des autos tamponneuses seulement circulaient, le jeune homme en chandail blanc des balançoires tournoyait solitairement dans l'air.

De la lumière filtrait sous la porte de la cuisine ; Étienne se sentait si seul qu'il faillit entrer pour trouver une présence humaine.

De temps en temps, il venait se camper au-dessus de l'escalier de fer, écoutait. Sa nervosité croissait, sans raison, au point qu'il se demanda s'il n'allait pas avoir une crise. Il se souvenait d'un homme, un voisin de Lyon encore, qui était mort, seul, sans bruit, dans la salle à manger, devant la table dressée, pendant que sa femme finissait de préparer le dîner dans la cuisine. En revenant avec la soupière, elle avait buté contre son grand corps étendu sur le plancher.

Il y avait cinq minutes de différence entre le réveil de la chambre et l'horloge du magasin. En bas, il était six heures moins dix. Entre deux clients, on mettait les comptoirs en ordre.

Cela lui parut interminable. Il suivit, debout, la routine des fins d'après-midi et, quand Louise s'approcha enfin de l'escalier, il se dirigea vers un fauteuil, sur la pointe des pieds, afin qu'elle ne le trouve pas dans une attitude d'attente.

Elle ne se changeait pas pour recevoir les Leduc, se contentait, comme les autres soirs, de se laver les mains et le visage, de se repoudrer et de se toucher la nuque avec de l'eau de Cologne.

— Qu'est-ce que Jean-Louis cherchait dans la remise ?

Il s'était juré de n'en pas parler. Il avait tort. Elle ne tressaillit pas, ne se tourna pas vers lui pour le regarder. Il n'en sentit pas moins qu'elle était surprise.

— Tu as entendu ?

Elle savait que, dans la chambre, on entendait ce qui se disait à la caisse.

— Les registres pour la maison Portman, poursuivit-elle. Il prétendait qu'ils n'y étaient pas.

— Je sais.

— Ils y étaient, bien entendu, tout emballés, avec l'adresse sur l'étiquette. Seulement, M. Charles avait posé des cartons dessus et Jean-Louis n'avait pas eu l'idée de les déplacer.

Fernande mettait la table, préparait le plateau des apéritifs. Louise faisait la navette entre la salle à manger et la cuisine, sortait du buffet la bouteille de vermouth et débouchait le bordeaux.

— Tu n'as plus eu de nouvelles de ta sœur ?

— Non. Pourquoi en aurais-je eu ?

— Je ne sais. Puisque vous vous êtes raccommodées, elle aurait pu te téléphoner.

— Ce n'est pas parce que nous nous sommes rencontrées par hasard que nous allons reprendre nos relations.

Il n'aurait pas dû insister. Il y avait des jours, comme ça, où il faisait tout ce qu'il ne devait pas faire et où il enrageait d'autant plus qu'il en avait conscience.

— Tu n'as pas pris ta température ?

— Non.

— Prends-la.

Il retira le thermomètre de sa bouche quand les Leduc sonnèrent à la porte du palier. Il n'avait pas de fièvre, 36°7. Encore en dessous de la normale.

Fernande alla ouvrir. Louise marcha à leur rencontre et on entendit le rire de Mariette.

— Qu'est-ce que je t'avais dit, Arthur ?

Elle expliquait, la voix haut perchée :

— J'ai parié avec Arthur que nous aurions du lapin.

— Pourquoi ?

— Parce que c'est la saison. Toujours, en septembre, tu nous sers au moins une fois du lapin.

— Tu n'aimes pas ça ?

— Je l'adore.

Les deux femmes s'embrassaient. Mariette avait l'habitude d'embrasser Étienne aussi, sur les deux joues, en se hissant sur la pointe des pieds, car elle était très petite.

— Tu es enrhumé, toi ?

Tout, pour elle, était prétexte à se réjouir. Elle ne tenait pas en place et, comme elle était boulotte, plus grasse que Louise, d'une chair légère, comme soufflée, sa femme avait dit une fois :

— Elle ne marche pas. Elle roule.

Arthur, lui, s'avançait calmement, sans un mot, son éternel sourire étirant des lèvres déjà minces, et, en guise de bonjour, adressait un clin d'œil à Étienne.

— Ça va ?

Ils n'avaient, pour ainsi dire, jamais quitté Montmartre. Mariette était née dans la poissonnerie de la rue Lepic qui existait encore et où on se fournissait, mais qui n'était plus tenue par ses parents.

Louise et elle avaient joué ensemble, gamines, étaient allées à la même école, puis au même couvent.

En fait, la tradition du dîner du jeudi existait déjà quand Étienne s'était marié, de sorte qu'Arthur Leduc était plus ancien que lui dans la maison.

— Vermouth ?

Le mari de Mariette ajoutait :

— Cassis !

Et, au même instant, Étienne surprenait un regard entre les deux femmes. C'était Mariette qui avait regardé Louise comme pour lui poser une question et il aurait juré que sa femme avait secoué légèrement la tête, si légèrement que c'était à peine perceptible, avec l'air de répondre :

« Ne t'inquiète pas. »

Il rougit, brusquement, violemment, et, pour le cacher, tira son mouchoir de sa poche. Il ne fallait pas qu'il pense à ça maintenant, sinon il serait incapable de garder contenance.

— Mauvais rhume ? lui demandait Arthur, qui semblait toujours se moquer du monde.

C'était un genre qu'il se donnait. Comme la façon de tenir sa cigarette, d'en rejeter la fumée. Il n'était plus jeune. Il devait avoir quarante-huit ou quarante-neuf ans, mais il n'avait pas, n'aurait probablement jamais, l'air d'un homme mûr.

— A votre santé, mes enfants, disait Louise.

On savait qu'Arthur allait répondre :

— A la mienne !

Une fois encore, alors que chacun avait son verre à la main, Étienne crut surprendre un regard entre les deux femmes. Comme Fernande passait près d'elle, Louise demanda :

— On mange, Fernande ?

— Dans dix petites minutes, madame.

Il y eut une hésitation. Après, s'il avait su dessiner, Étienne aurait pu reconstituer exactement la scène. Il revoyait les quatre personnages, les cinq plutôt, si on comptait le dos de la bonne qui regagnait la cuisine.

La salle à manger rustique était éclairée par un lustre fait d'un ancien rouet dans lequel on avait planté des ampoules. La lumière n'en était pas forte, jaunâtre. La nappe, ce soir, était jaune aussi. Personne n'était assis. Arthur, en complet brun, adossé au vaisselier, tenait son verre à la main, avec, derrière lui, des assiettes en faïence bariolée.

Louise portait une robe noire, celle qu'Étienne préférait parce qu'elle lui collait aux hanches. Elle posait son verre sur la desserte après en avoir bu une gorgée. Petite, boulotte et blonde, Mariette, en robe verte, la regardait.

Il y eut une seconde de silence et alors Louise prononça d'une voix que son mari trouva forcée :

— Viens dans ma chambre, que je te montre quelque chose.

Étienne ne bougea pas. Il avait son verre d'une main, lui aussi, son mouchoir de l'autre. Il lui sembla que sa tête se mettait à bourdonner. Il les regardait, stupide, se diriger vers la porte et il espérait encore quand, du geste le plus naturel du monde, Louise la referma.

Une voix, derrière lui, faubourienne, gouailleuse, comme à l'accoutumée, fit :

— La patronne a des secrets à confier à Mariette.

Étienne ne pouvait pas répondre. Il aurait été incapable de parler, aussi bien que de détacher les yeux de la porte derrière laquelle on entendait des chuchotements. Des bruits de vaisselle venaient de la cuisine. La musique des manèges arrivait par bouffées. Tout cela restait irréel. C'était du présent qui n'était pas encore tout à fait vécu.

Plus réelle était la voix, la sienne, qu'il croyait entendre, et celle de Mariette à l'autre bout du fil.

— *Vous le lui direz ?*

— *Promis.*

Il avait l'impression qu'elle souriait, se moquait peut-être de lui. Cela l'amusait, en tout cas, de le sentir si fiévreux.

— *Quand ?*

— *Je lui téléphonerai tout à l'heure.*

— *Pourquoi pas tout de suite ?*

— *Parce que j'allais m'habiller et que je suis toute nue.*

Cela ne créait aucune image. Ce n'était que Mariette et son corps n'avait pas d'importance.

— *Dans cinq minutes ?*

— *Mettons dans dix.*

— *Je peux vous rappeler dans un quart d'heure ?*

Il se trouvait dans le bar qui fait le coin de la rue Lepic et du boulevard de Clichy et, en sortant de la cabine, pouvait apercevoir la devanture sombre de la papeterie. C'était au printemps. Il y avait plein de soleil. Des mouches bourdonnaient dans le bar.

Les narines palpitantes d'impatience, il lançait au patron en bras de chemise, qui le regardait, interrogateur :

— La même chose !

Il portait un complet neuf acheté la veille sur les Grands Boulevards, fumait nerveusement sa cigarette, regardait l'horloge-réclame qui avait des petites fleurs autour du cadran. Le bistrot sentait l'alcool. Une petite charrette, dehors, débordait de cerises. Les ménagères parlaient fort.

Il avait vingt-quatre ans. Les minutes n'en finissaient pas et il tourmentait le remontoir de son bracelet-montre.

Son second apéritif lui tournait un peu la tête, juste assez pour donner une certaine vibration à l'atmosphère, pour hausser la vie d'un ton, pour que tout, les gens qui passaient, le tablier bleu du patron, les bruits de la rue, les verres qui s'entrechoquaient, les odeurs et lui-même, qu'il voyait, tendu, anxieux de triompher, dans la glace, se mêlent en une symphonie éclatante que le soleil soutenait comme des cymbales.

Sa main poussait le verre sur l'étain mouillé du comptoir.

— *Un autre ?* lui demandait-on.

C'était n'importe quelle voix. Cela venait de n'importe où. Peu importe que ce soit ou non le patron, qui avait l'accent bourguignon. C'était magnifique.

— *Un autre ! Et un jeton.*

Il lui semblait qu'il reconnaissait déjà cette sonnerie-là, à l'autre bout du fil.

— *Allô ! C'est moi.*

Elle riait.

— *Si vous croyez que je ne le sais pas.*
— *Alors ?*
— *Alors oui.*
— *Quand ?*
— *Cet après-midi. Elle ne peut pas fixer d'heure.*
— *Je comprends.*
— *En tout cas, après trois heures.*
— *Elle n'a rien dit d'autre ?*
— *Seulement qu'elle irait.*

Il avait envie de crier, de gesticuler dans la cabine, tellement c'était merveilleux. Il ne fallait surtout plus qu'il boive en attendant trois heures, il devait se contenir, rester calme. D'ailleurs, il avait beaucoup à faire. Acheter des fleurs, par exemple. Peut-être aussi des fruits. Et arranger la chambre, s'efforcer d'en cacher les misères.

— *Qu'est-ce que je vous dois ?*

Tout son triomphe, tout son bonheur, était dans sa voix et trois plâtriers en blouse blanche s'arrêtaient de parler et de boire pour le regarder.

En face, il y avait deux grandes vitrines et, dans la pénombre, près de la caisse, la tache laiteuse d'un visage couronné de cheveux noirs.

Il avait vingt-quatre ans.

Deux jours avant, en vue du grand événement, il avait déménagé et pris une chambre à l'Hôtel Beauséjour, rue Lepic.

— Ça ne va pas ?

Il fit signe à Leduc de ne pas s'inquiéter et, avec effort, entrouvrit les lèvres pour vider son verre.

Il lui semblait que son visage ne lui appartenait plus, que ses traits, durcis, ne répondaient plus à ce qui se passait en lui. Même son regard n'exprimait plus rien, sinon l'hébétude.

— Tu ressens quelque chose ?

Le changement devait être important pour qu'Arthur s'en soit aperçu. C'était même curieux de le voir, lui qui prenait tout à la blague, brusquement alarmé.

— Qu'est-ce qu'il y a ?

Sans réfléchir, sans avoir décidé de jouer la comédie, il posa son verre et porta la main à sa poitrine.

— Une crise, murmura-t-il.

— Le cœur ?

— Je crois. Ce n'est pas la première fois.

Il entendait sa voix comme celle d'un autre, parlait à la façon d'un moribond en essayant de détourner son regard de la porte.

— Tu veux que j'appelle ta femme ?

— Non. Ne lui dis rien.

Arthur était-il au courant, jadis ? Il ne s'en était jamais inquiété. Il avait dû lui arriver de surprendre des coups de téléphone. Mariette n'était pas femme à avoir des secrets pour lui.

— Qu'est-ce que tu sens exactement ?

— C'est difficile à expliquer. Cela va passer.

En réalité, il n'avait pas de crise. Il aurait préféré en avoir une, être vraiment malade. Il ne lui serait pas difficile, dans l'état où il se sentait, de leur laisser croire qu'il l'était. Il n'avait qu'à s'abandonner et il lui semblait qu'il s'affalerait, comme sans vie, indifférent à tout. Alors, on appellerait le docteur Maresco qui se pencherait pour l'ausculter.

Leduc l'observait en silence, n'avait pas l'air de savoir. Peut-être qu'il n'y avait rien.

— Ça passe.

— Bois une gorgée.

Il faillit boire pour de bon, remplir son verre de vermouth, avaler tout ce qui lui tomberait sous la main, afin d'être ivre et de ne plus penser. Cela ne lui était arrivé qu'une fois dans sa vie, alors qu'il avait vingt-deux ans et ne connaissait pas encore Louise. Le lendemain, il avait cru mourir.

— Tu veux que j'ouvre la fenêtre ?

— Non. Surtout ne leur dis rien.

La porte de la cuisine s'ouvrit la première. Fernande demanda, surprise :

— Où est madame ?

Il désigna la chambre d'un mouvement du menton.

— Le dîner est prêt. Je sers la soupe ?

Sa femme et Mariette paraissaient et il n'y avait rien de changé chez Louise qui regardait la bonne d'un air interrogateur. Mariette semblait plus gaie, soulagée.

— Je demandais si je peux servir la soupe.

— Mais oui.

Alors seulement, elle se tourna vers son mari et fronça les sourcils.

— Ça ne va pas ?
— Ce n'est rien.
— Tu ne te sens pas bien ?
— C'est passé.
— Une crise ?
— Je ne crois pas. Comme un étourdissement. C'est probablement le vermouth.

Pourquoi Mariette regardait-elle son mari de cette façon-là ? On aurait dit qu'il la rassurait. Néanmoins, à nouveau, elle ne paraissait pas tranquille.

— Mettons-nous à table, prononçait distraitement Louise dont le regard revenait sans cesse à Étienne.

C'était un regard très grave, pas de l'inquiétude à fleur de peau, pas même de l'inquiétude, le regard d'une femme qui examine un problème en face, sérieusement, calmement.

La preuve, c'est qu'elle ne lui posait plus de questions, ne lui demandait pas ce qu'il avait ressenti au juste, se contentait de l'étudier par petits coups, tout en servant la soupe comme elle en avait l'habitude.

— Il ferait peut-être mieux de se recoucher ? suggéra Mariette.

Louise répondit :

— Non.

Comme si elle avait compris que cela ne servirait à rien.

— Moi, plaisantait Arthur pour rompre le silence, quand je sens un rhume qui commence, je vide une bouteille de rhum et je dis à Mariette...

Les mots ne faisaient que passer, sans aucun sens, dans la tête d'Étienne qui mangeait machinalement et les regardait comme s'il ne les avait jamais vus.

Le dîner continua de la sorte et il aurait à peine pu dire ce qu'il avait mangé. Il avait l'impression que l'air, autour de lui, formait un bloc compact, de couleur jaunâtre, dans lequel ils étaient tous les quatre incrustés comme les personnages d'un tableau ancien sur leur toile.

Il gardait conscience des regards que sa femme lui lançait, des allées et venues de Fernande qui portait une blouse bleu clair et un tablier blanc. Il ne pouvait pas penser maintenant. Il n'en était pas capable. C'était impossible en public.

Plus tard, demain, les autres jours, il aurait le temps de mettre des idées bout à bout et de reconstituer peu à peu une image exacte de la vérité. Le plus tard possible. Parce que ce serait terrible.

Deux ou trois fois, il se demanda s'il n'était pas encore temps d'éviter tout ça. A ces moments-là, il regardait Louise par-dessus la table et avait envie, en dépit des Leduc, de lui tendre la main, pour qu'elle la prenne dans la sienne, pour qu'ils scellent une sorte de pacte, tous les deux, pour que la vie continue, qu'il ne soit jamais question de rien.

Est-ce que cela ne pouvait pas réussir ? N'avaient-ils pas été capables de se taire pendant quinze ans ?

— On joue tous les deux contre les femmes ? proposait Leduc qui parlait déjà de la partie de belote.

Étienne sentit l'odeur du marc de bourgogne, qu'on versait dans les verres, comme chaque jeudi, et tous les quatre restèrent debout pendant que Fernande desservait la table, puis la recouvrait d'un feutre vert.

— Si nous jouons contre les hommes, nous avons gagné d'avance ! lançait Mariette en se mettant de la poudre.

Et, jetant un coup d'œil à Étienne :

— Tu fais la même tête que les mannequins auxquels on envoie des balles, à la foire.

C'était vrai, il s'en rendait compte. Il eut toutes les peines du monde à retrousser un coin des lèvres dans ce qui pouvait passer pour un sourire et, juste à ce moment-là, les yeux préoccupés de Louise étaient fixés sur lui.

Savait-elle qu'il avait peur ?

4

Arthur Leduc proposa sans grand espoir :

— On en fait une dernière en cinq cents points ?

Et Mariette, déjà levée, tirant sur sa gaine à travers sa robe, répondait, en lui faisant signe de ne pas insister :

— Pas ce soir. Étienne est fatigué.

Les hommes avaient gagné la partie. Leduc gagnait toujours, quel que fût son partenaire. Le plus clair de ses journées se passait à jouer à la belote dans les brasseries des environs de l'avenue Junot.

Il lui arrivait de se présenter aux gens, une drôle de lueur dans ses yeux gris :

— Arthur Leduc, Français et vacciné, quarante-huit ans, champion de belote du dix-huitième.

Une des années précédentes, il avait réellement remporté le championnat de belote qui se dispute dans les différents cafés de Montmartre.

Étienne et lui n'avaient jamais échangé de confidences et, si Leduc plaisantait à jet continu, il ne disait rien qui pût jeter un jour quelconque sur lui-même.

Il était fils d'un notaire ou d'un avoué d'Angoulême qui l'avait envoyé à Paris pour étudier le droit. Pendant deux ou trois ans il avait fréquenté l'Université, puis avait décidé de tenter sa chance comme chansonnier dans les cabarets de Montmartre.

Il n'aimait pas qu'on parle de cette époque-là. Il s'était obstiné longtemps, brouillé avec les siens, traînant la misère, avant d'admettre qu'il n'avait aucun talent.

Il vivait déjà avec Mariette, qui n'était encore qu'une gamine et qui avait quitté ses parents pour le suivre. Ce n'est que des années plus tard, quand le couple s'était enfin marié, que les parents avaient pardonné, et ils se voyaient de temps en temps.

C'était Mariette qui évoquait parfois, en riant, cette époque-là, où il leur arrivait de fouiller les poubelles et, souvent, faute de chambre, de dormir dos à dos dans une salle d'attente de gare.

Arthur s'était occupé de publicité pour un journal qui avait disparu, puis s'était persuadé qu'il avait des dispositions pour la peinture, et ils avaient habité un atelier près du Sacré-Cœur. Lui restait-il des illusions ? Après toute une série de métiers, il était vaguement agent d'assurances et traînait dans les cafés de Montmartre.

Mariette faisait bouillir la marmite. Elle avait ouvert, avenue Junot, une boutique de modiste qui, à la longue, avait réussi et où, en pleine saison, elle occupait quatre ou cinq ouvrières.

L'idée d'adresser un reproche à son mari, d'essayer de changer son caractère ou sa façon de vivre, ne lui était jamais venue. Elle l'aimait tel qu'il était. Il suffisait de la voir, dès qu'ils atteignaient le trottoir, s'accrocher à son bras et s'efforcer d'accorder son pas au sien.

Contre son attente, Étienne n'avait pas fait une faute de la soirée. Il s'était petit à petit absorbé dans son jeu, sans pourtant y prendre intérêt, sans y attacher d'importance, seulement parce que c'était une façon de suspendre le cours du temps, un peu comme les heures qu'on passe, la tête vide, dans la salle d'attente d'un dentiste jusqu'au moment où on est surpris et presque effrayé de voir son tour arriver.

Louise, au contraire, d'habitude si maîtresse d'elle-même, avait eu plusieurs distractions, à tel point que Mariette lui avait fait signe de se ressaisir.

Que s'était-il passé entre elles dans la chambre à coucher ? Qu'avaient-elles eu de si urgent à se dire ?

Dans quelques minutes les Leduc seraient partis. On prononçait déjà les phrases de la fin, tandis que Louise remettait les cartes à leur place dans le tiroir, que Mariette allait chercher son manteau et que son mari allumait une cigarette en dépliant son grand corps.

Louise et Étienne allaient rester seuls. L'un d'eux pousserait le verrou de la porte et tous les deux entreraient dans la chambre, où se poursuivraient sur les murs les lumières de la foire.

Il se sentit soudain pris de trac. Il aurait voulu retenir leurs amis. Il savait qu'il ne se passerait rien, qu'il ne pouvait rien se passer. Ils allaient seulement être enfermés tous les deux, à s'épier.

— A jeudi prochain ! lançait Mariette trop gaiement. Meilleure santé, Étienne !

Il eut à peu près le même sourire qu'Arthur Leduc quand il se présentait comme champion de belote. Cela lui paraissait si étrange qu'on parle d'un autre jeudi ! Était-il possible qu'ils aillent jusque-là, qu'ils parviennent encore à se traîner de semaine en semaine, d'étape en étape ?

Combien de temps cela prendrait-il ?

Ce qui le frappa le plus, ce qui l'émut, ce fut la poignée de main de Leduc. Les deux femmes, dans l'encadrement de la porte, leur tournaient le dos. Au lieu de lui serrer la main d'une façon banale comme d'habitude, Arthur accentua la pression, insista pendant plusieurs secondes, sans le regarder, et c'était un peu comme un message.

Lequel ? Est-ce qu'il savait aussi ? Avait-il toujours su ?

— A jeudi, prononça-t-il à son tour.

Puis, à Louise, reprenant son accent gouailleur :

— Bonne nuit, la patronne !

L'escalier, avec sa cage d'ascenseur qui s'élançait vers les étages supérieurs, était à peine éclairé et les murs, depuis trente ans que le propriétaire ne les avait pas fait repeindre, étaient devenus de la couleur des vieilles églises.

— Bonne nuit, répétait-on.

— Bonne nuit.

Les deux autres s'en allaient ; dans un instant, ils demanderaient le cordon ; la porte s'ouvrirait et ils seraient enveloppés par l'air frais de la nuit, par les lumières et les bruits de la foire ; la main de Mariette chercherait le bras de son mari cependant que, sur le palier de l'entresol, Étienne et Louise restaient debout devant la porte béante de leur appartement.

Qu'est-ce que les Leduc diraient, dehors ? S'arrêteraient-ils à la terrasse du *Cyrano* pour boire un dernier verre et parler de la soirée en suivant vaguement le manège des filles ?

— Tu rentres ? lui demanda Louise à mi-voix.

Il lui sembla qu'elle disait cela étrangement et il lui jeta un coup d'œil, se demandant quelle serait son attitude maintenant qu'ils étaient livrés à eux-mêmes.

Il la suivit à l'intérieur, pénétra dans la salle à manger, sachant qu'avant d'aller dormir elle remettait les bouteilles dans le buffet, reportait les verres sales dans la cuisine où elle les rinçait pour éviter que, le matin, l'odeur d'alcool imprègne l'appartement.

Elle le fit comme les autres fois, avec les mêmes gestes, le même visage impassible, mais il n'y en avait pas moins quelque chose de changé. C'était comme si le contact eût été coupé, non seulement entre eux, mais entre eux et les objets inanimés, et elle n'essayait pas de le rétablir.

— On se couche ?

Sa voix avait un son nouveau. Un instant, comme ils entraient dans la chambre où elle tournait l'interrupteur, il eut l'impression que, parce qu'il se tenait derrière elle et qu'elle ne le voyait pas, elle avait un petit frisson de peur.

Qu'elle ait allumé les lampes pour chasser le mystère était encore un signe, et c'en était un autre qu'elle défasse ses cheveux avant de retirer sa robe.

La veille encore, ils avaient pu.

Est-ce que cela pourrait encore arriver ?

Il fut gêné de se déshabiller devant elle, se retourna pour passer son pantalon de pyjama. Sans oser fermer tout à fait la porte de la salle de bains, il la poussa néanmoins à moitié quand il s'y retira.

— Tu ne prends pas ta température ?
— Non.
— Tu n'en as probablement pas.
— Probablement.
— Comment va ton rhume ?
— Je suppose qu'il va mieux.
— Tu ne t'es presque pas mouché pendant la partie.

C'était exact. Il ne s'en était pas rendu compte. Il n'avait pas eu à changer de mouchoir. Son nez lui paraissait moins enflammé et la raideur de sa nuque avait presque disparu.

Quand il en sortit, elle gagna la salle de bains à son tour et il évita de la regarder, mal à l'aise en entendant les bruits qui évoquaient des images intimes.

— J'éteins ?
— Si tu veux.

Au moment où elle allait tourner le commutateur, il se ravisa.

— Je ferais mieux de prendre un somnifère.

Ils n'en usaient presque jamais ni l'un ni l'autre, une fois au bout d'une éternité, à l'occasion d'une rage de dents, ou s'ils avaient trop bu de café.

— Tu crois que tu ne dormiras pas ?

Elle n'insista pas, retourna dans la salle de bains, revint avec un comprimé blanc et un verre d'eau. Elle se tenait debout, en chemise de nuit, à côté du lit où il était déjà couché, et il ne voyait que le bas de sa silhouette, très près de lui ; le tissu de sa chemise frôla même sa joue quand elle se pencha.

Espérait-il encore ? Il ne savait plus. Il se hissa sur un coude, saisit le verre et, seulement après avoir bu, leva les yeux. Elle le regardait de haut en bas, aussi calmement que d'habitude, mais avec une gravité inaccoutumée.

La lumière éteinte, elle se coucha, s'arrangea sous les couvertures, et il se demanda si elle suivrait les rites, il attendait, retenant sa respiration. Elle hésita, il en eut la certitude, puis s'approcha de lui jusqu'à ce que son visage soit presque contre le sien, il sentit l'odeur particulière de sa bouche quand elle souffla :

— Bonsoir, Étienne.

Sans avoir besoin de se chercher, leurs lèvres se touchèrent. Elles n'appuyèrent pas, ne se dérobèrent pas non plus.

— Bonsoir, Louise.

Chacun couché sur son côté, ils avaient l'habitude de répéter après un moment, à voix basse :

— Bonsoir, Louise.

— Bonsoir, Étienne.
Il le fit, la poitrine serrée. Elle répondit. Après quoi le silence envahit la chambre.
Longtemps il resta les yeux ouverts, à fixer la fenêtre qui filtrait les lumières du dehors, en se demandant si le somnifère allait produire son effet. Il ne voulait pas penser. Pas encore. Il n'était pas prêt. Il savait que, quand il commencerait, ce serait long et pénible, sans espoir de retour.
Il se répétait à lui-même des mots qui n'avaient aucun sens, comme quand, enfant, il murmurait en pensant à sa mère qui l'avait puni :
« Ce n'est pas possible qu'elle soit si méchante que ça. Elle va se rendre compte de ce qu'elle a fait et elle sera triste. »
Ce soir aussi, il se disait :
« Ce n'est pas possible. »
Des gens, dehors, jouaient à se poursuivre dans des petites autos qui s'entrechoquaient, d'autres passaient sur le trottoir en parlant paisiblement de leurs affaires.
Louise ne dormait pas. Il était certain qu'elle ne dormait pas. Peut-être avait-elle les yeux ouverts, elle aussi, et voyait-elle le reflet des lumières sur la porte de la salle de bains.
Il n'entendait pas sa respiration et elle ne faisait aucun mouvement, si immobile qu'après un certain temps il eut envie de la toucher pour s'assurer qu'elle vivait.
Il n'osa pas.
Il ne lui en voulait pas, n'avait aucun mauvais sentiment à son égard. N'était-il vraiment pas possible de lui poser la question ? Peut-être ne serait-il même pas nécessaire de la formuler. Il pourrait, dans l'obscurité qui les enveloppait tous les deux, murmurer simplement :
« Dis-moi, Louise, c'est *oui* ? »
Elle comprendrait, il en était convaincu. Seulement, il était impossible qu'elle réponde :
« C'est *oui*. »
Parce qu'alors, qu'est-ce qui arriverait ? Il n'existait pas de solution. Elle ne pouvait pas le dire. La question était inutile.
Elle aussi devait brûler d'envie de lui demander :
— Tu as compris ?
Rien que d'y penser, il en avait le front couvert de sueur. Lui non plus ne pouvait pas répondre.
Il avait très chaud. Il allait encore transpirer comme la nuit précédente, déjà moite des pieds à la tête. Un goût lui montait à la bouche, qui était celui du somnifère.
Pourquoi Arthur Leduc lui avait-il serré la main avec insistance ? Pour l'encourager ? Arthur voyait-il une solution ? Ou, plus simplement, avait-il voulu lui exprimer sa sympathie ?
Peut-être cela lui ferait-il du bien de parler à Leduc. Il ne s'était jamais confié à personne. En réalité, il s'en rendait compte maintenant, il n'avait jamais eu un véritable ami. Même à l'école. Même jeune

homme, avant son service militaire, quand il travaillait dans une banque de Lyon. Et ses parents n'avaient jamais su ce qu'il pensait.

Non seulement il n'avait pas eu d'amis, mais il n'avait pas eu de maîtresses, dans le sens que les autres jeunes gens donnaient à ce mot-là.

La plupart de ses camarades sortaient avec une même fille pendant des semaines ou des mois en se persuadant qu'ils l'aimaient, agissaient en tout cas comme s'ils éprouvaient un sentiment à son égard.

Pourquoi cela ne lui était-il pas arrivé ? Il avait essayé, souvent. Il avait emmené des filles au cinéma, ou au bord du Rhône, dans la campagne. Il commençait gauchement par les caresser. Mais, alors, il aurait fallu prononcer des mots qu'il n'avait pas envie de dire.

Il voyait leurs petits défauts, leurs petites misères, et il avait plutôt pitié d'elles qu'envie.

Quand le besoin devenait lancinant, il accostait, toujours au même carrefour, une prostituée à qui il n'avait pas besoin de parler.

Il ne s'était jamais promené bras dessus bras dessous avec une bonne amie, n'avait jamais éclaté de rire pour une bêtise. Et quand, après son service militaire, il était venu à Paris, il lui arrivait d'errer pendant des heures, le soir, le cœur gros chaque fois qu'il apercevait les ombres d'un couple derrière un rideau.

Louise avait fait un mouvement à peine perceptible et il tressaillit, un espoir l'envahit, encore qu'il sût qu'il n'y avait rien à espérer. Elle devait s'efforcer d'entendre sa respiration, elle aussi. Est-ce qu'elle était malheureuse ? Avait-elle pitié de lui ?

Souvent, pendant près de seize ans, il l'avait regardée à la dérobée, une question aux lèvres. Il était persuadé qu'elle le savait, qu'elle avait peur de cette question-là.

Ils avaient tellement besoin l'un de l'autre ! Ne comprenait-elle pas ça ?

Ses jambes devenaient lourdes sous le drap. Son corps s'engourdissait. Ce n'étaient plus des pensées qui lui passaient par la tête, mais des images pas toutes très nettes.

Par exemple, celle de l'homme qui était resté couché si longtemps dans cette chambre. Pas dans le même lit. Avant leur mariage, Louise avait acheté un nouveau mobilier et l'ancien avait été envoyé à la salle des ventes.

Il la revoyait, à la caisse, tendue vers le haut de l'escalier de fer pour écouter. Elle lui disait de sa voix neutre de commerçante :

— Si vous voulez venir par ici...

Fallait-il croire que le magasinier ne s'était aperçu de rien ? Il était le plus souvent là, à ranger de la marchandise dans les rayons. Parfois, elle prenait la peine de l'envoyer à la réserve. Elle ne pouvait pas l'y envoyer à tout coup.

Il y avait un comptoir, dans le fond, qu'on ne pouvait apercevoir de l'atelier vitré de M. Théo. C'est vers ce coin-là qu'elle se dirigeait et elle avait déjà la même courbe de hanches, la même nuque blanche et un peu grasse sur laquelle tranchait le noir des cheveux.

Elle se retournait pour s'assurer que l'escalier de fer se dressait juste entre eux et M. Charles, et, toujours aussi, elle avait un coup d'œil vers les vitrines.

Alors, d'un mouvement aussi naturel que celui de Mariette s'accrochant au bras de son mari, elle lui jetait les bras autour du cou et sa bouche se collait à sa bouche.

Cela ne durait qu'un instant.

— Je veux vous montrer un modèle de dossiers qui, je crois, vous intéressera.

Est-ce que l'homme, là-haut, écoutait ? Épiait-il, lui aussi, les bruits du magasin ?

Elle lui soufflait à l'oreille :

— J'essayerai de m'échapper demain matin, vers neuf heures.

Il lui arrivait d'ajouter :

— Ce ne sera plus long !

Pour le rejoindre dans sa chambre d'hôtel de la rue Lepic, où il passait des heures à l'attendre, assis au bord du lit, elle devait inventer sans cesse de nouvelles ruses.

En ce temps-là, déjà, c'était elle qui s'occupait du magasin. Sous prétexte que la bonne était incapable de faire le marché, il lui arrivait de s'échapper, le matin. Les petites charrettes encombraient la rue Lepic. Les ménagères, en deux flots, montaient et descendaient la rue. La bonne de l'hôtel faisait les chambres, dont la plupart des portes restaient ouvertes.

Souvent, Louise avait à enjamber des seaux et des balais.

Elle lui donnait un premier baiser, puis, tout de suite, s'arrachait à lui pour retirer sa robe, son linge, pressée d'être nue devant lui, triomphante.

— Tu m'aimes ?

— Oui.

— Tu es heureux ?

Même si elle n'avait que dix minutes à lui donner, elle se dévêtait entièrement, de la joie et de l'orgueil dans les yeux.

— Tu passeras devant le magasin ?

— Oui.

— Vers quelle heure ?

Il représentait, à cette époque-là, les Papeteries du Sud-Ouest. L'agent général de Paris lui avait confié la rive droite. C'est en voyageur de commerce qu'un matin il était entré dans le magasin du boulevard de Clichy, une lourde serviette à la main, avec l'humilité et la politesse d'un quémandeur.

Il se souvenait encore qu'il s'était adressé d'abord à un homme en blouse pain bis à qui il avait demandé à cause du nom qui figurait à la devanture :

— M. Birard ?

C'était M. Charles, qui avait répondu :
— Je vais appeler la patronne.

Il s'était dirigé vers l'imprimerie vitrée, où une jeune femme en robe noire était en conversation avec un ouvrier.

Le premier coup d'œil qu'elle lui avait lancé, c'était de cet atelier, à travers la vitre. Il avait vu ses lèvres remuer alors qu'elle disait quelque chose au magasinier.

— Mme Gatin vient tout de suite.

C'était le nom de son premier mari, Guillaume Gatin.

Il faisait chaud, ce matin-là. On était en juillet. Une arroseuse municipale passait lentement sur le boulevard. La porte du magasin restait ouverte.

Elle avait fini sa conversation avec le vieux Théo et s'était enfin avancée vers lui. Il portait un chapeau de paille, qu'il avait posé sur une pile de dossiers. Le chemin était assez long, de l'atelier à la caisse, car le magasin était en profondeur, et tout le temps qu'elle marchait il n'avait pas détaché les yeux d'elle.

— Je vous demande pardon... avait-il balbutié quand elle avait été près.

De quoi ? Il n'en savait rien. Il était troublé et sentait qu'elle l'avait remarqué.

— Je suis le nouveau représentant des Papeteries du Sud-Ouest avec lesquelles vous travaillez depuis longtemps.

Ils ne s'assirent pas, se tinrent côte à côte devant un des comptoirs sur lequel Étienne étalait ses échantillons, et Louise s'était accoudée, si proche de lui qu'il sentait la chaleur émaner de son corps.

— Quand reviendrez-vous ?
— La semaine prochaine, le même jour, si vous pensez que votre commande sera prête.

Elle avait dit simplement :
— Venez !

En lui tendant la main et en le regardant dans les yeux.

— Tu avais l'air tellement jeune et tellement ému ! lui avait-elle expliqué plus tard.

Lors de sa seconde visite, déjà, la commande passée, elle l'avait invité à prendre un verre en haut.

— C'est la tradition, n'est-ce pas, quand on reçoit un fournisseur important ?

Pour la première fois, il s'était engagé dans l'escalier de fer, surpris, en arrivant au sommet, d'émerger dans une chambre à coucher.

— Je m'excuse de vous faire passer par ici, mais c'est plus facile que de venir par la voûte.

Il ne revoyait que le tablier de la bonne. Il n'avait pas remarqué son visage.

— Deux verres, Julie, lui avait dit Louise.

Et, à lui :
— Vous préférez un apéritif à l'eau ?

— Ce que vous prendrez.

Les fenêtres de la salle à manger étaient ouvertes et des bouffées d'air chaud alternaient avec des bouffées plus fraîches.

Il ne sut jamais si elle l'avait fait exprès de l'inviter à monter, ni si cela était arrivé avec d'autres représentants. C'était une question qu'il n'avait jamais osé lui poser.

Après seize ans, l'odeur du vermouth lui revenait encore, sa couleur dans les verres, et, au moment où elle buvait, il avait remarqué la rosée qui perlait au-dessus de sa lèvre.

— Vous êtes marié, monsieur Lomel ?
— Non, madame.
— Vous êtes très jeune, n'est-ce pas ?
— J'ai vingt-quatre ans.

A cette époque-là, il ignorait l'âge de Louise. Elle venait juste d'avoir trente ans.

— Il y a longtemps que vous êtes à Paris ?

Il ne comprenait pas encore le léger tremblement de sa lèvre, lui répondait sans trop savoir ce qu'il disait, et, quand il voulut reprendre son verre sur la table, sa main rencontra la sienne. Des doigts s'emmêlèrent, moites, à ses doigts. Un regard se trouva comme suspendu à son regard et brusquement il l'eut dans ses bras sans savoir si c'était lui qui l'y avait attirée ou elle qui s'y était jetée.

Pourquoi, pendant ce baiser-là, sentit-il des larmes monter à ses yeux ?

Il avait l'impression qu'il était arrivé, enfin. Un corps chaud était serré contre le sien et il ne pouvait se décider à le lâcher, il ne voulait déjà plus la perdre.

Ils ne prirent pas garde à la sonnerie du téléphone, en bas. M. Charles appela du bas de l'escalier.

— Vous êtes là-haut, madame ? C'est la maison Labouchère qui demande à vous parler.

Ils descendirent l'un derrière l'autre et Étienne vacillait dans l'étroit escalier.

Il pleurait, maintenant, dans son lit, des larmes silencieuses que n'accompagnait aucun sanglot.

— Tu dors ? souffla Louise.

Il ne le fit pas exprès de ne pas répondre. Il était engourdi, avec comme des épaisseurs de matière impalpable entre lui et la réalité.

Il était revenu souvent boulevard de Clichy, où Louise, à cause du personnel, ne pouvait pas le faire monter chaque fois. C'est alors qu'ils avaient adopté le coin obscur, dans le fond du magasin ; encore fallait-il que M. Charles se trouvât dans le bon angle avec l'escalier.

Un mois après leur première rencontre, il l'avait prise, sauvagement, presque douloureusement, sur le lit du premier étage, et ils s'étaient regardés ensuite comme des insensés sans savoir si c'était de la méchanceté ou de l'amour que leurs yeux exprimaient.

Est-ce qu'elle lui en avait voulu ? L'avait-il déçue ? Pendant des semaines, elle lui répondit froidement chaque fois qu'il lui téléphonait.

Il avait peur d'entrer dans le magasin devant lequel il passait plusieurs fois par jour, et ce fut elle, un matin, qui vint lui ouvrir la porte.

Lui arrivait-il, à elle aussi, d'évoquer cette époque de leur vie ?

Une fois, une seule, il avait rencontré son mari. C'était en automne. Il avait aperçu un homme corpulent, d'une quarantaine d'années, avec des moustaches brunes, devant un des comptoirs, et, comme il portait un pardessus beige et avait un chapeau sur la tête, il l'avait pris pour un client.

Elle les avait présentés l'un à l'autre.

— Mon mari, M. Lomel, le représentant des Papeteries du Sud-Ouest.

— Enchanté.

Elle n'avait pas perdu son sang-froid.

— C'est mon mari qui visite la clientèle, lui avait-elle expliqué plus tard. Quand il m'a épousée, après la mort de mon père, j'avais dix-sept ans et ne connaissais rien au commerce.

Il l'avait suppliée de le revoir, en tête à tête, et c'est alors qu'ils avaient décidé qu'il prendrait une chambre rue Lepic. Jusqu'alors, il avait vécu dans un meublé de la rue La Fayette, non loin de la gare du Nord.

— Il vaudrait mieux qu'on ne te voie pas trop souvent au magasin. Ce serait même préférable que tu ne me téléphones plus directement, car je ne prends pas toujours les communications.

Elle lui avait parlé de Mariette, qui leur servirait de trait d'union.

— Je suis allée à l'école avec elle. C'est ma seule amie. Cela ne fait rien qu'elle sache.

Une sorte d'intimité complice s'était créée au bout du fil avec cette femme qu'il n'avait jamais vue.

— C'est encore vous ! s'exclamait-elle en reconnaissant sa voix. Si je vous disais qu'il n'y a pas de message ?

— Ne plaisantez pas, je vous en supplie.

— Bon, rassurez-vous, jeune homme. Si vous êtes sage, elle passera vous voir entre trois et quatre heures. Vous y serez ?

Il aurait plutôt donné sa démission des Papeteries du Sud-Ouest et travaillé la nuit à décharger des légumes aux Halles que de rater un seul des rendez-vous.

La chambre de la rue Lepic était banale, d'une propreté douteuse, mais Louise ne s'en apercevait pas. Il passait des heures à l'attendre et, après ses visites, devait courir pour rattraper le temps perdu.

Entre Noël et le Nouvel An, Louise lui avait annoncé :

— Il se pourrait que, la semaine prochaine, j'aie une grande surprise pour toi.

Il l'avait tellement suppliée de parler qu'elle avait cédé.

— Ma belle-sœur est malade à La Rochelle. On a peu d'espoir de la sauver. Si elle meurt, il faudra que mon mari se rende à l'enterrement.

La belle-sœur mourut et ils eurent deux nuits à eux, qu'ils passèrent dans une petite chambre d'hôtel.

Le dernier matin, en s'habillant, Louise avait le regard plus dur que d'habitude.

— Tu crois que tu m'aimes vraiment ?
— J'en suis sûr.
— Assez pour passer toute ta vie avec moi ?

Il lui paraissait, à lui, que c'était tellement évident.

— Réfléchis. Ne réponds pas tout de suite.
— Mais...
— La prochaine fois que je viendrai, tu me diras franchement si tu es prêt à m'épouser.

Elle partit sans l'embrasser. Pendant trois jours, chaque fois qu'il appela Mariette, celle-ci lui dit, non sans commisération :

— Elle n'est pas libre aujourd'hui, mon pauvre ami.
— Pourquoi ?
— Est-ce que je sais, moi ? Peut-être son mari est-il à la maison avec la grippe ?
— C'est ça ?
— Ce n'est qu'une supposition. A moins qu'elle n'ait pas envie de vous voir.

Lorsqu'il la revit, c'était à neuf heures et demie du matin et il faisait très froid, la lumière était blanche comme le ciel, les marchandes des quatre-saisons avaient allumé des braseros au-dessus desquels elles venaient tour à tour se chauffer les mains.

Au lieu de l'embrasser immédiatement, Louise s'était arrêtée sur le seuil et avait murmuré, le visage sans expression :

— Qu'est-ce que tu as décidé ?
— Tu sais bien que je ne demande qu'à t'épouser.
— Tu le feras ?

Elle l'écartait d'elle, d'un geste calme.

— Mais oui. Je t'aime. Je t'aime de toutes mes forces, de...
— Viens. Non, pas ça.

Elle l'avait embrassé si longuement qu'il en avait perdu haleine.

— Qu'est-ce que tu fais ? s'était-il inquiété en la voyant s'éloigner.
— Je m'en vais.
— Mais...
— Pas aujourd'hui. N'essaie pas de me voir pendant quelques jours.

Est-ce qu'elle s'était enfin endormie ? Est-ce qu'elle pensait, elle aussi ?

Les musiques de la foire s'étaient tues. Les pas devenaient plus rares et plus sonores sur les trottoirs.

— *Je lui ai demandé comme ça s'il me prenait pour une andouille*, disait une voix empâtée par l'ivresse.

— *Qu'est-ce qu'il a répondu ?*

La suite se perdit vers la place Blanche.

Du jour où Louise était revenue, à une semaine de là, il y eut quelque chose de changé. Peut-être se trompa-t-il sur l'interprétation de son attitude. Elle était plus calme, plus réfléchie, avec, pourtant, une ardeur accrue dans leurs transports.

Était-ce parce qu'ils se considéraient maintenant comme mari et femme ?

— Tu es sûr que tu ne te lasseras pas de moi ?

Il protestait. Elle l'arrêtait.

— As-tu déjà pensé que je suis presque une vieille femme ?

Le printemps passa, l'été, et c'était la foire, il s'en souvenait, quand il était entré un après-midi dans le magasin. Une fois par mois, il y faisait une apparition officielle, en tant que représentant des Papeteries du Sud-Ouest.

Il ne comprit pas tout de suite le signe qu'elle lui adressait de la caisse et il se demanda pourquoi elle ne l'emmenait pas dans le coin du fond.

— J'étais justement en train de préparer ma commande.

C'était vrai. Elle la termina devant lui, en lui montrant du doigt l'étage supérieur.

Quand elle le reconduisit à la porte, il souffla :

— Ton mari ?

Elle acquiesça de la tête.

— Malade ?

Elle répéta le même geste. Puis, à voix haute :

— Au revoir, M. Lomel. Veillez à ce que la livraison ne tarde pas trop.

Il en fut barbouillé toute la soirée. Il avait hâte de lui parler, de lui poser des questions. Quand il téléphona à Mariette, celle-ci répondit :

— Je crains qu'il ne vous faille prendre patience, mon pauvre ami.

— Son mari est malade ?

— Vous le savez ?

Après un silence, il avait balbutié :

— C'est grave ?

Et elle, légèrement, comme si le sujet lui déplaisait :

— Je crois.

En quinze jours, il ne vit Louise que deux fois. La première, elle ne fit qu'entrer et sortir en coup de vent.

— Il faut que je rentre tout de suite. Je suis juste sortie pour faire faire une ordonnance.

Il ouvrit la bouche et elle le fit taire.

— Non ! Ne me parle pas de ça maintenant.

Sur le seuil, seulement, elle questionna, la voix presque dure :

— Tu m'aimes ?

Elle lui posa la même question lors de sa visite suivante, alors qu'ils étaient dans les bras l'un de l'autre, chair à chair, et qu'elle s'acharnait sur lui comme si elle avait voulu le détruire.

— Si jamais tu essayais de ne plus m'aimer...

Un matin, en tournant le coin du boulevard de Clichy, il reçut un choc. Les volets de la papeterie étaient clos et, à l'emplacement de la porte, était fixé un avis mortuaire. La concierge, sur le seuil, était en conversation avec deux voisines à qui elle expliquait sans doute ce qui était arrivé.

Il était si désorienté qu'il se retrouva assis dans un autobus sans se souvenir de l'endroit où il se rendait.

Il visita des clients, avec l'impression de s'agiter dans un brouillard épais et glacé. Dix fois, passant devant un bar, il fut sur le point d'entrer pour téléphoner à Mariette.

Qu'est-ce qu'il lui dirait ?

Il passa vers midi par son hôtel afin de savoir s'il n'y avait pas de message pour lui. Il n'y avait rien. Le soir, rien non plus, et il passa la soirée étendu sur son lit à regarder le plafond.

Pendant trois jours, il n'eut aucun contact avec Louise ou avec Mariette et, le matin de l'enterrement, il se tenait au coin de la place Blanche, caché par un kiosque à journaux, tandis que des draps noirs pendaient à la porte et que des groupes se formaient sur le terre-plein.

Il vit passer le cercueil. Il vit Louise aussi, en grand deuil, le visage caché par son voile, qui montait dans la première voiture en compagnie d'une femme petite et boulotte et d'un homme qui paraissait mal à son aise.

C'étaient Mariette et son mari, qu'il n'avait pas encore rencontrés.

Il attendit quatre heures de l'après-midi pour téléphoner, au bar du coin. Le ciel était sombre. Dans les maisons, on avait allumé les lampes. Les volets du magasin étaient toujours fermés, mais il y avait de la lumière aux fenêtres de l'entresol.

La sonnerie, qui résonnait dans l'appartement, l'impressionna. Il dut attendre longtemps. Ce fut la voix de Mariette qui répondit.

— Pourrais-je parler à Louise ?
— Je vais voir.

Mariette avait l'air de ne pas le reconnaître. Il perçut un murmure de voix. Quelqu'un saisit l'appareil.

— C'est toi ? demanda Louise.
— Oui.

Il ne trouvait plus ses mots, avait oublié le message qu'il voulait lui faire. Bêtement, il dit :

— Comment vas-tu ?
— Bien.

Un silence. Il craignait que la communication ne fût coupée. La voix de Louise, à nouveau, anxieuse :

— Et toi ?
— J'ai hâte de te revoir.
— Sûr ?
— Oui.

Elle parut hésiter à le faire venir tout de suite. Mariette et Arthur devaient l'avoir accompagnée après les obsèques et lui tenaient compagnie.

— Tu as le courage d'attendre à demain ?
— Si tu juges que c'est préférable.
— Je crois. Téléphone-moi demain.

Tout à coup, dans l'engourdissement où le somnifère l'avait plongé, il crut entendre, comme si elle était prononcée en ce moment même, une toute petite phrase :

— *Maintenant, tu peux.*

Et, dans une sorte de spasme, il s'enfonça les ongles dans la paume des mains en s'efforçant de ne pas crier.

Louise lui touchait délicatement la hanche, pour s'assurer qu'il était endormi, et il parvint à rester immobile.

5

On aurait dit qu'il avait peur de se retrouver face à face avec la réalité. Les yeux clos, il écoutait la pluie sur les vitres et dans le feuillage des arbres du boulevard, prenant soin de ne faire aucun mouvement, de garder la pose dans laquelle il s'était retrouvé au réveil, celle des bébés dans le ventre de leur mère, et il ne dégageait même pas sa main qui s'était entortillée dans le drap. C'était un peu comme si, tant qu'il ne bougeait pas, il évitait de donner prise au sort.

Son esprit et ses sens n'en étaient pas moins en éveil et l'intensité des bruits du dehors, le passage des autobus et des camions de livraison lui indiquaient que la journée était commencée.

Aucun son ne montait encore du magasin. Avec précaution, comme un animal qui tâte le terrain, il fit glisser son pied entre les draps, ne rencontra rien d'autre que la toile déjà refroidie.

Louise était levée. Elle ne se trouvait pas dans la salle de bains. Il s'efforçait de la situer dans l'appartement quand, derrière la porte de la salle à manger, une tasse heurta une soucoupe. Ce bruit léger fut suivi d'un chuchotement qui lui apprit que sa femme prenait son petit déjeuner en donnant des instructions à la bonne.

La drogue de la veille lui laissait la bouche pâteuse et, dans tout le corps, une paresse voluptueuse. Il fut longtemps avant d'avoir le courage de tourner la tête et d'entrouvrir les paupières pour voir l'heure au réveil. Les aiguilles marquaient huit heures et demie.

Il n'avait pas l'intention de se lever maintenant et il s'efforça de reprendre sa pose aussi exactement que possible, s'ingéniant à placer ses membres dans le même creux. La pluie tombait d'abondance, en gouttes serrées qui devaient former des poches dans les bâches des baraques.

Une chaise bougea. La porte s'ouvrit sans qu'il eût entendu tourner le pêne, et c'est par un léger mouvement de l'air qu'il en eut connaissance. Sa femme devait le regarder par l'entrebâillement et il restait plus immobile que jamais, surveillait sa respiration pour avoir l'air de dormir.

Alors, elle s'avança sur la pointe des pieds, s'arrêtant à chaque pas, et, à certain moment, il perçut une ombre entre lui et la fenêtre. Elle l'observait en silence. Un nerf tiraillait sa paupière droite et il avait besoin de toute sa volonté pour ne pas se trahir par un tressaillement.

Le temps lui parut long. Une bouffée fraîche et une odeur de savon émanaient de Louise. Elle repartit si doucement qu'elle avait atteint la porte quand un craquement de soulier lui indiqua qu'elle avait changé de place.

Elle alla parler à Fernande, dans la cuisine, et leurs deux voix lui rappelaient le murmure du confessionnal. Il devait être neuf heures moins trois ou moins deux minutes, comme d'habitude, quand elle descendit l'escalier de fer, marquant un temps à chaque marche, et, lorsqu'elle toucha enfin le carrelage du magasin, il put laisser ses muscles se détendre.

Il aurait voulu, ce jour-là, n'avoir aucun contact avec des êtres humains, pas même, à travers le rectangle de la fenêtre, avec la vie de la rue, s'enfermer à double tour, seul, se terrer dans son trou comme une bête. Mais il n'existait pas un endroit où il fût réellement chez lui, cette chambre n'était pas la sienne, la routine quotidienne qui commençait en bas ne participait pas de lui, existait, pareille, bien avant qu'il mît les pieds dans la maison.

M. Charles leva les volets, et cela lui rappela que le magasinier ne lui adressait jamais la parole sans nécessité. Aussi loin qu'il se souvînt, il ne leur était pas arrivé d'échanger de mots inutiles, d'avoir de ces contacts comme en ont des étrangers qui se parlent pour remarquer qu'il fait beau temps ou qu'il pleut, ou que l'autobus est en retard.

Il n'avait pas envie que sa femme vienne lui demander de ses nouvelles et il prit autant de précautions pour gagner, pieds nus, la salle de bains, qu'elle en avait pris pour s'approcher de lui. Il se trouva mauvaise mine. Il se faisait probablement des idées, mais, depuis quelque temps, il lui semblait que sa barbe poussait plus vite qu'auparavant, et il avait entendu dire que la barbe des morts, pendant les premières heures, pousse à une vitesse surprenante.

Le téléphone sonna, à la caisse, alors qu'il passait sa robe de chambre en laine brune qui lui donnait l'air d'un moine. Il se tenait juste au-dessus de l'escalier de fer. Louise répondait à mi-voix, par crainte de l'éveiller.

— Allô... Oui... C'est toi ?... Je ne sais pas... Il dort encore...

C'était évidemment Mariette qui prenait de ses nouvelles. Que racontait-elle ensuite, tandis que Louise se contentait de murmurer à intervalles presque réguliers :

— Oui... oui... oui... oui...

Après qu'il eut compté dix-sept « oui », elle prononça enfin :

— Je le lui dirai. Au revoir.

Il resta encore un moment à sa place pour s'assurer qu'elle n'allait pas monter, gagna la cuisine où Fernande sursauta en sentant sa présence derrière elle.

— Vous m'avez fait peur.
— Je voudrais une tasse de café.

Est-ce parce qu'elle lui trouvait mauvaise mine, elle aussi, qu'elle le regardait de la sorte ?

— Vous ne prenez pas votre petit déjeuner ?
— Non.
— Je vous sers dans la salle à manger ?
— Donnez-moi ma tasse ici.

Il attendit que son café soit versé, le sucra et emporta la tasse dans la chambre à coucher, s'assit dans le fauteuil près de la fenêtre. Les forains, par un temps pareil, ne sortaient guère de leur roulotte, et il imagina les familles entassées dans un espace exigu comme des lapins dans leur terrier.

Sans trop réfléchir, il les envia.

Un peu plus tard, la conversation, par le truchement du tube pneumatique, entre Louise et Fernande, amena un vague sourire sur ses lèvres. D'où il était, il entendait les deux voix, l'une au pied de l'escalier, l'autre derrière la porte, avec des timbres et des intensités différentes.

— Vous m'entendez, Fernande ?

Celle-ci, sans prendre de précaution, répondait :

— Oui, madame.
— Monsieur dort toujours ?
— Non, madame. Il est tout juste venu chercher son café.

Il comprenait qu'en bas sa femme hésitait, regardait en l'air en se demandant ce qu'elle devait faire. La situation était encore plus embarrassante pour elle que pour lui. Elle devait savoir qu'il savait et, si elle n'en avait pas la certitude, le doute était encore plus pénible.

C'est à l'intention d'Étienne qu'elle se mit à parler à M. Charles, de sa voix de tous les jours, lui donnant des instructions dont il n'avait probablement pas besoin, au sujet de commandes en cours. Elle voulait que la vie ait son rythme quotidien, citait des noms familiers de clients, des références qui appartenaient au vocabulaire de la maison.

Après, il y eut un nouveau silence, un vide. Enfin il entendit vibrer la première marche de l'escalier de fer, le pas de Louise se raffermit vite et elle monta jusqu'en haut d'une traite.

— Tu es levé ?

Elle avait eu un choc, ne s'attendant pas à le voir dans ce fauteuil-là, à contre-jour, en robe de chambre, les cheveux non peignés.

— Tu ne déjeunes pas ?
— Je n'ai pas faim.

La voix d'Étienne était plus mate que d'habitude. Il ne le faisait pas exprès, pour l'effrayer, mais cela ne lui déplaisait pas de la voir perdre contenance.

— Tu ne te sens pas bien ?

— Je vais beaucoup mieux.
— Ton rhume ?
— Il a presque disparu.
Il ajouta comme un défi :
— Je sortirai peut-être tout à l'heure.
— Ce serait stupide de te promener sous une pluie pareille après trois jours de lit.
— Je verrai cet après-midi.
— Tu ne te recouches pas ?
— Non.
— Tu restes où tu es ?
— Je crois.

Elle ne lui imposait pas la corvée du thermomètre, évitait de le contrarier, et cela devait l'ennuyer de ne pas le voir de face, de n'apercevoir qu'un profil à contre-jour, ce qui l'empêchait de surprendre ses expressions.

— Mariette a téléphoné pour demander de tes nouvelles.

Il ne dit pas qu'il le savait. Il ne dit rien.

— Elle te souhaite un prompt rétablissement.

Vit-elle un coin de sa bouche qui se retroussait dans un sourire sans gaieté ?

— Tu ne prends pas ton bain ?
— Pas maintenant.

Tant pis pour le ménage, que cela compliquait. Il n'en avait pas envie. Ni de se raser.

— Il faut que je descende au magasin.
— Oui.

Elle finit, pour que ce ne soit pas trop différent des autres jours, par s'approcher de lui et, se penchant, par poser un baiser sur son front.

— Si tu as besoin de quelque chose, appelle ? Tu ne désires pas que je te fasse monter les journaux ?
— Non.

Cela se passait-il ainsi, jadis, avec l'autre ? Guillaume Gatin avait vécu des mois dans cette même pièce, avec la même vue au-delà des fenêtres, les mêmes bruits qui montaient d'en bas. Étienne se souvenait que, pendant cette période-là, quand Louise venait le retrouver rue Lepic, elle devait faire un détour pour ne pas traverser le boulevard en vue de la maison.

Ce n'était pas le même fauteuil. Celui-ci faisait partie du nouveau mobilier. Mais il y en avait certainement un à cet endroit-là.

— A tout à l'heure.
— A tout à l'heure, répéta-t-il.

Son rhume allait réellement mieux. Rien ne l'empêchait de sortir, s'il en avait envie. Seulement, il n'en avait pas envie. Il n'avait envie de rien, ressentait une fatigue à la fois physique et morale. Il n'avait pas le courage de bouger, ni de lire, pas même le courage de penser.

Plus tard, dans la matinée, quand il serait en forme, il griffonnerait des notes sur la page cachée dans la *Vie des Insectes*. Pour cela, il lui faudrait se lever. Or il n'appelait pas Fernande pour lui demander une seconde tasse de café, ce qui n'était pas fatigant, préférant attendre qu'elle ait fini son travail dans la salle à manger et qu'elle entre dans la chambre pour faire le lit.

En réalité, s'il avait eu l'intention de s'en aller, cela lui aurait été difficile. L'idée ne lui en était jamais venue jusqu'à ce matin. Elle le frappait soudain et il en était ahuri.

Est-ce que Louise l'avait fait exprès ? C'était possible. Il l'en croyait capable, pas tant par calcul proprement dit que pour mieux s'assurer de lui, pour qu'il n'existe pas en dehors d'elle.

Lors du mariage, elle ne lui avait parlé de rien. Pendant les semaines suivantes, il avait continué à travailler pour les Papeteries du Sud-Ouest, partant le matin, ne rentrant souvent que le soir, ne manquant pas de téléphoner trois ou quatre fois dans la journée.

Un soir, il l'avait trouvée soucieuse.

— Il va falloir que j'engage quelqu'un, lui dit-elle.

Il ne comprit pas tout de suite.

— Je reçois sans cesse des réclamations. Les clients s'impatientent. Ils ont été habitués à recevoir la visite d'un voyageur.

Elle évitait de parler directement de son premier mari.

— Qu'est-ce que tu en penses ?
— De quoi ?
— Je me suis demandé toute la journée s'il est préférable que tu continues à travailler pour les Papeteries du Sud-Ouest ou que tu travailles pour nous.

Elle avait dit *pour nous*. C'était une entorse à la vérité. Il n'avait rien à voir dans son commerce. Cela lui avait paru naturel, la veille du mariage, de passer chez le notaire de sa femme pour signer un contrat de séparation de biens dont il ne s'était pas donné la peine d'écouter la lecture.

— Réfléchis, Étienne. Je ne désire pas t'influencer. Il est certain que je préférerais que nous travaillions ensemble.

La seule chose qui l'ait fait hésiter, c'était l'image, restée vivante dans sa mémoire, de Guillaume Gatin, l'unique fois qu'il l'avait rencontré, debout près du comptoir, en demi-saison beige, le chapeau sur la tête.

Deux heures plus tard, dans leur chambre, il n'en annonçait pas moins :

— Je donnerai ma démission à la fin de la semaine.

Il voulait s'intégrer à elle au maximum.

Louise avait-elle une idée de derrière la tête ? Il n'avait pas été question de son traitement. Quand il avait besoin d'argent, il en demandait à sa femme, et cela lui paraissait naturel puisque c'était elle qui tenait la caisse et avait la responsabilité de l'affaire.

La situation était parfois embarrassante, quand il avait à lui faire un cadeau, par exemple, et qu'il était forcé d'inventer un prétexte, puis, après coup, de lui avouer la tricherie.

Le magasin, les marchandises, les meubles, tout ce qu'il y avait autour de lui appartenait à Louise et, à quarante ans, il ne possédait rien en propre, pas même, en regardant froidement les choses, les quelques billets de cent francs qui devaient se trouver dans son portefeuille.

Sa bouche s'étira une fois de plus. Ce fut presque un ricanement. Il venait, dans son coin, les joues râpeuses de barbe, pendant que Fernande retournait le matelas, de se faire de Louise une image nouvelle. Était-ce la vraie ? Était-ce ainsi que les autres la voyaient, et avait-il été le seul, jusqu'ici, à la voir autrement ?

Les bonnes, il le soupçonnait, la trouvaient dure et avare, les fournisseurs du quartier aussi, à qui sa femme donnait des coups de téléphone dont il était parfois gêné.

Mais le vieux M. Théo ? N'était-il resté si longtemps avec elle que par fidélité à la mémoire de son père dont il avait été l'ami, en même temps que l'employé ?

Et M. Charles ? Était-ce un mouton qui se satisfaisait de sa médiocrité sans avoir le courage de chercher plus loin ?

N'était-ce qu'une plaisanterie exempte d'arrière-pensée quand Arthur Leduc appelait Louise :

— *La patronne !*

D'autres fois, il l'appelait Junon.

Que disait-on de lui-même ? A l'école, où il n'appartenait à aucune bande, ses condisciples devaient l'accuser d'être renfermé. Il se souvenait d'un de ses instituteurs qui interrompait sa leçon pour lui lancer avec impatience, de l'animosité dans le regard :

— *Qu'êtes-vous encore en train de ruminer, Lomel ?*

Et sa mère, quand elle était en train de lui adresser des reproches :

— *Évidemment, tu ne m'écoutes pas. Tu n'avoueras pas que tu as tort. Tu es trop fier pour ça !*

Fier, c'était encore le mot qu'on lui appliquait à la caserne, et, dans les différents bureaux où il avait travaillé ensuite, on ne l'avait jamais considéré comme un bon camarade.

Toujours, il avait été un solitaire, et les gens se méfient des solitaires, sans se demander la raison de leur attitude.

Jusqu'à sa rencontre avec Louise.

Il se revit, la première fois qu'il avait pénétré dans l'appartement et qu'elle lui avait servi du vermouth ; un peu de couleur monta à ses joues ; il eut honte de l'image qu'il venait de se faire d'elle, méchamment, comme pour se venger.

Elle parlait au téléphone, en bas. Il écouta sa voix calme qui répétait les articles d'une commande.

Ne venait-il pas de la trahir ?

Ne pouvait-on pas juger aussi sévèrement ses actes à lui ?

Quelle idée, par exemple, avait-on eue de lui et des motifs de sa conduite quand il était venu s'installer dans la maison ?

Il évoquait rarement cette époque-là, qu'il avait vécue dans la fièvre, dans une sorte de désordre moral, de déséquilibre, qui lui en rendait le souvenir déplaisant.

Quand il téléphonait à Louise, les jours qui avaient suivi les obsèques, ce n'était pas pour venir la voir, ni pour l'attirer dans sa chambre de la rue Lepic. C'était parce qu'il avait besoin de reprendre contact avec elle et de se rassurer.

Avait-elle compris qu'il ne la relançait pas ?

— Louise ?
— Oui.
— Comment te sens-tu ?
— Bien. Un peu fatiguée. Et toi ?

Il lui parlait de n'importe quoi, pour la garder le plus longtemps possible à l'appareil. Il ignorait ce qui allait se passer. C'était d'elle que viendrait la décision.

Le quatrième jour, elle lui avait dit :

— Écoute, Étienne. J'ai pensé que nous pourrions prendre deux semaines de vacances, tous les deux. M. Charles gardera le magasin. Si tu peux te rendre libre, nous nous retrouverons après-demain au train de cinq heures à la gare de Lyon.

Il avait dû emprunter de l'argent et engager sa montre au Mont-de-Piété. On était en mars. Ils étaient allés à Nice. Elle lui paraissait plus fragile dans le tailleur noir qu'elle avait adopté, avec un chemisier blanc et un tout petit chapeau.

Dans le train, ils n'avaient presque pas parlé. A Nice, où ils avaient débarqué par un matin de soleil comme ils ne se souvenaient pas d'en avoir vu et où, dès la gare, ils avaient été enveloppés par l'odeur sucrée des mimosas, c'était elle qui avait choisi l'hôtel, assez loin des palaces, mais sur la Promenade des Anglais.

Chacun s'était inscrit sous son propre nom, mais ils n'avaient pris qu'une chambre.

Il avait d'abord cru qu'il faudrait laisser s'écouler un certain temps avant de reprendre leur vie passionnée, mais, tout de suite, les bagages non encore défaits, devant la mer qui miroitait au-delà de la fenêtre ouverte, avec un enfant en maillot rouge qui jouait dans le sable de la plage, elle s'était mise nue en le regardant farouchement.

C'est ce matin-là, alors que leurs corps semblaient vouloir se faire du mal, qu'elle lui avait demandé, les yeux dans les yeux, les dents serrées par une sorte de rage :

— Tu es sûr que tu m'aimes ?

Il comprenait que tout ce qu'ils avaient dit avant ne comptait pas, que c'était cette fois-ci qui comptait. Il comprenait aussi qu'elle était à l'affût d'une hésitation, d'un tremblement de sa voix.

— Je t'aime.
— Je ne te laisserai jamais me quitter, tu entends ?

Il avait dit oui, en toute connaissance de cause.

Pendant leurs deux semaines, ils n'avaient parlé à personne, avaient vécu seuls, comme un loup et sa louve dans la forêt, et tout ce qui les intéressait c'était, chacun, de lire dans les yeux de l'autre.

Elle attendit le dernier jour pour lui annoncer :

— La loi ne me permet pas de me remarier avant dix mois. Tant pis pour ce que les gens diront. Tu vas venir vivre avec moi.

Plus tard, elle lui demanda à brûle-pourpoint :

— Tu es baptisé ?

— J'ai reçu une éducation catholique.

— Moi aussi. Quand nous nous marierons, ce sera à l'église.

Elle n'allait plus à la messe. Peut-être ne croyait-elle pas en Dieu. Mais elle voulait, entre eux, le maximum de liens.

Quand ils étaient rentrés à Paris, il avait trouvé de nouveaux meubles dans la chambre à coucher et une bonne qu'il ne connaissait pas.

Les vêtements du mort avaient disparu des armoires. Le seul objet ayant appartenu à Guillaume qu'il découvrit un jour au fond d'un tiroir était une pipe cassée.

Il la mit dans sa poche et, n'osant pas la jeter dans la rue, s'arrangea pour traverser la Seine ce jour-là et la jeta du haut du pont.

La concierge ne le considéra jamais comme faisant partie de la maison, même après leur mariage qui eut lieu un an plus tard, à la mairie du IXe d'abord, puis à l'église de la Trinité qui était vide et fraîche. A travers le rideau de sa loge, elle le suivait d'un regard de mépris chaque fois qu'il passait et c'était à Louise seule qu'elle adressait la parole.

Pendant longtemps, il avait ignoré de quoi, officiellement, Guillaume Gatin était mort. Il ne pouvait pas le demander à sa femme, ni à personne.

A deux ou trois occasions, pour des maladies sans gravité, le docteur Rivet vint les voir, la barbiche blanche, les sourcils broussailleux, et lui aussi avait une façon déplaisante de regarder Étienne.

Bien des mois s'étaient écoulés quand, par la fenêtre ouverte, il avait surpris une conversation, sur le trottoir, entre la concierge et une femme de voisinage.

Il soupçonnait d'ailleurs la concierge de l'avoir fait exprès de parler haut, le sachant dans sa chambre.

— *Eh ! oui. On ne se serait jamais douté que le pauvre homme avait une maladie de cœur. Lui si gai ! Avec toujours un mot aimable à la bouche.*

Peut-être regardait-elle en l'air pour s'assurer que la fenêtre était ouverte.

— *Il était si maigre, quand il est mort, que les hommes qui l'ont mis dans le cercueil m'ont dit qu'il ne pesait pas plus qu'un enfant de dix ans.*

Pendant quinze ans, il n'avait posé aucune question à sa femme et il lui arrivait de trembler à l'idée qu'elle pourrait lui faire des confidences.

Comme à Nice, ils avaient vécu seuls, creusant en quelque sorte leur solitude dans le grouillement de Paris, et il n'y avait que les Leduc à venir les voir une fois la semaine.

Cela lui avait fait un curieux effet quand Louise lui avait dit devant eux :

— *Je crois que tu peux les tutoyer.*

Il se leva, les membres ankylosés, sortit le Fabre du rayon et regarda la feuille, ajouta au crayon :

« *Mercredi 24 : lit.* »

« *Jeudi 25 : belote. Conversation Louise-Mariette.* »

« *Vendredi 26 : téléphone Mariette.* »

Il se comprenait. Ce n'était pas suffisant. Quand il en aurait le courage, il écrirait une récapitulation complète, avec tous les faits, toutes les dates.

Il était trop tard pour interroger le docteur Rivet, qui était mort deux ans plus tôt, mais il irait revoir son médecin de l'avenue des Ternes et lui poserait des questions précises.

Il ne voulait pas mourir. Il ne voulait pas s'en aller non plus. Il n'avait rien d'autre au monde que Louise.

Ne l'avait-elle pas supplié de ne jamais la quitter ?

Il l'entendait aller et venir, en bas, et rien que son pas le rassurait.

Il n'avait plus envie de sortir de la maison, de perdre le contact avec elle.

Les choses s'étaient-elles passées de la même façon pour Guillaume ?

Il se mit à compter les mois du bout des lèvres.

Guillaume était resté trois mois entiers dans la chambre. Il s'y était couché un jour que, sans doute, il avait une crise, et, quand il en était ressorti, il ne pesait pas plus, comme disait la concierge, qu'un enfant de dix ans.

Il faillit appeler, par peur. Il se leva, chercha Fernande dans l'appartement, la trouva dans la chambre de débarras, surprise de l'y voir, se demandant ce qu'il voulait.

Il n'avait rien à lui dire. Il avait seulement besoin de voir une créature humaine. Un être bien portant aller et venir.

— Vous avez besoin de quelque chose ?

Il chercha, ne trouva rien.

— Non.

Louise avait dû l'entendre marcher. Quand il revint dans la chambre, elle montait l'escalier.

— Qu'est-ce que tu fais ?

— Rien.

— Tu t'ennuies ?

Peut-être avait-elle pitié de lui, comme on a pitié d'un chat qu'on est obligé de noyer.

Il ne parvenait pas à lui en vouloir, sentait que ce n'était pas sa faute.

N'était-il pas aussi coupable qu'elle ? Avait-il eu le courage de lui poser une question ?

Il s'était tu et elle s'était tue. Pendant quinze ans. Et pour se raccrocher à quelque chose, pour se rassurer, pour se prouver qu'ils étaient deux, ils faisaient désespérément l'amour.

Il avait toujours su la vérité. Même s'il refusait d'y penser. C'est pourquoi il avait tellement besoin d'elle.

— Tu veux que je reste un moment avec toi ?

Il fit signe que non.

— Où t'assieds-tu ?

— Je ne sais pas.

Il était pris d'une sorte de vertige et il y résistait de toutes ses forces. Il avait envie de la saisir par les épaules, d'attirer son visage vers le sien, tout près, de la regarder dans les yeux comme ils se regardaient quand ils s'étreignaient et de lui crier :

« *Écoute-moi une fois pour toutes : tu as tué Guillaume parce que tu me voulais et je l'ai toujours su, je l'ai soupçonné dès le premier jour. Je ne t'en ai pas empêchée. Je t'ai laissée faire. Je ne t'ai parlé de rien. Parce que je t'aimais. Parce que je te voulais, moi aussi. Parce que je n'avais eu aucune femme dans ma vie.*

« *Je t'ai épousée.*

« *J'ai vécu ici, avec toi, pendant quinze ans. Nous avons tout fait pour que nos corps n'en soient plus qu'un, pour que ta salive soit la mienne, que ton odeur et mon odeur soient notre odeur.*

« *Nous nous sommes acharnés à ce que notre lit devienne notre univers.*

« *Regarde-moi, Louise.*

« *Cent fois, tu m'as supplié de ne jamais te quitter.*

« *Maintenant, tu es en train de me tuer à mon tour. Je le sais. Je le sens. J'ai pris, dans cette chambre, la place de Guillaume, peut-être parce qu'en bas, parce que rue Lepic, un autre a pris ma place d'autrefois.*

« *Dis-moi la vérité. Avoue.*

« *Dis-moi son nom !* »

— Qu'est-ce que tu as ? questionna-t-elle.

Il eut l'impression d'ouvrir les yeux, de découvrir qu'elle était là à le regarder avec inquiétude. Il avait encore sur les lèvres le dernier mot qu'il aurait prononcé :

« *Pitié !* »

Il se passa la main sur le front et la retira mouillée. Il vacilla.

— Assieds-toi, dit-elle en approchant vivement une chaise.

Elle l'aida à s'asseoir. Il était agité d'un tremblement.

— Qu'est-ce que tu ressens ? Veux-tu que j'appelle le docteur ?

Il fit signe que non.
— Un verre d'eau ?
— Non.
— Tu n'aurais pas dû te lever.
— Louise !
— Oui ?

Il fit un effort, avala sa salive. Il voulait que sa voix soit calme et neutre.

— Tu m'aimes encore ?

Il savait déjà. Elle avait eu un petit choc qui ne lui avait pas échappé. Maintenant, elle s'efforçait inutilement de sourire.

— Quelle question ridicule !
— Tu n'as pas répondu.
— C'est oui, bien sûr.

Il sentait une certaine chaleur dans son regard, peut-être une certaine affection, mais il venait d'acquérir la certitude qu'elle ne l'aimait plus.

— Tu peux descendre, murmura-t-il.
— Je reste près de toi.

Il haussa imperceptiblement les épaules. A quoi bon discuter ? Qu'elle reste ou qu'elle ne reste pas, cela ne changerait plus rien.

— Dès que tu auras repris ta respiration, je te mettrai au lit.
— Non.

Le lit l'effrayait, et même la chambre, tout à coup.

— Qu'est-ce que tu veux faire ?
— Rien.

Qu'aurait-il pu faire ? Guillaume aussi avait dû lui demander avec angoisse si elle l'aimait encore, et, pressée de se précipiter dans leur chambre de la rue Lepic, elle lui répondait de la même voix :

— *Quelle question ridicule !*

A moins que Guillaume ne se soit aperçu de rien. Il n'existait pas encore de précédent. Il n'avait pas été son complice.

— Tu as froid ?
— Non.
— Tes mains sont glacées.

Il lui fit signe de s'écarter. C'était trop brutal pour qu'il se précipite dans la salle de bains. Il n'eut même pas le temps de s'éloigner du tapis, à peine de se soulever de sa chaise et de se pencher : son café jaillit d'un seul coup de sa gorge en un jet qui éclaboussa jusqu'au milieu de la salle à manger.

— Je te demande pardon, balbutia-t-il, les deux mains sur la poitrine.

Elle répondit distraitement :

— Ce n'est pas ta faute.

DEUXIÈME PARTIE

1

C'était le second mardi depuis qu'il avait décidé de vivre et de ne pas perdre Louise. Il avait visité deux clients, après le déjeuner, de ceux qui ne lui prenaient pas beaucoup de temps, et, dès deux heures et demie, était entré dans ce petit café de l'avenue des Ternes où il s'était assis à une table près de la vitre.

De l'autre côté de l'avenue, entre une grande épicerie qui avait des rayons sur le trottoir et un marchand de chaussures, il pouvait voir, quand le flot de voitures s'arrêtait, une plaque d'émail bon marché, à gauche de la porte de l'immeuble, et, s'il ne distinguait pas les lettres à cette distance, il savait que la plaque portait :

Albert Doër
Docteur en Médecine

En plus petits caractères figuraient les heures de consultation. Il avait commandé un quart de Vichy qu'il évitait de boire, par crainte que certains éléments contenus dans l'eau minérale faussent l'expérience. Comme presque tous les mardis, il avait mangé des côtelettes d'agneau avec de la purée de pommes de terre, et, maintenant, assis sur la banquette à côté de sa serviette d'échantillons, il attendait le commencement de la crise.

Pour la première fois, il souhaitait qu'elle se produise et, son regard un peu fixe posé sur n'importe quel point de l'espace, il était attentif à ce qui se passait en lui, appuyant parfois le pouce sur son poignet gauche pour compter les pulsations.

A part lui, il n'y avait, dans la salle, qu'une grosse femme de la campagne entourée de paquets, les yeux rouges d'avoir pleuré, se tournant sans cesse vers l'horloge puis vers la porte avec une anxiété qui finit par l'irriter.

Il n'était pas d'humeur à s'apitoyer sur les malheurs des autres et c'était le genre de femme à lui adresser la parole pour lui faire des confidences. Parfois, ses lèvres remuaient comme si elle récitait des prières et, quand elle posait le regard sur lui, il sentait son envie de parler, détournait le visage. Elle était vêtue de noir, avec une robe neuve sous son manteau, un chapeau neuf. Elle devait être en deuil. Peut-être avait-elle fait le voyage de Paris pour un enterrement ? Il pencha plutôt pour une veuve de fraîche date qui venait voir sa fille placée en maison bourgeoise.

La fille n'était pas au rendez-vous, ne viendrait probablement pas.

La mère, qui d'impatience avait déjà mangé trois ou quatre brioches, ne la reverrait peut-être jamais.

Derrière une cloison qui ne montait qu'à hauteur d'homme, des gens étaient accoudés au bar, qu'on entendait parler et cracher par terre, et, de temps en temps, le garçon venait s'assurer que la grosse femme et lui étaient toujours là et n'avaient besoin de rien.

Il avait beaucoup mangé, exprès, à déjeuner. C'est pour tromper son impatience qu'il était allé voir deux clients, des commerçants peu importants pour qui M. Théo imprimait des factures. Il n'avait pas bu de café. La paysanne, qui essayait d'attirer son attention et se figurait que son cas était intéressant, ne se doutait pas de la nature de ses préoccupations. Pour elle, il était un monsieur sérieux, bien habillé, avec une serviette, assis devant un verre d'eau minérale.

A certain moment, elle soupira si fort qu'il la regarda en face et eut à peine le temps de se tourner vers la rue avant qu'elle parle.

La visite du mardi précédent n'avait pas donné de résultat concluant. C'est par hasard qu'il était venu un mardi, dans la matinée, alors qu'il n'avait pris que du café et des croissants.

Les jours précédents, il n'avait pour ainsi dire rien mangé.

Au début, cela avait été embarrassant ; quand il était entré dans le cabinet de consultation, après avoir attendu plus d'une heure, le docteur l'avait reconnu, mais sans se souvenir exactement de l'objet de sa première visite, cela se voyait à la façon de chercher dans sa mémoire. Il devait examiner plus de quarante patients par jour, des nouveaux, pour la plupart, qu'il ne revoyait plus par la suite.

— Je vous ai déjà consulté une fois au sujet de mon cœur.

Le médecin fit un signe d'assentiment.

— Déshabillez-vous.

— Ce n'est pas pour la même raison que je suis ici aujourd'hui. Je voudrais vous poser deux ou trois questions.

Doër travaillait à la chaîne. L'antichambre était pleine et ce préambule l'inquiétait, il jetait un coup d'œil machinal vers la porte.

— Supposez qu'un homme absorbe régulièrement une certaine dose d'arsenic...

Le visage du praticien changeait d'expression, il s'y attendait, mais il s'était juré d'aller jusqu'au bout.

— Je désirerais savoir s'il y a moyen d'en acquérir scientifiquement la certitude.

Les vitres étaient dépolies jusqu'à mi-hauteur des fenêtres et, tout près, se trouvait une table articulée couverte d'une toile cirée et d'une serviette douteuse pour l'examen des malades. Sur un guéridon émaillé étaient rangés des spéculums, des pinces, des instruments de chirurgie dont Étienne ne connaissait pas l'usage et qu'il évitait de regarder.

— Vous comprenez ce que je veux dire ?

Son regard devenait suppliant, sa voix tremblait, il lui semblait que, ce matin-là, son sort se jouait.

— En somme, vous me demandez si une personne qui se croit empoisonnée peut en acquérir la preuve par des procédés médicaux ?

Il fit oui de la tête, sans baisser les yeux. C'était le docteur, à présent, qui paraissait embarrassé et fixait un instant la main gauche d'Étienne à la place de l'alliance.

— C'est évidemment possible, pour autant que la dose soit assez forte.

— Comment ?

— Par l'examen des urines, d'abord, le plus concluant, ensuite par celui du sang. Je dis pour autant que la dose soit assez forte parce qu'on trouve des traces d'acide arsénieux dans la plupart des organismes.

— Vous pouvez vous charger de cette analyse ?

Le docteur hésitait, l'observait, murmurait :

— Vous êtes du quartier ?

Il mentit.

— J'habite à la porte Pereire.

— Vous avez de sérieuses raisons de croire que vous absorbez de l'arsenic à votre insu ?

— Peut-être.

Est-ce que le médecin ne le prenait pas pour un maniaque, ou pour un neurasthénique ? Comme à son corps défendant, à regret, il lui tendait un récipient de verre en disant :

— Urinez là-dedans.

Et, pendant ce temps-là, il préparait la seringue et l'aiguille pour la prise de sang, sans cesser de l'observer et de se faire une opinion.

— Retirez votre veston. Relevez la manche gauche de votre chemise.

Étienne, qui avait horreur de la vue de son sang, fixa la fenêtre. Sa peau paraissait encore plus blanche, ici, que boulevard de Clichy.

— Quand, à votre idée, auriez-vous été susceptible de prendre de l'arsenic ?

— Je ne sais pas au juste. Depuis plusieurs semaines, peut-être plusieurs mois.

— Vous avez beaucoup maigri ?

— Oui.

— Il vous est arrivé de sentir une chaleur à la gorge en même temps que des douleurs abdomidales ?

— Oui.

— Vous avez des troubles au cœur ?

— C'est pour cela que je suis venu vous consulter il y a plusieurs semaines.

Il avait répondu juste, il le savait, car il avait consulté une encyclopédie sur les effets de l'arsenic. Cela paraissait ennuyer le docteur.

— Je ne peux pas faire les analyses maintenant. Le travail est assez long. Revenez demain matin. Si vous n'avez pas le temps, téléphonez-moi pour la réponse.

C'était visible qu'il préférait être payé tout de suite.

— Combien vous dois-je ?

— Cinq mille francs, répondit-il avec une hésitation.

Étienne avait préféré revenir le lendemain, et, quand Doër l'avait aperçu au bout de la file, il l'avait fait entrer avant son tour. Était-ce un signe ? Étienne prenait déjà la mine d'un condamné.

— Lorsque vous m'avez fait part de vos ennuis, hier, je n'ai pas réfléchi à la délicatesse de la situation. C'est une lourde responsabilité, pour moi, de vous donner le résultat d'une telle analyse et je me demande si, du point de vue de l'éthique professionnelle, je suis dans mon droit.

— Est-ce qu'il ne s'agit pas de ma santé et n'êtes-vous pas médecin ?

— D'autres personnes peuvent être en cause aussi. Si vous aviez ingurgité de l'arsenic par erreur ou par accident, le cas serait différent. Je m'empresse d'ajouter que mes conclusions n'ont rien de positif. Vous m'entendez bien ?

Il insistait, sérieux, inquiet, comme s'il s'agissait d'un avortement ou de quelque opération illégale.

— J'ai relevé des traces d'acide arsénieux, c'est un fait, non dans les urines, mais dans le sang, ce qui laisse supposer que l'absorption n'est pas très récente. D'autre part, la quantité n'en est pas suffisante pour en déduire que quelqu'un tente de vous empoisonner.

Comme par hasard, Étienne avait eu une crise la veille, dans l'après-midi. Était-ce parce qu'il avait été impressionné par la visite faite le matin au médecin de l'avenue des Ternes ?

— Il n'y a aucun moyen d'obtenir une certitude ?

— Il faudrait que les prélèvements soient faits assez peu de temps après que le poison a été absorbé, avant que l'organisme en ait commencé l'élimination.

— Vous me permettez de revenir mardi prochain ?

— C'est votre affaire.

Le docteur ne lui avait pas demandé pourquoi mardi, plutôt qu'un autre jour, mais il avait compris ce qu'Étienne avait derrière la tête car il l'avait regardé avec plus d'attention que la veille, en même temps qu'avec une gêne accrue.

— Si vous venez, j'essayerai de vous faire passer tout de suite, ajouta-t-il, avec un coup d'œil à la serviette d'échantillons.

Plus légèrement, alors qu'ils marchaient tous les deux vers la porte, il questionna :

— Vous êtes dans les affaires ?

Il avait répondu oui, mais le médecin avait assez l'habitude des hommes pour deviner qu'il était voyageur de commerce.

Aujourd'hui, il aurait été dépité que la crise ne se produise pas et il trichait un peu, s'appuyant d'une certaine façon au rebord de la table de manière à comprimer son estomac. Il avait remarqué depuis quelque temps qu'il pouvait à volonté provoquer des contractions dans sa poitrine. Cela commençait par une douleur assez précise, pas toujours au même endroit, mais invariablement du côté gauche, et ensuite cela s'irradiait comme des vagues pour atteindre son épaule et parfois la saignée du bras.

Il lui suffisait, par exemple, de penser à certaines choses auxquelles il n'aimait pas penser, en particulier aux dernières semaines de Guillaume Gatin dans la chambre que l'escalier de fer reliait au magasin.

Pendant les trois jours qu'il était resté couché, tout de suite après avoir vomi sur le tapis de la salle à manger, il s'était identifié au premier mari de Louise et peut-être avait-il éprouvé un certain soulagement à s'enfoncer toujours plus avant dans Dieu sait quels abîmes.

Il ne s'était pas rasé, pas lavé, pour se sentir sale, et il refusait que sa femme lui passe une éponge mouillée sur le corps et sur le visage.

Il avait renoncé à vivre. Il se voyait mourir à petit feu et ne luttait pas. Il ne regardait personne en face, ni sa femme, ni Fernande, ni le docteur Maresco que Louise avait fait descendre et par qui il s'était laissé ausculter sans souffler mot.

Il ne voulait pas se souvenir des pensées qu'il avait ruminées pendant ces trois jours-là, les plus écœurants de sa vie. Ce n'était d'ailleurs pas vrai qu'il acceptait la mort de gaieté de cœur, puisqu'il refusait toute nourriture, sauf du pain et du beurre dans lesquels il lui semblait difficile d'introduire du poison.

Il ne buvait que de l'eau, suivait des yeux Louise ou Fernande quand elles allaient remplir son verre au robinet de la salle de bains, et il lui arrivait de renifler la main qui lui tendait le verre.

Sous prétexte que la lumière fatiguait ses yeux, il avait fait fermer les rideaux de velours vert des deux fenêtres, vivant toute la journée à la lueur de la lampe de chevet avec seulement une mince fente de jour qui changeait de couleur. Il avait beaucoup pensé à son enfance, à sa mère, à son père à qui il ressemblait physiquement, et il s'était demandé pour la première fois si son père avait été heureux.

Sa mère vivait toujours, dans un faubourg de Lyon où, veuve, elle avait acheté une petite maison, il ne savait pas avec quoi, car elle s'était toujours plainte de n'avoir pas d'argent et, pendant ses premières années de Paris, Étienne lui envoyait la moitié de ce qu'il gagnait.

Louise montait vingt fois par jour sans jamais se plaindre, et une fois il essaya de l'imaginer en infirmière, avec la blouse blanche et le bonnet empesé. Elle aurait pu être infirmière.

Parfois il remontait vers la surface, à son insu, ses idées devenaient moins troubles, mais, dès qu'il s'en apercevait, il replongeait vers l'abîme.

Une nuit qu'il sentait la chaleur émaner du corps de Louise couchée près de lui, il bâtit, dans tous ses détails, avec les mots, les phrases et jusqu'aux intonations, la confession qu'il pourrait faire à un prêtre. Non pas à n'importe quel prêtre, mais au vicaire au visage ascétique qu'il avait connu dans son enfance et à qui il avait fait sa première confession.

Il croyait entendre le murmure des questions à travers le grillage du confessionnal. Il disait tout, des choses qu'il n'avait jamais accepté d'envisager clairement, que, pendant des années, il avait repoussées dans la pénombre de l'inconscient.

Rien ne s'était perdu, il n'avait rien oublié, tout lui revenait avec une netteté cruelle.

Jamais il n'avait pensé à Louise avec autant de passion et de clairvoyance à la fois. Jamais il n'avait si bien compris ce qui lui était arrivé avec elle.

Est-ce que, dès le première jour, il n'en avait pas eu un peu peur ?

Pourquoi avait-il refusé de se l'avouer ? C'était vrai. Quand il était sorti du magasin qui, un peu plus tôt, n'était pour lui qu'une papeterie comme une autre, il savait que c'était sa vie, telle qu'il l'avait imaginée jusqu'alors, qui était menacée.

En montant dans l'autobus, il en était tellement conscient qu'il s'était demandé s'il était encore temps de reculer.

Le plus difficile à exprimer, c'est l'opinion exacte qu'il s'était faite d'elle. Peut-être avait-il eu conscience qu'elle était plus forte que lui, pleine d'une vie que rien ne pouvait endiguer.

C'est à cause de cette vie-là, de la passion qu'il sentait brûler dans ses yeux, sur ses lèvres, qui animait la moindre parcelle de sa chair, qu'il l'avait aimée sans essayer de lutter et qu'il avait été ensuite incapable de renoncer à elle.

Tout cela, avec bien d'autres vérités, était inclus dans sa confession et il avait fini par en être si ému qu'il s'était mis à pleurer sur lui-même.

La main de Louise avait touché son flanc, sa voix avait soufflé :
— Tu dors ?
— Non.
— Tu pleures ?
Il avait répondu :
— C'est mon rhume.

Il y avait eu un autre lit, avant celui-ci, dans la même chambre, à la même place, avec un homme couché à côté de Louise, et, quand on l'avait emporté, il ne pesait pas plus qu'un enfant de dix ans.

Trois jours et trois nuits durant, il s'était battu ainsi avec des fantômes qu'il lui arrivait d'appeler quand ils le laissaient en paix, puis, le troisième après-midi, après être resté longtemps le regard fixé sur la lampe de chevet, il s'était levé et s'était dirigé vers les fenêtres pour ouvrir les rideaux.

Le boulevard était baigné de soleil. La foire avait disparu et les semelles des passants faisaient craquer les feuilles mortes.

Sa seule crainte, maintenant qu'il avait pris une décision, était que Louise monte avant qu'il ait eu le temps de finir ce qu'il avait à faire, mais il s'y était pris de telle sorte qu'elle n'avait rien entendu.

Une fois prêt, il s'était approché de l'escalier de fer et avait appelé d'une voix ferme, où ne subsistait aucune trace apparente de ses terreurs :
— Louise !

Elle comprit que la voix ne venait pas du lit et, surprise, inquiète, se précipita dans l'escalier. A mi-hauteur, déjà, dès qu'elle l'aperçut, son visage exprima la stupéfaction.

Elle était si déroutée de le voir tout habillé, rasé de frais, un léger sourire sur les lèvres, qu'il eut presque pitié d'elle.

— Tu es levé ?

Pourquoi évoqua-t-il sa mère ? Elle avait la même façon de le regarder quand il avait un geste gentil, qu'il s'efforçait de lui faire plaisir, incapable qu'elle était de croire que cela ne cachait pas un piège.

— *Je te connais si bien !* soupirait-elle lorsqu'il se plaignait de sa méfiance.

Louise n'osait pas montrer la sienne.

— Tu te sens mieux ?

— Je n'ai pas voulu attendre ce soir pour te parler. Viens par ici.

Il ouvrait la porte de la salle à manger, parce que cela lui paraissait plus facile que dans la chambre encore pleine de son odeur.

— Tu as été très inquiète ? lui demandait-il alors en la regardant avec douceur.

— Oui... Bien sûr...

— Je t'ai appelée pour te demander pardon du mal que je t'ai donné. Mais si ! Je sais ce que je dis. J'ignore ce qui m'est arrivé au juste. J'ai dû faire de la neurasthénie.

Il ne le croyait pas. Il avait préparé ces phrases dans son lit, en avait presque répété l'intonation.

Parce que, s'il voulait vivre, c'était le seul moyen. Ça ou partir. Or il ne voulait pas partir. Il refusait de perdre Louise qu'il avait décidé de garder malgré elle.

Il se sentait fort, tout à coup, presque aussi fort qu'elle, et, le plus extraordinaire, il se prenait à son jeu, arrivait à être ému, à la regarder avec une tendresse réelle.

— Tu m'en veux beaucoup ?

— Pourquoi t'en voudrais-je ?

Il fallait répondre :

« Parce que j'ai douté de toi. »

Il comprit à temps que c'était dangereux, qu'elle en déduirait qu'il avait eu des soupçons.

Il fallait, au contraire, la rassurer à tout prix, afin qu'elle ne soit pas tentée de précipiter les événements en lui donnant une dose plus forte.

— Vois-tu, cela doit venir de l'estomac. On prétend que les gens qui souffrent de l'estomac deviennent facilement neurasthéniques et je commence à penser que c'est vrai. J'ai été impossible, avoue-le.

Elle sourit enfin, d'un sourire encore pâle, concéda :

— Tu m'as fait un peu peur. Je ne savais plus à quel saint me vouer. Le docteur Maresco avait beau me répéter que tu n'avais rien de grave...

Les meubles, bien cirés, luisaient, et les assiettes dans le vaisselier, le service en argent sur le dressoir.

Il eut un geste comme timide et elle s'approcha de lui, il passa son bras autour de sa taille, sentit la rondeur de ses seins contre sa poitrine.

— Tu me pardonnes ? murmura-t-il à son oreille.

Et dans un souffle, elle aussi, avant de coller sa bouche à la sienne :
— Imbécile !

Quand, ce soir-là, il avait voulu faire l'amour, elle avait objecté, sans cependant insister :

— Cela ne va pas te fatiguer ?

Il tenait à ce que tout soit comme jadis, qu'il n'y eût rien de changé. Il avait déjà décidé de voir le docteur de l'avenue des Ternes, le lendemain matin, et tout un plan était formé dans sa tête.

Depuis, ils vivaient sous ce régime-là. Il n'était pas certain de l'avoir rassurée complètement. Elle continuait à l'observer et il surveillait ses gestes et ses regards.

Mariette aussi, le jeudi soir, s'était montrée surprise en le voyant.

— Tu nous as fait peur ! plaisanta-t-elle. Si tu savais quel mauvais sang Louise s'est fait !

Louise, probablement, aurait préféré que cette phrase ne soit pas prononcée. C'était trop. Mariette parlait toujours trop.

Peut-être Arthur Leduc était-il plus clairvoyant ? Pendant toute la soirée, il avait paru mal à l'aise, comme si quelque chose l'inquiétait dans l'atmosphère de la maison.

Un jour, si cela devenait nécessaire, Étienne lui parlerait. Il finirait bien par le trouver dans un des cafés de Montmartre où il jouait à la belote et ce serait la première fois qu'ils se rencontreraient seul à seul, en terrain neutre.

Il avait l'impression qu'il verrait tout de suite s'il pouvait s'en faire un allié ou non. Et, si oui, il lui dirait tout. Sa seule inquiétude lui venait du fait qu'il soupçonnait Louise d'avoir aidé financièrement le couple dans les moments difficiles. Leduc était homme, par reconnaissance, à lui rester fidèle. Il fallait être très prudent.

Le dimanche, comme il faisait trop froid pour se promener dans les rues, ils étaient allés au cirque Médrano et avaient dîné à la Brasserie Lorraine.

Physiquement, Étienne se sentait encore la faiblesse d'un convalescent, mais il n'en disait rien, visitait les clients comme d'habitude. C'était reposant d'être dehors, car il n'avait plus à se surveiller. Souvent un sourire amer et ironique lui venait aux lèvres à l'idée du rôle qu'il jouait, de la situation dans laquelle il se trouvait.

Cela lui prenait au beau milieu des passants qui allaient et venaient autour de lui, en pensant à leurs petites affaires. Qui aurait soupçonné en le regardant marcher, sa serviette à la main, le drame qu'il était en train de vivre ?

Ce qu'il fallait éviter, c'est que Louise s'affole et en finisse avec lui plus tôt qu'il le prévoyait. Ce n'était pas sans danger pour elle d'ailleurs, car, si elle allait trop vite, les médecins pourraient soupçonner la vérité.

Le docteur Rivet, autrefois, avait-il eu des doutes ? Il n'était pas tellement sûr du contraire, et le vieux médecin l'avait toujours regardé d'une façon spéciale qui n'était exempte ni de mépris ni d'ironie.

Comme c'était le cas de beaucoup, il s'était sans doute figuré qu'il avait épousé Louise pour son argent.

Maresco, lui, était l'homme à signer son certificat de décès sans chercher plus loin, que la cause de la mort soit claire ou non.

— Cette idée de la mort l'effrayait moins, maintenant qu'il avait *décidé* de ne *pas* mourir, que cela ne dépendait donc plus que de lui, de sa volonté, de son sang-froid.

Il devait découvrir le plus vite possible le secret de Louise. Il avait déjà accompli un gros travail préliminaire en éliminant les hypothèses improbables.

Lorsqu'il avait tant réfléchi, vers la fin des trois jours, dans son lit, il avait été sur le point de ne plus quitter la maison, en se portant malade pour être mieux à même de surveiller sa femme.

C'était maladroit, dangereux, il l'avait vite compris. De même avait-il renoncé à chercher le poison dans l'appartement. Une fois, il s'était levé, pieds nus, suant, pour fouiller les tiroirs de sa femme, et s'était recouché, découragé.

S'il était arrivé à Louise de quitter la papeterie pendant la dernière semaine, cela n'avait pu être que pendant un temps très court. Il s'en assurait en lui téléphonant souvent, à des heures irrégulières, sous prétexte de lui dire un bonjour au bout du fil et de demander de ses nouvelles.

Parfois aussi, en particulier aux heures où elle venait jadis le retrouver rue Lepic, il s'embusquait au coin de la place Blanche et surveillait la maison, prenait note de ceux qui entraient dans le magasin et du temps qu'ils y restaient.

Le samedi, alors qu'il était ainsi en embuscade vers dix heures du matin, la concierge était passée près de lui. Il ignorait si elle l'avait vu. Même dans ce cas, il y avait peu de chances qu'elle le dise à Louise, qu'elle n'aimait guère plus que lui.

La paysanne en deuil s'agitait sur la banquette et l'horloge marquait plus de trois heures. Si Louise se doutait de ses soupçons, elle éviterait pendant quelque temps de lui donner du poison.

Dix jours plus tôt, encore, il ne pensait à ces choses-là qu'en termes vagues, avec les mêmes pudeurs, les mêmes craintes que, enfant, il pensait aux choses sexuelles.

Maintenant, il était assez fier de regarder la réalité en face. Dans sa tête, le mot « poison » s'inscrivait crûment, en lettres rouges, comme sur une bouteille de pharmacien.

Une nausée commençait à lui soulever le cœur et il devint plus attentif, mais, au même moment, la paysanne appela le garçon en frappant sa soucoupe de sa cuiller et, malgré lui, il l'écouta parler.

— Est-ce que des fois vous connaîtriez une petite blonde, un peu boulotte, avec des cheveux frisés, qui s'appelle Élise et qui travaille dans le quartier ?

— Qu'est-ce qu'elle fait ? demandait poliment le garçon en lançant un clin d'œil à Étienne.

— Elle est en maison bourgeoise.

— Elle vous a donné rendez-vous ici ? Vous êtes sûre que c'est bien ici ?

Elle lui montra une lettre chiffonnée qu'elle tira de son sac et dont elle soulignait un passage du doigt.

— C'est bien ici, admettait-il. Vous ne savez pas le nom de ses patrons ?

— Tout ce que je sais, c'est qu'ils sont dans le commerce et qu'ils ont deux enfants.

Étienne se leva brusquement. Il avait déjà payé. Il dut revenir sur ses pas pour prendre sa serviette qu'il avait oubliée sur la banquette. A cause de cette femme, il n'était pas sûr de lui. Si c'était une crise qui commençait, elle n'était pas forte. Il n'en avait pas moins la gorge sèche et chaude, une vague douleur dans la tête.

Il traversa l'avenue, et monta l'escalier du docteur, tout heureux de ne voir que trois personnes dans l'antichambre, qui était généralement pleine. Il attendit une dizaine de minutes, écoutant les voix de l'autre côté de la porte, puis le grincement de la table à bascule, enfin des pas qui se rapprochaient.

— Je vous remercie, docteur.

— Revenez samedi à la même heure.

C'était une jeune femme qui paraissait épuisée, comme si elle venait de subir un traitement pénible, et il évoqua les spéculums alignés sur le guéridon.

Doër l'avait vu. Étienne attendit qu'il lui adresse un signe.

— Vous avez rendez-vous, n'est-ce pas ?

C'était pour éviter que ceux qui attendaient se fâchent.

La porte se referma. Étienne retira son pardessus, posa sa serviette sur une chaise et saisit le récipient de verre qu'on lui tendait.

— Vous ressentez quelque chose ?

— Je crois.

— Depuis quand ?

— Environ une demi-heure.

Sa montre à la main, le docteur lui prit le pouls, l'air plus ennuyé que la fois précédente.

— Regardez droit devant vous.

Une petite lampe électrique sur le front, il lui examina les yeux, lui faisant mal en lui retournant les paupières.

— Qu'est-ce que vous ressentez ?

— Comme les autres fois, en moins fort.

— A quelle heure avez-vous mangé pour la dernière fois ?

— Nous nous sommes mis à table à midi et demi.

— Vous êtes capable de vomir ?
— Facilement.

Il lui suffisait de s'enfoncer un doigt dans la bouche ; il le fit, au-dessus d'un baquet d'émail, s'essuya le visage et les yeux.

— Vous ne me prenez pas de sang ?
— Ce ne sera peut-être pas nécessaire.

Le médecin regarda l'heure.

— Vous avez un moment ?

Il fut tout excité à l'idée qu'il n'aurait pas à attendre la réponse jusqu'au lendemain.

— Asseyez-vous. J'en ai pour quelques minutes.

Il emporta les deux récipients dans un laboratoire qui n'était guère plus grand qu'un placard dont il laissa la porte entrouverte. Étienne n'osa pas regarder ce qu'il faisait. Il était impressionné, tout à coup, au point que ses genoux se mettaient à trembler et qu'il préféra s'asseoir.

Il entendit un jet de gaz, le sifflement de la flamme bleue, des heurts de verre, ne put s'empêcher de penser que, la semaine précédente, le médecin lui avait pris cinq mille francs sous prétexte qu'il s'agissait d'un long travail. Doër avait dû l'oublier.

— Vous n'avez absorbé aucun médicament ces derniers jours ?
— Aucun.

Puis il réfléchit, se ravisa. Il voulait faire les choses consciencieusement.

— Si. Avant-hier soir, j'ai pris deux comprimés d'aspirine.

Ce fut plus long qu'il n'avait prévu et les clients devaient s'impatienter dans l'antichambre. Après une vingtaine de minutes, seulement, le docteur sortit du cagibi, ébloui un instant par la lumière. Il se dirigea vers un lavabo caché par un paravent pour se laver les mains, les essuya avec lenteur, sans un mot, sans regarder Étienne.

— Je n'ai évidemment pas eu le temps de faire un dosage exact et je suppose que ce n'est pas ce qui vous importe.

— Il y en a ?

Il fit « oui » de la tête.

— Plus que la normale ?
— Certainement.
— Assez pour... ?

Il se demanda s'il n'allait pas s'évanouir. Il avait beau s'y attendre, le sang se retirait soudain de sa poitrine et ses oreilles se mettaient à bourdonner, sa tête était vide.

Il n'osait pas dire le mot.

— Assez pour rendre quelqu'un malade, sans aucun doute.

Le docteur était mal à l'aise. Dès sa première visite, Étienne avait été persuadé qu'il se livrait à des pratiques plus ou moins illicites et, à cause du nombre de jeunes femmes qu'il rencontrait dans l'antichambre, il avait pensé à des avortements.

Doër arpentait son cabinet, soucieux, observant son client du coin de l'œil.

— Qu'est-ce que vous allez faire ? questionna-t-il enfin en se plantant devant lui.

Étienne ne trouva rien à répondre. Il ne s'attendait pas à cette question-là. Il n'en comprit la portée que quand son interlocuteur précisa :

— Vous comptez vous adresser à la police ?

L'idée ne lui en était pas venue et cela dut se voir sur son visage.

— Non.

— Pourquoi ?

— Je ne sais pas. Je...

Il aurait fallu lui raconter l'histoire, entière, lui parler de Louise, et il n'en était pas question. Ce qu'il tenait à savoir, c'était le temps qu'il avait à vivre à supposer qu'il continue à ingurgiter plus ou moins régulièrement la même quantité de poison.

— Vous me placez dans une situation très délicate, murmurait le docteur en se passant la main sur le crâne. Normalement, je devrais faire un rapport à la police.

— Mais...

Étienne tremblait de plus belle, pris de panique à l'idée que le médecin allait ruiner ses plans.

— C'est impossible, cria-t-il presque en se levant.

— Laissez-moi finir. Vous êtes venu me demander d'analyser vos urines et certaines matières pour savoir si elles contenaient de l'acide arsénieux.

— C'est exact.

— J'en ai trouvé des traces assez importantes. Mais j'ignore si vous n'avez pas pris cet arsenic par accident, voire avec d'autres idées en tête. Vous me comprenez ?

— Oui.

— Pour ma tranquillité personnelle, je n'en aimerais pas moins savoir quelles sont vos intentions à l'égard de certaine personne. Vous avez des soupçons ?

Il ne répondit pas.

— Il s'agit vraisemblablement de quelqu'un de votre entourage. Que comptez-vous faire ?

— Rien, s'empressa-t-il d'affirmer, à la fois pour calmer les appréhensions du docteur et parce que c'était à peu près la vérité.

Il avait une peur panique de voir Doër décrocher son téléphone, appeler la police et la mettre au courant de l'histoire. Une fois dehors de ce cabinet seulement, perdu dans la foule de l'avenue, il se sentirait en sûreté.

Il n'avait pas donné son nom. Le médecin ignorait où il habitait. La description qu'il pourrait faire de lui serait assez vague pour qu'il y ait peu de chances de le retrouver. Quand il s'aperçut, à ce moment précis, que ses initiales étaient sur sa serviette, il s'arrangea pour la retourner.

— Je vous promets, murmura-t-il, que vous n'aurez aucun ennui à cause de moi.

Il avait plus d'argent en poche que d'habitude. En prévision de cette consultation, n'osant pas demander une forte somme à sa femme, il avait fait, le matin, un encaissement sans le lui dire. Il avait dû inventer un prétexte auprès du client et il fallait qu'il trouve la somme avant la fin du mois.

Cela viendrait plus tard. Ce qui comptait, tout de suite, c'était de sortir d'ici.

— Je peux vous jurer que je n'ai pas de mauvaises intentions.

Pourquoi le médecin était-il si dérouté ? Que disait-il d'extraordinaire ?

Il ne s'en rendit compte que plus tard, dans la rue, et encore, seulement, quand il se trouva à bonne distance de l'avenue des Ternes, où il se promit de ne pas remettre les pieds, par crainte de tomber nez à nez avec Doër.

Il avait tiré son portefeuille de sa poche avec trop de hâte, tendu les dix billets de mille francs qui s'y trouvaient.

Peut-être le médecin avait-il besoin d'argent parce qu'il y avait un drame dans sa vie, lui aussi ? Il regardait les billets, rougissait, finissait par les prendre.

— Je vous souhaite bonne chance, disait-il.

Il n'était pas fier de lui, ne le laissait partir qu'à contrecœur.

— Au suivant ! prononçait-il en ouvrant la porte, tandis que, sans rien voir, Étienne se précipitait dans l'escalier.

Il ne ressentait aucun malaise. Il n'avait pas eu de vraie crise ce jour-là. Dans l'avenue, il se faufilait au plus épais de la foule et, place des Ternes, il descendit en courant l'escalier du métro.

Il restait vacillant. La voiture était presque vide. Il ne savait pas où il allait. Quand il reconnut la station « Place Clichy », il descendit sur le quai et se dirigea lentement vers la sortie.

Maintenant qu'il savait, qu'il était sûr, il s'agissait de remettre de l'ordre dans ses pensées et surtout, plus que jamais, d'éviter les soupçons de Louise.

Guillaume avait-il su, lui aussi ?

Il valait mieux ne pas y penser. C'était dangereux, puisqu'il avait décidé de vivre.

Il eut quand même besoin, une fois sur la place où déferlaient les autobus, d'entrer dans un bistrot et de commander un verre d'alcool, qu'il but en regardant avec intensité son image dans la glace, entre deux bouteilles.

2

Deux jours plus tard, le vendredi, il revint boulevard de Clichy vers six heures et quart, comme d'habitude. Les volets du magasin étaient baissés et, avant de s'engager sous la voûte, il jetait toujours un coup d'œil aux fenêtres éclairées de l'entresol.

Il avait sa clef. Souvent la porte s'ouvrait avant qu'il ait eu le temps de l'introduire dans la serrure, car Louise reconnaissait son pas dans l'escalier. Elle ne lui ouvrit pas, ce soir-là. Il ne la trouva ni dans la chambre à coucher, ni dans la salle à manger dont la porte était ouverte. Il allait gagner la salle de bains, où il supposait qu'elle était à se laver les mains, quand il la vit sortir de la cuisine, un tablier à carreaux sur sa robe sombre. Des assiettes à la main, elle se dirigeait vers la table où la nappe était mise.

— Fernande n'est pas ici ? s'étonna-t-il.
— Elle m'a laissée en plan cet après-midi.

Elle parlait d'une voix naturelle mais il la soupçonnait d'épier ses réactions tout en évitant de le regarder. Elle posait les assiettes à leur place, allait chercher les couverts dans le tiroir.

— C'est une chance que je l'aie appelée, vers trois heures, par le tube acoustique, sinon je ne me serais aperçue de son départ qu'à la fermeture. Comme elle ne répondait pas, je suis montée et n'ai trouvé personne. La vaisselle de midi était encore dans l'évier.

C'était peut-être la vérité. Certaines bonnes, par timidité, ou pour se donner une illusion d'indépendance, ont la manie de quitter leurs patrons sans rien dire. Il n'était plus sûr de rien, l'écoutait gravement, se montrait aussi naturel qu'elle.

Savait-elle, de son côté, qu'il trichait ?

— Je suis montée au sixième, où la porte de sa chambre était grande ouverte, et j'ai constaté qu'elle avait emporté ses affaires. Le lit n'était pas fait. Elle a tout laissé dans un état de saleté repoussante.

Elle retourna à la cuisine pour baisser le gaz sous une casserole, revint avec le pain et le beurre.

— Pendant que j'étais là-haut, j'ai entendu des pas feutrés dans le couloir et la vieille Mme Coin a surgi.

Celle-là aussi était dans l'immeuble bien avant lui. C'était une veuve qui habitait seule une des chambres mansardées du sixième, la seule qui ne fût pas occupée par une domestique. Jadis, elle faisait de la couture pour les gens du quartier. A présent elle était trop vieille, à moitié impotente. On la voyait passer chaque matin, un cabas d'un ancien modèle sous le bras, un drôle de chapeau sur la tête, en pantoufles été comme hiver, par tous les temps, parce que ses pieds enflés ne supportaient plus les chaussures, et elle avançait avec une telle lenteur que l'agent devait arrêter la circulation pour qu'elle traverse la rue.

Louise continuait :

— Bon débarras ! m'a-t-elle dit. Vous avez bien fait de jeter cette roulure à la porte.

» Je lui ai demandé :

» — Vous savez à quelle heure elle est partie ?

» Elle m'a répondu :

» — Il y a un bon moment. Un de ses amis est venu l'aider à descendre ses affaires et ils ont pris le temps de faire leurs pirouettes sans se donner la peine de fermer la porte. J'espère que la prochaine sera plus tranquille. Avec celle-là, c'était la nouba toutes les nuits, presque chaque fois avec un autre homme, des types que j'aurais eu peur de rencontrer dans l'escalier.

Ni Louise ni lui n'avaient soupçonné cette vie nocturne de Fernande. Il se souvenait l'avoir regardée faire le lit, pendant sa grippe, en se demandant ce qu'elle pensait d'eux, de lui, mais il n'avait rien pensé d'elle.

— Il paraît, reprenait Louise, qu'il lui arrivait, quand elle descendait le matin, de laisser son compagnon dans la chambre où il continuait de dormir une partie de la journée, et elle lui portait à manger. J'ai trouvé un vieux rasoir dans un coin.

— Tu as une remplaçante ?

— J'ai téléphoné à l'agence. On m'enverra quelqu'un demain matin. Le dîner sera prêt dans quelques minutes.

L'histoire de Fernande était plausible, peut-être vraie. Sa femme n'avait pas inventé la part jouée par la vieille Mme Coin, trop facile à contrôler. Seulement, elle ne disait pas nécessairement tout. N'était-ce pas elle qui avait eu envie d'éloigner Fernande de la maison ?

Comme sa mère, qui ne croyait rien a priori, dans chaque parole, chaque attitude de Louise, il cherchait un indice. Elle lava la vaisselle, ce soir-là, pendant qu'il lisait le journal sans cesser de penser à elle.

Ce qui le troublait, c'était d'ignorer ce qu'elle pensait de son côté. Pendant quinze ans, il ne s'était pas posé la question, et c'est maintenant qu'il s'apercevait du degré d'intimité auquel ils en étaient petit à petit arrivés.

Au fond, malgré la tragédie qui se jouait entre eux dans la solitude de leur appartement, ils ne parvenaient pas à se considérer comme des ennemis.

Si Louise avait la même réaction que lui, elle n'avait besoin d'aucun effort pour que sa voix, ses intonations, ses regards restent ce qu'ils avaient toujours été.

Il s'en voulait de l'espionner comme il le faisait depuis les dernières semaines et, en quelque sorte, de la tromper. Il le fallait. C'était sa seule chance de vivre.

Il n'en avait pas moins des remords. Il était sans rancune. Il aurait juré qu'elle ne nourrissait aucune haine à son égard et que, peut-être, il lui arrivait d'être prise de pitié.

Son rôle à elle était le plus difficile, le plus dangereux, le plus cruel aussi, et elle vivait dans la peur constante qu'il découvre la vérité.

Le soir de la partie de belote avec les Leduc, quand elle avait commis l'imprudence d'emmener Mariette dans sa chambre et qu'Étienne avait été incapable de se dominer, elle avait été persuadée qu'il avait tout deviné.

Était-il parvenu, depuis, à la détromper ? Avait-il assez bien joué son rôle ?

Il n'avait pas envie de la faire souffrir et il se rendait compte que l'incertitude dans laquelle vivait Louise devait être intolérable.

Mariette et son mari étaient encore venus la veille. Il n'avait rien remarqué d'anormal. Tous les deux l'avaient félicité de sa bonne mine et, pour la première fois depuis longtemps, ils avaient joué ménage contre ménage. Louise et lui avaient gagné une des deux manches. Ils s'étaient bien compris pendant toute la partie, alors qu'à deux ou trois reprises Arthur avait adressé des reproches à sa femme parce qu'elle était inattentive à ses appels.

La vaisselle finie, sa femme alla se rafraîchir dans la salle de bains, puis vint s'asseoir en face de lui pour recoudre des boutons de chemise.

Certaines des tricheries d'Étienne lui compliquaient l'existence, et il se demandait s'il pourrait empêcher longtemps qu'elles soient découvertes.

Par exemple, quand on servait un plat dont Louise ne mangeait pas, des féculents en particulier, — à midi, il y avait eu des haricots blancs, — il prenait la précaution de vomir aussitôt que possible après le repas. Il n'osait pas le faire chez eux, par crainte qu'elle l'entende. Il ne voulait pas non plus trop tarder, car il avait oublié de demander à Doër le temps que prend le poison à agir.

Il buvait son café en hâte et, au lieu de traîner dans l'appartement, comme il l'avait toujours fait, il prenait sa serviette, son pardessus, et se précipitait dehors. Chaque fois, il inventait une excuse à sa hâte. Ce n'était pas facile. Il n'allait pas loin, traversait la place Blanche et entrait dans un petit bar où il fonçait vers les cabinets.

Le patron commençait à s'étonner. Il lui faudrait changer souvent d'endroits pour que son manège passe inaperçu. Heureusement que, le soir, il se contentait de soupe, de viande froide et de fromage, car il n'aurait pas eu de raison plausible pour sortir seul après le dîner.

Il ne l'avait jamais fait. Ils avaient vécu tellement ensemble, isolés du reste du monde, que le moindre changement prenait l'aspect d'un événement.

Depuis qu'il avait fait les premiers pas, Louise se déshabillait à nouveau sans allumer les lampes, dans la lumière indécise qui venait du dehors où, maintenant que la foire était partie, dominait le rouge sombre de l'enseigne au néon. Il n'y avait qu'une chose qu'elle n'osait pas encore lui dire, en s'étendant sur les draps :

— Tu viens ?

Il n'avait pas de peine à l'étreindre. Au contraire. De son côté, elle ne feignait pas non plus, et, à l'idée qu'elle était peut-être en train de penser à l'autre, il lui arrivait d'être pris d'une telle frénésie qu'il devait avoir l'air, dans son acharnement, de vouloir la détruire. Une fois, au moins, il avait lu de la peur sur son visage.

Depuis, il se contrôlait. C'était une vie étrange, compliquée, qui lui donnait néanmoins une certaine excitation.

La nouvelle bonne se présenta à huit heures, le lendemain matin, alors que Louise, qui lui avait servi son petit déjeuner, était prête et qu'il vaquait à sa toilette. Il les entendit parler toutes les deux dans la cuisine, se demanda quelle langue employait la domestique.

Quelques minutes plus tard, Louise le rejoignait, l'air ennuyé.

— Cela t'ennuie que ce soit une Alsacienne ?
— Pourquoi cela m'ennuierait-il ?
— Parce qu'elle parle à peine le français. Elle le comprend assez pour les ordres que j'ai à lui donner et elle paraît propre, elle vient directement de son village d'où elle a les meilleures références, y compris une lettre élogieuse du maire.

Il finissait de se raser devant le miroir et un sourire passa sur ses traits, très vite, car il se hâta de l'effacer. Il était important que sa femme ne surprenne pas ce sourire-là, car il avait enfin l'impression qu'un résultat était proche.

— Qu'est-ce qui te tracasse ? questionna-t-il, la voix neutre.
— Je pensais que tu n'aimerais peut-être pas avoir dans la maison quelqu'un qui ne parle pas notre langue.

Il attendait, prévoyant la suite.

— Au début, jusqu'à ce qu'elle s'habitue, je serai forcée de faire le marché.

Il dut se tenir à quatre pour rester impassible.

— Je crois qu'elle s'y mettra vite, continuait Louise en l'observant dans le miroir.

Et il dit avec une parfaite indifférence :

— Du moment qu'elle est propre et travailleuse !
— Je l'engage ?
— Décide à ton gré. C'est toi que cela regarde.

Elle resta encore un certain temps à hésiter avant de quitter la salle de bains et d'aller retrouver la bonne. Il vit celle-ci un peu plus tard, une fille bien en chair, la peau saine, d'un rose appétissant, l'air gauche, mais apparemment pleine de bonne volonté.

— Je vais descendre ouvrir la porte à M. Charles et je remonterai la mettre au courant. Tu as une grande tournée, aujourd'hui ?
— Le quartier de la Trinité.

Dans ce domaine aussi, il était compliqué et dangereux de tricher. Louise connaissait les clients aussi bien que lui. De tout temps, quand il partait, elle lui avait demandé dans quel quartier il se rendait, et il lui arrivait de lui téléphoner chez un commerçant qu'il devait visiter pour lui laisser un message, lui dire, par exemple, que tel autre client était pressé de le voir.

Ce n'est que récemment qu'il s'était rendu compte que, même hors de la maison, il restait un peu comme au bout d'un fil.

Il était obligé de regagner le temps passé à épier Louise. Pour cela, il marchait moins, prenait plusieurs taxis dans la journée, ce qu'il n'avait jamais fait auparavant.

La question d'argent n'était pas moins importante. Le docteur Doër lui avait coûté cher. On n'était que le 11 du mois, heureusement, et il avait jusqu'au 31 pour trouver la somme qu'il avait encaissée à l'insu de sa femme.

Pour la nourriture, il se contentait, les jours qu'il vomissait son repas, de deux ou trois œufs durs à un comptoir.

— Ne te fatigue pas trop, lui recommanda-t-elle, ce matin-là, quand il l'embrassa avant de descendre.

C'était probablement un hasard qu'elle lui dise cela. Il n'en fut pas moins inquiet. On était samedi, le ciel était clair, le temps frais, des nuages s'avançaient lentement vers le soleil qu'ils cachaient un moment et les façades se doraient à nouveau.

Il était surexcité. Il ignorait à quelle heure sa femme sortirait pour le marché et ne pouvait pas s'éloigner, n'osait pas non plus rester trop longtemps à la même place par crainte que des voisins le remarquent.

Il gagna le terre-plein opposé au leur. En face du Moulin-Rouge, s'arrangeant pour être caché par le kiosque à journaux. Sa serviette, quand il ne marchait pas, lui paraissait plus lourde et plus encombrante. Elle l'empêchait de prendre un air désinvolte, et il fut tenté de la déposer dans un café voisin, n'osa pas.

Jadis, quand Louise le rejoignait dans la petite chambre de la rue Lepic, c'était presque toujours aussitôt après l'arrivée de M. Charles, car elle était trop impatiente pour attendre longtemps.

Il vit le magasinier sortir du métro ; puis M. Théo tourna le coin de la rue, et, en pardessus noir, le typographe semblait plus vieux et plus cassé qu'en blouse grise dans son atelier.

M. Charles leva les volets. La concierge, un peu plus tard, courut après le facteur qui venait de quitter la voûte pour lui remettre une lettre qu'il avait dû laisser par erreur. Elle ne le vit pas. Il était assez loin de la maison et se cachait avec soin.

Un vieux, qui avait l'air d'un clochard et dont les yeux pétillaient de malice, était assis et regardait Étienne qui, gêné, faisait quelques pas par contenance, consultait sa montre comme s'il attendait quelqu'un.

Il était neuf heures vingt-cinq — il n'avait pas besoin de sa montre, il y avait une horloge électrique juste en face de lui — quand Louise sortit de la papeterie, un sac à provisions en toile cirée noire à la main. Sans regarder à gauche ni à droite, elle se dirigea vers la rue Lepic où elle commença, en passant, à jeter des coups d'œil aux fruits et aux légumes des petites charrettes.

C'était la première fois qu'il la regardait vivre à son insu, qu'il la voyait passer comme une étrangère, et cela lui faisait un drôle d'effet ; il la trouvait différente : peut-être, comme M. Théo, lui paraissait-elle plus vieille. Elle portait son manteau en drap noir de l'année précédente et avait mis un chapeau qui datait de plus longtemps, car il ne s'en souvenait pas.

Il y en avait quelques autres comme elle, parmi les ménagères qui montaient et descendaient la rue, des femmes d'âge moyen, soignées, confortablement vêtues et sûres d'elles, que les marchandes hélaient au passage avec une grasse plaisanterie si elles n'achetaient rien. Jusqu'ici, quand il avait rencontré des femmes de ce genre-là, il ne lui était jamais venu à l'idée qu'elles pouvaient avoir encore une vie amoureuse.

Il les imaginait mieux dans un intérieur soigné et terne, avec des photos de famille aux murs et sur la cheminée, un mari qui avait une bonne situation et des enfants qui rentraient de l'école. Qu'elles eussent une existence secrète lui aurait paru ridicule et scandaleux, et, il n'y avait pas si longtemps encore, il était persuadé qu'une femme de cet âge-là ne fait plus l'amour.

C'était difficile de suivre Louise dans la foule, dangereux aussi. S'il se tenait trop loin d'elle, il risquait, non seulement de la perdre de vue, mais de la dépasser au cas, par exemple, où elle entrerait dans un magasin à son insu. Elle le verrait alors et il aurait de la peine à expliquer sa présence.

S'il marchait trop près d'elle et si elle venait à se retourner brusquement, ils se trouveraient nez à nez.

Il évolua de son mieux, avançant, s'arrêtant devant les étalages. Elle acheta des poireaux et un chou, entra à la crémerie Deligeard où ils se servaient depuis toujours et où elle resta longtemps à attendre son tour.

Elle n'avait pas conscience qu'on la suivait. Quand elle atteignit le haut de la rue, elle tourna à droite dans la rue des Abbesses et il crut qu'elle se rendait chez leur boucher, quelques maisons après le coin ; mais elle dépassa la boutique et il dut lui laisser prendre de l'avance, car les trottoirs, moins encombrés, offraient moins d'opportunités de se cacher.

Il ne connaissait aucun fournisseur dans ce coin-là. Elle marchait plus vite, non plus comme une femme qui fait son marché, mais comme quelqu'un qui se rend à un endroit déterminé, et, quand elle arriva place des Abbesses, elle entra en coup de vent dans le bureau de poste.

Elle n'avait pas de lettre à la main. C'était M. Charles qui postait le courrier, achetait les timbres, rapportait les formules de recommandés.

Il n'eut que le temps de pénétrer dans un bar dont il gagna le fond mal éclairé ; elle ressortait déjà et revenait vers lui, lentement, avec moins d'entrain.

Il remarqua mieux la différence quand elle passa devant le bar, sur le trottoir opposé. Plus encore que tout à l'heure, elle avait l'air d'une femme de son âge, d'une femme qui allait avoir quarante-sept ans et dont le visage, sans se rider, sans se déformer, avait veilli petit à petit par l'intérieur.

Elle regardait droit devant elle, pâle, abattue, et elle dépassa la boucherie sans s'en rendre compte, revint sur ses pas alors qu'elle était déjà au coin de la rue.

Il n'avait plus de raison d'attendre. Il n'apprendrait plus rien aujourd'hui, à moins qu'elle revienne l'après-midi. Il continua pourtant à la suivre et il souffrait de la voir si désemparée.

Elle fit une dernière halte à l'épicerie avant de rentrer boulevard de Clichy et il sauta dans un taxi pour regagner la Trinité.

A midi, elle s'efforça de se montrer de son humeur habituelle, mais elle avait pleuré, son esprit était ailleurs, elle en oubliait de l'observer, tout entière à d'autres préoccupations.

Cela lui fit penser qu'il allait peut-être trop vite, paraissait soudain trop bien portant.

C'est de ce midi-là qu'il s'appliqua, chaque fois qu'il rentrait, à voûter ses épaules et à prendre un air las.

Il fit des courses. Le soir, ce fut elle qui proposa d'aller au cinéma place Clichy et ils burent un verre de bière avant de rentrer. Peut-être machinalement, parce qu'elle pensait à autre chose, elle tourna l'interrupteur électrique de leur chambre, ce qui était devenu un signe. Il n'insista pas, se coucha, l'embrassa.

— Bonne nuit, Louise.
— Bonne nuit, Étienne.

Elle avait envie de pleurer et se contenait jusqu'à ce qu'il soit endormi. Ce fut lui qui répéta à voix basse, selon leur tradition :
— Bonsoir, Louise.

Elle lui rendit son bonsoir. Beaucoup plus tard, il souffla :
— Tu dors ?

Elle ne dormait pas, il en était sûr, mais elle ne répondit pas.

Le dimanche fut morne. La nouvelle bonne, qui était catholique, se rendit à la messe, puis monta au sixième pour retirer ses bons vêtements. Louise, en robe de chambre, passa le reste de la matinée à lui expliquer les habitudes de la maison, à lui montrer la place des objets et elles passèrent ensemble l'aspirateur.

Il était impressionné par la décision qu'il avait prise, maintenant qu'il approchait du but. Il n'eut besoin que d'un léger effort pour avoir l'air mal portant, parce qu'il passait son temps à ressasser la même idée, mal à l'aise, ne se sentant bien nulle part.

Après le déjeuner, ils n'eurent pas envie de se promener. Ils n'osaient pas non plus passer l'après-midi en tête à tête dans l'appartement. Il consulta la liste des spectacles, cita le titre de deux ou trois pièces, de quelques films.

Ils finirent par descendre à pied jusqu'aux Grands Boulevards dans l'intention de voir un film à succès.

A la porte du cinéma, ils trouvèrent une queue de cent mètres et allèrent plus loin. A un endroit où ils auraient pu entrer tout de suite, on projetait un film qu'ils avaient déjà vu.

D'autres couples traînaient comme eux sur les trottoirs sans se décider. Le temps passait. Leurs jambes devenaient molles.

— Qu'est-ce qu'on fait ?

Ni l'un ni l'autre n'avait de désir. Ils étaient comme perdus dans Paris dans une foule où ils n'avaient aucune place.

Ils finirent, près de la Porte Saint-Denis, par pénétrer dans une salle peu appétissante où le spectacle était commencé. Ils restèrent jusqu'au bout, faute de mieux, et, quand ils sortirent, la nuit était enfin tombée.

Ils avaient annoncé à la nouvelle bonne, qui s'appelait Emma, qu'ils ne rentreraient pas pour dîner. Pour manger assis, ils durent attendre leur tour car la brasserie qu'ils avaient choisie était pleine.

— Tu t'ennuies ? demanda-t-il.

Elle dit non, s'efforça de sourire. Comme lui, elle avait besoin de le tromper. Chacun jouait à tromper l'autre et chacun se demandait si l'autre s'en apercevait.

Elle n'avait pas reçu, la veille, à la poste restante, la lettre qu'elle attendait, peut-être depuis plusieurs jours. Elle retournerait, le lendemain matin, place des Abbesses. Y aurait-il quelque chose pour elle, cette fois-ci ?

En rentrant, il vit qu'elle hésitait, n'avait pas envie de faire l'amour, se demandait si cela ne le rendrait pas soupçonneux.

Comme il n'en avait pas envie non plus, il prétendit qu'il était fatigué et qu'il avait mal à l'estomac.

— Bonsoir, Louise.

— Bonsoir, Étienne.

En s'endormant, l'idée lui vint de compter les fois qu'ils avaient échangé ces mots-là, commença mentalement à multiplier trois cent soixante-cinq par quinze, les centaines d'abord, puis les dizaines, s'embrouilla, et, quand il ouvrit les yeux, c'était le matin.

Il partit de bonne heure, sachant ce qu'il allait faire. Quelques minutes plus tard, il arrivait devant le bureau de poste de la place des Abbesses et y entrait, se dirigeait vers le guichet de la poste restante où il tendait sa carte d'identité en disant :

— Lomel... Étienne Lomel...

Il ne s'attendait pas, s'il y avait une lettre pour sa femme, à ce qu'on la lui remette. Mais la préposée regarderait à la lettre L ; elle se tenait près du guichet ; il suivait le mouvement de ses mains tandis que défilaient les enveloppes de tous les formats et de toutes les couleurs.

— Vous avez dit Étienne ?

Elle s'était arrêtée à une enveloppe blanche et se penchait pour examiner sa carte d'identité.

— Non. Ce n'est pas pour vous.

Il n'y avait pas moins une lettre pour Lomel, pour Mme Louise

Lomel. Il l'avait vue, avait essayé de déchiffrer le cachet. Il était presque sûr que c'était Bordeaux.

— Je vous remercie.
— De rien.

Elle le regardait partir, pensant sans doute à la coïncidence. C'était à peu près sûr qu'elle le dirait à Louise. Comme il pleuvait à nouveau, il ne resta pas dehors, entra dans un café, de l'autre côté de la place.

Louise avait quitté la maison plus tôt que le samedi et ne s'était pas attardée en chemin, car elle déboucha presque immédiatement dans la rue des Abbesses, se précipitant vers le bureau de poste d'une démarche rapide.

Elle était heureuse, aujourd'hui, s'attardait à l'intérieur à lire et à relire sa lettre.

Quand elle sortit, elle la tenait encore à la main et elle ouvrit son sac pour l'y mettre.

Elle avait retrouvé son équilibre et sa vitalité. Il ne la suivit pas. Cela n'avait plus d'utilité.

A midi, on lui servit du cassoulet, ce qui arrivait rarement, et il crut comprendre, faillit sourire à l'idée qu'elle était prise d'impatience. Il en mangea, alla le vomir, non plus dans le bar de la place Blanche, mais dans les cabinets du tabac de la rue Fontaine.

Tout l'après-midi, en visitant la clientèle, il essaya de deviner qui elle connaissait qui pouvait se trouver à Bordeaux.

S'agissait-il, comme cela avait été le cas pour lui, d'un voyageur de commerce ? C'étaient, à part les passants qui entraient pour acheter un crayon ou du papier à lettres, les seules personnes qu'elle vît en dehors de lui.

Il savait le nom de certains d'entre eux, ceux qui les fournissaient depuis longtemps et représentaient de grandes compagnies. Il y en avait beaucoup d'autres qui, pour la plupart, ne venaient qu'une fois tous les six mois ou tous les ans.

Elle n'avait pas jeté la lettre. Elle l'avait rapportée à la maison, peut-être pour la relire une dernière fois avant de la détruire. Il était sûr qu'il en existait tout un paquet caché quelque part.

Il la retrouva telle qu'il l'avait toujours connue, sereine et calme. Il avait pris, en entrant, son attitude la plus abattue.

— Cela ne va pas ?

Quelque chose le poussa à inventer.

— J'ai eu une crise beaucoup plus forte que les autres.
— Chez un client ?
— Non. Dans la rue. Je me trouvais place de la Bastille, au fait, pas loin de chez ta sœur.

La pharmacie Trivau était rue de la Roquette, à une centaine de mètres de la rue de Lappe.

— Tu y es allé ?

Elle s'alarmait. C'était ce qu'il avait voulu.

— J'ai failli y aller. Je pouvais à peine marcher. Je me tenais debout contre un mur, entre deux hôtels de passe devant lesquels stationnaient des filles. Elles se figuraient que c'était pour elles que j'étais arrêté et venaient tour à tour m'adresser des propositions.

Il était bien passé par la Bastille, en effet, mais il ne lui était rien arrivé, et, s'il parlait des filles, c'est qu'il y en avait une, en effet, qui s'était accrochée un instant à son bras.

Il avait vu aussi la pharmacie Trivau, étroite et sombre, alors qu'il marchait sur le trottoir opposé, et il n'avait fait que deviner la silhouette de son beau-frère en conversation avec une cliente.

— Je me suis dit que Trivau aurait peut-être une drogue qui me soulagerait. Puis j'ai pensé que, si ta sœur et toi vous vous êtes raccommodées, cela ne signifie pas que nous soyons à nouveau en bons termes avec son mari.

— Tu n'es pas entré ?

— Non, j'ai fini par aller dans un bar où j'ai essayé de vomir, sans y parvenir. Je devais avoir une tête impressionnante, car tout le monde me regardait. Le patron a été jusqu'à proposer d'appeler un médecin.

Il avait soudain peur d'en mettre trop.

— Cela a fini par passer ?

— Après une bonne demi-heure.

— Tu as continué ta tournée ?

— Après, je me sentais mieux. Juste fatigué. Je le suis encore.

— Tu te coucheras après le dîner.

— C'est peut-être préférable.

Il pensa beaucoup, ce soir-là, dans son lit, tout en écoutant les bruits du dehors. Il était à la fois gai et triste. C'était curieux. Il ne renonçait pas à son projet. Dans son esprit, sa décision était irrévocable. Il commençait, néanmoins, maintenant que le moment approchait, à se demander s'il avait choisi la bonne solution.

— Bonsoir, Étienne.

Il feignit de sortir d'un demi-sommeil et la serra fort contre lui. Ce n'était pas de la comédie. Il avait vraiment envie de sentir sa chaleur, de communiquer avec elle.

Peut-être, pendant ce temps-là, pensait-elle à l'autre ?

— Tu ne crois pas que tu ferais mieux de te reposer ? objectait-elle avec douceur.

— Tu as raison.

Il oubliait qu'il avait eu une crise et ne se sentait pas bien.

— Bonsoir, Louise.

Il finit par s'endormir et, le lendemain matin, il pleuvait encore.

— Tu ferais mieux de prendre ton parapluie pour faire le marché.

— Je n'ai pas besoin d'y aller aujourd'hui. Il y a ce qu'il faut à la maison. Il me suffit de téléphoner au boucher.

Il monta quand même rue des Abbesses, où la même employée se trouvait à la poste restante. Elle le reconnut et, comme il tendait sa carte d'identité, lui dit :

— Toujours rien.

Elle finissait juste de trier le courrier et il n'insista pas.

Purée de pommes de terre, parce que c'était mardi. Doigt dans le fond de la bouche. Œufs durs avec un verre de bière.

Il téléphona plusieurs fois boulevard de Clichy, parce qu'il en avait pris l'habitude et qu'il ne fallait pas éveiller les soupçons. Il fit presque toute sa tournée à pied, entre la République et la Bastille, où il comptait un assez grand nombre de clients parmi les petits artisans.

Louise savait d'avance qu'il n'y aurait pas de lettre ce jour-là. Il se demandait s'il y en aurait le lendemain. Il ne pleuvait pas cette fois. On aurait même dit que le ciel se trompait et que c'était le printemps.

Il était obligé de partir quelques minutes plus tôt que d'habitude pour être sûr d'arriver place des Abbesses avant elle. La demoiselle de la poste le reconnut à nouveau, commença un signe pour lui annoncer qu'il n'y avait rien, mais il insista, gentiment, jouant l'anxiété.

— Faites-moi le plaisir de regarder quand même, voulez-vous ?

Elle devait croire qu'il avait une aventure et qu'on le laissait tomber. Cela lui était égal. Comme par charité, elle saisissait la pile de lettres dans le casier marqué L, les feuilletait, et il se penchait pour voir en même temps qu'elle.

Il y en avait une pour Louise et il fut certain que le cachet portait le mot Toulouse.

Bordeaux... Toulouse... Le correspondant de Louise s'éloignait au lieu de se rapprocher, et cela ne faisait pas plaisir à Étienne, cela le rembrunissait au contraire, car, maintenant, il avait envie d'en finir au plus vite. Si c'était un de ces représentants qui font la grande tournée, il en avait pour des semaines, peut-être pour des mois.

Il retrouva le bistrot d'en face, et Louise, qui, sous son manteau, portait une robe à col blanc, parut vingt minutes plus tard, resta le même temps que la première fois, sortit avec sa lettre à la main.

Elle n'avait pas encore atteint la boucherie et il attendait qu'elle y soit entrée pour s'en aller ; il était occupé à payer son verre de vin blanc coupé de Vichy quand une silhouette familière s'encadra dans la porte.

C'était Arthur Leduc, sans pardessus, le chapeau en arrière.

— Étienne ! s'exclama-t-il sans cacher sa surprise. Qu'est-ce que tu fais ici ?

Ne sachant que répondre, il désigna son verre vide.

— Tu vois. Je...

Il craignait qu'en se retournant Arthur aperçoive Louise qui n'avait pas encore disparu.

— Tu as beaucoup de clients dans le quartier ?

— Quelques-uns.

— Qu'est-ce que tu prends ?

Et le patron, en lui tendant la main par-dessus le comptoir, lui disait comme à une vieille connaissance :

— Bonjour, monsieur Arthur. Comment ça va ?

Étienne n'osa pas refuser le verre de pouilly. On était mercredi. Le

lendemain, les Leduc viendraient dîner et jouer aux cartes boulevard de Clichy.
— Comment va Louise ?
— Très bien.
— Et toi ?
Il demandait cela plus sérieusement.
— Bien aussi.
— Tu n'es plus fatigué ?
— Un peu. Cela passera.
Il n'avait pas le temps de réfléchir. Il devait prendre une décision. Il lui fut facile d'avoir l'air embarrassé.
— Écoute, Arthur...
Il parlait à mi-voix, à cause du patron qui essuyait les guéridons.
— Je voudrais que tu ne dises rien de notre rencontre à ma femme.
Arthur parut stupéfait. Par politesse, il le montrait le moins possible, mais c'était visible quand même. Sans le regarder, Étienne continuait :
— Je devrais être dans le troisième arrondissement. J'aimerais même que Mariette ignore que tu m'as rencontré ce matin.
Qu'est-ce que Leduc pouvait supposer ? Qu'il avait une petite amie ? C'est ce qu'il voulait lui faire croire.
— J'avais quelqu'un à voir, tu comprends ?
— Je ne dirai rien, vieux.
Encore abasourdi, il haussait les épaules, plaisantait :
— Brune ? Blonde ?
— Blonde.
— Jolie ?
— On s'imagine toujours qu'elles sont jolies, non ?
Sans beaucoup de conviction, son ami lui donna une grande tape dans le dos.
— Tu es un bougre !
Mais il avait l'air de penser plus loin.
— Tu me promets ?
— Parbleu.
— Même à ta femme ?
— Si tu crois que je raconte tout ce que je fais à Mariette !
Étienne n'en garda pas moins un poids sur les épaules toute la journée.

3

Le jeudi matin, il y avait une lettre. Heureusement que l'employée qu'il connaissait n'était pas de service, car elle se serait probablement contentée de lui faire signe qu'il n'y avait rien pour lui et il n'aurait pas osé insister à nouveau pour qu'elle regarde dans la pile.

Il avait pensé, pour la vraisemblance, à s'adresser une lettre de temps en temps, s'était rendu compte que Louise pourrait les apercevoir s'il lui arrivait de prendre son courrier à une autre heure.

Comme les jours précédents, il avait essayé de déchiffrer le cachet de la poste, insistant :

— Vous êtes sûre que ce n'est pas pour moi ?

L'employée, méfiante, s'était hâtée de refermer le paquet. Il n'avait pas pu lire le nom de la ville. Cela l'ennuyait comme s'il avait perdu le contact. Il ignorait maintenant si l'inconnu s'éloignait ou se rapprochait.

Il y eut néanmoins quelque chose de rassurant. Ce matin-là, quand Louise arriva, il l'observa avec plus d'attention encore que les autres jours, à cause de sa rencontre de la veille avec Arthur. Or, elle se comporta exactement comme les autres jours, sans regarder derrière elle, ce qui semblait indiquer que, si même Leduc avait parlé à Mariette, celle-ci n'avait pas téléphoné à Louise pour la mettre au courant.

C'était possible qu'Arthur n'ait rien dit. Plus Étienne réfléchissait, plus il était persuadé que c'était l'homme à garder un secret. Il aurait aimé le connaître davantage, devenir vraiment son ami, persuadé qu'au fond c'était un timide, peut-être un triste.

Que connaissait-il du couple ? Depuis quinze ans qu'il rencontrait Mariette et Arthur une fois par semaine, il ne savait rien de leur vraie vie, par exemple, ce qui les unissait l'un à l'autre. Être mari et femme ne signifie rien et il n'en connaîtrait probablement jamais davantage. C'était trop tard.

La lettre ne devait pas être tout à fait comme les précédentes car, en sortant du bureau de poste, Louise était nerveuse. Elle l'était encore quand il rentra à midi, malgré ses efforts pour paraître de bonne humeur.

Ce n'était pas du chagrin ni du désespoir comme le jour où il n'y avait pas eu de lettre. Elle donnait l'impression d'avoir à faire face à des problèmes importants et, plusieurs fois, son regard se détourna du sien.

Il fut surpris d'avoir une crise au début de l'après-midi, alors qu'il avait mangé les mêmes plats qu'elle. Il n'en reconnut pas moins les symptômes, la chaleur dans la gorge, les crampes dans la poitrine et, pendant près d'une demi-heure, son cœur battit à 55.

Avait-elle décidé, les jours où il n'y avait pas de plat pour lui seul, d'introduire le poison dans le café, par exemple ? Elle en buvait aussi. C'était difficile de le laisser tomber dans une seule tasse sans qu'il s'en aperçoive. Il est vrai qu'il ne l'avait pas surveillée. Il serait obligé, dorénavant, d'être attentif à ses moindres gestes, car il ne pouvait pas vomir tout ce qu'il avalait à la maison.

Cela devenait de plus en plus compliqué. Il tenait bon. Même la crise, pendant laquelle il se réfugia dans une brasserie où on ne prit pas garde à lui, ne parvint pas à l'abattre. Il n'en avait pas moins hâte d'en finir.

Presque tout de suite après se plaça un autre incident. Il téléphonait boulevard de Clichy et, au lieu de la voix de Louise, reconnaissait celle de M. Charles.
— Ma femme n'est pas là ?
— Non, monsieur.
— Il y a longtemps qu'elle est sortie ?
— Quelques minutes. Peut-être dix.
— Vous ne savez pas où elle est allée ?
— Non, monsieur.

Il commençait à détester M. Charles, sans raison précise, persuadé que c'était réciproque, ou plutôt que le magasinier n'avait jamais eu que du mépris à son égard.

Un quart d'heure plus tard, il rappelait et Louise répondait. On lui avait dit qu'il avait téléphoné.
— C'est toi ? Je t'ai raté, tout à l'heure. J'avais complètement oublié que nous sommes jeudi et je n'avais rien pris pour les Leduc. J'ai dû faire un saut rue Lepic et acheter du poisson.

C'était plausible. Elle était au moins aussi intelligente que lui. On servait rarement du poisson le jour des Leduc, mais, si elle avait servi de la viande, elle n'aurait pas eu l'excuse de sortir car on téléphonait souvent la commande au boucher. Il conclut que, pour une raison ou pour une autre, elle était retournée au bureau de poste.
— Tout va bien ? s'informait-elle.
— J'ai eu une crise.
— Forte ?
— Oui. Cela va mieux, maintenant.
— Tu ne rentres pas ?
— J'ai encore deux clients à voir.

Elle devait attendre une seconde lettre qui pouvait arriver dans l'après-midi. L'avait-elle reçue ?

Il se morfondait de ne pas l'avoir surveillée de plus près. D'autre part, il ne pouvait pas rester en faction place Blanche du matin au soir sans finir par se trahir, car il avait les clients à voir.

Il s'agissait de retrouver le fil le plus tôt possible.

Il rentra chez lui un quart d'heure avant l'arrivée des Leduc, et il y avait bien du poisson au four, des soles au gratin, dont Louise surveillait elle-même la cuisson. Elle était très bonne cuisinière. La chaleur du feu lui donnait des couleurs. Pressée, elle fit à peine attention à lui, de sorte qu'il ne put juger de son état d'esprit.

C'est lui qui alla ouvrir la porte quand on sonna, et Arthur, entrant derrière sa femme, en profita pour lui adresser un clin d'œil rassurant, ce qui était gentil de sa part.
— La patronne n'est pas ici ?
— Elle est occupée dans la cuisine.

Ils se débarrassaient. En servant l'apéritif, il crut remarquer que les yeux de Mariette étaient particulièrement brillants, ses pommettes roses, et, un instant, il se dit qu'elle paraissait plus jeune.

Il ne surprit aucun signe d'intelligence entre elle et Louise quand celle-ci les rejoignit ; mais, dès le début du repas, comme incapable de se contenir plus longtemps, Mariette demanda à son mari :

— Je peux le dire ?

Arthur la regardait comme il aurait regardé une petite fille.

— Pourquoi pas ? Tu le diras quand même.

— Surtout, vous deux, n'allez pas vous moquer de moi. J'ai presque honte, à mon âge, de ce qui m'arrive. Figurez-vous que je suis enceinte !

Elle riait et il n'en aurait pas fallu beaucoup pour qu'elle pleure d'émotion. Arthur, lui, se contentait de sourire avec une certaine gravité ; Étienne savait que, depuis près de vingt ans, tous les deux avaient envie d'un enfant.

C'était peut-être la douzième fois que Mariette avait des espoirs et, chaque fois, elle tremblait de joie, chaque fois aussi, après deux ou trois mois, cela avait fini par une fausse couche. On ne comptait plus ses séjours à l'hôpital et, quelques années plus tôt, elle avait failli y mourir.

— Qu'est-ce que vous dites de ça ? Une vieille femme comme moi ! Je n'oserai jamais l'avouer à mes petites ouvrières et, si je promène un jour le bébé dans la rue, tout le monde me prendra pour sa grand-mère.

Étienne ne fut pas le seul à remarquer que Louise réagissait à peine, souriait vaguement, par politesse. Mariette, qui s'en était aperçue aussi, en était déconfite.

— Je porte chaque matin un cierge à la Vierge ! ajouta-t-elle.

D'habitude, les Leduc ne fréquentaient l'église ni l'un ni l'autre. Louise, toute à ses problèmes personnels, n'entendit pas et, quand on joua à la belote, eut plusieurs distractions dont elle finit par s'excuser.

— Il ne faut pas m'en vouloir, mes enfants, depuis midi je souffre d'affreuses névralgies.

— Pourquoi ne me l'as-tu pas dit ? questionna Étienne.

— Parce que tu es plus malade que moi.

Il ne l'avait jamais vue malade, pas même d'une bronchite, ou seulement d'un rhume, et c'était d'autant plus remarquable que son père et sa mère étaient morts tous les deux de tuberculose.

Les Leduc insistèrent pour s'en aller plus tôt que d'habitude. Cette fois ce fut Étienne qui serra la main d'Arthur avec une insistance, sans savoir au juste si c'était pour le remercier de sa discrétion ou à cause du bébé qu'ils espéraient.

— Tu as pris des cachets ? demanda-t-il à sa femme quand ils furent seuls.

— J'en ai pris deux après le déjeuner. Je vais en prendre deux autres.

Après la lettre du matin, déjà, elle était soucieuse. Avait-elle reçu d'autres nouvelles qui la tracassaient ?

Il dormit mal, fit des rêves compliqués qui n'avaient que des rapports lointains avec ses préoccupations. Il marchait beaucoup, dans un dédale de rues qu'il ne connaissait pas et où tout était en pierre grise comme dans un décor médiéval. Il devait absolument se rendre quelque part. C'était une question de vie ou de mort.

Il avait perdu le bout de papier sur lequel l'adresse était écrite et il n'y avait personne à qui s'adresser. Les rues étaient vides, les maisons aussi.

Il savait que le temps pressait, se mettait à courir, et quand, enfin, il débouchait sur une place publique où la foule était massée comme pour une réunion politique, les gens se retournaient sur lui avec un air de reproche et mettaient un doigt sur les lèvres.

Il enfreignait la règle, il ignorait laquelle. Il aurait voulu le savoir car son intention n'était pas de les offenser. Il s'efforçait de voir, par-dessus les têtes, ce que tout le monde regardait et, soudain, la foule s'écartait, laissant comme une allée devant lui, au bout de laquelle il apercevait un énorme catafalque.

On s'attendait à ce qu'il fasse quelque chose. Comme il ne bougeait pas, une femme en deuil, qui ressemblait à la vieille Mme Coin, lui touchait l'épaule pour lui dire d'avancer.

Il eut d'autres rêves aussi oppressants. Il marcha toute la nuit. Une fois qu'il s'éveillait et qu'il écoutait deux couples qui sortaient du cabaret de nuit, au coin de la place Blanche, et qui discutaient à voix très haute avec un chauffeur de taxi, il nota dans sa mémoire qu'il devait, le lendemain matin, retirer la page de notes du livre de Fabre.

C'était périmé. Il avait dépassé ce stade-là. La nouvelle bonne pouvait faire glisser la feuille en prenant les poussières, ou même Louise pouvait ouvrir le livre par hasard.

Il se leva fatigué. Sa femme avait les traits presque aussi tirés que lui. Il gagna la place des Abbesses avant elle, se dirigea vers le guichet de la poste restante où c'était à nouveau l'employée qui le connaissait de vue.

— Je parie qu'aujourd'hui il y a une lettre ! s'exclama-t-il d'un ton enjoué.

— Et moi, je parie que non.

Elle feuilleta le paquet.

— Laissez voir.

Elle ne lui montra pas les lettres de près, mais il parvint à lire le nom de sa femme sur un télégramme.

— Vous êtes sûre que ce n'est pas pour moi ?

— Certaine.

— Cela ressemble à mon nom.

— Le malheur, c'est que ce n'est pas pour vous.

Toute la matinée, il fut presque aussi excité que Louise le fut en sortant un peu plus tard du bureau de poste. Il ne quitta pas les alentours de la place Blanche, changeant vingt fois de place pour ne pas se faire remarquer. Sa femme, rentrée du marché, ne ressortait pas.

Cela ne pouvait pourtant plus tarder car, quand il traversa le magasin, quelques minutes après midi, alors qu'elle était déjà montée, il jeta un coup d'œil sur la caisse et, dans un des casiers, derrière sa place, aperçut un indicateur des chemins de fer qui n'était pas là d'habitude.

Elle ne se préoccupa pas de lui, était trop prise par ses propres affaires pour penser à l'épier. De son côté, il oublia de l'observer au moment du café, hésita à boire, n'osa pas refuser la tasse qu'elle lui tendait, ce qui l'obligea, par la suite, à aller vomir, car il ne voulait plus courir le moindre risque.

Il ne vit pas de clients ce jour-là et prépara une explication assez plausible qu'elle ne lui demanda pas. Contre son habitude, il but trois petits verres de marc, parce qu'il ne pouvait pas rester continuellement en faction sur le trottoir et qu'il voyait boire à côté de lui.

Il téléphona à trois heures et à cinq. A cinq heures, la ligne était occupée. Il resta dans la cabine, passa plus de dix minutes à appeler en vain son numéro. C'était rare que les communications d'affaires avec la papeterie durent si longtemps.

A cause de l'indicateur des chemins de fer aperçu à midi, il eut l'idée d'en consulter un à son tour, crut tout comprendre quand il constata que le rapide de Toulouse arrivait à 4 h 45.

On avait dû téléphoner à Louise de la gare ou d'un café des environs. Il resta dehors jusqu'à six heures, annonça d'un ton négligent, comme s'il y était résigné, qu'il avait eu une nouvelle crise.

Elle n'en parut pas étonnée. Elle se montrait beaucoup plus vivante que la veille et que le matin, presque enjouée, avec une certaine nervosité à fleur de peau. L'éclat de ses yeux lui rappela les yeux de Mariette qui attendait un bébé.

Elle attendait un grand événement, elle aussi, et ne tenait pas en place. Quand Emma desservit la table, ce fut Louise qui proposa, ce qui lui arrivait rarement, et presque jamais le vendredi :

— Si nous allions au cinéma ?

Elle ne se sentait pas capable de rester enfermée avec lui toute la soirée. Il faillit dire non, par méchanceté, pour prendre une petite vengeance, puis il réfléchit que ce serait plus facile ainsi, et elle alla faire toilette, se mit du parfum dans le cou.

Ils allèrent dans un cinéma du boulevard Rochechouart et, tout le temps, Étienne resta en éveil. Il n'était pas impossible qu'elle ait proposé de sortir pour voir quelqu'un, ne fût-ce que de loin, et il dévisageait les passants ; au cinéma, il épiait leurs voisins, se retourna plusieurs fois.

Comme ils approchaient de chez eux, ce fut elle encore qui suggéra :

— Nous prenons un verre au *Cyrano* ?

C'était en face, au coin de la rue Lepic. Des cloisons vitrées et des braseros permettaient de conserver la terrasse tout l'hiver. Les consommateurs y étaient alignés comme dans une cage de verre, à regarder les enseignes lumineuses de la place Blanche et les silhouettes sombres des passants.

Il y étaient venus des centaines de fois, le soir, après le spectacle, ou après s'être promenés à pied dans le quartier. Ils connaissaient de vue la plupart des filles qui faisaient la retape aux alentours, et la vieille marchande de fleurs, toujours ivre de gros rouge, qui racontait des histoires du temps où elle était richement entretenue, se contentait de leur adresser un sourire en passant et les laissait tranquilles.

Louise n'eut pas l'air de chercher quelqu'un autour d'elle. Il ne remarqua personne qui parût s'intéresser à sa femme.

En rentrant, il faillit lui proposer de faire l'amour, sachant qu'elle n'oserait pas refuser. Si près, maintenant, de son amant, cela ne lui serait-il pas un supplice ?

Il ne le fit pas, peut-être parce qu'il n'en avait pas le courage, peut-être parce qu'il avait pitié, ou les deux, ce n'était pas net dans son esprit. Elle l'embrassa comme les autres soirs. Ils prononcèrent les mots, y compris, après un certain temps, le rituel :

— Tu dors ?

Le matin, dans la salle de bains, elle se surprit à chantonner et, pour s'en excuser, comme il la regardait, lui lança :

— Regarde le beau soleil !

C'était vrai. Ce qu'il y avait de plus gai, c'était les rayons dorés qui se jouaient dans les feuilles jaune clair encore suspendues aux branches. Elles frémissaient sous la brise et on aurait dit que c'était le soleil lui-même qui vibrait.

Après le petit déjeuner, elle demanda :

— Où vas-tu ce matin ?

— Je crois que je profiterai du beau temps pour faire le quatorzième.

C'était la plus lointaine tournée et il comptait peu de clients dans ce quartier-là, ils étaient éloignés les uns des autres, ce qui l'obligeait à beaucoup marcher. La plupart du temps, il ne rentrait pas déjeuner.

Elle ne lui demanda pas s'il rentrerait ce jour-là et ne se retourna pas quand il ouvrit la porte de la chambre, où elle s'habillait, pour lui dire au revoir. Elle était en culotte et en soutien-gorge, avec, entre les deux, une large bande de chair nue, et, penchée en avant, elle attachait ses bas, dans une pose qui lui était familière.

Une fois dehors, il décida de se débarrasser de la serviette qui lui avait pesé la veille et il la déposa dans le bar de la place Blanche où il resta à attendre.

Quand Louise sortit, vers neuf heures et quart, elle n'était pas en tenue de marché, mais portait son plus récent manteau qui, comme la plupart de ses robes, lui serrait la taille et s'évasait sur les hanches. Son chapeau, qu'il ne lui avait vu qu'une fois, était garni de blanc, avec un peu de tulle voilant la moitié du visage.

Elle n'avait pas son sac à provisions. Sa démarche était plus nette et plus rapide que quand elle se dirigeait vers la rue Lepic et ses hauts talons martelaient gaiement le trottoir.

Depuis des jours et des jours, il vivait dans l'attente de ce moment-là et, maintenant, en la regardant contourner la place pour s'engager dans la rue Fontaine, il était pris de trac, au point que, s'il l'avait pu, il aurait demandé un répit.

Il la laissa prendre assez d'avance, rasa les maisons, prêt, si elle se retournait, à se cacher dans la première porte cochère venue. C'était l'heure où, par les portes ouvertes des boîtes de nuit, on voit le personnel balayer les serpentins et les boules de coton. A la plupart des devantures il y avait des photographies de femmes à peu près nues, et il rencontra une fille d'un blond pâle, toute jeune, le maquillage déteint, qui sortait d'un hôtel en robe du soir, une étole de fourrure serrée sur sa poitrine. Sa robe était fripée, poussiéreuse dans le bas qui traînait par terre, et elle regardait le mouvement de la rue comme si elle avait mal au cœur.

Au coin de la rue Notre-Dame-de-Lorette, il perdit Louise des yeux, marcha plus vite, courut presque, plongea un regard anxieux dans les rues latérales et l'aperçut enfin sur le trottoir à peu près désert de la rue La Rochefoucauld où le drapeau du commissariat de police pendait dans le soleil.

Il n'osa pas s'avancer dans la rue. Un instant, il pensa à héler un taxi pour la suivre plus facilement, sans être vu, et il allait peut-être le faire quand, au coin de la rue La Bruyère, elle entra sans hésiter dans un café-restaurant où il leur était arrivé de dîner ensemble.

A l'intérieur, les murs étaient peints en jaune, il s'en souvenait, un jaune crémeux qui s'harmonisait avec les rideaux à carreaux rouges. Dans la première pièce, où se trouvait le bar, il n'y avait que trois tables toujours occupées, à l'heure du déjeuner, par des habitués qui tutoyaient le patron.

La salle, derrière, n'était guère plus grande, et il revoyait les plantes vertes sur l'appui des fenêtres, comme dans une salle à manger de province.

Ce n'était pas un endroit où l'on entre pour boire un verre en passant. A cette heure, il ne devait y avoir personne. Le soleil frappait en plein la façade et jouait à travers les rideaux. En dépit de sa prudence, il fit quelques pas dans la rue, put voir que la porte était ouverte et, un peu plus tard, le patron, en manches de chemise, vint secouer un torchon clair sur le trottoir.

Un chien, un petit chien couleur chocolat, sortit aussi du café et se mit paresseusement à longer, en reniflant, les façades des immeubles.

Étienne ne pouvait pas s'engager davantage dans la rue, car il n'était pas sûr que Louise se trouvât dans la seconde pièce. En outre, un agent était en faction devant le commissariat de police et le gênait.

La plupart des fenêtres étaient ouvertes et on voyait des femmes faire leur ménage. Sur l'appui d'une fenêtre, un canari sautillait dans sa cage, une petite fille le regardait, le menton sur ses bras croisés.

Le restaurant ne comportait pas de chambre, il en avait la certitude. Ce n'était pas un hôtel. Au lieu de le rassurer, cette idée-là l'irritait.

Il s'attendait à ce que Louise sortît d'un moment à l'autre avec son compagnon, se souvenait de ses irruptions dans la chambre de la rue Lepic, où il lui arrivait de se débarrasser de sa robe avant de l'embrasser. Il y avait du soleil aussi. Son corps émergeait du tissu sombre qu'elle laissait tomber à ses pieds et elle lui tendait ses seins dont elle avait toujours été fière.

Il avait repéré la porte cochère où il se cacherait dès qu'ils sortiraient. La voûte était fraîche, avec, au bout, une cour tranquille, et la concierge n'était pas dans sa loge.

Il se souvenait de la spécialité du restaurant, les tripes à la mode de Caen. Ils y étaient revenus plusieurs fois, toujours en été, il ne savait pas pourquoi. Le patron s'appelait Oscar. C'était un Normand et le bar dégageait une douce odeur de calvados.

Est-ce qu'ils restaient assis, là, dans la seconde pièce, à boire leur verre et à bavarder ?

Il s'impatientait. Il lui semblait que l'agent en faction le regardait de loin, d'un air soupçonneux.

Il remonta un peu la rue, redescendit.

Cela lui arrivait presque tous les jours, quand il entrait dans un bar, d'apercevoir, dans le calme de l'arrière-salle, un couple assis sur la banquette, qui parlait à voix basse, la main dans la main, comme si le reste du monde n'existait pas. Souvent il les avait regardés avec envie.

Jamais cela ne lui était arrivé avec Louise. Il ne se rappelait pas l'avoir rencontrée dans un café. Jamais non plus ils n'avaient eu de ces longues conversations chuchotées.

Cela le déroutait. Il était vexé. Ce n'était pas à cela qu'il s'était attendu.

Depuis longtemps, des jours certainement, des semaines peut-être, Louise et son amant étaient séparés, et ils restaient là, dans ce petit restaurant, à se regarder dans les yeux.

Le patron, qui avait fini son travail, vint se camper sur le seuil, les mains dans les poches de son tablier blanc. Il rappela le chien qui s'était éloigné, puis ne parut penser à rien d'autre qu'à jouir du soleil qui lui faisait cligner les yeux.

Après une dizaine de minutes, on l'appela de l'intérieur, car il se retourna, se décida à rentrer, et Étienne espéra que sa femme et son compagnon allaient sortir enfin, qu'ils étaient en train de payer les consommations.

Oscar revint un peu plus tard, toujours aussi paisible, et personne ne sortait. Il était probablement allé remplir leur verre.

Étienne tressaillit quand quelqu'un, qu'il n'avait pas vu approcher, lui demanda du feu, et il était si troublé qu'il tâta machinalement ses poches pour y chercher des allumettes avant de balbutier :

— Je vous demande pardon. Je ne fume pas.

Son impatience lui donnait presque les mêmes sensations que ses crises. Il n'osait pas quitter sa faction pour aller boire un verre d'eau minérale au tabac du coin de la rue. Son pardessus était lourd et chaud.

Ils restèrent là près d'une heure, cinquante-cinq minutes exactement. Un camion s'arrêta, qui livra des caisses d'apéritifs, et, au moment précis où il démarrait, le couple sortit enfin.

Tout de suite, Louise eut le geste qu'il avait si souvent vu à Mariette, celui d'accrocher sa main au bras de son compagnon, et, tandis qu'ils commençaient tous les deux à remonter lentement la rue, elle se tenait penchée vers lui, son épaule appuyée à celle de l'homme.

Étienne avait reculé sous la voûte, n'osant pas les regarder venir. Ils suivaient tous les deux le trottoir opposé et, bientôt, on entendait le murmure de leurs voix malgré le vacarme des autobus de la rue Fontaine. Louise parlait. Il ne pouvait pas comprendre ce qu'elle disait. Ils avançaient encore de quelques mètres et maintenant étaient juste à sa hauteur, en penchant la tête il pouvait les voir de profil, toujours dans la même pose, avec Louise qui se comportait comme une jeune fille à son premier amour.

Ils ne riaient pas, n'élevaient pas la voix, graves tous les deux, avec l'air de savourer la minute qu'ils vivaient. Le chapeau de Louise empêchait Étienne de distinguer le visage de l'homme.

Lorsqu'ils s'arrêtèrent, un peu avant le coin de la rue Notre-Dame-de-Lorette, ils se firent face, restèrent immobiles, à se regarder, puis unirent leurs lèvres dans un baiser qui dura longtemps et auquel Louise fut la première à s'arracher, s'éloignant soudain de quelques pas, se retournant pour un signe de sa main gantée tandis que l'homme la regardait partir.

Elle pressait le pas, Étienne ne la voyait plus, mais son compagnon continuait à la suivre des yeux et elle devait se retourner encore, car il agitait la main.

Elle disparut à ses yeux aussi et, d'un geste naturel, le garçon monta sur la plate-forme d'un autobus qui descendait la rue en direction de Montparnasse.

Étienne l'avait reconnu. C'était Roger Cornu, le fils de M. Théo, leur typographe. Quand les Cornu habitaient encore le quartier, il arrivait, l'été, que Mme Cornu vînt chercher son mari, à six heures, en poussant une voiture d'enfant. Plus tard, elle amenait le petit Roger, qui courait dans le magasin tandis que sa mère s'efforçait de le faire tenir tranquille.

C'était du temps de Guillaume, et Louise était déjà une grande personne, mariée depuis quelque temps.

Étienne atteignait la rue Fontaine et ne savait de quel côté se diriger, s'il devait remonter vers la place Blanche ou descendre vers la ville. Quelle importance cela avait-il ?

Il calculait que Roger avait aux alentours de vingt-six ans. Lui, jadis, n'en avait que vingt-quatre.

Il ne ressemblait pas à son père. Il était plus grand, large d'épaules,

les cheveux sombres plantés bas sur le front et les yeux bleus sous d'épais sourcils.

Pourquoi Étienne pensa-t-il à Arthur ? S'il avait su dans quel café le trouver, il serait peut-être allé le voir. Pas pour lui faire des confidences. C'était trop tard. Pour ne pas être seul dans la rue, où il restait comme un îlot au milieu du flot des passants.

Sans avoir rien décidé, il se retrouva dans le calme de la rue La Rochefoucauld, se dirigeant vers le petit café aux murs peints en jaune.

Il se disait que le patron, après si longtemps, ne le reconnaîtrait pas. Ils n'avaient jamais été des clients assidus.

Il se faisait l'effet d'un pauvre type à la vitrine d'une charcuterie pendant qu'il hésitait à entrer, et il s'approcha enfin du bar, posa les deux paumes sur la fraîcheur de l'étain en fixant avidement la banquette rouge dans la seconde pièce.

Le chien reniflait le bas de son pantalon. Le patron, qui cassait de la glace, s'essuyait, le regardait, questionnait :

— Ça ne va pas ?

Il évita de se regarder dans le miroir.

4

Peut-être, sans la phrase de la concierge, cela se serait-il passé autrement. Cette phrase-là ne lui était jamais sortie de la mémoire et l'avait hanté pendant les trois jours qu'il avait passés dans son lit, après le jeudi que Louise avait emmené Mariette dans sa chambre et que les deux femmes étaient restées longtemps à chuchoter. S'il avait décidé de vivre, c'était probablement à cause de l'image qu'évoquaient les mots entendus jadis par la fenêtre ouverte.

— *Quand on l'a mis dans son cercueil, il ne pesait pas plus qu'un enfant de dix ans.*

Il ne pouvait s'empêcher de voir Guillaume Gatin, avec son chapeau sur la tête, son demi-saison beige et ses moustaches, réduit à la taille et au poids d'un gamin de dix ans. Car, dans son esprit, il lui diminuait la taille aussi.

Il était encore temps d'abandonner et il en était tenté. Il regrettait d'être entré dans le petit restaurant, où il gardait les yeux fixés sur la banquette. Même la voix du patron qui les avait vus, qui les avait entendus, et qui lui servait maintenant un verre de calvados en lui conseillant de le boire d'un trait pour se remonter, lui faisait mal.

— Qu'est-ce que je vous dois ?
— Vous ne vous reposez pas un instant ?

Il faillit rester.

— C'est le cœur ?

Pour éviter des explications, il fit signe que oui. S'il ne s'en allait pas tout de suite, il n'aurait peut-être plus le courage.

C'était tellement plus facile de laisser faire ! Il s'était habitué à ses crises. Elles ne l'angoissaient plus autant qu'au début et, au fond, n'étaient pas si douloureuses. Combien en aurait-il encore ?

Une fois confiné dans la chambre, Guillaume avait encore duré trois mois. Avec lui, cela irait plus vite. Louise, faute d'être sûre de lui, augmenterait les doses, ou lui en donnerait plus fréquemment. Peut-être, à l'heure qu'il était, avait-elle décidé d'en finir ?

Il avait commencé à maigrir. Il maigrirait encore et ses jambes refuseraient de le porter jusqu'au haut de l'escalier.

Les journées, une fois là-haut, ressembleraient aux trois jours qu'il avait déjà passés dans son lit, à sentir sa barbe pousser sur ses joues, sa sueur gicler à travers sa peau, et il deviendrait de plus en plus faible, son esprit aussi, la réalité et le rêve finiraient par se confondre jusqu'au moment où son cœur cesserait tout à fait de battre.

Il ne se révoltait pas. Il avait toujours su qu'il se produirait un jour quelque chose de terrible et avait conscience de l'avoir mérité. Il s'était tu, autrefois, en pleine connaissance de cause, et, même si certains mots n'avaient pas été prononcés, il était aussi coupable que Louise.

C'était lui, quand il avait répondu oui à une certaine question, qui avait condamné Guillaume.

Les années qu'ils avaient vécues ensemble n'avaient été qu'un répit et ils les avaient vécues dans cet esprit-là : une longue attente, pendant laquelle il avait éprouvé le besoin de plus en plus angoissant de se fondre en Louise, de ne faire qu'un avec elle, parce que c'était la raison même de ce qui s'était passé, leur seule excuse, si une excuse était possible.

Et c'était pour cette même raison qu'elle évitait aussi farouchement que lui de mêler leur vie à la vie des autres.

Ils avaient été deux solitaires qui, cherchant à creuser toujours plus avant leur solitude, avaient réduit leur univers à leur appartement, à leur chambre, à leur lit, s'y battant désespérément contre l'impossibilité de s'intégrer plus complètement l'un à l'autre qu'il n'est permis à un mâle et à sa femelle.

Il avait décidé de vivre. Il ne voulait pas revenir sur la décision prise. Il avait aussi décidé de garder Louise.

Ce n'était pas pour échapper au châtiment, mais pour le partager avec elle, comme ils avaient tout partagé, et peut-être serait-ce plus atroce que de se laisser mourir.

Il ne rentrerait pas déjeuner boulevard de Clichy, car il se sentait incapable de regarder sa femme en face sans se trahir. S'il mettait les pieds dans la maison, montait dans leur logement, il n'en sortirait plus.

Il marchait dans la rue, ses pas presque dans les pas que le couple avait tracés tout à l'heure. Et, comme Roger Cornu l'avait fait, il monta sur la plate-forme d'un autobus qui se dirigeait vers Montparnasse.

Il avait annoncé qu'il ferait la tournée du XIVᵉ arrondissement. Louise, quand il avait dit ça, n'avait-elle pas été frappée par la coïncidence et n'avait-elle pas pensé que c'était voulu ? C'était avenue du Parc-Montsouris, en effet, derrière le Lion de Belfort, que se trouvaient les bureaux de la compagnie pour laquelle Roger travaillait.

Roger s'y rendait sans doute en ce moment, avec un quart d'heure d'avance sur lui, et, au premier arrêt, Étienne descendit de voiture, entra dans un café pour téléphoner.

Il devait donner ce coup de téléphone avant que le fils de M. Théo arrive à son bureau. L'entreprise, importante, occupait l'immeuble entier. Tout allait dépendre de la standardiste qui lui répondrait.

— Je suppose, mademoiselle, que M. Cornu n'est pas à son bureau ?
— Un instant.

Elle ne brancha pas sur un autre service, ce qui était bon signe, parla à quelqu'un près d'elle.

— Non. On l'attend d'un moment à l'autre.
— Auriez-vous l'obligeance de me donner son adresse personnelle ?

C'était le moment délicat. Par chance, elle n'y vit pas malice, s'adressa à nouveau à sa voisine.

— C'est bien l'*Hôtel de Quimper*, Jeannette ?
— Oui. Au coin de la rue Dareau.

La demoiselle répéta :

— *Hôtel de Quimper,* au coin de la rue Dareau. Dois-je lui faire une commission quand il arrivera ?
— C'est inutile. Je suis de passage à Paris et, si je ne le trouve pas chez lui, je laisserai un mot.

Si elle en parlait à Roger, celui-ci avait peu de chances de deviner qu'il s'agissait de lui. Étienne marcha jusqu'à l'arrêt suivant, et ne descendit de l'autobus que place d'Alésia, juste en face du magasin d'un de ses clients.

Il alla le voir, ennuyé d'avoir laissé sa serviette d'échantillons place Blanche, n'en prit pas moins une commande et son interlocuteur ne s'aperçut de rien.

C'était en décembre, il le savait à présent, que les relations avaient commencé entre sa femme et le fils Cornu. Ils avaient décidé d'acheter une nouvelle presse et elle avait dit, un soir :

— Devine qui est venu de la part de la Compagnie de Matériel d'Imprimerie ?

Il n'avait pas deviné, évidemment.

— Roger, le fils de M. Théo.

Le dernier souvenir qu'il avait du gamin, c'était un jour que celui-ci avait seize ou dix-sept ans et qu'il venait d'entrer aux Arts et Métiers. Il était maigre et gauche, avec une ombre de moustache. Il se tenait avec son père dans l'atelier vitré et, plus tard, M. Théo leur avait appris qu'il était considéré comme un brillant élève et qu'il avait obtenu une bourse.

En décembre, Louise avait expliqué :

— Il a maintenant une situation importante. Cela fait un drôle d'effet de discuter avec lui quand on l'a connu enfant. C'est un technicien qu'on envoie partout en province où il y a des installations à faire. Il est resté assez timide. Il doit revenir demain.

Il était revenu plusieurs fois, sans doute. Étienne ne l'avait pas rencontré et sa femme ne lui en avait pas parlé.

Il était midi. Louise était à la caisse, boulevard de Clichy, se demandant s'il rentrerait déjeuner. Avait-elle changé de robe en rentrant ?

Il hésita, décida en fin de compte de lui téléphoner. Quand il entendit sa voix, il faillit se taire et raccrocher.

— C'est toi ? murmura-t-il néanmoins.
— Où es-tu ?
— Je sors de chez Dambois.
— Tu comptes déjeuner dans le quartier ?

Elle venait de décider, plus exactement de confirmer sa décision.
— Oui.
— Tu te sens bien ?
— Oui.
— Tu n'as pas eu de crise ?

Il dit non, ignorant s'il n'aurait pas dû répondre oui. Il vivait une vie machinale, sans chercher à réfléchir.

Ce qu'il fallait, c'était accomplir ce qu'il avait résolu d'accomplir, le plus vite possible, tant qu'il était remonté. Puisque c'était l'heure de déjeuner, il entra dans un restaurant. Il y avait des escargots à la carte et il en mangea une douzaine en buvant une demi-bouteille de vin et en regardant passer les gens dans la rue. Quelqu'un, à la table voisine, commanda des tripes et, à cause du restaurant de la rue La Rochefoucauld où il en avait mangé avec Louise, il en commanda aussi.

Il avait tout le temps devant lui. Rien ne l'obligeait à voir beaucoup de clients. Cela n'avait plus d'importance. On ne lui demanderait aucun compte de sa journée.

Il en avait choisi un qui habitait avenue du Parc-Montsouris, pour passer devant l'immeuble de la Compagnie de Matériel d'Imprimerie, qui ne comportait ni magasin ni vitrines, seulement une imposante plaque de cuivre sur la porte vernie et des douzaines de bureaux, trois étages de bureaux où les employés, certains avec une visière verte sur le front, travaillaient près des fenêtres

L'*Hôtel de Quimper* n'était pas loin, de l'autre côté de l'avenue, près de l'endroit où le chemin de fer passe au-dessus de la rue Dareau. Avec seulement deux étages, il faisait hôtel de campagne, et les propriétaires mangeaient à une table ronde dans la pièce à gauche de l'entrée.

— Je suppose que M. Cornu n'est pas chez lui ?
— Sûrement pas à cette heure-ci. Il faudrait qu'il soit malade.
— Pouvez-vous me dire vers quelle heure il rentrera ?
— Jamais avant neuf ou dix heures du soir.
Son aspect inspirait confiance.
— Si vous avez besoin de le voir avant, vous le trouverez à son bureau.
— Je sais.
— Il n'y est pas ?
— Pas pour le moment.
— C'est vrai qu'il y est rarement. Le soir, il dîne presque toujours chez *Titin*, place d'Alésia.

C'était le restaurant en face duquel Étienne venait de déjeuner.
— Je vous remercie.
— A votre service.

Il marcha beaucoup, vit quatre ou cinq clients à qui il parla raisonnablement et qui discutèrent avec lui comme avec une personne normale, tandis qu'il ne cessait pas de penser à Louise et à lui.

Selon toutes probabilités, ils vivraient encore un certain nombre d'années, tous les deux, dans leur logement relié au magasin par l'escalier de fer, et en apparence rien ne serait changé à leur existence.

Autrefois, il n'avait posé aucune question à Louise. Allait-elle lui en poser ?

A quoi cela les avancerait-il ? Il n'aurait besoin de rien dire, seulement de rentrer chez lui, après, et elle comprendrait.

Les Leduc continueraient à venir dîner et jouer à la belote chaque jeudi. Il n'y aurait aucune confidence échangée entre Arthur et lui non plus, et Mariette avait toutes les chances de faire une fausse couche. Chaque matin, M. Charles lèverait les volets du magasin et M. Théo, dans sa cage vitrée, endosserait sa blouse grise avec des gestes méticuleux.

Il en eut pitié. Depuis qu'il l'avait aperçu dans la rue, le corps flottant dans son pardessus noir, il lui paraissait caduc et il craignait qu'il ne se remette pas du choc.

Il n'y pouvait rien. Il était trop tard. Il avait la notion du temps qui s'écoulait. A chaque carrefour important, une horloge électrique le lui rappelait. Dès le matin, il avait repéré la boutique d'un armurier, boulevard Denfert-Rochereau.

Il attendit cinq heures pour y entrer, remarquant seulement alors que c'était l'heure à laquelle, la veille, Roger avait téléphoné à Louise, de la gare ou des environs.

Un instant, l'idée lui vint que tout était peut-être déjà fini sans son intervention, que, le matin, le couple avait décidé de partir, que Louise n'était rentrée que pour faire ses bagages et qu'il trouverait la maison vide en rentrant.

C'était improbable. Roger était capable de le lui avoir proposé. Elle était incapable, elle, d'abandonner la papeterie qu'elle considérait comme son bien.

— Je voudrais acheter un revolver.

Il disait cela de sa voix la plus quelconque.

— Un automatique ?

— Je ne sais pas. Un bon revolver.

— C'est pour la poche ou pour la maison ?

Cela n'avait aucune importance à ses yeux.

— Pour la maison.

On lui montra plusieurs modèles d'armes à barillet et il en choisit une de taille moyenne, pas trop encombrante.

— Une boîte de cartouches suffira ?

Il dit oui, paya, et on lui fit un paquet qu'il tint à la main jusqu'à l'heure du dîner. Il ne mangea pas au même restaurant qu'à midi, par crainte que Roger l'aperçoive. Il en choisit un qui lui plut, assez loin, fit durer longtemps son repas, le paquet posé sur la banquette contre sa hanche.

La nuit était tombée. Boulevard de Clichy, les volets étaient baissés et Louise, en haut, commençait à s'inquiéter. Jusqu'à sept heures, elle pouvait se dire, à la rigueur, qu'il avait été retardé.

Mais ensuite ? Supposerait-elle qu'il avait succombé à une crise quelque part dans la rue ? Comprendrait-elle qu'il avait tout découvert ?

Plusieurs fois, elle l'avait soupçonné de savoir, en particulier le soir de son entretien dans la chambre avec Mariette.

Peut-être aurait-elle l'idée de téléphoner à celle-ci pour lui faire part de ses craintes, ou seulement pour entendre une voix familière. Dans ce cas, Arthur ne dirait-il pas à sa femme qu'il avait rencontré Étienne, à neuf heures du matin, dans un bar de la place des Abbesses ?

Avertie, Louise s'affolerait, tenterait de prévenir son amant. Lui avait-il dit où il prenait ses repas ?

Pour ne pas rester devant une table vide, il but deux ou trois tasses de café. Il ne prit pas d'alcool, tenant à rester lucide jusqu'au bout, tenant surtout à ce qu'elle le voie lucide et en pleine possession de lui-même quand il rentrerait.

Vers huit heures, il se dirigea vers les lavabos avec son paquet, le défit, glissa six cartouches dans le barillet comme il l'avait vu faire par l'armurier et mit l'arme dans sa poche.

De l'y sentir, quand il rentra dans la salle du restaurant et se vit dans les glaces, il sourit imperceptiblement. Il appela le garçon.

C'était la première fois depuis des années qu'il se trouvait seul, le soir, dans les rues, et il en était si dérouté qu'il lui arriva de tourner la tête comme pour parler à sa femme.

Il ne devait pas arriver trop tôt à son poste. Il traîna devant les étalages éclairés, regarda les affiches et les photographies de films dans le hall d'un cinéma, écouta la conversation animée de deux gamines qui parlaient des propositions qu'un monsieur d'un certain âge avait faites à l'une d'elles.

Place d'Alésia, les fenêtres de chez *Titin* n'avaient pas de rideaux, et, sans avoir à traverser la rue, il reconnut Roger, assis seul à une table desservie, près du comptoir, occupé à écrire une lettre.

Une lettre à Louise. Il ne l'avait pas vue le matin, comptait la revoir le lendemain, sans doute à la même heure, à la même place, dans leur petit restaurant de la rue La Rochefoucauld. Il ne s'agissait pas d'une lettre qu'il enverrait par la poste et qu'elle irait chercher place des Abbesses comme quand il était en voyage, mais d'une lettre qu'il lui remettrait lui-même, parce qu'il avait trop de choses à lui dire et qu'il se donnait ainsi l'illusion de passer la soirée avec elle.

Un agent de police était en faction au coin de la rue, et Étienne préféra ne pas s'attarder. Il n'avait pas peur, prenait seulement ses précautions.

Le reste était simple, si simple qu'il n'y avait plus que le fait tout nu, le geste à faire, dépouillé de sentimentalité et d'angoisse.

En chemin, jusqu'au coin de la rue Dareau et de l'avenue du Parc-Montsouris, il ne pensa pas, vécut dans une sorte de vide, conscient de la fraîcheur de l'air, de l'humidité qui tombait, de la résonance de ses pas sur le trottoir, des voix des gens qu'il croisait.

L'avenue était déserte, avec deux guirlandes de lumières qui en allongeaient la perspective et augmentaient l'impression de sérénité. On aurait dit qu'elle ne conduisait nulle part, qu'il n'y avait que la nuit aux deux bouts, et, dans la seconde partie de la rue Dareau, qui aurait pu se trouver dans n'importe quelle ville de province, un seul bec de gaz brillait près du pont du chemin de fer.

Un train passa, alors qu'Étienne n'avait pas encore choisi sa place. A travers les rideaux, il vit les propriétaires de l'*Hôtel de Quimper*, tous les deux d'un certain âge, lui qui lisait le journal à voix haute, assis dans un fauteuil, elle qui, de l'autre côté de la table ronde, épluchait des légumes.

Peut-être avait-il eu tort de leur parler l'après-midi ? Ils se souviendraient de lui. Mais quel signalement étaient-ils capables de fournir ? Des milliers d'hommes de son âge, à Paris, avaient le même aspect et étaient vêtus comme lui, et il ne se connaissait aucun signe distinctif.

Cela le gênait qu'ils fussent là. Il se demandait à quelle heure ils se coucheraient, souhaitait que Roger ne rentre pas trop tôt.

D'un autre côté, il avait hâte de retourner boulevard de Clichy et de retrouver Louise. A ce moment-là, ce serait fini. Il n'y aurait plus à y revenir. Il serait sûr, définitivement, de la garder.

Il n'y avait pas de lune, à peine quelques étoiles. Ses jambes se fatiguaient, car il avait beaucoup marché, et il fut tenté d'aller s'asseoir sur un banc du terre-plein. S'il ne le fit pas, c'était par crainte de mollir.

Un couple rentra à l'hôtel, des jeunes mariés, décida-t-il, et il entendit leurs pas dans l'escalier après qu'ils eurent demandé leur clef, vit une lumière paraître au second étage, une main qui tirait le rideau.

D'une maison voisine lui parvenait une musique assourdie, pas de la radio, mais du piano joué par une main inexperte.

Le piano se tut et quelqu'un vint de la direction de la place d'Alésia, une femme qui s'arrêta avant d'arriver à lui et pénétra dans un immeuble.

A dix heures, alors que Roger n'avait pas encore paru, la lumière s'éteignit au rez-de-chaussée de l'hôtel, où il ne resta qu'une veilleuse dans le corridor, et il put s'adosser à la façade comme il avait décidé de le faire, à un mètre de la porte.

Il avait l'esprit si libre qu'il se demanda ce qui serait le plus rapide pour rentrer chez lui tout à l'heure, du métro ou de l'autobus, sans perdre de vue qu'il devait s'arrêter quelque part près de la Seine pour y jeter son arme.

Il n'y avait rien d'autre en lui que de l'impatience et il s'efforçait de ne pas perdre son sang-froid.

Quand il entendit les pas, au loin, — les bons pas, cette fois, il l'aurait juré, — sa main plongea dans la poche de son pardessus où il avait transféré le revolver et il serra les doigts autour de la crosse.

Des cloches avaient sonné un long moment plus tôt. Il devait être près de dix heures et demie.

L'homme marchait à pas réguliers, sans se presser, et quand, de l'autre côté de l'avenue, il passa sous un réverbère, la certitude d'Étienne fut complète.

Le moment était arrivé. Dans deux minutes, dans une, ce serait fini. Il parvint à ne pas bouger, collé au mur avec tant de force que son dos lui faisait mal, et il comptait les pas, décidé, faute d'être sûr de sa main, à ne tirer que de tout près.

Il était persuadé que Roger ne pourrait le voir qu'au dernier moment, quand il serait trop tard. Il n'éprouvait pas le besoin que l'amant de Louise le reconnaisse, car ce n'était pas une vengeance qu'il accomplissait, il n'avait pas de haine, à son égard, pas même de colère.

Il traversait la rue, montait sur le trottoir.

Étienne était-il plus éclairé qu'il ne croyait, ou bien sa silhouette était-elle tellement familière au jeune homme ?

Celui-ci s'arrêtait de marcher en s'exclamant :

— M. Lomel !

Il avait prononcé les deux mots avec stupeur, mais aussi avec le respect d'un enfant à l'égard d'une grande personne, du fils d'un ouvrier pour le patron de son père.

Son regard glissa jusqu'à la poche où Étienne avait toujours la main enfoncée et il comprit, ne fit rien pour s'échapper, ni pour empêcher Étienne d'agir.

Il restait là, à trois pas à peine, attendant, résigné, puis, comme rien ne se passait, comme son interlocuteur était aussi immobile que lui, il murmurait d'une voix hésitante :

— Vous désirez me parler ?

Étienne, les yeux fixés sur lui, sur la tache claire de son visage dans l'obscurité, ne sortit pas la main de sa poche.

Il parla, lui aussi, étonné d'entendre le son de sa voix. Il dit avec l'air de s'excuser :

— Non... Je passais...

Il aurait dû marcher, s'éloigner ; il en était incapable, et Roger ne bougeait pas tout de suite non plus, comme s'il voulait lui donner une dernière chance. Après un long moment, seulement, le fils de Théo franchit l'espace qui le séparait du seuil, et Étienne crut l'entendre prononcer avant d'entrer :

— Bonsoir.

Est-ce qu'il répondit ?

Il s'arracha à son mur et buta en traversant la rue pour gagner le terre-plein. Une auto passa, juste à ce moment-là, qui disparut dans le lointain et qui aurait pu l'écraser.

Des gens qui ne dormaient pas, une demi-heure plus tard, entendirent un bruit qui ressemblait à un coup de feu, mais cela pouvait être aussi une explosion de moteur ou l'éclatement d'un pneu.

Deux ou trois personnes, par curiosité, jetèrent un coup d'œil par leur fenêtre et ne virent rien.

Ce ne fut que tard dans la nuit, à l'heure la plus froide, celle qui précède l'aube, qu'un agent découvrit Étienne Lomel sur un banc, la moitié du visage arrachée, les doigts crispés sur son revolver.

Shadow Rock Farm, Lakeville (Connecticut), 12 mai 1953.

FEUX ROUGES

A Marie-Georges Simenon

1

Il appelait ça entrer dans le tunnel, une expression à lui, pour son usage personnel, qu'il n'employait avec personne, à plus forte raison pas avec sa femme. Il savait exactement ce que cela voulait dire, en quoi consistait d'être dans le tunnel, mais, chose curieuse, quand il y était, il se refusait à le reconnaître, sauf par intermittence, pendant quelques secondes, et toujours trop tard. Quant à déterminer le moment précis où il y entrait, il avait essayé, souvent, après coup, sans y parvenir.

Aujourd'hui, par exemple, il avait commencé le week-end du Labor Day dans des dispositions d'esprit excellentes. C'était arrivé, d'autres fois. C'était arrivé aussi que le week-end n'en finît pas moins assez mal. Mais il n'y avait aucune raison pour que ce soit inévitable.

A cinq heures, il avait quitté son bureau de Madison Avenue et, trois minutes plus tard, il retrouvait sa femme dans leur petit bar de la 45e Rue où elle était arrivée avant lui et où elle ne l'avait pas attendu pour commander un Martini. Il y avait peu d'habitués dans la pièce à peine éclairée. A vrai dire, il ne remarqua aucun visage de connaissance car, ce vendredi-là, avec plus de hâte encore que les autres vendredis, les gens se précipitaient vers les trains et les voitures qui les emmenaient à la mer ou à la campagne. Dans une heure, New York serait vide, avec seulement, dans les quartiers tranquilles, des hommes sans veston, des femmes aux jambes nues assis sur leur seuil.

Il ne pleuvait pas encore. Depuis le matin, depuis trois jours, en fait, le ciel était bouché, l'air si humide qu'on pouvait fixer le soleil d'un jaune pâle comme à travers une vitre dépolie. Maintenant les services météorologiques annonçaient des orages locaux et promettaient une nuit plus fraîche.

— Fatigué ?
— Pas trop.

Ils se retrouvaient tous les soirs à la même heure, l'été, quand les enfants étaient au camp, toujours sur les mêmes tabourets, avec Louis qui se contentait de leur adresser un clin d'œil et qui les servait sans attendre leur commande. Ils n'éprouvaient pas le besoin de se parler tout de suite. L'un des deux tendait une cigarette à l'autre. Parfois Nancy poussait vers lui le bol de cacahuètes, d'autres fois c'était lui qui lui offrait les olives et ils regardaient vaguement le petit rectangle blafard de la télévision accroché assez haut dans le coin droit du bar. Des images se mouvaient. Une voix commentait une partie de base-ball, ou bien une femme chantait. Cela n'avait pas d'importance.

— Tu vas pouvoir prendre une douche avant de partir.

C'était sa façon de s'occuper de lui. Elle ne manquait jamais de lui demander s'il était fatigué, en lui lançant la sorte de regard qu'on a pour un enfant qui couve une maladie, ou qui est de santé fragile. Cela le gênait. Il savait qu'il n'était pas beau à cette heure-là, avec sa chemise qui lui collait au corps, sa barbe qui commençait à pousser et paraissait plus sombre sur la peau amollie par la chaleur. Sûrement qu'elle avait déjà remarqué les cernes humides sous ses bras.

C'était d'autant plus vexant qu'elle était aussi fraîche, elle, qu'en quittant la maison le matin, sans un faux pli à son tailleur légèrement empesé, et personne n'aurait soupçonné, à la voir, qu'elle avait passé la journée dans un bureau ; on aurait pu la prendre pour une de ces femmes qui se lèvent à quatre heures de l'après-midi et font leur première apparition au moment de l'apéritif.

Louis questionna :
— Vous allez chercher les enfants ?
Stève acquiesça de la tête.
— New Hampshire ?
— Maine.

Combien étaient-ils de parents, à New York et dans la banlieue, qui, ce soir, s'élanceraient sur la route pour aller chercher leurs enfants dans un camp du Nord ? Cent mille ? Deux cent mille ? Probablement plus. On devait donner le chiffre dans quelque coin du journal. Et il y avait en outre les gosses qui avaient passé l'été chez une grand-mère ou chez une tante, à la campagne ou au bord de la mer. Et c'était la même chose partout, d'un océan à l'autre, de la frontière canadienne à celle du Mexique.

Un monsieur sans veston, sur l'écran de la télévision, aux lunettes à grosses montures d'écaille qui paraissaient lui donner chaud, annonçait sur un ton de morne conviction :

« *Le* National Safety Council *prévoit pour ce soir de quarante à quarante-cinq millions d'automobiles sur les routes et évalue à quatre cent trente-cinq le nombre de personnes qui, d'ici lundi soir, perdront la vie dans des accidents de la circulation.* »

Il concluait, lugubre, avant d'être remplacé par une réclame de bière :

« *Évitez d'en être. Soyez prudents.* »

Pourquoi quatre cent trente-cinq et non quatre cent trente ou quatre cent quarante ? Ces avis-là allaient être répétés toute la nuit, et encore le lendemain et le surlendemain, entre les programmes réguliers, avec, vers la fin, des allures de concours. Stève se souvenait de la voix d'un speaker, l'année précédente, alors qu'avec les enfants ils s'en revenaient du Maine le dimanche soir :

« *Jusqu'ici, le nombre des morts est resté fort au-dessous des prévisions des experts, malgré la collision d'avions qui a fait trente-deux victimes au-dessus de l'aéroport de Washington. Mais prenez garde : le week-end n'est pas fini !* »

— Moi, disait Louis, qui parlait toujours à mi-voix, en apportant des cacahuètes fraîches, ma femme et le petit sont chez ma belle-mère près de Québec. Ils rentrent demain par le train.

Stève avait-il eu l'intention de commander un second Martini ? D'habitude, Nancy et lui n'en prenaient qu'un, sauf, parfois, quand ils dînaient en ville avant d'aller au théâtre.

Peut-être en avait-il eu envie. Pas nécessairement pour se remonter, ni à cause de la chaleur. Sans raison, en somme. Ou plutôt parce que ce n'était pas un week-end ordinaire. Quand ils reviendraient du Maine, il ne serait plus question d'été ni de vacances, ce serait tout de suite la vie d'hiver qui commencerait, les jours de plus en plus courts, les enfants qui les obligeraient à rentrer tout de suite après le bureau, une existence plus compliquée, sans aucun laisser-aller.

Cela ne valait-il pas un verre ? Il n'avait rien dit, n'avait fait aucun geste, aucun signe à Louis. Nancy n'en avait pas moins deviné et s'était laissée glisser de son tabouret.

— Paie ! Il est temps que nous partions.

Il n'en était pas ulcéré. Peut-être un peu déçu, ou vexé. Ce qui était surtout vexant, c'est que Louis avait fort bien compris ce qui se passait.

Ils avaient deux rues à parcourir pour atteindre le parking où ils laissaient leur voiture pour la journée et, passé la 3e Avenue, on se serait déjà cru un dimanche.

— Tu veux que je conduise ? avait proposé Nancy.

Il dit non, s'installa au volant, se dirigea vers le Queensboro Bridge où les voitures se suivaient au pas. Deux cents mètres plus loin, déjà, une auto était renversée au bord du trottoir, une femme assise par terre, des gens autour d'elle et un agent qui s'efforçait de décongestionner l'avenue en attendant l'ambulance.

— C'est inutile de partir de trop bonne heure, disait Nancy en cherchant des cigarettes dans son sac à main. Dans une heure ou deux, le plus gros du trafic sera passé.

Quelques gouttes d'eau roulèrent sur le pare-brise alors qu'ils traversaient Brooklyn, mais ce n'était pas encore la pluie annoncée.

Il était de bonne humeur, à ce moment-là. Et encore quand ils rentrèrent chez eux, à Scottville, un lotissement neuf récent dans le centre de Long Island.

— Cela t'est égal de manger froid ?

— Je préfère ça.

La maison aussi allait changer avec le retour des enfants. L'été, il avait toujours l'impression d'un vide, comme s'ils n'avaient aucune raison d'être là tous les deux, de se tenir dans une pièce plutôt que dans une autre, et ils se demandaient que faire de leurs soirées.

— Pendant que tu prépares les sandwiches, je vais chercher un carton de cigarettes.

— Il y en a dans l'armoire.

— Cela gagnera du temps que je fasse le plein d'essence et d'huile.

Elle n'avait pas protesté, ce qui l'avait surpris. Il s'était effectivement arrêté au garage. Pendant qu'on vérifiait ses pneus, il était entré en coup de vent dans le restaurant italien pour boire un verre de whisky au bar.

— Scotch ?

— Rye.

Or, il n'aimait pas le rye. Il avait choisi le plus fort des deux parce qu'il n'aurait sans doute plus l'occasion de boire de la nuit et qu'ils en avaient pour des heures à rouler sur la grand-route.

Pouvait-on dire qu'il était entré dans le tunnel ? Il avait pris deux verres en tout, pas plus que quand ils allaient au théâtre et que Nancy buvait la même chose que lui. Quand il rentra, elle ne lui jeta pas moins un coup d'œil furtif.

— Tu as acheté des cigarettes ?

— Tu m'as dit qu'il y en a dans l'armoire. J'ai fait le plein d'essence et me suis occupé des pneus.

— Nous en prendrons en passant.

Il n'y avait pas de cigarettes dans la maison. Ou bien elle s'était trompée, ou elle l'avait fait exprès de lui affirmer le contraire.

Elle l'arrêta alors qu'il se dirigeait vers la salle de bains.

— Tu prendras ta douche après avoir mangé, pendant que je rangerai la vaisselle.

Elle ne commandait pas, sans doute, mais elle arrangeait leur vie à sa façon, comme si c'était tout naturel. Il avait tort. Il avait conscience d'avoir tort. Chaque fois qu'il buvait un verre ou deux, il la voyait avec d'autres yeux, s'impatientait de ce qui, d'habitude, lui paraissait normal.

— Tu feras bien d'emporter ta veste de tweed et ton imperméable.

La brise se levait, dehors, agitait le feuillage des arbres encore frêles, plantés lorsqu'on avait bâti les maisons et tracé les avenues, cinq ans auparavant. Quelques-uns n'avaient jamais pris et c'est en vain qu'on les avait remplacés à deux ou trois reprises.

En face de chez eux, un de leurs voisins accrochait à sa voiture une remorque sur laquelle un canot était fixé, cependant que sa femme, au bord du trottoir, rouge d'un récent coup de soleil, ses grosses cuisses serrées dans des shorts bleu pâle, tenait les cannes à pêche.

— A quoi penses-tu ?

— A rien.

— Je suis curieuse de voir si Dan a encore grandi. Le mois dernier, j'ai trouvé qu'il s'allongeait et ses jambes m'ont paru plus maigres.

— C'est l'âge.

Il ne s'était rien passé d'intéressant. Il avait pris sa douche, s'était habillé, puis sa femme lui avait rappelé d'aller fermer le compteur électrique dans le garage, tandis que, de son côté, elle vérifiait les fenêtres.

— Je prends les bagages ?
— Assure-toi qu'ils sont fermés.

Malgré la brise et le ciel couvert, sa chemise propre était déjà molle d'humidité quand il s'était installé au volant.

— On prend la même route que la dernière fois ?
— Nous avions juré de ne plus la prendre.
— C'est pourtant la plus pratique.

Moins d'un quart d'heure plus tard, ils s'agglutinaient à des milliers d'autres voitures qui s'avançaient dans la même direction, avec des arrêts inexplicables, des moments où, au contraire, le mouvement devenait presque frénétique.

C'est au début du *Merrit Parkway* qu'ils avaient traversé leur premier orage, alors que la nuit n'était pas tout à fait tombée et que les autos n'avaient que leurs feux de position. Il y en avait trois rangs entre les lignes blanches en direction du nord, beaucoup moins, naturellement, en sens inverse, et on entendait la pluie crépiter sur l'acier des toits, le bruit monotone des roues qui lançaient des gerbes d'eau, le tic-tac agaçant des essuie-glaces.

— Tu es sûr que tu n'es pas fatigué ?
— Certain.

Tantôt une file dépassait les autres et tantôt on avait l'impression de reculer.

— Tu aurais dû prendre la troisième voie.
— J'essaie.
— Pas maintenant. Il y a un fou derrière nous.

A chaque éclair, on découvrait les visages dans l'ombre des autres voitures et tous avaient la même expression tendue.

— Cigarette ?
— Avec plaisir.

Elle les lui tendait tout allumées quand il était au volant.

— Radio ?
— Cela m'est égal.

Elle dut l'arrêter aussitôt, à cause de l'orage qui faisait grésiller l'appareil.

Ce n'était pas non plus la peine de parler. A cause du vacarme continu, on était obligé d'élever la voix et cela devenait vite fatigant. Tout en tenant le regard fixé devant lui, il entrevoyait dans la pénombre le profil pâle de Nancy et il lui arriva à deux ou trois reprises de demander :

— A quoi penses-tu ?
— A rien.

Une fois, elle ajouta :
— Et toi ?

Il dit :
— Aux enfants.

Ce n'était pas vrai. En réalité, il ne pensait à rien de précis non plus. Plus exactement, il regrettait d'être parvenu à se glisser dans la troisième file, car il lui serait difficile d'en changer sans que sa femme lui demande pourquoi. Or, tout à l'heure, quand ils quitteraient le *parkway*, il y aurait des bars au bord de la route.

Leur était-il arrivé d'aller conduire ou rechercher les enfants sans qu'il s'arrête à plusieurs reprises pour boire un verre ? Une seule fois, trois ans plus tôt, quand, la veille, il avait eu la terrible scène avec Nancy et que, meurtris tous les deux, ils avaient fait du week-end comme un nouveau voyage de noces.

— On dirait que nous sommes sortis de l'orage.

Elle arrêta les essuie-glaces, dut les remettre en mouvement pendant quelques minutes, car de grosses gouttes d'eau, comme isolées, s'écrasaient encore sur la vitre.

— Tu n'as pas froid ?
— Non.

L'air était devenu frais. Un coude hors de la voiture, Stève sentait gonfler la manche de sa chemise.

— Et toi ?
— Pas encore. Plus tard je passerai mon manteau.

Pourquoi éprouvaient-ils de loin en loin le besoin d'échanger des mots comme ceux-là ? Était-ce pour se rassurer ? Mais alors, qu'est-ce qui leur faisait peur ?

— Maintenant que l'orage est passé, je vais essayer la radio.

Ils eurent de la musique. Nancy lui tendit une nouvelle cigarette et se renversa sur la banquette, fumant, elle aussi, envoyant sa fumée au-dessus de sa tête.

« *Bulletin spécial de l'Automobile Club du Connecticut...* »

Ils y étaient, dans le Connecticut, à une cinquante de milles de New London.

« *... Le week-end du Labor Day a fait sa première victime dans le Connecticut ce soir à 7 h 45, quand, au croisement de la route 1 et de la 118, à Darrien, une voiture conduite par un nommé Mac Killian, de New York, est entrée en collision avec un camion piloté par Robert Ostling. Mac Killian et son passager, John Roe, ont été tués sur le coup. Le chauffeur du camion s'en est tiré indemne. Dix minutes plus tard, à trente milles de là, une auto pilotée par...* »

Il tourna le bouton. Sa femme ouvrit la bouche pour dire quelque chose et se tut. Avait-elle remarqué que, peut-être à son insu, il avait ralenti ?

Elle finit par murmurer :

— Passé Providence, il y aura moins de trafic.
— Jusqu'à ce qu'on retrouve les autos de Boston.

Il n'était pas impressionné, n'avait pas peur. Ce qui tendait ses nerfs, c'était le bruit obsédant des roues des deux côtés, les phares qui, de cent mètres en cent mètres, se précipitaient à sa rencontre, c'était aussi la sensation d'être prisonnier dans le flot, sans possibilité de s'échapper à gauche ou à droite, ou même de ralentir, car son rétroviseur lui montrait un triple chapelet de lumières qui le suivaient pare-chocs à pare-chocs.

Les enseignes au néon avaient commencé à surgir sur la droite où, avec les pompes à essence, elles constituaient les seuls signes de vie. Sans elles, on aurait pu croire que la grand-route était suspendue dans l'infini et qu'au-delà n'existaient que la nuit et le silence. Les villes, les villages étaient tapis plus loin, invisibles, et ce n'était que rarement qu'un vague halo rougeâtre dans le ciel laissait deviner leur existence.

La seule réalité proche, c'étaient les restaurants, les bars qui jaillissaient du noir tous les cinq ou dix milles, avec, en lettres rouges, vertes ou bleues, le nom d'une bière ou d'un whisky.

Il ne se trouvait plus qu'en seconde position. Il y était arrivé insensiblement, sans que sa femme le remarque, et soudain, profitant d'un trou, il s'engagea dans la première file.

— Qu'est-ce que tu fais ?

Il faillit rater le bar dont l'enseigne au néon annonçait *Little Cottage*, freina à temps, si brusquement que la voiture qui le suivait fit une embardée et qu'on entendit un flot d'injures. Le conducteur lui tendit même le poing par la portière.

— Il faut que j'aille à la toilette, dit-il d'une voix aussi naturelle que possible en s'arrêtant sur le terre-plein. Tu n'as pas soif ?

— Non.

C'était arrivé souvent. Elle l'attendait dans l'auto. Dans une autre voiture parquée en face du bar, un couple était si étroitement enlacé qu'il se demanda un instant s'il s'agissait d'une personne ou de deux.

Tout de suite après avoir poussé la porte, il se sentit un autre homme, s'arrêta pour regarder la salle plongée dans un clair-obscur orangé. Ce bar-là ressemblait à tous les autres du bord de la route et n'était pas tellement différent de celui de Louis, dans la 45e Rue, avec la même télévision dans un coin, les mêmes odeurs, les mêmes reflets.

— Martini sec avec un zeste de citron, dit-il, quand le barman se tourna vers lui.

— Simple ?

— Double.

Si on ne lui avait pas posé la question, il se serait contenté d'un simple, mais il valait mieux le prendre double, car sa femme ne le laisserait probablement plus s'arrêter.

Il regarda, hésitant, la porte des toilettes, s'y rendit par acquit de conscience, par une sorte d'honnêteté, passa devant un homme très brun qui téléphonait, la main en cornet autour de la bouche. Sa voix était rauque.

— Oui. Répète-lui simplement ce que je viens de te dire. Rien d'autre. Il comprendra. Puisque je te dis qu'il comprendra, cesse de me casser les pieds.

Stève aurait aimé s'attarder pour écouter, mais l'homme, tout en parlant, le suivait d'un regard pas tendre. Qu'est-ce que son message signifiait au juste ? Qui était à l'autre bout du fil ?

Il revint au bar et but son verre en deux traits, cherchant déjà la monnaie dans sa poche. Nancy allait-elle se taire ? N'était-ce pas suffisant qu'à cause d'elle il ne puisse pas s'attarder quelques minutes à regarder les gens et à se détendre les nerfs ?

Peut-être venait-il d'entrer dans le tunnel ? Peut-être y était-il depuis le départ de Long Island ? Il n'en avait pas conscience, en tout cas, se considérait comme l'homme le plus normal de la terre, et ce n'était pas le peu d'alcool ingurgité qui pouvait lui faire de l'effet.

Pourquoi se sentait-il gêné, coupable, en se dirigeant vers la voiture et en ouvrant la portière sans regarder sa femme ? Elle ne lui posait pas de question, ne disait rien.

— Cela fait du bien ! murmura-t-il comme pour lui-même en mettant le moteur en marche.

Il lui sembla qu'il y avait moins de voitures, que le rythme s'était ralenti, à tel point qu'il dépassa trois ou quatre autos qui roulaient vraiment trop lentement. Une ambulance qui venait en sens inverse ne l'impressionna pas, préoccupé qu'il était par d'étranges lumières, puis par des barrières blanches surgissant devant lui.

— Détour, annonça la voix tranquille, un peu trop mate, de Nancy.
— J'ai vu.
— A gauche.

Cela le fit rougir, car il avait failli prendre à droite.

Il grommela :

— Nous n'avons pas fait une seule fois cette route sans qu'il y ait un détour quelque part. Comme s'ils ne pourraient pas réparer les chemins en hiver !

— Sous la neige ? questionna-t-elle, toujours de la même voix.

— Alors, en automne, en tout cas, à une époque où il n'y ait pas quarante millions d'automobilistes dehors.

— Tu as dépassé le croisement.
— Quel croisement ?
— Celui qui était marqué d'une flèche indiquant la direction du *highway*.

— Et les autres, derrière nous ? ironisa-t-il.

Car des voitures les suivaient, moins nombreuses que tout à l'heure, il est vrai.

— Tout le monde ne se rend pas dans le Maine.
— Ne t'inquiète pas. Je t'y conduirai, dans le Maine.

L'instant d'après, il triomphait, car ils débouchaient sur une route importante.

— Qu'est-ce que c'est ça ? Que crois-tu qu'elle signifiait, ta flèche ?
— Nous ne sommes pas sur la numéro 1.
— C'est ce que nous verrons.

Ce qui lui mettait les nerfs en pelote, c'était l'assurance de sa femme, la tranquillité avec laquelle elle lui répondait.

Il insista :

— Je suppose que tu ne peux pas te tromper, n'est-ce pas ?

Elle se tut et cela l'irrita davantage.

— Réponds ! Dis ce que tu penses !

— Tu te souviens de la fois que nous avons fait un détour de soixante milles ?

— En évitant le gros du trafic !

— Sans le vouloir !

— Écoute, Nancy, si tu me cherches querelle, avoue-le tout de suite.

— Je ne te cherche pas querelle. J'essaie de découvrir où nous sommes.

— Comme c'est moi qui conduis, fais-moi le plaisir de ne pas t'en inquiéter.

Elle garda le silence. Il ne reconnaissait pas la route, lui non plus, moins large, moins bonne, sans une pompe à essence depuis qu'ils y étaient engagés, et un nouvel orage bourdonnait dans le ciel.

Posément, Nancy prit la carte dans le compartiment à gants et alluma la petite lampe sous le tableau de bord.

— Nous devons être, entre la 1 et la 82, sur une route dont je ne vois pas le numéro et qui se dirige vers Norwich.

Elle essaya, trop tard, de distinguer le nom d'un village qui avait surgi de la nuit et dont ils avaient déjà dépassé les quelques lumières et, dès lors, ils se trouvèrent dans les bois.

— Tu ne veux vraiment pas faire demi-tour ?

— Non.

Gardant la carte sur les genoux, elle alluma une cigarette, sans lui en offrir.

— Furieuse ? questionna-t-il.

— Moi ?

— Mais oui, toi. Avoue que tu es furieuse. Parce que j'ai eu le malheur de nous écarter de la grand-route et de faire un détour de quelques milles... Je crois me souvenir que, tout à l'heure, c'est toi qui as remarqué que nous avions tout le temps...

— Attention !

— A quoi ?

— Tu as failli monter sur le talus.

— Je ne sais plus conduire ?

— Je n'ai pas dit ça.

Alors, cela sortit tout à trac, sans raison précise.

— Tu n'as peut-être pas dit ça, mais moi, mon petit, je vais te dire quelque chose, et tu feras bien de t'en souvenir une fois pour toutes.

Le plus curieux, c'est qu'il ne savait pas lui-même ce qu'il allait lui sortir. Il cherchait quelque chose de fort, de définitif, afin de donner à sa femme une bonne dose d'humilité dont elle avait tant besoin.

— Vois-tu, Nancy, tu es peut-être la seule à l'ignorer, mais tu es une emmerdeuse.

— Regarde la route, veux-tu ?

— Mais oui, je vais regarder la route, je vais conduire gentiment, prudemment, de façon à ne pas sortir des rails. Tu comprends de quels rails je veux parler ?

Cela lui paraissait très subtil, d'une vérité aveuglante. C'était presque une découverte qu'il venait de faire. Ce qu'il y avait de mauvais chez Nancy, en somme, c'est qu'elle suivait les rails, sans jamais se permettre de fantaisie.

— Tu ne comprends pas ?
— Est-ce bien nécessaire ?
— Quoi ? Que tu saches ce que je pense ? Mon Dieu, cela pourrait peut-être t'aider à faire un effort pour comprendre les autres et pour leur rendre la vie plus agréable. A moi en particulier. Seulement, je doute que cela t'intéresse.
— Tu n'accepterais pas que je conduise ?
— Certainement pas. Suppose un instant qu'au lieu de penser à toi et au lieu d'être persuadée que tu as invariablement raison, tu te regardes une bonne fois dans la glace en te demandant...

Il s'efforçait laborieusement d'exprimer ce qu'il ressentait, ce qu'il était persuadé qu'il avait ressenti chaque jour de sa vie depuis onze ans qu'ils étaient mariés.

Ce n'était pas la première fois que celui lui arrivait mais, aujourd'hui, il était convaincu qu'il avait fait une découverte qui allait lui permettre de tout expliquer. Il faudrait bien qu'elle comprenne un jour, non ? Et, le jour où elle comprendrait, qui sait si elle n'essayerait pas de le traiter enfin en homme ?

— Qu'est-ce que tu connais de plus bête que la vie d'un train qui suit indéfiniment la même route, les mêmes rails ? Eh bien ! tout à l'heure, sur le *parkway*, j'avais l'impression d'être un train. D'autres voitures s'arrêtaient ici et là, des hommes en descendaient, qui n'avaient de permission à demander à personne pour aller boire un verre de bière !

— Tu as bu de la bière ?

Il hésita, préféra être franc.

— Non.
— Martini ?
— Oui.
— Double ?

Cela le faisait enrager d'être obligé de répondre.

— Oui.
— Et avant ? avait-elle le vice d'insister.
— Avant quoi ?
— Avant de partir.
— Je ne comprends pas.
— Qu'as-tu bu en allant faire le plein d'essence ?

Cette fois, il mentit.

— Rien.
— Ah !

— Tu ne me crois pas ?
— Si c'est exact, le double Martini t'a fait plus d'effet que d'habitude.
— Tu penses que je suis ivre ?
— En tout cas, tu parles comme quand tu as bu.
— Je dis des bêtises ?
— Je ne sais pas si ce sont des bêtises, mais tu me détestes.
— Pourquoi ne veux-tu pas comprendre ?
— Comprendre quoi ?
— Que je ne te déteste pas, que je t'aime, au contraire, que je serais tout à fait heureux avec toi si tu consentais à me traiter en homme.
— En te laissant boire à tous les bars du bord de la route ?
— Tu vois !
— Qu'est-ce que je vois ?
— Tu cherches les phrases les plus humiliantes. Tu le fais exprès de voir les choses par le petit bout de la lunette. Est-ce que je suis un ivrogne ?
— Sûrement pas. Je n'aurais jamais épousé un ivrogne.
— Je bois souvent ?
— C'est rare.
— Pas même une fois par mois. Peut-être une fois tous les trois mois.
— Qu'est-ce qu'il t'arrive alors ?
— Il ne m'arriverait rien si tu ne me regardais pas comme le dernier des derniers. Dès que j'ai envie, pour un soir, de sortir si peu que ce soit de la vie ordinaire...
— Elle te pèse ?
— Je n'ai pas dit ça... Prends le cas de Dick... Il n'y a pas de soir où il se couche sans être au moins à moitié ivre... Tu ne l'en considères pas moins comme un garçon intéressant et, même quand il a bu, tu discutes avec lui le plus sérieusement du monde...
— D'abord, il n'est pas mon mari.
— Ensuite ?
— Il y a un camion devant nous.
— Je l'ai vu.
— Tais-toi un instant. Nous approchons d'un carrefour et j'aimerais lire ce qui est écrit sur le poteau indicateur.
— Cela t'ennuie qu'on parle de Dick ?
— Non.
— Tu regrettes de ne pas l'avoir épousé plutôt que moi ?
— Non.

Ils étaient à nouveau sur le *highway*, avec deux rangs de voitures qui roulaient beaucoup plus vite qu'au départ de New York et se dépassaient furieusement. Peut-être dans l'espoir de le faire taire, Nancy tourna le bouton de la radio qui donnait les nouvelles d'onze heures du soir.

« ... *La police croit savoir que Sid Halligan, qui s'est évadé la nuit dernière du pénitencier de Sing-Sing et qui est parvenu jusqu'ici à échapper aux recherches...* »

Nancy tourna le bouton.

— Pouquoi coupes-tu ?

— Je ne savais pas que cela t'intéressait.

Cela ne l'intéressait pas. Il n'avait jamais entendu parler de Sid Halligan, ignorait même qu'un prisonnier se fût échappé la veille de Sing-Sing. Il avait seulement pensé, en écoutant la radio, à l'homme qui téléphonait dans le bar, la main en cornet, et dont le regard avait une fixité cruelle. C'était sans importance, sauf le fait qu'elle arrête la radio sans lui demander son avis, car ce sont ces petits riens-là qui...

Où en étaient-ils quand elle avait interrompu leur dispute ? A Dick Lowell qui avait épousé une amie de Nancy et avec qui il leur arrivait de passer la soirée.

Foutaise ! A quoi bon discuter ? Est-ce que Dick se préoccupait de l'opinion de sa femme ? C'était son tort, à lui, d'avoir peur de ce qu'elle pouvait penser et d'être toujours à quêter son approbation.

— Qu'est-ce que tu fais ?

— Tu vois. Je m'arrête.

— Écoute...

Ce bar-ci était plutôt d'aspect miteux, avec seulement de vieilles autos à moitié démantibulées en stationnement, et il avait d'autant plus envie d'y entrer.

— Si tu descends, prononçait Nancy en détachant les syllabes, je te préviens que je continue seule.

Il en reçut un choc. Un instant, il la regarda, incrédule, et elle soutint son regard. Elle était aussi nette qu'à leur départ de New York, froide comme un concombre, pensa-t-il vulgairement.

Peut-être ne se serait-il rien passé et aurait-il baissé pavillon si elle n'avait ajouté :

— Tu pourras toujours arriver au camp par l'autocar.

Il sentit un drôle de sourire tordre sa lèvre et, tranquillement, lui aussi, il tendit la main vers la clef de contact qu'il retira et glissa dans sa poche.

Rien de pareil ne leur était jamais arrivé. Il ne pouvait plus revenir en arrière. Il était persuadé qu'elle avait besoin d'une leçon.

Il sortit de l'auto dont il referma la portière en évitant de regarder sa femme et s'efforça de marcher d'un pas ferme vers la porte du bar. Quand il se retourna, sur le seuil, elle n'avait pas bougé et il voyait son profil laiteux à travers la vitre.

Il entra. Des visages se tournèrent vers lui, que la fumée déformait comme des miroirs de foire et, lorsqu'il posa la main sur le comptoir, il sentit celui-ci gluant d'alcool.

2

Pendant le temps qu'il avait mis à franchir l'espace entre la porte et le bar, les conversations s'étaient tues, la rumeur qui emplissait la pièce un instant plus tôt s'était éteinte avec la soudaineté d'un orchestre, chacun était resté figé à sa place, à le suivre des yeux, sans hostilité, sans curiosité, semblait-il, sans qu'on pût lire une expression quelconque sur les visages.

Dès qu'il avait posé la main sur le comptoir et que le barman avait tendu un bras velu pour l'essuyer d'un torchon sale, la vie avait repris et nul ne paraissait plus s'occuper de lui.

Il en avait été impressionné. Ce bar-ci était si différent des bars habituels du bord de la route. Il devait exister un village à proximité, ou une petite ville, probablement une usine, car on parlait avec des accents différents et deux nègres étaient accoudés près de lui.

— Qu'est-ce que ce sera, étranger ? questionnait l'homme derrière le comptoir.

Ce n'était pas par plaisanterie qu'il l'appelait ainsi. Sa voix était cordiale.

— Rye ! murmura Stève.

Non pas, cette fois, parce que c'était l'alcool le plus fort, mais parce qu'ici il se serait fait remarquer en commandant du scotch. Il ne voulait pas laisser Nancy seule trop longtemps. Il ne devait pas non plus retourner trop vite vers la voiture, car il perdrait le bénéfice de son attitude.

Cela le déroutait de s'être montré aussi catégorique. Pour peu il en aurait eu honte, encore que persuadé dans le fond de lui-même qu'il était dans son droit et que sa femme méritait une leçon.

A cause d'elle, c'est à peine s'il connaissait des endroits comme celui-ci et il en respirait l'odeur forte avec avidité, regardait les murs peints en vert sombre, ornés de vieux chromos, la cuisine en désordre qu'on apercevait par une porte ouverte, et où une femme à cheveux gris qui lui tombaient sur le visage trinquait avec deux autres femmes et un homme.

Au-dessus du bar pendait un énorme écran de télévision d'un vieux modèle ; les images tremblées, hachurées, rappelaient les très anciens films et personne n'y prêtait attention, presque tout le monde parlait fort, un des nègres, près de lui, le heurtait sans cesse en reculant pour gesticuler et chaque fois s'excusait avec un grand rire. A la table du coin, deux amoureux d'un certain âge se tenaient par la taille, joue à joue, aussi immobiles que sur une photographie, muets, le regard perdu dans le vide.

Nancy ne comprendrait jamais ça. Lui-même aurait de la peine à lui expliquer ce qu'il y avait à comprendre. Elle se figurait qu'il s'était arrêté pour boire et ce n'était pas exact, c'était justement son genre de vérité à elle, qui lui donnait toujours l'air d'avoir raison.

Il ne lui en voulait pas. Il se demanda si elle était en train de pleurer, seule dans la voiture, sortit un billet d'un dollar de sa poche et le posa sur le comptoir. Il était temps de partir. Il était resté environ cinq minutes. Sur l'écran, on projetait la photographie immobile d'une gamine d'environ quatre ans recroquevillée dans un placard, à côté de balais et de seaux ; il ne prêta pas attention au commentaire et l'image fut remplacée par celle de la devanture d'un magasin dont la vitre était brisée.

Il ramassait sa monnaie, était sur le point de se retourner quand il sentit un doigt se poser sur son épaule, entendit une voix qui articulait lentement :

— Un autre pour mon compte, vieux !

C'était son voisin de droite, auquel il n'avait pas prêté attention. Il était seul, accoudé au comptoir, et, quand Stève le regarda, il le regarda en retour avec une fermeté gênante. Il devait avoir beaucoup bu. Sa langue était pâteuse, ses gestes prudents, comme s'il savait son équilibre instable.

Stève fut tenté de s'en aller en expliquant que sa femme l'attendait. L'homme, devinant sa pensée, se tournait vers le patron et lui désignait leurs deux verres vides, le patron adressait à Stève un signe qui voulait dire :

« — Vous pouvez accepter. »

Peut-être même était-ce :

« — Vous feriez mieux d'accepter. »

Ce n'était pas un ivrogne bruyant. Était-ce seulement un ivrogne ? Sa chemise blanche était aussi propre que celle de Stève, ses cheveux blonds coupés de la veille, son teint hâlé faisait ressortir le bleu clair des prunelles.

Les yeux fixés sur son compagnon, il tendit son verre et Stève tendit le sien, qu'il but d'un trait.

— Merci, ma femme...

Il n'osa pas continuer, à cause du sourire qui glissait sur le visage de son interlocuteur. On aurait pu croire que l'homme qui le regardait toujours en face et ne disait rien savait tout, le connaissait comme un frère, lisait ses pensées, dans ses yeux.

Il était ivre, soit, mais, dans son ivresse, il y avait la sérénité amère et souriante d'un être qui aurait atteint Dieu sait quelle sagesse supérieure.

Stève avait hâte de retrouver Nancy. En même temps, il craignait de décevoir cet homme qu'il ne connaissait pas et qui devait avoir à peu près son âge.

Il dit tourné vers le bar :

— La même chose !

Il aurait voulu parler, mais il ne trouvait aucune phrase convenable.

Quant au voisin, le silence ne le gênait pas et il continuait à le fixer avec satisfaction, comme s'ils étaient des amis de toujours qui n'avaient plus besoin de rien dire.

C'est quand l'autre tenta d'allumer sa cigarette d'une main qui tremblait qu'on put mesurer son degré d'intoxication et il s'en aperçut, son regard, le pli de sa lèvre signifiaient :

« — J'ai bu, bien sûr. Je suis soûl. Et après ? »

Ce regard-là exprimait tant de choses que Stève était aussi mal à l'aise que si on l'avait déshabillé devant tout le monde.

— Je sais. Ta femme t'attend dans l'auto. Elle va te faire une scène. Et après ?

Peut-être avait-il deviné aussi qu'il avait des enfants dans un camp du Maine. Et une maison de quinze mille dollars, payable en douze ans dans un lotissement de Long Island ?

Il devait exister des affinités entre eux, des points communs que Stève aurait aimé découvrir. Mais l'idée que sa femme l'attendait maintenant depuis plus de dix minutes, peut-être un quart d'heure, lui donnait une sorte de panique.

Il paya sa tournée, tendit gauchement la main, que l'autre serra en plongeant son regard dans le sien avec tant d'insistance qu'il semblait vouloir lui transmettre un mystérieux message.

Le même silence qu'à son arrivée l'accompagna quand il gagna la sortie et il n'osa pas se retourner, ouvrit la porte, constata qu'il pleuvait à nouveau. Il remarqua que plusieurs des autos en stationnement étaient des camionnettes, se faufila jusqu'à sa voiture, s'arrêta net en découvrant que sa femme ne s'y trouvait pas.

D'abord, pensant qu'elle faisait les cent pas, il se mit à regarder alentour. Ce n'était plus une pluie d'orage qui tombait, mais une pluie fine et caressante, d'une réconfortante fraîcheur.

— Nancy ! appela-t-il à mi-voix.

Aussi loin qu'il voyait des deux côtés de la route, il n'y avait aucun piéton. Il faillit rentrer dans le bar pour expliquer ce qui lui arrivait et peut-être téléphoner à la police quand, en se penchant par la portière, il aperçut un bout de papier sur le siège. Nancy l'avait arraché de son carnet et avait écrit :

« *Je continue par le bus. Bon voyage !* »

Pour la seconde fois, il fut tenté de retourner au bar, cette fois afin d'y boire tout son soûl en compagnie de l'inconnu. Ce qui le fit changer d'idée, ce fut un groupe de lumières, à environ cinq cents mètres. Il y avait là un carrefour où, sans doute, les autocars s'arrêtaient, et sa femme avait dû marcher dans cette direction. Peut-être avait-il le temps de la rattraper ?

Il mit le moteur en marche et, tout en roulant, examina les côtés du chemin qui, autant que la nuit permettait d'en juger, était bordé par des champs ou par des terrains vagues.

Il ne vit personne, atteignit le carrefour, s'arrêta devant une *cafeteria* dont on apercevait du dehors les murs d'un blanc éblouissant, le comptoir de métal, deux ou trois clients qui mangeaient.

Il entra en coup de vent, questionna :

— Les cars s'arrêtent ici ?

La patronne, brune, paisible, occupée à préparer des *hot-dogs*, répondit :

— Si c'est pour Providence, vous l'avez raté. Il est passé voilà cinq minutes.

— Vous n'avez pas vu une femme assez jeune, en tailleur clair ? Ou plutôt elle devait porter un manteau de gabardine...

Il se souvenait soudain qu'il n'avait pas revu le manteau dans l'auto.

— Elle n'est pas entrée ici.

Il ne réfléchit pas, sortit, toujours excité, se rendant compte qu'il avait l'air d'un fou. Une rue s'amorçait à droite, la rue principale d'un village, avec la vitrine éclairée d'un magasin d'ameublement où un lit était recouvert de satin bleu. Il ne prit pas la peine de demander où il était, ni de consulter la carte, sauta dans sa voiture, démarra bruyamment et s'élança droit devant lui sur la route mouillée.

Les bus, en général, ne dépassent pas cinquante milles à l'heure et l'idée lui était venue de rattraper celui-là, de le suivre jusqu'au prochain arrêt où il demanderait à Nancy de reprendre sa place dans l'auto, quitte à lui donner le volant si elle le désirait.

Il avait eu tort. Elle avait eu tort aussi, mais elle ne l'admettrait pas et, comme d'habitude, c'est lui qui finirait par demander pardon. Il mit les essuie-glaces en mouvement, appuya sur l'accélérateur et, comme les deux vitres étaient baissées, le vent soulevait ses cheveux, glissait, presque glacé, sur sa nuque.

Peut-être, pendant ces minutes-là, lui arriva-t-il de parler tout seul, le regard fixé devant lui en quête des feux arrière de l'autocar. Il dépassa dix, quinze voitures, dont deux au moins firent un brusque écart à son passage. De voir le compteur marquer soixante-dix lui donnait une certaine fièvre et il souhaita presque qu'un policier à motocyclette le prît en chasse, se raconta une histoire à ce sujet, où il était question de sa femme qu'il fallait rejoindre coûte que coûte et des enfants qui attendaient dans le Maine. Est-ce que, dans de telles conditions, on n'a pas le droit d'enfreindre les règlements ?

Il franchit un autre carrefour lumineux entouré de pompes à essence où deux routes se présentaient en fourche. A première vue, elles étaient de même importance l'une que l'autre. Il ne ralentit pas pour choisir et, après une quinzaine de milles seulement, se rendit compte qu'il s'était égaré une fois de plus.

Tout à l'heure, il l'aurait juré, il était dans le Rhode Island. Comment, à quel moment avait-il fait demi-tour ? Il n'y comprenait rien, mais c'était un fait qu'il était revenu en arrière et que les poteaux indicateurs annonçaient la ville de Putman, en Connecticut.

Ce n'était plus la peine de lutter de vitesse avec le bus. Désormais,

Stève avait tout le temps. Tant pis pour Nancy si elle était furieuse. Tant pis pour lui aussi. Tant pis pour tous les deux !

Il fut tenté de chercher son bar de tout à l'heure, mais c'était à peu près impossible. Il en trouverait d'autres plus loin, autant qu'il en voudrait, où, maintenant qu'il était en quelque sorte célibataire, il pourrait s'arrêter sans avoir à fournir d'explications.

Ce qui était dommage, c'est de n'avoir pu parler au type qui lui avait posé le doigt sur l'épaule et lui avait offert un rye. Il restait persuadé qu'ils se seraient compris tous les deux. Ils n'avaient pas seulement le même âge, mais ils étaient bâtis pareillement, avec le même teint clair, les mêmes cheveux blonds, et jusqu'à leurs longs doigts osseux, aux bouts carrés, se ressemblaient.

Il aurait aimé savoir si l'homme avait été élevé comme lui dans une ville ou si c'était un enfant de la campagne.

L'autre avait plus d'expérience que lui, il l'admettait. Sans doute n'était-il pas marié ou, s'il l'était, ne s'inquiétait-il pas de sa femme. Qui sait ? Stève n'aurait pas été surpris d'apprendre qu'il avait des enfants aussi, mais qu'il les avait plantés là avec leur mère.

Il devait posséder une expérience de ce genre. En tout cas, il ne se préoccupait pas d'arriver à neuf heures exactes au bureau, et, le soir, de rentrer à temps pour que la baby-sitter puisse s'en retourner chez elle.

Car, quand Bonnie et Dan n'étaient pas au camp, c'est-à-dire la plus grande partie de l'année, ce n'était pas Nancy qui retournait la première à la maison pour s'occuper d'eux, c'était lui. Parce que, dans son bureau, elle occupait un poste de confiance, elle était le bras droit de Mr Schwartz, de la Firme Schwartz et Taylor, qui arrivait le matin à dix ou onze heures, avait presque chaque jour un déjeuner d'affaires, après lequel il se mettait au travail jusqu'à six ou sept heures du soir.

Est-ce que l'homme du bar avait deviné ça ? Cela se voyait-il sur sa figure ? Il n'en aurait pas été surpris. Après des années de cette vie-là, cela doit se marquer dans l'expression du visage.

Et l'auto ? Elle était inscrite à son nom, c'était déjà ça, mais, le soir, c'était sa femme qui s'en servait pour rentrer à Scottville. Toujours pour de bonnes raisons ! A cause de sa situation importante auprès de Mr Schwartz, si importante que quand, après la naissance des enfants, Stève lui avait demandé de rester à la maison, Mr Schwartz s'était dérangé en personne pour venir persuader Nancy de reprendre son poste.

A cinq heures tapant, Stève, lui, était libre. Il pouvait se précipiter vers le métro de Lexington Avenue, se coincer tant bien que mal dans la foule, sortir en courant à Brooklyn pour attraper de justesse l'autobus qui s'arrêtait en bordure de leur lotissement.

En tout, cela ne prenait que quarante-cinq minutes et il trouvait Ida, la négresse qui s'occupait des enfants à leur retour de l'école, avec déjà son chapeau sur la tête. Son temps devait être précieux, à elle aussi. Le temps de tout le monde était précieux. Il n'y avait que le sien à ne pas l'être.

— *Allô ! C'est toi ? Je vais encore être en retard, ce soir. Ne m'attends pas avant sept heures, peut-être sept heures et demie. Veux-tu faire manger les enfants et les mettre au lit ?*

Il roulait sur la route 6, à une dizaine de milles à peine de Providence, et il dut ralentir car il entrait dans un cortège de voitures. Qu'est-ce que tous les hommes qu'il apercevait au volant étaient en train de penser ? La plupart avaient une femme à côté d'eux. D'autres avaient des enfants qui dormaient sur le siège arrière. Il croyait sentir partout la fatigue morne des salles d'attente et il entendait parfois une bouffée de musique, ou la voix importante d'un speaker.

Il y avait longtemps que son essuie-glace fonctionnait sans raison et, des deux côtés de la route, pompes à essence et restaurants se multipliaient, se rapprochaient les uns des autres, formant une guirlande presque continue de lumières, avec seulement des trous sombres d'un mille ou deux.

Il avait soif d'un verre de bière glacée mais, justement parce que rien ne le retenait plus, il tenait à choisir l'endroit où il s'arrêterait. Le dernier bar lui laissait une sorte de nostalgie et il aurait voulu en trouver un autre du même genre, il passait sans s'arrêter devant les immeubles trop neufs, les enseignes trop élégantes.

Une voiture de police le dépassa en faisant marcher sa sirène, puis une ambulance, une seconde et, un peu plus loin, il dut avancer au pas dans une file de voitures pour contourner deux autos qui avaient littéralement grimpé l'une sur l'autre.

Il eut le temps d'apercevoir un homme en chemise blanche comme lui, comme son ami du bar, les cheveux en désordre, le visage plaqué de sang, qui expliquait quelque chose aux policiers, le bras tendu vers un point de l'espace.

Combien les experts avaient-ils annoncé de morts pour le week-end ? Quatre cent trente-cinq. Il s'en souvenait. Donc, il n'était pas ivre. La preuve, c'est qu'il avait conduit à soixante-dix milles à l'heure sans le moindre accident.

Nancy, dans la demi-obscurité étouffante de l'autocar où les voyageurs dormaient d'un sommeil accablé, devait regretter sa décision. Elle avait une certaine répugnance à se mêler à la foule. L'odeur humaine qui régnait dans le bus l'incommodait sûrement autant que les familiarités de ses voisins. Dans le dernier bar, elle aurait été malheureuse. Peut-être était-elle un peu snob ?

Il préféra laisser passer un mille ou deux après le rassemblement causé par l'accident et, quand il ralentit au bord de la route, deux endroits étaient presque côte à côte, une hostellerie tarabiscotée dont l'enseigne était au néon mauve et, après un vide qui servait de parking, un bâtiment en bois, sans étage, aux allures de *log cabin*.

Il choisit celui-ci. Une autre preuve qu'il n'était pas ivre, c'est qu'il prit soin de retirer la clef de sa voiture et d'en éteindre les lumières.

A première vue, le bar n'était pas aussi miteux que le précédent et l'intérieur était bien d'une *log cabin*, avec les murs en bois noirci par les années, d'épaisses poutres au plafond, des pichets en étain et en faïence sur les étagères, quelques fusils du temps de la Révolution qui formaient panoplie.

Le patron, petit et rond, en tablier blanc, le crâne chauve, avait gardé un léger accent allemand. Il y avait une pompe à bière et on servait celle-ci dans d'énormes verres à anse.

Il fut un moment avant de trouver place au comptoir, désigna la pompe sans mot dire, son regard faisait le tour de l'assistance comme s'il cherchait quelqu'un.

Et c'était peut-être vrai qu'il cherchait quelqu'un, à son insu. Ici, il n'y avait pas de télévision, mais un *juke-box* lumineux, jaune et rouge, dont les rouages luisants maniaient les disques avec une fascinante lenteur. En même temps que la musique jouait, une petite radio fonctionnait derrière le comptoir, pour la seule distraction du patron, aurait-on dit, qui se penchait pour écouter dès qu'il avait un moment de tranquillité.

Stève but sa bière à larges lampées, en homme assoiffé, s'essuya les lèvres du revers de la main et, tout de suite, sans hésiter, prononça :
— Un rye !

La bière n'avait pas de goût. Il avait envie de retrouver la saveur huileuse du whisky irlandais qui lui donnait chaque fois un haut-le-cœur. Il mit une fesse sur un tabouret, ses deux coudes sur le comptoir et se trouva exactement dans la pose de l'inconnu du dernier bar.

Ses yeux étaient bleus aussi, d'un bleu un peu moins clair, ses épaules certainement aussi larges, avec le même gonflement de la chemise à hauteur des biceps.

Il ne se pressait pas de boire, à présent, écoutait d'une oreille ce que disaient les deux hommes à sa droite. Ils étaient soûls. Tout le monde était plus ou moins soûl et, de temps en temps, un éclat de rire partait de quelque part, ou bien on entendait un verre éclater sur le plancher.

— Je lui ai dit qu'à douze dollars la tonne il me prenait pour un couillon et, quand il a compris que je ne rigolais pas, il m'a regardé dans le blanc des yeux comme ceci, et...

Des tonnes de quoi ? Stève ne le sut jamais. Rien, dans la conversation, ne lui permettait de le deviner et celui qui écoutait ne paraissait d'ailleurs pas s'en soucier, anxieux qu'il était d'attraper des bribes de ce que racontait la radio. Encore un bulletin de nouvelles. Le speaker faisait le compte des accidents, dont un causé par la foudre qui avait abattu un arbre sur le toit d'une voiture.

On parla de politique, mais Stève n'entendit pas, il avait envie, soudain, de toucher l'épaule de son voisin de gauche et de prononcer, comme l'avait fait son compagnon de tout à l'heure, autant que possible de la même voix, avec le même visage impénétrable :
— *Un pour mon compte, vieux !*

Parce que son voisin aussi était un solitaire. Seulement, contrairement à l'autre, il ne paraissait pas ivre et il avait devant lui un verre de bière aux trois quarts plein.

Son type était différent. C'était un brun, au visage allongé, à la peau mate, avec des yeux sombres, des doigts maigres extraordinairement articulés dont il se servait de temps en temps pour retirer sa cigarette de ses lèvres.

Il avait lancé un coup d'œil à Stève quand celui-ci était entré, puis, tout de suite, avait regardé ailleurs. Quand il voulut prendre une nouvelle cigarette, il s'aperçut que le paquet qu'il tirait de sa poche était vide, s'éloigna un moment du bar pour se diriger vers le distributeur automatique.

C'est à ce moment-là que Stève remarqua ses souliers trop grands, boueux, de grosses chaussures de fermier qui ne s'harmonisaient pas avec sa silhouette. Il n'avait ni veston ni cravate, seulement une chemise de coton bleu et des pantalons sombres retenus par une large ceinture.

Malgré le poids de ses pieds, il marchait comme un chat et il parvint à aller et venir sans frôler personne, reprit place sur son tabouret, une cigarette aux lèvres, jeta un bref regard à Stève qui ouvrit la bouche pour lui adresser la parole.

Il avait besoin de parler à quelqu'un. Puisque Nancy l'avait voulu ainsi, c'était sa nuit, une occasion qui ne se représenterait peut-être jamais plus. Pour ce qui était de Nancy, il fallait qu'il se mette en tête, tant qu'il avait encore l'esprit clair, de téléphoner aux Keane vers cinq ou six heures du matin. A cette heure-là, sa femme serait arrivée au camp. Comme les deux dernières années, les Keane leur avaient réservé une chambre, tout au moins un lit, dans un des bungalows, car, pendant le week-end du Labor Day, c'est en vain qu'ils auraient cherché à coucher dans les environs. Dans les environs ou ailleurs. C'était partout pareil, d'un bout à l'autre de la carte des États-Unis.

— Quarante-cinq millions d'automobilistes ! se moqua-t-il à mi-voix.

Il l'avait fait exprès, pour attirer l'attention de son voisin.

— Quarante-cinq millions d'hommes et de femmes lâchés le long des routes !

Cela prenait soudain à ses yeux les allures d'une découverte et il y songea sérieusement en regardant le garçon brun à sa gauche.

— C'est un spectacle qu'on ne peut voir dans aucun autre pays de la terre ! Quatre cent trente-cinq morts pour lundi soir !

Il fit enfin le geste qu'il avait tant envie de faire, toucha discrètement l'épaule de l'homme.

— Un verre avec moi ?

L'autre se tourna vers lui sans se donner la peine de répondre, mais Stève passa outre, appela le patron penché sur sa minuscule radio.

— Deux ! dit-il en montrant deux doigts.
— Deux quoi ?
— Demandez-lui ce qu'il prend.
Le jeune homme secoua la tête.

— Deux ryes ! s'obstina l'autre.

Il n'était pas offensé. Tout à l'heure, il n'avait pas non plus répondu aux avances de l'inconnu.

— Marié ?

Son voisin n'avait pas d'alliance au doigt, mais cela ne voulait rien dire.

— Moi, j'ai une femme et deux enfants, une fille de dix ans et un garçon de huit. Ils sont tous les deux dans un camp.

Son compagnon était trop jeune pour avoir des enfants de cet âge-là. Il n'avait pas plus de vingt-trois ou vingt-quatre ans. Sans doute n'était-il même pas marié.

— New York ?

Il obtint un résultat, puisque l'autre hocha négativement la tête.

— Tu es de par ici ? Providence ? Boston ?

Un geste plus vague, qui n'était pas affirmatif non plus.

— Le plus crevant, c'est qu'au fond je n'aime pas le rye. Tu aimes le rye, toi ? Je me demande s'il y a des gens qui aiment vraiment le rye.

Il venait de vider son verre et désignait celui que son voisin n'avait pas touché.

— Tu n'en veux pas ? Cela ne fait rien. C'est un pays libre ! Je ne suis pas vexé. Un autre soir, peut-être que je n'en boirais pas non plus pour tout l'or du monde. Cette nuit, il se fait que je suis au rye. C'est comme ça. Et, au fond, c'est la faute de ma femme.

A tout autre moment, il se serait sans doute écarté d'un homme qui aurait parlé comme il le faisait, il s'en rendait compte par éclairs et en était humilié.

Seulement, l'instant d'après, il se persuadait à nouveau qu'il vivait la nuit de sa vie et qu'il devait absolument l'expliquer à son compagnon aux traits tirés.

Peut-être, en réalité, si celui-ci ne buvait pas, était-ce parce qu'il était malade ? Son teint était gris, sa lèvre inférieure agitée par une sorte de tic qui, de temps en temps, donnait une secousse à la cigarette. Stève se demanda même s'il ne se droguait pas.

Cela l'aurait déçu. N'importe quelle drogue, que ce soit le marihuana ou l'héroïne, lui faisait peur, et il observait toujours avec une gêne mêlée d'effroi une cliente de chez Louis, une jolie femme, pourtant très jeune, qui travaillait comme modèle et passait pour intoxiquée.

— Si tu n'es pas marié, tu ne t'es peut-être jamais posé la question. Pourtant c'est une question capitale. On parle de choses qu'on croit importantes et on n'ose pas parler de celle-là. Prends le cas de ma femme. Est-ce que j'ai tort ou est-ce que j'ai raison... ?

Il était mal parti, ne retrouvait pas le fil de son idée. Ce n'était d'ailleurs pas l'idée essentielle. Cela se rapportait aux femmes, soit, mais d'une façon indirecte. Ce qu'il tentait d'expliquer était compliqué, d'une subtilité telle qu'il n'espérait pas y parvenir.

Quelquefois, dix phrases lui venaient aux lèvres en même temps, dix pensées, qui, toutes, avaient leur place dans son raisonnement, mais, dès qu'il avait prononcé quelques mots, il se rendait compte de la quasi-impossibilité de sa tâche.

Cela le décourageait.

— La même chose, patron !

Il faillit devenir furieux en voyant celui-ci hésiter à le servir.

— Est-ce que j'ai l'air d'un homme ivre ? Est-ce que je suis quelqu'un à déclencher du grabuge ? Je parle tranquillement à ce jeune homme, sans élever la voix...

On lui versa à boire et il eut un petit rire de satisfaction.

— Cela vaut mieux ! Qu'est-ce que je te disais ? Je te parlais des femmes et de la grand-route. Voilà le point. Retiens-le. Les femmes contre la grand-route, tu comprends. Elles, elles suivent les rails. Bon ! Elles savent où elles vont. Gamines, elles savent déjà où elles ont envie d'aboutir et, quand on les embrasse en les reconduisant chez elles, elles pensent à leur robe de mariée. Ce n'est pas vrai ça ?

» Je n'en dis d'ailleurs pas de mal. Je reconnais seulement une vérité de la nature.

» Les femmes et les rails.

» Les hommes et la grand-route.

» Parce que les hommes, quoi qu'ils fassent, ce qu'ils ont ici...

Il se frappait la poitrine avec conviction, et, du coup, s'égarait dans les méandres de son raisonnement. C'étaient surtout les mots qui ne venaient pas.

— Les hommes... répétait-il en faisant un effort.

Il aurait voulu expliquer de quoi les hommes ont besoin, de quoi on les prive, faute de savoir. C'était justement le difficile. Il ne s'agissait pas de boire un certain nombre de ryes, comme Nancy l'aurait dit ironiquement. Le rye n'avait aucune importance. Ce qui comptait, une nuit comme celle-ci, par exemple, une nuit mémorable où quarante-cinq millions d'automobilistes étaient lâchés le long des routes, c'était de comprendre, et, pour comprendre, il est indispensable de sortir des rails.

Comme quand il était entré dans l'autre bar ! Où aurait-il rencontré, sauf là, un homme comme celui dont il avait fait connaissance et à qui il n'avait eu besoin de rien dire ? Pas à son bureau, sûrement. A son bureau, la *World Travellers*, on vendait des milles aussi, des milles-avion, des voyages en avion de luxe, des billets pour Londres, Paris, Rome et Le Caire. Pour n'importe quel endroit du monde. Chaque client était pressé. Il était indispensable, de la plus haute importance pour chacun de partir tout de suite. Pas chez Schwartz et Taylor non plus qui, eux, vendaient de la publicité, des pages de magazines, des minutes de radio ou de télévision et des emplacements le long des routes.

Pas même chez Louis où, à cinq heures, des clients comme lui venaient à l'abreuvoir pour se remonter d'un Martini sec.

Il avait envie d'un Martini, tout à coup, mais il était sûr que le patron le lui refuserait et il ne voulait pas essuyer un refus devant son nouvel ami.

— Vois-tu, il y a ceux qui en sortent et ceux qui n'en sortent pas. Un point, c'est tout !

Il parlait toujours des rails. Il ne précisait plus. Il lui arrivait même d'escamoter les mots inutiles, peut-être parce qu'ils étaient difficiles à prononcer.

— Moi, cette nuit, j'en suis sorti.

Son précédent compagnon, lui, en était sans doute sorti définitivement. Peut-être aussi l'homme qui téléphonait un message mystérieux, la main en cornet, dans le premier bar.

Et celui-ci ? Stève mourait d'envie de lui poser la question, lui adressait des clins d'œil pour l'encourager à parler de lui-même. Il ne travaillait ni dans un bureau ni dans une ferme, cela se voyait, malgré ses gros souliers. Peut-être traînait-il le long des routes, les poches vides, en faisant de l'auto-stop ? Comprenait-il qu'il n'y avait pas de honte à ça ? Au contraire !

— Demain, je retrouverai les enfants.

Cela lui donna une bouffée de sentimentalité qui lui serra la gorge et soudain il lui sembla qu'il était en train de trahir Bonnie et Dan, s'efforça de les voir en son esprit, n'obtint qu'une image floue et tira son portefeuille de sa poche pour regarder les photos qu'il avait toujours avec lui.

Ce n'était pas ce qu'il avait voulu dire. Il les aimait bien, ne regrettait pas ce qu'il faisait pour eux mais, ce qu'il tentait farouchement d'expliquer, c'est qu'il était un homme et que...

Il glissait les doigts sous son permis de conduire pour saisir les photos et il tenait la tête baissée quand son compagnon posa une pièce de monnaie sur le comptoir et se dirigea vers la porte. Ce fut fait si vite, comme dans un glissement, qu'il resta un moment à ne pas savoir ce qui arrivait.

— Il est parti ? questionna-t-il, tourné vers le patron.

— Bon débarras !

— Vous le connaissez ?

— Je ne tiens pas à le connaître.

Il fut choqué que le tenancier d'un bar comme celui-ci soit dans les rails, lui aussi. C'était Stève qui avait bu, l'autre pas — il n'avait même pas fini sa bière — mais c'était Stève qu'on n'en traitait pas moins avec une certaine considération, sans doute parce qu'on lisait sur son visage qu'il était un homme rangé, bien élevé.

— Vos gosses ? interrogeait le patron.

— Mon fils et ma fille.

— Vous allez les chercher à la campagne ?

— Au camp Walla Walla, dans le Maine. Il y a deux camps à proximité l'un de l'autre, un pour les garçons, l'autre pour les filles. Mrs Keane s'occupe de celui des filles tandis que son mari, Hector, qui a l'air d'un vieux boy-scout...

Ce n'était pas lui, c'était la radio que le tenancier du bar écoutait avec attention, fronçant ses gros sourcils, tournant les boutons dans l'espoir d'obtenir une audition plus claire, lançant des regards furieux au *juke-box* dont la musique noyait les autres bruits.

« *... a échappé successivement, on ne sait pas encore comment, à trois barrages de police et, vers onze heures, il était signalé sur la route 2, roulant en direction du nord dans une voiture volée...* »

— Qui est-ce ? demanda-t-il.

La radio continuait :

« *Attention. Il est armé.* »

Puis :

« *Notre prochain bulletin d'information sera diffusé à deux heures.* »

De la musique.

— Qui est-ce ?

Il insistait, sans raison.

— Le type qui s'est échappé de Sing-Sing et qui a enfermé la gosse dans un placard avec une tablette de chocolat.

— Quelle gosse ?

— La fille des fermiers de Croton Lake.

Soucieux, le patron ne s'occupait plus de lui, cherchait des yeux quelqu'un d'à peu près sobre à qui parler. Il se dirigea vers le coin où deux hommes et deux femmes étaient attablés devant de la bière, des vieux déjà, qui avaient l'air d'entrepreneurs de bâtiment.

A cause de la musique, Stève n'entendait pas ce qu'ils disaient. On désignait le siège vide à côté du sien et une des femmes, celle qui était assise près du distributeur de cigarettes, paraissait se rappeler soudain quelque chose, le patron écoutait ses explications en hochant la tête, regardait, hésitant, le téléphone mural, s'approchait enfin de Stève Hogan.

— Vous n'avez rien remarqué ?

— Remarqué quoi ?

— Vous n'avez pas vu s'il avait un tatouage à un des poignets ?

Stève ne suivait pas, s'efforçait de comprendre ce qu'on lui voulait.

— Qui ?

— Le type à qui vous avez offert à boire.

— Il a refusé. Il n'y a pas d'offense.

Alors, le patron haussa les épaules et le regarda d'une façon qui lui déplut. Maintenant qu'on ne lui servirait quand même plus à boire et qu'il n'y avait personne à qui parler, autant partir.

Il mit un billet de cinq dollars sur le comptoir, juste dans du mouillé, se leva en vacillant et prononça :

— Payez-vous !

En même temps il s'assurait que personne ne le regardait de travers, car il ne l'aurait pas toléré.

3

Quand il se dirigea vers la porte, d'un pas nonchalant, comme au ralenti, il avait aux lèvres le sourire bienveillant et protecteur d'un fort égaré parmi les faibles. Il se sentait un géant. Comme deux hommes, qui lui tournaient le dos et se parlaient à l'oreille, lui barraient le passage, il les écarta d'un geste large et, bien qu'ils fussent l'un et l'autre aussi grands que lui, il avait l'impression qu'il les dépassait de la tête. Les deux hommes, d'ailleurs, ne protestèrent pas. Stève ne leur cherchait pas querelle, ne cherchait querelle à personne, et si, une fois sur le seuil, il se retournait et restait immobile, à regarder la salle, ce n'était pas par défi.

Il prit le temps d'allumer une cigarette et il se sentait bien. L'air, dehors, était bon aussi, d'une fraîcheur agréable, le prétentieux restaurant d'à côté, avec une guirlande de lumières qui dessinait son pignon, était ridicule, les autos passaient sur la route lisse en faisant toutes le même bruit. Il s'approcha de sa voiture qu'il avait laissée sur la partie obscure du parking, ouvrit la portière, et tous ses gestes, qui avaient une surprenante ampleur, tout ce qu'il voyait, tout ce qu'il faisait lui procurait une intime satisfaction.

Comme il se glissait sur le siège, il aperçut l'homme, assis à la place que Nancy aurait dû occuper. Malgré l'obscurité, il reconnut tout de suite l'ovale allongé du visage, les yeux sombres, et il ne s'étonna pas de le trouver ici, ni de tout ce qui découlait de sa présence.

Au lieu d'avoir un mouvement de recul, d'hésiter, de prendre, peut-être, une attitude défensive, il s'installa confortablement, tirant sur son pantalon comme il en avait l'habitude, tendit le bras pour refermer la portière qui claqua, poussa le bouton de sûreté.

Il n'attendit pas que l'inconnu parle pour prononcer, sur le ton de la conversation plutôt que sur celui d'une question :

— C'est toi ?

Ces mots-là n'avaient pas leur sens habituel. Il vivait plusieurs crans au-dessus de la réalité quotidienne, dans une sorte de super-réalité, et il s'exprimait en raccourci, sûr de lui et sûr d'être compris.

En disant : « C'est toi ? » il ne demandait pas à son compagnon s'il était celui à qui, au bar, il venait d'offrir à boire et l'autre ne s'y méprenait pas. La question était :

« — C'est toi le type qu'on recherche ? »

Dans son esprit, c'était même encore plus complet. Il n'aurait pas pu l'exprimer, mais il ramassait en deux mots les images éparses récoltées presque à son insu, au cours de la soirée, en faisant un tout cohérent lumineux de simplicité.

Il était fier de sa subtilité, comme il était fier de son calme, de la façon dont il introduisait la clef de contact sans que sa main tremblât, attendant, pour la tourner, la réponse de son compagnon.

Pas d'humilité. Il ne voulait pas se montrer humble. Pas d'indignation non plus, comme en aurait montré le patron du bistrot ou une femme du genre de Nancy. Pas davantage de panique. Il n'avait pas peur. Il comprenait. La preuve que l'autre comprenait aussi et le respectait en retour, c'est qu'il lui disait simplement, sans protester, sans nier, sans tricher :

— Ils m'ont reconnu ?

C'est ainsi qu'il avait imaginé un dialogue entre deux hommes, des vrais, se rencontrant sur la grand-route. Pas de mots inutiles. Chaque réplique qui signifiait autant qu'un long discours. La plupart des gens parlent trop. Est-ce que Stève avait eu besoin de faire des phrases, tout à l'heure, pour que son voisin du premier bar comprenne qu'il n'était pas le banal employé qu'on pouvait supposer ?

C'était sa voiture, maintenant, qu'un autre inconnu avait choisie. Il était armé, la radio venait de l'annoncer. Éprouvait-il le besoin de braquer son arme sur lui ? Se montrait-il menaçant ?

— Je crois que le patron a des doutes, lui dit Stève.

C'était curieux comme des détails qu'il ne croyait pas avoir enregistrés lui revenaient. Il savait parfaitement qu'il s'agissait d'un échappé de Sing-Sing. Le nom, il l'avait oublié, mais il n'avait pas la mémoire des noms, seulement des chiffres et surtout des numéros de téléphone. Cela finissait en *gan*, comme son nom à lui.

Il y avait eu une histoire de fermière près d'un lac et d'une petite fille enfermée dans un placard avec une tablette de chocolat. Il revoyait clairement la petite fille, et, autant qu'il s'en souvienne, c'était la première fois qu'il avait vu une photographie immobile projetée sur un écran de télévision.

On avait montré également la vitrine brisée d'un magasin et on avait parlé de la route 2. Vrai ?

S'il avait été ivre, aurait-il retenu tout cela ?

— Quel signalement ont-ils donné ?

— Ils ont parlé d'un tatouage.

Il attendait toujours, sans impatience, le signal pour mettre le moteur en marche et c'était comme s'il avait prévu toute sa vie que cette heure-là arriverait. Il était satisfait, non seulement de la confiance qu'on lui accordait, mais de la façon dont lui-même se comportait.

N'avait-il pas dit tout à l'heure que c'était sa nuit ?

— Tu es en état de conduire ?

Pour toute réponse, il démarra en questionnant :

— Je contourne Providence par les chemins de campagne ?

— Suis la grand-route.

— Et si la police...

L'homme se pencha vers l'arrière de l'auto, y prit la veste à carreaux bruns que Stève avait emportée, son chapeau de paille qu'il avait laissé sur la banquette. La veste était trop large d'épaules, mais il se tassa dans son coin, comme un voyageur endormi, le chapeau rabattu sur le visage.

— Ne dépasse pas la vitesse réglementaire.
— Compris.
— Évite surtout de brûler les feux rouges.

Pour ne pas se faire prendre en chasse, évidemment.

Ce fut lui qui demanda :

— Comment est-ce que tu t'appelles encore ?
— Sid Halligan. Ils répètent assez mon nom à toutes leurs émissions.
— Dis-moi, Sid, si on rencontre un barrage...

Il roulait à quarante-cinq à l'heure, comme les familles qu'on voyait passer avec des bagages jusque sur le toit.

— Tu suivras les autres.

Il ne s'était jamais trouvé dans une pareille situation et pourtant il n'avait pas besoin d'explications. Il se sentait la même lucidité que son premier compagnon de bar, celui aux yeux bleus, qui lui ressemblait.

D'abord, une nuit comme celle-ci, on ne pouvait pas arrêter toutes les autos sur toutes les routes du New England et examiner les passagers un à un sans créer un embouteillage du tonnerre. Tout ce qu'on faisait, sans doute, c'était de jeter un coup d'œil à l'intérieur des voitures, surtout de celles occupées par un homme seul.

Dans la sienne, ils étaient deux.

— Crevant ! constata-t-il.

Plus tard, passé Providence, il reprendrait la conversation. Il avait eu raison, à la *log cabin*, de ne pas se vexer du silence de son compagnon. Est-ce qu'à présent celui-ci ne le traitait pas naturellement, comme un camarade ?

Il devait garder l'œil sur la route. Les voitures en sens inverse étaient plus nombreuses. Il commençait à y avoir des croisements à tout bout de champ et on apercevait en contrebas les lumières d'une grande ville.

— Tu connais le chemin ? demanda la voix dans l'ombre.
— Je l'ai fait au moins dix fois.
— En cas de barrage...
— Je sais. Tu me l'as dit.
— Je suppose que tu devines ce qui arriverait si l'idée te venait de...

Pourquoi insister ? Ce n'était pas non plus la peine de garder la main dans sa poche, sans doute sur la crosse de son revolver.

— Je ne parlerai pas.
— Bon.

Cela l'aurait déçu qu'il n'y ait pas de barrage. Chaque fois qu'il voyait des lumières immobiles, il pensait qu'il y était enfin arrivé, mais cela se passa tout autrement qu'il n'avait prévu, les voitures, bientôt, commencèrent à se rapprocher les unes des autres pour finir par se toucher et par s'arrêter tout à fait. Aussi loin qu'on pouvait voir, ce n'étaient qu'autos immobiles et, comme dans une queue, on faisait parfois un bond de quelques mètres pour s'arrêter à nouveau.

— Ça y est.

— Oui.
— Nerveux ?

Il regretta ce mot-là, qui n'eut pas d'écho. A certain moment, comme ils stationnaient devant un bar, la tentation le prit d'aller y boire un verre en vitesse mais il n'osa pas le suggérer.

Il commençait à être envahi, malgré la fraîcheur, par une sueur déplaisante, et ses doigts pianotaient sur le volant. Tantôt Halligan était dans l'ombre, tantôt, à cause des lumières d'une pompe à essence ou d'une auberge, il se trouvait violemment éclairé, immobile dans son coin, avec l'air d'un homme endormi. Malgré sa face longue, son crâne était plus volumineux qu'on n'aurait pensé car le chapeau de Stève, qui croyait avoir une grosse tête, n'était pas trop grand pour lui.

— Cigarette ?
— Non.

Il en alluma une. Sa main tremblait comme celle de l'homme du premier bar quand il avait allumé la sienne, mais, lui, il en était sûr, c'était d'énervement, plus exactement d'impatience. Il n'avait pas peur. Seulement hâte que ce soit passé.

On pouvait voir, maintenant, comment ils avaient organisé leur barrage. Des barrières blanches dressées en travers de la route ne laissaient passer qu'une file de voitures dans chaque sens, ce qui provoquait la congestion, mais, en réalité, à la hauteur des barrières, elles ne s'arrêtaient même pas, elles roulaient au pas, tandis que des policiers en uniforme jetaient un coup d'œil par les portières.

Après Providence, ce serait sans doute fini, car on ne devait pas chercher si loin.

— Qu'est-ce que c'est, l'histoire de la petite fille ?

La radio marchait dans la voiture qui les précédait et une femme avait la tête posée sur l'épaule du conducteur.

Halligan ne répondit pas. Ce n'était pas le moment. Stève y reviendrait plus tard. Il reviendrait aussi sur les explications qu'il avait commencé à lui fournir dans la *log cabin*. Si un homme comme Sid ne comprenait pas, personne ne comprendrait.

Sid avait-il toujours été comme ça ? Cela lui était-il venu naturellement, sans effort ? Sans doute avait-il été très pauvre. Quand on a passé son enfance dans un faubourg populeux où toute la famille vit dans une seule chambre et où, à dix ans, un gamin fait déjà partie d'un *gang*, cela doit être plus facile.

Peut-être ne se rendait-il même pas compte ?

— Avance.

Puis, comme ils stoppaient à nouveau :

— Combien d'essence dans le réservoir ?
— Moitié.
— Cela veut dire combien de milles ?
— A peu près cent cinquante.

C'était maintenant qu'il aurait eu besoin d'un rye pour se maintenir au niveau qu'il avait atteint. Par instants, son bien-être, son assurance menaçaient de se dissiper, il lui venait des pensées plus crues, déplaisantes, l'idée, par exemple, que, si on les arrêtait tous les deux, on ne croirait pas à son innocence et que des détectives se relayeraient pendant des heures pour le questionner sans lui accorder un verre d'eau ou une cigarette. On lui retirerait sa cravate et ses lacets de souliers. On ferait venir Nancy pour le reconnaître.

Quand il n'y eut plus que trois voitures, ses jambes mollirent au point qu'il fut un moment sans trouver l'accélérateur pour avancer à son tour.

— Veille à ne pas leur souffler ton haleine dans la figure.

Halligan disait cela sans bouger, du coin de la bouche, avec toujours l'air de dormir.

L'auto atteignit la barrière et, comme Stève allait stopper, un policier lui fit signe d'avancer, d'aller plus vite, se contentant d'un vague coup d'œil à l'intérieur. C'était fini. La route était libre devant eux, ou plutôt la rue qui descendait dans la ville qu'ils devaient traverser.

— Ça y est ! s'écria-t-il, soulagé, en poussant l'auto à quarante.
— Qu'est-ce qui y est ?
— On a passé.
— L'écriteau dit 35 à l'heure. Direction Boston. Tu connais ?
— C'est la route que je prends.

Ils passèrent devant une boîte de nuit éclairée en rouge et cela lui donna soif, il évita une fois encore d'en parler, se contenta d'allumer une cigarette.

— Qu'est-ce qui te prend ?
— Quoi ?
— Tu conduis, non ? Tu n'es pas capable de rouler à droite ?
— Tu as raison.

C'était vrai qu'il conduisait mollement, tout à coup, il n'aurait pas pu dire pouquoi. Tant qu'on n'avait pas franchi le barrage, il s'était senti ferme, aussi fort et sûr de lui qu'en quittant la *log cabin*. Maintenant, son corps avait tendance à se tasser, les rues, devant lui, manquaient de consistance. A un tournant, il faillit grimper sur le trottoir.

Dans sa tête aussi cela redevenait confus et il se promettait, dès qu'ils auraient retrouvé la grand-route, de demander à Sid la permission d'aller boire un verre. Est-ce que Sid se méfierait de lui ? Ne venait-il pas de faire ses preuves ?

— Tu es sûr que tu ne t'es pas trompé de chemin ?
— Un peu plus bas, j'ai vu une flèche, et il était marqué Boston.

Et, avec une soudaine inquiétude :
— Où est-ce que tu vas ?
— Plus loin. Ne t'occupe pas.
— Moi, je vais dans le Maine. Ma femme m'attend avec les enfants.
— Roule toujours.

Ils avaient dépassé les faubourgs et il n'y avait plus que la nuit des deux côtés de la route où les voitures, clairsemées, roulaient de plus en plus vite.

— Il faudra faire le plein avant que les pompes soient fermées.

Il dit oui. Il avait envie de poser une question, une seule, à son compagnon :

« — Tu as confiance ? »

Il aurait aimé que Sid ait confiance, qu'il sache que Stève n'allait pas le trahir.

Au lieu de cela, il prononça :

— La plupart des hommes ont peur.

— De quoi ? laissa tomber l'autre qui avait retiré son chapeau et qui allumait une cigarette.

Il chercha la réponse. Il aurait dû en trouver une, en un mot, parce que ce sont les seules vraies réponses. Cela lui paraissait si évident qu'il enrageait de son impuissance à s'expliquer.

— Je ne sais pas, finit-il par avouer.

Puis, tout de suite, avec l'impression qu'il lui venait une inspiration de génie :

— Ils ne savent pas non plus.

Sid Halligan, lui, n'avait pas peur. Il n'avait peut-être jamais eu peur et c'était pour cela que Stève le traitait avec considération.

Cet homme-là, qui n'était même pas bien bâti, était seul sur la grand-route, sans doute avec pas d'argent en poche, et la police de trois États le chassait depuis quarante-huit heures. Il n'avait ni femme, ni enfants, ni maison, probablement pas d'amis non plus, et il allait son chemin dans la nuit ; quand il avait besoin d'un revolver, il brisait la vitre d'un magasin pour en prendre un.

Cela lui arrivait-il de se demander ce que les gens pensaient de lui ? Au bar, il était resté accoudé devant un verre de bière, et il ne buvait pas, à attendre une occasion d'aller plus loin, prêt à partir précipitamment dès que la radio donnerait à nouveau son signalement et que ses voisins le regarderaient d'un œil soupçonneux.

— Combien de temps avais-tu à tirer à Sing-Sing ?

Halligan sursauta, non pas à cause de la question, mais parce qu'il avait été sur le point de s'endormir et que c'était la voix de Stève qui l'en avait empêché.

— Dix ans.

— Combien as-tu fait ?

— Quatre.

— Tu as dû y entrer tout jeune.

— Dix-neuf ans.

— Et avant ?

— Trois ans de maison de redressement.

— Pourquoi ?

— Voitures.

— Et les dix ans ?

— Voiture et *hold-up*.

— A New York ?
— Sur la route.
— Tu venais d'où ?
— Missouri.
— Tu t'es servi de ton revolver ?
— Si j'avais tiré, ils m'auraient envoyé à la chaise.

Une fois, un an plus tôt, Stève avait presque assisté à un *hold-up*, en plein jour, dans Madison Avenue. Plus exactement, il en avait vu l'épilogue. En face de son bureau, il y avait une banque au portail monumental. Quelques minutes après neuf heures, alors qu'il donnait ses premiers coups de téléphone aux aéroports, une vibrante sonnerie avait retenti dehors, la sonnerie d'alarme de la banque, et, dans la rue, les passants s'étaient figés, les autos s'étaient arrêtées pour la plupart, un agent en uniforme s'était élancé vers l'entrée en tirant son revolver de sa ceinture.

Après un temps ridiculement court, il ressortait déjà en compagnie d'un garde en uniforme de la banque et ils poussaient devant eux deux hommes si jeunes que c'étaient presque des gamins, qui avaient des menottes aux poignets et tenaient leurs bras devant leur visage. D'un magasin d'appareils photographiques, quelqu'un avait surgi, qui prenait des instantanés, et, comme par enchantement, comme si la scène avait été réglée d'avance, une voiture de police s'arrêtait au bord du trottoir dans un grand bruit de sirène.

Pendant deux minutes environ, les jeunes gens étaient restés là, isolés de la foule, seuls au milieu d'un grand espace, immobiles, dans la même pose, avec pour fond le portail solennel, et, quand on les avait enfin emmenés, Stève avait pensé qu'ils en avaient pour dix ans au moins avant de revoir une rue, un trottoir. Il se souvenait à présent que ce qui l'avait le plus frappé, c'était l'idée que, pendant ces dix années-là, ils ne connaîtraient pas de femme.

L'image de la petite fille dans le placard le chiffonnait, parce qu'elle lui rappelait Bonnie, bien que Bonnie, elle, eût dix ans.

— Pourquoi l'as-tu enfermée ?
— Parce qu'elle criait et qu'elle aurait ameuté les voisins. Il fallait me donner le temps de m'éloigner du village. Je ne voulais pas l'attacher, comme sa mère, par crainte de lui faire mal. J'ai trouvé une tablette de chocolat dans l'armoire et je la lui ai donnée, puis je l'ai poussée dans le placard en lui disant de ne pas avoir peur et j'ai tourné la clef dans la serrure. Je ne l'ai pas brutalisée. J'ai fait mon possible pour ne pas l'effrayer.

— Et la mère ?
— Voici un garage ouvert. On fait mieux d'arrêter pour le plein.

D'un mouvement automatique, il plongeait la main dans sa poche, après avoir remis son chapeau et s'être calé dans le coin de la banquette.

— Tu as de l'argent ?
— Oui.
— Fais vite.

Le pompiste, sans les regarder, alla dévisser le bouchon du réservoir.
— Combien de gallons ?
— Le plein.

Ils se turent, immobiles. Puis Stève tendit à l'homme un billet de dix dollars.
— Tu n'aurais pas par hasard une bouteille de bière fraîche ?

Sid, dans son coin, n'osa pas protester.
— Je n'ai pas de bière. Mais peut-être que je dénicherai par là un quart de litre de gnole.

Quand il eut la bouteille plate dans la main, Stève eut si peur que son compagnon l'empêche de boire qu'il la déboucha aussitôt, colla ses lèvres au goulot, lampant autant de liquide qu'il pouvait d'une seule haleine.
— Merci, vieux. Garde la monnaie.
— Vous allez loin ?
— Maine.
— A cette heure, cela commence à se calmer.

Ils repartirent. Stève demanda après un moment :
— Tu en veux ?

Et, tandis qu'il posait cette question, sa voix était la même que s'il l'avait posée à Nancy, c'était comme s'il se croyait coupable ou comme s'il croyait nécessaire de s'excuser. Halligan ne répondit pas. Il ne devait pas boire. D'abord, pour lui, cela aurait été dangereux d'être ivre. Ensuite, il n'en avait pas besoin.

Pourquoi ne pas le lui expliquer ? Stève n'avait pas de respect humain. Ils avaient tout le temps. La route était encore longue devant eux, bordée, pour autant qu'on en pouvait juger, par des forêts.
— Il ne t'arrive jamais de te soûler ?
— Non.
— Cela te fait mal ?
— Je n'en ai pas envie.
— Parce que tu n'as pas besoin de ça, affirma Stève.

Il regarda son compagnon et vit bien que celui-ci ne comprenait pas. Il devait être épuisé de fatigue. Dans l'auto, il paraissait encore plus pâle que dans le bar et sans doute se tenait-il à quatre pour ne pas s'endormir. Avait-il seulement fermé les yeux depuis qu'il avait quitté le pénitencier ?
— Tu as dormi ?
— Non.
— Tu as sommeil ?
— Je dormirai après.
— D'habitude, je ne bois pas non plus. Seulement un verre en fin d'après-midi, avec ma femme, les jours où nous rentrons ensemble. Les autres soirs, je n'en ai pas le temps, à cause des enfants.

Il lui semblait qu'il avait déjà raconté l'histoire des enfants qui l'attendaient et d'Ida, la négresse, qu'il trouvait le plus souvent sur le seuil, son chapeau sur la tête, et qui paraissait l'accuser d'arriver en retard exprès. Peut-être l'avait-il seulement pensé ? Maintenant qu'il avait une bouteille à sa disposition, tout allait bien.

Il la chercha de la main sur la banquette, pas pour boire, mais pour s'assurer qu'elle était toujours là, et la voix de son compagnon, dans l'ombre, fit sèchement :

— Non.

Sid était encore plus catégorique que Nancy.

— Regarde la route devant toi.

— Je la regarde.

— Tu conduis mou.

— Tu veux que je roule plus vite ?

— Je veux que tu roules droit.

— Tu n'as pas confiance ? C'est quand j'ai bu un verre que je conduis le mieux.

— Un, peut-être.

— Je ne suis pas ivre.

Sid haussa les épaules, soupira avec l'air de quelqu'un qui n'a pas envie de parler. Stève rongea son frein. Cette attitude-là l'humiliait et il commençait à se demander si son compagnon était intelligent.

Pourquoi le laissait-il conduire au lieu de prendre le volant, s'il n'avait pas confiance ? Il trouva la réponse instantanément, ce qui prouvait que la gorgée de whisky qu'il avait avalée au garage ne lui avait pas enlevé sa lucidité.

Même s'ils ne rencontraient pas un autre barrage, il était toujours possible qu'une patrouille les arrête pour vérifier leurs papiers. Or, c'est automatiquement du côté du conducteur que les policiers se penchent. Tout comme à Providence, on ne penserait pas à examiner l'homme endormi.

Il commençait à faire froid. L'air était humide. L'horloge de bord ne marchait plus depuis des mois et, sans raison précise, Stève n'osait pas tirer sa montre de sa poche. Il n'avait aucune idée de l'heure. Quand il essaya de calculer le temps qui s'était écoulé, il s'embrouilla, ouvrit la bouche pour dire quelque chose, la referma.

Il ne savait pas ce qu'il avait voulu dire. S'il pouvait s'arrêter un instant, il prendrait sa gabardine qui devait se trouver dans le fond de la voiture ou dans le coffre arrière, car, sous sa chemise, il lui arrivait de frissonner et il ne pouvait pas décemment réclamer son veston.

— Où comptes-tu aller ?

Il n'aurait pas dû poser cette question-là, qui risquait de provoquer la méfiance de Halligan ? Par chance, celui-là ne l'entendit pas car, malgré toute sa volonté, il avait fini par s'endormir et sa bouche entrouverte laissait passer un souffle régulier, légèrement sifflant.

De sa main, Stève tâta la banquette jusqu'à ce qu'il trouve la bouteille dont, avec précaution, il retira le bouchon, avec ses dents. Comme c'était à peu près certain qu'on ne le laisserait plus boire, il vida le flacon jusqu'à la dernière goutte, s'y reprenant à trois reprises, retenant sa respiration, tandis qu'une violente chaleur lui montait aux tempes et embuait ses yeux.

Il prit soin de remettre le bouchon, de poser la bouteille à sa place, et il retirait la main de la banquette quand l'auto fit une embardée, eut deux ou trois secousses. Il la redressa à temps, lâchant l'accélérateur, poussant progressivement le frein et, après de nouveaux chocs, la voiture s'arrêta au bord du chemin.

Il avait été si surpris, cela avait été si inattendu et rapide qu'il n'avait pas fait attention à Sid Halligan et il fut ahuri de voir celui-ci qui braquait sur lui le canon de son revolver. Son visage était sans expression. Seulement celle d'une bête qui se tasse pour faire face au danger.

— Un pneu... balbutia Stève dont le front se couvrait de sueur.

Ce n'était pas tant à cause du revolver. C'est parce qu'il pouvait à peine parler. Sa langue était si épaisse que le mot pneu sortait tout déformé de ses lèvres. Il essayait un autre mot :

— Une crevaison...

» ... pas fait exprès...

Sans rien dire, sans lâcher son arme, l'autre alluma le tableau de bord, saisit la bouteille qu'il regarda en transparence d'un air dégoûté et qu'il lança par la portière.

— Descends.

— Oui.

Il n'aurait jamais cru que cet alcool-là lui ferait un effet aussi foudroyant. La portière ouverte, il dut s'y cramponner pour descendre.

— Tu as une roue de secours ?

— Dans le coffre.

— Fais vite.

Il s'avança, les jambes à la fois raides et vacillantes, vers l'arrière de la voiture, mais il avait maintenant la certitude que, s'il s'obstinait à rester debout, il finirait par s'écrouler tout d'une pièce. C'était surtout dangereux pour lui de se pencher, à cause du vertige. Même la poignée du coffre était trop dure, trop compliquée pour lui, et ce fut son compagnon qui vint la tourner.

— Tu as un cric ?

— Je dois.

— Où ?

Il ne savait pas. Il ne savait plus rien. Quelque chose venait de flancher en lui. Il avait envie de s'asseoir dans l'herbe au bord du chemin et de se mettre à pleurer.

— Alors ?

Il le fallait coûte que coûte. S'il ne montrait pas de bonne volonté, Halligan était capable de le tuer. Il passait une voiture toutes les deux ou trois minutes, et, le reste du temps, ils étaient seuls dans l'espace, avec le feuillage des arbres qui bruissait doucement au-dessus de leur tête.

Ceux qui passaient, presque tous à pleins gaz, ne se préoccupaient pas d'une auto arrêtée au bord de la route, ni des deux silhouettes qu'ils apercevaient dans l'espace d'un éclair dans le faisceau de leurs phares.

Halligan pouvait l'abattre sans danger s'il en avait envie, traîner son corps dans le bois où on mettrait des jours à le découvrir, surtout s'il était loin d'un village. Sid hésiterait-il à tuer quelqu'un ? Probablement pas. Tout à l'heure, en parlant de la petite fille, il avait affirmé qu'il ne lui avait pas fait de mal et qu'il n'avait pas voulu l'effrayer. Mais qu'avait-il fait à sa mère ? Il n'oserait plus, maintenant, poser la question, ni aucune question.

Il tenait le cric à la main. C'était le pneu arrière droit qui était crevé et Sid restait près de lui sans lâcher son arme.

— Tu te demandes où le mettre ?

— Je sais.

Pour ne pas se pencher, il s'agenouilla, se mit à quatre pattes, s'efforçant de glisser le cric à sa place, et soudain il se sentit partir, s'écrasa mollement sur le sol, les bras en avant, en balbutiant :

— Pardon.

Il ne perdit pas connaissance. Et même, si Halligan n'avait pas été là avec son revolver, cela n'aurait pas été une sensation désagréable. Tout s'était détendu d'un seul coup, c'était comme si son corps et sa tête s'étaient vidés et il n'avait plus d'effort à faire, c'était inutile, il n'avait qu'à se laisser aller et à attendre.

Peut-être qu'il allait dormir ? Cela n'avait pas d'importance. Une seule fois, il avait été dans cet état-là, chez lui, un soir qu'ils avaient reçu des amis et qu'il vidait les verres de tout le monde. Quand ils étaient restés seuls, Nancy et lui, il s'était laissé tombé dans un fauteuil, les jambes étendues devant lui, et il avait soupiré avec un soulagement intense, un sourire béat aux lèvres :

— *Fi-ni !*

S'il connaissait surtout la suite par ce que sa femme lui avait raconté, il n'en avait pas moins l'impression qu'un certain nombre d'images lui étaient restées. Elle lui avait fait boire un café dont il avait renversé la plus grande partie, puis respirer de l'ammoniaque. Elle l'avait aidé à se mettre debout, en lui parlant durement, d'une voix de commandement, et, comme il retombait chaque fois, elle avait fini par le tirer derrière elle, les deux bras de Stève passés par-dessus ses épaules, les jambes traînant sur le tapis.

— *Je ne voulais pas que les enfants te trouvent affalé dans un fauteuil du* living-room *en se levant le matin.*

Elle était parvenue à le déshabiller et à lui passer son pyjama.

— *Soulève-toi Stève. Tu m'entends ? Il faut que tu soulèves tes reins. Pas tes épaules.*

Halligan, lui, le traînait par un bras jusqu'au bord du talus où il le laissait s'affaisser dans les hautes herbes. Stève n'avait pas les yeux fermés. Il ne dormait pas. Il savait ce qui se passait, entendait les jurons que son compagnon grommelait en maniant le cric qui grinçait.

Ce n'était pas la peine de se faire du mauvais sang puisque, de toute façon, il était à sa merci. Sans défense, comme l'enfant qui vient de naître. Le mot l'amusa. Il le répéta deux ou trois fois dans sa tête. Sans défense ! C'est à peine s'il parvenait à se mettre sur son séant en s'apercevant qu'il avait la tête dans les orties.

— Bouge pas !

Il ne tenta pas de répondre. Il savait qu'il ne pouvait plus parler, c'était crevant. Il remuait encore les lèvres, non sans effort, et il n'en sortait pas plus de son que d'un sifflet bouché.

N'avait-il pas annoncé que c'était sa nuit ? Dommage que Nancy ne fût pas là pour voir ! Il est vrai qu'elle n'y aurait rien compris. D'ailleurs, si elle avait été là, il ne se serait rien passé. Ils seraient maintenant arrivés au camp.

Il ne savait pas l'heure. Il n'avait plus besoin de savoir l'heure. Nancy aurait hésité à éveiller Mrs Keane. Son prénom était Gertrud. On entendait de loin, à travers le camp, la voix de Mr Keane qui appelait :

— *Gertrud* !

Son prénom à lui était Hector. Ils n'avaient pas d'enfants. Il était impossible, il n'aurait pu dire pourquoi, de les imaginer tous les deux en train de faire un enfant.

Hector Keane portait des shorts kaki qui lui donnaient l'air d'un gamin trop poussé et il avait toujours une petite trompette pendue autour du cou pour rassembler les enfants du camp. Il jouait à tous les jeux avec eux, grimpait aux arbres, et on sentait que ce n'était pas pour gagner sa vie, ou par devoir professionnel, mais parce que ça l'amusait.

Sid s'acharnait toujours sur la roue et c'était crevant aussi, parce que cela le mettait de mauvaise humeur et qu'il mâchonnait des mots sans suite.

Avait-il envie de tuer Stève ? D'abord, cela ne lui servirait à rien, sinon, selon son expression de tout à l'heure, à l'envoyer un jour ou l'autre à la chaise.

Peut-être allait-il l'abandonner ici. Stève regrettait de n'avoir pas mis plus tôt son imperméable, car il commençait à grelotter.

S'il parvenait à ne pas dormir, peut-être, après tout, allait-il regagner un peu d'énergie. Sa tête avait beau être lourde, il refusait de fermer les yeux et il ne perdait pas conscience. Si ce n'avait été sa langue épaisse et comme paralysée, il aurait été capable de répéter tout ce qu'il avait raconté depuis le début de la soirée. Peut-être pas dans l'ordre. Et encore !

Il était sûr de ne pas avoir dit de bêtises. On pouvait croire le contraire, à première vue, parce qu'il ne s'était pas toujours donné la peine de faire les phrases habituelles. Il avait pris des raccourcis. En apparence, il mélangeait les sujets.

Au fond, tout se tenait et il ne regrettait rien. Rien que son imperméable. Et aussi de ne pas avoir demandé à temps ce qui était arrivé à la mère de la petite fille. Il était persuadé que Sid lui aurait répondu. Au point où ils en étaient, il n'avait aucune raison de lui cacher quoi que ce fût. D'ailleurs toutes les radios en avaient parlé.

Peut-être Nancy était-elle toujours dans le car ? Comment allait-elle s'y prendre, une fois à Hampton ? Il restait une vingtaine de milles de mauvaise route le long de la mer pour atteindre le camp. Si elle ne trouvait pas de taxi et si, comme c'était plus que probable, tous les hôtels de Hampton étaient pleins, que ferait-elle ?

Pour travailler plus à son aise, Sid avait retiré la veste de tweed et il était maintenant en train de boulonner la roue de secours. Quand il eut fini, il referma le coffre, sans se donner la peine d'y remettre la roue au pneu crevé. Après tout, ce n'était pas sa voiture !

Stève était curieux de savoir ce qu'il allait faire. Il paraissait embarrassé, soucieux, remettait le veston, s'approchait du talus. Planté devant lui, il le fixait un bon moment, de haut en bas, puis, se penchant, il lui appliquait une gifle sur chaque joue, sans colère, comme par acquit de conscience.

— Tu peux te lever, à présent ?

Stève n'en avait pas envie. Les gifles l'avaient à peine troublé dans sa bienheureuse torpeur et il regardait son compagnon d'un œil indifférent.

— Essaye !

Doucement, il fit non de la tête. Et, quand il leva le bras pour se protéger, il était déjà trop tard, deux autres gifles s'étaient abattues sur son visage.

— Maintenant ?

Il se mit d'abord à quatre pattes, puis à genoux, et ses lèvres remuaient sans qu'on pût savoir ce qu'il disait :

— Ne me brutalise pas.

Pourquoi pensait-il à la petite fille et souriait-il ?

C'était crevant. Avec l'aide de Halligan qui le soutenait, il atteignit la voiture et s'affala sur la banquette, mais pas du côté du volant.

4

Avant d'ouvrir les yeux, il s'étonna de son immobilité. Il ne se souvenait pas encore de sa randonnée en auto, ni de l'endroit où il pouvait se trouver, mais un obscur instinct lui disait que cette immobilité avait quelque chose d'anormal, voire de menaçant.

Peut-être fit-il un léger mouvement et il ressentit une vive douleur à la nuque, des milliers d'aiguilles qui lui pénétraient la chair, et il se crut blessé, ce qui expliquait la lourdeur de sa tête.

En même temps, à travers ses paupières closes, il percevait l'éclat du soleil.

Il aurait juré qu'il n'avait pas dormi, comprenait d'autant moins le trou dans sa mémoire qu'il n'avait jamais perdu conscience du mouvement monotone de la voiture.

Or, ce mouvement n'existait plus. Il était ou blessé ou malade et il avait peur d'apprendre la vérité qui ne pouvait qu'être déplaisante, reculait le moment d'y faire face, s'efforçant de se replonger dans sa torpeur.

Il était sur le point d'y parvenir, l'anéantissement l'envahissait à nouveau quand un klaxon éclata tout près de lui, si aigu qu'il ne se souvenait pas en avoir entendu de semblable, et une auto passa en déchirant l'air. Presque tout de suite après, ce fut un camion, dont une chaîne qui pendait sautait sur la route avec un bruit de clochettes.

Il crut même entendre de vraies cloches, très loin, plus loin que les gazouillis d'oiseaux et que le sifflement du merle, mais cela devait être une illusion, comme c'en était sans doute une d'imaginer un ciel d'un bleu irréel où étaient suspendus deux petits nuages brillants.

L'odeur de la mer et des pins était-elle une illusion aussi ? Et un sautillement, dans l'herbe, qu'il prenait pour le sautillement d'un écureuil ?

Sa main qui tâtonnait s'attendait à rencontrer de l'herbe lisse mais ce qu'elle trouvait c'était le drap usé qui recouvrait les sièges de l'auto.

Il ouvrit les yeux, brusquement, par défi, fut ébloui par la lumière du matin le plus brillant qu'il eût connu.

Entre le passage des autos, qui produisait chaque fois un courant d'air frais, on n'entendait aucun bruit que le chant des oiseaux et cela l'émut de constater que l'écureuil était bien là, se tenait maintenant à mi-hauteur du tronc bronzé d'un pin et le regardait de ses petits yeux vifs et ronds.

La chaleur d'une journée d'été montait du sol en une buée qui faisait frémir la lumière et celle-ci le pénétrait tellement par les yeux qu'il en eut le vertige et retrouva dans sa bouche l'arrière-goût écœurant du whisky !

Il n'y avait que lui dans l'auto et il ne se trouvait pas à la place qu'il occupait quand il s'y était installé, mais assis devant le volant. La route était large, satinée, glorieuse, faite comme pour une apothéose, avec ses bandes blanches qui dessinaient trois voies dans chaque sens et, des deux côtés, des bois de pins qui s'étendaient à perte de vue, le ciel d'un bleu plus nacré à droite où, sans doute, pas très loin, l'ourlet blanc de la mer venait s'affaisser sur la plage.

Quand il tenta de redresser son corps recroquevillé, la même douleur lui tenailla la nuque du côté de la portière ouverte et il n'avait pas besoin de passer sa main sur sa peau pour savoir qu'il n'était pas blessé. Il avait pris froid. Sa chemise restait imbibée de l'humidité de la nuit. Il chercha une cigarette dans sa poche, l'alluma, et elle avait si mauvais goût qu'il hésita à la fumer. S'il le fit, c'est que, de la tenir entre ses lèvres, d'aspirer la fumée, et de la rejeter d'un mouvement familier, lui donnait l'impression d'être rentré dans la vie.

Il attendit, pour descendre, un vide entre les voitures qui se suivaient à un rythme régulier, différent de celui de la veille au départ de New York, différent aussi de celui de la nuit. Ces autos-ci portaient presque toutes des plaques d'immatriculation du Massachusetts et les gens, à bord, étaient vêtus de clair, les hommes avaient des chemises bariolées, les femmes étaient en short, quelques-unes en costume de bain. Il vit des clubs de golf, des canoës sur les toits.

Elles venaient vraisemblablement de Boston et se dirigeaient vers les plages proches. La radio devait annoncer triomphalement un *week-end* idéal, prévoir que, comme chaque année, un million et demi de New-Yorkais s'entasseraient l'après-midi sur la plage de Coney Island.

Malgré la douceur de l'air, il restait froid à l'intérieur, chercha en vain son veston de tweed ou sa gabardine. Il y avait une autre veste, plus légère, dans sa valise. Contournant la voiture, il ouvrit le coffre arrière et son visage exprima la stupeur et la déception.

Il était triste, ce matin-là, d'une tristesse immense, quasi cosmique. Sa valise avait disparu du coffre et, avant de l'emporter, on avait retiré les effets de Nancy, du linge, des sandales, un maillot de bain, qui traînaient pêle-mêle parmi les outils. Le sac de toilette qui contenait entre autres son peigne, sa brosse à dents et son rasoir avait disparu aussi.

Il n'essayait pas de penser. Il était seulement triste, aurait donné gros pour que les choses ne prennent pas une tournure aussi sordide.

Ce n'est qu'après avoir refermé le coffre qu'il s'aperçut que le pneu arrière droit était aplati sur le sol. Jusqu'alors, il ne s'était pas demandé pourquoi l'auto était arrêtée sur le bas-côté.

Il y avait eu une crevaison, à la même roue que la première fois, ce qui n'était pas surprenant car le pneu de secours était vieux et il ne pensait jamais à le faire regonfler.

Il n'avait rien entendu. Halligan ne s'était pas donné la peine de l'éveiller ou s'il l'avait tenté, il n'y était pas parvenu. Pourquoi l'aurait-il éveillé ? Il avait emporté la valise après avoir eu soin de l'alléger des vêtements féminins, et pris la précaution, pour donner un air plus naturel à l'auto arrêtée au bord de la route, d'asseoir Stève devant le volant.

Il existait peut-être une petite gare dans les environs ? Ou bien, Halligan avait fait de l'auto-stop. La valise à la main, il était déjà plus rassurant.

Tout au bout de la route, à l'horizon, un toit rouge était visible dans le soleil et ce qui brillait en dessous devait être un rang de pompes à essence. C'était loin, à un demi-mille, peut-être davantage. Il ne se sentit pas la force de marcher jusque-là, s'installa à proximité de la voiture en panne, tourné vers la gauche, levant le bras au passage de chaque auto.

Cinq ou six passèrent sans s'arrêter. Un camion-citerne rouge ralentit, le conducteur lui fit signe de sauter sur le marchepied, ouvrit la portière sans stopper tout à fait.

— Crevaison ?
— Oui. C'est un garage qu'on voit là-bas ?
— Ça y ressemble.

Il se sentait pâlir, car la trépidation du camion lui donnait mal au cœur, sa tête lui faisait aussi mal que si on l'avait frappée à coups de marteau.

— Nous sommes loin de Boston ? demanda-t-il.

Le colosse roux qui conduisait le regarda avec un étonnement où il y avait une pointe de suspicion.

— Vous allez à Boston ?
— C'est-à-dire que je me rends dans le Maine.
— Boston est à cinquante milles derrière nous. Pour le moment, nous traversons le New Hampshire.

Ils approchaient du bâtiment qui était bien un garage et, tout près, il y avait une *cafeteria*.

— Je crois que vous avez bougrement besoin d'une tasse de café !

Cela devait se voir qu'il avait la gueule de bois. Tous ceux qui passaient en voiture à cette heure-ci avaient couché dans leur lit, étaient rasés de frais, portaient du linge propre.

Il se sentait sale, même en dedans. Ses mouvements n'avaient pas repris leur précision et, quand il saisit la portière pour descendre, il eut honte de constater que ses mains tremblaient.

— Bonne chance !
— Merci.

Il ne lui avait même pas offert une cigarette. Peut-être cela aurait-il été moins pénible s'il avait continué de pleuvoir, si le temps avait été gris, venteux. Jusqu'au garage qui était neuf, d'une propreté méticuleuse, avec des pompistes en salopette de toile blanche. Il s'approcha de l'un d'eux qui était inoccupé.

— Ma voiture est en panne un peu plus haut, dit-il d'une voix si morne qu'il devait faire l'effet d'un mendiant.

— Voyez le patron au bureau.

Il dut passer devant une auto découverte dans laquelle trois jeunes gens et trois jeunes filles en short mangeaient déjà des cornets de crème glacée. On le regarda, il était fripé. Sa barbe avait poussé. Quand il entra dans le bureau dans un coin duquel des pneus neufs étaient empilés, le patron en manches de chemise, qui fumait un cigare, attendit qu'il parle.

— Ma voiture est en panne à un demi-mille d'ici en direction de Boston. Un pneu crevé.

— Vous n'avez pas de roue de secours ?

Il préféra dire non que d'avouer qu'il l'avait abandonnée sur la route.

— Je vais envoyer quelqu'un. Vous en avez pour une bonne heure.

Il vit une cabine téléphonique, préféra attendre d'avoir bu du café.

Il n'en voulait pas à Sid Halligan d'être parti, se rendait compte qu'il n'avait pas eu le choix. Ce dont il lui gardait rancune, c'était de la déception qu'il lui causait.

A y regarder de plus près, c'était de lui-même qu'il avait honte, surtout des bribes de souvenirs qui commençaient à lui revenir et qu'il aurait voulu oublier à jamais.

— Vous avez la clef ?
— Elle est dessus.

En disant cela, il s'aperçut qu'en réalité il n'en savait rien, que ce n'était pas lui qui avait conduit en dernier lieu. Si Halligan avait emporté la clef ou avait eu l'idée de la jeter dans les broussailles ?

— Je suppose que vous attendez à côté ?
— Oui. J'ai roulé toute la nuit.
— New York ?
— Oui.

La moue de l'homme ne signifiait-elle pas qu'une nuit entière c'était beaucoup pour venir de New York et que Stève avait dû s'arrêter pas mal de fois en chemin ?

Il préféra s'éloigner.

— *Toi, tu es un frère !*

C'étaient ces mots-là qu'il avait répétés comme un *leitmotiv*, qui l'humiliaient le plus. Il était alors enfoncé dans son coin, entouré d'ombre, et il devait sourire béatement, il affirmait à son compagnon qu'il était heureux comme il ne l'avait jamais été de sa vie.

Peut-être avait-il moins parlé qu'il l'imaginait ? En tout cas, il croyait le faire, d'une voix lente et pâteuse, la langue trop grosse et sans souplesse dans sa bouche.

— *Un frère ! Tu ne peux pas comprendre ça !*

Pourquoi, quand il avait bu, se figurait-il invariablement que personne ne pouvait le comprendre ? Était-ce parce qu'alors des choses enfouies au fond de lui, qu'il ignorait lui-même, ou qu'il voulait ignorer dans le cours de la vie de tous les jours, remontaient à la surface et qu'il en était surpris et effrayé ?

Il préférait penser que non. Ce n'était pas possible. Il avait parlé de Nancy. Il avait beaucoup pensé à elle, non pas comme un mari ou un homme qui aime mais un être supérieur à qui rien n'est inconnu des plus petits ressorts humains.

— *Elle a la vie qu'elle a voulu, qu'elle a décidé d'avoir. Peu importe si, moi...*

Il hésitait à entrer dans la *cafeteria* où on allait encore le regarder des pieds à la tête. Il y avait un grand comptoir en fer à cheval avec des tabourets fixes, des appareils en métal chromé pour le café et la cuisine. Deux familles étaient attablées près de la baie vitrée, toutes les deux avec des enfants, dont une petite fille de l'âge de Bonnie, et l'air était imprégné d'une odeur d'œufs au bacon.

— C'est pour déjeuner ?

Il s'était assis au comptoir. Les serveuses portaient l'uniforme et le bonnet blanc. Elles étaient trois, jolies et fraîches.

— Donnez-moi d'abord du café.

Il lui fallait téléphoner au camp, mais il n'osait pas le faire tout de suite. En levant les yeux, il fut surpris de voir à l'horloge électrique qu'il était huit heures du matin.

— Elle marche ? questionna-t-il.

Et la jeune fille, qui était de joyeuse humeur, de répliquer :

— Quelle heure croyez-vous qu'il soit ? Vous vous figurez être encore hier au soir ?

Tout le monde avait un aspect si propre ! A cause de l'odeur des œufs et du bacon mêlée à celle du café, il avait une bouffée de leur maison de Scottville, au printemps, quand, le matin, le soleil pénétrait dans la dînette. Ils n'avaient pas de salle à manger. Une cloison à hauteur d'appui séparait la cuisine en deux. C'était plus intime. Les enfants descendaient déjeuner en pyjama, les yeux gonflés de sommeil, et le gamin, à cette heure-là, avait une drôle de tête, comme si ses traits, pendant la nuit, s'étaient effacés. Sa sœur lui disait :

— Tu as l'air d'un Chinois.

— Et toi ?... et toi... et toi tu... commençait le petit bonhomme qui cherchait une réponse cinglante sans la trouver jamais.

C'était propre et clair chez eux aussi. C'était gai. D'où avait-il pu tirer tout ce qu'il avait raconté ou cru raconter à Halligan ?

Pendant ce temps-là, il ne voyait de celui-ci qu'un profil, une cigarette qui pendait de sa lèvre et qu'il remplaçait dès qu'elle touchait à sa fin, comme s'il craignait de s'endormir.

— *Tu es un homme, toi !*

Ce profil-là lui avait paru le plus prestigieux du monde.

— *Tout à l'heure, tu aurais pu me tuer.*

Le plus terrible, c'est qu'il croyait se rappeler qu'à plusieurs reprises une voix dédaigneuse avait laissé tomber :

— *Ta gueule !*

C'est donc qu'il parlait, si laborieusement, si indistinctement que ce fût.

— *Tu aurais pu me laisser au bord de la route. Si tu ne l'as pas fait par crainte que je te dénonce à la police, tu as eu tort. Tu me juges mal. Cela me fait de la peine que tu me juges mal.*

Il était obligé de serrer les dents, à présent, pour ne pas crier de colère, de rage. Tout cela, c'était lui ! Ce n'était pas sorti d'ailleurs que de lui.

— *Je sais bien que je n'en ai pas l'air, mais, moi aussi, au fond, je suis un homme.*

Un homme ! Un homme ! Un homme ! Cela avait été une hantise. Avait-il si peur de ne pas en être un ? Il mélangeait les rails, la grand-route, sa femme qui était partie en autocar.

— *Une bonne leçon que je lui ai donnée.*

Il tournait machinalement la cuiller dans son café trop chaud.

— *Quand je suis sorti du bar et que j'ai vu le billet dans l'auto...*

Sid l'avait regardé et Stève était presque sûr de l'avoir vu sourire. Si c'était vrai, c'était son seul sourire de la nuit.

Il ne devait plus y penser, sinon il serait incapable de téléphoner à Nancy. Il n'avait pas encore décidé de ce qu'il allait lui dire. Est-ce qu'elle le croirait, s'il lui avouait la vérité, en supposant qu'il en ait le courage ? Ce qu'elle ferait sûrement, telle qu'il la connaissait, ce serait téléphoner à la police, ne fût-ce que dans l'espoir de récupérer les effets emportés par Halligan. Elle avait horreur de perdre quelque chose, d'être frustrée d'une façon ou d'une autre et, une fois, elle lui avait fait faire plus de trois milles pour réclamer dans un magasin vingt-cinq cents qu'on lui avait rendus en moins.

Il avait peut-être raconté l'histoire des vingt-cinq cents à Sid. Il ne savait plus, ne voulait pas savoir. Il trempait les lèvres dans le café, et le liquide chaud, dans son estomac, avait un goût atroce et lui faisait remonter de l'acidité à la gorge. Il dut avaler de l'eau glacée, par peur de vomir, et il prit la précaution de regarder où étaient les toilettes pour le cas où il serait forcé de s'y précipiter.

Il savait de quoi il avait besoin, mais ce remède-là lui faisait peur. Un verre de whisky le ragaillardirait instantanément. Le malheur, c'est qu'une heure plus tard, il lui en faudrait un autre, et ainsi de suite.

— Vous avez découvert si vous aviez faim ou non ?

Il s'efforça de sourire aussi.

— C'est non.

Elle avait compris. Le coup d'œil qu'elle lui lançait était goguenard.

— Le café ne passe pas ?

— Mal.

— Si vous avez besoin d'autre chose, il y a un marchand de liqueurs à cent mètres d'ici, derrière le garage. C'est la quatrième fois que je donne l'adresse ce matin et je n'ai pas de pourcentage.

Il n'était pas le seul dans son état le long des routes, bien sûr. Il devait y en avoir des milliers, des dizaines de milliers qui, ce matin, se sentaient mal à l'aise dans leur peau.

Il posa une pièce de monnaie sur le comptoir, sortit, trouva le chemin qui, entre deux rangs de pins, conduisait à un groupe de maisons. Il aurait préféré boire un verre d'alcool dans un bar, sûr qu'il s'en serait tenu là, mais il n'y en avait pas à proximité et il était obligé d'acheter une bouteille.

— Whisky. Un quart de litre, dit-il.

— Scotch ?

Le rye lui laissait un trop mauvais souvenir pour qu'il en touche aujourd'hui.

— Un dollar soixante-quinze.

Il porta la main à la poche gauche de son pantalon et cette main s'immobilisa, son regard aussi, car son portefeuille n'était plus là. Son visage devait avoir changé de couleur, si c'était encore possible. Le marchand questionna :

— Ça ne va pas ?

— Ce n'est rien. Quelque chose que j'ai oublié dans ma voiture.
— Votre argent ?

Son autre main s'enfonça dans la poche de droite et il fut un peu rasséréné. Il avait l'habitude d'y fourrer les billets d'un dollar qu'il gardait en rouleau. Halligan n'avait pas fouillé cette poche-là et Stève compta six billets. Il aurait besoin d'argent pour le garage. Mais, au garage, peut-être accepteraient-ils un chèque ?

Pour boire, il crut devoir s'enfoncer dans le bois et il ne prit que deux gorgées, juste assez pour se remettre d'aplomb. Tout de suite, cela lui fit du bien et il glissa le flacon dans sa poche, essaya à nouveau une cigarette qui ne l'écœura pas. Comme il se retournait, il constata qu'il ne s'était pas trompé tout à l'heure quand il avait cru respirer l'air marin : la mer était là, calme et scintillante, entre les arbres d'un vert sombre, et, dans un renfoncement de sable jaune, éclatait le rouge d'un parasol de plage.

Si on le questionnait, que répondrait-il à la police ?

Des mouettes volaient, dont le ventre blanc brillait dans le bleu du ciel, et il préféra ne pas les regarder, elles lui rappelaient que Bonnie et Dan l'attendaient sur une autre plage à moins de soixante-dix milles de là. Comment leur mère leur avait-elle expliqué son absence ?

Tête basse, il marchait lentement vers le garage. De la police, il n'était pas question maintenant, car il y avait peu de chances qu'elle apprenne qu'il avait véhiculé Sid Halligan dans son auto.

Son tort était de toujours se créer des problèmes. L'explication de la valise et des effets volés était facile. De toute façon, il serait forcé d'admettre qu'il avait bu. Nancy le savait déjà. Dans deux ou trois bars du bord de la route, il ne préciserait pas lesquels. Et, en sortant de l'un d'eux, il avait constaté que la valise et la roue de secours avaient disparu.

Voilà ! Ce n'était pas bien beau. Il n'était pas particulièrement fier de lui. Mais, après tout, il ne se soûlait pas tous les jours comme son ami Dick, que Nancy n'en considérait pas moins comme un homme intéressant et même comme un homme supérieur.

Quant au fait de téléphoner si tard, il expliquerait que, là où il s'était trouvé immobilisé par une panne, la ligne avait été endommagée par l'orage et que les communications venaient seulement d'être rétablies. Cela arrive tout le temps.

Il était presque joyeux de son arrangement. Il fallait voir les faits en face. Tout le monde, autant dire chaque jour, est obligé d'accepter des menues compromissions. De revoir sa voiture dans le garage, sur le cric hydraulique, le rassurait aussi. Un des mécaniciens était occupé à introduire une chambre à air dans le pneu.

— C'est à vous ? lui demanda l'homme, comme il le regardait travailler.
— Oui.
— Vous avez roulé un bout de chemin après la crevaison.

Il préféra ne rien dire.

— Le patron désire vous voir.

Il alla le trouver dans le bureau.

— On a réparé le pneu tant bien que mal. La voiture sera prête dans quelques minutes, si vous y tenez. Cependant, au cas où vous auriez de la route à faire, je vous conseillerais de ne pas partir comme ça. La toile est crevée sur près de vingt centimètres. Il a fallu changer la chambre à air.

Il était sur le point de commander un pneu neuf, avec l'idée de signer un chèque, quand il se rendit compte d'une autre conséquence de la disparition de son portefeuille. Personne, sur la route, n'accepterait de chèque sans s'assurer de son identité. Or, son permis de conduire et tous ses papiers se trouvaient dans son portefeuille. Il ne pouvait pas non plus téléphoner à la banque, puisqu'on était samedi. Jusqu'alors, il avait eu l'impression, peut-être à cause du temps, qu'on était dimanche.

— Je ne vais pas loin, murmura-t-il.

En entrant dans le garage, il s'était promis, après un coup d'œil à l'auto, d'aller manger un morceau. Maintenant que l'alcool lui avait remis l'estomac en place, il avait faim. Cela lui ferait du bien de manger. Il essayait de calculer combien d'argent il lui resterait, combien coûterait la réparation et la chambre à air neuve.

Et s'il n'avait pas assez ? Si on allait l'empêcher de partir avec sa voiture ?

— Je reviens tout de suite.

— Comme vous voudrez.

Il préférait téléphoner de la *cafeteria*, car, ici, il ignorait pourquoi le patron l'impressionnait.

— Œufs au bacon, cette fois ?

— Pas encore. Un café.

Il avait un certain nombre de pièces de monnaie en poche. Dans la cabine, il appela l'opératrice, demanda le 7 à Popham Beach, qui était le numéro des Keane. Cela prit assez longtemps. Il entendait son appel relayé de bureau en bureau et toutes les voix étaient gaies comme si ceux qui travaillaient sentaient aussi que c'était une journée exceptionnelle.

Si sa femme était inquiète à son sujet, elle devait se tenir à proximité du bureau de Gertrud Keane et peut-être serait-ce elle qui décrocherait le récepteur. Tourné vers le mur, il porta la bouteille à ses lèvres pour une seule gorgée de whisky, juste de quoi éclaircir sa voix qu'il avait plus rauque que d'habitude.

— Le camp Walla Walla écoute.

C'était Mrs Keane qui ressemblait tellement à sa voix qu'il croyait la voir à l'autre bout du fil.

— Ici, Stève Hogan, Mrs Keane.

— Comment allez-vous, Mr Stève ? Où êtes-vous ? Nous vous attendions cette nuit comme vous l'aviez annoncé et j'avais laissé la clef sur la porte du bungalow.

Cela lui prit du temps pour découvrir ce que cette phrase-là impliquait et il demanda néanmoins, contenant une panique naissante :

— Ma femme est là ?

— Elle n'est pas avec vous ? Mais non, Mr Stève, elle n'est pas arrivée. Nous avons trois familles qui ont débarqué ce matin, toutes les trois de Boston. Tenez ! J'aperçois d'ici votre Bonnie, toute hâlée, les tresses plus blondes que jamais.

— Dites-moi, Mrs Keane, vous êtes certaine que ma femme n'est pas au camp ? Elle ne se serait pas arrêtée au camp des garçons ?

— Mon mari était ici il y a quelques minutes et me l'aurait dit. Où êtes-vous ?

Il n'osa pas avouer qu'il l'ignorait. Il n'avait pas pensé à demander le nom du village le plus proche.

— Je suis sur la route, à environ soixante-dix milles. Est-ce que vous savez à quelle heure le car arrive à Hampton ?

— Le *Greyhound* de nuit ?

— Oui.

— Il passe à quatre heures du matin. Vous ne voulez pas dire que votre femme... ?

— Un instant. En supposant qu'elle soit arrivée à Hampton à quatre heures, aurait-elle trouvé un moyen de transport pour se rendre chez vous ?

— Certainement. Un bus local assure le service et passe ici à cinq heures et demie.

Il ne se rendit pas compte qu'il tirait un mouchoir sale de sa poche pour s'éponger le front et le visage.

— Vous connaissez les hôtels de Hampton ?

— Il n'y en a que deux, l'*Hôtel du Maine* et l'*Ambassador*. J'espère qu'il ne lui est rien arrivé. Voulez-vous que j'appelle Bonnie ?

— Pas maintenant.

— Qu'est-ce que je dois lui dire ? Elle me regarde à travers la fenêtre. Elle se doute que c'est vous qui parlez.

— Dites-lui que nous avons eu une panne et que nous serons en retard.

— Et si votre femme arrive ?

— Dites-lui que je l'ai appelée, que tout va bien, que je téléphonerai à nouveau un peu plus tard.

Ses mains tremblaient, ses genoux aussi. Il appelait à nouveau l'opératrice.

— L'*Hôtel du Maine*, à Hampton, s'il vous plaît.

Une voix dit après quelques instants :

— Mettez trente *cents* dans l'appareil.

Il entendit tomber les pièces.

— L'*Hôtel du Maine* écoute.

— Je désirerais savoir si Mrs Nancy Hogan s'est enregistrée chez vous cette nuit ?

Il dut répéter le nom, l'épeler, attendre un temps qui lui parut interminable.

— Cette personne serait arrivée hier au soir ?
— Non. Cette nuit à quatre heures, par le *Greyhound*.
— Pardon. Nous n'avons aucun voyageur venu par le car.

L'imbécile ! Comme si son hôtel était d'une classe telle que...

Il sacrifia trente autres *cents* pour appeler l'*Ambassador* où on n'avait enregistré personne du nom de Hogan et où le dernier voyageur était arrivé à minuit et demi.

— Vous n'avez pas entendu dire que le *Greyhound* de nuit ait eu un accident ?
— Certainement pas. On en aurait parlé et ce serait sur le journal de ce matin. Je viens juste de le lire. Sans compter que le dépôt est en face et que...

Il avait besoin de sortir de la cabine dans laquelle il étouffait. Même le sourire que lui adressait la serveuse lui faisait mal. Elle ne pouvait pas savoir. Elle se moquait gentiment de lui.

— Décidé, cette fois ?

Comment apprendre ce qui était arrivé à Nancy ? Il fixait sa tasse de café inconsciemment et, à cette minute-là, il aimait sa femme comme jamais il ne l'avait aimée, il aurait donné un bras, une jambe, dix ans de sa vie, pour qu'elle fût là, pour lui demander pardon, la supplier de sourire, d'être heureuse, lui promettre que désormais elle serait heureuse tous les jours.

Elle était partie, seule, dans la nuit, avec juste son sac à la main, vers les lumières du carrefour, et il croyait se souvenir qu'à cette heure-là il pleuvait, il l'imaginait pataugeant dans la boue et recevant les éclaboussures des autos qui déferlaient sur la grand-route.

Est-ce qu'elle pleurait ? Est-ce que le fait qu'il avait éprouvé le besoin d'aller boire la rendait si malheureuse ? Il n'avait aucune mauvaise intention en retirant la clef de contact. Ce n'était qu'une réponse du tac au tac, presque une plaisanterie, parce qu'elle l'avait menacé de partir avec la voiture.

L'aurait-elle fait, elle ?

Il savait qu'elle était sensible, malgré les apparences, mais il ne voulait pas toujours l'admettre, surtout quand il avait bu un verre.

— *A ces moments-là, tu me détestes, n'est-ce pas ?*

Il lui avait juré que non, que ce n'était qu'une sorte de révolte passagère, enfantine.

— *Non ! Je le sais bien ! Je vois tes yeux. Tu me regardes comme si tu regrettais d'avoir lié ta vie à la mienne.*

C'était faux ! Il fallait la retrouver coûte que coûte, savoir ce qui lui était arrivé. Il se demandait anxieusement où s'adresser, ayant toujours en tête, sans raison définie, qu'elle était arrivée à Hampton. Que lui importait que la serveuse le regarde avec surprise ?

— Donnez-moi la monnaie d'un dollar.

Il expliqua pourtant :

— Pour le téléphone...

Et, à croire qu'elle avait le don de divination, elle plaisantait :

— Vous avez perdu quelqu'un ?

Ce mot-là faillit le faire pleurer bêtement devant elle. Elle dut s'en apercevoir car, sur un autre ton, elle s'empressa d'ajouter :

— Pardon !

La téléphoniste reconnaissait déjà sa voix.

— Quel numéro voulez-vous, cette fois ?
— La police de Hampton, dans le Maine.
— La police du comté ou la police de la ville ?
— De la ville.
— Trente *cents* !

Il se souviendrait du bruit des pièces tombant une à une dans l'appareil.

— Police écoute.
— Je désire savoir s'il n'est rien arrivé à ma femme qui aurait dû arriver cette nuit à Hampton par le *Greyhound*.
— Quel nom ?
— Hogan. Nancy Hogan.
— Age ?
— Trente-quatre ans.

Cela le surprenait toujours qu'elle ait deux ans de plus que lui.

— Signalement ?

Il fut sûr d'un malheur. Si on lui demandait l'âge et le signalement de Nancy, c'est qu'ils avaient ramassé un corps et tenaient à savoir, avant de lui en parler, s'il s'agissait bien d'elle.

— Taille moyenne, cheveux châtain clair, vêtue d'un tailleur vert amande et...
— Nous n'avons rien de pareil.
— Vous êtes sûr ?
— Tout ce qu'il y a au poste, c'est une vieille femme, ivre à ne pas tenir debout, qui prétend qu'un inconnu l'a battue et...
— Personne n'a été conduit à l'hôpital ?
— Un instant.

Il résista à la tentation de boire une gorgée d'alcool. Stupidement, c'était le fait qu'il avait la police au bout du fil qui le retint.

— Un accident d'auto, le mari et la femme. Le mari est mort. Ce n'est pas ce nom-là.
— Rien d'autre ?
— Seulement un cas urgent d'appendicite. Une petite fille. Elle est d'ici. Si cela se passait en dehors de la ville, vous feriez mieux de téléphoner au sheriff.
— Je vous remercie.
— A votre service.

La téléphoniste ne cacha pas qu'elle avait entendu la conversation.

— Voulez-vous le sheriff ?

Et, comme il grommelait un vague « oui » :

— Trente *cents* !

Le sheriff n'avait pas entendu parler de Nancy non plus. Le *Greyhound* était arrivé sans incident à l'heure régulière et était reparti dix minutes plus tard.

En appelant le dépôt des cars, il finit par apprendre qu'aucune femme n'était descendue à Hampton cette nuit-là et s'il but une gorgée cette fois, tourné vers le fond de la cabine, après s'être assuré que la serveuse ne le regardait pas, c'était réellement dans l'espoir d'arrêter le tremblement de ses mains et de ses genoux. Il lui arriva d'appeler à mi-voix avant de sortir, parce que personne ne pouvait l'entendre :

— Nancy !

Il ne savait plus que faire. Si seulement il avait connu le nom de l'endroit où sa femme l'avait quitté ! Il revoyait le bar, et surtout l'ivrogne blond qui lui ressemblait et qu'il avait appelé un frère. N'était-il pas possible de ne pas se rappeler ces choses-là dans un moment pareil ! Il revoyait aussi le bout de route jusqu'au carrefour, avec un terrain vague dans lequel il avait cru distinguer la masse d'une usine, et, avec plus de netteté, près de la *cafeteria*, dans une sorte de Main Street de village, un lit recouvert de satin bleu au milieu d'une vitrine.

C'était quelque part avant d'arriver à Providence, mais, à cause des détours qu'il avait faits ensuite, il était incapable de dire si c'était à vingt ou à cinquante milles. Il ne s'occupait pas des poteaux indicateurs, à cette heure-là ! L'univers n'était qu'un interminable *highway* où quarante-cinq millions d'automobilistes fonçaient à toute allure devant les lumières rouges et bleues des bars. C'était sa nuit ! beuglait-il avec conviction.

— Mauvaise nouvelle ?

Il était venu se rasseoir à sa place et il leva vers la serveuse un regard d'enfant perdu. Elle ne souriait plus. Il la devinait compatissante. Il murmura, gêné de se confier à une gamine qu'il ne connaissait pas :

— Ma femme.

— Un accident ?

— Je l'ignore. J'essaye de savoir. Personne ne peut me répondre.

— Où est-ce arrivé ?

— Je ne sais pas non plus. Je ne sais même pas ce qui est arrivé. Nous sommes partis de New York, hier au soir, joyeux, pour aller chercher les deux enfants dans le Maine. Quelque part, pour une raison ou pour une autre, ma femme a décidé de prendre le bus.

Parce qu'il tenait la tête baissée, il ne remarqua pas qu'elle l'observait avec plus d'attention.

— Vous l'avez vue monter dans le bus ?

— Non. J'étais dans un bar, à cinq cents mètres d'un carrefour.

Il n'avait plus de respect humain. Il fallait qu'il parle à quelqu'un.

— Vous ne vous rappelez pas le nom de l'endroit ?

— Non.

Elle comprenait pourquoi, mais cela lui était égal. Il se serait publiquement confessé au beau milieu de la route si on le lui avait demandé.

— C'était dans le Connecticut ?

— Avant d'arriver à Providence, en tout cas. Je crois que je haïrai cette ville-là toute ma vie. J'ai passé des heures à tourner autour.

— Vers quel moment de la nuit ?

Il fit un geste d'impuissance.

— Votre femme a les cheveux châtain clair et porte un tailleur vert avec des souliers de daim assortis ?

Il releva si vivement la tête qu'il en eut une douleur à la nuque.

— Comment le savez-vous ?

Derrière le comptoir, elle avait saisi un journal local et, en tendant le bras pour le prendre, il renversa sa tasse de café qui se brisa sur le sol.

— Ce n'est rien.

Et, tout de suite, pour le rassurer :

— Elle n'est pas morte. Si c'est bien d'elle qu'on parle, elle est hors de danger.

Le plus étonnant, c'est que, un quart d'heure auparavant, alors qu'il se tenait devant le garage, il avait vu la camionnette qui apportait les journaux de Boston, avait failli en demander un, puis n'y avait plus pensé.

— En dernière page, disait-elle, penchée vers lui. C'est là qu'ils mettent les dernières nouvelles de la nuit.

Il n'y avait que quelques lignes sous le titre :

« *Une inconnue attaquée sur la grand-route.* »

5

« *Une jeune femme d'une trentaine d'années, dont l'identité n'a pas été établie, a été trouvée inanimée, cette nuit, vers une heure, au bord de la route 3, à proximité du carrefour de Pennichuck.*

» *La blessure qu'elle porte à la tête et l'état de ses vêtements font supposer qu'elle a été victime d'une agression. Transportée à l'hôpital de Waterly, elle n'a pas encore pu être interrogée. Son état est satisfaisant.*

» *Signalement : taille, 1,65 m, teint clair, cheveux châtains. Son tailleur vert pâle et ses souliers en daim d'un vert plus soutenu viennent d'un grand magasin de Fifth Avenue, à New York. On n'a pas retrouvé de sac à main sur les lieux.* »

La jeune fille avait été obligée de quitter le comptoir pour servir un couple âgé qui venait de descendre d'une Cadillac découverte. L'homme, qui devait avoir soixante-dix ans, se tenait très droit. Le teint bruni par le grand air, il portait un complet de flanelle blanche avec une cravate d'un bleu tendre et ses cheveux était du même blanc soyeux que ceux de sa femme. Tous les deux, calmes, souriants, se comportaient dans la *cafeteria* avec autant de grâce que dans un salon, apportant une politesse exquise dans leurs rapports avec la serveuse, échangeant entre eux de menues gentillesses. On les imaginait dans une vaste demeure entourée de pelouses impeccables qu'ils venaient de quitter pour aller visiter leurs petits-enfants, et les paquets, sur les coussins de cuir rouge de l'auto, contenaient sûrement des jouets. Ils continuaient, après trente ou trente-cinq ans de vie à deux, à se sourire avec ravissement, à rivaliser de soins.

Stève, le journal sur les genoux, ne se rendait pas compte que c'étaient eux qu'il détaillait en attendant que la serveuse, qui prenait leur commande sur son bloc, revienne vers lui. Il n'avait rien de spécial à lui dire. Il n'avait rien à dire à personne, sinon à Nancy. Il avait seulement besoin qu'on s'occupe de lui, ne fût-ce que par un coup d'œil amical, et son excuse pour attendre la jeune fille était qu'il manquait de menue monnaie pour téléphoner.

Quand elle eut mis le bacon sur la plaque chauffante, il murmura :
— C'est ma femme.
— Je m'en suis doutée.
— Pouvez-vous me faire encore de la monnaie ?
Il tendit deux dollars et elle choisit des pièces de dix *cents*.
— Buvez d'abord votre café. En voulez-vous du chaud ?
— Merci.

Il le but, pour lui faire plaisir, comme par gratitude, se dirigea dans la cabine et s'y enferma.

L'opératrice, elle, ne savait pas encore et lui lança en reconnaissant sa voix :
— Encore vous ? Vous allez vous ruiner.
— Donnez-moi l'hôpital de Waterly, dans Rhode Island.
— Quelqu'un de malade ?
— Ma femme.
— Je vous demande pardon.
— De rien.

Il l'entendit qui disait :
— Allô, Providence ? Passez-moi l'hôpital de Waterly et dépêchez-vous, ma petite. C'est extrêmement urgent.

Pendant qu'elle attendait, elle s'adressa à nouveau à lui.
— Elle a eu un accident ? C'est elle que vous comptiez trouver dans le Maine ?
— Oui.
— Allô, l'hôpital ? Ne quittez pas.

Il n'avait pas préparé sa phrase. C'était nouveau pour lui et il se tenait gauche.
— Je voudrais parler à Mrs Hogan, mademoiselle. Mrs Nancy Hogan.

Il épela le nom, qu'elle répéta à quelqu'un en ajoutant :
— Tu connais ça, toi ? Je ne la vois pas sur la liste.
— Regarde à la maternité.
Il intervint.
— Non, mademoiselle. Ma femme a été blessée cette nuit sur la route et transportée à votre hôpital.
— Un moment, il doit y avoir erreur.
Il ne comprenait pas que ce soit si difficile d'entrer en contact avec Nancy, maintenant qu'il l'avait retrouvée.
— Il y a certainement erreur, vint-on lui confirmer après un long moment. Depuis hier soir à onze heures, l'hôpital est complet et n'a pu accepter personne. Nous avons même des lits dans les couloirs.
— Le journal dit...
— Attendez. Il est possible qu'elle ait reçu les premiers soins à l'infirmerie et qu'on l'ait ensuite envoyée ailleurs. Un week-end comme celui-ci, on fait ce qu'on peut.
Il entendit au bout du fil, sans doute dans la cour de l'hôpital, la sirène d'une ambulance.
— Je vous conseille d'appeler New London. C'est généralement là que nous envoyons...
Une voix d'homme interpellait la jeune fille, qui laissa sa phrase en suspens. Alors, sûr que l'opératrice écoutait, Stève dit :
— Vous avez entendu ?
— Oui. Ils sont sur les dents. Je vous donne New London ?
— S'il vous plaît. Ce sera long ?
— Je ne crois pas. Voulez-vous mettre quarante *cents* dans l'appareil ?
Il était soudain si las que, s'il l'avait osé, il aurait prié la serveuse de demander les communications pour lui. Il avait vu passer des ambulances, la nuit précédente, aperçu des blessés qui attendaient des soins au bord de la route, et il n'avait pas pensé aux parents qui, comme lui, avaient dû se heurter, pour savoir, à des difficultés ridicules.
— L'hôpital de New London écoute.
Il répéta son discours, épela le nom deux fois.
— Vous ne savez pas si elle est à la chirurgie ?
— Je l'ignore, mademoiselle. C'est ma femme. Elle a été attaquée sur la route.
Tout à coup, il se rendit compte de sa stupidité. Nancy ne pouvait pas être inscrite sous son nom, puisque le journal annonçait qu'elle n'avait pas été identifiée.
— Attendez ! Son nom n'est pas sur vos listes.
— Sous quel nom est-elle inscrite ?
— Sous aucun. Je viens seulement d'apprendre par le journal ce qui lui est arrivé.
— Quel âge ?
— Trente-quatre ans, mais elle en paraît trente. Le journal dit trente.

Il fallait qu'il rappelle Waterly. On avait cherché à Hogan. Il est vrai qu'on avait ajouté que l'hôpital n'avait accepté personne après onze heures du soir, mais la réceptionniste pouvait se tromper.

— Je regrette. Nous n'avons personne dans son cas. Plusieurs ambulances, la nuit dernière, ont dû être détournées vers d'autres hôpitaux.

Il attendit d'avoir à nouveau l'opératrice.

— Redonnez-moi Waterly.

Elle paraissait gênée de lui rappeler l'argent à mettre dans l'appareil. Il but une gorgée. Ce n'était pas par plaisir, ni par vice. La tête commençait à lui tourner dans la cabine sans air, dont, par pudeur, pour ne pas ennuyer tout le monde avec ses malheurs, il n'osait pas entrouvrir la porte.

Le vieux couple mangeait lentement, sans cesser de parler, et il se demanda ce qu'ils trouvaient à se dire après si longtemps.

— Je m'excuse de vous importuner une fois de plus, mademoiselle, mais je viens de me rendre compte que ma femme n'a pas pu être inscrite sous son nom.

Il expliqua le cas, s'efforçant de mettre les points sur les *i*. Son front ruisselait. Sa chemise sentait la sueur. Allait-il se présenter devant Nancy tel qu'il était, sans même se raser ?

— Non, monsieur. J'ai bien vérifié. Vous avez essayé New London ?

Il raccrocha découragé. Ce fut la serveuse, quand il lui fit part du résultat de ses démarches, qui suggéra :

— Pourquoi ne demandez-vous pas à la police ?

Il lui restait deux billets d'un dollar. Il faudrait bien qu'il paie le garage avec un chèque. Dans son cas, on n'oserait pas refuser.

— J'ai encore besoin de monnaie. Je suis confus.

Il se sentait humble, marchait les épaules rentrées, la tête penchée en avant.

— La police de Pennichuck ?

La voix sonore qui lui répondait emplit la cabine.

— Qu'est-ce que vous voulez ?

Il expliqua encore. C'était la quantième fois ?

— Suis désolé, mon vieux. Ce n'est pas nous. Je suis tout seul ici. J'ai entendu parler de quelque chose comme ça, mais ça s'est passé en dehors des limites de la commune. Voyez le sheriff ou la police d'État. A mon avis, ce serait plutôt la police d'État. Ils ont patrouillé toute la nuit. Vous faites mieux d'appeler le 337 à Limestone.

Il ne cessait, depuis qu'il était en contact avec la police, de revoir le profil de Sid Halligan, avec sa cigarette qui pendait de sa lèvre.

— Oui... Oui... Je suis vaguement au courant... Le lieutenant qui s'en est occupé n'est pas ici... Rentrera dans une heure... Comment ? Vous êtes le mari ?... Donnez-moi toujours votre nom, que j'en prenne note... H comme Hector, O comme... oui... Vous étiez sur les lieux ?... Non ?... Vous ne savez rien ?... Je suppose qu'elle a été transportée à l'hôpital de Waterly... Elle n'y est pas ? Vous êtes sûr ?... Vous avez essayé Lakefield ?… On a eu tellement de travail la nuit dernière qu'on a casé les gens un peu partout…

Après Lakefield, qui ne savait rien, il faillit abandonner, décida de tenter une dernière chance. On venait de lui parler d'un autre hôpital, à Hayward, à peu près dans le même secteur.

Il osait à peine répéter son laïus, qui lui paraissait ridicule.

— Est-ce que c'est vous qui, cette nuit, avez reçu une jeune femme qui a été attaquée sur la route ?

— Qui est-ce qui parle ?

— Son mari. J'ai lu le journal de ce matin et je suis certain que c'est ma femme.

— Où êtes-vous ?

— Dans le New Hampshire. Elle est chez vous ?

— Si c'est bien la personne qui a été blessée à la tête, oui.

— Je peux lui parler ?

— Je regrette, il n'y a le téléphone que dans les chambres privées.

— Je suppose qu'elle n'est pas en état de venir à l'appareil ?

— Attendez. Je demande à l'infirmière d'étage. Je ne crois pas.

Il l'avait retrouvée, enfin ! Cent vingt milles les séparaient, environ, encore, mais au moins savait-il où elle était. Si elle avait été morte, on le lui aurait déjà dit. En tout cas, la réceptionniste aurait été embarrassée. Ce qui le décevait, c'était d'apprendre qu'elle n'était pas dans une chambre privée. Il se figurait six ou sept lits alignés le long d'un mur avec des malades qui gémissaient.

— Allô ! Vous êtes toujours là ?

— Oui.

— Votre femme ne peut pas venir à l'appareil et le docteur a laissé des ordres pour qu'on ne la dérange pas.

— Comment est-elle ?

— Bien, je suppose.

— Elle a repris connaissance ?

— Si vous voulez attendre un instant, je vais vous passer l'infirmière-chef qui désire vous parler.

La nouvelle voix était celle d'une femme déjà vieille, le ton plus sec que celui de la réceptionniste.

— On me dit que vous êtes le mari de notre blessée ?

— Oui, madame. Comment est-elle ?

— Aussi bien que possible. Le médecin l'a encore examinée il y a une heure et a confirmé que le crâne n'est pas fracturé.

— Sa blessure est grave ?

— Elle souffre surtout du choc.

— Elle n'a pas repris connaissance ?

Il y eut un silence, une hésitation.

— Le docteur veut qu'elle se repose et a interdit qu'on l'interroge. Avant de partir, il lui a donné un médicament qui la fera dormir quelques heures. Voulez-vous me donner votre nom ?

Était-ce la dernière fois qu'il avait à l'épeler ce jour-là ?

— Adresse, numéro de téléphone... La police, qui est venue de bonne heure ce matin, nous a demandé de prendre note de ces renseignements si quelqu'un venait la reconnaître... Le lieutenant passera à nouveau dans le courant de la journée...

— Je pars tout de suite. Au cas où ma femme s'éveillerait, voudriez-vous lui dire que...

Lui dire quoi ? Qu'il venait. Il n'y avait rien d'autre à dire.

— Je compte être là-bas dans trois ou quatre heures. Je ne sais pas. Je n'ai pas consulté la carte.

Il prit une voix presque suppliante pour ajouter :

— Je suppose que vous ne pouvez pas lui donner une chambre privée ? Bien entendu, je paierai ce qu'il faut...

— Mon bon monsieur, soyez bien content que nous lui ayons trouvé un lit.

Il eut des larmes sur les deux joues, tout à coup, sans raison précise, prononça avec une effusion qui ne correspondait à rien :

— Je vous remercie, madame. Soignez-la bien.

Quand il retourna vers le comptoir, la serveuse, sans un mot, posa un plat d'œufs au bacon devant lui. Il la regarda, surpris, indécis.

— Il est nécessaire que vous mangiez.

— Elle est à Hayward.

— Je sais. J'ai entendu.

Il n'avait pas cru parler si fort. D'autres avaient entendu aussi, car on le regardait avec une curiosité sympathique.

— Je me demande si je dois d'abord aller chercher les enfants.

Il mangeait, surpris de se trouver la fourchette à la main.

— Non. Cela prendrait au moins trois heures et je ne veux pas les conduire à l'hôpital. Je ne saurais qu'en faire.

Il devait se procurer de l'argent, car il ne lui restait plus de quoi payer son petit déjeuner et il aurait besoin d'essence.

— Cela ne vous fait rien que je revienne vous payer dans quelques minutes ? Je dois changer un chèque au garage où j'ai laissé ma voiture.

Il se faisait l'effet d'un profiteur. Tout le monde était gentil avec lui parce que sa femme avait été attaquée sur la route et se trouvait à l'hôpital, on lui parlait avec bienveillance et, grâce à l'accident de Nancy, aussi, il n'avait plus d'hésitation à parler du chèque. L'homme au cigare, dans le bureau où les pneus formaient une colonne sombre, le regardait avec plus d'intérêt à mesure qu'il parlait.

— Je dois absolument me rendre à Hayward. J'ai égaré mon portefeuille et je n'ai pas de papiers sur moi. Mais vous trouverez mon nom et mon adresse dans la voiture.

— De combien avez-vous besoin ?

— Je ne sais pas. Vingt dollars ? Quarante ?

— Vous feriez mieux d'emporter une roue de secours et un pneu neuf.

— Ce sera long ?

— Dix minutes. Où m'avez-vous dit que sont vos enfants ?
— Au camp Walla Walla, dans le Maine, chez Mr et Mrs Keane.
— Pourquoi ne leur téléphonez-vous pas ?

Il faillit dire non, comprit que le garagiste avait trouvé ce moyen de s'assurer quand même de son identité et il pénétra dans la cabine dont il laissa la porte ouverte.

— Vous avez changé d'appareil ! s'étonna la téléphoniste.

Ce fut le mari qui, cette fois, au camp, répondit :
— Ici, Stève Hogan.

Il dut écouter tout ce que le vieux boy-scout avait envie de lui raconter, guettant le moment où il pourrait lui couper la parole.

— Je voulais vous dire, Mr Keane... Ma femme a été blessée sur la route. Je l'ai retrouvée. Je pars dans un instant pour Hayward... Non ! Je ne désire pas parler aux enfants maintenant. Ne leur dites rien. Seulement que nous ne viendrons les chercher que dans un jour ou deux... Cela ne vous dérange pas trop ?... Comment ?... Je ne sais pas... Je ne sais rien, Mr Keane... Qu'ils ne soupçonnent pas que leur mère a été blessée...

Pendant qu'il finissait de parler, l'homme au cigare avait tiré des billets de son tiroir et les avait posés sur le bureau après les avoir comptés.

— Faites-le de quarante dollars, dit-il.

Il le regardait avec insistance signer son chèque et Stève gêné, se demandait s'il conservait des doutes sur son honnêteté. Ce n'est qu'à la porte que le garagiste lui mit la main sur l'épaule.

— Comptez sur moi. Dans dix minutes, votre voiture sera prête.

Ces doigts, durs comme des outils, ne bougeaient pas de l'épaule de Stève.

— Vous ne voyagiez pas avec votre femme, la nuit dernière ?

Pour éviter une longue explication, il répondit que non.

— Mon mécanicien s'étonnait de trouver du linge féminin mêlé aux outils.

Ainsi, depuis qu'ils avaient ouvert le coffre arrière, ils l'observaient avec suspicion. Qu'avaient-il pensé ? Que s'étaient-ils imaginé qu'il avait fait ? Si la police était passée pendant ce temps-là, ne lui en auraient-ils pas parlé ?

— C'est du linge de ma femme, murmura-t-il sans trouver d'autre explication.

Les voitures étaient de plus en plus nombreuses sur la route et il s'y mêlait, maintenant, des autos de New York. C'était la deuxième vague. Celle des gens qui n'aiment pas voyager la nuit et qui partent de bonne heure le samedi matin. Une troisième vague suivrait, les vendeurs et les vendeuses de magasins qui travaillaient encore ce matin-là et dont le week-end ne commençait que le samedi à midi. *Quarante-cinq millions d'automobilistes...*

La serveuse qui l'avait pris sous sa protection eut une maladresse au moment où il la quittait en la remerciant.

— Ne conduisez pas trop vite. Soyez prudent, lui recommanda-t-elle. Et passez me dire bonjour avec votre femme quand vous irez chercher vos enfants.

Du coup, à cause de sa recommandation, de l'état d'épuisement où il se trouvait, la route, avec le bruit lancinant des milliers de pneus sur l'asphalte, lui faisait peur. Il prit place au volant, dut attendre longtemps avant qu'un trou dans le cortège lui permît de faire un virage et de prendre place dans la file qui descendait vers Boston.

La banquette était vide, à côté de lui. D'habitude, c'était la place de Nancy. Il était rare qu'il conduise sans qu'elle soit là. Contrairement au couple âgé de la Cadillac, ils parlaient peu. Il revoyait le geste de sa femme pour tourner le bouton de la radio dès qu'ils avaient parcouru quelques milles. Les dimanches de printemps et d'automne, quand ils allaient faire une randonnée, les enfants étaient derrière, rarement assis, préférant s'accouder au dossier des sièges avant. C'était sa fille qui se tenait derrière lui et il sentait son souffle sur sa nuque. Elle discourait à perdre haleine, sur tout et sur rien, sur les voitures qui passaient et sur le paysage, affirmative, sûre d'elle, haussant les épaules avec condescendance quand son frère se permettait d'émettre son opinion.

— Vivement le camp ! leur arrivait-il de soupirer, à Nancy et à lui, lorsqu'ils rentraient, étourdis, d'une de ces excursions.

Et, l'été venu, ils ne profitaient pas de leur solitude.

Cela lui paraissait si étrange d'être seul qu'il en ressentait de la honte. En regardant le siège vide, il évoqua Halligan qui l'avait occupé une partie de la nuit et ses doigts se remirent à frémir d'impatience. Il avait besoin d'une gorgée d'alcool s'il voulait conduire à peu près proprement. Même pour sa sécurité, cela valait mieux. Il était si fébrile qu'il craignait sans cesse de donner un coup de volant qui le ferait entrer en collision avec les autos d'une autre file.

Il attendit que personne ne puisse le voir, porta le goulot de la bouteille à sa bouche. Même Nancy aurait compris et approuvé. Le matin, après la nuit où elle avait dû le déshabiller et le mettre au lit, c'était elle qui, alors qu'il se trouvait dans la salle de bains, l'air d'un fantôme plutôt que d'un homme, lui avait apporté un verre d'alcool.

— Quand tu auras bu ça, tu te sentiras plus solide.

Il se jura de n'entrer dans aucun bar, quoi qu'il arrive, de ne pas s'y arrêter pour acheter une nouvelle bouteille.

Malgré sa hâte d'arriver, il ne laissait pas le compteur dépasser cinquante et il s'arrêtait dès qu'un feu tournait au jaune. Il avait craint de se perdre dans la traversée de Boston où c'était d'habitude sa femme qui le dirigeait, mais il traversa la ville comme par miracle et se retrouva sur la bonne route, où il était passé la nuit précédente sans le savoir.

Il était impossible d'éviter Providence. Cela le surprit de voir une ville claire et gaie. Il n'avait pas, ensuite, à reprendre la route de la veille, à revoir les bars où il s'était arrêté, car il descendait directement vers l'entrée de la baie.

Est-ce que le lieutenant dont l'infirmière-chef avait parlé allait le questionner ? Lui demanderait-on compte de ce qu'il avait fait pendant la nuit ? Il faudrait bien qu'il dise pourquoi il n'était pas avec sa femme au moment où celle-ci avait été assaillie. Le plus simple serait d'avouer la vérité, tout au moins en partie, et de parler de leur dispute. Existe-t-il des ménages où n'éclate jamais une dispute de ce genre-là ? Trouve-t-on beaucoup d'hommes à qui il n'arrive pas de boire un verre de trop ?

Le plus extraordinaire, c'est que, quand Nancy avait quitté la voiture, il n'était pas ivre. Selon son expression, il était peut-être dans le tunnel, il avait bu juste assez pour se montrer impatient avec Nancy, mais, si elle n'était pas partie, il ne serait probablement rien arrivé. Ils se seraient chamaillés tout le long de la route. Il se serait plaint qu'elle ne le traite pas en homme, peut-être lui aurait-il reproché, comme d'habitude dans ces cas-là, de préférer les bureaux de Schwartz et Taylor à leur maison.

C'était injuste. Si elle ne s'était pas remise au travail après la naissance des enfants, ils n'auraient pas pu acheter cette maison-là, même payable en douze ans. Ils n'auraient pas eu de voiture non plus. Ils auraient été forcés d'habiter la proche banlieue, car ils ne pouvaient continuer indéfiniment à vivre dans un logement de trois pièces comme ils l'avaient fait les premiers temps.

Tout cela, elle le lui répondait d'une voix calme, un peu plus mate que d'habitude, avec un certain pincement des narines qu'elle n'avait que quand elle disait quelque chose de désagréable.

C'était quand même vrai aussi qu'elle était heureuse dans son bureau, où elle était une personne importante et où elle jouissait de la considération. Par exemple, quand Stève lui téléphonait, la standardiste répondait invariablement :

— *Un instant, Mr Hogan, je vais voir si Mrs Hogan est libre.*

Il arrivait qu'elle ajoutât après avoir manié ses fiches :

— *Voulez-vous rappeler un peu plus tard ? Mrs Hogan est en conférence.*

Avec Mr Schwartz, sans aucun doute. Il ne lui faisait peut-être pas la cour. Il avait une des plus jolies femmes de New York, un ancien modèle qui avait chaque semaine son nom dans les échos des journaux. Malgré le soin exagéré que Schwartz apportait à sa toilette, Stève, qui l'avait rencontré plusieurs fois, le trouvait répugnant.

Il était persuadé qu'il n'y avait rien entre eux. Ce n'en était pas moins comme s'il recevait une gifle chaque fois que Nancy disait :

— *Max me parlait tout à l'heure de...*

S'agissait-il de théâtre, elle tranchait :

— *La pièce ne vaut pas un sou. Max y est allé hier.*

Est-ce qu'il allait recommencer ses jérémiades ? Oubliait-il déjà que Nancy était blessée, sur un lit d'hôpital ? Il n'avait pas osé demander à l'infirmière à quel endroit de la tête elle avait été frappée, ni surtout si elle était défigurée.

Avec l'espoir d'éviter de penser, il tourna la radio, n'y fit pas attention, fut tout un temps avant de se dire que c'était peut-être indécent d'écouter des chansons en se rendant au chevet de sa femme. Cela lui faisait mal au cœur d'avoir laissé les enfants au camp. Il ne prévoyait pas quand il pourrait aller les chercher. Les Keane fermaient le camp pour l'hiver, qu'ils passaient en Floride. On prétendait qu'ils étaient riches et c'était peut-être vrai.

Le premier écriteau annonçant Hayward lui rendit sa fébrilité. Il n'avait plus qu'une quinzaine de milles à parcourir, sur une route encombrée de voitures qui allaient s'embarquer sur le ferry pour des îles. Il profita d'un arrêt, se pencha sous le tableau de bord et finit la bouteille qu'il jeta dans le fossé.

Il serait temps, plus tard, de s'occuper de sa barbe et de s'acheter du linge. Une horloge, au moment où il arrivait en ville, marquait midi et il mit un certain temps à s'échapper de la file des voitures qui le poussaient vers le ferry.

— L'hôpital, s'il vous plaît ?

On lui en indiqua le chemin ; il dut se renseigner une seconde fois. C'était une construction en briques roses, carrée, avec trois étages de fenêtres derrière lesquelles on apercevait des lits. Cinq autos, dans la cour, portaient la plaque spéciale des médecins et on était occupé à sortir avec précaution un brancard d'une ambulance.

Il trouva l'entrée des malades et des visiteurs, se pencha au guichet.

— Stève Hogan, annonça-t-il. C'est moi qui vous ai téléphoné tout à l'heure du New Hampshire au sujet de ma femme.

Elles étaient deux, vêtues de blanc, dont une qui téléphonait tout en lui lançant un coup d'œil curieux. L'autre, boulotte et rousse, murmura :

— Je ne crois pas que vous puissiez monter maintenant. Les visites sont à deux heures et à sept heures.

— Mais...

Est-ce que, dans un cas comme le sien, on s'occupe des heures de visites ?

— L'infirmière-chef m'a dit...

— Un instant. Asseyez-vous.

Six personnes étaient assises dans le hall, dont deux petits nègres qui portaient leur meilleur costume et ne bougeaient pas. Personne ne s'occupait de lui. Il entendait les voix par le guichet. On cherchait à tous les étages un médecin dont il ne distingua pas le nom et, quand on l'eut à l'appareil, on lui demanda de descendre tout de suite à la salle des urgences, sans doute pour la personne que l'ambulance venait d'amener.

Tout était aussi blanc, aussi clair, aussi propre qu'à la *cafeteria*, avec du soleil qui pénétrait par toutes les baies, des fleurs dans un coin, peut-être dix gerbes et corbeilles, qui attendaient d'être montées dans les chambres.

Les deux petits Noirs, leur casquette sur les genoux, avaient la même expression qu'ils devaient prendre à l'église. Une femme d'un certain âge, près d'eux, regardait fixement par la fenêtre, un homme lisait un magazine aussi calmement que s'il en avait pour des heures à attendre et un autre allumait une cigarette, regardait l'heure à sa montre.

Stève s'étonnait d'être plus calme qu'un quart d'heure plus tôt dans sa voiture. Tout le monde était calme autour de lui. Un vieillard vêtu de la tenue blanche des malades, le corps tordu dans une petite voiture aux roues caoutchoutées qu'il manœuvrait de ses mains maigres, parcourait toute la longueur du couloir pour venir les regarder. Il avait la lèvre inférieure qui pendait, une expression à la fois rusée et enfantine. Quand il les eut examinés tour à tour, il fit faire demi-tour à sa chaise roulante et regagna sa chambre.

Était-ce de Stève, cette fois, qu'on parlait au téléphone ? Il n'osait pas le demander, sentant qu'ici tout ce qu'il pouvait dire ne servirait à rien.

— Vous descendez ? Non ? Je le fais monter ?

Celle qui parlait lui jeta un coup d'œil à travers la vitre et, répondant à une question :

— C'est difficile à dire... Comme ci comme ça...

En quoi était-il *comme ci comme ça ?* Cela signifiait-il qu'il ne paraissait pas trop surexcité et qu'on pouvait le laisser monter ?

La jeune fille raccrocha, lui fit signe de s'approcher du guichet.

— Si vous voulez monter au premier étage, l'infirmière-chef va vous voir.

— Je vous remercie.

— Tournez à droite au fond du couloir. Attendez l'ascenseur.

Tout le long du chemin, il vit des portes ouvertes, des hommes, des femmes couchés ou assis dans leur lit, certains installés dans un fauteuil, d'autres avec une jambe dans le plâtre qu'une poulie maintenait en position.

Personne ne paraissait souffrir, ne marquait de contrariété ou d'impatience. Il faillit heurter une jeune femme qui n'avait qu'une chemise en grosse toile sur le corps et qui sortait des toilettes.

Il s'adressa à une infirmière qui passait.

— Pardon, mademoiselle... L'ascenseur, s'il vous plaît ?...

— La deuxième porte. Il ne tardera pas à descendre.

En effet, une lampe, qu'il n'avait pas remarquée, s'éclairait en rouge. Un médecin, en blouse, le calot sur la tête, le masque blanc pendant sur la poitrine, regarda Stève, lui aussi, en passant devant lui.

— Premier étage.

Le vieux aux cheveux tout blancs qui manœuvrait l'ascenseur avait l'air encore plus indifférent que les autres et, à mesure qu'il s'avançait dans l'hôpital, Stève perdait davantage sa personnalité, sa faculté de penser et de réagir. Il se trouvait tout près de Nancy, sous le même toit qu'elle. Dans quelques instants, il allait peut-être la voir et c'est à peine s'il pensait à elle, le vide s'était fait insensiblement en lui, il suivait les instructions qu'on voulait bien lui donner.

Les couloirs du premier étage formaient une croix et, au centre de celle-ci, il vit un long bureau, une infirmière à cheveux gris et à lunettes assise devant un registre, — sur le mur, devant elle, un tableau et des fiches, — près du registre, enfin, des fioles bouchées avec du coton dans un support percé de trous.

— Mr Hogan ? questionna-t-elle après l'avoir laissé une bonne minute debout devant elle sans lever les yeux de ses papiers.

— Oui, madame. Comment va...

— Asseyez-vous.

Elle-même se leva, se dirigea vers un des couloirs et il eut un instant l'illusion qu'elle allait chercher Nancy, mais c'était une autre malade qu'elle allait voir, elle revint un peu plus tard avec une fiole qui portait une étiquette et qu'elle glissa dans un des trous.

— Votre femme n'est pas éveillée. Il est probable qu'elle dormira encore un certain temps.

Pourquoi se croyait-il tenu d'approuver de la tête et de sourire d'un air reconnaissant ?

— Vous pouvez attendre en bas si vous le désirez et je vous appellerai quand il sera possible de la voir.

— Elle a beaucoup souffert ?

— Je ne pense pas. Dès qu'on l'a trouvée, on a fait le nécessaire. Elle paraît avoir une solide constitution.

— Elle n'a jamais été vraiment malade.

— Elle a eu des enfants, n'est-ce pas ?

La question le surprit, la façon dont elle était posée, mais il répondit, comme un élève à l'école :

— Deux.

— Récemment ?

— Notre fille a dix ans et le garçon huit.

— Pas de fausses couches ?

— Non.

Il n'osait même pas prendre la parole. Quelle question, d'ailleurs, aurait-il posée ?

— Vous avez passé la journée d'hier avec elle ?

— Pas la journée. Nous travaillons à New York, chacun de notre côté.

— Mais vous l'avez vue dans la soirée ?

— Nous avons fait une partie de la route ensemble.

— Quand vous la verrez, n'oubliez pas qu'elle a subi une forte commotion. Elle sera encore sous le coup des sédatifs. Évitez de vous énerver et de lui parler de quoi que ce soit qui puisse l'agiter.

— Je vous le promets. Est-ce que... ?

— Est-ce que ?

— Je voulais vous demander si elle a repris connaissance.

— Partiellement, deux fois.
— Elle a parlé ?
— Pas encore. Je croyais vous l'avoir dit au téléphone.
— Je vous demande pardon.
— Maintenant, vous allez descendre. Je viens de faire téléphoner au lieutenant Murray pour lui dire que vous êtes ici. Il voudra sûrement vous voir.

Elle se levait et il était bien obligé d'en faire autant.

— Vous pouvez prendre l'escalier. Par ici.

Toutes les portes, comme en bas, étaient ouvertes, celle de la salle où se trouvait Nancy aussi, vraisemblablement. Il aurait voulu demander la permission de la voir un instant, ne fût-ce que de jeter du corridor un coup d'œil vers son lit.

Il n'osa pas, poussa la porte vitrée qu'on lui désignait, se trouva dans un escalier qu'une femme de ménage était occupée à nettoyer. En bas, il se perdit encore, finit par retrouver le hall d'entrée d'où les deux petits nègres avaient disparu.

Il se dirigea d'abord vers le guichet pour annoncer :
— On m'a dit d'attendre ici.
— Je sais. Le lieutenant arrivera dans quelques minutes.

Il s'assit. Il était le seul dans l'établissement à porter une chemise sale et fripée et à n'être pas rasé. Il regrettait de n'avoir pas fait sa toilette avant d'entrer à l'hôpital où, à présent, il n'était plus maître de ses faits et gestes. Il aurait pu acheter un rasoir, du savon, une brosse à dents, entrer dans un dépôt des autobus, par exemple, où il y a des lavabos à la disposition des voyageurs.

Qu'est-ce que le lieutenant Murray allait penser de lui en le trouvant dans cet état-là ?

Il eut quand même l'audace d'allumer une cigarette, parce que quelqu'un d'autre fumait, puis d'aller boire au distributeur d'eau glacée. Il s'efforçait de prévoir les questions qu'on allait lui poser, de préparer les réponses convenables, mais son esprit restait vague, il fixait, comme la femme près de lui, la fenêtre ouverte sur un arbre, qui se découpait sur le bleu du ciel et dont l'immobilité, dans l'air figé de midi, donnait une impression d'éternité.

Il lui fallait un effort pour prendre conscience de ce qu'il faisait ici, de ce qui était arrivé depuis la veille et même de sa propre personnalité. Était-il possible qu'il ait deux enfants, dont une fille déjà grande, dans un camp du Maine, une maison de quinze mille dollars dans Long Island et que, mardi matin — après-demain ! — il prenne place derrière le comptoir de la *World Travellers* pour passer des heures à répondre aux questions des clients tout en maniant deux ou trois téléphones ?

D'ici, cela paraissait invraisemblable, saugrenu. Comme pour rendre l'atmosphère encore plus irréelle, une sirène de bateau déchirait le silence, tout près, et, en regardant par l'autre baie, il découvrait une cheminée noire cerclée de rouge au-dessus des toits, distinguait nettement le jet de vapeur blanche.

Un bateau s'en allait, sur la même mer qu'il avait entrevue le matin entre les pins du New Hampshire, la mer aussi au bord de laquelle Bonnie et Dan jouaient à cette heure-ci en se demandant pourquoi leurs parents ne venaient pas les chercher.

L'infirmière-chef ne paraissait pas inquiète de l'état de Nancy. L'aurait-elle été si celle-ci avait été à la mort ? Combien de gens mouraient par semaine dans l'hôpital ? Est-ce qu'on en parlait ? Disait-on : « La dame du 7 est morte cette nuit » ?

On devait les sortir par une autre porte et les malades ne savaient pas. Le vieux, dans son fauteuil à roulettes, vint faire un petit tour pour voir s'il y avait de nouveaux visages, se montra déçu de n'en pas trouver.

Une auto s'arrêta sur le gravier de l'allée. Stève ne se leva pas pour aller voir. Il n'en avait pas le courage. Il avait sommeil et ses paupières picotaient. Il entendit des pas, fut sûr que c'était pour lui, resta assis à sa place.

Un lieutenant en uniforme de la police d'État, les bottes luisantes, la peau des joues aussi lisse et colorée que celle du vieillard à la Cadillac, entrait à pas rapides, se penchait au guichet derrière lequel la réceptionniste se contentait de le désigner du doigt.

6

Il n'avait pas remarqué, quand il était monté voir l'infirmière, que la première porte à gauche dans le couloir était marquée « Directeur ». Elle était ouverte comme les autres, un homme chauve, sans veston, y travaillait, à qui le lieutenant lança, en familier des lieux :

— Je peux utiliser un moment la salle du conseil ?

Le directeur reconnut la voix et, sans se retourner, se contenta d'un signe de tête. C'était la pièce suivante, où régnait une pénombre dorée car les stores vénitiens, baissés, ne laissaient filtrer, entre leurs lattes, que de minces traits de lumière. Sur les murs d'un ton pastel pendaient des photographies de messieurs âgés et solennels, probablement les fondateurs de l'hôpital. Une longue table, si polie qu'on pouvait s'y voir, occupait le centre, entourée de dix chaises à fond de cuir clair.

Ici aussi, la porte restait ouverte sur le couloir où passait parfois une infirmière ou un malade. Le lieutenant prit place au bout de la table, le dos à la fenêtre, tira un carnet de sa poche, l'ouvrit à une page blanche et régla son porte-mine.

— Asseyez-vous.

Dans le hall d'attente, il avait à peine regardé Stève à qui il s'était contenté de faire signe de le suivre ; maintenant, il ne montrait pas plus de curiosité, écrivait quelques mots, d'une petite écriture, en tête de la page, regardait l'heure à son poignet et la notait comme si cela avait de l'importance.

C'était un homme d'une quarantaine d'années, bâti en athlète, avec une légère tendance à l'embonpoint. Quand il retira son chapeau à bord raide et le posa sur la table, Stève lui trouva l'air plus jeune, moins impressionnant, à cause de ses cheveux courts, d'un blond roux, aussi frisés qu'une toison d'agneau.

— Hogan, n'est-ce pas ?
— Oui. Stephen Walter Hogan. On m'appelle toujours Stève.
— Né ?
— A Groveton, Vermont. Mon père était représentant en produits chimiques.

C'était ridicule d'ajouter cela. Cela tenait à ce que, chaque fois qu'il disait qu'il était du Vermont, les gens murmuraient :

— Fermier, hein ?

Or, son père n'était pas fermier, ni son grand-père, qui avait été lieutenant-gouverneur. C'était le père de Nancy qui était fermier dans le Kansas et descendait d'immigrants irlandais.

— Adresse ? poursuivait le policier d'une voix neutre, la tête toujours baissée vers son carnet.
— Scottville, Long Island.

La fenêtre était ouverte et un peu d'air circulait dans la pièce où les deux hommes n'occupaient qu'une infime portion de la table monumentale autour de laquelle huit chaises restaient inoccupées. Malgré la fraîcheur du courant d'air, Stève aurait préféré que la porte soit fermée, mais ce n'était pas à lui de le proposer, cela lui donnait des distractions de suivre les allées et venues du corridor.

— Age ?
— Trente-deux ans. Trente-trois en décembre.
— Profession ?
— Employé à la *World Travellers*, Madison Avenue.
— Depuis quand ?
— Douze ans.

Il ne voyait pas l'utilité de consigner ces renseignements dans le carnet.

— Vous y êtes entré à dix-neuf ans ?
— Oui. Tout de suite après ma seconde année de collège.
— Je suppose que vous êtes certain que c'est bien votre femme qui a été blessée ? Vous l'avez vue ?
— On ne m'a pas encore permis de la voir. Je suis néanmoins sûr que c'est elle.
— A cause du signalement publié dans les journaux et des vêtements ?
— Et aussi de l'endroit où cela s'est produit.
— Vous y étiez ?

Cette fois, il levait la tête, mais le regard qu'il posait sur Stève, comme sans intention, par mégarde, restait indifférent. Stève n'en rougit pas moins, hésita, avala sa salive avant de balbutier :

— C'est-à-dire que j'avais quitté la voiture pendant un instant en face d'un bar et que...

On l'arrêta du geste.

— Je crois que nous ferions mieux de commencer par le commencement. Depuis combien de temps êtes-vous marié ?

— Onze ans.

— L'âge de votre femme ?

— Trente-quatre ans.

— Elle travaille aussi ?

— Pour la firme Schwartz et Taylor, 625 Fifth Avenue.

Il s'appliquait à répondre correctement, abandonnant peu à peu l'idée que ces questions n'avaient pas d'importance. Le lieutenant n'était pas tellement plus âgé que lui. Il portait une alliance, avait probablement des enfants. Pour tout ce qu'il en savait, ils avaient à peu près le même revenu, le même genre de maison et de vie familiale. Pourquoi ne se sentait-il pas plus à l'aise devant lui ? Il retrouvait depuis quelques minutes sa timidité d'écolier devant ses professeurs, celle qu'il avait eue longtemps en présence de son patron et qu'il n'avait jamais perdue à l'égard de Mr Schwartz.

— Des enfants ?

— Deux, un garçon et une fille.

Il n'attendait plus la question suivante.

— La fille a dix ans, le garçon huit. Tous les deux ont passé l'été au camp Walla Walla, dans le Maine, chez Mr et Mrs Keane, et nous étions en route, hier au soir, pour aller les chercher.

Il aurait apprécié un sourire, un signe d'encouragement. Le lieutenant se contentait d'écrire et Stève ne savait pas ce qu'il écrivait, c'est en vain qu'il avait essayé de lire en travers. Ce n'était pas un homme maussade, ni revêche, ou menaçant. Il y avait des chances pour qu'il soit fatigué, lui aussi, car il avait passé la nuit en patrouille et ne s'était pas couché. Au moins avait-il pu prendre un bain et se raser !

— A quelle heure avez-vous quitté New York ?

— A cinq heures et quelques minutes, mettons cinq heures vingt au plus tard.

— Vous êtes allé chercher votre femme à son bureau ?

— Nous nous sommes retrouvés comme d'habitude dans un bar de la 45e Rue.

— Qu'avez-vous bu ?

— Un Martini. Nous sommes ensuite passés chez nous pour manger un morceau et prendre nos affaires.

— Vous avez encore bu quelque chose ?

— Non.

Il avait hésité à mentir. Il fut obligé, pour se tranquilliser, de se dire qu'il ne déposait pas sous la foi du serment. Il ne comprenait pas pourquoi on l'interrogeait si minutieusement alors qu'il était ici pour reconnaître sa femme qui avait été assaillie sur la route.

Cela augmenta sa gêne de voir surgir dans l'encadrement de la porte le vieillard à la chaise roulante qui le regardait et qui, à cause de sa lèvre pendante et de son visage paralysé, semblait ricaner en silence.

Le lieutenant, lui, n'y fit pas attention.

— Vous avez sans doute emporté des effets pour deux jours ? C'est cela que vous appelez vos affaires ?

— Oui.

Leur entretien avait à peine commencé qu'une question toute simple en apparence le mettait déjà dans une position délicate.

— A quelle heure avez-vous quitté Long Island ?

— Vers sept heures ou sept heures et demie. Au début, nous avons dû rouler très lentement, à cause de l'encombrement.

— Dans quels termes êtes-vous avec votre femme ?

— En excellents termes.

Il n'avait pas osé répondre, à cause du carnet où on paraissait consigner ses réponses :

« — Nous nous aimons. »

Pourtant, c'était la vérité.

— Où vous êtes-vous arrêtés pour la première fois ?

Il ne se débattit même pas.

— Je ne sais pas au juste. C'était presque tout de suite après le *Merrit Parkway*. Je ne me souviens pas du nom de l'endroit.

— Votre femme vous a suivi ?

— Elle est restée dans l'auto.

En dehors de Sid Halligan, il n'avait rien à cacher, et ce qui s'était passé avec Sid n'avait rien à voir avec sa femme, puisqu'il l'avait rencontré longtemps après l'agression.

— Qu'est-ce que vous avez bu ?

— Un rye.

— C'est tout ?

— Oui.

— Double ?

— Oui.

— A quel moment avez-vous commencé à vous disputer ?

— Nous ne nous sommes pas disputés à proprement parler. Je savais que Nancy n'était pas contente que je me sois arrêté pour prendre un verre.

Tout était si calme et silencieux autour d'eux qu'ils semblaient vivre dans un monde irréel où rien d'autre ne comptait plus que les faits et gestes d'un certain Stève Hogan. La salle du conseil, avec sa longue table, devenait un tribunal étrange où il n'y aurait pas eu d'accusateur, pas de juge, seulement un fonctionnaire qui enregistrait ses paroles et sept messieurs morts depuis longtemps, sur les murs, qui représentaient l'éternité.

Il ne se révoltait pas. Pas un instant la tentation lui vint de se lever et de déclarer que tout ceci ne regardait personne, qu'il était un citoyen libre et que c'était plutôt à lui de réclamer des comptes à la police pour avoir laissé un inconnu attaquer sa femme sur la route.

Au contraire, il s'efforçait de s'expliquer.

— Dans ces cas-là, je suis facilement de mauvaise humeur, moi aussi, et j'ai tendance à lui adresser des reproches. Je suppose qu'il en est de même dans tous les ménages.

Murray ne souriait pas, n'approuvait pas, écrivait toujours, indifférent, comme si ce n'était pas à lui d'émettre une opinion.

Une infirmière, que Stève n'avait pas encore vue, s'arrêta devant la porte, frappa contre le chambranle pour attirer leur attention.

— Vous viendrez bientôt voir le blessé, lieutenant ?

— Comment va-t-il ?

— On est en train d'opérer une transfusion. Il a repris connaissance et prétend qu'il peut décrire l'auto qui l'a renversé.

— Demandez au sergent, qui est dans ma voiture, de prendre note de sa déposition et de faire le nécessaire. J'irai le voir ensuite.

Il reprit le fil de l'interrogatoire.

— Dans ce bar où vous vous êtes arrêté...

— Lequel ?

Il avait parlé trop vite, mais cela ne devait pas avoir beaucoup d'importance, car on y viendrait de toute façon.

— Le premier. Il ne vous est pas arrivé de lier connaissance avec un de vos voisins de comptoir.

— Pas dans celui-là, non.

Il était humilié d'avance de ce qui suivrait fatalement. Toutes ses démarches, qui paraissaient si banales et innocentes, la veille, alors qu'ils étaient peut-être un million ou deux d'Américains à boire le long des grand-routes, prenaient à présent un caractère différent, même à ses propres yeux ; et il passa la main sur ses joues comme si la barbe qui les envahissait était un signe de sa faute.

— Votre femme a menacé de vous quitter ?

Il ne comprit pas immédiatement la portée de cette question-là. Le lieutenant se rendait-il compte qu'il ne s'était pas couché et qu'il arrivait à un degré de fatigue où il lui fallait un grand effort pour comprendre le sens des mots ?

— Seulement quand j'ai voulu m'arrêter la seconde fois, dit-il.

— Elle vous avait déjà fait cette menace auparavant ?

— Je ne m'en souviens pas.

— Elle a parlé de divorce ?

Il regarda son interlocuteur avec une soudaine colère, fronça les sourcils, frappa du poing sur la table.

— Mais il n'a jamais été question de ça ! Qu'est-ce que vous allez chercher ? J'ai pris un verre de trop. J'avais envie d'en prendre un autre. Nous avons échangé quelques phrases plus ou moins amères. Ma femme m'a prévenu que, si je descendais encore de l'auto pour entrer dans un bar, elle continuerait la route sans moi...

Sa colère se transformait peu à peu en une stupeur douloureuse.

— Vous avez vraiment cru qu'elle voulait me quitter pour de bon ? Mais alors...

Cela lui ouvrait de tels horizons qu'il n'existait pas de mots pour exprimer ce qu'il ressentait. C'était pis que tout ce qu'il avait imaginé. Si le lieutenant notait si soigneusement ses réponses, s'il gardait un visage impassible, sans lui accorder la considération qu'on a pour n'importe quel mari dont la femme vient d'être grièvement blessée, c'est parce qu'il se figurait que c'était lui qui...

Il en oublia la porte ouverte, éleva la voix, sans indignation, pourtant, trop écrasé par la stupeur pour s'indigner encore.

— Vous avez réellement pensé ça ! Mais, lieutenant, regardez-moi, je vous en prie, regardez-moi bien en face, et dites-moi si j'ai l'air de...

Il en avait l'air, justement, de n'importe quoi, y compris de ce qu'il pensait, avec ses yeux comme liquides, ses paupières gonflées, sa barbe de deux jours et sa chemise sale. Son haleine empestait le whisky, ses doigts, dès qu'il leur manquait l'appui de la table, se mettaient à trembler.

— Interrogez Nancy. Elle vous dira que jamais...

Il dut s'interrompre pour répéter, parce que cela l'étouffait :

— Vous avez pensé ça !

Après quoi il se laissa retomber sur sa chaise, résigné, sans plus d'énergie ni de goût pour se défendre. Qu'ils fassent de lui ce qu'ils voudraient ! Tout à l'heure, d'ailleurs, Nancy leur dirait...

Et voilà qu'une autre pensée l'envahissait, hideuse, grandissait, éclipsait les autres. Si Nancy allait ne pas reprendre connaissance ?

Presque hagard, il regardait le lieutenant qui donnait un tour à son porte-mine et qui disait posément :

— Pour une raison que vous apprendrez tout à l'heure, nous savons, depuis dix heures, ce matin, que vous n'avez pas attaqué votre femme.

— Et jusqu'à dix heures ?

— Notre métier est d'examiner toutes les possibilités sans en écarter aucune *a priori*. Calmez-vous, Mr Hogan. Il n'a jamais été dans mes intentions de vous inquiéter par des questions insidieuses. C'est vous-même qui bondissez vers des conclusions toutes personnelles. Il n'en aurait pas moins été possible, si des disputes comme celle de cette nuit avaient été fréquentes, que votre femme ait envisagé le divorce. C'est tout ce que j'ai voulu dire.

— Cela ne nous arrive pas une fois par an. Je ne suis pas un ivrogne, pas même ce qu'on appelle un buveur. Je...

Cette fois, parce qu'un enfant s'était arrêté dans le cadre de la porte et les écoutait, le lieutenant alla la fermer. Quand il revint, Stève, qui pensait à ce qui avait pu se passer à dix heures ce matin-là, demanda :

— On a arrêté son agresseur ?

— Nous y viendrons dans un moment. Pourquoi, lorsque vous vous êtes arrêté devant le second bar, votre femme n'a-t-elle pas continué sa route en auto comme elle vous en avait menacé ?

— Parce que j'ai mis la clef de contact dans ma poche.

Allait-on comprendre enfin que c'était tout simple ?

— Je pensais lui donner une leçon, persuadé qu'elle le méritait, parce qu'elle a souvent trop d'assurance. Après deux verres, surtout de rye, qui ne me réussit pas, on voit les choses sous un autre jour.

Il plaidait sans conviction, ne croyant plus à ce qu'il disait. Qu'allait-on encore lui demander ? Il s'était figuré que le seul point embarrassant concernait Halligan et, jusqu'ici, on n'avait pas parlé de lui.

— Vous savez quelle heure il était quand vous êtes descendu de voiture ?

— Non. L'horloge du tableau de bord ne marche plus depuis longtemps.

— Votre femme ne vous a pas déclaré qu'elle partirait quand même ?

Il dut faire un effort. Il ne savait plus où il en était.

— Non. Je ne crois pas.

— Vous n'en êtes pas sûr ?

— Non. Attendez. Il me semble que, si elle m'avait parlé du bus, je l'aurais crue capable de le prendre et que je ne l'aurais pas laissée faire. J'en suis certain, maintenant. Ce n'est qu'en apercevant, plus tard, les lumières du carrefour, que j'ai pensé à la possibilité de l'autocar. Tenez ! Je me souviens qu'en ne la retrouvant pas dans l'auto je me suis mis à l'appeler dans l'obscurité du parking.

Il ne se souvenait pas du billet que Nancy avait laissé sur le siège.

— Vous avez remarqué les autres voitures ?

— Un instant.

Il voulait montrer de la bonne volonté, aider la police dans la mesure de ses moyens.

— Il m'a semblé qu'il y avait surtout de vieilles bagnoles et des camionnettes. A moins que ce ne soit pas à ce bar-là.

— Le bar s'appelle *Armando's* ?

— C'est possible. Le nom me dit quelque chose.

— Vous le reconnaîtriez ?

— Probablement. Il y avait une télévision à droite du comptoir.

Il préféra ne pas parler de la petite fille à la tablette de chocolat dans le placard.

— Continuez.

— Il y avait beaucoup de monde, des hommes et des femmes. Je revois un couple qui restait immobile et ne disait rien.

— Vous n'avez remarqué personne en particulier ?

— ... Non.

— Vous avez parlé à quelqu'un ?

— Un voisin m'a offert un verre. J'allais refuser quand le patron m'a fait signe d'accepter, sans doute parce que l'homme, qui était déjà lancé, aurait insisté et, peut-être, causé du scandale. Vous savez comment ça va.

— Vous avez rendu la politesse ?

— Je crois. Oui. C'est probable.

— Vous lui avez parlé de votre femme ?

— Ce n'est pas impossible. Plutôt des femmes en général.

— Vous ne lui avez pas raconté l'histoire de la clef ?

Il était épuisé. Il ne savait plus. Avec la meilleure volonté du monde, il commençait à tout embrouiller, confondant sa conversation avec le blond aux yeux bleus et ses discours à Halligan. Même les bars se surimposaient dans sa mémoire. Il avait mal à la tête, mal aux arcades sourcilières. Sa chemise lui collait à la peau et il avait conscience de sentir mauvais.

— Vous n'avez pas remarqué si cet homme sortait avant vous ?
— Je suis certain que non. Je suis parti le premier.
— Vous n'avez aucun doute ?

Il en arriverait au point de n'être plus sûr de rien.

— Je jurerais que je suis parti le premier. Je me revois en train de payer, de marcher vers la porte. Je me suis retourné. Oui. Il était encore là.

— Et votre femme, elle n'était plus dans la voiture ?
— C'est exact.

On frappa à la porte. C'était un sergent en uniforme, qui fit comprendre à son chef qu'il désirait lui parler. Il ne laissait voir qu'une de ses mains, comme si l'autre tenait quelque chose qu'il ne voulait pas montrer à Stève.

Le lieutenant se leva pour le rejoindre et ils échangèrent quelques mots à voix basse derrière la porte. Quand Murray revint, seul, il jeta sur la table une poignée de vêtements et de linge, sans rien dire, les effets de Nancy qu'ils avaient trouvés dans le coffre de la voiture.

On le soupçonnait donc de quelque chose, puisqu'on avait fouillé l'auto arrêtée dans la cour de l'hôpital.

Le policier reprenait sa place au bout de la table, évitant toute allusion à ce qui venait de se passer.

— Nous en étions, disait-il avec la même indifférence, au moment où vous sortiez de chez *Armando* et où vous constatiez que votre femme avait disparu.

— Je l'ai appelée, persuadé qu'elle faisait les cent pas pour se dégourdir les jambes.

— Il pleuvait ?
— Non... Oui...
— Vous n'avez aperçu personne à proximité du parking ?
— Personne.
— Vous êtes parti tout de suite ?

— Quand j'ai constaté qu'il y avait un carrefour non loin de là et que je me suis rappelé la menace de Nancy, j'ai pensé au bus. Nous avions croisé un *Greyhound* au début de la soirée. C'est sans doute ce qui m'a donné l'idée. J'ai roulé lentement, en regardant sur le côté droit de la route, espérant que j'allais la rattraper.

— Vous ne l'avez pas vue ?
— Je n'ai rien vu.
— Combien de temps êtes-vous resté chez *Armando* ?

— J'ai eu l'impression de rester dix minutes, un quart d'heure au plus.

— Mais cela pourrait être davantage ?

Il adressa un sourire pitoyable à son tortionnaire.

— Au point où j'en suis... murmura-t-il avec amertume.

C'est à peine s'il savait encore qu'il avait retrouvé Nancy, qu'elle était à deux pas de lui, qu'il ne tarderait pas à la voir, à lui parler, peut-être à la serrer dans ses bras. Était-il sûr qu'on le laisserait faire ?

Le plus curieux, c'est qu'il ne leur en voulait pas, qu'il ne se révoltait plus, qu'il se sentait réellement coupable.

Par une cruelle ironie, c'était maintenant que lui revenaient des bribes du discours qu'il avait tenu à Sid Halligan d'une voix pâteuse. C'était parti des rails, évidemment, des rails et de la grand-route, et il en était arrivé aux gens qui ont peur de la vie parce qu'ils ne sont pas de vrais hommes.

— *Alors, tu comprends, ils créent des règles, qu'ils appellent des lois, et ils appellent péché tout ce qui les effraye chez les autres. Voilà la vérité, mon vieux ! S'ils ne tremblaient pas, s'ils étaient de vrais hommes, ils n'auraient pas besoin de police et de tribunaux, de pasteurs et d'églises, pas besoin de banques, d'assurances sur la vie, d'écoles du dimanche et de feux rouges et verts au coin des rues. Est-ce qu'un type comme toi ne se moque pas de tout ça ? Pourtant, tu es ici, à leur faire la nique. Ils sont des centaines à te chercher le long des routes et à bêler ton nom à chaque émission de radio, et, toi, qu'est-ce que tu fais ? Tu conduis tranquillement ma bagnole en fumant ta cigarette et tu leur dis merde !*

Cela avait été plus long, confus, et il se souvenait qu'il quêtait l'approbation de son compagnon, un mot seulement, un signe, et que Halligan n'avait pas l'air d'écouter. Peut-être lui avait-il lancé, une fois de plus, la cigarette collée à sa lèvre :

— *Ta gueule !*

C'était à Nancy, ce matin, qu'il s'était promis de demander pardon. Or, ce n'était pas seulement à elle qu'il devait des comptes, c'était tout un monde, représenté par le lieutenant aux cheveux roussâtres et frisés, qui avait des droits sur lui.

— Quand j'ai atteint le carrefour, je me suis adressé à la *cafeteria* qui fait le coin. La femme du comptoir pourra vous le confirmer. Je lui ai d'abord demandé si elle avait vu ma femme.

— Je sais.

— Elle vous l'a dit ?

— Oui.

Il n'avait jamais envisagé qu'un jour ses faits et gestes prendraient une telle importance.

— Elle vous a dit aussi que c'est par elle que j'ai appris que l'autobus venait de passer ?

— C'est exact. Vous êtes remonté dans votre voiture et, selon ses propres termes, vous avez démarré comme un fou.

Ce fut le seul moment où le lieutenant laissa percer un léger sourire.
— Je comptais rattraper le bus et la supplier de venir avec moi.
— Vous l'avez rattrapé ?
— Non.
— A quelle vitesse rouliez-vous ?
— Par moments, j'ai dépassé le soixante-dix. C'est surprenant que je n'aie pas eu de contravention.
— C'est surtout miraculeux que vous n'ayez pas eu d'accident.
— Oui, admit-il, tête basse.
— Comment expliquez-vous qu'en roulant à pareille allure vous n'ayez pu rejoindre un bus qui ne dépassait pas le cinquante à l'heure ?
— Je me suis trompé de chemin.
— Vous savez où vous êtes allé ?
— Non. Une fois déjà, dans la soirée, alors que ma femme était encore avec moi, j'avais pris une mauvaise route, mais nous étions retombés ensuite sur le *highway*. Seul, je me suis mis à tourner en rond.
— Sans vous arrêter ?

Qu'allait-il faire ? L'instant qu'il appréhendait depuis qu'il avait ouvert les yeux, seul dans sa voiture, en bordure du bois de pins, était arrivé. Ce matin, il avait décidé de ne rien dire, sans savoir au juste pourquoi. Cela l'humiliait évidemment d'avouer à Nancy ses relations avec Halligan. Il y avait aussi, dans sa décision, le désir d'éviter un long interrogatoire de la police.

Cet interrogatoire, il était en train de le subir, bon gré mal gré, depuis près d'une heure, et il se demandait comment il avait été pris dans l'engrenage, il se revoyait pénétrant à la suite du lieutenant dans la salle à la longue table, l'esprit assez libre pour regarder les photographies des vieux messieurs.

Il s'attendait à une formalité. Tout au début, il en disait plus qu'on ne lui en demandait. Maintenant, il se faisait l'effet d'une bête traquée. Il ne s'agissait plus de Nancy, ni de Halligan, il s'agissait de lui, et il aurait été à peine surpris si on lui avait déclaré que sa vie était en jeu.

Pendant trente-deux ans, bientôt trente-trois, il avait été un honnête homme ; il avait suivi les rails, comme il le proclamait avec tant de véhémence la nuit précédente, bon fils, élève honorable, employé, mari, père de famille, propriétaire d'une maison à Long Island ; il n'avait jamais enfreint aucune loi, jamais comparu devant la justice et, tous les dimanches matin, il se rendait à l'église avec sa famille. Il était un homme heureux. Il ne lui manquait rien.

D'où sortait alors tout ce qu'il déclamait quand il avait bu un verre de trop et qu'il commençait par s'en prendre à Nancy avant de s'en prendre à la société entière ? Il fallait bien que cela jaillisse de quelque part. Le même phénomène se produisait chaque fois, et, chaque fois, sa révolte suivait exactement le même cours.

S'il avait pensé ce qu'il disait, si cela faisait partie de sa personnalité, de son caractère, n'aurait-il pas continué à le penser le lendemain au réveil ?

Or, le lendemain, son premier sentiment était invariablement la honte, accompagnée d'une crainte vague, comme s'il se rendait compte qu'il avait manqué à quelqu'un ou à quelque chose, à Nancy, d'abord, à qui il demandait pardon, mais aussi à la communauté, à une puissance plus vague qui aurait eu des comptes à lui réclamer.

Ces comptes-là, on les lui demandait justement. On ne l'avait pas encore accusé. Le lieutenant ne lui avait adressé aucun reproche, se contentait de poser des questions et de prendre note des réponses, ce qui apparaissait à ses yeux comme encore plus menaçant, et il avait jeté les effets de Nancy sur la table sans y faire une seule allusion.

Qu'est-ce qui empêchait Stève de tout lui confesser sans attendre d'y être acculé ?

A cette question-là, il n'osait pas répondre. C'était confus, d'ailleurs. Est-ce que, après ce qui s'était passé entre eux la nuit dernière, ce ne serait pas un geste sale, une lâcheté, de trahir Halligan ?

De plus en plus, il était convaincu qu'il s'était fait son complice, et c'était vrai selon la loi. Non seulement il n'avait pas tenté d'empêcher sa fuite, mais il l'avait aidée, et ce n'était pas à cause du revolver braqué sur lui.

Il ne fallait pas perdre de vue qu'à ce moment-là il vivait sa nuit !

Le matin, il avait téléphoné dans les hôtels, dans les hôpitaux, à la police. Avait-il mentionné l'évadé de Sing-Sing ?

Il lui restait quelques secondes pour choisir. Le lieutenant ne le bousculait pas, attendait avec une remarquable patience.

Quelle avait été sa dernière question ?

— *Sans vous arrêter ?*

— Je me suis encore arrêté une fois, dit-il.

— Vous savez où ?

Il resta muet, le regard fixé sur les reflets dorés de la table, avec la certitude que le policier pesait son silence.

— Dans une *log cabin*.

L'autre insista :

— Où ?

— Un peu avant d'arriver à Providence. Il y a une hostellerie tout à côté.

Pourquoi sentit-il une détente dans l'atmosphère ? En quoi cette réponse pouvait-elle soulager le lieutenant qui le regardait soudain, non plus avec des yeux de fonctionnaire qui suit la routine du métier mais, lui sembla-t-il, avec des yeux d'homme ?

Il en fut ému. Ce matin aussi, on l'avait regardé avec ces yeux-là, mais alors la serveuse de la *cafeteria*, par exemple, tout comme l'opératrice du téléphone qui s'était intéressée à son sort, ne voyaient en lui qu'un homme qui vient d'apprendre une mauvaise nouvelle. Elles ignoraient tout de la nuit qu'il avait passée. Il n'y avait que le garagiste à avoir eu des soupçons.

Au fait, l'homme au cigare ne s'était-il pas décidé à les communiquer à la police ? C'était plausible. Stève ne lui avait fourni aucune explication valable de l'état du coffre arrière où il est inhabituel de trouver du linge de femme pêle-mêle avec les outils. Il ne lui avait pas dit non plus comment ni où il avait perdu son portefeuille et ses papiers.

Tout était possible et il était persuadé à présent que, bien avant qu'ils s'assoient tous les deux au bout de la longue table où huit chaises restaient vides, le lieutenant Murray savait déjà.

Le lieutenant aussi paraissait sensible aux nuances et il lui suffisait de regarder son interlocuteur pour comprendre qu'il ne demandait plus qu'à lâcher le gros morceau.

— Il vous a dit son nom ? questionna-t-il comme s'il était sûr d'être compris.

— Je ne sais plus si c'est lui. Attendez...

Il souriait, maintenant, se moquait presque de son propre trouble.

— J'ai les idées tellement embrouillées !... C'est moi... Oui, je suis à peu près sûr que c'est moi qui ai deviné quand je l'ai trouvé assis dans ma voiture... On venait de parler de lui à la radio...

Il remontait à la surface, avalait une grande gorgée d'air, regardait, dépité, la porte à laquelle on frappait.

— Entrez !

L'infirmière-chef du premier étage s'adressait, non à lui, mais au policier qu'elle aussi semblait bien connaître.

— Le docteur dit qu'il peut monter.

Elle s'approcha du lieutenant, se pencha et lui parla à l'oreille. Son interlocuteur fit non de la tête et elle lui parla à nouveau.

— Écoutez-moi, Hogan, dit-il enfin. Je n'ai pas eu l'occasion, jusqu'ici, de vous mettre au courant de certains faits. C'est un peu votre faute. J'avais d'abord besoin...

Il fit signe qu'il comprenait. S'il avait parlé tout de suite, il y a longtemps qu'ils en auraient fini et il en arrivait à trouver sa propre obstination ridicule.

— Votre femme est hors de danger. Sur ce point, le médecin est catégorique. Elle n'en reste pas moins en état de choc. Quelle que soit son attitude, quoi qu'elle dise, il est important que vous restiez calme.

Il ne voyait pas au juste ce que cela signifiait et, la gorge serrée, il disait docilement :

— Je promets.

Tout ce qu'il savait, c'est qu'il allait la voir, et il en ressentait comme un courant d'air dans le dos ; il suivait l'infirmière dans le couloir tandis que le lieutenant marchait derrière lui sans faire le moindre bruit avec ses bottes.

Ils ne prirent pas l'ascenseur, mais l'escalier, atteignirent la croix des couloirs. Il aurait été incapable, ensuite, de dire s'ils avaient tourné à droite ou à gauche. On passa devant trois portes ouvertes et il évitait de regarder à l'intérieur, un médecin sortit de la quatrième salle, fit signe à l'infirmière que tout allait bien, jeta un long regard à Stève et serra la main du lieutenant.

— Comment vas-tu, Bill ?

Ces mots-là se gravèrent dans sa mémoire comme s'ils avaient été d'une importance capitale. Ses jambes mollissaient. Il apercevait, à gauche, le long du mur, trois lits, pas six comme il se l'était figuré le matin, une vieille femme qui lisait assise dans le sien, près de la fenêtre, une autre, les cheveux pendant en tresses, qui se tenait sur sa chaise et une troisième qui paraissait dormir et qui respirait difficilement. Aucune n'était Nancy. Celle-ci se trouvait de l'autre côté, où il y avait trois autres lits, dans celui qui lui était resté caché par la porte.

Quand il la vit, il prononça son nom, d'abord dans un souffle ; le répéta plus fort, en essayant de prendre un accent joyeux, pour elle, pour qu'elle ne s'effraie pas. Il ne comprenait pas pourquoi elle le regardait avec une sorte d'épouvante, au point que l'infirmière croyait nécessaire d'aller lui caresser l'épaule en murmurant :

— Il est ici, vous voyez ? Il est heureux de vous retrouver. Tout ira bien !

— Nancy ! appela-t-il sans pouvoir cacher davantage son angoisse.

Il ne reconnaissait pas son regard. Les bandages qui lui entouraient la tête jusqu'aux sourcils et qui cachaient ses oreilles changeaient peut-être l'aspect de son visage. Celui-ci était si blanc qu'il paraissait sans vie et les lèvres, à cause de leur pâleur, lui semblaient différentes. Il ne les avait jamais vues si minces, si serrées, comme des lèvres de vieille femme. Il s'attendait à tout cela, il pouvait, il devait s'y attendre, mais il ne s'attendait pas à ces yeux qui avaient peur de lui et qui se détournaient soudain.

Alors, il fit deux pas, saisit une des mains posées sur le drap.

— Ma petite Nancy, je te demande pardon...

Il fut obligé de se pencher pour entendre ce qu'elle répondait.

— Tais-toi... disait-elle.

— Nancy, je suis ici, tu vas guérir vite, le docteur en est sûr. Tout va bien. Nous...

Pourquoi refusait-elle toujours de le regarder en face et tournait-elle le visage vers le mur ?

— Demain, j'irai chercher les enfants au camp. Ils vont bien, eux aussi. Tu les verras...

— Stève !

Il crut comprendre qu'elle désirait qu'il se penche davantage.

— Oui. J'écoute. Je suis si heureux de te retrouver ! Je m'en suis tellement voulu, vois-tu, de ma stupidité !

— Chut !...

C'était elle qui voulait parler, mais elle devait d'abord reprendre son souffle.

— On t'a dit ? questionna-t-elle alors, tandis qu'il voyait des larmes rouler de ses yeux et que ses dents se serraient au point qu'il les entendit grincer.

L'infirmière lui touchait le bras comme pour lui transmettre un message et il murmura :
— Mais oui. On m'a dit.
— Tu pourras jamais me pardonner ?
— Mais c'est moi, Nancy, qui te demande pardon, c'est moi qui...
— Chut ! répéta-t-elle.
Lentement, elle tournait le visage pour le regarder, mais, comme il se penchait pour l'effleurer de ses lèvres, elle le repoussait tout à coup de ses bras faibles en criant :
— Non ! Non ! Non ! Je ne peux pas !
Il se redressa, ahuri, et le docteur entra dans la salle, se dirigea vers la tête du lit tandis que l'infirmière chuchotait :
— Venez, maintenant. Il vaut mieux la laisser.

7

Cela aurait aussi bien pu se passer sur une autre planète. L'idée de poser une question ne lui venait pas à l'esprit, ni de décider quoi que ce soit, de prendre la moindre initiative, et il n'aurait probablement pas été surpris si quelqu'un avait passé à travers lui comme à travers un fantôme.

Une main sur son épaule, le lieutenant l'entraînait vers une fenêtre au bout du couloir et ils devaient se frayer un chemin à travers un flot de gens qui, comme à un signal, avaient envahi l'étage, des femmes, des hommes, des enfants endimanchés, beaucoup qui portaient des fleurs et des fruits, ou un carton de pâtisserie, et un homme de son âge, avec de petites moustaches brunes et un chapeau de paille, s'efforçait d'atteindre Dieu sait quelle destination avec un cornet de crème glacée dans chaque main.

Stève ne se demandait pas ce qui arrivait, ni par quel tour de passe-passe deux petits nègres qu'il avait vus quelque part, sans se rappeler où, faisaient à nouveau partie de son univers et se tenaient la main par peur de se perdre.

— Il est inutile que j'essaie de l'interroger à présent, avec toutes ces visites, disait le lieutenant qui s'adressait soudain à lui comme s'il avait des comptes à lui rendre ou comme s'il avait besoin de son approbation. De toute façon, il vaut mieux lui donner le temps de se reprendre. J'ai demandé au docteur de lui poser la seule question qui importe présentement.

L'infirmière-chef, à qui tout le monde s'efforçait de parler, ne s'occupait plus d'eux ni de Nancy. Le lieutenant tendait à Stève son paquet de cigarettes, une allumette enflammée.

— Si cela ne vous ennuie pas de m'attendre ici, je vais jeter un coup d'œil à mon blessé. Cela nous gagnera du temps.

Trois minutes ou une heure ne faisaient plus de différence pour Stève. Adossé à la fenêtre, il laissait son regard errer devant lui sans plus d'intérêt que s'il avait vu des poissons s'agiter dans une eau transparente et il ne comprenait pas que les signes d'encouragement que l'infirmière adressait parfois dans sa direction étaient pour lui.

Le docteur sortit de la chambre, jeta un coup d'œil de chaque côté du corridor, parut surpris et se dirigea vers l'infirmière qui lui dit quelques mots et lui désigna l'escalier où il disparut à son tour.

Une jeune femme en tenue d'hôpital se promenait dans le couloir à pas lents, d'une certaine porte à une certaine porte, soutenue d'un côté par son mari, tenant de l'autre main une petite fille, et elle souriait avec extase comme si elle avait entendu une musique céleste. Il y avait du monde partout, qui parlait, entrait et sortait, gesticulait sans raison apparente, et, quand le lieutenant parut enfin près de la porte vitrée au-dessus de l'escalier et fit signe à Stève de le rejoindre, celui-ci se mit en marche à son tour, délivré du souci de lui-même.

— Le docteur pense, comme moi, qu'il est préférable que vous ne la voyiez plus avant ce soir, peut-être demain matin, il vous le dira après la visite qu'il lui fera à sept heures. Si vous voulez m'accompagner, il faut que je me rende à mon bureau mais, auparavant, j'ai un coup de téléphone à donner.

Il s'approcha du téléphone de l'infirmière où, debout, il demanda sa communication, et Stève attendait toujours, sans penser à écouter ce que disait le policier. Il entendit seulement des mots qu'il ne rattacha à rien :

— ... comme nous l'avons pensé, oui... Tout à fait formel... Je pars à l'instant...

Stève le suivit dans l'escalier, dans le corridor du rez-de-chaussée, puis encore dans le hall d'entrée et enfin dans le jardin de l'hôpital dont les allées étaient encombrées de voitures.

Le soleil, les bruits, le mouvement de la foule l'étourdissaient. Le monde entier était en effervescence. Il monta machinalement à l'arrière de l'auto de la police tandis que le lieutenant s'asseyait à côté de lui, refermait la portière, ordonnait au sergent qui tenait le volant :

— Au bureau !

Au passage, Stève aperçut sa propre voiture qui n'avait plus son aspect familier, qui n'avait plus l'air de lui appartenir.

Dans toutes les rues qu'on traversait la foule s'agitait, surtout des gens en short, des hommes au torse nu, des enfants en maillot de bain de couleur, partout on mangeait, on suçait des glaces, des voitures klaxonnaient, des filles riaient en renversant la tête en arrière ou en se suspendant au bras de leur compagnon et des haut-parleurs répandaient comme une nappe de musique.

— Vous avez peut-être envie d'acheter une chemise ou deux ?

L'auto s'arrêta devant un magasin où des articles de plage étaient accrochés autour de la porte.

Il fut assez lucide pour commander deux chemises blanches à

manches courtes, dire sa taille, empocher la monnaie et remonter dans l'auto où les deux hommes l'attendaient.

— J'ai un rasoir et tout ce qu'il faut au bureau. Vous pourrez y faire un brin de toilette. Si je ne reviens pas avec vous, je vous ferai reconduire par une des voitures. Ce que je crains, c'est qu'il ne vous soit pas facile de trouver une chambre.

Ils sortaient de la ville, et, le long du chemin, il y avait encore des espèces de baraques où l'on servait de la mangeaille et de la crème glacée.

Le lieutenant attendit que la route devînt une vraie route, avec des arbres des deux côtés.

— Vous avez compris ? questionna-t-il, quand il crut le moment venu.

Stève entendit les mots, mais il fallut un certain temps pour qu'ils prennent un sens.

— Compris quoi ? questionna-t-il alors.
— Ce qui est arrivé à votre femme.

Il réfléchit avec effort, secoua la tête, avoua :
— Non.

Il ajouta plus bas :
— On dirait que je lui fais peur.

— C'est moi qui l'ai ramassée au bord de la route la nuit dernière, reprit son compagnon d'une voix plus feutrée. Elle a eu de la chance que des gens de White Plain tombent en panne près de l'endroit où elle était étendue. Ils ont entendu ses gémissements. Je me trouvais à quelques milles de là quand le bureau m'a alerté par radio et je suis arrivé avant l'ambulance.

Pourquoi ne parlait-il pas naturellement ? On aurait dit qu'il ne racontait tout cela que pour gagner du temps. Il y avait un ton faux dans leur conversation. Stève non plus ne pensait pas à ce qu'il disait quand il questionna :

— Elle souffrait beaucoup ?
— Elle n'avait plus sa connaissance. Elle a perdu beaucoup de sang, ce qui explique que vous l'ayez vue si pâle. On lui a donné les premiers soins sur place.

— On lui a fait une piqûre ?
— L'infirmier lui en a fait une, oui. Je crois. Ensuite il a fallu trouver un hôpital qui ait un lit libre et nous en avons fait quatre avant de...

— Je sais.
— J'aurais voulu qu'elle soit isolée. Cela a été impossible. Vous avez vu vous-même. C'est désagréable de l'interroger devant les autres malades.

— Oui.

C'étaient les yeux épouvantés de Nancy qu'il continuait à avoir devant lui et il ne posait toujours pas la question, l'auto roulait vite, les autres voitures, à la vue de l'écusson de la police, ralentissaient soudain et on aurait dit un cortège. Comme on passait devant un restaurant, le lieutenant proposa :

— Vous ne désirez pas une tasse de café ?

Il répondit que non. Il n'avait pas le courage de descendre de la voiture.

— Il y en a d'ailleurs au bureau. Voyez-vous, Hogan, si vous avez vu votre femme si effrayée en vous apercevant, c'est qu'elle se croit responsable de ce qui est arrivé.

— C'est moi qui ai emporté la clef. Elle le sait bien.

— Elle est quand même partie, seule, dans l'obscurité, le long de la route.

Stève ne savait pas pourquoi son compagnon l'avait emmené. Il ne se l'était pas demandé. Il était seulement surpris qu'un homme comme Murray lui pose la main sur le genou et, en évitant de le regarder, prononçât d'une voix encore plus neutre :

— Ce n'est pas seulement pour lui voler son sac que l'homme l'a attaquée.

Il se tourna vers lui, le front plissé, le regard intense, et les mots eurent l'air de venir de très loin.

— Vous voulez dire que... ?

— Qu'elle a été violée. C'est ce que le médecin nous a confirmé ce matin à dix heures.

Il ne bougea pas, ne dit plus rien, figé, sans qu'un muscle tressaillît, avec l'image pathétique de Nancy devant ses yeux. Peu importe les paroles que le lieutenant prononçait maintenant. Il avait raison de parler. Il ne fallait pas laisser le silence les submerger.

— Elle s'est défendue courageusement, comme le prouve l'état de ses vêtements et les meurtrissures qu'elle a sur le corps. L'homme, alors, l'a frappée sur la tête avec un objet lourd, un tuyau de plomb, une clef anglaise ou la crosse d'un revolver, et elle a perdu connaissance.

On atteignait un *highway* que Stève avait déjà vu dans un passé proche ou lointain, on parcourait encore quelques milles et l'auto s'arrêtait devant un bâtiment en brique de la police d'État.

— J'ai cru que ce serait plus facile de parler de ça en route. Maintenant, allons dans mon bureau.

Stève n'aurait pas pu parler, marchait comme un somnambule, traversait une pièce où se trouvaient plusieurs hommes en uniforme, franchissait la porte qu'on lui désignait.

— Vous permettez un instant ?

On le laissait seul, peut-être parce que le lieutenant avait des ordres à donner, peut-être par discrétion, mais il ne pleurait pas, si c'était ça qu'on avait pensé qu'il allait faire, il ne s'asseyait pas, n'avançait pas d'un pas, ouvrait seulement la bouche pour prononcer :

« — Nancy ! »

Aucun son ne sortait. Nancy avait eu peur de lui quand il s'était approché d'elle. C'était elle qui avait honte et qui aurait voulu lui demander pardon !

La porte s'ouvrit, le lieutenant entra, deux gobelets de carton pleins de café dans les mains.

— Il est sucré. Je suppose que vous prenez du sucre ?

Ils burent ensemble.

— Si tout va bien, dans une heure ou deux, nous l'aurons.

Il ressortit, laissant cette fois la porte ouverte, revint presque aussitôt avec une carte d'un genre que Stève n'avait jamais vu qu'il étala sur le bureau. Certains carrefours, certains points stratégiques dans le Maine et le New Hampshire, non loin de la frontière canadienne, étaient marqués d'un trait rouge.

— A un mille environ de l'endroit où il a été obligé d'abandonner votre voiture et de vous laisser au bord de la route, un chauffeur l'a laissé monter sur son camion et l'a conduit jusqu'à Exeter. De là...

Stève retrouva soudain la voix, questionna durement :

— Qu'est-ce que vous dites ?

Il criait presque, menaçant, semblait mettre son interlocuteur au défi de répéter ce qu'il venait de dire.

— Je dis qu'à Exeter, il a trouvé...

— Qui ?

— Halligan. Pour le moment il est dans un périmètre...

Le lieutenant tendait le bras pour désigner du doigt une portion de la carte et Stève le lui rabattit d'un geste brusque.

— Je ne demande pas où il est. Je veux savoir si c'est lui qui...

— Je pensais que vous l'aviez compris depuis longtemps.

— Vous êtes sûr ?

— Oui. Depuis ce matin, quand j'ai montré sa photographie au barman d'*Armando*. Il l'a formellement reconnu. Halligan a quitté le bar vers le moment où vous vous y trouviez.

Stève, les poings serrés, les mâchoires dures, regardait toujours fixement le policier comme s'il attendait des preuves.

— Nous avons retrouvé sa trace à la *log cabin* où il a bu avec vous et où on nous a donné votre signalement ainsi que celui de votre voiture.

— Halligan ! répéta-t-il

— Tout à l'heure, à l'hôpital, pendant que vous attendiez dans le couloir et que j'allais voir mon blessé, le docteur, sur ma prière, a montré à votre femme une photo qu'elle a reconnue, elle aussi.

Le lieutenant ajouta après un temps :

— Vous comprenez, maintenant ?

Comprendre quoi ? Il y avait trop de choses à comprendre pour un seul homme.

— A neuf heures, ce matin, un garagiste a téléphoné à la police d'un petit endroit du New Hampshire et a donné le numéro de votre auto, que nous connaissions déjà par la propriétaire de la *log cabin*.

L'avait-on suivi à la piste, lui aussi, en marquant sa route de traits de crayon rouge, comme on était en train de le faire pour Sid Halligan ?

— Vous voulez vous raser ? questionnait le lieutenant en ouvrant la porte d'un cabinet de toilette. Un fait est certain. Jusqu'ici, il ne risquait, pour son évasion, que cinq ou dix ans en plus de son terme. Maintenant, c'est la chaise !

Stève claqua la porte et, plié en deux, se mit à vomir. Une âcre odeur d'alcool montait de la cuvette, sa gorge brûlait, il se tenait le ventre à deux mains, les yeux embués, le corps secoué par les hoquets.

Il entendait, à côté, le lieutenant parler au téléphone, puis les pas de deux ou trois hommes, la rumeur d'une sorte de conférence qui se tenait dans le bureau.

Il fut longtemps avant d'être capable de se passer la figure à l'eau fraîche, de l'enduire de crème et de se raser en regardant aussi durement sa propre image qu'il avait regardé le policier. Une terrible colère grondait en lui comme un orage qu'on entend aux quatre coins du ciel à la fois, une haine douloureuse qui se traduisait par le mot « tuer », non pas tuer avec une arme, mais tuer avec ses mains, lentement, férocement, en toute connaissance de cause, sans perdre un seul regard d'effroi, un soubresaut d'agonie.

Le lieutenant avait dit :

— Maintenant, c'est la chaise !

Et cela lui rappelait une voix qui, la nuit dernière, avait parlé aussi de cette chaise-là, la voix de Halligan qui disait :

— Je n'ai pas envie de passer à la chaise.

Non. Ce n'était pas cela. La scène lui revenait en mémoire. Stève lui demandait s'il avait tiré. Il lui posait la question d'une voix tranquille, sans indignation, avec juste un frémissement de curiosité. Et Sid avait répondu nonchalamment :

— Si j'avais tiré, ils m'auraient fait passer à la chaise.

N'était-ce pas à peu près vers ce temps-là que Stève avait pensé aux deux jeunes gens qui avaient commis un *hold-up* dans Madison Avenue en remarquant que, pendant dix ans, ils ne verraient pas une femme ?

Halligan venait de passer quatre ans à Sing-Sing. Il n'avait pas voulu faire de mal à la petite fille qu'il avait enfermée dans le placard avec une tablette de chocolat pour l'empêcher de crier. Il avait bâillonné, ficelé la mère afin de pouvoir chercher en paix les économies du ménage dans les tiroirs. Il n'avait pas encore de revolver. Il avait aussi besoin des vêtements du mari, car il portait sa tenue de prisonnier. Plus tard, il avait volé une arme dans la vitrine d'un magasin. Et, enfin...

Le torse nu, les cheveux humides, il ouvrit la porte.

— J'ai laissé les chemises dans l'auto.

— Les voici ! dit le lieutenant en montrant le paquet sur le bureau.

Il lui lançait un coup d'œil pour se rendre compte de son état d'esprit.

— Vous pouvez passer votre chemise ici. Nous n'avons rien de secret à discuter.

Un sergent lui rendait compte du coup de téléphone qu'il venait de recevoir.

— On a retrouvé, entre Woodville et Littleton, sur la 302, la voiture volée à Exeter. Le réservoir d'essence était vide. Ou bien il croyait en avoir davantage et espérait atteindre la frontière canadienne, ou bien il n'a pas osé se montrer dans un garage.

Tous les deux se penchaient sur la carte.

— La police du New Hampshire nous tient au courant. Elle a déjà alerté le F.B.I. Des barrages sont établis dans toute la région. A cause des bois, qui rendent les recherches difficiles, ils ont demandé des chiens, qu'ils attendent d'un moment à l'autre.

— Vous entendez, Hogan !

— Oui.

— J'espère qu'ils le prendront avant la nuit et qu'il n'aura pas le temps de faire un mauvais coup dans quelque ferme isolée. Au point où il en est, il n'hésitera plus à tuer. Il sait qu'il joue le tout pour le tout. Tu peux aller, vieux !

Le sergent sortit.

Le lieutenant restait assis devant la carte. Il avait retiré sa veste d'uniforme, et, les manches de sa chemise roulées au-dessus des coudes, il fumait une pipe dont il ne devait user qu'au bureau et chez lui.

— Asseyez-vous. Aujourd'hui, c'est un peu plus calme. La plupart des gens sont arrivés où ils voulaient aller. Demain, il n'y aura guère que du trafic local, quelques noyades, des rixes dans les dancings. Cela recommencera à barder lundi, quand tout le monde se précipitera vers New York et les grandes villes.

Quarante-cinq millions de...

Il repoussait avec horreur ces mots qui lui rappelaient le mouvement de la voiture, le sucement de toutes les roues sur l'asphalte, les phares, les milles parcourus dans l'obscurité d'une sorte de *no man's land* et les enseignes au néon qui surgissaient tout à coup.

— Il vous a menacé de son revolver ?

Stève regarda dans les yeux l'homme qui, renversé sur sa chaise, tirait de petites bouffées de sa pipe.

— Quand je suis entré dans la voiture, il y était assis et tenait son arme braquée sur moi, dit-il en choisissant ses mots.

Puis, détachant les syllabes, il ajouta comme par défi :

— Ce n'était pas nécessaire.

Le lieutenant ne tressaillit pas, ne parut pas surpris, posa une autre question.

— A la *log cabin*... Au fait, l'endroit s'appelle le *Blue Moon*... Au *Blue Moon*, dis-je, l'aviez-vous déjà reconnu ?

Il fit non de la tête.

— Je savais que c'était un rôdeur, je le soupçonnais de se cacher. Cela m'excitait.

— C'est vous qui avez conduit tout le temps ?

— Quelque part, nous nous sommes arrêtés à un garage pour faire de l'essence et j'ai obtenu du pompiste un quart de litre de whisky. Je crois que je l'ai vidé en quelques minutes.

Il ajouta un détail qu'on ne lui demandait pas :
— Halligan s'était endormi.
— Ah !
— Nous avons eu une crevaison, ensuite, et c'est lui qui a dû changer la roue, parce que je n'étais plus bon à rien, et je suis resté, affalé sur le talus. Après, je ne sais plus. Il aurait pu m'abandonner ou m'envoyer une balle dans la tête pour m'empêcher de le dénoncer.
— Vous lui aviez dit que vous saviez qui il était ?
— En quittant le *Blue Moon*.
— Comment vous sentez-vous ?
— J'ai vomi tout ce que j'avais dans l'estomac. Qu'est-ce qui va m'arriver ?
— Je vais vous faire reconduire à Hayward. Il est cinq heures. A sept heures, le docteur examinera à nouveau votre femme et vous dira si vous pouvez la voir ce soir. Je suppose que vous avez l'intention de coucher là-bas ?

Il n'y avait pas pensé. Il n'avait pas réfléchi à la question. C'était la première fois qu'il se trouvait sans un lit pour dormir, avec sa maison vide dans Long Island, ses deux enfants qui l'attendaient dans un camp et sa femme, entourée de cinq autres malades, sur un lit d'hôpital.
— Vous perdriez votre temps en essayant les hôtels et les auberges. Tout est plein à craquer. Mais il y a des particuliers qui, l'été, louent des chambres à la nuit. Vous avez peut-être une chance.

Le lieutenant n'insistait pas sur ses relations avec Halligan, n'y faisait plus allusion, et cela le contrariait. Il avait envie d'en parler, lui, de confesser tout ce qui lui était passé par la tête au cours de la nuit, persuadé que cela lui ferait du bien, qu'ensuite il se sentirait soulagé.

Est-ce que son compagnon devinait son intention ? Est-ce que, pour une raison à lui, il voulait éviter cette confession ? En tout cas, pour le moment, il se levait pour donner congé.
— Vous faites mieux de partir si vous ne désirez pas coucher sur la plage. Téléphonez-moi quand vous aurez une adresse. Je vous dirai où nous en sommes.

Il le rappela au moment où il atteignait la porte.
— Votre seconde chemise !

Stève, qui avait oublié qu'il en avait acheté deux, prit le paquet.
— J'ai jeté la sale dans le panier, dit-il.

Dans le grand bureau, le sergent de tout à l'heure annonça à son chef, le casque d'écoute sur la tête :
— Les chiens sont arrivés et, après avoir reniflé le siège de l'auto abandonnée, se sont élancés sur une piste.

Stève n'eut pas envie d'attendre, n'osa pas tendre la main.
— Je vous remercie, lieutenant, de la façon dont vous m'avez traité. Et de tout.

On lui désigna une voiture au volant de laquelle se tenait un homme en uniforme. Il s'assit à côté de lui.

— Hayward. Conduis-le dans la cour de l'hôpital où il a laissé son auto.

Le mouvement du véhicule lui fit peu à peu fermer les yeux. Il lutta un certain temps, puis sa tête se pencha sur sa poitrine et il somnola, sans perdre entièrement conscience de l'endroit où il se trouvait. Seule la notion du temps s'effaçait, les événements lui revenaient à la mémoire en désordre, des images isolées se mêlaient, se liant et se déliant entre elles.

Par exemple, il lui arriva d'identifier Halligan, non avec l'homme au visage maigre et nerveux, mais le blond du premier bar, et il imagina Nancy avec lui, buvant au comptoir, un comptoir qui n'était pas celui du bord de la route mais le comptoir de Louis dans la 45ᵉ Rue.

Alors, il protestait en s'agitant :

— Non ! Ce n'est pas lui. Celui-là, c'est le faux !

Le vrai Halligan était brun, l'air maladif, et sa pâleur n'était pas surprenante puisqu'il venait de passer quatre ans en prison. Il conduisait l'auto un mystérieux sourire aux lèvres, quand Stève s'écriait soudain :

— *Mais c'est ma femme ! Vous ne m'aviez pas dit que c'était ma femme !*

Criant ces mots « *ma femme* » toujours plus fort, il serrait le cou de l'homme à deux mains tandis qu'un des pneus de la voiture éclatait et que celle-ci allait s'arrêter dans les pins.

— Hé ! *Mister*...

Le policier lui tapotait l'épaule en souriant.

— Vous êtes arrivé.

— Je vous demande pardon. Je crois que j'ai dormi. Merci.

La plupart des voitures avaient disparu de la cour de l'hôpital et la sienne se trouvait seule au milieu d'un grand vide. Il n'en avait pas besoin. Où serait-il allé en voiture ? Il leva les yeux vers les fenêtres, incapable de reconnaître celle de Nancy. Ce n'était pas la peine de rester là à regarder en l'air. Il fallait qu'il fasse ce qu'on lui avait dit de faire.

Le lieutenant lui avait recommandé de chercher une chambre avant tout. Il y avait des maisons tout près, la plupart en bois, peintes en blanc, avec une véranda tout autour et, sur ces vérandas, des gens, surtout des vieillards, qui prenaient le frais en se balançant dans un *rocking chair*.

— Je m'excuse de vous déranger, madame. Vous ne savez pas où j'ai des chances de trouver une chambre ?

— Vous êtes le troisième à me poser la question depuis une demi-heure. Adressez-vous toujours à la maison du coin. Ils n'ont plus rien de libre, mais ils connaissent peut-être quelque chose.

Il vit la mer, pas loin, au bout d'une rue. Le soleil n'avait pas encore tout à fait disparu dans la direction opposée, derrière les maisons et les arbres, mais la surface de l'eau était déjà d'un vert glacé.

— Pardon, madame, est-ce que...

— C'est pour une chambre ?
— Ma femme est à l'hôpital et...

On l'envoyait ailleurs, puis ailleurs encore, dans des rues qui s'écartaient de plus en plus du centre de la ville et où les habitants étaient sur leur seuil.

— Pour une seule personne ?
— Oui, ma femme est à l'hôpital...
— Vous avez eu un accident ?

On trouvait étrange qu'il soit sans voiture.

— J'ai laissé mon auto là-bas. J'irai la chercher dès que j'aurai trouvé à me loger.

— Tout ce que nous pouvons vous offrir, c'est un lit de camp sur la véranda, derrière la maison. Il y a une moustiquaire, mais je vous préviens qu'il ne fera pas chaud. Je vous donnerai deux couvertures.

— Cela ira très bien.
— Je suis obligé de vous compter quatre dollars.

Il paya d'avance. Presque tout de suite après lui avoir remis cet argent-là, le garagiste au cigare avait cru devoir avertir la police. Stève ne s'était pas douté, alors qu'il roulait vers Hayward, que celle-ci savait exactement où il était.

Cette pensée-là, au lieu de le contrarier, le rassurait plutôt. C'était apaisant de constater que le monde était bien organisé, la société solide.

Elle ne pouvait pas tout empêcher. Nancy non plus n'était pas parvenue à l'empêcher de boire, la nuit dernière. Elle avait essayé de toutes ses forces et c'était elle, en fin de compte, qui avait payé.

— A quelle heure comptez-vous rentrer ?
— Je ne sais pas. Il faut que j'aille voir ma femme à l'hôpital. Je rentrerai tôt.
— A dix heures, je me couche et je n'ouvre plus la porte. Vous êtes prévenu. Remplissez votre fiche.

D'écrire son nom lui rappela l'entrefilet du journal. On parlerait encore de l'attentat dans le journal du soir, c'était inévitable. La radio avait déjà dû annoncer que la victime de l'agression était identifiée. Il avait souvent lu des informations de ce genre-là, sans attacher d'importance à la mention : « Il y a eu viol. »

Tout le monde allait savoir. Il pensa à Mr Schwartz, à la téléphoniste qui lui répondrait avec une secrète satisfaction que sa femme était en conférence, à Louis et à ses clients de cinq heures. Alors, à son découragement, tellement visible que sa logeuse le regardait avec une certaine méfiance, se mêla une pitié d'un genre spécial. Ce n'était plus en mari qu'il évoquait Nancy. Il y pensait comme à une femme dans la rue, dans la vie, une femme que les gens suivaient des yeux en murmurant, l'air désolé :

« — C'est elle qui a été violée ? »

Cela posait de nouveaux problèmes. Peut-être Nancy, elle, seule dans son lit, les avait-elle déjà envisagés ? Telle qu'il la connaissait, il lui semblait qu'elle n'accepterait jamais de revoir ceux qu'ils connaissaient et de reprendre son existence ordinaire.

— Si c'est à l'hôpital que vous allez et si vous voulez couper au court, tournez tout de suite à droite et marchez jusqu'à ce que vous trouviez un restaurant à la façade peinte en bleu. De là, vous apercevrez l'hôpital.

Ce qui aurait été merveilleux, ç'aurait été de vivre tous les quatre, avec les enfants, sans plus voir personne, pas même Dick et sa femme qui, d'ailleurs, avait toujours un sourire faux et était jalouse de Nancy. Celle-ci resterait à la maison. Il continuerait à se rendre à son travail, puisqu'il fallait qu'il gagne sa vie, mais il rentrerait tout de suite sans passer par chez Louis, sans avoir besoin d'un Martini. Personne ne leur poserait de questions, ne ferait de commentaires.

La rumeur et les musiques du centre de la ville lui parvenaient, assourdies, et la radio fonctionnait dans beaucoup de maisons, dans d'autres, on devinait des silhouettes immobiles dans la pénombre devant l'écran lunaire d'une télévision.

Il atteignit le restaurant à la façade bleue et y entra, pas pour boire, mais pour manger, car il avait des crampes d'estomac. Il n'y avait d'ailleurs pas de bar. On ne servait pas de boissons alcooliques. Il n'aurait pas été tenté, de toute façon. Il avait l'intention, tout à l'heure, si on lui permettait de lui parler et si elle n'était pas trop épuisée, de jurer à Nancy qu'il ne toucherait plus un verre d'alcool de sa vie, bien décidé à tenir sa promesse, non seulement pour elle mais pour lui.

Une fille qui sentait la sueur essuyait la table d'un torchon sale devant lui et lui mettait un menu dans la main, attendait la commande, le crayon en suspens.

— Donnez-moi n'importe quoi. Un sandwich.
— Vous ne voulez pas une salade de homard ? C'est le plat du jour.
— Cela ira plus vite ?
— C'est prêt. Café ?
— S'il vous plaît.

Un journal de l'après-midi traînait sur une table mais il préféra ne pas l'ouvrir. L'horloge, au mur, marquait six heures dix. La veille, à cette heure-ci, ils étaient dans leur maison, sa femme et lui. Pour aller plus vite, ils ne s'étaient pas assis pour manger leurs sandwiches et il entendait encore le bruit du Frigidaire quand sa femme l'avait ouvert pour se servir un Coca-Cola.

— *Tu en veux ?*

Il ne pouvait pas lui avouer qu'il venait de boire un rye. Tout était parti de là. Elle portait son tailleur d'été vert qu'elle avait acheté dans Fifth Avenue sans se douter qu'on en parlerait dans les journaux de Boston le lendemain matin.

— *Du catsup ?*

Il avait hâte de se retrouver à l'hôpital. Même si on ne lui permettait pas tout de suite de monter, il se sentirait plus près d'elle. En outre, à l'hôpital, il n'était pas tenté de penser. Il ne voulait plus penser aujourd'hui. Sa fatigue avait atteint le point où elle lui causait une douleur dans tout le corps, comme à l'intérieur des os. Cela lui était arrivé souvent de passer la nuit, même de la passer à boire, d'être malade le lendemain, mais il s'était presque toujours remonté à l'alcool. Cela réussirait probablement ce soir aussi. Le matin, le scotch lui avait permis de tenir le coup et de conduire sa voiture jusqu'ici, lui avait même donné assez de sang-froid pour téléphoner de tous les côtés et pour retrouver Nancy.

Il regrettait de n'avoir plus la serveuse de la *cafeteria* pour le soutenir. Ici, chacun était pressé, on entendait des fracas d'assiettes, les filles allaient et venaient sans arriver à contenter tout le monde et il se trouvait sans cesse quelqu'un qui aimait le bruit pour mettre cinq *cents* dans le *juke-box*.

— Dessert ? Nous avons de la tarte aux pommes et de la tarte au citron.

Il préféra payer et s'en aller. Toutes les fenêtres de l'hôpital étaient éclairées et, si Nancy n'avait pas été du côté de la porte, il aurait peut-être aperçu son lit. Les rideaux n'étaient pas tirés partout. On voyait ici et là le bonnet blanc d'une infirmière, la silhouette d'un malade penché sur un magazine.

En passant devant sa voiture, il détourna le regard, gêné de tout ce qu'elle lui rappelait, se promit de l'échanger contre une autre, même plus vieille, s'il en avait l'occasion.

Il avait oublié de téléphoner au lieutenant qui lui avait demandé de le faire. Il se souvint d'avoir aperçu une cabine dans le hall de l'hôpital. Dès qu'il aurait des nouvelles, il faudrait aussi qu'il téléphone aux Keane. Il ne fallait pas oublier les enfants. Il avait besoin d'avoir d'abord une idée plus précise de ce qu'ils feraient.

— Vous ne savez pas si je peux voir ma femme ?

La demoiselle le reconnaissait, plantait une fiche dans le standard.

— C'est le mari de la dame du 22. Vous savez de qui je veux parler ? Oui ? Comment ? Le docteur ne doit pas venir avant sept heures ? Je vais le lui dire.

Elle répéta :

— Pas avant sept heures.

— Je peux me servir du téléphone ?

— La cabine est publique.

Il appela le bureau de la police.

— Ici, Stève Hogan. Je voudrais parler au lieutenant Murray.

— Je suis au courant, Mr Hogan. C'est moi qui étais à l'hôpital avec le lieutenant. Il est allé dîner.

— Il m'a prié de lui téléphoner pour lui donner mon adresse ici.

— Vous avez trouvé une chambre ?

Il lut l'adresse que sa logeuse avait écrite sur un bout de papier.

— Il n'y a pas de nouvelles ?

— Nous en avons depuis une demi-heure.

La voix était joyeuse.

— Tout est fini. Les chiens se sont d'abord lancés sur une fausse piste, ce qui a fait perdre une bonne heure. On les a ramenés à la voiture et, cette fois, ils ne se sont pas trompés.

— Il s'est défendu ?

— Quand il s'est vu cerné, il a jeté son revolver et a mis les bras en l'air. Il était vert de peur et suppliait qu'on ne lui fasse pas de mal. Le F.B.I. l'a pris en charge. Ils passeront par ici demain matin en le ramenant à Sing.

— Je vous remercie.

— Bonne nuit. Vous pouvez annoncer la nouvelle à votre femme. Cela lui fera plaisir, à elle aussi.

Il sortit de la cabine et alla s'asseoir sur une chaise du hall où il se trouvait seul, il voyait, derrière la vitre du guichet, le haut du visage de la réceptionniste qui tapait à la machine et qui lui lançait parfois un coup d'œil curieux.

Il ne reconnut pas tout de suite le docteur qui venait du dehors et qu'il n'avait pas encore vu en costume de ville, mais le docteur le reconnut, faillit passer, revint sur ses pas, soucieux.

Stève se leva.

— Restez assis.

Lui-même s'assit à côté de lui, mit les coudes sur les genoux comme pour un paisible entretien d'homme à homme.

— Le lieutenant vous a dit ?

Il fit signe que oui.

— Je suppose que vous vous rendez compte que c'est pour elle que c'est le plus tragique. Je ne l'ai pas encore revue ce soir. La blessure à la tête n'est pas belle, mais cela se répare rapidement. Au fait, il vaut mieux que vous sachiez, afin de ne pas la peiner par un mouvement de surprise, que nous avons été obligés de lui couper les cheveux et de lui raser la tête.

— Je comprends, docteur.

— Nous ne pouvons pas la garder longtemps ici, où nous avons passé la journée à refuser des urgences. Vous avez un bon médecin ? Où habitez-vous ?

— Long Island.

— Il y a un hôpital près de chez vous ?

— A trois milles.

— Je vais voir où elle en est exactement et si elle peut bientôt faire le voyage sans danger. Ce qui est le plus important, dans son cas, et ce qui vous regarde, c'est son moral. Attendez ! Je ne doute pas que vous soyez prêt à l'entourer de tous les soins imaginables. Ce n'est malheureusement pas le premier cas de ce genre qui me passe par les mains. La réaction est toujours violente. Il faudra longtemps pour que votre femme se considère à nouveau comme une personne normale, réagisse comme une personne normale, surtout après la publicité qui sera faite autour d'elle et que nul ne peut empêcher. Si son assaillant est pris, il y aura procès.

— Il est arrêté.

— Vous aurez à vous montrer patient, ingénieux, et peut-être, si elle tarde à faire des progrès, à demander l'aide d'un spécialiste.

Il se leva.

— Vous pouvez monter avec moi et attendre dans le couloir. A moins d'imprévu, je n'en ai que pour quelques instants. Vous avez des enfants, m'a-t-elle dit ?

— Deux. Nous étions en route pour le Maine où ils attendent que nous les ramenions du camp.

— Je vous en parlerai tout à l'heure.

Ils montèrent. L'infirmière n'était plus celle qu'il connaissait et le médecin échangea quelques mots avec elle.

— Si vous voulez vous asseoir...

— Merci.

Il préférait rester debout. Les couloirs étaient vides, baignés d'une lumière jaune et douce. Le docteur était entré dans la chambre de Nancy.

— Elle a dormi ?

— Je ne sais pas. J'ai pris mon service à six heures.

Elle jeta un coup d'œil à une fiche.

— Je peux vous dire qu'elle a mangé du bouillon, de la viande et des légumes.

Ces mots-là avaient un son rassurant.

— Vous l'avez vue ?

— La nuit dernière, quand on l'a amenée.

Il n'insista pas, préférant ignorer les détails. De la première porte venait le murmure monotone d'une conversation entre deux femmes.

Le docteur parut, appela :

— Vous voulez venir un instant, mademoiselle ?

Il lui dit quelques mots et l'infirmière entra dans la chambre tandis que le médecin s'approchait de Stève.

— Vous allez la voir. L'infirmière vous préviendra quand elle sera prête. A moins de complications que je ne prévois pas, il n'y a pas de raison pour qu'elle ne parte pas mardi. Le *week-end* sera fini et les routes seront moins encombrées.

— Elle aura besoin d'une ambulance ?

— Si vous avez une bonne voiture et si vous conduisez sans trop de heurts ce ne sera pas nécessaire. Je la verrai avant. Je vous en parle dès à présent pour que vous puissiez prendre vos dispositions. Quant à la question des enfants, si vous avez quelqu'un pour s'occuper d'eux à la maison...

— Nous avons une *baby-sitter* une partie de la journée et je peux lui demander de rester davantage.

— Cela aidera au rétablissement de votre femme que la vie soit tout de suite aussi normale que possible autour d'elle. Ne restez pas plus de vingt minutes, une demi-heure, et évitez qu'elle se fatigue à parler.

— Je vous promets, docteur.

L'infirmière parut, mais ce n'était pas encore pour lui. Elle venait chercher un objet qu'il ne distingua pas dans son sac à main qui se trouvait dans un placard, retournait dans la chambre.

Il s'écoula encore dix bonnes minutes et on lui fit enfin signe d'avancer.

— Elle vous attend, dit l'infirmière en lui livrant passage.

On avait dressé un paravent autour du lit pour l'isoler du reste de la salle, avec une chaise au chevet. Nancy tenait les yeux clos, mais ne dormait pas, et il voyait des frémissements passer sur son visage. Il remarqua que ses lèvres étaient plus rouges, décela des traces de poudre près du pansement qui entourait sa tête, à hauteur de l'oreille.

Sans un mot, il s'assit, tendit la main vers la main posée sur le drap.

8

Sans ouvrir les yeux, elle chuchota :

— Ne dis rien...

Et elle-même se tut, immobile, avec seulement sa main qui bougeait dans celle de Stève pour mieux s'y blottir. Ils étaient tous les deux dans une oasis de paix et de silence où ne leur parvenait que la respiration sifflante de la malade qui avait la fièvre.

Stève se gardait du moindre mouvement, et c'était Nancy qui disait après un temps, d'une voix toujours assourdie :

— Je veux d'abord que tu saches que ce n'est pas moi qui ai demandé de la poudre et du rouge. C'est l'infirmière. Elle a insisté, par crainte que je te fasse peur.

Il ouvrit la bouche, ne parla pas et finit par clore les paupières à son tour, car ils étaient encore plus proches l'un de l'autre ainsi, sans se voir, avec seulement le contact de leurs doigts emmêlés.

— Tu n'es pas trop fatigué ?

— Non... Vois-tu, Nancy...

— Chut ! Ne bouge pas. Je sens le sang battre dans tes veines.

Cette fois, elle garda si longtemps le silence qu'il crut qu'elle s'était assoupie. Elle finit cependant par reprendre :

— Je suis très vieille à présent. J'étais déjà ton aînée de deux ans. Depuis cette nuit, je suis une vieille femme. Ne proteste pas. Laisse-moi parler. J'ai beaucoup réfléchi cet après-midi. Ils m'ont encore fait une piqûre mais je suis parvenue à ne pas dormir et j'ai pu penser.

Il ne s'était jamais senti si près d'elle. C'était comme si un cercle de lumière et de chaleur les entourait, les mettant à l'abri du reste du monde, et, dans leurs mains jointes, leur pouls avait la même cadence.

— En quelques heures, j'ai vieilli d'au moins dix ans. Ne t'impatiente pas. Tu dois me laisser aller jusqu'au bout.

C'était à la fois bon et déchirant de l'entendre, qui parlait toujours dans un souffle, pour que ce soit plus secret, plus à eux deux, et sa voix n'avait pas d'intonation, elle laissait de longues pauses entre les phrases.

— Il faut que tu saches, Stève, si tu n'y as pas encore pensé toi-même, que c'est toute notre vie qui va changer et que désormais rien ne sera plus comme avant. Jamais je ne serai une femme comme une autre, jamais je ne serai ta femme.

Et comme elle sentait qu'il allait protester, elle se hâtait de l'en empêcher :

— Chut !... Je veux que tu écoutes et que tu comprennes. Il y a des choses qui ne pourront plus exister, parce que, chaque fois, le souvenir de ce qui s'est passé...

— Tais-toi.

Il avait ouvert les yeux et la voyait les paupières toujours closes, avec sa lèvre inférieure qui tremblait en s'avançant un peu comme quand elle allait pleurer.

— Non, Stève ! Toi non plus, tu ne pourrais pas. Je sais ce que je dis. Tu le sais bien, toi aussi, mais tu essaies de t'illusionner. Pour moi, c'est fini. Il y a une sorte de vie que je ne connaîtrai plus.

La gorge gonflée, elle avalait sa salive et il croyait apercevoir, la durée d'une seconde, l'éclat des prunelles entre les cils qui battaient.

— Je ne te demanderai pas de rester avec moi. Tu continueras à avoir une existence normale. Nous nous arrangerons de notre mieux pour que cela soit facile.

— Nancy !

— Chut !... Laisse-moi finir, Stève. Un jour ou l'autre, tu te rendrais compte par toi-même des choses que je te dis ce soir et alors ce serait beaucoup plus pénible pour tous les deux. C'est pourquoi j'ai tenu à ce que tu saches tout de suite. Je t'attendais.

Il ignorait qu'il était en train de lui broyer la main et elle gémit :
— Tu me fais mal.
— Pardon.
— C'est bête, hein ! On ne comprend que quand il est trop tard. Quand on est heureux, on n'y attache pas d'importance, on commet des imprudences, il arrive même qu'on se révolte. Nous avons été heureux tous les quatre.

Alors, tout à coup, il oublia les conseils du médecin, il ne réfléchit pas, ne pensa plus à la blessure que Nancy avait à la tête, ni à la salle d'hôpital où ils se trouvaient. Un flot de chaleur avait envahi sa poitrine et des mots se pressaient dans son esprit, qu'il avait besoin de lui dire, des mots qu'il ne lui avait jamais dits, qu'il n'avait peut-être jamais pensés.

— Ce n'est pas vrai ! protesta-t-il d'abord, comme elle venait de parler de leur bonheur passé.

— Stève !

— Je crois que j'ai réfléchi, moi aussi, sans m'en rendre compte. Et ce que tu viens de dire est faux. Ce n'est pas hier que nous étions heureux.

— Tais-toi !

Sa voix était aussi sourde que celle de sa femme et il parvenait pourtant à y mettre une véhémence contenue qui n'en était que plus éloquente.

Ce n'était pas ainsi qu'il avait envisagé leur entrevue et il ne s'était pas figuré qu'il lui dirait un jour ce qu'il allait lui dire. Il se sentait dans un état de sincérité totale et c'était comme s'il avait été nu, aussi sensible que si la peau lui avait été enlevée.

— Ne me regarde pas. Garde les yeux fermés. Écoute-moi seulement. La preuve que nous n'étions pas heureux, c'est que, dès que nous sortions de notre routine quotidienne, du cercle de nos petites habitudes, j'étais si désemparé que j'avais un urgent besoin de boire. Et toi, tu avais besoin, chaque jour, d'aller dans un bureau de Madison Avenue pour te persuader que tu avais une vie intéressante. Combien de fois sommes-nous restés face à face, chez nous, sans être obligés, après quelques minutes, de prendre un magazine ou d'écouter la radio ?

Les paupières de Nancy étaient humides à leur bord, ses lèvres s'avançaient de plus en plus, il avait failli lui lâcher la main et elle s'y cramponnait nerveusement.

— Sais-tu à quel moment, hier, j'ai commencé à te trahir ? Tu étais encore à la maison. Nous n'étions pas encore en route. Je t'ai annoncé que j'allais faire le plein d'essence.

Elle murmura :

— Tu avais d'abord parlé de cigarettes.

Son visage était déjà plus clair.

— C'était pour boire un rye. Je suis resté au rye toute la nuit. J'avais envie de me sentir fort et sans entraves.

— Tu me détestais.

— Toi aussi.

Un sourire ne glissa-t-il pas furtivement sur son visage quand elle souffla :

— Oui.

— J'ai continué, tout seul, à me révolter, jusqu'à ce que je m'éveille ce matin au bord d'une route où je ne me souvenais pas m'être arrêté.

— Tu as eu un accident ?

Il avait l'impression que, pour la première fois depuis qu'ils se connaissaient, il n'existait plus aucune tricherie entre eux, plus rien, même de l'épaisseur d'un voile, pour les empêcher d'être eux-mêmes en face l'un de l'autre.

— Pas un accident. C'est mon tour de te dire qu'il faut que tu saches et qu'il vaut mieux que ce soit maintenant. J'ai rencontré un homme en qui, pendant des heures, j'ai voulu voir un autre moi-même qui n'aurait pas été lâche, un homme à qui je regrettais de ne pas ressembler, et je lui ai dit tout ce que j'avais sur le cœur, tout le mauvais qui fermentait en moi. Je lui ai parlé de toi, peut-être des enfants, et je ne suis pas sûr de ne pas avoir prétendu que je ne les aimais pas. Je savais pourtant qui était cet homme-là, et d'où il venait.

Il avait fermé les yeux à nouveau.

— J'ai mis un acharnement d'ivrogne à tout salir et l'individu à qui je me suis confié de la sorte, c'est...

Il entendit à peine qu'elle répétait :

— Tais-toi.

Il avait fini. Il pleurait en silence et ce n'étaient pas des larmes amères qui coulaient de ses yeux clos. La main de Nancy dans la sienne restait inerte.

— Tu comprends, à présent...

Il dut laisser à sa gorge le temps de se desserrer.

— Tu comprends que c'est seulement aujourd'hui que nous allons commencer à vivre ?

Il fut surpris, en ouvrant les paupières, de voir qu'elle le regardait.

Elle l'avait peut-être regardé tout le temps qu'il parlait ?

— C'est tout ! Tu vois, tu avais raison de prétendre que, depuis hier, nous avons parcouru une longue route.

Il croyait lire un reste d'incrédulité dans ses yeux.

— Ce sera une autre vie. J'ignore comment elle sera, mais je suis sûr que nous la vivrons tous les deux.

Elle essayait encore de se débattre.

— C'est vrai ? questionna-t-elle avec une candeur qu'il ne lui connaissait pas.

L'infirmière passait derrière lui pour donner des soins à la malade qui faisait de la température et qui avait dû la sonner. Tout le temps qu'elle resta dans la salle, ils évitèrent de parler.

Cela n'avait plus d'importance, à présent. Peut-être, quand il aurait repris l'existence de tous les jours, Stève aurait-il une certaine gêne au souvenir de cette effusion. Mais n'avait-il pas encore plus honte, les matins qu'il se réveillait après ses discours d'homme qui a bu ?

Ils se regardaient sans respect humain, sentant l'un et l'autre que cette minute ne reviendrait probablement jamais. Chez chacun, il y avait une sorte de bondissement vers l'autre, mais cela ne paraissait que dans leurs yeux qui ne se quittaient plus et qui, peu à peu, exprimaient un grave ravissement.

— Ça va, vous deux ? lança l'infirmière au moment de sortir.

La vulgarité des mots ne les choqua pas.

— Encore cinq minutes, pas plus, annonça-t-elle en franchissant le seuil, une bassine couverte d'une serviette à la main.

Trois de ces cinq minutes s'étaient écoulées quand Nancy prononça d'une voix plus ferme que précédemment :

— Tu es sûr, Stève ?

— Et toi ? répliqua-t-il en souriant.
— Peut-être que nous pouvons essayer.

Ce qui était important, ce n'était pas ce qui arriverait, c'était que cette minute-là ait existé et déjà il s'efforçait de ne pas en perdre la chaleur, il avait hâte de partir, parce que tout ce qu'ils pourraient dire ne ferait qu'affaiblir leur émotion.

— Je peux t'embrasser ?

Elle fit signe que oui et il se leva, se pencha sur elle, posa ses lèvres sur les siennes avec précaution et les pressa doucement. Ils restèrent ainsi plusieurs secondes et, quand il se redressa, la main de Nancy était encore accrochée à la sienne, il dut détacher ses doigts un à un avant de se précipiter vers la porte sans se retourner.

Il faillit ne pas entendre que l'infirmière l'appelait. Il ne l'avait pas vue en passant près d'elle.

— Mr Hogan !

Il s'arrêta, la vit sourire.

— Je vous demande pardon de vous interpeller comme ça. C'est pour vous dire que, désormais, vous ne devez venir qu'aux heures de visite, qui sont affichées en bas. Aujourd'hui, on vous a laissé, parce que c'était le premier jour.

Comme il jetait un coup d'œil vers la chambre de Nancy, elle ajouta :

— Ne craignez rien. Je veillerai à ce qu'elle dorme. Au fait, le docteur m'a remis ceci pour vous. Vous les prendrez tous les deux avant de vous coucher et vous aurez une bonne nuit.

C'étaient deux comprimés dans une petite enveloppe blanche qu'il glissa dans sa poche.

— Je vous remercie.

La nuit était claire, les cailloux des allées brillaient sous la lune, il monta dans sa voiture sans y penser, se dirigea, non vers la maison de sa logeuse, mais vers la mer. Il avait encore besoin de vivre un moment avec ce qu'il sentait en lui et sur quoi les lumières de la ville, les musiques, les tirs, les balançoires n'avaient aucune prise. Tout cela qui l'entourait n'avait pas d'épaisseur, pas de réalité. Il longea une rue qui devenait de moins en moins brillante et au bout de laquelle il trouva un rocher que la mer léchait avec un bruissement à peine perceptible.

Un air plus froid venait du large, une odeur forte dont il s'emplissait les poumons. Sans fermer la portière derrière lui, il marcha jusqu'à l'extrême bord de la pierre, ne s'arrêta que quand la vague toucha le bout de ses souliers, et, furtivement, comme s'il avait honte, il refit le geste qu'il avait eu quand, enfant, on l'avait conduit pour la première fois voir l'océan, se penchant, trempant sa main dans l'eau, l'y laissant longtemps pour en savourer la fraîcheur vivante.

Après, il ne s'attarda plus, chercha la façade bleue du restaurant qui lui servait de point de repère et retrouva le chemin qu'il avait parcouru à pied, la maison où il devait dormir.

La logeuse et son mari étaient assis tous les deux dans l'obscurité de la véranda où il ne les découvrit qu'en gravissant les marches.

— Vous êtes de bonne heure, Mr Hogan. Il est vrai que vous ne devez pas avoir le cœur à vous amuser. Vous n'avez pas de valise ? Attendez que je fasse de la lumière à l'intérieur.

Une lampe très blanche éclaira soudain le papier à fleurs du vestibule.

— Je ne vais pas vous laisser dormir tout habillé après ce que vous avez passé.

Elle savait, à présent, lui parlait comme à quelqu'un qui a eu des malheurs.

— Comment va votre pauvre femme ?
— Mieux.
— Quel choc cela a dû être pour elle ! Des hommes comme celui-là, on devrait les abattre sans prendre la peine de les juger. Si quelqu'un en faisait autant à ma fille, je crois que je serais capable...

Il faudrait qu'il s'habitue. Nancy aussi. Cela faisait partie de leur nouvelle vie, tout au moins pour un temps. Il attendait sans impatience que la femme ait fini et elle alla lui chercher dans une chambre un pyjama de son mari.

— Il sera peut-être un peu court, mais cela vaut mieux que rien. Si vous voulez venir avec moi, je vais vous montrer la salle de bains.

Elle tournait des commutateurs électriques, tirant une à une les pièces de l'obscurité.

— Je vous ai déniché une troisième couverture. Elle est en coton, mais elle aidera quand même. Vous l'apprécierez vers le matin, quand l'humidité arrive de la mer avec la brise.

Il avait hâte d'être couché, de se replier sur lui-même. Il se releva pourtant en se souvenant des comprimés du docteur et il alla les avaler avec un verre d'eau. Les voix feutrées du couple lui parvenaient du devant de la maison, amorties, et il n'y prenait pas garde.

— Bonsoir, Nancy, dit-il dans un chuchotement qui lui rappela celui de la chambre d'hôpital.

Il y avait des grillons dans le jardin. Plus tard, on ouvrit et on referma des portes, des pas lourds montèrent l'escalier du premier étage, quelqu'un s'acharna à ouvrir ou à refermer une fenêtre qui paraissait coincée et le seul souvenir qu'il garda de la nuit fut une sensation de froid qui le pénétrait et contre lequel les couvertures étaient impuissantes.

Il ne rêva pas, ne s'éveilla que quand le soleil l'enveloppa tout entier et qu'il se sentit le visage presque brûlant. La ville était déjà pleine de rumeurs et de voix, des autos passaient dans la rue, des coqs chantaient quelque part et on remuait de la vaisselle dans la maison.

Il avait laissé ses vêtements accrochés derrière la porte de la salle de bains, avec sa montre dedans.

Quand il pénétra dans le vestibule, la logeuse lui lança, de la cuisine :

— Au moins, vous avez dormi, vous ! On peut dire que le grand air vous réussit !

— Quelle heure est-il ?

— Neuf heures et demie. Je suppose que vous avez envie d'une tasse de café ? J'en ai justement de fait. A propos, le lieutenant de la police est passé pour vous voir.

— Quelle heure était-il ?

— Environ huit heures. Il était pressé car il se rendait à l'hôpital avec quelqu'un. Je lui ai dit que vous dormiez et il m'a défendu de vous éveiller. Il a ajouté qu'il serait à son bureau toute la matinée et que vous pouviez y aller à n'importe quel moment.

— Vous avez vu la personne qui était avec lui ?

— Je n'ai pas osé trop regarder. Trois hommes se tenaient dans le fond de l'auto, tous les trois en civil, et je jurerais que celui du milieu avait des menottes aux poignets. Je ne serais pas surprise que ce soit l'individu qu'ils ont arrêté dans le New Hampshire et dont le journal parle ce matin, celui qui s'est échappé de prison voilà deux jours et qui, en si peu de temps, a trouvé le moyen de faire tant de mal. Vous en savez quelque chose. Vous voulez le journal ?

Elle dut être surprise qu'il dise non. Elle devait le trouver froid, mais son calme n'était pas de la froideur. Il entra dans la cuisine pour boire la tasse de café qu'elle lui versait, alla prendre une douche, se rasa et, quand il parut sur la véranda, des voisines étaient à leur fenêtre ou sur le seuil pour le regarder.

— Je peux encore passer chez vous la nuit prochaine ?

— Autant de nuits que vous voudrez. Je regrette seulement que ce soit si peu confortable.

Il conduisit sa voiture vers la ville, s'arrêta, pour son petit déjeuner, dans le restaurant où il avait dîné la veille au soir. Quand il eut mangé, et bu deux nouvelles tasses de café, il s'enferma dans la cabine téléphonique, demanda le camp Walla Walla, attendit près de cinq minutes à regarder à travers la vitre le comptoir derrière lequel on faisait frire des œufs par douzaines.

— Mrs Keane ? Ici, Stève Hogan.

— C'est vous, mon pauvre monsieur ? Nous avons été bien tracassés, hier, toute la journée, malgré votre coup de téléphone. Nous nous demandions ce qui vous était arrivé. Ce n'est que dans la soirée que nous avons appris les malheurs de votre femme. Comment va-t-elle, la pauvre ? Vous êtes près d'elle ? Vous l'avez vue ?

— Elle va mieux, Mrs Keane, je vous remercie. Je suis à Hayward. Je compte, demain, me rendre chez vous pour prendre les enfants. Vous ne leur avez rien dit ?

— Seulement que leur maman et leur papa étaient retardés. Figurez-vous que Bonnie a dit hier soir que vous deviez bien vous amuser en route. Vous voulez leur parler ?

— Non. Je préfère ne rien leur dire par téléphone. Annoncez-leur seulement que je serai là demain.

— Qu'est-ce que vous allez faire ?

Il ne s'impatienta toujours pas.

— Nous rentrerons chez nous mardi, quand les routes seront dégagées.

— Votre femme sera en état de supporter le voyage ?

— Le docteur en est persuadé.

— Qui aurait pensé qu'une chose pareille lui arriverait, à elle ! Tous les parents qui viennent nous en parlent et si vous saviez comme ils vous plaignent tous les deux ! Enfin ! Cela aurait pu finir plus mal...

Il se surprit à répondre, indifférent :

— Oui.

Il ne pouvait pas aller dans le Maine, en revenir, et prendre Nancy en passant et rentrer à Long Island en une seule journée, à moins de rouler comme un fou. Il faudrait donc que les enfants passent la nuit à Hayward. Heureusement que le lundi soir, tout le monde serait parti et qu'il trouverait sans peine des chambres d'hôtel.

Il pensait à tout, par exemple qu'il n'aurait pas besoin d'avertir Mr Schwartz que sa femme ne serait pas au bureau le mardi matin car, à l'heure qu'il était, il était déjà au courant par les journaux. Il en était de même pour son patron à lui. Il se contenterait, le lendemain soir, d'envoyer un télégramme, qui serait délivré le mardi matin à Madison Avenue, disant : « *Serai bureau jeudi.* »

Il se donnait le mercredi pour organiser leur maison. Il ne pouvait pas encore faire d'arrangement avec Ida, leur négresse, car elle les avait prévenus qu'elle allait passer le *week-end* chez des parents à Baltimore.

Il déblayait le terrain, petit à petit, s'efforçant de tout prévoir, y compris l'histoire qu'il raconterait aux deux enfants en ne s'écartant de la vérité que dans la mesure indispensable, car ils entendraient parler leurs petits camarades de l'école.

Il se réjouissait de les revoir. Pas de la même façon que les autres fois. Il y avait maintenant quelque chose de plus intime entre eux et lui. Bonnie et Dan, eux aussi, allaient entrer dans leur nouvelle vie.

Après la visite de deux heures à l'hôpital, il s'occuperait d'échanger sa voiture. Il y avait sûrement quelque part un parc d'autos d'occasion et ces maisons-là travaillent encore plus pendant le *week-end* que les autres jours. Il ne devait pas oublier non plus de demander au lieutenant de lui faire un papier provisoire, un certificat quelconque pour remplacer son permis de conduire, à moins que, peut-être, on ait retrouvé son portefeuille.

Il lui restait encore autre chose à faire, de beaucoup plus important, qu'il ne pouvait pas remettre à plus tard. Il était calme. C'était indispensable qu'il jouisse de tout son sang-froid. Il conduisit jusqu'au *highway* sans avoir la curiosité de tourner le bouton de la radio et il était dix heures et demie quand il s'arrêta en face du poste de police. Une des voitures, devant la porte, qui avait une plaque du New Hampshire, sans autre signe distinctif, devait être celle des inspecteurs du F.B.I. qui avaient amené Sid Halligan.

C'était nécessaire aussi qu'il s'habitue à entendre ce nom-là, à le prononcer en esprit. Le temps était aussi beau que la veille, un peu plus lourd, avec une légère buée dans l'air qui pourrait amener un orage vers la fin de la journée.

Il écrasa sa cigarette sous sa semelle avant de monter les marches de pierre du perron, entra dans la grande pièce où un des policiers était occupé à questionner un couple. La femme, le maquillage délavé, avait les allures et la voix d'une chanteuse de cabaret.

— Le lieutenant est chez lui ?

— Vous pouvez aller, Mr Hogan, je vous annonce.

Le temps qu'il se dirige vers la porte qu'il connaissait déjà et on l'avait annoncé par le téléphone intérieur, de sorte qu'une main tira le battant en même temps qu'il le poussait. Le lieutenant Murray l'accueillit, parut surpris par son attitude.

— Entrez, Hogan. Je pensais bien que vous viendriez. Je ne vous demande pas si vous avez passé une bonne nuit. Asseyez-vous.

Stève secouait la tête en regardant autour de lui, disait d'une voix plus mate que sa voix habituelle :

— Il est ici ?

Le policier fit oui de la tête, toujours étonné, sans doute de le voir si maître de lui.

— Je peux le voir ?

Le lieutenant devint plus grave, lui aussi.

— Vous le verrez tout à l'heure, Hogan. Auparavant, j'insiste pour que vous vous asseyiez un moment.

Il le fit docilement, écouta comme il avait écouté sa logeuse et les doléances de Mrs Keane. Son interlocuteur le sentait si bien qu'il parlait sans conviction, tout en bourrant sa pipe à petits coups d'index.

— Il est arrivé cette nuit, et dès ce matin nous l'avons conduit à Hayward. Je n'ai pas voulu vous en parler hier et j'espère que vous ne m'en voulez pas. Il valait mieux obtenir dès maintenant une reconnaissance formelle. Dans une heure, les inspecteurs reprennent la route avec lui pour Sing-Sing. Si cela ne s'était pas passé ce matin, votre femme aurait dû, plus tard, se déranger, et...

— Comment était-elle ?

— Nous l'avons trouvée d'un calme surprenant.

Stève fut incapable de réprimer tout à fait un sourire qui montait à ses lèvres malgré lui et qui parut dérouter le policier.

— Dès six heures, ce matin, une chambre s'est trouvée libre à l'hôpital et j'ai donné des instructions pour qu'on l'y transporte.

— Quelqu'un est mort pendant la nuit ?

Il fallait que la transformation qui s'était opérée en lui fût importante pour que, alors qu'il ouvrait à peine la bouche, le lieutenant perde presque contenance.

Sans répondre à la question, il interrogeait à son tour :

— Vous avez eu une conversation avec votre femme, hier au soir ?

— Nous nous sommes expliqués, dit-il simplement.

— Je m'en suis douté ce matin. Elle paraissait apaisée. Je suis d'abord entré seul dans sa chambre pour lui demander si elle se sentait assez forte pour supporter la confrontation. Par précaution, le médecin s'est tenu tout le temps dans le couloir, prêt à intervenir. Contrairement à mon attente, elle n'a montré aucune nervosité, aucune frayeur. Elle a dit aussi naturellement que vous me parlez ce matin :

» — *Je suppose que c'est indispensable, lieutenant?*

» Je lui ai répondu que oui. Alors elle m'a demandé où vous étiez et je lui ai répondu que vous dormiez, ce qui a paru lui faire plaisir. Elle a dit :

» — *Dépêchez-vous.*

» Et j'ai fait signe aux deux inspecteurs d'amener le prisonnier.

» Depuis son arrestation, il nie l'agression, prétend qu'il y a erreur sur la personne. Il admet le reste, qui n'est pas aussi grave. Je m'y attendais.

» Au moment de pénétrer dans la chambre, il a redressé la tête et s'est mis à sourire d'un air insolent. Debout au milieu de la pièce, il regardait votre femme en la narguant.

» Celle-ci n'a pas bougé. Ses traits sont restés immobiles. Après un temps, elle a froncé les sourcils, comme pour mieux voir.

» — *Vous le reconnaissez ?* a demandé un des inspecteurs du F.B.I., tandis que son camarade prenait des notes en sténo.

» Elle s'est contentée de répondre :

» — *C'est lui.*

» Il la fixait avec la même expression de défi et l'inspecteur poursuivait la série des questions auxquelles, d'une voix distincte, votre femme continuait à répondre :

» — *Oui.*

» C'est tout, Hogan. Cela a duré en tout moins de dix minutes. Les journalistes et les photographes attendaient dans le couloir. Quand Halligan a quitté la chambre seulement, j'ai demandé à votre femme si je pouvais les laisser entrer, en lui faisant remarquer qu'il n'est jamais bon de se mettre la presse à dos. Elle m'a répondu :

» — *Si le docteur n'y voit pas d'inconvénient, qu'ils viennent.*

» Le médecin n'a laissé pénétrer que les photographes, pour quelques instants seulement, interdisant aux reporters d'aller lui poser des questions.

» Elle a été brave, vous voyez. Je vous avoue qu'avant de sortir à mon tour je n'ai pu m'empêcher de lui serrer la main.

Stève regardait devant lui sans rien dire.

— Je ne sais pas si elle sera obligée de comparaître en personne quand l'affaire passera devant le jury. De toute façon, les charges sont assez nombreuses et assez compliquées pour que ce ne soit pas avant plusieurs semaines et, d'ici là, votre femme sera rétablie. Peut-être le tribunal se contentera-t-il d'un affidavit ?

Le lieutenant paraissait de plus en plus gêné. Il avait beau observer Stève, il ne comprenait pas. On aurait dit que cela le dépassait.

— Vous voulez toujours le voir ?

— Oui.
— Maintenant ?
— Aussitôt que possible.

Murray le laissa seul et Stève se leva, se tint debout, tourné vers la fenêtre, avec l'air de se recueillir.

Il entendit des allées et venues dans les couloirs, des bruits de portes, des pas de plusieurs personnes. Après un temps assez long, le lieutenant entra le premier, laissant la porte ouverte derrière lui, et alla s'asseoir à son bureau.

Le premier qui entra ensuite fut Sid Halligan, les poignets joints par les menottes, et derrière lui venaient les inspecteurs du F.B.I.

Tout le monde, sauf le lieutenant, resta debout. Quelqu'un avait refermé la porte.

Stève était toujours tourné vers la fenêtre, tête basse, les poings serrés au bout de ses bras qui pendaient. Le sang s'était retiré de son visage. Une buée perlait à son front et au-dessus de sa lèvre.

On le vit fermer les yeux, se tendre comme s'il avait besoin de toute son énergie et alors, lentement, il fit un quart de tour sur lui-même et se trouva face à face avec Halligan.

Le lieutenant, qui les observait tous les deux, suivit l'effacement progressif du sourire sur le visage du prisonnier.

Un moment, il eut peur de devoir intervenir, se souleva même un tant soit peu de sa chaise car Stève, dont les yeux ne semblaient pas pouvoir se détacher de ceux de l'agresseur de sa femme, avait commencé à se raidir, son corps s'était durci, ses mâchoires avaient commencé à saillir.

Le poing droit bougea de quelques centimètres et Halligan, qui en avait conscience, leva vivement ses deux bras entravés par les menottes, jeta un regard apeuré à ses gardiens comme pour les appeler à son aide.

Ils ne s'étaient pas dit un seul mot. On n'avait entendu aucun bruit. A nouveau, Stève se détendait, ses lignes devenaient plus rondes, ses épaules s'affaissaient lentement, son visage se brouillait.

— Pardon... balbutia-t-il.

Et les autres ne savaient pas si c'était à cause du geste qu'il venait d'éviter de justesse.

Il pouvait regarder Halligan en face, maintenant, avec l'expression qu'il avait tout à l'heure pendant que le lieutenant lui parlait, l'expression qui était la sienne depuis la veille au soir.

Il le regardait longuement, comme il s'était imposé de le faire parce que cela lui avait paru indispensable avant d'essayer leur nouvelle vie.

Personne ne soupçonna que c'était une partie de lui-même qu'il avait failli frapper quand il avait levé le poing, ni que c'était quelque chose de son passé qu'il affrontait dans les yeux du prisonnier.

A présent, il avait vu le bout de la route. Il pouvait regarder ailleurs, rentrer dans la vie de tous les jours, il regardait autour de lui, surpris de les voir si tendus, prononçait de sa voix naturelle :

— C'est tout.
Il ajouta :
— Je vous remercie, lieutenant.
S'ils avaient des questions à lui poser, il était prêt. Cela n'avait plus d'importance.
Nancy aussi avait été brave.

Shadow Rock Farm, Lakeville (Connecticut), 14 juillet 1953.

INDEX

Cette liste répertorie « romans » et « Maigret » (indiqués par la lettre M). Chaque titre est suivi du lieu et de la date de sa rédaction, du nom de l'éditeur et de l'année de la première édition.

M **L'affaire Saint-Fiacre,** Antibes (« Les Roches-Grises »), janvier 1932. Fayard, 1932

L'aîné des Ferchaux, Saint-Mesmin-le-Vieux, décembre 1943. Gallimard, 1945

M **L'ami d'enfance de Maigret,** Épalinges (Vaud), 24 juin 1968. Presses de la Cité, 1968

M **L'amie de Madame Maigret,** Carmel (Californie), décembre 1949. Presses de la Cité, 1950. TOUT SIMENON 4

L'Ane-Rouge, Marsilly, automne 1932. Fayard, 1933

Les anneaux de Bicêtre, Noland (Vaud), 25 octobre 1962. Presses de la Cité, 1963

Antoine et Julie, Lakeville (Connecticut), 4 décembre 1952. Presses de la Cité, 1953. TOUT SIMENON 6

L'assassin, Combloux (Savoie), décembre 1935. Gallimard, 1937

Au bout du rouleau, Saint Andrews (Canada), mai 1946. Presses de la Cité, 1947. TOUT SIMENON 1

M **Au rendez-vous des Terre-Neuvas,** Morsang (à bord de l'*Ostrogoth*), juillet 1931. Fayard, 1931

Les autres, Noland (Vaud), 17 novembre 1961. Presses de la Cité, 1962

Le bateau d'Émile, recueil de nouvelles. Gallimard, 1954

Bergelon, Nieul-sur-Mer, 1939. Gallimard, 1941

Betty, Noland (Vaud), 17 octobre 1960. Presses de la Cité, 1961

Le bilan Malétras, Saint-Mesmin (Vendée), mai 1943. Gallimard, 1948

Le blanc à lunettes, Porquerolles, printemps 1936. Gallimard, 1937

La boule noire, Mougins (Alpes-Maritimes), avril 1955. Presses de la Cité, 1955

Le bourgmestre de Furnes, Nieul-sur-Mer, automne 1938. Gallimard, 1939

La cage de verre, Épalinges (Vaud), 17 mars 1971. Presses de la Cité, 1971
M **Les caves du Majestic,** Nieul-sur-Mer, hiver 1939-1940. Gallimard, 1942
M **Cécile est morte,** Nieul-sur-Mer, hiver 1939-1940. Gallimard, 1942
  Le cercle des Mahé, Saint-Mesmin-le-Vieux, 1er mai 1945. Gallimard, 1946
  Ceux de la soif, Tahiti, février 1935. Gallimard, 1938
  La chambre bleue, Noland (Vaud), 25 juin 1963. Presses de la Cité, 1964
M **Le charretier de la « Providence »,** Morsang (à bord de l'*Ostrogoth*), été 1930. Fayard, 1931
  Le chat, Épalinges (Vaud), 5 octobre 1966. Presses de la Cité, 1967
  Chemin sans issue, Ingrannes, printemps 1936. Gallimard, 1938
  Le Cheval-Blanc, Porquerolles, mars 1938. Gallimard, 1938
  Chez Krull, La Rochelle, juillet 1938. Gallimard, 1939
M **Chez les Flamands,** Antibes (« Les Roches-Grises »), janvier 1932. Fayard, 1932
M **Le chien jaune,** La Ferté-Alais, mars 1931. Fayard, 1931
  Le clan des Ostendais, Saint Andrews, juin 1946. Gallimard, 1947
  Les clients d'Avrenos, Marsilly, été 1932. Gallimard, 1935
M **La colère de Maigret,** Noland (Vaud), juin 1962. Presses de la Cité, 1963
  Les complices, Mougins (Alpes-Maritimes), 13 septembre 1955. Presses de la Cité, 1956
  Le confessionnal, Épalinges (Vaud), 21 octobre 1965. Presses de la Cité, 1966
  Le coup de lune, Porquerolles, printemps 1933. Fayard, 1933
  Le Coup-de-Vague, Beynac (Dordogne), avril 1938. Gallimard, 1939
  Cour d'assises, Isola de Pescatore, août 1937. Gallimard, 1941
  Crime impuni, Lakeville (Connecticut), 30 octobre 1953. Presses de la Cité, 1954

M **La danseuse du Gai-Moulin,** Ouistreham (à bord de l'*Ostrogoth*), septembre 1931. Fayard, 1931
  Le déménagement, Épalinges (Vaud), 27 juin 1967. Presses de la Cité, 1967
  Les demoiselles de Concarneau, Porquerolles, printemps 1934. Gallimard, 1936
  Le destin des Malou, Bradenton Beach (Floride), février 1947. Presses de la Cité, 1947. TOUT SIMENON 1
  Dimanche, Noland (Vaud), 3 juillet 1958. Presses de la Cité, 1959
  La disparition d'Odile, Épalinges (Vaud), 4 octobre 1970. Presses de la Cité, 1971

M **L'écluse n° 1,** Marsilly (« La Richardière »), avril 1933. Fayard, 1933

En cas de malheur, Cannes, novembre 1955. Presses de la Cité, 1956

L'enterrement de Monsieur Bouvet, Carmel, février 1950. Presses de la Cité, 1950. TOUT SIMENON 4

L'escalier de fer, Lakeville (Connecticut), 12 mai 1953. Presses de la Cité, 1953. TOUT SIMENON 6

L'évadé, Marsilly, été 1932. Gallimard, 1936

Les fantômes du chapelier, Tumacacori (Arizona), 13 décembre 1948. Presses de la Cité, 1949. TOUT SIMENON 3

Faubourg, Ingrannes, octobre 1934. Gallimard, 1937

M **Félicie est là,** Fontenay-le-Comte (château de Terre-Neuve), été 1941. Gallimard, 1944

La fenêtre des Rouet, château de Terre-Neuve, Fontenay-le-Comte, juin 1942. Éditions de la Jeune Parque, 1945. TOUT SIMENON 1

Feux rouges, Lakeville (Connecticut), 14 juillet 1953. Presses de la Cité, 1953. TOUT SIMENON 6

Les fiançailles de M. Hire, Porquerolles, printemps 1933. Fayard, 1933

Le fils, Cannes, 28 décembre 1956. Presses de la Cité, 1957

Le fils Cardinaud, Fontenay-le-Comte (château de Terre-Neuve), octobre 1941. Gallimard, 1942

M **La folle de Maigret,** Épalinges (Vaud), 7 mai 1970. Presses de la Cité, 1970

Le fond de la bouteille, Tumacacori (Arizona), 24 août 1948. Presses de la Cité, 1949. TOUT SIMENON 3

M **Le fou de Bergerac,** La Rochelle (« Hôtel de France »), mars 1932. Fayard, 1932

Les frères Rico, Lakeville (Connecticut), juillet 1952. Presses de la Cité, 1952. TOUT SIMENON 6

La fuite de Monsieur Monde, Saint-Mesmin-le-Vieux (Vendée), 1er avril 1944. Éditions de la Jeune Parque, 1945. TOUT SIMENON 1

Les gens d'en face, Marsilly, été 1932. Fayard, 1933

Le grand Bob, Lakeville (Connecticut), 25 mai 1954. Presses de la Cité, 1954

M **La guinguette à deux sous,** Ouistreham (à bord de l'*Ostrogoth*), octobre 1931. Fayard, 1931

Le haut mal, Marsilly, automne 1933. Fayard, 1933

L'homme au petit chien, Noland (Vaud), 25 septembre 1963. Presses de la Cité, 1964

L'homme de Londres, Marsilly, automne 1933. Fayard, 1934

L'homme qui regardait passer les trains, Igls (Tyrol), décembre 1936. Gallimard, 1938

L'horloger d'Everton, Lakeville (Connecticut), 24 mars 1954. Presses de la Cité, 1954

Il pleut, bergère..., Nieul-sur-Mer, septembre 1939. Gallimard, 1941
Il y a encore des noisetiers, Épalinges (Vaud), 13 octobre 1968. Presses de la Cité, 1969
Les inconnus dans la maison, Nieul-sur-Mer, janvier 1939. Gallimard, 1940
Les innocents, Épalinges (Vaud), 11 octobre 1971. Presses de la Cité, 1972
M **L'inspecteur Cadavre**, Fontenay-le-Comte (château de Terre-Neuve), été 1941. Gallimard, 1944

M **Jeumont, 51 minutes d'arrêt !** La Rochelle, juillet 1938. Publié dans *Les nouvelles enquêtes de Maigret*. Gallimard, 1944
La Jument Perdue, Tucson (Arizona), 16 octobre 1947. Presses de la Cité, 1948. TOUT SIMENON 2

Lettre à mon juge, Bradenton Beach (Floride), décembre 1946. Presses de la Cité, 1947. TOUT SIMENON 1
M **Liberty-bar**, Marsilly (« La Richardière »), mai 1932. Fayard, 1932
Le locataire, Marsilly, mars 1932. Gallimard, 1934
Long cours, Paris, octobre 1935. Gallimard, 1936

M **Maigret**, Porquerolles, juin 1933. Fayard, 1934
M **Maigret à l'école**, Lakeville (Connecticut), décembre 1953. Presses de la Cité, 1954
M **Maigret à New-York**, Sainte-Marguerite-du-Lac-Masson (Canada), mars 1946. Presses de la Cité, 1947. TOUT SIMENON 1
M **Maigret a peur**, Lakeville (Connecticut), mars 1953. Presses de la Cité, 1953. TOUT SIMENON 6
M **Maigret au Picratt's**, Lakeville (Connecticut), décembre 1950. Presses de la Cité, 1951. TOUT SIMENON 5
M **Maigret aux Assises**, Noland (Vaud), novembre 1959. Presses de la Cité, 1960
M **Maigret à Vichy**, Épalinges (Vaud), 11 septembre 1967. Presses de la Cité, 1968
M **Maigret chez le coroner**, Tucson (Arizona), 30 juillet 1949. Presses de la Cité, 1949. TOUT SIMENON 3
M **Maigret chez le ministre**, Lakeville (Connecticut), avril 1954. Presses de la Cité, 1955
M **Maigret en meublé**, Lakeville (Connecticut), février 1951. Presses de la Cité, 1951. TOUT SIMENON 5
M **Maigret et l'affaire Nahour**, Épalinges (Vaud), 8 février 1966. Presses de la Cité, 1967
M **Maigret et la Grande Perche**, Lakeville (Connecticut), mai 1951. Presses de la Cité, 1951. TOUT SIMENON 5
M **Maigret et la jeune morte**, Lakeville (Connecticut), janvier 1954. Presses de la cité, 1954

- M **Maigret et la vieille dame,** Carmel (Californie), décembre 1949. Presses de la Cité, 1950. TOUT SIMENON 4
- M **Maigret et le client du samedi,** Noland (Vaud), février 1962. Presses de la Cité, 1962
- M **Maigret et le clochard,** Noland (Vaud), mai 1962. Presses de la Cité, 1963
- M **Maigret et le corps sans tête,** Lakeville (Connecticut), janvier 1955. Presses de la Cité, 1955
- M **Maigret et le fantôme,** Noland (Vaud), juin 1963. Presses de la Cité, 1964
- M **Maigret et le marchand de vin,** Épalinges (Vaud), 29 septembre 1969. Presses de la Cité, 1970
- M **Maigret et les braves gens,** Noland (Vaud), septembre 1961. Presses de la Cité, 1962
- M **Maigret et les petits cochons sans queue,** recueil de nouvelles. Presses de la Cité, 1950. TOUT SIMENON 4
- M **Maigret et les témoins récalcitrants,** Noland (Vaud), octobre 1958. Presses de la Cité, 1959
- M **Maigret et les vieillards,** Noland (Vaud), juin 1960. Presses de la Cité, 1960
- M **Maigret et le tueur,** Épalinges (Vaud), 21 avril 1969. Presses de la Cité, 1969
- M **Maigret et le voleur paresseux,** Noland (Vaud), janvier 1961. Presses de la Cité, 1961
- M **Maigret et l'homme du banc,** Lakeville (Connecticut), septembre 1952. Presses de la Cité, 1953. TOUT SIMENON 6
- M **Maigret et l'homme tout seul,** Épalinges (Vaud), 7 février 1971. Presses de la Cité, 1971
- M **Maigret et l'indicateur,** Épalinges (Vaud), 11 juin 1971. Presses de la Cité, 1971
- M **Maigret et l'inspecteur Malgracieux,** recueil de nouvelles. Presses de la Cité, 1947. TOUT SIMENON 2
- M **Maigret et Monsieur Charles,** Épalinges (Vaud), 11 février 1972. Presses de la Cité, 1972
- M **Maigret et son mort,** Tucson (Arizona), décembre 1947. Presses de la Cité, 1948. TOUT SIMENON 2
- M **Maigret hésite,** Épalinges (Vaud), 30 janvier 1968. Presses de la Cité, 1968
- M **Maigret, Lognon et les gangsters,** Lakeville (Connecticut), septembre 1951. Presses de la Cité, 1952. TOUT SIMENON 5
- M **Maigret s'amuse,** Cannes, septembre 1956. Presses de la Cité, 1957
- M **Maigret se défend,** Épalinges (Vaud), juillet 1964. Presses de la Cité, 1964
- M **Maigret se fâche,** Paris, rue de Turenne, juin 1945. Publié dans le volume intitulé *La pipe de Maigret,* Presses de la Cité, 1947. TOUT SIMENON 1

M Maigret se trompe, Lakeville (Connecticut), août 1953. Presses de la Cité, 1953

M Maigret tend un piège, Mougins (« La Gatounière »), juillet 1955. Presses de la Cité, 1955

M Maigret voyage, Noland (Vaud), août 1957. Presses de la Cité, 1958

La main, Épalinges (Vaud), 29 avril 1968. Presses de la Cité, 1968

La maison des sept jeunes filles, Neuilly, été 1937. Gallimard, 1941

La maison du canal, Marsilly, janvier 1933. Fayard, 1933

M La maison du juge, Nieul-sur-Mer, hiver 1939-1940. Gallimard, 1942

Malempin, Scharrachbergheim (Alsace), mars 1939. Gallimard, 1940

La Marie du port, Port-en-Bessin, octobre 1937. Gallimard, 1938

Marie qui louche, Lakeville (Connecticut), août 1951. Presses de la Cité, 1952. TOUT SIMENON 5

M Les Mémoires de Maigret, Lakeville (Connecticut), 27 septembre 1950. Presses de la Cité, 1951. TOUT SIMENON 4

M Mon ami Maigret, Tumacacori (Arizona), 2 février 1949. Presses de la Cité, 1949. TOUT SIMENON 3

M M. Gallet, décédé, Morsang (à bord de l'*Ostrogoth*), été 1930. Fayard, 1931

Monsieur La Souris, Porquerolles, février 1937. Gallimard, 1938

La mort d'Auguste, Épalinges (Vaud), mars 1966. Presses de la Cité, 1966

La mort de Belle, Lakeville (Connecticut), décembre 1951. Presses de la Cité, 1952. TOUT SIMENON 6

Le nègre, Cannes, 16 avril 1957. Presses de la Cité, 1957

La neige était sale, Tucson (Arizona), 20 mars 1948. Presses de la Cité, 1948. TOUT SIMENON 3

Les noces de Poitiers, Saint-Mesmin-le-Vieux, hiver 1943-1944. Gallimard, 1946

Novembre, Épalinges (Vaud), 19 juin 1969. Presses de la Cité, 1969

M La nuit du carrefour, La Ferté-Alais, avril 1931. Fayard, 1931

M L'ombre chinoise, Antibes (« Les Roches-Grises »), décembre 1931. Fayard, 1932

Oncle Charles s'est enfermé, Nieul-sur-Mer, septembre 1939. Gallimard, 1942

L'ours en peluche, Noland (Vaud), 15 mars 1960. Presses de la Cité, 1960

L'outlaw, Nieul-sur-Mer, janvier 1939. Gallimard, 1941

Le passage de la ligne, Noland (Vaud), 27 février 1958. Presses de la Cité, 1958

Le passager clandestin, Coral Sands, Bradenton Beach (Floride), 20 avril 1947. Éditions de la Jeune Parque, 1947. TOUT SIMENON 2

Le passager du « Polarlys », Marsilly, mars 1932. Fayard, 1932
M **La patience de Maigret**, Épalinges (Vaud), mars 1965. Presses de la Cité, 1965
Pedigree, 1re partie : Fontenay-le-Comte, 17 décembre 1941 ; 2e et 3e parties : Saint-Mesmin-le-Vieux, 27 janvier 1943. Presses de la Cité, 1948. TOUT SIMENON 2
M **Le pendu de Saint-Pholien**, Morsang (à bord de l'*Ostrogoth*), été 1930. Fayard, 1931
Le petit homme d'Arkhangelsk, Cannes, août 1956. Presses de la Cité, 1956
Le petit saint, Épalinges (Vaud), 13 octobre 1964. Presses de la Cité, 1965
M **Pietr-le-Letton**, Delfzijl (à bord de l'*Ostrogoth*), septembre 1929. Fayard, 1931
M **La pipe de Maigret**, Paris, rue de Turenne, juin 1945. Publié dans le volume qui porte son nom, à la suite de *Maigret se fâche*. Presses de la Cité, 1947. TOUT SIMENON 1
Les Pitard, Marsilly, été 1932. Gallimard, 1935
M **Le port des brumes**, Ouistreham (à bord de l'*Ostrogoth*), octobre 1931. Fayard, 1932
La porte, Noland (Vaud), 10 mai 1961. Presses de la Cité, 1962
M **La première enquête de Maigret**, Tumacacori (Arizona), 30 septembre 1948. Presses de la Cité, 1949. TOUT SIMENON 3
Le président, Noland (Vaud), 14 octobre 1957. Presses de la Cité, 1958
La prison, Épalinges (Vaud), 12 novembre 1967. Presses de la Cité, 1968

45° à l'ombre, À bord de l'*Araldo*, juin 1934. Gallimard, 1936
Quartier nègre, À bord de l'*Araldo*, juillet 1934. Gallimard, 1935
Les quatre jours du pauvre homme, Tucson (Arizona), 4 juillet 1949. Presses de la Cité, 1949. TOUT SIMENON 3

Le rapport du gendarme, Fontenay-le-Comte, septembre 1941. Gallimard, 1944
Le relais d'Alsace, Paris, juillet 1931. Fayard, 1931
Les rescapés du « Télémaque », Igls (Tyrol), hiver 1936-1937. Gallimard, 1938
M **Le revolver de Maigret**, Lakeville (Connecticut), juin 1952. Presses de la Cité, 1952. TOUT SIMENON 6
Le riche homme, Épalinges (Vaud), 9 mars 1970. Presses de la Cité, 1970
La rue aux trois poussins, recueil de nouvelles. Presses de la Cité, 1963

M **Les scrupules de Maigret**, Noland (Vaud), décembre 1957. Presses de la Cité, 1958

M **Signé Picpus**, recueil de nouvelles. Gallimard, 1944
Les sœurs Lacroix, Saint-Thibault, décembre 1937. Gallimard, 1938
Strip-tease, Cannes, 12 juin 1957. Presses de la Cité, 1958
Les suicidés, Marsilly, été 1932. Gallimard, 1934
Le suspect, Paris, octobre 1937. Gallimard, 1938

Tante Jeanne, Lakeville (Connecticut), septembre 1950. Presses de la Cité, 1951. TOUT SIMENON 4
Les témoins, Lakeville (Connecticut), 24 septembre 1954. Presses de la Cité, 1955
Le temps d'Anaïs, Lakeville (Connecticut), novembre 1950. Presses de la Cité, 1951. TOUT SIMENON 5
Le testament Donadieu, Porquerolles, août 1936. Gallimard, 1937
M **La tête d'un homme**, Paris (Hôtel L'Aiglon), septembre 1930. Fayard, 1931
Touriste de bananes, Porquerolles, automne 1936. Gallimard, 1938
Le train, Noland (Vaud), 25 mars 1961. Presses de la Cité, 1961
Le train de Venise, Épalinges (Vaud), juin 1965. Presses de la Cité, 1965
Trois chambres à Manhattan, Sainte-Marguerite-du-Lac-Masson (Québec), 26 janvier 1946. Presses de la Cité, 1946. TOUT SIMENON 1
Les trois crimes de mes amis, Paris, janvier 1937. Gallimard, 1938

M **Un crime en Hollande**, Morsang (à bord de l'*Ostrogoth*), mai 1931. Fayard, 1931
M **Un échec de Maigret**, Cannes, mars 1956. Presses de la Cité, 1956
M **Une confidence de Maigret**, Noland (Vaud), mai 1959. Presses de la cité, 1959
Une vie comme neuve, Lakeville (Connecticut), mars 1951. Presses de la Cité, 1951. TOUT SIMENON 5
M **Un Noël de Maigret**, recueil de nouvelles. Presses de la Cité, 1951
Un nouveau dans la ville, Tucson (Arizona), 20 octobre 1949. Presses de la Cité, 1950. TOUT SIMENON 4

M **Les vacances de Maigret**, Tucson (Arizona), 20 novembre 1947. Presses de la Cité, 1948. TOUT SIMENON 3
La vérité sur bébé Donge, Vouvant (Vendée), août 1940. Gallimard, 1942
Le veuf, Noland (Vaud), 15 juillet 1959. Presses de la Cité, 1959
La veuve Couderc, Nieul-sur-Mer, 1940. Gallimard, 1942
La vieille, Noland (Vaud), 13 janvier 1959. Presses de la Cité, 1959
Les volets verts, Carmel (Californie), janvier 1950. Presses de la Cité, 1950. TOUT SIMENON 4
M **Le voleur de Maigret**, Épalinges (Vaud), 11 novembre 1966. Presses de la Cité, 1967
Le voyageur de la Toussaint, Fontenay-le-Comte, février 1941. Gallimard, 1941

NOUVELLES

parues dans **Tout Simenon**

M **Le client le plus obstiné du monde,** Saint Andrews (N.B.), Canada, 2 mai 1946. In *Maigret et l'inspecteur Malgracieux*. Presses de la Cité, 1947. TOUT SIMENON 2
Le deuil de Fonsine, Les Sables-d'Olonne (Vendée), 9 janvier 1945. In *Maigret et les petits cochons sans queue*. Presses de la Cité, 1950. TOUT SIMENON 4
L'escale de Buenaventura, Saint Andrews (Canada), 31 août 1946. In *Maigret et les petits cochons sans queue*. Presses de la Cité, 1950. TOUT SIMENON 4
M **L'homme dans la rue,** Nieul-sur-Mer, 1939. In *Maigret et les petits cochons sans queue*. Presses de la Cité, 1950. TOUT SIMENON 4
Madame Quatre et ses enfants, Les Sables-d'Olonne (Vendée), janvier 1945. In *Maigret et les petits cochons sans queue*. Presses de la Cité, 1950. TOUT SIMENON 4
M **Maigret et l'inspecteur Malgracieux,** Saint Andrews (N.B.), Canada, 5 mai 1946. In le recueil du même titre. Presses de la Cité, 1947. TOUT SIMENON 2
M **Maigret se fâche,** Paris, rue de Turenne, juin 1945. In *La pipe de Maigret,* Presses de la Cité, 1947. TOUT SIMENON 1
M **On ne tue pas les pauvres types,** Saint Andrews (N.B.), Canada, 15 avril 1946. In *Maigret et l'inspecteur Malgracieux*. Presses de la Cité, 1947. TOUT SIMENON 2
Le petit restaurant des Ternes, Tucson (Arizona), décembre 1948. In *Un Noël de Maigret*. Presses de la Cité, 1951. TOUT SIMENON 5
Le petit tailleur et le chapelier, Bradenton Beach (Floride), mars 1947. In *Maigret et les petits cochons sans queue*. Presses de la Cité, 1950. TOUT SIMENON 4
Les petits cochons sans queue, Bradenton Beach (Floride), 28 novembre 1946. In *Maigret et les petits cochons sans queue*. Presses de la Cité, 1950. TOUT SIMENON 4
M **La pipe de Maigret,** Paris, rue de Turenne, juin 1945. In le volume du même titre. Presses de la Cité, 1947. TOUT SIMENON 1
Sept petites croix dans un carnet. In *Un Noël de Maigret*. Presses de la Cité, 1951. TOUT SIMENON 5
Sous peine de mort, Bradenton Beach (Floride), 24 novembre 1946. In *Maigret et les petits cochons sans queue*. Presses de la Cité, 1950. TOUT SIMENON 4

M Le témoignage de l'enfant de chœur, Saint Andrews (N.B.), Canada, avril 1946. In *Maigret et l'inspecteur Malgracieux.* Presses de la Cité, 1947. TOUT SIMENON 2

Un certain Monsieur Berquin, Saint Andrews (Canada), 28 août 1946. In *Maigret et les petits cochons sans queue.* Presses de la Cité, 1950. TOUT SIMENON 4

M Un Noël de Maigret, Carmel by the Sea (Californie), mai 1950. In le recueil du même titre. Presses de la Cité, 1951. TOUT SIMENON 5

M Vente à la bougie, Nieul-sur-Mer, 1939. In *Maigret et les petits cochons sans queue.* Presses de la Cité, 1950. TOUT SIMENON 4

Tout Simenon 1 La fenêtre des Rouet / La fuite de Monsieur Monde / Trois chambres à Manhattan / Au bout du rouleau / La pipe de Maigret / Maigret se fâche / Maigret à New-York / Lettre à mon juge / Le destin des Malou

Tout Simenon 2 Maigret et l'inspecteur Malgracieux / Le témoignage de l'enfant de chœur / Le client le plus obstiné du monde / On ne tue pas les pauvres types / Le passager clandestin / La Jument Perdue / Maigret et son mort / Pedigree

Tout Simenon 3 Les vacances de Maigret / La neige était sale / Le fond de la bouteille / La première enquête de Maigret / Les fantômes du chapelier / Mon ami Maigret / Les quatre jours du pauvre homme / Maigret chez le coroner

Tout Simenon 4 Un nouveau dans la ville / Maigret et la vieille dame / L'amie de Madame Maigret / L'enterrement de Monsieur Bouvet / Maigret et les petits cochons sans queue / Les volets verts / Tante Jeanne / Les Mémoires de Maigret

Tout Simenon 5 Le temps d'Anaïs / Un Noël de Maigret / Sept petites croix dans un carnet / Le petit restaurant des Ternes / Maigret au *Picratt's* / Maigret en meublé / Une vie comme neuve / Maigret et la Grande Perche / Marie qui louche / Maigret, Lognon et les gangsters

Tout Simenon 6 La mort de Belle / Le revolver de Maigret / Les frères Rico / Maigret et l'homme du banc / Antoine et Julie / Maigret a peur / L'escalier de fer / Feux rouges

Tout Simenon 7 Maigret se trompe / Crime impuni / Maigret à l'école / Maigret et la jeune morte / L'horloger d'Everton / Maigret chez le ministre / Les témoins / Le grand Bob

Tout Simenon 8 Maigret et le corps sans tête / La boule noire / Maigret tend un piège / Les complices / En cas de malheur / Un échec de Maigret / Le petit homme d'Arkhangelsk / Maigret s'amuse

Tout Simenon 9 Le fils / Le nègre / Maigret voyage / Strip-tease / Les scrupules de Maigret / Le président / Le passage de la ligne / Dimanche

Tout Simenon 10 Maigret et les témoins récalcitrants / Une confidence de Maigret / La vieille / Le veuf / Maigret aux assises / L'ours en peluche / Maigret et les vieillards / Betty

Aux Presses de la Cité

Patrick et Philippe Chastenet
présentent

Simenon - Album de famille
Les Années Tigy (1922-1945)

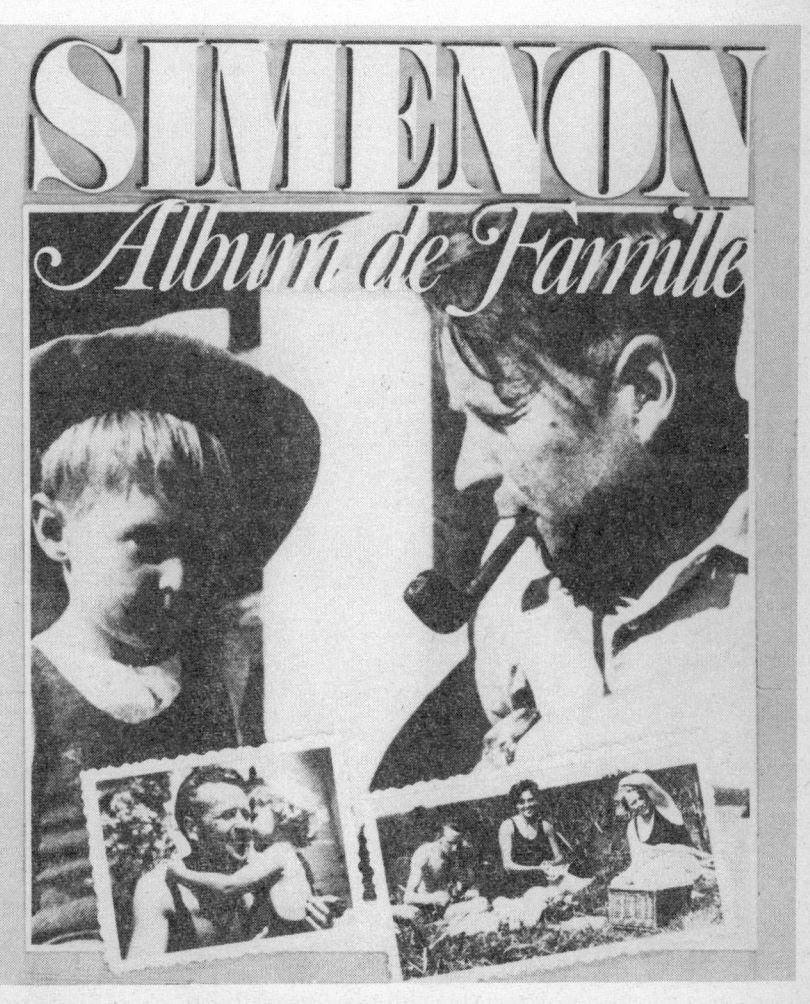

Album cartonné, 22,5 × 27 cm, 128 pages
140 photos inédites sépia et couleur

Printed in Great Britain by
Richard Clay Ltd, Bungay, Suffolk